DON DELILLO

Unterwelt

Buch

In seinem großen Roman beschwört Don DeLillo ein faszinierendes Panorama der zweiten Hälfte dieses Jahrhunderts. Unsere Alltagswelt, Kunst, Sport und Politik, die alles bestimmende Bilderflut von der Werbung bis zum Internet spiegeln sich im Leben der Figuren, in deren Mittelpunkt Nick Shay, Manager in einer Müllentsorgungsfirma, und Klara Sax, eine Konzeptkünstlerin, stehen. Die Handlung des Romans schwingt in großen Bögen von den 50er Jahren in die heutige Zeit und zurück, führt von New York durch die Weiten Amerikas bis in die Wüste Arizonas. Nick Shay, der eine verschwiegene Schuld aus seiner Jugend in sich trägt, arbeitet und lebt mit seiner Familie in Arizona. Dort bemalt Klara Sax, die leidenschaftlich für ihre Unabhängigkeit von Familie und Konventionen gekämpft hat, in der Wüste den Abfall der Geschichte, ausrangierte B-52-Bomber, und schafft ein gigantisches Kunstobjekt. In New York, in der Bronx, hatten Nick und Klara einst eine kurze, leidenschaftliche Affäre. Ihre Lebensläufe, ihre Erinnerungen verbinden sich mit einer Vielzahl von unvergeßlichen Figuren, fiktiven und historischen, mit politischen, sportlichen und künstlerischen Ereignissen – und mit einem Baseball, der 1951 bei einem legendären Spiel geschlagen wurde, zum gleichen Zeitpunkt, als die Sowjetunion ihre erste Atombombe zündete.

Autor

Don DeLillo, 1936 in New York geboren, hat ein umfangreiches erzählerisches Werk vorgelegt. Für den Roman „Weißes Rauschen" erhielt er den National Book Award, der Roman „Sieben Sekunden" über Kennedys Ermordung wurde in den USA breit diskutiert und der Roman „Mao II" mit dem Pen/Faulkner Award ausgezeichnet. „Unterwelt" wurde als eines der bedeutendsten literarischen Ereignisse des ausgehenden 20. Jahrhunderts gefeiert. Mit diesem monumentalen Zeit- und Gesellschaftsroman hat sich Don DeLillo endgültig in den Rang so großer Autoren wie Thomas Pynchon und William Gaddis geschrieben.

Don DeLillo

Unterwelt

Roman

Aus dem Amerikanischen
von Frank Heibert

GOLDMANN

Die amerikanische Originalausgabe
erschien unter dem Titel „Underworld“

Umwelthinweis:
Alle bedruckten Materialien dieses Taschenbuches
sind chlorfrei und umweltfreundlich.

Genehmigte Taschenbuchausgabe 9/2000

Umschlaggestaltung: Design Team München
Umschlagfoto: Estate of André Kertész
Druck: Presse-Druck Augsburg
Verlagsnummer: 44074
CN · Herstellung: Sebastian Strohmaier
Made in Germany
ISBN 3-442-44074-2
www.goldmann-verlag.de

1 3 5 7 9 10 8 6 4 2

Zur Erinnerung
an meine Mutter und
meinen Vater

Der Übersetzer möchte Don DeLillo sowie den vielen Experten, Kollegen, Freunden und Freundinnen, die bei den zahlreichen Rechercheproblemen behilflich waren, einen herzlichen Dank sagen, insbesondere Bärbel Flad und Helga Resch.

PROLOG

Der Triumph des Todes

Er spricht wie du, mit amerikanischer Stimme, und in seinen Augen liegt ein halbwegs hoffnungsfroher Schimmer.

Heute ist Schule, klar, aber er ist meilenweit vom Klassenzimmer entfernt. Er ist lieber hier, wer wollte es ihm verdenken, im Schatten dieses alten Rostkolosses – eine Metropolis aus Stahl und Beton und abblätternder Farbe und kurzgeschnittenem Gras und, schräg über den Anzeigetafeln, riesigen Chesterfield-Packungen mit zwei, drei vorstehenden Zigaretten.

Sehnsucht im großen Maßstab, so wird Geschichte geschrieben. Dieser Junge hier hat überschaubare Wünsche, aber er gehört zu der sich sammelnden Menge, den anonymen Tausendschaften in Bussen und Zügen, Menschen in dichtgedrängten Schlangen, die auf der Drehbrücke den Fluß überqueren, und auch wenn dies keine Völkerwanderung oder Revolution ist, keine tiefe Erschütterung der Seele, sie bringen die Körperhitze einer großen Stadt mit, ihre kleinen Träumereien und Enttäuschungen, das unsichtbare Etwas, das den Alltag heimsucht – Männer in Filzhüten und Matrosen auf Landgang, das streunende Durcheinander ihrer Gedanken, alle auf dem Weg zu einem Spiel.

Der Himmel ist tief und grau, vom trüben Grau anrollender Brandung.

Er steht bei den anderen am Bordstein. Mit vierzehn ist er der jüngste, und an dem gereizten, schiefen Aussehen, das er sich übergestreift hat, kannst du erkennen, daß er total abgebrannt ist. Für ihn ist es das erste Mal, und er kennt keinen der anderen, nur zwei oder drei scheinen sich untereinander zu kennen, aber allein oder paarweise können sie diese Sache nicht schaffen, also haben sie sich durch verstohlene Blicke gefunden, die den Draufgängerkollegen enttarnen, und da stehen sie nun, schwarze Jungs und weiße Jungs, aus den Unterführungen aufgetaucht oder von den nahegelegenen Straßen Harlems, schlanke Schatten, Gangster, fünfzehn insgesamt, und die Stadionlegende besagt, wenn einer erwischt wird, kommen wahrscheinlich vier durch.

Nervös warten sie darauf, daß die Besitzer von Eintrittskarten die Drehkreuze freimachen, das letzte lockere Fangrüppchen, die Bummler und Herumlungerer. Sie beobachten die späten Taxis aus der Innenstadt und die pomadisierten Männer, die flink an die Schalter treten, Wettbankiers und Dinnerclubgecken und aufgetakelte Broadwaygrößen, die sich die Schuppen von den Mohairärmeln pflücken. Die Jungs stehen am Bordstein und schauen, ohne zu starren, mit der säuerlichen Miene von Straßenschluris zu. Das ganze Tohuwabohu hat sich gelegt, das Vorspielgebabbel und -gewirbel, Verkäufer, die die proppenvollen Bürgersteige abkämmen, Spielprotokolle und Fähnchen schwingen und in den althergebrachten Singsang verfallen, abgerissene Männer, die Anstecker und Mützen aufdrängen, sie alle haben sich inzwischen zerstreut, zurück auf ihre Zimmerchen in den abgetretenen Straßen.

Sie stehen am Bordstein und warten. Ihre Augen werden grimmig, strahlen weniger hell. Einer nimmt die Hände aus den Hosentaschen. Sie warten, und dann preschen sie los, einer von ihnen, ein Ire, prescht los, er ruft *Geronimo*.

Vier Drehkreuze stehen gleich hinter den beiden Kassen. Der jüngste der Jungen ist auch der magerste, Cotter Martin heißt er, ein Schlaks in Polohemd und Latzhose, und er versucht, sich nicht als Pechvogel zu fühlen – er gehört zur Nachhut des Ansturms und läuft und schreit mit den anderen. Man schreit, weil es kühn macht, oder weil man seine Unerschrockenheit kundtun will. Sie haben ihre Gesichter zu Schreimasken verzogen, mit zusammengekniffenen Augen und dehnbaren Mündern, und sie laufen schnell, versuchen sich durch die Gassen zwischen den Schaltern zu drängen, sie rempeln mit Hüften und Ellbogen und schreien immer weiter. Die Gesichter der Kartenverkäufer hängen hinter den Schaltern wie Zwiebeln an der Schnur.

Cotter sieht die ersten Springer über die Stangen gehen. Zwei von ihnen prallen in der Luft zusammen und landen verrenkt, der Länge nach, am Boden. Ein Kartenabreißer nimmt den einen in den Schwitzkasten, und seine Mütze kommt ins Rutschen, gleitet ihm am Rücken herab, und er greift mit blindem Schwung danach, zur gleichen Zeit – alles passiert zur gleichen Zeit – schaut er nach den anderen Hürdenspringern, um nicht getreten zu werden. Sie rennen und überspringen die Hürden. Eine hirnlose Form des Fliegens, und die Körper, dicht an dicht, schaffen den buchstäblichen Durchbruch. Sie springen zu früh oder zu spät und krachen in die Pfeiler und die Drehstangen, klettern einander auf den Rücken wie Comicfiguren, und was für Trottel müssen sie in den Augen der Leute am Hotdog-Stand auf der anderen Seite der Drehkreuze sein, was für schreckliche Versager – von einer Schlange starren sie herüber, überwiegend Männer, ihre Kiefer zermalmen das schwitzende Fleisch, Fettblasen zerlaufen ihnen auf der Zunge, und der gute Mann am äußersten Ende erstarrt, nur seine Hand produziert weiter automatische Bewegungen, verschmiert Senf mit einem Pinsel.

Das Geschrei der Jungs prallt von dem dicken Beton ab.

Cotter meint einen Weg zum rechten Drehkreuz erspäht zu haben. Er wirft alles ab, was er für diesen Sprung nicht braucht. Einige springen gerade, einige wollen es noch, einige müssen zum Friseur, einige haben Freundinnen in flauschigen Pullovern, und die anderen sind im Gedränge gelandet und versuchen, aufzustehen und sich zu verdrücken. Ein paar Stadionpolizisten rumpeln die Rampe herunter. Cotter schüttelt diese Elemente ab, sobald sie auftauchen, schüttelt tausend Informationswellen ab, die auf seine Haut treffen. Sein Blick nimmt allein die Eisenstangen wahr, die von dem Pfeiler abstehen. Er legt an Tempo zu und scheint seine Spillerigkeit zu verlieren, die verstörte Schlappheit aus Hormonen und Nichtdazugehören und all das Verstotterte, das sein Heranwachsen ausmacht. Er ist nichts als ein laufender Junge, eine kaum erkennbare Gestalt von der Straße, aber so wie das Laufen Aufschluß über das Sein gibt, wie ein Läufer sich dem Bewußtsein offenbart, so scheint sich dieser dunkelhäutige Junge der Welt zu öffnen und erlangt durch das Adrenalin von einem Dutzend Laufschritten Redegewandtheit.

Dann springt er ab und ist in der Luft, er fühlt sich geschmeidig und unzerknittert und irgendwie geschäftsmäßig, als landete er gerade aus Kansas City mit einer Aktentasche voller Bankauszüge. Er hat den Kopf eingezogen, sein linkes Bein überwindet die Stangen. Und einen ausgedehnten und hellwachen und sprunghaften Augenblick lang sieht er haargenau, wo er landen, wohin er wegrennen wird, und obwohl er weiß, daß sie hinter ihm her sein werden, sobald sein Fuß den Boden berührt, obwohl er in den nächsten Stunden in Gefahr schweben wird – stets wachsam nach rechts und links spähend –, erfüllt ihn jetzt weniger Angst.

Er kommt schwerelos auf und geht leichtfüßig an dem Kartenabreißer vorbei, der noch nach seiner heruntergefallenen Mütze tastet, und er weiß mit absoluter Sicherheit – weiß es endgültig, so tief man etwas nur wissen kann, er spürt, wie das Wissen in seinem Läuferherzen hämmert –, daß er uneinholbar ist.

Da kommt ein Klotz von der Stadtpolizei mit Knarre, Handschellen, Taschenlampe und Schlagstock, alles baumelt an seinem Gürtel, in der Tasche steckt ein fest zusammengerollter Strafzettelblock. Cotter täuscht an, daß der andere fast in die Knie geht, und die Hotdogfresser beugen sich vor, um den Jungen zu sehen, der sanft beschleunigend davonzischt und dem Polizisten mit wedelndem Finger einen kleinen Abschiedsgruß schickt.

Mit so etwas überrascht er sich selber immer wieder, etwas Angeberischem, beflügelt von einer unerwarteten Laune.

Er rennt eine überdachte Rampe hoch und in ein Gefüge aus Trägern und Pfeilern und flutendem Licht hinein. Er hört die lauter werdenden letzten Akkorde der Nationalhymne und sieht das große offene Hufeisen der Haupttribüne und das Gras, ein Anblick, der ihm jedesmal mitzuteilen scheint, daß er aus seinem Leben hinausgetreten ist – der glatte Schimmer, der sich in Schwüngen und Kurven von der geharkten Erde des Innenfeldes nach außen zu der hohen grünen Umzäunung zieht. Erregend, wenn etwas so offen daliegt. Er läuft nun sehr viel langsamer und reckt den Hals, um die Sitzreihen zu mustern, sucht nach einer unauffälligen Lücke hinter einem Pfeiler. Er biegt in einen Gang von Block 35 ab, taucht ein in Hitze und Geruch der gedrängten Fans, in den Rauch, der unter der zweiten Tribüne hängt, er hört das Reden, dringt ein in das tiefe Summen, er hört die Aufwärmwürfe in den Fängerhandschuh knallen, eine Serie von Knallern, der ein Kometenschweif von Nebengeräuschen folgt.

Dann verlierst du ihn in der Menge.

In der Radiokabine ist von der Menge die Rede. Sieht nach fünfunddreißigtausend aus, und wie willst du das feststellen. Man denke nur an die bewegte Geschichte jeder Mannschaft und den Glauben und die Leidenschaft der Fans und wie diese Kräfte überall in der Stadt ineinander verflochten sind, man denke nur an das Spiel selbst, auf Leben und Tod, das dritte von drei Play-off-Spielen, man braucht nur die Namen Giants und Dodgers zu sagen, um sich klarzumachen, wie unverhohlen die Spieler einander hassen, man erinnere sich daran, was für ein Jahr das letzten Endes geworden ist, mit dem Endspurt um die Meisterschaft, der die Stadt im Würgegriff der Verzückung hält, jenem Erschaudern, einer Mischung aus Genuß und Angst und Spannung, und dann denke man an die Blutstreue, so reden sie in der Kabine – die Liebe zur Mannschaft, die sich quer durch die Stadtbezirke zieht, durch die schmucken Vorstädte und nach draußen über die endlosen Apfelfelder bis in den rauhen Norden, wie soll man da zwanzigtausend leere Plätze erklären?

Der Tontechniker sagt: »Den ganzen Tag sieht es nach Regen aus. Das schlägt auf die Stimmung. Die Leute sagen, scheiß drauf.«

Der Sendeleiter hängt eine Decke in die Kabine, um seine Crew von den Burschen zu trennen, die gerade von KMOX aus Saint Louis gekommen sind. Müssen sie eben zusammenrücken, kein Platz, sie woanders unterzubringen.

Er sagt zu dem Techniker: »Vergiß nicht, es hat keinen Vorverkauf gegeben.«

Und der Techniker sagt: »Außerdem haben die Giants gestern haushoch verloren, das ist ein echtes Problem, denn jede schlimme Niederlage stürzt die Fans in tiefe Depressionen. Glaub mir, ich kenne das von da, wo ich wohne. Es ist niederschmetternd für die Leute. Als würden sie zu Zehntausenden sterben.«

Russ Hodges, der Kommentator der Spiele für WMCA, ist die Stimme der Giants – Russ hat einen überanstrengten Kehlkopf und eine fette Erkältung in den Knochen, und er sollte sich eigentlich keine Zigarette anstecken, aber er tut es trotzdem: »Das ist ja alles gut und schön, aber ich glaube nicht, daß es eine logische Erklärung gibt. Wenn du es mit der Masse zu tun hast, ist nichts vorhersehbar.«

Russ reckt jetzt energisch das Kinn, aber er hat auch etwas von einem unkomplizierten Jungen an sich, mit seinen Augen, dem Lächeln und dem Pottschnitt und seinem formlosen Anzug, der fast jedem gehören könnte. Geht das, Spiele zu kommentieren, eins nach dem anderen, praktisch jeden Tag, einen ganzen Sommer lang, und nicht in irgendeiner Version der Vergangenheit hängenzubleiben?

Er schaut hinaus aufs Spielfeld mit den spitzen Ecken und der mehr als ausgleichenden Weiträumigkeit des Außenfeldes. Die große viereckige Longines-Uhr, die aus dem Clubhaus emporragt. Farbtupfer überall, freskohaft die Hüte und Gesichter und die grüne Haupttribüne und die braungelben Wege zwischen den Bases. Russ schätzt sich glücklich, hier zu sein. Tag der Tage, und er, Russ Hodges, bringt das Spiel, und es läuft in den Polo Grounds – diesen Namen liebt er, ein kostbares Echo von Dingen und Zeiten, bevor das Jahrhundert in den Krieg zog. Er findet, jeder, der hier ist, sollte sich glücklich schätzen, denn etwas Großes steht bevor, heute steigt was. Na gut, vielleicht nur seine Temperatur. Aber er denkt daran, wie sein Vater ihn mal nach Toledo mitnahm, zum Kampf Dempsey gegen Willard, und war das eine große Sache, so viel Ehrfurchtgebietendes, der vierte Juli und dreiundvierzig Grad und eine Menge hemdsärmeliger Männer mit Strohhüten, viele von ihnen hatten unter den Hüten und bis auf die Schultern herab ausgebreitete Taschentücher, als hätten sie sich als Araber verkleidet, und was für eine Tracht Prügel holte sich der dicke Jess in dem weißglühenden Ring ab, wie spritzten ihm Schweiß und Blut vom Gesicht, immer wenn Dempsey zuschlug.

Wenn du so etwas siehst, ein Ereignis, das zu einer Nachrichtenmeldung wird, dann fühlst du dich als Vehikel eines feierlichen Stückchens Geschichte.

Im zweiten Inning schlägt Thomson einen Slider in gerader Linie über die Third Base hinweg.

Lockman schwenkt auf einen Bogen ein, als er zur Second Base rennt, den Blick zum linken Außenfeld gerichtet.

Pafko nähert sich der Wand, um einen Abpraller anzunehmen.

Auf beiden linken Tribünen stehen Leute, beugen sich aus den Vorderreihen vor, und einige von ihnen werfen Papier über die Brüstung, zerrissene Spielprotokolle und Fetzen von Streichholzbriefchen, zerknüllte Papierbecher, kleine Servietten aus Wachspapier, die sie zu ihren Hot Dogs bekommen haben, bazillenwimmelnde Kleenextücher, die seit vielen Tagen verfilzt am Grund tiefer Hosentaschen gesteckt haben, und das alles geht auf Pafko nieder.

Thomson trottet in anständigem Tempo um die First Base, beim Laufen leicht vorgebeugt.

Pafko wirft geschickt zu Cox.

Thomson steuert mit gesenktem Kopf die Second Base an, erreicht sie mühelos und erblickt Lockman, der auf der Base steht und ihn wie verzaubert anstarrt, als läge ihm eine Frage auf der Zunge.

Seit Tagen bleierner Himmel und die ganze Sendezeit der letzten Woche, die Halsschmerzen und der Husten, Russ ist fiebrig und verschwitzt – Zugfahrten und Nerven und kein bißchen Schlaf, und er beschreibt das Spiel in seiner vertrauten, gemütlichen Weitschweifigkeit, der Kartoffeln-mit-Soße-Stimme, die heute ein bißchen kratzig ist.

Cox lugt unter seiner Mütze hervor und wirft den Ball aus der Hüfte zu Robinson.

Sieh mal, Mays – schlendert zur Home Plate und läßt seinen Schläger am Boden schleifen.

Robinson nimmt den Wurf an und wirbelt zu Thomson herum, der schüchtern etwa anderthalb Meter von der Second Base entfernt steht.

Das mögen die Leute, wie Pafko das Papier vor die Füße fällt oder über seine Schulter segelt, an seiner Mütze hängenbleibt. Die Wand ist fast fünf Meter hoch, also ist er gut außer Reichweite der am weitesten vorgestreckten Hand, sie müssen sich damit zufriedengeben, ihn in ihrem Papier zu baden.

Und da, Durocher auf der Spielerbank, der Cheftrainer der Giants, der knallharte Leo aus Saint Louis, ein Gesicht direkt aus den Gallischen Kriegen, und er faucht in seine Faust: »Kreuzverdammte Oberscheiße.«

Nicht weit von der Spielerbank der Giants sitzen vier Männer in Leos höchsteigener Prominentenloge und schauen zu, als Robinson Thomson durch Berührung mit dem Ball »Aus« macht. Zu drei Vierteln sind sie aus dem Showgeschäft, Frank Sinatra, Jackie Gleason und Toots Shor, Trinkkumpane seit Adam und Eva, und sie haben einen gutgekleideten Mann mit einer Bulldoggenfresse dabei, einen gewissen J. Edgar Hoover. Was hat der oberste Sicherheitspolizist der Nation mit diesen Rüpeln am Hut? Tja, Edgar hat einen Gangplatz, und es scheint ihm bestens zu gehen, er grinst über das derbe Geplänkel, das pausenlos zwischen Schmalzdackel, Scherzbold und Spelunkenwirt hin und her geht. Auf dem Rennplatz wäre er lieber, aber in dieser Gesellschaft hat er schon gute Laune, egal an welchem Ort. Er hat gerne Kinostars und berühmte Sportler um sich oder Klatschpäpste wie Walter Winchell, der sich heute auch das Spiel anschaut, er sitzt bei den hohen Tieren der Dodgers. Ruhm und Heimlichkeit sind die entgegengesetzten Enden derselben Faszination, das statische Rauschen des Libidinösen in der Welt, und Edgar reagiert auf Leute, die diese Energie anzapfen können. Er möchte gern ihr treuergebener Freund sein, Hauptsache, ihr verborgenes Leben steht in seinen Geheimakten, gesammelte Gerüchte samt Register, in Wirklichkeit verwandelte Schattenfakten.

Gleason sagt: »Was hab ich euch gesagt, Kumpels, heute ist Dodgerstag, das spür ich in meinen Brooklynknochen.«

»Was für Knochen?« sagt Frank. »Alles vom Suff verrottet.«

Thomsons ganzer Körper sackt zusammen, verliert Kraft und Festigkeit, und Robinson ruft »Time!« und trägt den Ball zum Werferhügel, in seinem typischen Gang übern großen Onkel, als könnte er nicht geradeaus laufen.

»Die Giants müssen sich diesen Zwerg kaufen, wenn sie gewinnen wollen, wie heißt er gleich, jetzt kann sie nur noch irgendein

Freak retten«, sagt Gleason. »Ein Erdbeben oder ein Zwerg. Und da wir hier nicht in Kalifornien sind, beten wir lieber gleich um einen Kobold in Hosen.«

Frank sagt: »Sehr wixig.«

Bei dem Thema wird Edgar nervös. Er ist empfindlich, wenn's um seine Größe geht, obwohl er zum sicheren Mittelfeld gehört. In den letzten Jahren hat er an Gewicht zugelegt, und wenn er sich beim Anziehen im Spiegel sieht, dickleibig und buddhaköpfig, dann erwidert ein kleiner runder Mann seinen Blick. Daß das stimmt, haben die Schreihälse von der Presse berichtet, als könnte einer seine Phantomqualen allein durch die Kraft des Wünschens veröffentlichen lassen. Und es ist eine Tatsache, daß Agenten, die größer als der Durchschnitt sind, heutzutage kaum Chancen auf einen Posten im Hauptquartier haben. Außerdem ist es eine Tatsache, daß der Zwerg, von dem sein Kumpel Gleason redet, der Einmeterzehn-Sportsmann, der vor sechs Wochen mit einer Bravourleistung, übrigens nach Edgars Ansicht auch ein Akt politischer Subversion, einmal für die Saint Louis Browns zum Schlag gekommen ist – daß dieser Knabe Eddie Gaedel heißt, und wenn sich Gleason an den Namen erinnert, wird er blitzschnell Eddie mit Edgar verknüpfen, und dann wird es Witze über kleine Männer setzen, daß es nur so qualmt, schlimmer als die sprichwörtlich dampfende Kacke. Gleason hat mit Beschimpfungssketchen sein Debüt gemacht und nie mehr damit aufgehört – er macht's umsonst und aus Spaß, und zerstörte Existenzen pflastern seinen Weg.

Toots Shor sagt: »Du willst wohl dein Leben lang ein Dämel bleiben, Gleason. Es steht doch erst eins-null. Die Giants haben in dieser Saison nicht dreizehneinhalb Punkte Rückstand aufgeholt, um am letzten Tag alles zu vergeigen. Das ist das Jahr der Wunder. Keiner hat Worte dafür, was dieses Jahr passiert ist.«

Schwartenfratze, Schlachterpranken. Ein Blick auf Toots, und man sieht den Veteranen aus Prohibitionszeiten, massiger Körper, zurückgestriegeltes Haar und Schlitzaugen, die ruckzuck ein Warnsignal aussenden können. Ein ehemaliger Rausschmeißer, der harmlose Leute aus seinem Club wirft, wenn er einen gehoben hat.

Er sagt: »Mays ist der Mann.«

Und Frank sagt: »Heute ist Willies Tag. Überfällig, daß der heute loslegt. Hat mir Leo am Telefon gesagt.«

Gleason mimt recht passabel einen zugeknöpften Tommie: »Du willst mir doch nicht im Ernst nahebringen, daß dieser Knabe, der sich gerade ans Wicket begibt, irgend etwas Bemerkenswertes zustande bringen wird.«

Edgar, der die Engländer haßt, wirft sich lachend vornüber, selbst als Jackie atemlos von seinem Hot Dog abbeißt und zu husten und zu würgen beginnt, Fitzelchen von Fleisch und Brot in die Landschaft prustet, Klümpchen und Krümelchen, lauter winzige Spitballs.

Dabei sind es die unsichtbaren Formen des Lebens, an denen Edgar am meisten verzweifelt, und er wendet sich von Gleason ab und hält die Luft an. Er möchte am liebsten in die nächste Toilette rennen, einen zinkverkleideten Raum mit einem ovalen Stück unberührter Seife, einer Kaskade heißen Wassers und einem flauschigen Handtuch, das kein Mensch vor ihm je benutzt hat. Natürlich gibt es so etwas nicht in der Nähe. Bloß noch mehr Bazillen, ein alles durchdringendes Umfeld von pathogenen Keimen, Mikroben, schwebenden Kolonien von Spirochäten, die miteinander verschmelzen und sich wieder trennen und sich ausdehnen und umschlängeln und verschlingen, ganze Zugladungen voll Masse, die von den Leuten herausgerotzt wird, tödlicher Urschleim.

Die Menge, der stetige Lärm, das Atmen und Brausen, ab und zu ein Baßgebrumm, das Gefühl, zum selben Geschlecht zu gehören, während sie gemeinsam das Spiel erleben, wenn ein Mann sich am Handgelenk kratzt oder eine Reihe von Schimpfwörtern absondert. Und der plätschernde Applaus, der schnell erstirbt und nie genug ist. Sie warten darauf, vom Klang der Schlachtengesänge und des rhythmischen Klatschens davongetragen zu werden, von den vorgegebenen Formen und Wiederholungen. Das ist ihre Macht, und sie heben sie sich für den richtigen Augenblick auf. So kommt nämlich etwas in Gang, das Spiel gestaltet sich anders und läßt sie mit einem Satz aufspringen, auffliegen in einem befreienden Donnerhall, der den ganzen Laden zum Wahnsinn treibt.

Und Sinatra: »Jack, ich hatte dir doch gesagt, du sollst im Wagen bleiben, bis du aufgegessen hast.«

Mays holt mit mäßigem Schwung aus, trifft den Ball aber von unten und schickt nur einen routinemäßigen Flugball in den tiefhängenden Oktobertag. Der Laut, als der Eschenholzschläger auf den Ball trifft, erreicht Cotter Martin auf der linken Außenfeldtribüne, wo er sich hingesetzt hat, die knochigen Schultern gekrümmt. Er beobachtet Willie, nicht den Ball, und sieht, wie er quasi achselzuckend um die First Base läuft, dann seinen Handschuh vom Rasen aufhebt und wieder zu seiner Position trabt.

Die Bogenlampen werden eingeschaltet, was Cotter überrascht, plötzlich fühlt er sich anders, empfindet seinen Streich noch lebhafter, die aufblitzende Frische, es zu tun und nicht erwischt zu werden. Der Tag ist jetzt anders, ernsthaft und bedroht, regengehetzt, und er betrachtet Mays auf der zentralen Außenfeldposition, ein Bantamgewicht in all dem weiten Raum, eindeutig Kindergröße, und er fragt sich, wie der Kerl seine Würfe hinkriegt, mit solcher Kraft wirbelt und schleudert. Er schaut sich das Spielfeld gern im Scheinwerferlicht an, auch wenn er Regen befürchten muß, auch wenn es erst Nachmittag ist und der Gesamteffekt nicht derselbe wie bei einem Nachtspiel, wenn das Feld und die Spieler von der Nacht, die sie umgibt, vollkommen getrennt zu sein scheinen. Er ist einmal in seinem Leben bei einem Nachtspiel gewesen, mit seinem ältesten Bruder kam er vom Hügel zum Stadion herunter und trat in eine Schüssel aus gemaltem Licht. Er glaubte, aus den Lichttürmen flackerte eine unbekannte Energie herab, ein heftigeres Wirken der Erde, das die Spieler und das Gras und die Kreidelinien von allem anderen isolierte, das er je gesehen oder sich vorgestellt hatte. Alles verströmte den Schimmer des Neuen.

Wie der Läufer eine Schlitterbremsung macht, als er bei der First Base in die Kurve geht.

Die leeren Sitze waren die erste Überraschung für Cotter, lange vor dem Licht. Auf seiner Pirsch durch die Tribünen sah er die ganze Zeit leere Sitze, zu viele, um einfach anzunehmen, daß die Leute gerade ein Bier holten oder eins wegbrachten, und er fand eine Lücke zwischen ein paar Typen im Anzug, und nun kann er nur sein

Glück hinnehmen, die Bequemlichkeit eines richtigen Sitzes, ohne sich Gedanken darüber zu machen, warum es so viele davon gibt.

Der Mann links von ihm sagt: »Wie wär's mit ein paar Erdnüssen, hm?«

Der Erdnußverkäufer kommt gerade wieder durch, ein münzenauffangender Gaukler, etwa achtzehn, schwarz und geschmeidig. Die Leute kennen ihn von früheren Spielen und vergangenen Innings und werden wach und wühlen nach Kleingeld. Sie wollen Erdnüsse, *hey, hier, eine Tüte*, und werfen Münzen mit Daumenschnippen und Diskusbögen, und die Hände des Verkäufers scheinen das fliegende Metall einzuatmen. Er hat Magnethaut, fängt die Zehnermünzen akrobatisch im Fluge und läßt den Leuten die Erdnußtüten vor die Brust segeln. Es ist eine effekthascherische Show, aber Cotter wittert eine versteckte Gefahr. Der Kerl macht ihn sichtbar, stellt ihn bloß in seinem Räubernest. Ist es nicht seltsam, wie die gemeinsame Hautfarbe den Raum zwischen ihnen überspringt? Keiner hat Cotter bemerkt, bevor der Verkäufer auftauchte, dem schwarze Strahlen aus den Händen strömen. Der eine populärer Neger, Publikumsliebling. Der andere ein wendiger Junge, der versucht, nicht aufzufallen.

Der Mann meint: »Na, was sagst du?«

Cotter hebt ablehnend die Hand.

»Magst du eine Tüte? Na los.«

Cotter beugt sich weg, eine Hand geht zur Körpermitte, um anzudeuten, daß er schon gegessen hat oder daß er von Erdnüssen Krämpfe kriegt oder daß seine Mutter ihm eingeschärft hat, sich nicht mit irgendwelchem Fraß vollzustopfen, verdirb dir nicht den Appetit aufs Abendessen.

Der Mann fragt: »Und welche ist deine Mannschaft?«

»Giants.«

»Was fürn Jahr, wie?«

»Dieses Wetter, weiß nicht, schlecht, wenn man im Rückstand ist.«

Der Mann schaut zum Himmel. Er ist etwa vierzig, glattrasiert und brillantinefrisiert, aber auf eine lässige Weise, in einer lockerleichten Art, die Cotter mit Kleinstadtleben im Kino verbindet.

»Ach, ist doch erst ein Punkt Rückstand. Die kommen schon wieder. Nach so einer Saison lassen die sich nicht von einem bißchen Wetter aufhalten. Und was zu trinken?«

Männer an den Toiletten, gehen rein und raus, ziehen auf dem Rückweg von der Rinne ihren Reißverschluß hoch, und andere Männer nähern sich der langen Rinne, denken darüber nach, wo sie stehen wollen, neben wem und neben wem nicht, Gestank und Schimmel des alten Baseballstadions haben sich hier verewigt, seit Generationen Fluten von Bier und Scheiße und Zigaretten und Erdnußschalen und Desinfektionsmitteln und Pisse, das geht weit in die Millionen, und sie denken nach, auf die ganz gewöhnliche Art, die dem Menschen hilft, durchs Leben zu rutschen, denken Gedanken, die mit den Ereignissen nicht in Verbindung stehen, das staubige Brummen dessen, was man ist, Männer, die sich durch den Betrieb auf dem Männerklo drängen, während das Spiel weitergeht, das Kommen und Gehen, das Rausholen der Schwänze und das nachdenkliche Pinkeln.

Der Mann links rutscht auf seinem Platz herum und spricht über die Schulter zu Cotter herunter, flüstert listig: »Und die Schule? Machst wohl Privatferien?« Und ein Grinsen gleitet über sein Gesicht.

Cotter sagt: »Genau wie Sie«, und erntet wie aus der Pistole geschossen ein Lachen.

»Ich wäre aus dem Gefängnis ausgebrochen, um dieses Spiel zu sehen. Wird übrigens sogar in die Gefängnisse übertragen. Sie stellen in den Stadtgefängnissen Radios in die Zellenblocks.«

»Ich war schon früh da«, sagt Cotter. »Ich hätte morgens zur Schule gehen und dann abhauen können. Aber ich wollte alles sehen.«

»Ein echter Fan. Musik in meinen Ohren.«

»Sehen, wie die Leute hier einlaufen. Wie die Spieler beim Spielereingang reingehen.«

»Ich heiße übrigens Bill Waterson. Und ich hätte mich mit Freuden unerlaubt von der Truppe entfernt, mußte ich aber gar nicht. Hab nämlich meine eigene kleine Firma. Baugeschäft.«

Cotter überlegt, was er als nächstes sagen soll.

»Wir bauen den Leuten das Haus, in dem sie gerne leben.«

Der Erdnußverkäufer, den Gang hoch zum nächsten Block unterwegs, erspäht Cotter und lächelt kurz und wissend. Der Junge denkt, gleich gibt's Ärger. Dieses Quakmaul wird ihn gleich eklig bloßstellen. Ihre Blicke treffen sich ganz kurz, als der Verkäufer die Treppen hochgeht. In vollem Tempo zupft er superschnell eine Tüte hervor und fluppt sie lässig zu Cotter hinüber, der sie mit einer Hand schnappt, in einer ebenso hingewischten Bewegung wie der Wurf. Der Augenblick ist einfach zum Küssen, auf Cotters Gesicht bricht das Lächeln der Woche aus, und eine Woge guter Laune strömt durch die Luft.

»Hast ja doch noch eine abgekriegt«, sagt Bill Waterson.

Cotter rollt den Faltverschluß der braunen Tüte auf und hält sie Bill hin. Sie sitzen da, pellen die Erdnüsse und reiben die stoffartige braune Haut mit einer rollenden Bewegung von Daumen und Zeigefinger ab, essen den öligen, salzigen Kern und werfen die Schalen zu Boden, ohne die Augen vom Spiel zu lassen.

Bill sagt: »Wenn du mal wieder einen sagen hörst, er wäre im siebten Himmel, denk an das hier.«

»Jetzt fehlen uns nur noch ein paar Runs.«

Er schiebt Bill noch einmal die Tüte zu.

»Die punkten schon noch, das kommt. Nur keine Angst. Du wirst dich freuen, daß du die Schule geschwänzt hast.«

Da steht Robinson am Rand des Außenfeldrasens, schaut sich an, wie der Schlagmann ankommt, und denkt träge, Wieder eins von Leos teutonischen Landeiern.

»Es gibt ein Gesetz unter Männern«, erklärt Bill, »und es besagt, weil du deine Erdnüsse mit mir teilst, bin ich dazu verpflichtet, uns beiden eine Limonade zu kaufen.«

»Das klingt einleuchtend.«

»Gut. Also abgemacht.« Dreht sich auf seinem Platz und reißt einen Arm hoch. »Ein paar Sportsfreunde machen es sich gemütlich.«

Stanky der Boxer hockt auf der Spielerbank.

Mays versucht, einen Ohrwurm aus dem Kopf zu kriegen, sein schwermütiges Gesicht ist leicht aufgedunsen, irgendein Werbegedudel, das er neulich im Radio gehört hat.

Der Balljunge kommt etwas verträumt die Treppe herunter und läßt Darks schwarzen Schläger ins Gestell gleiten.

In den mittleren Innings kehrt sich das Spiel wie nach innen. Alle bekommen etwas Abwartendes, eine formlose Unruhe, die die Schultermuskeln verkrampft und die Spieler zum Wasserspender treibt, trinken und ausspucken.

Am anderen Ende des Spielfelds ist Branca oben auf dem Aufwärmplatz der Dodgers zu sehen, ein breiter Mann mit spitzen Zwergenöhrchen und angespannten Armen, der mühelos wirft und gerade Lockerungsübungen macht.

Mays denkt hilflos, *Klick-Klick, Drücken-Ziehen, schon ist die neue Klinge drin*.

Auf den Tribünen geht Special Agent Rafferty die Treppe zu den Logen hinter der Spielerbank der Heimmannschaft hinunter. Er ist ein untersetzter Mann mit einem üppigen Schopf rötlicher Haare, und er bewegt sich mit der Geradeausmiene von einem, der sich durch nichts ablenken lassen will. Er bewegt sich energisch, aber nicht panisch, auf die Loge des Direktors zu.

Gleason hat zwei sudelige Becher vor seinen Füßen aufgepflanzt, und an beiden Enden seiner geballten Faust schaut ein Hot Dog hervor, den er ganz vergessen hat. Er redet mit sechs Leuten auf einmal, und sie lachen und stellen Fragen, Logenbesitzer mit Dauerkarten, altgediente Fans mit spindeldürren Gattinnen. Sie merken, daß er schon halb bedallert ist, und bewundern seine Scharfsinnigkeit, die feinen Spitzen von Beleidigung und Spott. Sie wollen beschimpft werden, und Jackie tut es gerne, überspielt seinen beschwipsten Zustand mit der detaillierten Karikatur eines Betrunkenen. Er legt sich schwere Lider und einen knurrigen Ton zu, macht sich lustig über das Wischmoptoupet eines Mannes und veralbert einen zweiten wegen der Ellbogenflicken auf seinem Tweedjackett. Die Frauen genießen das sehr und wollen immer mehr. Sie beobachten Gleason, sie schauen auf Sinatra, wie er wohl reagiert, sie beobachten das Spiel, sie hören Jackie zu, der Dauerpointen aus seiner Fernsehshow bringt, sie beobachten, wie der Senf an seinem Daumen herunterläuft, und trauen sich nicht, es ihm zu sagen.

Als Rafferty Mr Hoovers Gangplatz erreicht hat, stellt er sich nicht über den Direktor, beugt sich nicht nach unten, um ihn anzusprechen. Er achtet darauf, im Gang in die Hocke zu gehen. Seine Hand hält er ganz beiläufig an den Mund, so daß niemand sonst mitbekommen kann, was er sagt. Hoover hört eine Zeitlang zu. Er sagt etwas zu seinen Begleitern. Dann gehen er und Rafferty die Treppen hinauf und suchen sich eine abgelegene Stelle auf halber Höhe einer langgezogenen Rampe, wo der Special Agent die Einzelheiten seiner Botschaft vorträgt.

Wie es scheint, hat die Sowjetunion an irgendeinem geheimen Ort innerhalb ihrer eigenen Grenzen einen Atomtest durchgeführt. In ungeschminkten, einfachen Worten: Sie haben eine Bombe gezündet. Unsere Aufklärungsinstrumente sagen das ganz unmißverständlich – es ist eine Bombe, eine Waffe, ein Kriegsgerät, es erzeugt Hitze und Druck und Erschütterung. Das ist keine friedliche Nutzung von Atomenergie, um Wohnungen zu beheizen. Es ist eine rote Bombe, die eine große weiße Wolke ausspuckt wie irgendein Donnergott des alten Eurasiens.

Edgar hält das heutige Datum im Geiste fest. Der 3. Oktober 1951. Er registriert das Datum. Er prägt sich das Datum ein.

Er weiß, daß dies nicht völlig unerwartet kommt. Es ist ihr zweiter Atomtest. Aber die Nachricht ist schlimm, das setzt ihm zu, er muß an die Spione denken, die die Geheimnisse verraten haben, die Aussicht, daß Atomsprengköpfe an die kommunistischen Streitkräfte in Nordkorea geschickt werden. Er spürt, wie sie immer näher kommen, aufholen, überholen. Das setzt ihm zu, verändert ihn äußerlich, während er dasteht, zieht die Haut straffer über sein Gesicht, versiegelt seinen Blick.

Rafferty steht auf dem Teil der Rampe, der unterhalb von Mr Hoover liegt.

Ja, Edgar hält das Datum fest. Er denkt an Pearl Harbor, mal gerade zehn Jahre her, er war an jenem Tag auch in New York, und die Nachricht schien in der Luft zu flimmern, alles im Blitzlichtgewitter, jeder Alltagsgegenstand heiß und aufgeladen.

Der Lärm der Menge bricht sich über ihnen, ein vielstimmiges Dröhnen, das durch die Hohlräume im Bauch des Stadions hallt.

Jetzt das, denkt er. Die eigene Hitze der Sonne, die ganze Städte verschlingt.

Gleason dürfte eigentlich gar nicht hier sein. Genau in diesem Moment findet in einem Studio in Midtown eine Probe statt, und da sollte er sein, bei der Vorbereitung der Sketchserie »The Honeymooners«, die zum ersten Mal in exakt zwei Tagen gesendet wird. Ein Stoff so recht nach Jackies Geschmack, es geht um einen Busfahrer namens Ralph Kramden, der mit seiner Frau Alice in einer armseligen Wohnung in Brooklyn lebt. Gleason findet nichts dabei, eine Probe zu versäumen, um ein paar Fans auf der Tribüne zu unterhalten. Aber Sinatra fühlt sich unbehaglich, all diese Leute, die ihnen die Rückenlehnen abschlabbern. Er ist rituelle Distanz gewohnt. Er will den Menschen nur unter zuvor abgesprochenen Umständen begegnen. Heute hat Frank seinen Italo-Geheimdienst nicht dabei. Und selbst mit Jackie an einer Flanke und Toots an der anderen – ein paar Schweinepriester, die als natürliche Schranke dienen – drängen sich die Leute unablässig heran, demonstrieren ihr Mitteilungsbedürfnis. Er sieht, wie einer nach dem anderen beschließt, daß er unbedingt mit ihm reden muß. Steife Grinsefratzen eiern auf ihn zu. Und wie sie ihn als Bezugspunkt für alles nehmen, was passiert. Einer da unten macht einen schönen Spielzug, sie starren Frank an, wie er wohl reagiert. Der Bierverkäufer stolpert auf einer Stufe, sie starren Frank an, ob er es wohl bemerkt hat.

Er beugt sich hinüber und sagt: »Jack, es ist wirklich großartig, hier zu sein, aber könntest du dir vielleicht mal ein Handtuch übers Gesicht hängen, damit diese Leute sich wieder auf das Spiel konzentrieren können?«

Die Leute wollen, daß Gleason was aus seiner Show bringt. Sie rufen ihm die Sätze zu, die er bringen soll.

Dann sagt Frank: »Wo zum Teufel steckt eigentlich Hoover? Wir brauchen ihn, damit er diese Frauen von unseren Luxuskörpern fernhält.«

Der Fänger ackert sich aus der Hocke hoch, die Falten seines geröteten Nackens sind staubverkrustet. Er hebt seine Maske an, damit er ausspucken kann. Er ist gepolstert und hat überall Stoßstangen, die Lippen rauh und schrundig und sonnenschuppig. Das ist das Äußerste, was er sich erlaubt, in der Öffentlichkeit auszuspucken. Seine Spucke schwappt und wabbelt, als sie den Staub trifft, wird sandbraun.

Russ Hodges ist für die mittleren Innings auf die Fernsehseite rübergegangen, er redet weniger, orientiert sich an den Geschehnissen auf dem Monitor. Zwischen den Innings bietet ihm der Statistiker von seinem Hühnchensandwich an, das er als Lunchpaket mitgebracht hat.

Er sagt zu Russ: »Woher der Wehmutsblick heute?«

»Wußte gar nicht, daß ich einen Blick habe. Überhaupt einen. Ich fühle mich gar nicht dazu in der Lage. Hohläugig vielleicht.«

»Nachdenklich«, sagt der Erbsenzähler.

Das stimmt, und er weiß es auch, Russ ist wehmütig und schweift ab, und das ist so verdammt komisch, seine Stimmung den ganzen Tag schon, so ein Zurücklehnen, ein altes knarziges Zurücksinken, wie ein grauhaariger Mann in einem Schaukelstuhl.

»Hühnchen mit was?«

»Mayonnaise, würd ich sagen.«

»Komisch, wissen Sie«, sagt Russ, »aber ich glaube, es liegt an Charlotte, daß ich heute so aus der Wäsche gucke.«

»Der Dame oder der Stadt?«

»An der Stadt natürlich. Ich habe in einem Studio Jahre damit zugebracht, wichtige Oberliga-Spiele nachzuerfinden. Im Hintergrund klackerte der Telegraphenlocher, und das ganze Drumherum saugte sich Schwadroneur Hodges zu neunundneunzig Prozent aus den Fingern. Ich will Ihnen mal was sagen, Pfadfinderehrenwort. Ich weiß, es klingt an den Haaren herbeigezogen, aber ich hab da immer gesessen und davon geträumt, aus einer Kabine der Polo Grounds in New York über echten Baseball zu berichten.«

»Echten Baseball.«

»Das, was bei Tageslicht passiert.«

Einer gibt dir ein Stück Papier voller Buchstaben und Zahlen, und du mußt ein Baseballspiel daraus machen. Du bestimmst das Wetter, erfüllst die Spieler mit Leben, läßt sie schwitzen und motzen und sich die Hosen hochziehen, und es ist bemerkenswert, denkt

Russ, wieviel irdische Erregung, wieviel Sommer und Staub man schon aus einem einzigen, flachen lateinischen Buchstaben heraufbeschwören kann.

»Was Maglie da wirft, ist aber alles andere als eine Stümperkurve«, sagt er ins Mikro.

Als er noch Geisterspiele kommentierte, verlegte er die Handlung auch gern auf die Tribünen, erfand etwa einen Jungen, der hinter einem Foul Ball herrennt, einen karottenschöpfigen Knirps mit hochstehender Tolle (ich bin schamlos, wie), der sich den Ball schnappt und ihn hochhält, diese Hundertdreißig-Gramm-Kugel aus Kork, Gummi, Zwirn, Roßhaar und Spiralnähten, einen Souvenir-Baseball, eigentlich ein unbezahlbares Objekt, das die gesamte Geschichte des Spiels jedesmal zu rekapitulieren scheint, wenn man es wirft oder schlägt oder berührt.

Er steckt sich den letzten Bissen Sandwich in den Mund und leckt den Daumen ab und erinnert sich wieder daran, wo er ist, weit weg von dem fensterlosen Raum mit dem Telegraphisten und den Morsebotschaften.

Drüben auf der Radioseite sagt der Sendeleiter: »Hast du letzte Woche in der Zeitung die Sache mit Einstein gelesen?«

Der Techniker: »Welcher Einstein?«

»Albert, der mit dem Haar. Irgendein Reporter hat gesagt, er soll doch mal die Wahrscheinlichkeitsrechnung für die heiße Phase der Meisterschaft aufstellen, weißt du, die eine Mannschaft gewinnt soundso viele der verbleibenden Spiele, die anderen Mannschaften gewinnen soundso oft oder soundso oft. Wie viele Milliarden Möglichkeiten gibt es? Wer ist im Vorteil?«

»Was weiß der denn schon davon?«

»Anscheinend nicht viel. Letzten Freitag hat er sich für die Dodgers entschieden, daß die die Giants rausschmeißen.«

Der Techniker redet durch die Decke mit seinem Kollegen von KMOX. Die Neuheit dieser Decke bringt die Leute dazu, sich im Knastjargon zu unterhalten. Wenn sie auf schwarzen Dialekt umschalten, bringt der Sendeleiter sie zum Schweigen, aber kurz darauf sind sie wieder dabei und mimen ein paar zugekiffte Neger im rauchigen Murmeln irgendeines Kellers. Natürlich nicht laut genug, um vom Mikro erfaßt zu werden. Ein Atmogeräusch, wie zufälliges Stimmengewirr auf den Mannschaftssitzen – ein Knistern, eine Struktur, eine Verästelung des Spiels.

Unten in den Logen wollen sie, daß Gleason sagt: »Ihr seid ein Spi-pi-pi-pitzenpublikum.«

Russ geht wieder zur Radioseite zurück, nachdem die Giants in ihrer Hälfte des sechsten Innings versagt haben, immer noch ein Punkt Rückstand. Er ist froh, daß er kein Thermometer dabeihat, er könnte in Versuchung geraten, es zu gebrauchen, und das wäre demoralisierend. Es ist ein milder Tag, ein Glück, und der Regen bleibt aus.

Der Sendeleiter: »Bleibt spannend bis zum Schluß, Russ.«

»Hoffentlich mach ich nicht dicht. Mein Kehlkopf fühlt sich an wie im Schraubstock.«

»Wir sind hier beim Funk, Kumpel. Kannste nicht dicht machen. Denk dran, was da draußen los ist. Die knutschen ihre kleinen Kofferradios.«

»Davon geht's mir auch nicht besser, vielen Dank.«

»Die kleben an ihren Empfängern, gottverdammich. Du bist Al Murrow aus London, und du mußt über den Blitz berichten.«

»Dank dir, Al.«

»Schone deine Stimme.«

»Tu was ich kann.«

»Dieses Spiel ist überall. Jeder Dow-Jones-Ticker schnattert den Stand mit den Börsennotizen raus. Jede Bar in der Stadt, garantiert. Die schmuggeln Radios in die Konferenzräume. Bei Schrafft's unterbrechen sie angeblich die Musikberieselung, um den Spielstand durchzugeben.«

»All die netten Damen mit ihren abgestimmten Twinsets und vornehmen Schnittchen.«

»Schone deine Stimme«, sagt Al.

»Haben die Tee mit Honig auf der Speisekarte?«

»Die essen und trinken Baseball. Der Kommentator bei den Pferderennen in Belmont informiert zwischendurch über den neuesten Stand. Und den hörst du auch in Taxis und beim Friseur und beim Arzt.«

Alle warten auf den Werfer, sein Gesicht ist eine einzige Vorahnung, der Oberkörper vorgestreckt, die Handschuhhand baumelt auf Kniehöhe. Er liest das Zeichen wieder und wieder. Er liest das Zeichen. Der Schlagmann zappelt auf seiner Position herum. Dieser Teufelskerl hat einen Wahnsinnswurf drauf.

Der Shortstop tritt von einem Fuß auf den anderen, um die Trance des Wartens zu durchbrechen.

Das ist das Gesetz der Konfrontation, getreulich befolgt und jedem trantütigen Werfer ins Gesicht geschrieben, seit es Mannschaften gibt, die Superbas und die Bridegrooms heißen. Der Unterschied kommt, wenn der Ball geschlagen wird. Dann ist nichts mehr wie zuvor. Die Männer geraten in Bewegung, springen aus der Hocke auf, und alles gehorcht dem Kieselhüpfen des Balls, den Drehungen und Backspins und Luftströmungen. Es gibt Koeffizienten des Luftwiderstandes. Es gibt Rücktriftwirbel. Es gibt lauter Dinge, die unwiederholbar Anwendung finden, die Erinnerung der Muskeln, das Pumpen des Blutes, Staubpartikelchen, die Erzählung, die in den Zwischenräumen der offiziellen Spielberichterstattung gedeiht.

Und auch die Menge befindet sich in diesem verlorenen Raum, die Menge, die sich in jener Tausendstelsekunde wandelt, wenn der Schläger und der Baseball aufeinandertreffen. Ein Rascheln aus Murmeln und Flüchen, Leute, die leise stöhnend keuchen, deren Gesichter sich verändern, während sich auf dem Rasen das Spiel entfaltet, ihr ganzes Blickfeld einnimmt. John Edgar Hoover steht mitten unter ihnen. Er schaut von dem breiten Gang oben an der Rampe zu. Er hat Rafferty gesagt, daß er bleibt. Bringt doch nichts, wenn er weggeht. Das Weiße Haus wird es in weniger als einer Stunde verkünden. Edgar haßt Harry Truman, er würde gern miterleben, wie der sich, gefällt von Brustschmerzen, auf dem Parkett windet, aber das Timing des Präsidenten kann er kaum kritisieren. Wenn wir es zuerst bekanntgeben, hindern wir die Sowjets daran, dem Ereignis ihre eigene hübsche Wendung zu geben. Und wir besänftigen die öffentliche Besorgnis zu einem gewissen Maß. Die Leute werden begreifen, daß wir die Nachricht unter Kontrolle haben, wenn schon nicht die Bombe. Das ist durchaus ein Grund zur Sorge. Edgar betrachtet die Gesichter um ihn her, sie sind offen und hoffnungsfroh. Er möchte die Nähe eines Mitbürgers spüren, die Übereinstimmung. Nichts hat all diese Menschen, geprägt durch Sprache und Klima und Lieder und Frühstücksgewohnheiten und die Witze, die sie erzählen, und die Autos, die sie fahren, je so miteinander verbunden wie dies: in der Spalte der Zerstörung zu sitzen. Er versucht, ein Zugehörigkeitsgefühl zu empfinden, den zugedrehten Hahn seiner alten Seele zu öffnen. Aber da ist ein Zustand der Verbitterung, den er nie zu benennen wußte, und sobald er durch den moralischen Niedergang, der sich überall abspielt, eine Bedrohung von außen erfährt, entdeckt er darin etwas Stabilisierendes für seinen Zustand, eine aufbauende Kraft. Natürlich protestiert sein Magengeschwür. Aber er hat diese Seite, diese Eigenschaft, die von der Stärke des Feindes abhängig ist.

Da ist der Mann auf den billigen Plätzen, der den Gang auf und ab tigert, einer der Irren des Viertels, er wedelt mit den Armen und murmelt, klein, vierschrötig, mit buschigen Haaren – könnte einer der Ritz Brothers sein oder ein vergessenes Mitglied der Three Stooges, der Vierte Stooge namens Flippo oder Dummy oder Shaky oder Jakey, und er lenkt die Leute in seiner Nähe ab, sie schreien ihn an, hinsetzen, haudochab, biswohlmeschugge, und er tigert auf und ab und sorgt sich, er schüttelt den Kopf und stöhnt, als wüßte er, daß etwas kommt oder gekommen ist oder schon wieder weg ist – er ist empfänglich für Dinge, die selbst dem scharfsinnigsten Fan entgehen.

Zur Baseballhymne zwischen der ersten und der zweiten Hälfte des siebten Innings kehrt ein Direktor mit steinerner Miene auf seinen Platz zurück. Er sagt natürlich nichts. Gleason brüllt einen Verkäufer an, versucht, Bier zu bestellen. Leute sind aufgesprungen, versuchen die Spannung und den Ärger abzuschütteln. Ein Mann putzt sich langsam die Brille. Ein Mann starrt. Ein Mann reckt sich die Steifheit aus den Gliedern.

»Für mich einen Brandy mit Soda«, sagt Toots.

Jackie rät ihm: »Sei nicht dein ganzes Leben eine Matschbirne.«

»Behandle den Mann anständig«, sagt Frank. »Für einen Juden, der trinkt, hat er es weit gebracht. Er ist dick befreundet mit Weltgrößen, von denen du nicht mal gehört hast. Früher oder später laufen sie alle bei ihm in der Kneipe ein und kippen mit Toots einen Brandy. Außer vielleicht Mahatma Gandhi. Und *den* haben sie erschossen.«

Gleason sträubt die Brauen und macht Glubschaugen und wirft ruckartig die Arme hoch, wie der Schwachkopf, der's geschnallt hat.

»Das war der Name, der mir nicht eingefallen ist. Der Zwerg, der nur im Notfall den Schlagmann macht.«

Die Leute in ihrer Umgebung hören das zum Teil, reagieren vor allem auf Tonfall und Gestik – sie haben gesehen, wie Jackie die Bemerkung körperlich aufgebaut hat, und biegen sich schon vor Lachen, bevor die Pointe ganz draußen ist.

Edgar lacht auch, trotz der Neuauflage des Zwergenmotivs. Er bewundert die grobe Selbstsicherheit dieser Männer. Sie scheint ihnen aus den Poren zu quellen. Sie haben ein Format an sich, eine natürliche Kraft, die seine eigene Sonntagsschulindoktrination verhöhnt, ihn zugleich aber zu dem ganzen Getöse hinzieht. Er ist ein selbstperfektionierter Amerikaner und hat die Saga des Rumtreibers zu respektieren, der aus einer Mietskasernenkultur aufgestiegen ist, von der schiefen Bahn gefährlicher Seitenstraßen. Das sorgt für ein ungestümes Ego, für Appetit. Die Muschigauner Jackie und Frank legen bei Frauen eine angeberische Ungezwungenheit an den Tag. Und es stimmt ja, daß Toots jeden kennt, den zu kennen sich lohnt, und selbst Gleason unter den Tisch trinken kann. Und wenn er dir seine joviale Tatze auf die Schulter haut, hast du das Gefühl, er ist eine Kraft der Vorsehung, gekommen, um dich aus deiner alten Verzagtheit zu erlösen.

Frank sagt: »Dieses Inning gehört uns.«

Und Toots: »Wehe wenn nicht. Diese Stinkstiefel von Dodgers machen mich nervös.«

Jackie gibt Biere durch die Reihe weiter.

Frank sagt: »Sieht so aus, als hätten wir mittlerweile alle kundgetan, für wen wir wirklich sind. Als hätten wir unsere Herzenswünsche verraten. Wir haben hier ein paar Uraltfans der Giants. Und dieses Walroß mit seiner Brooklynfrisur. Aber was ist mit unserem

Freund, dem G-Mann? Steht das G für Giants? Spuck's aus, Jedgar. Welche Mannschaft ist deine?«

J. Edgar. Manchmal nennt Frank ihn Jedgar, und dem Direktor gefällt der Name, obwohl er es sich nie anmerken läßt – der Name klingt mittelalterlich und prinzlich und listig-finster.

Ein schwaches Lächeln kriecht über Hoovers Gesicht.

»Ich bin kein Fan. Wer gewinnt«, sagt er leise, »ist meine Mannschaft.«

Er denkt an etwas ganz anderes. Wie unsere Alliierten einer nach dem anderen die Nachricht von der sowjetischen Bombe erhalten. Der Gedanke hat etwas grimmig Erheiterndes. Über die Jahre haben sich Joint Ventures mit den Geheimdienstchefs einer ganzen Reihe von Ländern als notwendig erwiesen, und er wünscht ihnen allen ein bißchen den Tod an den Hals.

Man muß sich diese Vier mal anschauen. Jeder hat ein Tüchlein ordentlich in der Brusttasche stecken. Jeder hält sein Bier vom Körper weg, beugt sich vor, um den hohen Schaum vom Rand des Bechers zu lupfen. Gleason mit einer Blume am Revers, einer feuchten Aster, die er aus einer Vase bei Toots stibitzt hat. Die Leute bedrängen ihn immer noch, daß er Gags aus seiner Show bringt.

Sie wollen, daß er »Harty har-har« sagt.

Der Hauptschiedsrichter an der Home Plate steht mit der Maske in der Hand da, sieht in seinem Aufzug fast wie die Karikatur eines Engländers aus. Er führt Buch, zählt die Aufwärmwürfe des Werfers. Er ist das kleine verbissene Gewissen des Spiels. Selbst im Ruhezustand sieht man ihm seine Geschichte voller Verstrickungen an, voller staubstampfender Männer im Sonnenlicht, die ihm auf der Nase herumtanzen. Man kann es an seinem Gesicht erkennen, vorgerecktes Kinn, angestrengter, finsterer Blick unter der Stirn. Wenn die Zahl acht erreicht ist, schickt er einen Strahl durch die Zähne und macht sich daran, mit seinem Handfeger die Gummiplatte der Home Plate zu säubern.

Auf der Tribüne zieht Bill Waterson seine Jacke aus und läßt sie am Finger baumeln. Sie ist zerknittert und übel zugerichtet und kommt ihm wie ein lebendiger Körper vor, dem er vielleicht gern die Leviten lesen würde. Nach einer Pause legt er sie doppelt zusammen und läßt sie auf seinen Platz fallen. Cotter hat sich wieder hingesetzt, überwiegend umgeben von Leuten in der Senkrechten. Bill ragt über ihm auf, ein ansehnlicher Kerl, dem Aussehen nach ein ehemaliger Sportler, der in der Mitte dick wird, sein Hemd ist unter den Armen feucht. Glück im siebten. Cotter braucht nur einen lumpigen Run, um nicht zu verzweifeln – den billigsten, herausgeschundensten, unverdientesten Run, der je herausgeholt wurde. Andernfalls gibt er gleich auf. Das kennt man doch, wie es läuft, wenn man vor dem Ende aufgibt, und dann kommt die Mannschaft noch mal ganz groß raus, und man empfindet unbehagliche Scham, die einen beschleicht wie Teichschlick.

Bill sagt zu ihm hinunter: »Ich nehme das ernst, wenn im siebten Inning alle aufstehen und singen. Da heißt es nicht bloß durchstehen. Da muß man aufstehen und sich strecken, jawohl.«

»Ist mir schon aufgefallen«, sagt Cotter.

»Das ist nämlich eine Gewohnheit, die weitergegeben wird. Sie gehört dazu. Unsere eigene kleine Tradition. Stehen, Strecken – das ist gewissermaßen ein Privileg.«

Bill amüsiert sich damit, verschiedene stilisierte Streckübungen vorzuführen, den Bodybuilder, die Hauskatze, und er versucht, Cotter dazu zu bewegen, einen Faulpelz im Klassenzimmer nachzumachen.

»Hast du mir eigentlich gesagt, wie du heißt?«

»Cotter.«

»Darum geht's nämlich beim Baseball, Cotter. Du machst dasselbe, was alle vor dir auch gemacht haben. Das ist die Verbindung. Es gibt eine richtig lange Linie. Ein Mann nimmt seinen Sohn mit zu einem Spiel, und dreißig Jahre später, wenn der arme alte Trottel im Krankenhaus dahinsiecht, wird genau davon geredet.«

Bill schnappt seine Jacke vom Sitz und legt sie sich auf den Schoß, als er sich hinsetzt. Sekunden später steht er wieder, er und Cotter schauen zu Pafko, der den Ball so schnell wie möglich abgibt, damit die Giants keinen Triple schaffen. Ein leises Raunen erhebt sich, buschig und dicht, und die Fans lassen noch mehr Papier zum Fuß der Wand herabsegeln. Alte Einkaufslisten und Abschnitte von

Eintrittskarten und zusammengeknüllte Zeitungsbällchen rieseln im fahlen Nachmittagslicht auf Pafko nieder. Weiter draußen auf dem linken Außenfeld bewerfen sie den Aufwärmplatz der Dodgers mit Papier, bewerfen die Gestalt des trainierenden Labine und des trainierenden Branca und ihre beiden Fänger, und auch die Männer unter dem abgeschrägten Dach, das aus der Wand vorspringt, die kaugummikauenden Männer, die nichts zu sagen haben.

Branca trägt die Nummer Dreizehn auf dem Rücken.

»Hab's dir ja gesagt«, sagt Bill. »Was hab ich dir gesagt? Ich hab's dir gesagt. Wir sind wieder im Kommen.«

»Wir müssen den Punkt erst noch machen«, sagt Cotter.

Sie setzen sich wieder hin und beobachten, wie der Schlagmann mit einem Blick direkt an der Linie entlang Durocher anpeilt, der in Zeichensprache aus der Trainerzone bei der Third Base nacheinander die Anweisungen durchgibt. Dann ist Bill wieder auf den Beinen, krempelt die Ärmel hoch und feuert die Spieler an, einfache Worte der herzhaften Ermutigung.

Cotter gefällt, wie deutlich die Absichten dieses Mannes sind, wie er auf Vertrauen und Zuversicht beharrt. Es gibt kein anderes Mittel gegen die Macht des Zweifels. Er glaubt, er ist dabei, Freundschaft zu schließen. Dieses Gefühl kommt von Bills gemütlicher Stimme und seiner umgänglichen, verschwitzten Turnhallenmassigkeit, davon, wie er Cotter zuhört und ihn glauben macht, sie verbände eine lange, enge Kameradschaft – fröhliche Kumpanei nennt man das wohl. Er fühlt sich etwas seltsam dabei, es ist ihm unvertraut, mit Bill zu reden, aber er spürt auch etwas Beschützendes, Geborgenes, das ihm helfen wird, die Niederlage zu überstehen, falls es dazu kommt.

Lockman pflanzt sich auf, um den Ball abtropfen zu lassen.

Auf der oberen Tribüne sitzt ein Mann, der die aktuelle Ausgabe von *Life* durchblättert. Auf der zwölften Straße in Brooklyn sitzt ein Mann, der einen Kassettenrekorder an sein Radio angeschlossen hat, um die Stimme von Russ Hodges aufzunehmen, der das Spiel kommentiert. Der Mann weiß nicht, warum er das tut. Eine spontane Regung, eine Flause, so als würde er das Spiel zweimal hören, so als wäre man jung und alt zugleich, und später wird sich herausstellen, daß dies die einzige bekannte Aufnahme von Russ' berühmter Beschreibung der letzten Spielminuten ist. Das Spiel und seine Verästelungen. Die Frau, die Kohl kocht. Der Mann, der wünscht, er käme vom Suff los. Sie sind die entlegenere Seele des Spiels. Verknüpft durch die pulsierende Stimme im Radio, verbunden mit der Mund-zu-Mund-Propaganda, die den Spielstand bis auf die Straße trägt und zu den Fans, die die Sondernummer anrufen, und mit der Menge im Stadion, aus der das Fernsehbild wird, Menschen winzig wie Reiskörner, und mit dem Spiel als Gerücht und Mutmaßung und innerer Geschichte. In der Bronx sitzt ein Sechzehnjähriger, der sein Radio mit aufs Dach des Hauses genommen hat, damit er alleine zuhören kann, ein im Dämmerlicht kauernder Dodgers-Fan, und er hört, wie der fehlgegangene Bunt beschrieben wird und der Flugball, der den Gleichstand erzielt, und er schaut über die Dächer, Teerstrände mit ihren Wäscheleinen und Taubenschlägen und ausgelaufenen Kondomen, und er kriegt das kalte Schaudern. Das Spiel ändert nichts daran, wie du schläfst, dir das Gesicht wäschst oder dein Essen kaust. Es ändert nichts, nur dein Leben.

Der Sendeleiter sagt: »Endlich, ein Run immerhin.«

Russ ist fix und fertig, Mannomann, ist der wund und zerknittert und ungekämmt. Als die Mannschaften mit dem achten Inning beginnen, berichtet er, daß sie einhundertvierundfünfzig normale Saisonspiele bestritten haben und zwei Play-off-Spiele und sieben ganze Innings des dritten Play-off-Spiels, und jetzt hängen sie fest, sie sitzen gnadenlos in der Klemme, auf dem toten Punkt, Leute, also macht euch eine Chesterfield an und bleibt dran.

Das nächste halbe Inning scheint mindestens eine Woche zu dauern. Cotter sieht, wie die Dodgers Läufer an die First und Third Base schicken. Er beobachtet, wie Maglie einen Kurvenball in den Staub setzt. Er sieht Cox, der einen Schuß an der Third Base vorbeidonnert. Ein dumpfer Lärm erhebt sich allmählich aus der Menge, Männer rufen aus den tiefsten Tiefen, eine animalische Furcht und Verzweiflung.

In der Kabine sieht Russ, wie die Menge langsam den Zusammenhalt verliert, die Leute sitzen verstreut auf den harten Stufen, ein Priester geht mit einem Schwung Knaben im Gänsemarsch den Gang hinauf, Papier entrollt sich flatternd im Wind. Er hört den Ansager aus St. Louis auf der anderen Seite der Decke, es ist Harry Caray, er klingt so munter wie immer, bei seinem Namen fällt Russ der japanische Ausdruck für das rituelle Bauchaufschlitzen ein, und er überlegt, daß der Name mittlerweile besser zu ihm paßt als zu Harry.

Helligkeit strömt vom Himmel herab, die Dodgers machen Punkte, ein Mann tanzt den Gang entlang, ein spitzbärtiger Schwarzer in einem Bing-Crosby-Hemd. Alles verändert seine Gestalt, wird zu etwas anderem.

Cotter kriegt die Worte kaum heraus.

»Was bringt es eigentlich, den Punktestand auszugleichen, wenn du dann eine Kehrtwendung machst und dich von den anderen plattwalzen läßt?«

Bill sagt: »Die gehen jetzt auf die Spielerbank, und ich garantiere dir, die lassen nicht locker. Bei dieser Mannschaft gibt's kein Aufgeben. Mach kein langes Gesicht, Cotter. Wir Kumpel in schlechten Zeiten, wir müssen zusammenhalten.«

Cotter merkt, wie ihn Trübsal beschleicht, ein verworrenes Selbstmitleid, die Kraft verläßt seine Arme, in seinem Kopf ertönt eine Stimme und wirft ihm vor, es mache ihm was aus. Und das Schlimme ist, daß er sich darin suhlt. Er ist ein Verlierer und weiß, wie bei der Sache mit dem Verlieren der verdrehte Lohn zu finden ist – alles wird aufgeplustert, ausgebreitet, versüßt bis zum Ekel, denn man wird sorgfältig für diese Rolle ausgesucht.

Es steht vier zu eins.

Im dritten oder vierten Inning hätte es regnen sollen. Heftig niederprasselnder Regen. Es hätte donnern und blitzen sollen.

Bill sagt: »Ich glaube immer noch dran. Und du?«

Der Werfer nimmt seine Mütze ab und reibt sich mit dem Unterarm über den Haaransatz. Big Newk. Dann pustet er in die Mütze. Dann schüttelt er sie und setzt sie wieder auf.

Shor wirft Gleason einen Blick zu.

»Immer noch mit dem Mundwerk dabei. Laß die Leute doch in Ruhe. Die sind hier, weil sie ein Spiel sehen wollen.«

»Welches Spiel? Dresche beziehen die. Komm, gehen wir nach Hause.«

»Wir gehen nicht nach Hause«, sagt Toots.

Jackie sagt: »Wir können die Menge schlagen, du Matschbirne.«

Und Frank: »Los, wir stimmen ab.«

Toots sagt: »Du siehst ja aus wie ausgespuckt. Setz dich lieber hin und guck zu. Hier geht nämlich keiner, bevor ich gehe, und ich gehe nicht.«

Jackie winkt einen Verkäufer herbei und bestellt eine Runde Bier. In der zweiten Hälfte des achten Innings passiert gar nichts. Zuschauer bewegen sich auf die Ausgangsrampen zu. Erskine und Branca werfen sich jetzt ein, und die komischen Papierschnipsel segeln von der oberen Etage herunter. Der Anfang des neunten Innings läuft schlecht für die Dodgers, und in diesem Moment spürt man ein hilfloses Zerbröckeln, man kann es in der Luft schmecken, in dem einsamen Wolfsheulen hoch oben von der Tribüne hören. Alles, was du hier eingebracht hast, ist unwiederbringlich, und du weißt nicht, ob du sofort gehen willst oder für immer bleiben, unter einer Decke im Wind leben.

Der Techniker: »Nette Saison, Jungs. Sollten wir irgendwann mal wieder machen.«

Die Enge in der Kabine und die geballte Männlichkeit stimmen Russ etwas gereizt. Er steckt sich noch eine Zigarette an, und zum ersten Mal an diesem Tag macht er sich deshalb keine Vorwürfe. Er hört das einsame Geheul, hört seinen Statistiker Zahlen in Pseudo-Französisch aufsagen. Das alles gehört zu ein und derselben Sache, der Empfindung von etwas Zusammenklappbarem, das gefaltet irgendwo verstaut ist, und dem Schultrübsinn, der Jahrzehnte zurückliegt – dem letzten, bedrückenden Tag der Sommerferien, wenn der Spielraum zu einer Schraubendrehung zusammenschrumpft. Diesen Tag hat er nie abschütteln können, den letzten Sonntag vor dem ersten Schulmontag. Der zog einen merkwürdigen, tiefen Schatten bis an den westlichen Rand des Nachmittags.

Er möchte nach Hause und seiner Tochter zuschauen, wie sie mit dem Fahrrad durch das Laub auf der Straße fährt.

Dark reckt sich nach einem Wurf und schlägt einen Bouncer, der wie ein Blindenhund zum Firstbaseman schleicht und vom äußersten Ende seines Handschuhs abprallt.

Ein Kopf lugt über die Decke, der Tontechniker von KMOX, und er erzählt einen Witz über den schnellsten Liebhaber von Mexiko – *voon Mähicko*. Ein unglaublicher Bursche namens Speedy Gonzalez.

Russ denkt die ganze Zeit, Hit, wirft aber einen Routineblick auf die Clubhaus-Anzeige direkt in der Mitte, ob das erste E von CHESTERFIELD aufleuchtet und einen Fehler anzeigt, E wie Error.

Robinson nimmt den Ball auf den ersten Metern des rechten Außenfeldes auf.

»Also, da macht einer Flitterwochen in Acapulco, und er hat tausend Geschichten über die wahnsinnige Geschicklichkeit von Speedy Gonzalez gehört, tja, und ehrlich gesagt macht er sich Sorgen, er ist vollkommen überdreht, und in der ersten Nacht, der Nacht der Nächte, liegt er mit seiner Frau im Bett und hat die ganze Zeit seinen Mittelfinger in ihre Muschi gestöpselt, damit Speedy Gonzalez sich auch ja nicht dazwischendrängelt, wenn er gerade mal nicht hinguckt.«

Mueller geht auf Position und läßt den ersten Wurf durch, zu tief.

Auf der Spielerbank der Dodgers greift ein Trainer zum Telefon und ruft zum achtzehnten Mal den Aufwärmplatz an, um zu erfahren, wer gut wirft und wer nicht.

Mueller sieht einen Fastball auf Hüfthöhe und schafft einen Single nach rechts.

»Dann muß er aber ums Verrecken eine rauchen und lehnt sich ganz kurz rüber, um sich Zigaretten und Streichhölzer zu nehmen.«

Russ beschreibt Dark, der aufrecht die Third Base erreicht. Und Thomson steht mit erhobenen Armen in der Spielerbank, seine Finger umkrallen die Dachkante hinter ihm. Russ beschreibt Zuschauer, die in den Gängen stehen, und andere, die sich nach unten zum Spielfeld bewegen.

Irvin streift das Trainingsgewicht von seinem Schläger.

»Er steckt sich also schnell eine an und rollt sich schleunigst mit ausgestrecktem Mittelfinger zurück ins Bett.«

Maglie sitzt schon in Unterhosen im Clubhaus, im typischen Nachspiel-Zustand aus Auflösung und Achselgestank – Abbild des Mannesinnersten in Trümmern, könnte man sagen –, und schluckt Bier aus der Flasche.

Irvin geht auf Position.

Russ beschreibt Newcombe, tiefes Luftholen, Strecken der Arme überm Kopf. Er beschreibt Newcombe, der nach dem Zeichen Ausschau hält.

»Da sagt Speedy Gonzalez, Sen-jo-oor, Sie ha'm Ihren Finger in meinem A-arsch stecken.«

Russ hört das meiste davon und hätte lieber drauf verzichtet. Reißt selber einen kleinen Witz, wobei er halb aufsteht und seine Anzugjacke übers Mikro zieht, damit nicht die kleinste Silbe Schweinkram an die Ohren seiner Zuhörer dringt. Anständige Leute da draußen.

Fastball, zu hoch und zu weit außen.

Die Menge hört sich unsicher an. Die Leute wissen nicht, ob sich die Truppen noch sammeln oder ob es mal wieder ein zäher Rattenschwanz von Endphase wird, was die Qual nur verlängert. Ein hoher, aufgeregter Lärm, der Russ an ungeduldiges Warten auf einem Bahnhof denken läßt.

Irvin versucht übereifrig, einen Donnerschlag zu landen, aber Russ hört, wie die Menge aus tiefster Seele den kläglichen Bogen des Baseballs nachvollzieht, ein gestöhnter Vokal, der weich zu Boden sinkt. Der Firstbaseman hebt ihn auf und berührt die Base.

Anständige Leute da draußen. Russ möchte gern glauben, daß sie sich immer noch irgendwie erkennbar versammeln, eine große Familie vorm Radio, alte Linien und Bande und Verwandtschaften.

Lockman geht auf Position, der blonde Struwwel aus Carolina.

So wie man sich bei ihm zu Hause immer vorm Grammophon versammelte, um der großen Oper zu lauschen, den gerollten R's aus dem alten Europa. Diese Gedanken verblassen, kehren zurück. Lenken ihn nicht ab. Er sieht hellwach jede Bewegung auf dem Feld.

Ein paar Blaujacken nähern sich nicht weit von der Third Base dem Geländer.

Die Schellackplatten waren auf einer Seite leer und so brüchig, daß man sie nur schief anzusehen brauchte, schon hatten sie einen Sprung. So ging der unvermeidliche Witz.

Er beugt sich übers Mikro. Als würde sich das Feld zu Substantiven und Verben ausstülpen. Er braucht nur zu reden.

Sagt: »Carl Erskine und der Flammenwerfer Ralph Branca immer noch beim Aufwärmen.«

Wurf.

Lockman schlägt ihn zurück ins Netz vor der Haupttribüne.

Jetzt setzt rhythmischer Applaus ein, zunächst zögerlich, dann breitet er sich immer dichter auf der Tribüne aus. So steigt die Menge auf das Spiel ein. Der wiederholte Dreiertakt hat die Kraft irgendeines primitiven Glaubens, eine verzweifelte Art Willenskraft über Magie und Zufall.

Lockman geht wieder auf Position, schwingt den gelben Schläger.

Wie seine Mutter ihn immer mit warmem Wasser und Salz gurgeln ließ, wenn er über Halsschmerzen klagte.

Lockman schlägt den zweiten Wurf in flacher Linie über die Third Base. Russ hört Harry Caray auf der anderen Seite der Decke ins Mikro schreien. Dann schreien sie beide, und der angeschnittene Ball fliegt auf die Linie zu und landet noch im Spielfeld und wirbelt eine Staubfontäne auf und treibt Pafko wieder in die Ecke.

Männer laufen, Sprint von der First zur Third Base, der Spieler, der den Punkt macht, läuft rückwärts, damit er mitkriegt, was auf den Wegen zwischen den Bases passiert. Sämtliche Giants vorn an der Spielerbank auf den Beinen. Die Menge genauso, Köpfe recken sich, um besser zu sehen. Männer laufen durch eine Lärmkaskade, die von oben auf sie herabwallt.

Der Ball war außerhalb der Strike Zone, Lockman hat ihn nach rechts statt nach links geschlagen, Harry fängt an zu brüllen.

Der Treffer bricht das rhythmische Klatschen der Zuschauer. Sie steigern sich zu offenem Gebrüll, der Lärm erweitert und verbreitert sich immer mehr. Die Menge ist plötzlich wie ausgewechselt, erneuert.

Harry fängt an zu brüllen, und dann geht Pafko in die Ecke, und Russ fängt an zu brüllen, und wieder segelt Papier herunter.

Ein Schlagmann aus, ein Punkt gemacht, zwei Punkte Rückstand, Läufer an der Second und Third Base. Russ fürchtet, jedes Wort könnte sein letztes sein. Er spürt, wie gerötet seine Kehle ist, zusammengeschnürt, so eng wie ein Nadelöhr. Mueller immer noch bei der Third Base am Boden, verletzt darauf zu gerutscht oder gar nicht gerutscht, gestoppt und mit den Spikes an der Base hängengeblieben, ein Mann mit Schmerzen, das Aufflammen gezerrter Sehnen.

Es rieselt wieder Papier, zerknüllte Fahrscheine und aufgebröselte Kippen und Bürozettel und zu Fliegern gefaltete Spielprotokolle, windgetrieben und meistens weiß, und Pafko geht zurück auf Position, wechselt den Schritt, um einen Trinkbecher leichtfüßig wegzukicken, die Geste dient als eine Art Anerkennung, Andeutung einer verbindenden Kraft zwischen Spielern und Fans, so wie Pafko den weißen Becher stupst, eine kleine, ganz und gar nicht mißgünstige Zugabe von der Feldseite – eine Respektbezeugung vor den listigen Kniffen des Spiels, den unerahnbaren Mustern.

Der Mannschaftsarzt erscheint, Mueller wird auf eine Trage gelegt und zum Clubhaus gebracht. Muellers Leiden, der Schmerzzoll, den das Spiel fordert – das ergibt Sinn, ein Mann auf einer Trage.

Die Spielunterbrechung läßt der Menge Zeit, den Lärmpegel wieder aufzubauen. Russ pausiert regelmäßig am Mikro, damit sich das Rauschen sammelt. Ein Grollen solchen Ausmaßes hat er noch nie gehört. Anfeuern oder Zujubeln kann man das nicht mehr nennen. Das ist Reviergebrüll, die Selbstbehauptung des Egos, wodurch sich die Masse von anderen Vorgängen abgrenzt, von politischen Aufmärschen oder Gefängnismeutereien – von allem jenseits der Stadionmauern.

Russ schnüffelt sich ans Mikro ran, nur die Ruhe, obwohl er fast schreit, anders dringt man gar nicht mehr durch.

Feldspieler sammeln sich am Werferhügel, der Cheftrainer fuchtelt Richtung Aufwärmplatz, und der eine Werfer kommt rein, der andere Werfer geht, und der Ersatzläufer für Mueller macht an der Third Base Kniebeugen.

Irgendwer hämmert auf das Kabinendach.

Russ sagt: »Also, nicht umschalten. Macht euch erst mal 'ne Chesterfield an. Wir bleiben dran, mal schaun, ob Ralph Branca es bringt.«

Ja. Das ist Branca, der durch das dumpfige Gleißen stapft. Branca, ein großer strammer Kerl, der allerdings an seinem Wohl und Wehe zu tragen scheint. Ein Mann mit einer Bürde, sagt seine Ausstrahlung. Die schweren Lider, die bleiernen Füße, die wulstige Stirn. Sein Gesicht liegt hinter einer düster lauernden Nase mit breitem Rücken.

Die Stadionpolizei geht in Stellung.

Schau mal, der Mann auf der oberen Tribüne. Er reißt Seiten aus seinem *Life*-Heft und wirft sie unzerknüllt über das Geländer, läßt sie mit schaukelndem Trudeln auf die kreischenden Fans darunter segeln. Das macht er wegen des anderswo herabfallenden Papiers, es wirkt ansteckend - ein ausgelassener Spaß ohne Vorschriften. Er ignoriert das Spiel zunehmend, schickt statt dessen nur noch die Seiten über das Geländer. Das verbindet ihn mit den anderen Papierwerfern und mit den Fans auf der unteren Tribüne, die sich nach seinen Blättern strecken, sie auffangen - sie alle sind eine zweite Kraft, parallel zum Spiel.

Nicht weit davon spürt ein anderer Mann ein Ziehen in der Brust, seine Arme werden taub. Er will sich hinsetzen, weiß aber nicht, ob er hinter sich greifen kann, um sich auf dem Sitz niederzulassen. Herz, mein Herz, mein Gott.

Branca, der fünfundzwanzig ist, aber aussieht, als wäre er die leibhaftige Fronarbeit alter Zeiten. Als er am Werferhügel angelangt ist, haben die Helfer Mueller mit der Trage die Treppen hoch und ins Clubhaus geschafft. Den vergißt die Menge. Den würde sie auch vergessen, wenn er tot wäre. Der Lärm schwillt wieder an. Branca nimmt den Ball, und die Männer am Hügel ziehen sich zum Rand zurück.

Shor wirft Gleason einen Blick zu.

Er sagt: »Sag doch, daß du nach Hause willst. Wo ist es denn geblieben, dein Komm gehen wir nach Hause? Wenn wir jetzt abhauen, sind wir schneller als die Massen.«

Er sagt: »Ihr zwei Sauhunde habt jede elende Quälerei auf Gottes weitem Erdboden verdient, meine Phantasie reicht gar nicht dafür aus.«

Jackie sieht auch wirklich elend aus. Er lockert seine Krawatte und öffnet den oberen Hemdknopf. Er ist der einzige im Quartett, der nicht aufgesprungen ist, aber daß er sich nicht wohlfühlt, kommt nicht von der Wende im Spiel. Sondern vom Saufen seit heute morgen und vom fetten Essen.

Shor sagt: »Sag mir, daß du nach Hause willst, dann laufe ich voraus und halte dir die Autotür auf und helfe dir hinein.«

Rings um die Gruppe kommt Papier herunter, dicke glänzende Zeitschriftenseiten, was im augenblicklichen Tumult überhaupt nicht auffällt. Frank schnappt sich eine ganzseitige Anzeige für etwas, das sich pasteurisierte Speisekäsezubereitung nennt, ein Produkt von Borden's, das ist die Firma mit der Kuh, und die Farbabbildung zeigt einen gelblichen, hingequetschten Matsch, der widerlich auf einem Hot Dog schmilzt.

Pokerface-Frank hält Gleason die Seite vor die Nase.

»Hier. Kleine Verdauungshilfe.«

Jackie sitzt da wie ein Flugzeugpassagier in einem Fallstrom. Die Seiten flattern weiter herunter. Babynahrung, löslicher Kaffee, Enzyklopädien und Autos, Waffeleisen und Shampoos und Blended Whiskeys. Fröhliche Zeiten, ein optimistischer Überfluß, der bis auf die Nachrichtenseiten vordringt, wo die Farmer der Nation eine Rekordernte melden. Und die strahlenden Waren, der Glanz eines neuen Packard-Modells, der sich im redaktionellen Beitrag über die Kunstschätze des Prados wiederholt. Es gehört alles zu ein und derselben Sache. Rubens und Tizian und Playtex und Motorola. Und da ist ein Foto von Sinatra höchstpersönlich, in einem Nachtclub in Nevada mit Ava Gardner, guck dir bloß ihren Ausschnitt an. Frank wußte gar nicht, daß er diese Woche in *Life* war, bis die Seiten vom Himmel fielen. Er hat Leute, die dazu da sind, ihm so etwas mitzuteilen. Er behält die Seite und greift nach einer anderen, um sie Gleason ins Gesicht zu klatschen. Da hast du eine Budweiser-Werbung, Kumpel. In einem Land, das es eilig hat, die Zukunft zu schaffen, sind die Namen, die sich mit den Waren verbinden, eine bleibende Beruhigung. Johnson & Johnson und Quaker State und RCA Victor und Burlington Mills und Bristol-Myers und General Motors. Das sind die verehrten Embleme der prosperierenden

Wirtschaft, leichter zu erkennen als die Namen von Schlachtfeldern oder toten Präsidenten. Nicht daß Jackie in der Stimmung wäre, ein Magazin durchzublättern. Er ist in tiefer Reglosigkeit versunken, ranziger Schweiß bricht ihm aus, und er hat den Vorgeschmack massiver innerer Verwerfungen im Mund.

Branca macht seinen letzten Aufwärmwurf und dreht die Hand, um einen Kurvenball anzudeuten. Unabhängig von den Details in Haltung oder Auftreten: der gewichtige Körper im Ruhezustand. Dort auf dem Werferhügel ist er stark und locker, mit geschmeidig schneidendem Armschwung, ein Mann, der den Ball will.

Furillo schaut vom rechten Außenfeld her. Ein in Stein gemeißeltes Profil.

Der Mann mit den buschigen Haaren tigert immer noch zwischen den billigen Plätzen auf und ab, stöhnt und schüttelt den Kopf – hol doch einer die Männer in den weißen Jacken, daß sie ihn rausschaffen. Er führt Selbstgespräche, kopfwackelnd wie ein Straßeneiferer, der Künder einer fernen Plage, die immer näher rückt. Hinsetzn, Halliklappe, rufen sie ihm zu.

Frank klatscht Gleason weiter Seiten ins Gesicht.

Er befiehlt: »Aufessen, Kumpel. Papier reinigt den Gaumen.«

Einsatz Thomson.

Der aufgeschossene, flinke Schotte. Er betet es sich immer wieder vor, während er neben der Home Plate für einen festen Stand sorgt. Guck auf den Ball. Wart auf den Ball.

Russ umklammert das Mikro. Warmes Wasser und Salz. Gurgeln, sagte seine Mutter.

Thomson weiß nicht recht, ob er alles deutlich sieht. Seine Augäpfel sirren. Er hat so ein Gefühl im Körper, er verschanzt sich, macht es sich in seiner Haltung bequem, der Lärm der Menge verhängt den Himmel, und dann dieses Gefühl, daß er die Verbindung zu seiner Umgebung verloren hat. Allein in diesem ganzen Tohuwabohu. Guck auf den Ball. Paß auf und warte. Er ist, ehrlich gesagt, etwas beduselt, unser Bobby. Wie beim ersten Moment des Aufwachens am Morgen, und du weißt nicht, in wessen vier Wänden du bist.

Russ sagt: »Jetzt schlägt Bobby Thomson zu.«

Mays, auf einem Knie in Warteposition, halb auf seinen Schläger gelehnt, den er umschlungen hält, und er beobachtet Branca, wie er gewaltig Schwung holt, Klick-Klick, Drücken-Ziehen, denkt, wenn Thomson versagt, muß er alles ausbaden, die ganze Saison auf seinen Schultern, und das Gedudel spielt in seinem Kopf, die Radio-Umarmung der Luft, das Mosaik der Luft, und im richtigen Moment wird es sich von selbst abschalten.

Unter den Tribünen ist eine Erste-Hilfe-Station, und der Stadionpolizist muß es irgendwie hinkriegen, den kranken Mann da runter zu schaffen, ohne von einer wildgewordenen, trampelnden Menge überrannt zu werden. In Anbetracht der Umstände sieht das Opfer ganz anständig aus. Sitzt da, wartet auf die Helfer mit dem Rollstuhl. Na schön, vielleicht sieht er doch nicht so gut aus. Er sieht blaß, krank, verängstigt und infarktgetroffen aus. Eine Faust ballen und die Zunge herausstrecken, das schafft er noch, und bis der Rollstuhl da ist, kann der Polizist nicht viel machen, also stellt er sich eben in den Gang und schaut das Spiel zu Ende an.

Thomson in seiner gebeugten Haltung, Kinn eingezogen, wartend.

Russ sagt: »Einer aus, zweite Hälfte des neunten.«

Er sagt: »Branca wirft, Thomson läßt den Wurf durch, den der Schiedsrichter als gerade noch gut gibt – Strike.«

Er verstärkt die Dezibel bei dem Wort Strike. Pausiert, damit sich die Reaktion der Menge aufbaut. Nie gegen die Menge anreden. Laß die Spannung von denen kommen.

Diese großen, üppigen Seiten, die von der oberen Tribüne regnen.

Lockman steht bei der Second Base und versucht, einen Treffer auf Thomsons Schläger zu wünschen. Vielleicht war das der Wurf, den er haben wollte. Auf Hüfthöhe, nah am Körper – so einen guten kriegt er nicht mehr zu sehen.

Russ sagt: »Bobbys Trefferquote steht dieses Jahr bei neunundzwanzig Prozent. Er hat heute einen Single und einen Double geschafft und den ersten Run der Giants mit einem langen Flugball ins mittlere Außenfeld nach Hause gebracht.«

Lockman schaut über das Innenfeld zur Home Plate. Der Double, den er geschlagen hat, wirkt immer noch in ihm nach, knattert in seiner Brust weiter, eine Körpererinnerung, die den Augenblick nachspielt. Er lugt in das Dreieck, das sich zwischen den Knien des Fängers auftut. Er sieht die nach unten stoßenden Finger, die stumpfe Hand bei einer Wedelbewegung nach oben links. Die werden ihm zuerst einen hohen, nahen Fastball geben und dann mit einem Kurvenball von ihm weg nachsetzen. Ein hübscher Zweiteiler, das Manöver. Sieht von hier aus leicht und locker aus.

Russ sagt: »Brooklyn führt vier zu zwei.«

Er sagt: »Läufer nicht allzu weit von der Third Base weg. Geht kein Risiko ein.«

Thomson denkt, das geht alles zu schnell. Denkt, schnelle Hände, guck auf den Ball, nur Mut.

Russ sagt: »Lockman ohne allzuviel Vorsprung bei der Second Base, aber gleich wird er laufen wie der Wind, sobald Thomson einen Treffer landet.«

J. Edgar Hoover auf seinem Logenplatz zupft sich eine Zeitschriftenseite von der Schulter, wo das Ding gelandet und liegengeblieben ist. Zuerst ärgert er sich, daß sein Körper damit in Berührung gekommen ist. Dann fällt sein Blick auf die Seite. Die Farbreproduktion eines Gemäldes voller mittelalterlicher Figuren, die sterben oder tot sind – eine Landschaft der visionären Verwüstung und Katastrophe. So ein Bild hat Edgar noch nie gesehen. Es geht über die ganze Seite, dominiert sicher die ganze Zeitschrift. Skelettarmeen auf dem Marsch über die rotbraune Erde. Männer, von Lanzen durchbohrt, am Galgen hängend, auf die Speichen von Rädern geflochten, die an den Spitzen kahler Bäume befestigt sind, Leichen, den Krähen ausgeliefert. Legionen der Toten, die sich hinter Schilden aus Sargdeckeln formieren. Der Tod selbst rittlings auf einer klapperdürren Mähre, er giert nach Blut, hält seine Sense bereit, während er die Leute in besessenen Schwärmen auf den Eingang irgendeiner Höllenfalle zutreibt, einer seltsam modernen Konstruktion, die ein U-Bahntunnel sein könnte oder ein Büroflur. Ein Hintergrund aus Aschehimmeln und brennenden Schiffen. Edgar ist klar, daß die Seite aus dem *Life*-Magazin stammt, und er versucht, sich in Rage zu bringen, er fragt sich, warum ein Magazin, das das Leben im Namen führt, ein so schauriges, schreckliches

Gemälde abbildet. Aber er kann den Blick nicht von der Seite lösen.

Russ Hodges sagt: »Branca wirft.«

Gleason gibt ein Geräusch von sich, halb Seufzen, halb Stöhnen. Wahrscheinlich ist es ein Schnauben, ähnlich dem Rauschen der Brandung an irgendeinem Palmenstrand. Edgar erinnert sich an den Ausbruch vorhin, Jackies kleinen Hustenanfall. Da vermutet er tiefere Verstrickungen. Er begibt sich auf den Gang und zwei Stufen höher, auf Abstand zu den bevorstehenden Entladungen animalischer, vegetabiler und mineralischer Materie.

Kein guter Wurf zum Schlagen, eher hoch und innen, aber Thomson schwingt den Schläger wie einen Tomahawk gegen den Ball, und alle, alle schauen zu. Außer Gleason, der auf seinem Sitz vornüber hängt, die Hände im Nacken verschränkt, ein cremiger Schleimfaden baumelt von seinen Lippen.

Russ sagt: »Das ist aber ein weiter Schlag.«

In seiner Stimme ist ein Knallen, eine erwartungsvolle Aufladung.

Er sagt: »Das wird noch.«

Rings um ihn eine Pause. Pafko rast in die Ecke des linken Außenfeldes.

Er sagt: »Glaube ich.«

Pafko an der Wand. Dann sieht er nach oben. Die Leute denken, wo ist denn der Ball. Die kurze Verzögerung, das Anhalten der Zeit, ein Wimpernschlag. Und Cotter, der in Block 35 steht, sieht den Ball auf sich zukommen. Fühlt, wie sein Körper sich in Rauch auflöst. Als der Ball sich über das vorstehende Dach erhebt, verliert er ihn aus den Augen, und er denkt, der landet auf der oberen Tribüne. Doch bevor er lächeln oder schreien oder seinen Nachbar auf den Arm hauen kann. Bevor der Augenblick ihn überwältigen kann, taucht der Ball wieder auf, mit sichtbar wirbelnden Nähten, so nah trifft er auf, prallt in schrägem Winkel von einem Pfosten ab – überall schießen Hände hervor.

Russ spürt die Menge ringsum, ein Schauer durchläuft die Tribünen, und dann schreit er ins Mikro, da ist ein Aufwallen von Farbe und Bewegung, stadionweit, ein aufsteigendes Krachen, Hände und Gesichter und Hemden, Gruppen hin und her wogender Männer, und er schreit regelrecht, seine Stimme hat eine Kraft, die er lang verloren glaubte – womöglich läßt sie gleich seine Schädeldecke hochgehen wie eine Comicrakete.

Er sagt: »*Die Giants sind Meister.*«

Ein überschnittener Line Drive. Thomson hat den Wurf getomahawkt, der Ball war überschnitten und ist in der unteren Tribüne verschwunden, und da steht Pafko bei dem 315-Fuß-Schild und schaut direkt nach oben, den rechten Arm an die Wand gestützt, und ein Wolkenbruch Papier kommt herunter.

Er sagt: »*Die Giants sind Meister.*«

Ja, die Stimme überschlägt sich, mit einem kleinen hysterischen Kitzeln im oberen Register. Aber vor allem wumms und flatsch. Er sieht Thomson als ersten herumhüpfen. Die Mütze des First-Base-Feldtrainers – der Feldtrainer an der First Base hat seine Mütze in die Luft geschleudert. Thomson hat einen Wurf auf Kinnhöhe angenommen und ihn erstklassig hart geschlagen. Der Ball ist zuerst hochgeflogen, dann abgesackt, hat die Verblendung der oberen Tribüne verpaßt und ist zwischen den Plätzen darunter verschwunden – reingeholt, verschluckt –, und die Spieler der Dodgers stehen da und glotzen, schon isoliert von dem Ereignis, dumpf in den Schatten zwischen den Tribünen starrend.

Er sagt: »*Die Giants sind Meister.*«

Die Crew johlt. Sie antworten den Dachtrommlern durch Schläge an Wände und Decke der Kabine. Leute klettern aufs Dach über der Spielerbank, und die Menge erzittert von ihrem eigenen Lärm. Branca auf dem Werferhügel in seiner gequälten Schlaffigkeit. Er hat einen hohen Fastball gebracht, einen Wurf, der leicht nach innen dreht, und der Kerl sollte ihn gefälligst durchlassen. Russ brüllt sich die heisere Kehle aus dem Leib, alle Malessen, alle krankhaften Erscheinungen und Beschwerden und alle Komplexe des Heranwachsens und jede unsanfte Erinnerung.

Er sagt: »*Die Giants sind Meister.*«

Viermal. Branca dreht sich um, hebt die Rosin Bag auf und schleudert sie wieder hin, jetzt auf dem Weg zum Clubhaus, mit schiefen Schultern – er begibt sich auf den langen, toten Marsch der Mühsal.

Überall fallendes Papier. Russ weiß, daß er sich beruhigen sollte, das Mikro sollte jetzt den Klang des anschwellenden Getöses ringsum aufnehmen. Aber er kann nicht aufhören zu schreien, von ihm ist nichts übrig als Geschrei.

Er sagt: »Bobby Thomson schlägt ihn in die untere Tribüne am linken Außenfeld.«

Er sagt: »Die Giants sind Meister, und sie drehen durch.«

Er sagt: »Sie drehen durch.«

Dann bricht er in einen Schrei aus, rein, ohne Worte, einen Heuler aus alten Tagen – auf auf zum Fiedeln, Musik aus den Bergen auf WCKY, morgens um halb sechs. Das Ding kommt aus ihm rausgehüpft, ein Juchzer, vielleicht *hevvy-ho* oder auch *oh-boyyy* rückwärts oder irgend etwas ganz anderes – schwer zu sagen, wenn es keine Worte gibt. Und Thomsons Mannschaftskameraden, die sich bei der Home Plate versammeln, Thomson, der die Bases mit ausgelassenen Hopsern umrundet, mit Bocksprüngen – er ist jetzt für immer Bobby, ein wilder Bengel, zeitlos, und sein Atem jagt so sehr, daß er gar nicht weiß, ob er mit der ganzen Luft fertig wird, die da reingefegt kommt. Er sieht die Männer, die in einer durcheinanderpurzelnden Schlange an der Home Plate auf ihn warten, zum Knuffen und Puffen – seine Mannschaftskameraden, keine besseren Kumpel auf der Welt, und wie sie dreinschauen, ein überwältigendes Glück ist über sie hereingebrochen, ihre Augen leuchten unter den Mützen.

Er hat den Ball getomahawkt, hat draufgedroschen, und jetzt klingeln ihm die Ohren, und in seinen Händen und Füßen ist ein betäubendes Kribbeln. Hinter der Second Base steht Robinson, Hände in den Hüften, und achtet drauf, daß Thomson auch jede Base berührt. Man kann fast dabei zusehen, wie der tapfere Jack altert.

Guck mal, wie Durocher wirbelt. Russ hält zum ersten Mal inne, bemerkt erst jetzt die ganze Wucht des Lärms. Leo wirbelt bei der Third Base herum. Der Cheftrainer wirbelt herum, aufrecht und mit weit ausgestreckten Armen – vielleicht eine Form der asketischen Verzückung, wie sie es in den Moscheen Anatoliens machen.

Die Leute achten bewußt auf die genaue Uhrzeit.

Edgar steht mit verschränkten Armen da, ein Auge der Vernunft auf Gleason gerichtet. Ringsherum die fallenden Seiten, es war eine ziemlich dicke Ausgabe – Abführmittel und was gegen Sodbrennen, Damenbinden und Hühneraugenpflaster und Schuppenmittel. Jackie stößt ein Unterwasserbellen aus, laut und rüde, der heisere Ruf eines Säugetiers in Not. Dann ein Aufwallen von Flanell, es sieht aus, als würgte er einen maulwurfsgrauen Schlafanzug hervor. Im Werbejargon würde man den Unrat als weich und flüssig beschreiben, und er platscht freigiebig auf Franks kernige Oxford-Schuhe, die feinen Florstrümpfe und die seidig gewebte Wolle seiner Stadt- und Landhose.

Die Uhr über dem Clubhaus zeigt 3:58 an.

Russ hat sein Gesicht wieder ins Mikro gehängt. Er schreit: »Ich glaub's nicht.« Er schreit: »Ich glaub's nicht.« Er schreit: »Ich glau-be es nicht.«

Sie kommen herunter und drängen sich an den Geländern. Sie kommen von den äußersten Enden des großen strahlenförmigen Stadions, durch die Gänge und zu den Geländern.

Pafko ist inzwischen außer Reichweite des Papiers, trabt aufs Clubhaus zu. Das Papier fällt trotzdem weiter. Waren die ersten Papierwogen eher feindlich und spöttisch und die mittleren eher Ausdruck einer Fan-Gemeinschaft, so hat dieser letzte Schub etwas Mildes, Eigenständiges. Das Papier kommt von überall herunter, Wäschereischeine, geklaute Büroumschläge, zerknüllte Zigarettenschachteln sind dabei und klebrige Verpackungen von Waffeleis, Seiten aus Notizblöcken und Taschenkalendern, sie schmeißen verblaßte Dollarscheine runter, zerrissene Schnappschüsse, geriffelte Papierförmchen von Schokotörtchen, sie zerfetzen Briefe, die sie jahrelang in der Brieftasche herumgetragen haben, die Überreste von Liebesaffären und Studentenfreundschaften, alles glücklicher Müll jetzt, der intime Wunsch der Fans, mit dem Ereignis in Verbindung zu stehen, unaufhörlich, durch Taschenabfälle, Privatmüll, irgendein Ding mit Schattenidentität – Rollen von Toilettenpapier, die sich in poetischen Schlangen ergießen.

Sie haben sich am Maschendraht hinter der Home Plate versammelt, in das enge Geflecht verkrallt.

Russ schreit immer noch, er ist noch nicht leergeschrien, was er da hat, findet er, ist es wert, wiederholt zu werden.

Sagt: »Bobby Thomson hat einen Line Drive in die untere Tribüne am linken Außenfeld geschlagen, und alle drehen hier durch.«

Als nächstes merkt Cotter, wie er in den Gang schlüpft. Alles ist überfüllt, alles ist erregt, und er muß sich Reihe um Reihe mit Ellbogen und Schultern durchstemmen. Keiner scheint es groß zu bemerken. Der Ball ist da hinten in einem riesigen Haufen von Hemden und Jacken. Das Spiel liegt weit hinter Cotter. Soll die Menge damit machen, was sie will. Er ist jetzt hinter dem Baseball her, und er hat keine Zeit, sich zu fragen warum. Sie haben den Ball in die Tribüne geschlagen, los, geh und hol ihn. Es ist der Ball, mit dem sie spielen, das Ding, das sie reiben und knuffen und vollschwitzen. Cotter geht den Gang hoch, zwischen tausend klopfenden Herzen hindurch. Er drängelt und haut um sich. Er sieht Leute, die sich wie wild runterbeugen, als wären sie beim Apfelfangen in Indiana, bloß ein bißchen rabiater. Dann ist der Ball plötzlich draußen, einer setzt ihm nach, das Leittier der Meute, ein junger Bursche mit hektischen Kraulbewegungen, die Leute greifen nach ihm, versuchen, seine Jacke zu erwischen, eine Faustvoll Hosenboden. Er hat drahtiges rötliches Haar und trägt eine Collegejacke – na, diese Sportjacken, wo die Ärmel in einer Farbe sind und wie Leder aussehen, und der Rumpf, wahrscheinlich aus Wolle, hat eine dunklere Farbe, und das Ganze in den Farben der College-Mannschaft.

Cotter stellt ein paar Überlegungen an und drängelt sich durch eine Reihe, die zwei Reihen vom Geschehen entfernt ist. Er überlegt, er ahnt etwas, es ist dieses Gefühl, gleich passiert was, und dann beobachtet man, wie es haargenau so kommt, geradezu in gleichmäßigen Etappen, damit man sehen kann, wie die Zahnrädchen der eigenen Phantasie ineinandergreifen.

Er hat den Wurf hart geschlagen, und der Ball ist rausgeschossen und abgetaucht und verschwunden. Und Thomson ist mit einem Satz auf der Home Plate, angetrieben von seinen Mannschaftskameraden, die sich mit schuffelnden Schritten und ausgestreckten Händen vorwärtsbewegen, damit sie einander nicht mit den Spikes verletzen. Und die herbeiflitzenden Fotografen, die breitbeinig in Stellung gehen, und die ersten Fans, die das Spielfeld entern, die ersten vereinzelten, die ehrfürchtig dastehen oder herumsausen, um alles aus dieser Perspektive zu sehen, verblüfft, sich auf Höhe der Spielfläche wiederzufinden, oder beduselt und überdreht direkt auf Thomson zuzulaufen, in die Keilformation der Spieler an der Home Plate hineinzuwalzen.

Frank betrachtet sich das Malheur. Er steht mit ausgestreckten Händen da, die Handflächen nach oben, entgeistert, mundtot vor Ekel. Daß das hier passieren konnte, in der Öffentlichkeit, in der Hochstimmung des Großereignisses – seine fassungslose Verblüffung ist stärker als der Abscheu. Er schaut auf Jackies glänzenden Hinterkopf herunter, und er schaut auf seine eigenen Hosenaufschläge, die in intimem Beige gesprenkelt sind, und den Sabber auf seinen Schuhen, ein Muster wie von Bombeneinschlägen, und die zähsuppige Pfütze daneben, in der ein paar träge Flatschen schwimmen, irgendwie pink, aus den tiefsten Tiefen von Gleasons Magensack.

Und er nickt und sagt: »Meine Schuhe.«

Shor fühlt sich auf den Schlips getreten, er merkt, wie sich ein Ausdruck auf sein Gesicht schleicht, als würde es von einer schlechten Rasur brennen, lang ist's her, das Ziehen der Klinge und kaltes Wasser morgens.

Und er schaut Frank an und fragt: »Hast du den Home Run wenigstens gesehen?«

»Teils-teils.«

Und Shor sagt: »Soll ich mir jetzt die Zeit nehmen, dich zu fragen, welchen Teil du gesehen und welchen du verpaßt hast, damit wir irgendwann mal am Telefon drüber quatschen können?«

Manche Leute greifen sich in die Haare, halten ihr Hirn fest.

Frank stiert starrköpfig nach unten. Er läßt einen Fuß nach Backbord kippen, damit er die Seite des Schuhs auf Kotzespuren untersuchen kann. Das sind nämlich handgemachte Schuhe aus einer engen Gasse mit einem urigen Namen im ältesten Alt-London.

Und Shor sagt: »Wir haben gerade haushoch gewonnen, die nehmen hier den Laden auseinander, ich weiß nicht, ob ich lachen, weinen oder Scheiße schreien soll.«

Frank sagt: »Ich empfehle Nummer eins oder Nummer drei.«

Russ hält immer noch am Mikrofon die Stellung, hat noch ein Letztes zu sagen und kriegt es kaum raus.

»Die Giants haben gewonnen. Mit einem Stand von fünf zu vier. Jetzt heben sie Bobby Thomson hoch. Und tragen ihn vom Spielfeld.«

Wenn eine Spur Unruhe in seiner Stimme mitschwingt, so deshalb, weil er ins Clubhaus muß, um Spieler und Trainer und Mannschaftsfunktionäre zu interviewen, und man kommt nur zu Fuß dorthin, über die ganze Länge des Spielfelds, und er hat schon keine Puste mehr, keine Worte mehr, und die Menge wuchert über die Wände. Er sieht Thomson, der von einer Männerphalanx aus Spielern und anderen, überwiegend anderen, getragen wird – die Spieler haben die Beine in die Hand genommen, die Spieler rasen zum Clubhaus –, und er sieht Thomson rittlings und wacklig auf den Schultern von Männern, die ihn ebensogut gleich aus dem Stadion und auf ein Straßenfest schleppen könnten.

Gleason hängt in den Seilen, ein Wrack, ausgelaugt und gebeugt, und er kriegt kaum auf die Reihe, warum da eigentlich so viel geschrien wird.

Das Spielfeld übersät von Menschen, die Mützenklauer, die aufgeweckten Gören, die landende Flugzeuge imitieren, mit steil gereckten, ausgestreckten Armen.

Und da sehen wir Cotter unter einem Sitz.

Überall in der Stadt kommen die Leute aus ihren Häusern. So ist das nämlich mit Thomsons Home Run. Er treibt die Leute hinaus auf die Straße, zu den anderen, damit sie denen erzählen können, was passiert ist, den wenigen, die es noch nicht gehört haben – und um Gesichter und Geistesverfassung zu vergleichen.

Und Russ hat ein heißes Mikro vor sich und muß jemanden finden, der es übernimmt und redet, damit er runter aufs Spielfeld kommt, irgendwie mit heiler Haut durchs Gedränge.

Und Cotter hockt unter einem Sitz und kämpft mit jemandem um den Baseball, Hand gegen Hand. Er will ihn fester zu packen bekommen. Er will die Hand seines Rivalen isolieren, damit er ihm den Ball Finger um Finger entwinden kann.

Ein verbissenes kleines Schauspiel aus Händen und Armen, eine kriegerische Prüfung, ein Gerangel nach festen Regeln.

Das eiserne Bein der Sitzbank schneidet ihm in den Rücken. Er hört das inbrünstige Schnaufen seines Rivalen. Beide sind auf einen Vorteil aus, versuchen, ihre Stellung zu sichern.

Der Rivale ist durch den Rücken der Bank blockiert, er hängt kopfüber in der oberen Reihe, hat nur seinen Arm unter den Sitz gesteckt.

Die Leute schauen bewußt nach der Uhrzeit auf dem Zifferblatt oberhalb der narbigen Fassade des Clubhauses, der hohen Zinnen – sie registrieren den Zeitpunkt, als der Ball eingeschlagen ist.

Ein kleiner, verbissener Konflikt aus Fingern und Zentimetern, ein Leben voller Mühe auf Sekunden verdichtet.

Er kriegt seine Hände um den Arm des Rivalen, gleich oberhalb des Handgelenks. Er arbeitet schnell, denkt schnell – dauert es zu lange, ergreift nachher noch einer Partei.

Der Rivale, der Gegner, der Gewegnewer, gedehnte, geschwollene Adern zwischen scheißweißen Knöcheln. Wenn die Leute Partei ergreifen, hat Cotter da noch eine Chance?

Zwei Herzanfälle, nicht einer. Ein zweiter Mann bricht auf dem Spielfeld zusammen, ein gutgekleideter Bursche, der nicht richtiggehend fällt, sondern sich langsam und kontrolliert auf ein Knie sinken läßt, dann auf das andere, dann auf die rechte Hand, und schließlich sackt er schlaff vornüber. Das hält niemand für Übermut. Der Mann ist nicht der Typ, der Hundenummern im Dreck vollführt.

Und Cotters Hände um den Arm des Rivalen, drehen ihn hin und her, bis die Haut brennt – Brennesselgriff heißt das, schon vergessen? Eine Hand wringt in die eine, die andere in die andere Richtung, fest verdrehen, schnell sein.

Der Atem des Rivalen stockt. Der Rivale stockt, um den Schmerz zur Kenntnis zu nehmen. Er jault seine bösen Ahnungen geradezu hervor, und Cotter merkt, wie der Arm zuckt, die Finger sich vom Ball lösen.

Thomson drängt herunter von den Schultern der Männer, die ihn tragen, läßt sich zu Boden fallen, reißt sich von Grapschhänden los – er sieht andere Spieler, die ihn aus den Fenstern des Clubhauses durchdringend beobachten.

Und Cotter hält den Arm des Rivalen mit einer Hand fest, während er mit der anderen nach dem Ball greift. Er sieht, wie er am Stuhlbein vorbeirollt, auf dem unebenen Untergrund herumkullert. Er fängt ihn sozusagen mit den Augen ein und streckt eine Schaufelhand aus.

Der Ball rollt auf einem ganz leicht gekrümmten Kurs ins Freie.

Die Bewegung von Cotters Hand ist so alt wie er selbst. Es ist, als hätte er seit dem Augenblick, da er aus dem Säuglingsdasein hinauskatapultiert wurde, diese Hand nach diesem oder jenem ausgestreckt. All seine Erfahrung ist in den gespreizten Fingern dieser einen gekrümmten Hand enthalten.

Herz, mein Herz.

Die ganze Angelegenheit unter den Sitzen hat nur Sekunden gedauert. Jetzt tritt er den Rückzug an, so schnell er kann – er hat den Ball, er spürt ihn heiß und summend in der Hand.

Ein Gefühl, daß ihm die Leute unwillig aus dem Weg gehen, zur Seite treten, aber nicht besonders schnell, totäugige Trottoirgesichter.

Der Ball ist feucht von der Hitze und dem Schweiß der Rivalenhand. Cotters Arm hängt schlaff an der Seite herab, und er leert sein Gesicht, angstvoller jetzt als bei dem Sprung über das Drehkreuz, aber fest entschlossen, lässig und unbeteiligt dreinzuschauen, sich über die Lehnen steigend durch die Reihen vorzukämpfen, sich zwischen die Körper zu schieben, über die Sitze zu laufen, wenn es sich gerade ergibt.

Schau mal, die Platzanweiser, die sich gegenseitig an den Handgelenken fassen, um einen bequemen Tragesitz für den Infarktpatienten zu machen, und ihn zur Erste-Hilfe-Station unter der Haupttribüne schleppen.

Ein Blick zurück zu dem Bereich weiter oben, einen Blick gestattet er sich und sieht, wie der Rivale sich aufrappelt. Der Mann fällt auf, mit weißem Hemd und ungeschlacht, und es ist nicht der Student, an den er gedacht hatte, der Bursche in der Unijacke, der dem Ball so nachgejagt war.

Und der Mann fängt seinen Blick auf. Das will Cotter nun gar nicht, das schadet der Sache. Es war ein Fehler, zurückzuschauen. Er hat sich einen Blick gestattet, blitzartig und schräg, und jetzt hat er sich im harten Starren des Mannes verfangen.

Die erhabenen Nähte des Balls pochen in seiner Hand.

Ihre Augen treffen sich in den Abständen zwischen den schaukelnden Körpern, zwischen den vorstehenden Gesichtern und den breiten Rücken der schreienden Fans. Ringsum Jubel. Aber er hat sich im Blick des Mannes verfangen, und sie schauen sich durch die Menge und über die Menge hinweg an, und es ist Bill Waterson mit Flecken auf dem Hemd, die Haare haben richtig gelitten und stehen ab – der gute Nachbar Bill, dessen Halsabschneiderlächeln ihn anblitzt.

Die Toten sind gekommen, um die Lebenden zu holen. Die Toten in Leichentüchern, Totenregimenter zu Pferde, das Skelett mit dem Leierkasten.

Edgar steht im Gang und hält die beiden gegenüberliegenden Seiten der Abbildung aneinander. Die Leute klettern über die Sitze, schreien heiser zum Spielfeld hinüber. Er steht da und hält sich die Seiten vor die Augen. Er hat erst gemerkt, daß er nur die Hälfte des Gemäldes sah, als auch die linke Seite herniederschwebte, da erblickte er flüchtig ein bißchen rostbraunen Erdboden und zwei skeletthafte Männer, die an Glockensträngen ziehen. Das Blatt streifte den Arm einer Frau und landete mit einer Drehung auf Edgars gottesfürchtiger Brust.

Thomson befindet sich jetzt draußen im zentralen Außenfeld und weicht den Fans aus, die in Schwüngen und Sprüngen nahen. Sie springen ihn an, sie wollen ihn zu Boden reißen, ihm Schnappschüsse von ihren Familien zeigen.

Edgar liest den Bildnachweis auf der dazugekommenen Seite. Es handelt sich um ein Werk aus dem 16. Jahrhundert, von einem flämischem Meister namens Pieter Bruegel, und es heißt *Der Triumph des Todes*.

Ein kühner Titel, will mich dünken. Aber zugegeben, schon faszinierend – vielleicht ist die linke Seite sogar noch besser als die rechte.

Er mustert den Schinderkarren voller Schädel genauer. Er steht im Gang und betrachtet den nackten Mann, den die Hunde hetzen.

Er betrachtet den abgemagerten Jagdhund, der an dem Säugling im Arm der toten Frau nagt. Das sind lange, knochige Hungerleiderköter, Kriegshunde sind das, Höllenhunde, Schindangertölen, befallen von Parasitenmilben, Hundetumoren, Hundekrebs.

Der gute keimfreie Edgar, der Mann, der zu Hause ein Luftfiltersystem zum Zerstäuben von Staubkörnchen hat – er findet Geschwüre, Wunden und verwesende Leichen fesselnd, Hauptsache, der Kontakt mit der Quelle ist rein bildlich.

Er entdeckt eine weitere tote Frau im Mittelgrund, rittlings über ihr ein Skelett. Die Stellung ist fraglos sexuell. Doch halt, ist sich Edgar sicher, daß das eine Frau darstellen soll, keinen Mann? Er steht im Gang, ringsum johlt die Menge, und er hält sich die Seiten vor die Augen. Die Unmittelbarkeit des Gemäldes findet er eindrucksvoll. Ja, die Toten kommen über die Lebenden. Doch allmählich erkennt er, daß die Lebenden Sünder sind. Die Kartenspieler, die schäkernden Liebesleute, er sieht den König im Hermelinmantel, der seine Schätze in Oxhoftfässern hortet. Die Toten sind gekommen, um die Weinschläuche zu leeren und den tafelnden Edelleuten einen Schädel auf dem Tablett zu servieren. Er sieht Völlerei, Geilheit und Gier.

Edgar liebt so was. Edgar, Jedgar. Gib's doch zu – du liebst es. Davon knistern ihm die Körperhärchen. Skelette mit schmächtigen Schwänzen. Die Toten an den Kesselpauken. Die Sackleinentoten schneiden einem Pilger die Kehle durch.

Die Farben von Blut und Fleisch und die Leichenhaufen, dies ist eine Statistik grauenvoller Todesarten. Er schaut in den lodernden Himmel, weit weg hinter dem Vorgebirge auf der linken Seite – Tod in der Ferne, Feuersbrünste an vielen Orten, Schrecken weltumspannend, die Krähen und Raben in stummem Gleitflug, der Rabe auf der Kruppe der weißen Mähre hockend, schwarz und weiß in alle Ewigkeit, und Edgar denkt an einen einsamen Turm im kasachischen Testgebiet, den Turm, der mit der Bombe bestückt ist, fast kann er den Wind hören, der über die Steppen Zentralasiens bläst, da draußen, wo der Feind in langen Mänteln und Pelzmützen lebt und die alte, gewichtige Sprache spricht, die sie da haben, liturgisch und tiefernst. An welcher geheimen Geschichte schreiben sie? Da ist das Geheimnis der Bombe, und da sind die Geheimnisse, die von der Bombe inspiriert werden, Dinge, die selbst der Direktor nicht erraten kann – ein Mann, dessen einsames Herz jedes eiternde Geheimnis der westlichen Welt birgt –, denn diese Verschwörungen entstehen ja gerade erst. Er weiß nur eins, daß das Genialische der Bombe sich nicht nur in ihrer physikalischen Zusammensetzung aus Partikeln und Strahlen äußert, sondern auch darin, daß sie viele Möglichkeiten für neue Geheimnisse schafft. Für jede Explosion in der Atmosphäre, für jeden kurzen Blick, den wir auf die entblößte Macht der Natur, diesen komischen enthäuteten Augapfel, der über der Wüste detoniert, erhaschen – für jede und jeden davon, schätzt er, gibt es einhundert Verschwörungen, die in den Untergrund gehen, dort schwärmen und laichen.

Und welche Verbindung gibt es zwischen *uns* und *ihnen*, wie viele gebündelte Verknüpfungen finden wir im Labyrinth des Nervensystems? Es reicht nicht, seinen Feind zu hassen. Man muß begreifen, wie *wir* und *sie* uns gegenseitig vollkommen ergänzen.

Die alten Toten ficken die neuen. Die Toten holen Särge aus der Erde. Die Toten am Hang läuten die alten, rissigen Glocken, die für die Sünden der Welt erschallen.

Einen Moment lang schaut er auf. Er nimmt die Blätter vor seinem Gesicht weg – reißt sich mühsam davon los – und betrachtet die Menschen auf dem Spielfeld. Die im Glückstaumel sind. Die um die Bases herumrennen und lauthals den Endstand verkünden. Die so aufgeregt sind, daß sie heute nacht nicht schlafen werden. Die einen, deren Mannschaft verloren hat. Die anderen, die die Verlierer verspotten. Die Väter, die nach Hause laufen werden, um ihren Söhnen zu erzählen, was sie gesehen haben. Die Männer, die ihre Frauen mit Blumen und Schokokirschen überraschen werden. Die Fans, die in einem Pulk an den Stufen des Clubhauses die Namen der Spieler grölen. Die Fans, die auf dem Weg zur U-Bahn nach Hause mit den Fäusten aufeinander losgehen. Die Schreihälse und Berserker. Die alten Freunde, die sich zufällig draußen an der Second Base begegnen. Und diejenigen, die mit ihrer Seligkeit die Stadt erleuchten werden.

Cotter geht in normalem Schrittempo durch das Nachmittagslicht, das Nachschullicht. Er kommt an Häuserreihen auf der Eighth Avenue vorbei, einen kleinen, feierlichen Hüpfer im Gang, ein endloses Aufundabschwingen, und Bill hält sich schräg hinter ihm, knapp dreißig Meter entfernt.

Er sieht das Schild, *Kraft im Gebet*, er trägt den Ball in der rechten Hand und reibt mehrmals daran, dreht sich um und sieht, wie hinter Bill der Student in der zweifarbigen Jacke auftaucht, der Junge, der zu Beginn in das Gerangel um den Ball verwickelt war.

Bill ist sein Cowboygrinsen abhanden gekommen. Er nimmt Cotters Existenz so gut wie nicht zur Kenntnis, diesen Jungen, der in hochgeschnürten Keds-Turnschuhen auf Erden wandelt. Cotters Körper ist startbereit. Aber wenn er jetzt losrennt, dann haben wir da einen schwarzen Jungen, der zwischen überwiegend weißen Passanten hindurchläuft und von zwei wutentbrannten Weißen verfolgt wird, die Dieb! oder Gib! schreien oder so was.

Sie gehen die Straße entlang, drei Geheimmitglieder eines organisierten Ereignisses.

Bill ruft: »Hey Cotter, Kumpel, hör mal, wir haben dieses Spiel zusammen gewonnen.«

Viele Leute sind in Autos oder in der U-Bahn verschwunden, sie strömen über den Fußgängerweg auf der Brücke zur Bronx, aber es sind immer noch genug Menschen da, um den Verkehr auf der Straße lahmzulegen. Die berittene Polizei ist unterwegs, aufrecht zu Pferde, wie erhabene Wesen erscheinen sie zwischen den Autos.

»Hey Cotter, ich hatte den Ball vor dir in der Hand.«

Bill sagt das gutmütig. Er lacht dabei, und Cotter fängt gleich wieder an, diesen Mann zu mögen. Autohupen blöken überall auf der Straße, Lärm der Freude und der gegenseitigen Begrüßung.

Der Student sagt: »Ich finde, es wird Zeit, daß ich mich mal hier reinhänge. Ich hänge da nämlich auch mit drin. Ich war der erste, der den Ball erwischt hat. Lange vor euch beiden übrigens. Irgendwer hat ihn mir aus der Hand geschlagen. Ich meine, wenn wir schon davon reden, wer zuerst da war.«

Cotter beobachtet den Studenten beim Sprechen aus den Augenwinkeln. Er sieht, daß Bill stehenbleibt, also bleibt auch er stehen. Bill bleibt stehen, um Eindruck zu machen. Um den Studenten abzutaxieren, ihn von Kopf bis Fuß zu mustern, Punkt für Punkt. Er registriert die zweifarbige Jacke, das dichte rote Haar, er erfaßt den ganzen Jungen und seinen Status als an Land lebendes Säugetier mit beträchtlichem Gehirn.

Und sagt: »Was?« Sonst nichts. Ein hartes, scharfes *Was*.

Mit offenem Mund steht er da, sein Körper ist zu einer komischen, gefahrenträchtigen Dumpfheit abgeschlafft.

Er sagt: »Wer zum Teufel bist du überhaupt? Was tust du hier? Kenne ich dich etwa?«

Cotter schaut zu, amüsiert über den Gesichtsausdruck des Studenten. Der hat gedacht, er gehöre zu einem Team, wir gegen ihn. Jetzt weiß er nicht, wohin mit seinen Augen.

Bill sagt: »Das ist eine Angelegenheit zwischen meinem Kumpel Cotter und mir. Etwas Persönliches, verstanden? Wir wollen dich hier nicht haben. Du verdirbst uns den Spaß. Und wenn ich mich noch deutlicher ausdrücken muß, dann gibt es eine Familie, die sich heute abend ohne einen ihrer Lieben zu Tisch setzt.«

Bill geht weiter, Cotter desgleichen. Er dreht sich um und sieht, wie der Student Bill ein paar Schritte weit folgt, unsicher, und dann zurückbleibt und allmählich mit der Straße und der Menschenmenge verschmilzt.

Bill schaut Cotter an, ein schmales Grinsen. Ein wölfischer Blick ohne jede Spur von Gnade. Er hält seine Anzugjacke umklammert, zusammengerollt und geknüllt, als wollte er gleich damit werfen.

Mit fortschreitender Dunkelheit wird das Licht auf dem Spielfeld intensiver. Das Gras glüht, es schimmert und verstrahlt Hitze. Leute laufen vorbei, sehen aus, als stünden sie in Flammen, und mit den tastenden Schritten eines Touristen in einem großen Basar bewegt sich Russ Hodges vorwärts, als wollte er sich mit den Händen durch eine Menschenmenge drängen.

Einige Platzanweiser hieven einen Betrunkenen bei der First Base von der Linie, der Mann zergeht zu einem schlaffen Sack, dann macht er sich los und beginnt, in seinem viel zu großen Regenmantel mit dem langen, schleifenden Gürtel um die Bases zu rennen.

Russ überquert das Innenfeld, fällt tänzelnd in einen tolpatschigen Dauerlauf, er fühlt sich uralt und fremd und denkt an die Spieler seiner Jugendzeit, die Männer mit Südstaaten-Spitznamen, deren Bemühungen er Tag für Tag in der Zeitung verfolgte, an Eppa Rixey und Hod Eller und den alten Ivy Wingo, und ein albernes Grinsen klebt auf seinem Gesicht, weil er ein einundvierzigjähriger Mann mit hohem Fieber ist, der gerade über ein Spielfeld läuft, um mit einer Meute Sportler in Unterhosen ein Gespräch zu führen.

Er sagt zu einem, der neben ihm läuft: »Ich glaub es nicht, ich glaub es immer noch nicht.«

Im Außenfeld sieht er, wie die Fenster vom Clubhaus den Schein der Blitzlichter einfangen, die drinnen ausgelöst werden. Er hört ein schrilles Johlen, dreht sich um und sieht den Betrunkenen im Regenmantel auf die Third Base zuschlittern. Dann merkt er, daß der Mann neben ihm Al Edelstein, sein Sendeleiter, ist.

Al ruft: »Ist es zu glauben?«

»Ich glaub's nicht«, sagt Russ.

Sie schütteln sich im Laufen die Hand.

Al sagt: »Guck dir mal die Leute an.« Er ruft und fuchtelt mit einer kubanischen Zigarre herum. »Das ist wie ich-weiß-nicht-was.«

»Wenn du's nicht weißt, weiß ich's auch nicht.«

»Schone deine Stimme«, sagt Al.

»Meine Stimme ist tot und begraben. Auf einem Sonnenstrahl gen Himmel gefahren.«

»Eins ist mal sicher, alter Junge, das sag ich dir: Den heutigen Tag werden wir nie vergessen.«

»Schön, daß wir uns da einig sind, Kumpel.«

Die laufenden Männer schütteln sich noch mal die Hand. Inzwischen befinden sie sich weit im Außenfeld, und Russ tun alle Gelenke weh. In den Fenstern des Clubhauses fängt sich das Aufflammen der drinnen platzenden Blitzlichtbirnen.

Auf den Logenplätzen an der anderen Seite des Spielfelds setzt Edgar seinen Hut eine Spur schief auf. Es ist ein dunkelgrauer Homburg, der das hübsch gesprenkelte Silber seiner Schläfen betont.

Er hat den Bruegel ordentlich zusammengefaltet in der Tasche stecken, diese Blätter will er zu Hause eingehend studieren.

Tausende bleiben auf den Tribünen, längst noch nicht bereit zu gehen, sie beobachten die Menschen auf dem Spielfeld, zielloses, geschäftiges Herumwirbeln, vereinzelte Gestalten, die aus größeren Gruppen hervorsprinten. Edgar sieht einen, der im Außenfeld an der Wand hängt. Diese Männer, die sich von den hohen Wänden fallen lassen, hängen gern noch ein bißchen da, bevor sie loslassen. Sie schlagen auf und sacken zusammen und rappeln sich langsam wieder hoch. Doch Edgar findet das reglose Drama des baumelnden Körpers anziehend, den Terror der Hintergedanken.

Gleason ist jetzt auf den Beinen, der verfressene Jack ist ganz rosig und hat wieder Oberwasser, abmarschbereit, um an der Spitze seiner Kumpel den Gang hochzustolzieren.

Er pöbelt Frank an: »Nimm's nicht persönlich, alter Freund, aber ich frage mich, ob dir klar ist, daß du das ganze Stadion vollmüffelst. Erzähl du mir was von Stinker. Ich kann dich sogar riechen, obwohl Shor in der Nähe ist. Weil normalerweise, wenn Shor da ist, die Blinden rumtasten, wo die Mülltonne steht.«

Shor findet das witzig. Seine Augen leuchten auf, sein Gesicht wird ganz schrumplig. Er liebt die Beleidigungen, das Lästern und Aufziehen, und er steht da und strahlt, Liebe unter Blähbirnen. Das ist das Größte, was sich zwischen Männern einer bestimmten Geistesart abspielen kann – der aggressive Spott, mit dem sie ihre Gefühle ausdrücken.

Und was ist mit Frank? Er sagt: »Das ist nicht mein Gestank. Es ist dein Gestank, Alter. Zufällig trag ich ihn bloß durch die Gegend.«

Und Gleason: »Hey. Glaub nur nicht, du wärst der erste Freund, den ich je vollgekotzt hätte. Ich hab schon bessere Männer vollgekotzt als dich. Fühl dich geehrt. Das ist eine Form der Schmeichelei, die ich nur den Liebsten und Teuersten zuteil werden lasse.« An dieser Stelle wedelt er mit seiner Zigarette. »Aber glaub bloß nicht, daß ich in einer Limousine fahre, wo du drinsitzt.«

Sie marschieren auf die Ausgangsrampe zu, Edgar ist der letzte. Aus einer plötzlichen Regung dreht er sich noch einmal zum Spielfeld um und sieht wieder einen Körper, der sich von der Außenfeldwand fallen läßt, etwas Gestreiftes, Längliches mit Gliedern und Haaren und flatternden Ärmeln. Der Augenblick hat etwas Übernatürliches, das läßt ihn erschauern und erregt ihn und treibt seine Hand in die Tasche, um die dort versteckten, düsteren Seiten zu berühren.

Die Menschenmenge lichtet sich jetzt zügig, und Cotter geht auf der Höhe der 148. Straße an dem letzten berittenen Polizisten vorbei.

»Hey Cotter, nun mal ehrlich. Du hast ihn mir aus der Hand geschnappt. Ein eindeutiger Fall von schnapp und weg. Aber ich will nicht so sein. Reden wir Klartext. Was sagst du zu zehn Dollar, in knusprigen neuen Scheinen? Das ist ein verdammt faires Angebot. Zwölf Dollar. Dafür kannst du dir einen Ball und einen Handschuh kaufen.«

»Das denken Sie.«

»Na schön, egal was es kostet. Suchen wir einen Laden und gehen wir rein. Einen Fanghandschuh und einen Baseball. Habt ihr hier gute Sportgeschäfte in der Gegend? Mensch, wir haben das Spiel unseres Lebens gewonnen. Grund zum Feiern.«

»Der Ball ist nicht zu verkaufen. Nicht dieser Ball.«

Bill sagt: »Ich will dir mal was sagen, Cotter.« Macht eine Pause und grinst. »Du hast vielleicht einen Griff, also wirklich. Ich muß mich nachher erst mal um meinen Arm kümmern, und zwar richtig. Da hast du ganz schön zugedrückt.«

»Glück gehabt, daß ich nicht reingebissen habe. Hatte ich mir schon überlegt.«

Bill scheint begeistert zu sein, wie Cotter auf die momentane Stimmung eingestiegen ist. In den öden Seitenstraßen liegen nicht abgeholter Müll und Glasscherben herum, dazwischen ab und zu ein ausgeschlachtetes Auto, das flach auf den Achsen hockt, und vollkommen traumverlorene Männer in den Türen.

Bill rennt auf Cotter zu, macht vier unerwartete Laufschritte, schwer und übertrieben, er breitet weit die Arme aus, und aus seiner Kehle dröhnt ein Kinoknurren. Cotter nimmt das als Scherz, aber erst, nachdem er auf die Straße gestürmt ist und eine Schleife um ein vorbeifahrendes Auto gezogen hat.

Sie lächeln sich durch den Verkehr zu.

»Ich hab dich da auf deinem Platz kauern sehen und gedacht, jetzt hast du einen Kumpel gefunden. Das ist ein Baseballfan, dachte ich, kein krimineller Straßenbengel. Aber du scheinst dir fest vorgenommen zu haben, mich zu enttäuschen. Cotter? Kumpel setzen sich zusammen und kriegen die Sache klar.«

Die Straßenlaternen sind an. Die beiden gehen jetzt zügig, und Cotter weiß gar nicht genau, wer von ihnen zuerst die Schritte beschleunigt hat. Der Rücken tut ihm weh, wo sich das Bein der Sitzbank hineingebohrt hatte.

»Jetzt sag schon, für wieviel du dich von diesem Baseball verabschiedest, Junge.«

Cotter mag überhaupt nicht, wie das klingt.

»Ich will diesen verflixten Ball.«

Cotter geht weiter.

»Hey du Dämlack, ich rede mit dir. Du glaubst wohl, du kannst dir hier ein billiges Späßchen machen. Den Alten zappeln lassen.«

»Sie können reden, soviel Sie wollen«, sagt Cotter. »Das ist nicht Ihr Ball, sondern meiner. Ich verkaufe ihn nicht und tausche ihn auch nicht.«

Ein Auto biegt von der Straße ab, und Cotter bleibt stehen, um es vorbeizulassen. Dann spürt er, wie sich um ihn herum etwas verändert. Da kräuselt sich was auf dem Bürgersteig oder in der Luft und für den Bruchteil einer Sekunde auch auf dem Gesicht einer Passantin – ihr Blick richtet sich auf etwas, das hinter ihm passiert. Er dreht sich um und sieht Bill, der breit und schnell und mit rudernden Armen auf ihn zukommt. Ziemlich heftiger Schwerlastverkehr für einen Baseball, wie ihm scheint. Wie Bill die Farbe ins Gesicht steigt, wie der Stoff an seinen Knien glänzt. Sein Gesichtsausdruck gehört einem ganz anderen Menschen, einem Mann aus einer anderen Welt, verzweifelt und vorangetrieben.

Cotter steht da, einen langen Augenblick. Er täuscht mit dem Kopf an, pure Verschwendung, dann läuft er die leere Seitenstraße hinunter, Bill, die Hand ausgestreckt, ist ihm auf den Fersen. Cotter schlägt einen scharfen Haken, duckt sich weg, schlittert auf die Knie und wirbelt auf der rechten Hand herum, der Ballhand, er preßt den

Ball fest in den Asphalt, als Drehpunkt. Bill zischt mit dröhnendem Keuchen an ihm vorbei, vernehmlich summend, fast schon sprechend. Cotter sieht, wie er stoppt und herumschießt. Er schielt vor Wut, sein Gesicht ist aufgedunsen und verzerrt. Ein Ärmel der Jacke in seiner Hand hängt herunter und schleift sanft über den Boden.

Cotter rennt auf die Hauptstraße zurück, hinter ihm rasselnder Atem. Jetzt haben sie das Stadionpublikum hinter sich gelassen, das hier ist Harlem pur – er braucht nur bis zur Ecke zu kommen, zu den Leuten und Lichtern. Er sieht das Neon einer Bar und Bettlaken, die über einem leeren Grundstück hängen. Er sieht *Frischgeschlachtete Hühner von der Farm*. Er liest das Schild, vielleicht erfaßt er es auch als Ganzes, und es liegt eine seltsame, ruhige Erfüllung darin, eine Geste der Sicherheit. Zwei Frauen treten beiseite, als er herankommt – sie schauen an ihm vorbei auf seinen Verfolger, und er bemerkt ihre wachsamen Mienen und wie ihre Aufmerksamkeit nachläßt. Bill ist nah, donnert mit seinen Business-Schuhen über den Asphalt.

Cotter biegt ab, rennt einen halben Block weit, dann wendet er sich um und macht einen Luftsprung, dreht Bill mit dem ganzen Körper eine Nase – rennt ein Stück zurück, macht einen angeberischen Hüpfer, reizt Bill und zeigt ihm den Baseball. Ein fieser Clown. Er hält den Ball auf Brusthöhe und dreht ihn zwischen den Fingern, was im Laufen gar nicht so leicht ist – er läßt den Ball auf seiner Achse rotieren, langsam wieder und wieder herumwirbeln, und zeigt die zweihundertsechzehn erhabenen Stiche aus rotem Baumwollgarn.

Sag bloß nicht, du findest diese Nummer nicht klasse.

Das Manöver läßt Bill langsamer werden. Er geht jetzt rückwärts, mit den Schritten eines Tänzers, und betrachtet Cotter, aber er entdeckt keine Bresche. Denn durch das Manöver wird ihm klar, wo er ist. Durch die Tatsache, daß Cotter keine Angst hat. Daß er den Baseball stolz vorführt. Bill bleibt nun ganz stehen, ist aber zu klug, sich umzuschauen. Lieber die Blickrichtung auf geradeaus beschränken. Man weiß ja nicht, wer den Blick womöglich erwidert. Und je klarer Bill das wird, desto ungehemmter kann sich Cotters Wut steigern. Er weiß eigentlich gar nicht, wie er sie zeigen soll. Schon zum zweiten Mal heute provoziert er jemanden, aber er verspürt nicht die jähe Hitze wie vorhin, als er den Polizisten reingelegt hat. Statt des Hochgefühls beim Sprung übers Drehkreuz jetzt nichts als Trübnis - er ist verwirrt und erledigt und bringt sein schurkiges Starren nicht in Gang. So steht er breitbeinig da und schaut Bill an, Leute kommen vorbei und bemerken es oder auch nicht, und er wirbelt den Ball hoch und über seinen Handrücken und fängt ihn wieder auf, wenn er ihm vom Handgelenk rutscht, mit einer Abwärtsdrehung derselben Hand, so nach dem Motto, Sie können mich mal, Mister, was glauben Sie, wem Sie hier ans Bein pinkeln.

Cotter schaut Bill an. Bill ist ein hochroter, keuchender Mann, der vergeblich hinter dem Siebzehn-Uhr-Neun-Zug hergerannt ist.

Dann dreht er sich wieder um und geht langsam die Straße hinunter. Allmählich denkt er über das erstaunliche Ende dieses Spiels nach. Was nicht passieren konnte, ist tatsächlich passiert. Er will nach Hause, ruhig dasitzen, es wieder aufleben lassen, den Home Run über sich hinwegrollen und den Körper von einer Gemütsruhe durchdringen lassen, dem gemächlichen Genuß, der sich erst nach der eigentlichen Sache einstellt.

Aus einem Fenster ruft ein Mann einem anderen auf den Stufen zum Haus zu: »Hey Kleiner, hab gehört, sie hat deinen Nachtknüppel krankenhausreif gekriegt.«

Cotter dreht sich hierhin, schaut dorthin, erfüllt von einer immer vertrauteren Hiesigkeit.

Er sieht einen Jungen, den er kennt, bleibt aber nicht stehen, um ihm den Ball zu zeigen oder von dem Spiel zu schwärmen.

Er spürt den Schmerz vom Bein der Sitzbank.

Er sieht an der Straßenecke einen Redenschwinger am Werk, einen großen Mann in zerlumptem Anzug, die Hosen hat er an den Knöcheln mit Fahrradklammern zusammengesteckt.

Er spürt, in seinem Kopf ist ein kleiner Dämpfer am Werk.

Er sieht vier Burschen von einer Bande aus der Gegend, die Alhambras, und er überquert die Straße, um ihnen auszuweichen, dann wieder zurück.

Er erreicht seine Straße, geht die Eingangsstufen hoch und in die abgestandene Luft des Mietshauses, und er spürt den kleinen

Dämpfer des schwächer werdenden Lichts, wie er ihn schon tausendmal verspürt hat.

Scheiße Mann. Keine Lust, morgen zur Schule zu gehen.

Russ Hodges steht auf einer Ausrüstungskiste und versucht, die Szene im Clubhaus zu beschreiben, und er weiß, daß er unsinniges Zeug redet, und die Spieler, die für das Gespräch zu ihm auf die Kiste klettern, genauso, sie sprechen alle mit unnatürlichen Stimmen, ermatteten Stimmen, kreatürlichen Nachtschreien. Andere werden von Reportern und Familienmitgliedern und Clubfunktionären gegen ihre Spinde gedrängt und kommen nicht an das Bier und die Drinks ran, die mitten im Zimmer auf einem Tisch stehen. Russ hält das Mikro über seinen Kopf und läßt den Lärm hineinrauschen, dann holt er es wieder runter und sagt noch etwas Unsinniges.

Thomson geht nach draußen auf die Veranda des Clubhauses, um auf die Sprechchöre mit seinem Namen zu reagieren, und sie sind überall, sie sind auf den Stufen, wo die Stadionpolizei versucht, sie unter Kontrolle zu behalten, und zwischen den vorspringenden Trennwänden bei den billigen Plätzen drängen sich weitere Tausende, viele Arme strecken sich Thomson entgegen – sie zeigen auf ihn oder flehen oder ballen Siegesfäuste oder zeigen, daß sie ihn berühren möchten, Männer in Anzug und Hut da unten, andere, die über der Wand bei den billigen Plätzen hängen, oberhalb von Bobby, und sich nach unten recken, fast über die Kante fallen, einige kommen beinahe an ihn heran.

Al, der Sendeleiter, sagt: »Prima Leistung heute, Russ, alter Junge.«

»Wir haben alle was geleistet, schon weil wir hier waren.«

»Was für ein Gefühl.«

»Ich würde am liebsten eine Zigarre rauchen, bloß nachher überleb ich's nicht.«

»Aber dieses Gefühl«, sagt Al.

»Da haben wir wirklich was aus dem Hut gezaubert. Wir alle miteinander. Scheiße, ist mir eben erst aufgegangen.«

»Wie kann man sich von einem Spiel nur so fühlen?«

»Ich muß zurück. Hab meinen Mantel in der Kabine gelassen.«

»Wir sollten ein Stück gehen, zur Beruhigung.«

»Wir sollten ein ganzes Stück gehen.«

»Das ist der einzige Mantel, der dir je gefallen hat«, sagt Al.

Auf dem Rückweg gehen sie am Clubhaus der Dodgers vorbei, und da ist tatsächlich Branca, das erste, was man sieht, er liegt mit abgewandtem Gesicht ausgestreckt auf einer Treppe mit sechs Stufen, die Füße berühren den Boden. Er trägt immer noch die Spielkleidung, bis auf Hemd und Mütze. Sein Unterhemd ist naß, und den Kopf hat er in den verschränkten Armen auf der obersten Stufe vergraben. Al und Russ sprechen mit ein paar Männern, die noch da sind. Sie reden ruhig und versuchen, Branca nicht anzuschauen. Sie schauen hin, sagen sich aber, daß sie es nicht tun. Neben Branca sitzt ein Trainer in voller Spielkleidung, aber ohne Mütze, und raucht. Er heißt Cookie. Keiner will Cookies Aufmerksamkeit auf sich ziehen. Al und Russ sprechen ruhig mit noch ein paar Männern, und allesamt versuchen sie, Branca nicht anzuschauen.

Auf den Stufen zum Clubhaus der Dodgers ist fast niemand mehr. Thomson ist wieder hineingegangen, aber es stehen immer noch Fangrüppchen in der Nähe, die winken und skandieren. Die beiden Männer machen sich auf den Weg übers Außenfeld, und Al zeigt auf die Stelle an der linken Tribüne, wo der Ball eingeschlagen ist.

»Merk dir die Stelle. Das ist wie der Ort, wo Lee vor Grant kapituliert hat oder so was.«

Russ glaubt, daß hier die Geschichte anders liegt. Er glaubt, sie werden alle etwas von hier mitnehmen, das sie auf eine seltene Art und Weise verbindet, miteinander und mit einer Erinnerung voll schützender Kraft. Auf der Amsterdam Avenue klettern die Leute auf Laternenpfähle, in Little Italy wird gehupt. Könnte es denn nicht sein, daß dieser Augenblick in der Mitte des Jahrhunderts sich bleibender in unsere Haut eingräbt als die umfassenden Gestaltungsstrategien bedeutender Führer und Generäle mit ihrem stählernen Blick hinter Sonnenbrillen – bleibender als die ausgefeilten Visionen, die unsere Träume durchbohren? Russ möchte gern glauben, daß ein Ereignis wie dieses uns auf unbestimmte Weise Sicherheit bietet. Dies wird in seinem Kopf noch lebendig sein, wenn das Alter kommt, mit dem doppelten Sehen und den Schwindelanfällen – das aufwallende Gefühl, das Hochspringen bereits stehender

Menschen, der Ausbruch von Lärm und Freude, als der Ball einschlägt. Das ist die Geschichte der Menschen, und sie hat Fleisch auf den Knochen und atmet, gestärkt durch die Kraft unseres guten alten Spiels. Die Fans, die heute in den Polo Grounds waren, können ihren Enkeln davon erzählen – sie werden die furzenden alten Männer sein, die sich ins nächste Jahrhundert beugen und jeden, der ihnen zuhört, mit ihrem Medizinatem bedrängen und überzeugen wollen, daß sie dabei waren, als es geschah.

Der Betrunkene im Regenmantel läuft von einer Base zur nächsten. Sie sehen ihn an der First Base, er rudert mit den Händen in der Luft, um nicht ins rechte Außenfeld zu geraten. Mit fliegenden Mantelschößen und Gliedmaßen und offenen Schnürsenkeln und schlenkerndem Gürtel nähert er sich der Second Base. Sie sehen, daß er gleich ausrutschen wird, und bleiben stehen und schauen zu, als er zu Boden geht.

Alle Bruchstücke des Nachmittags sammeln sich rund um seine fliegende Gestalt. Schreie, das Knallen der Schläger, übervolle Blasen und verstohlenes Gähnen, die Sandkörnchenunendlichkeit der Dinge, die keiner zählen kann.

Alles fällt unauslöschlich der Vergangenheit anheim.

TEIL 1

Long Tall Sally

Frühjahr – Sommer 1992

I

Ich fuhr einen Lexus durch raschelnden Wind. Dieses Auto wird in einer Werkhalle zusammengebaut, die vollkommen frei von Menschen ist. Kein Fleckchen vom sterblichen Schweiß außer, na schön, von den Jungs, die das Produkt aus der Fabrik fahren – mit etwas Feuchtigkeit muß man rechnen, wo sie das Steuerrad halten. Das System läuft endlos voran, bis in päpstliche Feinheiten automatisiert, jede gleitende Bewegung zum Zweck erstklassiger Leistung rückgemeldet. Hohle Körper in endloser Folge. Da steht keiner mit Koffeinnerven oder einer Vorgeschichte klinischer Depression am Fließband. Nur das unheimliche Gefüge von Chromlegierungen, die in aufeinanderfolgenden Schwüngen vorangetragen werden, Eisenklötze und Dämmfolie, vorbeischwebendes Zierwerk aus eingepaßten und zusammengesetzten Karosserieteilen. Roboter, die Bolzen festziehen, programmierte Kulis, die nicht von lieben Verstorbenen träumen.

Das ist durchaus eine Errungenschaft, Maschinen, die abseits von dem kleinen Plätschern menschlicher Sprache gemacht und gestaltet werden. So stellte mein Mietwagen ein natürliches Gegenstück zu der Landschaft dar, die ich durchquerte. Hitzeflimmern über der leeren Ebene, ein weißgebluteter Himmel. Knisternde Böen fegten Sand gegen die Windschutzscheibe. Und faktisch kein Menschenwesen auf der Bildfläche – abgesehen von mir natürlich, und auch ich war kaum da.

Sagen wir einfach, die Wüste ist ein Impuls. Ich hatte mich blitzartig umentschieden, ein anderes Flugzeug genommen, einen

Wagen gemietet, und ab über die Landstraße. Die alten Zeiten haben etwas an sich, das nach schnellem Handeln verlangt. Je eher man sich entschließt, desto weniger bleibt man der Erinnerung schuldig. Ich wollte sie wiedersehen und etwas spüren und etwas sagen, ein paar Worte, nicht zu viele, und dann wieder auf in die windige Ferne. Alles war Ferne. War harter Boden und Himmel und ein oblatendünner Hauch von Berg, flach da draußen hingekauert, Berg oder Wolke, Katzenbild, Wildkatze - wie menschlich, in einem Ding ein anderes zu sehen.

Die alte Straße bog nach Norden, so daß die Sonne jetzt von der Seite kam, und ich wollte die Hitze auf Gesicht und Armen spüren. Ich schaltete die Klimaanlage ab und ließ die Fenster herunter. Ich griff nach der Tube Sunblocker, Schutzfaktor 15, die ich stets in Reichweite habe, obwohl meine Haut olivfarben ist, dunkel wie die meines Vaters.

Ich verlangsamte den Wagen zu einem freihändigen Kriechen und schmierte mir das Zeug auf eine Gesichtshälfte und einen Arm, die ausgesetzten Körperteile, denn ich war siebenundfünfzig Jahre alt und lernte immer noch, wie man vernünftig ist.

Die Moschus-Kokos-Lotion und der Jugendgeschmack von Hitze und Strand und eine unterschwellige Erinnerung an Meerwassertosen, Salzprickeln in Augen und Nase. Ich drückte die Tube aus, bis sie leer war. Sie ploppte und saugte und war leer. Ich nahm etwas wahr, ein geistiges Bild, eine Art Nervenknall, einen Wüstenblitz - den sekundenkurzen Farbklecks eines Eiskremverkäufers, der sich durch hohen Sand wand.

Später erstarb der Wind, und ein blaßrosa gerändertes Wolkenriff hing tief und still. Ich war inzwischen auf einem Feldweg gelandet, hatte mich grandios verfahren, ich hielt an, stieg aus und suchte die Landschaft ab, kam mir ziemlich blöd dabei vor, und weiter draußen zwischen den Yuccas glaubte ich ein paar »Heldenkeller« zu erkennen - alte Betonbunker vom Bergbau oder einem militärischen Testgelände. In einer Dreiviertelstunde würde es dunkel sein. Ich hatte noch einen Vierteltank voll Benzin, eine halbe Dose Eistee, nichts zu essen, keine warme Kleidung, eine Landkarte, die auf Details verzichtete.

Ich würde meinen Tee trinken und sterben.

Dann ein Aufwirbeln von Staub, eine verschwommene Masse, die am dämmrigen Horizont größer wurde. Und ein sich näherndes Objekt, das mich an hundert Filme denken ließ, in denen etwas über die gewellte Ebene herankommt, ein Reiter, das Gewehr vor der Brust, oder ein einsamer Kameltreiber, der in einen Burnus gehüllt auf seinem stumpfsinnigen Vieh hockt. Dieses Ding war anders, schleuderte Doppelsalven Sand hinter sich empor, legte ein flottes Tempo vor. Aber keines dieser üblichen alltäglichen Allradvehikel. Es hatte eine Leuchte auf dem Dach und einen gelb schimmernden Anstrich, und es war grell und klapprig, bunt wie aus einem Comic. Eine höchst willkommene Erscheinung, die da über den zerfurchten Feldweg rauschte wie ein Pop-Art-Objekt. Keine fünfzig Meter entfernt. Es sah aus wie, es war eindeutig ein New Yorker Taxi, unmöglich, aber wahr, gelber als Eigelb und zügig im Anmarsch.

Welche Bewegung hätte da besser gepaßt als der zum Anhalten ausgestreckte Arm?

Bloß, das verdammte Ding wurde nicht langsamer. Offene Fenster, herausplatzende Musik – ein Schwall Hormon-Rock. Ich trat aus der Bahn, den Arm, den chemikalienschlüpfrigen gebräunten Arm, immer noch erhoben. Ich sah, daß das Taxi gerammelt voll war, und rief den Vorbeifahrenden etwas zu – einen Namen, ein Kennwort in der zuckenden Luft.

»Klara Sax.« Das schrie ich.

Und es wurde zurückgebrüllt. Das Taxi bremste kurz ab, und ich hörte sie johlen. Dann reckten sich aus zwei, drei Fenstern Arme, sie winkten, ich solle folgen, und ein einzelner, lächelnder gelber Kopf, eine blonde Frau, sonnig und jung, die zu mir zurückschaute – die Fahrerin, unbekümmert im Getöse, blindlings weitersteuernd –, dann schoß das Taxi davon, zischte durch die Krüppelvegetation hinaus in die weite Wüste.

Ich stieg in mein stilles Auto und folgte.

Die Freiwilligen waren hauptsächlich Kunststudenten, aber es gab auch andere, Historiker und beurlaubte Lehrer und Nomaden und Ausreißer, ein einziges Kommen und Gehen, ausgebrannte Hacker auf der Suche nach der unverdrahteten Welt, sie waren Menschen, die den Ruf vernommen hatten, das Flüstern im Ohr, das einen zur Tür hinausschickt, in eine Zone erhabenen Spiels.

Mit den Händen arbeiten. Abkratzen und anmalen. Das träge Gemisch umrühren. Zuschauen, wie die Pinselstriche eine Fläche streichen. *Pigment*. Die tierischen Fette und Polymere, die zu diesem Wort verschmelzen.

Sie waren nett zu mir. Sie aßen und schliefen in einigen verlassenen Kasernen am Rande eines riesenhaften Luftwaffenstützpunkts. Toiletten, Duschen, Feldbetten und eine improvisierte Kantine. Eine gutgelaunte Arbeitstruppe mit breitgefächerten Fähigkeiten. Sie reparierten Dinge, sangen Lieder, sie erzählten lustige Geschichten. Wenn sie zu zahlreich für die Kasernen wurden, schliefen sie auch in Zweimannzelten oder Schlafsäcken oder in ihren staubigen Autos.

Ich sagte einem Studenten mit einem »Welcome«-Button, ich sei nicht hier, um einen Pinsel oder ein Sandstrahlgebläse zu schwingen, sondern nur, um mir das Objekt anzuschauen – das Kunstwerk, das Projekt, wie immer sie es nannten – und um, falls möglich, Klara Sax kurz Hallo zu sagen.

Ich sagte ihm, ich wolle ihnen keinen Platz wegnehmen, und er beschrieb mir den Weg zu einem Motel, wo ich über Nacht bleiben konnte, etwa fünfundzwanzig Meilen entfernt, dann schlug er vor, wir könnten uns später an einem Ort treffen, den er das Farbenlager nannte.

Ich wusch mir die Sonnencreme von Händen und Gesicht und stellte mich fürs Essen an, Sandwiches und Kiwis und Fruchtsaft. Dann setzte ich mich hin und redete mit fünf oder sechs anderen. Alle nett. Ich fragte nach dem Taxi, und sie sagten, es sei das Auto einer Freundin, sie hätten es angemalt und verziert, ein Geschenk für Klara zu ihrem Geburtstag vor ein paar Tagen. Nicht das Auto selbst, das hatte seine Besitzerin in taxifizierter Form zurückbekommen, sondern der Anstrich, die Geste, die Anspielung auf New York, die Stadt von Klaras Vorfahren.

Sie fragten, woher ich sei, und ich antwortete mit einem Spruch, den ich manchmal benutzte.

Ich lebe ein ruhiges Leben in einem bescheidenen Haus in einem Vorort von Phoenix. Pause. Wie einer aus dem Zeugenschutzprogramm.

Inzwischen hing mir der Spruch zum Hals heraus, aber mit seinem offenkundig oberflächlichen Ton schien er mir die Neugier etwas zu entschärfen. Die ganze Zeit, während wir sprachen, schaute ich mich nach der Taxifahrerin mit dem honigblonden Haar um.

Eine paar Leute trugen T-Shirts mit der Aufschrift *Long Tall Sally*.

Ich glaubte, Klaras Alter auf ein, zwei Jahre genau einschätzen zu können, und als ich fragte, welchen Geburtstag sie denn gefeiert habe, sagte jemand zweiundsiebzig. Das klang in etwa richtig.

Es war eine klare Nacht mit Sternenwirbeln, die tief und nah glommen, eine süße Brise strich über die Erde. Ich fuhr ungefähr anderthalb Minuten - nicht zu Fuß gehen, hatten sie gesagt - und folgte einer Reihe Straßenreflektoren, die im Boden staken. Dann kamen aufgehängte Lampen, eine Ansammlung von Jeeps und Kleinbussen und ein einzeln stehender langer, etwa drei Meter hoher Betonbau, der Länge nach in ein Dutzend zimmergroßer Abteile gegliedert, vorn und hinten offen.

Das war das Hauptquartier, von wo aus die Bereiche des Projekts koordiniert wurden - Entwürfe entwickelt, Tagesaufgaben zugeteilt, die meisten Materialien gelagert.

Einer der Räume war voller Menschen, und ich erspähte einen Mikrofongalgen, der über die vielen Köpfe ragte. Scheinwerfer, eine Kamera, eine Frau mit Klemmbrett - und Zuschauer von der Arbeitstruppe, vielleicht vierzig, einigen baumelten Gesichtsschutzmasken auf der Brust, viele trugen Hemden oder Jacken mit der Aufschrift, die ich zuvor schon gesehen hatte. Ich parkte in der Nähe und ging bis zum Rand der Gruppe. Es dauerte einen Augenblick, bis ich die Hauptperson entdeckt hatte. Sie saß auf einem Regiestuhl, einen Gehstock neben sich, und hatte ein Bein auf einen umgestürzten Eimer gelegt. Sie rauchte eine schwarze Zigarette und unterhielt sich, während die Filmcrew aufbaute.

Jetzt, da ich nur noch ein Wort entfernt war oder zwei, einen Namen entfernt, spürte ich beklommen, wie seltsam dieser Abstecher war. Siebzehn. So alt war ich gewesen, als ich sie das letzte Mal gesehen hatte. Ja, so lang war es her, und nach all dieser Zeit empfand sie mich vielleicht als einen Eindringling, eine Gestalt aus einem Angsttraum, die wandelnd und redend durch die Wildnis kam, um sie zu finden. Ich stand da und sah zu, versuchte die Willenskraft für den ersten Schritt aufzubringen. Noch seltsamer, noch beklemmender als die Jahre zwischen den Begegnungen war vielleicht, daß ich sie im Rückblick sehen konnte. Ich konnte dem Stuhl die jüngere Frau entlocken, sie trennen von der Person in den dunklen Schottenkarohosen und dem alten Wildlederblazer, die redend und rauchend dasaß. Ich hatte Fotos von Klara gesehen, aber die Frau, der ich begegnet war, nie so recht darin erkennen können, jene kerzengerade, blasse Frau mit dem kleinen Zucken um den Mund, dem gekräuselten Mund, wodurch sie sich von dem, was sie sagte, zu distanzieren schien. Mit den ausweichenden Augen, dem Blick, der die Frage abzubiegen schien, was wir eigentlich voneinander wollten.

Sie sah berühmt und sonderbar aus, berühmt sogar für sich selbst, berühmt, wenn sie sich alleine in ihrer Küche einen Salat machte. Ihr Haar war weiß, ein mineralisches Glitzern, kurzgeschoren, mit einem schmucken Pony in der Stirn umgab es ihr ovales Gesicht. Sie trug ein schlabbriges oranges T-Shirt unter dem Blazer und eine Halskette und mehrere Ringe und einen weißen Joggingschuh und eine Socke in der Farbe von *Kool-Aid*-Traubenlimonade. Der verletzte Fuß war mit einer gelbbraunen elastischen Binde umwickelt.

Jemand kam mit einem Pappbecher vorbei, und sie versenkte ihre Zigarette darin.

Sie hatte sich etwas dunkles Rouge hoch auf die Wangen gerieben, wodurch sie streng, ja, beklemmend totenähnlich aussah. Aber ich konnte die jüngere Frau erkennen. Ich konnte sie mit einem Trick des Geistes erstehen lassen, bis sie den von mir vorbereiteten Raum einnahm, leicht geschlitzte Augen und papierne Hände und wie sie im stillen ungläubig darüber lächelte, daß wir zusammen waren, und wie sie sich mit zeitlicher Verzögerung fortzubewegen schien – der Geist passiert die Stechuhr, und der Körper folgt.

Ich beobachtete sie. Diese ersten dreißig Sekunden waren von geballter Kraft. Ich konnte spüren, wie ich anders atmete.

Die Crew kam vom französischen Fernsehen, und sie war jetzt startbereit. Die Zuschauer verstummten. Die Frau mit dem Klemmbrett hockte sich auf die Stelle, von wo sie das Interview aus dem Off führen würde. Eine gertenschlanke Mittvierzigerin mit Strähnchen im Haar und Jeans im »Used«-Look, zu ihren Füßen eine Einkaufstasche aus Jeansstoff mit gespreizten Henkeln.

Sie sagte: »Es geht gut, wenn wir jetzt anfangen, denke ich. Ich darf dumm sein, weil wir schneiden meine Fragen aus dem Film. Das sind die Regeln, okay? Ich stolpere durch mein Englisch, kein Problem.«

»Aber ich muß klug, witzig, tiefsinnig und charmant sein«, sagte Klara.

»Das wäre allerdings sehr nett. Wir fangen an mit der Verletzung von Ihrem linken Bein. Sie können uns erzählen, was passiert ist, okay?«

»Ich bin von einer Leiter gefallen. Überhaupt nichts Ernstes. Hab irgendwo unterwegs eine Sprosse verpaßt. Wir benutzen alles, was uns in die Finger kommt. Wir haben kein Dach über dem Kopf, keine Halle, keine Fabrik. Wir haben keine Gerüste, keine Plattformen wie in den Montagehallen, wo gebaut und repariert wird.«

Ich rückte näher heran und stand schließlich gut einen Meter hinter dem Studenten mit dem »Welcome«-Button, dem jungen Mann, der angeboten hatte, mir ein Zimmer zu besorgen.

Die Interviewerin sagte: »Also Sie klettern, Sie arbeiten.«

»Ein verstauchter Fuß. Ein Aspirin, fertig. Ja, manchmal klettere ich da hoch, wenn es nicht zu heftig wird, wenn die Hitze zu ertragen ist, wissen Sie. Ich muß es sehen und spüren. Wir haben viele leistungsfähige Freiwillige. Aber ab und zu muß ich mich selber hineinstürzen.«

»Heute abend ich war zum ersten Mal auf dem Gelände, und ich habe viele Leitern gesehen und Leute, die auf den Flügeln herumkriechen. Sie tragen Masken. Sie haben auf den Rücken geschnallt solche riesengroßen Flaschen.«

»Wir haben automatische Farbspritzen, um das Metall zu grundieren. Wir haben industrielle Sprühpistolen, mit denen wir Ölfarben, Lack, Kunstharz und so weiter auftragen. Wir benutzen tragbare

Preßluftgeräte. Wir benutzen sogar Pinsel. Wir benutzen Pinsel, wenn wir einen Pinselstricheffekt wollen.«

Die Zuschauer in der Menge bewegten sich ein wenig, versuchten, Klara besser zu sehen, während sie sprach, oder sich näher heranzuschieben, um das Gespräch deutlicher zu hören. Klaras Stimme war rauh und wacklig, schlabberflüssig wie etwas, das hin und her gluckert.

»Wir kratzen Farbe ab und sandstrahlen«, sagte sie. »Wir haben viele Sandstrahlgebläse mit Spritzen und Neun-Gallonen-Sandzylindern, ja, ich glaube, solche. Wir haben ein paar Druckgebläse, Riesendinger auf Rädern. Bei den meisten Flugzeugen ist nur eine Schicht Farbe zu entfernen, ursprünglich wurde beim Anstrich sehr auf das Gewicht geachtet. Mit anderen Worten, sie wurden gebaut, um Bomben zu tragen, nicht hübsche Farbschichten. Natürlich ist das eine unmögliche Arbeit. Draußen arbeiten, in Hitze, Staub und Wind. Vollkommen unmöglich. Bei zuviel Staub malen wir nicht. Bei wenig Staub ja. Uns geht es nicht um Präzision. Wir sprühen los, mit Körnchen und allem. Sprühen, schießen, werfen die Farbe.«

Sie sagte: »Natürlich sind die meisten Teile der Flugzeuge ausgebaut worden, alles, was sich noch nutzen oder an zivile Unternehmer verkaufen ließ. Aber die Räder sind noch dran, die Fahrgestelle, ich will keine Flugzeuge, die flach auf dem Bauch liegen. Deshalb brauchen wir eine Menge Gerüste, um am Rumpf und an der massiven Heckflosse zu arbeiten. Wir haben Leute, die auf Leitern stehen und mit Spritzen an vier Meter langen Stangen arbeiten, wir haben Leute, die auf den Höhenrudern stehen und auf die verdammte Heckflosse losspritzen.«

»Aber Sie haben Kooperation.«

»Ja, bis zu einem gewissen Punkt kooperiert das Militär. Wir können ihre ausgemusterten Maschinen anmalen. Sie lassen uns malen, und sie haben versprochen, daß das Gelände so bleibt, wie es ist, und sie es für nichts anderes verwenden und das Projekt nicht beeinträchtigen. Nichts, kein einziges Objekt darf auf Dauer innerhalb einer Meile Abstand von dem vollendeten Werk plaziert werden. Außerdem haben wir Stiftungszuschüsse, die Zustimmung vom Kongreß, alle möglichen Genehmigungen. Was noch? Materialspenden von der Industrie im Wert von zigtausend Dollar. Aber vieles, was wir brauchen, müssen wir uns immer noch mit Zähnen und Klauen erkämpfen.«

»Und die trockene Luft von der Wüste, das protegiert das Metall.«

»Sie ist trocken, und sie ist heiß.«

»Sie ist sehr heiß, okay?«

»Ausgemusterte Flugzeuge. Wie am Ende des Zweiten Weltkriegs«, sagte Klara. »Der einzige Unterschied – nein, zwei Unterschiede. Erstens haben wir diesmal nicht in einem richtigen Krieg gekämpft. Wir haben eine Reihe von Nachkriegsbedingungen, ohne daß es Krieg gegeben hat. Und zweitens werden wir die großartigen Maschinen nicht einfach auf irgendeinem Flugplatz verrotten oder als Altmetall verkaufen lassen.«

»Sie werden sie anmalen.«

»Wir sind dabei, sie anzumalen. Wir retten sie vor dem Schneidbrenner. Und das ist sehr komisch, das kann ich Ihnen sagen, denn als ich vor dreißig Jahren das Malen an der Staffelei aufgab und mit meinen Schrottobjekten anfing, da wurde ich deshalb angegriffen. Ich weiß nicht mehr, wann das Wort zum ersten Mal fiel, aber irgendwann fingen sie an, mich die Pennerin zu nennen, und ich darauf, sehr witzig, ha, ha, ich dachte, nach einem Monat ist es vorbei. Aber der Name blieb ziemlich lange an mir hängen, und ich fand es gar nicht mehr lustig.«

»Jetzt sind Sie hier in der Wüste.«

»Wieder beim Schrott. Diesmal sind es keine Spraydosen und Sardinenbüchsen und Shampooverschlüsse und Matratzen. Ich habe mal eine Matratze und ein paar Laken angemalt. Das war das Ende von Ehe Nummer zwei, und genauer gesagt habe ich mein Bett bemalt. Na jedenfalls, jetzt beschäftige ich mich mit B-52-Langstreckenbombern. Ich bemale Flugzeuge, die fünfzig Meter lang sind und noch größere Spannweiten haben und deren Gesamtgewicht, wenn sie mit vollen Treibstofftanks fliegen, vielleicht 250 Tonnen beträgt, leer weiß ich nicht – Flugzeuge, die Atombomben über die ganze Welt getragen haben, trara trara.«

»Das ist keine Matratze.«

»Ich werde Ihnen sagen, was das ist. Das ist ein Kunstprojekt, kein Friedensprojekt. Das ist Landschaftsmalerei, bei der wir die Landschaft selbst benutzen. Die Wüste ist von zentraler Bedeutung für dieses Werk. Sie ist die Einfassung. Die Rahmung. Der vierteilige Horizont. Deshalb haben wir bei der Air Force nicht lockergelassen – eine leergeräumte Zone rund um das vollendete Werk.«

»Ja, es ist wahr, die Landschaft.«

»Warten Sie. Ich bin noch nicht fertig. Ich möchte sagen, bei diesem Weg von kleinen Objekten zu sehr großen, in den Jahren, die ich gebraucht habe, um diese aufgegebenen Maschinen zu finden, nach alldem bin ich dabei, die Farbe wiederzuentdecken. Und ich werde besoffen davon. Ich werde geil davon. Ich sehe Farbe im Schlaf. Ich esse sie und trinke sie. Ich bin eine Frau, die vor lauter Farbe verrückt wird.«

Und sie schaute zu ihrem Publikum, ihren Arbeitern, kurz nur, und sie regten sich und lachten.

»Aber die Schönheit von der Wüste.«

»Sie ist so alt und mächtig. Ich glaube, sie läßt uns fühlen, läßt uns als Kultur, wie jede technologische Kultur, läßt uns fühlen, daß wir uns nicht von ihr überwältigen lassen dürfen. Ehrfurcht und Schrekken, wissen Sie. Nutzlos«, sie wedelte mit einer Hand und lachte, »für Industrie und Fortschritt und so weiter. Deshalb nutzen wir diesen Ort, um unsere Waffen zu testen. Das ist doch nur logisch. Und es erlaubt uns, unsere Meisterschaft zu zeigen. Die Wüste trägt die sichtbaren Spuren all der Sprengungen, die wir durchgeführt haben. All die Krater und Warnzeichen und ›Stop! Nicht weitergehen!‹ – Schilder und Markierungen an den Stellen, wo gefährliche Substanzen vergraben liegen.«

Die Interviewerin stellte eine Reihe von Fragen nach jungen Konzeptkünstlern, die mit biologischem und atomarem Müll arbeiteten, und bat dann um eine kurze Pause. Die Zuschauer applaudierten verhalten und verliefen sich in schwatzenden Grüppchen oder gingen nach draußen, um den Nachthimmel anzuschauen, der sich immer dichter aufbaute.

Ich griff mir den Burschen mit dem Welcome auf der Brust.

»Kommen Sie jetzt an sie ran? Sagen Sie ihr, Nick Shay ist da. Aus

New York, sagen Sie ihr das. Fragen Sie, ob sie eine Minute Zeit hat«, sagte ich. »Wir waren früher in New York praktisch Nachbarn.«

Er blinzelte mich an.

Ich wiederholte meinen Namen und beobachtete, wie er auf den Regiestuhl zuging. Er mußte warten, bis sie frei war, dann sprach er mit ihr und zeigte in meine Richtung.

Ich beobachtete ihr Gesicht, wartete, daß der Name durchsickerte, Licht ihre Augen erhellte. Sie hielt inne, dann schaute sie sich nach mir um. Ihr Gesicht zeigte – was? Eine gewisse Unruhe, eine Sorge um mich, ernst und erinnerungsvoll. Bist du wirklich hier? Bist du wohlauf? Bist du am Leben?

Ich ging hinüber, griff mir einen Klappstuhl und stellte ihn neben sie, wartete, daß der Junge endlich fortging.

»Du bist also Nick.«

»Ja.«

»Wenn das keine Überraschung ist.«

»Du erinnerst dich.«

»O ja«, sagte sie, und da war das Ausblendlächeln, der Blick, der sagt, wie ist das denn passiert.

»Ich war in Houston.«

»Du führst ein geregeltes Leben.«

»Jeden Tag rasieren.«

»Steuern zahlen – gut.«

»Ich hatte in Houston zu tun. Ich hatte zufällig eine Zeitschrift dabei, in der stand ein Artikel über dein Projekt. Also dachte ich mir, warum nicht.«

»Nick trainiert tüchtig, glaube ich.«

»Na ja. Ich trinke Sojamilch und bin Fünfzehnhundertmeterläufer.«

Ich wartete ihr Lächeln ab. Dann sagte ich: »Aber in dem Artikel stand nicht genau, wo das Gelände lag. Deshalb bin ich nach El Paso geflogen, habe mir einen Wagen gemietet und gedacht, fährst du eben mit dem Auto nach Hause, nach Phoenix, und schaust auf dem Weg mal vorbei.«

»Und du hast uns gefunden.«

»War nicht leicht.«

Sie schaute mich an, unverhohlen abschätzend. Ich fragte mich, was sie sah. Ich hatte das Gefühl, ich müßte etwas Erklärendes über die dazwischenliegenden Jahre sagen. Verspürte halb diese Angst, die du kriegst, wenn dich einer zum ersten Mal nach langer Zeit mustert und dich denken läßt, nicht gerade berühmt, wie verändert und verlebt du inzwischen bist. Ohne es selber gemerkt zu haben, versteht sich. So machtlos gegenüber der eigenen Nachsicht, daß dir die Wahrheit verborgen geblieben ist.

»Geht's dir gut? Du siehst gut aus«, sagte sie.

Sie sagte, ich sähe gut aus, aber sie starrte so eigenartig, ja, und es schwang so etwas in ihrer Stimme mit, das mich argwöhnisch machte. Ständig unterbrach jemand, um ihr etwas mitzuteilen, Botschaften zu überbringen. Einer hatte etwas Organisatorisches mit ihr zu besprechen, und sie stellte uns vor.

»Ein alter Freund aus der geliebten Vergangenheit«, sagte sie. »Na ja, geliebt, vielleicht in der Erinnerung. Damals eher stürmisch.«

Dann wandte sie sich wieder mir zu.

»Verheiratet?«

»Ja. Zwei Kinder. Uni-Alter. Obwohl sie nicht auf die Uni gehen.«

»Ich hab spontan geheiratet, nach einem kuschligen Abend mit gutem Wein. Allerdings nicht in letzter Zeit. In letzter Zeit weiß ich nicht mehr, wo mir der Kopf steht vor Arbeit. Ich habe lange gebraucht, um zu erkennen, daß ich bei Affären vorsichtig und logisch vorging, sozusagen richtig sorgfältig drauf achtete, mit wem und wo und wann, und vollkommen leichtsinnig, sobald es ums Heiraten ging.«

Ich wollte sagen, du warst aber nicht immer so vorsichtig bei Affären. Aber es war eigentlich gar keine Affäre, oder? Nur ein Vorfall, ein Zweiakter, nur ein paar Stunden, meßbar in Stunden und Minuten und dann zu Ende. Natürlich sagte ich nichts. Ich wußte nicht, wie ich das Thema ansprechen sollte. Bei unserem Altersunterschied konnten wir kein langes Gesicht darüber ziehen, daß man alt wird und taub und unbeweglich, und mir sank ein wenig der Mut, ich dachte schon, wir hätten die Begegnung bereits über die Grenzen des Erträglichen ausgedehnt und was für einen Fehler ich gemacht hätte, einfach herzukommen, denn das Thema war unaussprechlich – zu geheim, auch noch, selbst zwischen den Hütern des Geheimnisses, nach vierzig Jahren.

»Ich dachte, ich wäre uns diesen Besuch schuldig. Was immer das bedeutet«, sagte ich.

»Ich weiß, was es bedeutet. Du empfindest Loyalität. Die Vergangenheit bringt unseren Patriotismus zum Vorschein, weißt du? Wir möchten gern Treue empfinden, und zwar ungeteilte Treue, gegenüber allen Leuten und Dingen.«

»Und sie wird immer stärker.«

»Manchmal denke ich, alles, was ich seit damals getan habe, eigentlich alles um mich herum, ich weiß nicht, ob es dir auch so geht, aber alles ist irgendwie – tja – fingiert.«

Eine locker dahingesagte Bemerkung, die sie erst zu interessieren begann, als sie beim letzten Wort angekommen war.

»Ein weiter Weg, Nick. Wir sind weit weg von zu Hause.«

»Die Bronx.«

Wir lachten.

»Ja. Dieser Ort, dieses Wort. Schroff, grob – wie könnte man noch sagen?«

»Niederschmetternd«, sagte ich.

»Ja. Als hätte man drei Wörter zusammengeschmettert.«

»Als würde man durch eingeschlagene Zähne sprechen.«

Wir lachten wieder, und es ging mir besser. Es war wundervoll, mit ihr zu lachen. Ja, sie sollte mich sehen. Sie sollte wissen, daß ich da raus war, ganz gleich, welche verrückten Fehler ich gemacht hatte – ich war ganz gut da rausgekommen.

»So stark und wirklich«, sagte sie. »Und alles seither – aber vielleicht kommt das nur vom Älterwerden. Ich lese keine philosophischen Bücher.«

»Ich lese alles«, sagte ich zu ihr.

Sie schaute mich mit neuer Überraschung an.

»Vielleicht sollte ich mir das für die Franzosen aufheben«, sagte sie. »Aber hat das Leben nicht irgendwann eine unwirkliche Wendung genommen?«

»Nun ja, du bist berühmt, Klara.«

»Nein. Es ist nicht unwirklich, weil ich berühmt bin.« Verärgert über mich. »Es ist einfach nur unwirklich.«

Sie holte eine Schachtel Nat Shermans aus ihrem Blazer und steckte sich eine an.

»Ich bin nicht schwanger, deshalb darf ich.«

Jemand anders kam und ging, eine junge Frau mit einer Programmänderung, und Klaras Gesicht wurde distanziert und verschlossen, aber keineswegs wegen dieser Nachricht. Irgend etwas anderes irritierte sie, irgend etwas rührte sich und sickerte ein, und sie hielt den Kopf schräg, wie um zuzuhören.

»Komisch, daß du jetzt auftauchst. Gott, wie komisch und irgendwie gräßlich. Und bis zu dieser Sekunde ist mir der Zusammenhang gar nicht aufgefallen. Was um Himmels willen ist mit mir los? Habe ich vergessen, daß er gestorben ist? Albert ist vor zwei Wochen gestorben. Vor drei Wochen. Teresa hat mich angerufen, unsere Tochter.«

»Das tut mir leid.«

»Wir hatten keinen Kontakt mehr, er und ich. Vor drei Wochen. An den Folgen einer Herzinsuffizienz. Eine von den Todesursachen, bei denen man so ungefähr weiß, was es bedeutet, auch wenn man es gar nicht weiß.«

»Wo hat er gelebt? Noch dort?«

»Ja, noch dort«, sagte sie. »Wo wäre Albert wohl sonst gestorben?«

Albert war Klaras Mann, damals, als ich mit ihnen beiden zu tun hatte. Er war Physiklehrer an meiner High School. Mr Bronzini. Jahre nachdem ich ihn zum letzten Mal gesehen hatte, entdeckte ich, daß ich oft und unerwartet an ihn dachte. Das kennt man ja, wie bestimmte Orte der Erinnerung mit der Zeit Bedeutung erlangen. In meinen frühmorgendlichen Träumen, wenn ich nach einem verschlafenen Pinkeln wieder ins Bett gehe und rasch in das schmale Ende der Nacht hineingleite, gibt es eine Handvoll Straßen, in die ich immer wieder zurückkehre, den schlafwagenschummrigen Schein langer Wohnungsflure, und bestimmte Gestalten tauchen wieder auf, Grenzgängergeister. Darunter Albert und Klara. Er war der Ehemann, sie die Ehefrau, ein Detail, über das ich damals kaum nachgedacht hatte.

Zwei Leute beugten sich über Klara und murmelten ihr gleichzeitig etwas zu, und dann fragte einer von der Crew, ob sie bereit zum Weitermachen sei.

Sie sagte zu mir: »Dein Bruder.«

»Lebt in Boston.«

»Siehst du ihn?«

»Nein. Selten.«

»Was ist mit seinem Schach?«

»Ich sehe niemanden. Er hat es schon lange aufgegeben.«

»Ach, wie schade.«

»Es konnten doch nicht zwei Genies aus demselben kleinen Viertel kommen.«

»Ach Quatsch«, sagte sie.

Ich legte ihr eine Hand auf den Arm und fühlte, daß etwas nachgab. Sie schaute mich wieder an, mit hervortretenden, vom Sehen blutunterlaufenen Augen. Ich fand es zutiefst angenehm, mit meiner Hand auf Klaras Arm dazusitzen und an den gekräuselten Mund der jüngeren Frau zu denken, jene Art erotischen Makels, in dessen Asymmetrie man sich am liebsten verlieren würde – Mund und Kiefer nicht ganz auf Linie. Doch das Vergnügen des Nachsinnens ging nur bis hierhin. Das war alles, was ich durchs Mahlwerk schicken konnte. Wir hatten gesagt, was wir sagen wollten, hatten alle Blicke ausgetauscht und der Toten und Vermißten gedacht, und nun wurde es Zeit für mich, wieder ein funktionierender Erwachsener zu werden.

Jemand anders sagte etwas, und ich stand auf und ging ein Stück beiseite, spürte noch Klaras Hand, die über meinen Unterarm und meine Handfläche streifte. Diesmal fand ich etwas weiter hinten einen Platz, näher am Eingang. Das Publikum brauchte einen Moment, um sich zu versammeln und hinzusetzen.

Die Interviewerin hockte sich hin und sprach.

»Vielleicht können Sie uns erzählen, warum Sie diese Sache machen wollen.«

»Das ist ein Work-in-Progress, vergessen Sie das nicht, es verändert sich täglich, minütlich. Ich will mal versuchen, eine Antwort einzukreisen, vielleicht schaffe ich es, vielleicht auch nicht.«

Sie hielt die rechte Hand ans Gesicht, die Zigarette nach oben gereckt, auf Augenhöhe.

»Früher habe ich viel Zeit in Maine an der Küste verbracht. Ich war mit dem Besitzer einer Segeljacht verheiratet, das war mein zweiter Mann, er handelte mit Risiko-Wertpapieren und stand kurz vor der Pleite, was er aber damals noch nicht wußte, und er hatte eine wunderhübsche Ketsch, und wir fuhren immer da hoch und kreuzten vor der Küste. Nachts saßen wir an Deck, der Himmel war herrlich klar, und manchmal sahen wir eine Art Halo vor den Sternenfeldern entlangziehen und überlegten immer, was das wohl war. Flugzeuge auf der Nordatlantikroute oder Ufos, wissen Sie, das war schon damals ein beliebtes Thema. Eine leuchtende Scheibe, die langsam dahinzog. Verschwommen und sehr weit oben. Ich dachte, das ist einfach zu hoch für eine Verkehrsmaschine. Aber ich wußte, daß Langstreckenbomber so ungefähr in 18000 Meter Höhe fliegen. Und ich sagte mir, dieses Licht ist die Reflexion eines Objekts ganz weit oben, und sie nimmt diese Kreisform an. Denn ich wollte gern daran glauben, daß wir genau das sahen. B-52er. Der Krieg hat mir immer schon einen gehörigen Schrecken eingejagt, aber diese Lichter, ich kann Ihnen sagen, diese Lichter sah ich mit gemischten Gefühlen. Diese ständig in Alarmbereitschaft befindlichen Flugzeuge, allzeit bereit, wissen Sie, immer an den sowjetischen Grenzen entlang, und ich weiß noch, wie ich da draußen saß, leicht schaukelnd, vor Anker in irgendeiner verlassenen Bucht, und eine Art Ehrfurcht verspürte, das träumerische Gefühl eines Kindes angesichts von Geheimnis und Gefahr und Schönheit. Ich glaube, das ist Macht. Ich glaube, wenn man eine Kraft in der Welt aufrechterhält, die in den Schlaf der Menschen eindringt, dann übt man eine bedeutsame Macht aus. Ich respektiere Macht nämlich. Doch dann ging diese Macht unter, den Bach runter, und heute, wo es die sowjetischen Grenzen nicht mal mehr in derselben Form gibt, begreifen wir allmählich, glaube ich, wir blicken zurück, wir erkennen uns mit größerer Klarheit, und sie desgleichen. Vor dreißig, vierzig Jahren bedeutete Macht noch etwas. Sie war stabil, sie war gesteuert, sie war greifbar. Sie stand für Größe, Gefahr, Schrecken, all das. Und sie hielt uns zusammen, die Sowjets und uns. Vielleicht hielt sie die ganze Welt zusammen. Man konnte die Dinge messen. Man konnte Hoffnung messen und Zerstörung. Nicht daß ich all das zurücksehne. Es ist vorbei, ein Glück. Aber es ist doch so, daß.«

Hier schien sie den Faden zu verlieren. Sie machte eine Pause, merkte, daß die Zigarette weggekokelt war, die Interviewerin griff danach, und Klara reichte sie ihr, artig, Filter zuerst.

»Vieles, was im Gleichgewicht der Macht und im Gleichgewicht der Abschreckung verankert war, scheint zerfallen, zerbröselt zu sein. Die Dinge haben keine Grenzen mehr. Geld hat keine Grenzen. Ich begreife Geld nicht mehr. Es ist zerfallen. Gewalt ist zerfallen, Gewalt ist heute viel wahrscheinlicher, sie ist entwurzelt, außer Kontrolle, ohne jedes Maß, ohne jedes Werteniveau.«

Sie machte wieder eine Pause und dachte nach.

»Ich will die Welt nicht abrüsten«, sagte sie, »oder doch, ich will es, aber es soll vorsichtig und realistisch geschehen, in vollem Bewußtsein davon, was wir aufgeben. Wir haben die Jacht aufgegeben. Das war das erste. Und jetzt habe ich diese Flugzeuge hier, die vom Himmel herunter sind, vom Cockpit bis zur Heckbordkanone bin ich durchgegangen, durchgeschlüpft, durchgekrochen, ich habe sie in allen möglichen Arten von Licht gesehen und mir den Kopf über die Waffen zerbrochen, die sie transportiert haben, und über die Männer, die an diesen Waffen Dienst taten, und es ist furchtbar, darüber nachzudenken. Aber die Bomben wurden nicht abgeworfen. Verstehen Sie. Die Marschflugkörper blieben unabgefeuert in ihren Bombenaufhängungen. Die Männer kehrten zurück, und die Ziele waren nicht zerstört. Verstehen Sie. Wir haben alle versucht, über den Krieg nachzudenken, aber ich bin mir nicht sicher, ob wir wußten, wie man das macht. Die Dichter haben lange Gedichte voller Kraftausdrücke geschrieben, aber einer richtigen Antwort sind wir dadurch auch nicht viel näher gekommen. Denn es war etwas in die Welt gekommen, das die Vorstellungskraft des Geistes überstieg. Am Anfang wußte doch keiner, wie die Bombe überhaupt heißen sollte. Das Ding oder der Apparillo oder so. Und Oppenheimer sagte, es ist Merde. Ich sag es mal auf französisch. J. R. Oppenheimer. Es ist Merde. Er wollte sagen, etwas, das sich der Benennung entzieht, erhält automatisch den Status von Scheiße, das meinte er.

Man kann es nicht benennen. Es ist zu groß oder böse oder außerhalb unserer Erfahrung. Es ist außerdem Scheiße, weil es Müll ist, Abfallmaterial. Aber ich mache gerade einen Riesensermon aus all dem. Worauf ich eigentlich hinauswill, ist das ganz gewöhnliche Ding, das gewöhnliche Leben hinter dem Ding. Das Herz und die Seele von dem, was wir hier tun.«

Das Schwanken in ihrer Stimme. Und wie ihr die Laute kantig aus dem Mundwinkel kamen. Das war gespenstisch-verführerisch, wir dachten alle, vielleicht torkelt sie gleich in einen unsteten Zickzack hinein. Und die Pausen. Wir saßen die Pausen aus, beobachteten das zitternde Streichholz, mit dem sie die nächste Zigarette anzündete.

Sie sagte: »Schauen Sie, wir bemalen, in manchen Fällen nur mit unseren schwachen Händen, große Waffensysteme, Systeme, die so identisch wie möglich aus den Fabriken und Montagehallen gekommen sind, Millionen von gestanzten Einzelteilen, endlos wiederholt, und wir versuchen, diese Wiederholung aufzuheben, ein Element gefühlten Lebens zu finden, und vielleicht liegt darin eine Art Überlebensinstinkt, ein Graffitiinstinkt – uns durch Grenzüberschreitung offen zu äußern, zu zeigen, wer wir sind. So wie es die Nasenkünstler gemacht haben, die Pin-ups auf die Flugzeuge malten.«

Sie sagte: »Einige der Flugzeuge hatten Zeichnungen auf der Nase. Embleme, Insignien der jeweiligen Einheit, einige davon mit Figuren, einem Tiermaskottchen, das mit triefenden Lefzen knurrt. Wunderschöne Sachen eigentlich, wie Comics. Nasenkunst wird das genannt. Ein paar hatten auch Frauen drauf. Es dreht sich doch alles ums Glück, oder? Die sexy Frau, die auf die Nase gemalt wird, ist ein Talisman gegen den Tod. Vielleicht würden wir die ganze Angelegenheit am liebsten in irgendein tiefes Loch der Nostalgie werfen, aber die Männer, die diese Flugzeuge flogen, und wir reden von höchster Alarmbereitschaft und Fernfrühwarnsystemen, wir reden in jeder Hinsicht von einem Grenzbereich – also, ich glaube, sie haben in einer abgeschlossenen Welt mit ihren eigenen Omen und Symbolen gelebt, und sie waren jung und ständig geil. Eines Tages hatte ich eine der ältesten Maschinen der Staffel vor mir, ganz verwittert, auf der Nase hatte sie eine hübsche Arbeit, die verblaßt und fleckig war, eine junge Frau in Rüschenrock und engem rückenfreien Oberteil, sie war sehr groß, sehr blond, hatte unglaubliche Beine und die Hände auf den Hüften, sehr à la Möchtegern-Pinup – man sah gleich, daß sie es eigentlich nicht ganz draufhatte –, und unter dem Bild stand ihr Name, *Long Tall Sally*. Und ich dachte, das Mädchen gefällt mir, weil sie weder wie eine Amazone noch wie ein Engel aussieht und auch nicht furchtbar idealisiert wirkt. Dann habe ich weiter über sie nachgedacht, und zwar folgendes. Ich dachte, selbst wenn sie übermalt werden muß, vielleicht wird das nötig, vielleicht aber auch nicht, dann müssen wir auf jeden Fall ihren Namen retten, dachte ich mir. Ich dachte, wir benennen unser Werk nach dieser jungen Frau, nach den Männern, die ihr Bild auf das Flugzeug gemalt haben, nach dem Lied, das sie dazu inspiriert hat. Daran erinnere ich mich nur vage, an das Lied. Aber es gibt so ein Lied, und ich dachte, wahrscheinlich ist an der ganzen Mischung auch ursprünglich irgendwo eine echte Sally beteiligt. Sie hat den Songwriter inspiriert oder den Nasenmaler oder die Mannschaft, die das Flugzeug flog. Vielleicht war sie Kellnerin in einer Fliegerbar. Oder das Mädchen von irgendwem, daheim in der Kleinstadt. Oder die erste große Liebe. Jedenfalls haben wir es hier mit einem individuellen Leben zu tun. Und ich möchte, daß dieses Leben ein Teil unseres Projekts wird. Dieses Glück, dieses Zeichen gegen den Tod. Wer immer sie ist oder war, eine verschwitzte Kellnerin, ja, die eine Ketchup-Flasche quer durch den Raum schmeißt, und Scheiß auf die Bombe, ich möchte, daß unsere Ziele überschaubar und menschlich bleiben, trotz der ungeheuren Arbeit, die wir geleistet und noch vor uns haben, und jetzt sitze ich hier, habe einen Fuß hochgelegt und rede ohne Ende über meine Arbeit, dabei ist mir Matisse vollkommen bewußt, der gesagt hat, Maler sollten sich als erstes die Zunge abschneiden.«

Ich konnte sie mir im französischen Fernsehen vorstellen, punktweise zerlegt, übertragen und zurückverwandelt. Ich hörte ihre Stimme, als Hintergrund einer monotonen Übersetzung. Leute, die in allen Teilen des Landes zuschauten, die Köpfe im Dunkel zusammensteckten. Ich sah ihr bildschirmflaches Gesicht vor mir, wie es an den Rändern flirrte, ihre Augen wie erkaltete Monde, eine halbe Million Klaras, die in der Nacht schwebten.

Sie sagte: »Vor nicht allzu langer Zeit habe ich ein altes Foto gesehen, ein Bild aus der Mitte der sechziger Jahre, am Bildrand ist eine Frau zu erkennen. Das Foto wimmelt von Menschen, sie stehen an einem Eingang, wohl das Entree zu einem großen Ballsaal, und sie alle tragen schwarz und weiß, Männer wie Frauen, dazu Masken, und ich schaute mir das Bild an und begriff, das war die berühmte Party, das Großereignis jener Jahre, Truman Capotes Black & White-Ball im Plaza Hotel in New York während der finsteren Zeiten von Vietnam, und ich stand sozusagen völlig neben mir, denn ich brauchte ungefähr eine halbe Minute, bis mir klar wurde, daß die Frau am Bildrand ich selber war. Ehrlich. Und ich stehe neben einem Mann, der entweder Truman Capote oder J. Edgar Hoover ist, einer von beiden, denn ihre Köpfe hatten dieselbe Form, und wegen der Maske und des Blickwinkels und der Schatten läßt sich schwer sagen, welcher welcher ist, und ich trage ein langes schwarzes hautenges Kleid, ich fasse es nicht, daß ich es jemals anhatte, aber da stehe ich, das bin ich, mit einer kleinen weißen Katzenmaske. Und ich dachte, was ist nur an dem Bild, daß ich mich kaum an mich erinnern kann? Ich dachte, ich weiß nicht, wer diese Person ist. Warum ist sie eigentlich da? Woran denkt sie? Welche Unterwäsche trägt sie unter diesem albernen Kleid, und ich schwöre Ihnen, ich weiß es nicht. Umgeben von Berühmten und Mächtigen, Männern aus dem Regierungsapparat, die den Krieg organisierten, und ich will es übermalen, will das Foto orange und blau und weinrot malen, die Fräcke und Abendkleider und den großen Ballsaal des Plaza Hotels bemalen, und wer weiß, vielleicht ist alles, was ich tue, ein immerwährendes Work-in-Progress. Und vergessen wir die Lust nicht. Die Sinne, die Lüste, die Körpersäfte. Und zwar stratosphärenblau, jawohl. Und gelb und grün und geranienrot. Maine-Geranien, die in kühler, feuchter Luft gedeihen. Und fuchsienrot. Orange und kobaltblau und chartreusegrün.«

Und aus der kleinen Gruppe rief jemand: »Lieber rot als tot.«

Und wir lachten alle. Die Bemerkung hatte einen Nachklang, der in unseren Stimmen weiterzuhallen schien, von den gegenüberliegenden Wänden dieses gemeinsamen Raums zurückprallte. Wir standen da und lauschten unserem eigenen Lachen. Und waren alle einer Meinung, daß damit der Abend vorbei war.

Ich ging zu meinem Auto, als ich das New Yorker Taxi erblickte. Jemand stieg ein, und als die Scheinwerfer eingeschaltet wurden, sah ich, es war die junge Frau, die vorher gefahren war.

»Hey, danke«, sagte ich. »Da draußen.«

»Sie sind der Lexus.«

»Der verloren herumirrte. Ein Glück, daß Sie vorbeigekommen sind.«

»Wir haben gesagt, der denkt bestimmt, jetzt kommt der Texas Highway Killer und hat sein nächstes Opfer schon im Visier.«

»Ich wußte, daß Sie nicht der Texas Highway Killer sind, schließlich sind wir nicht in Texas.«

»Außerdem glaub ich kaum, daß der ein gelbes Taxi fährt.«

»Das ist der andere Grund.«

»Zum Mitmachen hier?« fragte sie.

»Schön wär's. Aber ich werde im Büroturm in unserer großen Hauptstadt erwartet.«

»Könnte Ihre letzte Chance sein, Kunstgeschichte zu schreiben.«

»Oder was ihr hier sonst macht.«

»Oder was wir hier sonst machen.«

Sie saß auf dem Fahrersitz, bei geöffneter Tür, stämmig gebaut, nicht ganz die schwebende Sylphe, als die sie mir im aufwirbelnden Staub jenes Augenblicks erschienen war.

»Ihr Wagen?«

»Ich hab ihn mehr oder weniger zur Verfügung gestellt«, sagte sie, »also hab ich jetzt wohl ein Taxi am Hals, was ein bißchen unpraktisch ist. Aber allein Klaras Gesichtsausdruck war die Sache schon wert, würd ich sagen.«

Derb und offen wie eine Sommerkellnerin, die *Da bitte* sagt, wenn sie einem das Essen hinstellt.

»Schon lange hier?«

»Bald sieben Wochen, und ich bleibe dabei, auch wenn es Ewigkeiten dauert, was gut möglich ist.«

»Kein Heimweh?«

»Ab und zu. Aber das ist eine einzigartige Chance. Schon draußen gewesen?«

»Morgen früh«, sagte ich.

»Tun Sie's früh. Die Hitze ist gemein.«

»Ich kenne mich mit Hitze aus. Ich mag Hitze.«

»Woher stammen Sie?«

Ich erzählte ihr nicht, ich lebe ein ruhiges Leben in einem bescheidenen Haus und so weiter. Statt dessen sagte ich ihr, wo ich die Nacht verbrachte, und ließ mir erklären, wie ich da hinkam, obwohl ich es schon wußte.

Ich ließ sie von ihrer Heimatstadt erzählen.

Ich fragte sie nach ihrer Arbeit auf dem Gelände, und sie sagte, sie trage eine Metallgrundierung auf, kratze Farbe ab, manchmal mit der Hand, manchmal mit einem Sandstrahlgebläse.

Sie saß aufrecht in ihrem Sitz, zählte Details auf und wackelte mit dem Kopf, gespielt mädchenhaft, aber auch mädchenhaft.

Ich fragte sie nach dem Studium, und sie sagte, sie habe es vor ein paar Jahren geschmissen, denke aber daran, es noch mal mit einem kaufmännischen Abschluß zu versuchen, und ich ließ sie davon erzählen.

Wir redeten von ihrem Bruder, der eine seltene Blutkrankheit hatte.

Ich ließ sie von einer Wildwasser-Kanufahrt erzählen, die sie mit siebzehn im Sommer gemacht hatte.

Sie sagte *verschlechert* für *verschlechtert*. Wenn sie *okay* sagte, klang es wie *okeh*.

Sie saß auf einem Kissen aus Holzperlen. Ihr Haar war kurzgeschnitten und ließ ihr Gesicht breit erscheinen. Ich sah, daß die Einzelheiten des Taxis und die Beschläge, ja, der ganze Anstrich aus der Nähe eher Amateurcharme als Akkuratesse ausstrahlten. Aber New York richtig hinzukriegen ist auch nicht leicht.

»Und das ist der Witz, der hier bei uns kursiert«, sagte sie. »Bloß daß sich keiner so sicher ist, ob es wirklich ein Witz ist. Wir bemalen diese alten Flugzeuge in einer Art festlichem Ritual, aber woher wissen wir ganz sicher, daß die Krise wirklich vorüber ist? Bricht die UdSSR wirklich auseinander? Oder ist das Ganze ein Trick, um den Westen reinzulegen?«

Sie lachte trompetend durch die Nase. Es kam aus Mund und Nase, schroff und feucht, ein merkwürdiger Laut, der sich über den Gedanken lustig machen wollte, nicht ohne dessen dunklen Reiz einzugestehen.

»Die lassen es so aussehen, als ob alles auseinanderfällt, damit wir weniger wachsam sind, okeh?«

Ich ließ sie davon erzählen.

Sie machte es wieder. Ein langes, feuchtes, wieherndes K. Und ich fand, je länger sie redete, desto mehr war sie mir schuldig. Aber ich sagte keinen Ton. Insgeheim wollte ich sprechen, wollte eine Bresche in ihre Ichbezogenheit schlagen, in den kompakten Stoff aus Heimatstadt und sterbendem Bruder. Ich wollte das Zeug in Trümmer schlagen. Aber das war nur eine vorübergehende Laune, etwas, das aus dem erzogenen Kern unserer Mittelwegsvernunft hervorbricht.

Ich ließ sie reden. Und je länger ich ihr zuhörte, je weniger sie mir gefiel, desto mehr wollte ich ihr an die Wäsche, aus Gründen, die keiner auf Gottes weitem Erdboden begreifen kann.

Aber ich sagte nicht mal A, geschweige denn B. Insgeheim wollte ich sie überreden, die Nacht in meinem Zimmer zu verbringen oder die halbe Nacht oder eine Stunde und zehn Minuten. Ich wußte nicht, warum ich sie begehrte, aber ich wußte, warum ich sie nicht begehrte. Es wäre Klara gegenüber illoyal gewesen, unserer gemeinsamen Erinnerung, unserer eigenen kurzen Zeit in jenem Zimmer dort in den engen Straßen, die die Grenzen der Welt waren.

»Wird langsam spät«, sagte ich.

»Klar, großer Tag morgen.«

»Muß«, sagte ich, »langsam los.«

Sie erklärte mir noch mal, wie ich hinkam, und fuhr dann weg. Alle anderen Fahrzeuge hatten den Ort verlassen, und ich suchte im Dunkeln nach meinem Auto.

Es ist spannend, über die große Feuersbrunst am Himmel nachzudenken, die wir auf Tiergestalten und Haushaltsgeräte herunterdimmen.

Ich saß in meinem Motelzimmer vor dem Fernseher.

Ich lebte verantwortungsvoll in der Wirklichkeit. Ich kaufte Klara diese Sache nicht ab, das Leben sei Fiktion, oder was immer sie gemeint hatte, als sie sagte, die Dinge seien unwirklich geworden. Die Geschichte war keine Frage von fehlenden Minuten auf dem Band. Ich stand nicht hilflos davor. Ich hielt mich sorgsam an die Strukturen zusammengetragenen Wissens, bezog Zuversicht aus dem soliden und nützlichen Stoff unserer Erfahrung. Selbst wenn man daran glaubt, daß die Geschichte ein von Menschenblut betriebenes Räderwerk ist – man braucht nur Mussolinis Reden nachzulesen –, hat man das Ganze zumindest gemeinsam erlebt. Ein einziger Erzählschwung statt zehntausend Flusen Fehlinformation.

Ein Mann saß in einem Panton-Stuhl in einem Wohnzimmerbühnenbild, vor ihm ein Couchtisch und an der Wand hinter ihm aufgereiht Bücher oder Buchumschläge.

Ich war überzeugt, daß wir herausfinden konnten, was mit uns geschah. Wir wurden nicht von unserem eigenen Leben ausgeschlossen. Das ist nicht mein Kopf auf dem Körper eines anderen, auf dem Foto, das als Beweisstück vorgelegt wird. Ich glaubte nicht daran, daß Staaten im großen Maßstab Theater spielten. Ich lebte in der Wirklichkeit. Ich ließ nur lokale Geister gelten, die nebligen Spuren von Leuten, die ich kannte, und dem Abdruck meines eigenen trüben Schattens, New Yorker Geister in jedem Falle, die alte laute Bronx, Hand vor dem Mund, durch zerschlagene Zähne gesprochen – das Sticheln, das gefurzte Schnauben der Verachtung.

Der Mann in dem Sessel sagte: »Down's Syndrom. Die gebührenfreie Nummer lautet: Eins, achthundert, fünf eins fünf, zwo sieben sechs acht. Korsakoff-Psychose. Eins, achthundert, drei eins drei, sieben fünf acht eins. Alzheimer-Krankheit. Rufen Sie gebührenfrei an. Eins, achthundert, acht eins drei, drei fünf zwo sieben.« Er sagte: »Kaposi-Sarkom. Rund um die Uhr. Eins, achthundert, sechs sieben zwo, neun eins sechs eins.«

Ich fuhr bei Sonnenaufgang zum Gelände raus. Ich parkte in der Nähe einer Gerätehalle und stieg eine kleine Erhebung hinauf, von der aus ich einen guten Blick auf die Flugzeuge haben würde. Ich hörte sie, bevor ich sie sah, ein unbehagliches Knarren, Windstöße, die die beweglichen Teile zum Drehen brachten. Dann erreichte ich die Spitze des Sandsteinvorsprungs, und da waren sie, in breiter Formation auf dem ausgebleichten Grund der Welt.

Ich hatte nicht gewußt, daß es so viele Flugzeuge waren. Ihre Anzahl verblüffte mich. Sie waren in acht taumeligen Reihen aufgestellt, ein paar scherten an den Rändern aus. Ich zählte sie bis zur letzten Maschine, während die Sonne höher stieg. Da standen zweihundertdreißig Flugzeuge, mit ausgebreiteten Flügeln und Flossen wie Tiefseekreaturen, einige zum Teil bemalt, andere beinahe fertig, viele noch gar nicht mit den Farbspritzen in Berührung gekommen, und die waren kriegsschiffgrau oder in verblaßten Tarnfarben gestrichen oder vom Sandstrahl bis zum schieren Metall abgeschliffen.

Die angemalten Flugzeuge wurden immer leuchtender und lebendiger. Farbstriche, Streifen und Kleckse, luftige Schichten, die Kraft des gesättigten Lichtes – das Ganze seltsam persönlich, die Hand eines Malers, geführt ebenso von Impuls und nachträglicher Überlegung wie von einem epischen Entwurf. Ich hatte nicht erwartet, mit so viel Vergnügen und Erregung zu reagieren. Die Luft war satt von Farbe, Kupfer und Ocker strahlten heiß von der Metallhaut der Flugzeuge ab, vermengten sich mit der umgebenden Wüste. Doch diese Farben zogen nicht einfach Kraft aus dem Himmel oder aus den Landschaftsformationen ringsum. Sie drückten und zerrten. Sie standen untereinander im Konflikt, als wären sie Emotionen, Hautpigmente und Industriegrautöne und ein knalliges Rot, das wiederholt in dem Werk auftauchte – das Rot von etwas Ausgeschiedenem, einem geplatzten Sack, blut-eitrige Dickflüssigkeit und zerlaufenes Fahlgelb. Und die anderen Maschinen, entfärbt, immer noch mit gespenstischen Stoffplanen über den Fensterscheiben und Motoren, entseelt, ihre Grundierung erwartend.

Manchmal sehe ich etwas so Bewegendes, daß ich weiß, ich darf nicht verweilen. Sieh es an und geh. Wenn du zu lange bleibst, erschöpfst du den wortlosen Schock. Liebe es, vertrau ihm und geh.

Sie wollte, daß wir eine einzige Masse sahen, nicht eine Kollektion von Objekten. Sie wollte, daß unser Interesse sich gleichmäßig verteilte. Sie beharrte darauf, daß wir den Blick langsam über das Werk schweifen ließen. Sie forderte uns auf, die horizontbreite Landschaftsdimension zu erkennen, in die das Werk plaziert war.

Ich lauschte dem Klappern der Turbinenblätter im Wind und fühlte den Hauch der Sciroccohitze, und meine Augen glitten tatsächlich langsam über die Reihen, und ich erspürte eine Art Wildheit, die mich umgab, den grimmigen Ansturm von Wetter und Wüste und diese alten, kraftvoll umgedachten Waffen, wie treffend war dieses Projekt, aber ich wußte, sobald ich alles gesehen hatte, würde ich keine Sekunde länger dort bleiben.

Drei Fahrzeuge bewegten sich auf das Gelände zu, die ersten kräftigen Arbeiter dieses Tages. Ich ging zu meinem Auto hinunter und schraubte die Tube Sunblocker auf, die ich auf einem Regal an der Rezeption des Tante-Emma-Motels entdeckt hatte, gleich neben den Postkarten und indianischen Puppen – Kachina-Puppen und Snacktüten voll Tortillachips, die zu einem eigenartigen Neuronennetz des einsam verchromten Amerika gehören. Ich stand bei meinem Auto und rieb mir Arme und Gesicht mit der Creme ein, zwischendurch las ich nochmal das Etikett. Das hatte ich den ganzen Morgen getan. Auf dem Etikett stand, der Schutzfaktor sei dreißig; nicht etwa fünfzehn. Ich kannte mich auf diesem Gebiet aus. Ich hatte mich eingelesen, die Untersuchungen gesichtet, die Produkte und die Behauptungen verglichen. Und ich wußte mit absoluter Sicherheit, daß ein höherer Schutzfaktor als fünfzehn wissenschaftlich unmöglich war. Und jetzt verkauften die mir einen Dreißiger.

Das brachte mich auf etwas Merkwürdiges. Ich stieg in das Auto und fuhr hinaus, Richtung Interstate Highway. Ich mußte an die Teller-Geschichte denken. Die Teller-Geschichte handelte von Dr. Edward Teller und der ersten Atomexplosion der Welt, die ungefähr zweihundert Meilen nordöstlich von meinem gegenwärtigen Standort stattgefunden hatte. Und darin hieß es, daß Dr. Teller die unmittelbaren Auswirkungen der Explosion auf seine Beobachtungsposition zwanzig Meilen vom Detonations-Nullpunkt fürchtete und deshalb erwog, es könnte vielleicht nützlich sein, sich Gesicht und Hände mit Sonnenmilch einzureiben.

Diese Gedanken, diese Lichtblitze, diese unschuldige, unbeschwerte Geste, dieses japanische Auto – alles mehr oder weniger zur Landschaft passend.

Ich drückte auf den Knopf und ließ die Fenster herab, sah Berge, die sich Richtung Mexiko erhoben, poetisch in sich und mit wunderschönen Namen, egal wie sie hießen, denn einen Berg kann man nicht falsch taufen, und suchte nach einem Schild, um nach Hause zu finden.

2

Damals lebte meine Mutter bei uns. Wir hatten sie endlich so weit, daß sie von der Ostküste herkam, und wir brachten sie in einem kühlen Zimmer im hinteren Teil des Hauses unter.

Meine Frau konnte gut mit ihr umgehen. Die beiden konnten miteinander reden. Sie fanden Gesprächsthemen. Sie sprachen über die Dinge, die ich nicht mit Marian beredete, die ich achselzuckend abwehrte, wenn Marian fragte, frühere Freundinnen etwa oder wie ich mich mit meinem Bruder verstand. Die kleinen, klugen Dinge, nach denen Marian immer fragte. Mit acht hatte ich mir den Arm gebrochen, als ich von einem Baum fiel. Über so was redeten sie.

Aus dem schimmernden Bronzeturm, in dem ich arbeitete, ließ ich gern den Blick über die dunkelbraunen Hügel und Kämme schweifen, die die Aussicht nach Nordosten begrenzten. Draußen auf der Straße waren es vielleicht dreiundvierzig Grad. Vielleicht vierundvierzig, fünfundvierzig Grad, und ich schaute hinaus, über den endlosen Mischmasch hingekauerter Schachtelbauten, wo man sein Hörgerät reparieren lassen oder Swimmingpool-Zubehör kaufen konnte, die sich ständig wiederholende Strecke, die ich jeden Tag zurücklegte, und ich dachte daran, wie sehr ich diese Stadt mochte mit ihrer Downtown-Stille und den freistehenden Bürotürmen und den Parks voller Joggingwege und dem verzauberten Ring aus Hügeln ringsum und den Wohnstraßen mit Oleandern und Palmen und weißgekälkten Baumstämmen – weiß gegen die Sonne.

Wir holten sie von der Ostküste her. Wir holten sie aus dem täglichen Drama von Gewalt und Klage und Regenbogenpressengreueln und der entsprechenden Wiedergutmachung und wie hart die Stadt ist und wie böse die Stadt ist und wie nett zu einer Touristin aus Missouri, die ihre Handtasche in einem Taxi vergessen hat, und wir brachten sie in einem kühlen Zimmer unter, wo sie vor dem Fernseher saß.

Ich sollte Marian von den alten Straßen erzählen, den Straßenspielen, den Straßenkämpfen, dem Sex in den Seitenstraßen, den kleinen Taschendiebstählen. Ich erwähnte das Auto, gar nicht so klein, aber sie wollte mehr hören. Sie wollte hören, wie ab und zu ein abtrünniges Mitglied irgendeiner organisierten Gruppe exekutiert wurde, die sie in ihrer Phantasie in dieser Gegend am Werke sah, wie die Kugel in den Hinterkopf eindrang und sich ihren Weg zum Gehirn bahnte. Sie hoffte darauf, daß ihr die Ankunft meiner Mutter die reizvollen Fakten bescheren würde, die sie aus dem lakonischen Nick nicht herausholen konnte. Aber meine Mutter redete nur von den faulen Noten, die ich auf der Schule bekommen hatte, und wie ich mit acht von einem Baum gefallen war.

Und ich mochte es, daß Geschichte hier nicht aus dem Ruder lief. Hier wurde sichtbare Geschichte unterteilt. Eingesperrt, unterstützt und bronziert, behutsam in den Schrein von Museen und Hochhausvorplätzen und Gedenkparks gesetzt. Alles weitere war Geographie, Raum und Licht und Schatten und unsägliche, lastende Hitze.

Ich trank Sojamilch und lief meine fünfzehnhundert Meter. Ich hatte so ein Ding, das ich an das Gürtelband meiner Laufhosen klemmte, ein Gerät, das nur hundert Gramm wog und auf einem Display die zurückgelegte Entfernung, die verbrauchten Kalorien und die Schrittlänge anzeigte. Meine Wohnungsschlüssel trug ich in einem Fußtäschchen mit Klettverschluß. Ich lief nicht gerne mit klingelnden Schlüsseln in der Hosentasche. Das Fußtäschchen erfüllte einen Bedarf. Es richtete sich direkt an ein persönliches Anliegen. Es gab mir das Gefühl, als existierten in der Welt der Produktentwicklung und Vermarktung und Geschenkkatalogisierung Menschen, die das Wesen meiner kleinen, bohrenden Bedürfnisse verstanden.

Sie redeten auch über meinen Vater, das andere Thema, mit dem sie sich in der tiefen Dumpfheit nach dem Abendessen beschäftigten. Typisch, daß Marian sich daran festbiß, Lücken zu füllen, Details herauszufinden versuchte. Ich saß im Wohnzimmer und hörte zeitweise zu, während die Spülmaschine mit ihrem drängenden, sexuellen Pulsieren lief. Ich hörte halb zu, das Gesicht in eine Zeitschrift versenkt, hörte gedämpfte Stimmen aus dem hinteren Zimmer, ab und zu ein Wortknäuel, das Spülmaschine und Fernseher übertönte. Der Fernseher war immer an, wenn meine Mutter in ihrem Zimmer war.

Reisen spielte eine wichtige Rolle in meinem Beruf. Die spiegelnden Oberflächen des Bronzeturms zu verlassen, die ganz natürliche Art der Leute, sich einige wenige zum Vorbild zu nehmen, meistens zu imitieren, die Bewegungen oder Ausdrucksweise eines Vorgesetzten nachzumachen. Man stelle sich einen jungen Mann oder eine junge Frau vor, eine junge Frau, die ein paar Worte mit dem Knurren eines Kinogangsters sagt. Das machte ich oft, um der komischen Pointe willen, damit Sachen pünktlich erledigt wurden. Ich gab im Gossenjargon raunende Drohungen aus dem Mundwinkel von mir, und dann, ein, zwei Tage später, kam ich an einem Büro vorbei und hörte, wie eine meiner Assistentinnen mit ebendieser Stimme sprach.

Wir stellten ihr einen Fernseher hin und einen Luftbefeuchter und die Frisierkommode, die Marian in ihrer Jugend gehört hatte. Wir räumten die Kommode leer und putzten sie, erneuerten die Silberschicht auf dem Spiegel und hängten reichlich Bügel in den Schrank.

Oder ich hob mitten in einer Besprechung den Telefonhörer ab und tat so, als arrangierte ich einen gepfefferten Denkzettel für einen Kollegen, ein Manöver, das bei den anderen im Zimmer gehässiges Gelächter provozierte. Ich versuchte, selbst ein bestimmtes Lachen zu vermeiden, nämlich das von Arthur Blessing, unserem Geschäftsführer, mit artikulierten Ha-has, während ein langsames Kopfnicken den Lachrhythmus markierte. Wegzufahren, wegzufliegen befreite mich von den Signalen, die von jeder gewienerten, blankpolierten Oberfläche zurückgeworfen wurden.

Er ging aus dem Haus, um Zigaretten zu holen, und kam nicht zurück. So was hörte man früher über verschwundene Männer. Das endgültige Familiendrama. Alle Familiendramen erreichen ihren Höhepunkt in der endgültigen Leidenschaft des böswilligen Verlassens. Mein Vater rauchte Lucky Strikes. Auf der Packung ist ein Logo, das man durchaus als Zielscheibe beschreiben könnte, vielleicht aber auch nicht – es gibt keinen kleinen Kreis in der Mitte, ins Schwarze treffen geht nicht. Der Kreis ist groß. Ein großer roter Kreis mit einem weißen Rand, dann ein schmalerer gelbbrauner Rand und schließlich ein dünner schwarzer Rand. Will man also die Definition von »ins Schwarze treffen« oder die Definition einer Zielscheibe nicht erweitern, kann man das Logo von Lucky Strikes wohl kaum eine Zielscheibe nennen. Ich nenne es trotzdem so, scheiß auf die Definitionen.

Marian war davon überzeugt, das sei das Entscheidende, damit sich jemand zu Hause fühlt. Wenn du nicht genug Bügel hinhängst, wird sie glauben, sie sei unerwünscht.

Meine Firma hatte mit Müll zu tun. Wir waren Müllhändler, Müllverkäufer, Kosmologen des Mülls. Ich fuhr in die Küstenebene von Texas und beobachtete, wie Männer in Mondanzügen Fässer voll Sondermüll in unterirdischen Salzbetten begruben, die Millionen von Jahren alt waren, ausgetrocknete Überreste eines mesozoischen Ozeans. In unserem Gewerbe herrschte die Glaubensüberzeugung, daß aus diesen Lagern im Salzstock keine Strahlung drang. Müll ist etwas Religiöses. Wir sargen Giftmüll mit einem Gefühl von Ehrerbietung und Furcht ein. Wir müssen Respekt haben vor dem, was wir wegwerfen.

Ich sah einen Mann auf der Via della Spiga vor einer verspiegelten Säule stehen und sein Haar glattstreichen, mit beiden Händen fuhr er sich über die Haare, und so wie er es tat, die Blickrichtung seiner Augen, die leicht narbige Haut, wie beide Hände den Sitz seiner Haare richteten – ich spreche von einer halben Sekunde, irgendwann einmal in Mailand –, das erinnerte mich an tausend Dinge zugleich, vor langer Zeit.

Die Jesuiten haben mir beigebracht, die Dinge auf Doppelbedeutungen und tiefere Zusammenhänge hin zu untersuchen. Dachten sie dabei an Müll? Wir waren Müllmanager, Müllriesen, wir verarbeiteten Universalmüll. Müll hat heute eine Aura des Feierlichen, einen Aspekt der Unberührbarkeit. Weiße Behälter mit Plutoniummüll, darauf gelbe Warnetiketten. Vorsicht! Selbst der schlichteste Hausmüll wird aufmerksam geprüft. Die Menschen betrachten ihren Abfall heute anders, sehen jede Flasche und jeden zerdrückten Karton im globalen Kontext.

Mein Sohn glaubte früher, er könne ein Flugzeug in der Luft anschauen und es im Flug zum Explodieren bringen, wenn er nur daran dachte. Mit dreizehn glaubte er, die Grenze zwischen ihm und der Welt sei so dünn und durchlässig, daß er den Lauf der Dinge beeinflussen könne. Ein Flugzeug in der Luft war eine allzu starke Provokation, um sie zu ignorieren. Er beobachtete also ein Flugzeug, wie es nach dem Start in Sky Harbor an Höhe gewann, und er verspürte ein stillschweigendes Element der Katastrophe allein durch die Tatsache, daß dort ein vollbesetztes Flugobjekt in der Luft war. Er war empfänglich für jeden zufälligen Reiz, und er glaubte, er könne fühlen, wie das Objekt selbst sich danach sehnte, einfach zu bersten. Er brauchte sich nur das Brandbild herbeizuwünschen, und schon würde das Flugzeug in Flammen aufgehen und zerschellen. Seine Schwester sagte immer zu ihm, Na los, jag es hoch, das will ich sehen, wie du dieses Flugzeug mit allen zweihundert Leuten an Bord aus der Luft holst, und es erschreckte ihn, jemanden so reden zu hören, und es erschreckte auch sie, denn sie war sich nicht vollkommen sicher, ob er es nicht doch könne. Das ist eine besondere Fähigkeit Heranwachsender, sich das Ende der Welt als Anhängsel der eigenen Unzufriedenheit vorzustellen. Doch Jeff wurde älter und verlor Interesse und Überzeugung. Er verlor das paradoxe Talent, abgesondert und allein zu sein und doch in enger Verbindung, geistig verdrahtet mit fernen Dingen.

Zu Hause trennten wir unseren Müll in Glas und Dosen und Papierprodukte. Dann trennten wir Weißglas von Buntglas. Dann Blech von Aluminium. Wir sortierten Plastikbehälter aus, mit oder ohne Deckel oder Verschlüsse, nur dienstags. Dann kam Gartenmüll. Dann Zeitungen, inklusive Hochglanzbeilagen, aber wir achteten darauf, die Bündel nicht mit Bindfaden zu verschnüren, was ja immer die große Versuchung ist.

Der Sinn des Konzerns ist, uns aus uns herauszuholen. Wir organisieren solche Körperschaften, um auf den Markt zu reagieren, allseits offen in die Welt hinauszuschauen. Doch die Dinge neigen dazu, trübe nach innen zu dümpeln. Klatsch, Gerüchte, Beförderungen, Persönlichkeiten, das ist doch nur natürlich, nicht wahr – all die menschlichen Mißgeschicke, die Raum in der Firmenseele einnehmen. Aber die Welt hält stand, in gewisser Weise heilt sie. Man spürt die Berührungspunkte ringsum, die Umarmung verknüpfter Netzwerke, die einem ein Gefühl für Ordnung und Kontrolle vermitteln. Das steckt in den trillernden Telefonanlagen, den Faxmaschinen und Fotokopierern und all der ozeanischen Logik, die in unseren Computern untergebracht ist. Da mag man über die Technologie stöhnen, so viel man will. Sie steigert unsere Selbstachtung und verbindet uns in unseren wohlgebügelten Anzügen mit den Dingen, die ansonsten unbemerkt durch die Welt schlüpfen würden.

Marian fuhr den Wagen mit einem Bleistift in der Hand. Ich glaube, ich habe sie nie gefragt, warum eigentlich. Ich glaube, wir redeten nicht mehr so miteinander wie früher, als die Kinder heranwuchsen. Was für ein unerschöpfliches Thema, zwei Lebewesen, die sich vor unseren Augen veränderten, von tumbem Gebrüll und verschlabberter Milch hin zu artikulierten Worten, oder der erste Schultag, oder einfach nur die Mahlzeiten bei Tisch, kleine unfertige Gesichter, prallvoll vom Dasein. Aber jetzt waren sie erwachsen, hatten dann doch einen Computer und drehbare Medienregale, ein Baby war unterwegs, und auf der hinteren Stoßstange prangte ein Aufkleber (bei meinem Sohn) mit der Aufschrift »Blitzschnell nach Nirgendwo«. Die Tage der Ehe waren nicht mehr erfüllt von Gesprächen über Lainie und Jeff. Wir klammerten uns nun an die Geburt des Enkelkindes.

Ich joggte am Abwasserkanal entlang, einen drahtlosen Kopfhörer auf den Ohren. Beim Laufen hörte ich Sufi-Gesänge. Ich lief durch Palmenalleen und gewundene Straßen mit Orangenbäumen und schmucken Stuckvillen – Straßen voller westwärts gerichteter Träume, wohin uns fünfzig Jahre früher unser Vater hätte mitnehmen können, lichtwärts und westwärts, hierher wollten die Leute ihrer Pechvogel-Vergangenheit entfliehen, den grauen Straßen und überfüllten Wohnungen und dem Kohlgeruch im Hausflur.

Lainie war Unternehmerin, eine Knallharte, eine Feilscherin, unsere Hökertochter, wie wir sie nannten, und sie lebte mit ihrem Mann Dex in Tucson. Sie machten Folkloreschmuck und verkauften ihn über einen Einkaufskanal im Fernsehen, Armbänder, Ketten, das ganze Brimborium, und sie gaben Interviews und reisten zu Festivals und anderen Kulturveranstaltungen. Ihre Schwangerschaft brachte uns auf Trab, sie schickte uns Fotos von ihren sich verändernden Formen, und wir fuhren oft zu ihnen runter, um ihren schwellenden Bauch zu sehen.

Ich räumte die Bücherregale um. Ich stand in dem Zimmer und schaute mir die Bücher an. Dann befestigte ich mein Fußtäschchen am Knöchel und lief los.

Je dicker sie wurde, desto glücklicher waren wir. Uns war gar nicht bewußt, wie glücklich wir sein mußten, bis wir von der Interstate 10 abbogen und auf einer jener Einkaufsstraßen, die wie ein Marathon aus entfesseltem Blech sind, dem rauschenden Verkehr folgten, ihre kleine Straße fanden und die imposante Silhouette unserer Tochter auf der Türschwelle erblickten.

Ich nenne das Logo von Lucky Strikes eine Zielscheibe, weil ich glaube, daß sie auf meinen Vater warteten, als er zum Zigarettenholen rausging, sie packten ihn und warfen ihn in ein Auto und fuhren ihn irgendwohin, in die Nähe der Bucht, an die Flußmündung oder wo die Lagune still im Dunkel liegt, dort gibt es Sümpfe und Meerengen, abgelegene Stückchen Land, und dann zeigten sie es ihm ordentlich, die Kugel drang in den Hinterkopf ein, bahnte sich einen Weg zum Gehirn. Außerdem, wenn es keine Zielscheibe ist, warum wurde die Marke dann Lucky Strike genannt, Glückstreffer? Schön, es gibt den Bezug zum Goldrausch; aber ein Treffer ist ja nicht nur, wenn man irgendein wertvolles Metall im Boden entdeckt. Sondern auch der durchschlagende Einsatz einer Waffe. Und besteht etwa kein Zusammenhang zwischen dem Markennamen und dem Design der konzentrischen Kreise auf der Schachtel? Das heißt doch, die haben die ganze Zeit an eine Zielscheibe gedacht.

3

Wir saßen im Stadium Club vor unserem Sourmash-Whiskey und blutigem Fleisch und taten so, als schauten wir uns das Spiel an. Ich war schon oft geschäftlich in Los Angeles gewesen, hatte aber nie einen Abstecher ins Dodgers-Stadion geschafft. Big Sims mußte erst handgreiflich werden, um mich in sein Auto und hierher zu verfrachten.

Wir saßen etwas abseits vom Spielfeld, hinter Glas auf einer Höhe mit der Presse, und selbst von einem Tisch am Fenster konnte man die Geräusche der Zuschauer nur gedämpft hören. Die Stimme des Radiosprechers, die aus der Kabine übertragen wurde, drang deutlich durch, aber die Menge blieb in unheimlicher Distanz, stöhnte tief wie ein versprengtes Bataillon.

Brian Glassic sagte: »Hab gehört, jetzt wird endlich nicht mehr auf hoher See vor der Ostküste verklappt.«

»Nicht beim Essen«, sagte ich.

»Erzähl's ihm«, sagte Sims. »In allen Einzelheiten. Er soll es riechen können.«

»Ich habe auch gehört, je mehr in einer bestimmten Gegend verklappt wird, desto üppiger blüht das Unterwasserleben.«

Sims warf der Engländerin, die als einzige Fisch aß, einen Blick zu.

»Haben Sie das gehört?« sagte er. »Das Unterwasserleben blüht und gedeiht.«

Und Glassic sagte: »Essen wir schnell und machen, daß wir hier rauskommen, damit wir auf der Tribüne sitzen können wie normale Leute.«

Und Sims sagte: »Wozu das denn?«

»Ich muß die Zuschauer hören.«

»Ach Quatsch.«

»Was ist ein Spiel ohne das Geschrei der Zuschauer?«

»Wir sind hier, um etwas zu essen und ein Spiel zu sehen«, sagte Sims. »Ich habe mich extra darum bemüht, einen Tisch am Fenster zu kriegen. Du gehst doch nicht ins Baseballstadion, um ein Spiel zu hören. Sondern um es zu sehen. Kannst du gut sehen?«

Simeon Biggs, Big Sims, war in der Firma berüchtigt für seine Körperfülle in der Leibesmitte. Er war fett, glatzköpfig und fünfundfünfzig, aber auch kräftig, sein Hals und seine Arme waren wie aus Steineiche. Wenn er einen nett genug fand, kriegte man auch schon mal einen Puff vor die Brust oder wurde zu einem Wettrennen um den Häuserblock gefordert. Sims kümmerte sich um die betriebliche Seite von unserem Los-Angeles-Campus, wie das bei uns hieß, und entwarf Landaufschüttungen, die hübscher waren als jede pastellfarbene Mall.

Glassic sah mich an und sagte: »Wir brauchen Videohelme und Daten-Handschuhe. Das ist doch keine normale Realität. Das ist virtuelle Realität. Und wir haben nicht die richtige Ausrüstung dafür.«

Sims sagte: »Wenn wir auf unsere Plätze gehen, können wir unsere Drinks nicht mitnehmen.«

»Das ist ein schlagkräftiges Argument«, sagte ich.

Bislang hatte ich mir nur an Abenden mit Sims den Magen verdorben oder zu viel getrunken, Sims, dem lebenden Protest gegen jeden Versuch der Mäßigung.

Die Engländerin sagte: »Also wenn ich das recht verstehe, bekommt der Werfer ein Zeichen vom Fänger. Mach den oder den Wurf. Schnell oder langsam, hoch oder tief. Aber was passiert, wenn er das vollkommen anders sieht als der Fänger?«

»Dann schüttelt er das Zeichen ab«, sagte Glassic.

»Ah ja.«

»Er wedelt mit dem Handschuh oder schüttelt den Kopf«, sagte Sims. »Oder er starrt den Fänger in Grund und Boden.«

Die Engländerin, Jane Farish, war eine BBC-Produzentin, sie wollte eine Sendung über die Salzstöcke machen, die wir unter der Leitung des Energieministeriums für die Lagerung von Atommüll testeten. Sie war seit Jahren eifrig damit beschäftigt, amerikanische Kultur zu verschlingen, überall vor lauter Interviews verbrannte Erde zu hinterlassen, wie sie sagte – Pornokönige, meditierende Mönche, Bluessänger im Gefängnis. Sie hatte gerade eine Kalifornientour hinter sich, war unterwegs zu einem Pokerturnier in Reno und wollte dann in die Wüste, um Klara Sax zu interviewen.

Die Dodgers spielten gegen die Giants.

Sims schaute Farish an und sagte: »Die zwei Mannschaften haben eine lange Geschichte, wissen Sie. Bis Ende der Fünfziger waren sie New Yorker Mannschaften.«

»Dann sind sie an die Westküste gegangen, stimmt's?«

»An die Westküste, und haben dabei Nicks Herz und Seele mitgenommen.«

Farish warf mir einen Blick zu.

»Da war nichts mehr mitzunehmen. Zu der Zeit war ich schon ein Nichtfan. Ausgebrannt. Das ist heute mein erstes Spiel seit Jahrzehnten.«

»Und dann auch noch ohne Ton«, sagte Glassic.

Big Sims bestellte noch eine Runde und erzählte Farish von den alten Brooklyn Dodgers. Sims war in Missouri aufgewachsen, und einiges stimmte, anderes nicht. Kein Mensch, der nicht dabei gewesen war, konnte die Dodgers erklären. Der Engländerin machte es nichts aus. Sie sog alles in sich auf, wie durch chemische Absorption, manchmal mit geschlossenen Augen, um den Prozeß zu intensivieren.

»Nick nahm immer sein Radio mit aufs Dach«, sagte Glassic.

Farish fuhr zu mir herum.

»Ich hatte ein Kofferradio, das ich überallhin mitnahm. An den Strand, ins Kino – wo ich hinging, ging es mit. Ich war sechzehn. Und ich hörte mir die Spiele der Dodgers auf dem Dach an. Ich war gern allein. Sie waren meine Mannschaft. Ich war der einzige Dodgers-Fan im ganzen Viertel. Als sie verloren, bin ich innerlich gestorben. Und es war wichtig, allein zu sterben. Andere Leute störten nur. Ich mußte allein zuhören. Und das Radio sagte mir, ob ich leben oder sterben würde.«

Es ist gar nicht so einfach, beim Baseball den Durchblick zu haben, wenn man nicht mit dem Spiel großgeworden ist, aber die Fragen von Farish waren ganz passabel. Mit den Antworten wurde es schon schwieriger. Wir müssen wie drei Mathematiker gewirkt haben, die so in ihre abgehobene Arbeit verstrickt sind, daß ihnen gar nicht mehr auffällt, wie kurios und unverständlich ihre Terminologie ist, wie doppeldeutig. Wir diskutierten unseren Jargon und versuchten, ihn für die Außenstehende zu entschlüsseln.

»Will irgendwer ein Glas Wein?« fragte Farish. »Ich hätte nichts gegen einen Weißen aus der Gegend.«

»Wein ist was für Weicheier«, erklärte ihr Sims. »Wir verdienen unser Geld als Kloputzer.«

Glassic gab zu bedenken, daß ein Inning ein Inning sei, vom Standpunkt eines Werfers aus, der dreimal Aus gemacht werde, aber nur ein halbes Inning im übergeordneten Zusammenhang eines Spiels mit neun Innings, die jeweils aus einer »gegnerischen« und einer »Heimspiel«-Hälfte bestünden. Und dasselbe halbe Inning könne auch ein Zweidrittel-Inning sein, wenn nämlich der Werfer nach zwei von drei Aus ausgewechselt werde.

Ich bat den Kellner, unserem Gast ein Glas Wein zu bringen. Glassic vertiefte das Paradox der Innings genüßlich weiter, aber Big Sims brachte ihn mit einer Handbewegung zum Schweigen.

»Kommen wir auf die Dodgers zurück«, sagte er. »Wir haben noch den Kleinen mit seinem Radio auf dem Dach sitzen.«

»Ach, lassen wir das«, sagte ich.

»Du mußt Jane erzählen, was deine Karriere als hartgesottener Beifallschreier beendet hat.«

»Weiß ich gar nicht mehr.«

»Hat dich so fertig gemacht, daß du nie wieder hin bist.«

»Das sind ortsgebundene Probleme. Die lassen sich nicht verpflanzen.«

»Erzähl ihr doch«, sagte Sims, »von Bobby Thomsons Home Run.«

Farish schaute höflich-erwartungsvoll drein. Sie wünschte sich, daß ihr endlich jemand etwas Sinnvolles erzählte. Also erzählte ihr Sims von Thomson und Branca und daß die Leute einander über vierzig Jahre später immer noch fragten, Wo warst du eigentlich, als Thomson den »Homer« geschlagen hat? Er erzählte ihr, wie manche von uns diesen Augenblick festgehalten hatten und getreulich unverändert bewahrten, und wie Sims selber durch die Straßen gelaufen war, ein schwarzer Bengel, der nicht mal für die Giants war – er hörte das Spiel auf dem guten alten KMOX-Sender und rannte aus dem Haus und schrie *Ich bin Bobby Thomson, Ich bin Bobby Thomson*. Und er erzählte Farish, daß es Leute gab, die behaupteten, bei dem Spiel dabeigewesen zu sein, obwohl das gar nicht stimmte, und daß manche allen Ernstes darauf beharrten, weil das Ereignis sie so machtvoll durchdrungen hatte, daß sie fest davon überzeugt waren, an jenem Tag in den Polo Grounds gewesen zu sein, warum ging ihnen die Sache sonst so nah.

»Sie meinen doch wohl nicht wie bei Kennedy. Nach dem Motto, Wo warst du, als Kennedy erschossen wurde?«

Glassic sagte: »Als JFK erschossen wurde, gingen die Leute ins Haus. Wir saßen in dunklen Zimmern vorm Fernseher, telefonierten mit Freunden und Verwandten. Wir waren alle voneinander getrennt und allein. Aber als Thomson den Homer schlug, rannten die Leute nach draußen. Sie wollten zusammen sein. Vielleicht war es das letztemal, daß die Menschen einen Grund hatten, spontan aus ihren Häusern zu laufen. Ein Wunder, eine Sensation. Wie eine Fußnote zum Kriegsende. Ich weiß nicht.«

»Ich auch nicht«, sagte Sims.

Farish schaute mich an.

»Schauen Sie mich nicht an«, sagte ich.

»Aber Sie waren doch auf dem Dach, als der Schlag kam, oder nicht?«

»Ich brauchte nicht nach draußen zu laufen. Ich war schon draußen. Ich lief nach drinnen. Ich schloß die Tür und starb.«

»Sie haben Kennedy vorweggenommen«, sagte Farish und erzielte einen kleinen Lacher.

»Am nächsten Tag, ich glaube, es war der nächste, sah ich plötzlich alle möglichen Zeichen, die auf die Zahl Dreizehn hinwiesen.

Überall Pech. Ich wurde zu einem kleinen Numerologen. Ich holte mir Stift und Papier und schrieb alle okkulten Verbindungen auf, die zur Dreizehn zu führen schienen. Ich wünschte, ich könnte mich daran erinnern. Ein Zeichen weiß ich noch. Das Datum des Spiels. Der dritte Oktober – drei-zehn. Wenn man Monat und Tag addiert, kommt man auf dreizehn.«

»Und Brancas Nummer«, sagte Sims.

»Ja, genau. Branca war die Dreizehn.«

»Es hieß damals ›Der Schuß, der rund um die Welt zu hören war‹«, erklärte Sims.

»Eine Spur amerikanische Großtuerei?«

»Na und, was soll's«, sagte Sims.

Glassic musterte mich eigenartig, beinahe zärtlich, so wie jemand einen Freund betrachtet, der zu dumm ist, um zu merken, daß er gleich bloßgestellt wird.

»Erzähl ihnen von dem Baseball«, sagte Glassic.

Er langte quer über den Tisch und nahm sich von Sims' Teller.

Angeblich war Glassic mein Kumpel. Ich kannte Sims und Glassic schon lange, und Glassic, der sommersprossige Freistil-Brian, ein Mann mit schlaksigem Charme, war derjenige, mit dem ich reden konnte, wenn ich überhaupt über etwas redete. Ich unterhielt mich auch mit Big Sims, aber vielleicht fiel es mir mit Glassic leichter, weil er mir nicht die eigenen Erfahrungen entgegenhielt, er kniff nicht die Augen zusammen wie Sims und nagelte mich nicht mit dem Blick fest.

»Wechseln wir das Thema«, sagte ich zu ihm.

»Nein. Ich will, daß du darüber redest. Das bist du Sims schuldig. Es ist sträflich, daß er nichts davon weiß. Er ist der einzige hier, der das Spiel noch liebt.« Glassic wandte sich der Engländerin zu. »Wenn überhaupt, dann gehe ich zu einem Spiel, um es nicht restlos aufzugeben. Wer Baseball aufgibt, verspielt das Paradies. Nick hat es schon verspielt. Nur Sims hält noch durch, voll und ganz und elendiglich. Wir hatten die echten Dodgers und Giants. Jetzt haben wir die Hologramme.«

Farish fragte: »Was für ein Baseball?«

Sims schaute mich an. Er hatte aufgegessen und holte eine

Zigarre aus dem Röhrchen, eine einfache Übung, die er mit einer minutiösen Zeremonie umgab.

Glassic warf mir einen abschließenden, schmelzenden Blick zu und wandte sich Sims zu.

»Nick besitzt den Baseball. Den von Bobby Thomsons Home Run. Das tatsächliche Objekt.«

Sims ließ sich Zeit beim Anzünden der Zigarre.

»Kein Mensch besitzt den Ball.«

»Irgend jemand muß ihn besitzen.«

»Über den Ball ist nichts bekannt«, sagte Sims. »Der wurde vor Jahrzehnten weggeworfen. Sonst wüßte man davon.«

»Simeon, hör zu, bevor du urteilst. Erstens«, sagte Glassic, »habe ich einen Händler aufgetrieben, als ich vor ein paar Jahren mal wieder an der Ostküste war. Dieser Typ hat mich davon überzeugt, daß der Baseball in seinem Besitz, der Ball von Thomsons Home Run, wie er behauptete, wirklich authentisch war.«

»Kein Mensch hat den Ball«, wiederholte Sims. »Der Ball ist niemals aufgetaucht. Ganz gleich, wer ihn je hatte, er ist nie zum Vorschein gekommen. Das gehört ja zu der ganzen – tja, zu was denn? Zu der Mythologie dieses Spiels. Kein Mensch hat sich je gemeldet und glaubwürdig Anspruch darauf erhoben, diesen Ball zu besitzen. Oder vielmehr, ein Dutzend Leute sind aufgetaucht, jeder mit einem Ball, was auf dasselbe hinausläuft.«

»Zweitens hat mir der Händler erzählt, daß er den Baseball fast lückenlos bis zum 3. Oktober 1951 zurückverfolgen konnte. Das war kein Typ, der bei Baseballauktionen aufkreuzt und sich nach Schnäppchen umschaut. Wir haben es hier mit pathologischer Besessenheit zu tun. Der meint es ernst. Und er hat mich mit einer Wahrscheinlichkeit von 99,9% davon überzeugt, daß dies der richtige Ball ist. Und dann hat er Nick überzeugt. Und Nick hat gefragt, wieviel. Und sie haben sich schließlich geeinigt.«

»Du bist reingelegt worden«, erklärte mir Sims.

Ich beobachtete den Shortstop der Dodgers, der einen Groundball aufnahm und weit an der First Base vorbei warf.

Glassic sagte: »Der Typ hat viele Jahre damit verbracht, dem Ding auf die Spur zu kommen. Er hat wahrscheinlich mehr Geld für

Telefonate, Porto und Reisekosten ausgegeben, ich übertreibe jetzt, als Nick für den Baseball bezahlt hat.«

Sims hatte ein verächtliches Lächeln aufgesetzt, voller Hohn, und es wurde sekündlich gemeiner.

»Das Ganze ist faul«, erklärte er mir. »Angenommen, das war wirklich der echte Ball, dann wäre er doch unbezahlbar gewesen.«

»Ich kann dir die Gründe dafür aufzählen, warum er es nicht war«, sagte Glassic. »Erstens konnte der Händler die Echtheit nicht absolut zweifelsfrei nachweisen. Das hat den Preis gedrückt. Zweitens war das, bevor es den Marktboom mit Memorabilien und die Auktionen bei Sotheby's gab, also bevor jemand vierhunderttausend Dollar für eine winzigkleine Baseball-Karte bezahlte.«

»Ich weiß nicht«, sagte Sims.

»Ich auch nicht«, sagte ich.

Endlich bekam Farish ihren Wein. Sie schaute mich an und fragte: »Wieviel haben Sie bezahlt?«

»Es ist mir schon peinlich genug. Gehen wir lieber nicht in die Einzelheiten.«

»Wieso peinlich?«

»Na ja, ich habe das Objekt nicht wegen des Ruhms und der Dramatik gekauft, die daran hängt. Es geht nicht darum, daß Thomson den Homer geschlagen hat. Es geht darum, daß Branca geworfen hat. Es geht allein ums Verlieren.«

»Pech«, sagte Glassic und spießte eine Kartoffel von meinem Teller auf.

»Es geht um das Geheimnis des Pechs, das Geheimnis des Verlierens. Ich weiß nicht. Ich sage immer, ich weiß nicht, und ich weiß es auch nicht. Aber das ist das einzige Ding in meinem Leben, das ich unbedingt besitzen mußte.«

»Ein peinliches Geheimnis?« fragte Farish.

»Ja. Erstens, daß man richtig Geld für einen Souvenir-Baseball ausgibt. Dann, daß man ihn aus diesem Grund kauft. Als Erinnerung an das Scheitern. Diesen Augenblick in der Hand zu halten, als Branca sich umdrehte und dem Ball nachschaute, wie er auf die Tribünen flog – von ihm zu mir.«

Alle lachten, außer Sims.

Glassic sagte: »Sogar sein Name. Der finstere Ralph Branca. Eine Figur aus einem alten Epos. Wie der finstere, schwankende Ralph im Zwielicht des Sowieso-Sowieso erschlagen ward.«

»Der schwarzen Pfeile«, sagte die Frau.

»Sehr gut. Nur daß es natürlich kein Witz ist. Wie lebt es sich wohl mit einem furchtbaren Augenblick?«

»Einem Augenblick in einem Spiel«, sagte sie.

»Bis in alle Ewigkeit über das Gras des Außenfeldes zum Clubhaus zu schwanken.«

Sims verlor langsam die Geduld mit uns.

»Ich glaube, ihr kapiert nicht, wo der springende Punkt liegt, Sportsfreunde.« Wie er Sportsfreunde sagte. »Wieso Verlieren? Von welchem Scheitern reden wir eigentlich? Sind sie nicht am Ende alle glücklich nach Hause gegangen? Ich meine Branca – Branca hat die Zahl Dreizehn auf seinem Nummernschild stehen. Schließlich sollen wir alle wissen, *er* war derjenige welcher. Branca und Thomson gehen auf jeden Sportempfang. Sie singen Lieder und erzählen Witze. Sie sind die langlebigste Nummer im Showbusiness. Ihr Sportsfreunde kapiert nicht, was Sache ist.« Er klang, als wären wir frischgeschrubbte Jungstudenten im Jackett. »Branca ist ein Held. Ich meine, Branca kriegte doch jede Chance, um dieses Spiel zu überleben, und wir wissen alle genau warum.«

Ein leichter Schatten fiel über den Tisch.

»Weil er weiß ist«, sagte Sims. »Weil die ganze Kiste weiß ist. Weil du überleben und dich aufrappeln und vorwärtskommen kannst, wenn man dich läßt. Aber du mußt weiß sein, damit man dich läßt.«

Glassic rutschte auf seinem Stuhl herum.

Sims erzählte die Geschichte von einem Werfer namens Donnie Moore, der bei einem Play-off-Spiel einen entscheidenden Home Run verpatzt und am Ende auf seine Frau geschossen hatte. Donnie Moore war schwarz, und der Spieler, der den Home Run geschlagen hatte, ebenfalls. Und dann erschoß er sich. Er schoß mehrmals auf seine Frau, ohne tödliche Folgen, und dann auf sich selbst. Er hat sich in seiner Waschküche das Hirn weggepustet, sagte Sims. Sims erzählte der Engländerin diese Geschichte, aber mir war sie auch vollkommen neu, und ich sah Glassic an, daß er sich nur mühsam daran erinnern konnte. Ich hatte noch nie von Donnie Moore gehört, den Home Run nicht mitgekriegt und keine Ahnung von den Schüssen. Sims sagte, die Schüsse seien ein paar Jahre nach dem Home Run gefallen, aber direkt darauf zurückzuführen. Donnie Moore durfte sein Scheitern nicht überleben. Die Fans machten ihm nur noch das Leben schwer, und bei den Baseball-Empfängen gab es keine Showeinlagen für ihn.

Sims wußte eine Menge über die Sache. Er beschrieb ziemlich detailliert, wie Moore auf die Frau geschossen hatte.

Farish schloß die Augen, um es sich besser vorstellen zu können.

»Schon klar, was du meinst«, sagte Glassic. »Aber auf der Ebene der Hautfarbe kannst du die beiden Ereignisse nicht vergleichen.«

»Wie denn sonst?«

»Thomsons Homer lebt immer weiter, weil er sich vor Jahrzehnten ereignet hat, als die Dinge nicht endlos wiederholt und ausgeleiert und ausgelutscht und ausgeschlachtet wurden, noch bevor der Tag rum war. Je verkratzter ein alter Film oder ein altes Tonband ist, desto deutlicher ist die Handlung irgendwie auch. Denn sie muß nicht mit tausend anderen Handlungsschnipseln um unsere Aufmerksamkeit kämpfen. Sie ist etwas, das man bewahrt hat, einzigartig. Donnie Moore – tja, tut mir leid, aber wie soll man Donnie Moore von all den anderen Spielern und Selbstmördern unterscheiden?«

»Es geht nicht darum, was wir merken oder woran wir uns erinnern, sondern was mit den Betroffenen geschehen ist«, sagte Sims. »Wir reden davon, wer weitergelebt hat und wer gestorben ist.«

»Aber nicht warum«, sagte Glassic. »Denn wenn wir die Ursachen ehrlich und gründlich untersuchen würden statt oberflächlich und leichthin und was noch?«

»Ahistorisch«, sagte ich.

»Dann könnten wir feststellen, daß es vermutlich ein Dutzend Gründe gab, warum der Knabe anfing zu schießen, und die meisten werden wir nie erfahren oder begreifen.«

Sims nannte uns wieder Sportsfreunde. Ich wechselte mehrmals die Seite, und wir bestellten noch eine Runde und machten fröhlich weiter. Mit Jane Farish redeten wir jetzt nicht mehr. Wir achteten auch nicht auf ihre Reaktionen oder ermutigten sie dazu. Sims nannte uns noch oft Sportsfreunde, und dann nannte er uns Jungs. Es wurde langsam etwas komisch. Wir bestellten Kaffee und schauten uns das Spiel an, und Farish saß nachdenklich da, in sich zusammengesunken, mit verschränkten Armen und Beinen, den Körper zum Fenster hin verdreht, vor dem Schwung unserer Meinungsverschiedenheiten zurückweichend.

»Einen Baseball kaufen und verkaufen. Was für ein Aufwand. Und du hast mir nie davon erzählt«, sagte Sims.

»Ist schon eine Weile her.«

»Ich hätte dich davon abgebracht.«

»Um ihn selber zu kaufen«, sagte Glassic.

»Ich handle mit anderem Müll. Dem echten Stoff, aus dem die Welt gemacht ist. Wegwerfwindeln, tonnenweise. Nicht dem Nostalgieschrott der Ewiggestrigen.«

»Ich weiß ja nicht«, sagte ich wieder.

»Was machst du damit, holst du den Ball aus dem Schrank und schaust ihn dir an? Und dann?«

»Denkt er darüber nach, was der Ball bedeutet«, sagte Glassic. »Das ist ein Gegenstand mit einer Geschichte. Nick denkt über das Verlieren nach. Er fragt sich, was es wohl ist, das dem einen Pech bringt und dem anderen das größte Glück. Außerdem ist der Ball an sich schon etwas sehr Schönes. Ein alter Baseball ist etwas sehr Schönes, Sims. Und der hier hat Klasse wie kein anderer.«

»Nick hat sich so richtig über den Tisch ziehen lassen, im großen Stil«, sagte Sims. »Er hat ein wertloses Ding gekauft.«

Wir zahlten und gingen nacheinander hinaus. Sims zeigte auf ein Foto über der Bar, eins von Dutzenden von Sportfotos. Es war eine jüngere Aufnahme von zwei grauhaarigen, fit aussehenden Exspielern, Thomson und Branca in dunklen Anzügen auf dem Rasen vor dem Weißen Haus, zwischen ihnen Präsident Bush mit einem Aluminiumschläger in der Hand.

Wir gingen nach draußen und setzten uns für zehn Minuten in die Firmenloge, damit Glassic den Lärm hören konnte. Dann machten wir uns, die Rampe hinunter, zum Parkplatz auf. Farish hatte noch ein paar Fragen zur Innenfeld-Flugball-Regel auf Lager. Sims und Glassic schafften es, sich bis zum Wagen darüber zu einigen. Das war ein unerwartetes Geschenk für die BBC.

Ich saß hinten und schaute auf die vorbeigleitende Stadt hinaus und stellte mir Sims vor, wie er als Kind in Saint Louis die Straße hinunterrennt. Er trägt Latzhosen, die Hosenbeine unten zu dicken Wülsten hochgekrempelt, die blasser sind als der dunkle Jeansstoff auf der Außenseite. Er rudert mit den Armen und schreit, *Ich bin Bobby Thomson*.

4

Ich saß mit meiner Mutter in ihrem Zimmer, und wir redeten und schwiegen und sahen fern. Wir schwiegen, um uns zu erinnern. Einer von uns sagte etwas, das eine Erinnerung weckte, und wir saßen beieinander und dachten zurück.

Meine Mutter hatte eine Methode der dokumentarischen Erinnerung. Sie förderte Namen und Ereignisse zutage und ließ sie in der Schwebe, ohne Freude oder Bedauern damit zu verknüpfen. Manchmal nur ein Wort. Sie sagte ein Wort oder einen Satz mit Bezug auf etwas, woran ich jahrzehntelang nicht gedacht hatte. Sie ging selbstbewußt vor, durch die Vergangenheit bewegte sie sich mit einer Sicherheit, die sie für den aktuellen Moment, die Stunde, den Wochentag nicht aufzubringen vermochte. Sie machte sich über sich selbst lustig. Was für ein Tag ist heute? Gehe ich heute zur Messe oder morgen? Ich fuhr sie in die Kirche und holte sie wieder ab. Das war für mich die regelmäßigste Befriedigung der Woche. Ich prägte mir die Zeiten für die Messe ein, die verschiedenen Arten, die Länge des Gottesdienstes, und ich achtete darauf, daß sie Geld für den Klingelbeutel hatte. Wir saßen in dem Zimmer und redeten. Sie wirkte frei von jeder Sentimentalität. Jederzeit konnte sie einen Moment heraufbeschwören, der mich mit gewaltiger Wucht traf, irgend etwas ganz Gewöhnliches, aber Machtvolles – gewöhnlich nur, wenn man es nicht erlebt hatte, wenn man nicht dabei gewesen war –, und ich beobachtete, wie still sie dasaß, wie vorsichtig sie beim Erinnern vorging.

Ich erklärte meinen Kindern immer alles, als sie noch klein waren. Eine Trosse ist ein Tau, mit dem ein Schiff festgemacht wird. Oder: Der Buckel am Boden zwischen zwei Zimmern, sagte ich etwa. Der wird Schwelle genannt.

Wir stellten ihr die Frisierkommode und die Klimaanlage hin, und sie bekam eine harte Matratze, die gut für ihren Rücken war. Sie nannte Namen aus dem Passionsbuch der Familie, dem Buch der besonderen Leiden, und wir schwiegen und dachten nach. An einzelnen Stellen war ihr Haar noch braun, ansonsten drahtig und changierend, goldblitzend in hellem Licht, voller Haarklemmen, und wir saßen da, während der Fernseher lief. Ich wußte, sie würde nicht zuviel sagen oder sich flüchtig erinnern. Hier hatte sie das Heft in der Hand und führte uns sicher durch die Pausen.

Nach den Rassenunruhen in Los Angeles trug mein Sohn ausgebeulte Shorts und eine Schirmmütze falsch rum und Turnschuhe mit Riesenlasche. Davor war er immer graumäusig gewesen, hatte in seinem Zimmer vor dem Computer gehockt, ein ruhiger Junge, gerade zwanzig, der immer dieselben Sachen anhatte. Für ein Vorstellungsgespräch zog er sich an, als ginge er mit dem Hund Gassi – für ihn war immer alles ein- und dasselbe.

Wir entwarfen und betreuten Landaufschüttungen. Wir waren Müllmakler. Wir organisierten Giftmülltransporte über die Weltmeere. Wir waren die Kirchenväter des Mülls in all seinen Wandlungen. Bei unserem Gespräch in der Wüste hätte ich Klara Sax gegenüber beinahe die Art meiner Arbeit erwähnt. Ihre eigene Laufbahn war zuweilen von ihren Methoden, Schrott zu verändern und einzubeziehen, geprägt worden. Aber irgend etwas machte mich vorsichtig. Sie sollte nicht denken, daß ich eine Ähnlichkeit zwischen unseren Bemühungen und Blickwinkeln andeuten wollte.

Berühmte Leute lassen sich ungern erzählen, man hätte etwas mit ihnen gemeinsam. Dann haben sie so ein Gefühl, als krabbelte was in ihren Kleidern.

Mein Vater hieß James Costanza, Jimmy Costanza – wenn man die Buchstaben addiert, kommt man auf dreizehn.

Zu Hause nahmen wir das Wachspapier aus den Cornflakes-Packungen. Wir hatten einen Recycling-Schrank, abgeleitet vom lateinischen Wort für »Kreislauf«, in den der Müll wieder eingespeist wird, mit getrennten Eimern für Zeitungen, Dosen und Gläser. Wir spülten die gebrauchten Dosen und leeren Flaschen aus und legten sie in die entsprechenden Eimer. Wir trennten Blech von Aluminium. An den Mülltagen packten wir jede Art von Müll in das jeweilige Behältnis und stellten diese Behältnisse auf den Bürgersteig vor dem Haus. Wir benutzten eine Papiertüte für die Papiertüten. Wir nahmen eine große Papiertüte und steckten alle kleineren Tüten hinein und stellten dann die große Tüte neben all die anderen Behältnisse auf dem Bürgersteig. Wir rissen das Wachspapier von unseren Weizenflocken-Packungen. Es gibt keine Sprache, in der ich die Sorgfalt, mit der wir diese Pflichten erfüllten, übertrieben beschreiben könnte. Wir häckselten die Gartenabfälle. Wir bündelten die Zeitungen, knoteten sie aber nicht mit Bindfäden zusammen.

Manchmal nutzten wir die Pausen, um fernzusehen. Wir schauten uns Wiederholungen der »Honeymooners« an, und meine Mutter lachte, wenn Ralph Kramden mit den Armen ruderte und seine Klagearien herausblökte. Das war ungefähr die einzige Situation, in der ich ein Lachen von ihr erwarten konnte. Sie muß wohl eine reinigende Entspannung empfunden haben, wenn sie die trist möblierte Wohnung betrachtete, Gattin Alice in ihrer Schürze oder ihrem schäbigen Stoffmantel, Nachbar Norton mit verknülltem Filzhut auf dem zuckenden Kopf – lauter Dinge, die nah an dem waren, was sie kannte. Oberflächlich natürlich. Eher dem Anschein nach als in Wirklichkeit. Eine Nähe, die seicht, aber doch ein wenig anrührend und vielleicht sogar geheimnisvoll real war. Zum Beispiel das Bild auf der Mattscheibe, flach und grau und über die Jahre voller kleiner Störungen, den Erinnerungen nicht unähnlich, die sie mit in den Schlaf nahm. Sie schlief in einem Zimmer in Arizona, wie merkwürdig muß ihr das vorgekommen sein. Aber Jackie Gleason auf dem Bildschirm ließ den Ort plausibler erscheinen – er zog sie zu einem wahrnehmbaren Mittelpunkt hin.

Eine Trosse ist das Ding, das man an einem Poller festmacht.

Mir fiel auf, wie manche Leute spielten, sie wären leitende Angestellte, obwohl sie tatsächlich in leitenden Positionen waren. Machte ich das auch so? Man hält eine flexible Distanz zu seinem Job.

Es gibt eine Zone der Befangenheit, einen Sinn für das formale Spiel, eine Art gebremste Panik, und vielleicht zeigt man das mit einer gezwungenen Bewegung oder einem rituellen Räuspern. Etwas aus der Kindheit pfeift durch diese Zone, ein Gefühl von Spielen und einem unfertigen Ich, aber man tut nicht so, als wäre man jemand anders. Man tut so, als wäre man genau der, der man ist. Das ist das Komische daran.

Marian hätte gern gewußt, wie ich mit siebzehn war, aussah, und es gab kleine, kluge Dinge, nach denen sie fragte, und sie sprachen von meinem Vater, und ich hörte zu, in der tiefen Dumpfheit nach dem Abendessen. Meine Mutter sagte Dinge, die ich schon wußte, aber ich hörte aus dem Wohnzimmer zu, das Gesicht hinter einer Zeitschrift. Er war Buchmacher, berühmt für sein Gedächtnis, niemals schrieb er eine Zahl auf ein Stück Papier. So ging die Legende der Straße. Ich war elf Jahre alt, als er rausging, die Geschichte hörte ich später, daß er sich an alles erinnerte, daß er seine Runden durch die Frisiersalons und miesen Fabrikhallen machte, downtown und im Garment District unterwegs war, an Straßenecken und in Hotelhallen, absolut Schmalspur, und daß er niemals eine Zahl aufschreiben mußte, weil er sich die Einzelheiten jeder Wette merken konnte. Diese Geschichte verband sich mit seinem Namen. Sie war Teil der Ehrfurcht, die zu einem gewaltsamen Tod oder einem Verschwinden ohne Erklärung gehört.

Sie stand mit ihrer imposanten Silhouette auf der Türschwelle, und wir bogen von der Interstate 10 ab und stürzten uns in den tödlichen Verkehrsmarathon der Malls, bis wir schließlich ihre kleine Straße entdeckten, und da war unsere Tochter, schwanger bis zum Anschlag.

Meine Mutter erzählte Marian lauter Sachen, ab und zu eine Geschichte in ihrem bronxigen Akzent, und ich saß da und hörte zeitweise zu, während die Spülmaschine mit ihrem körperlichen Pulsieren lief. Wir strichen ihr Zimmer neu, Lainies altes Zimmer, in einem blassen, friedlichen Grün. Wir statteten sie mit dem Fernseher und dem neu beschichteten Spiegel und dem guten, harten, gesunden Bett aus, und wir legten ihr eine Schachtel Alka-Seltzer mit Geschmack hin – Zitrone-Limette, glaube ich.

In meinem Büro in dem Bronzeturm stieß ich gangsterhafte Drohungen aus, die durch ihre Komik wirkten. Ich sagte zu einem Gutachter, der mit einem Bericht spät dran war: »Ich sag es Ihnen ein für allemal, ich, Mario Badalato, ich werde Ihrer verdammten Familie den Kopf abhacken.« Und das mit einer rauhen, kratzigen Stimme, die zum Genre paßte und von den anderen im Raum boshaft und genüßlich aufgenommen wurde.

In Holland fuhr ich zu VAM, einer Müllverarbeitungsanlage, die eine Million Tonnen Abfall im Jahr bewältigt. Ich saß in einem weißen Fiat und fuhr an Reihen von Abfallhalden entlang, die viele Stockwerke hoch waren. An einer turmhohen Reihe entlang und um die Ecke zur nächsten, Dampfschwaden stiegen von den Haufen auf, und in der Luft hing ein Gestank, der meinen Mund erfüllte und durchdringend genug schien, um meine Kleidung zu versengen. Warum glaubte ich eigentlich, ich sei schon mit dieser Erfahrung im Hirn auf die Welt gekommen? Warum war das etwas so Persönliches? Ich dachte, warum hat man den Eindruck, daß uns üble Gerüche etwas über uns mitteilen? Der Firmendirektor fuhr mich an den dampfenden Reihen entlang, und ich dachte, jeder üble Geruch handelt von uns. Wir kommen in der Welt herum und treffen auf eine mittelalterlich-moderne Szene, eine Hochhausstadt aus Müll, den Höllengestank von allen verderblichen Gütern, die jemals zusammengeworfen worden sind, und das Ganze kommt einem vor wie etwas, das man sein Leben lang mit sich herumgetragen hat.

Er war einer jener Menschen, die man nur mit Mühe beschreiben könnte, wenn man sie am Tatort eines Verbrechens gesehen hätte. Nach den Unruhen aber setzte er eine Mütze der L.A. Raiders auf und zog ein ultralanges T-Shirt an, in dessen Brusttasche eine Sonnenbrille steckte. Sonst änderte sich nichts. Er lebte in seinem Zimmer, verschwand unter Chips und Disketten, derselbe schüchterne Junge, aber inzwischen körperlich erwacht, ein soziales Wesen mit dem typischen Schlendergang des Ghettos.

Wir saßen im Zimmer und schauten uns Wiederholungen an, meine Mutter und ich. Er hatte sie schon einmal verlassen, vorübergehend, bevor ich auf die Welt kam. Deshalb trage ich ihren Nachnamen, nicht seinen. Sie hatte nicht daran geglaubt, daß er jemals zurückkommen würde, und war, wie sie mir erzählte, zu einem Anwalt gegangen, der ein bißchen herumfinassierte. Die Gerichte entscheiden ja eher, daß ein Kind den Namen seines Vaters tragen muß, bis es volljährig wird, dann kann es selbst wählen. Aber dieser Anwalt finassierte so lange, bis der Richter einer Ausnahme zustimmte, und deshalb steht auf meiner Geburtsurkunde Shay. Dann kam mein Vater zurück und blieb eine lange Zeit, zehn Jahre oder so, bis er Zigaretten holen ging. Er war ein Mann aus Nirgendwo, sagte sie leicht resigniert, als wäre das alles, was das Schicksal für uns in petto hatte – für sie und mich und meinen Bruder –, oder vielleicht hatte ich auch ihren Tonfall falsch interpretiert und sie meinte, von da kam er und dahin ist er wieder gegangen, unweigerlich, dem Abzählreim des Lebens gemäß.

Wenn ich nach Hause kam und in Sky Harbor landete, war ich immer wieder erstaunt, wie schnell die Leute an einem Flughafen auseinanderlaufen, an jedem Flughafen – erst ist man in Dreier- oder Fünfergruppen in die Sitze gekeilt und steht nach der Landung dicht an dicht im Gang, wenn der Captain das Anschnallzeichen ausgeschaltet hat, man holt seine Sachen aus den Gepäckfächern und wartet, daß die Tür sich öffnet und die Menge voranschlurft, und am Gate weitere Menschenmengen, die Ankommenden und andere, die sie erwarten, und noch mehr Menschenmengen an den Gepäckbändern und in der Flughafenhalle, im Überkreuzgetöse der widerhallenden Stimmen und Flugansagen und aufheulenden Motoren und der durch all das hindurchlaufenden Massen, Leute mit ihren einzelnen, einzigartigen Habseligkeiten, mit der Mikrogeschichte aus Reizwäsche und Toilettenartikeln, Medikamenten und Aspirintabletten und Cremes und Pudern und Gels, so unglaublich viele Menschen, die sich an irgendeinem heißen, trockenen Tag am Rand der Wüste über den Weg laufen, ihre gebrauchte Unterwäsche zusammengeknüllt in den Reisetaschen, und ich fragte mich, wo sie alle hinwollten und warum, wer sind sie überhaupt und wie laufen sie so schnell und merkwürdig auseinander, wie teilt und löst sich eine riesige Menschenmenge, das Gepäck über den glänzenden Boden schleifend, in Minutenschnelle auf.

Ich sagte immer zu den Kindern. Ich hielt einen Gegenstand hoch und sagte, Diese kleine eingekerbte Stelle unten an der Zahnpastatube. Die heißt Falz.

Gleason tot und doch mit uns in einem Raum, Ire wie sie und in einer muffigen Wohnzelle einquartiert, in seiner Busfahreruniform, mit rudernden Armen, ein fetter Fuchtler, der einzige Mensch, der sie zum Lachen bringen konnte. Er stapfte daher und schwang die Faust. *Du wirst auf den Mond geschossen, Alice.* Meine Mutter mochte die bekannten Nummern am liebsten. Je öfter er einen Spruch brachte, desto mehr lachte sie. Sie wartete auf ganz bestimmte Sprüche. Wir warteten beide, und er enttäuschte uns nie. Mit Gleason im Zimmer fühlten wir eine stärkere Verbundenheit. Er lieferte uns den Spruch, den sicheren Lacher, den wir am Ende des Tages brauchten. Gleason gramgebeugt. Wie er auf die Tischplatte hämmerte, in die Knie ging, seinen großen Kopf gen Himmel reckte. Er war der Witz, der eine fehlende Geschichte transportierte – der Dickenwitz, der Trottelwitz, der Witz vom Rabbi und dem Priester, der Flitterwochenwitz, der Dialektwitz, die Pointe, die noch überlebt, wenn der Witz schon längst vergessen ist. Wir fühlten uns besser mit Jackie im Zimmer, der in seinem Schmerz durchschaubar war, tot und lebendig in Arizona.

Ich brachte sie hin und holte sie ab und sorgte dafür, daß sie Geld für den Klingelbeutel dabeihatte.

Wir bauten Müllpyramiden, über- und unterirdisch. Je gefährlicher der Müll war, desto tiefer versuchten wir, ihn zu versenken. Das Wort Plutonium kommt von Pluto, dem Gott der Toten und Herrscher der Unterwelt. Sie brachten ihn in die Sümpfe und machten ihn alle, wie es heutzutage heißt, oder hieß, bis es durch ein anderes Wort ersetzt wurde.

Ich fuhr gern so schnell wie möglich vom Flughafen nach Hause und zog meine Shorts und mein T-Shirt an. Dann lief ich am Abwasserkanal entlang, während mir Sufi-Stimmen durch den Kopf zogen, und manchmal sah ich ein startendes Flugzeug, schwerelos und genau berechnet emporsteigend, und ich dachte an meinen Sohn Jeffrey, als er noch jünger war – daß er glaubte, ein Flugzeug vom Himmel holen zu können, Raum und Materie zu beherrschen, eine Macht und Kontrolle zu besitzen, die verwerflich dem Fluch der Unbehaustheit entsprang.

Und manchmal setzte ich mich in der Messe zu ihr, die Messe auf Englisch war eine ziemlich steife Angelegenheit, ohne Gemurmel oder irgendein Echo, aber immer noch das Beste an meiner Woche, und ich nahm ihren Arm und geleitete sie aus der Kirche, und obwohl sie keine kleine Frau war, schien sie zu schrumpfen, hin und wieder ihren Körper zu verlassen - sie fühlte sich unter meiner Hand an wie Reispapier.

Er rasierte sich immer mit einem Handtuch über der Schulter, in seinem Trägerunterhemd, und die Klinge machte ein Geräusch, das ich gerne hörte, ein Sandpapierscharren auf seinen kräftigen Bartstoppeln, und dann der Pinsel in der Rasierschale, die Klinge Marke Gem und das Handtuch über der Schulter und das heiße Wasser aus dem Wasserhahn - Hitze und Geschicklichkeit und Messers Schneide.

Dominus vobiscum, sagte der Priester immer, und wir drängelten uns durch den Vorraum nach draußen, ein paar Kinder sangen *Domino wo bist du*. Wozu war Latein da, wenn man den formalen Kodex nicht in den Rempeljargon der Straße verwandeln konnte?

Es war sciencefictionmäßig oder horrorfilmmäßig, nur daß Jeff zu schüchtern und zu ängstlich war, um es in der Welt zu testen, auch wenn ihm seine Schwester ins Ohr flötete, er solle das Ding endlich explodieren lassen.

5

Brian Glassic rief gelegentlich spät an. Er rief in Schüben an, spätnachts, vier Anrufe an einem Wochenende zum Beispiel, und worum ging es, wenn er anrief? Natürlich ums Büro, er sprach Dinge an, die er im Turm nicht so ohne weiteres bereden konnte, oder den neuesten landesweiten Skandal in allen anatomischen Einzelheiten, oder er verbreitete sich über einen Film, den ich unbedingt ausleihen sollte, Knarren und Drogen – er glaubte, das würde uns zu besseren Kumpeln machen.

Außerdem wollte er mich damit provozieren. Brian hielt mich für fest verankert, beständig, geborgen in Haus und Familie, abgesicherter als er, älter, aber auch körperlich überlegen, körperlich fit, er hielt mich für einen Mann aus härterem Holz, das war sein erklärtes Thema – für einen verschwiegenen Mann. Und das irritierte ihn unglaublich, stachelte ihn dazu an, mich munter zu piesacken, halbstarke Eskapaden zu veranstalten, meine Aufmerksamkeit zu beanspruchen.

Wenn um eine bestimmte Uhrzeit das Telefon klingelte, tauschten Marian und ich den Brian-Blick – kann nur er sein.

»Du ahnst nicht, wo ich gerade bin. Komm sofort her. Das ist unglaublich hier. Du bist der einzige Mensch, dem ich das zeigen kann. Komm allein«, sagte er.

Ich brauchte eine Weile, bis ich es gefunden hatte. Andauernd kreuzte ich die I-10, weit draußen, wo der Stadtplan allmählich weiß wird, niedrige Stuckbauten mit Satellitenschüsseln – Traktorersatzteile und frisierte Dieselmotoren, Sand und Stein und Selbstverteidigung. Dann entdeckte ich eine Gruppe von Läden, die Brians Beschreibung entsprachen, eine hübsche kleine Mini-Mall, irgendwie Rancho-Pink und -Grün gestrichen, drei Geschäfte hatten noch nicht eröffnet, und ich parkte bei dem letzten Laden auf der linken Seite, dem einzigen, wo Betrieb war: *Kondomologie*.

Leicht ungepflegte Collegestudenten standen zwischen den Regalen, redeten, stöberten herum, gingen die Kataloge durch und lasen das Kleingedruckte auf den Verpackungen, und dazwischen andere, etwas ältere Männer und Frauen, sie hatten Berufe und weich fallende Hosen mit messerscharfen Bügelfalten und eine gewisse Leichtigkeit des Auftretens und Dazugehörens, das Gesamtpaket aus Haltungen und Werten, das unter Lebensart läuft.

Brian schob mich in eine Ecke, damit ich das Ganze überblicken konnte. Breite Gänge, weicher, heller Teppichboden, und die Gänge waren breit, und an den Wänden hingen Bilder, fünf Hochformate an jeder der beiden langen Wände, auf denen Szenen aus einer Eisdiele der vierziger und fünfziger Jahre zu sehen waren. Ein Kellner hinter einer Marmortheke, der für ein paar Mädchen in Schulstrickjacken und Söckchen einen Erdbeermilkshake mixte – das war das eine Wandbild, mattlackiert, in einem für die Szene untypischen Stil gemalt, und der Effekt war interessant, ganz und gar unverträumt. Brian musterte meinen Unterkiefer, wie ich wohl reagierte. Weit weg hörte ich Musik, einen Schnulzier, der vergessene Oldies sang, so Balladen, in denen manchmal ein, zwei Verse in schlampigem Italienisch vorkommen, und all das war hübsch diskret, fand ich, unaufdringlich, ohne überheblichen Humor.

Brian wisperte mir scharf zu, als hätte ich es nicht bemerkt: »Kondome.«

Und genau das war es, Kondome, der ganze Laden nur Kondome, Regale voll mit hundert verschiedenen Sorten von Safer-Sex-Artikeln für Männer und Frauen, Spermizide, Körperbutter, Latexhandschuhe, Silikongleitgels, dazu Bücher, Handbücher, Videos, spezielle Schaufenster mit Neuheiten à la Großer-Schwanz-kleiner-Schwanz, und natürlich T-Shirts und Baseballmützen mit Kondom-Logos.

»Und der Laden hat eine strategische Lage, draußen an der Grenze zum Neuland«, sagte er. »Ich sehe schon eine Satellitenstadt vor mir, die aus diesem einen Laden sprießt, tausend Häuser, das ist meine Vision, sozusagen wie Radspeichen um den Kondomladen herum. Wie eine mittelalterliche Siedlung mit der Burg genau in der Mitte.«

»Die haben ihre Burgen am Stadtrand gebaut.«

»Leck mich. Zeig dich mal ein bißchen erstaunt. Es gibt Gummis mit Pfirsichgeschmack. Und die Kids treffen sich hier, hängen ab und gucken, was so läuft. Ich warte nur noch darauf, daß gleich Al Hibbler *Unchained Melody* singt.«

»Al Hibbler war gut.«

»Gut? Leck mich, gut. Er war unglaublich. Du glaubst, Ray Charles wäre blind? Ha, Al Hibbler, *der* war blind. Sag doch mal was!«

Er führte mich einen Gang entlang. Meine Reaktion war: Guck dir bloß diese vielen Kondome an. Genoppt, hauteng, gerippt, ungesattelt. Wir sagten früher immer: Geh bloß nicht ungesattelt rein. Was heißen sollte, zieh einen Gummi drüber, sonst kriegt sie einen dicken Bauch. Und jetzt gab es Gummis, die »ungesattelt« hießen, elektronisch getestet auf Gefühlsechtheit und Durchsichtigkeit.

»Die verdrängen noch die Sneakers«, sagte Brian. »Eines Tages knallen sich die Kids für ein teures Lammfell-Kondom ab.«

Manche Kondome wurden einzeln aus Gläsern, aus Bonbongläsern verkauft – nimm 'ne Handvoll. Eine Frau betrachtete das ausgestellte Modell eines Polyurethan-Überzugs mit elastischen Ringen an beiden Enden. Brian kannte sie vom automatischen Kassenschalter seiner Bank – hallo, guten Tag, Hi, hallo. Es gab Fingerkondome und Ganzkörperkondome, Oralkondome mit Pfefferminzgeschmack. Es gab Kondometuis in Taschenformat und ein Kondom, das man als Hut tragen konnte.

Brian sagte: »Mein Bruder hatte als Jugendlicher die ganze Zeit einen Gummi in seinem Geldbeutel. Einmal hat er ihn mir gezeigt, ich glaube, ich war zwölf. Schnippt den Geldbeutel auf und zeigt mir dieses kleine verschrumpelte Ding, wie ein abgeschlaffter

Pimmel, und ich glaube, davon habe ich mich nie wieder erholt. Ich war noch nicht bereit, in diese Welt einzutreten. Auf der animalischen Ebene konnte ich Sex begreifen. Aber das war etwas völlig anderes. Es hatte etwas mit dem Material zu tun, dem plastikhaften Gummi, wie es aussah und sich anfühlte, ich mußte es nämlich anfassen, und die ganze Beschaffenheit und Funktion von diesem Ding, was weiß ich, es war ein beunruhigender Fremdkörper. Ich fand es schon heftig genug, mich mit Sex an sich auseinanderzusetzen. Und jetzt sollte ich mir Technologie um meinen Schwanz wikkeln. Das war nämlich massenproduziertes Latex, mit dem auch Kriegsschiffe angestrichen werden.«

»Du warst ein empfindsamer Junge.«

»Ich war dürr und stumm, gerade mal als menschlich zu bezeichnen. Du warst ein strammer Bursche, der Jungs wie mich immer vertrimmt hat.«

»Jungs wie dich hatten wir nicht«, sagte ich zu ihm.

»Hattest du immer einen Gummi dabei?«

»In der kleinen Seitentasche meiner Latzhose.«

»Als ich sechzehn war, gab's die nicht mehr.«

»Sind gerade wieder in«, sagte ich.

»Ich glaube, mein Bruder hat das Kondom in seinem Geldbeutel nie benutzt. Als er ein Auto bekam, hat er es in sein Auto getan. Er steckte es ins Handschuhfach. Erst dann hat er es benutzt, glaube ich.«

Ein Mann sang leise mit, summte den Text, der aus der Anlage kam. Er tappte schwerfällig auf uns zu, schob einen Sauerstoffzylinder auf Rädern vor sich her, ein grauhaariger Kerl, und aus dem Tank führten die Schläuche hoch in seine Nase. Der Tank war so groß wie eine Zollkiste für Dackel. Und der Mann sang, er summte mit krächzender Stimme – die Phrasierung und der Rhythmus stimmten genau, die trägen Versenden, irgendeine dünnblütige Schnulze über einen Abschiedsbrief, die aber durch seine mürbe Stimme ein neues Eigenleben erhielt und einem tief unter die Haut ging.

Wir machten ihm Platz.

Hinter den Produkten und ihren Anwendungen erhaschten wir einen Blick auf die Industrie der lebendigen Beschreibung. Derma-

seidig und astrogleitend und reservoirbestückt. Es gab Kondome, die als römische Münzen verpackt waren, Kondome in Streichholzbriefen. Brian las laut von den Etiketten vor. Man bekam natürliche Tierhaut und Kaugummiduft. Man bekam Kondome, die im Dunkeln leuchteten, und Vorspielkondome und Kondome mit Graffitiaufdruck, der sich mit der Erektion ausdehnte, ein Buchstabe, aus dem ein Wort und dann ein Satz wurde. Er zitierte eine Runde Churchill – *Wir werden sie am Strand tragen*. Man bekam Dauerlutscherkondome, man bekam Boxershorts mit Comicfiguren, die wie aufrecht stehende Kondome aussahen, irgendwie schwebend und nippelköpfig, und die eine Sprache namens Spermisch sprachen.

Eine junge Frau stand bei der Tür, ein Ramses-Logo aufs Ohrläppchen tätowiert.

»Mein Kind hat auch so was«, sagte Brian. »Nur daß Pepsi draufsteht. Sollte ich dafür dankbar sein?«

»Welches Kind?«

»Welches Kind. Wo liegt der Unterschied?«

Brian war auf der Hut vor seiner Familie. Er nahm die aufgesetzte Haltung des Vaters ein, der sich gewohnheitsmäßig über die Gören beschwert, die nicht mit Geld umgehen können und nie aufpassen, so eine Nummer haben wir alle auf Lager, fast wie eine zweite Sprache, das leicht erlernte Vaterlamento, und Brian legte höhnische, äußerst lebhafte Soli hin, aber er brütete auch über etwas Tieferem, Traurigerem, einem Gefühl, in ihnen seine Feinde entdeckt zu haben, losgelassene Mächte im eigenen Haus, bereit, jegliches Selbstwertgefühl aus ihm herauszusaugen, eine Stieftochter, eine Tochter und ein Sohn, alle auf der High School, und eine Frau, die, wie er sagte, ein paar Bläschen daneben war.

»Das ist ja nicht das einzige, was sie auf ihrem Körper angebracht hat.«

»Welches Kind?« sagte ich.

»Brittany.«

»Ich mag Brittany. Sei nett zu ihr.«

»Sei nett zu ihr. Hör dir das mal an, sie trägt eine Armbinde, du glaubst es nicht – sie hatten Apartheid-Simulationstag an der Schule.«

»Was ist das?«

»Wie der Name schon sagt. Sie versuchen, die Apartheid-Situation zu simulieren. Als Lektion für die Kinder. Alle haben Armbinden getragen. Gold, wenn man zur unterdrückten Klasse gehörte, und Rot, glaube ich, wenn man beim Militär war, und Grün für die Elite. Brittany meldete sich freiwillig für die unterdrückte Klasse, und jetzt will sie ihre Armbinde nicht mehr ablegen. Offiziell hat das Rollenspiel einen Tag lang gedauert, aber sie macht das jetzt schon seit Wochen. Kein anderer tut es, nur sie. Sie beschränkt ihren Zugang zum Speisesaal auf zehn Minuten am Tag. Sie benutzt nur bestimmte Busse zu bestimmten Tageszeiten. Sie sitzt in einer markierten Zone im Klassenzimmer.«

»Wie reagieren die anderen Kinder?«

»Sie wird angespuckt und geschnitten.«

Er deutete mit den Händen einen Fernsehbildschirm an, die Daumen horizontal, die Zeigefinger aufrecht, und schaute aus dem Rahmen hervor, schielend, mit heraushängender Zunge.

Wir drehten eine letzte Runde durch den Raum. Auf einem der Wandgemälde saßen ein Junge und ein Mädchen in einer Nische mit Eiskrembechern und beschlagenen Wassergläsern und langstieligen Löffeln für das Eis, und die Szene wollte gar nicht krampfhaft hübsch sein, sondern hatte eher die Tonlage einer Dokumentation, und eigentlich war der ganze Ort ein bißchen museal, fand ich, mit der komprimierten Zeit und der Ansammlung aus Objekten von evolutionärem Interesse. Eine Frau sang eine Ballade über ein Kirchlein im Mondschein, die mir irgendwie bekannt vorkam, und ich drehte mich um, ob der Mann mit dem Sauerstofftank immer noch mitsang.

Brian kaufte eine Schachtel Kondome, die er seinem Sohn David mitbringen wollte, von Mann zu Mann, ein Zeichen von Verbindung und Einverständnis. Wir gingen nach draußen und standen auf dem leeren Platz, und er machte die Schachtel auf und holte ein einzelnes, eingeschweißtes Präservativ heraus. Er schaute es an. Er hatte ein prustendes Lachen, das er sich für bestimmte Gelegenheiten aufhob, wie ein halb ertrunkener Mann, der sich über seine Rettung ärgert, und er schaute sich das Ding an und lachte.

»Früher wurde immer ›Verkehrsunfall‹ gesagt. Tripper war ein Wort mit einem sehr entschiedenen Klang. Tripper.«

»Syph.«

»All diese Wörter, eins schlimmer als das andere. Aber ich konnte an einem Kondom nichts Schützendes entdecken. Vielleicht weil einem dabei ein anderes Wort einfiel.«

»Schleimbeutel.«

»Und mit meinem kleinen zurückgebliebenen Zwölfjährigen-Hirn spürte ich vielleicht ein geheimes Leben in diesem Objekt, diesem Schleimbeutel, den mein Bruder im Portemonnaie hatte – wie konnte ein Ding, das Schleimbeutel heißt, für Sicherheit stehen?«

»Wir sind Müllmanager«, sagte ich zu ihm. »Schleimbeutel gehören zu den Dingen, mit denen wir zu tun haben.«

»Aber denk doch nur daran, wieviel Verachtung wir in dieses Wort legen. Es ist ein häßliches Wort. Voller Selbsthaß.«

»Kümmer dich nicht um die Wörter. Du hast einen Gummi für deinen Sohn gekauft, weil es wichtig ist, daß er welche benutzt. Ich hasse es, vernünftig zu sein. Ich weiß, wie undankbar es ist, dem primitiven Mißtrauen eines anderen mit Vernunft zu begegnen.«

»Du hast recht.«

»Die Leute müssen die Dinger benutzen.«

»Du hast recht«, sagte er. »Es ist undankbar.«

Er packte das Kondom aus und schüttelte es aus, bis das Ende mit dem Nippel leicht in der Brise schaukelte. Dann knüllte er es zusammen und hielt es sich an die Nase.

»Wonach riecht es?« sagte er. »Duschvorhang? Autositze oder Lampenschirmsaum? Nach diesen großen, eckigen Kleidersäcken, in denen man die Klamotten unterbringt, die man nie anzieht?«

Er atmete tief ein, versuchte, den Geruch einzusaugen und ganz festzuhalten, damit er seine Eigenart speichern konnte. Sein schmaler Kopf blähte sich, gockelrot. Er meinte, vielleicht sei es der Geruch der Luftbläschenverpackung von einem neuen Computer, wenn man ihn aus der Transportkiste holt. Oder der Geruch dieser Kiste selbst. Oder des Computers selbst. Oder der Plastikbeutelchen, die zu lange im Tiefkühler waren und Freon-Dämpfe aufgenommen haben. Er meinte, vielleicht sei es ein Krankenhausgeruch, ein Laborgeruch, der Ausstoß einer Chemiefabrik. Er konnte es nicht genau einordnen. Die Isolierstoffe in den Wänden. Der Filter in der Klimaanlage.

»Ich dachte, sie wären geruchsfrei. Moderne Kondome«, sagte ich. »Es sei denn, ein Aroma wird beigemengt.«

»Das ist die neue Sorte, geruchsfrei. Ich habe ihm aber eins aus altem, billigen Latex gekauft. Das schnürt ihm das Glied ab, vermindert die Empfindung und riecht schlecht. Er soll dafür bezahlen, daß er vernünftig ist.«

Marian saß in Jeffs Zimmer und schaute sich einen Film im Fernsehen an. Ich mußte mich an den Anblick eines anderen Menschen in seinem Zimmer gewöhnen. Sein Zimmer war seine Tierhöhle, sein Pelz und sein Geruch, und ich fand, sie beging eine Revierverletzung, wenn sie dort saß.

Sie trug abgewetzte Jeans und ein altes, vorn ausgeleiertes Trägerhemd, sie ist die Art Frau, die in ihre Schönheit hineinwächst, glaube ich, die mit der Zeit schön wird, und eines Tages sieht man es, ganz plötzlich und alles auf einmal – ein kleiner Skandal voller Überraschung und Tratsch.

»Seit wann rauchst du wieder?«

»Halt den Mund«, sagte sie.

Ich erzählte ihr von Kondomologie. Ich stand in der Tür und übertönte die Geräuschkulisse des Films. Sie war zarthäutig, eindringlich schon durch ihre Züge – leicht eckiges Gesicht, gerade Nase, dunkles Haar, der patente Typ, nahezu klassisch amerikanisch, ein irgendwie altmodisches Aussehen, nicht auffällig weit von der Reizlosigkeit entfernt, wie das Reliefgesicht auf der alten Seife, ich glaube, es war Camay, ich bin mir nicht ganz sicher, der Frauenkopf im Profil mit gewelltem Haar, obwohl Marian glattes Haar hatte.

»Wo ist Jeff?«

»Draußen. Ich gucke das gerade.«

Ich erzählte ihr vom Apartheid-Simulationstag, immer noch auf der Türschwelle.

Sie sagte: »Ich gucke das gerade.«

»Willst du was? Ich will was.«

»Mineralwasser wär nett«, sagte sie.

Ich ging in die Küche und holte alles aus allen Schränken. Ich goß das Mineralwasser über Eiswürfel in ein hohes Glas und warf ein Zitronenscheibchen dazu. Holte den Kartoffelwodka aus dem Gefrierschrank, rauchigkalt, und erinnerte mich daran, was ich ihr hatte sagen wollen. Ich schnitt eine Sichel Zitronenhaut ab und warf sie in ein Portweinglas.

Ich wollte etwas über Brian sagen.

Ich hatte eine Zeitlang versucht, Portwein zu trinken, um mal zu sehen, wie es sich anfühlen würde, wie es klingen würde, ein Portweinglas, ein Südwein, und jetzt benutzte ich das Portweinglas für meinen Wodka, den ich eingoß, sirupkalt und opal.

Ich hörte den Dialog aus dem Film am anderen Ende des Hauses.

Ihre Haut war rein wie Camay, ihre Haare waren dunkel und glatt, normalerweise trug sie sie kurz, kurz war problemlos. Ihre Stimme war ausgeprägt, tief und klangvoll, irgendwie vokalrund und erotisch, besonders am Telefon oder im Schlafzimmerdunkel, mit einem Brandyrauschen darin oder einem winzigen Hauch kehlig-nächtlicher Lust.

Früher hatte sie im Kirchenchor ihrer Big-Ten-Town gesungen – das war ihr Spitzname für ihre Heimatstadt, eine von zehn notorisch sportbegeisterten Universitätsstädten im Mittleren Westen –, ihn aber wegen irgendeiner Herabsetzung, irgendeiner vermeintlichen Beleidigung verlassen – wie würde sie es hassen, wenn sie mich »vermeintlich« sagen hörte.

Ich reichte ihr das Mineralwasser, und sie sagte etwas über Brian. Ich dachte, vielleicht wollte sie meine eigene Bemerkung über Brian vorwegnehmen, die sie dank der routinemäßigen Deutung aller Signale im ehelichen Fühlkino schon auf sich zukommen sah.

»Hat er wieder einen Film empfohlen, bei dem am Schluß alle in einen Hochwasserkanal rennen und sich gegenseitig abknallen?«

»So baut Brian den Druck ab, Brian zu sein.«

Mir fiel eine Party ein, wo sie sich mit einem Mann in eine Ecke des Raums verdrückte, den wir beide flüchtig kannten, einem Universitätspoeten mit langem, zurückgekämmtem Haar und fleckigen Zähnen, und ständig lachte – er redete, sie lachte, unschuldig genug, könnte man sagen, oder überhaupt nicht unschuldig, aber vollkommen akzeptabel, eine Party ist eine Party, und wenn das Getue zu lange dauert, wer außer dem Ehemann merkt es? Und später sagte ich zu ihr. Das war vor langer Zeit, als die Kinder noch klein waren und Marian Auto fuhr, ohne einen Stift in der Hand zu halten. Später sagte ich zu ihr, selbstgewiß, denn darum ging es ja, mit übertriebener Würde zu sprechen, aus den Tiefen meiner Persönlichkeit, und mich zugleich auf die Schippe zu nehmen, weil man das auf Parties so macht.

Ich sagte, Ich leide an einer seltenen Krankheit, die mediterrane Männer befällt. Sie heißt Selbstachtung.

Ich stand in der Tür und schaute mir den Film mit ihr an.

»Ob Jeff wohl ewig bei uns wohnen bleibt, was meinst du?«

»Könnte schon sein.«

»Der Job auf der Diätfarm. Geplatzt?«

»Denk schon.«

»Hat er nichts gesagt?«

»Ich gucke das gerade«, sagte sie.

»Hast du die Zeitungen gemacht?«

»Ich habe die Flaschen gemacht. Morgen ist Flaschentag. Laß mich das gucken«, sagte sie.

»Wir gucken es zusammen.«

»Du weißt nicht, worum es geht. Ich gucke das schon seit eineinviertel Stunden.«

»Ich komm schon rein.«

»Ich will hier nicht ewig lange rumerklären.«

»Du brauchst keinen Ton zu sagen.«

»Lohnt sich nicht, diesen Film zu erklären«, sagte sie.

»Ich komm schon rein, einfach durchs Gucken.«

»Aber du störst mich«, sagte sie.

»Ich setz mich ruhig hin und gucke nur.«

»Du störst schon, wenn du nur guckst«, sagte sie.

Die Bemerkung gefiel ihr, sie hatte einen Hauch von Erkenntnis, und Marian rekelte sich grinsend in einer Art verdrehtem Gähnen, Hüften und Beine gerade, Oberkörper abgeknickt. Ich wußte wohl, was sie meinte, daß die Gegenwart eines anderen das Gleichgewicht durcheinanderbringt, die Einheit mit der Flimmerkiste. Sie wollte mit einem schlechten Film allein sein, und ich machte den Dauerkritiker.

»Du arbeitest zuviel«, teilte ich ihr mit.

»Ich liebe meine Arbeit. Halt den Mund.«

»Kaum höre ich auf, zuviel zu arbeiten, arbeitest du zuviel.«

»Ich gucke das hier.«

»Du brauchst überhaupt nicht zuviel zu arbeiten.«

»Wenn er gleich versucht, sie umzubringen, bin ich sauer.«

»Vielleicht zeigen sie es ja nicht.«

»Im Off meinetwegen. Soll er es ruhig mit einer Kreissäge machen. Hauptsache, ich brauche es nicht zu sehen.«

Ich guckte zu, bis mein Glas leer war. Ich ging in die Küche zurück und knipste das Licht aus. Dann ging ich ins Wohnzimmer und betrachtete das pfirsichbraune Sofa. Es war neu, ein Ding zum Anschauen und Aufsichwirkenlassen, das sich der Raum mit der Zeit einverleiben würde. Damit war der Fluch vom Klavier genommen. Wir hatten ein Klavier, auf dem keiner spielte, eins von Marians Erbstücken aus ihrer Big-Ten-Town, ein Objekt wie ein Eisbärenfell, das uns alle mit seinem früheren Leben tyrannisierte.

Ich knipste das Licht im Wohnzimmer aus, aber zuvor warf ich noch einen Blick auf die Bücher in den Regalen. Ich stand im Zimmer, schaute mir das pfirsichbraune Sofa an und den Rajasthani-Wandbehang und die Bücher in den Regalen. Dann knipste ich das Licht aus. Dann sah ich nach dem anderen Licht, dem Licht im hinteren Flur, um sicherzugehen, daß es noch an war, falls meine Mutter in der Nacht aufstehen mußte.

Wieder stand ich in der Tür. Marian sah fern, mit Leib und Seele. Sie steckte sich eine neue Zigarette an, und ich ging ins Schlafzimmer.

Ich stand da und schaute mir die Bücher in den Regalen an. Dann zog ich mich aus und legte mich ins Bett. Sie kam etwa eine Viertelstunde später. Ich wartete, daß sie anfing, sich auszuziehen.

»Was spüre ich da?«

»Was meinst du?« fragte sie.

»Zwischen dir und Brian.«

»Was meinst du?« fragte sie.

»Was spüre ich da? Das meine ich.«

»Er bringt mich zum Lachen«, sagte sie schließlich.

»Seine Frau bringt er auch zum Lachen. Aber zwischen ihnen spüre ich nichts.«

Sie überlegte, was sie darauf entgegnen sollte. Vielleicht war es eine amüsante Bemerkung, nicht das, was ich beabsichtigt hatte. Sie sah mich an und ging hinaus. Ich hörte über den Flur, wie die Dusche lief, und begriff, daß ich alles falsch gemacht hatte. Ich hätte das Thema anschneiden sollen, als ich in der Tür stand und sie fernsah. Dann hätte ich derjenige sein können, der rausgeht.

6

Wir legten ihr eine Schachtel von dem Alka-Seltzer mit Geschmack hin, das sie mochte, und wir brachten sie in einem ruhigen Zimmer unter, in Lainies altem Zimmer mit dem neubeschichteten Spiegel und dem Fernseher mit dem großen Bildschirm.

Nicht lange vorher hatte Jeff aufgehört, die ausgebeulten Shorts zu tragen und die Baseballkappe verkehrt herum aufzusetzen, und allmählich sah er wieder wie er selber aus. Sein PC hatte eine Multimedia-Funktion, so daß er sich eine Kopie des berühmten Videos anschauen konnte, auf dem zu sehen war, wie der Texas Highway Killer einen Autofahrer erschoß. Jeff geriet völlig in den Bann dieser Bilder, entwickelte Prozeduren und Programme und Filtertechniken, um Hintergrundmaterial herauszuholen. Er suchte nach verlorenen Informationen. Er vergrößerte und verlangsamte extrem, auf der Suche nach irgendeinem Pixel in dem Datenschwarm, das einen Hinweis auf die Identität des Schützen liefern konnte.

Das Gerät wog nur hundert Gramm, und es zeigte die Entfernung, die ich zurücklegte, die Kalorien, die ich verbrannte, und sogar die Länge meiner Schritte – einfach ans Gürtelband meiner Hose geklemmt.

Ich war elf Jahre alt, als er Zigaretten holen ging, ein warmer Abend, die Männer spielten Pinokel in ihrem Nachbarschaftstreff, überall auf der Straße Radiostimmen, irgendeiner hat immer das Radio an, und sie brachten ihn weit raus, in die Nähe von Orchard Beach, wo die Küstenlinie ganz schrundig ist von den vielen abgelegenen kleinen Buchten, und sie warfen ihn in die untere Welt, sein Körper hing im Seetang, im weichen organischen Schlick. Nicht daß ich mich wirklich an das Wetter oder die Kartenspieler erinnerte. Es gibt immer ein Radio und einen, der Karten spielt.

Zu Hause wollten wir sauberen, sicheren, gesunden Müll. Wir spülten leere Flaschen aus und legten sie in den entsprechenden Abfalleimer. Wir entfernten getreulich das krumplige Papier aus unseren Cornflakes-Schachteln. Es war, als bereiteten wir einen Pharao auf Tod und Beerdigung vor. Wir wollten die kleinen Dinge richtig machen.

Er schrieb nie auch nur eine Zahl auf. Er hatte einen Kopf für Zahlen, ein Gedächtnis für Zahlen.

Wir statteten sie mit dem Luftbefeuchter aus, den Bügeln, dem guten, harten Bett und der Frisierkommode, die Marian gehört hatte, als sie heranwuchs, ein ansehnliches Stück mit einer eigenen Geschichte.

In dem Bronzeturm schaute ich hinaus auf die dunkelbraunen Hügel und fühlte mich beruhigt und wohlverteidigt, sicher in meinem abgeteilten Büro und meinem knackfrischen weißen Hemd, in Verbindung mit lauter Dingen, die mich stärker machten.

In dem Bronzeturm räusperte sich ein anderer der leitenden Angestellten, und ich hörte in dem kleinen, heiseren Geräusch etwas mitschwingen, einen geheimen Nachklang der Kindheit, des Spiels, das er im Inneren seines Lebens spielte. Draußen auf der Straße waren es vielleicht zweiundvierzig Grad. Er spionierte sich selbst nach. Die dritte beobachtet die erste Person. Das »Er« spioniert das »Ich« aus. Das »Er« weiß lauter Dinge, die das »Ich« nicht einmal zu denken wagt. Es waren vielleicht dreiundvierzig, vierundvierzig Grad, die Telefone jubilierten in gedämpften Tönen. Die dritte Person schickt ihren Niemand, um den Jemand der ersten Person abzuschlachten.

Ich sagte immer, als sie klein waren. Mehr als einmal habe ich ihnen erklärt. Das ist die Waschmaschine, das ist die Verpackung, das ist der Auslauf.

Im Bronzeturm gebrauchten wir die Rhetorik diskriminierter Minderheiten, um Gesetze zu verhindern, die unserem Geschäft schaden konnten. Arthur Blessing, unser Generalmanager, war davon überzeugt, das wahre Gefühl ströme von der Straße nach oben und sei vollkommen zugänglich für die Einverleibung durch die Firma. Wir lernten, wie man sich beklagt, wie man sich die Sprache der Opfer aneignet. Arthur hörte sich jeden Morgen im Autoradio Gangsta Rap an. Lieder darüber, wie man wütend wird, seinen Sex kriegt und mit allen abrechnet, wie man sich nimmt, was einem zusteht, notfalls mit Gewalt. Er war davon überzeugt, nur diese Form der Ansprache zeige in Washington Wirkung. Einmal im Firmenflugzeug sagte mir Arthur einen Songtext auf, und wir beide lachten sein irres Lachen, diese ausgeprägten Ha-has, klar und langsam und deutlich voneinander abgesetzt, als lachte man mit Worten.

Wenn ich nach Hause kam, schmierte ich mir gern Sonnencreme auf Arme, Gesicht und Beine und joggte durch die stillen Straßen voller Oleander und Palmen, am Abwasserkanal entlang, dessen Ufer aus rotem Lehm waren. Ich joggte unter schwerer Hitze und starkem Licht und dachte daran, daß der Schutzfaktor jetzt einen Sprung auf sechzig gemacht hat, ich dachte darüber nach, obwohl ich eine oliv getönte Haut habe, dunkel wie mein Erzeuger – von fünfzehn auf dreißig auf sechzig, dabei war früher mal Faktor fünfzehn bei Sunblockern das absolute, wissenschaftlich machbare Maximum. Joggte an Baumstämmen entlang, die gegen die gnadenlose Sonne weiß gekälkt waren.

Du mußt es dick schneiden. Das sagte er immer über das Brot, den runden Laib mit der Kruste, den er Campobasso-Brot nannte, nach dem Namen des Ladens, der wiederum nach einer Bergstadt auf dem Rückgrat Italiens benannt war. Das beste Brot, sagte er, wenn du es zu dünn schneidest, taugt es nichts mehr. Ich sah ihm beim Rasieren zu, und ich sah ihm beim Brotschneiden zu, wie er mit einer Hand den Laib schräg hielt und mit dem Daumen der anderen Hand, der Messerhand, über das Heft bis auf die Rückseite der Klinge packte, um den Schnitt zu führen, durch die Kruste und hinein in die elastische Mitte des Brotes.

Als Lainie ihr Baby bekam, ihr Mädchen, spürte ich, wie sich eine weiche Freude in meiner Brust ausbreitete. Oder vielleicht ein Trost, das Nachlassen eines stetigen Griffs, einer Umklammerung, einer Männlichkeitsqual. All diese Frauen, von meiner Mutter in ihrem blaßgrünen Zimmer bis zu diesem unfertigen Neuankömmling, der in tödlichem Zorn strampelte, alle miteinander vor dem Kaminsims versammelt. Welche Wohltat, daß das Kind ein Mädchen war. Ich fühlte überschwengliche Leichtigkeit, ein Knoten entpulste sich in meinem Körper. Ich betrachtete sie nackt in den Armen ihrer Mutter, sie schwamm in einem Band aus Licht.

Dienstags machten wir nur Plastik, ohne Deckel und Verschlüsse. Das englische »waste«, für Müll, ist ein interessantes Wort, das man über das Altenglische und Altnordische bis ins Lateinische zurückverfolgen kann, wobei man Ableitungen mit den Bedeutungen leer, ungültig, verschwinden und verwüsten findet.

Einwohner von Phoenix heißen Phoenizier.

Sie sprachen über die Dinge, über die ich nicht sprach, obwohl ich ihr von dem gestohlenen Auto erzählt hatte, und wir sagten zueinander, Marian und ich, wir sagten, falls irgendwelche Leute jemals unseren Sohn dabei beobachten würden, wie er ein Verbrechen beginge, würden sie ihn nicht zu beschreiben wissen, abgesehen von seiner Hautfarbe und dem Witzaufkleber, der auf der hinteren Stoßstange seines Honda prangte, für den Fall, daß sein Honda überhaupt in das Verbrechen verwickelt war, dem Aufkleber, den ihm mal jemand geschenkt hatte - *Blitzschnell nach Nirgendwo*.

Marian und ich betrachteten Produkte schon als Abfall, wenn sie noch glänzend in den Ladenregalen lagen, noch ungekauft. Wir sagten nicht, Was für einen Auflauf wird das wohl ergeben?, sondern, Was für einen Abfall wird das wohl ergeben? Sicher, sauber, ordentlich, leicht zu entsorgen? Kann die Verpackung recycelt werden und als gelbbrauner Umschlag zurückkommen, der sich nach dem Anlecken schlecht zukleben läßt? Zuerst sahen wir den Müll, dann sahen wir das Produkt als Essen oder Glühbirne oder Schuppenshampoo. Wie wird sich das als Müll verhalten, fragten wir. Wir fragten, ob es verantwortungsbewußt war, ein bestimmtes Produkt zu essen, wenn seine Verpackung eine Million Jahre hält.

Nach der Legende der Straße soll er nie eine Zahl auf ein Stück Papier geschrieben haben.

Abend für Abend saßen wir in dem schalen Flimmern, meine Mutter und ich, und schauten uns Wiederholungen der »Honeymooners« an. Ralph Kramden, der seine unbezähmbare Qual hinausjaulte. Vielleicht identifizierte sich meine Mutter mit Alice. Die Schürze, der Stoffmantel, die karg möblierte Wohnung, die Essensgerüche in der Diele. Aber Alice hatte einen Busfahrerehemann, der immer zur Tür hereinkam, anstatt hinauszugehen. Sein Fahrzeug hatte eine gesellschaftliche Zulassung. Und Ralph und Alice hatten keine Kinder, die ihnen Sorgen machen konnten. Du hattest die Kinder ohne den Mann. Nicht mal eine Leiche, zum Beispiel, aus dem Seetang hochgekommen und als Treibgut eines Sonntags früh von zwei Typen entdeckt, die mit einem gemieteten Ruderboot und einem Käfig zum Krabbenfang unterwegs waren – die angeknabberte Leiche von Jimmy Costanza, zum Beispiel, Alter unerheblich.

Ich kehrte zurück in die Küstenebene von Texas und gab der BBC ein Interview, mit Schutzhelm und Grubenlampe, in einem Salzstollen sechshundert Meter unter der Erde. Die Sendeleiterin stellte Fragen aus dem Off, und ich schmeckte den Salzstaub, der von den Gabelstaplern aufgewirbelt wurde, und versuchte mir Antworten auszudenken, die ihr gefielen.

Du hattest den Mann mit einem Job ohne gesellschaftliche Zulassung. In den Fluren und Seitenstraßen hörtest du nachts die Schritte und mußt dich gefragt haben, ob da wohl Jimmy zurückkehrte. Aus dem Jenseits, der Finsternis oder vielleicht bloß aus New Jersey. Und du warst es, die sich beim ersten Morgenlicht eilig anzog, bevor die Wärme durch die Rohre hochgepfiffen kam – Frühmesse unter Italienern in ihren Totenkleidern. Du hattest die Kinder mit ihren angespannten Nerven, das kleine, holzfigurenschiebende Wunderkind, schwerer zu lieben als eine Handvoll Kaffeesatz. Allein auf dem Weg zur Messe an diesen kalten Morgen. Und der ältere Sohn, so distanziert, mit gedämpften Stimmungen und ungedämpfter Wut, im abendlichen Graupelschauer auf dem Dach, um eine Zigarette zu rauchen.

Ich schaue mir das Lucky-Strike-Logo an und denke Zielscheibe.

Ich beobachtete Männer in Mondanzügen, die Fässer voll Atommüll vergruben, und ich dachte an die lebendigen Felsen da unten, den unterirdischen Prozeß, die Halbwertzeit, die Atome, die zur Hälfte der ursprünglichen Anzahl zerfallen. Das gewöhnlichste Uranisotop wird mit Neutronen bombardiert, um Plutonium zu produzieren, das kernspaltet, falls man aus der Energie der Atomspaltung ein Verb ableiten kann. Dieses Isotop hat die Massenzahl zwei-drei-acht. Man braucht nur die Ziffern zu addieren und hat dreizehn.

Doch die Bomben wurden nicht abgeworfen. Ich weiß noch, wie Klara Sax von den Männern redete, die die Langstreckenbomber flogen, während wir alle in der langen, flachen, unterteilten Betonhalle dastanden und zuhörten. Die Marschflugkörper blieben in den Bombenaufhängungen. Die Männer kehrten zurück, und die Städte wurden nicht zerstört.

7

Marian lehnte sich an mich und betrachtete lachend, wie sich die Fläche des Landes allmählich um uns herum ausdehnte. Das erste Tageslicht war ein folienhafter Schimmer am Rande der Wüste. Auf neunzig Metern Höhe erwischten wir eine milde westliche Brise und trieben auf die lidförmige Scheibe der Sonne zu. Dabei kam es uns gar nicht so vor, als bewegten wir uns. Wir dachten, das Land glitte unter uns hinweg und führe uns eine Ansammlung von Mobile Homes vor, einen Lkw auf einem Asphaltband Richtung Süden. Und Hunde, die uns anbellten - sie kläfften und sprangen hoch und liefen japsend ineinander, während wir über die Mobile Homes trudelten, von einem Hund zum anderen, dann tauchten neue Hunde am Rande auf, mitten im Sprung gekrümmt, Hunde aus dem Nichts, die das Gejapse und Geheule vervielfachten, eine galoppierende Seuche, die die ganze Welt aufweckte.

Dann waren wir draußen über der offenen Weite, knochenbraune Erde, tief im Schatten, und wir hingen in der weichen Luft, schwebten in einer körperlosen Flaute, und ein Schwall Schöpfung strömte an uns vorbei.

Der Pilot öffnete energisch das Fahrventil, und wir hörten die Brenner pulsieren und fauchen, das brachte Marian wieder zum Lachen. Sie redete und lachte die ganze Zeit, glücklich und verängstigt. Der Korb war nicht groß, er faßte gerade mal uns drei plus Propanzylinder, Ventile, Drähte, Instrumente, aufgerollte Wurfleinen. Jedes schnaubende Auflodern des Propans schickte eine mannshohe Flamme in den offenen Schlund des Nylons, das sich über uns aufblähte.

Jerry, der Pilot, sagte: »Der Wind soll genau so bleiben, wie er ist. Dann schaffen wir es gerade so, denke ich. Aber wir brauchen mucho Glück.«

Das brachte uns beide zum Lachen. Lachend waren wir leichter als Luft, und der Ballon wirkte weniger wie ein Stück Wissenschaft, eher wie ein improvisiertes Gebet. Jerry regulierte den Brenner und behielt das Pyrometer im Blick, gab genug Wärme nach, um das normale Abkühlen der Luft in der Stoffhülle auszugleichen. Es war ein Spiel, ein überlebensgroßes Spielzeug, in das wir eingeflochten waren, und unsere Augen wurden groß beim Anblick der zischenden Flammen.

Der Ballon war gestreift wie ein Lutscher, und als Jerry nach Süden zeigte, entdeckten wir eine Straße und ein Auto, das Verfolgerauto, ein passend gestreifter Kleinbus mit einem kleinen offenen Anhänger für Ballon und Korb.

Die emporschießende Flamme, der verzögerte Aufstieg und Marian: »Das aufregendste Geburtstagsgeschenk aller Zeiten.«

»Das ist noch gar nichts«, sagte ich.

»Wie bist du darauf gekommen? Ich habe mir das schon immer gewünscht, ohne es selbst zu wissen. Oder vielleicht wußte ich es, aber war noch nicht so weit, es wirklich zu planen. Du mußt meine Gedanken gelesen haben.«

Dann fügte sie hinzu: »Mir war gar nicht klar, wie sehr ich das gebraucht habe, einfach mal rauszukommen und diese Landschaft wiederzusehen. Zu sehr in der Arbeit vergraben. Aber ich hätte mir nicht träumen lassen, daß es von hier oben aus sein würde. Als du gesagt hast, vier Uhr früh, da dachte ich, was soll das denn für ein Geburtstag sein.«

»Jetzt weißt du es«, sagte ich, »aber du weißt erst die Hälfte.«

Wir schmiegten uns aneinander, mein Arm um ihre Schulter und Schenkel an Schenkel, und wir wurden gerüttelt und durchgewirbelt, ohne uns jedoch zu drehen – innerlich durchgewirbelt, das Blut aufgewirbelt zu quicklebendigen Sinnen. Meine freie Hand umschloß eine Eisenstange, Teil des starren Rahmens, an dem die

Korbseile befestigt waren, und ich konnte spüren, wie das Metall in meiner Faust atmete.

Etwa zwanzig Minuten später berührte mich Jerry an der Schulter und zeigte direkt geradeaus, und ich sah den ersten Tupfer Sonnenlicht auf Flügelspitzen. Das Objekt tauchte allmählich aus der Entfernung und dem Dunst auf, das rechteckige Gittermuster nunmehr vollständig, Reihen von Flugzeugen erschienen wie eine Einheit zusammengehöriger Teile, eine gestaltete Struktur aus lackiertem Stahl in der einfarbigen Umgebung.

Jerry sagte: »Also, wenn die Luftwaffe uns nicht den Arsch wegschießt, tuckern wir da mal drüber.«

Und das taten wir auch, in einer Höhe von etwa hundertzwanzig Metern. Ich spürte, wie Marian über dem gepolsterten Rand des Korbs hing, einem zittrigen Hampelmann gleich. Das Werk war ein aufwühlender Anblick, Explosionen und Schlangenlinien von Farbe, eine Kraft in der Erde, und sie zerrte an meinem Pullover und schaute mich an.

Nach dem Motto, wo sind wir, was sehen wir da, und wer hat das gemacht?

Die Voranstriche waren weniger aggressiv, als sie zuvor gewirkt hatten. Die Rottöne waren gedämpft, durch Verwitterung oder andere, tiefer eingedrungene Farben zurückgenommen, und dadurch fügten sie sich gut in das Ganze. An einer Stelle zogen sich ordentliche Schrägstriche über die Rümpfe, wunderschön gemischte Blautöne, auch mattblau und bläulich. Ein großartiger, flußähnlicher Schwung zog sich über das Werk, ein weiter Bogen in Salbeigrün oder vielleicht Senfgrün, dazwischen graue Pinselstriche, er wand sich von der südöstlichen Ecke hoch und über den Nordrand hinweg, berührte fast ein Drittel der angesammelten Flugzeuge, mehrere waren vollkommen von diesem Farbstrom bedeckt – die pulsierende Flüssigkeit des Werks, die den Rhythmus angab und die Oberfläche zusammenhielt.

Nach dem Motto, Meine Güte, Nick, wie konnte es das hier geben, ohne daß ich davon wußte?

Die Spannung in unseren zusammengedrängten Körpern wurde durch die physische Präsenz der Farbe erhöht, des gemalten Lichts, das uns überflutete. Die Sonne brannte hoch am Horizont. Wir waren auf sechzig Meter gesunken, und Jerry fackelte das Gas nur so ab. Als wir fast darauf saßen, wirkte das Werk gröber und direkter. Ich konnte nichtbemalte Zwischenräume erkennen, tote Metallstreifen auf den Flügeln mehrerer Maschinen, peroxydweiß, abblätternd und schartig, und auf einem Rumpf war ein Rest mit Schablone aufgemalter Sicherheitsvorkehrungen zu erkennen. Das Werk wirkte hart erarbeitet. Es verlor seinen Schwung und wurde zu etwas Tiefkörnigem, dicke Farbe war in ungleichmäßigen Schichten aufgetragen, mit der Spritzpistole aufgesprüht. Ich sah, wie hart erkämpft es war, Massen von Leuten in dieser kreidefahlen Hitze, Muskeln und Lungen. Und ich hielt nach dem blonden Mädchen im Rüschenrock Ausschau, das vorn auf einen Rumpf gemalt war, und freute mich sehr, als ich es erspähte, lang und groß und unretuschiert, die Nasenkunst, das Pin-up, Alltag und Talisman, die Seele der Arbeit.

Ich merkte, wie Marian versuchte, sich die Anzahl zu vergegenwärtigen. Sie zählte nicht, sie wollte es einfach wissen, um einen Maßstab für ihr Staunen zu haben. Und als ich ihr zuflüsterte, zweihundertdreißig war der letzte Stand, da konzentrierte sie sich noch mehr, überprüfte die Zahl an der dichten Anordnung und dem Schwindelgefühl von der Gesamtwirkung. Wir schwebten direkt darüber. Die Flugzeuge waren natürlich riesenhaft, Objekte von ungeschlachter Größe, fliegende Festungen, dick und massig, mit eckigen Flossen und hoch am Rumpf angesetzten Flügeln, ein paar Bombenaufhängungen waren noch intakt, ein paar Auslegerräder hingen noch dran, die Haupträder waren bei jedem Flugzeug festgekeilt.

Und ich fand wirklich, es waren großartige Dinger, bemalt, um das Ende eines Zeitalters zu markieren und den Anfang von etwas so anderem, daß nur eine solche Vision es verkünden konnte.

Und wir bewegten uns auf die leeren Flächen zu, die das Werk einrahmten, und sahen, wie es am Rand an Schlagkraft verlor, nachgab, absichtsvoll mit der Wüste verschmolz.

Marian sagte: »Ich kann nie mehr ein Bild ansehen wie früher.«

»Ich kann nie mehr ein Flugzeug ansehen.«

»Oder ein Flugzeug«, sagte sie.

Und ich fragte mich, ob das Werk wohl vom Weltraum aus zu erkennen war, so wie die Landschaftskunst einer untergegangenen Andenkultur.

Die Brise trug uns weiter, und der Pilot öffnete das Fahrventil, was uns zum Abschluß zentimeterweise einen Aufstieg bescherte. Wir sahen eine Wolkenwand, die viele Meilen weiter östlich hing, und Falken, die mit der mühelosen Bewegung dahinglitten, bei der man denkt, die sind schon seit biblischen Zeiten da oben, diese beiden Vögel. Steine lagen auf einem Feld aufgehäuft, große bronzene Felsbrocken mit gekerbten Flanken. Ich fühlte meine Frau an meiner Seite. Wir sahen, wie Staub von den dunklen Hügeln aufstieg, und ein paar Autowracks lagen achtlos im Futtergras, Kabrioletts mit zerfetzten Verdecken. Alles, was wir sahen, war rätselhaft und schillernd, spannungsvoll durch die Schönheit der Dinge, die normalerweise ungesehen bleibt, selbst die Rost und Zerfall überlassenen Autos. Der Pilot zeigte auf etwas, das einige Meilen entfernt war, und wir sahen, es war das Verfolgerauto, ein Tröpfchen, das über eine lange Straße kullerte, auf die Stelle zu, wo wir wieder auf der Erde landen würden.

Am Abend hatten wir Freunde zum Essen da, und das Gespräch war flott und witzig, ging bis weit nach Mitternacht über den Tisch hin und her, und als sie fort waren, aber auch schon, als sie noch da saßen – sie waren noch da, als ich die Entfernung und Stille dieser ausgebreiteten Dämmerung spürte wie einen endlosen Himmel, der in mir erwachte, sich gegen das Gelächter reckte.

Als sie weg waren, lagen wir im Bett. Wir schliefen in einem Zimmer mit Bücherwänden, cremefarbene Regale und dicke Teppiche und gedämpfte Beleuchtung, warm wie Whiskey. Marian blätterte derart energisch in einer Zeitschrift, daß jemand, der ihre Gewohnheiten nicht kannte, sie für gereizt hätte halten können.

»Der lange Tag.«

»Die lange Fahrt. Mannomann«, sagte ich, »die Fahrt war mörderisch.«

»Ist das der längste Tag meines Lebens?«

»Die Fahrt hat mir den letzten Nerv geraubt. Gott, hasse ich diese Lkws.«

»Ich habe die Fahrt immer noch in den Knochen. Aber sie war wundervoll, rundherum.«

»Sie war wunderlos. Sie war nur wundervoll, weil du geschlafen hast.«

Sie blätterte um.

»Hast du gemerkt, wie sie gegenseitig die Sätze des anderen beenden?«

»Ich bin gefahren, du hast geschlafen.«

»Sie sagt, da da da. Er sagt, dum didum.«

»Da kann ich mir Schlimmeres vorstellen. Ich meine, das machen doch sogar Fremde. Jeder macht das mit irgendwem.«

»Und ich habe überhaupt nicht geschlafen. Zehn Minuten habe ich mal eine Stufe runtergeschaltet.«

»Anders kriegt man bestimmte Sätze gar nicht zu Ende.«

»Die haben den gerösteten Mais aufgegessen.«

»Klar haben sie den gerösteten Mais aufgegessen. Der war hervorragend. Apropos Landkarten. Ich würde gern ein paar alte Landkarten kaufen. Ich hasse unsere Landkarten.«

»Guck mal hier. Der Messias kommt. Am 28. Oktober. Die geben sogar das genaue Datum an.«

»Hab ich gesehen.«

»Die Zahl des Tieres. Hast du gesehen? Steht auf dem Universal-Produktcode. Auf jedem Produkt.«

»Stimmt. Auf jedem Töpfchen Jell-O, das am Scanner vorbeigezogen wird.«

»Heute ist eine von diesen Nächten«, sagte sie.

»Was?«

»Eine von diesen Schlafschön-Nächten.«

»Was?«

»Ich hab dann so ein Gefühl, daß ich nicht schlafen kann, ich weiß es vorher. Und dieses Wissen macht es. Nicht weil ich nicht müde bin. Ich bin nämlich wahnsinnig müde.«

»Unruhig.«

»Nein, das ist mehr eine Frage von müde, aber nicht schläfrig. Sechs sechs sechs. Also der Supermarkt ist ein komischer Ort.«

»Das wußten wir schon lange.«

Ich knipste mein Licht aus und schaute, die Hände hinterm Kopf verschränkt, an die tief cremefarbene Decke.

»Sie hat eine tolle Figur für wie viele Kinder? Alison? Vier Kinder?« sagte ich.

»Das heißt also, ich bin entweder halb so toll oder doppelt so toll, aber lassen wir das lieber. Dingsbums-Terry war hier. Der untersetzte.«

»Ist Jahre her, seit ich auf eine richtige Landkarte geschaut habe. Man kommt sich ja schon vor wie Robert Louis Stevenson. Wir haben Landkarten mit Autobahnen und Motels drauf. Unsere Landkarten haben Raststätten und Symbole für Rollstühle drauf.«

»Sag doch mal, wie er richtig heißt.«

»Weswegen, Wasserhahn?«

»Vorgestern oder gestern. Heute war so ein langer Tag, daß ich es gar nicht mehr weiß. Nein, Duschkopf.«

»Was soll denn mit dem Duschkopf sein? Auf unseren Landkarten sind Pfannkuchen-Restaurants.«

»Dingsbums mit dem orangen Pickup.«

»Um welche Dusche geht es eigentlich?«

»Terry, stimmt's?«

Sie blätterte um. Im Bett benutzte sie zum Lesen ein Buchkissen, das ich für sie aus einem Katalog bestellt hatte, aus Jacquard, Farbton Cognac, ein keilförmiges Kissen, das sich in den Schoß schmiegt und die Zeitschrift oder das Buch im richtigen Winkel hält, mit eingebauten Fransen-Lesezeichen und einem Schlitz auf der Rückseite für die Lesebrille.

»Ich fahre am Dienstag. Hab ich das schon gesagt?«

»Das ist, was, Moskau? Oder Boston. Zu früh für Moskau. Welcher ist eigentlich der Untersetzte? Ich werfe die immer total.«

»Ich muß die Schuhe neu besohlen lassen, bevor ich fahre. Erinner mich morgen dran, ja.«

»Ich hab da so ein Ding auf dem Bein.«
»Es ist nicht Boston«, sagte ich.
»Es ist nicht Boston.«
»Es ist Portland.«
»Es ist Portland.«
»Was für ein Ding?« fragte ich.
»Auf der Innenseite des Schenkels.«
»Ruf Williamson an.«
»Könnte eine Reizung sein.«
»Ruf Williamson an. Seit wann hast du das?«
»Weiß ich nicht. Es kommt und geht, glaube ich.«
Sie blätterte um.
»Lainie hat heute die Tapeten gekriegt.«
»Wurde auch Zeit.«
»Das war sie eben am Telefon.«
»Hast ihr hoffentlich nichts gesagt.«
»Natürlich nicht. Was denkst du denn? Schätzchen, wir sind direkt vorbeigefahren, aber gehalten haben wir nicht.«
»Gehalten, das wäre doch.«
»Als wir sie gesehen haben, wann war das gleich? Neulich neulich neulich. So kurz ist das gar nicht her.«
»Kurz genug. Wir wollen es ja nicht übertreiben.«
»Tapezierer. Einer war eine Frau, sagt sie.«
»Ich bin diese beschissene Erkältung immer noch nicht ganz los. Warum eigentlich?« sagte ich.
Sie blätterte um.
»Warum eigentlich?« sagte ich.
»Nimm ein paar von den Antihistaminen, die du da hast. Sind schwer zu kriegen.«
»Die Tabletten.«
»Die Kapsetten.«
»Du bist total aufgedreht. Ich spüre die Energie.«
»Ich bin nicht aufgedreht. Ich bin müde. Mein Kopf schon eher. Schlaf kannst du vergessen, sagt er mir.«
Ich hatte den Jacquard in Cognac genommen und nicht in Elfenbein, weil das Muster gut zu unseren Teppichen paßte.

»Ich hab ihn in diesem orangen Transporter gesehen, den er fährt. Den Untersetzten. Letztesmal habe ich den Duschkopf allein drangemacht, aber diesmal hat nichts gepaßt.«

»Weil sich das ganze Universum ausdehnt. Bei warmem Wetter dehnt es sich aus. Erinner mich dran, daß wir ein paar Sechzig-Watt-Birnen brauchen.«

»Ich bin rechts rangefahren, und er sagte, er könnte in einer Stunde hier sein, und er ist absolut pünktlich erschienen und hat das Ding in genau zehn Minuten drangemacht, und das war's dann.«

Sie blätterte um, und dann noch einmal. Sie hatte so eine Art, grimmig zu klingen, wenn sie eigentlich Befriedigung und Genugtuung ausdrücken wollte – daß sie eine Aufgabe zu Ende gebracht oder eine Geschichte mit einer Moral erzählt hatte.

»Hast du ihr gesagt, sie soll spachteln?«

»Sie haben das Kinderzimmer zuerst gemacht.«

»Das kriegt Dex nämlich nicht alleine hin. Ich kann nur hoffen, sie haben gespachtelt.«

»Nimm die Zwölf-Stunden-Antihistamine. Die Vier-Stunden-Dinger machen schläfrig.«

»Was hast du gegen schläfrig? Erinner mich dran, wir brauchen Glühbirnen für die Speisekammer.«

»Sag mir doch seinen Namen. Der Untersetzte ist doch der, dessen Vater, oder?«

»Konnte erst von vier, fünf Polizisten überwältigt werden.«

»Der Untersetzte.«

»Kannst du nicht fett sagen? Sag doch fett. Er ist unglaublich fett«, sagte ich.

»Er hat Fettwülste, stimmt.«

»Vielleicht sitzt die Birne locker. Erinner mich dran, daß ich die Birne festschraube. Zu früh für Moskau.«

Sie blätterte um.

»Ist es ein Knoten?« fragte ich.

»Was? Nein, das Wort würde ich nicht benutzen. Nein, es ist eine Reizung.«

»Vielleicht liegt es am Östrogen.«

»Nein nein nein nein nein.«

»Ruf Williamson an«, sagte ich.

Ich drehte mich auf meine Seite um und hörte ein Flugzeug im Landeanflug, ein Spätflug von irgendwoher.

»Acht Stunden tief schlafen, das könnte ich brauchen.«

»Stimmt übrigens. Du hast ein Paar ordentliche Schuhe, und die müssen zum Schuster.«

»Ich hätte beinah Schuhe in Italien gekauft. Ich hätte beinah Schuhe in Italien gekauft.«

Sie blätterte um.

»Wie heißt dieses Zeug, von dem ich deiner Mutter sagen wollte, daß sie es benutzen soll?«

»Warte mal, ich weiß.«

»Es liegt mir auf der Zunge«, sagte sie.

»Warte mal, ich weiß.«

»Du weißt doch, welches Zeug ich meine.«

»Das zum Schlafen oder für Verdauungsstörungen?«

»Es liegt mir auf der Zunge.«

»Warte mal, warte mal, ich weiß.«

Etwa drei Stunden später saß ich im Armsessel in einer Ecke des Schlafzimmers, mir war klamm, ich fröstelte und hatte kalten Schweiß auf dem Rücken, im Nacken, unter den Armen. Ich war schwer atmend und verkatert aus einem Traum erwacht, hastig schnaufend – so seltsam und laut und schnell, daß ich davon aufwachte oder von irgendwas anderem.

Ich hatte den Baseball in der Hand. Normalerweise lag er im Bücherregal, in einen Winkel zwischen aufrecht und schräg stehende Bücher geklemmt, unter einem Bücherdach verstaut, kein Brimborium. Doch jetzt hielt ich ihn in der Hand. Man muß wissen, wie sich ein Baseball in der Hand anfühlt, einige Zeit zurückgehen und viele Dinge miteinander verknüpfen, bevor man begreifen kann, warum ein Mann um vier Uhr morgens in einem Sessel sitzt und einen solchen Gegenstand festhält, umklammert – wie er so beruhigend in die Hand paßt, wie der Korkkern ihn in der Hand federn läßt, und die rauhen Stellen an einem alten Ball, die narbige Haut, wie ein ruheloser Daumen gern an dem verschrammten Pferdeleder herumfummelt. Man quetscht einen Baseball zusammen. Man preßt ihn, als wäre Saft darin, oder melkt ihn irgendwie. Der Widerstand des dichten Materials macht Lust, fester zu drücken. Es gibt ein Gleichgewicht, eine angenehme animalische Spannung zwischen dem harten Ledergegenstand und der quasi klauenförmigen Hand, deren Adern vor lauter Anstrengung hervortreten. Und das Gefühl der leicht erhabenen Nähte unter den Fingerspitzen, die Unebenheiten des Stoffs wie eine holprige Straße unter den Fingerknöcheln – wie man die herumgewickelte Baumwolle als vergrößerten Daumenabdruck sehen kann, eine Großaufnahme der spiralförmigen Linien auf dem Ballen des Daumens. Der Ball war tiefsepiabraun, hatte eine Patina von Schmutz und Gras und dem Schweiß von Generationen – er war alt, aufgequollen, verdellt und tabakbespritzt und befleckt von natürlichen Prozessen und den Lebensläufen dahinter, er war wetterbesudelt und hatte Charakter wie ein Haus an der See. Und am Firmenlogo von Spalding war er grün verschmiert, trug noch immer eine kleine grüne Wunde, wo er, wie seine Geschichte besagte, gegen eine Säule geknallt war – abgeblätterte Farbe vom Bolzen eines Stützpfeilers auf den Tribünen am linken Außenfeld, Farbe, die sich in die Oberfläche des Balls eingegraben hatte.

Vierunddreißigtausendfünfhundert Dollar.

Wie die Hand Erinnerungen aus dem Baseball herausholt, die nichts mit den üblichen Spielen zu tun haben.

Pech, Branca-Pech. Von ihm zu mir. Der Augenblick, der das ganze Leben bestimmt.

Einmal ertappte mich Marian, wie ich den Ball anschaute. Ich stand vor den Regalen mit dem Ball in der Hand, und sie fand, ich sähe wie Hamlet aus, der Yoricks Schädel anschaut, oder vielleicht wie Aristoteles, noch besser, sagte sie, der die Büste Homers betrachtet. Das fanden wir gut. Rembrandts Homer und Thomsons »Homer«. Wir lächelten darüber.

Ich dachte an die alte Radiostimme, Russ Hodges – inzwischen mindestens zwanzig Jahre tot –, an die ungläubige Elektrisiertheit, die Kraft einer einzelnen menschlichen Stimme, die aus einem Kasten kommt.

Sie fragte nicht, ob Portland in Maine oder Portland in Oregon, als ich sagte, es sei nicht Boston, sondern Portland, und die Frage mußte kommen, eingebettet in die Abfolge unserer Unterhaltung, auf ihren Auftritt lauernd, doch dann schlief einer von uns ein, bevor Marian mit genau diesen Worten fragen konnte, welches Portland eigentlich, ich glaube, ich schlief zuerst ein, aber vielleicht auch nicht - das Licht war aus, das letzte Licht war schon aus.

Dann tauchte ich aus einem Traum auf und tastete mich bis zu dem Armsessel, seltsam schnaufend, und schaltete die kleine Leselampe ein.

Und der Lärm der Menge hinter dieser Stimme, das unablässige Krachen und die Spannung, die Dichte, dieses Knistern und Wimmeln, das bei jeder neuen Wendung des Spiels stärker wurde - ein derart intensives Geräusch, daß es hätte Funken schlagen, mit seiner Hitze das Radiogerät durchbrennen lassen können.

Ich hörte, wie nebenan meine Mutter aufstand, um auf die Toilette zu gehen. Ich horchte, wie sie das Zimmer verließ. Ich wartete und horchte, fast atemlos. Ich wartete auf das Schlurfen der Hausschuhe im Flur, auf die Gangart, den vertrauten Rhythmus und die Art des Schlurfens, und dann horchte ich auf das Geräusch der Spülung - mit vollem Bewußtsein, in grimmigster, konzentriertester Reglosigkeit, bis sie wieder sicher im Bett lag.

Ich hob die Waffe und zielte auf ihn und sah, wie sich ein interessiertes Lächeln über sein Gesicht legte, ein oberschlaues, hämisches Grinsen.

Vielleicht war das der Traum - ich war mir nicht sicher.

Dann holte ich den Baseball aus dem Bücherregal und setzte mich in den Armsessel und schaute an die whiskey-cremefarbene Decke.

An dem Tag hörte ich nicht den Sender der Dodgers. Sondern Russ Hodges, ich versuchte, das Schicksal zu wenden. Damals wäre ich nie drauf gekommen - eigentlich erst, als ich in dem Armsessel saß und den Baseball in der Hand drückte -, aber Russell Hodges, wenn man die Buchstaben zählt, wenn man so verrückt ist, auf diese Idee zu kommen, also den kompletten Namen auszuschreiben und die Buchstaben zu zählen, dann hat man, sieh da, die gute alte Dreizehn.

Jetzt war ich ruhiger. Es ging wieder. Mein Arm hing über der Sessellehne, und ich drückte den Baseball, Marians Schlafatem im Ohr, drückte ihn fest, und die Adern auf meinem Handrücken zogen sich glatt, wurden vollkommen flach.

Vielleicht schliefen wir gleichzeitig ein. Dann tastete ich mich bis zum Armsessel und knipste die Lampe an. Da stand ich und zerrte mir die Pyjamajacke herunter, wo sie vom Schweiß an der Haut klebte. Dann trat ich ans Bücherregal und nahm mir den Baseball.

Sie saß aufrecht da. Nein, sie saß eigentlich nicht aufrecht, sondern angelehnt – ich merkte, daß sie wach war, auf einen Ellbogen gestützt, und mich anschaute, während sie sich mit der rechten Hand die Schläfe rieb.

»Nick?«

»Ich bin hier.«

»Alles in Ordnung?«

»Ja. Ich bin gleich wieder da.«

»Komm zurück ins Bett.«

»Alles in Ordnung. Schlaf ein.«

»War das nicht ein wunderschöner Geburtstag?«

»Soll ich das Licht hier ausmachen?«

»Nein. Komm wieder ins Bett.«

»Gleich.«

»Ich will dich aber bei mir haben.«

Ich stand auf dem Dach und hatte mein Radio auf dem Dachsims abgestellt, ab und zu hockte ich mich hin, nahm das Radio mit nach unten hinter das Sims, umschloß es sozusagen, saugte Hoffnung daraus, litt unter den Irrungen und Wirrungen des Spiels, grölte aus den tiefsten Tiefen – ein Radio Marke Emerson, kastanienbraun, ich nahm es überall mit hin. Aber wenn ich aufstand und nach Südwesten blickte, schaute ich über das Krankenhaus für die Unheilbaren und die Hochbahn auf der Third Avenue, zum Fluß hin, der New York in seine Boroughs zerschneidet. Da lagen nämlich die Polo Grounds, West-Südwest, und ich stellte mir das Spielfeld vor und die Spieler, die knackigen Blaus und paradiesischen Grüns an diesem großartigen, wolkenschweren Tag – großartig und schrecklich, inzwischen zu schwarzweiß verblaßt im Film der Erinnerung.

Manx Martin 1

Dann fallen ihm seine Bücher ein, und er geht die Treppe wieder hinunter, weil man nicht ohne seine Schulbücher aus der Schule heimkommt, Dummkopf. Er zwängt den Baseball in die Tasche und beugt sich in das schummrige Dreieck unter der Treppe, wo die Unterseite der ersten Stufe auf den Boden trifft, und er greift nach den drei Büchern, die er am Morgen dort hingelegt hat, zieht sie hervor und hebt sie auf, dazu ein Aufsatzheft mit marmoriertem Einband, und er fegt Staub und Schmier und Mißmut weg.

Der Hausmeister kommt durch die Hintertür von den Höfen herein, der neue Hausmeister, er hinkt so furchtbar, daß man nicht mal genau weiß, ob er einem leid tut – vielleicht fragt man sich, warum er überhaupt herumläuft.

»Was machst du da?«

»Was runtergefallen«, sagt Cotter.

»Ich muß mit deinem Vater reden.«

»Wenn ich ihn sehe.«

»Sag's ihm.«

Cotter ist schleierhaft, woher der Hausmeister ihn kennt. Der letzte Hausmeister ist Hals über Kopf gegangen, der neue Mann hat gerade mal angefangen, er muß sich um vier Gebäude kümmern und hinkt, daß man kaum hingucken kann, aber er weiß schon, welcher Sohn zu welchem Vater gehört, und wahrscheinlich ist es nicht mal ein Irrtum. Die Leute wollen immer mit seinem Vater reden. Sein Vater verbringt jeden Tag Stunden auf der Flucht vor diesen Gesprächen.

Er steigt hoch in den dritten Stock und geht hinein. Seine Schwester Rosie ist da, am Küchentisch in ihre Hausaufgaben vertieft. Rosie ist sechzehn, büffelt immer über den Büchern, und er hat noch zwei ältere Brüder, einen in Korea bei der Infanterie und einen bei der Luftwaffe, stationiert in Georgia. Also im Pfirsich-Staat. Aber wenn Cotter zwischen diesen beiden Arbeitsplätzen wählen sollte, würde er wohl lieber in Schnee und Matsch dem bewaffneten Feind gegenübertreten als mit einem Häufchen zusammengeknüllter Seide auf dem Rücken in die weiche Abendluft hinausgehen.

»Was hat er denn da in der Tasche? Da fragt man sich doch«, sagt Rosie. »Kommt mir wie ein Apfel vor. Vielleicht war er an seinem freien Tag ja in einem Obstgarten.«

»Was für ein freier Tag?«

»Ist mit dem Bus ins Hinterland gefahren, um ein paar Äpfel zu pflücken. Natürlich haben wir auch zu Hause Äpfel. Aber die sind für nach der Schule. Keine Schule, keine Äpfel. Hat er sich deshalb selbst einen Apfel gesucht?«

»Wo war ich denn, wenn ich nicht in der Schule war?«

»Weiß ich nicht, aber als ich dich vom Fenster aus gesehen habe, hattest du keine Bücher dabei, und als du zur Tür reinkamst, sieh da.«

»Dann weißt du auch, daß das in meiner Tasche kein Apfel ist.«

Er holt den Ball heraus und macht seinen Wurftrick, dreht das Ding rückwärts über Hand und Handgelenk und fängt es mit einer Bewegung wie beim Gangschalten wieder auf, den Ellbogen im Rückwärtsgang. Das bringt Rosie zum Lächeln, und sie steckt die Nase wieder ins Buch, woraus Cotter entnimmt, daß er einen kleinen Sieg errungen hat, denn bei seiner Schwester weiß man erst, daß sie einen für voll nimmt, wenn es ihr die Sprache verschlägt.

In seinem Zimmer schaut er aus dem Fenster, in dem Zimmer, das er mit seinen Brüdern geteilt hat und das jetzt eindeutig seins ist, dann läßt er den Ball auf die Khakidecke des unteren Bettes fallen, der robuste olivfarbene Wollstoff ist der einzige Anflug von etwas Militärischem, und schnappt sich einen Pullover von der Stuhllehne. Er zieht ihn über den Kopf und schaut wieder durchs Fenster, beobachtet die Menschen unter den Straßenlaternen, die ins Halbdunkel unterwegs sind. Wird viel zu früh dunkel. Er steht da und schaut, ein Beobachter, ein Niemand an einem Fenster, und dann hört er, wie sich seine Mutter durch die Tür schiebt.

Mit einem Ruck ist er wieder da und überlegt, was er sagen soll, falls er wegen Schuleschwänzens zur Rede gestellt wird. Aber er weiß, Rosie wird ihn nicht verpetzen. Er glaubt das zu wissen. Er vertraut mehr oder weniger darauf. Er glaubt ihre Treue durch die Wände zu spüren, und er geht in die Küche, wo seine Mutter Lebensmittel einräumt, und er läßt eine Hand auf Rosies Schulter fallen, steht am Tisch und hat die bunten Schachteln und Dosen im Blick, die seine Mutter in die Regale stellt.

Seine Mutter sagt: »Wie oft?«

»Was?«

»Muß ich es dir noch sagen. Zieh diesen Pullover nicht an. Ich muß diesen Pullover erst sauberkriegen.«

»Leg ihn in etwas Scharfes«, sagt Rosie.

»Dieser Pullover ist dreckig.«

»Wenn du ihn in die Reinigung bringst, geben sie ihn gleich zurück«, sagt Rosie. »Abgelehnt.«

Die Welt ist nämlich voller Dinge, die er nicht tun und nicht tragen soll. Aber vielleicht mag er es auch, wenn sie sich gegen ihn verbünden, das ist anders als bei seinen Brüdern, die ihn ein bißchen herumgeschubst und ein bißchen aufgezogen haben, aber ohne dieses mäkelige Interesse zu zeigen, diese endlose, kontrollierende Sorge. Seine Schwester hat den Kopf vorgestreckt, damit sie den neuesten Auswuchs seiner Beschränktheit genau studieren kann. Er fährt gern mit den Fingern über den Rand der Obstschale, über die gesprenkelte Glasur, und dann Rosies Bücher überall auf dem Tisch und das Obst in der Schale und seine Mutter am Herd oder am Hängeschrank, und wie seine Mutter mit ihm redet, ohne je in seine Richtung zu schauen, aber sie weiß genau, wo er ist, und verändert die Lautstärke, je nachdem, wo er sich gerade aufhält, Zimmer für Zimmer. Vielleicht will er, daß sie ihn ergründen, damit sie ihm dann das Geheimnis verraten.

»Dieser Pullover ist voller Kletten«, sagt Rosie. Das Wort scheint ihr zu gefallen, und sie legt eine neckende Lässigkeit in ihre Stimme. »Voller Kletten von einem Obstgarten, in dem er offenbar mal war.«

Er fährt mit den Fingern über die Innenkante der Schale, ertastet Spuren, wie Spritzer von gequirltem Material, blasige Stecknadelkopfwölbungen. Seine Mutter schickt ihn zum Händewaschen. Sie schaut ihn nicht an, aber sie kennt den Zustand seiner Hände nach dem Stand von Sonne und Mond. Er ist der Schmutz in Person. Der leibhaftige lebendige Dreckman vom Planeten Schmutz.

Beim Abendessen wird geschwiegen. Weil sein Vater nicht da ist und jeden Augenblick hereinkommen könnte, vielleicht aber auch nicht, und sie befinden sich im unfreiwilligen Wartezustand. Komisch, wie sich seine Mutter immer mit den Schultern durch die Tür schiebt, beladen mit Einkaufstüten und Päckchen, dazu ihre Handtasche, deren langen Henkel sie über den Kopf zieht und quer über dem Oberkörper trägt, oder wie sie eine Tasche an den Griffen hinter sich herzerrt oder mit Hinkebeinschritten aus dem Flur hereinschubst, wie sie sechs verschiedene Arten Laute von sich gibt, selbst wenn sie gerade nichts trägt, wie sie die Straßen hereinbringt, die U-Bahn, die Busse und die Straßen, den ganzen Lärm und die Mühe, in die Innenstadt und wieder hinaus zu kommen, so ist seine Mutter, und sein Vater schlüpft meistens unangekündigt herein, steht da und stiert, an die Wand gepreßt, als wäre er zur falschen Tür hereinspaziert und müßte erst mal die Einzelheiten seines Irrtums sortieren.

Seine Mutter ist groß und ein bißchen schief, und sie ist stark. Das weiß er, weil er schon mal Sachen hochgehoben hat, die sie gehoben hatte, er hat Sachen die vier Stockwerke hochgetragen, die sie sonst oft und mit Pokerface trägt – sie braucht eine halbe Minute, um diesen ungeübten Muskeln ein Lächeln zu entlocken.

Sie sagt: »Ich habe diesen Mann gesehen, der auf der Straße predigt. Immer an derselben Stelle.«

»Ich auch«, sagt Cotter.

»Ich habe mir gesagt, dieser Mann hat auch ein Leben, selbst wenn wir es uns gar nicht vorstellen können. Dieser Mann geht irgendwohin nach Hause. Aber wohin geht er? Wie lebt er? Ich versuche mir vorzustellen, was er wohl tut, wenn er nicht da steht und predigt.«

Rosie sagt: »Solche Leute sehe ich ständig irgendwo.«

»Aber der hier ist standhaft. Immer an derselben Stelle. Ich glaube, dem ist es egal, ob die Leute zuhören. Der würde auch den vorbeifahrenden Autos predigen.«

»Was hat er denn gesagt?«

»Daß keiner den Tag oder die Stunde weiß. Anscheinend haben die Russen eine A-Bombe gezündet. Und keiner weiß den Tag oder die Stunde. Es kam in den Nachrichten.«

Rosie sagt: »Das kann mich nicht aufregen.«

»Mich hat es aufgeregt, bis ich mit den Einkaufstaschen die Treppen raufging. Ich dachte, gleich reißt's mir die Schulter aus dem Gelenk.«

»Alles wie gehabt«, sagt Rosie.

»Aber ich habe mich hingestellt und ihm zugehört. Muß ich zugeben. Zum ersten Mal habe ich dem Mann zugehört.«

»Der ist immer da«, sagt Cotter.

»Zum ersten Mal. Keiner weiß den Tag oder die Stunde. Heißt es nicht so ähnlich in Matthäus 24?«

»Das kann mich nicht aufregen«, sagt Rosie.

»Aber der Mann hat auch ein Leben, und es ist mir ein Rätsel, wie er das macht.«

»Die Leute predigen immer«, sagt Rosie.

»Und was er anhat. Eine Schande ist das. Dabei ist er kein Verrückter. Der kennt seine Heilige Schrift.«

»Und wenn er die Heilige Schrift kennt«, sagt Cotter. »Gibt Leute, die kennen die Heilige Schrift und haben trotzdem eine Meise unterm Pony.«

»Amen«, sagt seine Schwester.

Nach dem Abendessen sitzt er wieder in seinem Zimmer und schaut aus dem Fenster. Er sollte eigentlich in seinem Zimmer sitzen und Hausaufgaben machen, und in seinem Zimmer sitzt er ja auch, aber er weiß nicht, was er aufhat. Er liest in seinem Buch über die Weltgeschichte ein paar Seiten weiter. Damals haben sie Geschichte im Minutentakt gemacht. In jedem Satz ein neuer Krieg oder ein gigantischer Zusammenbruch. Die Daten auswendig lernen. Der Niedergang des Imperiums und der Aufstieg der Waschmittel. In seiner Klasse sitzt ein Junge, der fast jeden Tag ein paar Seiten aus seinem Geschichtsbuch ißt. Und zwar so, er legt das aufgeschlagene Buch unter dem Tisch auf seinen Schoß und zerknittert heimlich eine Seite, trennt sie vorsichtig aus dem Buchrücken, mit sowenig Geknister wie möglich. Dann ist seine Strategie, erst mal abzuwarten, bevor er unter gedämpftem Hüsteln seine Faust mit der zusammengeknüllten Seite zum Mund führt, ein Wissen, ein Bissen. Dann stopft er sich die Seite mit den winzigen gedruckten Zeichen und den auswendig gelernten Daten rein und verleibt sie sich in aller Ruhe ein. Er wartet noch ein bißchen. Läßt die Seite im Mund liegen. Dann kaut er sie langsam und vorsichtig und nicht ganz und möglichst leise, indem er darauf achtet, daß die Zähne nicht aufeinanderkommen, und Cotter versucht sich vorzustellen, wie das schmeckt, die ganzen Punkte und Kanten des Papiers mit Spucke getränkt, zunehmend weich und schlaff und vollgesogen, damit man auch leicht schlucken kann. Der Junge schluckt nicht so leicht. Man sieht seinen Adamsapfel hüpfen, als hätte er gerade ein Flugzeug an fremden Gestaden landen lassen.

Krieg und Leichen, iß dein Breichen.

Rosie ist jetzt unter der Dusche. Er sitzt auf seinem Bett und hört, wie das Wasser drüben an die Wand prasselt, und er denkt an das Spiel. Er erinnert sich an Einzelheiten, von denen er gar nicht wußte, daß er sie gesehen oder gehört hat, Leute auf der Ausgangsrampe – er sieht Hemdfarben und hört Stimmen, die ihm wieder einfallen. Ein Polizist zu Pferd, glänzende Stiefel und Tierschweiß, und er hört das Wasser an die verzinkten Wände der Dusche prasseln, der klappernden, fleckwandigen Dusche, die irgendwer vor Jahren im Bad eingebaut hat.

Es ist völlig eindeutig, wenn sein Vater hereinkommt, das Singen der Angeln, wenn die Tür langsam aufgeht, und wie er keinerlei Geräusch aus dem Flur mit hereinbringt – kein Ausschütteln der Kleider, kein schwerer Atem vom Treppensteigen. Nicht daß man ihn gar nicht hörte. Er schafft es, sich an der Tür bemerkbar zu machen, hörbar, vielleicht ist es nur die Anspannung eines Mannes, der auf einem Linoleumboden steht, oder eine Stimmung, die von seinem Körper ausgeht, eine Straffheit, die mitteilt, daß er zu Hause ist.

Cotter sitzt auf dem unteren Bett und wartet. Sein Vater kommt durch die Küche und erscheint auf der Türschwelle, Manx Martin. Ein Arbeiter, ein Möbelpacker, wenn er Arbeit hat, und ein Whiskeyschlucker, wenn er keine hat. Er schaut Cotter an und nickt sinnlos. Er steht da und nickt, diese Geste hat keinen Sinn, scheint nur zu bedeuten, *Ach ja, du bist es*, falls sie überhaupt etwas bedeutet. Dann betritt er das Zimmer und setzt sich auf das unbenutzte Bett, das Feldbett. Sie horchen auf das Wasser, das gegen die Duschwände prasselt.

»Abend gegessen?«

»Falscher Hase.«

»Noch was für mich da?«

»Weiß ich nicht.«

»Weißt du nicht. Wieso, bist du früher vom Tisch aufgestanden? Verabredung in der Stadt oder was?«

Er merkt, der Mann macht Witze. Die Augen seines Vaters ziehen sich zusammen, und er setzt sein strichdünnes Lächeln auf. Er ist ein Mann mit hohen Wangenknochen, die grob geschmirgelt und in den Höhlungen darunter irgendwie narbig sind, ein Stück über der Oberlippe trägt er einen dünnen Schnurrbart, gepflegt und auffällig. Er schaut sich im Zimmer um. Er mustert die Dinge. Er scheint zu glauben, dies sei der richtige Moment, um sich anzuschauen, in was für einer Umgebung seine Söhne herangewachsen sind. Er ist durchschnittlich groß, ziemlich kräftig in der Brust und ziemlich O-beinig, und Cotter hätte ihm kaum genug Muskelkraft zugetraut, um schwere Teile die Treppen hoch- und runterzuschleppen. Aber er hat seinen Vater schon mit wesentlich größeren Männern heben und hieven sehen.

»Welche ist da drin?«

»Rosie.«

»Mordswäsche.«

»Genauso wie sie Hausaufgaben macht. Läßt nichts übrig.«

»Bringt zu Ende, was es anfängt, das Mädchen.«

Irgendwie stört es Cotter unterschwellig, daß er mit seinem Vater dasitzt und über Rosie redet, während sie sie in der Dusche hören. Genau da wird das Wasser abgedreht.

»Ich muß nämlich mal, verstehst du.«

»Der Hausmeister will mit dir reden.«

»Der ist ein Hofhund. Achte nicht drauf.«

»Woher kennt der uns, hat doch gerade erst angefangen.«

»Vielleicht sind wir berühmt, du und ich. Zwei Hombres, von denen alle rumerzählen, daß sie verdammt harte Brocken sind.«

Cotter wird ein bißchen lockerer. Er denkt, vielleicht läuft ja doch alles ganz gut. Dieser Mann hat getankt, wie es so schön heißt, und es gibt etwas, das er von seinem Vater kriegen kann, nicht von seiner Mutter.

Manx ruft laut: »Rosie-Baby. Dein Daddy müßte dringend mal aufs Ört-chen.«

Sie hören ein unterdrücktes Wort oder zwei, dann geht sie barfuß in ein Handtuch gehüllt durch den Flur, und Manx steht auf, zieht sich an den Hosen, schnalzt mit der Zunge und verläßt das Zimmer.

Cotter denkt, ohne daß es ihm bewußt ist, ohne den Gedanken vorzubereiten – er sieht Bill Waterson auf der Eighth Avenue, die geknüllte Jacke in der Hand. Er nimmt den Baseball, schaut ihn an, legt ihn wieder hin. Sein Vater muß aber mal für zwei. Normalerweise hört man von da bloß die Dusche und Geräusche aus den Leitungen, aber sein Vater pinkelt den Wasserfall aller Zeiten. Sehr schnell wird das urkomisch, wie lange und kraftvoll es rauscht, und Cotter wünscht, seine Brüder wären da und sie könnten alle miteinander staunen.

Sein Vater kommt zurück und setzt sich hin. Er trägt immer noch seine Jacke, eine Windjacke aus Cord, die früher mal Randall gehört hat, apropos Brüder.

»So. Jetzt geht's uns besser.«

»Würdest du mir wohl einen Brief schreiben? Ich brauche ihn für die Schule«, sagt Cotter.

»Ach ja? Und was steht drin?«

»Da steht drin, daß ich wegen Krankheit einen Tag versäumt habe.«

»Sehr geehrter Herr Sowieso.«

»Genau. Genau so.«

»Bitte entschuldigen Sie meinen Sohn.«

»Wortwörtlich.«

»Von wegen weil er krank war.«

»Sag dazu, daß ich Fieber hatte.«

»Wie fiebrig warst du denn?«

»Sagen wir, achtunddreißig, das sollte reichen.«

»Nun mal nicht so bescheiden. Wenn wir das schon machen.«

»Okay. Weil er neununddreißig Fieber hatte.«

»Wobei du mir freilich kerngesund aussiehst.«

»Auf dem Wege der Besserung, vielen Dank.«

»Und was ist das auf deinem Pullover?«

»Was weiß ich. Kletten.«

»Kletten. Wir sind hier in Harlem. Was für Kletten?«

»Was weiß ich. Bin wohl noch ziemlich unterwegs gewesen.«

»Und wo bist du unterwegs gewesen, daß du einen Tag Schule versäumt hast?«

»Ich war bei dem Spiel.«

»Dem Spiel.«

»In den Polo Grounds. Heute.«

»Du warst bei diesem Spiel?« fragt Manx. »Wegen dem es so einen Aufstand auf der Straße gegeben hat?«

»Das ist gar nichts. Daß ich da war, ist noch gar nichts. Ich hab den Ball, den er geschlagen hat.«

»Hast du nicht. Was für einen Ball?«

»Von dem Home Run, der das Spiel entschieden hat«, sagt Cotter leise, ein wenig widerstrebend, denn es ist eine so erstaunliche Äußerung, und zum ersten Mal ist er voller Ehrfurcht, jetzt, da er das sagt.

»Hast du nicht.«

»Ich bin ihm nach und hab ihn mir geschnappt.«

»Lügst ja wie gedruckt«, sagt Manx.

»Nicht gelogen. Ich hab den Ball. Hier.«

»Weißt du, was du bist?« fragt Manx.

Cotter greift nach dem Ball.

»Du bist ein kleiner Fisch, der ab und zu mal ein paar Wellen macht.«

Cotter schaut ihn an. Er sitzt auf dem unteren Bett, den Rücken an die Wand gelehnt, und betrachtet den Mann auf dem gegenüberliegenden Bett. Dann nimmt er den Baseball, nimmt ihn von der Khakidecke, wo er neben seinem Oberschenkel eingesunken war. Er zeigt ihn vor, dreht ihn auf den Fingerspitzen. Er hält ihn mit der rechten Hand hoch und nimmt die linke, um ihn zu drehen. Ihm doch egal. Er führt ihn vor, gibt damit an. Er merkt, wie ihm Wut und Prahllust ins Gesicht steigen.

»Sagst du mir auch die Wahrheit?«

Cotter fummelt ein bißchen herum, schüttelt den Ball in seiner Hand, als wäre er zu magisch, um ihn ruhig zu halten – als kriegte er Schüttellähmung davon und die Augen würden ihm gleich aus dem Kopf fallen. Richtig böse und wild macht er das und starrt seinen Alten dabei in Grund und Boden.

»Hey. Sagst du deinem Vater die Wahrheit?«

»Warum sollte ich lügen?«

»Okay. Warum auch? Du doch nicht.«

»Gibt gar keinen Grund.«

»In Ordnung. Keinen Grund. Leuchtet mir ein. Wem hast du's noch erzählt?«

»Keinem.«

»Deiner Mutter auch nicht?«

»Die würde doch bloß sagen, bring ihn zurück.«

Manx lacht. Legt die Hände auf die Knie und späht zu Cotter rüber, dann wirft er sich lachend zurück.

»O ja, verflixt noch eins. Sie würde mit dir zum Stadion marschieren, damit du ihn zurückgibst.«

Cotter will nicht zu weit gehen. Er weiß, es ist die übelste Falle auf der Welt, sich mit seinem Vater gegen seine Mutter zusammenzutun. Er muß in jeder Hinsicht vorsichtig sein, dies sagen und jenes tun, aber vor allem muß er darauf achten, zu seiner Mutter zu halten. Sonst ist er tot.

»Na schön. Also, was tun wir? Vielleicht gehen wir morgen früh zum Stadion und zeigen ihnen den Ball. Wir nehmen deine abgerissene Eintrittskarte mit, dann können sie wenigstens sehen, daß du bei dem Spiel warst und im richtigen Abschnitt gesessen hast. Aber nach wem fragen wir? Zu welcher Tür gehen wir? Vielleicht tauchen siebzehn Typen da auf und sagen, das hier ist der Ball, nein, der hier ist es, ich hab ihn, ich hab ihn, ich hab ihn.«

Cotter hört sich das an.

»Wer achtet schon auf uns? Die sehen bloß zwei Farbige von Nirgendwo. Die glauben doch nie und nimmer, unter all den Zuschauern hätte sich wirklich irgendein farbiger Junge den Ball geschnappt.« Hier macht Manx eine Pause, vielleicht hofft er, eine Idee in seinem Kopf zu hören, die sich gerade entwickelt. »Ich glaube, wir sollten einen Brief schreiben. Genau. Wir schreiben dir einen Brief für die Schule, und dann schreiben wir zusammen einen Brief und schicken ihn an den Baseballclub.«

Cotter hört zu. Er beobachtet, wie sein Vater in Gedanken versinkt, in eigenen Sorgen und Plänen.

»Und was schreiben wir in diesem Brief?«

»Wir schicken ihn per Einschreiben. Genau, mit der besonderen Note. Wir schicken ihn zusammen mit deiner Eintrittskarte.«

»Und was schreiben wir?«

»Wir bieten den Ball zum Verkauf an. Was denn sonst?«

Cotter möchte aufstehen und aus dem Fenster schauen. Er fühlt sich eingeschlossen und wäre am liebsten allein, um nichts zu tun, als aus dem Fenster auf die Straße zu schauen.

»Ich will ihn nicht verkaufen. Ich will ihn behalten.«

Manx legt den Kopf schief, um den Jungen zu mustern. An diesen Gedanken muß er sich erst mal gewöhnen – den Ball im Haus zu behalten, damit er Staub ansetzen und Charakter entwickeln kann.

Er sagt leise: »Behalten, wozu denn? Wir verkaufen ihn und kaufen dir einen Wollpullover und werfen dieses Einsiedlerhemd weg, das du da anhast. Sieht aus, als würdest auf den Bäumen leben. Wir kaufen etwas für deine Mutter und deine Schwester. Wär doch verrückt, das Ding hier rumliegen zu lassen, wo es nichts tut und nichts einbringt.« Seine Stimme ist einfühlsam und wohlüberlegt, stellt die Dinge für den gelehrigen Sohn klar – wir fühlen uns unserer Familie verpflichtet, nicht eitlen Andenken und Souvenirs. »Wir kaufen deiner Mutter einen Wintermantel. Der Winter steht vor der Tür, und sie braucht einen dicken Mantel.«

Cotter will sich männlich geben, dem Thema gewachsen. »Wieviel Geld zahlen die denn so?«

»Keine Ahnung. Schlicht und ergreifend keine Ahnung. Aber die wollen diesen Ball. Sie werden ihn irgendwo ausstellen. Ich glaube, ein Brief ist das Richtige, per Einschreiben. Und wir tun deinen Schnipsel mit rein. Wie heißt es gleich, deine Einlaßkarte.«

»Ich hab aber keine.«

Sein Vater setzt den Blick auf, verletzte Überraschung – zutiefst verletzt.

»Was willst du mir da antun?«

»Ich hab keine Karte bekommen.«

»Warum nicht?«

»Weil ich keine gekauft habe. Ich bin über das Drehkreuz gesprungen.«

»Was tust du mir an, Junge?«

»Ich hatte kein Geld für eine Eintrittskarte. Also bin ich drübergesprungen. Hätte ich Geld gehabt, hätte ich auch eine gekauft.« Und er fügt hilflos hinzu: »Ohne Moos nichts los.«

Sein Vater bekommt seinen verlorenen Blick. Cotter sieht, wie sich eine Art Panik in seinen Augen staut, ein tiefes Schuldgefühl, das Cotter ausgelöst hat, weil er Geld erwähnt hat, das uralte Thema, daß sie pleite sind. Sein Vater ist auf dem Rückzug, seine Augen wenden sich nach innen, fliehen den Ort, den er gerade für sie beide erschaffen hat, die Welt der verantwortlichen Dinge. Dies ist ein furchtbarer Augenblick, einer jener Momente, da Cotter erkennt, daß er gerade einen Kampf gewonnen hat, von dem er gar nichts wußte. Er hat seinen Vater geschlagen, in die Niederlage getrieben, in einen entsetzlichen Rückzug.

Er sagt: »Außerdem steht auf der Eintrittskarte gar nicht drauf, in welchem Abschnitt man sitzt, außer man hat einen reservierten Platz oder sitzt in einer Loge. Deshalb nützt sie gar nichts. Karten kannst du auf der Straße aufsammeln.«

Sein Vater sagt: »Wir schlafen drüber. Wie findest du das?« Rappelt sich grimmig auf. »Heute abend können wir sowieso nichts mehr tun, gehen wir lieber ins Bett.«

Cotter erwähnt den Brief nicht, den sein Vater schreiben soll, die

Entschuldigung für die Schule. Vielleicht ist morgen früh alles wieder in Ordnung. Vielleicht ändert der Vater ja seine Meinung und will den Baseball nicht mehr verkaufen. Oder vergißt das Ganze. Cotter weiß, wenn er einen oder anderthalb Tage lang verhindern kann, daß sein Vater in der Sache irgendwas unternimmt, dann wird der es vollkommen vergessen haben. Das gehört zu den Dingen, auf die man in diesem Hause unausgesprochen zählt – man sitzt herum und wartet darauf, daß der Vater vergißt.

Cotter steht am Fenster und schaut auf die Straße hinunter. In der Schule kriegt er manchmal zu hören, daß er aufhören soll, aus dem Fenster zu schauen. Dieser oder jener Lehrer. Die Antwort ist nicht da draußen, sagen sie ihm. Und er will immer erwidern, doch, genau da ist sie. Die einen schauen aus dem Fenster, die anderen essen ihre Bücher auf.

Er zieht sich aus und legt sich ins Bett. Er schläft in Shorts und Polohemd. Seine Mutter kommt herein und sagt gute Nacht. Gutenachtsagen ist in Ordnung, Hauptsache, sie will nicht wissen, worüber er mit seinem Vater geredet hat. Das ist auch so eine Falle, die sich plötzlich aus heiterem Himmel auftut. Sie sagt, sie muß besonders früh aufstehen und zur Arbeit, eine lange U-Bahnfahrt runter bis zur 21. Straße, sie ist Näherin in einer lärmigen Fabriketage mit großen Ventilatoren – er hat letzten Sommer vier Stunden die Woche dort gearbeitet, Stoffreste zusammengekehrt und so Pappfässer rein- und rausgerollt, und sie haben Witze gemacht und ihn aufgezogen, vierzig oder fünfzig Frauen, und ein paar ziemlich direkte Sachen abgelassen.

»Rosie weckt dich.«

»Kann alleine aufstehen«, sagt er.

»Wenn irgendwer auf der ganzen Welt geweckt werden muß, dann du.«

»Die bewirft mich.«

»Fang auf und wirf zurück.«

»Dann kann ich mich nicht mehr anziehen. Sie schmeißt nämlich mit meinen Kleidern.«

Seine Mutter beugt sich über das untere Bett und küßt ihn, das hat sie schon lange nicht mehr getan, und dann rubbelt sie ihm derb den Kopf, mit den Knöcheln, und kneift ihm in die Wangen, verdreht eine ganze Menge Fleisch, bis es wehtut, und er hört seinen Vater, der auf dem Weg in die Küche vorbeikommt, und hofft, daß er den verdammten Kuß nicht gesehen hat.

Im Dunkeln denkt er an das Spiel. Es überrollt ihn mit einer großen warmen Welle zufriedenen Schlafs. Das Spiel war verloren, und dann haben sie gewonnen. Das Spiel konnte nicht mehr gewonnen werden, aber dann haben sie doch noch gewonnen, und nun ist es ein Sieg für immer. Den kann ihnen keiner nehmen. Am Morgen wird er als erstes daran denken, und obwohl er gerade erst einschläft, erlebt ein Teil von ihm das schon, wacht auf und denkt an das Spiel.

Manx Martin steht am Kühlschrank. Er schaut hinein, sieht den falschen Hasen. Sie hat ihm etwas vom falschen Hasen aufgehoben, das Essen liegt auf einem Teller wie die Henkersmahlzeit für den Gefangenen X. Er nimmt den Teller heraus und setzt sich an den Tisch, ißt langsam. Seine Gedanken ringen mit diesem und jenem. Er sieht das Essen auf dem Teller und muß sich wieder daran erinnern, wozu es da ist.

Als er fertig ist, stellt er den Teller in die Spüle, dann beschließt er, ihn abzuwaschen und abzutrocknen, was er sorgfältig ausführt, Besteck inklusive. Er weiß, daß er den tropfenden Hahn reparieren müßte, aber das können wir ja auf einen anderen Tag verschieben, wenn ein Augenblick Zeit ist. Er stellt den Teller in den Schrank, flüsterleise.

Ivie kommt herein und schaut ihn nicht an. Sie hat eine Art, ihn nicht anzuschauen, die müßte mal wissenschaftlich untersucht werden. Gut kann sie das, ihren Blick durch den ganzen Raum schweifen lassen und ihn dabei völlig auslassen – das sollte die Wissenschaft zu militärischen Zwecken erforschen.

Sie sagt: »Du hast mit ihm geredet.«

»Und wen geht's was an?«

»Wozu?« fragt sie.

»Brauch kein Wozu.«

»Furchtbar lange geredet«, sagt sie.

»Er ist mein Sohn. Wen geht's was an?«

»Mich! Laß ihn ihn Ruhe«, sagt sie. »Das will er nämlich. Seine Ruhe, damit er ohne deine Ratschläge erwachsen werden kann. Das will er nur nicht selber sagen.«

»Das möchte ich von ihm hören.«

»Du hörst es von mir«, sagt sie.

Sie bewegt sich geschäftig durch die Küche.

»Ich muß morgen zeitig los«, sagt sie. »Sie haben einen Eilauftrag reingekriegt, gezahlt wird das Anderthalbfache.«

Im Schlafzimmer läuft leise das Radio.

»Also warne ich dich lieber gleich. Der Wecker klingelt lange vor sechs.«

»Vor sechs«, sagt er und guckt auf seine Armbanduhr, die kaputt ist, und selbst wenn, was soll's, und er sagt das mit einer weltfremden Stimme.

Sie läuft in Bademantel und Hausschuhen durch die Küche wie eine Schlafwandlerin, als würde sie im Schlaf wandeln und im Schlaf reden, für ihn hat sie nicht den geringsten Blick übrig. Aber weltfremd ist sie nicht. Er schon. Er driftet außer Reichweite von allem, der Morgenkälte, seiner arbeitenden Frau, dem schrillen Wecker, der sich jetzt schon, während Manx noch in der Küche steht, darauf freut, ihn in seinem spärlichen Schlaf zu überfallen.

Sie findet die Tabletten, die sie sucht, und geht wieder durch den Flur. Er steht da und wartet. Er macht die Deckenlampe aus und steht im trüben Schummerlicht der Lampe in der Ecke.

Eine Viertelstunde lang steht er so da. Sein Leben lang hat er versucht, sich in eine Sache hineinzudenken und die geistigen Verwicklungen auf die Reihe zu bekommen.

So. Er geht zu Cotters Zimmer und stellt sich in die Tür. Schaut ins Zimmer hinein, gewöhnt sich an die Dunkelheit. Der Junge schläft tief und fest. Manx tritt ins Zimmer und sieht den Baseball fast sofort. Er thront offen auf dem unbenutzten Bett. Das haut ihn jedes Mal wieder um. Sie kommen an etwas Wertvolles und machen sich nicht mal die Mühe, es zu verstecken. Vertrauen darauf, daß die gute Fee ihre Schätze behütet. Wie oft hat er es ihnen schon gesagt? Achtet auf das, was euch gehört. Denn ihr müßt euch genauso schnell verteidigen können, wie die Dinge sich verändern.

Er versucht, sich daran zu erinnern, welcher Sohn in welchem Bett geschlafen hat, als Cotter noch klein war und ganz oben lag. Sie sind so verdammt schnell gekommen und gegangen.

Er steht in dem dunklen Zimmer. Er diskutiert es mit sich aus, ob er's tun soll oder nicht. Dann tut er es. Er nimmt den Baseball. Er tut es, bevor der innere Widerstreit beendet ist. Er tut es, um ihn zu beenden. Er nimmt den Ball und geht leise durch die Küche bis zur Tür. Der Ball paßt hübsch und leicht in die geräumige Tasche seiner Windjacke, der Windjacke seines ältesten Sohnes. Er öffnet die Tür, verzieht sein Gesicht bei dem Quietschen. Müssen die Angeln mal ölen, wenn wir einen klaren Kopf haben und ein bißchen freie Zeit zur Verfügung. Er macht behutsam hinter sich zu, geht die Treppen hinunter und vor die Haustür, und er fragt sich, wie es kommt, daß sie nicht seine alte Jacke auftragen – sondern er ihre.

Er schaut nach links und nach rechts, weil er immer nach links und nach rechts schaut. Dann geht er die Stufen hinunter und auf die Straße.

TEIL 2

Elegie für die linke Hand

Mitte der 80er – frühe 90er Jahre

I

Es zeigt einen Mann, der ein Auto fährt. Es ist die schlichteste Form von Familienvideo. Du siehst einen Mann am Steuer eines mittelgroßen Dodge.

Es ist bloß ein kleines Mädchen, das seine Kamera durchs Rückfenster des Familienwagens auf die Windschutzscheibe des folgenden Autos hält.

Du kennst das ja, Familien und ihre Videokameras. Du weißt, wie sich Kinder begeistern, weil ihnen die Kamera zeigt, daß jeder Gegenstand potentiell aufgeladen ist, eine Million Dinge, die sie niemals mit bloßem Auge sehen würden. Sie erforschen die Bedeutung unbelebter Objekte und stummer Haustiere, und sie stochern in der familiären Intimsphäre herum. Sie lernen, die Dinge zweimal zu sehen.

Hier nun wird vor allem die Intimsphäre der Kleinen geschützt. Sie ist zwölf Jahre alt, und ihr Name wird nicht freigegeben, obwohl sie weder Opfer noch Täter des Verbrechens ist, sondern nur das Instrument, das es festgehalten hat.

Es zeigt einen Mann im Sporthemd am Steuer seines Wagens. Sonst ist nichts zu sehen. Das Auto nähert sich kurz, dann fällt es zurück.

Du weißt, wie Kinder mit Kameras lernen, die entlarvenden Momente zu benutzen, die die ganze Familie charakterisieren. Sie brechen jedwedes Vertrauen, spionieren den ungeschützten Raum aus, erwischen Mama, wie sie gerade in ihrem unförmigen

Morgenmantel und mit Handtuchturban aus dem Badezimmer kommt und blutleer und gerupft aussieht. Das ist kein Scherz. Die halten auch drauf, wenn du auf dem Topf sitzt – bei der nächsten günstigen Gelegenheit.

Das Band hat genau die verwackelte Ereignislosigkeit, die das typische Familienprodukt kennzeichnet. Freilich ist der Mann in diesem Fall kein Familienmitglied, sondern ein Fremder in einem Auto, eine beliebige Figur, jemand, der zufällig auf der langsamen Spur fuhr.

Es zeigt einen Mann in den Vierzigern, der ein helles Hemd mit offenem Kragen trägt, das Bild ist von Spiegelungen und Sonnenglitzern durchzogen und oft verwackelt.

Es ist nicht der x-te Video-Mord. Es ist ein Mord, von einem Mädchen aufgenommen, das glaubte, etwas ganz Simples, vielleicht auch ein bißchen Schlaues zu tun, indem es einen Mann im Auto filmte.

Er sieht das Mädchen und winkt kurz, ohne die Hand dabei vom Steuer zu nehmen – eine zurückhaltende Reaktion, die ihn dir sympathisch macht.

Unerbittlich läuft das Band weiter. Es hat eine zweckfreie Entschlossenheit, eine Beharrlichkeit, die unabhängig vom Stoff existiert. Du schaust direkt in den Geist des Heimvideos hinein. Es ist unschuldig, es ist zweckfrei, es ist entschlossen, es ist real.

Über seinen Kopf zieht sich in der Mitte eine kahle Schneise, ein netter Kerl in den Vierzigern, dessen ganzes Leben sich der Handkamera offen darzubieten scheint.

Doch es gibt auch ein Element der Spannung. Du schaust weiter hin, nicht weil du weißt, daß etwas passieren wird – denn natürlich weißt du genau, daß etwas passieren wird, und aus dem Grund schaust du auch hin, aber wenn du zufällig auf diese Aufzeichnung gestoßen wärst, ohne den Ausgang zu kennen, würdest du auch dranbleiben. Hier ist eine krude Macht am Werk. Du schaust weiter hin, weil dich die Verbindung von mehreren Dingen fesselt – das Gefühl von etwas Willkürlichem, Amateurhaftem, Zufälligem, Bevorstehendem. Du hältst das Band nicht für langweilig oder interessant. Es ist krude, es ist direkt, es ist gnadenlos. Es ist der verwackelte Teil deines Geistes, der Film, der sich unterhalb all der Gedanken, von denen du weißt, daß du sie denkst, durch dein Hotelzimmerhirn zieht.

Die Welt lauert in der Kamera, als fertiger Bildausschnitt, in Erwartung der Jungen oder Mädchen, die daherkommen und den Apparat in die Hand nehmen werden, mit ihm umzugehen lernen und den alten Opa beim Frühstück filmen, ein Schlaganfallwrack mit klaffenden Nüstern, den Cornflakeslöffel im Babygriff seiner blassen Faust.

Es zeigt einen Mann allein in einem mittelgroßen Dodge. Es scheint gar nicht wieder aufzuhören.

Das Band hat etwas an sich, die Körnigkeit des Bildes, die sprudelnden Schwarzweiß-Töne, die Kargheit – du meinst, es wäre wirklicher, lebensnäher als alles ringsum. Die Dinge deiner Umgebung sehen einstudiert und vielschichtig und kosmetisch aus. Das Band ist überreal, oder vielleicht eher unterreal, so würdest du es eher ausdrücken. Es ist das, was am abgeschabten Grund all der Schichten liegt, die du hinzugefügt hast. Und das ist noch ein Motiv, warum du weiter hinschaust. Das Band wirkt brennend real.

Es zeigt ihn bei seinem verkürzten Winken, mit steifer Handfläche, wie die Signalschilder an Eisenbahnweichen.

Du weißt, wie sich Familien Spiele ausdenken. Das hier ist so ein Spiel, nichts weiter, und die Kleine erfindet die Regeln aus dem Stegreif. Ihr gefällt die Vorstellung, einen Mann im Auto auf Video aufzunehmen. Wahrscheinlich hat sie das noch nie gemacht, und sie sieht keinen Grund, die Größe des Bildausschnitts zu verändern oder früher aufzuhören oder zu einem anderen Auto zu schwenken. Das ist ihr Spiel, und sie spielt und lernt zur gleichen Zeit. Sie kommt sich ziemlich schlau und einfallsreich vor, vielleicht auch ein bißchen zudringlich, mit der kleinen Prise Frechheit, die jedes Spiel würzt.

Und du schaust weiter hin. Du tust es, weil es im Wesen des Filmens liegt, einen kanalisierten Weg durch die Zeit zu schlagen, den Dingen eine Gestalt und eine Bestimmung zu geben.

Hätte sie freilich zu einem anderen Auto geschwenkt, zum richtigen Auto zum exakten Zeitpunkt, dann hätte sie den Schützen beim Schuß erwischt.

Die Zufälligkeit des Zusammentreffens. Das Opfer, der Killer und das Kind mit einer Kamera. Willkürliche Energien, die auf einen gemeinsamen Punkt zusteuern. Darin liegt etwas, das dich direkt anspricht, eine schreckliche Aussage über Kräfte, die du nicht kontrollieren kannst, Schnittlinien, die Geschichte und Logik und jede vernünftige Ebene menschlicher Erwartung zerteilen.

Sie ist einfach hineinspaziert. Das Mädchen hat sich verirrt und ist hellsichtig in den Horror hineinspaziert. Dies ist eine Kindergeschichte darüber, wenn man zu weit von zu Hause weggeht. Aber es ist nicht das Familienauto, das der kindlichen Neugier als Instrument dient, ihrem Hang zur Entdeckung. Erst die Kamera bringt das Mädchen auf die Bildfläche.

Du weißt, wie das ist mit Ferien und Familienfeiern und wenn einer mit einem Camcorder aufkreuzt und die Verwandten stehen herum und reagieren kaum, weil sie bis zum Abstumpfen daran gewöhnt sind, daß sie gefilmt und gestellt und bei Kaffee und Kuchen auf Video gezeigt werden.

Kurz danach wird er getroffen. Wer das Band oft gesehen hat, weiß durch das Winken genau, wann er getroffen wird. Darauf wartest du, naturgemäß. Du sagst zu deiner Frau, falls du zu Hause bist und sie in der Nähe ist, Jetzt kommt gleich, wo's ihn erwischt. Du sagst, Janet, beeil dich, da ist die Stelle, wo es passiert.

Jetzt kommt gleich, wo's ihn erwischt. Du siehst, wie es ihn durchfährt, eine Art Elektroschock - dann bäumt er sich auf und fällt gegen die Tür, oder vielleicht lehnt er sich auch dagegen oder sackt daran zusammen, das ist der richtige Ausdruck. Es ist zugleich grauenhaft und unspektakulär. Das Auto bleibt auf der langsamen Spur. Es nähert sich kurz, dann fällt es zurück.

Normalerweise rufst du deine Frau nicht zum Fernseher. Sie hat ihre Sendungen, du hast deine. Aber hier besteht eine gewisse Dringlichkeit. Sie soll mitbekommen, wie es aussieht. Das Band läuft schon ewig, und jetzt passiert die Sache gleich, endlich, und sie soll dabei sein, wenn er erschossen wird.

Und da kommt es schon. Er wird erschossen, in den Kopf geschossen, und die Kamera reagiert, die Kleine reagiert - es gibt eine ruckartige Bewegung, aber sie filmt weiter, es kommt zu einem

Reflex des Mitgefühls, einem Nervenreflex, ihr Herz schlägt schneller, aber sie hält die Kamera weiter auf den Mann gerichtet, während er an der Tür zusammensackt, und selbst, als du ihn sterben siehst, denkst du an das Mädchen. Auf irgendeiner Ebene muß das Mädchen ebenfalls dasein, sieht es dasselbe wie du, unvorbereitet – das Mädchen sieht dies urplötzlich, und du kannst dich nur wundern, daß es die Kamera weiterlaufen läßt.

Es zeigt etwas Grauenhaftes, ohne Beiwerk. Deine Frau soll das sehen, weil es diesmal wirklich ist, keine erfundene Kinogewalt – die Wirklichkeit unter den Schichten kosmetischer Wahrnehmung. Beeil dich, Janet, jetzt kommt's gleich. Er stirbt so schnell. Es gibt keinerlei Beiwerk. Es ist vollkommen nackt. Du würdest ihr am liebsten sagen, es ist wirklicher als die Wirklichkeit, aber dann fragt sie nur, was das bedeuten soll.

Wie die Kamera auf den Schuß reagiert – eine Schreckreaktion, die Mitleid und Entsetzen mit ins Bild bringt, den Schock des Mädchens, die Identifikation des Mädchens mit dem Opfer.

Du siehst das Blut nicht, es läuft wahrscheinlich hinter seinem Ohr in den Nacken. So wie sein Kopf von der Tür weggedreht ist, durch die Verdrehung des Kopfes siehst du sein Profil nur zum Teil, und es ist die falsche Seite, nicht die Seite, wo er getroffen wurde.

Vielleicht bist du da ein bißchen aggressiv, daß du deine Frau geradezu zwingst, es sich anzuschauen. Warum? Was willst du ihr mitteilen? Gibst du ein kleines Statement ab? Etwa: Jetzt verderbe ich dir den Tag, einfach so. Oder ein großes Statement? Etwa: Das ist das Risiko des Daseins. Wie auch immer, du stößt sie mit der Nase auf dieses Band, und du weißt nicht warum.

Es zeigt, wie der Wagen auf die Leitplanke zuschlingert, dann kommt verwackelt eine Ahnung von zwei weiteren Fahrstreifen und einem teilweise sichtbaren anderen Auto, für einen Sekundenbruchteil verschwimmt alles, dann endet das Band, entweder weil das Mädchen nicht weitergefilmt hat oder weil irgendeine höhere Stelle, Polizei, Bezirksstaatsanwalt oder Fernsehsender, entschieden hat, daß jetzt nichts mehr kommt, was du unbedingt sehen mußt.

Das ist der zehnte oder elfte Mord, den der Texas-Highway-Killer verübt. Die Zahl ist nicht gesichert, weil die Polizei annimmt, daß einer der Schüsse auf das Konto eines Trittbrettfahrers geht.

So ein Videoband, das hat schon was, nicht wahr, und diese besondere Art des Serienverbrechens. Dieses Verbrechen ist geradezu geschaffen dafür, zufällig gefilmt und sofort gezeigt zu werden. Du sitzt da und fragst dich, ob diese Art von Verbrechen wahrscheinlicher geworden ist, seit die technischen Mittel, ein Geschehen aufzuzeichnen und sofort danach, ohne neutrales Intervall, ohne räumlichen und zeitlichen Ausgleich abzuspielen, allgemein zugänglich sind. Filmen und abspielen, das intensiviert und verdichtet das Ereignis. Es schafft das Bedürfnis, es wieder zu tun. Du sitzt da und denkst, der Serienmord hat sein Medium gefunden, oder umgekehrt – ein Akt der Schattentechnologie, der verdichteten Zeit und wiederholten Bilder, streng und glatt und unspektakulär.

Letztlich zeigt das Band sehr wenig. Es ist ein berühmter Mord, weil er aufgezeichnet wurde und weil der Mörder so oft zugeschlagen hat und weil das Verbrechen von einem Kind aufgezeichnet wurde. Die Kleine hängt also mit drin, Video-Kid, wie sie manchmal genannt wird, denn irgendwie müssen sie sie ja nennen. Das Band ist berühmt, und sie ist es auch. Sie ist berühmt auf die moderne Art, ihr Name wird planmäßig geheimgehalten. Diese Menschen sind berühmt ohne Namen und Gesichter, sind Geister, die außerhalb ihrer Körper leben, die Opfer und Zeugen, die minderjährigen Straftäter, irgendwo da draußen am Rande der Wahrnehmung.

Jemanden im Augenblick seines Todes zu sehen, seines unerwarteten Todes. Das allein ist schon Grund genug, wie gebannt vorm Bildschirm zu sitzen. Es ist lehrreich, sich anzuschauen, wie ein Mann totgeschossen wird, während er an einem sonnigen Tag durch die Gegend fährt. Es demonstriert eine grundlegende Wahrheit, daß nämlich jeder Atemzug, den man macht, auf zweierlei Weise enden kann. Und da ist noch etwas. Da verbirgt sich ein Witz, ein Hauch von grausamem Slapstick, den du bereitwillig genießt, auch wenn du ein bißchen Schuldgefühle dabei hast. Vielleicht ist das Opfer ein Tolpatsch, eine Art Stummfilmdoofi, der klassische

Pechvogel. Geschieht ihm doch irgendwie recht, wenn er sich schon filmen läßt. Denn sobald das Band einmal läuft, kann es nur ein Ende geben. Das verlangt der Kontext.

Du hast keine Lust, dir irgendwelches Gerede von Janet anzuhören, das läuft ja andauernd, die zeigen es tausendmal am Tag. Sie zeigen es, weil es da ist, weil sie es zeigen müssen, weil sie dazu da sind, für unsere Unterhaltung zu sorgen.

Je öfter du das Band siehst, desto toter und kälter und gnadenloser wird es. Das Band saugt dir die Luft aus der Brust, aber du schaust es dir jedesmal an.

2

Marian Shay fuhr geschäftlich nach Prescott hoch und gestattete sich eine Zigarette für die Zweistundenfahrt, und sie schaffte es, sie erst zehn Meilen vor der Stadt zu rauchen, als die Mobile Homes allmählich zahlreicher wurden und überall Fast food blühte und gedieh, und sie fühlte sich gut deshalb, kontrolliert und diszipliniert und durch und durch sauber.

Auf dem Platz vor dem Gericht war irgend etwas los. Sie parkte einen Block weiter und ging zu Fuß zurück, es war einer jener Tage, wenn die Sonne in den hohen Kiefern und die süße Brise einem an die Wäsche gehen. Auf einer abgesperrten Straße standen Autos aufgereiht, vier Reihen Oldtimer erstreckten sich zwei Häuserblocks weit an der Plaza entlang, und aus den Lautsprechern auf dem Rasen ertönte Rock 'n' Roll zum Tanzen.

Sie hatte noch eine Viertelstunde Zeit und schlenderte zwischen den Autos umher, viele standen zum Vergnügen der Kenner mit offener Motorhaube da. Es war früh, noch vor elf, und nur ein Dutzend Leute war unterwegs. Sie sah einen rothaarigen Mann, der ihr vage bekannt vorkam, und beobachtete, wie er sich unter eine Motorhaube beugte, dann zurücktrat, um einen frisierten Buick mit schwarzem Lackchassis zu bewundern.

Der Mann stand in gravitätischer Pose da, die hohle Hand und einen Ellbogen abgespreizt, und kurz darauf fiel ihr ein, daß er mit Nick bei Waste Containment zusammenarbeitete, und sein Name, das dauerte noch mal eine Weile, war Brian Glassic, Glassic wie Klassik, was wiederum gut zu diesen Autos paßte.

Er erkannte sie und strahlte. Dann vollführte er einen kleinen Tanz, einen halben Block weit, den langsamsten aller engen Foxtrotts, direkt aus den Fünfzigern.

Etwa zwei Stunden später trafen sie sich zum Lunch im Speisesaal eines alten Hotels ganz in der Nähe. Der Raum war eng und warm, und sie hielt sich das Glas mit Eiswasser ans Gesicht.

Er sagte: »Sie sind hier?«

»Zu einem Vorstellungsgespräch. Es gibt hier ein kleines Büro von Innenarchitekten, die alte Gebäude renovieren. Sie wollen eine Filiale in Phoenix eröffnen. Das wäre ich.«

»Wie ist es gelaufen?«

»Ganz gut, glaube ich.«

»Haben Sie so was schon mal gemacht?«

»Nicht genau dasselbe. Vor den Kindern habe ich eine kleine Immobilienfirma mitgeleitet. Und seit den Kindern habe ich ab und zu teilzeitgearbeitet.«

»Ein eigenes Büro. Das ist so ein Traum von mir. Kurz vorm Mittagessen hereingeschlendert kommen. Wie ein Privatdetektiv. Verkatert, Stoppeln im Gesicht. Die Post durchschnippen. Und wieder hinschmeißen.«

»Haben Sie Stoppeln?« fragte sie.

»Früher oder später. Warum fragen Sie?«

»Weiß nicht. Ich dachte vielleicht, je weicher und heller der Teint ...«

»Wir rasieren uns durchaus«, sagte er.

»Ich glaube kaum, daß mein Büro an einen Privatdetektiv erinnern wird.«

»Sie wollen Licht und Luft.«

»Große dicke Entwürfe in festen Ordnern.«

»Sie wollen maßstabsgetreue Modelle, mit Bäumen.«

»Möglich.«

»Und kleine freundliche Leute auf dem Bürgersteig.«

»Multikulturell freundliche Leute.«

»Bravo. Einen Drink?«

»Warum nicht?« sagte sie.

Brian bestellte bei einem alten Burschen, der wahrscheinlich die Zweitbesetzung des Portiers war.

Sie sagte: »Und Sie sind hier?«

»Wegen der Autos. Ich habe gestern abend etwas über die Ausstellung gelesen und Lust bekommen, wie ein Schuljunge.«

»Und konnten nicht mal mehr bis zum Wochenende warten.«

»Zu voll. Außerdem habe ich mir eh einen freien Tag verdient.«

»Jetzt haben Sie auf Ihren Lunch warten müssen. Das tut mir leid. Ich dachte, Sie hätten eine geschäftliche Verabredung.«

»Ich bin mit den Autos noch nicht durch. Da lohnt sich ein zweiter Blick. Und was gibt es Schöneres, als hier zu sitzen und darauf zu warten, daß uns jemand die Drinks bringt und die Klimaanlage repariert und etwas wegen der Polsterung der Sitzbänke unternimmt?«

»Ach, *das* riecht so?« fragte sie.

Natürlich rauchte sie. Kaum hatte sie den Drink bestellt, da wußte sie, daß die Fassade bröckeln würde. Es brauchte nicht viel, um sie zu demontieren. Sie würde alles rauchen, was sie dabeihatte, und noch mehr auftreiben. Er brachte sie ein paarmal zum Lachen und war selbst dann witzig, wenn er es nicht darauf anlegte. Wahrscheinlich hatte er früher als Haustier ein Kaninchen, dachte sie, aber sie war sich nicht sicher, warum ihr das so plausibel erschien.

»Sie sind groß, stimmt's?«

Er fragte das mißtrauisch, als hätte sie es verbergen wollen.

»Nicht größer als Sie.«

»Meine Frau ist klein. Kennen Sie sie?«

»Ich bin nicht sicher.«

»Sie möchte, daß ich sie nächsten Monat nach New York mitnehme. Ich muß etwas mit den Ingenieuren von der Fresh-Kills-Aufschüttung besprechen, das ist sozusagen der King Kong der amerikanischen Müllberge.«

»Mag Nick diese Arbeit eigentlich?«

»Das fragen Sie mich?« fragte er zurück.

»Ja. Das frage ich Sie.«

»Ich glaube, er mag sie mehr als ich. Ich glaube, er sieht sie unverfälschter. Konzepte und Prinzipien. Denn das ist Nick – Technologie, Logik, Ästhetik. Ich dagegen, mit meiner kleinen Gringo-Sicht der Dinge.«

»Sie ziehen in neue Büros um. Vielleicht hilft das Ihrem Selbstgefühl.«

»Ja, in einen großen Bronzeturm. Genau wie eine Investment-Firma oder ein Mediengigant. Natürlich sieht der Bau aus wie ein geometrischer Scheißhaufen, aber das ist doch nur passend, oder?«

Der Mann brachte ihre Drinks, und sie schauten sich in dem nahezu leeren Raum die Speisekarte an, sie redeten und schauten hinein, ohne wirklich hinzuschauen – hingeschaut und vergessen. Marian spürte den angenehmen Biß des Gins und fragte sich, was Brian an sich hatte, daß man so locker mit ihm reden konnte. Wahrscheinlich lief er die meiste Zeit voller Angst durch die Gegend, überlegte sie, versuchte aber nicht, es vor den Frauen zu verbergen, vor einigen jedenfalls nicht, zum Beispiel der seltenen Frau, die ihm hundert Meilen von daheim über den Weg läuft, so daß er sich vor Ehrlichkeit und selbstzerfleischender Einsicht fast überschlägt, all dem, was er den Jungs normalerweise nicht zeigt.

Vielleicht um es ihm gleichzutun. Sie wußte nicht, aus welchem anderen Grund sie ihm die Hundegeschichte erzählte, wenn nicht, um ihre eigenen Beichttalente vorzuführen. Sie genehmigten sich noch einen Drink und bestellten das Essen.

»Der Hund bellte und jaulte pausenlos, Dukey, aber die Kinder waren noch klein und liebten ihren Hund, und er bellte, er jammerte, er war nicht stubenrein, er schnappte nach anderen Kindern, und die Nachbarn beschwerten sich, und ich versuchte heimlich, ihn wegzugeben, aber keiner wollte ihn, also habe ich schließlich, ganz spontan – das ist ja grauenhaft, warum erzähle ich Ihnen das eigentlich?«

»Weil die Geschichte Sie verfolgt. Weil Sie Erbarmen in meinen Augen lesen.«

»Ja, es geschah spontan, panisch. Ich redete mir ein, dem Hund ginge es dreckig, er sei krank, irgendwas Unheilbares, und ich fuhr über die I-85, glaube ich, an einem Staudamm vorbei in die öde, steinige Wüste, viel weiter, als nötig gewesen wäre, und ich fuhr einfach immer weiter und weiter, dann hielt ich schließlich an und setzte Dukey raus und fuhr wieder nach Hause und erzählte Lainie, Kleines, der Hund ist weggelaufen, es tut mir so leid. Aber dabei ließ ich es nicht bewenden. Ich flippte völlig aus. Ich fing an, mit ihnen, mit beiden Kindern, durch die Straßen zu fahren, Tag für Tag, und aus den Fenstern riefen wir Dukey, Dukey, und das verfolgt mich allerdings, so als hätte ich es nur geträumt und würde ganz erleichtert merken, daß es gar nicht wirklich passiert ist.«

»Aber dann fällt Ihnen wieder ein, daß es doch passiert ist.«

Brian machte das einen Mordsspaß, also genoß sie es allmählich auch, und vermutlich, dachte sie, war es ihr genau darum gegangen.

»Wir fuhren an den langen Nachmittagen durch die toten Sommerstraßen. Ich höre ihre Stimmen noch. Dukey, Dukey. Sie waren fünf und drei, glaube ich. Riefen durchs Wagenfenster nach ihrem Hund.«

Fast lachte und weinte sie zugleich, betrachtete Brians Miene, der vor Vergnügen strahlte, und fühlte, wie jämmerlich und schändlich sie gehandelt hatte, und sie rauchte beim Essen in einem leeren Speisesaal, wo die Klimaanlage sich nicht rührte.

Er sagte: »Dukey, Dukey.«

»Eigentlich Duchino. Kleiner Herzog auf italienisch. Der Name war Nicks Idee. Wußten Sie, daß er halber Italiener ist?«

»Unser Nick? Wann ist das denn passiert?«

»Sehen Sie es ihm nicht an?«

»Ich höre es höchstens an der Stimme, die er manchmal nachmacht.«

»Was für eine Stimme?«

»Wie ein Gangster, der Drohungen ausstößt.«

»Was für ein Gangster?«

»Das ist so eine Stimme, die er nachmacht. Gekonnt, klischeehaft, ziemlich witzig.«

»Apropos Herkunft«, sagte sie. »Aber antworten Sie nicht, wenn Sie die Frage zu persönlich finden. Hatten Sie früher mal ein Kaninchen als Haustier?«

Sie amüsierten sich prächtig. Wenn er sprach, ertappte sie sich dabei, wie sie die möglichen Reaktionen durchging und startklar machte, eine nach der anderen, und manchmal mußte sie ihn einfach unterbrechen und beobachtete das Aufleuchten in seinem Gesicht. Sie erzählte ihm, daß sie in der Schule Hockey gespielt hatte und es heute vermißte. Sie vermißte es, vom Gartenschlauch zu trinken. Sie vermißte ihre Mutter und ihren Vater mehr denn je, sie waren jetzt seit neun und sechs Jahren tot und mittlerweile stärkere Kräfte in ihrem Leben, so sehr gegenwärtig, daß Marian voll und ganz begreifen konnte, warum Leute Gespenster sehen und mit den Toten sprechen. Sie hatte einen Gartenschlauch, aber sie trank nicht davon, und sie erlaubte es auch ihren Kindern nicht, und das war der Unterschied, weniger mit den verlorenen Dingen verbunden als mit dem Wissen, das mißtrauisch und wachsam geworden war. Sie erzählte ihm, daß sie das Rauchen vermißte, obwohl sie es noch nicht geschafft hatte, damit aufzuhören.

Nach dem Essen gingen sie eine Treppe hoch in die Eingangshalle, und im Geist ging sie immer höher, bis zu einem schattigen Raum am Ende eines langen, leeren Flurs, und sah sich die Tagesdecke zurückschlagen und über die kühlen Laken gebeugt dastehen und auf ein Klopfen an der Tür warten. Dann hörten sie klagende Fistelstimmen aus den Lautsprechern auf dem Rasen vorm Gerichtsgebäude und gingen nach unten zu den Autos in der wohligen Hitze.

Brian verfiel in körperliche Verzückung, als er einen Chevrolet in Limettensorbetgrün sah, ein 1957er Bel-Air-Kabrio mit weißen Polstern. Er drapierte sich über die Motorhaube und tat so, als leckte er das heiße Metall ab. Marian dachte, das kriegen die Männer also, anstelle von Fettablagerungen auf den Oberschenkeln. Aber das Auto mußte sie bewundern, es war übermütig und flott und irgendwie sogar großartig mit seinem Chromschwung, und dann die witzige, rührende Musik, die seine Unschuld zeigte.

Brian löste sich von der Motorhaube.

»Hatten Sie mal so einen?«

»Zu jung«, sagte er. »Aber mein ältester Bruder, eine Zeitlang. Brendans Bel Air. Wir sprechen noch heute mit Ehrfurcht davon. Das war der Höhepunkt seines Lebens. Das Auto bedeutete ihm alles. Mädchen, Liebe, Persönlichkeit, Macht. Es bedeutete hier und jetzt. All diese Autos hatten den sogenannten Vorwärtslook. Schlank wie Düsenjäger. Aber wie sich herausstellte, war Vorwärts nicht gleichbedeutend mit Zukunft. Es bedeutete Tu's jetzt, Genieße es, denn die Sechziger sind im Anmarsch, kawumm peng peng. Der Motor hatte ein kehliges Röhren. Damals konnten wir es noch nicht wissen, aber mit Brendan ging es seitdem bergab.«

Sie gingen unter den Ulmen am Rand des Platzes entlang. Sein Wagen parkte vor dem alten Stadtgefängnis, in dem jetzt die Handelskammer untergebracht war. Sie verabschiedeten sich merkwürdig förmlich. Sie dachte, vielleicht hatten sie irgendwelche Schuldgefühle und mußten ihre Gesichter für die Heimfahrt vorbereiten, den inneren Aufruhr loswerden. Sie ging die Straße bis zu ihrem Auto und spürte bei jedem Schritt den flüssigen Pulsschlag der Sonne.

3

Brian fuhr direkt nach Norden, auf der Suche nach einem Schild, das ihn zu der Brücke führen würde. Ein Tanker mit Klärschlamm war flußabwärts unterwegs, schmierig und tief im Wasser liegend. Brian verspürte die alte Vorahnung. Es war nicht allgemein bekannt, es war nur ganz vereinzelt bekannt, daß er jedesmal Fürchterliches durchmachte, wenn er eine Brücke überquerte. Je länger und höher die Spannbreite, desto größer sein Gefühl von atemlosen Abgründen. Und dies hier war eine große Brücke über einen breiten, historischen Wasserweg. Es war nämlich so, daß Brücken ihm das Gefühl vermittelten, er befände sich auf einem Möbiusschen Band, als hätte die Welt plötzlich nur noch eine Seite und er verlöre jeden Anspruch auf Namen, Ort, Essensgeschmack und Wochenenden mit den Schwiegereltern – hinge irgendwie ungeboren im unbestimmten Raum.

Dann sah er sie von ferne, Stahlträger und Kabel, wie sie sich zum felsigen Ufer schwang. Er folgte den Schildern, fuhr über die Zufahrtsrampen und begann den Weg über die Brücke. Er entschied sich für die obere Ebene, weil der graue Lincoln vor ihm auch dort entlangfuhr. Lincoln und Washington, beschützt mich. Aus dem Radio dröhnten Stimmen, Publikumsanrufe, motzend und geifernd, Rapsalven von der Straße, und er stellte sich eine lange Schlange aus Underground-Seelen vor, die bei der Radioband mitmachen und die Hörernachrichten sprechen wollten. Er lauschte in feierlicher Dankbarkeit. Dieses Getöse wurde so stark, es wuchs sich zu einer Lebenskraft aus und trug den Jungen aus Ohio durch seine weiße Angst hindurch und ans Ufer von Jersey hinüber.

Er suchte nach der 46 Richtung Westen. Er hatte sich die Wegbeschreibung notiert, die der Mann am Telefon heruntergeleiert hatte. Er hatte ihm die Straßen und Wege so automatisch heruntergeleiert, daß Brian klar wurde, viele Pilger machten die Reise über den Fluß.

Die Wegbeschreibung stand auf Hotelbriefpapier, und das Blatt lag auf dem Beifahrersitz, ein blitzschneller Blick alle zehn Sekunden. Nach einer Meile auf der 46 Richtung Westen entdeckte er die Exxon-Tankstelle und fädelte sich auf die 63 Richtung Süden ein, auf dem Dreimeilenstück bis zum Point Diner gab er Gas. Dann bog er aus dem Geheul des hochmotivierten Verkehrs links ab in ein Wohnviertel, endlich fing er an, sich zu entspannen, als er auf den Kreisverkehr am Kennedy Drive zusteuerte, noch ein toter Präsident.

Und eine Seitenstraße hinunter bis zu einem alten Holzhaus. Marvin Lundy öffnete die Tür, ein gebückter Bursche mit aufgesetztem Schlurfen, Ende Sechzig, in der Hand eine erloschene Zigarre. Brian fand, er sah aus wie ein pensionierter Fernsehkomiker, der das letzte Gespräch, das er noch an sich reißt, nicht um eine Minute überleben wird. Er folgte dem Mann durch zwei Zimmer, die in Aquariumtrübnis getaucht waren. Dann gingen sie in den Keller, einen großen ausgebauten Raum, der Marvin Lundys Sammlung von Baseball-Memorabilien enthielt.

»Meine verstorbene Frau würde uns jetzt Tee mit Krapfen servieren, frischgebacken, alles andere wäre gleich.«

Überall standen geschmackvoll ausgestellte Objekte. An den Wänden drapierte Flanellhemden, Mützen mit Souvenirstickern auf den Schirmen, eingerahmte Zeitungsseiten. Brian machte ehrerbietig die Runde, schaute sich signierte Schläger an, die in spezialangefertigen Wandhalterungen hingen, wunderschön gemaserte Schläger von ganz bestimmten Spielen, einige mit Kiefernharz auf dem sich verjüngenden Ende. Es gab Stadionsitze, beschildert wie seltene botanische Exemplare – Ebbets Field, Shibe Park, Griffith Stadium. Beinah hätte er einen alten Fanghandschuh berührt, der auf einem Piedestal thronte, das Objekt selbst gelb verschrammt, von Spikes verkratzt und sonnengebraten und patriarchalisch, aber er konnte sich gerade noch zurückhalten. Er schaute sich signierte Basebälle in Plexiglaskugeln an. Er beugte sich über Ausstellungskästen mit Sammelkarten aus Zigarettenschachteln, Schnipseln von Eintrittskarten, unterschriebenen Verträgen von berühmten Spielern, mit einem Baseball-Brettspiel aus dem 19. Jahrhundert, Kaugummipapieren, auf denen rosige Varianten von Männern aus Brians Jugend abgebildet waren, ihre Namen eine Art Gedicht, das über die Jahrzehnte dahintrieb.

»Auf die Krapfen kämen dann eingemachte Erdbeeren, die, ach vergiß es, alles Leben seit der Renaissance war kalter Kaffee im Vergleich dazu.«

Nichts davon war eine wirkliche Überraschung. Es war interessant, in gewisser Weise sogar rührend, aber nicht großartig oder denkwürdig. Einen Hauch Wundersames, eine exotische und unerreichte Marotte stellte das große Objekt an der hinteren Wand dar, der Nachbau der alten Anzeigetafel von den Polo Grounds und der Fassade des Clubhauses. Er nahm einen Raum von etwa sechseinhalb Metern Länge und dreieinhalb Metern Höhe ein, vom Boden bis zur Decke, und inklusive Chesterfield-Schild mit Slogan, der Longines-Uhr, einer Nachbildung der Fenster und der Brüstung des Clubhauses und zu guter Letzt einer von Hand bedienten Anzeigetafel mit dem Inning für Inning gezählten Spielstand des berühmten Play-off-Spiels von 1951.

»Die wurden dann heiß gegessen. Darauf achtete sie strengstens, Eleanor, kein Rumgetrödel, denn lauwarm geht das ganze Geschmackserlebnis flöten.«

Brian stand bei der Anzeigetafel und schaute zu Marvin, ob er sie anfassen durfte.

»Ich hatte einen Zeichner, einen Schreiner, einen Elektriker und einen Schildermaler, keinen Anstreicher, die sind mir zu launisch. Denen habe ich Fotos gezeigt, und sie nahmen Maß und machten Skizzen, damit die Proportionen und die Farben stimmten. Das H und das E leuchten auf, H für Hit, E für Error. Wo wohnen Sie?«

»Phoenix.«

»Nie da gewesen.«

In dem helleren Licht hier unten konnte er erkennen, daß Marvin Lundys Haar ein aschebrauner Flatschen Synthetikgewebe war, glatt nach vorn gekämmt, und Brian mußte an Las Vegas denken, Ringe am kleinen Finger und Prostatakrebs.

Er sagte zu Marvin: »Ich bin im Mittleren Westen aufgewachsen. Cleveland Indians, das war meine Mannschaft. Gestern abend bin ich geschäftlich hergeflogen und habe im Bordmagazin einen Artikel über Sie und Ihre Sammlerstücke gelesen. Ich hatte sofort das dringende Bedürfnis, mich mit Ihnen in Verbindung zu setzen und diese Dinge zu sehen.«

Er befingerte das seidige Revers von Babe Ruths Smokingjacke.

»Meine Tochter hat mich überredet, das Interview zu geben«, sagte Marvin. »Sie glaubt, ich werde langsam zu einem Wieheißtesgleich.«

»Einsiedler.«

»Einem alten Einsiedler mit einem halben Magen. Und jetzt steckt mein Foto in zwanzigtausend Sitztaschen. Das ist ihre Vorstellung davon, rauszukommen und Leute kennenzulernen. Die haben mich zu den Kotztüten gepackt.«

Brian sagte: »Ich war auf einer Autoausstellung, und das hat etwas bei mir ausgelöst.«

»Was denn?«

»Autos aus den fünfziger Jahren. Ich weiß es nicht.«

»Sie bemitleiden sich. Sie glauben, Sie verpassen etwas, und Sie wissen nicht was. Sie fühlen sich in Ihrem Leben einsam. Sie haben Arbeit und eine Familie und ein komplett geregeltes Testament, jetzt schon, in Ihrem Alter, denn es kommt ja darauf an, vorbereitet zu sterben, legal zu sterben, alle Papiere unterschrieben zu haben. Stirb flüssig, dann kann alles bar ausgezahlt werden. Früher hatten Sie denselben Maßstab wie das sichtbare Universum. Jetzt sind Sie ein verlorenes Stäubchen. Sie schauen sich alte Autos an und erinnern sich an einen Sinn, ein Ziel.«

»Albern, nicht? Aber wahrscheinlich auch harmlos.«

»Nichts ist harmlos«, sagte Marvin. »Sie sind besorgt und verängstigt. Sie sehen, wie der Kalte Krieg abflaut. Da kriegen Sie nur noch schwer Luft.«

Brian schob sich durch das Drehkreuz eines alten Stadions. Es quietschte irgendwie liebevoll.

Er sagte: »Der Kalte Krieg? Sehe ich nicht, daß der abflaut. Und wenn, um so besser. Würde mich freuen.«

»Ich will Ihnen mal was erklären, das Ihnen vielleicht noch nie aufgefallen ist.«

Marvin saß in einem Armsessel neben einer alten Ausrüstungskiste, auf der in Schablonenschrift *Boston Red Stockings* stand. Er deutete auf den Sessel auf der anderen Seite der Kiste, und Brian setzte sich zu ihm.

»Sie brauchen die Anführer beider Seiten, damit der Kalte Krieg weitergeht. Das ist die eine Konstante. Ehrlich und verläßlich. Denn wenn die Rivalität aufhört und Entspannung kommt, dann werden Ihre schlimmsten Alpträume wahr. Die ganze Macht und Einschüchterung des Staates sickern aus Ihrem höchsteigenen Blutkreislauf. Sie sind mit einemmal nicht mehr der Haupt – ... Was will ich sagen?«

»Ich weiß es nicht genau.«

»Bezugspunkt. Denn andere Kräfte drängen sich hinein, fordernd, herausfordernd. Der Kalte Krieg ist Ihr Freund. Sie brauchen ihn, um obenauf zu bleiben.«

»Auf was obenauf?«

»Das wissen Sie nicht? Wissen Sie nicht, daß das Ganze auf Ihre Vorherrschaft in der Welt abgestimmt ist? Schauen Sie mal nach England. Vierzigtausend Frauen, die einen Luftstützpunkt umzingeln, um gegen Bomben und Flugkörper zu demonstrieren. Darunter auch ein paar Männer in Frauenkleidern. Und Buddhisten mit Trommeln.«

Brian wußte nicht, wie er auf diese Bemerkungen reagieren sollte. Er wollte sich über alte Baseballspieler unterhalten, über die Größe von Stadien, Spitznamen und Städte der Regionalliga. Deshalb war er hergekommen: um sich der Sehnsucht hinzugeben, um seinem Gastgeber beim Abspulen der Anekdoten zuzuhören, all der überlieferten Geschichten von Schiedsrichterfehlern und aufbrausendem Gezänk, von Wurfduellen, die sich bis in die Dämmerung hinzogen, Geschichten, die Marvin seit einem halben Jahrhundert sammelte – um des leidenschaftlichen Eros der Erinnerung willen, der Baseball von anderen Sportarten abhebt.

Marvin saß da und starrte die Anzeigetafel an, seine Zigarre war am verbrannten Ende leicht zerfleddert.

»Ich dachte, wir reden über Baseball.«

»Wir reden über Baseball. Das hier ist Baseball. Die Uhr, sehen Sie«, sagte Marvin. »Um drei Uhr achtundfünfzig stehengeblieben. Warum? Weil das der Zeitpunkt war, als Thomson auf einen Wurf von Branca den Home Run geschlagen hat?«

Er nannte ihn Branker.

»Oder weil wir an diesem Tag herausgefunden haben, daß die Russen eine Atombombe gezündet hatten. Bei diesem Spiel, wissen Sie was?«

»Was?« fragte Brian.

»Es gab zwanzigtausend leere Plätze. Wissen Sie warum?«

»Warum?«

»Sie werden mich auslachen.«

»Aber nein.«

»Macht auch nichts. Sie sind mein Gast, Sie sollen sich wie zu Hause fühlen.«

»Warum so viele leere Plätze bei dem wichtigsten Spiel des Jahres?«

»Vieler Jahre«, sagte Marvin.

»Vieler Jahre.«

»Weil bestimmte Ereignisse mit unbewußter Angst zusammenhängen. Ich bin zutiefst davon überzeugt, daß die Leute eine Katastrophe gewittert haben. Nicht wer das Spiel gewinnen oder verlieren würde. Sondern die Angst, da kommt eine furchtbare Kraft und unterminiert – wie heißt das Wort?«

»Unterminiert.«

»Unterminiert. Und unterminiert die ganze Sache mit dem Spiel. Sie müssen bedenken, daß während der ganzen fünfziger Jahre die Menschen immer drinnen geblieben sind. Wir gingen bloß nach draußen, um uns ins Auto zu setzen. In den öffentlichen Parkanlagen waren nicht so viele Leute wie später. Ein Museum, das waren leere Räume mit Ritterrüstungen und alle sieben Jahrhunderte ein schläfriger Wächter.«

»Mit anderen Worten.«

»Mit anderen Worten, es gab eine verborgene Mentalität des Zuhausebleibens. Weil eine Drohung in der Luft lag.«

»Und Sie meinen, die Leute hatten an diesem bestimmten Tag eine Vorahnung.«

»Als hätten sie es gewußt. Sie spürten, daß es zwischen diesem Spiel und irgendeinem erschütternden Ereignis, das womöglich auf der anderen Seite der Welt stattfand, eine Verbindung gab.«

»Diesem bestimmten Spiel.«

»Ja, nicht dem am Tag davor und nicht dem am Tag danach. Denn dies war ein Spiel um alles oder nichts zwischen den beiden Haßrivalen der Stadt. Die Leute hatten ein Vorgefühl, daß dieses Spiel in einem viel größeren Zusammenhang stand. Da wurde die Überlegung angestellt, Will ich wirklich rausgehen und mich in einer großen Menschenmenge aufhalten, was im Fall der Fälle der denkbar schlimmste Aufenthaltsort ist, oder bleibe ich lieber zu Hause bei meiner Familie und meinem nagelneuen Fernseher, wo der gesunde Menschenverstand ja dazu sagt, in einer Truhe mit Ahornfurnier.«

Zu seiner Überraschung lehnte Brian diese Theorie nicht ab. Er glaubte nicht unbedingt daran, aber er tat sie auch nicht ab. Er glaubte vorläufig daran, hier in diesem Zimmer im Untergeschoß eines Holzhauses an einem Wochennachmittag in Cliffside Park, New Jersey. Sie war von poetischer Wahrheit, als sie aus Marvin Lundys Mund kam und Brians Gehörgang erreichte, von einer unbeweisbaren, weit hergeholten und unzulässigen, aber nicht vollkommen unhistorischen Wahrheit und nicht ganz ohne authentischen inneren Erzählfluß.

Marvin sagte: »Weil was an der ganzen Sache nämlich interessant ist, wenn eine Atombombe hergestellt wird, jetzt kommt's, dann ist der radioaktive Kern exakt genauso groß wie ein Baseball.«

»Ich dachte immer, wie eine Grapefruit.«

»Wie ein vorschriftsmäßiger Oberliga-Baseball, nicht unter dreiundzwanzig Zentimetern Umfang, so steht es in den Regeln.«

Er schlug die Beine übereinander, steckte einen Finger ins Ohr und popelte an einem Jucken herum. Marvin hatte riesige Ohren.

Zum erstenmal wurde Brian bewußt, daß irgendwo im Haus Musik lief. Vielleicht hatte er sie schon die ganze Zeit gehört, am eingeschliffenen Rand der Wahrnehmung, Musik, die mit dem Raumton verschmolz, den Flugzeugen, die in Newark einschwebten, dem schwachen Heulen des vorbeischießenden Verkehrs auf den Schnellstraßen da draußen – ein verhaltener Kummer, Klaviermusik, alt und zart, eine gepreßte Rose, in einem Buch verblaßt.

»Die Menschen spüren unsichtbare Dinge. Nur wenn einem etwas geradezu ins Gesicht springt, dann übersieht man es völlig.«

»Was meinen Sie?« fragte Brian.

»Dieser Gorbatschow, der mit so'nem Ding auf dem Kopf rumläuft. Ist das ein Muttermal, was er da hat?«

»Ich glaube ja.«

»Es ist groß. Da stimmen Sie mir doch zu?«

»Ja, ziemlich groß.«

»Auffällig. Man kann nicht anders, es fällt einem auf. Hab ich recht?«

»Allerdings.«

»Und Sie stimmen mir auch zu, daß Tag für Tag Millionen Menschen dieses Ding in der Zeitung sehen?«

»Ja.«

»Sie schlagen die Zeitung auf, und da ist der Kopf des Mannes mit diesem erstaunlichen Mal oben auf der Platte. Stimmt's?«

»Ja, sicher.«

»Was bedeutet das?« fragte Marvin.

»Warum sollte es was bedeuten?«

»Sie nehmen es also eins zu eins.«

»Weil es eins ist«, sagte Brian. »Sein Gesicht, sein Kopf. Ein Flekken, ein Muttermal.«

»Ich sehe da was anderes.«

»Was denn?«

»Sie haben gefragt, also sag ich's Ihnen.«

Marvin sah darin das erste Anzeichen für den völligen Zusammenbruch des Sowjetsystems. Dem Mann auf die Stirn gebrannt. Die Umrisse von Lettland.

Das sagte er, ohne eine Miene zu verziehen: Gorbatschow vermittele im Grunde die Nachricht, daß der UdSSR Unruhen aus den Republiken bevorstünden.

»Sie glauben, dieses Muttermal? Moment mal.«

»Entschuldigung, aber drehen Sie doch mal die Landkarte von Lettland um neunzig Grad nach links, so daß die Ostgrenze nach oben kommt, dann haben Sie genau den Fleck, den Gorbatschow auf dem Kopf trägt. Mit anderen Worten, wenn er nachts im Bett liegt und seine Frau ihm ein Glas Wasser und ein Aspirin bringt, dann sieht sie Lettland.«

Brian versuchte, sich die Umrisse des rotweinfarbenen Mals auf Gorbatschows Kopf ins Gedächtnis zu rufen. Er wollte es mit der Erinnerung an Erdkundetests in Einklang bringen, damals, als seine Glieder an milden Nachmittagen vom biologischen Ansturm und der Süße des bevorstehenden Schulschlusses ein wenig schmerzten. Die alte melodische Zeile wiegenleierte wieder, Lettland, Estland, Litauen. Aber die Umrisse der Länder, die genauen Silhouetten ihrer eingebetteten Körper bekam er nicht zusammen.

Marvin betrachtete wieder die Anzeigetafel.

»Die Leute sammeln, sammeln, sammeln immerzu. Gibt ja Leute, die sind hinter allem her, was aus dem Deutschland des Krieges kommt. Naziana. Das sind die Großsammler, die auf die große Geschichte aus sind. Heißt das etwa, die Gegenstände in diesem Zimmer sind allesamt trivialer Kleinkram? Wie heißt das Wort, was ich gerade suche, es klingt so ähnlich wie das, was man beim Impfen in den fleischigen Teil des Arms gespritzt bekommt ...«

»Sermon.«

»Sermon. Glauben Sie, ich falle auf jeden Sermon rein? Das ist auch Geschichte, von den hinteren Seiten. Von hinten nach vorne. Glücklich, tragisch, verzweifelt.« Marvin änderte die Blickrichtung. »In dieser Kiste hier habe ich das Sammlerstück, hinter dem ich in den letzten zweiundzwanzig Jahren immer her war.«

Brian ahnte dunkel etwas.

»Ich habe geforscht, ich habe gesucht, und schließlich habe ich es gefunden und gekauft, vor achtzehn Monaten, und ich stelle es nicht mal aus, ich hebe es in der Kiste auf, wo es keiner sieht.«

Jetzt schaute Brian auf die Anzeigetafel.

Marvin sagte grämlich: »Es ist der Ball von Bobby Thomsons Home Run, weil den habe ich nämlich die ganze Strecke zurückverfolgt, nachdem es ein paar Gerüchte in der Branche gab. Damals war es noch nicht mal eine Branche, bloß ein paar Interessenten, die eine Telefonnummer hatten oder einen Vornamen, die mickrigste Spur, aber ich bin ihr wie ein Wilder nachgegangen.«

Er hielt inne, um sich seine Zigarre anzuzünden. Sie war alt und muffig und sah aus wie eine Sojawurst aus der Schulcafeteria. Doch Brian begriff, daß das Stammesritual eine Zigarre verlangte, auch wenn ihm der Rauch in den Augen brannte.

Die nächsten drei Stunden erzählte Marvin von seiner Suche nach dem Baseball. Er vergaß einige Namen und verstümmelte ein paar andere. Er vertat sich mit ganzen Städten und verlegte sie in die falschen Zeitzonen. Er beschrieb, wie er falsche Spuren an entlegene Orte verfolgt hatte. Die Treppen zu Dachkammern mit Deckengebälk erklommen und in alten Truhen unter der Großmutterwäsche und den Fotografien der Toten gesucht hatte.

»Tausendmal habe ich mich gefragt. Warum will ich diesen Ball? Was bedeutet er? Wer hat ihn?«

Im Verlauf des Berichts, des gesamten ausufernden Epos, hier flüchtig, dort ausgewalzt, vertraute Brian darauf, daß der Mann nur beim Erzählen chaotisch war. Die Suche selbst war unverkennbar hart, unnachgiebig, gründlich und erschöpfend gewesen.

Irgendwann hatte Marvin einen Mann engagiert, der in einem Fotolabor arbeitete und an Spezialausrüstung herankam. Sie schauten sich Pressefotos von den linken Außenfeldtribünen der Polo Grounds ganz genau an, aufgenommen, kurz nachdem der Ball dort hineingeflogen war. Sie überprüften Vergrößerungen und Ausschnitte. Sie gingen zu Fotoagenturen und wühlten in deren Karteien. Marvin bezahlte Leute, die ihn in Zeitungsarchive, beim Rundfunk und den wichtigsten Zeitschriften einschmuggelten.

»Ich habe mir eine Million Fotos angesehen, nach der Punktetheorie der Wirklichkeit, daß alles Wissen dem zugänglich ist, der die Punkte analysiert.«

In seiner Stimme war ein leises Knistern zu hören, das wie ein zufälliges Radiogeräusch klang, von irgendeiner Funkstörung hervorgerufen.

Er erwarb Originalfilmmaterial. Er schaffte sich die Ausrüstung für eine Dunkelkammer an. Er trug beim Essen eine Lupe um den Hals. Das Haus quoll über von Kontaktstreifen, Glanzabzügen und Vergrößerungen an Wäscheleinen, die sich durch mehrere Zimmer zogen. Seine Frau und sein Kind flüchteten nach England, auf Verwandtenbesuch, offenbar hatte Marvin nach England geheiratet.

Er heuerte einen Privatdetektiv mit unberechenbarem Nasenbluten an. Sie setzten Annoncen in die Kleinanzeigen von Sportzeitschriften, auf der Suche nach Leuten, die in Block 35 gesessen hatten, wo der Ball hineingeflogen war.

Dann kam die fotografische Kleinarbeit, die Bildschärfe, die Wieheißtesgleich in kleinere Einheiten.

»Und zum Schluß«, sagte Brian.

Und schließlich kam die lange Reise, das Kofferkrauchen durch leere Bahnhöfe, die rauhen Winterflüge mit vereisten Tragflächen, dann das mühselige Herumzockeln, das Wort hört er auch nicht mehr oft, das Einmarschieren in Haus und Leben der Leute – die tatsächliche körperliche Angelegenheit, unfotografiert, mit den leberfleckigen Händen und den Kinngrübchen und dem ganzen verzettelten Gefühl für das, woran sie sich erinnern und was sie vergessen.

1. Die Witwe auf Long Island, die mit einem Löffel in ihrer Tasse herumrührte.
2. Die Gospelsängerin namens Prestigious Booker, die einen Baseball in der Urne mit der Asche ihres Geliebten aufbewahrte.
3. Das Schiff auf dem Dock in San Francisco – reden wir lieber gar nicht erst davon.
4. Der Mann in seinem Auto in Deaf Smith County, Texas, am Ur-Arsch der Welt.
5. Eine komplette Generation von Jesusgesichtern. Überall junge Männer mit Bärten und Sandalen, mit Bärten und barfuß – kleine Blinzelbrillen mit Drahtgestellen.
6. Marvins Gefühl der Verlorenheit in Amerika, während er durch Städte ohne Zentrum irrte.

7. Die Frau auf Long Island, wiehießsiegleich, deren Mann beim Spiel war – sie servierte Instantkaffee in Tassen aus einem Puppenmuseum.
8. Die koptische Familie in Detroit – ach egal, zu kompliziert, Straßenkämpfe und Feuergefecht in der Ferne, Panzer auf den Straßen.
9. Die detaillierte Verwirrung von Marvins Erzählung, die Erinnerungen der Leute mit seinen eigenen vermengt, der sich verformenden Zeit angepaßt.
10. Ein Tornado, der auf die Erde niederging, in bösartigem Zickzack über die Baumwipfel hüpfte, überall am Himmel der Dreck von herumfliegenden Trümmern.
11. Deren Mann auf den Bildern war, die Marvin analysiert hatte, und nach dem Ball rangelte, und sie hatte nichts anderes als Instantkaffee im Haus.
12. Die Fahrt in einem durchsichtigen Fahrstuhl an der Seite eines Gebäudes hoch.
13. Das Schiff auf dem Dock – bitte nicht jetzt.
14. Und so ein Geheimnis rings um ihn her, jede Straße in strahlender Verwunderung.

Brian hörte sich all das an, er hörte, wie die Musik abriß und wieder einsetzte, dasselbe Klavierstück, und er hörte es nicht etwa zum zweiten, sondern vielleicht zum achten oder neunten Mal, und er hörte sich Marvins Punktetheorie der Wirklichkeit an und spürte eine unterschwellige Kraft in diesem Thema der unablässigen Suche auf Fotos, etwas Prototypisches, das er in keine hieb- und stichfeste Definition bringen konnte.

»Tausendmal habe ich mir gesagt. Wie lange suche ich? Warum will ich ihn? Wo ist er?«

Er forschte nach Amateurfilmern, die das Spiel mitgedreht hatten, und kaufte ein paar Minuten unbearbeitetes Material, die eine massive, pulsierende, verschwommene Masse oberhalb der linken Außenfeldwand zeigte, von einem Mann auf den billigen Plätzen gedreht. Er schaffte sich einen Videoprinter an. Er fotografierte den Filmmitschnitt ab. Er vergrößerte, stellte um, analysierte. Er verlangsamte das Vorführgerät, um sich den Film Bild für Bild anzuschauen, um verschiedene Sekunden zu einem Bild zu kombinieren. Er untersuchte den Film in der Nähe der Perforation, falls sich dort ein Fitzelchen Information verbarg, eine Winzigkeit fehlendes Bildmaterial. Das war eine Arbeit von talmudischer Verfeinerung, heranzoomen und ausblenden, dem Gesicht eines Mannes Konturen verleihen, den eingravierten Namen auf dem Armband einer Frau lesen.

Brian waren die Obsessionen anderer Männer peinlich. Sie legten sein eigenes mittelmäßiges Dahintreiben bloß, die leise, ferne Stimme, die er hörte und die ihm sagte, was kümmert's dich.

Marvins Frau und Kind kamen nach Hause und gingen wieder fort. Das Haus hatte sich in eine Klapsmühle voller bedrohlicher Vergrößerungen verwandelt. Die isolierte Grimasse, das Haar, das aus der Warze auf dem Kinn eines alten Mannes sprießt. Jedes Bild wimmelte von kristallisierten Punkten. Ein Foto ist ein Universum aus Punkten. Die Körnigkeit, das Halogenid, die kleinen silbernen Dinger, die in der Emulsion verklumpen. Sobald man in einen Punkt eindringt, gewinnt man Zugang zu verborgener Information, man schlüpft in das kleinste Geschehen hinein.

Das schafft die Technologie. Sie schiebt die Schatten beiseite und erlöst die benommene und umherirrende Vergangenheit. Sie läßt die Wirklichkeit wahr werden.

Marvin Lundy öffnete die Kiste.

Der Baseball lag, eingewickelt in Seidenpapier, in einer alten rotweißen Spalding-Schachtel. Dazu dicke Stapel von Fotos und Briefen und anderem Material im Zusammenhang mit der Suche. Geburtsurkunden, Pässe, eidesstattliche Erklärungen, handgeschriebene Testamente, detaillierte Listen der Habseligkeiten irgendwelcher Leute, außerdem blutbefleckte Kleidungsstücke in Plastiktüten mit Ruckzuck-Verschluß.

Er nahm einige Standfotos aus einem Packpapierumschlag und zeigte sie Brian.

Sie stammten aus der Sequenz mit dem Gerangel um den Ball, Scharen von Leuten, sagte Marvin, die kratzten und grapschten, und auf dem letzten Foto ein Mann im weißen Hemd, der grimmig allein dasteht und zur Ausgangsrampe herunterschaut, ein harter Blick, er starrt jemanden an, wahrscheinlich die Person, die schließlich den

Ball ergattert hat, aber Marvin konnte trotz all seiner Kontrolle über die Punkte keinen Weg finden, die Köpfe der Menschen auf der Rampe herumzudrehen, damit er das Gesicht des fraglichen Individuums zu sehen bekam.

»Aber den Mann im weißen Hemd haben Sie identifiziert.«

»Weil ich das Bild im hinteren Teil von Zeitschriften geschaltet habe, bei den Wasserbetten und den schmutzigen Kleinanzeigen.«

»Und Sie haben die Frau besucht.«

»Aber erst viele Jahre nach dem Spiel. Das kam nämlich so, daß er gestorben ist. Die Witwe sitzt in einem kalten Haus und rührt mit ihrem Löffel in einer winzigen Tasse. Ich versuche rauszukriegen, was er ihr wohl von dem Spiel erzählt hat, von dem Ball, irgendwas. Was für ein Spiel, sagt sie. Ich versuche, ihr die Konsistenzen der Sache zu erklären. Aber es ist über zwanzig Jahre später. Was für ein Spiel, was für ein Ball?«

Eine Frau kam mit Kaffee und Käsekuchen auf einem Tablett die Treppe herunter. Sie schien Marvins Geschichte entstiegen zu sein, eine erinnerte Gestalt, die Fleisch und Blut annimmt. Marvin schloß die Kiste, damit sie das Tablett darauf abstellen konnte. Sie war seine Tochter, Clarice, fest entschlossen, sich um Dad zu kümmern, ganz gleich, wie er sich wehrte.

»Hab dich gar nicht reinkommen hören. Schleicht rein wie eine Chinesin mit umwickelten Füßen.«

»Du hast gerade geredet. Ich könnte ein bewaffneter Überfall auf frischer Tat sein, und du würdest nichts hören.«

Sie war Ende Zwanzig, blondiert und fitneßstudiofit. Sie erzählte Brian, sie wohne zehn Autominuten entfernt und arbeite als Gerichtsstenographin. Er hätte sich mit Leichtigkeit in den seifenopernhaften Kick ihrer Stimme verlieben können, ging ihm durch den Kopf, in ihre ausladenden Schenkel unter dem Leinenrock.

»Wir sind gleich hier fertig, Clarice.«

»In hundert nervigen Stunden vielleicht. Dein Gast hat bestimmt noch anderes zu tun.«

»Was könnte das schon sein?«

»Es ist bald dunkel.«

»Dunkel, hell. Das sind Worte.«

Die Baseballschachtel lag am Boden zwischen verstreuten Fotos auf der Seite, und der Ball war herausgedribbelt, immer noch in Seidenpapier geknüllt. Clarice zog einen Stuhl heran, und sie und Marvin brachten die Geschichte zu Ende, mehr oder weniger, von einem Mundvoll Käsekuchen zum nächsten.

»Seit wie vielen Jahren suche ich nach einem Mann namens Jackson oder Judson, Clarice?«

»Komm zur Sache«, sagte sie.

»Denn es gab undeutliche Hinweise darauf, daß ich mich für ihn interessieren sollte. Und der Ball hat inzwischen eine Geschichte, die ich Schritt für Schritt verfolgt habe, wo sich verschiedene Dinge ineinander- und zusammenfügen. Nur kann ich den Mann nicht ausfindig machen oder sogar – was?«

»Ermitteln«, sagte Brian.

»Wie sein korrekter Name lautet. Und das Filmmaterial, vergiß es – inzwischen arbeite ich mit Gerüchten und Träumen. Es gibt beim Baseball eine übersinnliche Wahrnehmung, ein untergründiges, was, Bewußtsein, und ich höre es im Schlaf.«

»Schneller, Daddy, schneller.«

»Da ist also diese Frau. Ich bin auf der Suche nach Judson Jackson Johnson, und da meldet sich diese Frau, die meinen Namen vom Memorabilienmarkt hat, und sie hat mich Tag und Nacht angerufen, Ferngespräch, R-Gespräch. Sie sagt, früher hätte sie das Ding mal gehabt, das ich suchen würde. Wäre aber vor Jahren auf mysteriöse Weise verschwunden, sagt sie, aus der kleinen abgeschlossenen Schachtel, wo sie es immer drinhatte.«

»Genevieve Rauch.«

»An deren Namen ich mich nie.«

»Genevieve Rauch«, sagte seine Tochter. »Und die beiden suchen nach den wichtigsten, wissen Sie.«

»Indizien«, sagte Brian.

»Die ihren Baseball zumindest in den Bereich des Möglichen bringen.«

»Die Spuren und Kratzer«, sagte Marvin. »Das Markenzeichen, ob es echt ist. Die Unterschrift des Liga-Präsidenten, der zu dem Zeitpunkt im Amt war. Ihre Erinnerung ist wacklig. Ich schweife etwas ab, sie redet von was anderem. Diese Frau hat ein Extrachromosom fürs Themenwechseln. Tausendmal hab ich Lust, einfach aufzulegen.«

»Und dann passiert es«, sagte Clarice.

»Ein Mann in seinem Auto.«

»Ein Mann ist in seinem Auto unterwegs, und irgendwer schießt ihn tot. Stellt sich raus, der Mann ist der lang vermißte frühere Ehemann von Genevieve Rauch. Stellt sich außerdem raus, daß er Juddy Rauch heißt, Judson Rauch. Die beiden Flüsse treffen sich. Mußte erst ein Mord passieren, um die Verbindung aufzudecken.«

Marvin senkte den Kopf zum Kistendeckel, um einen Schluck Kaffee zu trinken, und Brian starrte in das Gewebe seines erbärmlichen Toupets.

»Als ich noch einen Magen hatte, hab ich diesen Käsekuchen gefressen bis zum Umfallen.«

Clarice erläuterte, wie er nach Deaf Smith County, Texas, gefahren war, wo er vor Ort im Namen von Genevieve Rauch einen Anwalt engagierte und den Baseball zu guter Letzt in einem Tütchen entdeckte, quittiert und numeriert und in der Asservatenkammer gelagert. Von der Polizei zusammen mit der Leiche, dem Auto, allen Gegenständen im Auto, zu denen der Ball gehörte, beschlagnahmt und in einen Pappkarton voll Plunder gestopft.

Marvin paffte an seinem Stumpen.

»Ich fahr die ganze Strecke bis zur Bronx, um diesen Käsekuchen zu kaufen. Eine koschere Bäckerei, aber die würden Sie nicht finden, auch wenn ich Ihnen eine Straßenkarte, einen Reiseführer und einen Wasweißich mitgeben würde, der fünf Sprachen spricht.«

»Dolmetscher.«

»Einen Dolmetscher«, sagte Marvin.

Der Käsekuchen war weich und üppig, er hatte die Persönlichkeit eines warmherzigen, wohlhabenden Onkels, der hundert dreckige Witze kennt und irgendwann bei der Fleischesgymnastik in den Armen seiner Geliebten sterben wird.

»Und so«, sagte Brian, »haben Sie endlich den Baseball gekauft.«

»Und ich habe seinen Weg bis zum vierten Oktober zurückverfolgt, das war der Tag nach dem Spiel, im Jahre Neunzehnhunderteinundfünfzig.«

»Und wie haben Sie dieses Unterfangen so viele Jahre lang finanziert? Die Reisen, den technischen Aufwand, das Ganze.«

»Ich hatte hier in der Gegend eine Ladenkette, Reinigungen, die ich nach dem Tod meiner Frau verkauft habe, ich brauchte das nicht mehr, diesen ganzen Ärger.«

»Marvin der Kleiderkönig«, sagte seine Tochter mit ein wenig Zärtlichkeit, ein wenig Bedauern, etwas Ironie, einem gewissen Stolz, einem Hauch von traurigem Humor und so weiter.

Sie sprach mit ihrem Vater von einem Arzttermin, den er am nächsten Morgen hatte, und er hörte zu, so wie man den Fernsehnachrichten zuhört und gleichgültig auf Indien starrt. Sie nahm das Tablett und ging die Treppe hoch. Brian stellte sich vor, wie er ihr im Auto folgte und rechts ranfuhr und ihren Blick auffing und dann lautstark Gas gab und sie zu einem abgelegenen Gasthaus brachte, wo sie ein Zimmer nahmen und sich gegenseitig mit den Zähnen und Zungen auszogen und die ganze Zeit kein Wort sagten.

Er lauschte der Musik, die durchs Haus trieb, den klagenden Tasten, und schließlich kam er darauf, was da in der Geschichte von Marvins Suche lauerte, das merkwürdige Aus-Zweiter-Hand all dieser Präzisionsarbeit, des Retuschierens und der Vergrößerungen – es war eine gespenstische Wiederholung der Ermittlungen nach den politischen Morden in den sechziger Jahren. Der Versuch, einen entscheidenden Augenblick aus Fragmenten und Andeutungen wieder zusammenzusetzen – Marvin in seiner Dunkelkammer, der sich ein machtvolles Thema auslieh und es benutzte, um ein kleines, weißes, unschuldiges Objekt ausfindig zu machen, das in einem Sportstadion herumdotzte.

»Wir kennen also die Abfolge der Ballbesitzer in den späteren Jahren«, sagte Brian. »Von Rauch zu Rauch zu Lundy. Aber wie hat es alles angefangen?«

»Sie haben gefragt, also sag ich's Ihnen. Mit einem Mann namens Charles, lassen Sie mich nachdenken, Wainwright. Einem Manager aus der Werbung. Ich habe die komplette Abfolge bis zu ihm zurück. Die Abfolge der Besitzer.«

»Aber nicht bis zum Spiel selbst.«

»Das letzte Glied in der Kette fehlt, die Verbindung von Wainwrights Ball zu dem Ball, der mit Bobby Thomsons Schläger in Berührung kam.« Er schaute säuerlich auf die Uhr der Anzeigetafel. »Eine Lücke von mehreren Stunden muß ich noch schließen. Und wenn man mit etwas zu tun hat, das so viele Jahre zurückliegt, muß man auch die Sterblichkeitsrate berücksichtigen. Wainwright ist verstorben, und sein Sohn Charles Jr. ist heute zweiundvierzig und mit dem Namen Chuckie geschlagen. Seit langem versuche ich mit ihm zu reden. Zuletzt wurde er als Ingenieur auf einem Frachter gesichtet, und dieser Frachter pflügte – gefällt Ihnen das Wort?«

»Pflügte.«

»Durch die Ostsee. Baltikum«, sagte Marvin. »Apropos.«

»Ja?«

»Sie sollten das Mal auf Gorbatschows Kopf im Auge behalten, falls es seine Form verändert.«

»Form verändert? Es war doch immer da.«

»Sind Sie da sicher?«

»Was, Sie denken, es wäre erst vor kurzem aufgetaucht?«

»Sind Sie sicher? Es war immer da?«

»Es ist ein Muttermal«, sagte Brian.

»Entschuldigung, aber das sagt die offizielle Biographie. Ich will Ihnen mal sagen, was ich denke. Ich denke, wenn ich einen heiklen Regierungsjob hätte, würde ich Gorbatschow jede Minute des Tages, in der er keinen Hut trägt, vom Weltraum aus fotografieren lassen, um die Umrisse des Muttermals zu überprüfen, ob es sich verändert. Denn im Augenblick ist es Lettland. Aber morgen früh könnte es Sibirien sein, wo sie ihre Gefängnisse räumen.«

Er betrachtete seine Zigarre.

»Die Wirklichkeit geschieht erst, wenn man die Punkte analysiert.«

Dann stand er mit einiger Mühe auf.

»Und wenn der Kalte Krieg dichtmacht, dann können Sie auch nie mehr eine Frau auf der Straße anschauen und wieheißtesgleich Phantasien haben wie heute.«

»Erotische. Aber wo ist der Zusammenhang?«

»Sie wissen den Zusammenhang nicht? Sie wissen nicht, daß jedes Privileg in Ihrem Leben und jeder Gedanke in Ihrem Kopf davon abhängt, daß die beiden Supermächte unseren ganzen Planeten mit einer Drohung in Schach halten?«

»Das ist eine unglaubliche Behauptung.«

»Und Sie wissen nicht, sobald diese Drohung nachläßt?«

»Was?«

»Sind Sie der Verlorene der Geschichte.«

Wie es aussah, war der Besuch beendet. Doch zuvor führte der Gastgeber seinen Gast noch zu einer Nische mit Regalen an der Treppe. Dort bewahrte er seine Sammlung von Spielmitschnitten auf, Radio und Fernsehen, Hunderte genuteter Kassetten, die bis zu den frühesten Übertragungen zurückreichten.

»Wir heben diese Schläger und Bälle auf, sorgen für die mündliche Überlieferung der alten Geschichten und kennen die Spitznamen von tausend Spielern, wir sitzen hier in unseren Kellern und haben gewaltige Geschichte an den Wänden. Und ich will Ihnen eins sagen, Sie werden sehen, ich hab recht. In den kommenden Jahren wird es Männer geben, die bereit sind, ein Vermögen für diese Sammlerobjekte zu bezahlen. Unglaubliche Summen werden sie bezahlen. Denn daraus spricht die Verzweiflung.«

Brian wünschte, der Mann hätte leichter und liebenswürdiger sein können. Ein letztes Mal schaute er auf die Anzeigetafel. Es war alles in allem schon eine beeindruckende Sache, fand er, aber vielleicht ein bißchen trübselig. Mit jener kompakten Aura von Erhaltung und exakten Proportionen und respektvoller Geschichtlichkeit, die in einer düsteren Mausoleumsatmosphäre entstehen kann.

Sie stiegen die Treppe wieder hoch und durchquerten die verdunkelten Räume bis zur Haustür. Marvin stand da mit seiner toten Zigarre.

»Männer kommen hierher, um meine Sammlung zu besichtigen.«

»Ja.«

»Sie kommen, und sie wollen nicht wieder weg. Das Telefon klingelt, es ist ihre Familie – wo bleibt er? Das ist die Bruderschaft der vermißten Männer.«

»Ich verstehe.«

»Wie heißen Sie?«

»Brian Glassic.«

»Freut mich«, sagte Marvin.

Brian fragte, wie man nach Manhattan zurückkomme, ohne über die George-Washington-Brücke zu fahren. Es gab einen Tunnel hier und einen Tunnel dort, und Marvin beschrieb ihm beide Wege inklusive mehrerer Varianten. Brian der Narr kniff die Augen zusammen und nickte, obwohl ihm klar war, daß er sich an nichts würde erinnern können, sobald er im Auto saß.

Er nahm Schnellstraßen und Überführungen, sah Manhattan in einem rauchigen, goldenen Valium-Sonnenuntergang kommen und gehen. Das Auto erzitterte unter den Klangwellen dröhnend dahinrasender Trucks, deren Fahrer in hohen Führerhäusern mit Essen, Trinken, Dope und Pornos hockten, und die langen Gespanne schienen das kleine Auto im abdrängenden Fahrtwind von der Straße zu fegen. Er fuhr an riesigen Tanklagern vorbei, gedrungenen weißen Zylindern, die aufgereiht auf morastigem Grund standen, und er sah kleinere Gruppen von weißen Kugeltanks und lange Züge aus Tankwaggons, die über die Eisenbahngleise rollten. Er kam an Hochspannungsmasten vorbei, die ihre spindligen Arme in die Seite gestemmt hatten. Er fuhr in den spuckenden Qualm von Riesenflächen verschmorter Lkw-Reifen, die Flugzeuge rauschten herunter, die Schwenkkräne standen in Reihen an den Docks, und er sah Werbetafeln für Hertz und Avis und Chevy Blazer, für Marlboro, Continental und Goodyear, und ihm wurde klar, daß alle Dinge um ihn her, die startenden und landenden Flugzeuge, die rasenden Autos, die Reifen an diesen Autos, die Zigaretten, die die Fahrer dieser Autos in ihren Aschenbechern ausdrückten – sie alle befanden sich auf den Werbetafeln ringsum, systematisch in einer selbstbezüglichen Beziehung verbunden, die etwas neurotisch Verkrampftes hatte, etwas Unentrinnbares, als würden die Plakatwände Wirklichkeit hervorbringen, und natürlich dachte er an Marvin.

Als er am Flughafen Newark vorbeifuhr, merkte er, daß er alle Abzweige und die damit verbundenen Möglichkeiten verpaßt hatte. Er suchte nach einer freundlichen Ausfahrt, lastwagenfrei und ländlich, und war kurze Zeit später auf einer zweispurigen Asphaltstraße, die unentschieden durch Teichkolbensümpfe führte. Er spürte einen leicht beißenden Salzwasserhauch in der Luft, und die Straße machte einen Knick und endete zwischen Kies und Unkraut.

Er stieg aus und erklomm einen Erdwall. Der Wind war so steif, daß ihm die Tränen in die Augen traten, und er schaute über einen schmalen Wasserarm zu einer terrassierten Erhebung auf der anderen Seite. Sie war rötlichbraun, oben abgeflacht und monumental, der Sonnenuntergang brannte am Himmel, und Brian glaubte schon an eine Halluzination, einen typischen Restberg Arizonas. Aber das war echt und menschengemacht, umschwirrt von kreisenden Möwen, und er wußte, es konnte nur eines sein – die Fresh-Kills-Aufschüttung auf Staten Island.

Das war der Grund seiner Reise nach New York, und er sollte sich dort am nächsten Morgen mit Landvermessern und Ingenieuren treffen. Über zwölf Quadratkilometer aufgetürmter Müll, einer Höhenlinie folgend und planiert, Bulldozer schoben Wogen von Abfall auf die aktive Oberfläche. Als Brian diese Szene sah, fühlte er sich erfrischt. Lastkähne wurden entladen, Räumboote durchkämmten die Kanäle, um herumschwimmenden Müll einzusammeln. Er sah eine Wartungsmannschaft bei der Arbeit an Abflußrohren, hoch oben an den scharfen Terrassierungen, die den Ablauf des Regenwassers regulieren sollten. Andere Gestalten in Masken und Butylen-Anzügen hatten sich beim Fundament der Aufschüttung versammelt, um ausgesondertes Material auf seinen Giftgehalt zu untersuchen. Das war Science-fiction und Prähistorie, rund um die Uhr eintreffender Müll, Hunderte von Arbeitern, Vehikel mit Metallrollern, die den Abfall zu kompakter Masse zusammenschoben, Schaufelbohrer, die Abzugskanäle für Methangas gruben, die herabstoßenden, schreienden Möwen, eine Reihe von großschnauzigen Trucks, die lose Abfälle einsaugten.

Er stellte sich vor, er beobachtete den Bau der Großen Pyramide in Gizeh – nur daß dies alles fünfundzwanzigmal so groß war, mit den Tanklastwagen, die geruchsbindendes Wasser auf die Zufahrtsstraßen sprühten. Er fand den Anblick inspirierend. All dieser Erfindungsreichtum, diese Mühe, diese heikle Aufgabe, ein Maximum an

Müll in immer weniger Raum hineinzupressen. Die Türme des World Trade Center waren in der Ferne zu sehen, und er verspürte ein poetisches Gleichgewicht zwischen jenem Gedanken und diesem. Brücken, Tunnels, Schuten, Schlepper, Teerdocks, Containerschiffe, die ganze große Maschinerie von Transport, Handel und Verbindung lief am Ende auf diesen sich türmenden Berg zu. Und das Ding war organisch, es wuchs und verschob sich stetig, seine Form wurde täglich und stündlich computergestaltet. In ein paar Jahren würde dies der höchste Berg an der Atlantikküste zwischen Boston und Miami sein. Brian verspürte einen Stich der Erleuchtung. Er betrachtete all diesen hochfliegenden Müll und wußte zum ersten Mal, worum es bei seinem Beruf wirklich ging. Nicht Maschinenbau oder Transportwesen oder Müllvermeidung. Er machte Geschäfte mit menschlichem Verhalten, den Gewohnheiten und Antrieben der Menschen, ihren unbezähmbaren Bedürfnissen und unschuldigen Wünschen, vielleicht auch ihren Leidenschaften, ganz sicher ihren Exzessen und ihrer Genußsucht, aber auch ihrer Freundlichkeit, ihrer Großzügigkeit, und die große Frage lautete, wie ließ sich verhindern, daß uns dieser Massenmetabolismus unter sich begrub.

Die Aufschüttung zeigte ihm, auf den Punkt gebracht, wie der Müllstrom endete, wo jeder Appetit und jedes Verlangen und alle aufgequollenen reiflichen Überlegungen am Ende herausgeronnen kamen, all die Dinge, die man sich glühend wünschte und dann doch nicht wollte. Er hatte schon hundert Aufschüttungen gesehen, aber noch keine so riesige. Ja, beeindruckend und bedrückend. Er wußte, daß der Gestank garantiert mit dem Wind in jedes Eßzimmer im weiten Umkreis getragen wurde. Wenn die Leute nachts ein Geräusch hörten, dachten sie dann wohl, der Haufen bräche gerade über ihnen zusammen, rutschte auf ihre Häuser zu, ein alles verschlingender Kinohorror, der durch ihre Türen und Fenster drang?

Der Wind trug den Gestank über den Strom.

Brian holte tief Luft, füllte seine Lungen. Nach dieser Herausforderung sehnte er sich, dieser Attacke auf seine Selbstzufriedenheit und sein undeutliches Schuldgefühl. All das zu verstehen. Dieses Geheimnis zu ergründen. Der Berg war da, vor aller Augen, aber niemand sah ihn oder dachte darüber nach, niemand wußte, daß er existierte, außer den Ingenieuren und Lkw-Fahrern und Ortsansässigen, eine einzigartige kulturelle Lagerstätte, fünfzig Millionen Tonnen bis zu ihrer Vollendung, gemeißelt und modelliert, und niemand redete darüber außer den Männern und Frauen, die sie zu managen versuchten, und zum ersten Mal sah er sich selbst als Mitglied eines esoterischen Ordens, sie waren Eingeweihte und Seher, die an der Zukunft bauten, all die Städteplaner, Müllmanager, Komposttechniker und Landschaftsgestalter, die hier später einmal hängende Gärten bauen, eines Tages einen Park aus allen möglichen gebrauchten und verlorenen und abgenutzten Objekten der Begierde erschaffen würden.

Die größten Geheimnisse sind diejenigen, die offen vor uns liegen. Das war O-Ton Marvin Lundy, er erfüllte Brians Kopf mit seiner trockenen, statisch rauschenden Stimme, die aus einem chirurgischen Schlitz in seiner Kehle zu kommen schien.

Der Wind trug den Gestank von dem Berg des Untergangs fort.

Stäubchen und Schimmer, Farbfledder erschienen in der geschichteten Masse abdeckender Erde, Stoffetzen aus dem Garment District, die im Wind flatterten, oder vielleicht ist dieses grünblaue Ding ein Bikinihöschen, das mal einer Sekretärin aus Queens gehört hat, und Brian stellte fest, daß er eine Blitzverliebtheit heraufbeschwören konnte, sie hat dunkle Augen und liest die Regenbogenpresse und malt sich die Fingernägel an und ißt ihr Mittagessen aus geformten Styroporschalen, und sie bekommt von ihm Geschenke, und er bekommt von ihr Kondome, und all das endet hier, Druckerschwärze, Nagelfeile, Reizwäsche, von rumpelnden Bulldozern ins Hochrelief bugsiert – man denke nur an seine vielzähligen Sämlinge voller Familiengene für eine hohe Stirn, allesamt in einem kleinen Leichensack aus Gummi gestrandet und hübsch in die tiefsten Tiefen des Mülls untergewalzt.

Er beobachtete ein paar Möwen, die auf ihn zukurvten, und sah hundert andere, die sich auf einen Abhang gesetzt hatten, alle schauten in dieselbe Richtung, reglos, aufmerksam, vereint in Wachheit, in wunderschöner leerer Vogelheit, in Erwartung des Abflugsignals.

4

Marvin war aus seinem Keller herausgekommen und zuckte im Licht zusammen. Er war ein hartnäckiger Autofahrer, suchte sich eine Fahrspur aus und blieb dabei. Er trug eine gelbbraune Windjacke mit Schottenkarofutter, denn die zog er immer an, wenn die Blätter sich verfärbten. Dieser getreue Kleiderwechsel, diese Anpassung an den Kosmos gab seinem Leben den Anschein von Regelmäßigkeit. Er trug die Jacke seit Jahrzehnten, gab die alte an die Heilsarmee und kaufte sich genau so eine in derselben Farbe, diesem Altherren-Beige, unverkennbar selbst aus fünfzig Metern Entfernung auf ihrem Bügel in einer jener riesenhaften, stillen Abteilungen kurz vor Geschäftsschluß, wo die Anzüge in Reih und Glied hängen wie Angestellte in der Hölle.

Außerdem trug er ein Paar Latexhandschuhe, eine Vorsichtsmaßnahme, die er bei jedem Besuch in der Stadt ergriff.

Als er die Lower East Side erreichte, fuhr er mehrere Male durch die Straße, bis er eine Parklücke gefunden hatte, die in Ordnung schien, wo das Auto weder abgeschleppt noch geknackt werden würde, und er schloß es ab, trat zurück und sah sich an, wie er eingeparkt hatte, sah sich die Straße ganz allgemein an, alte Möbel billig zu verkaufen und ein Lkw-Parkplatz, auf dem jeder Zentimeter jedes Trucks mit Graffiti bedeckt war. Die vorbeikommenden menschlichen Wesen sahen reizbar und ungeliebt aus. Zwei Männer in Rollstühlen flitzten den Autos hinterher, die an der roten Ampel hielten, um ein bißchen Kleingeld zu schnorren.

Marvin fiel in seinen gleitenden Gang, seine Art des erläuternden Schlurfens, geradezu ein Kommentar zur Literatur des Schlurfens. Er ging die Orchard Street hinunter, schaute sich die Kleider in den Schaufenstern und an den Ständen an, Textilien am laufenden Meter. Er blieb stehen, um die Aufschriften einer Kollektion von wieheißtesgleich, T-Shirts zu lesen, eine unflätige Bemerkung auf so ziemlich jedem Exemplar, Worte, unmöglich zu drucken, seit es Oberbekleidung gab, und nun in einem Schaufenster. Ein junger Mann stand neben ihm, schmalgliedrig und tätowiert, mit halbfertigem Schnurrbart, und glotzte ihn an. Er spürte das, den stechenden Blick, der sich direkt in die Seite seines Kopfes bohrte.

Marvin spähte hinüber.

»Was? Ich gucke mir das Schaufenster an«, sagte er.

»Wenn ich gucke, mußt du auch gucken?«

»Darf ich nicht gucken? Was? Ist doch ein Schaufenster.«

»Hast gesehen, wie ich gucke. Mußte auch gleich gucken?«

»Was? Ich darf also nicht gucken?«

»Ich gucke hier.«

»Das ist ein öffentliches Schaufenster«, sagte Marvin.

»Du willst ein Fenster? Ich fenster dir gleich eine.«

»Was soll das jetzt, auf einmal?«

»Du denkst, du willst gucken? Wirst dich gleich umgucken.«

Marvin ging weg, was sollte er sonst tun, und krümmte die Finger in den Latexhandschuhen. Unmöglich zu leben. Du kannst ja nicht mal die Straße entlanggehen, einen Fuß vor den anderen setzen. Denn was passiert? Die bringen dich um. Die kommen irgendwo raus und stechen dich ab, weil du sie anguckst. Das ist das Allerneueste in punkto Tod und Bedrohung. Du guckst sie an, sie bringen dich um. Nur ein Blick, der sich mit ihrem Blick trifft, und sie haben das Recht, dein Leben zu beenden.

Später überquerte er die Essex Street und entdeckte die Bäckerei. Wie er es mag, das Hinterzimmerhandwerk gleich vorn, die Öfen, der Tisch für den Brotteig, wo die Bialys vor deinen Augen gemacht werden, ein Mann in weißem Hemd und weißer Schürze mit durchgesiebtem Mehl auf Händen und Armen, und Marvin war von der Kraft des Augenblicks beeindruckt, ein schlichtes Schauspiel in einem Schaufenster, das Weiß von Brot und Arbeit. Er hätte den ganzen Tag hier stehen und dem Bäcker beim Formen der Teigmasse zusehen können, dachte er. Für später, für seine Tochter, kaufte er zwiebelbestreute Fladen, die waren etwas zum Essen und eine Stadt und eine Religion und ein Krieg.

Er ging die Straße hinunter, die Bäckertüte warm an den Rippen. Er kam an einem Spielplatz vorbei, Kinder in der Hocke und in blitzschneller Aktion auf dem Handballfeld, und einen halben Block später war alles chinesisch.

Als er noch einen Magen hatte, kam er oft mit Eleanor her.

Wegen des alten Mysteriums chinesischer Dinge – Essen auf Dampftischen, Gemüse, das er nicht identifizieren konnte, das geheime Denken der Menschen. Er stand da und schaute den lebenden Fischen zu, die in selbstgebauten Bassins herumzappelten. Er kaufte einen gebratenen Kloß und biß davon ab, mehr als Geste denn wegen des Geschmacks, weil er nicht mehr wie früher schmecken konnte. Es war wie eine Erinnerung an das Essen, der Geist von Ingwer und gehacktem Schnittlauch.

Er schlurfte zum Wagen zurück. Er sah die Rollstuhlbettler mit ihren Zottelbärten, sie machten ein Wettrennen zum nächsten Auto an der Ampel, warfen sich mit antreibenden, kurbelnden Händen nach vorn. Es war ein Kampf sich drehender Arme, ihre Augen lugten durch die staubigen Scheiben, um mit dem Inneren irgendwie Kontakt aufzunehmen. Doch die Fahrer schauten weg. Die Fahrer schlossen ihre Fenster vor den Fensterwäschern, Blumenverkäufern, Autoräubern und vor dem mittelmäßig verrückten Ansinnen einer Unterhaltung.

Du guckst sie an, sie bringen dich um.

Er fuhr nach Hause, verkrampft über das Steuer gebeugt. Ein englisches Mädchen aus Somerset, das konnte keiner erfinden. Er spielte die Elegie für Klavier, die Eleanors Lieblingsmusik gewesen war, ungefähr einmal im Monat, drückte den Wiederholungsknopf, so daß sie nicht mehr aufhörte. In dieser Jahreszeit hörte er ihre Stimme, die ihn daran erinnerte, die beige Windjacke hervorzuholen. Es wird Zeit für den alten McGregor, Marv. In diesem schlichten kleinen Satz, Wort für Wort über die Jahre, lag das Entscheidende, die tiefe Abhängigkeit zweier Menschen, die sich im Krieg begegnet waren, Briefe hin- und herschrieben, schließlich heirateten, etwas später ein Kind bekamen, das brauchte eine gewisse Zeit, zwei Herzen, in der Gewohnheit der Tage vereint. Chemische Reinigung. Er reinigte McGregors tonnenweise.

Das Telefon klingelte, als er hereinkam. Er ging in die Küche, legte die Bäckertüte auf den Tisch, zog sich die Jacke aus, das Telefon klingelte, er öffnete den Kühlschrank, holte den Sellerie-Tonic heraus und trank einen Schluck aus der Flasche, das durfte er jetzt, es gibt auch Tröstliches. Er zog die Handschuhe aus, sie waren so eng, daß sie sich gar nicht ablösen wollten, er pellte sie bis zu der breiter werdenden Stelle seiner Hände hinunter und riß dann an jedem haftenden Latexfinger, ein Vorgang, bei dem er sich zum Teil wie künstlich vorkam. Schließlich durchquerte er das Zimmer bis zum Telefon, einem weißen Wandmodell, daneben ein Foto, das Präsident Reagan im Oval Office zwischen Bobby Thomson und Ralph Branca zeigte. Es war die einzige Baseball-Anspielung im ganzen Haus oberhalb des Kellers, hinter ihnen eine Flagge mit Troddeln. Sie konnte nämlich eine unsägliche Nervensäge sein, Eleanor, wenn es ums Trinken aus der Flasche ging.

Das Telefon klingelte. Er schaute es an und hob den Hörer ab, heute gibt's das ja schnurlos. Er war dabei, das Haus zu verkaufen, endlich, um in Clarices Apartmenthaus zu wohnen, Tochter und Schwiegersohn im dritten, Vater darunter im zweiten, in einer pflegeleichten Wohnung, wo die Bananen auf der Fensterbank braun wurden. Er würde Sitzduschen nehmen, während Clarice und Carl oben auf ihren Laufmaschinen liefen, sie trainierten, um ewig zu leben.

»Ich rufe aus Phoenix an«, sagte die Stimme.

»Stadt oder Vogel?«

»Vor ein paar Monaten hat ein Mann, den ich kenne. Zehn oder elf Monaten. Sie besucht.«

»Kann mich nicht erinnern.«

»Namens Brian Glassic.«

»Und wenn Sie mich foltern, ich weiß es nicht mehr. Ich hab manchmal Leute hier, die kommen ein halbes dutzendmal. Dann sehen wir uns auf der Straße, und sie könnten Kleidertaschen auf dem Weg zum Flughafen sein. Ich funktioniere im Geist.«

»Jedenfalls hat er den Besuch kürzlich erwähnt. Ich dachte, vielleicht könnten Sie mir etwas zu dem Baseball in der Kiste sagen.«

Sie würden an die Tür klopfen, um nachzuschauen, ob mit ihm alles in Ordnung war. Er würde den Kopf am Duschvorhang vorbei herausstrecken. Alles klar, mir geht's gut, alles klar.

»Sie sind ein treuer Fan, auf Rente in Arizona, Ihre neue Herzklappe ist mit Dacron-Ringen eingesetzt worden, und jetzt überkommt Sie eine Schwäche für die alten Tage. Sie haben Ihre Karriere mit Fusionen und was, Übernahmen gemacht. Haben Millionen verdient, sind aber immer noch unzufrieden. Sie wollen ein letztes Mal etwas übernehmen, etwas Persönliches, aus ganzem Herzen.«

»Brian sagte, so könnte es laufen.«

»Sie wollen über den Ball reden, also hören Sie erst mal die Einzelheiten. Es ist nämlich so, daß ich bereit bin zu verkaufen. Das spricht sich herum. Ich bekomme Anrufe von Männern mit körnigen Stimmen. Die haben Polymer im Zahnfleisch. Sie haben Öffnungen, die ihnen in die Seite gebohrt wurden, als Umleitung für die menschlichen Ausscheidungen. Sie kommen Echo-gedopplert aus der Klinik nach Hause. Ich höre von Männern mit vierfachem Bypass, mit Nitroglyzerin im Blut, wo man Dynamit draus herstellt.«

»Ich bin kein Fan mehr. Ich bin nicht auf dem laufenden über die Mannschaften.«

»Ich gehöre selbst zu der Kategorie, die Untersuchungen machen läßt. Das bedeutet, ich habe wiederkehrende Krebswucherungen in so vielen Körperteilen, daß mir der Arzt den Gruppentarif angeboten hat. Keine Sorge, Sie brauchen nicht zu lachen. Sie sollen sich nur schlecht fühlen, mehr habe ich gar nicht vor.«

»Und Sie sind ein Dodgers-Fan, ja?«

»War ich schon vor meiner Geburt.«

»In Brooklyn aufgewachsen?«

»In Brooklyn aufgewachsen, meinen Käsekuchen hole ich mir in der Bronx, fahre für dies und das auf die Lower East Side.«

»Ein Dodgers-Fan. Aber Sie haben die Anzeigetafel von den Polo Grounds in Ihrem Keller nachbauen lassen.«

»Zur Erinnerung«, sagte Marvin. »Oder zur Vorbereitung. Hab vergessen, welches.«

»Ich bin nicht pensioniert. Und ich habe keine Millionen verdient. Und ich weiß nicht genau, warum ich den Ball kaufen will.«

Das war gut. Das gefiel Marvin. Es war gut, von jemandem zu hören, der nicht über die alten Giants oder das alte New York in geistige Verzückung fiel. Es gibt Hocker, die man in speziellen Sanitätsgeschäften kaufen kann, die stellt man sich in die Dusche, damit man sich hinsetzen und die abgelegeneren Körperteile erledigen kann, ohne hinzufallen und sich eine Hüfte zu brechen, das hatte er irgendwann mal auf dem Kanal für Hüftoperationen gesehen, mit formangepaßten Sitzen und rutschfesten Beinen. Es gibt für jedes Körperteil einen Kanal.

»Sie rufen mich aus heiterem Himmel an«, sagte Marvin. »Und Sie wollen ein Geschäft mit mir machen. Aber Sie wissen nicht warum.«

»Stimmt genau«, sagte die Stimme.

Gut. Denn in derselben Situation hatte sich Marvin lange befunden. Das war exakt Marvins Status. Jahrelang hatte er nicht gewußt, warum er verbrauchten Gegenständen hinterherjagte. All die rasende Leidenschaft für einen Baseball, und schließlich begriff er, daß es ihm die ganze Zeit um Eleanor gegangen war, daß da irgendein Entsetzen tief unter der Haut wühlte und ihn dazu brachte, Dinge zusammenzuraffen, Besitztümer und Habe gegen den dunklen Schatten eines untragbaren Verlustes anzuhäufen. Memorabilien. Was er in Erinnerung hatte, was in dem alten, geräucherten Leder des Fanghandschuhs im Keller weiterlebte, war die Berührung seiner Eleanor, es waren die Augen seiner Frau in den ovalen Fotografien von Männern mit Fahrradlenkerschnurrbärten. Der Zustand des Verlusts, die Tatsache, die Tatsächlichkeit in ihrer einsamen Ewigkeit. Verlust. Ein Wort, von dem er nie gedacht hätte, daß er es je gebrauchen würde, aber nun war es da, jahrelang zusammengekauert in seinem abgeschlossenen Gehirn, und kam heraus, um den Verlust zu verlängern.

»Ich habe einen pilzförmigen Tumor.«

»Ja.«

»Der Arzt nennt ihn eine fungiforme Masse.«

»Diesen Ausdruck habe ich noch nie gehört.«

»Ich auch nicht. Steht nicht im Wörterbuch, ich hab in zwei Wörterbüchern nachgeschaut. Wenn sie sich ihre Begriffe nicht mehr aus dem Wörterbuch holen, dann heißt es, sie wünschen dir gute Reise.«

Sie fuhren nach Chinatown. Sie fuhren in New Jersey an den Strand und aßen harpunierten Schwertfisch, der schmeckt besser, wenn der Fisch nicht in einem Netz erstickt, mit Olivenöl und Kapern, das letzte großartige Fischzeug auf Erden.

»Ich muß Ihnen aber gleich sagen. Ich kann die wieheißtesgleich nicht komplett vorlegen.«

»Die Abfolge.«

»Die Abfolge. Ich habe die Abfolge der Besitzer nicht komplett bis zum Anfang.«

Er erzählte dem Anrufer einige Dinge über den Ball. Er sagte, er würde sich kurz fassen. Und dann faßte er sich lang. Er unterhielt den Mann, warum auch nicht? Und er sah es kommen, noch während er die Einzelnummern und Dauerbrenner brachte, die zuverlässigen Pointen servierte. Clarice würde noch vor der Wohnung ein Krankenhausbett mieten müssen, mit hohen Seitenteilen, damit er nicht herausfiel. Fremde würden kommen und ihm die Genitalien waschen, Einwanderer aus Ländern aus dem Reisekanal, sie führten ihr eigenes Leben, von dem er sich nicht eine Minute vorstellen konnte. Er würde vergessen, wie man ißt, wie man einfache Worte sagt. Sein Körper würde daliegen und versuchen, die nötigen Bestandteile zusammenzusetzen, um einen Atemzug zu tun. Einen Sauerstoffschlauch in der Nase und Bananen auf der Fensterbank, er haßt sie, wenn sie fleckig und weich sind. Clarice legt, langsam sprechend, einen kühlen Lappen auf seinen nackten Kopf. Alles klar, es geht mir gut, alles klar. Carl in seinen gebügelten weißen Shorts und Kniestrümpfen, ein Börsenmakler, als Junge verkleidet.

»Wollen wir über den Preis reden?« fragte die Stimme.

Das Wort für Wasser ist Wasser, aber er würde es nicht sagen können. Der Körper vergißt die grundlegenden Dinge. Er telefonierte mit Phoenix und betrachtete seine Windjacke, die über einem Stuhl hing.

Sie fuhren in New Jersey an den Strand. Jeden Tag gab es Liebe, jeden Tag gab es Salat. Das war zu der Zeit, als die Begriffe noch im Wörterbuch standen.

An dem Abend aß er eine halbe Honigmelone mit Weintrauben, die in den ausgehöhlten Teil gefüllt worden waren. So wurde die Melone im Supermarkt verkauft, in Frischhaltefolie verpackt.

5

Wenn einer eine Rattengeschichte erzählt, ist die Ratte immer gigantisch. Es ist eine schlabberwampige Riesenratze, mindestens so groß wie eine Katze, schon allein des Reimes wegen. Als Nick Shay heranwuchs, gab es ziemlich viele Rattengeschichten auf diesen Straßen. Nicht daß man oft Ratten zu sehen bekam. Man hörte sie in den Wänden und auf den Höfen, unterwegs auf den Dächern im Mondlicht, unzerstörbare Legenden. Enorme Ratten mit rattenbraunem Fell. Ratten in der Kanalisation und in Abrißhäusern und Kohlenkellern, ein Rascheln im hingeschmissenen Müll auf leeren Grundstücken.

Er stieg in der Nähe des Hauses, wo seine Mutter lebte, aus dem Taxi. Vor dreißig, vierzig Jahren hatte es dieses Gebäude noch nicht gegeben, ein großer brauner Bau, hoch und breit und mit der Ausstrahlung einer Befestigungsanlage – Zäune und Rampen, schräg von den Ziegelwänden hängende Kameras.

Dies war früher eine Reihe fünfstöckiger Häuser gewesen, Mietshäuser, und da hatte er auch die Ratte gesehen, naß und tot lag sie neben einem Kohlenhaufen auf dem Bürgersteig. Damals war er neun oder zehn, und die Sache fiel ihm, als das Taxi anfuhr, unmittelbar und detailliert wieder ein. Nur eine tote Ratte, aber er sah sie deutlich vor sich, von konturierter Durchsichtigkeit, wie ausgestanzt, wie doppelbelichtet, und dieses Gefühl schien ihm zu diesem Moment zu passen. Er dachte daran, wie er den schlaffen Körper untersucht hatte, mit schaurigem Kitzel, so nah dran zu sein, daß er sogar die schwache rosa Linie auf der Unterseite des Schwanzes erkennen konnte, und die Ratte war braun und grau und rosa und weiß, alles zugleich und voneinander abgesetzt, aber ihre Größe enttäuschte ihn – er würde übertreiben müssen, seine Geschichte mit etwas Masse und Länge aufpeppen, etwas Sabber und Gelbauge.

In einer Plexiglaskabine saß ein Mann. Nick trug sich in eine Liste ein und wurde per Türsummer in eine Vorhalle gelassen, die voll spielender und wirbelnder Kinder war, klein und immer kleiner, kreischende Stimmen in dem kahlen Raum. Er nahm den Fahrstuhl zum elften. Die andere Ratte kam später, als er über zwanzig war, auch sie durchschnittlich gebaut, gewöhnliches Norwegerbraun, aber durchschnittlich ist groß genug, wenn von Ratten die Rede ist.

Matt öffnete die Tür, sein Bruder Matty, immer noch etwas jungenhaft aussehend, kurz und klotzig, dickbebrillt und schmachtlokkig, frisch vom Friseur und vielleicht obendrauf etwas grau, was fremd wirkte. Mitte vierzig wohl. Sie hatten sich ein paar Jahre nicht gesehen, und auch heute brachte sie nur ein Zufall in der Zeitplanung zusammen.

Sie gaben sich die Hand und tauschten das schiefe Lächeln zweier Widersacher aus, die nur durch widrige Umstände davon abgehalten werden, aufeinander loszugehen.

»Wo ist sie?« fragte Nick.

Sie sprachen von ihrer Mutter, von Medikamenten, Arztterminen, keineswegs ungewöhnliche Themen, aber in den Fragen des Älteren schwang eine Strenge mit, eine besondere Anteilnahme und Sorge, die sich am Ende zu einer Herausforderung auswuchs.

Schließlich sagte Matt: »Ihr geht's gut, sie ißt und schläft normal. Wenn du was Näheres über ihren Stuhlgang wissen willst, mußt du sie schon selber fragen.«

»Bleibst du über Nacht?«

»Zwei Nächte. Du hast vollkommen vergessen, wie es ist, Nick, eine Nacht in der Bronx.«

Aber der kleine Matty mit dem schmächtigen Oberkörper war längst breiter geworden, hatte obenherum Masse angesetzt, und etwas Kerniges lag in seinem Auftreten.

»Wenn ich morgen früh nicht nach New Jersey rausmüßte«, sagte Nick, »würde ich sie selbst zum Arzt bringen.«

»Was hast du denn in Jersey laufen? Chemiemüll verschlingt Einfamilienhäuser?«

»Eine Privatangelegenheit.«

»Wie geht's Marian?«

»Gut, allen geht's gut.«

Sie tranken Selters und schauten abwechselnd aus dem Fenster. Es war ein Panoramafenster mit weitem Blick nach Westen. El Bronx. Auf dem Dach eines nahegelegenen Motels saßen Leute auf Gartenstühlen. Nick sah ihnen an, daß es Bewohner des Viertels waren, die sich aus einem der Nachbarhäuser Zutritt zum Dach verschafft und ihre Stühle und Zeitungen mitgebracht hatten. Er wußte, es war ein Ausdruck kurzerhand improvisierten Vergnügens, den mißmutigen Straßen abgerungen, aber es machte ihn trotzdem nervös, es war ein Übergriff, eine weitere Bresche, ein weiteres Zeichen für Instabilität und Risiko in der Gegend.

»Ich bin mit ihr im Zoo gewesen«, sagte Matt. »Sie hat den Zoo um die Ecke, aber zum ersten Mal in zwanzig Jahren hab ich sie dazu gebracht, auch hinzugehen. Hab sie praktisch mit Gewalt nach draußen geschafft.«

»Ein Mann mit einem Auftrag, wie?«

»Sie sagt, im Fernsehen hat sie mehr Tiere, als sie verarbeiten kann. Ich kann ihr nicht klarmachen, was es bringen soll, lebendige, atmende Wesen vor sich zu haben.«

»Ich hole sie hier raus«, sagte Nick.

»Ach ja?«

»Nach Phoenix. O ja. Es gibt für sie keinen Grund mehr, hier zu sein.«

»Sie hat Freunde hier. Das weißt du.«

»Das weiß ich? Wie viele Freunde? Was für Freunde?«

»Nach Phoenix«, sagte Matt.

»Wie viele Freunde?«

»Wir haben in letzter Zeit keine Volkszählung gemacht. Aber falls sie umziehen möchte, würden wir sie mit Vergnügen nehmen.«

»Ihr habt doch gar keinen Platz.«

»Wir haben wohl Platz«, sagte Matt.

»Hör zu. Ihr habt keinen Platz. Wir haben Platz. Wir haben außerdem ein Klima.«

»Klima.«

»In ihrem Alter ist das wichtig.«

»Janet ist Krankenschwester. Willst du einen Wettbewerb veranstalten? Janet ist Krankenschwester.«

»Das ist saublöd.«

»Natürlich ist es saublöd. Deshalb machen wir es ja«, sagte Matt.

Nick stand wieder am Fenster.

»Warum macht jemand an so einem Ort ein Motel auf?«

»Weiß ich nicht.«

»Dieses Motel begünstigt doch Sex und Drogen. Wozu soll es denn sonst hier sein? Oder für Obdachlose. Ein Heim für Obdachlose. Die bringen sie ja neuerdings in Motels unter.«

»Es gefällt ihr hier, Nick. Das ist ihr Leben, daran ist sie gewöhnt. Sie hat ihre Kirche, ihre Geschäfte, ihre vertrauten Sachen. Und die Freunde, die noch leben. Sag ihr, sie soll eine Liste machen.«

»Du weißt es nicht. Ich weiß es. Dieses Motel begünstigt das, was sie da treiben.«

Nick ging in die Küche und fing an, die Schränke aufzumachen. Er inspizierte die Stelle unter der Spüle. Auf dem Korridor fuhren kleine Kinder mit dem Dreirad. Er goß sich noch ein Selters ein und ging ins Wohnzimmer. Die Fahrradklingeln hallten durch den Korridor.

»Wie geht's Janet? Alles in Ordnung?«

»Sie hat sich einen Knoten unterm Arm entfernen lassen.«

»Hab ich das gewußt?«

»Schon gut. Es geht ihr gut. Den Kindern geht es gut.«

»Überall diese Knoten. Jeder sucht nach Knoten.«

»Vor nicht allzu langer Zeit habe ich etwas in der Zeitung gelesen. Mußte an dich denken«, sagte Matt. »Weißt du noch, diese Maschinen, die sie in Schuhgeschäften hatten? Hohe Gehäuse, bißchen wie alte Radios, aber mit einem Schlitz unten drin.«

»Jemine, ja, daran habe ich ewig nicht mehr gedacht.«

»Der Verkäufer zieht einem Kind Schuhe an, und dann geht das Kind hin und stellt sich mit den Schuhen in den Schlitz.«

»Daran habe ich nicht mehr gedacht, seit ich, was. Die werden gar nicht mehr hergestellt.«

»Und der Verkäufer schaut oben an dem Apparat in eine Art Sucher und kann die Füße in den Schuhen sehen.«

»Um die Paßform zu überprüfen«, sagte Nick.

»Um die Paßform zu überprüfen. Tja, die Maschine war ein Fluoroskop, und sie machte folgendes, sie schickte Röntgenstrahlen durch den Schuh und in den Fuß hinein, das heißt Differentialübermittlung und liefert ein verschattetes grünliches Bild. Ich erinnere mich kaum noch daran. Jimmy kauft dir gerade ein Paar Schuhe, und dann hebt er mich hoch, damit ich in die Maschine schauen und deine Füße in deinen Schuhen sehen kann, deine Knochen in deinen Füßen.«

»Die Frage ist, wo sind diese Schuhe heute?«

»Nein, die Frage ist, hast du das oft genug mitgemacht, um Knochenschäden davonzutragen, denn diese Maschine besprüht deine Füße praktisch mit Strahlung.«

Sie hörten den Schlüssel im Schloß.

»Ich habe gesunde Füße«, sagte Nick.

»Ich bin erleichtert.«

»Aber schönen Dank für den Schreck. Eines Tages vergelt ich's dir gern.«

Rosemary Shay trat mit einer Einkaufstüte in jeder Hand durch die Tür, den Körper zu der schwereren Tüte geneigt. Sie sah, daß Nick gekommen war. Sie stand da und schaute ihn an, mit lebhaften, suchenden Augen. Sie suchte ihn immer nach irgend etwas ab, einem Zeichen, einer Veränderung. Er bewegte sich auf sie zu, um ihr mit den Tüten behilflich zu sein. Ihr Gesicht hatte fast überall Furchen, Krähenfüße und Runzeln, kleine Pergamentfalten über dem Mund. Ihre Hände waren alt, sie waren lang und abgearbeitet, milchigblaue Venen zogen sich über die schrundigen Knöchel.

Sie nahmen ihr die Tüten ab, beklagten, daß sie ihnen nicht erlaubte, ihr genügend zu helfen. Sie warnten sie vor Überanstrengung des Rückens und Erschöpfung bei Hitze. Sie sagte ihnen, sie sollten den Mund halten, noch während sie versuchte, ihnen die Lebensmittel abzunehmen, die Sachen gingen von Hand zu Hand. Nick umarmte sie lachend, und in seinen Armen hatte sie das Gefühl, man könne sie nicht überreden.

Sie aßen und redeten, nahmen sich noch einmal, Mais am Kolben, riesige Tomaten aus dem Garten des Gemüsehändlers auf City Island, die er für besondere Kunden im Hinterzimmer aufhob – der alte, volle Tomatengeschmack, sommerlich und blutbutterig und wollüstig.

»Erzähl ihm von dem Job«, sagte Rosemary.

»Das will er nicht hören.«

»Er ist dein Bruder. Erzähl's ihm.«

»Noch ein Berufswechsel?« fragte Nick.

»Ja. Ein Forschungsinstitut.«

»Dann ist das ja gar kein Wechsel.«

»Es ist ein anderes Institut. Gemeinnützig. Wir erstellen Studien, um Ländern in der Dritten Welt bei der Entwicklung von Gesundheitsversorgung und Bankwesen zu helfen.«

»Gutmenschenzeugs.«

»Ja«, sagte Matt glücklich. »Wir produzieren Papier. Wir rauchen Pfeife, diejenigen von uns, die rauchen.«

»Eine Denkfabrik«, sagte Rosemary.

Sie ließen diesen Begriff über dem Salat schweben. Jahr für Jahr, Job für Job entfernte sich Matt von der Wissenschaft, mit der er sich in den siebziger Jahren befaßt hatte, Arbeit, deren genauer Charakter Nick unbekannt war, Regierungsarbeit, die Geheimprojekte und abgelegene Wohnorte mit sich brachte. Nicht daß sich Nick darum gerissen hätte, an ihn heranzukommen. Es war merkwürdig, sonst nichts, wenn zur Abwechslung mal der jüngere Bruder der Schmallippige war, nicht bereit, Fragen bereitwillig zu beantworten.

»Mein Kleiner lernt das Spiel, Jeffrey.«

»Welches Spiel?« fragte Matt.

»Welches Spiel. Von welchem Spiel red ich wohl? Dein Spiel.«

»Mein Spiel.«

»Er spielt gegen seinen Computer. Sein Computer hat ein Schachprogramm mit einer Rücknahmeoption, so daß er seine dümmeren Züge rückgängig machen kann.«

Matt sagte nichts.

Die Katzen kamen aus ihrem Versteck. Sie schmiegten sich um die Stuhlbeine, krümmten den Rücken, rieben sich an den Beinen der Menschen, wanden sich durch den Irrgarten da unten, und sie gingen mit schaukelndem Rücken und gähnten, Ärschchen in die Höh.

»Wir haben Platz für dich«, sagte Nick zu seiner Mutter.

»Wie ist das denn aufgekommen?«

»Es war immer da. Das weißt du doch. Wir warten darauf, daß du sagst, du bist soweit.«

»Nun, ich bin es nicht. Es gibt Nachtisch. Wer will Kaffee?« sagte sie. »Ich nehme den koffeinfreien. Ich weiß, Matty trinkt welchen.«

Dann erzählte sie ihnen eine Geschichte von Jimmy in der Stadt. Sie erzählte sie beim Kaffee, und sie hörten ihr mit einer gemeinsamen Intensität zu, die kein anderes Thema auch nur annähernd hervorrufen konnte. Das war es, was sie immer noch zu einer Familie machte, trotz all dem Schweigen und der Distanz – der Vater in seiner verlorenen Glorie, der Buchmacher.

»Es war komisch, ich meine komisch-merkwürdig, aber die ersten Wetten, die er je annahm, waren von Cops. Er arbeitete als Klempnergehilfe im Hotel New Yorker. Dann wurde er ins Büro der Wachmannschaft versetzt, da habe ich ihn ein paarmal besucht und ihm Gesellschaft geleistet, ein großes, lautes Büro in der Nähe der Warenannahme, und der Chef des Wachpersonals hatte einen Raum für den Buchmacher des Viertels abgeteilt, damit der jeden Morgen kommen und seinen Geschäften nachgehen konnte. Er berechnete ihm Miete, bestimmt keine übertriebenen Summen. Und bald darauf ernannte der Buchmacher Jimmy zu seinem Läufer. Jimmy fand das klasse. Er zahlte den Gewinnern Geld aus und kassierte von den Verlierern. Jeden Tag machte er seine Runde, kreuz und quer durch den Garment District. Er war leichtfüßig, wich den Jungs aus, die die Kleiderständer herumschoben. Mit der Zeit zog er sich zusätzlichen Umsatz an Land, Umsatz für ihn selbst, Wetten besetzen hieß das – sorgfältig ausgesucht, eine Wette hier, eine Wette da. Und oft kam er durch die Polizei an seine Geschäfte. Da haben wir also die Wachleute und die Polizei, irgendwas Neues? Einmal im Monat ging ein Detective, der machte den Kurier, zum Autohandel der Solomon Brothers und holte das Schutzgeld ab, das auf dem Revier verteilt wurde. Das Geld floß also hin und her, und alle waren glücklich. Die Gebrüder Solomon organisierten das Buchmachergeschäft für die ganze Gegend, Arthur und, den anderen Solomon hab ich vergessen, Arthur und Bernie, ja, Arthur und Bernie trugen wunderschöne Anzüge und hatten eine Loge in den Polo Grounds, sie kannten Baseballspieler und Leute aus dem Showgeschäft, und irgendwann kriegte Jimmy sein eigenes kleines Stück vom Kuchen, gar nicht auf die krumme Tour, ja, und die Solomons zahlten ihm achtzig Dollar die Woche, das war nach deiner Geburt«, sagte sie zu Nick, »und nachdem er mich schon einmal verlassen hatte, plus einen Bonus bei einem guten Monatsumsatz.«

Matt sagte: »Aber wer hat verhindert, daß sich Konkurrenten, die auch am Wettgeschäft interessiert waren, dazwischendrängten? Ein paar Autohändler konnten das doch nicht, oder? Da müssen sie echte Gangster von außen geholt haben.«

»Brauchten sie gar nicht. Das Geld, das sie der Polizei bezahlten, war ein doppelter Versicherungsschutz. Sie bezahlten die Polizei dafür, daß sie arbeiten konnten. Und dafür, die Konkurrenten zu vertreiben. Wenn sich da wer zeigte, kamen die Detectives vom Borough oder vom Revier wie die heilige Vergeltung über sie.«

»Wie in den Radiokrimis«, sagte Matt.

»Genau. Und die Geschichte wollte ich ja überhaupt erzählen, bevor ich mich im Kleingedruckten verheddert habe. Die Festnahmen der Polizei. Sie mußten sogar die Buchmacher festnehmen, von denen sie bestochen wurden. Sie kriegten Druck, wenn es Beschwerden gab, von aufrechten Bürgern, wißt ihr, oder sogar direkt aus dem Rathaus. Man nannte das Gefälligkeitsverhaftungen. Der Sergeant entschuldigte sich dann, buchtete denjenigen beim Revier auf der Dreißigsten Straße ein, und der ging dann zur Centre Street, wo der Anwalt der Solomons schon wartete, man sagte, Schuldig, Herr Richter, und zahlte fünfundzwanzig Dollar Strafe, bevor man wieder an die Arbeit ging. Am Tag, als du auf die Welt kamst«, sagte sie zu Matt, »wurde dein Vater zweimal verhaftet. Ein Mißverständnis auf dem Revier. Sie verhafteten ihn morgens, und als er schließlich wieder freigelassen wurde, nahm er die U-Bahn in die Bronx, wo ich im Krankenhaus lag, kurz vor der Entbindung, es war einer dieser dampfenden, klebrigen Tage, und er kam ins Zimmer, wischte mir die Stirn ab und fächelte mir mit einem Wettformular Luft zu und sagte, Hast du es schon gekriegt, und etwas später sagte er, er müsse einen Mann treffen, sehr wichtig, bin gleich wieder da, und er fuhr downtown und wurde wieder verhaftet, anderer Cop, gleicher Sergeant hinterm Schreibtisch, beim Richter weiß ich's nicht, und als er wieder ins Krankenhaus kam, sah er von dem ganzen Rumgerenne und der Hitze und der U-Bahn schlimmer aus als ich, aber ich hab ihn nicht bedauert, das könnt ihr mir glauben.«

Matt sagte: »Abwechslungsreicher Tag.«

»Es war eine schwindelerregende Komödie, aber wir hatten keinen, mit dem wir darüber lachen konnten, denn Wetten anzunehmen war die eine Sache, aber dafür verhaftet werden war weitaus weniger annehmbar, und bis heute habe ich diese Geschichte niemandem erzählt.«

Nick beobachtete sie aufmerksam, nahm jede Bewegung, jeden Ausdruck in sich auf. Eine Tiefe in ihren Augen, die gefälligst ihre Söhne ergründen sollten – der nagende, der schwärende Schmerz unter dem gutgelaunten Geschichtenerzählen. Und wie sie ihre Stimme einsetzte, mit gedehnten, leicht verformten Vokalen, ein Klang aus den alten Straßen, deren alter, volkstümlicher Gesang inzwischen in die Vorstädte gezogen ist, und ein leichter irischer Zungenschlag, der das Ganze von irgendwoher aus der Kindheit ankitzelte.

Lärm von der Straße, ein Autolautsprecher Marke Eigenbau bombardierte die Nacht mit Musik, ein Auto, das nur aus Klang bestand, eine mobile Klangbombe, und Nick warf seinem Bruder einen scharfen Blick zu, der zuckte nur die Achseln und grinste.

»Er will, daß du auf seinem Patio sitzt, Mama. Sternenfunkeln über dir. Kakteensilhouetten im Mondlicht.«

»Stell dir mal vor, ich und Kakteen.«

»Kein Lärm auf den Straßen. Da unten werden Leute wegen Lärm verhaftet. Wenn dein Vorgarten nicht sauber und ordentlich ist, reden die Nachbarskinder nicht mit deinen Kindern.«

Nick wartete darauf, daß sie wieder sprach. Er öffnete sich allem, was in ihr war, von der Vergangenheit, die sich unaufhörlich fortschreibt, bis zur vergehenden Minute und dem, was seine Mutter fühlt, wenn sie sich am Handrücken kratzt, an der Haut zieht und dann kratzt. Er versuchte, das Rascheln ihres Lebens zu vernehmen, die Fliege, die im Zimmer der alleinlebenden Frau summt.

Eine der Katzen rieb sich an seinen Fesseln, der orangegefleckte Kater, den seine Mutter auf der Straße gefunden hatte. Er schüttelte ihn ab und goß allen Kaffee nach.

Sie saßen bei Tisch und redeten halblaut.

Rosemary war im Schlafzimmer, und sie redeten über die Teller und Tassen und das Pfützchen verschüttete Milch hinweg.

»Wo schläfst du?«

»Ich mach mir das Sofa fertig«, sagte Matt. »Und du?«

»Park Avenue South. Doral Hotel. Bist du runtergefahren?«

»Geflogen, mit dem Shuttle. Sag mal, ganz im Ernst, willst du sie wirklich nach da draußen mitnehmen?«

»Mehr denn je.«

»Du mußt dir klarmachen, diese Frau hat keine Angst. Sie lebt ein freies Leben. Die Leute kennen sie. Und respektieren sie. Hier ist Nachbarschaft noch etwas Lebendiges.«

»Sprich leiser.«

»Leiser.«

»Hast du die Korridore gesehen?« fragte Nick.

»Die Korridore. Diese Korridore? Was für Korridore?«

Matt stapelte ein paar Teller und trug sie in die Küche.

»Hör mal. Stell dich an den Fahrstuhl. Schau nach links. Dann nach rechts. Was siehst du?«

»Keine Ahnung. Was sehe ich?«

»Du siehst die längsten, traurigsten, erschreckendsten, deprimierendsten – kennst du das Gefühl?«

»Es ist ein Korridor«, sagte Matt.

»Es ist dieses Gefühl. Ein Alptraum aus irgendeinem stalinistischen – na gut, Überreaktion, ich geb's zu.«

»Es ist ein Korridor. Übrigens die meiste Zeit voll kleiner Kinder.«

»Sprich leiser.«

»Paß auf, es liegt sehr wohl im Rahmen deiner Erfahrungen, dir eine Kette von Ereignissen auszudenken, so wie du glaubst, daß sie sich zugetragen haben oder gerade zutragen. Das ist durchaus nicht zu weit für deine Kragenweite.«

Nick konnte seinen Bruder nicht ansehen, ohne daß er ihm am liebsten die Fresse poliert hätte. Derselbe Grund wie eh und je – der Vater, nicht die Mutter. Die tiefe Uneinigkeit, das alte Tauziehen der Willenskräfte, dieses Unnachgiebige in der Vorstellung von zwei Brüdern.

»Keiner hat ihn abgeholt, Nicky. Keiner hat ihn geschnappt und weggebracht. Er ist im Grunde unseretwegen gegangen. Er wollte kein Vater sein. Schlimm genug, daß er ein Ehemann war, diese Bürde, weißt du, lauter Verpflichtungen und Ereignisse, mit denen er nicht umgehen konnte. Er war ein einsamer Wolf, um den romantischen Ausdruck zu benutzen, nur viel schlimmer, krankhaft ichbezogen, nicht aus Eitelkeit oder Dummheit, sondern aus einer Art Angst, einer tiefverwurzelten, einer abgedichteten Weltsicht, die zu Angst wurde. Deshalb konnte er andere Leute nur als Last sehen, kleine verwischte Gestalten, die ihn in seiner Einsamkeit und seiner existentiellen Härte störten. Er hätte zur französischen Fremdenlegion gehen sollen, als er zwanzig war. Nicht daß ich gern darauf verzichten würde, auf der Welt zu sein. Aber ehrlich und realistisch gesagt. Das hätte er tun sollen.«

»Du weißt viel. Woher weißt du so viel?«

»Sie erzählt mir Dinge. Sie erzählt mir Dinge, die sie dir nie erzählt hat.«

»Ich habe dich im Blick, während du mir das sagst.«

»Du hast mich im Blick.«

»Allerdings.«

»Du verpaßt mir deinen Blick.«

»Allerdings, genau das.«

Matt stand an der Spüle und wusch die Teller ab, ließ das Wasser leise laufen, damit sie einander hören konnten, und er drehte sich nicht um, um den Blick seines Bruders zu überprüfen.

»Er war in Schwierigkeiten. Irgendeine Wettkanone hatte bei ihm einen Volltreffer auf einen Außenseiter gelandet. Eine Riesenwette gegen die Quote. Inzwischen hatte Jimmy seinen eigenen Laden laufen, unabhängig von den Solomons. Ich weiß sogar, wie das Pferd hieß.«

»Du weißt viel. Warum bin ich bloß nicht beeindruckt?«

»Am Ende waren es die Last, die Bürde, die ihn zur Tür hinausgedrängt hat.«

»Hör zu. Jetzt bin ich verwirrt. Hilf mir mal. Zuerst geht er unseretwegen. Dann geht er, weil jemand bei ihm einen Volltreffer auf einen Außenseiter gelandet hat und er nicht zahlen kann.«

»Terra Firma. Jimmy hatte die Wette nicht bei anderen Buchmachern untergebracht, die mit solchen Summen umgehen konnten. Vielleicht kam die Wette spät rein, und er hatte keine Zeit, sie woanders anzubieten.«

»Du weißt das, und ich nicht?«

»Sie schirmt dich ab.«

»Ich bin kein verdammtes bißchen beeindruckt. Warum nur?«

»Es gab keine dramatische Szene mit Männern, die ihn in ein Auto gestoßen haben und losgebraust sind. Er hatte Schulden, die er nicht bezahlen konnte. Er war ein kleiner Fisch. Er bezahlte einem Knopfmacher zehn Dollar die Woche, der ihm mit der Abrechnung half. Bei ihm ging es nicht um große Summen.«

»Hör zu. Ist das etwa keine Einladung zur Gewalt? Du schuldest einem Geld und kannst es nicht bezahlen? In dem Umfeld?«

»Was für ein Umfeld? Du hast sie doch gehört. Sie brauchten keine Gesetzesdiener.«

»Nö, sie hatten ja die Cops. Aber nicht für so ein Problem.«

»Er war weg, bevor noch ein Problem daraus werden konnte. Er hatte seit Jahren einen Fuß draußen. Du hast doch gehört, was sie gesagt hat. Er hatte sie schon mal verlassen. Er suchte nach einer Entschuldigung, um das zu einem Dauerzustand zu machen.«

»Du weißt das alles. Und ich nicht. Und trotzdem bin ich bemerkenswert unbeeindruckt. Hilf mir mal. Erklär mir das.«

Matt drehte den Hahn zu und schaute seinen Bruder an, der vornübergebeugt am Tisch saß.

»Er beging das unsagbare italienische Verbrechen. Er ließ seine Familie sitzen. Dafür haben sie nicht mal ein Wort.«

»Er hat uns nicht sitzenlassen. Sie sind gekommen und haben ihn abgeholt.«

»Glaub's ruhig weiter«, sagte Matt.

Er drehte den Hahn wieder auf, schäumte die Teller ein und spülte sie ab. Das Auto kam zurück, die Donnerkiste in Autogröße, und verursachte da draußen einen Knattersturm. Nick beugte sich schwer über den Tisch, inzwischen mit trägen Augen, gesenkten Brauen, den Mund nur einen Spaltbreit offen und zu einem leblosen Grinsen verzogen. Er erinnerte an jemanden, der schon vor Stunden angefangen hat zu trinken und fest entschlossen ist, den Punkt ganz besonderer Selbstaufgabe zu erreichen.

Kein Wort. Matt spülte einen Teller und trocknete ihn ab, dann versuchte er den Platz im Schrank zu finden, wo er hingehörte. Endlich fuhr das Auto weg. Dann stand Nick auf. Er nahm die verbleibenden Gegenstände vom Tisch und trug sie in den Küchenbereich. Er ging nicht, er bewegte sich. Eine schwerfällige Bewegung, matt und schmollend.

»Sie hat ihre Kirchengemeinde«, sagte Matt.

»Was?«

»Sie hat ihre Gemeinde. Ihren Pfarrer.«

»Wir finden eine neue Gemeinde für sie.«

»Das wird nicht dasselbe sein.«

»Wir wollen auch gar nicht, daß es dasselbe ist. Es soll anders werden. Darum geht es doch gerade.«

Matt reichte ihm ein Glas zum Abtrocknen. Eine Zeitlang arbeiteten sie wortlos, spülten das Geschirr und stellten es weg, jedes Ding an seinen Platz.

»Wie läuft's im Müllgeschäft?«

»Es boomt. Das Müllgeschäft. Wächst im Minutentakt.«

»Kein Wunder.«

»Wir können gar nicht genug Aufschüttungen errichten oder tiefe Höhlen graben.«

»Kommst du da auch rein? Kriegst das Zeug von nahem zu sehen?«

»Manchmal fahre ich vorbei. Inspektion aus der Ferne.«

»Riechst du den Geruch?«

»Ist schon vorgekommen, ja.«

»Siehst du die Ratten? Das muß doch der Planet der Ratten sein.«

Nick fand den richtigen Platz für Dessertteller im Schrank.

»Hab ich dir je von der Ratte in der Stadt erzählt?«

»Glaube nicht«, sagte Matt.

»Hab drüber nachgedacht, während ich hier raufgefahren bin. Ich hatte eine Verabredung, zum Jazz, wir wollten Charles Mingus hören. Laß mich überlegen. Ich glaube, ich wohnte damals in Palo Alto und arbeitete an Lehrbüchern mit. Kam zu einer Konferenz her. Ich war vielleicht sechsundzwanzig. Ich war mit einer Deutschen verabredet, Philosophiestudentin, genau, Typus zukünftige Terroristin, jetzt, wo ich drüber nachdenke. Wir gingen irgendwo auf der Hudson Street in das Mingus-Konzert, und Mingus stand da oben, schaukelte seinen Baß und schaute jedesmal nach der Kasse, wenn sie klingelte. Mingus war groß, und er war breit. Er sah aus wie drei Männer, die sich einen Anzug teilen. Ich begleitete sie nach Hause, wir gingen zu Fuß quer durch die Stadt und weiter Richtung downtown, dann kommen wir zu ihrer Wohnung, Erdgeschoß in einem alten Haus, und gehen zur Tür hinein. Im selben Augenblick, als wir hereinkommen, schaltet sie das Licht ein. Und dann diese Ratte. Ich stehe da und denke, was immer ich denke. Sex ist diesen Gedanken nicht völlig fremd. Und dann diese Ratte. Ich sehe die Ratte direkt die Wand hochlaufen. Sie rennt die Wand hoch, eine irrsinnig große Ratte, und sie gibt einen Laut von sich, den ich immer noch höre, wie ein pfeifender Kadaver. Und die Frau. Die Frau sagt irgendwas auf deutsch, greift sich was vom Tisch und geht auf die Ratte los. Ich stehe da, totenstill. Gelähmt von erstarrtem Begehren. Die Lust ist mir in den Lenden erstarrt. Und die Frau rast quer durchs Zimmer, hinter der Ratte her.«

Matt legte eine nasse Tasse in das Trockentuch, das Nick in der Hand hielt. Nick bemerkte das typische Vergnügen des jüngeren Bruders, der dabeisein darf, der ausgesuchte Einzelheiten über ein infames Ereignis erfährt. Das ist um so plastischer, seltener und köstlicher, wenn der Erzähler es zuläßt, daß sich ein kleiner Hauch Narrheit um seine nüchterne Person legt, ein Mißgeschick oder etwas Glitschig-Genantes. Um so intimer und ansprechender.

»Die Ratte rast auf der anderen Seite wieder die Wand runter und zischt ins Bad wie ein Spielzeug an der Strippe, nur tausendmal schneller. Phänomenal, diese Ratte, groß und schnell, und die Frau immer hinterher, sie schwingt irgendwas, ich hab mich übrigens nie drum gekümmert, was es war. Sie knipst das Badezimmerlicht an und geht schnurstracks hinein. Ich fühle mich, ehrlich gesagt, ein bißchen vernachlässigt. Aber egal. Ich bleibe, wo ich bin. Ich denke, was ist denn aus meinem Jazzabend geworden? Zu einer Rattenjagd verkommen. Und da steckt sie den Kopf durch die Tür.«

Matt hing an den Zügen seines Bruders, bewegte sichtlich die Lippen zu Nicks Erzählung, nahm ein Wort vorweg oder wechselte den Gesichtsausdruck, wenn Nick es tat.

»Ich stehe so weit von der Badezimmertür weg wie möglich, ohne daß man sagen müßte, ich hätte die Wohnung verlassen. Die Wohnungstür halte ich offen. Die Frau kämpft im Badezimmer mit der Ratte, und ich höre dieses kranke Pfeifen der Ratte. Da steckt die Frau den Kopf durch die Tür und sagt, Ich glaube es nicht! Ich habe diese Scheißratte schon zweimal gekillt! Rattengift mit Totenschädel drauf! Und jetzt ist sie zurück! Die Frau dreht sich um und geht wieder auf die Jagd. Ich fühle mich total wertlos. Mit ihr schlafen? Ich habe nicht mal das Recht, in derselben Stadt zu sein. Ich höre die Ratte durch die Badewanne rasen. Hast du schon mal eine Ratte gehört, die durch die Badewanne rast? Ich kann dir sagen, Mann, das ist knallhart.«

Matt erstickte fast vor Vergnügen. Er gab einen kehligen Laut von sich, ein unwillkürliches Tremolo. Nick beendete die Geschichte – wie sich die Ratte fein säuberlich durch einen Schlitz in der Wand zwängte und der Abend gründlich abstürzte. Sie tranken noch eine Tasse Kaffee, dann suchte sein Bruder das Telefonbuch und rief ein Taxi. Nick stand am Wohnzimmerfenster. Er hielt Ausschau nach Nutten in Leggings auf dem Moteldach.

Die Italiener. Sie saßen mit Papierfächern und Orangenlimonade auf den Stufen vorm Haus. Sie machten sich ihre Welt. Sie sagten, Wer ist besser als ich? Sie konnte das nie sagen. Sie wußten, wie man da sitzt und das sagt und glücklich ist. Zurückdenken, Jahrzehnt um Jahrzehnt. Sie sah eine Frau, die sich mit einer Zeitschrift zufächelte, und es schien eine Enzyklopädie der Brisen zu sein, das Buch aller Brisen, die je geblasen haben. Die Stadt im Hitzerausch. Pferde, die auf der Straße verendeten. Wer ist besser als ich?

Sie hörte sie da draußen reden.

Er will, daß ich in den Zoo gehe, weil Tiere etwas Reales sind. Ich habe ihm gesagt, das sind Zootiere. Tiere, die in der Bronx leben. Im Fernsehen kann ich Tiere im Regenwald oder in der Wüste sehen. Also bitte, was ist echt und was ist falsch, da mußte er lachen.

Leichter wäre gewesen, zu glauben, sie hätte es verdient. Er ging fort, weil sie herzlos war, närrisch, böse, eine schlechte Hausfrau, eine schlechte Mutter, eine kalte Frau. Aber sie konnte zu keiner dieser Entschuldigungen eine glaubwürdige Geschichte erfinden.

Dabei war es die innigste Nähe, seine geflüsterten Geschichten von den Glücksspielern und der Polizei, wenn sie im Bett lagen, von seinen Tagen mit den Kleiderbossen und den Hotelpagen. Er brachte sie mit diesen Geschichten tief in der Nacht zum Lachen, Liebesnächte, in denen er ihr nachher zuwisperte, eng umschlungen im Bett, und selbst wenn er abgebrannt war bis auf den letzten Cent, erzählte er ihr des Nachts immer noch witzige schräge Geschichten. Mittlerweile sank sie allmählich in den Schlaf und sagte ein Ave Maria, weil sie das immer tat, bevor sie einschlief. Bloß daß sie sich nicht mehr ganz sicher war, ob ihr letztes Ave Maria von gestern oder von vor zwei Minuten war, und sie sagte das Gebet und sagte es wieder, weil sie die Zeit durcheinanderbrachte und nicht einschlafen wollte, ohne sicherzugehen.

Sie hatte mehr Besitztümer als die meisten Menschen, die sie kannte, dank ihrer Söhne, die sie mit allem ausstatteten. Sie hatte schönere Möbel, ein sichereres Haus und Ärzte von vorne und hinten. Sie schickten sie zu einem Gynäkologen, Janet rief an, und dann rief Marian an, Frauen aller Länder, hurra. Aber sie konnte immer noch nicht sagen, Wer ist besser als ich?

Sie kriegte das Italienische, aber ohne die Familie, nur den Jungen, der einfach auftauchte, wie ein Schatten von der Wand. Zuerst machte ihr das nichts aus. Sie mochte es. Sie wollte keine Verwandten, die mit Törtchen in weißen Schachteln aufkreuzten. Sie mochte seine Kargheit, seinen Mangel an Bindungen. Aber dann merkte sie allmählich, was das bedeutete. Das einzige, was sich in dem dunklen Körper des Mannes bewahrt hatte, war ein Kind im leeren Raum, der wendige Junge, kurz davor, sein Glück aufzubrauchen.

Dann schlief sie, und die Automusik weckte sie. Sie hörte von neuem ihre Stimmen, die zufallenden Schranktüren.

Sie zeigte ihre Liebe nicht. Sie zeigte sie, aber nicht genug. Darin war sie nicht besonders gut. Aber zum Teil lag es auch an ihm. Je mehr sie ihn liebte, desto mehr Angst bekam er. Er hatte Angst in den Augen, wenn er des Nachts witzige Geschichten erzählte.

Sie hörte, wie sie die Schranktüren auf- und wieder zumachten. Sie hatten nie gewußt, wo die Sachen hingehörten. Warum sollten sie es jetzt wissen? Nieten. Sie kratzte sich am Handrücken, heftig, und sagte ein weiteres Ave Maria, nur für den Fall, daß das letzte schon gestern gewesen war.

So war sie erzogen worden. Geh zur Kirche, ehre deine Eltern, heirate den hart arbeitenden Jungen, den gewöhnlichen Jungen, den Graubrot-Jungen, wie sie immer sagten. Und die Nonnen sagten außerdem, Du bist ein Kind Marias, und du brauchst ihn nicht zu küssen. Aber er war nicht gewöhnlich, und sie küßte ihn.

Sie ertrug den Gedanken nicht, daß Nick vielleicht recht hatte. Daß jemand gekommen war und ihn geholt hatte. Dann wäre ihr Jimmy ja unschuldig gewesen. Was Nick schon im frühesten Alter geglaubt hatte. Aber vielleicht war das andere schlimmer, die Wahrheit war schlimmer. Es war ohne Gewalt geschehen.

Sie schlief und wachte wieder auf. Sie horchte und wußte, daß Nick gegangen war und Matty im Bett lag, und dann horchte sie auf die Geräusche von der Straße und dachte an die Tiere in ihren Käfigen und in ihren Lebensräumen, an Löwen in der Boston Street, die in der Nacht husteten.

Das Video wurde schon wieder gezeigt, aber Nick sah nicht hin. Er stand in seinem Hotel am Fenster und schaute auf die Autos, die sich geräuschlos über die Avenue bewegten, spärlicher Verkehr im Natriumschein der Straßenlaternen.

Er wartete darauf, daß der Zimmerservice mit seinem Brandy auftauchte.

Auf dem Weg hier runter war der Taxichauffeur die ganze Zeit mit der linken Hand gefahren, ein Dominikaner im Netzhemd, den rechten Arm über die Sitzlehne gelegt. Er erzählte Nick von den Morden an illegalen Taxifahrern, das kam in letzter Zeit regelmäßig vor, ein Glücksspiel, das man jede Nacht spielte.

Nick mochte keine Katzen. Wenn sie erst einmal ja gesagt hatte, würden die Katzen in Pension gehen müssen.

Entweder rauben sie dich aus und bringen dich um, oder sie rauben dich aus und lassen dich leben, oder du fährst sie anständig irgendwo hin, sagte der Mann, und sie bezahlen dich oder sie lassen es bleiben.

Ich lebe ein ruhiges Leben in einem bescheidenen Haus in einer Vorstadt von Phoenix.

Wenn er sie erst mal so weit hatte, daß sie ja sagte, würden sie ungehindert Zeit zum gemeinsamen Erinnern haben.

Er hatte dem Mann ein anständiges Trinkgeld gegeben. Was gibt man einem Mann, der sein Leben riskiert, wenn er die Tour annimmt? Nick war sicher, daß das Trinkgeld anständig war, ordentlich, aber nicht lächerlich, nicht so, daß es ihn als Fremden bloßgestellt hätte.

Er schaute auf den Bildschirm, das Band näherte sich der Stelle, wo der Fahrer winkt, das trockene Winken vom oberen Rand des Steuers aus, und er wartete auf den Zimmerservice und das Klopfen an der Tür.

6

Als Matty nämlich noch ganz klein war und sein Bruder immer auf dem Topf saß und einem Winzlingspublikum Comics vorlas, vier- und fünfjährigen Stöpseln aus der Nachbarschaft, die angeblich von einem Erwachsenen irgendwo in der Nähe beaufsichtigt wurden, und Matty auf der Türschwelle, allzeit bereit, den Warnruf *Chickie!!* auszustoßen – da saß Nick also auf dem Topf und las ihnen aus Captain Marvel oder den Targeteers vor, die Hosen schlapp von den Kniescheiben hängend, und er führte den Dialog lebendig vor, deklamierte und fuchtelte, erfand eine Stimme für die Bösen und für die Frauen und ein dünnes, durchdringendes Kreischen für die Gangsterautos, die nachts scharf um die Ecken rasten, jagte den Kleinen manchmal mit seiner Wildheit Angst ein, pausierte dann, um einen Köttel abzusondern, der mit einem Platschen, einem Plumpsen ins Wasser fiel, dem komischsten Geräusch auf Gottes weitem Erdboden, was eine glückliche Ehrfurcht auf die Gesichter seiner Zuhörer zauberte – das war die gruseligste Wonne überhaupt, besser als alles, was sich aus den Sprechblasen herausholen ließ.

Matt schlenderte durch das Viertel, um das alte Haus zu sehen, Nummer 611, und er hing der Frage nach, wer wohl in ihrer Wohnung im zweiten Stock wohnte, welche Sprache gesprochen wurde, wie viele vor sich hin knirschende Leben, aber vor allem dachte er an den neunjährigen Nicky, der auf dem Thron hockte. Wer sonst würde ihnen die Comics vorlesen, diese vibrierenden Dramen voller teuflischer Verbrecher und kraftstrotzender Helden?

Er besuchte Bronzini, seinen alten Schachmentor, einen gutmütigen Mann und nicht allzu willigen Einpauker. Inzwischen wohnte er in einem tristen Bau, dessen Eingang von all den Spuren städtischen Lebens gekennzeichnet war – Sprayfarbe, Pisse, Rotze, Sprenkel von etwas Dunklem, wahrscheinlich Blut. Der Fahrstuhl funktionierte nicht, und Matt ging zu Fuß fünf Stockwerke hoch. Eine Kindersandale auf dem Treppenabsatz. Er klopfte und wartete. Er ahnte einen Augapfel auf der anderen Seite des Spions und dachte an seine eigene Straße, sein Haus und das Leben in den Computervorstädten, hingekauerten Enklaven gleich an der Autobahn, in wenig einladender Lage, an den Eckladen, wo es elf Sorten Croissants und siebenundzwanzig Sorten Kaffee gab, und irgendwie waren es trotzdem nie genug, an das Leben, das er zuvor geführt hatte, die Waffen, die er erforscht und mit perfektioniert hatte, die Erfahrung der Wüste, vollkommen losgelöst von jeglicher bodenständigen Realität, dachte er, im Vergleich zu diesem Mann auf der anderen Seite des Spions, der dem zunehmenden Zerfall auf seinem Geburtsplaneten zuschaut.

Das Lächeln des Mannes lag in seinen Augen, ein warmes Sprudeln voller Bereitwilligkeit und Lust auf Wissen. Das war übriggeblieben, seine Neugier. Er sah zu alt aus, zu karg, sein Gesicht ein eckiger Umriß, sein früheres Aussehen nur noch wie durchgepaust, ein abgemagerter und ausgebleichter Bronzini. Ein paar Tage grauer Stoppeln umgaben seinen ungepflegten Schnurrbart, und Matt dachte, der Mann hat das Alter ergriffen, es mit einer rückhaltlosen Zustimmung angenommen.

»Bitte nicht Mister. Albert reicht doch. Und du siehst gut aus. Robust, das überrascht mich. Ich erinnere mich an ein Streichholz. Ein Streichholz mit einem Flammenkopf.«

Offenkundig hatte der Mann ihre kürzer zurückliegenden Treffen vergessen. Sie saßen an einem Tisch beim Fenster und tranken frischgebrühten Tee. Bronzini lebte jetzt mit seiner Schwester zusammen, die nie geheiratet hatte, die in ihrem Zimmer saß und einen Singsang von sich gab, von begrenzter informationeller Tragweite, wie er sagte. Sehr verdichtet. Aber als er erst einmal gelernt hatte, Geduld mit ihren Wiederholungen und Umschreibungen zu haben, empfand er ihre Gegenwart zunehmend als Quelle großen Trostes. Erholung, sagte er, von seinem eigenen inneren Toben.

Er sagte: »Manchmal fahre ich mit dem Zug nach Manhattan rüber. Da gibt es ein Schachcafé, im Village, und dort spiele ich ein, zwei Partien. Ich verliere, aber es ist mir nicht peinlich. Oder ich spiele da unten auf dem Spielplatz mit einem Nachbarn. Wir teilen uns eine Bank. Die Kinder lassen uns in Ruhe.«

»Ich spiele nicht«, sagte Matt, seine Stimme frei von jeglicher Nuance.

»Ich habe mir immer Gedanken über deinen Vater gemacht. Er hat dir die Grundzüge beigebracht, aber ich hab mich gefragt, war er ein ernsthafter Spieler. Ich kannte ihn nicht gut genug, um das Thema anzuschneiden, irgendein Thema. Er war kein Mensch, der, sagen wir, zum Nachfragen ermutigte.«

Die Augen bizzelten wie Sprudelwasser.

»Er hat mir ganz schön was beigebracht. Wir haben Eröffnungen geübt und viele Partien gespielt. Zum Spaß spielten wir Blitzschach. Er nannte es die Schnellbahn.«

Als sein Vater rausging, um Zigaretten zu holen, kam Matt gerade in die zweite Klasse. Er fand ein Buch mit Schachaufgaben, das Jimmy in einem Schreibtisch aufbewahrt hatte. Das war eine wichtige Entdeckung, und er arbeitete sich durch das Buch, saß vor dem Spielbrett und schob die Holzfiguren hin und her. Sein Bruder pflegte hereinzukommen, die Figuren vom Brett zu fegen und ohne ein Wort wieder zu gehen. Matty hob sie auf und setzte sie auf genau dieselben Positionen wie zuvor. Zum Beispiel lernte er die Verteidigung von Schwarz. Sein Bruder kam herein, fegte die Figuren vom Brett und ging wieder.

»Deine Mutter hat mich darum ersucht. Aber du warst ein Problem«, sagte Bronzini. »Ich brauchte Hilfe, um mit dir fertigzuwerden.«

»Harter Brocken.«

»Flatterhaft, allerdings, hast sehr schnell meinen Rat verworfen. Natürlich hast du Dinge erkannt, die ich nicht sah. Du hattest beachtliche Fähigkeiten und Einsichten. Für mich war das anregend, aber auch demütigend. Mir fehlte das tiefe Einfühlungsvermögen des Meisterspielers.«

»Als Team waren wir vielleicht ein bißchen wacklig. Aber ein paar Jahre haben wir doch durchgehalten. Eine kleine Kostprobe vom Ruhm haben wir bekommen, Albert. Ich kann dir sagen, diesen kleinen Jungen kann ich nicht leiden. Ich denke nicht gern an ihn.«

»Ab und zu vertiefe ich mich in die Theorie. Ich lese etwas über die Geschichte des Spiels. Die Persönlichkeit des Spiels. Dieses Spiel ist unglaublich feindselig.«

»Irgendwann begann ich die Sprache zu hassen«, sagte Matt. »Du zermalmst deinen Gegner. Es geht nicht um Gewinnen oder Verlieren. Du zermalmst ihn. Du vernichtest ihn. Du entblößt ihn seiner Würde, seiner Männlichkeit oder Weiblichkeit, du zerstörst ihn, du stellst ihn öffentlich bloß als minderwertiges Wesen. Und dann strahlst du ihm ins Gesicht. All die Dinge, die mir immer ein so unverhülltes Vergnügen bereiteten, habe ich allmählich gehaßt.«

»Weil du anfingst zu verlieren«, sagte Albert.

Natürlich hatte er recht, und Matt lachte. All diese konzentrierte Macht, das implosive Leben des Brettes, schwarz und weiß, die autokratische Schönheit des Gewinnens, eine Brustvoll unverhohlenen Stolzes – er schlug Männer, Jungen, die Alten und Weisen, die Kraftvollen und Schnellen, die freundlich-muffigen Dichter der Kaffeehausboheme. Doch dann, mit zehn oder elf, erlebte er, wie seine Kanten langsam unscharf wurden, und er mußte einige Niederlagen einstecken, der Wind drehte sich gründlich, und es machte ihn krank und schlapp.

»Die Konkurrenz änderte sich. Wir fanden bessere Gegner für dich.«

»Und ich wurde langsamer.«

»Deine Entwicklung stieß an eine Wand. Nein, keine Wand. Aber sie wuchs nicht mehr im Quadrat.«

Matt schaute hinaus auf den Spielplatz, verblüfft über die Verelendung, das Basketballfeld voller Schlaglöcher, leer, nur ein Korbbrett stand noch. Direkt unter ihm der alte Bocciaplatz, von Unkraut überwuchert. Alles leer. Auf der zweiten Ebene das Softballfeld, asphaltheiß und leer, eine schwere, sengende Trägheit, blitzende Glasscherben auf der dunklen Oberfläche, zwei oder drei Männer, er sieht sie vor sich, sie stehen beim Zaun am linken

Außenfeld, in irgendwie tödlicher Pose wie Gestalten aus einem Italo-Western, schlank, namenlos, unrasiert – bei denen wurde die Sprache der Lebenserwartung wohl kaum gesprochen.

Er sagte: »Ich bin rumgelaufen. Es ist kompliziert. Ich merke, wie ich versuche, der Standardreaktion zu widerstehen.«

»Du willst nicht schockiert sein. Es widerstrebt dir, jemandem die Schuld zu geben. Aber du bist durch die alten Straßen gegangen.«

»Ja.«

»Du hast dein altes Haus gesehen. Die Häßlichkeit ringsherum. Das leere Grundstück mit dem NATO-Draht.«

»Ja.«

»Die Männer. Wer sind sie, stehen da rum und tun nichts? Arme Leute. Sehr schockierend.«

»Allerdings«, sagte Matt.

»Und das waren deine Straßen. Eigenartiger Durchgangsritus, nicht? Die alten Orte besuchen. Zuerst fragst du dich, wie du so klaglos in so beengten Umständen leben konntest. Die Straßen sind enger, die Gebäude kleiner, als du sie in Erinnerung hattest. Als kämst du nach Liliput zurück. Und denk mal an die Zimmer. Denk an das winzige Badezimmer, das sich die ganze Familie teilt, die Großeltern, der Onkel, der ein Spürchen *pazzo* ist. Aber was siehst du noch? Diese Leute, für die du kaum einen Blick übrig hast. Wie kannst du sie deutlich erkennen? Kannst du nicht.«

»Kann ich nicht.«

»Und du willst mich fragen, warum ich immer noch hier bin. Ich begegne deiner Mutter im Supermarkt, und wir sprechen darüber. Wir wollen mit diesem ganzen Kram nichts zu tun haben, von wegen die alten Straßen betrauern. Wir haben uns entschieden. Wir beschweren uns, aber wir trauern nicht, wir weinen nicht. Es gibt hier Dinge, Menschen mit den höchsten menschlichen Qualitäten, ohne daß es irgendwer bemerkt, denn wer kommt schon deswegen her? Ich bin zu verwurzelt, um fortzugehen. Ich spreche nur für mich selbst, ich bin zu verwurzelt, zu beschränkt. Mein Geist ist offen für absolut alles, aber mein Leben nicht. Ich will mich nicht anpassen. Ich bin ein alter römischer Stoiker. Aber ich war ja immer zu alt, zu beschränkt. Klara hat mich deshalb immer angegriffen.

Nicht angegriffen, gescholten, gedrängt, die Dinge anders zu sehen.«

»Redet ihr noch miteinander?«

»Nein. Geh mal zur Arthur Avenue, Matty. Schau dir die Läden an und die Leute, die einkaufen, die Leute, die den Fisch abwiegen und das Fleisch schneiden. Das wird dich aufmuntern. Ich habe deine Mutter neulich zum Schweinemetzger mitgenommen, um ihr die Decke zu zeigen. Hunderte von Salamis hingen da, solch ein Überfluß, eine Fülle, der Ort wimmelte von Gerüchen und Fleischsorten, die Decke war restlos voll. Ich sagte, schau mal, Rosemary. Eine gotische Kathedrale aus Schweinefleisch.«

Sie gaben sich an der Tür die Hand.

»Früher hast du eine Brille getragen, Albert.«

»Ich habe sie nicht unbedingt gebraucht. Ich brauchte sie ein bißchen. Sie gehörte zu meinem Lehrerzubehör. Meiner Ausstaffierung. Nimm den Fahrstuhl.«

»Der funktioniert nicht.«

»Der funktioniert nicht. Dann wirst du wohl zu Fuß gehen müssen. Aber säume nicht«, sagte Bronzini mit glänzenden Augen. »Im Wald lauern Gefahren.«

Matt kaufte fürs Abendessen ein und machte sich dann auf den Rückweg zum Haus seiner Mutter, direkt auf das westliche Ende des Zoos zu. Hoch oben über den Bäumen sah er die Überreste eines Düsenschweifs, der Dampf verlor seine Form, breitete sich langsam aus und zerfledderte, und natürlich dachte Matt an die Wüste, die Reichweite der Waffen und die Flugbahnen und daß die Kondensstreifen am Himmel das einzige Zeichen menschlichen Strebens waren, das er weit und breit sehen konnte, ein Stadtjunge beim Zelten, der seinen Seelenkampf ins Hinterland hinaustrug, und das Mach-2-Donnern kam himmelklatschend hernieder, und der Dampf bildete eine eisige Spur am Firmament.

Das Band wurde wieder gezeigt. Der Fernseher lief in dem leeren Zimmer, und sie sendeten das Band wieder, sie zeigten das Opfer am Steuer, den beliebigen Mann in dem mittelgroßen Dodge, von neuem lebendig im Sonnenlicht – sie zeigten es ein weiteres Mal.

Matt kam herein, überrascht, daß der Fernseher lief, und er setzte sich auf den Hocker beim Bildschirm. Wenn der Fernseher an war, konnte er sich nicht davon abwenden. Wenn er nicht an war, dachte er nicht mal daran. Dann stellte er sich in seinem Supermarkt zu Hause in die Schlange, und da sendeten sie es wieder, auf den Monitoren, die sie aufgestellt hatten, um die Kunden an den Kassen zu unterhalten – neun Monitoren, zehn Monitoren, die alle das Band zeigten.

Aber diesmal war etwas anders. Es gab eine darübergelegte Stimme, kaum hörbar, und er sah sich um, auf der Suche nach der Fernbedienung. Er betätigte den Knopf ein paarmal, und die Stimme wurde lauter, und sie hatte etwas an sich, das zu dem Band paßte. Sie war genauso nackt, wie das Band nackt war. Eine Männerstimme, flach und entblößt, sagte irgend etwas über das Wetter.

Eine Reihe von Wörtern erschien auf dem unteren Rand des Bandes.

DIE STIMME DES TEXAS-HIGHWAY-KILLERS LIVE AM TELEFON.

Die Stimme fragte nach dem Wetter in Atlanta. Schnitt vom Videoband zur Live-Aufnahme eines Gesichts an einem Schreibtisch, einer Frau mit roten Haaren und unglaublichen grünen Augen. Die Moderatorin. Die Moderatorin teilte dem Anrufer mit, daß die Wettervorhersage Regen meldete.

Dann sagte sie: »Es ist eindeutig keine echte Stimme, die wir über die Telefonleitung hören. Es handelt sich um eine manipulierte, eine veränderte Stimme.«

Und die Stimme sagte: »Nun, das ist ein Apparat, der den Klang verändert. Ein Apparat, der etwas größer ist als sieben mal fünf Zentimeter. Sie befestigen ihn an der Sprechmuschel, und er sorgt für diesen Klang, den man schwer zuordnen kann.«

Dann sagte sie: »Fassen wir kurz zusammen. Wir haben einen Anruf von einer Person bekommen, die sich als der Texas-Highway-Killer vorstellt. Dieser Mann hat uns Informationen gegeben, über die nur der echte Killer und die Polizei verfügen, und wir haben diese Informationen von der Polizei überprüfen lassen, um die Glaubwürdigkeit des Anrufers zu beweisen.«

Dann sagte sie etwas zu dem Anrufer, es betraf die Gründe für seinen Anruf.

Matt betrachtete sie halb fasziniert. Diese Augen waren erstaunlich, wie das Grün des offenen Meeres, vom Flugzeug aus gesehen.

Die Stimme sagte: »Warum ich anrufe, ich will, daß die Fakten stimmen. Die Leute schreiben ein Zeugs und sagen ein Zeugs im Radio, wo ich nicht im geringsten von weiß, wo sie das herhaben. Mir kommt das vor, als wäre mein Fall mit den Profilen von hundert anderen Personen im Verbrechercomputer verquirlt worden. Ich hör da immer was von geringem Selbstwertgefühl. Da reiten die ständig drauf rum. Jetzt bemühen Sie mal Ihre Menschenkenntnis, Sue Ann. Wie soll ein Mensch mit solcher Präzision, daß er Ziele in fahrenden Fahrzeugen treffen kann, während er mit einer Hand fährt und mit der anderen eine Handfeuerwaffe abfeuert, und da soll er nicht wissen, was er wert ist?«

Die Moderatorin blickte in die Kamera. Sie hatte natürlich keine Wahl. Die Kamera war auf sie gerichtet, nicht auf den Anrufer. Sie war ein lebendiger Körper, und er war bloß eine Stimme, oder nein, keine Stimme. Das merkwürdige Geräusch, die Entstimmlichung, bei der Konturen und Modulationen herausgezogen wurden. Elektronisch gedämpft, aber nicht ganz ohne menschliche Anmutung, dachte Matt, und sein Akzent hat einen Hauch von Hinterwäldler. Die Mühe beim Sprechen, das nackte Innenleben der einfachsten Äußerung.

Die Moderatorin hörte zu.

»Ich hör da immer was von Schädelhirntrauma, von einer Vorgeschichte, weswegen ein Mensch dann sein Verhalten nicht mehr kontrollieren kann, ja.«

Erneuter Schnitt auf das Band. Es zeigte den Mann am Steuer des mittelgroßen Dodge.

»Also, damit die Fakten stimmen. Ich bin nicht mit Schädelhirntrauma aufgewachsen. Ich hatte eine gesunde und eigentlich typische Kindheit.«

Das Auto nähert sich kurz, dann fällt es zurück.

»Warum tun Sie das?«

»Was jetzt?«

»Warum verüben Sie diese Morde?«

»Sagen wir einfach, wo ich gerade bin, ist ein heiterer Tag, passend zur Jahreszeit, mit vereinzelten Wolken, und wenn das einen Hinweis auf meinen Aufenthaltsort darstellt, dann nehmen Sie es als einen Hinweis, und wenn das Ganze ein Spiel ist, dann nehmen Sie es als Spiel.«

Auf dem Bildschirm winkt der Mann am Steuer wieder, das kleine, freundliche, sparsame Winken in die Kamera und in die Zukunft und in die ganze zuschauende Welt, seine Hand wackelt steif am oberen Rand des Steuers.

»Sie wissen sicher, nicht wahr, daß eines dieser Verbrechen angeblich einem Trittbrettfahrer zuzuschreiben ist. Könnten Sie uns dazu etwas sagen?«

Jetzt kommt gleich, wo's ihn erwischt. Matt konnte sich das Band nicht anschauen, ohne daß er Janet rufen wollte. Beeil dich, Janet, jetzt kommt's. Bis sie wütend wurde. Wütend auf das Band und wütend auf ihn. Und je öfter sie es zeigten, desto mehr Singsang legte er in seine Stimme. Be-eil dich, jetzt ko-hommt's. Ein krampfiger Witz, ein Witz mit der Stimme eines anderen, nicht witzig gemeint. Janet beschimpfte ihn und sagte, das reicht. Aber es reichte nicht. Es reichte nie.

»Sagen wir einfach, die Polizei macht ihre Arbeit, und ich mach meine.«

Das Gespenstische des Autos, das weiterfährt, nachdem der Fahrer schon erschossen ist. Es nähert sich kurz, dann fällt es zurück.

»Wobei der korrekte Begriff hierfür ist übrigens nicht Heckenschütze. Das ist keine Person mit einem Gewehr, die mehr oder weniger auf weite Entfernung arbeitet. Hier bist du beweglich, du bist in Bewegung, du willst so nah wie menschenmöglich an die Situation herankommen, ohne die beiden Fahrzeuge in Berührung zu bringen, was eine Lackspur zur Folge haben könnte.«

Der Wagen trudelt jetzt auf die Leitplanke zu. Das merkwürdige Geräusch der Anruferstimme, nivelliert, mit leichtem Zittern an den Rändern, seltsamen kleinen elektronischen Gewittern, als versuchte jemand, aus aufgezeichneten Daten eine menschliche Äußerung zu machen.

Schnitt auf das Gesicht über dem Schreibtisch. Die Moderatorin live. Die Ellbogen inzwischen aufgestützt, die Hände unter dem Kinn verschränkt. Matt fragte sich, was das zu bedeuten hatte. Jede Veränderung ihrer Haltung war gleichbedeutend mit einer Veränderung beim Stand der Meldungen. Die grünen Augen spähten vom Bildschirm herab. Und die veränderte Stimme fuhr fort, redete in dieser flachen Frequenzkurve, mittlerweile plauderte er geradezu selbstbewußt, langsam fühlte er sich ein in das Medium und sein Format, und die Moderatorin hörte zu, weil sie keine andere Wahl hatte, und alle sahen ihr beim Zuhören zu. Im Nebel von Murmansk sahen sie ihr zu.

Die Stimme sagte: »Ich hoffe, unser Gespräch hat dazu beigetragen, daß die Situation besser verstanden wird. Daß ich darauf bestanden habe, nur mit Sue Ann Corcoran zu sprechen, ganz direkt, das war sehr bewußt. Ich habe Ihr Interview gesehen, wo Sie sagen, Ihnen liegt an Ihrer Karriere, ja, und Sie hoffen zugleich auch eine Familie großzuziehen, und das empfinde ich als eine Sache, wobei dieser Riesensender die Verantwortung hat, die Stelle offenzuhalten, ja, denn ein einzelner Mensch sollte nicht für seine Entscheidungen über die Lebensweise bestraft werden.«

Sie ließen das Band von vorn laufen. Es zeigte den Mann am Steuer des mittelgroßen Dodge.

Als seine Mutter hereinkam, schrubbte er eine Bratpfanne mit einer kurzstieligen Bürste. Sie stand da und betrachtete ihn.

»Gleich hast du sie durch«, sagte sie.

»Das habe ich bei der Armee immer gemacht. Hat mir Spaß gemacht. Es war das Beste am Militärdienst.«

»Das ist lange her. Außerdem ist die Pfanne schon sauber. Egal, was du da gerade zu tun glaubst, sauberer kriegst du die Pfanne nicht.«

»Der Fernseher lief. Als ich reinkam«, sagte er. »Läßt du normalerweise immer den Fernseher laufen?«

»Normalerweise nicht. Aber wenn du sagst, daß er lief, dann lief er wohl. Unnormalerweise.«

»Ich dachte immer, du würdest aufpassen.«

»Ich passe ziemlich gut auf. Ich bin nicht fanatisch«, sagte sie. »Du scheuerst den Stahl auf. Du schrubbst ihn noch durch.«

Er machte das Abendessen, und sie stellten einen Ventilator an, weil die Klimaanlage nur mit halber Kraft zu laufen schien.

»Ich bin heute rübergegangen. Ganz schön viele Häuser weg. Nichts mehr an Ort und Stelle. Parkplätze ohne Autos. Es ist ziemlich seltsam, das zu sehen. Plötzlich gibt es eine Skyline.«

»Ich geh da nicht rüber«, sagte Rosemary.

»Gut. Laß es.«

»Ich geh nicht gerne hin.«

»Ich hab mir die Nummer 611 angeschaut.«

»Will ich nicht sehen.«

»Nee, stimmt. Iß deinen Spargel«, sagte er.

Im Westen hörte er es donnern, die Aussicht auf Regen in drückenden Nächten, eine der Urerinnerungen.

»Ich hab Nick noch erwischt, kurz bevor er das Hotel verließ. Hab ihm erzählt, daß der Arzt meint, du bist in Topform.«

»Immer schön auf dem Teppich bleiben.«

»Sie schicken mir einen Ausdruck von allen Untersuchungen.«

»Sagt er jemals irgendwas zu dir?«

»Nick?«

»Sagt er jemals irgendwas?«

»Nein.«

»Zu mir auch nicht.«

»Er hat es gelöscht«, sagte Matt.

»Tja, was hätte er auch sonst tun sollen.«

»Was hätte er auch sonst tun sollen?«

»Weiß ich nicht«, sagte sie.

Sie aßen eine Weile still. Zwei Katzen kamen aus dem Schlafzimmer und schlüpften wie flüssiger Pelz an den Stühlen vorbei.

»Ich habe Mr Bronzini besucht.«

»Albert. Letzte Rose dieses Sommers. Als ich ihn das letztemal sah, hab ich zu ihm gesagt. Geh zum Friseur. Der geht in Pantoffeln aus dem Haus. Hab ich zu ihm gesagt.«

»Er hat abgenommen.«

»Was hab ich gesagt? Aus dir wird ein komischer alter Kauz.«

Sie aßen auf, und Matt ging in die Küche, holte das Obst, das er gekauft hatte, riesige rubinrote Weintrauben, denen nicht die Kerne weggezüchtet worden waren, und Pfirsiche mit Blättern am Stiel.

»Wieviel Uhr soll ich dich wecken?«

»Laß mal«, sagte er.

»Wann geht dein Flugzeug?«

»Sobald ich hinkomme.«

»Hast du gebucht?«

»Ich nehme den Shuttle.«

»Den Shuttle.«

»Ich brauche nicht zu buchen.«

»Was ist der Shuttle?«

»Ich fahre zum Flughafen. Ich steige ins Flugzeug, und wir fliegen nach Boston. Es sei denn, ich steige ins falsche Flugzeug. Dann lande ich in Washington.«

»Wo war ich, als Tickets abgeschafft wurden?«

»Ich bezahle im Flugzeug.«

»Und wenn alle Plätze besetzt sind?«

»Dann nehme ich das nächste. Das ist der Shuttle. Ein Flugzeug startet, das nächste wartet schon.«

»Wo war ich, als das eingeführt wurde? Der Shuttle. Jeder kennt das, bloß ich nicht.«

Er wartete darauf, daß sie etwas zu den gigantischen Trauben sagte, die sich gewaschen und schillernd in der Keramikschale türmten, oder eine davon aß.

»Was ist mit Arizona?«

»Was soll damit sein?« fragte sie.

»Ich weiß nicht. Was ist damit?«

Die letzte Katze kam aus dem Schlafzimmer, die scheue weiße, und Matt hievte sie mit einem Griff auf seinen Oberschenkel.

»Töpfe und Pfannen scheuern.«

»Das war das beste an der Grundausbildung«, sagte er. »Weil es am zivilsten war.«

»Ich weiß nicht, wie viele Nächte ich wachgelegen habe, als du rübergeschickt wurdest.«

»Wie viele Briefe habe ich dir geschrieben, daß ich meilenweit vom Kampfgebiet entfernt war?«

»Du warst in dem Land. Für mich war das nah genug.«

»So klein ist das Land nicht. Wenn ein Schuß in Khe Sanh abgegeben wurde, konnte er mich gar nicht treffen, wo ich gerade saß, gemütlich drinnen, mit meiner Sklavenarbeit beschäftigt.«

»Du hattest mehr Glück als viele andere.«

»Willst du ganz bestimmt nicht dorthin?«

»Ich bleibe hier«, sagte sie.

Sie saßen da, zwischen ihnen das Obst. Er hörte den Regen am Fenster herabgleiten, ein kühles, frisches Geräusch, und er schaute seine Mutter an. Sie hielt Pfirsiche mit Blättern am Stiel nicht für ein Kunstwerk.

»Ich gehe in die Frühmesse.«

»Sag Gott einen schönen Gruß von mir. Wenn du zurückkommst, wartet schon der Kaffee auf dich.«

»Er hat es gelöscht«, sagte sie. »Was hätte er auch sonst tun sollen?«

Sie sagte gute Nacht und zog sich zurück. Die Katzen verschwanden, während er das Sofa fertig machte. Nick war in letzter Zeit das Dauerthema. Jedes Thema, zermahlen und durchgesiebt, enthielt ein Stückchen Nicky oder eine Version des fernen Erwachsenen oder den halbstarken Tolpatsch mit locker sitzender Faust. Dies bestimmte ihr Familienverhältnis. Matt lag im Dunkeln und lauschte dem Regen. Er fühlte sich klein. Er fühlte sich mickrig und verloren. Seine Frau war klein. Er hatte zu klein geratene Kinder. Sie leisteten nichts in der Welt, das jemals auffallen würde. Sie waren unschuldig. Er trug den Fluch der Unschuld mit sich herum. Gegen seinen Bruder, gegen das Format von Gefahr und Wut konnte er nur die Tatsache seiner Zweitrangigkeit anführen, seine demütige Freiheit von Schuld.

An der Tür war ein Geräusch. Einen Moment lang rührte er sich nicht. Er lag da und lauschte. Der Regen prasselte jetzt hart herunter und rüttelte am Fenster. Er hörte das Geräusch wieder und stand auf. Er setzte die Brille auf und spähte durch den Spion. Langsam öffnete er die Tür einen Spalt. Er schaute auf den Korridor, lang und gefängnishell, nach links und nach rechts, Reihen verschlossener Türen, alle ausdruckslos und still, und er war ein erwachsener Mann im Haus seiner Mutter und hatte Angst vor Geräuschen im Korridor.

7

Wie tief ist die Zeit? Wie weit müssen wir ins Leben der Materie hinabsteigen, um zu begreifen, was die Zeit ist?

Der alte Physiklehrer Bronzini kämpfte sich durch den Schnee voran, stapfte, schlurfte fröhlich dahin, den Kopf gesenkt, seine Zigarrenkiste unter den Arm geklemmt – die Scheren, die Kämme, die elektrische Haarschneidemaschine für Eddies Nacken.

Wir machen uns in den Weltraum auf, wir trotzen dem Weltraum, gehen auf der Abschußrampe in Stellung und zischen davon, wir swingen mit einem Lied um den Planeten. Doch die Zeit fesselt uns an alterndes Fleisch. Nicht daß es ihm etwas ausmachte, alt zu werden. Aber er hätte gern mal erörtert, rein theoretisch natürlich, was wir wohl herausfinden würden, wenn wir tiefer in die Strukturen jenseits des Standardmodells eindrängen, unterhalb des Quants, eine Million Milliarden kleiner als das alte griechische Atom.

Der Schnee kam herunter, große sternenbesetzte Flocken, fedrigfeucht auf seinen Wimpern, kaum dran, schon weg, und er hob den Kopf, sah geparkte Autos, bucklig und erstarrt, nichts rührte sich auf den Straßen, Schnee auf seinem Handrücken – berührt die Haut und verschwindet.

Er kletterte die Stufen zu Eddies Wohnung hoch und läutete. Kein Gong, kein Summen, kein sägendes Wimmern. Er klopfte an die Metallplatte auf der Tür und hörte, wie Mercedes in ihren Schlappschuhen näherkam.

Sie machte auf und rief nach hinten zu Eddie: »Du rätst nie, wer da ist.«

Bronzini überreichte ihr die Zigarrenkiste, García y Vega, edle Zigarren seit 1882. Er nahm seine karierte Mütze ab und gab sie ihr. Er legte den alten Überzieher mit Gürtel ab, den er billig bei Freight Liquidation gekauft hatte, wo man Fabrikrabatte bekommt, Anzüge und Kleider mit leichten Mängeln, irrtümlich geraubte Strickjakken – die hatten gedacht, es wären Zigaretten. Er gab ihr den Mantel, wedelte mit den Händen, um ihr zu zeigen, keine Handschuhe. Dann bückte er sich, um die Galoschen aufzuschnallen, und stieg, etwas schwindlig vom Bücken, heraus.

»Eddie, guck mal, er trägt Pantoffeln unter den Stiefeln. Dieser Mann ist unbeschreiblich.«

Er umarmte die Frau und den Mantel und ging ins Wohnzimmer durch, händereibend wie ein Mann, der über einen Perserteppich auf ein Kaminfeuer und einen Schwenker mit altem Brandy zustrebt. Eddie saß lächelnd da, der echte Eddie Robles, der in dem Angeber lebte, in dem gequälten Doppelgänger, arthritisch, emphysematisch, mit schwärenden Venen an den Beinen, pensioniert von so ziemlich allem.

»Heute morgen bin ich aufgewacht und wußte es«, sagte Bronzini.

»Du wußtest es.«

»Zeit für Eddies Haarschnitt.«

»Bei dem Blizzard. Du bist aufgewacht, aber aus dem Fenster hast du nicht geguckt.«

»Das ist leichter Schneefall. Altmodisch. Du solltest spazieren gehen.«

»Spazieren«, sagte Eddie. »Hast du eine Ahnung, wovon du redest? Setz dich hin, du machst mich nervös.«

»Im Sitzen kann ich dir die Haare nicht schneiden. Wo ist mein Handwerkszeug?«

»Ich *dir*. Du bist derjenige, der einen Haarschnitt braucht. Du solltest dir eine Geige zulegen, Albert.«

»Du willst kein Schach mehr mit mir spielen. Auf der ganzen Welt ist kein Mensch mehr übrig, den ich im Schach schlagen kann, fertigmachen – so fertigmachen, wie ich dich fertigmache. Also mußt du dich den Schachzügen des Friseurs unterwerfen. Es ist ein wunderbares Schneetreiben aus der Vergangenheit. Ach übrigens, Mercedes. Wo ist sie? Eure Türklingel funktioniert nicht.«

Sie saßen da und tranken heißen Kakao. Am liebsten hätte Albert ein Glas Fusel getrunken, und zwar importierten. Er stellte sich den warmen, zuckenden Stich von herabrinnendem Schnaps vor. Anhaltend, das war das Schöne dabei. Der schlug so zu, daß es vorhielt. Ein Schnäpschen. Beim Winterschlußverkauf waren viele Schnäpschen im Angebot. Eine spontan gemachte Momentaufnahme. Das nennt man Schnapsschuß. Oder die Wohnungstür – schnaps, schon ist sie zu. Wegen dem Schnapsschloß, dachte er.

»Türklingel. Nur die Klingel?« fragte Mercedes.

»Der Fahrstuhl natürlich. Aber das mit dem Fahrstuhl wußten wir ja schon.«

»Weißt du das mit dem Putz?« fragte sie. »Ich habe Zeitungen in die Risse gestopft. Eines Tages finden sie diese Wohnung hier, dann wissen sie genau, wann der Ärger losging, durch die Zeitungen.«

»Laß den Mann am Leben«, sagte Eddie. »Red von was anderm.«

»Mein eigener Fahrstuhl, das ist auch so ein Problem«, sagte Bronzini. »Regelmäßige Ausfälle.«

»Vier Treppen?«

»Fünf Treppen.«

»Laß den Mann am Leben«, sagte Eddie.

»Fünf Treppen mit seinem Herzen?«

»Red von was anderm.«

Mercedes war massig, neigte zum Gestikulieren, schaukelte mit fegenden Handbewegungen im Stuhl hin und her, kümmerte sich aber gekonnt um den schwachen Eddie, den Angeber, den schmerzgeplagten und steifgliedrigen und keuchenden Mann. Der alte Eddie von der U-Bahn war ein robuster Bursche, der in einer Kabine saß und Tokens verkaufte, in jenem Kinodämmer mit schlechter Luft und rasselnden Zügen, immun gegen das Höllengerumpel der Expreßlinie, und jetzt pflegte sie ihn mit fachmännischer Liebe und gebieterischem Wissen, und wenn sie sich über etwas erregte, wollte sich Albert am liebsten verstecken, denn bei blanken Emotionen wurde er zum Feigling, wenn die Dinge kopfüber und direkt in Angriff genommen wurden.

»Haben sie den Stacheldraht gezogen, um uns vor den Drogendealern zu schützen. Und was ist mit dem Wasser, wenn's regnet? Kommt ungehindert rein. Meinetwegen alles, bloß nicht das Ende des Winters. Lieber frier ich. Lieber stopf ich Zeitungen in die Ritzen. Weil wenn der Schnee schmilzt.«

»Der Mann ist glücklich. Laß ihn am Leben«, sagte Eddie.

Sie holte einen Küchenstuhl für Eddie. Sie holte die Zigarrenkiste, stellte sie auf den Tisch, machte sie auf. Sie ging weg und kam mit einem Badehandtuch wieder, das sie ihrem Mann um den Oberkörper hängte und unten über die Knie zog. Sie befestigte die beiden oberen Zipfel lose in seinem Nacken, und dann schaute sie zu Albert hinüber, der ihre Befriedigung über all die Begleitumstände teilte, über die rührigen Vorbereitungen, von grundlegender Bedeutung für das Unterfangen des Haareschneidens.

Albert nahm die Utensilien aus der Zigarrenkiste. Er legte sie ein paar Zentimeter auseinander auf den Tisch. Den kurzen, schwarzen, gummiüberzogenen Kamm, spitz zulaufend, für die Koteletten. Den Schildpattkamm mit Griff und drei fehlenden Zähnen, auch Rechen genannt. Die wunderschöne Schere, made in Italy, seit Generationen im Familienbesitz, einer dieser Gegenstände, die unter den Habseligkeiten der Verstorbenen auftauchen und die man plötzlich mit neuen Augen sieht, ein Alltagsschatz, filigrangeschmückte Schneiden und an einem Griff ein Dorn, ein geschwungener Auswuchs, um den Mittelfinger abzustützen. Man steckt den Zeigefinger in den Griff, der Mittelfinger ruht an dem entsprechend geformten Fortsatz. Was noch? Rasierpinsel, kein Bedarf. Nasenschere, soll er seine Nase doch alleine machen. Elektrische Haarschneidemaschine, schwer und schwarz, Elk Grove, Illinois, deren Klinge immer noch ein bißchen fitzelig ist, voll mit Eddies abgeschorenen Härchen von vor sechs Wochen. Was noch? Tube mit Schmieröl für die Haarschneidemaschine. Woolworth-Kleiderbürste, weichborstig.

Er hatte keine Ahnung vom Haareschneiden. Eddies Haare hatte er ein paarmal geschnitten, aber ohne dabei eine Methode zu entwickeln. Er hielt oft inne, um das Ergebnis zu mustern, schnippelte, trat zurück. Mercedes blieb nicht zum Zuschauen in der Nähe. Er arbeitete langsam, schnippelte. Es ging darum, dem Burschen das Haar vom Kopf zu kriegen und auf den Boden. Mercedes fand offenbar nicht, daß sie das unbedingt sehen mußte.

»Es gibt jetzt was Neues, hast du vielleicht schon gehört«, sagte Eddie. »Heißt Weltraumbestattung.«

»Gefällt mir jetzt schon.«

»Die schicken deine Asche ins All.«

»Meld mich an«, sagte Bronzini.

»Du kannst dir deine Umlaufbahn aussuchen. Es gibt eine um den Äquator. Das ist eine Umlaufbahn. Die Erde dreht sich und du mit. Nicht du, deine Asche.«

»Gibt es eine Warteliste?«

»Es gibt eine Warteliste. Ich hab's in den Nachrichten gesehen. Und außerdem den Erster-Klasse-Abschuß. Der geht nach ganz weit draußen.«

»Tief in den Weltraum.«

»Weit draußen. Du und die Sterne.«

»Aber du kommst doch nicht allein da rauf.«

»Du fliegst mit ungefähr siebenhundert anderen Aschen beim selben Abschuß hoch. Menschen und ihre Haustiere. Ruf die Firma an, dann setzen sie dich auf die Liste.«

»Und wenn man schon tot ist?«

»Dann rufen eben deine Kinder an. Dein Anwalt ruft an. Es kommt vor allem aufs Gewicht deiner Asche an. Denn die kostet dich – rate mal.«

»Kann ich nicht raten.«

»Rate«, sagte Eddie.

»Du mußt es mir sagen.«

»Zehntausend Dollar pro Pfund.«

Eddie brachte den Satz mit einer Endgültigkeit, in der grimmiges Vergnügen mitschwang.

»Pro Pfund. Was wiegt man denn so in Asche, wenn man tot ist?« fragte Albert. »Ich finde, es klingt ganz vernünftig.«

»Du findest es vernünftig. Damit verdirbst du mir meine Geschichte.«

»Ein Pfund Asche, Eddie. Das könnte eine ganze Familie sein. Zur Bestattung im Weltraum. Auf ewig konserviert.«

»Du verdirbst mir meine Geschichte«, sagte er.

Albert benutzte den Rechen und arbeitete an der Oberseite des Kopfes. Er kämmte mit striegelnden Bewegungen, ließ das Haar zur Ruhe kommen, kämmte es erneut. Er liebte diese Arbeit. Hier oben benutzte er die Schere nur sparsam, denn ein falscher Schnitt konnte auffallen. Sanft zog er den Kamm durch Eddies schütteres Haar. Er hob die Haare hoch, ließ sie wieder fallen. Mercedes hatte das Radio in der Küche an, bereitete das Abendessen zu oder vielleicht das Mittagessen. Albert war in letzter Zeit etwas ungenau, was die Zeit betraf. Herzschlag, Pulsschlag, klopfender Fuß. Das war erkennbare Zeit. Er hob die Haare hoch, ließ sie wieder fallen.

»Du vermißt die Kabine, Eddie.«

»Ich mochte meine Arbeit.«

»Ich weiß.«

»All die Jahre und nicht ein einziges Mal.«

»Du bist nie ausgeraubt worden.«

»Nie versucht worden«, sagte er.

Da haben wir das Genie von New York. Eddie Robles mit einem Mini-Schachspiel, der um zwei Uhr morgens in seiner Token-Kabine Schachzüge übt, und man braucht nicht zu glauben, daß etwa keiner seinen Kopf zur Kabine reinsteckte und ihn zu einer Partie aufforderte, und man braucht ebensowenig zu denken, daß er etwa nicht darauf einging, denn er tat es, hinter fünf Schichten kugelsicherem Glas, während die Züge in der Nacht vorbeifegten.

»Ich habe nie gedacht, heute ist der Tag, wo sie mich ausrauben. Diesen Gedanken hatte ich nie. Und es ist auch nie passiert. Einmal hat mir eine Frau in den Schlitz gekotzt. Für mich persönlich war das der schlimmste Vorfall. Ich habe nie gedacht, was würdest du tun, wenn sie versuchen, dich auszurauben. Ich ging nach der Psychologie, wenn man damit rechnet, dann passiert es auch. Die hat ihre Hand auf die Ablage gelegt, und schon kam's raus.«

»Mitten in der Nacht?«

»Nur sie und ich. Wenn du schon kotzen mußt, warum nicht auf die Gleise? Sie und ich allein auf dem Bahnhof, sie kommt direkt rüber, als wäre der Münzschlitz bloß dafür erfunden worden.«

Er stöpselte die Haarschneidemaschine ein und rasierte Eddies Nacken. Er fuhr unter das Handtuch und den Hemdkragen und schnitt das Haar, das von den Schultern nach oben wuchs. Er rasierte den Nacken ganz aus und fegte ihn mit der Bürste ab und bat Mercedes um etwas Talkumpuder, das war das einzige, was er nicht in seiner Zigarrenkiste hatte, und er notierte sich im Geist, beim Einkaufen daran zu denken, fürs nächste Mal.

Bestattung im Weltraum. Er dachte an die Kondensstreifen an jenem blauen Tag, draußen auf dem Meer, vor zwei Jahren, falls es zwei Jahre waren - wie die Zündstufen auseinandersegelten und den furchtbaren Buchstaben Y in die Luft hängten. Der Dampf hielt sich eine Zeitlang, die Astronauten waren ins Meer gestürzt und blieben doch dort oben, in gefrorenen Rauch gemeißelt, und er lag nachts wach und sah den tiefen atlantischen Himmel und dachte, was für ein würdevoller, reiner Tod, eine erhabene Angelegenheit, der Übergang des gequälten Körpers in Dampf und Flammen, hoch über der Welt, ein Monogramm, Y wie *young* für jene, die jung sterben.

Er war sich nicht sicher, daß die Leute das sehen wollten. Das Versagen der Systeme und das Leiden der Menschen sehen wollten. Aber die Schönheit, der hohe Glauben an den Weltraum, wie konnten solche Werte mit dem Tod verknüpft sein? Sieben Männer und Frauen. Ihre Schönheit und unsere, enthüllt in einer gescheiterten Mission, wie wir sie in hundert Triumphen nicht gesehen haben. Apotheose. Ja, sie waren von göttlichem Format, durch jene Schwanenstreifen in die einzige Art von Göttern verwandelt, die er anerkennen wollte, poetisch und flüchtig. Er fand dieses Erlebnis noch weitaus ergreifender als den ersten Mondspaziergang. Das war aufwühlend, aber auch ein bißchen walkie-talkie-artig, mit spukhafter Action und computergesteuert aussehenden Bewegungen, und er konnte den Verdacht der paranoiden Elite, der alten grauen Gurkhas im Korps, nie ganz abtun, irgendwer hätte das Ganze auf einer Ranch bei Las Vegas inszeniert.

Im Frühjahr waren sie immer noch da, Albert und Laura. Wie war das möglich, daß nicht irgendeine unheilvolle Krankheit seine Schwester befallen hatte? Man sitzt da, man läßt seinen Körper schwach und schlaff werden, man bewegt sich nicht, man sieht keine Leute, geht nicht unter Menschen oder spürt die Blutzufuhr eines beharrlichen Interesses.

Doch er war dankbar für ihre Anwesenheit. Es hatte immer eine Frau in seiner Nähe gegeben, mindestens eine Frau, eine Frau oder ein Mädchen, die das Bad mit ihm teilten, die Küche, vor langer Zeit das Bett. Er brauchte diese Gesellschaft. Frauen und ihr Stolz auf die Zeit, ihr tatkräftiger Sinn für die Zukunft. Er heiratete eine Jüdin und liebte sie, aber Klaras Zukunft schloß ihn nicht ein. Er pflegte seine Mutter, eine Katholikin von alter Beredsamkeit, sie trug ein Skapulier, bekreuzigte sich und berührte ihren Daumenknöchel mit den Lippen, und er liebte sie und sah sie sterben. Er erzog seine Tochter dazu, ihr Schicksal selbst zu bestimmen und ein wertvoller Mensch außerhalb der willfährigen Erfüllung religiöser Riten zu sein, und er liebte sie, heute lebt sie in Vermont, sehr. Seine Schwester, die in die Vergangenheit hineintrudelte und wieder heraus, ihn aber stets gespenstisch genau kannte, stracks in sein schlichtes Herz schaute, seine Schwester liebte er aus all den gestammelten Gründen, warum man seine Schwester liebt, und weil sie ihr Leben auf einige wenige Bemerkungen verengt hatte, die er rührend fand.

Er hatte ein tragbares Grammophon, früher flott, von fortschrittlichem Design. Jetzt sah es fad und plump aus, spielte aber nach all den Jahren immer noch Musik. Er fand die Schallplatte, nach der er gesucht hatte, reinigte das Vinyl mit einem behandelten Stück Stoff und legte es wie eine Hostie auf die Spindel. Saint-Saëns, Klavierwerke, sanft und nachdenklich, Rhythmuswechsel nach dem göttlichen Aufruhr von Bronzinis Opern, der leidenschaftlichen Empfindung, die Teetassen zerspringen läßt. Er wandte sich um, ob Laura auch da war, formlos im Armstuhl, den Kopf an den handgestrickten Sesselschoner gelehnt, das Gesicht zu den Akkorden erhoben. Er drehte den Schalter und beobachtete, wie sich der Tonarm hob und die Schallplatte senkte, ein ruckelndes Herabgleiten auf den Plattenteller. Dann verschob sich der Tonarm seitwärts, die Scheibe begann sich zu drehen, und diese Serie mühevoll verbundener Vorgänge, ihre Geräusche und Pausen, ihr Getorkel und ihre albernen Verzögerungen schienen ihn in ein untergegangenes mechanisches Zeitalter zu versetzen, mit Pendeluhren und von Hand angekurbelten Automobilen.

Die Nadel verschandelte ein paar Noten, aber daran war er gewöhnt. Er saß am Rande des Raums, wo er die Küchensonne spüren und Lauras Gesicht anschauen konnte. Die Musik gesellte sich von der Seite zu ihnen. Er glaubte daran, daß er Lauras Traumwelt betreten konnte. Er konnte sie kennenlernen, beinahe kennenlernen, ihre Unschuld durch die Musik spüren, das Mädchen wieder kennenlernen, die altjüngferliche Zwölfjährige, die auf der Straße hinter ihren Eltern herging, er konnte sie im Gesicht der düsteren älteren Schwester sehen, fast war das Mädchen wieder da, in den Hautsäcken und Flecken und dem rauchgrauen Haar. In einem der Stücke gab es nach Übergangspassagen voll milder Erinnerung einen kurzen Moment, da etwas Finsteres hinzuzukommen schien, die linke Hand des Solisten trieb das Tempo an, und das zog ihren Arm in die Höhe, langsam, eine halb schockhafte Bewegung, nachdenklich und bedeutungsschwer – sie hatte eine Vorahnung in den Baßnoten gehört, die sie aufschreckte. Das war das andere, das sie gemeinsam hatten, die Traurigkeit und Klarheit der Zeit, Zeit, die in der Musik betrauert wurde – wie der Klang, die gestalteten Schwingungen, hervorgerufen von Hämmerchen, die Drahtsaiten anschlugen, sie beide mit einem merkwürdigen Kummer erfüllte, nicht über einzelne Dinge, sondern über die Zeit selbst, das greifbare Gefühl eines Jahres oder Zeitalters, das Gewebe ungemessener Zeit, mittlerweile für sie beide verloren, und Laura wandte sich ab, blickte an ihrer erhobenen Hand vorbei in etwas Transparentes hinein, das er wohl ihr Leben nennen durfte.

»Du mußt es mir sagen, Albert, wenn du weggehst. Dann weiß ich Bescheid.«

»Ich hab es dir gesagt.«
»Du sagst es mir nie.«
»Tu ich wohl.«
»Ich weiß nicht, ob du es vergißt oder was der Grund ist.«
»Ich sag es dir.«
»Wenn du es mir sagst, dann weiß ich Bescheid.«
»Ich sag es dir. Ich werde es dir ganz bestimmt sagen.«
»Aber ich vergesse es, oder?«
»Manchmal schon.«
»Du sagst es mir, und ich vergesse es.«
»Manchmal. Es macht nichts.«
»Aber du mußt es mir sagen.«
»Das werde ich. Ich werde es dir sagen.«
»Damit ich nämlich Bescheid weiß«, sagte sie.

Er trank morgens seinen Kaffee schwarz mit einem Schuß Rye, einem Fingerhutvoll, einem Tröpfchen, und mit Anisette am Nachmittag oder frühen Abend, einem Schluck, einem Schwups von dem Lakritzsaft, und dann vielleicht noch einen perlenden Zungenkitzel Rye vorm Zubettgehen, diesmal ohne Kaffee, natürlich vom Arzt verboten, aber nur ein winziges Tröpfchen, ein abgemessenes Gläschen, das hurtigste Schlückchen in der Geschichte des schuldbewußten Trinkens.

»Du mußt es mir sagen. Damit ich Bescheid weiß.«
»Ich sag es dir. Ich verspreche es.«
»Damit ich Bescheid weiß.«
»Damit du Bescheid weißt.«
»Wenn du es mir sagst, dann weiß ich Bescheid.«
»Stimmt.«
»Stimmt doch, oder?«
»Doch, stimmt.«
»Aber du mußt es mir sagen. Nur dann weiß ich Bescheid.«

Er putzte das Fensterbrett in der Küche, Staub, Haar, Fliegenköpfe, abgeblätterter Putz – steinige kleine Bröckchen.

Wenn sie zusammen Abendessen kochten, schlug sie Albert jedesmal auf die Hand, wenn er ihr im Weg war, ein richterlicher Klaps auf den Handrücken.

Er legte drei Tabletten neben seinen Teller auf den Tisch, zur Einnahme aufgereiht. Herzpille, Furzpille, Leberpille.

Er verbrachte mehr Zeit drinnen, wenn Leute auf den Korridoren waren. Er hatte auf dem Treppenabsatz im ersten Stock eine Einwegspritze gesehen, und jetzt waren da Leute auf den Korridoren, geschäftig und untätig zugleich, geschäftig im Innern ihrer Augen, aber auch körpertot, kaum imstande, eine Hand durch die Luft zu hieven. Wenn es aufhört zu regnen, dachte er, dann gehen sie auf die Spielplätze oder in die Baulücken. Und der Fahrstuhl steckte zwischen den Etagen fest, da war er sowieso besser dran, wenn er die Wohnung gar nicht verließ, denn Treppensteigen war für ihn nicht besonders angeraten.

Er zog ihr die Brille von der Nase, putzte sie mit einem Tuch und setzte sie ihr wieder auf.

Und wenn er ausging, waren sie auf den Stufen vor der Haustür und murmelten irgend etwas, das so klang wie Wall Street, bis Albert schließlich annahm, sie hätten eine Heroinsorte dieses Namens zu verkaufen, Wall Street, Wall Street, und er konnte sie auf den Korridoren hören, Fremde im Haus, die ein- und ausatmeten.

Er sagte ihr, er rufe seine Tochter Teresa an, Ferngespräch. Er kündigte jedes Telefonat an, damit Laura immer einbezogen war, auch bei Wetter und Uhrzeit, und weil er gern Ankündigungen machte.

Seine Tochter leitete eine Kindertagesstätte in einer Kleinstadt und hatte Ausgaben und selber zwei Kinder und einen entgleisten Ehemann, der gerade einen Neuanfang versuchte, und Albert schickte ihr ab und zu etwas Geld, das er von seiner Lehrerrente abzweigte.

Ein Ferngespräch war ein genau zu bedenkendes Unterfangen, was seine Konzentration eine wesentlich längere Zeitspanne beanspruchte als der Anruf selbst. Er plante einen ganzen Abend drum herum, wartete auf den Zeitpunkt des Tarifwechsels, stellte einen Stuhl neben den Apparat und arbeitete die Nummer sorgfältig ein, die Nase in der Wählscheibe.

Er hörte sie auf den Korridoren atmen und wußte, er hatte Essen für ach, mit Leichtigkeit zwei Tage, und wenn die Milch sauer würde, konnte er eine Dose Pfirsiche aufmachen und die Früchte und den Sirupsaft über seine Frühstückscornflakes schütten. Kernhaftend, das Fruchtfleisch haftete am Kern, am Stein, wie bei Pfirsichen. Er hörte sie spätnachts und wußte, er konnte das Hackfleisch strecken, die Tomatensuppe mit Makkaroni auffüllen, die wohnten ja nicht im Haus und würden schon einen anderen Ort finden.

Wenn seine Tochter an den Apparat kam, schaute er quer durchs Zimmer zu Laura hinüber und nickte – Kontakt aufgenommen, das Jahrhundert des Fortschritts marschiert voran.

Äpfel und Käse, sie hatten Äpfel und Käse, das allein war schon eine Mahlzeit.

Er brachte ein Buch in die Bücherei zurück, in einem anderen Frühling oder Frühsommer, an einem mildherzigen Tag, und er sah eine vertraute Gestalt über die Straße und auf das Kloster zugehen, das zur katholischen High School gehörte. Von alters her vertraut, eine Gestalt aus dem Land der Vergangenheit. Ihm war nicht klar gewesen, daß sie noch lebte, Schwester Edgar, wie erstaunlich, dasselbe messerscharfe Gesicht, dieselben knochigen Hände, hastig, eine hagere Figur, umgeben von raschelnden Gewändern. Sie trug die traditionelle Tracht mit langem schwarzen Schleier und weißem Brusttuch und gestärktem Tuch über Nacken und Schultern, dazu ein eisernes Kruzifix, das von der Taille baumelte – als wäre sie dem Gemälde eines Meisters aus dem 16. Jahrhundert entstiegen.

Er beobachtete, wie sie die Tür zum Kloster öffnete und verschwand. Diese Nonne war berüchtigt gewesen, weil sie unter den Kindern der fünften oder sechsten Klasse hellen Schrecken verbreitete, berüchtigt für Schläge, Schelte und Nachsitzen oder daß sie sie bei Gewitter losschickte, um die Tafellappen auszuklopfen. Er hatte nie ein Wort mit Schwester Edgar gewechselt, verspürte aber fast das Bedürfnis, heute an die Klostertür zu klopfen und mit ihr zu sprechen, nach all den Jahren herauszufinden, wer sie eigentlich war. Er war stolz darauf gewesen, an einer öffentlichen Schule zu unterrichten, egal, wie lax die Disziplin war. Er hatte unter menschlichen

Kollegen gearbeitet und so manche Geschichte von dieser Nonne und ihren routinemäßigen Grausamkeiten gehört.

Mittlerweile benutzte er einen Gehstock, und das gab ihm ein Gefühl, als wäre er ein emeritierter Professor. In der Stadtbücherei, benannt nach Enrico Fermi, hing ein Foto an der Wand, das den Wissenschaftler mit einem frühen Modell der Atombombe zeigte. Vor Jahren hatte sich Albert darin gefallen, gewisse Ähnlichkeiten zwischen ihm und dem großen Fermi zu sehen. Krankheit in frühen Kindertagen, Heirat mit einer Jüdin, die Wissenschaft selbst natürlich, kulturelles Erbe – die zulässige Anwandlung italienischen Stolzes, nur in seinem Fall nicht so aufwallend, nicht mit solcher Zerstörung verbunden. Damals war die Bücherei ein Filmtheater gewesen, von der Jugend des Viertels wegen des säuerlichen Geruchs und der herumliegenden Abfälle nur Die Müllkippe genannt. Man sollte nie vergessen, daß sich einige Dinge doch zum Besseren entwickeln, dachte er. Und jetzt Bücher, die Stille durchnumerierter Regale.

Er schlenderte zu dem Nachbarschaftstreff, wo er manchmal Karten spielte, seltener als früher, und ab und zu ein Glas Wein trank. Einige Bilder an der Wand, alte Tage, Fischhändler mit Schürzen und Kappen, Kellner vor einem Restaurant, mit messerscharf gezogenem Scheitel, von der Zeit geadelt. Er hörte die Kirchenglocke von Mount Carmel, einen halben Block entfernt, und goß sich ein Glas Roten ein. Er saß allein an einem Resopaltisch und vertiefte sich in die Nasen des Weines, die Rinnsale der geschwenkten Flüssigkeit, die an der Innenseite des Glases hinablaufen und einem sagen, wieviel Körper der Wein hat. Nasen heißen sie, aber eigentlich sahen sie aus wie Beine. Dieser Wein hatte Beine. Er bestand nur aus Beinen. Er hatte die Beine eines Sumoringers.

Das Videoband lief im Fernseher, der in der Ecke aufgestellt war. Er hatte es erst einmal gesehen, ebenfalls hier, und er wußte, sie würden es senden, bis jedermann auf dem Planeten es gesehen hatte. Und wenn sie es nach einem Intervall, in dem es nicht gelaufen war, wieder bringen würden, wußte er, daß der Schütze wieder jemand erschossen hatte, jemand Neues, und weil es keinen Film, kein Video des neuen Mordes gab, mußten sie eben das alte Band zeigen, das einzige Band, und sie würden es bis in den letzten Winkel der Erde zeigen.

Steve kam herüber, Silvera, einer der Silvera-Brüder, er trug einen Anzug und fuhr einen Leichenwagen. Albert fragte ihn immer, Na, wer ist gestorben?

»Du *trinkst* diesen Wein?«

»Ich hab versucht, mit ihm zu reden, aber das wollte nicht so recht«, sagte Albert. »Setz dich zu mir, trink mit.«

»Ich hab 'ne Bestattung.«

»Wer ist gestorben?«

»Wie heißt er gleich, vom Fischmarkt.«

»Beerdigung oder Einäscherung?«

»Heutzutage kommen sie in eine Wand. Ist ganz beliebt.«

»Kryptische Bestattung«, sagte Albert voller Befriedigung.

Als die Kirchenglocke wieder läutete, rannte Steve hinaus. Albert lehnte sich ein Stück vor und konnte sehen, wie die anderen Fahrer und Sargträger ihre Zigaretten ausdrückten und die Treppe hinaufgingen. Beinahe Zeit, den Sarg hinauszutragen. Noch ein Fischhändler, noch ein Foto, das in Jahrzehnten aussehen wird wie das Emblem einer gewissen stattlichen Unschuld, einer alten, verlorenen, süßschmeckenden Zeit. Wie das Gedächtnis mit Gegenständen von Menschenhand konspiriert, um die Zeit flachzuwalzen und zärtliche Erinnerungen wachzurufen.

Später ging er in die leere Kirche und saß in der letzten Reihe, um einen Augenblick allein mit Eddie Robles zu verbringen. Eine Taube flog durch das Querschiff und landete auf dem Rand eines Drehfensters in der Nähe des Opferkerzentisches. Er bewunderte diese alte Kirche. Korinthische Säulen und Nischenheilige. Brennende Kerzen in rosigen Glasbehältern. Das Viertel verändert sich, die Kirche bleibt gleich. In den Tagen nach Eddies Messe begriff er erneut, wie der Verlust eines Freundes, wie jeder Verlust ein Aspekt von Klaras Fortgehen war, die Schockwirkung und Verwüstung wiederholte.

Die Taube war von neuem in der Luft, flatterte oben in der Kuppel herum. Er glaubte sich zu erinnern, daß der Heilige Geist die Gestalt einer Taube annahm, oder nicht? Jeder Geist ist wahrscheinlich heilig, aber bevor ich auf die Knie falle, muß man mir erst einen zeigen, dachte er. Trotzdem saß er gern allein hier, sinnierte und trauerte inmitten der Architektur und ihrer Einzelheiten, des Glaubens in Stein und Holz, der in Glas gemischten Pigmente.

Als Klara ihn verließ, brach etwas los, ein Toben, eine unartikulierte Stimme, die so verschiedene und verworrene und ineinandergeblutete Gefühle heraufbeschwor, jeglicher Unterscheidung und Untersuchung so verschlossen, daß er sich dem Ansturm gegenüber hilflos fühlte. Es behinderte ihn beim Leben. Es ließ ihn dem Mann mißtrauen, der er sein sollte, sanft und gepflegt in seiner Ausdrucksweise, freundlich nachdenklich. O diese Schlampe, und wie unwürdig, daß er so von ihr dachte. Seine Schwester war es, die ihn irgendwann vor der Verzweiflung rettete, eine andere Art Stimme, eine Frau, ihrem Innenleben ausgesetzt, nur merkwürdig liebevoll.

Er mußte laufen, seine Muskeln ausschütteln, und er ging nach draußen auf die Straße. Ja, die Leute beim Reden, beim Essen, die treuen Käufer, sie kamen aus anderen Stadtteilen, anderen Bezirken, die in zweiter Reihe geparkten Autos, das Herzkranzpulsieren der nahen Straßen, immer noch greifbar. Er ging gen Westen, kreuzte die Arthur Avenue und wandte sich dann wachsam nordwärts, eine alte Strecke, die er in letzter Zeit zu meiden gelobt hatte, zu der High School, wo er dreißig Jahre lang Lehrer gewesen war.

Eddie tot, Mercedes jetzt in Puerto Rico. Wenn du stehenbleibst, bist du tot.

Als er in eine Straße hinter der High School kam, stellte er überrascht fest, daß sie für den Verkehr gesperrt war. Eine Spielstraße, der Asphalt markiert mit aufgemalten Spielfeldern, numerierte Felder für Himmel-und-Hölle und Skelly, außerdem die Bases für Straßen-Baseball, und Albert war selig. Er hatte gedacht, die alte Sitte, Straßen für spielende Kinder zu sperren, sei lange ausgestorben, seit Jahrzehnten schon, geistiges Relikt eines Lebens, das noch nicht von Autos und Lastwagen beherrscht wurde. Er blieb stehen und beobachtete die Kleinen beim Spielen, hielt seinen Stock quer vor den Bauch, als klammerte er sich an einem Stadiongeländer fest. Kleine Kinder, dünn und flink, Jamaikas Rhythmus in manchen der Stimmen, und ein Mädchen mit gefleckter Haut, vielleicht aus Malaysia oder Südindien, er konnte bloß raten, hüpfte mit zielstrebiger Gewandtheit über die Felder von Himmel-und-Hölle, mit einer Drehung in der Luft, die so sparsam angelegt war, daß ihr Haar kaum flog – bronzefarbene Haut, mal dunkler, mal heller, unter den Augen oliv. Er hätte sie am liebsten mitten im Sprung angehalten, alles für eine halbe Sekunde angehalten, Atomuhren, Körperuhren, die Mikrowelt, in der die Physiker nach der Zeit suchen – und dann alles rückwärts laufen lassen, das Mädchen im Rücksprung, das Leben zurückgespult, eine Chance für uns alle, noch mal von vorn zu beginnen. Ihm fiel der Ausdruck für »noch mal von vorn« wieder ein, ein Ausdruck, den die Kinder immer beim Spielen riefen, wenn sie von einem der wenigen vorbeifahrenden Autos unterbrochen wurden oder von einer Frau, die mit einem Kinderwagen über die Straße wollte. *In-do*, wurde geschrien. *In-do* oder *hin-du*, das wußte er nicht so genau. Das indische Mädchen in Turnschuhen und Jeans.

Besen, Besen, nix gewesen. Das mußte derjenige sagen, der beim Spielen noch eine Chance bekam und dasselbe machen durfte, was er vor der Unterbrechung getan hatte. Einen Home Run schlagen, die Dose kicken, eine Murmel durch den Rinnsteindreck aufs Ziel schießen. Besen, Besen, nix gewesen.

Er sah einen Verkäufer, der Zuckerrohr aus einem offenen Lieferwagen verkaufte, Mangos in Holzkisten und langes Zuckerrohr, mit Garn in Garben gebunden. Manche Dinge werden besser, dachte Albert. Eine Bücherei, eine Spielstraße, Ansporn für seinen Optimismus, Häuserblock um Häuserblock.

Aber was heißt das eigentlich, noch mal von vorn? Er wollte seine Seele nicht für Kompromisse verlieren oder für eine weitere Chance, die ihn umkrempeln würde. Und außerdem sind wir letzten Endes gar nicht von der Zeit abhängig. Es gibt ein Gleichgewicht, eine Art Unentschieden zwischen dem Zeitkontinuum und der Einheit Mensch, unserem zerbrechlichen Bündel aus Soma und Psyche. Irgendwann unterliegen wir der Zeit, das stimmt schon, aber die Zeit hängt von uns ab. Wir tragen sie in unseren Muskeln und Genen, geben sie an den nächsten Satz zeitbewußter Kreaturen weiter, unsere braunäugigen Töchter und segelohrigen Söhne, oder wie sollte die Welt sich sonst weiter drehen. Egal was die Zeittheoretiker sagen, die Caesiumgeräte, die Leben und Tod der kleinsten silbrigen Billionstelsekunde messen. Er dachte, wir sind die einzigen entscheidenden Uhren, unser Geist und Körper, Wegstationen für die Verteilung der Zeit. Denk drüber nach, Einstein, mein Mit-Albert.

Er lief herum zur Vorderseite der High School, versuchte, nach oben in den Säulengang zu gehen und mit den Jungs und Mädchen zu reden, die dort standen - aber nein, die kannten ihn nicht und waren nicht interessiert. Warum war er dann hergekommen? Der alte plumpe Haufen aus Kalkstein und Ziegeln enthielt sein Lehrersein, eine Million Worte in die laue Luft gesponnen, und es gab keinen Grund anzunehmen, daß er diesen Weg noch einmal gehen mußte. Ein dokumentarischer Blick, um das Bild festzuhalten. Er ging einmal um den Block und machte sich auf den Heimweg.

Auf einer der kahlen Straßen begegnete ihm ein großer, streunender Hund, der krank aussah, nur Rippen und gesprenkelter Sabber, und er schlängelte sich an ihm vorbei. In einer Kultur der Wachhunde gibt es immer ein paar, die in Ungnade fallen und am Ende die Straßen heimsuchen. Der Trick ist, dem Tier auszuweichen, ohne sich seine Angst anmerken zu lassen. *Festina lente*. Eile mit Weile.

Er putzte die Fensterbretter mit einem feuchten Lappen, Fliegenflügel, Fliegenteile, die zerkrümelten Hüllen glasiger grüner Käfer.

Er hatte seine Lehrerrente und eine kleine, steuerfrei verrentete Lebensversicherung, außerdem ein altes Sparbuch, die Zinsen in heimeligen, gräulichen Lettern eingebucht.

Die Jahreszeiten liefen ineinander, die Jahre waren verblüffend verwischt. Wie die Zeit in Büchern. In Büchern vergeht die Zeit im Laufe eines Satzes, viele Monate und Jahre. Schreib ein Wort, überspring ein Jahrzehnt. Gar nicht so anders hier draußen, in seinem Alter, in der Welt ohne Randbereiche.

Er legte eine Schallplatte auf den Plattenteller, und Laura saß in ihrem Sessel, schien die Musik weniger zu hören als zu sehen.

Brot war verläßlich, Brot zu fast jeder Mahlzeit, Brot frisch aus den Ziegelöfen. Er stapelte die Bücher aus der Bücherei neben dem Brotkasten, damit er sie auch pünktlich zum Abgabedatum zurückbrachte.

»Ziehen wir um, Albert?«

»Nein. Wir gehen nirgendwohin.«

»Jemand hat mir erzählt, ich weiß nicht mehr, daß wir umziehen.«

»Vielleicht besuchen wir Teresa wieder. Wir nehmen den Bus. Es ist eine wunderschöne Fahrt. Sonst zieht's uns nirgendwohin.«

»Hattest du mir gesagt, daß du ausgehen wolltest?«

»Die Fahrt wird dir gefallen. Vermont. Wir fahren, wenn sich die Blätter verfärben. Dann gefällt es dir.«

»Albert.«

»Was?«

»Wenn du es mir sagst, dann weiß ich Bescheid.«

Jahreszeiten und Jahre. Laura las einen Überblick der Seifenopern, um die Figuren aus dem Fernsehen weiterzuverfolgen, obwohl der Fernseher schon so lange kaputt war, daß er zu einem anderen Leben zu gehören schien.

Haferbrei blubberte auf dem Herd.

Er kam herbei, nahm ihr die Brille ab und putzte sie mit einem Tuch, dann setzte er sie ihr wieder auf die Nase.

8

Die alte Nonne stand bei Tagesanbruch auf, alle Gelenke taten ihr weh. Sie war seit ihrer Zeit als Postulantin bei Tagesanbruch aufgestanden und hatte zum Gebet stets auf harten Holzböden gekniet. Zuerst zog sie die Jalousie hoch. Da draußen ist die Schöpfung, kleine grüne Äpfel und ansteckende Krankheiten. Dann kniete sie sich in die Falten des weißen Nachthemds, unendlich oft gewaschener Stoff, mit aufgeschäumter Seife geschlagen und dann knorplig und steif gelassen. Schwester Alma Edgar. Und der Körper darunter, dieses spindeldürre Ding, das sie durch die Welt trug, größtenteils kreidebleich, gesprenkelte Hände mit erhabenen Adern, kurzgeschorenes Haar, fein und flachsgrau, und ihre Augen aus blauem Stahl - so manchem Jungen und Mädchen von einst erschienen diese Gucker im Traum.

Sie bekreuzigte sich, murmelte die passenden Worte. *Amen*, ein gar altes Wort, aufs Griechische und Hebräische zurückgehend, *wahrlich* - das verbreitetste der Alltagsgebete, und doch brachte es drei Jahre Ablaß, sieben, wenn man die Hand in Weihwasser taucht, bevor man den Körper zeichnet.

Das Gebet ist eine Strategie der Praxis, es schafft einen zeitlichen Vorteil auf den Kapitalmärkten von Sünde und Vergebung.

Sie sprach ein Morgengebet und erhob sich. Am Waschbecken schrubbte sie sich die Hände mehrmals mit grober brauner Seife. Wie können die Hände sauber sein, wenn es die Seife nicht ist? Diese Frage blieb in ihrem Leben beharrlich offen. Doch wenn man die Seife mit Bleichmittel reinigt, womit macht man dann die Bleichmittelflasche sauber? Wenn man diese mit Scheuerpulver bearbeitet, was nimmt man dann für die Ajaxdose? Bakterien haben Persönlichkeiten. Verschiedene Gegenstände beinhalten Bedrohungen unterschiedlicher, heimtückischer Natur. Und die Fragen wenden sich immer und ewig nach innen.

Eine Stunde später saß sie in Schleier und Habit auf dem Beifahrersitz eines schwarzen Kleinbusses, der Richtung Süden den Schuldistrikt verließ, an der Monsterschnellstraße vorbei in die verlorenen Straßen, schiere Vergeudung, lauter ausgebrannte Häuser und Seelen, auf die keiner Anspruch erhebt. Grace Fahey saß am Steuer, eine junge Nonne in weltlicher Kleidung. Alle Nonnen des Klosters trugen schlichte Blusen und Röcke, außer Schwester Edgar, die mit Erlaubnis des Mutterhauses die alten Dinge mit den geheimnisvollen Namen anzog, Wimpel, Zingulum, Skapulier. Sie wußte, es gab Geschichten aus ihrer Vergangenheit, wie sie den großperligen Rosenkranz herumzuwirbeln und den Schülern das eiserne Kruzifix über den Mund zu ziehen pflegte. Damals waren die Dinge einfacher. Die Kleidung war vielschichtig, das Leben nicht. Aber Edgar hatte bereits vor Jahren aufgehört, Kinder zu schlagen, schon bevor sie zu alt zum Unterrichten war, als sich das Viertel veränderte und die Gesichter ihrer Schüler dunkler wurden. Aller gerechte Zorn wich aus ihrer Seele. Wie konnte sie ein Kind schlagen, das nicht war wie sie?

»Die alte Mühle muß mal durchgecheckt werden«, sagte Gracie. »Hörst du das Geräusch?«

»Bitte Ismael doch, er soll mal reingucken.«

»Ku-ku-ku-ku.«

»Er ist der Fachmann.«

»Das kann ich selber. Ich brauche nur das richtige Werkzeug.«

»Ich höre überhaupt nichts«, sagte Edgar.

»Ku-ku-ku-ku? Das hörst du nicht?«

»Vielleicht werde ich taub.«

»Bis du taub wirst, Schwester, bin ich es längst.«

»Guck mal, wieder ein Engel an der Wand.«

Die beiden Frauen schauten auf ein weites Ödland, die Lots genannt, voll von jahrelang übereinandergeschichteten Ablagerungen – das Zeitalter des Hausmülls, das Zeitalter des Bauschutts und der vandalisierten Autokadaver, das Zeitalter der vergammelnden Einzelteile von Gangstern. Unkraut und Bäume wuchsen zwischen den weggeworfenen Dingen. Es gab Hunderotten, auch Falken und Eulen wurden gesichtet. Arbeiter von der Stadt kamen in regelmäßigen Abständen, um Ausschachtungsarbeiten vorzunehmen, und standen dann vorsichtig neben den großen Erdmaschinen, den orangeschlammigen Baggern und Bulldozern, wie Infanteristen, die sich in der Nähe vorrückender Panzer zusammenkauern. Doch bald waren die Arbeiter wieder weg, so machten sie es immer und hinterließen halbausgehobene Löcher, ausrangiertes Material, Styroporbecher, Salamipizzas. Die Nonnen schauten sich all das an. Da gab es Schädlingskolonien, Krater, die mit Rohren, Armaturen und Rigips vollgepfropft waren. Es gab kleine Hügel aus aufgeschlitzten, von wuchernden Kletterpflanzen umrankten Reifen. Schüsse, zurückgeworfen von den niedrigen Wänden demolierter Häuser, sangen bei Sonnenuntergang. Die Nonnen saßen im Kleinbus und schauten um sich. Am hinteren Ende des Geländes ragte ein einsamer Bau empor, ein verlassenes Mietshaus mit einer freiliegenden Wand, an die früher ein anderes Gebäude gegrenzt hatte. An diese Mauer sprühten Ismael Muñoz und seine Crew von Graffitimalern jedesmal einen Gedenkengel, wenn im Viertel ein Kind gestorben war. Engel in blau und rosa bedeckten etwa die Hälfte der hohen Fläche. Name und Alter des Kindes standen in Blockschrift unter jedem Engel, manchmal mit der Todesursache oder persönlichen Anmerkungen der Familienmitglieder, und während der Kleinbus näher kam, konnte Edgar erkennen, was aufgeführt war, Tbc, Aids, Prügeleien, Schüsse aus vorbeifahrendem Wagen, Masern, Asthma, nach der Geburt ausgesetzt – in Müllcontainer geworfen, im Auto vergessen, in Gewitternacht in Mülltüte liegengelassen.

Diese Gegend hieß die Mauer, teils wegen der Graffitifassade, teils weil sich die hier Lebenden ausgeschlossen fühlten – dieser Zipfel Land war aus der gesellschaftlichen Ordnung gedriftet.

»Ich wünschte, sie würden endlich mit den Engeln aufhören«, sagte Gracie. »Das ist unglaublich schlechter Geschmack. Für Engel geht man in eine Kirche aus dem vierzehnten Jahrhundert. Diese Mauer macht all das öffentlich, was wir durch unsere Arbeit verändern wollen. Ismael sollte sich mal was Positives zum Hervorheben suchen. Die Stadthäuser, die Gemeindegärten, die die Leute anlegen. Brauchst bloß um die Ecke zu gucken, da siehst du ganz normale Leute zur Arbeit gehen, zur Schule. Geschäfte und Kirchen.«

»Die Titanic-Power-Baptistenkirche.«

»Macht doch nichts - Hauptsache, eine Kirche. Die Gegend ist voller Kirchen. Anständige, arbeitende Leute. Wenn Ismael eine Mauer bemalen will, sollte er diese Menschen feiern. Positives Denken.«

Edgar lachte in ihren Schädel hinein. Gerade das Drama der Engel gab ihr das Gefühl, daß sie hierhergehörte, der schreckliche Tod, den diese Engel versinnbildlichten, und die Gefahr, die Ismaels Sprayer in Kauf nahmen, um ihre Graffiti zu schaffen. Auf der Gedenkmauer gab es keine Feuerleitern oder Fenster, und die Sprayer mußten sich an festgezurrten Seilen vom Dach herunterlassen oder schwankten auf zusammengeschusterten Gerüsten, wenn sie einen Engel auf den unteren Rängen malten. Ismael plante eine Pendantwand für tote Graffitikünstler und ließ sein verrottetes Lächeln blitzen.

»Und er nimmt rosa für Mädchen und blau für Jungen. Da rollen sich einem die Fußnägel hoch«, sagte Gracie.

Sie hielten am Mönchskloster, um Lebensmittel zur Verteilung an die Bedürftigen abzuholen. Das Mönchskloster war ein alter Ziegelbau, zwischen verbarrikadierte Mietshäuser gezwängt. Drei Mönche in grauen Kutten mit Seilen als Gürtel arbeiteten in einem Vorraum, machten die Ration des Tages fertig. Grace, Edgar und Bruder Mike trugen die Plastiktüten zum Kleinbus nach draußen. Mike war ein ehemaliger Feuerwehrmann mit einem Bart aus Stahlwolle und einem fipsigen Pferdeschwanz. Von vorne und von hinten sah er wie zwei ganz verschiedene Typen aus. Als die Nonnen zum ersten Mal kamen, hatte er angeboten, ihnen als Führer zu dienen, als schützende Begleitung, aber Edgar hatte das sehr entschieden abgelehnt. Sie war überzeugt, daß Habit und Schleier ihr Sicherheit genug boten. Jenseits dieser Straßen der South Bronx mochten die Leute sie ansehen und meinen, sie sei ein wunderliches Überbleibsel aus vergangenen Zeiten. Aber im Inneren dieser Trümmerwüste war sie ein natürlicher Anblick, sie und die Mönche in ihren Kutten auch. Gab es passendere Gestalten als sie, kostümiert für Ratten und Pest?

Edgar sah die Mönche gern auf der Straße. Sie besuchten die Bettlägerigen, betrieben ein Obdachlosenasyl, sammelten Essen für die Hungernden. Und sie waren Männer an einem Ort, wo wenige Männer übrig blieben. Teenagerjungen hordenweise, bewaffnete Drogendealer – so sahen die Männer der nächstgelegenen Straßen aus. Sie wußte nicht, wohin die anderen verschwunden waren, die Väter, ob sie mit Zweit- oder Drittfamilien lebten, sich in Logierhäusern verkrochen, unter Autobahnen in Kühlschrankkisten schliefen oder auf dem Armesünderfriedhof von Hart Island begraben lagen.

»Ich zähle Pflanzenarten«, sagte Bruder Mike. »Ich habe ein Buch, das ich mit auf die Lots nehme.«

Gracie fragte: »Du hältst dich mehr am Rand, stimmt's?«

»Auf den Lots bin ich bekannt.«

»Wer kennt dich? Die Hunde vielleicht? Da gibt es tollwütige Hunde, Mike.«

»Ich bin Franziskaner, ja? Auf meinem Zeigefinger landen Vögel.«

»Bleib am Rand«, sagte sie zu ihm.

»Da ist ein Mädchen, das ich immer wieder sehe, vielleicht zwölf Jahre alt, die Kleine, rennt weg, wenn ich mit ihr zu reden versuche. Ich hab den Eindruck, die lebt in den Ruinen. Hör dich mal um.«

»Wird gemacht«, sagte Gracie.

Als der Kleinbus beladen war, fuhren sie zurück zur Mauer, um ihre Angelegenheiten mit Ismael zu regeln und ein paar Leute aus seiner Crew abzuholen, die beim Verteilen des Essens helfen sollten. Ismael hatte ganze Teams von Autospürhunden, die durch die Bezirke streiften, sich auf die kahlen Straßen unter Brücken und Viadukten konzentrierten. Die Nonnen waren seine Abteilung North Bronx. Sie gaben ihm Listen, auf denen sie die Standorte verlassener Autos entlang dem Bronx River verzeichnet hatten, das war ein wichtiger Schrottplatz für gestohlene, abgenudelte, benzinabgesaugte, halbausgeschlachtete räudige Vehikel. Ismael schickte seine

Crew hin, um die Autokarosserien und alle eventuell noch intakten Teile zu retten. Sie benutzten einen kleinen Truck mit flacher Ladefläche und unzuverlässiger Winde, ein Motiv aus der Graffitiserie *Souls in Hell* auf Fahrerhaus, Dach und Kotflügeln. Die Autowracks kamen zur Inspektion und Preisfestsetzung durch Ismael auf die Lots und wurden dann an eine Schrottfirma im hintersten Brooklyn geliefert. Manchmal lagen vierzig oder fünfzig ausgeschlachtete Autos auf dem Gelände herum, museumsartig, ein Schrottwelt-Skulpturenpark - zerbeulte und kugeldurchlöcherte Autos, ohne Hauben, ohne Türen, mit Rostgeschwüren, ausgebrannte Autos, kopfüber daliegende Autos, Autos mit Leichen, die in Duschvorhänge gewickelt waren, scharrende Ratten in den Handschuhfächern.

Das Geld, das er den Nonnen für ihre Sucharbeit zahlte, ging für Lebensmittel ans Mönchskloster.

Als der Kleinbus auf das Haus zufuhr, tastete Edgar am Bauch nach den Latexhandschuhen, die sie sich immer unter den Gürtel klemmte.

Gracie parkte den Kleinbus, das einzige fahrtüchtige Vehikel weit und breit. Sie befestigte den vinylüberzogenen Stahlreif am Steuerrad und schob das eine Ende in die Schloßverankerung. Zur gleichen Zeit zerrte sich Edgar die Handschuhe über die Hände und spürte die Ambivalenz, den Konflikt. Sicher, jawohl, wissenschaftlich abgeschirmt vor organischer Bedrohung. Aber auch sündige Komplizin eines Prozesses, den sie nur halb begriff, Komplizin der Macht auf der Welt, der Ordnung der Systeme, die religiösen Glauben durch Paranoia verdrängt. Diese synthetischen Handschuhe fühlten sich milchigglatt an, und alles lag darin, Angst und Mißtrauen und Unvernunft. Sie fühlte sich auch vermännlicht, zehnfach kondomisiert - sicher, jawohl, und vielleicht ein bißchen durcheinander. Aber hier war Latex notwendig. Schutz vor hervorspritzendem Blut oder Eiter und den viralen Organismen darin, den submikroskopischen Parasiten in ihren sowjetsozialistischen Eiweißhüllen.

Die Nonnen stiegen aus dem Kleinbus und näherten sich dem Gebäude.

Hausbesetzer belegten einige Stockwerke. Edgar brauchte sie nicht zu sehen, um zu wissen, wer sie waren: eine Gesellschaft Bedürftiger, die ohne Wärme, Licht oder Wasser dahinvegetierten. Restfamilien mit Spielzeugen und Haustieren, Junkies, die nachts in den Reeboks der Toten herumstreunten. Sie wußte durch Verinnerlichung, wer sie waren, indem sie all die Botschaften wahrnahm, die die Straßen übersäten. Sie waren Stöberer und Sammler, Dosenpfandeinlöser, die Leute, die mit Papierbechern durch U-Bahnwaggons taumelten. Und Flittchen, die sich bei heiterem Wetter auf dem Dach sonnten, und Männer, die wegen Erregung öffentlichen Ärgernisses und unsittlichen Verhaltens per Haftbefehl gesucht wurden. Und hier waren auch die Heilig-Geist-Rufer zu finden, das wußte sie ganz genau – eine Bande Charismatiker, die durchs oberste Stockwerk sprangen und die Hände rangen, Worte und Nichtworte ausstießen, Messerwunden mit Gebeten behandelten.

Ismael hatte sein Hauptquartier im zweiten Stock, und die Nonnen eilten die Treppen hoch. Grace neigte dazu, sich unnötigerweise nach der älteren Nonne umzudrehen, die, obwohl ihr alle beweglichen Teile wehtaten, ganz ordentlich Schritt hielt, wispernde Ordenstracht im Treppenhaus.

»Spritzen auf dem Treppenabsatz«, warnte Gracie.

Achte auf die Spritzen, umgeh die Spritzen, diese flinken Instrumente der Selbstmißachtung. Gracie konnte nicht begreifen, warum ein Süchtiger nicht darauf achtete, eine saubere Spritze zu benutzen. Dieses Unvermögen ließ sie vor Zorn die Wangen aufpusten. Edgar aber dachte über die Verlockung des heiklen Risikos nach, den kleinen Liebesbiß dieses Libellendolches. Wenn du weißt, daß du nichts wert bist, kann nur eine Wette mit dem Tod deine Eitelkeit befriedigen.

Gracie klopfte an die Tür.

»Komm ihm nicht zu nahe«, sagte Edgar.

»Wem?«

»Ismael.«

»Wieso?«

»Es geht ihm nicht gut.«

»Ich habe ihn vor drei Tagen gesehen. Ich war hier. Du nicht, Schwester. Woher willst du wissen, daß es ihm nicht gut geht?«

»Ich kann es spüren.«

»Ihm geht's gut. Ihm geht's prima«, sagte Gracie.

»Ich spüre es schon seit einiger Zeit.«

»Was spürst du?«

»Aids«, sagte Edgar.

Gracie musterte die alte Edgar. Sie schaute die Latexhandschuhe an. Sie schaute der Nonne ins Gesicht, ausgeprägte Züge, vogelhelle Augen. Sie schaute und dachte nach und sagte nichts.

Eins der Kinder schloß die Tür auf – Schnappschloß, Riegel, Stahlrohr.

Ismael stand barfuß auf staubigen Dielenbrettern in einem Paar alter, an den Waden hochgerollter Drillichhosen, und einem papageienbedruckten Hemd, das ihm über die Hose hing, er rauchte eine Riesenzigarre und sah aus wie ein sorgloser Mann von den Inseln, der durch die fröhliche Brandung watet.

»Schwestern, was habt ihr mir mitgebracht?«

Edgar dachte, daß er trotz seines angejahrten Aussehens noch ziemlich jung war, vielleicht Mitte Dreißig – spärlicher Bart, liebenswürdiges Lächeln, belastet durch faulende Zähne. Leute aus seiner Crew saßen auf ausgeweideten Sofas und behelfsmäßigen Stühlen herum, rauchten, schauten sich Comic-Hefte an. Zu jung für das eine, zu alt für das andere. Sie wußte tief in ihrem Herzen, daß er Aids hatte.

Gracie reichte ihm eine Liste der Autos, die sie in den letzten beiden Tagen entdeckt hatten. Einzelheiten über Zeit und Ort, Fahrzeugtyp und -zustand.

Er sagte: »Ihr macht gute Arbeit. Wenn meine anderen Leute das auch so machen würden, hätten wir auf der ganzen Welt das Sagen.«

Edgar blieb natürlich auf Abstand. Sie musterte die Crew, sieben Jungen, vier Mädchen. Graffiti, Analphabetismus, Taschendiebstahl. Sie sprachen ein unfertiges Englisch, weich und gedämpft, mit abgesoffenen Suffixen, und sie hätte ihnen am liebsten ein paar harte Gs hinten in ihre -ing-Formen gehämmert.

»Ich gebe euch heute nicht das Geld, okay? Ich hab ein paar Sachen am Laufen, da brauche ich Kapital für.«

»Was für Sachen?« fragte Gracie.

Retroviren im Blutkreislauf, Akronyme in der Luft. Edgar wußte, wofür all die Buchstaben standen. AzidoThymidin. Human Immunodeficiency Virus. Acquired Immune Deficiency Syndrome. Komitet Gosudarstwennoj Besopasnosti. Jawohl, der KGB gehörte zu dem sich vermehrenden Schwarm, der Zellexplosion der Wirklichkeit, die destilliert und katalogisiert werden muß, um sichtbar zu sein.

»Ich will hier Heizung und Strom reinholen. Und Kabelfernsehen anzapfen, für wenn die Knicks spielen.«

Hier an der Mauer glaubten viele, die Regierung würde das Virus verbreiten, unsere Regierung. Edgar wußte es besser. Hinter diesem speziellen Stück Desinformation steckte der KGB. Und der KGB war auch für die Krankheit selbst verantwortlich, ein Produkt der bakteriellen Kriegsführung – hergestellt und über Netzwerke bezahlter Agenten verbreitet.

Sie hatte aufgehört, diese Dinge mit Gracie zu besprechen, die ihre Augen so weit in den Kopf hochrollte, daß sie wie ein Stück Science-fiction aussah.

Edgar schaute aus einem Fenster und erblickte jemanden zwischen den Pappeln und Ailanthusbäumen, im überwuchertsten Teil der trümmerübersäten Lots. Ein Mädchen in einer zu großen Strickjacke und gestreiften Hosen wühlte im Gestrüpp, vielleicht nach etwas Eßbarem oder Kleidung. Edgar beobachtete sie, eine schlaksige Kleine, die eine katzenhafte Intelligenz an sich hatte, eine Sicherheit der Bewegungen und Schritte – sie wirkte schlaflos, aber hellwach, sah ungewaschen, aber irgendwie völlig sauber aus, erdsauber und hungrig und flink. Irgend etwas an ihr faszinierte die Nonne, etwas Verzaubertes, die Ausstrahlung von etwas Positivem und Standhaftem.

Sie winkte Gracie herbei. Genau in dem Augenblick schlüpfte das Mädchen in ein Labyrinth von Autowracks hinein, und als Gracie das Fenster erreicht hatte, war sie nur noch ein Wimpernschlag, verloren in der flachen Ruine eines alten Spritzenhauses.

»Wer ist dieses Mädchen?« fragte Gracie. »Wer ist da draußen auf den Lots und versteckt sich vor den Menschen?«

Ismael warf einen Blick auf seine Crew, und einer von ihnen meldete sich zu Wort, ein zu klein geratener Junge in besprühten Jeans, dunkelhäutig und ohne Hemd.

»Esmeralda. Keiner weiß, wo ihre Mutter abgeblieben ist.«

Gracie sagte: »Kannst du das Mädchen suchen und dann Bruder Mike Bescheid sagen?«

»Diese Kleine is echt fix.«

Zustimmendes Gemurmel.

»Eine rasende Irre is die.«

Nickende Köpfe über den Comic-Heften.

»Warum ist ihre Mutter fortgegangen?«

»Hängt anner Nadel. Die sind un, na ja, berechenbar.«

Nur Straße für diese Kinder. Kein Zuhause, keine Schule. Edgar hätte sie gerne in einen Raum mit einer Tafel verfrachtet und sie mit Buchstabieren und Zeichensetzung traktiert, bis die Köpfe rauchten. Ihnen den Baltimore-Katechismus eingetrichtert. Richtig oder falsch, ja oder nein, füllt die Lücken aus.

Ismael sagte: »Vielleicht kommt die Mutter wieder. Wenn das schlechte Gewissen sie frißt. Aber in Wirklichkeit gibt es Kids, denen geht's besser ohne Mutter oder Vater. Weil die Mutter oder der Vater ihre Sicherheit gefährden.«

»Fangt sie ein und haltet sie fest«, befahl Gracie der Crew. »Sie ist zu jung, um allein zu sein. Bruder Mike sagt, sie ist zwölf.«

»Zwölf ist nicht so jung«, meinte Ismael. »Einer meiner besten Maler, er macht *wild style*, Alter elf oder zwölf. Juano. Ich laß ihn an einem Seil runter, für die komplizierten Buchstaben.«

Edgar wußte von Ismaels früher Karriere als Graffitimeister, er stellte eine Legende der Spraykunst dar. Vor fast zwanzig Jahren war er der infame Moonman 157 gewesen, und er erzählte den Nonnen, wie er in der ganzen Stadt U-Bahnwagen signiert hatte, auf jeder Linie fuhr sein *tag*, und Edgar glaubte, daß er damals auch angefangen hatte, mit Männern zu schlafen, als Teenager, in den Tunnels. Sie hörte das aus den Pausen in seiner Stimme.

»Wann kriegen wir unser Geld?« fragte Gracie.

Ismael stand da und hustete, und Edgar wich an die hintere Wand zurück. Sie wußte, sie hätte netter zu dem Mann sein sollen. Aber bei tödlichen Krankheiten war sie nicht sentimental. Sterben war nur ein verlängerter Aschermittwoch. Sie hatte vor, ihrem eigenen Sterben mit unversehrten Sinnen gegenüberzutreten, es zu ergreifen, endlich kennenzulernen, sich dem Geheimnis zu öffnen, das die anderen als etwas Monströses und Unaussprechliches verkennen.

Die Leute von der Mauer sagten gerne, Wenn die Hölle zu voll wird, laufen die Toten durch die Straßen.

So weit würde es aber etwas früher kommen, als alle dachten.

»Nächstes Mal hab ich bißchen Geld«, sagte Ismael. »Von diesen Autos bleibt bei mir praktisch nix hängen. Mein Anteil ist sehr Minimum. Ich will mal ins Ausland expandieren. Wundert euch nich, wenn mein Schrott mal in Nord, na ja, Korea landet.«

Gracie machte Witze darüber. Aber Edgar konnte das nicht auf die leichte Schulter nehmen. Sie war eine Nonne des Kalten Krieges, die einst ihre Zimmerwände mit Stanniol verkleidet hatte, zum Schutz gegen radioaktive Strahlung. Die flüchtige Infiltration, tief und glatt. Nicht daß sie die Vorstellung eines Krieges nicht spannend gefunden hätte. Selbst jetzt beschwor sie den großen Knall noch oft herauf, obwohl die UdSSR in alphabetischer Reihenfolge zusammengebrochen war, die massiven Buchstaben umgestürzt wie kyrillische Statuen.

Sie gingen nach unten zum Kleinbus, die Nonnen und fünf Jugendliche, und begannen mit der Verteilung des Essens, zuerst an die schlimmsten Fälle aus den Sozialwohnungen gleich in der Nähe der Mauer.

Sie fuhren mit dem Fahrstuhl und gingen die langen Korridore entlang. Unbekanntes Leben in jedem der Zimmer aus Bauplatten. Schwester Grace glaubte, Gottes Schöpferkraft zeige sich darin, daß man selbst über das Leben des armseligsten Ausgestoßenen keine Mutmaßungen anstellen konnte, nicht mal im entferntesten.

Sie sprachen mit zwei blinden Frauen, die zusammenlebten und sich einen Blindenhund teilten.

Sie sahen einen Mann mit Epilepsie.

Sie sahen Kinder, die Sauerstofflaschen neben dem Bett stehen hatten.

Sie sahen eine Frau im Rollstuhl, die ein »Fuck New York«-T-Shirt trug. Gracie sagte, die würde das Essen, das sie ihr gaben, garantiert gleich gegen Heroin eintauschen, den dreckigsten Stoff der Straße. Die Crew schaute sich das wütend an. Gracie reckte das Kinn vor, kniff die blassen Augen zusammen und reichte der Frau das Essen. Darüber gab es Streit, Schwester Grace gegen alle anderen. Dabei fand nicht mal die Rollstuhlfrau selbst, daß sie das Essen kriegen sollte.

Sie sprachen mit einem Mann, der Krebs hatte; er versuchte, Schwester Edgars Latexhände zu küssen. Sie wich schleunigst zur Tür zurück.

Sie sahen fünf kleine Kinder, auf die ein Zehnjähriger aufpaßte, alle auf einem Bett zusammengeknäult, daneben noch zwei Säuglinge in einer Wiege.

Im Gänsemarsch gingen sie die Korridore entlang, eine Nonne vorweg und eine hinterdrein, und Edgar dachte an all die Säuglinge in der Vorhölle, ungetauft, an die Babys im Halbnichts, die Nichtbabys der Abtreibung, eine kosmische Wolke zermatschter Föten, die in den Ringen des Saturn umhertrieben, und an die ohne Immunsystem geborenen Babys, an die von Computern großgezogenen Schutzzeltkinder und die süchtig geborenen Babys – sie sah sie ständig, cracksüchtige Neugeborene von drei Pfund, die aussahen, als kämen sie direkt aus einer Bauernsage.

Sie verteilten Essen, und Edgar sprach kaum. Aber Gracie. Gracie gab Ratschläge. Edgar war nur anwesend, eine uniformierte Aura in Regimentsschwarzweiß.

Sie gingen die Korridore entlang, drei Jungen und zwei Mädchen, die einen Truppenkörper mit den Nonnen bildeten, eine einzige kreuzlahme Gestalt mit vielen beweglichen Teilen, und sie verteilten ihr letztes Essen im Keller eines Mietshauses innerhalb der Mauer, wo die Leute Miete für Sperrholzkabuffs bezahlten, die schlimmer waren als Knastzellen.

Sie sahen eine Hure, deren Silikonbrüste zuerst ein Leck gehabt hatten, dann gerissen und schließlich explodiert waren, ein

Peitschenschlag aus Polymer ins Gesicht des Mannes auf ihr, und nun war sie arbeitslos und lebte in einem Raum von der Größe eines Laufstalls.

Sie sahen einen Mann, der sich einen Augapfel aus der Höhle geschnitten hatte, weil ein satanisches Symbol darin gewesen war, ein fünfzackiger Stern, und mit diesem Mann sprach Edgar, er hatte sich den Augapfel aus dem Kopf geploppt und die verbleibenden Sehnen mit einem Messer durchtrennt, und sie sprach Englisch mit ihm und verstand, was er sagte, obwohl er eine Sprache, einen Dialekt benutzte, den keiner von ihnen je gehört hatte – am Ende hatte er das Auge in der Gemeinschaftstoilette vor seinem Schlupfloch runtergespült.

Gracie setzte die Crew vor ihrem Haus ab, gerade als ein Bus vorfuhr. Was soll das denn, ist es zu fassen? Ein Reisebus in Karnevalsfarben, und auf dem Streifen oberhalb der Windschutzscheibe ein Schild mit der Aufschrift »South Bronx Surreal«. Gracie atmete heftiger. Etwa dreißig Europäer mit umgehängten Kameras traten scheu auf den Bürgersteig vor den verrammelten Geschäften und geschlossenen Fabriken, und sie starrten über die Straße auf das verlassene Mietshaus in mittlerer Entfernung.

Gracie lief fast Amok, sie steckte den Kopf aus dem Fenster des Kleinbusses und schrie: »Das ist nicht surreal. Es ist real, wirklich echt. Euer Bus ist surreal. Ihr seid surreal.«

Ein Mönch fuhr auf einem altersschwachen Fahrrad vorbei. Die Touristen sahen ihm zu, wie er in die Pedale trat. Sie hörten Gracie zu, die sie anschrie. Sie sahen einen Mann vorbeikommen, der batteriebetriebene Windrädchen verkaufte, grellfarbige Mühlenflügel, die an Stäben befestigt waren – ein älterer Schwarzer mit gelbem Schädelkäppi. Sie sahen den Dschungel aus Ailanthusbäumen und die Blechhaufen der abgewrackten Autos, und sie schauten sich die fünf Stockwerke hohe Fläche mit den gemalten Engeln an, über deren Cherubsköpfen Textzeilen schwebten.

Und Gracie brüllte: »Brüssel ist surreal. Mailand ist surreal. Das hier ist real. Die Bronx ist real.«

Eine Touristin kaufte ein Windrad und stieg wieder in den Bus. Gracie zog brummelnd ab. In Europa tragen die Nonnen Hauben, die aussehen wie Strandhäuser mit freitragenden Dächern. Das ist surreal, sagte sie. Nicht weit von der Mauer bildete sich ein Verkehrsstau. Die beiden Frauen saßen da und warteten. Sie beobachteten Kinder, die auf dem Heimweg von der Schule Kokosnußeis aßen. Zwei Tische auf dem Bürgersteig – Gratiskondome auf dem einen, Gratisspritzen auf dem anderen.

»Kann schon sein, daß er schwul ist. Aber das heißt doch nicht, daß er Aids hat.«

Schwester Edgar sagte nichts.

»Na gut, diese Gegend ist eine Aidskatastrophe. Aber Ismael ist clever, vorsichtig, safe.«

Schwester Edgar schaute aus dem Fenster.

Ein Getöse erhob sich ringsum, verdrießliche Hupen und Martinshörner und das große Saurierbrüllen der Feuerwehrsirenen.

»Schwester, manchmal frag ich mich, warum du all das auf dich nimmst«, sagte Gracie. »Du hast dir deine Ruhe und deinen Frieden verdient. Du könntest auf dem Land leben und Entwicklungsarbeit für den Orden leisten. Wie gern würde ich mit einem Krimi im Rosengarten sitzen, zu meinen Füßen den alten Pepper.« Old Pepper war der Kater im Mutterhaus auf dem Land, weiter nördlich im Staat New York. »Du könntest mittags am Weiher picknicken.«

Edgars freudloses inneres Grinsen schwebte irgendwo hinten in der Nähe ihres Gaumens. Sie sehnte sich nicht nach einem Leben auf dem Land. Dies war die Wahrheit der Welt, genau hier, hier fühlte ihre Seele sich zu Hause – und sie selbst, sie sah sich, das verschreckte Kind, das dem realen Terror der Straße entgegentreten mußte, um die schleichende Zerstörung in seinem Innern zu heilen. Wo sollte sie sonst ihre Arbeit tun als unter der kühnen, aberwitzigen Mauer von Ismael Muñoz?

Dann war Gracie raus aus dem Kleinbus. Sie war raus aus dem Gurt, aus dem Bus, sie rannte die Straße hinunter. Die Tür stand offen. Edgar begriff sofort. Sie drehte sich um und sah das Mädchen, Esmeralda, einen halben Block vor Gracie, auf die Mauer zulaufen. Gracie stürmte in ihren klobigen Schuhen und ihrem Schreckschraubenrock zwischen den Autos durch, folgte dem Mädchen um eine Ecke, wo der Reisebus im Verkehr festsaß. Die Touristen beobachteten die rennenden Gestalten. Edgar konnte sehen, wie sich ihre Köpfe gleichzeitig umdrehten, wie die Windrädchen in den Fenstern wirbelten.

Alle Geräusche sammelten sich am dunkler werdenden Himmel.

Sie glaubte die Touristen zu begreifen. Man reist an einen Ort nicht wegen der Museen und Sonnenuntergänge, sondern wegen der Ruinen, des ausgebombten Geländes, der moosbewachsenen Erinnerung an Folter und Krieg. Notfallwagen stauten sich etwa anderthalb Block entfernt. Sie sah Arbeiter, die U-Bahn-Gitter in blassen Rauchwolken aufstemmten, und sie wußte, sie hätte ein eiliges Gebet sprechen sollen, ein Akt der Hoffnung, drei Jahre Ablaß, aber sie schaute nur zu und wartete. Dann kamen Köpfe und Oberkörper hervor, unterschiedslos, Menschen kamen an die Luft mit verzerrt aufgerissenen Mündern, panischem Keuchen.

Ein Kurzschluß, ein U-Bahn-Brand.

Im Rückspiegel entdeckte sie Touristen, die aus dem Bus stiegen und sich die Straße entlangtasteten, auf der Lauer nach Fotos. Und die vorbeikommenden Schulkinder, kaum interessiert - ständig kriegten sie nachts Schießereien vor ihrem Fenster zu hören, der Tod auf der Straße und im Fernsehen war austauschbar. Aber was wußte sie schon, eine alte Frau, die immer noch freitags Fisch aß und sich allmählich nutzlos hier fühlte, wesentlich unwürdiger als Schwester Grace. Gracie war eine Soldatin, eine Kämpferin für den Wert des Menschen. Edgar war im Grunde eine subalterne Sonderbeamtin der Sicherheitspolizei, die eine Reihe von Gesetzen und Verboten zu schützen hatte.

Sie hatte das Herz eines Raben, klein und unbeugsam.

Sie hörte das rhythmische Jaulen der Streifenwagen im stehenden Verkehr und sah hundert U-Bahnpassagiere aus den Tunneln emporkommen, begleitet von Arbeitern in phosphoreszierenden Westen, und sie beobachtete die schnappschießenden Touristen und dachte an ihre Reise nach Rom vor vielen Jahren, zum Studium und zur spirituellen Erneuerung, wo sie unter den großen Kuppeln getaumelt und durch die Katakomben und Kirchenkeller gepirscht war, und das waren ihre Gedanken, als die Fahrgäste oben auf die Straße kamen, wie sie in der unterirdischen Kapelle einer Kapuzinerkirche gestanden und über die Mönche nachgedacht hatte, deren Fleisch einst diese Mittelfußknochen und Schenkelbeine und Schädel geziert hatte, haufenweise Schädel in Nischen und versteckten Winkeln, und sie wußte noch, wie sie rachsüchtig gedacht hatte, das sind die Toten, die aus der Erde emporkommen und die Lebenden geißeln und martern werden, um die Sünden der Lebenden zu bestrafen – tot, jawohl, triumphierend.

Aber will sie das wirklich glauben, immer noch?

Eine Weile später schlüpfte Gracie auf den Fahrersitz zurück, unglücklich und rotwangig.

»Hab sie fast erwischt. Wir sind in den dichtesten Teil der Lots hineingerannt, und dann wurde ich abgelenkt, genauer gesagt, wahnsinnig erschreckt, weil nämlich Fledermäuse, ich dachte, ich glaube es nicht, wirkliche Fledermäuse – die einzigen fliegenden Säugetiere der Erde, ja?« Sie machte ironische Flatterbewegungen mit ihren Fingern. »Sie kamen aus einem Krater voller Rote-Säcke-Abfall hervorgeschossen. Krankenhausmüll, Labormüll.«

»Ich will's nicht hören.«

»Hunderte und Aberhunderte von toten weißen Mäusen mit steifen, platten Körpern. Man konnte sie wegschnippen wie Baseballkärtchen.«

»Die Autos fahren an«, sagte Edgar.

»Hast du dich schon mal gefragt, was mit amputierten Gliedmaßen passiert, nachdem der Arzt sie abgesägt hat? Sie landen hier, an der Mauer. Auf Baulücken abgekippt oder in der Müllverbrennungsanlage verbrannt.«

»Fahr jetzt.«

»Und Esmeralda irgendwo in diesem Gebüsch, zwischen diesen Schrottautos. Jede Wette, daß sie in einem Auto wohnt«, sagte Gracie.

»Die schafft es schon.«

»Die schafft es nicht.«

»Sie kann für sich selber sorgen.«

»Früher oder später«, sagte Gracie.

»Sie ist schnell. Sie ist gesegnet. Sie wird es schaffen.«

Gracie schaute sie an und fuhr los und schaute noch einmal, hörte ein Klopfen des Motors und sagte nichts. Edgar hatte noch nie als große Optimistin gegolten. Vielleicht machte Schwester Gracie das ein bißchen Sorgen.

Und in dieser Nacht, unter der ersten Lage kratzigen Schlafes, sah Edgar die U-Bahnpassagiere wieder, erwachsene Männer, Frauen im gebärfähigen Alter, alle aus den rauchigen Tunneln gerettet, wie sie über Laufplanken krabbelten und über Niedergangstreppen zur Straße hochgeführt wurden – Väter und Mütter, die verlorenen Verwandten wiedergefunden und versammelt, am Oberkörper herausgezogen, mit rausgerutschtem Hemd, an die Oberfläche geführt von kleinen, gesichtslosen Figuren mit phosphoreszierenden Flügeln.

Wochen später griff Edgar zu einem Exemplar von *Time*, als sie gerade das Refektorium verließ, und da sah sie es, ein großes Farbfoto von einer weißhaarigen Frau, die in einem Regiestuhl unter dem alten, verwitterten Flügel eines Luftwaffenbombers saß. Und sie erkannte den Namen wieder, Klara Sax, weil sie alles wiedererkannte, weil die Leute ihr Namen zuflüsterten, weil sie das Rascheln der Informationen auf den staubigen Korridoren des Klosters spürte oder im Lagerraum der Schule, der nach Bleistiftholz und Aufsatzheften roch, weil sie irgendein dunkles Wissen witterte, das im Rauch des schwingenden priesterlichen Weihrauchs schwebte, weil die Dinge für sie durch das Knarren alter Dielenbretter und den Geruch von Kleidern bestimmt wurden, einen klammen Herrenkamelhaarmantel, weil sie Neuigkeiten und Gerüchte und Katastrophen in die makellosen Baumwollporen ihres Habits und ihres Schleiers einsog.

Alle Verbindungen intakt. Die Frau früher mit einem Mann aus der Gegend verheiratet. Der Mann Schachtutor von einem ihrer ehemaligen Schüler. Der Junge mit ewig schief hängendem Schlips, Matthew Aloysius Shay, Fingernägel bis aufs Fleisch abgekaut, einer ihrer aufgeweckteren Jungen, männlicher Elternteil abgängig.

Sie wußte Dinge, jawohl, Schach, all diese Schichten slawischer List, diese Verstrickungen und Tricks. Sie wußte, daß Bobby Fischer sich alle Füllungen aus den Zähnen hatte entfernen lassen, als er 1972 gegen Boris Spassky spielte – das leuchtete ihr vollkommen ein –, damit der KGB ihn nicht durch Radiowellen ins Amalgam seiner Backenzähne kontrollieren konnte.

Sie legte die Zeitschrift in ihren Schrank, zu den alten Fanzeitschriften, die sie seit Jahrzehnten nicht mehr las, seit sie den Glauben an Filmstars verloren hatte.

Den Glauben aus Mißtrauen und Unwirklichkeit. Den Glauben, der Gott durch Radioaktivität ersetzt, durch die Macht der Alpha-Partikel und der allwissenden Systeme, die sie formen, der endlosen, eingepaßten Bindeglieder.

In jener Nacht beugte sie sich über das Waschbecken in ihrem Zimmer und reinigte einen Bausch Stahlwolle mit Desinfektionsmittel. Dann benutzte sie den Bausch, um eine Scheuerbürste abzuschrubben, jede einzelne Borste. Nur das ursprüngliche Desinfektionsmittel hatte sie mit nichts Stärkerem als Desinfektionsmittel gereinigt. Das hatte sie unterlassen, weil die Regression unendlich war. Und die Regression war unendlich, weil sie so heißt: unendliche Regression. Unverkennbar, wie die Angst sich jenseits der aufdringlichen Auswüchse der Materie ausbreitet, in die erhabenen Regionen dringt, wo die Worte mit sich selber spielen.

Sie putzte und betete.

Sie sagte kurze Gebete, während sie arbeitete, schlichte fromme Bitten, *eiaculationes* genannt, für die der Ablaß eher Tage als Jahre betrug.

Sie betete und dachte nach.

Sie ging zu Bett, lag wach und dachte an Esmeralda. Sie hatten sie mehrfach entdeckt, aber nie einfangen können. Weder Gracie noch die Mönche noch die flinken Graffitimaler aus Ismaels Crew. Edgars Gefühl von Sicherheit verlor allmählich an Überzeugung.

Sie hieß jeden Hauch von Wissen willkommen, der sie anwehte, und wenn da auch ein Element der Unruhe war, um so besser, aber diesmal erschütterte die Vorahnung sie zutiefst. Sie spürte etwas dort draußen an der Mauer, eine undeutliche, schlurfende Gefahr, die das Mädchen auf seinem wendigen Weg durch Autowracks, weggeworfene menschliche Glieder und Hektar liegengebliebenen Mülls erwartete.

Gnadenreiche, bitt für uns. Dreihundert Tage.

9

Nick suchte nach der Zeitschrift, die er sich für die Reise nach Houston aufgehoben hatte. Er legte sich bestimmte Arten von Lektüre für Geschäftsreisen beiseite, Sachen, die er sonst aus Zeitmangel nicht anschaute, Zeitschriften, die sich stapelten und ihn nervten und am entsprechenden Tag auf den Bürgersteig wanderten. Ein Geräusch setzte an, ein Weltensummen – man hörte es, sobald man sein teppichausgelegtes Haus verließ und zum Flughafen rausfuhr. Er wollte in dem einstimmigen, durchgehaltenen Brummen, das für den Geschäftsreisenden jede Meile seines Tages prägt, etwas Freundliches lesen.

Die Zeitschrift war *Time*, etwa einen Monat alt. Er fand sie schließlich im Badezimmer, verstaut in einem Korb, den Marian meist mit Hochglanzbänden über Mode füllte – jeder Schatten darin war blankgewienert zu anatomischer Geschliffenheit, scharf abgegrenzt von Schutt und Müll. Genau das Richtige zum Durchblättern, wenn der Körper mit heruntergelassenen Hosen dahockt. In der Ausgabe von *Time* stand ein Artikel über Klara Sax, den er lesen wollte, über die Jahre begegnete ihm so etwas nicht zum ersten Mal, aber der hier war vielleicht interessanter als die meisten anderen, sie hatte irgendein Wüstenprojekt gestartet, das vor Ehrgeiz knisterte.

Auf dem Bett lag sein Koffer, klein genug für das Gepäckfach an Bord, und er schob die Zeitschrift in die äußere Reißverschlußtasche und packte zu Ende. Marian kam herein, sie trug ihre Katzensonnenbrille. Die war beim Job inbegriffen. Sie arbeitete jetzt für die städtische Kunstkommission und legte Wert auf einen cooleren Look.

»Mußt du dich nicht beeilen?«

»Der Wagen ist noch nicht da. Ich verlasse mich auf den Wagen«, sagte er.

»Der Wagen ist zuverlässig.«

»Der Wagen weiß Dinge, die wir nicht wissen.«

»Der Wagen kommt nie zu spät.«

»Der Wagen und das Flugzeug stehen in ständigem Kontakt.«

Sie sah immer toll aus, wenn er zur Tür hinausging. Warum eigentlich, dachte er. Irgendeine weichhäutige Stimmung, ein Ton, der teils bemerkt werden wollte, teils ein scheues Geheimnis war, voller Angst, störend in die Luft zwischen ihnen zu geraten.

Er schob sie an die Wand und legte die Hände auf ihre Schenkel, bißküßte ihren Mund und Hals. Sie sagte etwas, das er nicht ganz mitbekam. Er legt die Hände zwischen ihren Hintern und die Wand und schob sie zu sich heran. Der Rock glitt über ihre gespreizten Beine, der Stoff dehnte und zog sich, da war das Spannungswispern der Reibung, auf das er zählte, um sich durchs Leben tragen zu lassen. Er trat einen Schritt zurück und schaute sie an.

»Warum eigentlich?«

»Wovon reden wir?«

»Und warum ist das alles weg und verloren und vergessen, wenn ich wieder da bin?«

»Was alles?«

Er nahm ihr die Sonnenbrille ab und reichte sie ihr. Als er Sekunden später aus der Tür trat, wartete der Firmenwagen schon.

Einige Stunden später stand Marian in einem kleinen Zimmer in einem blassen zweistöckigen Backsteinbau nicht weit vom Jack in the Box und Brake-O-Autoreparaturen. Autos parkten unter einem schiefen Unterstand auf der Rückseite, und in einer der leeren Parknischen lag ein verlassener Herrenschuh. Sie stand nackt im Zimmer, neben dem Fenster. Dann ging sie zu einem langen Spiegel und schob die Hüfte gegen die Oberfläche, verspürte ein kleines, zusammengerolltes Frösteln von Körper und Glas. Sie sah ganz ordentlich aus. Das Training, die Diät, die Diät, das Training. Diese ganzen Po-Übungen, die öde Plackerei, die sie im Namen der Fitneß auf sich nahm. Sie war nicht dieselbe verdreht-perfekte Frau wie früher, aber sie schaffte es immer noch, fit zu bleiben. Ja, Scheiße, fit bleiben. Sie stand aufgepflanzt vor dem Spiegel. An der nadelspitzen Nase ließ sich nichts ändern, aber ansonsten nicht übel. So genau musterte sie sich nie zu Hause. Sie berührte mit den Brustwarzen das Glas, und als sie wieder zurückwich, sah sie, daß sie etwas Feuchtigkeit hinterlassen hatte, ein Paar aufgedrückte Küsse wie Winteratem.

Als Brian eintraf, trug sie einen Morgenmantel, den sie im Schrank gefunden hatte.

»Ich sollte nicht hier sein«, sagte er.

»Ich auch nicht. Das ist doch der Sinn der Sache, oder?«

Er saß auf der Bettkante und zog sich die Schuhe aus, ein bißchen wie der Jammerlappen der Klasse, der sich zum Sport umzieht.

»Wessen Wohnung ist das hier?«

»Von jemand aus dem Büro.«

»Im Ernst?«

»Warum nicht? Wir brauchen einen sicheren Ort«, sagte sie.

»Und dann deine Sekretärin?«

»Aus dem Büro, hatte ich gesagt. Ist doch besser als ein Hotel.«

»Ich sollte nicht hier sein.«

Er ging barfuß im Zimmer umher und knöpfte sich das Hemd auf. Er hatte Clownsfüße, lang und schwielig, und er lockerte die Krawatte erst, als er das Hemd aus der Hose gezogen hatte.

»Ist sie jung?«

»Woher weißt du, daß es eine Frau ist?«

»Ernsthaft. Jung?«

»Ja«, sagte sie.

Er ging umher, faßte Sachen an, betrachtete Fotos und Streichholzschachteln.

»Gutaussehend?«

»Willst du ihre Unterwäsche sehen? Guck mal, ich trage ihren Morgenmantel. Fick mich fick mich fick mich«, sagte sie trocken.

»Mehr kann sie sich nicht leisten?«

»Unsere Mittel sind zu knapp.«
»Das ist ein Schlafwagenabteil.«
»Klein, aber heftig«, sagte Marian.

Sie lehnte mit verschränkten Armen an der Wand, und er drängte sich gegen sie. Sie löste die Hände und nahm sich seine Hose vor. Sie mochte Sex mit Brian, weil sie ihn handhaben konnte, steuern, bis er zu ihrer Stimmung paßte, sie brachte ihn leicht hoch oder ließ ihn reden, reden – bissig ehrlich schändlich, bitter-komisch.

»Ich glaube, er weiß Bescheid«, sagte sie.
»Was?«
»Ich glaube, er weiß Bescheid.«
»Er weiß nichts.«
»Ich glaube, er weiß Bescheid.«

Sie hatte die Hände in seiner Hose und ein Lächeln auf den Lippen. Er schob den Morgenmantel halb herunter, wischte ihn herab – rieb ihn an ihrer Schulter und Brust, bevor er ihn herunterbekam, fast herunter, er zog ihren Arm durchs Loch und ließ den Rest einfach hängen.

Sie sanken aufs Bett. Sie versuchte, den Rest des Morgenmantels loszuwerden, aber er ließ sie nicht. Er wollte eine Frau, die halb im Morgenmantel war. Das Telefon klingelte, und sie hielten inne, lauschten. Jedesmal, wenn in einer geliehenen Wohnung das Telefon klingelte, hielten sie inne und dachten über das nach, was sie gerade taten, auf einer anderen Ebene vielleicht auch über den Menschen, dessen Wohnung sie gerade benutzten. Es weckte ein falsches Schuldgefühl bei ihnen, dachte sie. Wegen des Betts. Der Geheimnisse von Leben und Arzneischränkchen und Bett eines anderen Menschen. Das mochte sie an der ganzen Sache nicht, das unter anderem, und Sex bei klingelndem Telefon war ihr schlicht unmöglich.

Sie tastete nach ihrer Handtasche, die auf einem Stuhl neben dem Bett lag. Das Klingeln brach ab. Brian stand auf und zog sich ganz aus.

»Verläßt du dich darauf, daß sie den Mund hält?«
»Über alles andere hält sie den Mund.«
»Das hier ist nicht alles andere.«

Marian fand ihre Zigaretten und steckte sich eine an, er reichte ihr einen Aschenbecher.

»Ich dachte, du hättest aufgehört.«

»Ich bin auf fünf am Tag runter.«

»Ich dachte, du trägst dieses Pflaster.«

»Tu ich nicht«, sagte sie.

Er streckte sich neben ihr aus, legte sich auf die Seite. Das klingelnde Telefon hatte sie frühzeitig in einen trägen Zustand voll kleiner Liebkosungen und sanfter Gesprächswindungen und Rauchwolken gebracht.

Er sagte: »Dieser Job von dir. Echt oder unecht?«

»Ich arbeite mit Bauingenieuren und Stadtentwicklern zusammen. Ich kämpfe die ganze Zeit mit Bürgerinitiativen. Aber ich kriege ziemlich was geschafft.«

»Neulich hab ich beim Lunch in künstlichem Nebel gesessen. Irgendwo in einer Mall.«

»Wir machen keine Malls. Wir machen Alleen.«

»Was macht ihr denn mit einer Allee?«

»Wir machen sie wohnlich, erträglich. Erzählen kleine Geschichten. Skulpturen auf dem Mittelstreifen. Poller in Tierform.«

»Wie heißt deine Sekretärin?« fragte er.

Sie schnippte eine Ladung Asche in sein Schamhaar.

»Überstunden, zielstrebige Hingabe. Verstrickt in diese japanische Nummer«, sagte er. »Tod durch Überarbeitung.«

»Verschwinde in der Firma und stirb. Bloß daß ich es nicht mache, um zu verschwinden. Ich tue es, um sichtbar und hörbar zu sein. Und ich weiß nicht genau, was du mit echt oder unecht meinst.«

Er zupfte sich die Asche aus den Härchen und blies sie sich von den Fingerspitzen.

»Die meisten Jobs sind unecht«, sagte er.

Sie waren Spätzünder und hatten nie einen verläßlichen Rhythmus entwickelt. Nur drei oder vier Wohnungen in all der Zeit, und jede hatten sie nur ein- oder zweimal benutzt. Sie hatte gelernt, ihre Enttäuschung zu übergehen. Das gehörte zur verdrehten Perfektion. Aber Brians Widerstreben konnte einen ziemlich auf die Palme bringen. Sie mußte die Wohnungen organisieren, die Beteuerungen von sich geben, den Zeitplan managen und dann abwarten, ob er wohl auftauchen würde. Es gibt ja den Ausdruck dämonischer Geliebter. Sie hatte einen dämonischen Ehemann. Ihr Geliebter war ein Schlaks mit sommersprossiger Stirn und krüsseligem Haar. Aber dieser Herausforderung mußte sie sich stellen, diesem Weg zu einem wichtigen Teil ihres Ichs, zu einem Potential, das sich sonst sandig und vernachlässigt und unbewegt anfühlte. Diese Stunden gehörten ihr, wie kurz und unregelmäßig sie auch immer waren. Und er war überaus bequem im Umgang und wuchs ihr richtig ans Herz. Es machte ihr Spaß, ihn zu necken und zu erschrecken, aber sie wollte nicht daran denken, ihn aufzugeben.

»Puste mal ein bißchen Rauch rüber«, sagte er. »Ich will die Gerüche alle. Tabak, Bettlaken, Frauen.«

Sie war mit Brian sie selbst, was immer das bedeutete. Sie wußte, was es bedeutete. Weniger umschlossen von dem Entwurf eines anderen, seiner egozentrischen Lebensgestaltung.

»Ach, bevor ich es vergesse, ich habe einen Termin um drei«, sagte er.

»Ich bin schon ein bißchen enttäuscht, daß du dich nicht, weißt du«, sie ließ die Worte gewissermaßen baumeln, »in mich verliebt hast, Brian.«

»Du bist in meinem Alter und hast meine Größe. Ich verliebe mich in kleine, lebhafte Frauen, die mir von weitem auffallen.«

»Und jung müssen sie sein.«

»Jung müssen sie sein. Du und ich, wir sind Kumpel. Und ich hab viel zu viele Schuldgefühle, um mich in dich zu verlieben. Ich hab irre Schuldgefühle. Das letzte Stück Scheiße.«

»Warum tust du's dann?«

»Weil du es so sehr willst«, sagte er.

Sie legte die Zigarette auf den Aschenbecher.

»So entgegenkommend bist du? Weil ich es will? Deshalb bist du dazu bereit?«

»Ich will es auch. Aber du willst es auf Leben und Tod.«

Sie mochte ihn nicht, wenn er ernst wurde. Das verstieß gegen die Regeln. Er ließ seinen Kopf zu ihr sinken, mit einem Flüstern.

»Es ist dumm und leichtsinnig, und wir sollten es nicht mehr tun. Denn wenn er es herausfindet«, flüsterte er.

»Und wenn deine Frau es herausfindet? Sie ist nämlich diejenige, die dir die Eier abschneiden wird.«

»Nick macht mich bloß kalt.«

»Und er braucht es nicht mehr herauszufinden. Er weiß schon Bescheid.«

»Er weiß es nicht.«

»Ich glaube, er weiß Bescheid.«

Er flüsterte: »Komm, wir machen heute einen letzten, glücklichen Abschiedsfick daraus.«

Sie setzte an, um ihm etwas zu sagen, und dachte dann, nein. Sie sanken aufeinander zu, umschlangen sich, und dann lehnte sie sich zurück, bäumte sich auf, rückwärts auf die Arme gestützt, und ließ ihn das Tempo bestimmen. Irgendwann schlug sie die Augen auf und sah, daß er sie beobachtete, abschätzte, wie weit sie war, er wirkte etwas einsam und matt dabei, und sie zog seinen Kopf zu sich herunter und saugte Salz von seiner Zunge und hörte dieses ganz bestimmte Brustklatschen, den Aufprall von Oberkörpern und das knarrende Bett. Von da an war es eine Angelegenheit dichter Konzentration. Sie lauschte dem rasenden Blut, suchte etwas darin, sie drehte seine Hüften herum und fühlte sich elektrisiert und sehnsuchtsvoll und endlich in der Zielgeraden, und sie starrte seine gequält geschlossenen Augen und seinen Mund an, der so angespannt war, daß er in den Mundwinkeln aussah wie zugeheftet, Oberlippe weiß gegen die Zähne gepreßt, und als Brian kam, fühlte es sich für sie an wie der Höhepunkt eines Gehenkten, der Körper unter Strom, die versteiften Gliedmaßen, und sie strich ihm mit der Hand durchs Haar – wäre schöner, wenn wir's öfter machten.

Sie wartete ab, bis ihr beider Atem sich beruhigt hatte, so daß sie sich von ihm lösen und die Handtasche vom Stuhl nehmen konnte.

Er ging in die Küche und trank ein Glas Wasser.

Es war eine ziemlich große Tasche, mit langen Henkeln, und sie holte ein längliches Stück Aluminiumfolie heraus, rollte es auf und legte es aufs Bett. Brian beobachtete sie von der Küchentür aus. Dann holte sie ein kleines durchsichtiges Päckchen hervor. Es ähnelte einer gefalteten Sandwichtüte, nur kleiner, und ein Etikett klebte darauf: *Todestrip Nr. 1.*

»Komm her«, sagte sie.

Sie öffnete das Päckchen und ließ den Inhalt, die Hälfte des Inhalts, auf die Alufolie kleckern. Es war eine harzige Substanz, zerklumpt, zerknubbelt. Sie sagte Brian, er solle sich aufs Bett setzen und die Folie halten, und zwar an den Kanten und gerade, damit das Zeug, diese teerigen Klumpen, nicht runterlief.

»Was zum Teufel ist das? Wie kann es runterlaufen, wenn es fest ist?«

Da griff sie wieder in die Handtasche und holte einen kleinen, zusammengerollten Strohhalm hervor, einen mehrere Zentimeter langen Plastikhalm.

»Hey, Marian, was läuft hier eigentlich?«

Sie griff nach ihren Streichhölzern, zündete eins an und hielt es unter die Alufolie in Brians Händen, so daß die Substanz darauf erhitzt wurde.

»Das ist Heroin«, sagte sie und beobachtete, wie sich der Teer langsam verflüssigte.

»Das ist Heroin«, wiederholte er. »Was soll ich denn dazu sagen?«

Als der Teer anfing, zu verdampfen und zu qualmen, schüttelte sie das Streichholz aus, steckte den Plastikhalm in den Mund und folgte damit dem emporkringelnden Rauch, sog ihn ein und hielt ihn bewußt in den Lungen.

»Na toll. Wo hast du das her?«

Sie beobachtete, wie der Teer schmolz und zerlief und verdampfte, und sie folgte dem aufsteigenden Rauch und sog ihn durch den Halm ein.

»Mary Catherine.«

»Wer ist das?«

»Jemand aus dem Büro.«

»In deren Bett wir liegen? Deine Sekretärin ist deine Dealerin? Wann hast du damit angefangen?«

»Ich hab sie eigentlich noch nie als.«

Sie verfolgte den aufsteigenden Rauch, hielt den Kopf direkt hinein und sog ihn durch den Halm ein.

»Ich hab sie eigentlich noch nie als meine Dealerin betrachtet, aber das ist sie wohl, und dann bin ich ihre Wasauchimmer.«

»Ist das was Neues?«

»Ziemlich neu, ja. Hier, nimm auch einen Zug.«

»Nee danke.«

Sie folgte dem Rauch in der Luft.

»Ich bin, weißt du, absolut vorsichtig. Ich rauche es selten, selten, seltenst. Ich stehe nicht mit verquollenen Augen auf oder habe Schmerzen oder Brechreiz. Nimm einen Zug.«

Sie sog den Rauch ein.

»Weiß Nick das? Das kann er nicht wissen.«

»Bist du wahnsinnig? Er würde mich kaltmachen. Nimm einen Zug.«

»Bleib mir vom Leib damit, zum Teufel.«

»Ich will dich tiefer reinziehen. Nimm einen Zug. Ich will, daß du so tief drinsteckst, daß du nicht mehr essen und schlafen kannst. Du sollst im Bett liegen und an uns denken. Wie wir es in einem geliehenen Zimmer treiben. Du sollst an nichts anderes mehr denken können. Das ist mein Programm für dich, Brian.«

»Mary Catherine. Gefällt mir, der Name«, sagte er. »Sexy.«

Sie saßen nebeneinander auf dem Bett und hörten dem Verkehr zu, der auf der Thomas Road vorbeirollte. Als sie fertig war, räumten sie alles weg und strichen das Bett glatt und lehnten sich zurück, redeten.

»Ich glaube, er weiß Bescheid«, sagte sie.

»Wo ist er?«

»Unterwegs nach Houston oder schon da. Dann fährt er raus zu diesem Atommüllager, wo immer das genau liegt.«

»Dem Salzgewölbe.«

»Dem Texas-Highway-Killer ausgeliefert.«

»Er weiß es nicht«, sagte Brian. »Aber wir sollten daran denken, es zu beenden. Wir sollten es jetzt zu Ende bringen.«

»Ich bin noch lange nicht fertig. Also sei einfach still. Ich fühl mich ja wie 'ne alte Schlampe, die es gerade noch so packt.«

»Du bist keine Schlampe. Du bist 'ne Hure.«

»Sei nett zu mir«, sagte sie.

Der Tag war zu einem trägen Pulsieren um ihre Augen verkommen. Als sie sich rekelte, spürte sie, wie die Glibberkruste in ihrem Schamhaar unter leichtem Knistern zerflockte.

Er flüsterte: »Komm, einen zivilisierten Abschlußfick noch, und dann schauen wir, daß wir lebendig hier rauskommen.«

Sie lauschte dem Verkehr und fragte sich, was sie in der Filmversion jetzt wohl sagen würde.

Er flüsterte: »Ficken wir den Sayonara-Fick und ziehen Anzug und Kleid wieder an.«

Sie lächelte schwach. Glückverheißende Aussichten waren in der Luft zu spüren. Sie fühlte sich leicht L.-A.-haft und wälzte sich auf Brian und redete, während sie es trieben, stop-and-go, Zärtlichkeit, Innigkeit, hauchte die Wörter, spürte ungesehene Aussichten auf restlos glückverheißende Dinge.

Als sie nebeneinander lagen, stützte er sich auf einen Ellbogen und sah sie an.

»Du hast diesen geschmolzenen Trotz im Auge.«

»Red einfach nicht vom Ende. Es steht dir nicht an, es zu beenden.«

Er lachte. Wenn Brian lachte, wurde er halb durchsichtig. Man sah, wie das Blut unter seiner Haut raste, ein Schwall rosiges Pink. Er stand auf und begann sich anzuziehen. Er griff nach einer Modezeitschrift und hielt sie aufgeschlagen hin, ein aufragendes Foto von einem lässig bemuskelten Bisexuellen, vielleicht ein Weißer, vielleicht auch nicht – ließ sie über dem Bett baumeln, als wollte er darauf hinweisen, wie überholt er in seinem eigenen Körper, seinem eigenen Leben war, Brian höchstpersönlich, ein Mann ohne Fitneßvideo, das er in den länglichen Schlitz hätte schmeißen können.

»Unterwäsche. Plötzlich ist überall nur noch Unterwäsche«, sagte er. »Erklär mir mal, was das bedeutet.«

Ein prüfender Blick auf die Uhr, und er wurde etwas panisch. Sie versuchte, ihm zu helfen, reichte ihm Kleidungsgegenstände übers Bett, und er fummelte absichtlich mit den Sachen herum, eine Socke trug er auf links und band seine Schuhe zusammen, so daß er zur Tür trippeln und torkeln konnte. Je später es wurde, desto mehr Kapriolen schlug er. Das war Brian in Höchstform.

»Aber wenn er Bescheid weiß?«

»Er weiß nicht Bescheid«, sagte sie.

Sie hatte einen dämonischen Ehemann, falls dämonisch eine Art Macht bedeutet, einen dienenden Geist der Disziplin und Selbstbeherrschung, den kleinen Ruck der Distanz, den er perfektioniert hatte, wie das Abschalten eines Radios. Sie wußte vom Verschwinden seines Vaters, aber da war noch etwas anderes, hart und abgetrennt. Das hatte sie zuallererst angezogen, diese riskante und erotische Angelegenheit.

Brian betrachtete die Fotos an der Wand bei der Tür.

»Welche ist sie?«

»Raus hier«, sagte sie.

Sie machte das Bett und tütete den Stoff ein und hängte den Morgenmantel in den Schrank zurück. Sie spülte das Glas, das Brian benutzt hatte, stand nackt in der Küchenecke, und es kam ihr vollkommen vernünftig und natürlich vor, alles miteinander, verdient, gebraucht, nackt, und sie duschte und zog sich an.

Sie fühlte sich ziemlich gut. Alles easy, so nach dem Motto. Als ob etwas nervt und sich hinschleppt, und plötzlich, ganz unerwartet läuft es irgendwie.

Sie hatte ein Gefühl, als würde ihr alles Gute zufliegen, was es ja normalerweise nicht tut. Sie würde es erkennen, wenn sie es mit ihren L.-A.-Augen sah.

Sie stand vorm Spiegel und rückte ihre Sonnenbrille zurecht. Denn wenn sie diese Sache nicht hätte, die sie planen und manövrieren und herbeisehnen konnte, diesen viel zu unregelmäßigen Brian, dann – das hätte sie ihm vorhin beinahe gesagt – würde sie einsam und zittrig werden, wenn sie unter loderndem Himmel über den geschmückten Highway fuhr, und vielleicht ein bißchen verwechselbar.

Sie fühlte sich gemocht. Sie mochte die Person, die sie heute war. Sie fühlte sich ein bißchen seelenträge. Sie fand heute alles, was irgendwie L.-A.-haft war, genau richtig. Sie wäre beinahe so weit gegangen, sich als mehr oder weniger euphorisch zu beschreiben, obgleich sie sich darauf nie voll und ganz einlassen würde.

Bevor sie ging, inspizierte sie das Zimmer ein letztes Mal. Das waren die Dinge, durch die allen heimlichen Arrangements die Welt erschlossen wurde, die geliehene Wohnung, die auswendig gelernte

Telefonnummer und die kodierte Kalendernotiz. Kindische Spionagespiele eigentlich, die ihr mehr Schuldgefühle machten als der Sex, eine dämliche Art von Selbstvorwürfen. Sie klopfte ein Kissen glatt, um die Abdruckspuren zu entfernen. Sie wollte, daß alles unberührt aussah, damit Mary Catherine nichts dagegen hätte, wenn sie sie bat, das Zimmer wieder benutzen zu dürfen.

10

Er schmierte die Mayonnaise. Er schmierte Mayonnaise aufs Brot. Dann klatschte er das Sandwichfleisch drauf. Er schmierte nie die Mayonnaise aufs Fleisch. Er schmierte sie aufs Brot. Dann klatschte er das Fleisch drauf und beobachtete, wie die Mayo an den Ecken hervorquoll.

Er nahm das Sandwich mit ins nächste Zimmer. Sein Dad sah fern, in seiner typischen Periskophaltung, gekrümmt, als würde er sonst auf den Teppich fallen. Sein Dad hatte Krankheiten, die noch auf ihren Namen warteten. Sachen, die man gegeneinander aufrechnen mußte. Wenn die eine ein bestimmtes Medikament brauchte, wurde ein anderer davon schlimmer. Es gab Rückschläge und Nebenwirkungen, es gab einen Medikamentenplan, den Richard und seine Mutter bei den tagtäglichen Verrenkungen von halben Dosierungen und Warnschildern und Kommt-drauf-an und Nicht-vergessen im Auge zu behalten versuchten.

Richard aß ungefähr das halbe Sandwich und ließ den Rest auf der Sessellehne liegen. In der Küche rief er seinen Freund Bud Walling an, der vierzig Meilen entfernt im Nirgendwo lebte und eigentlich gar nicht sein Freund war.

Er fuhr raus zu Bud, zwischen früheren Feldern hindurch, die schon als Bauland ausgeschildert waren, an schmalen Pfosten standen Fledderzettel steif im Wind. Hier draußen war der Wind eine Kraft, die das Denken ergriff. Du bist schon eine Viertelmeile an der High School vorbei und hörst immer noch, wie die große Fahne klatscht und die Falleine nautisch gegen den Mast schlägt, und du treibst dein Auto in den Wind hinein und siehst den Staub über die Straße fegen und fährst in einen weißen Himmel hinein und fühlst dich nutzlos und dumpf.

Buds Behausung hätte von den Bergen heruntergeweht sein können. So als wäre sie in einem natürlichen Überschwang hier abgelegt worden, mit Holz, das sich im Hof verzog, und aufklaffenden Türen und einer unfertigen Veranda auf Hohlziegeln, die so tief war, daß das Haus wie im Sand versunken wirkte. Bud hatte einen Hund, halb Kojote, halb Straßenköter, der in einer windschiefen Hütte hinterm Haus an der Kette lebte. Richard fand diesen Hund weniger gefährlich, als er angeblich sein sollte. Richard fand, daß Bud diesen Hund vor allem wegen des pubertären Prickelns hielt, ein Tier an der Kette zu haben, das er ganz nach Lust und Laune füttern oder verhungern lassen konnte.

Ihm fiel ein, daß er vergessen hatte, seinem Dad zwei Glas Wasser zu der blaugelben Kapsel zu geben, trotz der fettgedruckten Aufforderung auf dem Etikett der Packung. Diese kleinen Versäumnisse nagten an seinem Selbstbewußtsein, obgleich er wußte, daß sein Vater selber schuld war, wenn er es nicht schaffte, seine Medikamente allein zu nehmen, oder seine Mutter, wenn sie gebraucht wurde und nicht da war. Ständig gab es kleine Kriege darum, wer Schuld hatte, ständig hieß es, Na gut, tut mir leid, und, Wenn er doch endlich Schluß machen und sterben würde, alles in Richards Kopf.

Er machte den dämlichen Witz, an Buds Tür zu klopfen und zu sagen: »Polizei, Dezernat Alkohol, Tabak und Waffen!«

Nichts passierte. Er trat ein und sah Bud in einem großen, offenen Raum, wie er gerade eine 60x80-Platte zersägte, die er über zwei Bänke unterschiedlicher Höhe gelegt hatte. Das Haus bestand immer noch weitgehend aus Außenwänden, obwohl sich Bud seit vielen Monaten in einem zielstrebigen Kampf abrackerte, der für Richard weniger damit zu tun hatte, ein Haus auszuweiden und neuzugestalten, sondern eher damit, irgendein verhaßtes Phantom zu vernichten, vielleicht Buds frühere Drogenabhängigkeit, und zwar ein für allemal.

»Dein Telefon ist gestört«, sagte Richard. »Ich dachte, ich komme mal raus, um nachzuschauen, ob alles, na ja, in Ordnung ist.«

»Warum soll irgendwas nicht in Ordnung sein?«

»Ich hab's der Telefongesellschaft gemeldet.«

»Ich hab nur einen Eindruck beim Telefon.«

»Manchmal können sie das Problem vom Amt aus beseitigen.«

»Es bringt mehr Kummer als Freude.«

Endlich sah Bud hoch und bemerkte seine materielle Anwesenheit.

»Es bringt menschliche Stimmen in dein Leben, auf die du gar nicht vorbereitet bist.«

Richard blieb in der Nähe der Wände, fuhr mit den Handflächen über die gehobelten Fensterbänke, untersuchte die Klammern, mit denen Plastikplanen an den Fensterrahmen befestigt waren. Leere Ablenkung, die den Schmerz gewöhnlichen Geredes in Schach halten soll.

»Ich lege Parkett rein«, sagte Bud. »Fischgrät vielleicht.«

»Wird bestimmt gut.«

»Wehe wenn nicht. Aber wahrscheinlich pack ich's gar nicht.«

Das Geräusch des Windes an den Plastikplanen war nervtötend. Richard fragte sich, wie ein ehemaliger Drogensüchtiger den ganzen Tag bei diesem Knattern und Ploppen arbeiten konnte. Die Planen ploppten nach draußen, klatschten und knatterten. Crack-Kokain betrügt das Hirn so lange, bis es glaubt, Rauschgift täte ihm gut.

Er überlegte, was er sagen sollte.

»Weißte, Bud. Nächste Woche werde ich zweiundvierzig Jahre alt. Donnerstag in einer Woche.«

»Das kommt vor.«

»Und ich fühl mich höchstens halb so alt, eigentlich.«

»Na weil, ist doch klar warum, so wie du lebst.«

»Was meinst du damit?«

»Bei deinen Eltern«, sagte Bud.

»Die kommen nicht allein zurecht.«

»Wer denn? Frag ich dich.«

Bud schmiß die eine Hälfte des abgesägten Holzes in eine Ecke. Er musterte die andere Hälfte, als hätte sie ihm gerade jemand auf einer belebten Straße in die Hand gedrückt.

»Was?« fragte Richard.

»Riechen die nicht?«

»Was?«

»Alte Leute. Wie saure Milch.«

Richard hörte die Plastikfenster ploppen.

»Ist mir noch nicht aufgefallen.«

»Ist dir noch nicht aufgefallen. Na schön. Du willst dich so alt fühlen, wie du bist. Such dir eine Frau. Damit schaffst du's. Schrecklich, aber wahr. Eine Frau ist das einzige, was Typen wie uns retten kann. Aber jünger fühlst du dich dadurch nicht.«

Richard zappelte fröhlich in seiner Ecke herum. Ihm gefiel die Vorstellung, in die weibliche Rettung mißratener Männer einbezogen zu sein.

»Wo ist sie?«

»Hat zur Zeit Spätschicht.«

Buds Frau arbeitete am Fließband bei Texas Instruments, montierte Mikrochips auf Schalttafeln, sagte Bud, für die Datenautobahn. Richard glaubte, er sei halb in Buds Frau verliebt. Es war ein Gefühl, das kam und ging, geheim und irgendwie halb lächerlich, als bestünde sein Herz aus einem Baumwollmaterial. Falls Aetna jemals etwas von seinen Gefühlen schwanen sollte, was würde sie denken? Die Angst, die auf dieser Frage lastete, ging mit tatsächlichen körperlichen Symptomen einher, Hitze, Rötung im oberen Rückenbereich und zugeschnürter Kehle.

Er überlegte sich etwas anderes, das er sagen konnte.

»Linkshänder, das hab ich neulich gelesen.« Hier machte er eine Pause und versuchte, sich an die umständlichen Sätze in der schmalen Zeitungsspalte zu erinnern. »Linkshänder, zu denen ich nicht gehöre, haben in der Regel eine kürzere Lebenserwartung als Rechtshänder. Rechtshändige Männer leben zehn Jahre länger als linkshändige Männer. Glaubst du das?«

»Wir reden von, ist das gemein, Lebenserwartung.«

»Linkshändige Männer sterben in der Regel im Alter von, glaube ich, fünfundsechzig.«

»Weil sie Richtung Nordpol wichsen«, sagte Bud, eine Bemerkung, aus der Richard kein Fitzelchen Inhalt herausanalysieren konnte.

Er sah Bud zu, wie er Nägel aus den alten Dielenbrettern zog, und bot seine Hilfe an, suchte nach einem Klauenhammer.

»Also, Richard.«

»Was?«

»Du bist fünfzig Meilen gefahren, um mir mitzuteilen, daß mein Telefon gestört ist.«

Richard wußte nicht, ob das die Vorbereitung für eine von Bud Wallings ätzenden Bemerkungen war oder nur ein gewöhnliches Dankeschön.

»Vierzig Meilen, Bud.«

»Oh, da bin ich aber erleichtert. Ich würde dir ja ein Bier anbieten, aber.«

»Macht nichts.«

»Vielleicht fährt dann Aetna fünfzig Meilen. Weiß ich nicht genau.«

Es lag nicht außerhalb von Buds tatsächlicher Reichweite, etwas Persönliches über seine Frau zu sagen, etwa zu ihren sexuellen Vorlieben oder ihren Verdauungsproblemen, und immer wenn er ihren Namen erwähnte, hielt Richard den Atem an, voller Hoffnung und Angst, jetzt käme etwas Intimes, und obwohl er wußte, daß Bud das machte, um ihn zu schockieren und abzuschrecken, saugte Richard jedes Wort und Bild und Geruchsdetail auf, wobei er Buds langes, zerfurchtes Gesicht unablässig nach Anzeichen für Spott absuchte.

»Sie wird es schade finden, daß sie dich verpaßt hat«, sagte Bud und schaute von dem verrotteten Holz und dem in der Luft stehenden Staub hoch.

Richard war kein Linkshänder, hatte sich aber beigebracht, mit links zu schießen. Bud würde niemals verstehen, daß er seine Gefühle bekennen mußte, um seiner Isolation zu entfliehen. Er hatte es sich aufgrund der These beigebracht, daß, wenn man mit der rechten Hand fährt und dicht an der Tür sitzt, es praktisch gesehen besser ist, die rechte Hand am Steuer zu lassen und die linke Hand aus dem Fenster zu strecken, die Schußhand, damit man nicht am eigenen Körper vorbei schießen muß. Er hätte mit Bud vermutlich schon darüber reden können, und vielleicht hätte Bud ihn auch verstanden. Aber er würde niemals begreifen, daß Richard alles bekennen und mit anderen teilen mußte, ein Teil der Geschichte der anderen werden mußte, denn das war die einzige Möglichkeit zu entkommen, den popligen Details dessen, der er war, zu entrinnen.

Bud sagte gerade: »Sagt der Bulle, Füße zusammen, Kopf zurück, Augen zu, bitte. Wo Aetna lachen muß, wie er bitte sagt. Und jetzt die Arme ausbreiten, sagt er. Nun die linke Hand rübernehmen und die Nase mit dem Zeigefinger berühren. Wo ich da im strömenden Regen stehe, und er gibt mir Anweisungen vom Auto aus. Berühren Sie Ihre Nase mit dem Zeigefinger, sagt der zu mir.«

»Wenn du als Linkshänder am Steuer sitzt, ist die Wahrscheinlichkeit fünfmal so hoch, daß du bei einem Unfall stirbst.«

»Wie bei einem Rechtshänder.«

»Wie bei einem Rechtshänder«, sagte Richard, felsenfest überzeugt.

Bud rupfte ein Brett aus dem Boden.

»Nicht mein Problem.«

»Meins auch nicht.«

»Ich sterbe an Streß«, sagte Bud. »Ich will dir mal sagen, wie hoch mein Streßlevel ist.«

Richard wartete auf den Rest. Früher hatte er in einer Glaskabine im Supermarkt gesessen und Schecks und eingelöste Coupons gestapelt und dem Kassenpersonal zusammengerolltes Kleingeld gegeben, aber anscheinend hatte er irgendwann irgendwelchen Mist gebaut, denn bald saß er wieder draußen an der Kasse, zog die Artikel über den Scanner und tippte Obst und Gemüse in die Registrierkasse, der beiläufigen Mißachtung jedes dahergelaufenen Fremden ausgesetzt.

»Wir müssen unser Geschäft draußen erledigen, weil die Toilette noch nicht für den Aufenthalt von Menschen bereit ist. Also habe ich draußen ein Ding gebaut, wobei die einzige machbare Methode daraus besteht, daß man sich halb aus der Toilette, denk ich mal, raushängt. Und Aetna, tja, du kannst dir's vorstellen.«

»Wenn sie von der Arbeit heimkommt.«

»Der Streß wird richtig persönlich.«

»Und diese Fahrt hinter sich hat«, sagte Richard.

»Und sie muß mal. Und dann fällt es ihr wieder ein. Es gibt keine funktionierende Toilette in dem Haus. Und sie wirft mir einen geradezu mordlustigen Blick zu.«

Die redeten ein unglaubliches Zeugs, fettleibige Frauen an der Schnellkasse, wo er zwei kranke Eltern zu Hause hatte, oder der eine krank, der andere übellaunig, zum Beispiel das Tomatenmark ist 16 Cents runtergesetzt, oder das ist keine rote Birne, das ist eine An-jau. Sie zwangen ihn, quer über den Gang zu fragen. Sehen Sie nicht, daß die nicht rot ist? Er hat hier rot eingetippt, dabei ist das eine An-jau. Er mußte quer über den Gang mit der anderen Kasse reden, und jeder Kunde in beiden Warteschlangen konnte ihn hören.

»Mir persönlich macht das nichts aus«, sagte Bud. »Es liegt ja auch ein gewisser Sinn darin, sein Geschäft draußen zu erledigen. Wenn man darüber nachdenkt, worum es geht.«

Dieses Gerede von einem Schädelhirntrauma. Dieses Gerede, ob er adoptiert oder mißbraucht wurde. Das einzige Problem ist das Intervall. Wenn man aus dem Fenster auf der Fahrerseite feuert – was man tun muß, wenn man nicht quer durchs eigene Auto und über die Entfernung zwischen dem eigenen und dem anderen Auto hinwegschießen will –, dann hat man immer noch das Problem zu lösen, daß man nun über den Abstand zwischen den Autos hinweg und durch den anderen Wagen hindurch schießen muß, denn die Fahrerseite des anderen Wagens ist auf die eigene Position am Steuer bezogen die weiter entfernte. Man wird ja keinen Fahrgast erschießen. Wenn man das täte, wäre der Fahrer imstande, eine Fluchtaktion zu unternehmen und die Autonummer zu notieren, den Wagentyp und die Haarfarbe und so weiter. Also sollte man einsame Fahrer erschießen, und zwar aus dem Fenster auf der Fahrerseite, wobei man die linke Hand benutzt, um die Waffe zu halten. Tatsächlich ist es aber so, wie er mit der Zeit herausfand, daß, wenn man mit der rechten, der natürlichen Hand schießt, das Projektil dieselbe Entfernung zwischen denselben Räumen überwindet, jedenfalls so ziemlich, wie bei der selbsterlernten Methode mit der linken Hand. Er fand das nach Opfer Numero fünf oder sechs heraus, bei welchem genau hatte er vergessen, beschloß aber, bei der linken Hand als Schußhand zu bleiben, obgleich es viel sinnvoller war, mit der linken Hand zu steuern und der rechten zu schießen. Denn die rechte war die geborene Hand dafür.

»Ich habe gerade gemerkt, was ich mir nicht erklären konnte«, sagte Bud.

Sie hörten den Hund bellen, und Richard starrte durch die staubigen Planen und sah, wie sich das Tier am Ende seiner Kette auf den Hinterbeinen aufrichtete, mit strammen Hundeeiern, und er hoffte, daß Aetna vielleicht früh nach Hause käme. Aetna hatte ihnen einmal eine Pastete mit einer Gitterkruste gemacht. Das war etwas, woran er sich erinnerte. Als er begriff, daß sie jetzt gar nicht nach Hause kam, sondern wahrscheinlich irgendein Vieh im Wald den Hund hochbrachte, wurde er über alle Maßen traurig. Es war aber auch alles außer Proportion geraten. Der Wind hieb gegen die Planen, bis sie zitterten und ploppten. Crack-Kokain soll angeblich die am stärksten abhängig machende Droge sein, wie Langzeitstudien ergeben haben.

»Du trägst eine Krawatte«, sagte Bud.

Richard hielt inne, argwöhnisch, wie er das verstehen sollte, und spähte innerlich voraus, nach einem Hinterhalt, einer möglichen Bemerkung.

»Tja, das ist wegen der Arbeit«, sagte er. »Ich bin von der Arbeit nach Hause gefahren und habe mich nicht mehr umgezogen.«

»Aber du trägst Schlips? An der Lebensmittelkasse?«

»Das ist Firmenvorschrift, im ganzen Staat, so ziemlich.«

Ganz ruhig, dachte er.

»Und dann ist da diese Sache, die Aetna gesagt hat, wo sie zur Abwechslung mal recht hat. Daß du aussiehst wie einer, der 'ne Brille trägt. Bloß trägst du keine. Bloß wie sie es gesagt hat, waren wir uns nicht mehr sicher. Wir haben uns gefragt, trägt er nun eine oder nicht?«

»Noch nie«, sagte Richard.

Anfangs, als er die ersten Male ins Haus kam und Bud ihn kaum bemerkte, war es wie die Alltäglichkeit des Sterbens. Ein leeres, hohles Ding, als ob man gar nicht da wäre. Eine Fahrt von vierzig Meilen ins Durchsichtigsein, furchtbar, aber nicht ungewohnt. Und jetzt dieses Überprüfen, von wegen was er trug und wie er aussah.

Panik setzte ein. Er versuchte, sich etwas zu überlegen, das er sagen konnte. Vielleicht irgendwas über den Hund. Er spähte durch die Plastikplane, vielleicht war der Hund irgendwo kurz zu sehen. Daß es nichts gibt, was dreckiger wird als Plastikplanen, die den Schmutz festhalten, aufsaugen.

»Vielleicht solltest du aber. Eine Brille gibt dem Menschen Ausstrahlung. Hol dir eine mit einem dicken, dunklen Gestell, das zu deinem Schlips paßt.«

Er wußte nicht, warum Bud so mit ihm redete. Bud saß mit gekreuzten Beinen über dem schmalen Spalt im Boden. Er hielt den Hammer untätig auf der Schulter und schaute Richard direkt ins Gesicht. Richard versuchte zu lächeln, die ganze Sache ins Scherzhafte zu ziehen. Er spürte, was für einen dummen Gesichtsausdruck er hatte, als könnte eine kleine Mundbewegung die Außenwelt verändern.

»Ich kann ja mal drüber nachdenken.«

»Tu das.«

»Wahrscheinlich sollte ich jetzt zurückfahren.«

»Sie wird bedauern, daß sie dich verpaßt hat.«

»Richte ihr von mir aus.«

»Mach ich ganz bestimmt.«

Der einzige Mensch, mit dem er je frei von der Leber weg redete, war Sue Ann. Wenn er mit ihr am Telefon sprach, hatte er das Gefühl zu existieren. Sie gab ihm das Gefühl, als er selbst Gestalt anzunehmen, in die Gestalt hineinzukommen, die er immer hatte annehmen wollen, zu dem zu werden, was und wer er wirklich war. Es war wie ein Ausfüllen – schon mal das Gefühl gehabt, daß lauter Dinge aus dem Mittelpunkt dessen, was man ist, hervorströmen und die Gestalt der beabsichtigten Person annehmen? Genau das schaffte Sue Ann, und man mag es nicht glauben oder es verachten, aber er war noch nie wirklich er selbst gewesen, bis er mit ihr gesprochen hatte.

Er hörte, wie Bud Holz rausrupfte, als er zur Tür hinaus und zu seinem Auto ging.

Da streunen geisteskranke Killer in der Welt umher, und die Jungs an der Kasse tragen Krawatte.

So was hätte Bud vielleicht gesagt, dachte er.

Er rief Sue Ann aus einem Haus an, in das er eingebrochen war. Schaltete den Fernseher ein und rief den Supersender in Atlanta an und berührte alles nur mit Taschentuch und brachte den Stimmverzerrer, den er auf den Anzeigenseiten eines Söldnermagazins entdeckt und bestellt hatte, auf dem Telefon an. Keine Zeitschrift, die Richard normalerweise las. Er war kein Wachmann oder Waffenliebhaber. Seine Pistole war die alte 38er seines Vaters. Sie hatte keine massive Aufhaltekraft und konnte keine Betonblöcke durchschießen und machte keine faustgroßen Löcher in die Zielscheiben-Silhouetten. Sie tötete einfach nur Leute.

Er fuhr aus der bewaldeten Gegend heraus und in den weiten Himmel hinein, wo die Straße zum Überschwemmungsgebiet hin absank, und er spürte die wahre Kraft des Windes.

Er rief an und schaltete den Fernseher ein, oder umgekehrt, ohne Ton, seine Hand in ein zusammengelegtes Taschentuch gewickelt, und noch nie war ein Gespräch für ihn so mühelos gewesen, sei es am Telefon oder vis-à-vis oder von Mann zu Frau, wie an jenem Tag mit Sue Ann. Er betrachtete sie da drüben und redete hier mit ihr. Er sah ihre stumme Lippenbewegung in einem Teil des Zimmers, während ihre Worte weich und warm in die Windungen seines geheimen Ohrs drangen. Er sprach zu ihr am Telefon und nahm Blickkontakt mit dem Fernseher auf. Da erwachte in ihm das Wissen, daß er existierte. Diese Frau mit den Augen eines Aliens, deren phantastisches Haar irgend etwas ausstrahlte, das sein Herz erstaunte. Je weiter die Zeit voranschritt, desto selbstbewußter sprach er. Er wurde allmählich er selbst, scheu, aber auch ohne Scham, sogar ein bißchen eitel und ehrlich und gewitzt, ausweichend, wenn nötig, während er da in einem fremden Wohnzimmer stand, neben einer Lampe ohne Schirm, und sie hörte zu und stellte Fragen und sah ihn von dem drei Meter entfernten Bildschirm an. Sie hatte eine solche Ausstrahlung, daß sie ihn existieren lassen konnte.

Dies war eine unbefahrene Straße. Du kannst dreißig Meilen weit auf dieser Straße fahren und nicht einem Auto begegnen. Du siehst Starkstromleitungen, die sich bis an den Rand des Gesichtsfeldes ausdehnen und zur Erde sinken, alles eine Angelegenheit der

Perspektive. Wenn der Wind erstirbt, legt sich eine Spannung über das Land, die dich an die Stille vor dem Jüngsten Gericht denken läßt.

Dann Schnitt zu dem Videoband. Er mißtraute dem Band, weil es einen Blickwinkel hatte, der sich von seiner Wahrnehmung unterschied, und er dachte die ganze Zeit, gleich würde das Mädchen die Kamera schwenken und ihn ins Bild kriegen. Er hatte das Video ein dutzendmal gesehen, seinen schmerzgeplagten Dad neben sich, und jedesmal von neuem gedacht, gleich würde er in seinem eigenen Wohnzimmer auftauchen, losgelöst von dem, der er war, mit zusammengekniffenen Augen über das Steuer seines Kleinwagens spähend.

Er rief Sue Ann noch zweimal danach an, aber in der Telefonzentrale wollte man ihn nicht durchstellen, weil jetzt viele andere versuchten, sie zu erreichen, und in der Telefonzentrale war man argwöhnisch und sprunghaft und ungläubig. Er brauchte Sue Ann, um ganz zu bleiben. Wahrscheinlich hätte er ihr seinen Namen genannt. Im Verlauf mehrerer Anrufe, mehrerer Tage hätte sie ihn vollständig auseinandernehmen können, indem sie ihn vom Bildschirm herunter anschaute. Er hätte sich ihr in einem Lichtgewitter ergeben, Richard Henry Gilkey, wäre einen Korridor entlanggeschubst worden, lauter stetsonbehütete Männer um ihn herum und Sue Ann Corcoran an seiner Seite.

Er fuhr an dem Fahnenmast mit der scheppernden Falleine vorbei. Der Wind donnerte die Falleine gegen den Mast, und das machte ihn irgendwie schwach, die wiederholte Bedeutung dieses Geräuschs.

Er ging ins Haus und sah seinen Dad ganz zusammengekrümmt vor dem Fernseher liegen. Mutter war in der Küche und ließ einen Quirl in einer weißen Schüssel laufen.

»Sieh mal einer an, was die Katze da hereingeschleppt hat.«

»Ich bin zu Bud rausgefahren.«

»Haben wir etwa so viel Zeit, daß du zu Bud rausfahren kannst?«

»Wir müssen Daddy sein Nitrospan geben.«

»Na dann los, gib es ihm schon.«

»Sollten wir nicht anrufen wegen der neuen Dosierung?«

»Ich hab nicht angerufen. Hast du angerufen?« sagte sie.

Die Glaskabine hatte einen Sprechschlitz, durch den gesprochen wurde. Aber sie schickten ihn nach draußen an die Kasse und zwangen ihn, quer über den Gang zu sprechen.

»Ich ruf mal an«, sagte sie, »aber er ist nicht da.«

»Du kriegst den Auftragsdienst dran.«

»Ich krieg den Auftragsdienst dran, und die sagen mir dann, daß er nicht da ist.«

»Ich wollte ja anrufen«, sagte er.

»Ich ruf an«, sagte sie, »und du reibst ihn ein.«

Nach dem Abendessen rieb er seinem Vater die Brust ein. Sein Vater legte sich rücklings aufs Bett, mit dem stoppligen Aussehen eines alten Mannes, der sich in einen Ausgemusterten verwandelt, einen Ausgestoßenen von den Inseln, abgesehen von seinen Augen – sie waren feucht und tief und flehten um Zeit. Richard rieb die Salbe ein und knöpfte seinem Vater die Pyjamajacke zu, und er dachte daran, daß jeden Tag der Zeitpunkt kommen konnte, wenn er ihm den Hintern würde abwischen müssen.

Zu erledigen: Benachrichtigung der nächsten Angehörigen.

In ihnen wurde er lebendig. Er lebte in ihren Geschichten, in den Fotos in der Zeitung, er überlebte in den Familienerinnerungen, lebte mit den Opfern, lebte weiter, verschmolz, verdoppelte, vervierfachte sich und potenzierte sich immer weiter.

Er stand an der Küchentür und beobachtete sie beim Anrühren irgendeiner Lösung, der ersten Dosis seines Vaters am nächsten Tag.

»Also, ich wünsche dir eine gute Nacht.«

»Schlaf du gut«, sagte sie.

Er ging in sein Zimmer und setzte sich auf einen Stuhl, um die Schuhe auszuziehen. Jeglicher Sinn eines bestimmten Lebens lag darin, sich zu bücken, um die Schuhe aufzubinden und sie für den Beginn des nächsten Tages an einen bestimmten Platz zu stellen.

Er dachte an die andere Person.

Als er den Posten in der Kabine hatte, gab es den Sprechschlitz zum Hindurchsprechen. Aber als sie ihn an die Kasse zurückversetzten, mußte er im offenen Raum sprechen, wo ihn jeder hören konnte.

Er versteckte die Waffe im Auto, und er dachte darüber nach, als er langsam in den Schlaf hinüberglitt, und er dachte an die andere Person, die auf einem der Highways, wo er einen Autofahrer erschossen hatte, einen Autofahrer erschossen hatte, nur einen Tag später. Die sogenannte Trittbrett-Schießerei. Er mochte den Gedanken daran nicht, merkte aber, daß er sich in letzter Zeit immer hartnäckiger und höhnischer in seinem Kopf behauptete.

Er war Frühaufsteher. Er hörte den Regen auf dem Dach, und er zog sich an und aß im Stehen ein Muffin, die Hand unterm Kinn, um die Krümel aufzufangen. Er hatte noch dreieinhalb Stunden, bis er sich an seiner Arbeitsstelle melden mußte. Er hörte den Regen aus der Dachrinne tropfen, auf die Pastetendose, in die er etwas zu fressen für eine streunende Katze tat, wenn er daran dachte.

Ich weiß, wer ich bin. Wer ist er?

Er zog den Reißverschluß seiner Jacke zu. Dann streifte er den Handschuh über seine linke Hand, einen weißen Frauenhandschuh, und ging auf die leere Straße hinaus, wo sein Auto unter dem Blechhimmel wartete.

TEIL 3

Die Wolke der Unwissenheit

Frühling 1978

I

Ich bin immer mein eigenes Land gewesen. Eine gewisse Distanz liegt in meinem Auftreten, wie bei meinem Vater wohl, eine gemessene Losgelöstheit, die ich zuweilen zu verringern versuche – oder es zumindest glaube – oder mir sage, scheiß drauf.

Ich sage gern zu meiner Frau. Ich sage zu meiner Frau. Ich sage ihr, Verlier nicht die Geduld mit mir. Ich sage ihr, Da gibt es ein italienisches Wort, oder ist es lateinisch?, das alles erklärt.

Dann sage ich ihr das Wort.

Sie fragt, Und was erklärt das? Und sie antwortet, Nichts.

Das Wort, das in diesem Fall nichts erklärt, heißt *lontananza*. Distanz oder Entferntheit, klar. Aber so wie ich das Wort benutze, wie ich es interpretiere, scharfkantig und feinkörnig, trifft es die perfekte Distanz des Verbrechers, des Syndikatgangsters – des gemachten Mannes. Wenn du einmal ein gemachter Mann bist, brauchst du den stetigen, lebendigen Zufluß von Quellen außerhalb der eigenen Person nicht mehr. Du bist ganz da. Du bist gemacht. Handgemacht. Du bist eine massive römische Mauer.

Ich war in Los Angeles und dachte über diese Dinge nach. Es heißt, L. A. wäre nur halb da, und vielleicht mußte ich deshalb an meinen Vater denken. Und auch, weil mein Bruder Matt – es war Matts ewige Grundthese, sein Hoheslied, daß unser Alter Jimmy irgendwo in Südkalifornien unter angenommenem Namen lebte, wie üblich.

Ich sagte ihm, Jimmy sei tot, und zwar unter seinem eigenen Namen. Wir waren diejenigen mit angenommenem Namen.

Aber das Komische, der Widerspruch bestand darin, daß ich mitten auf einem umzäunten Grundstück in einem Bungalowslum stand und zu den Spitzen des großartigen, merkwürdigen Architekturgebildes hochschaute, das als Watts Towers bekannt ist, eine Idiosynkrasie aus unschuldig anarchistischen Visionen, und je länger ich hinschaute, desto mehr mußte ich an Jimmy denken. Die Türme und Vogelbassins und Springbrunnen und verzierten Pfeiler und bunten Abfälle und Haushaltsfarben, die grünen Flaschen von 7-Up und die blauen von Milk of Magnesia, all die lebhaften, in Beton eingebetteten Kacheln, der gesamte Komplex aus Strukturen und Toren und Platten, von einem Mann allein gebaut, handgebaut, von einem vermutlich ungebildeten Einwanderer aus der Nähe von Neapel, der seine Frau und Familie verlassen hatte, oder vielleicht hatten sie ihn verlassen, ich wußte es nicht genau, von einem Mann, dessen Lebensgeschichte größtenteils aus Leerstellen besteht, Geburtsdatum unbekannt, und dann bringt er schließlich dreiunddreißig Jahre damit zu, dieses Ding aus Stahlstangen und zerbrochenem Geschirr und Kieseln und Muscheln und Limonadenflaschen und Maschendraht zu bauen, alles von Hand gemörtelt, dreitausend Säcke Sand und Zement, und er verbringt diese Jahre mit Glassplitterkrusten auf Händen und Armen und Glasstaub in den Augen, während er hoch oben im Gurt eines Fensterputzers von den Türmen hängt, in zerschlissenem Overall und einem staubigen Filzhut, das Gesicht braungebrannt, und in den Speichen der Türme sind Lampen befestigt, damit er auch nachts arbeiten kann, in etwa dreißig Metern Höhe, und auf dem Grammophon unter ihm Caruso.

Jimmy war ein Grenzsucher, ein Handleser, der seine Zukunft aus den eigenen Linien ableitete, aber eines Tages, behauptet mein kleiner Bruder, schaute er seine Hand an, und sie war leer. Verwandelte er sich in einen, konnte ich ihn mir vorstellen als einen herumirrenden Sonderling? In gewisser Weise schon, ein Mann, der sich nicht wäscht und seine Kleider nicht wechselt, wie ein Penner, und auf der Straße Selbstgespräche führt, doch andererseits konnte ich mir auch vorstellen, daß er so hoch aufstieg wie dieser hier, aus sich selbst emporschnellte, um eine rasende Kunst zu produzieren, die keine Kategorie kennt, Kunst aus Zement und Maschendraht.

Das war der Widerspruch. Jimmys Zukunft machte an dem Abend dicht, als er Zigaretten holen ging. Warum sollte ich auch versuchen, ihn mir in einer Parallelwirklichkeit vorzustellen, Jimmy hier draußen, halb hier, ins Licht von L. A. und ins mediterrane Wetter geflohen?

Ich ging zwischen den durchbrochenen Türmen hindurch, drei höheren, vier niedrigeren, und sah das glasierte Steingut, das er unter einen Baldachin gegipst hatte, und das geschmolzene Glas und Perlmutt, das er in Flächen aus Adobeziegeln gepreßt hatte. Ganz gleich, wie sehr die Materialien nach Müll aussahen und alles wie aus dem Handgelenk, aus purer Intuition gemacht schien, der Mann war ohne Zweifel ein großer Baumeister. Das Gebilde wies eine strukturelle Einheit auf, einen Sinn für durchgespielte Themen und zupackende Ingenieurskunst. Und hie und da seine Initialen, SR, Sabato Rodia, falls das sein richtiger Name war – SR in Torbögen eingeritzt, wie die Bandengraffiti draußen auf der Straße.

Ich versuchte zu begreifen, warum Jimmy hier so hartnäckig präsent war. Ich sah ihn vor mir, schäbig und brummelnd, aber auch hemmungslos, nichts und niemandem verantwortlich, irgendwo in einem Schuhschachtelzimmer, wie er eine Birne mit einem Federmesser schälte. Der lebendige Jimmy. Und dann fiel mir etwas ein, das ich im Alter von etwa acht Jahren erlebt hatte, eine Erinnerung, die die Verbindungen verdeutlichte. Ich sah meinen Vater auf der gegenüberliegenden Straßenseite, er beobachtete zwei junge Männer, Grünschnäbel, die an den Eingangspfeilern eines bescheidenen Hauses herummauerten. Zuerst sah er zu, dann gab er fuchtelnd Ratschläge, bewußt in gebrochenem Englisch, damit es die jungen Männer auch verstanden, und dann schaltete er sich entschlossen ein, gab irgendwem sein Jackett und spannte das Stück Schnur richtig und nahm die Kelle und setzte die Ziegelsteine in Reihen und strich den Mörtel glatt, er arbeitete zügig, ich hatte gar nicht gewußt, daß er das konnte, und ich glaube, meine Mutter auch nicht. Ich ging über die Straße und verspürte eine scheue Art von Stolz, unter all den Männern im mittleren Alter und älter, den Frischluftinspektoren, wie sie genannt wurden, und man sah, nichts macht die Menschen so glücklich wie der Anblick eines Mannes in weißem Hemd und Krawatte, der einen gekonnten Ziegelsteinverbund mauert.

Als er die Türme beendet hatte, verschenkte Sabato Rodia das Stück Land mit all der Kunst, die darauf war. Er verließ Watts und ging fort, um zu sterben, wie er sagte. Sein Werk ist eine Art wirbelnder, seelenbefreiter Lärm, eine Jazzkathedrale, und für mich lag die Macht des Ganzen, die tiefe Verstörung darin, daß mein eigener Gespenstervater in diesen Mauern lebte.

Die Kellnerin brachte eine gekühlte Gabel für meinen Lifestyle-Salat. Big Sims aß einen Cheeseburger mit drei Sorten Cheddar, von denen jeder in allen Einzelheiten auf der Speisekarte beschrieben war. Das leichte Erdbeben des gestrigen Tages hatte einen Riß in der Wand zurückgelassen, und als Sims lachte, sah ich ein Fadenspiel aus glänzendem Käse in seinem Mund.

Wir hörten die Testflüge in Edwards loskreischen. Sims sagte, sie hätten Flugzeuge, die am Rand des Weltalls abprallten und wiedergeboren zurückkämen.

Wir waren in Mojave Springs, einem Konferenzzentrum in einiger Entfernung von Los Angeles. Seit kurzem arbeitete ich für Waste Containment, in der Branche auch als die Müllcracks bekannt, und ich war hier, damit ich mich an Sprache und andere Gebräuche gewöhnte, erste Orientierung für den Anfänger, und mein inoffizieller Berater war Simeon Biggs, Ingenieur für Landaufschüttung und seit vier oder fünf Jahren in der Firma. In Mojave Springs waren mehrere Müllentsorgungsfirmen vertreten, und wir teilten uns die Seminarräumlichkeiten mit einer kleineren und engagierteren Gruppe, vierzig Ehepaaren, die zum Partnertausch und zur Sondierung ihrer Gefühle hier waren. Wir waren die Müllmanager, sie waren die Swinger, und sie verunsicherten uns.

Sims sagte: »Das Schiff ist da draußen, fährt von Hafen zu Hafen, seit fast zwei Jahren schon.«

»Ja und? Keiner nimmt die Ladung an?«

»Ein Land nach dem anderen.«

»Wie toxisch ist die Ladung?«

»Mir sind Gerüchte zu Ohren gekommen«, sagte er. »Natürlich ist das nicht mein Gebiet. Das läuft in irgendeinem Hinterzimmer unseres New Yorker Büros. Eine Volkslegende über ein Geisterschiff. Der Fliegende Liberianer.«

»Ich dachte, in den LDCs würden routinemäßig grauenhafte Substanzen abgekippt.«

LDC, das hatte ich soeben gelernt, stand für Less Developed Country, ein Entwicklungsland im Jargon von Banken und anderen globalen Einheiten.

»Diese kleinen dunkelhäutigen Länder. Ja, ein fieses Gewerbe, und es expandiert ständig. Dafür, daß ein Land eine Schiffsladung Giftmüll entgegennimmt, läßt es sich eine Gebühr bezahlen, die viermal so hoch ist wie sein Bruttosozialprodukt. Was passiert dann? Das wollen wir nicht wissen.«

»Na schön. Aber was macht diese besondere Ladung so inakzeptabel? Und warum wissen wir nicht genau, woraus sie besteht?«

»Vielleicht versuchen wir uns gewisse Peinlichkeiten zu ersparen«, sagte Sims.

Das Beben hatte beim Cocktail eingesetzt, ich stand gerade in der Empfangssuite mit mehreren Kollegen, die hinter ihren Drinks hervorlugten, als die Welt langsam wegsackte. Der Raum pfiff und ächzte. Ich strengte mich an, um meine Gesichtszüge zu beherrschen, und wartete ab, daß sich die Lage klärte. Eine leichte Erschütterung war das nicht. Zwischen fünf und sechs, wie wir später erfuhren, ein Fünfkommavier-Beben, und ich fühlte mich in meinem Gefühl der Alarmbereitschaft bestätigt, als ich beim Mittagessen den Riß in der Wand des Restaurants entdeckte.

»Was glaubst du, eine Ladung Drogen? Als Giftmüll getarnt? Ich hab nämlich auch was munkeln gehört.«

»Erzähl doch mal«, sagte Sims.

Er saß mir am Tisch gegenüber, Fleischgesicht und ausladender Körper, die vorgestreckte Unterlippe, die komischen kleinen läppchenlosen Ohren, rund und vollkommen geformt, die winzigen, manierlichen Ohren eines Koboldkindes.

»Auf deine Version bin ich aber neugierig«, sagte er, eine Spur liebenswürdiger Herablassung in der Stimme.

»Erstens, eine Ladung Heroin, was keinen Sinn ergibt. Zweitens, Asche von Verbrennungsöfen aus dem Gebiet New York. Hauptsächlich industriell. Zehntausend Tonnen. Arsen, Kupfer, Blei, Quecksilber.«

»Dioxine«, sagte Sims freundlich und biß mitten in sein am Mesquitefeuer gegrilltes Fleisch.

Vier Paare setzten sich an den runden Tisch in der Nähe, und Sims und ich machten eine Pause. Wir wollten uns ein bißchen über sie amüsieren, von oben herab. Das waren natürlich Swinger, auftrumpfend gekleidet, wie unter ständiger Selbstbeobachtung, und sie lehnten sich reihum zurück, wenn der Junge mit dem Wasser kam und einschenkte.

»Die haben Zeit zum Mittagessen eingeplant. Das finde ich in Ordnung«, sagte Sims.

»Ich hab da was von dem Schiff gehört.«

»Das Schiff wechselt dauernd seinen Namen. Hast du das gehört?«

»Nein.«

»Das Schiff ist am Hudson River mit einem Namen ausgelaufen, ich weiß nicht mehr, wie der war, aber drei Monate später, an der westafrikanischen Küste, wurde er geändert. Dann wurde er wieder geändert. Irgendwo auf den Philippinen.«

»Riesenmengen Heroin, hab ich gehört. Aber warum sollte Heroin von den USA in den Fernen Osten verschifft werden? Ergibt überhaupt keinen Sinn.«

»Keinen Sinn«, sagte Sims. »Außer daß es zu einem anderen Gerücht paßt. Kennst du das Gerücht?«

»Glaub nicht.«

»Im Besitz der *Familie*.«

Das sagte er genüßlich, er betonte jeden Laut und machte ein bißchen Glubschaugen.

»Was heißt das, im Besitz der Familie?«

»Die Firma, der das Schiff gehört, das wir leasen. Die Familie hat viel mit Müllbeseitigung zu tun. Warum also nicht auch mit Müllmanagement, Mülltransport, Müllsonstwas?«

»Es gibt da ein italienisches Wort«, sagte ich.

»Vielleicht nicht nur die Reederei. Vielleicht ist es unsere Firma. Wir gehören der Familie. Sie sind stiller Teilhaber. Oder wir sind ganz offen in ihrem Besitz.«

Das sagte er noch genüßlicher. Nicht daß er daran geglaubt hätte. Er glaubte keine Viertelsekunde daran, aber ich sollte es glauben oder mit dem Gedanken spielen, damit er sich über mich lustig machen konnte. Sein hartes Grinsen verspottete jedes naheliegende Gefühl, das andere eventuell im Zusammenhang mit ihrer persönlichen Verschwörungstheorie hegten.

»Es gibt ein Wort auf italienisch. *Dietrologia*. Die Wissenschaft der Dinge, die hinter etwas stecken. Hinter einem verdächtigen Ereignis. Die Wissenschaft der Dinge, die hinter einem Ereignis stecken.«

»Diese Wissenschaft brauchen die anderen. Ich nicht.«

»Ich auch nicht. Ich sag ja nur.«

»Ich bin Amerikaner. Ich geh zum Baseball«, sagte er.

»Die Wissenschaft der dunklen Mächte. Offensichtlich haben sie das Gefühl, diese Wissenschaft ist legitim genug, daß sie einen Namen verdient.«

»Den Leuten, die diese Wissenschaft brauchen, also, ich würde mir extra Mühe geben, ihnen zu erzählen, daß wir richtige Wissenschaften haben, hieb- und stichfeste Wissenschaften, wir brauchen keine imaginäre.«

»Ich sag dir ja nur das Wort. Ich bin deiner Meinung, Sims. Aber das Wort gibt es.«

»Es gibt immer ein Wort. Wahrscheinlich gibt es auch ein Museum. Das Museum der Dunklen Mächte. Mit zehntausend unscharfen Fotografien. Oder hat die Mafia es in die Luft gejagt?«

An dieser Stelle lachte Sims, zeigte seinen kreuz und quer verchedarten Mund.

Ich warf einen prüfenden Blick auf den runden Tisch. Zwei der Frauen rauchten. Zwei der Frauen trugen Westernjacken mit Nieten. Eine war kurzsichtig und steckte den Kopf in die Speisekarte, und eine hatte einen Akzent, den ich nicht unterbringen konnte. Alle Frauen waren geschmückt, trugen Ketten, Armbänder und Broschen, kreisrunde Ohrringe, an denen Perlen baumelten, Schmuck, der gehämmert aussah, gestampft geradezu, und eine kaute auf einer Möhre herum und redete von ihren Blagen.

»Kannst du Italienisch?« fragte er.

»Ich habe eine Zeitlang Latein gelernt. In der Schule und dann allein, ziemlich intensiv. Und ein bißchen in Deutsch und Italienisch reingeschnüffelt.«

»Meine Frau ist Deutsche«, sagte er. »Hab sie kennengelernt, als ich drüben stationiert war.«

»Ein GI mit forschem Auftreten.«

»Stimmt so ziemlich. Außer daß ich bei der Air Force war.«

»Spricht sie zu Hause deutsch?«

»Bißchen. Doch. Ganz schön viel.«

»Und, kommst du mit?«

»Wehe wenn nicht«, sagte er.

Die Männer trugen breitkragige bedruckte Hemden, aufgeknöpft bis zum Brustkorb. Die Männer bestanden nur aus Haaren. Natürlich nicht den Protesthaaren der Sixties. Brusthaare, Schnurrbärte, borstige Koteletten, großartige Hollywoodschöpfe – echte Haare, die wie geschmacklose Toupets aussahen, Zottelmatten, die nichts zu wünschen übrigließen, Schmachtlocken mit schwerer Brandung.

Big Sims verlangte die Rechnung.

»Aber wir mögen unseren Job, nicht wahr, Nick? Egal wem die Schiffe gehören, die wir benutzen.«

»Ich mag meinen Job.«

»Ich mag meinen Job.«

Sein Sportsakko hing über der Stuhllehne, war zu breit, um richtig über die Palmetten zu passen, die die oberste Sprosse zierten. Er trug ein kurzärmliges weißes Hemd mit einem dunklen Schlips und einer Krawattennadel in Form eines Krummsäbels.

Er kniff die Augen zusammen.

»Willst du dir ein Spiel der Dodgers ansehen?«

»Nein«, sagte ich.

All diese Geisterschiffgeschichten überraschten mich wenig, so sehr sie auch auf ungreifbaren Gerüchten beruhen mochten, denn am Vorabend hatte man uns klargemacht, daß Müll das bestgehütete Geheimnis der Welt ist. Das sagte jedenfalls Jesse Detwiler, der

Müll-Archäologe, der etwa eine Stunde nach dem Erdstoß eine Ansprache an die versammelten Mitglieder gehalten hatte – eine Ansprache, die nicht eben gut zu gegrillten Küken und jungem Zen-Gemüse mundete.

Zuvor, beim Cocktail, hatten unsere Gesichter noch unbefangen munter gewirkt, als der Saal ringsum bebte, und erst im Nachklang eine Spur Befangenheit gezeigt, einen verzagten Anflug unserer eigenen, kurz erspähten Angst, als wären wir ertappt worden, bevor wir wieder alles unter Kontrolle hatten, und dieser Gesichtsausdruck schwebte jetzt über den Wodka-Tonics und knüpfte im Wind der Innenräume ein ironisches Band zwischen den Managern.

Wir sahen Detwiler in der Eingangshalle, nachdem wir gezahlt hatten. Sims ging zu ihm und nahm ihn buchstäblich in die Zange, in den Schwitzkasten, und boxte spielerisch auf seinen rasierten Schädel ein. Offenbar kannten sie sich, und wir drei verabredeten, zu einer Landaufschüttung rauszufahren, die Sims entworfen hatte, einem noch unvollendeten Großprojekt.

Ein Mann und eine Frau gingen durch die Halle, und ich beobachtete die Frau genau. Vielleicht war es ihre Art, sich aus der Hüfte heraus zu bewegen, hochärschig und glitzernd, oberflächensensibel, wie eine alimente- und gin-getränkte Figur aus einem zweitklassigen Film. Ich ging hinüber und schaute mir das Programm auf der Staffelei bei den Drehtüren an, Anmeldung und Kaffee, Lizenzgesetze, Lagerung von verbrauchtem Treibstoff, alle Themen und Redner in weißen Einstecklettern, von zehn bis zwölf und von zwei bis fünf und weiter bis in die Nacht, und ich dachte über die Swinger und ihre Arrangements nach.

Die Müllcracks waren auf der Innenbahn in die Zukunft. Die Zukunft des Mülls. Diesen Namen gaben wir unserer Konferenz in der Wüste. Da versammelten sich Leute aus der ganzen Branche, aber unsere Firma war die treibende Kraft, wir waren die Vorkämpfer, die Draufgänger, die Jungs, die in der Lage waren, die wahren Dimensionen des Themas zu begreifen.

Ich war Anfang Vierzig, von einem dünnblütigen Job als Redenschreiber und PR-Assistent einer Aktiengesellschaft wegengagiert und bereit für etwas Neues, bereit, mich auf eine neue Überzeugung einzulassen.

Aktiengesellschaften sind große, widerliche Dinger. Sie packen dich und machen dich im Handumdrehen platt, verdrehen dich und stülpen dich um. Und sie tun es ohne offenkundige Überzeugungsarbeit, sie tun es lächelnd und nickend, in einem kollektiven Tonfall. Du stehst am oberen Ende eines Korridors, und bis du zum anderen Ende vorgedrungen bist, hast du schon die komplette Firmenphilosophie verinnerlicht, die Weltanschauung. Ich benutze dieses ernste und vielschichtige Wort, weil irgendwo in seinen Tiefen eine mystische Kontemplation raunt, die dem Thema Müll absolut angemessen ist, finde ich.

Ich ging mit Big Sims joggen, wir liefen über Wanderwege, die von Rucksackträgern mit derben Stiefeln benutzt wurden, und über Reitwege, die in die Hügel führten. Wir trugen Sonnenbrillen und hohe Mützen und liefen über steiniges Geröll und roten Sand, und Sims hörte nicht auf zu reden, er redete und lief durch das Wüstengestrüpp, und ich mühte mich ab, um Schritt zu halten.

»Schon komisch, weißt du, ich hab den Job seit fünf Jahren, er ist gut, auch gut bezahlt, alle Versicherungen inklusive, und wenn ich an Überarbeitung sterbe, ist für meine Witwe gesorgt, aber ich stelle fest – geht dir das auch so, Nick? Vom ersten Tag an stelle ich fest, daß ich nur noch Müll sehe. Ich hab Ingenieurswesen studiert. Ich hab nicht Müll studiert. Ich dachte, vielleicht gehe ich nach Tunesien und baue Straßen. Ich hatte eine romantische Vorstellung, verstehst du, unterwegs in einer Safarijacke, um die Welt zu pflastern. Und wie sich rausstellt, kann ich das gut. Ich tue richtige und wichtige Arbeit. Landaufschüttungen sind wichtig. Problem ist bloß, der Job verfolgt mich. Das Thema verfolgt mich. Letzte Woche war ich in einem neuen Restaurant, hübscher neuer Laden, ja, und da steh ich und schau mir die Essensreste auf den Tellern anderer Leute an. Übriggelassenes. Ich sehe Kippen in Aschenbechern. Und als wir nach draußen gehen.«

»Du siehst überall Müll, weil er überall ist.«

»Aber das hab ich doch vorher nicht.«

»Jetzt bist du erleuchtet. Sei dankbar«, sagte ich.

Unsere Turnschuhe waren fipsige Dinger auf all den Steinbrokken und dem Tuff. Wir liefen über Wege, die mit vollgeschissenem Stroh von den Mietpferden verdreckt waren, und wir liefen weiter, ächzten und keuchten, keuchten beim Reden, und der Schweiß lief in sich kreuzenden Strömen über Sims' Gesicht. Ich hielt Schritt mit ihm. Es war unabdingbar, Schritt zu halten, weiterzulaufen, zu zeigen, daß du beim Laufen reden kannst, zu zeigen, daß du laufen kannst, Schritt halten kannst. Der Schweiß lief uns am Körper runter, daß uns die Hemden am Rücken klebten.

»Wir gehen nach draußen und warten. Der Typ fährt unser Auto vor. Währenddessen schaue ich in den Durchgang. Und da seh ich was Komisches. Eine Art Einfriedung, eine vergitterte Einfriedung an der Mauer. Im Grunde ein Käfig. Drei Seiten und ein Deckel. Geschmiedete Eisenstäbe und ein großes Vorhängeschloß.« Er redet und hält inne, die Worte kommen stoßweise aus seiner Brust. »Ich muß ein Stückchen auf die Straße treten. Bevor ich genau erkennen kann, was das ist. Und ich rieche es schon, bevor ich es sehe. Der Käfig ist voller Mülltüten. Essensabfälle in Plastiktüten. Ein Tag und eine Nacht Restaurantmüll.«

Er schaute mich an, während wir liefen.

»Warum tun die das in einen Käfig?« fragte ich.

Er schaute mich an.

»Aus dem Park kommen Penner und essen alles auf.«

Wir kehrten um, zu der Ansammlung roséfarbener Stuckgebäude, die im Licht glühten. Es war nicht leicht, mit Sims Schritt zu halten. Er hatte die pflügende Kraft eines fleischigen Ex-Boxers, der immer noch Reserven tiefsitzender Zähigkeit in sich trägt, Ölreserven, fossile Brennstoffe – er hatte im Überfluß Kalorien zu verbrennen, Schweiß abzusondern.

»Warum läßt das Restaurant sie nicht die Abfälle essen?«

»Ist halt Eigentum«, sagte er.

Fünf Kampfjets zischten in dichter Formation über uns hinweg, im Tiefflug, ein gehetztes Röhren ergoß sich in das Tal, und Sims reckte seinen Daumen gen Himmel, als wollte er mir etwas zeigen, das mir entgangen war.

Ich sah die ganze Zeit mein Gesicht vom vorigen Abend, als das Fünfer-Beben den Saal erschütterte, was für eine Mühe, all die Kräfte wieder zu befrieden, Druck und Gegendruck.

Wir stampften am Golfplatz und den Gästehäuschen vorbei, eine kurzgeschorene Welt von Menschen in weichen Pastelltönen, handvollweise lebendig, in ordentlichen Viererern. Ich war erleichtert, daß ich den Lauf fast hinter mir hatte.

»Frag mich mal nach dem Schiff«, sagte er.

»Ist es in Liberia registriert?«

»War es anfangs. Inzwischen in Panama, hab ich gehört.«

»Wie geht das denn? Auf halber Strecke den Heimathafen wechseln?«

»Ich weiß nicht. Da kenn ich mich nicht aus«, sagte Sims. »Aber die Gerüchte über das Schiff drehen sich nicht nur darum, was das Schiff geladen hat. Oder wem es gehört. Oder wo es hinfährt.«

»Sondern? Worum noch?«

»Ist es ein gewöhnliches Frachtschiff? Oder ist das nicht so ganz klar?«

»Was für ein Schiff soll es denn sein, wenn es Fracht befördert, aber kein Frachtschiff ist?«

»Erinner mich daran, daß ich dir bei Gelegenheit eine Lektion in Sachen Klärschlamm erteile.«

Er lachte und lief los, im Zickzack mit ein paar Hüpfern, Ellbogen abgespreizt, und fingerschnippend schoß er an mir vorbei. Ich spürte Konkurrenzgefühle aufflammen, einen geistigen Zwang, der vor der Schande einer Niederlage warnt, und beeilte mich, ihn einzuholen.

Und interessant, daß später die Sache mit dem Mülldurchwühlen, alten Alkis und Kids auf Trebe, die in einen Durchgang schlüpfen, um an zerbröseltes Brot und sehnige Rindfleischfetzen ranzukommen – das Thema kam später mit Detwiler wieder auf, aber anders, mit einem Hauch von Protesttheater wie aus den Sixties.

Wir drei fuhren am frühen Abend zu der Landaufschüttung, eine halbe Autostunde nach Osten, teilweise über Straßen, die militärischer Nutzung vorbehalten waren. Sims hatte eine Erlaubnis, die zu bestimmten Zeiten den Zutritt gestattete, ein Arrangement zwischen den Müllcracks und irgendeiner Abteilung im Innersten des Pentagons, und das ersparte uns einen langen Umweg.

Die Bauarbeiter hatten für heute schon Feierabend. Wir standen an einem Loch in der Erde, einem künstlichen Krater, einhundertfünfzig Meter tief und vielleicht anderthalb Kilometer breit, übersät von stumpfnasigen Maschinen auf den terrassierten Absätzen, der abschüssige Grund war zu weiten Teilen mit einer riesigen, schimmernden Folie überzogen, einer silbrigblauen Polyäthylen-Haut, die den Wolkenzug einfing und sich im Wind wellte. Ich war total überrascht. Der Anblick von diesem Ding, dieser riesenhaften, ausgehobenen Schüssel, mit kunstvollem Plastik ausgekleidet, war für mich das erste materielle Zeichen, daß diese Branche eine gewisse drastische Grandezza hatte, vielleicht sogar eine Art Größe – die rotschwänzigen Falken, durchscheinend in der untergehenden Sonne, und die Frühlingstriebe der Yuccapalmen, so groß wie Wünschelruten, und diese hochdichte Membran in ihrer irgendwie seltsamen und gleichmäßigen Schönheit, eine prophylaktische Vorrichtung, ein System zur Gaskontrolle, und der Krater, den sie auskleidete, der Tausende Tonnen Müll pro Tag aufnehmen würde, deinen Müll und meinen, in der Wüste begraben. Ich hörte Sims beim Aufsagen der Zahlen zu, wieviel Methan wir gewinnen würden, um damit wie viele Häuser zu beleuchten, und ich verspürte einen merkwürdigen Stolz, eine Loyalität der Firma und der Sache gegenüber.

Sims sprach zu uns beiden, aber vor allem zu Jesse Detwiler, denn der war der Visionär von uns, der Mülltheoretiker, der mit seinen Provokationen die Branche erschreckt hatte. Und Sims war redegewandt, ihm lag das Thema, er gestikulierte mit ausladenden Bewegungen, formte von Hand die Plastik- und Erdschichten nach, das Zerschreddern von Reifen, die Vermengung von Chemikalien mit Brennstaub. Ich hatte diese Dinge selbst noch nicht gesehen, aber es war leicht zu spüren, was sie Sims bedeuteten, Erdarbeit, überaus befriedigend in ihrer Mischung aus Technologie und alter, harter, nützlicher Plackerei, mit Staub im Mund und einer Mauer aus durchdringenden Gerüchen.

Detwiler stand am Kraterrand und schaute hinein.

»Was ist mit dem heißen Zeug?«

»Das werden wir in Fässer füllen und trennen. Aber wir werden es nicht vergessen. Es wird auf Disketten verzeichnet. Wir können es finden, wenn's sein muß.«

»Wie geht ihr an Bombenmüll heran?«

»Bombenmüll. Dafür haben wir Nick geholt.«

Ich sah das Funkeln in Simeons Augen und sagte, ohne eine Miene zu verziehen: »Ich habe Erfahrung in PR.«

Detwiler reckte das Kinn, um zu zeigen, daß ihn diese Bemerkung womöglich eine Spur amüsierte. Er hatte die besonnene Selbstsicherheit eines Industrie-Eigenbrötlers, eines Außenseiters, der den Laden aufzumischen versucht, indem er jede selbstgefällige Glaubensregel durch den Kakao zieht. Und er wirkte wie neu gemacht, neu ausgerüstet, rasierter Kopf und buschiger Schnurrbart, ein Kerl, der alles im Griff hat, mit Fitneßtrainer und einem hübschen Dispo-Kredit, im schwarzen Rollkragenpulli und Designerjeans. Einmal abgesehen davon, daß sein Kopf gerupft aussah, hätte er, wie mir einfiel, auch ein Swinger sein können.

»Ich will dir mal sagen, was ich hier sehe, Sims. Die Szenerie der Zukunft. Irgendwann die einzige, die übrig ist. Je giftiger der Müll, desto größer Mühe und Kosten, die ein Tourist auf sich nehmen wird, um den Ort besichtigen zu können. Nur finde ich nicht, daß man diese Orte isolieren sollte. Den giftigsten Müll isolieren, das ja. Dadurch wird er großartiger, bedeutungsvoller, magischer. Aber gewöhnlicher Hausmüll sollte in den Städten, wo er entsteht, gelagert werden. Bringt den Müll an die Öffentlickeit. Die Leute sollen ihn sehen und respektieren. Versteckt eure Müllanlagen nicht. Baut eine Architektur des Mülls. Entwerft traumhafte Gebäude, um Müll zu recyceln, ladet die Leute ein, ihre eigenen Abfälle zu sammeln und an die Preßrampen und Förderbänder zu bringen. Lerne deinen Müll kennen. Und das heiße Zeug, die chemischen, die atomaren Abfälle werden zu einer fernen Landschaft der Nostalgie. Bustouren und Postkarten, jede Wette.«

Sims wußte nicht recht, ob ihm das gefiel.

»Was für eine Nostalgie?«

»Unterschätze unsere Fähigkeit zu komplexen Sehnsüchten nicht. Nostalgie nach den verbotenen Materialien der Zivilisation, nach der rohen Gewalt alter Industrien und alter Konflikte.«

Detwiler war in den sechziger Jahren eine Randfigur gewesen, ein Müll-Guerillero, der den Hausmüll von einer Reihe berühmter Leute stahl und analysierte. Er gab Pseudo-Komintern-Manifeste über dessen Inhalt heraus, mit persönlichen Seitenhieben gespickt, und die Untergrundpresse druckte das Zeug im Nu nach. Seine Aktivitäten erfuhren einen harschen Höhepunkt, als er verhaftet wurde, weil er den Müll von J. Edgar Hoover hinter dem Haus des Direktors in Nordwest-Washington geklaut hatte, und daran dachte man, dachte auch ich sofort, als ich den Namen Jesse Detwiler zum ersten Mal wieder hörte. Er hatte sich einen kurzen, fiebrigen Ruhm in der Zeitgeschichte erworben, war ein Teil der umherziehenden Bande aus Majoretten und Bombenbauern, Levitationskünstlern und Acidschluckern und verlorenen Kindern gewesen.

Ein Vogel überflog die Weite des Kraters, Fink oder Zaunkönig, mit der nervösen Flinkheit, der Dringlichkeit des Sonnenuntergangs.

Detwiler erklärte uns, daß die Städte Zentimeter um Zentimeter auf dem Müll wuchsen, über die Jahrzehnte an Höhe gewannen, je mehr Abfall vergraben wurde. Müll war immer übereinandergeschichtet oder an die Ränder geschoben worden, sei es in einem geschlossenen Raum oder in der Landschaft. Aber er hatte auch seine eigene Dynamik. Er schob zurück. Er schob sich in jeden verfügbaren Zwischenraum, diktierte Baumuster und veränderte Ritualsysteme. Und er brachte Ratten und Paranoia hervor. Die Menschen waren gezwungen, eine organisierte Reaktion darauf zu entwickeln. Das heißt, sie mußten sich findige Wege der Beseitigung einfallen lassen und eine Sozialstruktur für die Ausführung aufbauen – Arbeiter, Manager, Müllmänner, Straßenkehrer. Die Zivilisation wird aufgebaut, die Geschichte angetrieben –

So redete er, talkshowmäßig, konzentriert, einstudiert, unverbindlich verbindlich. Er war eine Müllhyäne, auf der Suche nach Buchverträgen und Dokumentarfilmen, und ich glaube, es war ihm egal, ob ihm zwei Leute zuhörten oder eine halbe Million.

»Bei uns läuft nämlich alles umgekehrt«, sagte er.

Die Zivilisation wuchs und blühte nicht etwa dadurch, daß Männer Jagdszenen auf Bronzetore hämmerten und unter dem

Sternenhimmel Philosophisches flüsterten, während Müll als widerliche Nebenerscheinung betrachtet wurde, wisch und weg. Nein, zuerst wuchs der Müll und regte die Menschen an, eine Zivilisation aufzubauen – als Reaktion, als Selbstverteidigung. Wir mußten Wege finden, um unseren Müll loszuwerden, um zu nutzen, was wir nicht loswerden konnten, wiederzuverarbeiten, was wir nicht nutzen konnten. Der Müll schob zurück. Er türmte sich auf, breitete sich aus. Und er zwang uns dazu, jene Logik und Unerbittlichkeit zu entwickeln, die systematische Untersuchungen der Wirklichkeit ermöglichte, Wissenschaft, Kunst, Musik, Mathematik.

Die Sonne ging unter.

»Glauben Sie das wirklich?« fragte ich.

»Worauf Sie einen lassen können. Das lehre ich an der UCLA. Ich bringe meine Studenten auf Müllhalden und mache ihnen die Zivilisation klar, in der sie leben. Konsumier oder stirb. Das ist der Auftrag der Kultur. Und alles endet auf der Halde. Wir erzeugen Wahnsinnsmengen an Müll, und dann reagieren wir darauf, nicht nur technologisch, sondern auch im Herzen, im Kopf. Wir lassen zu, daß er uns formt. Daß er unser Denken kontrolliert. Erst kommt der Müll, dann bauen wir ein System auf, um damit fertigzuwerden.«

Die Wolken am Rand nahmen verchromte Konturen an, der hohe Himmel strahlte immer noch in leichtem Mittagsblau. Aber in der Grube wurde es ganz schnell dunkel, das riesige Plastikfutter schlappte im Wind und machte eine gespenstische Musik, gerade außerhalb der natürlichen Wellenfrequenz, und die Oberfläche war jetzt indigoblau, noch ein wenig himmelsstreifig, überspült von abgestuften Schatten und Bewegungen. Wir standen eine Weile da und schauten zu, dann gingen wir zum Wagen zurück. Detwiler saß mitten auf der Rückbank und stichelte herum, daß wir unseren Müll auf heiliges Indianerland kippten. Und daß die Müllcracks als so progressiv galten. Er fand, die Firma wäre genauso schamlos gierig wie jeder traditionelle Betrieb.

Wir fuhren über eine leere Straße.

»Verfolgen Sie die Gerüchte, Sims? Dieses Schiff, das ihr da habt.«

»Nicht mein Bereich.«

»Kreuzt die Weltmeere und versucht, irgendein Höllenzeugs abzukippen.«

»Ich gucke weg«, sagte Sims.

»Gucken Sie hin. Ich hab gehört, es ist auf dem Rückweg nach Amerika.«

»Dann wissen Sie mehr als wir.« Das sagte Sims gar nicht gerne. »Was wissen wir, Nick?«

»Wir kommen nicht aus den Sechzigern. Wir kommen aus den Vierzigern und Fünfzigern.«

»Wir haben unsere Grenzen«, sagte Sims.

»Wir wissen überhaupt nicht viel.«

»Wir haben immer Radio gehört«, sagte Sims. »Wir kennen den Lone Ranger und Tonto.«

»Aus der Vergangenheit«, sagte ich.

»Die donnernden Hufe des großartigen Pferdes Silver.«

»Ein stolzer Rappe so schnell wie das Licht.«

»Da wissen wir Bescheid, Jesse.«

»Eine Staubwolke.«

»Und ein *Yippieayo, Silver*.«

Und runter mit den Stimmen, für die Baritondramatik der alten Hörspielserie.

»Ihr Burschen haltet euch wohl für witzig«, sagte Detwiler. »Wetten, ihr kennt den Namen von Tontos Pferd nicht? Na los, Sims. Du kennst das Pferd des weißen Mannes. Warum kennst du das Pferd des Indianers nicht?«

Ich mochte Detwiler nicht besonders, aber ich hörte ihm gern zu. Sims nicht. Sims wollte ihn wieder in den Schwitzkasten nehmen, und diesmal nicht so brüderlich. Nein, er kannte das Pferd des Indianers nicht, und vielleicht machte ihm das etwas aus.

Jesse redete weiter.

»Je gefährlicher der Müll ist, desto heroischer wird er. Verstrahlter Boden. So wie die Indianer dieses Gebiet jetzt verehren, werden wir es im nächsten Jahrhundert als heilig ansehen. Der Plutonium-Nationalpark. Die letzte Heimsuchung der weißen Götter. Touristen mit Atemmasken und Schutzanzügen.«

Ich fragte: »Und wie hieß nun das Pferd des Indianers?«

»Scout, kapiert? Ich bin verblüfft und schockiert. Da habt ihr kulturell aber total versagt, Jungs. Tontos Pferd. Das müßt ihr doch wissen.«

Er beugte sich zu uns vor, stichelte weiter.

»Ein Schiff, das Tausende von Fässern mit Industriemüll geladen hat. Oder CIA-Heroin? Ich kann es selber nicht glauben. Wißt ihr warum? Weil es so leicht zu glauben ist. Wir wären dumm, es nicht zu glauben. Wenn man weiß, was wir wissen.«

»Und was wissen wir?« fragte Sims.

Hubschrauber, zehn oder zwölf in Formation, kamen über der Straße direkt auf uns zu, große Truppentransporter, beleuchtet wie manische Engel, und sie zischten mit einem tosenden Windstoß über uns hinweg, der die Luft aus dem Auto sog und uns schlaff und geduckt zurückließ.

»Daß alles miteinander verbunden ist«, sagte Jesse.

Nicht daß mir mein vorheriger Job überhaupt nicht gefallen hätte. Ich schrieb vor allem Reden für die Vorstandsvorsitzenden, rotbakkige, weißhaarige Burschen mit großen, verwüsteten Nasen, Patriarchen dieses oder jenes Industriezweigs. Sie gaben sich gern als Sportsfreunde, die mit Firmenflugzeugen zu abgelegenen Seen in Kanada flogen, um in den letzten unverseuchten Gewässern des Kontinents zu angeln. Einen dieser Ausflüge machte ich mit einem Vorsitzenden namens McHenry, im Grunde ein liebenswürdiger, anständiger Mann, der eine Reihe von Softwarefirmen mit Regierungsaufträgen besaß. An dem See waren seine Enkel, ein Paar weißbrauiger Jungs in Daunenjacken, auf blutrünstigen Sport getrimmt. Und ich stand da und betrachtete das alte Haus am See mit seinen Zedernholzschindeln und hohen Kaminen und den abgewetzten, splittrigen Verandamöbeln eines abgeschiedenen Ruhesitzes. Ich betrachtete das Haus und vermißte es seltsamerweise. Es hätte aus meiner eigenen Vergangenheit stammen können, eine rückgewandte Prophezeiung, von rustikaler Vornehmheit, mit hohen Räumen und Mottenkugeln in den unbenutzten Zimmern und dicken, kratzigen Bettdecken mit College-Emblemen für die Gäste – das Versprechen von lauter Dingen, die ich nie gehabt hatte, aber dennoch irgendwie zu kennen schien, als Ganzes, am Rande des Gedächtnisses. Und wie die Jungs mit ihren Gewehren umgingen, als wären sie dafür geboren, ja – sie waren kleine Jungen und ich ein Mann, aber ich glaube, ich habe einiges von ihnen gelernt, Johno und Todd. Nicht daß ich sie auf der Pirsch begleitet hätte. Ich saß die meiste Zeit auf der Veranda und arbeitete an Reden für McHenry, aber ich schnappte von den Jungs auf, wie es sein muß, in eine solche Welt hineinzuwachsen, die stets den eigenen Erwartungen und Ansprüchen entspricht – eine Welt aus Geld und aufrechter Haltung und artikulierter Rede und College-Emblemen auf den Betten und einem Gefühl für Geburtsrecht und nutzbare Geschichte. Beim Abendessen redeten wir über alles mögliche, ihre Schulen und Sportarten, und diese mühelose Jugend machte mir Spaß, sie war roh im besten Sinne, robust und kraftvoll und unfertig. Für mich war es Spaß aus zweiter Hand, wenn ich spürte, wie ich mit ihren eckigen, langen Schritten ging und eine Angelleine in der Sonne auswarf und nichts auf der Welt bekam als das Scharren der rauhen Bootsbretter und die frühe Hitze auf den Armen, und selbst wenn ich merkte, wie etwas Kantiges aus meinem Innern hochstieg, ich konnte es beim Tischgespräch wieder herunterdrücken und in den zuckenden Flammen loswerden, die in der großen Feuerstelle aus Feldsteinen loderten.

Ich machte mir Notizen und stellte mich reihum vor, als ich über das Gelände ging, ein paar Morgen Land voller Turmkräne und Haken und hydraulischer Einheiten für Schwermetallpressen und dazu das Schleppgerät, die Müllwagen, die bei all ihrer Massigkeit wie Spielzeuge wirkten, unschuldig mit ihrem glänzenden Lack, unvorbereitet für die eklige Arbeit, die vor ihnen lag.

Ich stand neben dem Modell eines Reißwolfs für vertrauliche Unterlagen, der Watergate genannt wurde, und unterhielt mich mit einem Vertreter über irgend etwas Technisches, informierte mich, machte mir ein paar Notizen, und in dem Augenblick sah ich die Frau in einer Reihe mit neuen Computerprodukten, sie trug enge Jeans und eine Umhängetasche mit Satinbesatz – keine von uns.

Als sie den Kopf hob und in meine Richtung schaute, wußte ich, wer sie war. Ich hatte sie mit ihrem Mann durch die Hotelhalle gehen sehen, gestern oder vorgestern oder wann immer, sie ging hoch auf den Fußballen, kamera-erkoren im fließenden Gemenge aus Bummlern und Hoteldienern, und jetzt stand sie da und starrte mir geradewegs ins Gesicht, insgeheim über irgend etwas amüsiert.

Wir tranken Kaffee am Pool. Es war zehn Uhr früh, und der Mann für den Pool und die Gärtner streiften am Rand unseres Gesprächs entlang.

»Zwischen den Müllmaschinen. Komische Art, den Morgen zu verbringen, Donna.«

Wir hatten uns nur mit Vornamen bekanntgemacht.

»Mal was anderes«, sagte sie.

»Als was?«

»Als was. Als hier zu sein, als das, wozu wir hier sind.«

Sie saß auf der schattigen Seite des Tisches, ihre Hände blitzten jedesmal auf, wenn sie nach dem Kaffee griff, und als der Sonnenschirm von der Brise hochgeweht wurde, gewann ihr Gesicht Umrisse und Wärme.

»Fühlen Sie sich denn allmählich eingeschränkt?«

Ein leichtes, ausweichendes Lächeln.

»Finden Sie das Programm zu einengend?«

Sie hatte dunkles Haar und eine Art, ihre Lippen geziert zu schürzen, wenn sie eine Bemerkung abschmettern wollte, die ihr nicht paßte.

»Wo ist Ihr Mann?«

»Sitzt irgendwo mit einer Bloody Mary rum.«

»Woher wissen Sie, daß er nicht mit einer der Gattinnen fickt?«

»Oder er fickt mit einer der Gattinnen.«

»Dazu sind Sie schließlich hier.«

»Genau«, sagte sie.

Sie beobachtete einen Haushandwerker, der die Schiebetür an einem Balkon überprüfte.

»Warum sind Sie nicht dabei, während die es treiben? Er ist mit einer anderen Frau im Bett, und Sie dürfen nicht zuschauen? Es muß doch jemanden geben, bei dem Sie Kritik loswerden können.«

»Es ist ein schöner Tag. Seien Sie ruhig.«

»Die Tage sind alle schön.«

»Wie war noch gleich der Name?« sagte sie lahm, aber mit herausfordernder Ironie – sie machte sich lustig über sich selbst und mich und den Swimmingpool und die Dattelpalmen.

»Donna, Ihr Mund gefällt mir.«

»Das liegt an meinem Überbiß.«

»Sexy.«

»Das hab ich doch schon mal gehört.«

»Und wenn Sie und ich beschließen würden? Oder müssen Sie sich an Leute Ihrer Sorte halten?«

»Barry hat Sie gestern gesehen, wie Sie mich beobachtet haben. Ich nicht, aber er. Und letzte Nacht beim Abendessen hat er auf Sie gezeigt.«

»Denkt er, Sie und ich?«

»Wir haben beschlossen, daß wir wissen, wer Sie sind. Sie sind der eisblaue Aqua-Velva-Mann.«

»Und wer sind Sie?«

»Wir sind zwei Swinger-Vereine, die sich treffen.«

»Nein, Sie. Mund und Augen.«

Sie beobachtete, wie der Haushandwerker die Tür hin- und herschob.

»Ich bin ein Mensch, wenn Sie mir Fragen stellen. Sie wollen wissen, wer ich bin? Ich bin ein Mensch, und wenn Sie zu beharrlich werden, blende ich Sie vollkommen aus.«

Sie schaute weiter in die Ferne, aber nicht allzu fern.

»Ein Mensch, der privat mit Fremden fickt.«

»Gibt's da einen Widerspruch?« fragte sie und lächelte herzlich über den Schaum ihres Cappuccinos hinweg, ohne mich anzuschauen. »In Wirklichkeit hassen Sie uns doch irgendwie.«

»Stimmt gar nicht.«

»Ich weiß auch warum. Weil wir es öffentlich machen.«

»Es ist ein Geschäft. Warum sollte es da nicht öffentlich sein?« sagte ich. »Wir sind alles Geschäftsleute und wollen hier Kontakte knüpfen und die Spanne unserer Möglichkeiten erweitern.«

»Es stimmt aber doch, Sie hassen uns.«

Das waren Filmszenen, im Tonfall leicht elliptisch, vielleicht ein bißchen aus dem Handgelenk aufgenommen, durch zufällige Handlung verwischt. Zuerst die wortlose Situation im Ausstellungsraum, wo die Figuren zwischen den massigen Trucks Blicke tauschen. Dann die Worte am Pool mit Nahaufnahmen und Pausen, die Sprecher ein wenig losgelöst von ihrem Dialog, und ein durchgehendes Gefühl morgendlichen Müßiggangs im unvermeidlichen Vogelzwitschern, der rhythmischen Bewegung von Männern mit Heckenscheren und dem perfekten Türkisschimmer im Hintergrund.

Das Teleobjektiv deutet eine gewisse Dichte an, eine halb lauernde Furcht, die nicht nur den Augenblick nährt, sondern den Tag, die Woche, das Zeitalter.

Und nun die Szene auf dem Zimmer, meinem Zimmer, wo sie ihre Jeans auszog, vor allem, weil sie zu eng waren, und sich in Hemd und Slip auf mein Bett hockte, die Beine zum Fußende ausgestreckt. Ich zog mir einen Stuhl heran und setzte mich wie bei einer Untersuchung daneben, eine Hand um ihren Knöchel gelegt.

Im direkten Licht war sie nicht so hübsch, hatte traurige Schlieren unter den Augen und einen schillernden Bluterguß auf dem Oberschenkel, als wäre eine Aubergine von der Decke gefallen. Aber mir gefiel, wie sie mich anschaute, neugierig, einen Hauch herausfordernd. Ich wurde ehrgeizig von diesem Blick, eifrig bemüht, die Episode zu enthärten, sie intim und wirklich zu machen.

»Du haßt die Tatsache, daß es öffentlich ist. Du kannst es nicht leiden, daß wir hier herkommen und es sagen und tun und ausagieren. Darüber haben wir beim Abendessen geredet.«

»Du und Barry.«

»Wir spielen ein Spiel.«

»Ihr beide. Du und Barr'.«

»Bei dem wir Leute in einem Restaurant beobachten. Und er, ja, er kann das richtig gut. Wir gehen ihre Gewohnheiten und Geheimnisse und Lieblingsdingens durch, bis hin zur Unterwäsche.«

»Sag doch mal, was ich anhabe.«

»Und genauso bei dir.«

»So weit seid ihr nicht gekommen.«

»Nein. Wir fanden, es gibt Wichtigeres. Zum Beispiel, warum du uns haßt.«

Ich sah und hörte zu, versuchte die Stimme und die Art einzuordnen, sie vielleicht in irgendeiner kleinen Industriestadt anzusiedeln, ein katholisches Mädchen, das am Ufer eines tristen Flusses aufgewachsen war, in einem Haus, das sturzbetrunken aussah.

»Weißt du, was ich an dir mag? Du machst mich aggressiv und ein bißchen rücksichtslos«, sagte ich. »Ich brauche nur dazusitzen, und schon rutsch ich da wieder rein. Rückfällig im Affentempo.«

»Was soll das denn heißen?«

»Das heißt, daß alle interessanten Dinge in meinem Leben passiert sind, als ich jung war.«

»Wenn du mit mir fickst, wird es ein Haßfick. Bist du dadrauf scharf? Meinst du das mit aggressiv?«

»Nein. Aber was willst du? Du sitzt halbnackt in meinem Zimmer.«

»Vielleicht will Barry genau das.«

»Dich mit einem Mann ins Bett schicken, der dich haßt?«

»Wir sind hier, um uns zu entfalten.«

»Das läuft hier also für ihn.«

»Kann sein.«

»Um einen Befehl auszuführen.«

»Nein, um gemeinsam eine Phantasie zu leben, zu verwirklichen.«

»Und was macht Barry für dich?«

»Geht dich 'n feuchten Kehricht an«, und das sagt sie wie eine Tresenschlampe aus der Provinz.

Ich wollte sie nicht allzu schnell durchschauen. Vielleicht war sie gar nicht auf Sex aus, sondern auf Hintergrundstoff, auf die Art Zusatzmaterial, die ein Erlebnis vervollständigt. Wir würden redeficken, es aber nicht tun, und dann würde sie glücklich zu ihrem Tauschbasar zurückkehren. Ich betrachtete den blauen Fleck auf ihrem Schenkel. Den Gedanken, daß sie womöglich nur den Willen ihres Mannes ausführte, nur hier war, um das Ding durchzuziehen und es ihm dann vorzuerzählen, fand ich deprimierend, und der alte Barry schrieb wahrscheinlich nebenbei Drehbücher und verdiente sein Brot damit, Rentnern am Telefon Immobilien zu verkaufen. Als ich mich vorbeugte, um sie zu küssen, wandte sie sich mit erfahrenem Achselzucken ab, so knapp und unpersönlich, daß sie mich dadurch an den äußersten Rand des Noch-Wahrnehmbaren plazierte.

»Vielleicht hast du gar nicht so unrecht mit mir, Donna. Vielleicht habe ich meine eigene Theorie über den Schaden, den Leute anrichten, wenn sie gewisse Dinge ans Tageslicht zerren.«

»Nur weiter. Wir sind immer interessiert an konstruktiver Kritik.«

»Aber ich glaube kaum, daß du das hören willst. Zu persönlich.«

»O doch, bitte.«

»Wahrscheinlich mache ich mich nur lächerlich.«

»O mach dich doch lächerlich. Das fänd ich gut.«

Sie legte ihre Armbanduhr ab und ließ sie neben sich aufs Bett fallen. Ich hatte unbändige Lust, sie auf der Stelle zu ficken, auch auf die Gefahr hin, daß sich das Unbehagen eines freudlosen Gelegenheitsficks vom Viehmarkt der Swinger ins Zimmer stahl. Weil ich nicht wußte, wie blöd ich mich anhören würde, wie schuljungenaufrichtig, oder was genau ich mit dieser Abschweifung in meine persönliche Geschichte preisgeben würde.

»Na los. Wir lassen uns gern aufklären«, sagte sie.

Ich lehnte mich in einen Kuß hinein, und diesmal bog sie sich nicht weg, sondern erwiderte ihn mit einem lauen Nippen, Zeichen der Entfernung, die noch zwischen uns lag.

»Vor langer Zeit, vor Jahren hab ich mal ein Buch gelesen, das hieß *Die Wolke der Unwissenheit*. Geschrieben von einem anonymen Mystiker, ich weiß es nicht mehr richtig, vierzehntes Jahrhundert vielleicht, wann immer der Schwarze Tod war – er schrieb zur Zeit des Schwarzen Todes. Ein Priester gab mir dieses Buch. Das war im priesterlichen Teil meines Lebens. Er drängte mir dieses Buch auf. Und über die Jahre habe ich das meiste davon vergessen. Aber ich weiß, daß es mich an Gott als eine Kraft denken ließ, die sich uns vorenthält, weil das die Wurzel seiner Macht ist. Ich erinnere mich an einen Satz.«

»Flotter Titel.«

»Ich erinnere mich an den Titel, und ich erinnere mich an einen Satz.«

Da hielt ich inne, ließ den Worten Zeit, Gestalt und Wirkung anzunehmen, hielt Donnas Knöchel umspannt und spürte eine gewisse Empfänglichkeit, etwas, das ich brauchte, um den Mangel an Harmonie zu verdrängen. Was soll's, dachte ich. Versuch's doch einfach.

»Der Satz taucht zu Beginn des Buches auf, und damals gab er mir das Gefühl, der Autor spräche direkt zu mir, wer immer er war, ein Dichter vielleicht, ein Dichterpriester, denke ich manchmal gern. ›Halt einen Augenblick inne, du elender Schwächling, und leg Rechenschaft vor dir selbst ab.‹ Das war nämlich ich, messerscharf ausgewählt, in einem Zustand des Innehaltens und Rechenschaftablegens, zwanzig Jahre alt und dümmer als meine Altersgenossen, verzweifelt auf der Suche nach meinem Platz. Und ich las dieses Buch und fing an, mir Gott als Geheimnis vorzustellen, einen langen, unbeleuchteten Tunnel ohne Ende. Das war mein elender Versuch, unsere Ratlosigkeit im Angesicht von Gottes Unermeßlichkeit zu begreifen. Das respektierte ich an Gott. Er bewahrt sein Geheimnis. Und ich versuchte, mich Gott über sein Geheimnis, seine Unergründlichkeit zu nähern. Vielleicht können wir Gott durch Liebe oder durch das Gebet erkennen oder durch Visionen oder LSD, aber durch den Intellekt können wir es nicht. Das sagt uns *Die Wolke*. Und so lernte ich, die Macht der Geheimnisse zu respektieren. Wir nähern uns Gott über seine Unerschaffenheit. Wir sind gemacht, geschaffen. Gott ist unerschaffen. Wie können wir auch nur versuchen, solch ein Wesen zu ergründen? Wir kennen ihn nicht. Wir bestätigen ihn nicht. Statt dessen halten wir in Ehren, was ihn leugnet. Wir elenden Schwächlinge, verstehst du. Und wir versuchen, einen nackten Vorsatz zu entwickeln, der uns auf die Vorstellung von Gott fixiert. *Die Wolke* empfiehlt uns, diesen Vorsatz aus einem einzigen Wort zu entwickeln. Oder besser noch, aus einem einzigen Wort mit einer einzigen Silbe. Das hat mich sehr fasziniert. Diese Suche nach dem einen Wort, der einen Silbe ließ mich nicht mehr los. Das war romantisch. Das Mysterium Gottes war romantisch. Mit diesem Wort würde ich jede Zerstreuung ausmerzen und mich näher an das unergründliche Selbst Gottes herantasten können.«

»Was für ein Wort?«

»Ich habe gesucht. Ich habe darüber nachgedacht. Ich habe es ernst genommen. Ich war jung.«

»*Herz* wäre ein Wort. Aber nicht für dich. Zu viel Sülz für dich«, sagte sie.

»*Hilf!* wäre ein Wort. Aber selbst für einen Schwächling war das ein bißchen jämmerlich. Da dachte ich, die Sprache ist das Problem, ich muß die Sprache wechseln, um ein Wort zu finden, das reines Wort ist, ohne ein Leben voller Konnotationen und Schattierungen. Und ich dachte an das italienische Wort für Hilfe, weil mein Vater es immer benutzte, wenn wir ihn ärgerten, mein Bruder und ich, dann schlug er die Hände zusammen und wiegte sie hin und her und rollte die Augen gen Himmel und sagte: *Aiuto*. So, wie es sein eigener Vater oder Großvater wahrscheinlich immer getan hatte. Ein Wort, das die Dunkelheit durchdringt. *Aiuto*.«

»Zu viele Silben.«

»Zu viele Silben und zu komisch. Weil er es eigentlich nur brachte, um uns zum Lachen zu bringen, um uns durch Lachen abzulenken. Mein Vater konnte vielleicht zwanzig Wörter auf italienisch, was weiß ich, er wurde hier geboren, vielleicht sprach er die Sprache auch ziemlich gut, ich weiß es wirklich nicht. Aber dieses Wort brachte er. Er machte es zu einem Stück mit drei Akten, so wie er es brachte, in die Länge zog, krächzend wie ein vergifteter Herzog. Ei-juh-too. Und wir lachten, weil er sich auf einer bestimmten Ebene über die alte Heimat und die alten Verschrobenheiten lustig machte. Ein großartiges, tiefes Wort, aber ich konnte es nicht brauchen.«

Es war seltsam, aber sie griff jetzt nach unten und nahm meine Hand und schob sie auf der Innenseite ihres Schenkels hoch und schmiegte sie irgendwie schützend zwischen ihre Beine, rutschte dann hin und her, um es sich so richtig gemütlich zu machen, wie ein Kind, dem man eine Geschichte erzählt.

»Wo ist dein Vater jetzt?«

»Tot.«

»Wo ist dein Bruder?«

»Keine Ahnung.«

Sie wartete, daß ich fortfuhr.

»Aber ich wußte, es war richtig gewesen, das Englische aufzugeben. Und schließlich stieß ich auf einen Satz, der von nacktem Vorsatz nur so zu strotzen schien. Von etwas, das ich aus eigener Erfahrung kannte und fühlte. Ein wunderschönes, spontanes Gebet. Fünf Silben, aber was soll's. Drei Worte und fünf Silben, aber ich wußte, ich hatte den Satz gefunden. Er stammt von einem anderen Mystiker, einem Spanier, Johannes vom Kreuz, und in diesem einen Winter war der Satz meine offene Wunde, so habe ich mich hineingewunden in die Dunkelheit, in Gottes Geheimnis. Und ich wiederholte ihn immer wieder, immer wieder, immer wieder. *Todo y nada*.«

»*Todo y nada*.«

»Ja. Und was fällt dir dazu ein? Worauf bezieht es sich in deinem Leben? Was beschreibt es?«

»Sex«, sagte sie sofort. »Den besten Sex. *Todo y nada*.«

»Ja, genau.«

»Was willst du also sagen?«

»Ich sage nicht, Sex ist unsere Gottheit, ich bitte dich. Nur, daß Sex unser einziges Geheimnis ist, das sich einem leidenschaftlich erhabenen Zustand annähert und das wir miteinander teilen, das zwei Menschen mehr oder weniger wortlos und mehr oder weniger gleichrangig teilen. Dadurch wird Sex so mächtig und geheimnisvoll und schützenswert.«

»Laß den Sex unter der Decke, willst du sagen. Aber das hat nur damit zu tun, daß du wahrscheinlich immer noch derselbe Romantiker bist wie mit zwanzig. Sex ist nicht mehr so geheimnisvoll. Das Geheimnis ist aufgedeckt. Weißt du, was Sex den meisten Menschen bedeutet?«

Sie legte ihre Hand auf meine und bewegte ihren Venushügel ganz leicht auf meine Handfläche zu.

»Sex ist das, was du kriegen kannst. Für manche Menschen, für die meisten ist es das Wichtigste, was sie kriegen können, ohne reich oder schlau geboren zu sein oder gar zu stehlen. Was das Leben dir geben kann, das wie bei den anderen ist oder sogar noch besser. Was du kriegen kannst, ohne sechs Jahre auf die Uni gegangen zu sein. Sex ist keine Religion und keine Wissenschaft, aber du kannst ihn erforschen und etwas über dich selbst erfahren.«

Sie hielt inne, und tatsächlich, hier drinnen sah sie ein bißchen farblos aus, ohne den Sonnentanz des Lichts am Pool, ihr Gesicht dem unsteten Schattenwurf entzogen, der Glimmerbelebung, die ihrem Körper Konturen und Kanten verlieh. Um so interessanter, dachte ich. Um so schwerwiegender, gewichtiger. Ich war auf Echtzeit aus, auf einen ehrlichen Einblick in die Frau.

»Und außerdem gibt es alle möglichen Arten von öffentlichem Sex«, sagte sie. »Geile Schriftsteller schreiben Sexszenen.«

»Allein. Sie schreiben sie allein. Und man liest sie allein.«

»Wie begegnen wir Menschen mit ähnlichen Interessen?«

»Ich weiß es nicht. Still, heimlich.«

»Wie Verbrecher. Aber wir sind keine Verbrecher. Wir wollen unseren eigenen Kongreß, mit Horsd'œuvres und kleinen Servietten. Es gibt zuviel Einsamkeit in Amerika? Zu viele Geheimnisse? Laß sie raus, leg sie offen. Und komm mir nicht so nah mit deinem Blick. Du kommst mir zu nah.«

»Wie soll ich dich sonst kennenlernen?«

»Du lernst mich nicht kennen. Willst du gar nicht. Wir sind hier in der Wüste.«

»Es gibt noch einen Satz aus der *Wolke*. Aber ich kann mich nur an einen Bruchteil davon erinnern. Es ging um den scharfen Pfeil der sehnsüchtigen Liebe.«

»Klingt nach Porno.«

»Du bist ein Porno, und deine Freunde sind ein Porno. Ihr habt eure eigene Zeitschrift, stimmt's? Wie jede Branche. Wie die Stein- und Kiesbranche und die Leichenbestatterbranche. Bloß daß ihr Schamhaare zeigt. Und Heimvideos mit der Post verschickt.«

Sie hatte den Kopf erhoben, den Mund in Pseudo-Selbstgerechtigkeit verzogen.

»Das hat nichts mit Sauereien zu tun, weißt du. Ich bin kein versauter Mensch, ob du es glaubst oder nicht« – sie fing an, mit überkippender Stimme loszulachen, etwas wild –, »auch wenn ich hier mit der Hand eines fremden Mannes auf meiner Muschi sitze.«

Und sie hüftwackelte und stöhnte und oohte bei der Reibung – eine Stöhnparodie, aber auch echt.

»Ich bin nicht die Hand eines fremden Mannes.«

»Sieh mich nicht an.«

»Wen soll ich dann ansehen?«

»Ich bin nicht in diese verflixte Einöde gekommen, um mich analysieren zu lassen.«

»Du bist mein Rückfall. Nicht der erste, aber der erste seit langem. Und das macht dich gefährlich.«

»Und was macht dich gefährlich?«

»Ich bin für dich die Ausnahme beim unterschiedslosen Ficken.«

»Du glaubst, du machst einen Unterschied? Wodurch denn? Ich kann mich nicht mal an deinen Namen erinnern.«

Ich sagte ihr meinen Namen, Vor- und Nachnamen, und sie sagte, er klänge falsch.

»Mehr, ich brauche mehr«, sagte sie. »Also damals. Schwach und elend.«

»Ja.«

»Hast Bücher über Gott gelesen.«

»Ja.«

»Mit Priestern geredet.«

»Ja.«

»Was war denn deine Sünde? Dein Geheimnis? Der Grund für deinen elenden Zustand?«

In ihren Augen lag die Ur-Herausforderung, aber ohne das Wissende, Amüsierte, leicht Schiefe – nicht Verachtung, sondern Unwillen, sich eventuell überraschen zu lassen. Das war verschwunden, es gab nur noch eine Neugier, die weniger freimütig und frontal war.

Ich zog die Hand von ihrem Körper zurück, lehnte mich zurück und verschränkte die Arme vor der Brust, hielt den Kopf schief, um Resignation anzudeuten, Niedergeschlagenheit angesichts eines Rätsels: ein junger Mann ohne Status und am Boden.

»Ich war vorher in einer Besserungsanstalt gewesen.«

»In einer Besserungsanstalt.«

»So nannten wir es. In einer Jugendstrafanstalt. Ich wurde eine Zeitlang aus dem Verkehr gezogen, und als ich wieder rauskam, ging ich auf einen kleinen Außenposten der Jesuiten in Nord-Minnesota, der sich auf hartgesottene Jungs und andere Jugendliche mit ungewöhnlichen Eigenschaften spezialisiert hatte.«

»Und du warst in einer Besserungsanstalt?«

»Ich hatte geschossen. Einen Mann erschossen.«

»Also getötet?«

»Getötet. Ich war siebzehn, als es passierte, und bis heute weiß ich nicht sicher, ob es Vorsatz oder Fahrlässigkeit war, oder wie immer es im Gesetz heißt. Oder war das Ganze ein grauenhafter Unfall?«

»Und du hast sehr viel darüber nachgedacht?«

»Ich hab's versucht, immer wieder mal. Der Augenblick ist mir im Gedächtnis geblieben. Ich habe versucht, ihn auseinanderzunehmen, ihn ganz klar in seinen Bestandteilen zu erkennen. Aber es gibt so viele durcheinanderwirbelnde Motive und zugrundeliegende Möglichkeiten und Na-unds und Warum-nichts.«

»Was soll das heißen?«

»Na ja, irgendwann, als mein Finger schon abdrückte, an irgendeinem winzigen Punkt in der Bewegung des Geistes und der Bewegung des Fingers und der Abzug-Bewegung selbst habe ich vielleicht gesagt, Na und. Ich bin mir nicht ganz sicher. Oder, Warum mach ich's nicht und seh dann weiter.«

»Wer war der Mann?«

»Wer war der Mann. Er war kein Feind oder Rivale. Eher eine Art Freund. Ein Typ, der mir ab und zu unter die Arme gegriffen hat, ein älterer Mann, aber kein Einfluß, glaube ich, außer dadurch, daß er ein Gewehr hatte.«

Plötzlich kam mir ein Gedanke, und ich sagte mit meiner Gangsterstimme: »Na jedenfalls, den hab ich ausgeknipst.«

Eine Stimme, die meine Frau niemals gehört hatte, eine Geschichte, die ich ihr niemals erzählt hatte, und das war vielleicht merkwürdig, ich bekam dermaßen Schuldgefühle. Aber nicht sofort. Schuldgefühle, später in Phoenix – heb dir die Schuldgefühle auf für die Zimmer mit den Bücherwänden und die türkischen Gebetsteppiche und die Modemagazine im Badezimmerkorb.

Donna lief die Nase. Sie hatte eine Mitternachtsrunde im Pool gedreht und sich verkühlt, und eine Weile redeten wir über nichts anderes. Wir redeten über die Nacht und die kühle Luft und das Essen im Restaurant.

Dann streifte sie ihr Höschen herunter und reichte es mir. Ich warf es aufs Bett und zog mich aus.

Ich spürte einen Hauch Entfremdung im Zimmer und dachte, sie wäre vielleicht ein Voyeur ihres eigenen Erlebens, lebte versetzt zum Augenblick und zeichnete ihn aus einer Art Zukunftsperspektive auf. Doch dann zerrte sie mich herunter, krallte sich eine Handvoll Haare und zog mich in einen Kuß, und in ihr war eine Hitze, ein hungriges Zucken, ein Schwall Lebendigkeit. Wir waren zusammengeworfen, strampelnd und rackernd, nicht genug Hände, um einander zu packen, bei weitem nicht genug Körper, um ihn auf den Körper des anderen zu pressen, wir wollten mehr Halt und Griff, eine Art kartographierten Kontakt, bei dem die Körper Punkt um Punkt zusammenpaßten, und ich richtete mich auf und sah, wie klein sie wirkte, so nackt im Bett, wie vollkommen anders als die Frau mit der Film-Aura in der Hotelhalle. Sie war schon fast auf dem Boden der Wirklichkeit angelangt, bei ihrem sexzerwühlten, hervorgezerrten Ich, und ich fühlte mich ihr nah und glaubte sie endlich zu kennen, selbst als sie die Augen schloß, um sich zu verstecken.

Ich sagte ihren Namen.

Wir waren ausgehöhlt wie ausgelöffelte Guajaven, als es vorbei war. Unsere Glieder schmerzten, ich hatte einen Wüstendurst, und wir hatten den Morgen totgeschlagen. Ich ging pinkeln und sah die Flüssigkeit bernsteinfarben in die sonnenüberspülte Schüssel plätschern. Wohlig, so ein Barfußpinkeln nach einem anstrengenden, anständigen Fick. Sie blieb liegen, schniefte ein bißchen und klang heiser und blechern, und ich breitete eine Decke über sie. Sie sank in gespielten Schlaf, LaßmichinRuhe-Schlaf, aber ich glitt auf die Decke und drückte mich an sie, atmete die weiche Wärme ihrer Stirn ein und nippte mit der Zungenspitze winzigste Fieberperlchen. Ich hörte die Zimmermädchen im Flur reden und wußte, wir waren aus dem Leben des anderen getreten, jetzt schon und für immer. Aber irgendein Nachhall blieb und hielt uns still, und eine Zeitlang lagen wir so da, Donna und ich, im Alles-und-Nichts unserer Liebe.

Du hältst die tiefsten Dinge vor denen geheim, die dir am nächsten sind, und dann redest du mit einer Fremden in einem Zimmer mit Zimmernummer. Warum nach dem Grund fragen? Schuldgefühle später in Phoenix, wo ich lästigen Fragen im Alltagstrott der Arbeit ausweichen konnte.

Ich war der Junior, der jüngste Kollege mit dem beständigen Lächeln. Es herrschte ein Geist des großzügigen Willkommens, der Geist des Einer-von-uns und Wie-viele-Kinder und Wollen-wir-zusammen-Mittag-essen. Ich wollte mich an die Firma binden. Ich fühlte mich, als hätte ich an einer ungenannten Aufgabe des Konzerns teil. Ich blieb länger und arbeitete am Wochenende. Ich gewöhnte mir meinen Schlurfgang ab. Ich hörte meine eigene Stimme und sah mein Lächeln und verdiente mir ein Büro am Ende des Flurs, wo ich einen flotten grauen Anzug trug und jeden Tag besser wurde.

Es war ein langer Lauf durch eine schmale Kanalrinne am letzten Tag des Kongresses, und bei dem beengten Platz rempelten wir uns an, Sims und ich, vergaßen allmählich das Fünferbeben und die Art, wie der Raum zu uns sprach, und ich dachte, jetzt kriegen wir gleich das Nachbeben, sobald wir das Beben selbst vergessen haben.

Der erste Teil des Laufs bestand aus einem Monolog, den Sims mit dem kunstvollen Elan eines Veteranen servierte, und er hielt nur inne, um tief Luft zu holen oder sich etwas Schweiß vom Rand der Oberlippe zu blasen.

»Mit dem ungeklärten Abwasser ist das so«, sagte er. »Man behandelt es liebevoll und sorgfältig. Man schickt es durch Sandschichten tief unter der Erde. Pumpt es hoch in Klärbecken und Belüftungsbecken. Trennt es, schöpft ab und behandelt es mit Bakterien.«

Er ging den ganzen Prozeß mit wollüstiger Detailsucht durch, streichelte gewisse Wörter und dehnte sie, ölig, sumpfig, halbfest, zähflüssig, glitschig, schlammig.

»Denn dies ist jetzt dein Stoff. Eine teerartige Substanz mit widerlichem Geschmack.«

Holte der vielleicht einen Genuß aus unserem Straflauf, aufgerissene Augen und kraftvolle Stimme – bei ihm klang es nach einem persönlichen Angriff.

»Und du wartest auf einen Schlammtanker, der das Zeug abholt. Honigeimer heißen die im Nordosten. Der Tanker läßt den Klärschlamm auf hoher See ab. Als würdest du bei dir zu Hause einen ablassen. Hundertundsechs Meilen vor der Küste von Jersey, legal. Oder näher dran, illegal.«

»Interessant.«

»Interessant«, sagte er. »Nicht wahr?«

»Allerdings.«

»Nie darüber nachgedacht, oder?«

»Ein bißchen schon.«

»Nie darüber nachgedacht. Gib's zu.«

»Vielleicht hab ich vage dran gedacht.«

»Vielleicht vage. Verstehe. Gut ausgedrückt. Perfekt geradezu.«

Ein Deltaglider tippte die Sonne an und verschwand, träumerisch aufsteigend, im schwindelerregenden Ozon.

»Aber wieso ist es mein Stoff?« fragte ich.

Wir liefen durch die Kanalrinne, über die steinige Oberfläche.

»Es ist, womit du und ich. Und wir alle hier. Im Grunde zu tun haben. Oberhalb und drüberhinaus. Oder unterhalb und drunterweg. Bezogen auf unsere festgelegten Pflichten.«

»Du meinst, aller Müll.«

»Genau das meine ich.«

Aller Müll führt zu Scheiße. Aller Müll strebt dem Zustand von Scheiße zu.

Wir stupsten und schubsten uns, um einen Vorteil rauszuschlagen, und Sims blies sich den Schweiß von der Oberlippe.

»Wie läuft's zu Hause? Alles okay zu Hause?«

»Alles in Ordnung. Alles läuft prima zu Hause. Danke der Nachfrage.«

»Liebst du deine Frau?« fragte er.

»Liebe meine Frau, jawoll.«

»Solltest du auch besser. Sie liebt dich.«

Wir liefen etwas schneller, und er nahm die Mütze ab und schlug damit nach mir und setzte sie wieder auf.

»Aber diese Sache mit dem Schiff«, sagte ich.

»Die Sache mit dem Schiff ist ein blödes Gerücht, das sich aus sich selber nährt.«

»Das Schiff ist ein Dauerwitz.«

»Die Mannschaft wechselt ständig. Wußtest du das?« sagte er. »Sie wechseln die Mannschaft noch öfter als den Namen des Schiffs.«

Er lachte und schlug mit seiner Mütze nach mir.

»Eine Mannschaft geht, und sie müssen per Preßpatrouille eine neue kapern.«

Er preschte vor, und ich holte auf, und wir stoben in der klaren, sauberen Hitze am Golfplatz vorbei.

Später fuhren wir gemeinsam zurück und gingen direkt auf den Campus, unser Büro in Los Angeles, ein Komplex mit verspiegelten Fassaden und Verbindungsbrücken zwischen den einzelnen Gebäuden, hoch über einem Highway, und im Geist sah ich alles in Zeitlupe einstürzen.

Eine gepflasterte Straße führte uns an Teichen und hellen Skulpturen und zimtroten Jogging-Pfaden vorbei.

»Siehst du diese Gebäude auseinanderbrechen und einstürzen?«

Er schaute mich an.

»Glaubst du nicht, daß wir genau das sehen sollen, wenn wir uns diese Gebäude anschauen?«

Mit dem Gedanken wollte er nichts zu tun haben.

»Glaubst du nicht, das ist eine neue Sichtweise?«

Wir durchquerten das Korridorlabyrinth mit seinen elektronisch gesicherten Türen, die Sims durch Einstecken einer Schlüsselkarte öffnete. Dies war die Schlaue Neue Welt der Mikroprozessoren, die kodierte Schlüssel lesen konnten. Ich mochte das Summen und Klicken der Karten im Schloß. Es bedeutete Verbindung. Ich mochte das Gefühl, daß diejenigen unter uns mit kodierten Schlüsseln Zugang zu einer besonderen Machtquelle hatten. Im Fahrstuhl sprach er seinen Namen in ein Gerät mit Stimmsensor, Simeon Branson Biggs, hinreichend sonor, und die Maschine brachte uns im Nu in den zweiten Stock.

Wir saßen in seinem Büro.

»Hier stirbt keiner. Ich kann mir drei Zimmer weiter auf demselben Gang den Blutdruck messen lassen. Wir haben Fitneßräume. Die messen mein Körperfett und sagen mir auf Gramm und Milligramm genau, was ich essen soll.«

Er zündete sich eine Zigarre an und musterte mich durch den skeptischen Rauch.

»Hier kommen die Leute in Turnschuhen und mit blonden Bärten zur Arbeit. Spielen Tennis und Volleyball. Ich schlafe jeden Abend schwarz ein und wache morgens weiß wieder auf.«

Er trug Schuhe, die wir früher Bauerntrampler nannten, große, schwere Dinger mit abgeteilten Zehenkappen.

»Glaubst du an Gott?« fragte er.

»Ja, ich denke schon.«

»Wir gehen irgendwann mal zu einem Baseballspiel.«

Sims hatte Anrufe zu erledigen und Post zu lesen. Ich verbrachte einige Zeit mit anderen Leuten und nahm dann ein Taxi in mein Hotel - ich würde ein paar Tage hier bleiben. Und der Taxifahrer sagte etwas Seltsames auf der Fahrt. Ich wußte nicht, wo wir waren. Du kommst in eine Stadt und fährst, wohin dich der Fahrer bringt - du fährst auf Treu und Glauben. Und er sagte etwas, entweder zu mir oder zu sich selbst. Er war ein alter Bursche mit nervösen Händen und einem Stocken in der Stimme, einem halben Keucher, wie ein holpriger Filmschnitt.

Er sagte: »Mach dir 'ne Lucky an. Zeit zum Anmachen.«

Keiner von uns hatte eine Zigarette in der Hand oder machte irgendwelche Anstalten, eine rauszuholen. Vielleicht erinnerte er sich gerade an den alten Werbespruch, ohne Grund, und sagte ihn einfach nur so daher, weil er daran gedacht hatte, weil der Spruch aus dem Nirgendwo seines Gedächtnisses aufgetaucht und ihm durch den Kopf geschossen war, aber seltsam und beunruhigend fand ich es doch. Du kommst in eine Stadt und hörst so was und weißt nicht, was du davon halten sollst. Ich sah ihn an. Ich beugte mich zur Seite und betrachtete sein Profil und versuchte herauszufinden, was er meinte.

2

Er wartete auf Chuckie Wainwright. Die breitschultrige Arbeit des Hafens umtoste ihn, ließ gewaltige Tonnagen erahnen und aufragende Schwimmkräne, Zugmaschinen und Anhänger, die auf markierte Stellplätze einrangierten, Waren in Containern lagen gestapelt an Deck riesenhafter Schiffe, so groß, daß man es kaum glauben konnte, und die Wieheißtesgleich, die Ausleger der Werftkräne, die ihre Ladung durch den Nebel schwangen. Und weiter draußen in der Bucht ein Flugzeugträger, der aufs Golden Gate zuglitt, auf den Weg gebracht von einer Köterflotte kleiner Schiffe und drei Feuerwehrbooten, die wie bei einem Abschied mit Champagner großartige Wasserbögen emporspritzten.

Marvin schaute zum zehnten Mal in der letzten Stunde auf seine Armbanduhr. Er stand in der Nähe eines Zwischenlagers, da war er nicht im Weg. Er ähnelte einem Edelmann, der sich im Nebel verirrt hatte, in seiner Schirmmütze aus Wildleder und dem zweireihigen Regenmantel mit Schulterklappen, Koller, Raglanärmeln, vertraute Ausdrücke nach all den Jahren in der Reinigung, aufgesetzten Taschen, Gürtelschlaufen, Ärmellaschen und so vielen Knöpfen, daß er sich lebenslänglich angezogen vorkam.

Er hatte einen Knirps dabei, in einer Hülle, die eigentlich zu einem anderen Knirps gehörte, er trug Gelbgrün in Himmelblau, nicht daß es irgendwem was ausgemacht hätte außer seiner Frau.

Eleanor war da, zum ersten Mal begleitete sie ihn auf einer Reise bei seiner Suche nach dem Baseball. Schließlich ging es diesmal nach San Francisco, und sie wollte nicht sterben, ohne dort gewesen zu sein.

Hinter seiner rechten Schulter lag die Bay Bridge, über die eine Million Autos pro Minute zischten, Marvin Lundy und seine Baseballmanie, nie von gehört.

Er schaute wieder auf die Uhr und spähte über die Bucht.

Chuckie Wainwright gehörte zur Mannschaft eines Trampschiffs, das von Alaska die Küste herunterkam. Marvin hatte sich bei Reedereien, Hafenmeistern und Kapitänen im Dienst nach der Route dieses Schiffes und der Dienstliste der Mannschaft erkundigt, Telefonate geführt und Funksprüche gesandt. Und mehr als einmal hatte man ihm bestätigt, fest zugesagt und nachgewiesen, daß Charles Wainwright Jr., bekannt als Chuckie, sich an Bord des Dampfers Lucky Argus befand, der mit einer Ladung Sand und Schotter von Anchorage ausgelaufen war.

Chuckie war seine Eintrittskarte zur Reihe der Besitzer. Marvin hatte Tausende von Informationsschnipseln zusammengetragen, die den Baseball mit früheren Besitzern verbanden, und am Ende, wie heißt das Wort, das nicht das letzte bedeutet, aber fast das letzte - am Ende kam der Name Wainwright ins Spiel.

Er wartete eine halbe Stunde und ging dann zum Fährterminal, um sich nach der Lucky Argus zu erkundigen, ob er sich Sorgen machen sollte oder nicht, und sie sagten ihm, das Schiff würde in etwa anderthalb Stunden an Pier 7 anlegen.

Draußen wehte ihn ein übler Hauch aus der Luft an, ein schwacher Anflug von Scheißhausgestank, kaum merklich, aber seltsam in seiner emotionalen Kraft. Dann verflog der Gestank, von der Brise davongetragen, und Marvin hörte das wäßrige Schsch des Verkehrs auf der Brücke und sah seine Eleanor näherkommen, mit ihrem strahlenden Erdbeerlächeln unter einem himmelblauen Schirm.

»Dachte mir, daß ich dich hier finde. Ich wollte mir dieses hübsche alte Gebäude anschauen.«

Marvin blickte hinter sich, um herauszufinden, was er übersehen hatte, das so hübsch sein sollte.

»Wußtest du, daß dieses Haus das große Erdbeben überstanden hat, aber die Uhr ist stehengeblieben, und zwar ein ganzes Jahr lang?«

»Es gibt doch immer irgendwo eine Uhr, die stehenbleibt«, sagte Marvin mürrisch.

»Als hätte sie jeden in Sichtweite daran erinnern wollen.«

»An was erinnern?«

Sie wedelte mit ihrem Reiseführer.

»Manchmal steht das Unglück in großen Lettern geschrieben.«

»Was meinst du damit?«

»Die Uhr blieb auf siebzehn Minuten nach fünf am frühen Morgen stehen. Fünf eins sieben, mein Lieber. Addierst du die Zahlen, hast du dreizehn.«

Vielleicht hatte die Brise gedreht. Er bemerkte den Geruch wieder und stellte fest, daß er ihn ganz merkwürdig berührte, einer jener Gerüche, der weit in die Erinnerung zurückreicht, muffig und erdig in diesem besonderen Fall, und er verspürte den unerklärlichen Drang, ihn bis zu seinem Ursprung zurückzuverfolgen.

»Wo ist dein Mr Wainwright?«

»Schiff hat Verspätung«, sagte er.

»Sei nicht so pessimistisch.«

»Wo siehst du pessimistisch? Ich steh hier und unterhalte mich.«

»Du stehst gebückt und zusammengesackt da.«

»Ich stehe immer gebückt und zusammengesackt da. Schon ab Werk.«

»Du bist noch gebückter als sonst, wenn es um den Baseball geht.«

Eleanor hatte nicht unrecht. Hatte Eleanor jemals unrecht? Manchmal nörgelte er an ihr herum, aber sie wußten beide, daß sie fast immer recht hatte. Sie hatte ihren britischen Akzent, ihre Windbeutel, die sie backte, auf die er sich schon einen Tag im voraus freute, ihre qualvolle Makellosigkeit in Kleidungsfragen, die er fast für eine Krankheit hielt, ein paarmal hatte er sie dabei erwischt, wie sie mit ihrem Kleiderschrank redete – aber stets schicklich, ein Wort, das ihm gefiel, und geschmackvoll dies auf jenes abstimmend. Sie besaß eine strikte Willenskraft, die sie ausschließlich mit Dämpfer spielte, wobei sie genau darauf achtete, daß Marvin das Entscheidende mitbekam. Und nun, da ihre Tochter auf eigenen Füßen stand, mit einem netten Beruf und einer Wohnung in einer sicheren

Straße, wachte Eleanor über Marvins Besessenheit und witzgesprenkeltem Trübsinn.

Inzwischen gingen sie, schlenderten am Embarcadero entlang, und Marvin merkte, daß sie in Richtung der ansteigenden Piernummern unterwegs waren – hohe, gerade Zahlen, was bedeutete, daß sie sich von Pier 7 entfernten. Aber hier entlang schien ihn der Geruch zu führen, ein unsteter stinkiger Schwaden im Wind.

»Und dieser Wainwright-Bursche soll dir was genau sagen?«

»Wie sein Vater den Ball gekriegt hat, der tot und begraben ist.«

»Und auf diese Weise kannst du was vervollständigen?«

»Die Wieheißtesgleich.«

»Die Abfolge.«

»Die Abfolge«, sagte Marvin.

1. Die Exfrau von Chuckie Wainwright, Susan Sowieso – Einzelheiten unwichtig.
2. Der Achtelindianer, Marvin hat den Stamm vergessen, der ihn zu der früheren Frau brachte.
3. Der Schock des Lebens anderer. Die Wahrheit eines anderen Lebens, der Schlag, die Wirkung.
4. Chuckie bei der Luftwaffe, in Grönland, in Vietnam, und dann unerlaubtes Entfernen von der Truppe, AWOL, was ist das noch, ein Akronym, er geriet ins Trudeln und ließ sich einen Bart wachsen und zeugte ein Kind und nannte es Dakota.
5. Wo nämlich Marvin die Exfrau fand, ganz zufällig, in Rapid City, wie sie in einem Swimmingpool mit 1,20 tiefem Wasser Kranke herumführte.
6. Der Schock, die Macht eines gewöhnlichen Lebens. So etwas könnte man selbst in einer Computerzentrale mit einem staubfreien Raum nicht erfinden.

»Marvin, du weißt, was ich gleich sage.«

»Der Zeitunterschied beträgt drei Stunden. Ich glaube, ich kann nicht warten.«

»Heb beim Gehen die Füße hoch. Du bist ein gesunder Mann, der versucht, krank zu wirken.«

»Das ist Geplapper wie auf dem Lokalsender.«

Spitzfindigkeiten und Nörgelei waren nicht ihre Sache, sie sprach freundlich mit ihm, sie war besser, als er's verdient hatte, schrieb ihm Postkarten, wenn sie ihre Familie besuchte – das muß man sich mal vorstellen, eine Postkarte von seiner Frau zu kriegen.

Dann hielt sie plötzlich inne, wurde stocksteif in ihrem glänzenden Regenmantel.

»Was rieche ich da?«

Marvin begriff allmählich, warum der Geruch so unwiderstehlich war. In gewisser Weise kam er von ihm. Er erinnerte sich an die Europareise, die sie sechs Jahre nach dem Krieg gemacht hatten, er und Eleanor, frischverheiratet, ein Mädchen von bescheidener Herkunft, und ihre lange Hochzeitsreise, so billig wie möglich, langsame Züge und alte Hotels, aus denen jede Bequemlichkeit herausgesaugt war, aber sie waren auch mit einem Auftrag unterwegs, der Marvins Familie viel bedeutete. Er sollte seinen Halbbruder Avram Lubarsky finden – in der Roten Armee gedient, vor Leningrad verwundet, vor Stalingrad verwundet, vor Grodno in den Zeh geschossen, unter schwerem Stuka-Feuer über die Wolga gerudert, von den Deutschen gefangengenommen und wieder entkommen, mit Zeitungen statt Schuhen gen Süden geflohen, in den Karpaten eine Zigeunerin geheiratet, Weißfisch aus dem Schwarzen Meer gegessen und irgendwo im Ural verschwunden.

Lauter russisches Zeug, und heute war Marvin hier und auf der Suche nach einem Baseball. Und er hatte keineswegs vor, sein Hauptanliegen herunterzuspielen. Es hatte seinen eigenen epischen Charakter, seine Geschichte aus Comebacks und schönen Erinnerungen und Familienpicknicks und vermückten Abenden auf der hinteren Veranda und Hoffnungen, die aufsteigen und abstürzen, und schließlich das Lied des Verlustes, das nicht im Protokoll steht.

»Kehren wir um, ja? Ich glaube, ich möchte diesem Geruch nicht noch näher kommen.«

Sie sagte das Wort mit einer mißtrauischen Grimasse, der Reaktion, die bestimmten Gerüchen vorbehalten war, Mund und Nase zugehalten, die Augen zusammengekniffen bei der Vorstellung von kriminellen Machenschaften am Ursprung dieses Geruchs.

»Wahrscheinlich irgendwelche Kanalarbeiten. Kommt und geht. Noch ein Stück, ja.«

»Ich hab Ferien«, sagte sie.

»Und davon wirst du zimperlich? Gibt Leute, die essen Kamelfleisch mit bloßen Händen und gehen am nächsten Morgen wieder zur Arbeit.«

»Vorschlag. Wir gehen bis zu der Baustelle da vorne. Dann drehen wir um.«

»Was ist schon so ein kleiner Geruch«, sagte er.

Aber es war kein kleiner Geruch mehr. Es nahm zu, zog ihn immer mehr an, und er erinnerte sich an die alten Hotels und ihre Toiletten, Toiletten auf dem Flur, zum Glück, und er dachte an die öffentlichen Toiletten der Bahnhöfe, in der Nachbarkabine ein Fremder mit seiner eigenen Vorgeschichte aus fremden Speisen und intimen Gerüchen, durch England, Frankreich und Italien, aber was ihn immer mehr überwältigte, waren nicht die Gerüche der anderen - nur sein eigener.

Marvins Verdauung schien sich allmählich zu verändern, in grimmigen Etappen, während er und Eleanor Europa ostwärts durchquerten. Der Geruch wurde schlimmer, tiefer, nahm eine gewisse Dichte an, reifte und alterte, und inzwischen schauderte ihm vor dem tagtäglichen Augenblick nach dem Frühstück, wenn es Zeit für ihn wurde, sich auf die Toilette zu schleppen.

Wie heißt das Wort, unwürdig?

Marvin nannte seine Verdauung in Gedanken lieber Stuhl, ein Wort, das er zum ersten Mal von einem Militärarzt gehört hatte. Sein Stuhl wandte sich gegen ihn, wurde geradezu gewalttätig. Er und Eleanor kamen durch die Dolomiten und Österreich, machten nur eine kurze Stippvisite in der nordwestlichen Ecke von Ungarn, und das Zeug kam nur so aus ihm herausgekracht, geräuschvoll und unglaublich dunkel. Aber vor allem beunruhigte ihn der Geruch. Er hatte Angst, Eleanor könnte es merken. Ihm war klar, daß es vermutlich zu jeder jungen Ehe gehörte, den Geruch des anderen zu riechen, daß man es ein für allemal hinter sich bringen mußte, damit man mit seinem Leben vorankam, Kinder kriegen, ein Häuschen kaufen, an jedermanns Geburtstag denken, einen Ausflug über den

Blue Ridge Parkway machen, krank werden und sterben. Doch in diesem Fall mußte der Ehemann äußerste Vorsichtsmaßnahmen ergreifen, denn diese Ausdünstungen waren schimpflich, intensiv und zutiefst intim, und sie schienen etwas Furchtbares über ihren Träger auszusagen.

Sein Geruch war ein Geheimnis, das er vor seiner Frau bewahren mußte.

Sie reisten in die Tschechoslowakei, wo die Toiletten so schwach spülten, daß er nach dem Spülen erst mal warten mußte, dann noch mal spülen, und er riß das Fenster auf und wedelte mit Handtüchern und fühlte sich schuldig, in der Falle. In den Straßen war etwas Kaltes, Hartes, eine Spannung, die man atmen konnte, viele Verhaftungen, Menschen vor Gericht. Die Frischvermählten debattierten mit einem Hüttenarbeiter in einem Café, er war stolz auf den Rauch und Dreck, der über der Landschaft hing, das war Fortschritt, das war Macht und Schwung der Industrie – je dunkler der Himmel und je mehr Landbesitzer im Gefängnis, desto größer die Zukunft des sozialistischen Staates.

Wer sind die, dachte Marvin, daß es mich wild macht, wenn ich sie nicht davon überzeugen kann, daß sie unrecht haben?

Sein Stuhl dampfte zunehmend, während sie nordwärts durch Ostpolen reisten. Sie debattierten mit Arbeitern in einer Stehkneipe, Männern beim morgendlichen Krug Bier. Sie debattierten mit einer Frau, die an einer alten Rechenmaschine Fahrkartenpreise ausrechnete. Marvin kehrte wegen einer Zeitung, die er liegengelassen hatte, in eine Toilette zurück, er hatte vergeblich in einer Warschauer Tageszeitung nach Baseballergebnissen Ausschau gehalten, und er war überrascht, wie heiß es in dem kleinen Raum war, was für eine dampfige Atmosphäre er dort hinterlassen hatte, schwer und feucht, eine Luftmasse drückenden Gestanks – so viel Energie, allein von seinem Stuhl verstrahlt.

Zum Glück ging Eleanor jeden Tag zuerst. Weil sie so etwas nämlich nicht ausgesetzt werden durfte, ein englisches Mädchen mit Haaren, die fast blond waren. Er achtete sorgfältig darauf, daß sie niemals an einer Toilette vorbeikam, die er gerade benutzt hatte.

»So, weiter gehe ich nicht«, verkündete sie nun.

»Wir sind noch nicht an der Baustelle.«

»Ich sterbe an Atemnot, wenn ich noch einen Schritt weitergehe.«

Hundert Meter vor ihnen war eine stillgelegte Straßenbaustelle, unbemannte Bulldozer und Kipplaster standen da, die Straßendecke aufgebrochen und in Schutt, keine Menschenseele in Sicht außer einer einsamen Gestalt, die in einem Postsack schlief, einer dieser verschmutzten Männer, die Marvin neuerdings überall sah – wo haben die sich bloß die ganze Zeit versteckt?

»Ich gehe nur noch zehn, zwanzig Meter weiter«, sagte er zu ihr. »Will bloß sehen, wo das herkommt, wahrscheinlich ein Rohrbruch, aus reiner Neugier.«

Er mußte die Erinnerung ebenso vor ihr verbergen wie damals den Geruch. Und die Kraftanstrengung beim Ausscheiden wurde schlimmer, sie hatten ihre Pässe, sie hatten ihre Visa, sie fuhren nach Pinsk, sie fuhren nach Minsk, er grunzte auf dem Sitz, bis alle Elemente hervorgebracht waren – Erde, Luft, Feuer und Wasser.

Je tiefer sie ins Kommunistenland vordrangen, desto höllischer wurde sein Stuhl.

Wohin sie auch fuhren, ein Intourist-Führer begleitete sie. Ein Führer setzte sie ab, ein anderer erwartete sie, jemand spähte kurz in ihr Gepäck, ein Führer vergewisserte sich, daß sie auch nicht einen flüchtigen Blick auf gewisse heikle Gebäude warfen, auf Flüsse mit Staudämmen hundertfünfzig Kilometer stromaufwärts, auf Straßen, die zu Militärgeländen in tausendfünfhundert Kilometern Entfernung führten. Es war, als teilte man jeden Atemzug mit seinem persönlichen Polizisten. Selbst das Wetter war ein Geheimnis, nicht in der Zeitung veröffentlicht und niemals lauter als flüsternd erwähnt.

Er hatte Namen und Adressen und sprach mit einem Dutzend Leuten und folgte einer Spur, die nach Gorki führte, wo ein Vetter x-ten Grades ihn in eine Straße mit unfertigen Häusern schickte, und dort fanden sie Avram, zum ersten Mal standen er und Marvin sich gegenüber, er lebte in einer winzigen Wohnung mit seiner zweiten Frau und seinem zweiten, dritten und vierten Kind. Sie fielen sich in die Arme und weinten, vielleicht war das echt, vielleicht auch effekthascherisch, sie sprachen Brocken Russisch, Englisch und Jiddisch, und schon bald stritten sie sich heftig. Avram war ein überzeugter Kommunist mit buschigen Brauen, und er spie kleine Wortspritzer der Verachtung auf die USA, das System ist korrupt, wir werden euch frühstücken, ihr seid eine Wieheißtesgleich-Kultur, eine Mickymaus-Kultur, und in dieser Nacht mußte Marvin der Hoteltoilette einen Notbesuch abstatten, wo er eine Brandmauer chemischer Abfälle absonderte. Der Geruch, der ihn umgab, war getränkt von was, von Geopolitik, und er wedelte fünf Minuten lang mit einem Handtuch und stemmte das Fenster auf, es fiel immer wieder zu, klemmte ein zusammengerolltes Exemplar der *Prawda* dazwischen, er suchte immer noch nach Baseballergebnissen, und dann ging er in ihr Zimmer, stand da und beobachtete Eleanor im Schlaf – sie kam aus einer freundlichen, ländlichen Gegend und hätte an seinem Höllengestank mit Leichtigkeit zugrunde gehen können.

Er trat an den Rand des Bauschutthaufens und stellte fest, daß der Geruch nicht von hier kam. Der Geruch war immer noch stark, erinnerte ihn voll und ganz an seine sowjetische Erfahrung, nur weniger farschtúnken als sein persönlicher Ausstoß, etwas abgemildert, und er kam nicht aus einem Rohrbruch in der Kanalisation oder einer städtischen Obdachlosentoilette.

Dann sah er das Schiff. Es lag weiter vorn an einem entfernten Pier, zwischen einer Reihe leerer Anlegestellen und einem breiten Becken, und es wirkte verlassen, Brücke und Deck menschenleer, Rostflecken liefen an den Seiten herab, die Schornsteine waren bedeckt mit Graffiti in Sprachen, die er nicht erkannte, und mit fremden Schriftzeichen.

Er drehte sich um und schaute Eleanor an. Sie hatte die Angewohnheit, ihre Ungeduld zu zeigen, indem sie ihren Körper kurz einknicken ließ, den Kopf schief hielt und halb schlaff wurde, wobei ihr Mund ein gähniges Oh formte.

Der Name des Schiffes war unlesbar, von Rost und Graffiti überdeckt. Was für ein jammervolles Ding, so ein ozeantauglicher Dampfer, der die Welt zustinkt wie tragbare Toilettenhäuschen in einem Stadion.

Marvin und Avram stritten sich drei Tage lang. Sie aßen in der kleinen, ungeheizten Wohnung, wo man den Hahn vom Küchenbecken abschrauben und durch den Flur ins Bad tragen mußte, wenn man baden wollte, denn die Bauarbeiten an diesem Wohnblock hatten an einem bestimmten Datum aufgehört, fertig oder nicht. Die beiden Männer erzählten sich viele Familiengeschichten, aber stets mit zänkischem Unterton, der in Abständen zu offener Beleidigung ausartete, Wir und Die, und es zermürbte Marvin, diese Dinge von einem derart selbstbewußten Mann zu hören, der ist doch ein völliger Niemand, ein kleiner Bursche, der sich beim Sprechen hochreckt, mit zwei falschen Zähnen aus rostfreiem Stahl, der ist die blankpolierteste Armatur weit und breit. Sie hatten die Wohnung ohne Fenster bekommen. Avram mußte sie selber einbauen, die Scheiben kamen aus der Tafelglas-Fabrik, wo er arbeitete, dermaßen dünnes Glas, daß man beim Reden Abstand halten mußte. Ein Wort mit zu vielen Konsonanten, und das Glas wäre womöglich gesprungen.

Er sagte zu Marvin, Wir bauen größere Bomben, als der Westen sich je träumen läßt. Deshalb zerbrechen die Fenster so leicht.

Ja, der Gedanke verbitterte Marvin, daß ein Mann unter diesen Umständen lebte, einen Küchenwasserhahn hin und her tragen mußte, den Auslauf und die beiden Griffe, aber nur aus dem kalten Hahn kommt Wasser, die Familie an den Wänden übereinandergestapelt, so eng ist es, und er ist so überheblich und aufgeblasen, das war es, was Marvin rasend machte, wie der Kerl ohne die grundlegendsten Dingenskirchen klarkommt, Eleanor kennt das Wort, die Sachen, die zum materiellen Komfort beitragen – sie sagt es so vornehm.

Jetzt rief sie ihm zu: »Komm da weg.«

Und auf dem Rückweg nach Westeuropa kehrte sein Verdauungssystem langsam wieder zu normalem, ballaststoffreichem Stuhl zurück, gesund und mild.

Und sie saßen in einem Zug in der Schweiz, einem normalen, neutralen Land, fuhren durch Tunnels und an mondbeschienenen Seen vorbei, und Marvin hörte eine vertraute Stimme weiter vorn, ein Radio knisterte und quakte, und er folgte dem Geräusch bis zum vorderen Ende des Waggons, wo zwei GIs über einem kleinen, tragbaren Radio mit einer Krüppelantenne die Köpfe zusammensteckten und Russ Hodges auf AFN hörten, sein Bericht von dem Spiel wurde jedesmal unterbrochen, wenn der Zug in einen Tunnel fuhr, und da war Marvin, als Thomson den Home Run schlug, er raste in den Alpen durch einen Berg.

Eleanor war gerade aus der Dusche, als Marvin hereinkam und das Zimmer mit seiner Laune zum Einstürzen brachte. Sie stand da, mit rosa Zehen, in ein Handtuch gehüllt, und schaute ihn an.

»Das Schiff ist eingelaufen. Lucky Argus. Pier 7. Auf die Minute genau, wie vorhergesagt.«

»Aber Wainwright«, sagte sie.

»Nicht an Bord.«

»Steh gerade.«

»In Vancouver abgehauen.«

»Weiß jemand wohin?«

»Hat auf irgendeinem anderen Schiff angeheuert. Richtung Norden. Dieser Chuckie hat's mit dem kalten Wetter.«

»Du wirst ihn finden.«

»Macht nichts.«

»Macht wohl was. Ich habe immer gedacht, du spinnst. Aber jetzt verstehe ich dich. Ja, du spinnst, aber es steckt eine gewisse Logik dahinter. Ein kleiner kindlicher Klecks Logik. Eine kleine Einschlafsache. Du mußt die Geschichte zu Ende erzählt kriegen. Lieber Marvin. Ohne das letzte Bindeglied zu dem Baseball weiß man doch nicht ganz genau, wie die Geschichte ausgeht. Und was nützt schon eine Geschichte ohne das Ende? Obwohl wir in diesem Fall ja nicht das Ende brauchen, sondern den Anfang.«

Er mochte sie im Handtuch. Sie waren sich gegen Ende des Krieges begegnet, guten Tag auf Wiedersehen, hatten sich aber geschrieben, sie war Luftschutzwart, mit einer Stablampe, so hieß das bei den Engländern, und er war Quartiermeister und verteilte für D-Day Kondome an die Truppen, die sie an den Gewehrmündungen befestigten, um Sand und Wasser abzuhalten, und er mochte sie immer noch im Handtuch oder im Slip, siebenundzwanzig Jahre bis zum heutigen Tag verheiratet.

Er saß in Shorts auf der Bettkante und zog seine gerippten Sokken aus. Sie würden es machen wie Touristen in der Werbung, ehelicher Beischlaf in einem hübschen Hotel. Sie hatten ein Zimmer mit Aussicht auf eine Aussicht. Aus ihrem Fenster konnten sie über einen Hof auf Bürotürme und das Spiegelbild der Wolken im Panoramafenster des Hotelrestaurants schauen.

»Marvin, hast du vor, das zu tragen?«

Sie meinte sein Toupet.

»Ich brauche es für mein Selbstbild.«

Er brauchte es außerdem, weil es seine großen Ohren und die sorgenvolle Marvin-Nase entschärfte. Er wollte gut aussehen für sie, auch wenn sie fand, es machte nichts. Heute abend würde er sein bestes Hemd anziehen, mit derart französischen Manschetten, daß er am liebsten die Wieheißtesgleich gesummt hätte.

»Du bist mein Mann, mit oder ohne.«

Das sagte sie mit einem halbgespielten Zucken um den Mund, und er fühlte sich, als gehörte ihm die Welt.

Sie ließ das Handtuch fallen und stützte ein Knie aufs Fußende des Bettes. Sie waren immer noch in ihrem Honeymoon, scheu, aber begierig, und Marvin mit seiner Brooklynigkeit, seiner Religion der skeptischen Reaktion – erst jetzt begriff er allmählich, wie schwer es war, nach all den Jahren am sentimentalen Mythos ihrer Verschiedenheit festzuhalten, dem Bild, das er sich aus ihrem Akzent und ihrem Teint zusammengebastelt hatte. Er erblickte seine Eleanor Wahrheit um Wahrheit – daß ihre Gelüste den seinen ebenbürtig waren, daß ihr geschäftlicher Ehrgeiz größer war als seiner, daß ihr Hauptehrgeiz sich auf Amerika richtete, eine Tatsache, die ihm glatt entgangen war, auf die Dinge, die Orte, das strahlende Summen der Produkte in den Regalen, den Sonnensturm der Gunst des Schicksals.

Da lagen sie in einem fremden Bett in Kalifornien, wie verdreht ist das Leben, wie ungewiß seine Wendungen, ein englisches Mädchen in seinen Armen, rosig und unschuldig, auch wenn sie's nicht ist, und Marvins Polymer-Haarteil fest auf seinem Kopf.

Sie wollte japanisch, aber das war noch nicht genug. Sie mußten in ein Lokal gehen, bei dem »Tatami-Sitze« im Führer stand.

Marvin dachte, wenn er hundert Jahre lang gelebt hätte, bevor er Eleanor begegnete, dann hätte er jeden Tag dieselben drei oder vier Dinge getan, immer in derselben Reihenfolge, und sobald er Eleanor begegnete, im Alter von hundertundeins, würde er auf dem Boden sitzen und Seetang essen.

Sie saßen sich an dem niedrigen Tisch gegenüber, in Strümpfen.

»Wie heißt noch das Wort für das, was nicht als letztes kommt, sondern eins früher?«

»Das Vorletzte.«

»Das Vorletzte. Siehst du, das ist Chuckie Wainwright für mich.«

»Sitz gerade«, sagte sie streng.

»Grönland. Ist mir ja immer verdächtig vorgekommen.«

»Wie meinst du das?«

»Da war er stationiert, bei der Air Force, falls er wirklich da war.«

»Warum sollte er nicht da gewesen sein?«

»Kennst du irgendwen persönlich, der je da war?«

»Nein, das nicht«, sagte Eleanor.

»Ich will dir was sagen. Ich auch nicht. Und auch niemand, mit dem ich in letzter Zeit geredet habe.«

»Ich glaube, es gibt eine Hauptstadt.«

»Du glaubst, es gibt eine Hauptstadt. Weißt du, wie dieser Ort heißt?«

»Nein, das nicht.«

»Hast du dir jemals Grönland auf einer Karte angeschaut?«

»Habe ich wohl, vielleicht ein- oder zweimal.«

»Ist dir jemals aufgefallen, daß es keine zwei Karten gibt, auf denen es gleich groß ist? Die Größe Grönlands wechselt von Karte zu Karte. Sie wechselt auch von Jahr zu Jahr.«

»Es ist groß«, sagte sie.

»Es ist sehr groß. Es ist riesig. Aber manchmal ist es ein bißchen weniger riesig, je nachdem, auf welcher Karte du es dir anguckst.«

»Ich glaube, es ist die größte Insel der Welt.«

»Die größte Insel der Welt«, wiederholte Marvin. »Aber du kennst keinen, der je dort gewesen ist. Und die Größe wechselt ständig. Und das ist noch nicht alles, hör zu, der Standort wechselt auch. Denn wenn du dir eine Karte genau anschaust und dann eine andere, scheint sich Grönland zu bewegen. Liegt an einer etwas anderen Stelle im Meer. Und da haben wir das ganze Ergo dessen, was ich sagen will.«

»Was willst du denn sagen?«

»Du hast mich gefragt, also sag ich's dir. Daß uns die größten Geheimnisse ins Auge springen, und wir sehen sie nicht.«

»Was ist denn das Geheimnis an Grönland?«

»Erstens, existiert es überhaupt? Zweitens, warum wechselt es ständig seine Größe und seinen Standort? Drittens, warum können wir niemanden finden, der persönlich dort gewesen ist? Viertens, ist nicht vor ungefähr zehn Jahren eine B-52 abgestürzt, wobei die Fakten so husch-husch vertuscht wurden, daß wir immer noch nicht sicher wissen, ob sie Nuklearwaffen an Bord hatte?«

Er sprach es wie Nuckelar aus.

»Du glaubst, Grönland hätte eine geheime Funktion und eine geheime Bedeutung. Aber du glaubst ja von allem, es hätte eine geheime Funktion und eine geheime Bedeutung«, sagte sie.

»Je größer das Objekt, desto leichter läßt es sich verstecken. Wie kommt man nach Grönland? Welches Schiff nimmt man? Wo findet man einen Flughafen, wo ein Flug in diese Hauptstadt startet, deren Namen keiner weiß und wo nie jemand gewesen ist? Und ich rede von der Hauptstadt. Was ist mit den abgelegeneren Gegenden? Die ganze Rieseninsel ist doch eine einzige abgelegene Gegend. Was für eine Farbe hat sie? Ist sie grün? Island ist grün. Island ist im Fernsehen. Man kann die Häuser sehen und das Land. Wenn Island grün ist, ist Grönland dann weiß? Ich frag ja nur, weil sonst keiner fragt. Für mich persönlich hängt davon gar nichts ab. Aber ich gucke immer den Natur-Sender, ich sehe Stämme, die in Neu-Guinea Schlamm auf dem Körper tragen, und ich sehe diese Dingsdabeester, die sich in irgendeinem Tal in Afrika paaren.«

»Wildebeester«, sagte Eleanor.

»Aber von Grönland nie ein Pieps.«

Die Kellnerin brachte Sake für sie, Bier für ihn. Sie nannte die Drinks Getränke, und Marvin dachte, Bin ich im Flugzeug. Diese ganze Reiserei, alles im Baseball-Zusammenhang, die zerworrenen Leben, die Wörter und Sätze.

Wartelistenpassagier Lundy, bitte melden Sie sich am Abflugschalter.

1. Die Mutter von Zwillingen in Wowardasnoch.
2. Der Mann, der in einer Gemeinschaft chemisch empfindlicher Menschen lebte, sie trugen weiße Baumwollkleider und hängten ihre Post an Wäscheleinen.
3. Die Frau namens Bliss, wo er noch jünger war, also Marvin jetzt, und sich vielleicht, bei so hübschen Augen wie ihren, ein bißchen was hätte leisten können, in Indianola, Miss.
4. Der Zusammenprall mit Leben, die anders sind als das eigene. Glücklich, gesund, verlassen, verloren. Der Achtelindianer. Mit schroffen, unvorhersehbaren Leben, auch wenn sie gewöhnlich sind.
5. Der eine Susan Sowieso kannte, die einen Baseball mit einer berühmten Vergangenheit erwähnte. Den Stamm weiß Marvin nicht mehr.
6. Magen rebelliert wieder mal.
7. Der chemisch empfindliche Mann, sein ganzer Körper vibrierte, wenn anderthalb Meilen weiter jemand einen Schnappschuß machte.
8. Und Chuckie Wainwright auf See, Frau und Kind hinterlassend, ein Häuflein christlicher Hippies, barfuß mit Perlen, und Marvin immer hinterher, Schiff um Schiff.
9. Und das Kind mit Knochenkrebs in Utah, wo die Mutter sagte, die Regierung hätte schuld.
10. Marvin, der sich oft verirrt, eines Tages unterwegs nach Melbourne, Florida, und beinah bei den Känguruhs gelandet.
11. Und die Frau mit dem abgebrochenen Zahn – eine langelange Geschichte, frag besser nicht.
12. Und die Chemikalien im Kern des Balls, von denen der Mann jeden Tag nach dem Frühstück auf der Stelle lief.

»Sag mal, was unternehmen wir nach dem Abendessen?«
»Das fragst du mich?«
»Du warst hier schon mal. Ich nicht«, sagte sie.
»Was gibt's denn noch zu unternehmen, bis ich mich aufgerappelt

habe? Ich habe einen Knoten im Bein, den würde jeder Kannibale ausspucken.«

»Komm schon. Führ mich aus, ich will mich amüsieren.«

»Sie will sich rumtreiben.«

»Los, Marv, wir erobern die Stadt.«

Seltsam, wie er lauter Nachweise für die letzten Vorwärtsbewegungen des gesuchten Objekts zusammentrug, während er ihm zugleich rückwärts bis in die ferne Vergangenheit nachspürte. Manchmal war ihm, als sähe er den Ball irgendwie vorbeifliegen. Er wollte Chuckie finden und das letzte Glied in der Kette herstellen, das erste Glied, die Verbindung zu den Polo Grounds, aber falls er den Burschen nicht auftreiben konnte, würde er den Ball wahrscheinlich auch kaufen, den angeblichen Ball, sobald er ihn geortet hatte, und weiter bis zu seinem Tod nach Chuckie suchen.

»Ich möchte gern, daß du mir die anrüchige Schattenseite zeigst«, sagte Eleanor.

Der Ball war kein Talisman, brachte weder Glück noch Unglück. Er war ein Ding auf der Durchreise. Aber er brachte die Leute dazu, Marvin Sachen zu erzählen, ihm Familiengeheimnisse und unaussprechliche Intimitäten anzuvertrauen, sich aus tiefstem Herzen an seiner Schulter auszuweinen. Denn sie wußten, er war ihr, na, ihr auslösendes Medium. Ihre Geschichten würden von etwas Größerem veredelt, in sich aufgenommen werden, von dem langen Bogen des Balls und seinem eigenen, schieläugigen Marsch durch die Jahrzehnte.

Na schön. Marvin war kein Nachtschwärmer, aber er kannte einen Ort, an den er sie bringen konnte, eigentlich eine Straße, und das war's auch schon, sie hieß *The Float*, draußen in der Nähe der alten Hippie-Gegend, mit Läden, die über Nacht kamen und gingen, Häusern ohne Hausnummern, eine Gegend, die je nach dem Stand des Mondes ganz spezielle Wünsche erfüllte.

Er hievte sich in Etappen von der Bodenmatte hoch, ein Gelenk nach dem anderen, und sie riefen ein Taxi und gingen nach draußen.

Zwanzig Minuten später hatten sie die Straße erreicht, Schirme aufgespannt, denn es nieselte, ein paar Bettler waren unterwegs, eine weißgeschminkte Frau mit einem Irokesenschnitt stopfte ein Flugblatt über das Jüngste Gericht hinter die Gürtelschnalle von Marvins Regenmantel. DER FRIEDE NAHT - SEI BEREIT. Die meisten Geschäfte hatten trotz der späten Stunde oder wegen der späten Stunde geöffnet, und sie befanden sich fast alle im Souterrain, so daß man über ein Geländer nach unten spähte, um zu sehen, was sie verkauften, Gummiartikel zum Rollentausch oder gefährdete Mode-Jacken aus dem Fell aussterbender Tierarten.

Sie betraten eine enge Höhle, viel bröselnder Gips und kakerlakige Fußleisten und eine Sammlung seltener Aufnahmen. Aber nicht etwa alte Jazz-Singles. Hier konnte man Mitschnitte von Telefongesprächen oder von Wanzen in der Wand kaufen, Aufnahmen von Berühmtheiten des organisierten Verbrechens, die über ihre Freundinnen oder Anwälte redeten, der ist ein Idiot mit Aktentasche - hier ist die Rede von Männern, die in den Elf-Uhr-Nachrichten auftreten, in so üppig geschnittenen Kaschmirmänteln, daß man mit dem Stoff glatt eine Juniorenmannschaft von der Little League aus Taiwan einkleiden könnte. Und abgehörte Telefonate ganz gewöhnlicher, anonymer Männer und Frauen, noch abstoßender und suchterzeugender, vielleicht waren es die eigenen Nachbarn, und Marvin begriff, daß solch ein Kauf stundenlanges, sprachloses Hören auslösen und das Leben eines Menschen vollkommen bestimmen konnte - je unsäglicher die ausgetrocknete Ödnis dieser Aufnahmen, desto wirkungsvoller, weil sie *das* suchterzeugende Lockmittel lieferten: sich in der Zeit zu verlieren.

The Float hatte eine Schärfe, einen Mitternachtsglanz.

Sie schauten kurz in Läden hinein, die Autopsiefotos verkauften und den Abfall von Kinostars, das echte Zeug lag tiefgefroren in Lagerhäusern - man suchte sich was aus einem Katalog aus und bestellte dann.

Eleanor fand das Flair wunderbar, sie sprach das Wort leicht französisch aus. Kahle Dielenböden und verschmutzte Wände. Sie hakte sich bei Marvin unter, und die beiden schlenderten die Straße entlang, entdeckten ein Schild in einem Fenster im ersten Stock, Kreuzfahrt für Fußfetischisten zu Spaniens Häfen.

Verschwimmende Zonen des Begehrens. Hier wurde das Begehren, na, zerlegt in tausend Subspezialitäten, Zweitprodukte und Extras, verführerische Einflüsterungen des Ichs. Eine Spelunke zeigte im Hinterzimmer Sexfilme, in denen Leute mit fehlenden Gliedmaßen mitspielten. Es gab schwule Abende und Hetero-Abende. Wer für Anregungen offen war, konnte sich hier treiben lassen und an seinen Reaktionen erkennen, wer er war, Scheibchen für Scheibchen die Appetithäppchen der Straße kosten. Man wurde durch seine Obsessionen definiert.

Ein Junge kam vorbei, seine Kleider waren so zerlöchert, daß er aussah, als wollte er für Börsenticker Werbung machen.

Ein Ort hieß Café Verschwörungstheorie. Regale voller Bücher, Filmspulen, Tonbänder, offizieller Regierungsberichte in blauen Aktenordnern. Eleanor wollte einen Kaffee trinken und herumstöbern, aber Marvin winkte ab - ein Ort zum Trockenschwimmen, nichts weiter. Er glaubte, daß die eigentlichen Quellen tiefer lagen, weniger leicht zu entdecken waren, tiefer und seichter zugleich, man brauchte sich nur Anschlagbretter und Streichholzbriefchen anzuschauen, Warenzeichen auf Produkten, Muttermale auf Körpern oder das Verhalten der eigenen Haustiere.

Da springt einem doch was ins Auge.

Der größte Laden lag im Erdgeschoß, ein Dutzend Männer standen herum, verstohlen, in Regenmänteln, und blätterten in alten Exemplaren des National Geographic. Hier gab es antiquarische Zeitschriften, gebraucht und benutzt, verlebt, und maschinengestempelte, tintenverschmierte, hautfettige Adressenetiketten klebten darauf, und auf den Etiketten standen die Namen und Adressen echter Menschen da draußen im Zeitschriftenamerika, und die Männer in den Regenmänteln standen neben Tischen und Kisten und lasen die Etiketten und blätterten in den Zeitschriften und schauten kein einziges Mal hoch.

Ein Mann kaufte eine Zeitschrift und ging hastig, ließ sie unter seinen Mantel gleiten.

Marvin glaubte nicht daran, daß diese Männer sich für Fotos von Wolfsrudeln beim Sonnenuntergang in der Tundra interessierten. Die suchten etwas anderes, vielleicht ein vergessenes menschliches

Murmeln, das Gefühl von Familien in kleinen Häusern im Herzland, mit einem schlappohrigen Spaniel auf dem Teppich, das Gefühl wohliger Unschuld angesichts der unentdeckten Welt draußen, der weiten Geographie. Eine Pornographie der Nostalgie vielleicht, oder war es etwas vollkommen anderes?

Und dann das Hinterzimmer, denn es gibt doch immer ein Hinterzimmer, ein weiteres Absplittern des Begehrens, etwas verfeinerter und persönlicher, und die Zeitschriften in dem Hinterzimmer waren doch in Plastikheftern abgelegt, oder? Vielleicht handelte es sich um seltene Ausgaben oder seltene Etiketten, vielleicht waren hier auch die Hefter selbst die Fetischobjekte, staubfurniert, benutzt, einige davon fast nicht mehr durchsichtig, ein irgendwie stumpfer Kunststoff, der leicht roch und sich prophylaktisch anfühlte, wie Kondome für Lesestoff, und vielleicht gibt es ja noch einen Raum, wo man ein Paßwort flüstern muß, und da stehen dann nur noch Hefter, leere Hefter, tausendmal benutzt, und Eleanor gruselte sich an diesem Ort zu Tode, auf so was hatte sie gar nicht zu hoffen gewagt, regenbemäntelte Männer mit Exemplaren des National Geographic, verstohlen die Etiketten befingernd.

Auf der anderen Straßenseite sahen sie einen Laden für große Frauen, Long Tall Sally genannt, aber da gab es keine Kleider und Mäntel. »Starke Sachen für starke Frauen« stand auf dem Schild. Bücher, Filme, Utensilien - nur für große Frauen.

Da sieht man in einer Regennacht ein paar komische Dinge in einer Seitenstraße und fragt sich, warum sie einem bedeutsam vorkommen. Marvin hatte das Gefühl, es gäbe hier etwas, vielleicht ein frühes Anzeichen für das allmähliche Wachbeben einer großen Macht, was genau es war, wußte er nicht, er wußte nicht, ob gut oder schlecht, er wußte nicht, wo auf der Welt - ein Erzittern der Erde, das alles verändern konnte.

»Gut, Marv. Ich bin jetzt reif fürs Bett.«

Noch ein Laden. Der einzige in der ganzen Straße, wo er zuvor gewesen war, von einem Bekannten geführt, einem Kollegen, könnte man sagen, Tommy Chan, vielleicht des Landes erster Baseball-Memorabilist, falls es dieses Wort gibt.

Sie stiegen ein paar schmutzige Stufen hinunter in ein dunkles, gemütliches Kämmerchen, wo sich Spielprotokolle türmten, alte Liederbücher und tausend andere Baseball-Kuriositäten, ganze Berge von Tabellen und Dokumenten in wackligen Stapeln.

Eleanor seufzte aus tiefster Brust wie ein erlegtes Rebhuhn.

Und da saß Tommy auf seinem hohen Stuhl, Stuhl und Kasse auf einer Plattform, eine höhere Insel als die aufragende Masse aus altem Papier, das sich chemisch braunverfärbte, und Marvin mußte an die ganze Spielberichterstattung denken, die er auf seiner Suche gesehen hatte, Fans in den Polo Grounds, die Spielprotokolle und Zeitungen auf das Spielfeld warfen, während der Tag verblaßte und die Dodgers ihrem Untergang entgegenspielten. All die Spreu der Dämmerung. Vielleicht lag irgend etwas davon auch hier und heute herum, aufgehoben vom Reinigungspersonal des Stadions, irgendwann in den Untergrund von Erinnerung und Sammlerleidenschaft eingegangen, der Spielprotokoll-Flieger eines kleinen Jungen, ein paar Blätter Toilettenpapier, unter Jubel von der oberen Tribüne herab entrollt und vielleicht vorsichtig von einem der Spieler signiert, die Streu eines Baseballspiels, viele Jahre später hier zur Ruhe gekommen, am anderen Ende eines Kontinents.

»Das ist meine Frau.«

»Wir kriegen nicht viele Frauen zu Gesicht«, sagte Tommy höflich und weise wie ein buddhistischer Mönch einer Hinterlandgemeinde.

»Kaum zu glauben, daß du überhaupt wen zu Gesicht kriegst. Denn mal ehrlich, wer soll schon hierherkommen?« sagte Marvin. »Du mußt den Laden doch halbwegs präsentabel machen.«

»Präsentabel.« Hübsches Wort. »Marvin, denk nach. Was verkaufe ich hier? Ich sitze doch nicht in einem Einkaufszentrum auf dem Land und verkaufe Haushaltswaren.«

Er war ein cleverer Bursche mit möchtegern-sympathischen, aber alterslosen Gesichtszügen, was Marvin irritierte, denn man weiß schon gern, wie alt einer ist, wenn man mit ihm redet.

»Was hast du heute verkauft?«

»Ihr seid meine ersten Kunden.«

»Guck nicht so blasiert aus der Wäsche.«

»Ich bin seit heute mittag hier. Die anderen Geschäfte machen erst sehr spät auf.«

»Seit heute mittag. Und kein Mensch.«

»Wie interessant, eine Frau zu sehen«, sagte Tommy.

Eleanor stand reglos da, vielleicht gelähmt durch ihren exotischen Status.

Sie sagte: »Müssen Sie den Leuten nicht einen Kaufanreiz bieten? Nicht daß es mich irgendwas.«

»Einen Anreiz.« Ganz neue Idee. »Der Anreiz kommt von innen, denke ich. Dieses Material ist ästhetisch gesehen uninteressant. Verblichen und bröselig. Altes Papier, sonst nichts. Die meisten Kunden fühlen sich gerade von Wirrwarr und Durcheinander angezogen. Sie spüren, daß sie ein Teil dieser Geschichte sind.«

Marvin sagte zu Eleanor: »Ich dachte immer, wer dieses alte Zeugs aufhebt, dieses Baseballzeugs, der lebt an der Ostküste, dachte ich immer. Ich dachte, da spielt sich die ganze Erinnerung ab. Tommy ist der erste Sammler, den ich westlich von Pittsburgh gefunden habe, landesweit.«

Tommy hatte ein dermaßen leichtes, flüchtiges Lächeln, daß es höchstens die NASA auf Spezialfilm festhalten konnte. Sein kleines Nippesgesicht trieb im Halbdunkel dahin, und Marvin hatte das kindliche Bedürfnis, die Hand auszustrecken und es zu berühren, nur um zu sehen, ob es sich so anfühlte wie seines, die rauhe, stumpfe Oberfläche, die er jeden Tag wusch und rasierte.

»Hast du deinen Pappenheimer gefunden?« fragte Tommy.

»Das Schiff hab ich gefunden. Den Pappenheimer kannst du vergessen.«

»Du mußt es aufgeben.«

»Wer sagt das?«

»Du kannst die Vergangenheit nicht präzise orten, Marvin. Gib es auf. Mach einen Rückzieher. Zu deinem eigenen Besten.«

»Wer sagt das?«

»Mach dich davon frei«, sagte Tommy.

»Du sitzt hier und atmest Staub ein wie was für ein Standbild.«

»Pferde«, sagte Eleanor.

»Ein Pferdestandbild im Park.«

»Stimmt. Meine Lage ist noch unwirklicher als deine. Du kommst wenigstens noch herum. Ich sitze hier mit meinem bröselnden Papier. Darin liegt eine poetische Rache.«

»Was für eine Rache?«

Ein Kolibrihauch von Lächeln streifte Tommys Lippen.

»Die Rache der Alltagskultur an denen, die sie zu ernst nehmen.«

Die Bemerkung verfehlte ihre Wirkung nicht. Marvin spürte etwas in der Brust, als würde so ein Koreaner im Schlafanzug mit der Handkante einen Ziegelstein zerdreschen. Aber dann dachte er, Wie soll ich denn nicht ernst sein? Was bräuchte man denn nicht ernst zu nehmen? Was könnte ich ernster nehmen als dies hier? Und warum soll man jeden Morgen aufwachen, wenn man nicht versucht, der Wucht der bekannten Kräfte auf der Welt mit etwas Machtvollem in seinem eigenen Leben zu begegnen?

Er wußte, Eleanor wollte gehen. Er wußte, Eleanor dachte, Marvin hält den Keller wenigstens in Ordnung.

Aber es gab etwas, das er vorher kaufen mußte. Eine kleine, leere Schachtel, halb weggeworfen in einer Ecke, und darauf stand *Spalding Official National League Number 1* – vor vielen Jahren war einmal ein neuer Baseball darin gewesen. Und er würde sie aufheben für den Augenblick, da der alte, benutzte, beschmutzte Ball in seinen Besitz gelangte, falls und wenn.

Er streckte die Hand nach oben, um dem Mann sein Geld zu geben. An der Wand hing ein Foto von Präsident Carter und seiner Tochter Dingsda, wie sie mit Bobby Thomson und Ralph Branca im Rosengarten standen, alle hatten ein verkrampftes Lächeln auf dem Gesicht.

Sie traten auf die Straße. Eine Frau in Lumpen schob ihre Habseligkeiten in einem Einkaufswagen vor sich her, anscheinend auf ein ganz bestimmtes Ziel zu. Wartete da eine Familie auf sie, war sie die Pendlerin der Zukunft, gab es Menschen, die, ohne daß wir es wußten, in den Kriechzonen der, na, der Infrastruktur lebten, unten in den Tunnels und unter den Brückenauffahrten?

»Tommy wirkt so glücklich. Wie ist das möglich, wenn man im Dunkeln lebt?«

»Schlurf nicht, Marv. Du bist gesund, nicht krank.«

»Jeden Tag allein in diesem Verlies.«

»Hat er Frau und Kinder?«

»Weiß ich nicht. Wer würde danach fragen? Das ist keine Frage, die wir in der Memorabilienbranche stellen.«

»Was meinst du, genießt er die Annehmlichkeiten unserer allgemeinen Lebensweise?«

»Das hast du aber toll gesagt.«

»Hat er einen kleinen Garten, wo er jeden Sommer Jersey-Tomaten anbaut?«

»Ich schau ihn an, und ich glaube nicht, daß da eine Tomate zurückschaut.«

»Nimmt er seine Braut auf Geschäftsreise mit?«

Eleanor wußte, wie sie ihn glücklich machen konnte. Und sie hatte recht, sie hatte fast immer recht, die Tomaten, die Reinigung, das Haus mit dem geräumigen Keller, die Tochter, die ihnen keinen größeren Kummer gemacht hatte, indem sie irgend etwas Heimliches, Uneheliches tat. Man brauchte nur an Tommy zu denken, der sich um Mitternacht Essen vom Kambodschaner in seinen Laden bringen ließ. Man brauchte bloß an Avram in Gorki zu denken, der jedesmal mit dem Küchenhahn durch den Flur ging, wenn er baden wollte.

Sie fanden ein Taxi, das leer vor einer abgewrackten Absteige wartete.

Aber in Wirklichkeit, ganz ehrlich gesagt, war Marvin derjenige, der sich durchs Leben schleppte, Marvin war der eigentliche Unglücksrabe, in seinen Augen vom Unglück verfolgt, Marvin, der Dodgers-Fan, gescheitert in vielerlei Hinsicht, lieber gar nicht weiter daran denken.

Ein Streifenwagen fuhr mit jaulender Sirene vorbei, ein kreisendes Schlabbergeräusch, es klang wie der Mixer in ihrer Küche – Eleanor machte zwanghaft Milkshakes, und sie fühlten sich beide moralisch verpflichtet, sie zu trinken.

Zeit, ans Schlafengehen zu denken. Aber vorher ging er noch mit ihr in der Penthouse-Bar des Hotels tanzen, einem intimen Raum mit einer Combo, lange nach Mitternacht.

Sie drehten sich auf dem Parkett, wiegten sich und gingen in die Knie – gingen nicht richtig in die Knie, deuteten eher eine Pause an, die förmliche Feststellung, daß an dieser Stelle so etwas wie ein In-die-Knie-Gehen stattfinden konnte. Sie tanzten gern, waren ein gutes Paar, waren früher oft tanzen gegangen, hatten es aber allmählich vergessen, die Gewohnheit über die Jahre schleifen lassen, so wie man ein bestimmtes Gericht vergißt, das man früher verschlungen hat, eine Charlotte russe zum Beispiel, als sie in Mode war.

Sie strich ihm durch das feuerfeste Haar.

Und Marvin hielt sie in seinen Armen und spürte die alte Ungläubigkeit, wie hatten sie nur zu einem gemeinsamen Leben finden können, zwei so grundverschiedene Menschen, auch wenn sie es gar nicht waren, und er wußte, daß die Kraft dieser Ungläubigkeit haargenau dasselbe war, wenn man sie messen könnte, wie das Erstaunen über die Liebe.

Doch in den tiefen Unterströmungen, in der Marvinigkeit seiner unausgesprochenen Tiefen gab es immer noch ein obskures Etwas, das ihn unruhig machte.

Und als sie am Fenster vorbeitanzten, schaute er hinaus auf die Lichter der Bay Bridge, die durch den Nebel blinkten, und sah den alten, verlorenen Tanker dicht an seinem Ankerplatz liegen, verätzt und gemieden, und dann zählte er weiter bis Pier 7 und stellte fest, daß die Lucky Argus schon entladen und abgefahren war, mit der Flut ausgelaufen, ein dunkler Schatten mit, na, mit voller Kraft voraus in die großen, tiefen Gefahren der Nacht.

3

In dem Club ging nicht gerade die Post ab. Sieben Gäste, Sims und mich inbegriffen, und vier Typen standen auf der Bühne – ein spitzbärtiger Saxer und seine gebeugten Mitspieler.

Ich wußte nicht, wo wir waren, hätte Long Beach oder Santa Monica oder irgendein undefinierbarer Vorort sein können. Dies war der dritte Club, in dem wir haltmachten, und mein schwacher Orientierungssinn war komplett ausgefallen. Big Sims zeigte sich heute abend nicht gesprächig, er zischte mit finsterer Entschlossenheit durch die Gegend, ein halber Drink und gleich weiter, wie ein Mann in einem epischen Gedicht, der einen Auftrag hat.

»Hey Sims. Geh nach Hause, ja? Die Musik macht dir keinen Spaß. Du sollst nicht denken.«

»Die Musik ist okay. Ist halt Musik.«

»Aber denk nicht, du mußt mich hier rumführen. Geh nach Hause. Ich bleibe noch und nehm mir dann ein Taxi.«

»Geh nach Hause.«

»Ja, geh nach Hause. Aber vorher sagst du mir, auf wen du sauer bist.«

»Sauer, ich doch nicht. Wenn du glaubst, das wäre sauer«, sagte er.

Ein älterer Knabe brachte uns die Drinks, ein Typ mit Wattebausch in einem Nasenloch. Er trug ein T-Shirt mit der Aufschrift *Monday Night Football at Roy Earley's Loins and Ribs.* Es war nicht Montag, und wir waren nicht bei Roy Earley.

Ich fragte: »Was ist passiert?«

»Was ist passiert? Was passiert wohl zu Hause?«

»Du hast dich mit Greta gestritten.«

»Vergiß es«, sagte er. »Trink aus.«

»Diese Typen da sind gar nicht mal schlecht.«

»Ist halt Musik. Trink aus«, sagte er.

»Dir liegt schwer was im Magen.«

»Das ist nämlich so, wir streiten uns nie.«

»Ihr streitet euch nie. Marian und ich streiten uns nie. Und wenn es doch passiert.«

»Steckt es dir in den Knochen.«

»Liegt dir im Magen, lastet schwer.«

»Verflixt, wir streiten uns nie.«

»Wir streiten uns nie, Marian und ich. Geh nach Hause und versöhn dich. Ich rufe mir ein Taxi. Kann ich mir von hier ein Taxi rufen?«

»Du kriegst ein paar graue Haare«, sagte er.

»Du verlierst ein paar Haare.«

»Ich verlier eine Menge Haare. Aber du kriegst ein paar graue.«

Der Tenor blies kubistische Töne, wir hatten eine Reihe halber Drinks intus, und der Drummer feuerte Rim Shots ab oder wie immer die heißen, und in dem nahen Lärm und der größeren Verwerfung einer Nachtwelt, die mir nicht vertraut war, versuchte ich zu verstehen, was Sims sagte.

»Im Ernst, geh nach Hause. Ich komm schon klar. Ich mag diese Typen. Das Zeug groovt hart ab.«

»Das ist Brother-Musik.«

»Das ist hartgroovender, freischwirrender Jazz.«

»Es ist Brother-Musik. Du hast deine Gründe, sie zu mögen, ich hab meine. Ich werde dir mal ein Bild zeigen, das ich zu Hause habe. Irre Foto, weiß nicht, aus den Fünfzigern. Charlie Parker im weißen Anzug irgendwo in einem Club. Ein irre, irre, irre Foto.«

»In einem New Yorker Club.«

Er warf mir einen drohenden Blick zu.

»Du kennst das?«

»Irre Bild«, sagte ich.

»Halt. Du kennst es? In einem New Yorker Club?«

»Er trägt einen weißen Anzug und diese Schuhe, ich kann mir nie merken, wie die heißen.«

Mit einemmal dachte ich darüber nach, wie unsere Gesichter sich veränderten, wie ich versuchte, ein Zeichen im Blick eines anderen Mannes zu erspähen, das mir sagen konnte, wie schlimm es wirklich stand, und wie ich zugleich jeden Blickkontakt vermied, bis ich einen gewissen Vorteil erringen konnte. Und während der Raum ringsum pfiff und brummte, waren wir uns anscheinend einig – wenn alle Menschen dasselbe Gesicht trügen, müßte keiner mehr leiden.

»Kann ich mir hier ein Taxi rufen? Geh nach Hause. Vertrag dich mit ihr. Fangt nicht an, die Sache zehn Stunden lang neurotisch zu analysieren.«

»Geh nach Hause.«

»Geh nach Hause. Wie heißen diese Schuhe, die mir nicht einfallen wollen? Sag ihr, es tut dir leid. Schieb die Sache nicht auf die lange Bank. Altmodische, zweifarbige Schuhe.«

Er musterte mich prüfend.

»Irgendwann gehen wir mal zu einem Baseballspiel. Du kommst doch in ein paar Monaten wieder, stimmt's? Dann gehen wir zu einem Spiel.«

»Ich will zu keinem Spiel.«

»Wir gehen zu einem Spiel«, sagte er.

Wir tranken aus und gingen. Keine Viertelstunde später saßen wir in einem anderen Club und hörten die Bläser über die Wände schrappen, vier Typen in Fez und Kaftan mit einem körperlichen Sound, dazu ein Drummer, der überwiegend Stimmgeräusche von sich gab, schräges Jammern und Jaulen.

Wir bestellten Drinks und hörten eine Weile zu, dann beugte sich Sims näher zu mir.

»Ist mir schon zweimal passiert, seit ich hier drüben bin. Die ziehen ihre Knarre. Mein Leben hängt am gekrümmten Finger von irgendso'nem Bullen, bloß weil ich einem Verdächtigen ähnlich sehe oder mein Rücklicht kaputt ist. Er steigt aus seinem Wagen. Und er holt mich aus meinem Wagen. Er sagt, Sie steigen jetzt sofort aus dem Wagen. Ich steige aus dem Wagen. Und er sagt, Sie legen die Hände aufs Dach, Beine breit. Aber ich sehe ihn nur an. Und er sieht mich an. Wir sehen uns mit einer Mordlust an, die einerseits völlig verblüffend und andererseits völlig natürlich ist.«

Ich nicke und warte. Er sitzt tiefernst über seinem Drink, Sims.

»Wenn du mein Freund sein willst, mußt du dir das anhören«, sagte er.

Die Wände waren mit alten Pacific-Jazz-Plattenhüllen dekoriert, und wir wandten uns der Bühne zu und fühlten die Kraft der Musik, raffinierter Jazz, aufgebaut wie ein Kampf auf Leben und Tod.

Ich sagte zu ihm: »Ja.« Ich sagte: »Ja, ich kriege ein paar graue Haare. Aber ich begreife nicht, wieso das schlimmer sein soll als restlos kahl. Was nämlich dein Schicksal ist, wie du selber zugibst.«

»Darum geht es.«

»Worum? Ein bißchen Grau ist doch nicht das größte Unheil, das einen Mann ereilen kann.«

»Komm, wir machen einen drauf.«

»Wieso?«

»Ich weiß einen Laden.«

»Der Laden hier gefällt mir.«

»Ich zeig dir ein paar Sachen, ja? Das mußt du schon schlucken«, sagte er. »Ich bin von hier, du nicht.«

»Na schön. Aber du solltest nach Hause gehen. Sag ihr, es tut dir leid.«

»Eins sag ich dir, daß du's nur weißt, Greta und ich.«

»Ja?«

»Wir streiten uns nie.«

»Wir streiten uns auch nie. Unsere Freunde streiten sich.«

»Deshalb hab ich so'n Knoten im Bauch.«

»Alles klar.«

»Also los, machen wir einen drauf«, sagte er.

Der nächste Laden lag in downtown L. A. Diese Bezeichnung – downtown L. A. – hatte ein geheimes Leben, das ich nicht genau entschlüsseln konnte. Die Gruppe machte gerade Pause, und zehn Jahre alte Rauchschwaden hingen im Raum.

»Ich hab früher auch mal geblasen. Wußtest du das?«

»Spielst du immer noch?«

»War ein altes Horn vom Pfandleiher. Am Ende hab ich's weggeschmissen.«

»Aber du hast es noch.«

»Weggeschmissen«, sagte er.

»Aber du hast es behalten. Du hast es noch.«

»Weggeschmissen.«

»Du hast es nicht behalten?«

»Wozu? Klang echt scheiße.«

»Ist doch toll, so was zu haben. Eine alte Trompete? Die heißen übrigens nicht Sattelschuhe. So Schuhe meine ich nicht, wenn ich zweifarbig sage.«

»Das Horn klang wie Tod und Beerdigung der Musik.«

»Trottel. Du hättest es behalten sollen.«

»Halt. Ich bin ein Trottel?«

»Toll, so was zu haben. So was hebt man auf. Ein Horn aus zweiter Hand? Tolle Sache.«

»Halt.«

»Großer Fehler, Sims.«

»Ich bin ein Trottel?«

Der Pianist kam zuerst raus, dann der Baß. Der Drummer trug Stirnband und Sonnenbrille.

»Das Schiff ist zurück«, sagte er. »Wußtest du das?«

»Nein.«

»Weiter oben an der Küste, in San Francisco.«

»Wer erzählt dir so was?«

»Du weißt doch, wie Gerüchte laufen. Keiner erzählt dir was. Du hörst es bloß.«

»Was hörst du über die Ladung?«

»Das ist eine ganz andere Kiste«, sagte Sims und rutschte in die aufgeblasene Stimme eines Gebrauchtwagenhändlers, noch dazu aus den Südstaaten, und ich prustete los. »Das is echt intressant. Das is der Zucker an der ganzen Kiste voller Gerüchte.«

Endlich ließ sich auch der Bläser blicken, ein geschmeidiger Mann mit Goldkettchen und einer Lücke zwischen den Schneidezähnen, in Strandklamotten und Sandalen.

»Es hieß, da ist Heroin an Bord. Es hieß, die CIA verschiebt

Heroin, um irgendeine verdeckte Operation zu finanzieren. Aber wir haben das nicht geglaubt, du und ich.«

»Weil wir verantwortungsbewußte Männer sind.«

»Und wir hatten recht«, sagte Sims. »Denn es ist kein Heroin. Es ist kein Giftmüll, es ist keine Industrieasche, und es ist kein Heroin.«

»Was ist es?«

»Es ist eine Wortverwechslung. Das ist es.«

»Welches Wort?«

»Du weißt doch, wie Heroin genannt wird. Es heißt Stoff, es heißt Scag, es heißt H, es heißt Engelsstaub, es heißt dies, es heißt das. Und wie noch, Nick?«

»Es heißt Shit.«

»Siehst du, es ist nämlich keine Schiffsladung Heroin. Es ist eine Schiffsladung Scheiße.«

Einen Augenblick lang waren wir putzmunter und scharfsichtig. Eine jener Phasen erhöhter Klarheit in einer Nacht aus Reden und Trinken.

»Irgendwann, stimmt's, irgendwann haben die Gerüchte gesagt, es wäre kein gewöhnliches Frachtschiff.«

»Ein Klärschlammtanker. Sieh da, die Gerüchte trafen zu.«

»Mit behandelten menschlichen Fäkalien an Bord.«

»Von Hafen zu Hafen, fast zwei Jahre sind es jetzt«, sagte er.

Wir hörten der Musik zu, eine Kasse klingelte am Ende der Bar, und aus einem Hinterzimmer irgendwo sickerte ein bißchen Radiostimme herein, Radio oder Fernsehen.

»Sag ihr, es tut dir leid. Geh nach Hause, Sims.«

»Vielleicht sollte sie das zu mir sagen.«

»Sag es zuerst.«

»Vielleicht bin ich gar nicht der Schuldige. Schon mal daran gedacht? Der Anstifter.«

»Ist doch egal, du Trottel.«

»Das ist schon das zweite Mal«, sagte er und zeigte mir zwei Finger.

Wir seilten uns ab, gingen woanders hin, Zebrawände und kleine Tische, ein ziemlich voller Raum mit einem Körpersummen, Menschen mit Pilotenbrillen und Silberhemden.

»Er trägt einen weißen Anzug.«

»Stimmt.«

»Und spielt sein Alt.«

»Stimmt.«

»Und er guckt aus dem Bild raus, aus dem Rahmen.«

»Und er trägt weiß-braune Schuhe. Zweifarbige Schuhe. Aber keine Sattelschuhe.«

»Ich hatte dich nicht nach den Schuhen gefragt. Seine Schuhe sind mir egal.«

»Ich mein ja bloß.«

»Seine Schuhe interessieren mich nicht.«

»Die haben einen Namen, an den ich mich zu erinnern versuche.«

»Tu das woanders.«

»In einem New Yorker Club«, sagte ich.

»Das weißt du? Und ich nicht? Und es ist mein Foto? Wir reden von dem Foto in meinem Haus?«

Der Kellner brachte Drinks.

»Du. Geh nach Hause, sag ihr, es tut dir leid, nimm ein Bad und leg dich schlafen.«

Er schaute mich an, mit vorgereckter Unterlippe.

»Da ist noch was.«

»Als da wäre?« fragte ich.

»Ein Richter hat eine Anordnung erlassen, eine gerichtliche Verfügung, daß sie den Klärschlamm nicht ablassen dürfen, weil darunter eine Leiche begraben ist«, sagte Sims, nahm sich einen Drink und zog eine Zigarre aus der Tasche.

»Wessen Leiche?«

»Wessen Leiche. Wessen Leiche soll es schon sein? Dessen Leiche. Irgendein Mafioso, hab ich gehört. Kopfschuß, Exekution, der Stil.«

Ein Trio mit einer Sängerin. Sie hatte strähniges rötliches Haar und kupferfarbene Haut, hielt das Mikro an ihren Glitzerschenkel, während ihre Mitspieler das nächste Stück einzählten.

»Wir streiten uns nie. Unsere Freunde streiten sich«, sagte ich.

Als der Set zu Ende ging, legte sich schale Erschöpfung über uns. Sims blies Rauch an meiner Schulter vorbei. Ich stupste einen Eiswürfel in meinem Drink, piekste ihn mit einem Finger und sah ihm beim Hochschnellen zu.

»Ich hab da mal so einen Mann gekannt. Ich hab ihn nicht gekannt, ich bin ihm mal begegnet. Ich war jung«, sagte ich, »er kam beim Billard vorbei.«

»Worauf bezieht sich das jetzt?«

»Auf die Leiche im Klärschlamm.«

»Eine Mafiagestalt. Wer war das?«

»Ich war jung, im High-School-Alter. Ich habe nur dieses eine Mal mit ihm gesprochen. Aber mein Vater hatte ihn Jahre früher kennengelernt, und davon erzählte er mir. Badalato, nicht mein Vater. Sie waren nicht befreundet, nur bekannt. Sie liefen sich ab und zu mal über den Weg.«

»Du redest gerade von Mario, Mario Badalato? Den hab ich mal im Fernsehen gesehen«, sagte er, »da schubsen sie ihn gerade in eine Zivilstreife, um ihn dem Gericht vorzuführen, und irgendein Detective legt ihm die Hand auf den Kopf, damit er sich nicht am Türrahmen stößt, und ich sitze da und überlege, warum geben sich diese Polizisten solche Mühe, um die Verbrecher davor zu bewahren, daß sie sich beim Einsteigen in Streifenwagen den Kopf stoßen, scheint in letzter Zeit eine Hauptsorge der Polizei zu sein, diese Hand auf dem Kopf.«

»Bist ja plötzlich so gesprächig.«

»Er wird immer auf den Stufen zum Gericht fotografiert. Er ist der König der Stufen.«

»Du hast recht. Gehen wir«, sagte ich.

»Dein Vater kannte ihn. Und das heißt – was?«

»Es heißt, daß er ihn kannte.«

»Mit anderen Worten, ich soll jetzt Respekt zeigen. Ich soll mich ehrerbietig zeigen, wenn ich seinen Namen nenne. Diesen Typen, der ein kriminelles Unternehmen leitet, Rauschmittel, Erpressung und was nicht alles. Mord, Mordversuch, was noch.«

»Müllabfuhr«, sagte ich.

»Könnte sein. Warum nicht? Und ich soll ihn respektieren. Weil er nett zu deinem Vater war.«

»Du hast recht. Gehen wir«, sagte ich.

»Ich hatte nicht gesagt, daß ich gehen wollte. Ich will nicht gehen.«

»Sag ihr, es tut dir leid, und nimm ein Bad«, sagte ich zu ihm.

Eine halbe Stunde später saßen wir im letzten Club des Abends, einem Blueskeller mit einer Atmosphäre der Verzweiflung, und der Kellner ähnelte dem alten Knaben von zwei oder drei Läden davor, vom Gesicht her – er trug ein normales Kellneroutfit, sah, wie ich fand, dem anderen Typen aber sehr ähnlich, dem im Football-T-Shirt, drei oder vier Läden davor oder wann immer das war, T-Shirt und Nasenstöpsel aus Watte.

»Bei diesem Laden fällt mir ein. Weißt du, wie es immer heißt, Wo warst du, als das und das? Wo warst du, als Kennedy? Na ja, erinnerst du dich, als der Strom ausfiel? Bei diesem Laden fällt mir der große Stromausfall im Nordosten ein.«

»Soll ich jetzt fragen, wo du warst?« fragte er.

»Dreißig Millionen betroffen.«

»Ich war in Deutschland. Ich habe nie erfahren, wodurch er hervorgerufen wurde. Wodurch wurde er hervorgerufen?«

»Keiner weiß es mehr. Dreißig Millionen. Nicht einer von uns weiß es noch.«

»Aber du weißt noch, wo du warst.«

»Frag mich, wo ich war. Ich war in einer Bar, die ein bißchen aussah wie dieser Laden«, sagte ich. »Tote Seelen, trüber Jazz. Palmen an die Wand gemalt.«

»Hier sind gar keine Palmen an der Wand.«

»Noch besser, noch ähnlicher. Und der Strom fiel aus.«

»Es gibt einen Film darüber. Ich war in Deutschland«, sagte er.

»Vielleicht lief kein Jazz in diesem anderen Laden. Vielleicht hatten sie früher mal Jazz, aber inzwischen damit aufgehört. Sie hatten mal ein Jazz-Programm, aus dem ein Kein-Jazz-Programm wurde, was so ziemlich dasselbe ist, wenn du genau hinschaust.«

Er sah dem alten Knaben von drei oder vier Läden davor nicht ähnlich. Dem sah er überhaupt nicht ähnlich. Er sah dem Taxifahrer ähnlich, den ich früher am Tag oder am Vortag angehalten hatte, dem Typen, der gesagt hatte: »Mach dir 'ne Lucky an. Zeit zum Anmachen.«

Als sie mich in den Streifenwagen steckten, vielleicht nannten sie das damals auch Funkwagen, es war jedenfalls ein grün-weißes Fahrzeug, und der Polizist am Steuer rauchte, was er eigentlich nicht durfte, ein uniformierter Polizist im Dienst durfte nicht rauchen, und ich war überrascht, das zu sehen, das weiß ich noch, ein Wachtmeister, der eine Fluppe zwischen den Knien verbarg, denn ich hatte einen Mann totgeschossen und dachte, ich käme jetzt in ein System, wo die Regeln folgerichtig und streng waren, und das andere, woran ich mich erinnere, ist, daß mir keiner die Hand auf den Kopf legte und mich in das Auto schob, denn ganz offensichtlich wurde das damals nicht gemacht, das entwickelten sie erst später, den Verbrecher davor zu bewahren, daß er sich den Kopf stieß, wenn sie ihn aufs Revier brachten.

Das geschah natürlich drüben im Osten. Den Ausdruck habe ich viel gehört, seit ich in diesen Teil des Landes kam. Aber ich empfinde den Ausdruck nie als Ortsbestimmung. Er bezieht sich auf die Zeit, sagt etwas über die Zeit aus, über all die Verdichtungen des Daseins und der Erfahrung, das ist verkappte Zeit, Zeit zum Anmachen, sich verschiebende, rauchige Zeit, aufgepeppt zu Ort und Stelle fester Abmachung. Wenn jemand diesen Begriff benutzt, meint er damit, wie alles zu sein pflegte, bevor er hierherkam, wie die Welt zu sein pflegte, nicht nur New Jersey oder South Philly, oder bevor seine Eltern oder Großeltern hierher kamen, und er meint damit, wie die Dinge in einer persönlichen Relativitätstheorie weiterexistieren, in einer umwölkten, sich verschiebenden Dimension des Geistes, oder bevor die anderen Männer und Frauen hierherkamen, die in den Conestoga-Planwagen, das ist ein Begriff, den wir in der Volksschule gelernt haben, ein Begriff aus dem Osten drüben, abgeleitet von dem Ort, wo diese Planwagen zuerst hergestellt wurden.

Der Raum war so gut wie leer, und sie spielten Blues.

»Sei nett zu ihr«, sagte ich. »Geh nach Hause, sprich mit ihr, du mußt ein bißchen schöntun. Kennst du das? Schöntun. Ist das benutzt worden, als du ein Negerkind in Saint Louis warst, Sims?«

»Die sind wegen der Volkszählung gekommen.«

»Ja und?«

»Und meine Mutter hat gesagt, ich soll mich verstecken.«

»Wozu?«

»Wozu. Darum geht's doch. Ich wußte nicht wozu. Sie dachte, was weiß ich, was sie dachte. Ich ging mich verstecken, ja. Zwei Leute an der Tür, mit Klemmbrettern. Sie sagte, Geh rein, bleib unten.«

»Bleib unten.«

»Sie sagte, Bleib unten. Ich weiß nicht, was ich dachte, und ich weiß nicht, was sie dachte.«

»Es war doch nur die Volkszählung.«

»Sag nicht nur die Volkszählung.«

»Du sagst mir, ich kriege ein paar graue Haare. Und ich soll verstehen, wieso das schlimmer ist als Vollglatze.«

»Weil es in meiner Geschichte liegt, in meiner Familie«, sagte er. »Von mir wird angenommen, daß ich kahl werde. Erwartet. Bleib unten, sagte sie.«

»Bleib unten.«

»Glaubst du an die Volkszählung, Nick?«

Er saß da, mit gelockerter Krawatte und zerknittertem Jackett, zündete sich die immer wieder erlöschende Zigarre an, und über seiner vorgestreckten Unterlippe war ein Strich Sonnenuntergangsrosa zu sehen.

»Was soll ich darauf sagen? Ja, ich glaube daran. Nein, ich glaube nicht daran.«

»Du sollst sagen, was du glaubst.«

»Ich merke, wir betreten gerade heikles Terrain.«

»Was glaubst du?« sagte er.

»Ich glaube an die Volkszählung. Warum sollte ich das nicht tun?«

Er warf mir einen drohenden Blick zu, richtig angespannt.

»Du glaubst daran.«

»Warum sollte ich das nicht tun?«

»Du glaubst an die Zahlen. Du glaubst zum Beispiel, daß es nur fünfundzwanzig Millionen Schwarze in Amerika gibt.«

»Warum sollte ich das nicht tun?«

»Du glaubst es also.«

»Wenn das die Zahl ist, ist es die Zahl.«

»Und du meinst nicht, sie spielen die wahre Zahl vielleicht etwas herunter?«

»Halt mal.«

»Du meinst nicht.«

»Halt halt halt halt stop.«

»Denk drüber nach«, sagte er.

Er zupfte an seinem Hemd, er machte etwas, das schwere Männer tun, er benutzte beide Hände, um sein Hemd von der Brust wegzuziehen, und schüttelte es, fast geziert, ließ seinen Oberkörper atmen.

»Sims, du und ich.«

»Denk einfach drüber nach.«

»Wir sind nicht, weißt du noch, wir haben kein Wort, du und ich, für die Wissenschaft von den dunklen Mächten. Für das, was hinter einem Ereignis steckt. Wir akzeptieren dieses Wort nicht, und diese Wissenschaft ebensowenig. Erinnerst du dich an das Gespräch?«

»Jetzt ist ein anderes Gespräch. Und in diesem Gespräch sage ich, Denk drüber nach.«

»Aber du und ich. Wir schwimmen gegen den Strom, Sims. Mit dem Strom, das ist leicht, das ist verantwortungslos. Wir sind verantwortungsbewußte Männer. Wir haben dies aufgebaut. Wir glauben nicht, daß es geheime Kräfte gibt, die unser Leben unterminieren.«

»Dreißig Millionen betroffen von deinem regionalen Blackout. Aber nur fünfundzwanzig Millionen, behaupten die, Schwarze in dem ganzen Riesenland.«

»Wenn das die Zahl ist, ist es die Zahl.«

»Und mehr fällt dir nicht ein. Wir haben hier ein Thema, das schreit nach, aber wirklich, genauer Untersuchung, um mal einen deiner Ausdrücke zu benutzen.«

»Na los, dann untersuch es doch genauer.«

»Du bist bereit, diese Zahl zu akzeptieren.«

»Fünfundzwanzig Millionen. Ja, warum nicht?«

»Du findest nicht, daß diese Zahl viel zu niedrig ist?«

»Fünfundzwanzig Millionen ist so niedrig nicht. Immerhin sind das fünfundzwanzig Millionen«, sagte ich.

»Du findest nicht, daß diese Zahl absolut unterschätzt ist.«

»Warum sagst du, genaue Untersuchung sei mein Ausdruck?«

»Weil du ihn benutzt hast.«

»Damit wird er zu meinem Ausdruck?«

»Ich hab ihn nicht benutzt. Du hast ihn benutzt.«

»Ich glaube die Zahl. Für mich ist das eine glaubwürdige Zahl.«

»Du meinst nicht, irgendwer hätte Angst, wenn die wahre Zahl an die Öffentlichkeit kommt, kriegen die Weißen weiche Knie, und die Schwarzen blähen sich alle auf vor lauter, Hey, wir müßten aber noch mehr hiervon und davon und überhaupt mehr kriegen.«

»Du und ich«, sagte ich.

»Du meinst nicht, die Zahl ist um vielleicht vierzig Prozent deflationiert worden.«

»Wir geben uns keinen billigen und einfachen Irrtümern hin, Sims.«

»Billig und einfach.«

»Hab ich recht? Du und ich. Wir glauben nicht, daß hinter jedem Ereignis etwas so Organisiertes und Finsteres steckt, daß wir eine Wissenschaft daraus machen müssen.«

»Du meinst nicht, daß die Weißen sich so deprimiert, so, ich mag's gar nicht sagen, bedroht durch die wahre Zahl fühlen würden.«

Und wie er es sagen mochte.

»Du meinst, das Volkszählungsamt versteckt zehn Millionen Schwarze«, sagte ich.

»Sie verstecken nicht die Menschen. Sie verstecken die Zahl. Eine Zahl ist leicht zu verstecken.«

»Aber eine so große Zahl. Was für eine irrwitzige Manipulation. Und das vor unseren Augen. Vielleicht liegt es an den Müttern«, sagte ich. »Zehn Millionen Mütter, die ihren Kindern sagen, Bleib unten. Bleib unten«, sagte ich.

Ein kurzes Lächeln von Big Sims, ein Reflexlächeln, gemindert durch das folgende Aufblitzen der Augen.

»Sieh der Tatsache ins Gesicht«, sagte er.

»Was ist die Tatsache?«

»Wir haben ein Recht, zu erfahren, wie viele es von uns gibt.«

»Aber ihr habt es doch erfahren.«

»Haben wir nicht. Weil die Zahl zu gefährlich wäre. Wie bedroht fühlst du dich von der wahren Zahl? Ich spreche mit dir. Prüfe dich tief in deinem Herzen.«

»In Ordnung, ich prüfe mich.«

»Sag mir, daß du tief in deinem Herzen nicht glaubst, daß an dem, was ich sage, irgend etwas Wahres dran ist.«

»Es gibt wahre Paranoia. Sonst kann ich hier nichts Wahres erkennen.«

Das schien ihm Vergnügen zu bereiten. Er lehnte sich zurück, schaute beiseite, grimmig glücklich, und dachte über den zwischenmenschlichen Austausch nach und was daran die Leute so berechenbar machte.

Ich hörte dem Bluestrompeter zu, einem jungen Typen im abgetragenen Anzug, er war von afrikanischer Schwärze, ja, von dem satten Pechschwarz bestimmter Längen- und Breitengrade irgendwo dort drüben, bestimmter Nomadenvölker in ihrer hochgewachsenen Wüstenanmut, aber seine Gestik, seine Haltung, das sah ich, und die Art, wie er zwischen den Riffs etwas Spucke von seinen Lippen züngelte, sprachen für eine hiesige Körpersozialisation – er war einer von vielen strampelnden Trompetern aus irgendeinem Cityghetto.

»Charlie Parker in einem weißen Anzug in einem New Yorker Club«, sagte ich.

»Also wie oft willst du New York heute abend noch anbringen?«

»Und ich weiß jetzt auch, was für Schuhe er trägt.«

»Mir doch egal, was für Schuhe er trägt.«

»Buster-Brown-Schuhe.«

»Mir doch egal, was für Schuhe er trägt.«

»Es sind keine Sattelschuhe. Sie heißen Buster-Brown-Schuhe.«

»Mir doch egal, wie die heißen.«

»Paß auf, du machst jetzt folgendes«, sagte ich zu ihm. »Du fährst nach Hause, du sagst, daß es dir leid tut, du schmeißt irgendein Schaumbad in deine Badewanne und nimmst ein Bad, und dann gehst du ins Bett.«

Zehn Minuten später standen wir vor dem Club und warteten, daß das Auto vorgefahren wurde, und Sims legte mir die Hände auf die Schultern und verpaßte mir einen Kopfstoß.

Ich wußte nicht, wie ich darauf reagieren sollte.

Er grinste mich verkniffen an und verpaßte mir einen Kopfstoß, Stirn auf Stirn, und ich wußte nicht, ob das eine impulsive Geste am Ende einer langen Nacht sein sollte, wo man beduselt vom Saufen und heiser vom Reden und Qualmen ist, eine Art förmlicher Abschluß des Abends, oder doch etwas absichtlicher gemeint war.

Ich schob seine Arme weg und stieß meinerseits zu, legte ihm die Hände auf die Schultern und stieß zu, und er musterte mich interessiert und machte es noch einmal.

Natürlich tat das weh, es setzte ein Pochen in Gang, es war eine einsilbige Angelegenheit, ein Stoß, ein Schlag, ein abwärts fahrender Schock, der einen elektrisierenden Schmerz durch den Hinterkopf in Nacken und Schultern schickte.

Und alles war ganz nah, augapfeldicht, ein Kampfgebiet ohne Platz zum Manövrieren oder Verfeinern, ein gewisses Maß an demonstrativem Groll erfüllte das Blickfeld, ein Wüten und Starren, oder vielmehr ein verschleiertes, ein schläfriges Killerglotzen, schwerlidrig und dumpf.

Ich war größer als Sims, aber nicht so stabil und mächtig, und ich hatte meinen Kopf noch nie als mittelalterlichen Rammbock eingesetzt.

Ich stieß knapp über der Nase zu, ein Schlag nach unten, der ihn traf, das merkte ich, und eine laut klingelnde Botschaft durch seinen Schädel schickte.

Er rammte ordentlich zurück. Er hieb derart zu, daß ich halb taumelnd rückwärts geschleudert wurde, direkt aus seinem Griff um meine Schultern heraus, und der Typ kam mit dem Wagen an und schaute uns zu.

Der Schmerz war elektrisierend und kompakt, reduzierte alles auf die ihm eigene Form der Benommenheit, ließ die Welt jenseits meines Kopfes klein und gelähmt erscheinen.

Das machten wir, wir schalteten um auf Nahaufnahme, eliminierten alles außer Rammen und Starren und Schmerz.

Als er mich wieder rammte, bewegte ich den Kopf, zog ihn sacht einen halben Zentimeter zurück, um den Schlag vielleicht etwas abzumildern, und er reckte das Kinn vor und starrte.

Schmerz ist nur eine andere Form der Information.

Wir stießen noch einmal die Köpfe gegeneinander, jeder einmal, und der Typ stand mit den Autoschlüsseln da und schaute zu.

In meinem Hotelzimmer sah ich in den Spiegel über dem Waschbecken. Ich legte beide Hände an die Wand und beugte mich zum Spiegel vor und sah Prellungen und Striemen, tiefe Verfärbungen und ein Rinnsal getrockneten Blutes mit einer weinfarbenen Rötung ringsum. Ich säuberte die Wunden mit kaltem Wasser, dann ging ich ins Bett. Aber kaum lag mein Kopf auf dem Kissen, wurde mir schwindlig, und ich mußte mich eine Stunde lang in einen Sessel setzen, bevor dieses Gefühl verging.

Die Sache kehrte immer wieder, und ich versuchte hineinzukommen in die Erschütterung, wie unsere Gesichter gleichsam doppelbelichtet über den Eiswürfeln in unseren Drinks hingen, mal ins Unscharfe verrutscht, dann wieder zurück - nicht, um meine eigenen Gefühle zu entwirren, sondern um die verborgenen Auslöser der Erfahrung zu begreifen, die kleinen Kuhlen und Kurven, die einen Seelenzustand ausmachen.

Wir joggten durch versmogte Hohlwege, vorbei an Häusern, die über schroffen Schluchten thronten, wir joggten in bewaldete Gebiete hinein, die wie Zunder aussahen, eine trockene, weiße, staubige Stille, ein Gefühl von lauernder Entzündlichkeit, aber vielleicht auch nicht - womöglich entwarf ich gerade meine eigene Wochenschau.

»Was hört man von der Leiche im Klärschlamm?«

»Sie finden einfach keine. Mit der Leiche haben sie mal wieder ausgeschmückt, sonst nichts«, sagte er. »Das Schiff selbst ist die eigentliche Sache.«

»Was ist damit?«

»Ein Schiff, das zwei Jahre lang auf hoher See fährt und ständig Namen und Mannschaften wechselt - das ist auch bloß eine Geschichte. Das Schiff hat in letzter Zeit eine einzige Fahrt gemacht, von der Ostküste zur Westküste. Eine Ladung Klärschlamm nach Kalifornien, an eine Düngemittelfirma. Eine ganz gewöhnliche Lieferung.«

Wir liefen über Stadtstraßen, landschaftsgestaltete Alleen mit einer etwas verfallenen Aura, einer Angestaubtheit, die hinreißend war in ihrer offenkundigen Wehmut.

»Schau mal, Sims, es geht um folgendes.«

»Komm, wir laufen«, sagte er.

»Ich weiß nicht. Ich bin ein bißchen, und ich weiß, das sollte ich zu jemandem wie dir gar nicht sagen.«

»Du liebst doch deine Kinder, oder?«

»Na klar.«

»Dann lauf«, sagte er.

»Manchmal hab ich fast das Gefühl, also, da denke ich, so sehr ich sie alle liebe, ich bin doch bloß ein Hochstapler. Weil es nie, verdammt noch mal nie etwas gewesen ist, womit ich mich wohlfühle.«

Wir standen in der Küche, erledigt von vielen Meilen Hügeln und heißem Pflaster, vermieden vorsichtig jede Bewegung, um nur ja keinen Schweiß auf irgendwas tropfen zu lassen, zwei Männer in Shorts, und Greta gab uns ein Glas Wasser, eine braunhaarige Frau mit langen Händen und einer halb verborgenen Verhärmtheit, einer Art hagerer, eckiger Wesensart – eine Röntgenbild-Greta, die vermutlich im Streit oder Streß zum Vorschein kam.

»Gefällt es Ihnen hier?« fragte ich.

»Mir kommt es vor wie am Ende der Welt. Seit vier Jahren sind wir hier, und ich wache jeden Morgen auf und versuche mich zu erinnern, wo ich bin. So weit weg von allem.«

»Wir haben«, sagte Sims, »einen sehr großen Ozean im Rücken.«

Und der Sohn, der Fünfjährige, saß mit seiner Cornflakes-Schüssel und einem übergroßen Löffel am Tisch, Loyal Branson Biggs, ein Junge, so sanft gutaussehend, so mühelos mit ausdrucksvoller Schönheit gesegnet, daß ich die Augen nicht von ihm lassen konnte, ich schaute ihn an, während ich mit seinen Eltern sprach, und sie schauten ihn auch an, schauten, weil ich schaute – ich brachte sie dazu, von neuem über dieses Kind zu staunen.

»Was ist mit Ihrem Gesicht passiert?« fragte mich Greta.

Ich schaute Loyal an, der mit seinem Löffel in der klumpigen Milch herumfuhrwerkte.

»Ja, das ist eigentlich eine gute Frage.«

»Und wie lautet die Antwort?« sagte sie.

»Tja, ich hatte eine kleine Rangelei im Fahrstuhl. Ist es so auffällig? Im Hotel. Ich wußte nicht, daß die Spuren noch zu sehen sind. Zwei Betrunkene. Ein Weißer und ein Schwarzer.«

Sims amüsierte sich in seinen heißen Reeboks, wie ich merkte.

»Nick hat angefangen«, sagte er zu ihr.

»Ehrlich?«

Sie sagte es zu mir, aber sie schaute dem Kind beim Frühstücken zu. Wir alle schauten Loyal an.

»Sie haben zu ihm gesagt, er kriegt wohl ein paar graue Haare, und er ist ausgerastet«, sagte Sims.

Greta mußte das Kind zur Schule bringen und dann zu ihrer eigenen Schule fahren, wo sie an drei Tagen in der Woche Chemie unterrichtete, den Ozean im Rücken.

Sims und ich standen am selben Fleck und tranken Wasser.

»Seid ihr zwei immer noch sauer?« fragte ich.

»Sie ja. Ich bin drüber weg.«

»Ich muß mein Flugzeug kriegen«, sagte ich zu ihm.

Er duschte und zog sich an und brachte mich zu meinem Hotel, und ich duschte im Eiltempo und zog mich an und schnappte mir die Tasche und setzte mich wieder ins Auto, und an der Autobahn war ein Mann, ein Mann auf dem Seitenstreifen, er nickte mit dem Kopf zum Verkehrsfunk im Radio, saß im Gras und hielt etwas auf den Knien, Sims meinte, es sei ein Gewehr, und ich meinte, es sei eine Krücke mit Unterarmstütze, und ich brauchte ein paar Sekunden, um zu merken, daß Sims mich aufzog – war doch nur die Sprache der Autobahn.

Ich fand Südkalifornien einfach zu interessant. Die neuen Entwicklungen bei den Militärflugzeugen, die Fehlersysteme, das Inferno aus Autos und Smog, die Frauen von Nirgendwo, selbst die Straßengangs, die zu der Zeit berühmt wurden und die sich mit den Farben der Unis schmückten. Ich machte Geschäftsreisen, aber nach dem ersten Mal nur noch kurz und mit Scheuklappen. Hier schien alles auf der Kippe zu stehen, eine Stimmung, die sich in die unbefangensten Bemerkungen einschleicht und zur Vorhut entfremdeter Gefühle wird.

Damals, als ich George Manza erschoß, begriff ich zum ersten Mal diese Art von Gefühl. Sie steckten mich in einen Funkwagen mit einem Polizisten, der rauchte, und irgendwann schickten sie mich in eine Einrichtung auf dem Land, im Staat New York, die eine der Merkwürdigkeiten des Strafsystems zu bieten hatte. Da gab es einen Minigolf-Platz, neun Löcher, mit Türmchen und Windmühlen wie aus einem Comic – wir waren doch jugendliche Straftäter, und vielleicht dachten die Betreuer, wir fänden den Kindergartenstil, die hellen Farben oder das anale Zeug mit Bällen und Löchern irgendwie heimelig und behaglich. Was weiß ich. Ich wußte es damals nicht und weiß es bis heute nicht. Aber meine Kumpel und ich, die Schwerverbrecher der Kategorie D und E, die Totschläger, die Diebe in der Nacht, eine gemischte Gruppe, wie man sich unschwer vorstellen kann, mit Wettrennen, Schwüren, Schreien in der Nacht – wir schlenderten immer an den Fenstern des Speisesaals entlang und schauten auf den Parcours da unten mit seinen Loopings und Tunnels und Pfützenseen und seinem Stück Kunstrasen, und wir nannten das Ganze Kalifornien.

Phoenix paßte besser zu mir. Ich brauchte ein Privatleben. Doch wie soll ein Privatleben möglich sein, an einem Ort wie hier, wo jedes einzelne deiner Gefühle offenliegt, wo die Spannung in deinem Herzen, das, was du mit Mühe auf kleine, geschlossene Räume beschränkt hast, überall dem weißlichen Licht ausgesetzt und mittlerweile so weitgehend und unverrückbar festgelegt ist, daß du es nicht von Landschaft und Himmel trennen kannst?

Ich kam zur Tür herein, und Marian sagte: »Was ist mit deinem Gesicht passiert?«

Ich komme zur Tür herein, und folgendes kriege ich zu hören, spielende Kinder, spielendes Radio, die Nachrichten, der Verkehr, das Telefon klingelt, die Spülmaschine pumpt sich gerade durch einen Zyklus.

Ich lächelte und küßte sie, und sie hob den Hörer ab. Die Kinder machten draußen im Garten Lärm, unsere und die Nachbarskinder, ein Spiel, das Lainie erfunden hatte – das merkte ich an der Art des Kreischens. Lainie dachte sich teuflische Spiele aus, einfallsreiche, schrille Spektakel voller Torturen und Demütigungen.

»Was hast du mit deinen Haaren gemacht?«

»Schneiden lassen. Gefällt's dir?« sagte sie, immer noch mit irgendwem am Telefon. »Was ist mit deinem Gesicht passiert?«

Ich komme zur Tür herein und sehe, wie das Licht auf die kühlen Wände trifft und die Farbe der Teppiche betont, die Aprikosen- und Bordeauxtöne, das unglaubliche Topasgold.

Am nächsten Abend erzählte ich Marian von dem, was ich getan hatte, oder vielleicht am übernächsten, von der Sache mit Donna in Mojave Springs. Ich dachte, ich müßte es ihr erzählen. Das war ich ihr schuldig. Ich erzählte es ihr um unseretwillen, zum Wohl unserer Ehe. Sie lag im Bett und las, als ich es ihr erzählte. Ich hatte mir viele Gedanken über den richtigen Zeitpunkt gemacht, und dann erzählte ich es ihr ganz plötzlich, ohne die geringste Vorwarnung. Ich erzählte ihr nicht, was ich zu Donna gesagt hatte oder warum Donna in dem Hotel war, und sie fragte auch nicht danach. Ich stand neben dem Armsessel, mein Hemd in der Hand, und ich fand, sie nahm es gut auf. Sie begriff, daß es ein isoliertes Ereignis mit einer Fremden in einem Hotel gewesen war, eine kurze Episode, für immer vorbei. Ich sagte ihr, ich hätte den Zwang verspürt, darüber zu reden. Ich sagte ihr, es sei schwer, das Thema anzusprechen, aber nicht so schwer, wie die Wahrheit zu verschweigen, und sie nickte, als ich das sagte. Ich fand, sie nahm es ziemlich gut auf. Sie verlangte nicht, mehr zu hören, als ich ihr schon erzählt hatte. Es herrschte eine taktvolle Atmosphäre im Zimmer, eine Sensibilität für Gefühle. Ich stand neben dem Sessel und wartete, daß sie umblätterte, damit ich mich ausziehen und ins Bett gehen konnte.

Und am ersten passenden Samstag, am ersten Samstag, als ich nicht ins Büro mußte, fuhren wir mit den Kindern nach Süden, um eine alte Ruine zu besichtigen.

Wir hatten Sonnenschutz und Mützen und Trinkwasser dabei, das war Marians Idee, also das Wasser, denn wir waren schließlich in der Wüstensteppe, und die Hitze war heftig.

Lainie stand hinter dem Vordersitz, manchmal drängelte sie sich zwischen Marian und mir nach vorn, beugte sich auf die Windschutzscheibe zu und zeigte flink auf irgendein dummes Manöver anderer Autofahrer. Darauf reagierte sie nämlich zornig, eine Angewohnheit, die meinen eigenen Ärger verpuffen ließ, und Marians auch, vielmehr brachte es uns dazu, Entschuldigungen für das dumme und gefährliche Verhalten der anderen zu finden.

Jeff war zwei Jahre jünger, er war sechs und rollte sich gern in einer Ecke des Rücksitzes zusammen, Rolle und Ringel, manchmal rutschte er sogar auf den Boden, in astraler Loslösung von allem, was ihn umgab, und benutzte seinen Körper zum Tagträumen.

Selbst wenn es kein Gewehr war, was machte der da an der Autobahn, mit einer Metallkrücke im Schoß auf dem grasigen Seitenstreifen sitzend, nur wenige Meter von dem Irrsinnsverkehr entfernt?

Die antike Ruine war über sechshundert Jahre alt, ein einzelner größerer Bau mit kleineren, verstreuten Überresten und den Spuren einer Mauer irgendwo. Wir standen in der Vormittagshitze da und hörten einige Minuten lang einer Nationalpark-Wächterin zu, bevor wir einer nach dem anderen loswanderten, obwohl eigentlich gar nichts anderes zu besichtigen war.

Ich las ein Schild und beobachtete dann Jeff, der sich an ein Bakkenhörnchen heranpirschte. Er hatte seine Mütze nicht auf, aber ich sagte nichts, ich dachte nur, Dumm gelaufen, Kleiner, sag nachher nicht, wir hätten dich nicht gewarnt. Dann wurde ich weich und rief ihn zu mir und gab ihm die Autoschlüssel. Die Anstrengung, weich zu werden, die Anstrengung, nachzugeben und mich zu erbarmen, ihn in seiner sorglosen Tolpatschigkeit zu lieben, war ein grausam schwieriges Unterfangen, so klein und flüchtig es auch scheinen mag – es fiel erstaunlich schwer. Aber ich rief ihn zu mir und gab ihm die Autoschlüssel, ich wußte, das würde ihm gefallen, und ich sagte ihm, er solle seine Mütze holen und den Wagen wieder abschließen und mir die Schlüssel bringen, und schon lief er los, glücklicher denn je.

Ich schlenderte zum Hauptgebäude zurück und stellte mich zu einem Dutzend Touristen, die der Parkwächterin zuhörten, einer bulligen Frau, die sich am Ellbogen kratzte. Man wisse nicht, erklärte sie, welchem Zweck dieser Bau gedient habe, der drei Stockwerke hoch war und oben schwache Graffitispuren aufwies. Ich merkte, daß die Schutzüberdachung mich mehr interessierte als das alte Gebäude. Die Wächterin sagte, es sei etwa hundert Jahre nach der Fertigstellung verlassen worden, das Gebäude und die ganze Siedlung, aus keinem nachweisbaren Grund, eines jener Rätsel, wenn ein gesamtes Volk verschwindet. Ich dagegen studierte die Schutzüberdachung mit den großen, kantigen Säulen, vielleicht zwanzig Meter hoch, und das Gittergerüst, auf dem das Dach ruhte.

Lainie kam und stellte sich neben mich, sackte geradezu an meiner Hüfte zusammen, was bedeutete, daß sie sich rettungslos langweilte.

Die Parkwächterin führte einige Gründe auf, warum das Volk möglicherweise verschwunden war, die Wüstenbewohner. Sie nannte Flut, sie nannte Dürre, sie nannte Invasion, aber sie sagte, das seien nur Spekulationen – keiner hätte eine Ahnung von den wahren Gründen.

Ich dachte an Jesse Detwiler, den Müllarchäologen, und fragte mich, ob er wohl auf die Idee käme, daß das Volk die Siedlung verließ, weil sie von ihrem Müll verdrängt wurden, weil sie keinen Platz zum Leben und Atmen mehr hatten, umgeben von ihrem eigenen, anwachsenden Müll, und irgendwie war es nett, sich vorzustellen, das sei der Grund, da gibt es so ein romantisches Wüstenrätsel, und die Antwort springt einen förmlich an.

Ich wurde allmählich Sims-haft, viel zu schnell, überall sah ich Müll oder interpretierte ihn in etwas hinein.

Ich schickte Lainie los, ihren Bruder zu suchen und nachzuschauen, was er mit den Autoschlüsseln angestellt hatte. Dann machten wir uns auf den Heimweg wie eine zerlumpte Pilgerschar, der es versagt geblieben ist, die Tränen der Marienfigur zu sehen.

Wir waren zehn Minuten im Wagen, als Marian anfing zu weinen. Sie saß am Steuer, wurde rot im Gesicht und fing leise an zu weinen. Lainie, die direkt hinter uns stand, wich zurück und setzte sich ans Fenster, die Hände im Schoß gefaltet. Jeff interessierte sich zunehmend für die Landschaft.

Ich sagte: »Soll ich fahren?«

Doch sie schüttelte den Kopf.

Ich sagte: »Laß mich fahren, ich fahre.«

Sie winkte ab, sie wollte fahren, das wollte sie.

Wir waren auf einer Nebenstraße, die von Kandelaber-Kakteen und Wildblumen gesäumt war, gekerbten Kakteen, zerpickt von Vögeln, die dort brüteten, und dann erreichten wir den Interstate-Highway und fädelten uns in den Sturmwind des dahinströmenden Verkehrs ein.

Keine Nachnamen, keine nachhallenden Nachgedanken. Das besagt der Pakt beim zufälligen Sex. Aber ich hatte ihr meinen Nachnamen gesagt, und zufällig war es auch nicht gewesen, oder? Das war die seltsame Dominante dieses Stücks, daß ich sie erreichen, ihren Atem zur Ruhe bringen, ja, sie atemlos machen wollte. Donna hatte etwas an sich, das mir die Zunge löste. Schuldgefühle später, als ich Marian neben mir spürte, die im Dunkeln schlief.

Wenn wir uns nicht leiden konnten, meistens auf der Heimfahrt, nachdem wir abends ausgegangen waren, wenn Gesicht und Stimme des anderen uns wie erwartet anwiderte, bis hin zum Tonfall, zum kleinsten Hauch von Gestik, denn du hast es schon tausendmal gesehen, und es sagt dir viel zuviel, so sparsam es auch sein mag, es sagt dir nämlich alles, was nicht stimmt – wenn wir das erlebten, Marian und ich, dann glaubten wir, es läge daran, daß wir den Sinn, die Energie erschöpft hätten, die unsere Verbindung speiste. Abendliches Ausgehen war schon eine Provokation. Dabei hatten wir eigentlich gar nichts erschöpft – es gab unverbrauchte und ungesagte und in der Schwebe gelassene Dinge, und an diesem Punkt fühlte sich Marian zurückgewiesen.

Marian in ihrer Big Ten Town, in Sicherheit herangewachsen, geschützt vor dem wimmelnden Leben auf der Straße, fühlte sich deshalb benachteiligt – privilegiert und benachteiligt, typisch amerikanisch. All die Szenen, vor denen sie beim Fernsehen zurückschreckte, die Darstellung von Verbrechen in den Lokalnachrichten, wir sehen die Leiche auf der Straße, das Wehklagen der Verwandten, den Verdächtigen, der sich zusammenkauert, um sich zu verbergen – Marian konnte nicht einmal hinschauen, wenn der Detective seine

Hand auf den Kopf des Verdächtigen legte und ihn in die Zivilstreife schob. All das war Gewalt, Beschädigung der Seele. Aber meine Geschichten, meine Angelegenheiten wollte sie, je härter, je lieber.

Ich ging selbstsüchtig mit der Vergangenheit um, selbstsüchtig und abschirmend. Ich wußte nicht, wie ich Marian in diese Jahre einbeziehen sollte. Und ich glaube, Schweigen ist die Auflage, die man als Urteil für seine Verbrechen akzeptiert.

Sie sagte, es sei wegen ihrer Mutter, sie sagte, heute vor genau zwei Jahren sei ihre Mutter gestorben, und ich wiederholte es noch einmal für die Kinder, die sich daraufhin ein bißchen entspannten. Ich griff nach hinten und bekam ein Stück Kaugummi von Lainie. Heute vor zwei Jahren, und natürlich wußte Marian das und wir nicht, ich nicht, ich hatte es mir nicht gemerkt, und ich war erleichtert und die Kleinen auch, denn jetzt gab es wenigstens einen Grund, wenigstens war es jetzt nicht so ein Fall, wo die Eltern sich komisch verhalten und die Kinder lernen, jeden Ausdruck aus ihrem Gesicht verschwinden zu lassen.

Sie strahlte, sie leuchtete in ihrem Weinen, sie lächelte sogar, glaube ich – ein Lächeln, das ein Zusammenzucken war, aber auch ein echtes Lächeln, in dem irgendwo auch ihre Mutter steckte.

Nach einer Weile fingen die Kinder an zu singen.

Und ich war erleichtert, ich war verdammt froh, denn ich hatte dagesessen und gedacht, ich bin schuld, oder, wer weiß, vielleicht tut sie's ja die ganze Zeit, denn woher zum Teufel soll ich wissen, was läuft, wenn ich nicht zu Hause bin.

Und die Kinder sangen: »Neunundneunzig Flaschen Bier an der Wand, neunundneunzig Flaschen Bier, und fällt dir eine Flasche aus der Hand, achtundneunzig Flaschen Bier an der Wand. Achtundneunzig Flaschen Bier an der Wand, achtundneunzig Flaschen Bier.«

Sie sah mich an und sah auf die Straße, und die Kinder sangen weiter, zählten immer weiter zurück bis eins, während Marian fuhr – weinte und fuhr.

Manx Martin 2

Der Hausmeister kommt auf ihn zugehumpelt. Bevor er fünf Schritte weit gegangen ist, kommt der Hausmeister von einem Haus weiter hinten auf ihn zugehumpelt, mit seinem typischen Hüftschlingern, das den halben Bürgersteig einnimmt.

»Hab schon nach Ihnen gesucht«, sagt der Mann.

Manx Martin steht mit verschränkten Armen da, macht sich erst mal nicht die Mühe, den Kopf schief zu halten – bißchen früh für überlegene Gesten.

»Sie ha'm nicht die Schaufeln gesehn?«

»Was für Schaufeln?« fragt Manx.

»Die fehlen nämlich aus'm Keller.«

»Dauernd fehlt was. Grad neue Socken gekauft, schon fehlen sie in der Wäsche.«

»Zwei Schneeschaufeln aus dem Gerätekeller, ha'm heute morgen noch an der Wand gelehnt.«

»Schnee angesagt?« fragt Manx.

Und schaut gen Himmel. Finden Sie, das sieht nach Schnee aus? Find ich nich. Ha'm die Schnee angesagt?

»Mittags schon weg, schwupps durch die Tür. Und jetzt frag ich die Straße rauf und runter.«

»Sie sollten mal vorsichtiger sein, wen Sie fragen. Gibt nämlich Leute, die sind ganz schön sensibel bei so was.«

»Ich frage Sie, weil ich so Sachen gehört hab.«

Der Hausmeister trägt ein dünnes Hemd bei dieser Kälte. Manx riecht den Wechsel der Jahreszeit, die durchdringende Feuchtigkeit und den schneidenden Wind, und der Mann steht hier mit hochgekrempelten Ärmeln rum, auch schon in vorgerücktem Alter, der Hausmeister, bißchen weiß gesprenkelte Stoppeln.

»Hat mir einer ganz von sich aus erzählt«, erklärt er Manx. »Red mal mit dem Klepto.«

»Das sagen Sie mir ins Gesicht.«

»Ich sag nur, was ich gehört hab.«

»Von wem haben Sie das gehört?«

»Und ich sage Ihnen, diese Schaufeln sind gutes Geld wert. Das ist Werkzeug, das brauche ich für meine Arbeit. Von wegen der scharfen Kante, verstehen Sie. Versuchen Sie mal, Schnee mit 'ner Kohlenschaufel zu schippen.«

Manx ist überrascht vom Auftreten des Hausmeisters, es bringt ihn etwas aus dem Gleichgewicht. Der scheint fest entschlossen. Dabei sollte das ein Problem des Hausbesitzers sein. Wieso läuft der Alte hier rum und spielt die Spürnase? Soll doch der Besitzer in die Tasche greifen und die Dinger ersetzen. Bei dem hängen die Taschen so tief, daß er sich die Knie am klimpernden Kleingeld verschrammt.

An der Ecke steht einer und predigt in den Wind.

Manx ist auch überrascht von den Unterarmen des Hausmeisters. Da steckt ganz schön Kraft drin, immer Mülltonnen wuchten, klar, der rollt die Dinger schräg übers Pflaster.

»Ich glaube, Sie sehen die Sache falsch rum«, sagt Manx. »Wir sehen in diesem Block doch ständig, wie in Häusern geklaut wird, nicht wie Schaufeln geklaut werden. Links und rechts wird eingebrochen.«

»Ich sag Ihnen ja nur, was ich gehört habe.«

»Und ich sag Ihnen, Sie sollten Ihre Zeit lieber damit zubringen, mal dadrauf zu achten. Die Türen mit Eisenstangen verstärken und so.«

»Wenn ich rausfinde, daß Sie das mit den Schaufeln waren, geh ich zum Hausbesitzer, und dann stehst du auf der Straße, Freundchen.«

Verdammt großkotzig für'n Krüppel.

»Der hört nämlich auf mich.«

Die meisten Hausmeister hier in der Gegend arbeiten nicht fest, sind mal im einen, mal im anderen Viertel, kommen und gehen, immer einen Schritt Vorsprung vor irgendwas. Aber der Mann hier gräbt sich ein wie die Infanterie.

»Sie und ich, wir brauchen unsere Zeit nicht mehr verschwenden«, sagt er. »Wenn Sie vor meiner Tür stehen, eine Schaufel in der rechten, eine in der linken Hand, dann höre ich mir an, was Sie zu sagen haben.«

Manx hält den Kopf schief, kneift die Augen in gespielter Konzentration zusammen. Er will den Mann niederstarren, auf seinen Platz verweisen.

Aber der Hausmeister schiebt sich an ihm vorbei. Manx beugt sich zu ihm vor, ganz nah, aber der schiebt sich einfach vorbei, unbeholfen, jeder Schritt eine Verrenkung, eine Mühsal, und Manx ist wieder sprachlos – gerade wollte er eine größere Erklärung abgeben.

Er geht zur Amsterdam Avenue rüber. Drei Kinder sausen in einem Affenzahn vorbei, und er sieht Franzo Cooper in Schlips und Kragen neben dem Schuhmacherladen stehen.

»Wer gestorben? Bist ja so aufgedonnert, Franzo.«

Beim Sprechen dreht er sich um, will einen letzten Blick auf den Hausmeister werfen, weiß auch nicht recht warum, vielleicht um einen Strahl Böses auf ihn abzuschießen.

»Irgenwo mein' Bruder gesehen?« fragt Franzo.

Er trägt einen Hut mit einer kleinen Feder im Band, und seine Schuhe glänzen wie beim Militär. Der Neon-Schuh oben hat keinen Saft mehr.

»Ich will zu Tally's.«

»Falls du ihn siehst, sag ihm, ich brauch seinen Wagen.«

»Wer is'n gestorben, Franzo?«

»Ich muß nach Jersey zu 'ner Braut. Sonst sterb ich. Und du, wie läuft's?«

»Mäßig.«

»Ich sterb noch an der Liebe, Mann. Sag ihm, er soll seinen Schrotthaufen hier rüberschaffen. Würd sich auch für ihn lohnen.«

Da ist die Kosmetikschule, der Schuhmacher, die möblierten Zimmer, und über der Tür vom Schuhmacher hängt ein Herrenschuh, und Manx sieht, daß das Neon dunkel und kalt ist, das zieht ihn ein bißchen runter, die Laune sackt 'ne Spur weg.

Der Verkehr stoppt und rollt an der Ecke, rollt in die Nacht hinaus, und vor dem Schweinerippchenladen steht ein Mann und predigt. Drei oder vier Leute bleiben eine Minute stehen, kriegen mit, worum es geht, bleiben noch eine Minute da und gehen wieder, wo sie halt hingehen, und zwei, drei andere kommen und hören zu und gehen wieder, und die Autos fahren vorbei, die Ampel springt um, und die Autos fahren weiter.

Der Prediger sagt: »Die sagen, daß nur Insekten überleben.«

Er ist ein alter Mann mit einem hungrigen Kopf und geäderten Schläfen, und seine Hände ragen aus den Ärmeln. Seine Jackenärmel sind so eingelaufen, daß man bis zu seinen Handgelenken hochgucken kann. Lange, flache Finger markieren seine Worte, Fahrradklammern an der Hose.

Drei Kinder sausen vorbei, als würden sie von hier flüchten.

»Das sagen sie, und ich glaube ihnen, denn die haben darüber studiert. Von allen Kreaturen, die Gott auf der Erde ausgesetzt hat, überleben bloß Insekten die Strahlung. Die lassen den Kakerlak von Wissenschaftlern studieren, jede Sekunde, die er lebt. Wenn er schläft, beobachten sie ihn. Er kommt aus einer Ritze in der Wand, und da sitzt ein Mann mit einer Lupe, der auf ihn wartet, seit es hell geworden ist. Ich glaube denen, wenn sie sagen, daß die Insekten auch noch da sind, wenn Atombomben die Häuser plattmachen, die Menschen ausradieren und die Vögel und die Tiere töten und die Hunde und Katzen verkastrieren, damit sie ihre Jungen nicht mehr fortpflanzen können. Ich glaube ihnen von vorne bis hinten und von oben bis unten. Aber ich hab ihnen auch was zu sagen. Ich weiß es schon früher als sie. Wir alle wissen das, jeder, der jetzt hier steht, denn wir sind alte Kämpfer aus einer besonderen Gegend. Brauchen wir einen, der uns erzählt, wie die Insekten den großen Knall überleben? Wissen wir das nicht schon, seit wir das Licht der Welt erblickt haben? Ich rede mit euch. Keiner hier braucht wissenschaftliche Beweise, daß Insekten die letzten lebendigen Wesen sind. Die sind schon ziemlich nahe dran. Wir kratzen pausenlos ab, und die Kakerlaken krabbeln immer noch die Wände rauf und kommen aus den Ritzen.«

Manx späht in die andere Richtung zurück. Er hätte gern noch einen Blick auf den Hausmeister geworfen, seinem Groll Zucker gegeben.

Leute bleiben stehen, um mitzukriegen, was der Prediger erzählt, sechs oder sieben stehen im Wind. Manx schaut sich den alten Mann mit den Klammern an den Hosenbeinen an, wie eine Uniform, die ein kleiner Junge beim Soldatspielen erfunden hat. Er hat etwas Dünnschädeliges an sich, sein Kopf ist nackt und äderig und papiern. Ein Mann mit einer französischen Mütze, einem schwarzen Barett, hört interessiert zu, und zwei Frauen in Schwesternklamotten, Schwester Dingsbums von der Kirche in der Ladenwohnung, nett, Sie kennzulern, mit Servietten auf dem Kopf und Runzelgesichtern.

»Keiner weiß den Tag oder die Stunde.«

Zwei Männer im Anzug und ihre gutgekleideten Frauen, die Männer wollen zuhören, die Damen sagen nein danke – mit Kakerlakengeschichten haben sie nichts am Hut.

»Jagen die Russen auf der andern Seite der Welt 'ne Atombombe in die Luft. Hört ihr immer das Neuste im Radio? Ich werd euch das Neuste sagen. Klar und deutlich bis ans andre Ende der Welt. Und ihr steht da und sagt, uns doch egal. Alter Hut, sagt ihr. Geht nur die Generäle und die Diplomaten was an. Aber jetzt in diesem Augenblick, während ich rede und ihr zuhört, plant die Regierung überall in der Stadt Luftschutzkeller. Luftschutzkeller für fünfundzwanzigtausend Menschen unter den Straßen dieser Stadt. Und ratet mal, was ihr nicht in den neusten Nachrichten hört. Da müßt ihr schon im Wind stehen und es von mir hören. Jeder einzelne, der in diesen Luftschutzkellern steht, während es draußen Bomben regnet, ist ein Weißer. Ich rede mit euch. Weil nicht ein einziger Luftschutzkeller in Harlem gebaut wird. Also schön. Es werden welche auf der Upper East Side gebaut und am unteren Ende der Sixth Avenue. Und natürlich wird auch die 42. Straße hübsch unterkellert. Und draußen in Queens dasselbe. Die Wall Street wird tief und trocken unterkellert. Und wenn's Atombomben regnet, was sollt ihr dann machen? Einen Bus Richtung Innenstadt nehmen?«

Manx muß leicht grinsen.

Eine junge Frau steht mit ihrem Freund da, und sie sagt: »Der ist ein Aufwiegler, komm, wir gehen.«

Das Argument des Mannes leuchtet Manx ein, auch wenn es ein bißchen weit hergeholt ist. Das Argument überzeugt ihn, weil es jedes kleine Tu und Laß seines Alltags ins Millionenfache multipliziert.

Sie sagt: »Der ist ein Aufwiegler, komm, wir gehen.«

Aber mit all dem Tu und Laß hat er zu leben, nicht mit der Wochenschau im Kino an der Ecke, mit dem Hahn am Anfang, der Kikeriki macht.

Der Mann redet immer noch, steht aufrecht da mit einer peitschenhaften Krümmung im Körper, und sein Kopf sieht aus wie ein angebrütetes Ei voller Adern, und drei Kinder sausen vorbei, und sein Gesicht ist so nackt, daß man meint, man hätte ihn sein Leben lang gekannt, eng zusammengeklammerte Hosenbeine, und ein paar Kinder sausen vorbei.

»Wo is'n dein Fahrrad, Mann?«

Und ihr Freund hat seine Mütze tief ins Gesicht gezogen, rührt sich nicht vom Fleck, und sie sagt: »Der ist ein Aufwiegler, komm, wir gehen.«

Der Mann schwenkt den Kopf hin und her, um irgendeinen Blick aufzufangen.

»Sie sagen, zahlt keine Miete mehr. Ich sage nicht, zahlt keine Miete mehr. Ich sage nicht, jagt Gas und Strom, Kraftwerk und E-Werk in die Luft. Sie sagen, bringt die Hausbesitzer um die Ecke. Ich sage nicht, bringt die Hausbesitzer um die Ecke oder stellt sie an die Wand. Ich sage, holt einen Dollarschein aus der Tasche, wo er verkrumpelt drinsteckt, weil ihr ihn für dies oder das gespart habt. Faltet ihn auseinander und schaut euch mal die Rückseite an, da haben sie ihre Geheimbotschaften stehen. Da haben sie ihre lateinischen Worte und römischen Zahlen stehen.«

Und der Mann holt einen zusammengeknifften Schein aus seiner Tasche und entfaltet ihn wie bei einem Zaubertrick, und dann wedelt er der Gruppe vor ihm mit dem Geld im Gesicht herum.

»Seht ihr das Auge, das da über der Pyramide hängt? Was hat eine Pyramide auf amerikanischem Geld zu suchen? Seht ihr die Zahl, die dick und breit am unteren Rand der Pyramide steht? So schikken die sich nämlich gegenseitig ihre Freimaurerbotschaften zu. Das ist Freimaurerzeug, Losungen und Händeschütteln. Das ist Rosenkreuzerzeug, der Lichtstrahl. Ein Netz, ein Gekritzel überall auf dem Schein, vorne und hinten, da steckt eine Botschaft drin. Das ist nicht bloß Gefasel und gekochte Spaghetti. Die sagen den Tag und die Stunde voraus. Die teilen sich gegenseitig mit, wenn die Zeit gekommen ist. Die Antwort findet ihr nicht in der Bibel und nicht in der Verfassung. Ich rede mit euch. Ich sage euch, auf dem gewöhnlichsten Stück Papier in eurer Tasche steht Geschichte geschrieben.«

Und er hält den Schein an den Ecken hoch und spreizt die Ellbogen ab, er zeigt, was wirklich Sache ist.

»Ich studiere diesen Dollarschein seit fünfzehn Jahren. Ich nehme ihn sogar mit aufs Örtchen, wenn ich mein Geschäft erledige. Und ich habe mir diese Zahlen und Buchstaben in allen Richtungen vorgenommen und den Schein gegens Licht gehalten und unter Wasser gelesen, und jeden Tag bin ich näher dran, den Code zu knacken.«

Er hält sich den Dollar an die Brust, faltet ihn fünfmal, bis er kleiner ist als eine Briefmarke, und steckt ihn wieder in die Tasche.

»Deshalb beobachten die mich durch das Auge, das über der Spitze der Pyramide schwebt. Sie beobachten mich und folgen mir die ganze Zeit.«

Manx braucht was zu trinken. Er hastet die Amsterdam Avenue hoch, an einem Radio- und TV-Laden vorbei, wo ein Fernseher flimmert und ein halbes Dutzend Leute in der Kälte steht und guckt. Ungefähr einen Block entfernt sieht er ein paar Typen auf sich zulaufen, ausgewachsene Männer, ja, die über den Bürgersteig stampfen, über die Eisenluken, unter denen es in die Lagerkeller geht, lassen das Metall rappeln, während sie näherkommen, und er sieht, wie sie peinlich berührt auflachen, die müssen in einem Durchgang gewürfelt haben, bis die Polizei sie aufgescheucht hat, und sie fegen an ihm vorbei, rappeln über die Eisengitter weg und drehen sich um, laufend und halb lachend drehen sie sich um.

Am liebsten würde er kehrtmachen und mit ihnen rennen. Er sieht die komische Seite daran. Drei Straßen weiter werden sie sich in einem Hauseingang wieder versammeln und keuchen und nach Luft ringen und sich erwachsen albern fühlen und einen anderen Ort zum Spielen suchen, das Hinterzimmer eines Friseurs oder das Wohnzimmer von einem, falls die Frau nicht da ist.

Aber die Frau ist da.

Weil ich eine Frau hab, der ich auf den Wecker gehe, selbst wenn ich meilenweit weg bin, und die mich keinen Pieps machen läßt, ohne ihren Senf dazuzugeben, und im Kopf tut sie noch mehr Senf dazu, und die ist auf jeden Fall da.

Ein Hund guckt aus einem Fenster im ersten Stock.

Tja, schwarze Männer, die durch die Straßen laufen. Manx ist selber bei den Unruhen von '43 gelaufen und hatte wahrscheinlich denselben Ausdruck auf dem Gesicht, sonnenklar, daß er in was drinhängt, was er besser sein ließe, aber trotzdem geht's weiter, und damals kam er an Orkin's vorbei, wo Ivie mal einen Zweite-Wahl-Mantel gekauft hatte, von einer Schaufensterpuppe runter, superbilliges Sonderangebot, und das nagte ganz schön an ihm, da lagen alle Schaufensterpuppen von Orkin's auf dem Bürgersteig, lauter Rümpfe in der Gosse, körperlose Köpfe, dünne Hälse und blasses Haar, Puppen, armlos wie berühmte Statuen. Das fällt ihm jetzt wieder ein, die großen Schaufenster in Trümmern und die Puppen mit Strumpfbändern, Puppenbeine mit Strümpfen und Strumpfbändern und kleine Kinder im Frack, Männer, die durch die Straßen liefen, und ein Junge, höchstens zwölf, im Zylinder und geklauten Frack, und ein Bulle führte ihn zu einem Streifenwagen, scheißkomisch das, Zylinder und Rockschöße und schlabbernde Hosen – sogar der Bulle hatte ein gerührtes Lächeln auf den Lippen.

Die letzten vier Blocks geht er mit windabgewandtem Gesicht, der Wind peitscht vom Hudson herüber, und Manx läuft wie ein scheuendes Pferd.

Aber kaum betrittst du die Bar, ist alles anders. Das warme Summen, das leichte Atmen, alle Hintern glücklich auf ihren Hockern. Heute abend ist besonders viel Betrieb bei Tally's, mehr Gedränge als sonst in der flauen Wochenmitte, mehr Knistern in der Luft – und da fällt es ihm wieder ein. Ein Ton schwingt im Raum, ein vielsagendes Rascheln, und er betastet seine Jacke an der Seite und fühlt den Baseball, und ihm wird klar, sie reden von dem Spiel.

Er winkt Phil hinter der Bar zu, Tallys Bruder, in seinem einfachen Hemd mit den auffälligen Hosenträgern, und er fragt mit einer Bewegung *Wo?* – und Phil nickt zur hinteren Ecke, und da sitzt Antoine Cooper, der einen Drink vor sich stehen hat, hinter ihm lehnen zwei hohe Schaufeln an der Wand.

Manx setzt sich Antoine gegenüber, setzt sich seitlich auf seinen Stuhl, damit er nicht die Schaufeln anschauen muß.

»Hab Franzo im Dunkeln stehen sehen.«

»Ich weiß. Der will mein Auto. Kriegt er aber nicht.«

»Was trinkst'n da?«

»Der will 'ne Mieze flachlegen, von der er besser die Finger läßt. Glaub's mir. Ich hab sie schon durch.«

Manx sieht sich im Raum um, nimmt das Treiben in sich auf, hört, wie ein Halbsatz aus gemeinsamem Gelächter auffliegt, und beschließt, die Schaufeln nicht zu erwähnen. Die Schaufeln sollten in keiner Weise, Art, Gestalt oder Form hier sein. Aber er beschließt, für den Augenblick jedenfalls, kein Wort zu sagen.

»Wie war das mit den Unruhen dreiundvierzig? Ich versuche mich grade dran zu erinnern, wie das anfing. Die hatten alle Arrestzellen auf allen Revieren voll, so daß sie ein Arsenal aufschließen mußten.«

»Dreiundvierzig. Da war ich beim Militär, Mann.«

»Die hatten da blutende Männer, die ihre Beute unter Bewachung wegtrugen. Ha'm sie in das alte Arsenal auf der Park Avenue gesteckt.«

»Wir hatten unsere eigenen Unruhen«, sagt Antoine.

Manx geht zum Tresen und holt sich einen Seagram's von Phil – er trinkt seinen Rye gern im kurzen Glas mit nur einem Eiswürfel.

Phil fragt: »Wie läuft's?«

»Hab gehört, heute war ein Spiel.«

»Das war vielleicht was, verdammt noch mal.«

Manx bringt den Drink zurück an den Tisch, die eine Hand umfaßt wie üblich das Glas, die andere liegt flach unter dem Glas, als wäre es ein polierter Gegenstand in einer Kirche.

Der Eiswürfel dient vor allem dem Effekt.

Antoine sagt: »Was machen die Jungs?«

»Die Jungs. Die Jungs sind überall und nirgends«, sagt Manx. »Randall irgendwo im Süden, biwakiert, ja, Feldtraining. Und Vernon.«

»Ich weiß, wo Vernon steckt.«

»Vernon ist an der Front, da steckt der. Und auf der anderen Seite haben sie eine Viertelmillion Soldaten stehen. Alles Chinesen.«

»In welcher Division ist er?«

»In welcher Division.«

»Die zweite Infanterie ist in Korea«, sagt Antoine.

»Ich weiß nicht, in welcher Division.«

»Bist du über den Krieg nicht auf dem laufenden?«

»Was trinkst'n da?«

»Ich bin gern auf dem laufenden über den Krieg. Die planen ihre Strategie.«

»Die kommen mit Pauken und Trompeten, das ist denen ihre Strategie, alles Chinesen. Da kommt eine Riesenwelle nach der anderen angerollt.«

»Das hier ist Brandy, alter Freund. Heut abend trink ich Importstoff.«

»Sitzt da 'n bißchen stark im Glas«, sagt Manx.

»Bloß im Glas. Geht aber ganz glatt die Gurgel runter.«

»Eine Riesenwelle nach der anderen. Das ist denen ihre Strategie.«

»Ab und zu betest du. So läuft das.«

»Klar, Antoine. Ich knie am Bettrand.«

»Mit deinen Blagen, das hast du gut gemacht.«

»Klar, Antoine. Die kümmern sich um mich, wenn ich alt bin.«

»Hast du was zu arbeiten?«

»Die kommen mich im Altersheim besuchen. Schieben mir 'ne Flasche durchs Tor.«

»Hast es gut gemacht, wenn man bedenkt.«

»Rosie isses. Ein prima Mädchen. Das einzige Kind, das mal Respekt zeigt.«

»Du brauchst was zu arbeiten. Bringt dich in 'ne andere Stimmung. In letzter Zeit läufst du wie auf rohen Eiern.«

»Die entlassen. Die stellen keinen ein. Die entlassen.«

»Du mußt dich mal um Speditionen kümmern, Fernumzüge.«

»Die bringen mir dann einen Kuchen, wenn ich Geburtstag habe«, sagt Manx.

»Fernumzüge, da springt was bei raus. Ich hab'n Vetter in Alabama sitzen, in Birmingham, der hat 'ne Menge zu tun, mit Möbeln, Ferntransport und all so was.«

»Werd dran denken.«

»Gelb lacht die Süßkartoffel aus Birmingham.«

»Das setz ich auf die Liste der Dinge, über die ich nachdenken muß.«

»Und mein Spinat kommt frisch auf jeden Tisch«, sagt Antoine etwas sülzig.

Manx merkt, er kann sich nicht länger zurückhalten. Aber er schaut Antoine nicht an, sondern quer durch den Raum auf eine dieser Wandlampen, so'ne altmodische, an die Wand geklammerte, bei der falsches Kerzenwachs seitlich am Zylinder der Glühbirnenfassung herunterläuft.

Und er sagt: »Scheiße, Mann, du hast die Schaufeln hier in voller Sicht rumstehen.«

Antoine hat einen langen, glatten Kopf und einen schmalen Hals, er ist ein Tüftler und Aushecker, Antoine die Schlange genannt, als er noch jünger war, und er beschließt, er muß wohl den Oberkörper zur Wand hinter sich umdrehen, um die fraglichen Objekte zu identifizieren. Ach so, die Dinger, na, ich muß doch nach der weißen Weihnacht den Hof leerschippen können.

Und wendet sich wieder Manx zu, der schön tief auf seinem Stuhl hängt, damit er vertraulich über den Drink hinweglugen kann.

»Ich glaub nicht, daß das FBI in den umliegenden Staaten eine Fahndung rausgegeben hat. Was meinst du?«

»Ich meine, die gehören in dein Auto, wie wir gesagt hatten.«

»Die Sache ist die, du hast keinen Durchblick. So was bringt nämlich nichts.«

»Wir haben aber im voraus gesagt.«

»Lohnt sich nicht, drüber zu streiten. Du hast recht, ich hab unrecht. Aber du hast keinen Durchblick.«

Sie sitzen eine Weile da und trinken, und Manx denkt daran, zu gehen, aber er rührt sich nicht von seinem Stuhl. Er denkt daran, seine Schaufeln zu nehmen und zu gehen, aber er sitzt weiter da, denn wenn er erst mal aufgestanden ist und die Schaufeln von der Wand genommen hat, dann muß er durch die ganze Bar, Anfang Oktober mit zwei Schneeschaufeln, und er weiß keinen vernünftigen Ort, wo er sie hintun soll, und wenn er nur dran denkt, wenn er sie nur sieht, dann bleibt sein Arsch wie angeklebt auf dem Stuhl.

Statt dessen holt er den Baseball heraus und legt ihn auf den Tisch. Und dann wartet er darauf, daß sich Antoine einen Augenblick Zeit nimmt, egal wieviel er um die Ohren hat, und gefälligst mal den Ball bemerkt.

»Mein Junge hat ihn von dem Spiel mit nach Hause gebracht, mein Jüngster, er sagt, das war der Home Run, der das Spiel entschieden hat.«

»Von dem Spiel, das heute gelaufen ist?«

»Stimmt genau«, sagt Manx.

»Ich hab Leute auf der Seventh Avenue gesehen, die haben die halbe Stadt zusammengebrüllt. Hände auf der Hupe und aus den Fenstern rausgebrüllt. Ich sag zu Willie Mabrey, kennst du Willie? Ich sag, die machen anscheinend die Tresore auf. Die Banken machen ihre Tresore auf. Wer zuerst kommt, mahlt zuerst. Ich sage, Los, wir holen uns, was uns zusteht.«

»Mein Jüngster. Kommt mit dem Ball nach Hause. Das ist der Ball, den Dingsbums in die Tribünen geschlagen hat. Der Sieger des Spiels. Hat die Meisterschaft gewonnen.«

Manx fühlt sich unbehaglich, losgelöst von dem, was er sagt – es kommt aus seinem Mund wie eine Lüge, so wie eine Lüge eben in der Luft hängt, egal ob wahr oder falsch, man hat das Gefühl, nicht verantwortlich zu sein.

Er verspürt einen Drang, den Ball vom Tisch zu nehmen und einzustecken.

»Das ist der Ball, den Dingsbums? Was soll genau das heißen?«

»Ich meine, der könnte was wert sein.«

»Und ich sage, du hast keinen Durchblick. Weil bei der Sachlage, da kannste gar nix beweisen. Und wem willste den überhaupt verkaufen?«

»Den verkaufe ich dem Verein. Den wollen die als Trophäe. Den stellen die aus.«

»Kann ich mir das Ding mal anschauen? Das Ding is ja ganz verschmiert.«

Manx wird klar, daß er gar nicht möchte, daß Antoine den Ball anfaßt. Antoine wird sich den Ball anschauen und irgendwas sagen, das ihn runterzieht, irgendwas, wovon Manx gereizt und bauchgrimmig wird, und er fühlt sich schon verspannt genug mit seinem rumorenden Magen.

Er nimmt den Ball und steckt ihn in die Tasche.

Antoine lehnt sich zurück, hebt die Hände, Handflächen nach außen, setzt sein altes Schlangengrinsen auf, frech und fies.

»Will dir mal was sagen. Vielleicht verkloppst du das Ding irgendwo. Aber daß du dir dafür 'n Sofa bei Ludwig Bauman's kaufst, seh ich noch nich«, sagt er. »Oder 'ne hübsche Eß-*ecke.*«

Manx geht an die Bar, um in Frieden was zu trinken. Nach einer Weile kommt Phil zu ihm, und sie reden ein paar Takte. Jetzt ist weniger Betrieb, nur noch ernsthafte Trinker da, sie reden von dem Spiel. Phil ist geradeaus, so groß wie eine Scheune, schaut dir gerade in die Augen. Er redet vom Spiel, und Manx hört aufmerksam zu, hofft auf einen Aufhänger, etwas, womit er weitermachen kann. Die Dodgers sind für dieses Jahr erledigt. Tot und begraben. Die Giants spielen in der World Series, die morgen anfängt – heute anfängt, sagt Phil und schaut auf die Uhr, denn inzwischen ist es nach Mitternacht.

»Gegen wen spielen die in der World Series?«

»Die Yankees, wen sonst?«

»New Yorker Heimspiel, mit anderen Worten.«

»Alles New York. Und die Leute stehen schon Schlange wegen Karten. Hab's im Radio gehört. Die ganze Nacht werden sie Schlange stehen. Schlafsäcke, ja. Würd selber gern hingehen.«

»Die ganze Nacht?« fragt Manx.

»Die Leute werden alles tun, um bei dieser World Series in die Spiele reinzukommen, wenn du mal bedenkst, wie die Giants es geschafft haben.«

Klingt gut, findet Manx. Die Leute werden alles tun. Er sagt, Phil soll sich einen auf seine Kosten genehmigen, er weiß, der Mann wird ablehnen, das tut er immer, und Manx fühlt sich ein bißchen schlangenhaft, das hat er bei Antoine abgeguckt.

Er geht mit einem leichten Schlurfer zum Tisch zurück.

»Läßt deinen Bruder im Regen stehen.«

»Weiß ich«, sagt Antoine.

»Er will das Auto doch nur eine Nacht, mehr nicht.«

»Ich tu ihm 'nen Gefallen. Die Lady, die er da flachlegen will, ist falsch bis auf die Knochen.«

»Das soll er man selber rausfinden. Er ist ein junger Kerl, der was erleben will.«

»Siehste, du bist nicht eifersüchtig. Ich will dir mal was erklären. Ich bin eifersüchtig. Wenn ich eifersüchtig sage, meine ich das in der vollen Bedeutung des Wortes. Eifersüchtig ist jeder«, sagt Antoine. »Das Wort bedeutet einen Dreck, wenn du ihm nicht die volle Bedeutung gibst. Es braucht was dabei. Wie irrsinnig eifersüchtig oder Kann nich gradeaus gucken vor Eifersucht. Also wenn ich eifersüchtig sage, mußt du dir blutunterlaufene Augen vorstellen.«

»Du hast die Lady doch schon durch. Was juckt's dich? Franzo ist ein guter Junge. Der muß das selber lernen.«

»Selber rausfinden, das glaubst du. Der will gar nichts lernen.«

Aber Antoine scheint weicher zu werden. Er schiebt sich zur Tischplatte hin, Ellbogen gespreizt, das Kinn fast am Brandyglas.

»Ja, ich mag den Jungen sehr. Guter Junge, der Franzo. Aber ich hab mein Auto 'n bißchen komisch geparkt.«

»Um 'n Laternenpfahl gewickelt oder was?«

»Kennste Willie Mabrey?«

»Glaub nich«, sagt Manx.

»Willie und ich haben über mein Auto geredet. Könnte schnell Bares bringen. Ich bin an sich nich pleite. Aber bei meinem Einkommen könnt ich 'n kleinen Schubs schon brauchen.« Ein Schluck Brandy. »Und das hier ist meine erste Anzahlung. Geht glatt runter. Krem de la Krem.«

»Anzahlung wofür?«

»Willie hat vor zirka sechs Wochen ein Restaurant aufgemacht.

Läuft ganz orntlich. Aber er hat ein Problem mit seinem Müll. Die Stadt denkt an private Firmen, die seinen Müll abholen sollen. Aber im Augenblick macht es noch die Stadt, und es gibt eine Regelung, um welche Uhrzeit tags oder nachts ein Restaurant seine Abfälle auf die Straße stellen darf. Die ganze Nacht darfste das nämlich nich.«

»Riecht schlecht.«

»Riecht schlecht, zieht Ungeziefer an. Und wenn du den Müll drinnen behältst, dauert's nich lange, und die Ratten quatschen 'ne Runde mit den Gästen.«

»Also haste mit dem Mann was ausgemacht.«

»Ich und mein Auto, alle beide.«

»Wo du grade von sprichst«, sagt Manx. »Nimmste mich 'n Stück mit?«

»Wohin du willst«, sagt Antoine.

Sie kippen ihre Drinks, stehen auf und schütteln sich aus, sozusagen, schütteln die gemütliche Stimmung und Laune der Kneipe ab und rappeln sich wieder auf für alles, was sie draußen erwarten mag, die scharfe, windgepeitschte Straße.

Antoine schlüpft in seine Jacke, rollt die Schultern und zieht den Reißverschluß bis an die Gurgel zu. Als kleines Extra packt er sich an die Eier, richtet sie der Bequemlichkeit und Symmetrie halber, rückt sie ordentlich in den Mittelpunkt der Welt. Manx hat seine Jacke schon an, er hat sie gar nicht ausgezogen, er hat seine Jacke angehabt, seit er am Morgen aus dem Haus gegangen ist, hat darin getrunken, zu Abend gegessen, das Geschirr vom Abendessen abgewaschen, und er zieht den Reißverschluß bis an die Gurgel zu und sinkt in die Hülse, die Schale hinein, die für die Jahreszeit fast schon ein bißchen leichtgewichtig ist.

Auf dem Weg nach draußen winken sie Phil zu. Sie gehen bis zum Ende des Blocks, wo der Wagen geparkt steht. Manx geht auf die Beifahrerseite, legt seine Hand auf den Türgriff, dann hält er inne und guckt.

Antoine sagt: »Steig ein, Mann. Je schneller du drin sitzt, desto schneller sind wir unterwegs. Wo willste hin?«

Manx guckt. Er guckt durch das Fenster auf den Rücksitz, und der ist voller Müll. Er hatte ihn schon gerochen, als er die Straße entlangkam, aber es ist ja kein ungewöhnlicher Geruch, er hat ihn einfach als gegeben hingenommen, Müll in einer Seitenstraße oder auf einem leeren Grundstück. Jetzt merkt er, daß Antoines Auto so riecht, Antoines Auto ist mit Bergen von reifem Müll beladen.

»O Mann. Jesses. Das hatt ich mir irngwie falsch vorgestellt. Weil ich dachte nämlich.«

»Steig ein, Mann. Verflixt kalt heute nacht.«

Müll in Papiertüten und Pappkisten. Zwei Abfalltonnen aus Metall sind zwischen Vorder- und Rücksitze gekeilt, Tonnen von der Straße in Standardgröße, die Deckel verbeult, wie aufgeplatzt durch den Druck. Manx sieht Müll auf der Ablage vorm Heckfenster. Er sieht Müll auf dem Vordersitz, in einer Pfirsichkiste mitten auf dem Sitz, und der schleimige Geruch ist zum Trinken nah.

»Ich dachte, du wärst unterwegs zu dem Typen, um seinen Müll abzuholen und wo hinzubringen.«

»Hab'n hier hingebracht. Hier isser, der Müll. Hab den Kofferraum aufgefüllt, während die noch beim Essen saßen. Dann hab ich mir den Innenraum vorgenommen, beim Rücksitz angefangen. Schieb die Kiste rüber und steig ein.«

Manx öffnet die Tür, stellt die Pfirsichkiste auf die Fußmatte und setzt sich, versucht, seine Füße rechts und links von der Kiste unterzubringen.

»Wo soll's denn hingehn?« fragt Antoine.

»Nicht weit. Aber schnell. Richtung 155. hoch. Wo bringste das Zeug überhaupt hin?«

»Das fahr ich in die Bronx. Irngwo unter der Whitestone Bridge liegt ein Berg von Müll. Ich schmeiß den Scheiß raus und tret das Gaspedal durch.«

»Tu mir 'n Gefallen, tu's jetzt schon«, sagt Manx zu ihm. »Wenn wir hier noch länger rumpalavern, sterb ich nämlich auf der Stelle.«

»Nur die Ruhe. Ich bring dich hin, wo du hinmußt.«

Antoine setzt das Fahrzeug in Gang. Er fährt ruhig und gelassen, schickt das Auto den Broadway hoch wie einen Giftpfeil.

Manx wird klar, warum die Schneeschaufeln nicht im Wagen waren, wie er Antoine vorher gebeten hatte. Kein Platz für Schaufeln in dem Wagen.

Dann merkt er, daß sie die Schaufeln in der Bar vergessen haben. Ob nun da oder anderswo. Bloß morgen werden sie bestimmt nicht mehr da sein. Also kann man den kleinen Coup auch von der Liste streichen.

Und als letztes fällt ihm noch ein, daß Antoine ihm den ganzen Abend gesagt hat, er soll sich den Durchblick verschaffen. Und der fährt einen DeSoto voller Müll.

»Setz mich einfach da vorne ab.«

»Ich bring dich hin, wo du hinmußt.«

»Broadway is mir recht«, sagt Manx.

Der Gestank bringt ihn um, reißt ihn aus seinem abgeschotteten Whiskeyzustand, der schon den ganzen Tag schwelt.

Der Müll rumpelt und matscht vor sich hin, er hat ein Eigenleben, schiebt sich wie eine gärende musige Drohung aus den Tonnen und Kisten hoch, er ist geräuschvoll und ruhelos, aber vielleicht wimmelt da bloß das Ungeziefer, dem auch schon ganz schlecht ist.

»Hier is recht«, sagt Manx, »da an der Ecke.«

»Sagste mir nich, wo du hingehst?«

»Ich kann dir sagen, wo's für dich hingeht, wenn du diesen Müll zur Whitestone Bridge bringen willst. Du fährst über den Fluß und nimmst die 161., die geht, glaub ich, in beiden Richtungen, und zwar bis, dann kann nix mehr schiefgehn, bis zum Bruckner Boulevard.«

Antoine schaut ihn an. Manx ist schon aus dem Auto raus und steht auf dem Bürgersteig, und Antoine schaut ihn an, ungerührt hinter dem Steuerrad. Ein langer, träger Schlangenaugenblick.

»Oder ich schmeiß alles auf die Straße.«

»Dacht ich mir's doch. Genau das hab ich mir gedacht.«

»Während die Stadt schläft«, sagt Antoine. »Und die Bullen Fischsuppe fressen.«

Manx sieht dem abfahrenden Wagen nach. Das Gefühl leerer Straßen nach Mitternacht und der Wind vom Hudson, als er ostwärts geht. Der Ganove in seinem Rücken. Der schneidende Wind, der lose Abfälle über die Straße schlittern läßt.

Womöglich hat Antoine doch schon abgekippt.

Jetzt würde er gerne ein Alka-Seltzer sehen, das wär's, wie es in einem Glas kalten Wasser von oben nach unten bizzelt.

Er geht die lange Rampe hinunter, das Stadion zu seiner Linken, die Polo Grounds, und hält nach Leuten Ausschau, die Schlange stehen oder sich auf dem Pflaster mit Decken und Essen zusammengekauert haben, die Durchmacher, die Männer und Jungen, die wild auf die Eintrittskarten sind, die Kinder, die von den Wucherern dafür bezahlt werden, in der Kälte zu stehen und Karten zu kaufen, um die sich die verzweifelten Fans morgen schlagen werden, koste es, was es wolle.

Hier ist es totenstill. Und Manx hat ein schales, saures Gefühl, die typische unruhige Magenverstimmung, wenn man zu viel auf leeren Magen trinkt, obwohl er doch weiß, daß er was gegessen hat, er erinnert sich an den Teller, den Ivie ihm übrig gelassen hat, schmeckt den falschen Hasen und das Gemüse, aber da ist ein reißendes Ziehen, als würde er völlig trockengesaugt.

Jetzt hat er die Eighth Avenue erreicht, schlendert am äußeren Rand des Stadions entlang, sucht nach einem Zeichen, daß irgend jemand noch lebt. Hier ist es steinkaltstill.

Was hat eine Pyramide auf einem US-Geldschein zu suchen? Diese Frage sollte man sich allerdings stellen.

Das einzige, was er sieht, ist ein Hund von der Schleichersorte, hat so oft Tritte abgekriegt, daß er lieber beschließt, es waren alles Streicheleinheiten. Manx kann nicht begreifen, wie sich Phil in dieser Sache irren konnte. Phil ist geradeaus. Wenn Phil sagt, die Fans stehen die ganze Nacht Schlange, um Karten zu kaufen, und dann gehst du hin und schaust dich um, und der Ort ist totenstill, dann mußt du dich wirklich fragen, wer dich da verrückt machen will.

In Wirklichkeit ist es eine Nacht-und-Nebel-Spedition, Umzüge und Einlagerung. Sie rufen ihn an, und er arbeitet, tun sie's nicht, tut er's auch nicht.

Jetzt erblickt er ein Auto, das an einer Ampel anhält, und er geht rüber, schlurfend, wie immer, wenn ihm die Dinge über den Kopf wachsen. Ein Mann sitzt am Steuer. Er sieht Manx kommen und kurbelt die Scheibe hoch, ein Weißer mit einem Gesichtsausdruck, der sagt, ich bin noch nicht bereit zu sterben. Manx macht eine Handbewegung. Er schüttelt die Hände in der Luft, nein nein nein nein – ich will doch nur was fragen. Und der Mann tritt das Pedal durch, weg ist er, egal, daß die Ampel noch rot ist, echt eindrucksvoller Kavaliersstart.

Das Geräusch erstirbt in der nächtlichen Stille, und eine tiefe Ruhe legt sich wieder über alles. Das alte Stadion überragt die Avenue und schafft sein eigenes, immenses Schweigen, anders als die Straße und der Fluß. Im Sommer schwimmen noch Kinder im Harlem River, weit oben, wo er vom Hudson abzweigt, seine eigenen Jungens sind von einem Dock runtergesprungen, die Arme ein Gefuchtel – einen Augenblick lang sieht er sie in der Luft.

Er macht sich Höllensorgen.

Er fühlt sich etwas leer. Er fühlt sich mies und abgeschoben und ehrlich gesagt menschlich angewidert, und er möchte sich am liebsten hinlegen und schlafen. Er fühlt sich ein bißchen rumgeschubst. Er möchte gern irgendwie, durch irgendwen zu Geld kommen.

Eins zu zehn Millionen, daß der Verein ihn überhaupt reinläßt. Er muß die zahlenden Fans finden. Er ist ja nur auf das Auto zugegangen, um zu fragen, wo sie sind. Und das Gesicht hinter dem Steuer, das sagt, Bitte schneid mich nicht in kleine Stücke.

Er schaut über die 155. Straße, südwärts zu den Mietshäusern, und er sieht eine Frau, die unter dem *Kraft des Gebets*-Zeichen steht und ihre Dienste anbietet.

Er hört ein Geräusch von der anderen Seite des Flusses.

Wozu die ganzen Geheimcodes auf dem US-Dollar, wenn nicht, um einen von den Leuten zu trennen, die Bescheid wissen?

Er hört etwas. Er ist bereit, nach Hause zu gehen, wo soll er sonst hin außer nach Hause, es sei denn, er findet noch eine offene Bar, und er weiß, er muß runter in die U-Bahn und in einem leeren Bahnhof auf einen Zug warten, noch so was Runterziehendes, muß auf dem langen Bahnsteig stehen und warten, vielleicht eine halbe Stunde, und er hört ein Geräusch von der anderen Seite des Flusses, weit weg, aber deutlich, so wie Stimmen eben nachts über Wasser getragen werden.

Er steht neben der Brückenauffahrt und lauscht. Männer singen, der Klang vieler, vieler Stimmen, einige stolpern hinterher, lärmend und holperig, und er kennt die Melodie.

Sie singen, Ritt auf einem Pony.

Sie singen, Steckt sich 'ne Feder an den Hut.

Sie singen, Nennt es Makkaroni.

Und er hört Gelächter über den Fluß treiben, und endlich begreift er. Nicht der Barkeeper hat den Fehler gemacht. Phil hat nie gesagt, die Leute würden bei den Polo Grounds Schlange stehen. Er hat das Stadion gar nicht genannt. Manx hat den Fehler gemacht. Weil sie am Yankee-Stadion Schlange stehen, auf der anderen Seite des Flusses. Die Giants spielen nämlich gegen die Yankees im Yankee-Stadion, und die Stimmen werden so deutlich herübergetragen, als würde ihm einer ins Ohr flüstern.

Er hört eine Gruppe Fans und ihren Sprechchor, Say Hey Willie, das sind natürlich Fans der Giants, sie meinen Willie Mays und singen sein Lob.

Und er hört den Sprechchor, als die Fans der Yankees antworten, die singen den alten Joe-DiMaggio-Juckel-Song aus der Vorkriegszeit, den haben sie, glaubt er, damals in jedem Radiosender des Landes gespielt, komm auf unsre Seite, alles draufgängerisch und gutmütig, und seine Laune hebt sich, er gibt dem Ball einen Klaps mit der flachen Hand, da, wo er in seiner Jackentasche steckt, die perfekte Rundung und Härte eines Gegenstandes, auf den es ankommt.

Er geht über die Drehbrücke und hört sie in den Straßen, und dann sieht er sie auch. Sie gehen durch den öffentlichen Park zum Stadion, über die Grünflächen und Wege, und sie kommen von der Hochbahn herunter, Männer und Jungen in langen Schlangen, die um die Ecken der hohen Treppen biegen, und sie lachen und singen.

Er sieht flatternde Fahnen auf dem Stadiondach und die World-Series-Flagge, die oben an der Außenwand aufgehängt ist. Er sieht Feuer auf dem Asphalt, die haben Feuer in 55-Gallonen-Tonnen gemacht, und er ist ziemlich sprachlos über die Massen von Menschen, die um diese nachtschlafene Zeit Eintrittskarten kaufen wollen. Sein Mund hängt ein Stück offen, und er reißt verdattert die Augen auf. Er schlendert selbst zu der Menge, fühlt sich hineingezogen und ehrlich glücklich, unter ihnen zu sein, und sie haben Essen und Stühle dabei, geflochtene Strandstühle, die sich leicht zusammenklappen lassen, und sie haben Schlafsäcke auf den Rücken geschnallt, ein Dutzend Studenten mit kurzgeschorenen Haaren, und sie lassen Thermosflaschen herumgehen, aus denen es dampft, wenn man den Deckel abschraubt, starker Kaffee, um sie wach und warm zu halten.

Er sieht Väter und Söhne, die sich an den Feuern wärmen, Menschenmassen, wenn man sie zählen könnte, und berittene Polizei auf Pferden, die Wölkchen hervorschnauben, und er spürt ein seltenes Glücksgefühl, ein Dabeiseinwollen, und er wird mitgerissen, mit sperrangelweit offenem Mund, denn es ist toll anzusehen, und sie singen röhrende Schlachtenlieder, auf der Straße hin- und herwogend mit ihrem Draufgängerhumor, all diese Baseballfans, die zur Kassenschlange streben, um zwei oder drei Uhr morgens oder wie spät es wirklich ist.

Manx trägt eine Armbanduhr, die vor sechs Wochen stehengeblieben ist. Dieser Tatsache wird er seine Aufmerksamkeit widmen, sobald sein Leben wieder in regelmäßigen Bahnen verläuft.

TEIL 4

Cocksucker Blues

Sommer 1974

I

Es war der Dachterrassen-Sommer, Drinks oder Dinner, ein keilförmiger Garten mit einem schmiedeeisernen Tisch, an dessen geschwungenen Beinen der Oxydbrand wuchert, und vielleicht sind das alte französische Rosen, die an der Schornsteinkappe hochranken, diese Sorte heißt Maiden's Blush, oder eine lange Terrasse mit Schieferboden und Birken in Kupferwannen und das Gelächter von einem Dutzend Leute, das klein und köstlich in der Nacht ertönt, über die kalte Suppe hinweg zu Dachluken und Kuppeln und Wassertanks schwebt, oder ein eiliger Lunch, ein alter Freund, Strandstühle und chinesisches Essen zum Mitnehmen, und wie buttrig die Löwenmäulchen in der Sonne duften.

Das war Klara Saxens Sommer auf dem Dach. Sie entdeckte eine versteckte Stadt über dem Gitternetz aus Fieberstraßen. *Walk* und *Don't Walk*. Zehn Millionen hüpfende Köpfe, unterwegs oberhalb der Gezeitenlinie der Taxistreifen, jeder auf einer anderen Wellenlänge, jawohl, in den Straßen wimmelt es von Idiosynkrasien, von menschlichen Windungen und Wendungen, aber wer das Ganze anders sehen will, in Stein und Erz konserviert, der muß aufs Dach. Sie schaute in den Himmel, wo sich Ventilatoren und Antennen drängten, und dann plötzlich eine Überraschung, eine unerklärliche Geste, die auffällt. Engel mit Schmetterlingsflügeln, unter ein Gesims in der Bleecker Street gekauert. Oder das rätselhafte weiße Holzhäuschen auf dem Dach eines Bürogebäudes. Oder die seltsamen Art-Déco-Köpfe, irgendwie osterinselhaft, die an den Ecken eines Turms in Midtown kleben. Sie fand diese Dinge ermutigend, zu Dutzenden hingen sie unsigniert herum, die Brückenkabel in der Ferne und ab und zu ein brausender Himmel, die falschen Sommergewitter.

Sie war jetzt vierundfünfzig, die Zahl muß man sich mal durch den Kopf poltern lassen – vierundfünfzig und zwischen zwei Projekten und menschlich unsichtbar und kurz davor, wieder an die Arbeit zu gehen, zu schaffen und zu formen und zu gestalten und zu bauen.

Das World Trade Center war im Bau, schon turmhoch, doppelturmhoch, an den Spitzen ragten schräg die Kräne auf, Arbeitsfahrstühle glitten an den Flanken hoch. Sie sah es fast überall, wo sie hinging. Sie aß etwas, trank ein Glas Wein, ging ans Geländer oder Sims, und normalerweise war es da, emporgewachsen am Trichterende der Insel, und früh eines Abends stand ein Mann neben ihr, Drinks auf dem Dach eines Galeriegebäudes – etwa sechzig, dachte sie, stattlich und mit kräftigen Kiefern, aber auf seine Art auch geschmeidig, selbstsicher und beherrscht und hartpoliert, substantieller Typus, Europäer.

»Ich nehme es als eins wahr, nicht zwei«, sagte sie, »obwohl ganz deutlich zwei Türme dastehen. Es ist doch eine Einheit, oder?«

»Ganz furchtbares Ding, aber man muß einfach hinsehen, finde ich.«

»Ja, man muß hinsehen.«

Eine Zeitlang waren ihnen die Gedanken ausgegangen, sie standen am Sims und ließen gemeinsam den düsteren Anblick auf sich wirken, unbehaglich, fand sie, denn ein ästhetisches Urteil fühlt sich oberflächlich an, wenn man es mit einem Fremden teilt, und schließlich spürte sie ein Knistern, eine Unruhe in seinem Verhalten, die einen Themenwechsel kennzeichnen sollte, aufrichtig und entschlossen, und immer noch auf die Türme schauend sagte er zu ihr, flüsterte, genauer gesagt: »Ich mag Ihre Arbeiten, wissen Sie.«

»Ja?«

»Sehr ansprechend.«

In manchen Nächten war es so feucht, daß man seine Tür nicht zukriegte. Man mußte sie mit der Schulter zudrücken. Brücken dehnten sich aus, und Bürgersteige bekamen Risse, und Müll lag auf den Straßen, und man mußte gewissermaßen mit seiner Tür reden, bevor sie einem den Gefallen tat, sich zu schließen.

Sie genoß die Nächte, die elektrisch waren, statisch aufgeladene Luft und weich zuckender Blitz in großen, formlosen Beats, man konnte fast das rhythmische Muster lesen, langsam und protoplasmisch, vielleicht eine Cinzano-Markise, an einem Tisch auf einer Terrasse weiter oben befestigt – diesen Klang wie ein Schuß kann man nicht identifizieren, bis man nicht die gestreifte Markise entdeckt hat, deren Ecken im Wind klatschen.

Klara im Glück, allerdings war sie auf der Hut, hielt sich zurück. Sie verspürte so etwas wie Privilegiertheit, ihre letzten Arbeiten waren ziemlich gut angekommen, und sie fühlte sich wieder wohl nach einer Phase von Rückenschmerzen und Schlaflosigkeit, klar im Kopf nach einer kurzen Depression, sparsam nach einem Anfall von Konsumrausch, sie ging aus und traf Freunde und stand an Geländern, in stillem Glück, und sie sah so gut aus wie seit Jahren nicht – sagten alle.

Das war zu der Zeit, als Nixon stürzte, aber sie genoß es nicht so wie ihre Freunde. Nixon erinnerte sie an ihren Vater, noch so ein Mann mit fransigem Hirn, jeder einzelne Schritt eingeübt, sein körperliches Auftreten zuweilen bitter und distanziert, mit der Gebeugtheit eines Verlierers, nur Kopf und Hände.

Sie stand an Geländern oder Simsen und fragte sich, wer diese Steine bearbeitet, wer diese Details bis in die feinsten Nuancen gehauen hatte, die Zickzackleisten und Rosetten, die Urnen auf Balustraden, die klassischen Girlanden aus Früchten, die spiralförmigen Tragsteine, die einen Balkon stützten, und sie dachte, das müssen Einwanderer gewesen sein, wahrscheinlich italienische Steinmetze, unerinnert, anonyme Künstler vom Anfang des Jahrhunderts, begraben im Himmel.

Sie war es nicht gewöhnt, erkannt zu werden. In bestimmten Situationen geschah das, aber nur selten, und es gab ihr ein Gefühl, als nähme jemand ihre Körpermaße in einem kleinen verspiegelten Raum. Sie blieb lieber unbemerkt, außer von Freunden. Sie war meistens unsichtbar, menschlich unsichtbar für die Leute auf dem Markt weiter unten an der Straße, und nicht nur die jüngeren hasteten in den Gängen an ihr vorbei, an ihrer verschwommenen Gestalt aus dem unscharfen Stoff des mittleren Alters, sondern die Leute im allgemeinen – na schön, die Männer im allgemeinen – erkannten ihr bestenfalls Gattungsstatus zu.

Das war kein Problem. Sie war nicht einsam oder ungeliebt. Nun ja, sie war im tieferen Sinne des Wortes schon ungeliebt, aber das war in Ordnung, sie hatte genug Liebe der tieferen Art erlebt, schmerzhaft und ewig nachhallend, die nachtragenden Ehen, die es einem schwermachen, sich eine verläßliche Einsamkeit zu erarbeiten. Es geschah aus reiner Neugier und einer stärkenden Form der Selbstbewußtheit, daß sie lernte, ungesehen zu bleiben.

Miles Lightman kam in diesem Sommer oft vorbei. Er hatte etwas an sich, das bei ihr den Eindruck erweckte, als äße er von schmutzigen Tellern, aber sie gewöhnte sich allmählich an ihn, mochte ihn immer lieber – er war energisch und unreflektiert, im wesentlichen kunstfremd, unbeleckt von den Eitelkeitsmustern, die manch eine knospende Liebe ruinieren.

Sie trug lange Rüschenröcke, sie trug Jeansröcke mit blumengemustertem Saum.

Sie stand auf dem Dach eines Fabrikgebäudes, der Raum war für diesen Abend organisiert worden, damit eine kleine Theatertruppe eine Sponsorenparty veranstalten konnte, und fünfzig Menschen tranken lauwarmen Wein aus Plastikbechern und sagten, Wir brauchen das Theater.

Sie stand am Sims und redete mit einer Frau, die sie nicht kannte, und irgendwann begriff sie, daß das Gebäude gegenüber, etwa zehn Blocks weiter uptown, ein etwas älterer Turm mit einer massigen Leibesmitte und einer Mosaikspitze, das Fred-F.-French-Building war.

Sie versuchte, der Frau zuzuhören, konnte sich aber nicht konzentrieren, weil der Name ihr ganzes Gehirn erhellte, einer dieser tiefgehenden, reinen Blitzschläge, die vierzig Jahre Anlauf brauchen.

Fred F. French. Die Geschichte mußte sie Miles erzählen, denn sie war witzig und schräg, und Klara wollte sich ihr voll und ganz hingeben, raus damit und durchgearbeitet und Einzelheiten draufgepackt. Die männermordende Rochelle und der geile Junge auf dem Rücksitz, und sie kam natürlich auch drin vor, Klara Sachs ohne x, wie sie ging und sprach, wie die Dinge wirklich waren, wie sie wirklich war – wie das ging, hatte sie heute längst vergessen.

Von den hohen Fenstern ihres Lofts aus sah sie verwinkelte und abgesetzte Feuerleitern, darauf beschränkte sich ihre Aussicht, dunkle Metallstrukturen, die sich in der Tiefe kreuzten, oberhalb der abgelegenen Seitenstraßen, und sie fragte sich, ob diese Linien ihr etwas zu sagen hatten.

Lofts waren vielleicht gefährlich, dachte sie, aber nicht in punkto Feuer – geräumig und säulengestützt und erinnerungsreich und großartig. Sie mußte aufpassen, daß sich kein Ego einschlich. Sie mußte sich fragen, Würdest du dieses Objekt ehrlicher machen, wenn du irgendwo in einer kümmerlichen Mansarde arbeiten müßtest? Sie versuchte, ihre Arbeit an der menschlichen Gestalt auszurichten, obwohl sie gar nicht figürlich arbeitete. Sie war auf der Hut vor Ego, Heros, Höhe und Größe.

Das war der Stoff der Dachterrassen-Beredsamkeit. Bewundern, aber nicht wetteifern.

Ihre Tochter war in der Stadt, und sie schlenderten durch das schmiedeeiserne Viertel, gingen zum Lunch ins Village, kauften ein bißchen ein, und es war schwer. Es war immer schwer mit Teresa, sie strahlte etwas Entsagungsvolles aus, eine Reizlosigkeit, die beharrlich wirkte – sie hatte Übergewicht, war bewußt unhübsch und schien ständig zu sagen, Daddy liebt mich, so wie ich bin, aber meine Mutter nicht, meine Mutter denkt, ich könnte besser und klüger sein und bessere und klügere Leute kennen.

Sie hörte Schüsse und schaute hoch und sah die Cinzano-Markise und bemerkte, wie sie am Rand im Flußwind flatterte.

Teresa war fünfundzwanzig, sah aber alters- und formlos aus, und für Klara war der schwerste Teil des Besuches gekommen, als sie im Loft saßen und redeten oder vielmehr die Schweigemomente aussaßen, und als sie herausfand, daß ihre Tochter Zucker in den Tee nahm und keiner da war.

»Du solltest Daddy besuchen«, sagte Teresa.

Und das meint sie als Provokation, eine Form der Rüge, die nichts mit einer Zugfahrt in die Bronx zu tun hat.

»Das ist keine gute Idee. Glaub's mir.«

»Ich fasse es einfach nicht, daß du in derselben Stadt wohnst und nicht ein einziges Mal.«

»Ehrlich gesagt könnte ich in derselben Straße wohnen. Es hat nichts damit zu tun, wo wir wohnen, weißt du. Es kann nichts dabei herauskommen, das weiß er, und ich weiß es auch.«

Sie läßt die Tatsache unausgesprochen, daß Teresa es auch weiß.

»Warum muß immer was dabei herauskommen? Warum überall die Frage nach dem Nutzen?«

»So viele Jahre, Teresa. Was soll das?«

Wieder Schweigen, Klirren von Teegeschirr, dann Trucks an den Laderampen in der Straße, Lastwagen mit verbeulten Metallwänden und ohne Firmennamen.

»Du hast noch nicht mal Süßstoff?«

Klara schaute aus den Fenstern auf die Feuerleitern, die Rückseiten grauer Gebäude, was für eine Ansammlung von glänzendem Eisen und Rostpilz und abblätterndem Backstein.

»Wie geht es ihm?« fragte sie.

»Was? Ganz ordentlich. Er will nicht in ein neues Haus umziehen. Und das, wo er jetzt wohnt, wird langsam lächerlich.«

Überall, wo sie hinkamen, lag Müll in schwarzen Säcken gestapelt. Jetzt war der siebte Tag des Streiks, und es hatte eine Reihe gewalttätiger Zusammenstöße gegeben, ein privater Mülltransporteur war fast zu Tode geprügelt worden. Teresa sagte nichts zu den Abfallbergen, an manchen Stellen fünfzig Säcke, denn sie lebte in Vermont, was konnte sie da sagen? Aber sie benutzte den Müll gegen ihre Mutter. Der Müll war eine andere Form der Anklage, er ging telepathisch zwischen ihnen hin und her, einhundert Säcke an einer Ecke und ein derart sommer-üppiger Geruch, daß er den ganzen Körper einhüllte, sich aufdrängte wie eine anrückende Wetterfront.

Im Loft sagte Teresa: »Er hört den ganzen Tag Opern. Den ganzen Sommer lang, bis die Schule wieder losgeht. Er will, daß Tante Laura bei ihm einzieht. Sie wird, wie soll ich sagen, nicht senil, nur ein bißchen wacklig, Laura, aber ich glaube, sie würde lieber allein leben.«

Klara hörte den schleppenden Ton in der Stimme ihrer Tochter, die alten malträtierten Vokale, wie merkwürdig, die Geräusche ihres Viertels so nah und vom eigenen Kind zu hören, das die Färbung zu übertreiben schien, das Herumlungernde dieses Akzents, eine Art der Betonung und Aussprache, der ihr Vater und ihre Mutter entronnen waren – das ist das richtige Wort, entronnen –, als müßte die junge Frau noch weiter zurückgehen, eine weitere Grenze überschreiten, eine Ebene tiefer in das Leben der Straßen eintauchen, um eine Aussage über Dauerhaftigkeit und Treue machen zu können.

Seit Jahren hatte sie Farbe aus ihrem Werk gezogen. Eine Zeitlang benutzte sie Bitumen und Außenanstrichfarbe. Sie mischte die Farben gern in Muschelschalen, die sie vor zehn, zwölf Jahren aus Maine mitgebracht hatte. Aber inzwischen war da weniger zu mischen. Es fühlte sich richtig an, die Farbe rauszuziehen.

Sie ging zum Markt hinunter, an einer Galerie vorbei, schon wieder eine neue, es gab jetzt lauter Galerien und Geschäfte, aber die schmiedeeisernen Fassaden waren vor der Abrißbirne sicher, das war die Hauptsache – die alten Fabriken, wo Einwanderer Knöpfe und Anzüge hergestellt, wo Frauen und Mädchen Achtzehn-Stunden-Tage gearbeitet hatten, und sie kaufte ein Päckchen Zucker auf dem Markt, sonst vergißt sie's noch, und zehn Monate vergehen, und dann steht Teresa wieder da.

Kunst, in der der Augenblick heroisch ist, amerikanische Kunst, nach dem Motto: Tu's jetzt, oder: Scheiß auf die Vergangenheit – da konnte sie nicht folgen. Sie konnte so etwas anschauen und respektieren, es in gewisser Weise sogar beneiden, aber sie konnte nicht selbst Hand anlegen und irgendein wüstes Jetzt produzieren, eine brillante Onaniergeste, die Unabhängigkeit behauptete.

Sie sagte am Telefon zu einer Freundin, zu ihrer Freundin und Galeristin Esther Winship, die immer bereit war, einem Maler oder Bildhauer einen Rat zu geben, den verwaschenen Künstler in eine handfeste Strategie, einen klaren Aktionsplan hineinzurüffeln, dabei brauchte eigentlich Esther Hilfe, Esther in ihrem Chefinnen-Outfit, ihren Perlen und Nadelstreifenanzügen, die Maler verlor und von ihrem Hausbesitzer nach uptown gedrängt wurde und sich selber leid tat, und sie sagte am Telefon zu Esther: »Hey, hör mal, ich werde wieder mit der Arbeit anfangen, wenn du mich aufs Land einlädst.«

»Vergiß mal das Land. Ich hätte gern, daß du mit mir in die Bronx fährst.«

»Was gibt's in der Bronx?«

»Einen Typen, der Graffiti macht. Er bemalt Züge, U-Bahnen, ganze Züge, er bemalt jeden Wagen eines U-Bahn-Zugs. Ich will ihn unter Vertrag nehmen und seine Sachen zeigen. Aber erst mal muß ich ihn finden.«

»Wie willst du seine Sachen zeigen?«

»Ich werde ihm eine Mauer geben«, sagte sie.

Klara mußte zugeben, das klang gut. Vielleicht war das der erste Schritt, um später zu sagen, Ich werde ihm ein Haus geben, ich werde ihm einen Häuserblock geben. Und Esther hatte auch gewollt, daß es genauso klang. Man lebt länger und schläft besser, wenn man solche Dinge sagen kann. Ich werde ihm einen Zug mit hundert Wagen geben.

»Warum brauchst du Hilfe, um ihn zu finden?«

»Ich kenne seinen Namen nicht. Ich kenne nur sein *tag*. Moonman 157.«

»Klingt bekannt«, sagte Klara.

»Du hast seine Graffiti schon gesehen. Alle haben sie gesehen. Der Junge ist ein Meister, verdammt.«

Sie liebte die Wassertanks, die sie von den Dächern aus sah, überall hockten sie drauf, altes braunes Holz mit Deckeln wie Kulihüten. Oft waren die Tanks an Ort und Stelle gebaut worden, so wie man ein Faß herstellt, vernutete Dauben, die von Metallreifen zusammengehalten wurden, und natürlich die Zwillingstürme in der Ferne, ein Modell kolossaler Massenproduktion, Einheiten, die identisch vom Fließband rollen und in unserem Supermarkt landen, mit dem Tagespreis bestempelt.

Miles war jünger als Klara, acht oder neun Jahre vielleicht, und er sah noch jünger aus, dermaßen frei von jeder Verantwortung und jeder Verbindung mit den Dingen der Wirklichkeit, daß er ihr vorkam wie ein stets willkommener und schwereloser Zustand, jemand, der zufällig vorbeikommt, nach dem Motto, Fast immer zu spät, aber macht fast nie was.

Er trug normalerweise Jeans und Stiefel aus Eidechsenleder, er hatte schlechte Haut und eine wunderschön gebogene Nase und trug sein Haar gerade zurückgekämmt, und er wohnte in anderthalb Zimmern auf der Upper West Side mit lauter Filmspulen und hatte die Dinge seines Lebens immer noch in Kisten – nur so Dinge, ja, das Zeug, das man mitschleppt und aufhebt, weil es eine Art geistiger Krimskrams ist, mit dem man sich wohlfühlt.

Er hatte einen Teilzeitjob bei einem Filmverleih und produzierte auch Dokumentarfilme, oder er koproduzierte sie oder führte die Telefonate, und diese Beschäftigung war gerade schräg genug, um immer wieder von neuem aussichtslos zu sein. Er arrangierte außerdem Vorführungen für einen Filmclub. Und er sah alles, sammelte Kinoplakate und konnte die Filmographien der obskursten Regisseure aufsagen, denn je obskurer die Gestalt, desto wertvoller natürlich das Wissen. Das war in der Branche immer Ehrensache.

Und in diesem Sommer versuchte er, die Finanzierung für einen Dokumentarfilm zusammenzukriegen, über eine Frau, die die Krankheiten und Malessen der Stars bekam. Durch eine merkwürdige Form von Neurohypnose, oder wie immer der Ausdruck lautete, hatte diese Frau – sie lebte in Normal, Illinois, was sie unwiderstehlich machte – jedes einzelne Symptom der Krankheit, an der Elizabeth Taylor gerade litt, oder John Wayne oder Jackie Onassis oder ein beliebiger Star, das ging von einer grippalen Müdigkeit bis zu den Hautausschlägen von Herpes simplex und dem ausgezehrten Erscheinungsbild von Krebs.

Moderne Stigmata. Und Ärzte, von der Regenbogenpresse gesponsert, untersuchten sie. Und Miles' Titel für den Film, falls er ihn hinkriegte, lautete schlicht und einfach – *Normal Illinois*.

Ihr Haar fiel ungehindert zu beiden Seiten ihres Gesichts herab, mehr oder weniger gepflegt, unten irgendwie abgesäbelt und oben am Scheitel unübersehbar ergrauend. Sie hatte Augen, die weit auseinander lagen und leicht vorstanden, und ihre Brauen zogen sich schräg zu den Schläfen. Sie sah scheu aus – nicht scheu, eher zurückgezogen, und wer sie in jenem Sommer allein auf einem Dach sah, hätte es sich zweimal überlegt, bevor er mit irgendwelchem Smalltalk angekommen wäre.

Es war der Sommer des Wetterleuchtens und des Rotweins, dunkler Bordeaux, der aussah wie Löwenblut, und sie stand auf Dachgärten und Dachterrassen und fragte sich, wie all das schon so lange da sein konnte, ohne daß sie davon wußte.

Sie liebte die Doppeldecker-Skulptur auf einem Dach downtown, vielleicht ein altes Postflugzeug im Originalmaßstab, mit Landepiste und Lichtern. Und die Stufenpyramide auf einem Haus in der Wall Street und den maschinell produzierten Kirchturm des Chrysler Buildings und die Südfassade vom Hotel Pierre, wie ein skandiertes Stück Pariser Dachlandschaft, nur vielfach in die Länge gezogen, Zeile um Zeile himmelwärts geschossen.

Ihr wurde bewußt, wie selten man sieht, was vor einem steht, ein neuartiges Grundgefühl im zermürbenden Leben der City – über einen abgemessenen Raum hinwegzuschauen, ungestört von Schildern und Ampeln und Taxis und Gerüsten und von seinem eigenen bekleckśten Geist, der die Datenmenge sortiert, ungestört von der Energie, die hektische Leute verbreiten, Mittagspausengewühl und Busse und Fahrradkuriere, all das Bewußtsein, das die Schluchten von Manhattan entlangdüst, so daß es unmöglich wird, über eine Straße hinweg die türkisfarbenen Kacheln einer Terracotta-Fassade zu erkennen oder ein geflügeltes Wesen, das über einen Türsturz gemeißelt ist.

Klara führte Zwiegespräche mit ihrem Körper, erinnerte sich daran, bevor sie aus einem Sessel aufstand, wo sie eigentlich hingehen wollte, vielleicht in die Küche, wegen eines Löffels, und wie sie genau dort hinkam. Sie mußte ihren Körper in einer Situation orten, sich selbst mitteilen, wo sie war, sich manchmal umschauen, als säße sie womöglich noch in dem Sessel.

Sie hatte einen vollen Mund, der zu vorgewölbt und schmollend war und außerdem leicht schief, entworfen, um à part zu sprechen, und ihre Stimme hatte tonale Sprünge, die interessant waren, sie hatte Tiefen und Höhlen und einen rauhen Sog.

Ich und meine Freundin Rochelle, die mir das Rauchen beigebracht hat.

Sie trank ein Glas mit ein paar Leuten auf einem hohen Dach, das mit Obstbäumen und Scharlachbohnen bepflanzt war, und sie beobachteten eine Frau, die oben auf einem Büroturm auf einem Laufband joggte, und es gab ihnen allen ein glückliches Gefühl, die Joggerin in ihrem neonfarbenen Trainingsanzug und die mittelalterlichen Türmchen in der Ferne und die Fabrikschornsteine dahinter und dann der Fluß, der kurz hinter Brooklyn seidig dalag.

Klara hatte einen schlanken Hals und trug eine Kette mit einem Amulett aus Nordafrika, einem Glücksbringer, den ihr zweiter Mann Jason ihr geschenkt hatte, als sie sich scheiden ließen.

Miles hatte originelle italienische Karten und brachte ihr ein Spiel namens *scopa* bei. Sie spielten es spätabends, nach dem Essen und einer Session im Bett, vor den hohen Fenstern ihres Lofts und den sich kreuzenden Stufen der Feuerleitern, hinter denen sich weite Ausblicke in die Seitenstraßen auftaten.

Er fragte sie nach dem Stapel Dielenbretter in der hintersten Ecke. Dielenbretter, Sackleinen, Tauenden.

Sie kannte einen ehemaligen Schüler, der Materialien für sie sammelte. Sie hatte ein paar Jahre lang Bildhauerei unterrichtet, und einer ihrer jungen Männer ging in leerstehende Häuser, in Bootswerften und Glasereien, er stöberte in den Außenbezirken herum, ging zu Autowerkstätten und Bowlingbahnen, einmal kam er mit einem Dutzend alter Kissen aus einem vermauerten Hotel zurück, graubefleckt von wer weiß wie vielen durchreisenden Köpfen – so traurige und gespenstische Gegenstände in der Wohnung.

»Macht es dir nichts aus, unter demselben Dach zu wohnen und zu arbeiten?«

»Es ist ein- und dasselbe«, sagte sie.

»Mußt du denn nicht mal davon wegkommen? Dieses ganze Zeug hier drin. Du kannst nicht entkommen. Es ist überall, und es ist Arbeit, und du mußt es dir die ganze Zeit anschauen.«

»Ich liege hier mit einem, dessen eigene Bleibe.«

»Ich weiß, aber ich arbeite ja nicht dort. Höchstens telefoniere ich mal. Mehr läuft nicht in Sachen Arbeit. Wir zeigen demnächst was, das dich interessieren wird. Nächste Woche. Ich ruf dich an.«

»Gut. Kino.«

Sie schwamm leidenschaftlich gern, sie ging fast jeden Tag ins Fitneßstudio des YWCA und kraulte kaum sichtbar durchs Wasser, überließ sich den Schwimmzügen, den beruhigenden Beckenlängen, monoton und erholsam, wie das Aufsagen in der Volksschule – verstärkt dein Gefühl dafür, wer du bist.

»Die Sache mit dem Sommer ist die, du meinst, du hast die Stadt für dich allein.«

»Ich würde gern für ein paar Tage nach Sagaponack fahren. Aber Esther möchte, daß ich ihr die Bronx zeige, bevor sie mich dorthin einlädt.«

Irgendwann ging ihr auf, daß das Kartenspiel, das sie mit Miles spielte, mit den teuren Karten und den kunstvollen Buben und Damen, Bildern von einem gewissen finsteren Minimalismus – sie begriff allmählich, daß *scopa* dasselbe Spiel war, das sie die Jungen vor der Tür des Hauses hatte spielen sehen, in dem sie lebte, als sie mit Albert verheiratet war, sie waren Alberts Schüler, einige von ihnen, Mr Bronzinis Jungs, und sie spielten das Spiel natürlich mit ganz gewöhnlichen eselsohrigen Karten und nannten es Besen.

»Was gibt's in der Bronx?« fragte er.

»Sie sucht nach einem Jungen. Graffitikünstler.«

»Graffitimaler.«

»Ja, na ja, dieses Gemale ist inzwischen überall.«

»Sag mir Bescheid, wenn ihr ihn findet«, sagte Miles.

»Wozu?«

»Ich denke da an einen Film, bei dem wir so einen Jungen Tag und Nacht begleiten, in die Farbengeschäfte, in die Eisenbahndepots, in die Züge.«

»Klingt wie ein Film, der schon gemacht worden ist, selbst wenn es ihn noch gar nicht gibt.«

»Gibt's noch nicht«, sagte er.

»Was ist denn mit Normal, Illinois?«

»Wir kommen voran, rackern, damit wir Subventionen kriegen. Aber sie ist krank geworden.«

»Klar ist sie krank. Das ist doch ihr Ding, oder?«

»Ich meine, richtig krank. Unabhängig von anderen Quellen«, sagte er.

Aber die Schwimmzüge waren effektiver, wenn sie mit einem Projekt beschäftigt war. Schwimmen machte ihr bei weitem nicht so viel Spaß, wenn sie nichts zu tun hatte. Die Schwimmzüge waren eine Verbindung zu harter Arbeit, das Intervall, das die Oktave vollendet.

Wenn Esther einen Rat gab und Klara ihn befolgte, dann hätte es ein Element gegenseitiger Herablassung geben müssen. Denn Esther war normalerweise anmaßend und Klara ein bißchen lässig und glatt. Aber eigentlich brauchte sie ihren Rat, egal was Esther zu sagen hatte. Esther sagte eine ganze Menge unnützes Zeug, aber Klara brauchte die Gewißheit, daß da jemand war, der einen Raum vorbereitete, der sich Zeit für sie nahm und ihren Namen sagte und beiläufiges Schulterklopfen weitergab, ganz gleich, aus welcher unbestimmten Quelle.

Es half aber nicht immer. Wenn Klara Lob hörte, klang es schwach und zaghaft in ihren Ohren, schlecht eingeübt, und wenn sie in der Presse oder durch die vertraute Buschtrommel von Gerüchten und Halbnachrichten kritisiert wurde, mußte sie gegen das Gefühl ankämpfen, die anderen könnten recht haben und sie mache wirklich seichte und harmlose Sachen, die man zu Recht abtun durfte.

»Das ist Darwins ›Fressen und gefressen werden‹«, pflegte Esther gern zu sagen, unablässig, genüßlich, denn sie wußte, es machte Menschen wie Klara angst.

Sie liebte die in der Ecke gestapelten Dielenbretter. Braungemasertes Holz, triefnaß wirkendes Dunkelbraun, ähnlich den Faßtürmen auf den Dächern, den wassergefüllten Tanks, die den Elementen meistens schutzlos ausgesetzt waren, manchmal aber auch umschlossen von kunstvollen, kirchenartigen Bauten mit Spitzbögen und großartiger Adlerornamentik.

Die Leute sagten nicht mehr *Oh wow*. Sie sagten statt dessen *vergiß es*, und sie fragte sich, ob sie davon irgend etwas lernen konnte.

Sie sah ihre Freundin Acey Greene im Fernsehen, eine neue Freundin, jung und talentiert, spätnachts beim Interview auf einem lokalen Kabelsender. Sie sah spitze aus – du siehst spitze aus, dachte Klara. Diskret afrogewellt, in zerrissenem Abendjackett und mit roter Fliege.

Miles rief an, und sie traf ihn in einem alten Segelmacher-Loft downtown. Seine Filmgruppe zeigte seltene Sachen, die aus dem einen oder anderen Grund meistens nicht in den Kinos gezeigt werden konnten, und die Vorführungen waren der reinste Wanderzirkus – je nachdem, wo Miles sich gerade wieder einen Raum sichern konnte.

Fünfzig oder sechzig Leute waren da, um sich einen Film von Robert Frank anzuschauen, *Cocksucker Blues*, über die Amerikatournee der Rolling Stones.

Klara saß im Dunkeln und löffelte Joghurt aus einem Karton. Ihr fiel auf, daß sie schon seit einiger Zeit Mick Jaggers Mund sah, egal wo sie hinging. Vielleicht war dieses scheele Schmollen, das einen auf der Straße verfolgt, das Kollektivlogo der westlichen Welt – sie schaute ihm gerne beim Tanzen und diabolischen Herumstolzieren zu, sah den Mund aber als etwas Separates, sozusagen wegen des Effekts später hinzugefügt.

Sie erklärte es Acey, die neben ihr saß, sie sagte: »Ich glaube, alles, was wir alle in den letzten zehn Jahren gegessen haben, ist in diesen Mund gewandert.«

Sie mochte das verwaschene blaue Licht des Films, eine Art Dämmerlicht, ein Tunnellicht, das die Wirklichkeit unzuverlässig erscheinen ließ – eigentlich überhaupt nicht unzuverlässig, denn es fällt nicht schwer zu glauben, was man sieht – oder vielmehr subversiv, verderberisch und ruinös, ein wunderschönes Tunnelblau.

»Du mußt den Mund wie eine Satire interpretieren«, sagte Acey.

Kokainschnupfen hinter der Bühne oder in den Tunnels und Leute, die in einem Zimmer herumsitzen oder in einem Flugzeug schlafen, dieses Gefühl am Rand der Zeit, halb verschluckte Bemerkungen, eine Zigarette in irgendeinem Mund, noch nicht ganz bewegungsfähige Leute, und sie mochte den flüchtigen Klang, den weitgehend dokumentarischen Klang, diese Art Vorbeiflugfilm, der von den Kachelwänden abprallt, den Hohlziegelwänden in Garderoben und Stadiontunnels.

Irgendwer sagt, Oft filmt er mich aus einem ungünstigen Blickwinkel.

Und sie begriff, ja, sein Mund ist vollkommen satirisch, er ist karikaturesk, eine Art redender Anus aus den Anticomics der Sixties, und praktisch all der Hohn und Spott, den wir von uns gegeben, all die Halbsätze, die wir gemurmelt haben, sind aus derselben Körperöffnung gedrungen.

Acey sagte: »Ich habe sie in San Francisco gesehen, das ist dieselbe Tour, das muß sie sein, vor zwei Jahren war das.«

Schmeißt den Hotelfernseher vom Balkon.

Gemurmelte und verwischte Interviews, die schlichtesten der aufrichtigen, eingeübten Fragen entglitten und wurden erwogen und entglitten wieder, die Tournee ist eine Reihe unvollendeter Bemerkungen, und ein Mann und eine Frau ficken im Flugzeug, und der Mund kaut Essen, der abziehbare Selbstklebe-Mund, Mick bei Stroboskop und Blitzen im Konzert, wie der Multimund einer de-Kooning-Frau, die am Handmikro nuckelt.

Die Kameraphalanx in den Tunnels. Herumsitzende Leute, zwei davon verknäult schlafend oder auf einem Trip oder vielleicht auch unauffällig tot, die endlose lärmige Langeweile der Tournee – Tunnels und Rollbahnen.

Acey sagte: »Ich war beim Konzert, und da ist so'n Bodyguard, vielleicht seh ich ihn ja in einer dieser Szenen, ein schwarzer Typ im T-Shirt, wo Stones, äh, Security draufsteht, so was in der Richtung, bloß vollkommen anders.«

Und Klara mochte das tunnelblaue Licht und die Nix-los-Passagen, alle haben Kameras und filmen nur noch Nix-los, und der Sound geht in der Deckentäfelung verloren.

Irgendwer sagt, Ich hasse diese Wichser. Diese Möchtegernrocker.

Sagt, In welchem Staat sind wir hier?

Zwei brabbelnde Junkies auf einem Bett, ein Mann und eine Frau, gleichermaßen scheel auf die Nadel blickend, die in ihrer Armbeuge steckt.

Sagt, Wieso wolltest du das denn filmen?

Sagt, War mir gar nicht eingefallen, das zu filmen.

Ach, Indiana.

Einfach so passiert.

Mick, hängemäulig in Zimmer stehend. Gurgelnder und spuckender Mund, der an Eiskremwaffel leckt. Und der Konzertmitschnitt, rot geliert, die Körper biolumineszent, was wir alle an der Rockmusik lieben, dachte Klara, der indirekt beleuchtete Nimbus höheren Sterbens.

Excedrin im TV, deutlich effektiver als gewöhnliches Aspirin.

»Und er folgt mir«, sagte Acey, »durch diesen langen Tunnel und sagt, Brown Sugar, wartest du wohl auf mich, ich hab hier was, das mußt du dir unbedingt angucken. Hey, Brown Sugar. Und ich dreh mich um, zugegeben absolut, äh, saublöd, und er hatte ihn noch nicht draußen, aber die Hand schon drauf.«

Zimmer, zwei weiße Männer, ein weißer Mann, mit schwarzer Stimme daherredend, Mach den Brothers klar, was ihr kulturelles Erbe ist. Zweiter weißer Mann stochert Nadel in Arm, und erster weißer Mann mit schwarzem Tonfall sagt, Grab des Unbekannten Junkies, Hundertsiebenunddreißigste Straße, Ecke Lenox Avenue, von oben bis unten, sagt er, aus weggeworfenen Nadeln gemacht.

Jemand sagt, Die haben mir mein Kind weggenommen, weil ich auf Acid war.

Wo ist mein Zimmerschlüssel?

Tunnels und Rollbahnen und verwaschenes blaues Licht und dann die Bühne in der Totalen, das laute weiße Gleißen und prähistorische Brüllen.

Du bläst ihm einen?

Nö. Bloß 'n Foto mit ihm gemacht.

Sagt, Kommt der Staat da an und nimmt mir mein Kleines weg.

Und nackte Frau, die sich auf Bett in Hotelzimmer streichelt, Hand über Möse reibt, dann ableckt. Und Acey, die ihre Geschichte unterbricht, um zu sagen: »Mmmmm.«

Das ganze monotone Luftlande-Erotikon des Wichsens.

Und Klara fand es interessant, daß diese Frau als einzige nicht wie ein Mädchen aussah. Interessant fand sie, daß alle Frauen im Film Mädchen waren oder wurden. Die Männer und Frauen taten alle dasselbe, Hasch, Sex, Fotos machen, aber die Männer bleiben Männer, und die Frauen werden Mädchen, bis auf die Frau vielleicht, die ihre Möse reibt und die Hand ableckt und etwas Unverständliches sagt, weil es beim Ton so eines Films darum geht, ihn in den Ecken des Zimmers zu verlieren.

Mir doch egal – ist doch bloß San Diego.

Acey erzählte ihre Geschichte und suchte währenddessen oben auf der Leinwand nach dem Typen aus der Geschichte.

»Und ich wollte irgendwas sagen, damit er sich jede, äh, Hoffnung aus dem Kopf schlägt. Hey, Brown Sugar. Aber wir waren allein an diesem riesigen, brüllenden, hallenden Ort, das Konzert war irgendwo über uns, wildes Gebrüll, und, Brown Sugar, er immer, Brown Sugar, Brown Sugar.«

»Das Konzert, das wir gerade sehen?« fragte Klara.

»Weiß nicht, ob es derselbe Abend ist, aber das Konzert ist dasselbe, in derselben Stadt, dieselbe verkackte Band von ausgemergelten Millionärswichsern mit ihren Negergorillas.«

Es war der Dachterrassen-Sommer, und die Luft war voller Helden, der staubige Himmel, an dem Gewitterlicht brannte. Längliche Götter, in enge Ecken gezwängt, und ein Paar sitzende Pharaos links und rechts von einer Klimaanlage. Und sie liebte die bewassernixten Säulen, die sie auf der unteren Fifth Avenue entdeckte, und die ganzen Merkwürdigkeiten, die rätselhaften Figuren, die sie in keinen Mythos einordnen konnte, vor allem downtown, auf den älteren Bankgebäuden, den Brüstungen und zurückgesetzten Fassaden – Orakel in Roben, die ein Stück auf die Straße ragten, oder behelmte Männer von verschlossenem Äußeren, Gesetzgeber oder Krieger, schwer zu sagen.

Und downtown geschah es auch, eines Sonntags auf einem Dach, die Straßen heiß und tot, daß der Gentleman wieder auftauchte, der Europäer, mit dem sie schon einmal gesprochen hatte, als sie in das unvollendete Gitternetz des World Trade Center gestarrt hatte.

Ja, hallo, so trifft man sich wieder.

Und er erzählte ihr, daß die Figuren mit ihrem kultischen Aussehen, über die sie nachgedacht hatte, Gesichter im Schatten des stromlinienförmigen Kopfschmucks, die Titanen der Finanz genannt wurden. Und wie passend verdrießlich waren sie, als wollten sie die Auswirkungen der Depression auf die Straßen unter ihnen messen – sie schätzte, daß die Gebäude um die Zeit errichtet worden waren.

»Klingt für mich wie irgendeine Geheimbruderschaft.«

»Mag sein«, sagte er. »Aber alle Bankgeschäfte sind doch geheim, denke ich.«

Und das konnte sie glauben, bei den Bergen von Granit und Kalkstein ringsum und den neueren Türmen, durchsichtig verhangen, aus Spiegelglas und eloxiertem Aluminium, und jedes Büro heute ohne die geringste menschliche Spur, außer in den Kellern vielleicht, wo Papier durch Mikrofilm-Maschinen gezogen wurde, eine Milliarde Schecks in der Sekunde.

Er hieß Carlo Strasser. Er wohnte in der Park Avenue und sammelte Kunst mit der unbeholfenen Leidenschaft des Amateurs, so sagte er – eine Wohnung in der Park Avenue und ein altes Bauernhaus bei Arles, wo er das Denken erledigte.

Und natürlich fragte sie: »Worüber denken Sie denn nach?«

Und er sagte: »Geld.«

Sie lachte.

»Manchmal frage ich mich, was Geld ist«, sagte sie.

»Ja, natürlich, genau. Das ist die Frage. Ich will Ihnen sagen, was ich denke. Es wird sehr esoterisch. Alles Wellen und Codes. Eine höhere Form der Intelligenz. Reist mit Lichtgeschwindigkeit.«

Er kleidete sich sehr gut, er war herausgeputzt, er hatte Ausstrahlung und Auftreten, und sie fühlte sich ein bißchen abgewrackt, aber nicht unbehaglich, in ihren Jeans und alten Sandalen. Der Mann bestätigte sie in ihren Voreingenommenheiten, und im Grunde fühlte sie sich wunderbar wohl beim Gespräch mit ihm.

Sie hörten Nebelhörner vom Wasser her und hielten inne, um zu lauschen, und das Geräusch hatte etwas förmlich Ehrfürchtiges, es rollte durch die engen Straßen, prallte ab, stieß mit sich selbst zusammen, ein Orgelwerk, das die Luft schwellen ließ und Tauben flatternd aus den Uhrtürmen jagte.

Er stellte Fragen über Maler, und sie tat etwas, das sie fast nie machte – sie erläuterte, sie nahm detaillierte Analysen vor, etwas, das sie selbst früher beim Unterrichten immer zu umgehen versucht hatte. Sie hörte sich in dermaßen feurige und frisch entfachte Ausführungen stürmen, daß ihr klar wurde, sie hatte diese Erkenntnisse vor sich selbst zurückgehalten.

»Louise hat mir einmal erzählt, Nevelson, sie schaue sich ein Stück Leinwand oder Holz an, und es sei weiß und rein und jungfräulich, und ganz gleich, wie sehr sie ihre Spuren hinterlasse, mit Pinselstrichen und Farben und Bildern, eigentlich gehe es immer nur darum, es in seinen unberührten Zustand zurückzuführen, das sei das Großartige und Beängstigende.«

Klara konnte diese Bemerkung nicht mit ihrer eigenen Arbeit in Verbindung setzen, aber sie wiederholte sie sich gern in Gedanken – sie mochte die Vorstellung, daß eine berühmte Künstlerin Angst vor dem hatte, was sie tat.

»Ich habe eine kleine Nevelson«, sagte er, »ein sehr kleines Werk, vor Jahren gekauft, und jetzt haben Sie mir Grund gegeben, es ganz anders zu betrachten, und das werde ich mit großem Vergnügen tun.«

»Manchmal bin ich in ihr Studio gegangen, dann zeigte sie mir eine schwarze Skulptur, eine schwarz angemalte Holzskulptur, und wenn ich einen Kommentar zur Farbe und zum Material machte, dann schaute sie sich das Ding an und sagte: ›Aber es ist doch nicht schwarz, und es ist kein Holz.‹ Sie hält die Wirklichkeit für oberflächlich und schwach und flüchtig, und in dieser Hinsicht sind wir sehr verschieden.«

Miles tauchte später auf, und Carlo Strasser verschmolz taktvoll mit der Menge, acht oder neun Gäste standen um einen Tisch voller

Käse und Obst und Wein herum, dieser löwenblütige Bordeaux, diese Damaszenerpflaumen und blauschwarzen Nächte, und wie falsch und trocken klang der Donner.

Wenn sie bei jemandem in der Küche stand und eine Zitrone in Scheiben schnitt, wußte sie, das Messer würde abrutschen, sie würde sich schneiden, und so kam es auch.

Es war eine jener Mikrosekunden, die lang und gemächlich sind und voller Kerninformationen, und sie wußte, es würde geschehen, und schnitt trotzdem weiter, und dann geschah es, sie schnitt sich in den Finger und beobachtete, wie das Blut an der Messerscheide herausquoll und ungleichmäßig am Fingerknöchel herablief.

Sie sah Leuten beim Sonnenbaden zu, sie taten das so konsequent, beherrschten die Situation, eine Frau, die sich mit einer Decke und einer Kanne Eistee und einem Kinderglas mit aufgemalten Blumen und einem Taschenbuch, dessen Titel Klara zu erspähen versuchte, auf einen Mauervorsprung plumpsen ließ – das taten sie, ohne irgendwelche Zugeständnisse an die steinernen Vorsprünge oder steilen Dächer oder atemlosen Teerflächen, es war ein demonstratives Hier-bin-ich, und da war der leere Lift eines Fensterputzers, der an der Seite eines schmalen Turms hochfuhr. Sie sah eine Backsteinfassade, überspült von korallrotem Licht, geradezu in Flammen vor Licht, und die Steine wirkten entblößt, so wie nur Licht etwas entblößen kann – gebrannter Ton von einer so intensiven Schönheit, wie sie sich nie hätte träumen lassen. Und da ist wieder die alte Dame, die in ihrem Korbstuhl sitzt und ihre Sonntagszeitungen überall verstreut hat, so vertraut und ermutigend – sie hält einen Reflektor unter ihr Kinn und das Gesicht opfernd der Sonne entgegen, ein breiter Kopf, der in den Tiefen eines Sommertags langsam mumienbraun wird.

Sie beobachtete, wie das Blut aus dem Schnitt rann, bemerkte die Falten und Spiralen auf ihren Fingern und hörte die Musik im angrenzenden Zimmer, das ist Esthers Mann Jack, der eine seiner alten Singles aufgelegt hat, die Swingband-Musik, die seine Gäste raus aufs Dach treibt.

Der Müll lag dort unten, in identischen schwarzen Plastiksäcken gestapelt, und sie ging auf dem Heimweg an einem ausladenden Haufen vorbei, der einen Feuerhydranten und fast das Schild einer Bushaltestelle bedeckte, und sie sah, daß sich alle einig waren, es nicht zu bemerken.

Miles Lightman erschien spät zu einem Abendessen auf einem Dach uptown, mit einer Schachtel der schwarzen Zigaretten, die sie rauchte, Queen-Size und extramild und langsam brennend, dazu ein Tütchen Marihuana, das er gerne »Boo« nannte, den Ausdruck hatte er vor vielleicht zwanzig Jahren in einer Bar in Harlem aufgeschnappt.

Sie waren auf dem Dach eines neuen Gebäudes, vierzig Stockwerke, es überragte den Wasserturm im Park, und sie standen eine Weile da und sahen den nächtlichen Joggern zu. Diese liefen in beträchtlicher Zahl um den Wasserturm herum, der nur schwach beleuchtet war, und Miles fand, sie erinnerten ihn an flüchtende Menschenmengen in einem japanischen Horrorfilm. Er hatte es mit flüchtenden Menschenmengen. Er wollte einen Bildband über das Thema machen. Er sammelte PR-Standfotos von obskuren Filmproduktionen – flüchtende Mengen von Asiaten, die zu irgend etwas Ehrfurchtgebietendem aufsahen.

Sie standen auf dem Dach und blickten über den Park hinweg auf die Silhouetten der Häuser, die Namen trugen wie Ozeandampfer. The Beresford, Majestic und Eldorado. The Ansonia und San Remo.

Zu flüchtenden Menschenmengen gehörte immer eine Mutter mit Baby und eine Frau mit herausquellenden Brüsten und ein Mann, der die Arme hochgeworfen hatte, um sich vor irgend etwas Schrecklichem am Himmel zu schützen.

Miles betrachtete die Jogger, die um den Wasserturm liefen, und plötzlich fiel ihm ein Name für das vierzigstöckige Gebäude ein, das über dem Park aufragte, so hoch und massiv, daß es sein eigenes Wetter machte, die Fallwinde waren fast stark genug, um vorbeikommende Passanten umzuwerfen.

Godzilla Towers, fand er, sollte es heißen.

Normalerweise sind es Frauen, die bei einem Karriere-Comeback die entscheidende Rolle spielen. Wenn man von jemandem hört, der in der Literatur wieder von sich reden macht, oder jemand anderem, der in der Malerei liebevoll wieder ausgegraben wird, so liegt das meistens daran, daß eine Frau ein außergewöhnliches Interesse an ihm gezeigt hat, auch wenn der Künstler ein Mann ist. Meistens handelt es sich um eine Frau, aber selbst bei einem Mann – wir haben uns auf vergessene Leben spezialisiert, sagte Klara.

Sie sprach gerade mit Acey Greene. Acey brauchte natürlich nicht wieder hervorgeholt zu werden. Sie war jung, clever, ehrgeizig und so weiter und auf interessante Weise freundlich-fies, spielte mit Nebeneinanderstellungen als einer Form des ironischen Dialogs mit sich selbst – für sie ein Hilfsmittel, um sich der Aussicht aufs Berühmtsein zu stellen.

Acey war in Chicago aufgewachsen, wo beide Eltern als Lehrer arbeiteten, und hatte mit Feder-und-Tusche-Zeichnungen angefangen, westindischen Collagen, nach ihrer eigenen Darstellung in der denkbar plattesten Weise, dann hatte sie eine Affäre mit einem Mitglied der Blackstone Rangers, einer äußerst beachtlichen Straßengang, und irgendwann hatte sie die Nase voll und ging nach Los Angeles, wo sie einen Soziologieprofessor heiratete, sich an der Kunstakademie von Kalifornien einschrieb und scheiden ließ und ihr Karma als Malerin fand.

Als Klara ihre Arbeiten zum ersten Mal sah, erzählte sie allen, wie gut sie waren, und bald hatte Acey an der Westküste davon gehört. Irgendwann folgte sie ihren Bildern gen Osten. Vorübergehend wohnte sie im Chelsea Hotel und teilte sich irgendwo in Brooklyn ein Atelier mit jemandem.

»Was ist mit dir?« fragte sie.

»Ich, ich mußte erst mal eine Karriere aufbauen, bevor ich mir darüber Gedanken machen konnte, sie zu verlieren. Das war nicht leicht. Ich zahle und zahle.«

»Eine Familie«, sagte Acey.

»Ich habe eine Familie zerstört, ja. Ich ging fort, ich kam zurück, ich nahm meine Tochter eine Zeitlang zu mir. Bei ihrem Vater war sie besser dran, und das verstand ich auch, aber es setzte mir zu, so getrennt zu sein. Es ging mir sehr schlecht. Natürlich ging es uns allen sehr schlecht. Sie kam an den Wochenenden oder wann runter, um mich zu sehen. Er fuhr mit ihr in der U-Bahn und lieferte sie an der Tür ab, weil er mich nicht zu Gesicht bekommen wollte.«

»Was wäre ihm denn dann passiert?«

»Und dann kam er zurück und holte sie ab, und ich durfte nicht die ganzen Treppen mit nach unten kommen. Bis zum ersten Stock durfte ich sie begleiten. Ich lebte ganz weit unten, downtown, in einem völlig abgewrackten Haus, und wir hatten es so arrangiert und verabredet, daß ich sie bis zum ersten Stock begleiten und den Rest des Weges allein gehen lassen würde, da er mich sonst zu Gesicht bekommen würde. Was wäre ihm dann passiert? Irgendwas, ich weiß nicht, Katastrophales.«

»Aber ihr habt telefoniert.«

»Wir haben telefoniert. Einsilbig. Wir klangen wie Spione, die kodierte Botschaften weitergeben. Es war eine sehr haßerfüllte Zeit. Aber als sie erst mal älter war, hörte es auf mit den Anrufen. Sie und ich trafen unsere eigenen Verabredungen. Albert war endgültig weg.«

»Und sie?«

»Teresa haßt mich nicht. Vielleicht noch schlimmer. Ich glaube, sie haßt sich selbst. Sie war irgendwie ein Teil dieses Scheiterns. Ich mag nicht darüber reden.«

»Gehen wir ein Stück spazieren.«

»Ja, über die Brücke. Schon mal gemacht?«

»Du vergißt, ich bin neu hier, Lady.«

Aceys bestes Werk gehörte zu einer Serie über die Blackstone Rangers. Winter in Chicago, junge Männer in Sweatshirts mit Kapuze, grämlich und träge gewalttätig, vor vernagelten Fenstern zusammengekauert oder auf einem demolierten Sofa im Schnee sitzend, und Klara fand diese Bilder nur in einer Hinsicht überaus modern, die Figuren wirkten nämlich fotografiert, offen posierend oder ahnungslos erwischt, manchmal ganz bewußt distanziert, hinter ihnen ein massiger Sozialbau, oder ein Mann war darauf, mit schweren Lidern und blauer Strickmütze und einer von diesen aufgeblähten Polyesterjacken und einer Pistole mit Bananenmagazin –

man merkt, wie Acey das oberflächlich Fotografische Lügen straft, indem sie das ganze Bild auf dem Bogen des Ladestreifens schweben läßt, unbeschreiblich.

Leute auf dem Dach, Esthers Gäste, die vor der Swingband auf dem Plattenspieler in der Wohnung flüchten, und Esthers Mann, der auch nach draußen kommt, Jack, denn er gehört zu den Männern, die vergehen, wenn man sie zwanzig Sekunden allein läßt.

Sie liebte den kleinen Tempel auf der anderen Straßenseite, eine Fassade im obersten Geschoß mit einer Reihe zurückgesetzter Fenster hinter kannelierten Säulen, ob da überhaupt wer lebte?

Sie fühlte sich gut. Zur Abwechslung fühlte sie sich glücklich. Sie schlief gut und legte Geld auf die hohe Kante und traf sich wieder mit Freunden.

»Was liest sie da?« fragte jemand, gemeint war die Frau auf dem Mauervorsprung mit dem Kinderglas und dem Taschenbuch.

»Sieht von hier aus nach einem Krimi aus«, sagte Jack. »Jede Menge moralische Verrohung. So was lesen die Leute im Sommer.«

Er war ein großer, rotgesichtiger Bursche, Jack Marshall, ein Presseagent vom Broadway, ständig kurz davor, tot umzufallen. Diese Typen kennt man. Sie knarzen und saufen wie der Teufel und schlafen nie, und die Pumpe ist marode, und sie husten wahre Schleimgewitter aus, und es gibt nur einen Kick daran, sie zu kennen, dachte Klara, nämlich zu spekulieren, wann sie wohl den Löffel abgeben.

Sie trug einen Verband am Finger und wartete, daß Miles mit ihren Zigaretten aufkreuzte, denn er war verläßlicher als sie.

Vorerst schnorrte sie eine von Jack.

Und die Leute auf der Straße, wann fiel Klara zum ersten Mal auf, daß die Leute Selbstgespräche führten, laut redeten, so viele und ganz plötzlich, oder Drohungen ausstießen oder fuchtelnd daherliefen, so daß die Straßen plötzlich etwas Spätmittelalterliches bekamen, was vielleicht bedeutete, daß wir wieder ganz neu lernen mußten, unter Verrückten zu leben.

»Du hast da ein Aua, Klara.«

»Du darfst es nicht küssen, geh weg.«

»Ich will es gar nicht küssen. Ich will es lecken«, sagte Jack.

»Wohnt da eigentlich wer, ich bin unglaublich neugierig, etwas über dieses Ding da drüben auf der anderen Straßenseite zu erfahren.«

»In dem kleinen griechischen Tempel? Ich glaube, das ist ein Büro.«

»Da würde ich wahnsinnig gern arbeiten.«

»Import-Export.«

»Ich könnte beides.«

»Ich auch. Ich will es aber lecken«, sagte er.

Acey hatte ein ovales Gesicht und eine hohe Stirn. Ihr Haar war einen Hauch zimtfarben getönt. Wenn man sie anschaute, etwa auf der anderen Seite des Gangs im Bus, und bei jeder zweiten Haltestelle lugte man verstohlen rüber, dann wahrscheinlich wegen ihres Mundes. Sie hatte einen harten, einen cleveren Mund – mit einer leichten Verzerrung, die man wohl spöttisch nennen würde, obwohl der Blick sich die ganze Zeit veränderte und abmilderte und ihrem Lächeln etwas Verwehtes gab, wie eine unerwartete Nachricht.

»Ich mußte meinen Mann nicht verlassen, um zu malen«, erklärte sie Klara. »Ich mußte ihn verlassen, weil ich nicht mehr bei ihm sein wollte.«

»Wo lag denn das Problem?«

»Er ist ein Mann«, sagte Acey.

Klara bemerkte auf halber Brücke, wie die jüngere Frau den Menschenbetrieb musterte, die Fahrradfahrer und Jogger und was sie anhaben und wer sie sind und was sie gemeinsam aus einer Art Darstellungs-Ich entwickeln. Nicht wie Chicago, sagte Acey, wo der Betrieb am See aus lauter undistanziertem Schweiß besteht, aus Leuten, die platzen vor Lust, zu joggen und die Hülle aus Büro und Job abzustreifen, diese abnorme Wolke aus Materie. Hier ist die Hülle das, worin sie sich befinden, die knackige Skyline im Gesamtüberblick, und anscheinend war sie bereit dafür, die gute Acey.

»Und jetzt bist du hier. Vielleicht endgültig. Das Gefühl, neu anzufangen, muß doppelt intensiv für dich sein.«

»Wahrscheinlich hab ich schon vor langer Zeit neu angefangen. Im Grunde unmerklich für alle außer mir.«

»Machst du dir Sorgen über die Konsequenzen?«

»Der Trennung? Das war nötig. Würd mir Sorgen machen, wenn nicht.«

»Und was ist mit deinem Mann?«

»Ja, was ist mit ihm?«

»Weiß nicht. Was ist mit ihm? Weiß er, daß du mit Frauen schläfst?«

»Er steht auf Lesben. Ich hab ihm gesagt, du, James, ich schick dir n' paar Action-Fotos, Baby.«

»Du bist ein Gangster«, sagte Klara.

»Gangsterbraut. Gangbraut. So haben sie mich in L.A. genannt. Weißt du, die Blackstone-Bilder. Mittelklasse-Negergroupie.«

»Sehr hübsch. Mich haben sie die Pennerin genannt.«

Sie lachten und gingen nach Brooklyn rüber, wo Acey in einem alten Lagerhaus nicht weit von der Brückenauffahrt arbeitete. Sie wollte ihre augenblickliche Arbeit nicht verfrüht zeigen, und sie machten nur einen Rundgang durchs Atelier. An der Wand hing ein Marilyn-Monroe-Kalender mit dem berühmten frühen Pin-up-Foto namens Miss Golden Dreams, eine Aufnahme des nackten Körpers aus der Vogelperspektive, wie er auf einem samtigen blutroten Bettlaken posierte.

»Das kann ja wohl nicht zufällig hier sein, oder?«

»Na gut, ich schau halt manchmal drauf«, sagte Acey.

»Und denkst drüber nach.«

»Ich kriege es für mich auf die Reihe, Stück für Stück für Stück.«

»Interessant. Aber wie ich höre, machst du ja etwas völlig anderes.«

»Ach ja? Was hörst du denn so?«

Und Klara wedelte mit einem Arm zur hinteren Wand, wo auf einem niedrigen Regal oder auf Staffeleien befestigt Leinwände standen, einige davon mit Streifen aus Zeichenpappe, die Klara schon vorhin erspäht hatte – Pappe, die an eine unfertige Arbeit geklebt war wie ein Farbfächermuster.

»Ich höre, du machst eine Black-Panther-Serie.«

Acey setzte ihr verächtliches Lächeln auf, langsam und ausgefuchst.

»Ach ja? Und soll ich dir mal was sagen? Das höre ich auch.«

Dies sollte doch eigentlich das nachmalerische Zeitalter sein, dachte Klara, und da hatte sie eine junge Frau vor sich, die mit Volldampf malte, eine schwarze Frau, die schwarze Männer malte, großzügig, doch nicht ohne eine gewisse kritische Strenge. Das Gockelstolzieren der Gangs, eine Kultur von nahezu fürstlichem Hochmut, aus der natürlich zugleich eine unverblümte Drohung sprach, und genau das untersuchte Acey chirurgisch, jede Einzelheit, sie schaute nach Spuren des Einzelgängers, des jungen Mannes, isoliert von seiner eigenen launischen Pose.

Sie gingen über die Brücke zurück.

»Nennen sie dich immer noch so? Die Pennerin?«

»Nicht mehr so oft«, sagte Klara. »Damals gab es ein paar von uns. Wir nahmen Schrott und hoben ihn für die Kunst auf. Was edler klingt, als es war. Es war nur eine Art und Weise, sich die Dinge etwas sorgfältiger anzuschauen. Und ich tue es immer noch, nur gehe ich jetzt vielleicht etwas tiefer.«

»Das ist nicht mein Ding. Vielleicht mißtraue ich der Notwendigkeit eines Kontexts. Verstehst du?«

»Denk schon.«

»Weil ich es bis zu einem gewissen Punkt nachvollziehen kann. Du nimmst dein Objekt aus dem staubigen, schlampigen Atelier und bringst es in ein Museum mit weißen Wänden und klassischen Gemälden, und in diesem Kontext wird es zu einer kraftvollen Sache, es wird zu einer Art Argument. Und was ist es im Grunde? Altes industrielles Fensterglas und Sackleinen. Das wird sehr, was weiß ich, philosophisch.«

Sie erreichten die andere Seite, und Acey wollte noch ein bißchen laufen, und Klara war ziemlich erledigt. Sie schauten sich alte Segelboote an, die vor der South Street ankerten. Klara versuchte, die kleine Verletzung beiseite zu schieben, die kleine, verzögerte Enttäuschung, daß Acey ganz beiläufig ihre Arbeit herabgewürdigt hatte. Zuerst verzögerte sie ihre Reaktion, dann versuchte sie, sie zu ersticken.

»Ich war so 'n Mädchen«, sagte Acey. »Ich hatte es immer eilig, erwachsen zu werden. Und jetzt bin ich wohl offiziell angekommen. Diese Stadt ist die tickende Uhr. Macht mich panisch, aber ich bin bereit.«

Was Klara am meisten bewunderte, war die anscheinende Leichtigkeit im Auftreten, die beiläufig hinreißende Art und Weise, wie Acey Farbe auftrug. Satte Grundierungen und wunderschöne braune Fleischtöne, Hautstriche in jeder unbenennbaren Schattierung, und auch viele Graus, gelblich-grün und himmelrauchig, denn es ist immer Winter in Chicago, und die Gangmitglieder gehören zu ihrem Revier, zu den blassen Backsteinen und den vereisten Fenstern, und in diesem Sinne könnten sie Brüder der olivhäutigen Männer im freskenbemalten Dämmer einer umbrischen Kirche sein – Acey hatte das ruhige, düstere Auge eines Cinquecentista.

Sie sprach am Telefon mit Esther Winship.

Esther sagte: »Du lieber Gott, warum?«

»Weil es einfacher und schneller ist.«

»Aber ich bin seit dreißig Jahren nicht U-Bahn gefahren.«

»Gut. Ich will mich überlegen fühlen.«

Sie nahmen die Dyre-Avenue-Linie. Der Zug war außen und innen mit Graffiti markiert, hingeknallt und deprimierend, fand Klara. Sie mochte die Idee, Züge zu signieren, nicht. Es war eine Ego-Romanze, arme Kids, die eine Phantasie von trügerischem Ruhm ausspielten.

»Ich dachte, es würde drückend heiß sein«, sagte Esther. »Ich dachte, ich würde auf meinem Sitz ersticken.«

Sie sagte das mit grimmigem Flüstern, voller Angst, jemand könnte mithören und irgendwie beleidigt sein. In der U-Bahn haben die Worte etwas Aufgeladenes, das ihnen sonst nicht eigen ist.

»Es heißt Klimaanlage«, flüsterte Klara zurück.

»Ich bin vollkommen sprachlos.«

Esther gefiel es, wenn sie dümmlich und hoffnungslos altmodisch klang – es fixierte sie in einem sichereren Bezugsrahmen.

Beim zweiten Halt in der Bronx nahm der Zug neue Passagiere auf, und ein anderer Zug fuhr Richtung downtown ein, und Klara verspürte einen Rippenstoß. Das war Esther, die einen Ellenbogen ausfuhr, um ihre Aufmerksamkeit zu erregen, denn der andere Zug war einer von ihm, von Moonman, jeder Wagen *top-to-bottom* bemalt mit seinem Namen und seiner Straßennummer, der 157. Und

Klara mußte zugeben, dieser Junge wußte Wirkung zu erzielen. Der Zug schlingerte in die alte, trübe Station wie ein ausgemaltes Bilderbuch der Wunder. Die Buchstaben und Zahlen explodierten einem geradezu ins Gesicht, und sie standen untereinander in Beziehung, waren verflochten und verknotet, glubschäugige Zeichentrick-Androiden, die sich in- und auseinander wanden, schwitzigheiß im Tanz der Leidenschaften – metallisches Silber und Blau und Chinakracherrot und mehrere Neongrüns.

Esther flüsterte mit zusammengebissenen Zähnen.

»Das ist er, das ist er, das ist er.«

Das war allerdings sein Zug, aber den jungen Mann selbst fanden sie nicht. Sie suchten nach der Adresse, Esther hatte sie von einem Reporter, der mal was über Graffitikünstler geschrieben hatte. Moonman hatte dem Mann nicht verraten, wie sein richtiger Name lautete oder wo er wohnte – nur sein Alter, sechzehn. Die Adresse stammte von einem anderen Jungen, der behauptete, zu Moonmans Crew zu gehören, und die beiden Frauen machten den Ort ausfindig, liefen über ein Gelände abgebrannter Häuser, ganze Häuserblocks im warmen Abriß, und weiter weg brannten noch welche. Sie blieben stehen und schauten.

Aus drei oder vier Häusern quoll träger Rauch. Keine Feuerwehrautos in Sicht, keine aufgeregten Leute, die sich hinter Barrikaden zusammenrotteten. Nur ein paar Passanten bei, wie es von hier aussah, ihren üblichen Alltagsbetätigungen. Sie schauten schweigend zu, und es war schwer, die Entfernung zu überbrücken. Die beiden Frauen konnten die ganze Sache schwer in einen Zusammenhang bringen. Es war wie die Nachrichtenmeldung von einer Stammesfehde in irgendeiner abgelegenen Provinz, wo die Generäle die Leber ihrer Widersacher kochen und in Plastiktütchen aufheben. Es war gespenstisch vor lauter Anderssein.

Endlich sagte Esther etwas. »Und hier hast du gewohnt?«

»Nein. Ich habe etwa eine Meile nördlich von hier gewohnt.«

»Na trotzdem, ich muß dir mehr Respekt erweisen.«

»Danke, Esther. Aber ganz so war es damals nicht.«

»Trotzdem, ich muß mich bemühen, freundlicher zu dir zu sein.«

»Nur zu«, sagte Klara.

Sie wußten, es war keine besonders gute Idee, endlos dort stehen zu bleiben, und als sie die 157. Straße erreicht hatten und nach der Adresse des jungen Mannes suchten, gab es die Nummer nicht.

Sie betraten einige Bodegas und fragten beim Scheckauszahlungsbüro nach.

Die Leute sagten: »Mooney, wer ist Mooney?« Sie sagten: »Was für ein Mormone? Gibt keine Mormonen hier.«

Und die Frauen sagten: »Nein, nein, nein, nein. Moonman. Moonman uno cinco siete.« Und sie machten Spraybewegungen und sagten: »Graffiti, Graffiti.«

Esther trug eine Safarijacke wie eine Fernsehkorrespondentin, die in den rauchigen Hügeln nach Rebellen sucht, und im Ernst, wer konnte es ihr verdenken.

»Du siehst heute abend etwas chinesisch aus«, sagte Miles.

»Jason nannte mich immer Schlitzauge.«

Sie sagte das mit ihrer kleinen Stimme. Sie fand sich selber klein, in Aussehen und Klang. Die Leute wurden größer, sie wurde kleiner, mehr oder weniger unsichtbar. Wenn Miles nicht da wäre, wie lange würde der Kellner brauchen, bis er sie bedient hätte?

»Jason. Kenne ich einen Jason?«

»Jason, mein zweiter Mann. Jason Vanover.«

Sie aßen Meeresfrüchte in der Mulberry Street, Miles ging gern in dieses Restaurant, weil ein Mafioso hier umgebracht worden war, in den Kopf geschossen von ein paar Typen aus einer rivalisierenden Familie oder vielleicht auch seiner eigenen Familie, oder von einer Familie, die gar nicht aus der Stadt stammte.

»Du erwähnst ständig Leute, die ich nicht kenne, von denen ich nie gehört habe, und du erwähnst sie so«, sagte er, »daß ich das Gefühl kriege, ich müßte wissen, von wem du redest, dabei ist es gar keine Frage, daß ich das überhaupt nicht kann.«

»Stimmt, das tue ich.«

»Menschen rauschen eher verschwommen an mir vorbei.«

»Es ist nur so, wenn ich wen kenne, habe ich das Gefühl, daß der Mensch, mit dem ich gerade von einer Person rede, sie automatisch auch kennen müßte, durch irgendeine menschliche Arithmetik«, sagte sie.

Miles war erkältet, er war immer erkältet, das fiel gar nicht auf, es verstand sich von selbst, er hatte Hustenanfälle und leicht trübe Augen, was keiner, der ihn kannte, irgendwie bemerkte – es gehörte zum ungeordneten, allgemein ungesunden Leben, den halben Mahlzeiten und den Reisen und dem unregelmäßigen Schlaf.

Er schaute sich nach bestimmten Silhouetten um, wuchtigen Männern, die womöglich zur Connection gehörten.

»Als meine Haare kürzer waren, sah ich noch chinesischer aus«, sagte sie.

»Was hat er gemacht?«

»Er war Marktanalyst, ein Risikospekulant, mit seinem eigenen Geld und dem anderer Leute, und ein Segler, wir sind manchmal wochenlang am Stück gesegelt, er schwor auf seine Yacht. Das war das Beste an unserer Ehe. Solange wir zusammen die Ketsch hatten, paßte alles zusammen. Er hatte eine Ketsch, die er *Hochfinanz* taufte.«

»Du auf einem Boot?«

»Wir wußten, daß wir zusammenarbeiten mußten. Wir mußten auf engstem Raum zusammenleben. Abwechselnd am Steuer, in der Kombüse, gemeinsam im Bug, die Ausrüstung unterbringen, die Taue aufrollen, Ordnung unter den Dingen halten. Ja, ich auf einem Boot. Wir waren diszipliniert. Wir haben das Boot und die Elemente respektiert. Und eine ziemlich gute Ehe geführt, solange wir an Bord waren.«

Sie gingen zum Loft hinüber. Ein Einkaufswagen aus dem Supermarkt stand mitten auf der Straße, und die Autos fuhren drum herum, und ein Mann tauchte aus dem Schatten einer Laderampe auf und flehte murmelnd Jesus an.

Sie teilten sich einen Joint und schauten sich die Kurznachrichten an, den winkenden Nixon im Fernsehen.

»Acey hat mir erzählt, auf einer Party hätte sie einen Mann gefragt: ›Was wollen Männer wirklich von Frauen?‹ Und er sagte: ›Daß sie einem einen blasen‹, und sie darauf: ›Das könnt ihr auch von Männern kriegen.‹«

»In einem halben Jahr wird Acey zu berühmt zum Leben sein«, sagte Miles. »Jemand wird sie beim Verlassen einer Disco ermorden.«

Es war noch nicht ganz der richtige Zeitpunkt, um wieder zu arbeiten, aber allmählich war es so weit. Irgend etwas unter ihrer Haut setzte zu einem furchtsamen Sprung an, ein Bedürfnis, die Hände zu gebrauchen, zu gestalten, nur war es eigentlich noch tiefer – ein so umfassendes Bedürfnis, daß sie allein in ihrem Loft sitzen und sich ein bißchen davor gruseln konnte.

»Ja, beim Verlassen einer Disco«, sagte sie. »Und dann wirst du mit mir dort tanzen gehen wollen.«

Ihre Mutter nahm sie mit in die Innenstadt, sie und ihre beste Freundin Rochelle, und sie aßen im Automatenrestaurant nicht weit vom Times Square zu Mittag, die Frontfenster waren aus Buntglas, und die Milch kam aus dem Maul eines Bronzefisches. Sie beobachteten das Matineepublikum auf dem Weg ins Theater, und ihre Mutter lästerte über die Hüte der Damen. Sie sahen sich Schaufenster der besseren Geschäfte an. Ihre Mutter nahm sie in Luxushotels und Bürogebäude mit, marschierte schnurstracks mit ihnen hinein und zeigte ihnen die Zierfiguren und Gravuren in den Eingangshallen, die Holzschnitzereien auf den Fahrstuhltüren. Und sie standen vor einem Wolkenkratzer auf der Fifth Avenue, es war wohl 1934, die Japaner hatten sich in der Mandschurei verschanzt, und sie schauten an der Fassade des Gebäudes hoch und schlenderten durch die hochglanzpolierte Eingangshalle, dies war das Fred-F.-French-Building, was die Mädchen faszinierte, denn wer um alles in der Welt war Fred F. French, und Klaras Mutter, die viel wußte, die bei der Wohlfahrt arbeitete und Kinderpsychologie studierte, die alle wichtigen Ereignisse verfolgte und sich über China Sorgen machte, die diese Ausflüge systematisch plante, sie hatte keine Ahnung, wer Fred F. French wohl sein mochte, und das faszinierte die Mädchen noch mehr, faszinierte sie und machte ihnen Spaß, sie waren dreizehn und vierzehn, und alles machte ihnen Spaß. Sie fuhren mit der Third-Avenue-Hochbahn nach Hause, rappelklapperten Manhattan hoch und durch die Bronx, schauten aus den Zugfenstern in die

Mietwohnungen auf beiden Seiten, filmflimmernde Leben schossen zu Hunderten an ihren Augen vorbei, zwölf Meter über der Straße, und Rochelle erspähte mal einen Mann im Unterhemd, der sich verstrubbelt aus dem Fenster beugte, und sagte dann, Vielleicht ist das ja Fred F. French, er hat gerade eine Pechsträhne, haha, und das war's dann – sagte Klara zu Miles, sie lagen im Loft im Bett und spielten Karten –, und drei oder vier Jahre später verließen die Mädchen einen Tanzabend der High School, mit zwei Jungen, die nicht mal auf ihre Schule gingen, Eindringlingen aus dem Norden, und die vier hockten sich am dunklen Ende der Straße bei irgendwem ins Auto und pafften ein paar Zigaretten und redeten und schmusten und knutschten und fummelten. Klara und ein Junge saßen eingekeilt auf dem Vordersitz, und Rochelle hatte den anderen Jungen auf dem Rücksitz, wo mehr Platz war, und die mannstolle Rochelle züngelte und schlängelte ihnen da was vor, daß die Polster nur so qualmten, sie hatte einen ganz wolkigen Blick, der die beiden auf dem Vordersitz so sehr ablenkte, daß sie schließlich aufhörten und zuschauten. Es war gerade hell genug zum Zuschauen. Das ging bis an die äußerste Grenze dessen, was ein Mädchen gerade noch mitmacht, selbst eine mannstolle Motte wie Rochelle. Der Rücksitzbubi war inzwischen ein Häufchen Panik, und in Rochelles Blick lag ein vertrackter Verrat, er war wolkig und grausam und kalt, und er schien Klara zu sagen, daß ihre Freundschaft, die beste und tiefste, die es nur geben konnte, gerade in eine merkwürdige, verstörende Phase geriet, dieses verworrene Ding mit den Männern und dem Sex und den eigenen Bedürfnissen. Da war ein Gewusel aus Händen und Knien und das ganze Zeugs mit Rücksitzen und Körperstellungen und was man anhat, das grapschige Aufflammen von Sex im Dunkeln. Sie hörte einen Hosenbandgummi schnalzen. Sie glaubte tatsächlich zu hören, wie der Finger des Jungen in die fleischige Tasche zwischen Rochelles Beinen eindrang, ein tastendes Meeressaugen, das Nässen, das Sabbern langer, betäubender Küsse, und der Moment, wenn man eine Haarsträhne im Mund hat, die man nicht richtig zuordnen kann, und plötzlich und bitterlich war klar, daß Rochelle das schon mal gemacht hatte, nicht zum ersten Mal so weit ging, so weit und noch weiter, was für ein Schock für

Klara, solche Erfahrung in den Augen ihrer besten Freundin zu entdecken, und sie schaute in klinischer Starre zu, schaute und hörte zu – wie machtvoll ist ein Geheimnis, wenn es jemand anderem gehört.

Jetzt wußte sie, was die Leute mit Erfahrung meinten, wie sie das Wort Erfahrung benutzten, und es bedeutete nicht Sex, sondern Wissen, und dieses Wissen gehörte nicht ihr, sondern ihrer Freundin – wie es in ihren Eingeweiden herumrumorte und ihr das Gefühl gab, grünschnäblig und dumm zu sein.

Sie hörte Rochelle etwas murmeln wie, Wird Zeit, den Gummi aus der Tasche zu holen, Bob, vielleicht sagte sie auch Rob, doch statt der blassen, dehnbaren Hülle nahm der Junge das lebendige Ding raus, steif und pulsierend und ultraviolett, da war es, plötzlich aufgeknöpft und draußen in der Welt, ungefähr so geartet, wie es sich Klara vorgestellt hatte, aber so heiß und wirklich, so unabhängig lebendig und losgelöst von seinem Besitzer, seinem Halter, seinem Träger, und Rochelle war nervös, weil der Junge keinen Gummi hatte, und Klara war nervös, weil die Japaner womöglich in China einmarschierten.

Miles mischte die Karten und hörte zu.

Und im alles entscheidenden Augenblick schaute Rochelle Abramowicz über die Schulter des Jungen hinweg in die Augen von Klara Sachs und sagte nachdenklich, Was denkst du, wofür steht das F?

Und Klara fragte, Welches F?

Und Rochelle sagte, Das F in Fred F. French.

Das war ein guter Spruch, vielleicht der beste, der je gesagt worden war, bis damals oder heute, unter diesen Umständen jedenfalls, und er machte wieder Freundinnen aus ihnen. Sie lachten sich, wie es so schön heißt, kaputt, sie lösten sich praktisch in ihre einzelnen Bestandteile auf, in Atome und Moleküle, zwei Mädchen in einem Gangster-Packard, vorausgeweht in der Zeit, und Klara stand auf dem Dach, nippte lauwarmen Wein und hörte die Leute sagen, Wir brauchen Theater, und sie wußte, sie würde Miles diese Geschichte erzählen, und sie wußte auch, daß sie nie wieder eine Freundin wie Rochelle haben würde oder eine Mutter wie ihre Mutter, wenn sie schon dabei war, und sie schaute über Simse und Geländer hinweg zu dem alten Wolkenkratzer mit der massigen Leibesmitte und der sonnenexplodierten Täfelung, zehn Straßen weiter nördlich, und sie dachte, wie wundervoll, was für ein Wunder des Zufalls, unverhofft auf eine Erinnerung zu stoßen, die auf der Höhe eines glasierten Mosaiks schwebt, hoch auf einem Turm in Midtown – das alte Sonnenrad, das einem Glück bringt.

2

Die Dichter der alten Völker der Senke erzählten Geschichten über den Wind.

Matt Shay saß in seinem gemütlichen Eckchen in einem Betonraum, der etwa die Größe eines Basketballfeldes hatte, irgendwo unter den Gipshügeln des südlichen New Mexico.

Diese Operation hieß Die Tasche.

Es gab Leute hier, die sich nicht sicher waren, ob sie an Waffen arbeiteten. Sie hatten mit Forschungsprojekten zu tun und wußten nicht genau, was mit ihren Entdeckungen passierte, ihren Simulationen, den Ergebnissen, auf die sie stießen oder die sie vorhersagten. Dies ist eines der untergründigen Leitmotive im Gebaren der Systeme, die ganze Arbeit wird auf Ebenen und an geographischen Orten verknüpft, die weit von der Schreibtischplackerei und den Laborprojekten der Forscher entfernt sind.

Matt machte immer Folgeanalysen, er berechnete die gespenstische mathematische Seite eines Atomunfalls oder eines kontrollierten Austauschs von Feindseligkeiten. Er arbeitete mit Daten aus realen Vorkommnissen. Da war das Ding, das 1957 in Albuquerque zur Erde stürzte, eine jumboschwere Thermonuklearbombe, die irrtümlich von einer B-36 abgeworfen worden – ja, ja, *nobody's perfect* – und auf einem Feld innerhalb der Stadtgrenzen gelandet war. Die konventionellen Sprengstoffe detonierten, der Nuklearsprengsatz nicht. Der Vorfall blieb geheim bis zu diesem Tag, siebzehn Jahre später, als Matty in seiner Nische saß und einen Campingführer las.

Er war seit fünf Monaten in der Tasche und arbeitete unzweifelhaft an Waffen, aber auf die softe Tour, er hatte vor allem mit Schutzmechanismen zu tun und hing ständig vor einem Computerbildschirm. Er war nicht sicher, wie er sich dabei fühlte. Er hatte an Waffen arbeiten wollen, hatte den Kitzel gewollt, die Identität, das Gefühl, seine Konturen zu schärfen und sich etwas besser kennenzulernen - eine geheime Anlage in der Wüste.

Sie nannten sie die Tasche nach einem Tier namens Taschenratte, das in Tunneln lebt, die es wie wild in die gefurchten Dünen gräbt.

Die Dünenfelder, die Salztonebenen, die Weiße, die ganze weiße Meeresgrundwelt, die Linien des weißen Dunstes in der Ferne, das sechstausendjährige, mumifizierte Baby, das man in einer Höhle bei White City gefunden hatte, ja, und es gab Tiere, die über die Äonen hinweg immer weißer wurden, eine einstmals braune Maus, die sich farblich den Gipsverwehungen anpaßte, um dem Auge der Raubvögel zu entgehen.

Der Wind blies von den Organ Mountains herunter, erreichte Geschwindigkeiten von bis zu achtzig Stundenkilometern, gestaltete die Dünen neu und überzog den Himmel mit einem seltsamen, gefährlichen Grau, das wirkte wie ein verrückt gewordenes Weiß.

Die Tasche bestand aus Männern und Frauen, meistens Männern und meistens alleinlebend - nur ein kleines Häuflein Verheirateter war dabei, mit ihren Albino-Kindern, so ging der Witz -, sie lebten in Bungalow-Reihenhäusern am Rand der Raketenbasis und lauschten dem Wind, von dem die Weisen der alten Völker, Metaphern und Philosophien entfaltend, erzählten, und er schuf den Dünen neue Kronen, blies stetig, manchmal tagelang.

Arbeitest du mit Schallwellen? Mißt du die Auswirkungen der Explosion auf Transportflugzeuge? Baust du das Bömbchen und träumst von einer Kleinen daheim in Georgia, von der einen, die im Autokino am Sumpf die Hand in deine Hose gesteckt hat? Sehnst du dich danach, einen Feuerball zu sehen, einen tatsächlichen

Testabschuß – natürlich ist so was heute ungesetzlich, überirdische Explosionen, aber du wünschst dir, du hättest eine der Monsterbomben gesehen, die ein Atoll verdunsten ließen, damals als.

Er aß in der unterirdischen Messe mit Eric Deming zu Mittag, einem großen, schlurfigen Mann Anfang Dreißig, ein paar Jahre jünger als Matt und einer von den Bombenköpfen.

Erics Schultern hingen herab, wie seine Kleider. Er neigte dazu, mit den Händen zu essen – Pommes frites, klar, aber auch Salat, Rote Bete, gekochten Reis, Maiskörner aus der Dose, alles, was er packen und in Einzelstücken zum Mund führen konnte.

»Wann kommt Janet?«

»Bald. Wir sind noch bei der Detailplanung«, sagte Matt.

»Wirst du sie uns zeigen? Wir haben lange keine Frau aus der Außenwelt gesehen.«

»Du bist doch andauernd in Alamogordo.«

»Das ist nicht die Außenwelt. Du mußt tausend Meilen fahren, bevor du draußen bist. Das weißt du doch. In diesem Staat, Matty.«

»Sie kommt nicht hierher.«

»Na gut, aber weißt du, wieviel Prozent der Leute hier in diesem Staat vom Sicherheitsdienst zugelassen sind? Finden wir es nicht deshalb so toll?«

»Wir treffen uns irgendwo weiter westlich, und dann fahren wir zelten. Ganz, ganz, ganz einsam. Wenn ich sie dazu überreden kann. Sie ist nicht gerade scharf darauf, Janet.«

Eric arbeitete in einem Laborbereich, für den Matt nicht zugelassen war. Er arbeitete mit radioaktivem Material innerhalb eines versiegelten Handschuhkastens. Er trug Schutzhandschuhe, er trug Überhandschuhe, die an seinen Ärmeln befestigt waren, er trug behandelte Kleidung, mehrere Schichten, ausgerüstet mit einer Anzahl von Filmplaketten und Geigerzählern, und er arbeitete mit Bombenelementen – der Neutronen-Zündladung, den Sprengzündern, den unterkritischen Teilen, der Eingeweidehitze im Atomsprengkopf.

Jetzt machte er irgend etwas anderes, und Matt wußte nicht, was es war. Er trug eine Q-Plakette mit gelbem Rand und verbreitete ungeheuerliche Gerüchte.

Die Bombenköpfe liebten ihre Arbeit, auch wenn sie nicht unbedingt pro-Bombe waren, und der Mega-Tod geilte sie unglaublich auf. Sie waren Detailfreaks. Die innere Musik der Bombentechnologie erfüllte sie mit Ehrfurcht. Matt beobachtete sie. Er ging auf ihre Parties und lernte ihre Sprache. Sie strahlten ein Nachglühen der Sechzigerjahre-Erregung aus, eine Bereitschaft, sich zwanghaft einer Sache hinzugeben.

Sie dachten, er bemühe sich um eine Versetzung, wolle unbedingt einer von ihnen werden und die kodierte Plakette, die Q-abhängige Zutrittserlaubnis tragen, die ihn durch die letzte Tür brachte, hinein in den Tunnel, der zum Bombenbau führte.

Aber Matty schielte verstohlen zu seinen Freizeit-Magazinen, Campingtaschen und Kuppelzelten, denn er brauchte Zeit, um rauszukommen und nachzudenken.

Er hatte Zweifel, ob diese Rolle das richtige für ihn war.

Ein Stück weiter auf der Route 70, beim Schild zur Raketenbasis, in einem Gebiet, das auf deiner Landkarte weiß ist – da standen die Demonstranten, sieben oder acht Männer und Frauen, manchmal auch nur zwei oder drei, und sie trugen ein Transparent an zwei senkrechten Stäben, *Hier beginnt der III. Weltkrieg*, und das Stützpunktpersonal verspottete sie oder grinste bloß oder fühlte sich geschmeichelt von dem Transparent oder bemitleidete seine Träger, weil sie so windzerzaust und unattraktiv waren.

Matt sah sie gern. In gewisser Weise zählte er darauf. Es wurde ihm mit der Zeit wichtig, zu wissen, daß sie da waren, vier, fünf, sechs Leute, meistens mehr Frauen als Männer, oder vielleicht zwei grimmige Gestalten, die sich an den senkrechten Stäben festklammerten, niemals ein Wort verloren, wenn die Militärfahrzeuge vorbeikamen oder die Tieflader mit abgedeckten Objekten darauf, oder Zivilarbeiter und Baumannschaften, die ab und an einen Finger in ihre Richtung reckten.

Die weißen Flecken auf deiner Landkarte schließen den Luftstützpunkt ein, den Armeestützpunkt, die Raketenbasis, das breite Stück nach Nordwesten, das Jornada del Muerto genannt wird, und auch das Flachland zwischen den Dünen – das Flachland war landkartenweiß, auf dem Blatt genauso wie in Wirklichkeit, und hier gab es ein paar niedrige Bauten, umzäunte Gebäude mit Propantanks, sie belieferten die verdeckte Operation in der Tasche, wo Waffen ersonnen und entwickelt wurden.

Sie arbeiteten mit genauen Terminen. Es galt immer Termine einzuhalten. Die Bombenköpfe beschwerten sich darüber. Sie waren von höherer Empfindsamkeit, sie hatten gelernt, sich qua Verstand zu beherrschen, sie kannten keinen moralischen Zwiespalt, keine sentimentale Babykacke um Konsequenzen und Seelenqual. Sie waren die Leute, denen die knallharten Prinzipien des Konfliktes zwischen den Systemen klar waren, und sie mochten keinen bürokratischen Druck, der von außerhalb ausgeübt wurde.

Aber bei den Terminen blieb es. Ständig herrschte Termindruck. Es herrschte die Dringlichkeit eines Krieges ohne Krieg.

Eric sagte: »Schon das neueste Geheimnis gehört?«

Sie schlenderten bei Sonnenuntergang hinter den Bungalows entlang, vollkommen allein auf der Sandebene, und Eric schaute sich ständig nach Lauschern um, komisch-übertrieben natürlich, und sein aufgesetztes Mundwinkel-Murmeln hätte selbst einen Lippenleser frustriert, der abgestellt war, Filme von Überwachungskameras auszuwerten.

»Da ist eine alte Geschichte erst jetzt ans Tageslicht gekommen«, sagte er, »ganz schwache Gerüchte.«

»Was für eine alte Geschichte?«

»Arbeiter vom Testgelände in Nevada, damals, als noch oberirdisch getestet wurde.«

»Was ist mit ihnen?«

»Und Leute, die im Bereich der Luftströmung gewohnt haben. Diese Leute haben übrigens einen Namen, der ihre Existenz voll und ganz trifft.«

»Nämlich?«

»Luftströmer«, sagte Eric.

Sie wanderten weiter, an flach wucherndem Salzkraut vorbei, auf den elektrischen Zaun zu.

»Und was ist mit ihnen?«

»Keiner darf das eigentlich wissen. Es liegt mehr oder weniger offen zutage, aber gleichzeitig.«

»Was?«

»Geheim. Unerwähnt. Verschwiegen.«

»Was ist das Geheimnis?« fragte Matt.

»Knochenmarkkrebs. Nierenversagen. Oder du wachst eines Morgens auf und bist fünf Zentimeter kürzer.«

»Du meinst, sie waren dem radioaktiven Fallout ausgesetzt?«

»Oder du fängst eines Tages an, dich zu erbrechen, und tust das jeden Tag, sieben, acht Wochen lang.«

»Aber müssen wir damit nicht rechnen? Gelegentliche Berechnungsfehler. Es ist eine gefährliche Arbeit, das weißt du doch.«

Eric schien diese Bemerkung Spaß zu machen. Nein, er schien sie zu erwarten, er schien sie ermutigend zu finden. Sie gingen weiter hinaus, an einer großen, parabolischen Düne vorbei, und da draußen war es so zerrend heiß, daß die Luft eine Form der physikalischen Behinderung zu sein schien.

»Kleine Bauerngemeinden im Luftströmungsbereich der Tests. Fast alle Kinder tragen Perücken«, flüsterte Eric.

»Wegen der Chemo?«

»Ja. Und hie und da kommt ein Kind mit fehlenden Gliedmaßen auf die Welt und was nicht alles. Und eine gesunde Frau wäscht sich die Haare, und plötzlich hält sie alles in den Händen. Gerade war sie noch eine umwerfende, äh, Brünette, und im nächsten Augenblick ist sie vollkommen kahl.«

»Wo?«

»Vor allem im südlichen Utah, hab ich gehört, denn es liegt im Bereich der Luftströmung. Aber auch woanders. Drüsenkarzinome. Alttestamentarische Ausbrüche großer roter Geschwüre. Riesengroße Kleckse und Rötungen. Und du spuckst Blut, Händevoll. Du schaust dir deine Handinnenflächen an und siehst einen halben Liter radioaktives Blut.«

Sie gingen an dem elektrischen Zaun entlang, an einem Warnschild vorbei, das ein Protestler oder ein in der Tasche arbeitender, heimlicher Renegat mit Graffiti besprayt hatte.

»Hältst du die Geschichten für wahr?«

»Nein«, sagte Eric.

»Warum verbreitest du sie dann weiter?«

»Wegen dem Unterton natürlich.«

»Wegen dem Kitzel.«

»Wegen dem Kitzel. Dem Biß. Dem existentiellen Brennen.«

Matty war sechs Jahre alt, als sein Vater Zigaretten holen ging.

Acht Tage später, als sein Vater immer noch nicht zurückgekommen war, weder angerufen noch eine Nachricht durch einen Freund gesandt hatte, nahm der Junge alles Kleingeld, das er in der Wohnung finden konnte, und machte sich auf den Weg.

Er war noch nie in genau dieser Richtung über die Hochbahn der Third Avenue hinaus gegangen, aber dorthin ging er jetzt. Dann überquerte er die Avenue, wo die Züge durch den langen Korridor unter Straßenniveau fuhren, auf dem langen Weg von den Vorstädten bis runter zur Grand Central Station. Die Züge, die Nicky eines Tages mit Steinen bewerfen würde. Gut sichtbar am Geländer, während er Steine auf die Züge direkt unter ihm warf.

Dann stieg er die lange Treppe zu den Straßen am Grand Concourse hoch. Er war schon mit seiner Mutter hier hochgestiegen, um ins Kino zu gehen und einen Eisbecher mit Früchten in der nahegelegenen Eisdiele zu bekommen, und jetzt stieg er die Stufen allein hoch, ging zum Grand Concourse, wo das Kino stand, Loew's Paradise, sechzig oder siebzig Stufen und Gebäude auf Eisenstelzen, wie in einem ganz anderen Land.

Er sieht sich selbst aus dieser Entfernung, vom weißen Sand aus, wie er auf der anderen Straßenseite steht und die große, italianisierende Fassade des Paradise anschaut.

Er sieht sich, wie er die Uhr und die Dachbalustrade und die verzierte Kuppel anstarrt.

Er sieht sich, wie er eine Karte kauft, kaum an das Loch im Fenster herankommt, er schob die Münzen durch das Loch und sah der Kartenverkäuferin zu, wie sie auf ein Ding haute, das die Eintrittskarte aus einem Schlitz herausschickte.

Er betrat die Eingangshalle. Er spürte eine umhüllende Wärme aus dem dicken Teppich aufsteigen, wie ein glücklich stillhaltender Hund beim Streicheln. In Marmorbecken schwammen Goldfische. Er betrachtete die Kronleuchter aus geätztem Glas. Eine Reihe Balkone ragte vor, wo Gemälde in vergoldeten Rahmen hingen. Er fand dies tausendmal heiliger als die Kirche.

Er sitzt in seiner Bungalowhälfte auf der Raketenbasis und sieht sich die mit Teppich ausgelegten Stufen emporsteigen, weil er ganz oben sitzen wollte, nah an der Decke des Kinos.

Er sah den Platzanweiser dastehen, eine Taschenlampe in Gürtelhöhe. Der Platzanweiser trug Tressen auf den Schultern und eine Reihe Messingknöpfe quer über der Brust, und er ließ das Licht wiederholt aufblitzen, nur um das Klicken zu hören. Matty dachte, der Platzanweiser würde ihm sagen, er dürfe nicht auf dem Balkon sitzen, denn der war nur für Erwachsene, für Raucher oder für Jungen und Mädchen, die knutschen wollten. Aber der Platzanweiser stand da und ließ das Ding klicken, und Matty ging einfach vorbei.

Er kletterte hoch zu den Plätzen nah an der Decke, über die funkelnde Sterne zogen. Der ganze Himmel zog über die Decke, Sterne und Sternbilder und dunstige blaue Wolken. Seine Mutter wollte, daß er Meßdiener wurde, sobald er alt genug war, aber das hier war viel gewaltiger als die Kirche.

Er sieht all das als ein Erwachsener, der nie eine Zigarette geraucht hat, der gerade mal Auto fährt und nicht mehr Schach spielt und eine Frau liebt, die Krankenschwester in Boston ist.

Er sieht sich auf dem Balkon in Loew's Paradise sitzen. Das Licht vom Film leuchtete auf oder verblaßte, je nachdem, wie die Szene war. Er betrachtete die Wand in seiner Nähe, dann die andere, und wenn das Licht aufflackerte und ansprang, dann war alles da, das ganze gewaltige Ding, Bögen, Portiken, Statuen, die Urnen und Marmorbüsten, die durch Balustraden gezogenen Ranken, die Helden mit langem Schwert auf dem Piedestal, die Säulen in Form drapierter Figuren, beide Wände übervoll von Körpern und Strukturen dicht an dicht, zu viel, um es alles aufzunehmen, und Engel, die mit Heiligenschein auf den Ziergiebeln standen, und er saß da und wartete auf seinen Vater, auf eine Erscheinung von Geist oder Seele seines Vaters.

Er setzte die Brille ab, er setzte die Brille auf. Dann setzte er sie ab, putzte sie mit einem hellen Tuch und begab sich vor seinen Bildschirm, auf dem eine zu einem Waffensystem gehörige Datentabelle blinkte, genauer gesagt, zu dem Teil der Waffe, das die Aufgabe hatte, Signale auszusenden, um das Feuerleitsystem zu aktivieren oder zu sichern oder wieder zu sichern. Er hörte einen schwachen Donner irgendwo über der Wüste, einen Überschallknall, und er erregte ihn, bewegte ihn. Das war immer so, egal wie oft er ihn hörte oder wie weit er von der Ausgangsstelle entfernt war. An manchen Morgenden weckte ihn das Geräusch, wenn die Flugzeuge direkt über ihn hinwegflogen, und manchmal stand er bei Einbruch der Dunkelheit vor seinem Quartier und beobachtete die parallelen Kondensstreifen von einem halben Dutzend Flugzeugen in dichter Formation, die Flugzeuge selbst waren längst fort, aber der Sog und der Schallschock, das beeindruckte und bewegte ihn, und dann der Nachknall, der von den Bergen rollte, als würde eine Fuge der Welt gesprengt.

Es gab Leute hier, die nicht wußten, was aus ihrer Arbeit wurde, wie man sie womöglich anwandte. Sie wußten nicht, wie ihre Aufstellungen von Zahlen und Symbolen auf die Natur einwirken mochten. Vorstellbar, daß es blitzschnell geschah.

Alles in Verbindung, an irgendeinem geheimgehaltenen Punkt weiter unten in der Systemkette. Das verursachte eine gewisse, exklusive Unruhe.

Aber es war auch ein großartiges Geheimnis, ein Quell des Erstaunens, wie eine kurze Gleichung, die man versuchsweise am Bildschirm eingibt und die womöglich den Verlauf vieler Leben ändert, dafür sorgt, daß Tausende von Kilometern entfernt in der Straßenbahn das Blut durch den Körper einer Frau rauscht, und wie soll man so eine Beziehung definieren?

Matt fuhr nicht gern Auto. Er fuhr erst seit einem halben Jahr und wußte, er würde nie mit selbstverständlichem Gefühl hinterm Steuer sitzen. Bestenfalls konnte er einen Fahrer mimen. Er lieh sich einen Vierradantrieb von einem der Bombenköpfe und fuhr mit der Gebrauchsanleitung auf dem Schoß. Die Straßen, die Straßenschilder, die anderen Autos machten ihn unsicher, deckten sein Verbrechen – daß er überhaupt fuhr – gnadenlos auf.

Aber er wollte für seinen Campingausflug mit Janet üben und fuhr an seinen freien Tagen durch die Gegend, da gab es Schilder für Lkw-Bremsrampen und gefährliche Seitenwinde, da gab es das »Jesus ist unser Herr«-Schild und die weißlichen Dunstlinien in weiter, weiter Ferne, bei denen, wie er inzwischen wußte, es sich um Sand vom Meeresgrund handelte, und das »Einfahrt verboten«-Schild »bei Überschwemmung der Straße« und die jalousieartigen Schatten auf der Ebene, von den Querstreben der Stromleitung, die schnurgerade bis nach Texas führte.

Als er eines Tages von einer Tour zurückkam, sah er die Protestler, die wie immer am falschen Ort postiert waren. Sie hätten am dritten Tor zum Luftstützpunkt stehen sollen, dem unbeschilderten Tor, denn dort kamen und gingen die Wissenschaftler, sie waren die anfälligsten unter den Anwesenden, und halb wollte er den Protestlern schon sagen, sie sollten ihre Aktion doch ein Stück die Straße rauf verlegen.

Matt sah etwas jüdisch aus, vielleicht auch ein bißchen wie ein Latino. Er hatte, kurz bevor er zwanzig wurde, eine Zeitlang Gewichte gestemmt und seinen weichen, zarten Körper gestählt, der bislang nur als Anhang des Universalcomputer-Schädels gedient hatte. Daheim in der Bronx sagten die Leute, er sähe ein bißchen nach allem aus. Mexikanisch, italienisch, sogar japanisch – sein freundlichstes Lächeln konnte wie eine zeremonielle Grimasse wirken. Ein Phantombild nach sieben verschiedenen Beschreibungen – das war Matt. Er verlor nie die Ähnlichkeit mit dem Studenten vom City College Ende der fünfziger Jahre, arbeitsam, kurzsichtig, begabt und arm, mit der U-Bahn zur Vorlesung fahrend.

Er saß mit Eric Deming in der Messe. Eric nahm eine Strähne Spaghetti zwischen die Finger und ließ sie langsam, mit einem gewissen Aufwand an schlangenhaften Verrenkungen, in seinen Schlund hinab.

Matt sagte: »Na schön. Das sind Dinge, die wir zu erwarten haben. Wir sind nicht naiv. Fehler sind ein Teil des Prozesses. Der Wind ändert plötzlich die Richtung, und der Fallout wird in die falsche Gegend geblasen. Oder die Explosion und die Erschütterung sind heftiger, als alle erwartet hatten.«

»Die gemütlichen fünfziger Jahre. Alle hatten dasselbe an, redeten dasselbe. Alles war eitel Küche, Auto, Fernseher. Wo ist das Pepsodent, Mom? Wir waren dabei, wir wissen doch Bescheid, oder?«

»Du weißt Bescheid. Ich nicht«, sagte Matt.

»Du warst auch dabei. Wir waren beide dabei.«

»Du warst dabei. Ich war woanders.«

»Dad steht im Laubengang und wäscht den Wagen. Und währenddessen wurden hier draußen für Atomkriegsspiele Truppen in die Gräben geschickt. Und direkt über ihnen fauchten Feuerbälle.«

»Zu nah postiert, meinst du.«

»Das habe ich gehört. Du schaust dir deinen Arm an und kannst direkt durchgucken. Im Grunde wird aus deinem Arm ein Röntgenbild von deinem Arm. Du kannst einfach durch den Uniformstoff und die Haut durchgucken. So weiß ist das Licht. Du kannst Blut, Knochen und was nicht noch alles sehen. Aber das ist nicht alles. Du kannst all das mit geschlossenen Augen sehen. Du brauchst die Augen nicht aufzumachen. Du siehst direkt durch die Lider hindurch. Ha!«

»Und, wurde es offiziell zugegeben?«

»Eines Tages, wenige Jahre später, wachst du auf, und deine sämtlichen inneren Organe sind verschmolzen. Nur noch ein großer, gallertiger Kloß.«

»Wurden die Männer denn entschädigt?«

»Ich weiß nicht«, sagte Eric.

»Das kommt also nicht in deiner Gerüchteküche vor.«

Eric steckte einen Finger in Mattys Rahmspinat und bugsierte einen zerfledderten Bissen in Richtung Mund.

»Wozu soll ein Gerücht gut sein, das sich um bürokratische Details schert? Es geht um folgendes«, sagte er. »Es ist ganz offen passiert, aber bis heute ist es ebenso ein Riesengeheimnis. Das besagt jedenfalls die Geschichte. An die ich im übrigen nicht glaube. Sie haben größere Turmdetonationen durchgeführt oder Bomben aus Flugzeugen abgeworfen, und sie haben Truppen zu nahe am Explosionsort stationiert, und sie haben den Fallout nach Utah treiben lassen, wo heute die Kinder mit der Blase falsch rum auf die Welt kommen.«

Matt wollte Eric gernhaben. Der Knabe war klug, freundlich, irgendwie halbcharismatisch in einer körperlich tolpatschigen, zu lang aufgeschossenen Art. Aber manchmal gingen dem Betrachter Erics Motive in dem Sog seines Lächelns verloren. Man sah das Schattenspiel um den Mund und fragte sich, ob man gerade reingelegt wurde.

»Du kennst doch die Schule, nicht weit von hier. Das ist jetzt kein Gerücht, sondern Tatsache. Ich war da, habe sie gesehen. Die Grundschule von Abo mit Fallout-Bunker. Ein Stück Wirklichkeit unter der Erde.«

»So wirklich wie wir.«

»Wir sind nicht wirklich«, sagte Eric. »Das sind doch nur Kinder. Es ist eine Volksschule. Sie haben noch die Chance, wirklich zu werden. Ich bin dort hingeschickt worden, um vor ihnen zu sprechen.«

»Als Bombenkopf.«

»Als ein anständiges jüngeres Mitglied des militärisch-industriellen Komplexes. Eigentlich als Pausenclown.«

»Was hast du ihnen gesagt?«

»Am Stadtrand befindet sich ein Wasserspeicher. *State Champs* steht da in strahlend neuem Anstrich, ihre High-School-Mannschaft ist Meister geworden. Und reihenweise neue Häuser. Dann findest du die Schule, aber nur knapp. Ein paar Bauten, die wie Wohnwagen aussehen, ein paar Basketballfelder, und schließlich entdeckst du einen Eingang, du öffnest die Stahltür und gehst die Treppe runter, unten massenweise Beton und Stahl, das Licht ist ein bißchen gespenstisch. Die Klassenzimmer, die Schlafsäle, die Konservendosen, das Leichenschauhaus. Keine kaputten Scheiben in den Fenstern. Das gehört zu den Vorzügen. Denn es gibt natürlich gar keine Fenster. Aber eigentlich geht es darum. Worum geht es eigentlich, Matty?«

»Ich weiß es nicht. Sag's mir.«

»Haben sie all das gemacht, um die Kinder vor sowjetischen Bomben zu schützen oder vor unseren eigenen Bomben und deren Fallout?«

»Ich weiß nicht. Beides. Was hast du den Kindern gesagt?«

»Ich habe in Zungen geredet«, sagte Eric. »Ich meine, denk doch mal drüber nach. Da stehe ich am Nordrand einer großen Wüste in einem unterirdischen Raum, mit Filtersystemen für radioaktiven Fallout und einem voll eingerichteten Leichenschauhaus, und über der Tafel hängen Buntstiftzeichnungen von Schweinchen und Kühen. Übrigens.«

»Was?«

»Ich habe ein Schachspiel in meinem Zimmer. Lust auf eine Partie?«

Die Tasche war eine jener netten, engen Gemeinschaften, die die Welt ersetzen. Sie war die Welt, persönlich gestaltet und durchweg interessant, denn sie bestand nur aus dem, was man tat, man selbst und andere wie man selbst, sie war von sich selbst umgeben, auf sich selbst bezogen, und man tat alles gemeinsam, an einem Ort und in einer Sprache, die anderen nicht zugänglich waren.

Janet Urbaniak war Matts Freundin, eine ausgebildete Krankenschwester. Sie hatten eine ernsthafte Hin-und-wieder-Beziehung, öfter wieder als hin, sie waren oft ungeduldig miteinander, aber immer fest verbunden, eines jener schicksalhaften Paare, die geboren wurden, um sich zu begegnen und zu streiten.

Er rief Janet an ihren freien Tagen an, und sie erzählte ihm, wo sie gewesen war, was sie gesehen oder gekauft hatte und mit wem und wie lange, und er hörte zu und gab Kommentare ab und fragte nach Einzelheiten.

Sie arbeitete jetzt im Not-OP. Sie erzählte ihm von ihren Nachtdiensten, aber er sagte fast nichts über seine Arbeit, und natürlich verstand sie das und bohrte nicht weiter.

Janet telefonierte zweimal die Woche mit seiner Mutter, um zu erfahren, wie es ihr ging, dann rief sie Matt an, um Bericht zu erstatten, darauf rief Matt seine Mutter an, um alles zu bestätigen, um die Einzelheiten eines Wehwehchens oder eines Schmerzes zu klären, und er mochte all diese Anrufe, die einen, die er machte, und die anderen, von denen er hörte – so war die Tasche nicht sein ganzes Leben.

Er fuhr mit seinem geliehenen Jeep an einer allein dastehenden Protestlerin vorbei, einer Frau, die sich abmühte, ihr Transparent in dem trockenen, steifen Wind, der über die Ebene fegte, aufrecht zu halten. Er wollte anhalten und mit ihr reden. Ihr helfen, ein bißchen plaudern. Er wollte zeigen, daß er ihrem Standpunkt mit Toleranz begegnete, wollte sich gestatten, einige ihrer Argumente überzeugend zu finden, scharfsinnig selbst ein paar Dinge klarstellen und sie dann zu dem gesichtslosen Zimmer fahren, in dem sie wohnte, am Rand von dieser oder jener Stadt, mit teilweise verbauter Aussicht auf die Berge, für ein bißchen sanften, stöhnenden und beiderseits toleranten Sex auf ihrem zerwühlten Bett, aber er verlangsamte das Tempo nur ein wenig beim Vorbeifahren.

Später erzählte ihm jemand, die Protestler wohnten in einem abgewrackten Schulbus in den Sacramento Mountains. Matt fand das irgendwie gut. Er mochte die Vorstellung, daß jemand alles hinter sich ließ, um eine Idee zu verfolgen. Er dachte an Schwester Edgar, wie sie in der sechsten Klasse von Wüstenheiligen sprach, von Säulenheiligen, Styliten, wie sie sich auf ihren Schreibtisch hievte und unter dem Habit die Beine kreuzte, eine Heilige im Lotussitz auf einer Säule im Sinai, und sie sprach in lateinischen und hebräischen Brocken zur Klasse, und er erinnerte sich daran, daß es ihm gefallen hatte – er stellte sich gern eine von Gott erleuchtete Gruppe Wanderer vor, die alle Testgebiete und Bombensilos im Westen heimsuchte.

Das war einer der Gründe gewesen, warum er ursprünglich hergekommen war. Wegen der Fragen, der Herausforderungen. Wegen der Selbsterkenntnis, die er vielleicht in einem härteren Leben finden konnte, durch die bewußte Festlegung von Grenzen.

Hast du eine Diplomarbeit über Sonnenenergie geschrieben? Hast du einen Aufsatz über das Kettenreaktionsprinzip bei der Kernspaltung veröffentlicht? Gehst du jedes halbe Jahr zum Zahnarzt, Prophylaxe und Polieren? Bist du ein Systemmechaniker, der Groll auf seine Mutter hat? Bist du ein Waffeningenieur, der heimlich onaniert, während seine Frau Wiederholungen von »Honeymooners« im Fernsehen schaut? Wünschst du dir nichts sehnlicher, als eine Turmdetonation mit allen Spezialeffekten zu sehen, während die Sonne aufgeht, Ärschchen in die Höh, und die Bäume in die falsche Richtung Schatten werfen, das Spektakel des gespaltenen Atoms, wenn die Kondensationswolke sich in Sekundenbruchteilschritten im Druckfeld ausbreitet, immer schön auf Mitte, und sich die sichtbare Druckwelle nähert und der biblische Wind Beifußbüschel, Sand, Hüte, Autos, Autoteile, Kondome und Giftschlangen mit sich trägt, die alle in der Wüstendämmerung vorbeifliegen?

Eric ließ nicht locker mit dem Schachspielen. Matt aber wollte nicht. Er redete nicht über sein Schach. Sein Schach war alte, dunkle, schwierige Geschichte, auf ewig verdrängt. Die Geschichte eines Schach-Homunkulus. Niemand wußte von seinem Schach. Janet wußte ein bißchen, nur Janet, sonst niemand – außer seiner Mutter, seinem Bruder und Mr Bronzini – von denjenigen, die sich überhaupt erinnern würden.

»Du begreifst nicht, worum es geht«, sagte Eric im Jeep.

»Du verbreitest Gerüchte, die du nicht mal selber glaubst. Darum geht es«, sagte Matt.

»Sie mußten Straßensperren errichten, weil sich die Wolke auf bewohnte Regionen zubewegte. Neuroblastome. Verbrennungen durch Beta-Strahlen. Lämmer mit zwei Köpfen. Oder ganze Schafherden, die tot auf den Weiden lagen. Oder du wachst eines Morgens auf, und deine Zähne fangen an, aus dem Kiefer zu ploppen, schmerzlos und blutlos.«

Sagen wir, zwei oder drei Zähne. Sozusagen freundlich, mit ganz schwachem Schmatzgeräusch rausgeflutscht, sagte Eric. Und du wickelst sie in kalte, feuchte Gaze, springst in dein Auto und rast zum Zahnarzt, fest darauf vertrauend, daß er die Zähne wieder einsetzen kann, denn den Ärzten gelingen ja die unglaublichsten Dinge mit abgeschnittenen Gliedmaßen. Oder er wird die Zähne nicht wieder einsetzen. Er wird sie in ein Labor im neuen Ärztezentrum schicken, wo sie nagelneue Geräte haben, die durch einen flüchtigen Blick mehr über dich erfahren können, als du selber rausfinden würdest, selbst wenn du tausend Jahre lebtest.

An der ersten roten Ampel nimmst du die Gaze aus deiner Tasche und faltest sie für einen kurzen Blick auseinander, sagte Eric, und dann liegt nichts als ein kleines Häufchen Pulver drin, denn deine Zähne sind vollständig zerbröselt. Diese harten, starken, verläßlichen Gebilde, dafür gemacht, zu beißen und kauen, Fleisch zu zerreißen. Diese Dinger, die in den Kiefern prähistorischer Menschen eine Million Jahre halten, in den Schädeln, die wir ausgraben und studieren. In deiner Tasche zu Staub zerfallen, in sechs verfluchten Minuten.

Er rief Janet an und redete. Er redete und hörte zu. Je banaler das Gerede, desto wohler fühlte er sich. Er fand Befriedigung in den Details ihres Alltags, den Dingen von flüchtigem Interesse, die ihm in seiner einsamen Liebe wie Indizien einer privilegierten Zeugenschaft vorkamen.

Manchmal sprach sie von ihrer Arbeit, Dienst im Not-OP mitten in der Nacht, und sie ging sachlich damit um, Körper, die auf den gerade gewischten Boden im Korridor klatschten, Verwandte, die ein Opfer hereinzerrten, erstochen oder mit Überdosis, Onkel und Mutter hielten Kopf und Beine des Mannes, und ein Haufen Kinder hing an den Seiten, zwei an jedem Arm.

Sie beschrieb Szenen, die wie Gemälde der europäischen Meister waren, derjenigen, die Wunder und Kriege darstellten.

Ihre Stärke bei diesen Dingen machte sie in seinen Augen schön. Sie war eine eher kleine Frau, sie waren beide ziemlich klein, und Janet war außerdem zierlich, und er stellte sie sich gern im OP-Kittel vor, wie sie jemandem eine Faust in die Brusthöhle steckte und eine Kugel oder einen Hühnerknochen hervorholte. Ihre Schüchternheit verschleierte nicht, wie handfest und willensstark sie in ihrer Beredsamkeit war. Das sah und hörte er oft. Sie saß ihm im Nacken, wenn sie ihm etwas klarmachen wollte.

Er fand, sie waren zu gnadenlos aufrichtig. Sie wollten eine Familie, sie wollten einander, aber in regelmäßigen Abständen überfiel sie die Komplexität dieses Unterfangens, die Pläne, die Möglichkeiten, die Städte, die Vorstellung von Ehe und Kindern und Jobs und wie schwer es ist, alles richtig zu machen, und sie einigten sich, schacherten und stritten, planten und kämpften.

Er betrachtete Landsat-Fotos, die vor ein oder zwei Jahren aus dem Weltraum aufgenommen worden waren. Es waren Falschfarben-Bilder, die Anzeichen von Bodenerosion, geologische Zerklüftung und hundert andere Ereignisse und Umstände sichtbar machten. Sie zeigten tektonische Verschiebungen und Driften und industrielle Verwüstung, Milliarden Datenbits, in Bilder umgewandelt.

Er sah, wie ferne Sensoren verborgene Bedeutungen aus der Erde hervorholten. Wie geschwungene Flächen und Flecken in strahlenden Farben, Computerfuchsien oder Rorschach-Pfützen in namenlosen Schattierungen eine Veränderung der Wassertemperatur andeuten konnten oder wo die bedrohten Grizzlies auf Beutezug oder zur Paarung hingehen. Er betrachtete spindeldünne Riffstrände, die sich weiß wie zerbrochene Knochen abzeichneten. Er fand Städte von beträchtlicher Größe, die in Bergfalten hineingepixelt waren, und sah hoch in den Gebirgsketten schwarze Seen, durch Glazialbewegung geformte Gletschertöpfe.

Er konnte gar nicht wieder wegschauen.

Die Fotomosaiken schienen eine sekundäre Schönheit in der Welt zu enthüllen, normalerweise nicht zu sehen, eine halluzinatorische Verschmelzung von Genauigkeit und Entrückung. Jeder thermische Ausbruch der Farbe war eine vielschichtige Gefühlsregung, die er weder zuordnen noch benennen konnte.

Und er dachte an das Leben in den Häusern, eingebettet in die Daten auf der Straße, die aus dem Weltraum fotografiert wurde.

Und das werden die Sensoren als nächstes aufspüren, dachte er. Die unausgesprochenen Gefühle der Menschen in den Räumen.

Und dann dachte er unweigerlich an Nick.

Oft wollte er seinen Bruder anrufen. Er dachte, er würde gern mit ihm über die Arbeit sprechen, die er hier machte. Er würde Nick einen allgemeinen Eindruck vermitteln können, damit er erfuhr, daß der Kleine eine wichtige Arbeit leistete, aber ihm auch sagen, daß sie ihn ab und zu beunruhigte.

Eines Tages konnte es nämlich dazu kommen, daß er eine Bombe zusammenbaute, die explosiven Bestandteile eines Atomsprengsatzes - das war hundertprozentiges Bombenkopfterrain.

Matt war sich nicht sicher, ob er allein damit klarkam. Wenn es sein mußte, schon, und Janet würde ihm helfen, sie würde einen klaren Standpunkt einnehmen, den er gegen seine Zweifel stellen konnte, aber er wollte mit Nick reden. Er wollte die Stimme seines Bruders hören, wie sie durch die Telefonleitung kam, die leicht verbogenen Betonungen, die ein buchstäblich ganzes Leben voller Assoziationen in sich trugen.

Nick war von einer Ernsthaftigkeit, die etwas Europäisches hatte. Er war geformt und zusammengesetzt. Zuerst auseinandergenommen und dann neu ersonnen und kräftig geformt und wieder zusammengesetzt. Und er war zuweilen düster und beherrscht und engstirnig, aber vielleicht würde er dem Kleinen ja einen Rat geben, wie er mit den moralischen und ethischen Aspekten dieser Art von Arbeit umgehen sollte. Hauptsächlich aber wollte Matt einen Beweis von Nicks Interesse. Darauf kam es mehr an als auf einen tatsächlichen Ratschlag, eine Empfehlung oder Meinung, aber das wollte er auch - eine Meinung in der Stimme seines Bruders.

Er wußte nicht, was sein Bruder sagen würde. Vielleicht würde er sagen, auf diese Weise definierst du dich eben als ernsthafter Mann, indem du die harten Fragen und quälenden Entscheidungen durcharbeitest, und wenn du dranbleibst, wirst du am Ende stärker sein. Oder, Narr du, welche Spuren wird das in deiner Seele hinterlassen, wenn du Vater wirst wie ich? Bedenke, wie schuldig du dich machst, Kinder in einer Welt großzuziehen, die du mitgeschaffen hast - indem du deine Begabung in einen so trostlosen Dienst gestellt hast. Inzwischen mit leiser Stimme. Und wer kennt das kitzlige Geschäft mit Waffen besser als ich, Bruder?

Aber diese letzte Bemerkung würde er niemals machen, oder? Und Matt machte den Anruf nicht. Sie sprachen nicht oft miteinander, oder sie sprachen über ihre Mutter, oder sie gingen einander gewohnheitsmäßig auf die Nerven, aber vielleicht würde er ihn später anrufen, wenn er das Bedürfnis wieder verspürte.

Wenn der Wind aus den Bergen blies, gestaltete er die Dünen neu, und wenn man die Tasche verließ und nach oben kam, mit einem Bier und was zu knabbern zu Hause saß, dann sah man die eigene Wäsche, die an der Leine im Garten in die Horizontale ging, alles, Laken, Taschentücher, Boxershorts, Schlafanzughosen, wie Menschen in allen Größen und Formen, die unter dem Druck zersprangen und ihre Seelen fortfliegen ließen, zu den Gipshügeln.

»Aber darum geht es gar nicht«, sagte Eric. »Du be, be, begreifst nicht, worum es geht.«

In den Bergen regnete es.

Eric hatte ein falsches Stottern, das er gern einsetzte, um dem Gespräch Struktur zu geben, er hatte es entwickelt, um sich über sich selbst oder seinen Zuhörer lustig zu machen, obgleich keiner von ihnen stotterte, vielleicht äffte er auch nur irgendeinen Nachtclubkomiker nach oder eine affige Fernsehfigur – Matt wurde nicht ganz schlau daraus.

Er schaute aus einem Fenster von Erics Bungalow. Der Regen war eine rauchig schimmernde Wand, die quer über den Kalksteinklippen hing. Eric saß auf einem Sofa, das immer noch in Verpackungsplastik steckte, inmitten eines Durcheinanders aus Wissenschaftszeitschriften, UFO-Magazinen, Supermarktgazetten, einem halben Dutzend Playboys und verstreutem Essen.

»Obwohl riesige Geländeflächen betroffen waren und eine große Anzahl von Menschen damit in Berührung kam, ist es bis zum heutigen Tag obergeheim geblieben.«

»So geheim, daß es womöglich gar nicht wahr ist«, sagte Matt.

»Glaubst du denn dran?«

»Ich glaube, daß Fehler gemacht wurden.«

Eric machte das Spaß. Sein Schattenlächeln tauchte am äußeren Ende des hingerekelten Körpers auf. Es kam und ging, wie ein innerer Dialog, den er parallel zu den gesprochenen Zeilen führte, nicht greifbar und dahintreibend.

»Es geht schlicht und einfach darum.«

»Worum geht es denn, Eric?«

Er nahm ein Magazin, blätterte ziellos darin herum, sprach mit einem Tonfall, der leicht ungeduldig war, aber vor allem, jetzt da er endlich zur Sache kam, etwas matt und gelangweilt.

»Es geschah mit voller Absicht«, sagte er. »Sie wußten, daß die Tests nicht sicher waren, aber sie machten trotzdem weiter. Sie ließen nach der Explosion Truppen zum Detonations-Nullpunkt marschieren. Sie schickten bemannte Flugzeuge durch die Strahlungswolken. Sie injizierten Menschen Plutonium, um dessen Weg durch den Körper zu verfolgen. Sie taten das mit voller Absicht, ohne den Menschen mitzuteilen, welche Risiken sie eingingen. Sie setzten Truppen dem Atomblitz aus, und einige Soldaten bekamen Brillen mit Schutzfiltern und andere nicht. Sie experimentierten mit Kindern, Säuglingen, Föten und Psychiatriepatienten. Sie sagten den Navajos, die in den Uranbergwerken arbeiteten, nie, was für Gefahren damit verbunden waren. Und wie sich herausstellte, waren die Gefahren beträchtlich. Sie beschossen die Hoden von Gefängnisinsassen. Im Klartext, sie packten dich bei den Eiern und beschossen dich mit Röntgenstrahlen. Das ist die Geschichte, die ich gehört habe. Glaubst du dran?«

»Das ist ziemlich, ich weiß nicht.«

»Na klar. Sehr schwer zu glauben. Deshalb glaube ich auch nicht dran«, sagte Eric. »Nicht eine Zehntelsekunde.«

Die Regenwand zog sich schleppend über die Ebene heran, und der Wind frischte auf. Die Dichter der Wüstenvölker erzählten Geschichten über den Wind. Er bäumt sich auf und kreiselt und wirbelt dich herum und wirft dich um. Doch er spricht auch so leise, daß nur dein innerster Geist ihn hören kann, und so findest du auf den rechten Weg zurück.

Eric sagte: »Sie haben den Testpersonen nie mitgeteilt, daß sie Testpe, pe, pe, pe.«

»Testpersonen waren.«

»Ich glaube nicht dran«, sagte Eric. »Aber vielleicht siehst du das anders.«

Matt wußte nicht, wie er es sah. Aber er fand die Geschichte nicht völlig an den Haaren herbeigezogen. Er hatte schließlich in Vietnam gedient, wo sich alles, was er nie hatte glauben wollen oder sich nie hatte vorstellen können, am Ende als wahr entpuppte.

Eines Tages hielt er doch an, um mit ihr zu reden, mit der Frau, die allein mit ihrem Protesttransparent dastand. Er parkte den Wagen auf der gegenüberliegenden Straßenseite und ging zu ihr hinüber. Sie hielt einen Pfosten mit den Armen umschlungen, ein senkrechtes, zwei Meter fünfzig langes Ding, und der andere Pfosten war in den Boden gerammt und untenherum mit aufgehäuften Steinen abgestützt, und das Transparent selbst, ein bespraytes Stück Stoff, erstreckte sich windgepeitscht dazwischen.

Er stand da und fing an zu reden. Er redete beruhigend, unoriginell und etwas zwanghaft mit ihr, wie ein nervöser Anfänger in einer Kontakt-Bar. Er merkte, daß ihr Handgelenk an den Pfosten gekettet war. Das war ihm noch nie aufgefallen, und er fand es, na ja, vielleicht ein bißchen theatralisch. Oder fanatisch und irrational und möchtegern-opfermäßig. Sie schaute ihn kurz an, während er sprach. Er war mit dem Sich-mal-Kennenlernen-Teil durch und sprach gerade über die notwendige Bereitschaft und über die Torheit, sich Illusionen über die Absichten der anderen Seite zu machen.

Er gebrauchte keine Worte wie amerikanisch und sowjetisch. Sie erschienen ihm irgendwie provokativ. Oder NATO und Europa und Ostblock und Berliner Mauer. Zu früh, um so vertraulich zu werden.

Sie schaute ihn nur kurz an. Es war kein feindseliger Blick, aber er war kurz. Sie hatte etwas Geschrubbtes an sich, wie eine geschmirgelte Oberfläche, und schien wegzuwollen vom normalen Anhäufen und Sammeln, und er fand, ihr stand die Zugehörigkeit zur armen Landbevölkerung ins Gesicht geschrieben.

Er sprach zu ihr über die Notwendigkeit, unsere Waffen den ihren ebenbürtig zu machen, selbst wenn die Zahlen absurd wurden, denn dies schien die einzige Absicherung gegen einen Angriff von egal welcher Seite zu sein.

Sie war hellhäutig, sah aus wie geätzt und fixiert, mit glattem, strähnigem Haar, und er hielt sie für wahrhaftig und beeindruckend und unerreichbar.

Sie standen auf einem flachen und geraden Stück Highway, wunderschön und einsam, und wenn du schon so eine Arbeit machst, mußt du dann nicht, dachte er, auch fanatisch sein? *Hier fängt der III. Weltkrieg an*. Erwartete er nicht genau das von diesen Leuten, eine Art sonnenerleuchtete religiöse Zeugin?

Er sagte ihr, er sei absolut willens, sie anzuhören. Aber sie wollte nicht mit ihm reden. Sie stand an den Pfosten gekettet und schaute weg, über die Straße weg ins Irgendwo. Er konnte ihre Arroganz nicht verachten, weil sie nicht arrogant war. Sie war nicht klüger oder vernünftiger oder weniger schuldig. Die anderen sind bewaffnet, sagte er, und deshalb müssen wir auch bewaffnet sein. Sie umklammerte den senkrechten Pfosten und schaute über die Straße, blaue Augen mit eingebautem Zusammenzucken, und er ging zurück zu seinem Auto und fuhr weg.

Erics Wäsche hüpfte auf der Leine. Sie schoß gerade nach vorn und hielt sich steif im Wind.

»Ich denke an meine Tage im Handschuhkasten«, sagte er. »Wie ich den heißen Pluto anpackte. Selbst innerhalb der kleinen, engen, versiegelten Grenzen des Kastens wurden Fehler gemacht. Kannst du mir ruhig glauben. Trotz aller Sicherheitsvorkehrungen und Datenlisten und Inspektoren machten die Leute immer noch erstaunliche Fehler. Und ich steckte also meine Hände in die Handschuhe und dachte komischerweise an meine Mom, die eine irre empfindliche Dame war und beim Geschirrspülen immer Gummihandschuhe anzog, damals in den friedlichen Tagen, als wir noch unsere eigenen Leute bombardierten.«

»Ich fahre morgen«, sagte Matt.

»Laß mir deine Jacke da, wenn du fährst.«

Matt trug eine leichte Kalblederjacke, aus diesem weichen Leder, das sich bei jeder Berührung ver- und entknüllt, und Eric äußerte ständig den Wunsch, diese Jacke zu besitzen, egal wie unterschiedlich ihre Größen waren.

»Ich denke, ich werde sie wohl mitnehmen, für die weniger wilden Teile der Tour.«

»Der Geschmack ist metallisch, sagen die Luftströmer. Du öffnest die Tür und trittst nach draußen, um die Zeitung zu holen, die der Zeitungsjunge mit seinem Fahrrad auf die vordere Veranda geworfen hat, und du schmeckst eine Art metallische Körnigkeit in der Luft, wie Salz vom Metallhobeln. Kommst du heut abend zu unserer Party?«

»Kann ich mir doch nicht entgehen lassen«, sagte Matt.

»Dein Kind kommt mit reinweißen Augen auf die Welt. Keine erkennbare Pupille oder Iris. Nur ein großer weißer Augapfel. Zwei, wenn du Glück hast.«

Eric nahm den Playboy vom Sofa und hielt ihn seitlich, wodurch das Centerfold aufklappte und er das Girl des Monats in voller Länge sehen konnte.

Er fragte: »Wo genau fährst du hin?«

»Wo es abgelegen ist.«

»Noch abgelegener als hier?«

»Ich hab mir ein paar Landkarten angeschaut.«

»Aber noch abgelegener als hier?«

»Wo die asphaltierten Straßen enden.«

»Du bist ein Stadtkind, Matty.«

»Ich hab mir Südwest-Arizona angeschaut, vielleicht.«

»Ich will diese Jacke, wenn du stirbst.«

Wenn die Bombenköpfe eine Party schmissen, konnte man nicht erwarten, wieder in der Welt aufzutauchen, die man vorher gekannt hatte. Und die Veranstaltung letzte Nacht schien über der Landschaft zu liegen, während Matty Richtung Westen auf der Interstate 10 fuhr, durch eine Stadt namens Deming, was natürlich Erics Familienname war, wie klebrig war doch die Hand des Zufalls – Gesichter, Orte und provozierende Worte gingen ihm durch den Kopf.

Er hatte etwas geraucht, das ihn unbeweglich gemacht hatte. Aber nicht einfach unbeweglich. Matt nahm nie etwas, außer auf Parties, wo er das gesellschaftliche Treiben mitmachte – einen Zug aus einer Pfeife mit langem Mundstück und einem Tonkopf, der mit einer grasigen Substanz gestopft war. Aber was er da gestern nacht gekifft hatte, war entweder eine minderwertige Haschischsorte oder Durchschnittszeug, das irgendwer mit einem halluzinogenen Wirkstoff verschnitten hatte. Und er war nicht einfach unbeweglich gewesen. Irgendwer saß vor ihm und redete mit schwerer Zunge auf ihn ein, in einem albernen Kintopp-Akzent, der offensichtlich preußisch sein sollte.

»Man darf die Bereitschaft des Staates niemals unterschätzen, die eigenen massiven Phantasien in die Wirklichkeit umzusetzen.«

Natürlich war das Eric. Aber auch wenn Matt das begriff, so konnte er es immer noch nicht in den scherzhaften Zusammenhang der beliebten Bombenkopfspielchen einordnen. Denn er war nicht bloß unbeweglich – er konnte auch nicht geradeaus denken. Er war von Feinden umgeben. Nicht Feinden, sondern Verbindungen, einem Netzwerk aus Dingen und Menschen. Nicht richtig Menschen, sondern Gestalten – Dingen und Figuren und Ebenen des Wissens, die ihm vollkommen unzugänglich waren.

Die Berreitschafft dess Staatess.

Mann darrf die Berreitschafft dess Staatess niemalss unterrschätzen.

Eric redete weiter mit seiner albernen Stimme, von Problemkästen und Minimax-Lösungen, lauter Kriegsspiel-Zeugs, das sie im Graduiertenstudium gelernt hatten, Spieltheorien und Konfliktmuster, Kopf gewinne ich, Zahl verlierst du, und Matty saß da, in völlige Unbeweglichkeit gestoned.

Er war auf seinem Stuhl blockiert, geistig blockiert und schwerkraftgefangen, imstande, seinen Zustand wahrzunehmen, aber nicht, sich da rauszudenken. Er gab unter dem Gewicht des Raumes nach, mißtraute jedem und allem hier. Paranoia. Jetzt wußte er, was das hieß, dieses Wort, mit dem so leichtfertig um sich geworfen und übertrieben wurde, und er spürte, wie ringsum die Verbindungen einrasteten, all die Gegenstände und geformten Silhouetten und Ebenen des Wissens – des Wissens nicht ganz, sondern vielmehr der heimtückischen Absicht. Nein, auch das nicht – irgendeine tiefere Bedeutung, die nur existierte, um ihn davon abzuhalten, herauszufinden, was es war.

Die eigenenn massivenn Phantasienn in die Wirrklichkeit umzusetzenn.

Eric redete immer noch, rührte einen Drink mit dem Finger um, und als Matt am Morgen seinen Wagen durch Deming steuerte, fiel ihm ein, daß der Akzent vielleicht gar nicht preußisch sein sollte, sondern ungarisch. Erics Hommage an die ursprünglichen Bombenköpfe, all die mitteleuropäischen Emigranten, dickbrauige Männer mit traurigen Augen und weiten Hosen mit Bügelfalte. Sie kamen während des Kriegs nach New Mexico, um hier wissenschaftlich zu arbeiten, über Nacht breiteten sich Wohnwagen und Hüttensiedlungen aus, und sie verschlangen den ortsüblichen Fraß und spielten einmal in der Woche Poker und gingen samstags zum Square Dance und arbeiteten an dem Ding ohne Namen, der Bombe, die die Grenzen menschlicher Wahrnehmung und Angst neu definieren sollte.

Er saß auf seinem Stuhl und musterte den Schuh von jemandem.

Er wußte, er befand sich nicht in einem oberflächlichen Zustand, den die Leute gern herbeizitieren, wenn sie sagen, sie fühlten sich paranoid. Das hier war nicht aus zweiter Hand. Es war echt und tief und wahr. All die Einsilbenwörter, die besagen, daß keine Witze gemacht werden. Und es war vertraut, in einer seltsamen, altsteinzeitlichen, ans Eingemachte gehenden Weise, etwas, das in dem Schlangenhirn früher Erfahrung gespeichert war.

Er musterte den Schuh von jemandem, der neben ihm saß. Es war ein Wanderschuh, jene funktionale, vernünftige, unsexy, flachabsätzige und vage skandinavische Art schrulliger Fußbekleidung, der scheue, geschlechtslose und alternative Schuh, weder für die Umwelt noch für die Gattung eine Bedrohung, und Matt fragte sich, warum er dann so sinister aussah.

Inzwischen stotterte Eric.

Er wußte nicht, wer diesen Schuh trug. Die Vorstellung, den Schuh mit der Person zu verknüpfen, die ihn trug, erforderte eine solch immense Anstrengung, brachte solche Umstände und Komplikationen mit sich, daß sein Kopf unter dem Gewicht des Raumes nur nachgeben konnte. Vielleicht sah der Schuh sinister aus, weil sich all seine Bedeutungen und Verknüpfungen und Konturen außerhalb von Mattys Erkenntnisfähigkeiten befanden.

Und vielleicht sah er auch sinister aus, weil es der linke Schuh war, am linken Fuß, und das bedeutet sinister ja eigentlich – unglücklich, unheilvoll und linksgewandt –, und das Wort brachte seine jammervollen Wurzeln zur Geltung, seine eßbaren Knollen und Stiele, durch das Medium eines Schuhs, den jemand trug.

Eric war immer noch da und redete mit normaler Stimme, von Gestotter unterbrochen. Er schien sich in einem anderen Zeitrahmen zu befinden, Eric, geschnitten und bearbeitet, seine Worte im Stop-Start-Format, seine Position je nach Hintergrund ständig verändert, und da war er wieder, auf dem Ortsschild von Deming, und sein Name schwebte aus der sanften Morgendämmerung hinaus, während Matt westwärts fuhr, tiefer in die weißen Flecken der Landkarte hinein, wo er versuchen wollte, einen Schlüssel zu seiner Zukunft zu finden.

3

Die Statue in der Marmornische hatte die Oberschenkel und Waden eines Mannes, auch in den Unterarmen die gebündelten Muskeln eines Mannes, aber eigentlich stellte die Figur die biblische Eva dar, einen Apfel in der Hand, mit festen Brüsten und den abfallenden Schultern eines stämmigen Footballspielers.

Warum auch nicht. Der Abend wirkte etwas verzettelt, wie ein Ereignis voller Querverweise. Klara schlenderte zwischen den Frühankömmlingen durch das große Foyer, und was für ein fröhliches Getriebe die erzeugten, überwiegend Männer übrigens, das war interessant. Guck dir mal die prägnante, geschmeidige Geometrie und die waffenmetallischen Oberflächen an, die drapierten Spiegel und riesigen Kronleuchter, es war ein Art-Déco-Palast, polierter Stahl und Chrom, die Vervollkommnung des Maschinenzeitalters, überdies farblich ziemlich raffiniert abgestimmt, abgesehen von dem Wandgemälde.

Die Leute in der Eingangshalle waren begeistert von dem Wandgemälde. Eine gewaltige, mystische Vision, achtzehn mal zwölf Meter, mit einer Art Lost-Horizon-Motiv, oberhalb der Treppe plaziert und einer sanft geschwungenen Höhenlinie angepaßt, so daß die schroffen Gipfel des Gemäldes von den aufragenden Spiegeln eingefangen wurden, was die Verzauberung auf den größten Teil der Halle übertrug. Bernsteingelber Dunst, ein alter Mann im Mantel mit einem Wanderstock, eine Gruppe Flamingos im Alpenglühen – der Anblick triefte so von Kitsch, daß schon der Kauf einer Postkarte tödlich gewesen wäre.

Ja, dies war die Radio City Music Hall, ein Ort, den Klara zum letzten Mal besucht hatte, als sie ungefähr dreizehn war, etwa ein Jahr nach der Eröffnung – Showsaal der Nation. Sie erinnerte sich an die aufragenden Wände und die mit Teppich ausgelegten Treppen. Sie erinnerte sich an die Damentoilette, jawohl, daran erinnerte sie sich, unten in der großen Lounge.

Sie beobachtete Miles Lightman, der sich durch die Menge schlängelte, mit ein paar Pirouetten näherkam und leicht glubschäugig den ganzen 360°-Anblick auf sich wirken ließ.

»Wo sind wir, in einem Vorführraum von Bloomingdale's?«

»Wir sind im Jahre 1932, da sind wir.«

»Es ist irgendwie ichweißnichtwie, oder?«

»Jazz-Moderne«, sagte Klara.

»Ist es zu fassen, daß ich noch nie hier war?«

Sie war überrascht, daß sich Miles für den Anlaß in Schale geworfen hatte. Das hatten viele getan, und Miles eben auch, jedenfalls soweit er sich überhaupt mal in Schale warf. Er trug seine Stulpenstiefel und Jeans, dazu aber ein Leopardhemd mit senffarbener Krawatte und ein schwarzes Cordjackett in edwardianisch ausgestelltem Schnitt.

Sie beobachteten einen Mann, der die große Treppe herunterkam und den Verwundeten mimte, als er an dem Wandgemälde vorbeikam. Miles hatte Klara eine Schachtel Zigaretten mitgebracht. Während sie warteten, lieferte er ihr weitere Hintergrundinformationen zu dem Ereignis.

Das Ereignis war eine Vorführung des legendären, verlorengegangenen Sergej-Eisenstein-Films mit dem Titel *Unterwelt*. Der Film war kürzlich in Ostdeutschland wiedergefunden, sorgfältig restauriert und unter der Ägide des Filmclubs, dem Miles angehörte, nach New York gebracht worden, ein beachtlicher Coup für die Gruppe. Nach einer Phase voller Intrigen, Nahkampf und harter Verhandlungen hatten sie endlich mehrere Rock-Impresarios davon überzeugt, die Schirmherrschaft für diese einmalige Vorführung mit Orchesterbegleitung in einem Haus, das beinahe sechstausend Plätze hatte, mit zu übernehmen.

»Wie erklärst du dir das Publikum?« fragte Klara. »Viele schwule Männer in diesem Foyer.«

»Ich denke, du solltest den Film anschauen und dir deinen eigenen Reim darauf machen. Ich kann nur sagen, es hat sich schon frühzeitig herumgesprochen, daß Eisenstein einen Film mit einem starken Thema gedreht hat, und die Filmrollen waren seit Jahrzehnten unter Verschluß, weil sich das Thema auf einer bestimmten Ebene auch mit den Menschen beschäftigt, die im Schatten leben, und die Regierung oder vielmehr Regierungen, die DDR und die Sowjets, haben den Film bis heute unterdrückt.«

Gedreht vermutlich Mitte der dreißiger Jahre, sporadisch und im geheimen, während einer Phase akuten Niedergangs für Eisenstein. Zu jener Zeit offenkundig ohne Arbeit, von seinen sowjetischen Regiekollegen gedrängt, seine Theorien und persönlichen Meinungen fallenzulassen. Als Exzentriker beschimpft, als mythenselig und politisch unzuverlässig, beschuldigt, die Nähe zum Volk verloren zu haben. Gerüchte kursierten, er sei hingerichtet worden.

Esther Winship tauchte handtaschenschwingend auf und sagte: »Ich brauch den Film nicht mehr zu sehen. Ich bin jetzt schon hingerissen davon. Dieser Saal ist göttlich. Ich hatte ganz vergessen, daß es ihn gibt. Miles, du siehst aus, als kämst du geradewegs von einem britischen Teenagertreffen in den Sixties.«

»Wo ist Jack?« fragte Klara.

»Wo wohl? Wird mir von deinem Hemd oder von deinem Schlips so schwindlig?«

»Danke sehr, Esther.«

»Er genehmigt sich einen Drink um die Ecke.«

Das Publikum war beschwingt von der herrschenden Zweideutigkeit. Ganz gleich, welcher sexuellen Neigung man frönte, man war hier, um die Kontraste zu genießen. Man denke nur an das Verhältnis zwischen dem Film und dem Saal, in dem er nun vorgeführt wurde – das Werk eines anerkannten Meisters des Weltfilms, gezeigt im Umfeld der Rockettes und der mächtigen Wurlitzer, das unglaublich *camp* war. In einem Vorführsaal von einer gewissen beeindruckenden Schönheit, ja, einem atemberaubenden Ort, trotz all seiner Übertreibungen und Eitelkeiten, mit Medaillons aus poliertem Messing an den äußeren Wänden, mit schmucken Ausstellungsvitrinen in der Kassenhalle, mit vernickelten Bronzegeländern hier im Foyer, einem Raum, der an den stillen, versunkenen Salon eines Ozeandampfers erinnerte. Und womöglich ein Film, bitte nicht zu vergessen, der von Manierismen nur so strotzen wird, ganz gleich, wie ernsthaft das Niveau des Ganzen ist. Zumindest steht das zu hoffen. Hatte *Iwan der Schreckliche* nicht auch derart komisch überladene Szenen, bei aller unleugbaren Macht der Montage, daß man mehr oder minder gleichzeitig lachen und nach Luft ringen mußte?

»Bislang hat praktisch niemand den Film gesehen«, sagte Miles. »Vier von uns, von der Gruppe, haben ihn gesehen und ein halbes Dutzend Promoter und hohe Tiere aus der Branche, und das war's auch schon auf unserer Seite des Eisernen Vorhangs.«

Miles kannte Eisenstein in- und auswendig. Mehr als der menschlichen Gesundheit zuträglich war. Er kannte die Szenenfolge von *Potemkin* so ungefähr im Schlaf. Den tödlichen Gleichschritt der schwarzen Stiefel. Die weißen Uniformjacken der Soldaten. Die Mutter, ihre Arme matt vor dem Leib. Die hinteren Räder des Kinderwagens, die aus dem Bildausschnitt rollen.

Aber bei diesem Film gab es einiges, das keiner zu wissen schien. Wo er gedreht worden war. Wie er gedreht worden war – logischerweise ohne offizielle Unterstützung. Und warum er keinen Ton benutzte. Eine These verwies nach Mexiko. Die Irrsinnsmenge Material, die er ganz offen für sein Mexiko-Epos verbrauchte, war der Deckmantel für ein subversives Unterfangen, so lautete die These, und fertig.

»Ehrlich gesagt habe ich nicht ein Fitzelchen von dem gesehen, was er sonst gemacht hat«, sagte Esther. »Aber ich bin ihm mal begegnet, wißt ihr.«

Miles drehte sich langsam zu ihr um.

»Du hast Eisenstein gekannt?«

Ein Blick, der sie völlig neu einordnete.

»Bin ihm kurz begegnet.«

»Wo?«

»Hier. Ich war natürlich noch sehr jung. New York. Nicht mal zwanzig, glaube ich. Er saß für ein Porträt, und meine Eltern kannten den Maler, und ich kam mit.«

»Da müssen wir mal drüber reden«, sagte Miles.

»Mehr ist da nicht, fürchte ich. Er sagte, ich solle Sergej zu ihm sagen.«

»Was noch?«

»Er trank eine Unmenge Milch. Er sagte, es sei Frühstückszeit.«

»Was noch?« fragte Miles.

»Er brachte die Milch gleich mit, in einer Flasche. Ich holte ihm ein Glas, und er bedankte sich.«

»Was noch?« fragte Miles.

Und dann wußte auch keiner, wo der Titel herkam. Eisenstein konnte deutsch und hatte vielleicht einen Grund dafür, einen Titel in dieser Sprache zu wählen. Aber noch wahrscheinlicher war, daß der Film während seiner langen Ruhezeit in einem unterirdischen Gewölbe in Ostberlin zu dem Titel kam.

»Zwergenhafter Bursche, erinnere ich mich.«

»Was noch?«

»Großer Kopf. Irgendwie sehr hohe Stirn. Milch gab es damals in Flaschen, wißt ihr noch?«

Bald wurde daraus der Film, den man gesehen haben mußte. Eine hübsche, dichte Hysterie baute sich auf, und die Karten gingen für schockierende Summen über den Tisch, und gefälschte Karten tauchten auf, und Leute kamen ganz schnell von Martha's Vineyard und Fire Island und Cape Cod zurück, um noch einen Platz zu ergattern.

Bloß ein Film, meine Güte, noch dazu ein Stummfilm, ein Film, von dem man wahrscheinlich noch nie gehört hatte, bis die Times in der Sonntagsausgabe was drüber brachte. Aber so gedeiht die Verhaltensverirrung, kaum begonnen, schon zu üppiger Panik.

»Werden wir denn überhaupt genug Sitzfleisch haben?« sagte Esther. »Oder ist das wieder so was, wo wir alle in Ehrfurcht erstarren, weil wir etwas ganz Großartiges miterleben dürfen, aber in Wirklichkeit sind wir alle fest entschlossen, als erste draußen zu sein, damit wir ein Taxi kriegen.«

»Du denkst an Theater«, sagte Miles. »Das hier ist aber Kino.«

Jack Marshall kam an, er roch nach Erdnüssen aus dem Mund, Esthers Mann, und sie betraten den Zuschauerraum.

Klara fiel es jetzt wieder ein, plötzlich war es so vertraut, dieses Gefühl von Plüsch und Bemutterung und Behaglichkeit, als sei ihre Mutter hier, ein besänftigend bauchgerundeter Raum, und wie der Bogen der Vorderbühne sich strahlenförmig nach vorn und oben ausbreitete, fast acht Stockwerke hoch an seinem höchsten Punkt, und die flaumweichen Sitze in speichenförmig verlaufenden Reihen, und die Chortreppen, Auflockerung der Seitenwände, und die Überriesigkeit, die hier zulässig erschien – deine einzige Nachgiebigkeit dieser Art – und die jeden im Saal auf Kindergröße schrumpfen ließ, sich drehende und hebende Köpfe, eine wiederentdeckte Überraschung und Freude, die über der Menge schwebte, und dieses Gefühl würden die Menschen heute abend nicht zum letzten Mal teilen.

Wie sich herausstellte, hatte die Vorführung einen Rhythmus und ein Motiv, sie begann mit einer hinter der Bühne erklingenden, jagenden Musik, ein blechernes Klavier spielte ein Ragtime-Stück, die typische Stummfilmbegleitung. Dann wurde das Licht im Zuschauerraum gedämpft, der große motorgetriebene Vorhang hob sich gemächlich, und das gesamte Orchester erschien. Ein Rascheln im Publikum. Augenblicke später setzten die Musiker ein, die ganze Kapelle bewegte sich langsam, rollte hübsch in ihrem flachen Bühnenwagen auf die Rampe zu. Wie wundersam drollig und merkwürdig. Die Musik wurde jetzt spannungsvoll, eine Reihe verminderter Akkorde, vielleicht ein angstvoll schwebender Augenblick – und richtig, das Orchester erreichte die Rampe und sackte ziemlich dramatisch in den Graben und damit vollkommen außer Sicht, per Fahrstuhl nach unten wie eine Meute Jahrmarktsgaukler im Frack, ein Manöver mit einem gewissen farcenhaften Aplomb, von Hochrufen begleitet.

Weg, aber nicht außer Hörweite. Jetzt spielten sie patriotische Musik, ein Medley bekannter Märsche mit gedämpften Trommelwirbeln und Sousaphonen, und der Vorhang senkte sich halb, neugestaltet in Flaggenformat und in Farbschwällen gestirnt und gestreift, und gerade als das Publikum sich zu fragen begann, was das wohl sollte, kamen die Rockettes heraus, das war vielleicht ein appetitlicher Schock – hatte irgendwer gewußt, daß es hier auch eine Bühnenshow frei Haus gab?

Sie trugen militärakademiegrau, West-Point-grau, und kamen salutierend heraus, sechsunddreißig Frauen aufgemacht als auswechselbare Teile in Größe, Figur, Rasse und Typus, Federn an den Kostümhüten und Fransen an den Titten und die Gesichter weihnachtsrosa gebuttert, aber schau mal, wie komisch, die tragen Sklavenhalsbänder – salutieren und schmeißen die Beine in maschinenhaftem Gleichschritt, und Klara fand sie irgendwie klasse, und das fanden auch alle anderen. Sie hupften in geschlossene Aufstellung, steppten in einem schillernden Regenbogen, eitel Symmetrie und Drillpräzision, dann fächerten sie sich in kaleidoskopischen Ausbrüchen auf, und Klara gab über den Mittelgang eine Frage an Miles weiter, der am äußeren Ende der Vier saß.

»Woher wissen wir eigentlich, daß das wirklich die Rockettes sind und keine Damendarstellertruppe?«

Und dieser putzige Gedanke schien sich durchs Publikum fortzupflanzen, denn es war doch unwahrscheinlich, daß die echten Rokkettes Sklavenhalsbänder tragen und Tanznummern in einem so pulsierend sexuellen Rhythmus zeigen würden. In Wirklichkeit ist es wohl gar nicht unwahrscheinlich, vermutlich machen sie das die ganze Zeit. Weiß man aber doch nicht sicher, oder? Und wenn sie die echten Rockettes sind, dann hat man hier drei Dutzend Frauen in Kadettenaufstellung, in geschlossener Formation, oder vielmehr Frauen, die als Männer verkleidet sind, und nicht umgekehrt – aber egal wie, es ist ein Travestie-Spektakel.

Klara merkte, daß der Flaggenvorhang weg war. Und als eine Kamera von den Soffitten aus eine Video-Live-Aufnahme der Truppe machte, die dann auf eine Leinwand hinter ihnen projiziert wurde, begriff sie wie alle Anwesenden, auf welche Weise man eine Menschenmenge umgruppiert, in methodische Geometrie zwingt, in Laufknoten und Serpentinen. Und das war natürlich urkomisch, weil die Tanzschritte so makellos geschmeidig und ernst gemeint waren, so dreißigerjahrehaft in ihren dynamischen Anordnungen, und war das nicht auch die Entstehungszeit des Films?

Die Tänzerinnen verteilten sich auf der Bühne, und mit einem einzigen, geschickten Schwung rissen sie sich die abnehmbaren Hosen weg, wie eine Pistole aus dem Halfter, und stürzten sich mit aufblitzenden Superbeinen in einen letzten, rauschenden Kickstep, der mehrere Wellen Applaus erntete. Dann lösten sie Reih und Glied auf und bildeten einen Stern, deutlich zu sehen in der Aufnahme aus der Vogelperspektive auf dem Bildschirm über ihnen, und die Rampenscheinwerfer tauchten sie in tiefes Rot. Sie marschierten auf der Stelle, während das Orchester feierlich im Graben höher stieg und zu spielen begann, was denn – irgendwas Russisches, dachte Klara. Wie seltsam, so etwas zu sehen, einen roten Stern von solch politischer und militärischer Bedeutung, hier reingeknallt, das grimmige Signet der Sowjetunion ausgerechnet in der Music Hall – überleg mal, all die Oster-Shows und Lassie-Filme.

Die Tänzerinnen standen jetzt mit weißen Gesichtern im Bühnenhintergrund, erstarrt unter den Lichtstrahlen von den Mammutscheinwerfern ganz oben, ganz hinten im Zuschauerraum. Der Vorhang senkte sich langsam, bedeckte zuerst das Videobild der Tänzer und dann die Tänzer. Die Musik wurde klagend und rüschig, und dann hob sich der Vorhang wieder und gab die große Filmleinwand frei, auf der ein einziges Wort stand, *Unterwelt*, und schließlich falteten sich die Ränder an beiden Enden der gebogenen Leinwand nach innen, um den kleinen, fast quadratischen Ausschnitt des alten Films einzurahmen, und Bilder ergossen sich aus der Projektionskabine, holprig und altersgesprenkelt.

Natürlich war der Film zuerst eigenartig, schwer faßbar in seinen Anspielungen und voller barocker Erscheinungen, sehr gewöhnungsbedürftig – anders hätte man ihn gar nicht gewollt.

Überfrachtete Großaufnahmen, bedeutungsschwangeres Gestikulieren, Schauspieler, die ihre riesenhaften, abgeknickten Schatten hinter sich herschleiften, und in jeder Einstellung gab es etwas zu entdecken, die Kamerastellung, die Umrisse und Flächen und dann die Aneinanderreihung der Aufnahmen, das Gefühl für rhythmischen Gegensatz, alles bestand aus Raum und Volumen, war Tempo, Masse und Druck.

Bei Eisenstein fällt auf, daß die Kameraeinstellung eine Art Dialektik liefert. Argumente werden angesprochen und ausgeführt, Theorien ziehen über die Leinwand und zerschellen augenblicklich – es gibt eine Menge Gegensätze und Konflikte.

Man scheint einen Film über einen wahnsinnigen Wissenschaftler zu sehen. Er rauscht durch das Bild, in deutlich kontrastierendes Schwarz und Weiß und mehrschichtige Roben gekleidet, und er schwingt eine Atomstrahlenwaffe. Gestalten bewegen sich durch die kahlen Räume irgendeiner unterirdischen Anlage. Sie sind Opfer oder Gefangene, vielleicht Versuchsobjekte. Ein kurzer Blick auf das Gesicht eines Gefangenen zeigt, daß er schlimm entstellt ist, und das wirkt weniger schockierend als komisch. Er hat den abgeschrägten Kopf, die abgeflachten Kiefer und vorgestülpten Lippen eines Regenwurms - eines Wurms mit menschlichem Pathos jedoch.

In einer Szene, die extravagant, albern, irgendwie daneben und technisch beeindruckend war, alles zugleich, feuert der Wissenschaftler seine Strahlenwaffe auf ein Opfer ab, das im Dunkeln zu leuchten beginnt, zuckend und tanzend, und dann ziemlich kläglich auf seinen Arm starrt, der allmählich wegschmilzt.

Andere Opfer treten auf, Muskeln und Knochen verformt, Schlitze statt Augen, auf Beinstümpfen schlurfend.

Klara dachte an die Strahlungsmonster in japanischen Science-Fiction-Filmen und schaute über den Mittelgang zu Miles, der ein Experte in diesem Genre war.

Hatte Eisenstein die atomare Bedrohung vorhergesehen oder den japanischen Film?

Sie dachte an die prähistorischen Reptilien, die aus dem Schleim mutierten, an die Insekten mit beschädigten Chromosomen, die sich bei irgendeinem Testgelände aus dem Wüstenboden hervorwühlten, Ameisen in der Größe einer ambulanten Leihbücherei - das waren Filme für die Drive-in-Kinos der fünfziger Jahre, wo ein Junge und ein Mädchen sich gegenseitig an Schnallen und Haken herumrupfen, während Bombenbilder ablaufen und gigantische Blutegel und Skorpione am Horizont erscheinen, alle radioaktiv und rachsüchtig, und dann die flüchtenden Massen natürlich, denn am Ende sind diese Kreaturen nicht nur durch die Bombe entstanden, sie bringen sie auch auf eine andere Ebene, und Armeen werden mobilisiert, und Menschenmassen flüchten, und die Sirenen heulen wie Sirenen.

Eisensteins Kreaturen waren völlig menschlich, und das verkomplizierte den Spaß. Sie buckelten und wankten durch die Schatten, buckeltorkelten mit hinterherschleifenden Händen, und man kann sich ja immer noch einreden, daß es in Ordnung ist, über Krüppel und Mutanten zu lachen, solange alle anderen auch lachen, ein Weg, seinen Abscheu zu überspielen, und es lag nicht nur an den verzerrten Zügen und stilisierten Bewegungen und dem eigentümlichen Lip gloss-Effekt, der einem schon früher auf den Gesichtern der männlichen Schauspieler in Stummfilmen aufgefallen war, sondern auch an der Musik, die war ziemlich plump – melodramatisch aufflammende Geigenklänge.

Ab und zu ein Titel, auf russisch, unübersetzt, nicht daß es was ausgemacht hätte – es sorgte vielmehr für eine närrische Art totaler Verwirrung.

»Wirst wohl klaustrophobisch, wie?« fragte Jack.

Und es stimmte, der Film war so vollkommen in die Perspektive der Gefangenen eingebettet, daß Klara herumzurutschen begann.

»Ich wette, du würdest hundert Dollar drum geben, jetzt draußen im Regen zu stehen und eine Zigarette zu rauchen«, sagte Jack.

»Regnet es?«

»Macht das was?«

Es fiel schwer, der Handlung zu folgen. Es gab keine Handlung. Nur Einsamkeit, Kargheit, gejagte und mit Strahlenwaffen erschossene Männer, und alles geschah in irgendeiner Felsspalte der Niemandswelt. Es gab nicht die klassenübergreifende Solidarität der sowjetischen Tradition. Keine Massenszenen, kein Hauch von sozialer Motivation – die Massen als Held, kolossale Bewegungen von Menschenmengen, mühseligst organisiert und ins Bild gebracht. Das fand Klara enttäuschend. Sie liebte die martialische Architektur riesenhafter, sich bewegender Körper, die Armeen und den Pöbel anderer Eisenstein-Filme, und sie fühlte sich, als wäre sie in einer zweideutigen Filmlandschaft irgendwo zwischen dem sowjetischen Modell und Hollywoods Himmelsgewölbe von Liebe, Sex, Verbrechen und Individualheldentum, von Kulissen und Luxus und traumhaften Toiletten.

Man braucht ja nur an die andere *Unterwelt* zu denken, einen Gangsterfilm von 1927, der ein rauschender Kassenerfolg war.

Esther sagte: »Ich will eine Belohnung für diese Strapaze.«

Gib's doch zu, du langweilst dich. Klara versuchte, sich von Miles aufmuntern zu lassen. Er befand sich in einem Zustand freudiger Verzückung, jener vollkommenen Hingabe, die ihm gelingt, ihm ermöglicht, sich in Auge und Geist des Films zu verlieren, ganz hineingezogen und bezaubert – auf einer bestimmten Ebene bezaubert, selbst wenn ihm nicht gefällt, was er sieht. Aber sie wußte, das hier gefiel ihm. Es war abseitig und fragmentarisch und billig produziert, angeblich privat, und es gab auch eine Art Spannung, während der Film vorankroch.

Wie und wann würde sich alles offenbaren?

Sie fragte sich, warum es ein Stummfilm war. Vielleicht war er früher gedreht worden, als die Fachleute annahmen. Aber sie hielt es für wahrscheinlicher, daß Eisenstein wußte, er würde den Film leichter im geheimen drehen können, wenn er auf Ton verzichtete. Und vielleicht paßte die Stille auch zur Entfaltung seiner Motive.

Was war mit der Politik? Sie überlegte. Dieser Film konnte durchaus ein Protest gegen den sozialistischen Realismus sein, gegen das Mandat im Geiste der Partei, daß nur Kunst zu produzieren sei, die die sowjetische Sache voranbringe. Befand er sich im geheimen Widerstand? Laut Miles war er wegen früherer Arbeiten verurteilt worden und hatte anscheinend aufgegeben. Aber was war dieser düstere Film, diese eigenartige, dunkle, sich dahinschleppende Reihe von Bildern, wenn nicht ein leidenschaftlicher Ausbruch, eine Unabhängigkeitserklärung?

Noch besser. Schien dieser Film nicht den Terror vorwegzunehmen, der in den späten dreißiger Jahren gegen russische Künstler ausgeübt wurde? Die Geheimpolizei. Die Verhaftungen, die Folter, die Verschwundenen, die Hinrichtungen.

Der wahnsinnige Wissenschaftler legt die Waffe an.

Eine Gestalt steht an einer Wand, ihr Körper wird weiß.

Der Wissenschaftler lächelt angespannt.

Das Opfer erfährt eine Verwandlung, schmerzgeplagt, seine Unterlippe tropft von seinem Gesicht herunter, seitlich am Hals entsteht eine Wucherung, ein strahlendes Zeitraffer-Melanom.

Der Wissenschaftler tritt heran und berührt den Mann zart an der Wange.

Abrupt wurde die Leinwand dunkel. Eine Pause, das kam äußerst gelegen, und Klara wollte Esther auf eine Tour durch die Damentoiletten mitnehmen, es gab nämlich einige davon, überlegte sie, auf verschiedenen Ebenen, und sehr wohl eine Besichtigung wert – Wandgemälde, Skulpturen, Mobiliar, Dinge, die sie mit den Augen ihrer Mutter gesehen hatte, plötzlich frei im Raum, unabhängig von der Erinnerung.

Miles ging nach oben in einen privaten Vorführraum im dritten Zwischengeschoß, um sich mit seinen Kollegen zu beraten. Die beiden Frauen ließen Jack auf einem Sessel in der großen Lounge unten sitzen, einem mit Teppich ausgelegten, etwa sechzig Meter langen Bereich, und betraten die nächste Damentoilette.

»Ich habe eine Frage«, sagte Esther.

Klara steckte sich eine Zigarette an. Esther, die aufgehört hatte zu rauchen, schnorrte eine und zündete sie an und inhalierte und schaute dann weg, um den Genuß zu bewahren, vor Ablenkung zu schützen.

Sie hörten etwas donnern. Sie spürten, wie unter ihren Füßen etwas erzitterte, und Klara musterte, aufmerksam lauschend, die weiße Pergamentwand.

Dann nahm sie einen Zug und sagte: »Alles klar, Liebes. Nur die U-Bahn. Die IND-Linie, die mit ihrer Ladung menschlicher Seelen unter der Sixth Avenue entlangpflügt.«

Sie gingen nach oben ins Zwischengeschoß und lugten ins Herrenzimmer hinein, Nußbaum und Schweinsleder, und Klara fragte: »Na, wie lautet deine Frage?«

»Müssen wir bis zum Ende bleiben?«

»Miles hat sich fast ein Bein ausgerissen. Außerdem will ich sehen, wie's weitergeht.«

»Wie kann das noch weitergehen?«

»Was weiß ich. Aber ich finde es interessant, bei diesem Film ab und zu hinzuschauen.«

»Er hat so einen Ton«, sagte Esther. »Und wie er fotografiert ist. Die Blicke, die gewechselt werden. Alles natürlich furchtbar verschleiert. Und wie der Wissenschaftler.«

»Das Opfer berührt hat.«

»Was weißt du über Eisenstein?«

»Er war doch dein Freund, nicht meiner«, sagte Klara.

Sie machten ihre Runde durch die Damentoiletten und gingen wieder nach unten ins Untergeschoß zu Jack, der über dem Rumpeln eines weiteren durchfahrenden U-Bahnzuges saß.

Es war einer von seinen, von Moonmans Zügen, er hatte ein Dutzend Werke im Netz laufen, *top-to-bottom-burners*, vollgemalt von oben bis unten, und wie es sich so fügte, war er in dieser Nacht selbst an Bord, unter den Wasserleitungen und Abwasserrohren, unter Gas und Dampf und Strom, zwischen den Hochwasserkanälen und den Telefonleitungen, und er ging bei jeder Station einen Wagen weiter und schaute die Einsteigenden mit ihren abnehmbaren U-Bahn-Gesichtern prüfend an, und die Türen machten Dingdong, bevor sie zuknallten.

Ismael Muñoz, dunkel und finster, die Einsteigenden im Blick. Der spärlich bestoppelte Ismael las Lippen und Gesichter, in der Hoffnung, einen Bravo-Kommentar aufzuschnappen. Hey, dieser Typ peppt die Linie auf. Dies war sein neuestes Werk, hier fuhr er also Richtung uptown mit dem Washington-Heights-Local, jeder Wagen mit seinem eigenen Neon-Zoom signiert, mit Hervorhebungen und überlappenden Buchstaben und 3-D-Effekt, dem ganzen *wild style*-Ding, bei dem du aus deinem Namen und der Nummer deiner Straße eine Art Alphabet City machst, wo die Farben sich ineinanderschieben und bluten, die Buchstaben überlappen, und alles swingt und springt, hüpft und schreit – selbst die Spritzer sind Absicht, superscharf gemalt, um auszudrücken, wie die Buchstaben schwitzen, wie sie leben und atmen und essen und schlafen, sie tanzen und spielen Sax.

Das war nicht bloß fensterabwärts. Das war ein komplett bemalter Zug, die Fenster übersprayt und jeder Buchstabe, jede Zahl größer als ein Mann.

Moonman 157.

Ismael war sechzehn, nicht zu alt und nicht zu jung, und er war wild entschlossen, jeden U-Bahn-Künstler der Stadt fertigzumachen.

Keiner konnte ihm was.

Und er saß da in seiner Khakijacke, die Augen immer in Bewegung, und wartete darauf, daß irgendeiner etwas sagte, das ihn aufbaute.

Er wußte, er wurde langsam berühmt. Er hatte inzwischen schon Nachahmer, ein paar Schlappschwänze, die ihn in seinem eigenen Revier auskaisern wollten. Einen haben neulich die Saubermänner von der Streife erwischt und dazu verknackt, Graffiti mit einer Orangensaftmixtur von den Bahnhofswänden zu schrubben, in dem Saft ist nämlich eine Säure drin, die Farbe wegfrißt.

Geschieht dem Schwuli recht, wenn er meinen Stil abkupfert.

Und er saß da mit seinem länglichen Gesicht und den schiefen Zähnen, dem Sorgenkopf eines alten Mannes, und er musterte die Bahnsteigleute in jeder Station. Die reagierten auf den Zug, ihre Köpfe machten *wow*. Paar schockierte Blicke auch, da hat wer die Hölle auf Rädern gesehen, aber die meisten Augen sagen ja, die Gesichter öffnen sich. Und er musterte die Fahrgäste beim Hereinschlurfen, einige mit Regenschirmen, andere mit versteckten Waffen und mit Kaugummipapieren und Telefonnummern und zerknüllten Kleenex und um die Hausschlüssel gewickelten Taschentüchern, alles zusammengewurschtelt auf ihren Mulattenkörpern, denn in der U-Bahn, da vermischen sich die Rassen.

Unbekannter Held der Linie, so kam er sich vor, in einem Zug, den er ganz und gar signiert hatte. Und nun leuchtete er wie eine Comicfigur. Hey, da ist Moonman, mitten unter uns.

Einmal stand ein Mann auf dem Bahnsteig und fotografierte einen von Moonmans *top-to-bottoms*, dem Aussehen nach ein Ausländer, und Ismael schlängelte sich zur offenen Tür, damit er mit aufs Bild kam, ohne daß der Mann es wußte. Der Mann fotografierte das Werk und den Künstler und hatte keine Ahnung davon, sah nach Schweden aus oder so.

Bei Moonmans Graffiti ging es darum, daß seine Buchstaben und Zahlen die Geschichte vom Leben in seinen Straßen erzählte.

Am Columbus Circle stieg er auf die Broadway-Linie um, weil er am Ende der Linie was zu erledigen hatte. Er erwischte einen Zug, den Skaty 8 innen und außen bombardiert hatte, ein dreizehnjähriger Graffitimaler, der wie ein Wilder Streifenwagen, Leichenwagen, Müllwagen signierte, der seine Krylon-Satin-Farben in die Tunnel mitnahm und die Wände und Laufstege mit seiner Signatur bedeckte, er machte sich über Bahnsteige, Treppen, Drehkreuze und Bänke her, und er würde auch noch deine kleine Schwester signieren, wenn sie vorbeikäme. Kein Superstilist, vergiß es, aber eine Legende unter den Graffitimalern, weil er mit einer Wahnsinnsenergie ranging, seine Sachen kriegten Abermillionen zu sehen, und dann vor zwei Wochen, echtes Bedauern durchzuckte Ismael, als ihm einfiel, wie er's erzählt bekommen hatte, er sackte noch einmal zusammen und hing durch und fühlte die tiefste soldatische Trauer – ein Zug hatte Skaty 8 überrollt, als er downtown-Brooklyn über die Gleise lief.

Die Leute gingen durch den Wagen, schlitterten auf einen Sitz zu, schauten sich die Werbetafeln über den Köpfen auf der anderen Seite des Gangs an, alles ohne Augenbewegung, selbst das empfindlichste Gerät hätte keine entdecken können.

Ismael war früher immer über die Gleise gelaufen, wenn er sich selber leid tat. Das waren vergangene Zeiten. Er knackte da eine Notluke auf dem Bürgersteig, kletterte in einen Tunnel runter und machte sozusagen einen Spaziergang, um da unten allein zu sein, die dritte Schiene immer im Blick, die Ohren gespitzt, ob ein Zug kam, und so lernte er die Leute kennen, die in den Kabelräumen lebten und oben auf den Laufstegen, und dort sah er auch ein hingespraytes Gekritzel, vielleicht vor fünf Jahren, unter der Eighth Avenue. *Bird lebt*. Da fing er an, über Graffiti nachzudenken, wer wohl die Mühe und das Risiko auf sich nahm, durch diesen Tunnel zu gehen und ein Graffiti an die Wand zu sprühen, und wie viele Jahre sind seither vergangen, und wo ist Bird, und warum lebt er?

Und der Typ, der um ihn herumgriff und sagte, Darf ich mal.

Er fuhr am Rand von Manhattan hoch, unterwegs in die Bronx. Das war keine Kunst, die Bahnsteige und Wände zu bombardieren. Die Züge muß man signieren. Die Züge kommen die Rattenrennbahn langgezischt, alle gleich, und dann triffst du auf einen Zug, und das ist deiner, überall im Netz zu sehen, und du kommst in die Köpfe der Leute rein und verwüstest ihre Augäpfel.

Die Türen machten Dingdong, bevor sie zuknallten.

Er sah einen dünnen schwarzen Mann, der am Ende des Wagens stand, verächtlich, will wohl den Erfinder der Coolness markieren, und Ismael hielt ihn für einen Undercover-Bullen. Sofort fuhr er seine geistige Verfassung Richtung unauffällig herunter und zwang sich dazu, auf seinem Sitzplatz zu verschwinden, denn er war überzeugt, daß sie ihn langsam umzingelten. Vom Rathaus ging kräftiger Druck aus, Graffiti ein für allemal auszulöschen und diesen Ghetto-Crews einzuheizen, und mit ihnen gleich den weißen Mittelklassebubis, die sich an sie drangehängt hatten, deshalb waren die Graffitimaler vorsichtig und gingen auf Nummer Sicher.

Er hatte keine Angst vor Verhaftung, nur vor den Komplikationen, die daraus folgen würden. Eine Verhaftung wäre gut für seinen Ruf. Könnte sogar einen Artikel in der *Post* bedeuten. Doch dann spielte auch das Thema Familie noch eine Rolle. Nicht daß er selber kein Vater sein wollte. Er mochte die Vorstellung von Vater und Familie. Aber es gab so viele Dinge dazwischen.

Als er noch jünger war und durch die Tunnel lief, fragte er immer nach Bird und erfuhr schließlich, daß das Charlie Parker war. Ein Jazzgigant. Er redete mit den Männern, die auf den Laufstegen lebten und in dem Gütertunnel unter der West Side, der außer Gebrauch war, sie hatten Betten und Stühle und Einkaufswagen, sie hatten Hausschuhe, die sie abends anzogen, sie waren größtenteils ganz normale Männer, sie spülten ihr Geschirr und trugen ihren Müll nach draußen, und sie erzählten ihm von Bop, Bebop, und daß Bird mit vierunddreißig tot war. Und eines Tages steht Ismael, vielleicht ist er dreizehn, er steht da und pißt an eine Wand, und ein Typ kommt an und stellt sich hinter ihn und greift um ihn herum, ob du's glaubst oder nicht, und sagt, Darf ich mal, und hält Ismaels Schwanz, während er pißt.

Tot mit vierunddreißig, das war Bird, in den Tunneln ein stattliches Alter.

Er wußte, daß er langsam berühmt wurde, erstens, weil er Nachahmer hatte, und dann, weil andere Graffitimaler ihn respektierten und seine Sachen nicht übersprühten, außer ein paar von ihnen, und weil zwei Frauen in die Bronx gekommen waren, um nach ihm zu suchen.

Aber so funktionierte sein Kopf zu diesem bestimmten Zeitpunkt nun mal. Bleib ganz unten und außer Sicht. Paß auf, daß weder dein Name noch dein Gesicht in die Zeitungen kommt. Krieg keinen Ärger mit der U-Bahn-Polizei. Es gab nämlich eine Frau, mit der er mal zusammengewohnt hatte, die war schwanger bis über beide Ohren. Früher wohnten sie bei ihrer Mutter und dem Teilzeitmann ihrer Mutter, und es war nicht so, daß Ismael Muñoz kein Vater sein wollte. Es war bloß so, daß jetzt nicht der rechte Zeitpunkt war, um sich persönlich zu binden.

Er hörte, daß sie in die Minimärkte gegangen waren, zwei Frauen von den Galerien. Sie gingen in die Bodegas, die Kirche, das Spritzenhaus, er stellte sich vor, wie sie ins Spritzenhaus gingen, um sich nach Graffiti zu erkundigen, zwanzig Mann in Gummistiefeln, die Pizza mit Wurst und Pilzen aßen.

Er saß in dem Zug der Broadway-Linie und hörte sich an, was in seinem Kopf ablief.

Leute aus den Galerien waren überall in der Bronx unterwegs und suchten nach Moonman, nach Momzo Tops, nach Snak-Bar und Rimester und der ganzen Voodoo-Crew.

Vergiß es, Mann. Er konnte sich leicht eine Situation vorstellen, bei der die gesamte Galerie-Szene ein Hinterhalt der Polizei war, um die Graffitimaler aus den Tunneln und Depots ans Tageslicht zu holen, identifiziert durch Namen und Gesicht.

Der Mann hielt Ismaels Schwanz in der Hand und blies ihm irgendwann einen, wann immer das war, ein paar Tage später oder Wochen, ja, zu diesem Akt kam es. Ismael ging danach ziemlich oft nach unten und tat sich selber leid, stieg durch einen Zaun beim West Side Highway und in eine Öffnung eines vergitterten Notausgangs und die schmalen Stufen in den Gütertunnel hinunter, wo sie Bücherregale hatten, einige jedenfalls, und Weihnachtsschmuck, und sie benutzten halbe Namen und Codenamen, Kürzel, wie die Graffitimaler sie später auch entwickelten, und in Wahrheit sieht die Sache so aus, daß er weiterhin da runtergeht, um es mit Männern zu treiben, denn es gibt Gewohnheiten, die läßt man bleiben, und andere, auf die ist man mit der Zeit angewiesen.

Der Zug fuhr am City College vorbei und schwenkte dann ostwärts.

Sie machten es rumpelpumpel im Dunkeln. Oder sie gingen in einen Kabelraum und machten es mit Laken und Handtüchern. Sie hielten Haustiere da unten und zogen Wäscheleinen durch den Tunnel und zapften Strom von der Regierung ab.

Bop, Bebop. Und daß Bird mit vierunddreißig tot war.

Und er saß da in seinem Khakilotter, stierte zwischen seine Füße, spähte auf die Füße gegenüber, all diese gekerbten und verdellten Schuhe, die nicht wie Gegenstände aussahen, die jemand kaufte und trug, sondern mehr wie feste Bestandteile, Körperteile, nicht zu trennen von den Männern und Frauen, die da saßen, denn die U-Bahn versiegelt einen dauerhaft im Stein des Augenblicks.

Der Zug fuhr in die Bronx ein, und vier Stationen später stieg er aus, am Ende der Linie, wo ihn seine Crew treu erwartete.

Sie waren zu dritt, zwölf, elf und zwölf Jahre alt, und sie hatten den Tag damit zugebracht, Farben aus Eisenwarenläden zu klauen, ein Zeitvertreib, Ladendiebstahl, da steht Ismael schon lange drüber.

Sie stiegen den steilen Hügel in der 242. Straße hoch.

»Wo ist der Regen?« fragte Ismael.

»Nix los«, sagten sie.

»Hör den ganzen Tag im Radio nur Regen. Dachte mir, heut nacht wird nicht gearbeitet. Steht zehn zu eins dagegen.«

»Nix los«, sagten sie. »Zwei, drei Tropfen.«

Sie hatten die Farbspraydosen in drei Sporttaschen. Sie hatten Ismaels Skizzen in einem Papphefter. Sie hatten eine Papiertüte mit Pfirsichen und Weintrauben in einer Plastiktüte. Sie hatten das französische Mineralwasser, das er gern bei der Arbeit trank, ebenfalls bei der kleinen Diebstahlswelle des Tages besorgt, Perrier, in hübschen grünen Flaschen. Er hielt was davon, bei jeder sich bietenden Gelegenheit zur Elite überzuwechseln. Sie hatten Düsen für die Spraydosen. Sie hatten Hauptschlüssel, um die Wagen zu öffnen, falls er drinnen arbeiten wollte, was aber nicht der Fall war.

Seine Crew bestand natürlich aus Hoffnungsvollen. Vielversprechenden Graffitimalern der Zukunft. Sie klauten für den Meister. Sie standen Schmiere, während er malte. Sie kreuzten die Arme, um sein Gewicht zu halten, wenn er an den oberen Teil eines Wagens rankommen mußte.

Ein Maschendrahtzaun lief an der Straße entlang, oben mit NATO-Draht gesichert. Die Crew hielt am westlichen Ende des Zauns an, wo es einen Abschnitt mit durchgezwickten Maschen gab, hinter rankendem Giftsumach verborgen. Sie hielten den Zaun auseinander, und Ismael schlüpfte hindurch und war mit einem Sprungschritt auf dem angrenzenden Dach. Da stand eine Reihe von Geräteschuppen mit Sägedächern. Sie gingen zum letzten Dach und kletterten an den Regenrinnen hinunter bis zu den Holzplanken, die auf gleicher Höhe mit den Gleisen waren, das konnten sie alle inzwischen im Schlaf, dann begannen sie, sich nach einem geeigneten Zug zum Signieren umzuschauen.

Sie wußten so ziemlich im voraus, daß sie keiner stören würde. Es gab zu viele Züge und zu viele Graffitimaler. Die Stadt konnte sich all das Wachpersonal gar nicht leisten, das nötig gewesen wäre, um die ganze Nacht über die Depots und Rangiergleise zu kontrollieren.

Bei einem Beleuchtungsturm sahen sie Rimester, er war einer der älteren, ein schwarzer Bursche mit Kufi-Käppchen, der Wahnsinnsgraffiti machte, das mußte Ismael zugeben, fensterabwärts, *wild style window-downs* – die Buchstaben mit Liebesgedichten und Herzschmerzgefühlen verziert.

Sie erwiesen einander zeremoniellen Respekt, mit genauen, ausführlichen Floskeln beim Händeschütteln und in den Redewendungen, und sie quatschten über dies und das, und dann beschrieb Rimester, wie er sechs seiner Wagen unter der Säuredusche gesehen hatte, in dem großen Depot etwa anderthalb Meilen südlich von hier. Die lassen die Züge unter Sprinklern durchfahren, die sie über die Gleise gebaut haben. Seine ganze sprayverrückte, unbezahlte Zwei-Uhr-früh-Arbeit in Minuten weggeätzt. Orangensaft kannst du vergessen, Mann. Das war der neue Graffitikiller, irgendeine üble Dreckchemikalie von der CIA.

Als würde man ein Foto vom Regal stoßen und einer würde sterben. Bloß ist man in diesem Fall selber der auf dem Foto.

So ein Gefühl hatten manche Graffitimaler bei ihrer Arbeit.

Hier gab es ungefähr ein Dutzend Rangiergleise. Ismael und seine Crew gingen ans äußere Ende, zum letzten Gleis, mit Blick auf den Platz, wo die Iren irischen Fußball spielten. Sie suchten sich einen Glatten aus – einen alten Zug mit bemalbarer Oberfläche, viel besser als die Riffeldinger, die jetzt auf den Markt kamen.

Die Crew reihte die Farben auf, und er ging an die Arbeit. Er hatte so ein Rustoleum-Gelb, das er neuerdings benutzte, ein irres Kanariengelb, und die Crew befestigte verschiedene Düsen an den Dosen, damit er die Breite und Dichte der Striche variieren konnte.

»Wir ha'm Lourdes gesehn«, sagten sie zu ihm.

Lourdes war die Frau, mit der er früher zusammengewohnt hatte, zwei Jahre älter als Ismael, mehr oder weniger, und im Augenblick wahrscheinlich zwanzig Pfund schwerer.

»Hat dich wer gefragt, wen du gesehen hast?«

»Sagt, sie will mit dir reden.«

»Du Schwuchtel, hat wer gefragt? Hab ich gefragt?«

Ismael wurde selten wütend. Er war keiner von der wütenden Sorte. Er hatte den nachdenklichen Kopf eines Alten, der im Barrio unter einer Markise sitzt und Domino spielt, während die Feuerwehrautos die Straße hochschleichen, aber wenn die Jungs sich einbildeten, daß sie ausmalen durften, sobald er den Stil und die Farben festgelegt hatte, dann mußten sie erst mal lernen, wie man sich im Depot benimmt.

»Wo is mein Perrier, he? Ihr wollt mit Ismael Muñoz arbeiten, dann gebt ihm sein Perrier und vergeßt die Nachrichten von irgwem.«

Sie arbeiteten ohne unnötiges Gerede die Nacht durch. Sie reichten ihm die Spraydosen. Sie schüttelten die Dosen, bevor er sie bekam, und das Klicken der Aerosolkugel war praktisch das einzige Geräusch im ganzen Depot, abgesehen vom Sprayen selbst, wenn sich die Farbschicht zischend über die alten Eisenflanken des Zuges legte.

Der Mann, der um ihn herumgriff und sagte, Darf ich mal.

Moonman 157. Zähl die Zahlen zusammen, und du kriegst dreizehn. Denn das ist die Straße, wo er wohnt, oder wohnte, jetzt wohnt er an vielen Orten, es gehört richtig zu seinem *tag* dazu, dafür ist er bekannt, und Pech ist ein Ego-Trip, auf den man sich verlassen kann, stell dir mal einen Zug vor, der aus dem Tunnel kommt und zur Hochbahn wird – stell dir deine *tags* im hellsten Tageslicht vor, wie sie über die abgefackelten Grundstücke rollen, wo du geboren und aufgewachsen bist.

Die Crew schüttelte die Dosen, und die Kugel machte Klick.

Er stand auf dem Trittbrett eines Zuges und beugte sich zu dem daneben abgestellten Zug hinüber und signierte ihn von den Fenstern aufwärts.

Und er ging die unter seinem Gewicht bröckelnde Schiefertreppe hinunter, seine Hand an dem rostigen Rohr, das als Geländer diente, und spürte die Stimmung des Tunnels am jeweiligen Tag. Mal war es eine Koks-Stimmung, Ismael nahm keine Drogen, mal eine Speed-Stimmung, die durch den Tunnel zog, jemand hat was gekauft und teilt es, oder eine geisteskranke Stimmung, was oft vorkam. Und immer eine Braune-Ratten-Stimmung, denn es gab sie in Rattenhordenmengen, eine endlose Quelle von Geschichten, über die Größe der Ratten und ihre Furchtlosigkeit, wie sie die Leichen der in den Tunneln Gestorbenen auffraßen und ihrerseits von dem Rattenmann gefressen wurden, der im sechsten Untergeschoß unter der Grand Central Station lebte, er killte und kochte und aß eine Ratte pro Woche – Gleiskaninchen wurden sie genannt.

Mit anderen Worten, um einen ganzen Zug in ein Wandgemälde zu verwandeln, brauchst du eine komplette Nacht und einen Teil der folgenden und kein verschlurftes Quarkgelaber.

Und die Stimmung, wer man eigentlich ist, Tag für Tag in seinem Kopf, eine Stimmung, die er auf Straßenniveau mit niemandem teilen konnte, und nachts im Bett eines Cousins einzuschlafen oder im Lagerkeller irgendeiner Bodega, wo Ismael Muñoz bekannt war und einen angemessenen Schlafplatz bekam, und das Dingdong der Türen zu hören, und den Mann aus Stockholm in Schweden zu sehen, der sein Werk fotografierte.

Er behielt gern die Augen der Bahnsteigleute im Blick, um zu sehen, wie sie auf seine Arbeit reagierten.

Seine Buchstaben und Zahlen erzählten eine Geschichte vom Leben in den Mietskasernen, gut und schlecht, aber meistens gut.

Die Vertikalen des Buchstabens N konnten Dealer sein, die einen langen, diagonalen Stapel Stoff bewachten, oder Schulmädchen auf einer Spielplatz-Rutschbahn oder zwei Ballspieler auf dem Sandplatz, die den Schläger schräg zwischen sich hielten.

Keiner konnte ihm was. Er überkaiserte jeden Graffitimaler in der Stadt.

Sie hatten Dutzende von Dosen fertig dastehen, alles vorbereitet, und er rief nach einer Farbe, und sie schüttelten die Dose, und die Kugel machte Klick.

»Wo ist mein Perrier?« fragte er.

Aber du mußt auf einem Bahnsteig stehen und ihn kommen sehen, sonst kannst du das Gefühl nicht verstehen, das ein Graffitimaler kriegt, wenn der Zug Nummer 5 die Rattenrennbahn runtergerattert kommt und aus dem Tunnel knallt und dann wop-pop auf die Hochbahngleise, und plötzlich, da, Moonman, der mitten in der Bronx durch den Himmel reitet, über das ganze verbrannte und verrostete Land, und da spricht die Kunst seiner Straßen, von Bird bis heute, und jetzt könnt ihr uns nicht mehr *nicht* sehen, ihr könnt nicht mehr *nicht* wissen, wer wir sind, jetzt sind wir total bekannt, Momzo Tops und Rimester und ich, Wir sind 'ne berühmte Bande, is ja schließlich keine Schande, und der Zug rappelt über die vermüllten Straßen und an den blinden Fenstern der vielen leeren Mietskasernen vorbei, wo überall Leute drin leben, auch wenn ihr sie nicht seht, aber unsere *tags* und Comicfiguren müßt ihr sehen, unsre scharfen Reimgedichte, das ist die Kunst, die nicht stillstehn kann, die Tag und Nacht über eure Augäpfel klettert, die flackernde, hüpfende Kunst der Slums und Halden, die euch solche Farben ins Gesicht klatscht – nach dem Motto, Dein Film bin ich, du Wichser.

Sie kamen aus der Eingangshalle herein, quollen die Seitengänge hinab zu ihren Sitzen, die gespannte Erwartung des frühen Abends hatte sich inzwischen weitgehend erschöpft, sie ließen sich schnell nieder, ganz geschäftsmäßig, und die zweite Hälfte des Films begann.

Klara schaute sich nach Miles um. Aber Miles erschien nicht. Er hatte offenbar die Ungeduld seiner Gäste gespürt und beschlossen, bei den Cineasten in der Privatkabine oben zu bleiben.

»Soll das heißen, wir sind unwürdig?« sagte Esther.

Man glaubt, eine Flucht mitzuerleben. Gestalten graben sich einen Tunnel nach oben, in eine dunkle Regennacht hinein. Eine lange Szene mit Silhouetten und gelegentlichen Nahaufnahmen, Augen, die ins Dunkel spähen.

Dann schwang ein Scheinwerfer über den Orchestergraben und kam auf einem Seitenvorhang an der Nordwand zum Stillstand, die etwas höher als die Bühne gesetzt und einige Meter entfernt war. Und man wußte, was man sehen würde, eine halbe Sekunde, bevor man es sah, und das war vielleicht ein Stimmungskick, absolut. Die Vorhänge teilten sich, und der hufeisenförmige Spieltisch von New Yorks letzter großer Theaterorgel, der mächtigen Wurlitzer, stand eingerahmt und glänzend in dem dunklen Saal.

Der Organist war ein schmächtiger, weißhaariger Mann, der in der Nische zu schweben schien, den Rücken zum Publikum, zauberisch gerade durch seine Kleinwüchsigkeit, und er trat das Donnerpedal genau in dem Augenblick, als eine Gestalt auf der Leinwand zurückwich, sich vor einer Gefahr von oben duckte, und Gelächter fegte durch den Zuschauerraum.

Die Gefangenen setzten ihren Aufstieg fort, in grimmiger Nähe zueinander.

Der Organist schlug eine Reihe Töne an, die etwas unheimlich Vertrautes hatten, etwas, das einen auf gespenstische Weise zu seinem Nachttischradio zurückbringt, zu den Gerüchen in der Küche und den unverwechselbaren Falten des Linoleums beim Kühlschrank. Es war ein Marsch, spritzig ist das rechte Wort, und er funktionierte als ironischer Kontrapunkt zu den Silhouetten im Vordergrund der Leinwand, den mit mechanischer Willfährigkeit kletternden Figuren, und Klara spürte die Musik unter der Haut und konnte sie praktisch schmecken, war aber nicht in der Lage, das Stück zu benennen oder den Komponisten zu identifizieren.

Sie knuffte dem alten Jack auf den Arm.

»Was spielt er da?«

»Prokofjew.«

»Prokofjew. Natürlich. Prokofjew hat für Eisenstein komponiert. Das wußte ich. Aber was ist das für ein Marsch?«

»Dieses Drei-Orangen-Ding, wie auch immer es richtig heißt. Du hast es schon tausendmal gehört.«

»Ja, natürlich. Aber warum habe ich es schon tausendmal gehört?«

»Weil es die Erkennungsmusik einer alten Radiosendung war. Präsentiert von Lava-Seife. Erinnerst du dich an Lava-Seife?«

»Ja, ja, klar.«

Und Jack sang mit, feierlich und synchron mit der Orgel.

»El-la-vau-aa. El-la-vau-aa.«

»Natürlich, ja. Jetzt ist es wieder vollkommen da. Aber an die Sendung erinnere ich mich nicht«, sagte sie.

Und Jack sang weiter mit, weil es ihm solchen Spaß machte, und dem Publikum ging's genauso, denen, die alt genug waren, die Augen sprangen vom Bildschirm zum Spieltisch, die Köpfe befangen in Radioerinnerungen, und irgendwo hinter der Bühne, auf einem Dutzend Emporen, ließen die riesigen Orgelpfeifen die Töne erklingen – Pfeifen, Windladen, Jalousien und Gebläse brachten dieses altehrwürdige Thema, das aus einer russischen Oper stammte, zurück nach Hause in die Vergangenheit.

Und Jack hörte auf mitzusingen, um die Bardenstimme eines Ansagerveteranen anzunehmen, der die Sendung eröffnet.

»Das FBI in Krieg und Frieden«, sagte er volltönend.

Es war schön, Freunde zu haben. Daran erinnerte sich Klara jetzt. Nachbarskinder hatten sich die Sendung immer getreulich angehört, gegen Ende des Krieges, sie konnte fast die Stimme des Schauspielers hören, der den FBI-Agenten im Einsatz spielte.

Der Vorhang schloß sich vor dem Organisten, gerade als die Sonne aufging und Esther sagte: »Na endlich.«

Ja, der Film hat sich an die Oberfläche emporgearbeitet, in eine Landschaft unter Helligkeitsschock, allgegenwärtig und überbelichtet. Die entflohenen Gefangenen bewegen sich über flaches Gelände, einige von ihnen, die am schlimmsten entstellten, mit Kapuzen, und in der Ferne brennt es, der Horizont zuckt in Rauch und Asche.

Man fragt sich, ob er diese Szenen in Mexiko gefilmt hat, oder kann das Kasachstan sein, wo er für die Dreharbeiten an *Iwan der Schreckliche* war, später, im Krieg?

Viele Totalen, Himmel und Ebene, dazwischengeschnitten Figuren im Vordergrund, ihre Köpfe und Oberkörper verdrängen die Landschaft, genau die Art von formalistischem Exzeß, der dem Regisseur Ärger mit dem Apparat einbrachte.

Das Orchester, im verborgenen, irgendwo unter dem Graben, spielte zuerst schwach, leise Töne gegen die starken visuellen Eindrücke.

Du studierst die Gesichter der Opfer, als sie ihre Kapuzen abnehmen. Ein Zyklop. Ein Mann mit Gabelkiefer. Ein Eidechsenmann. Eine Frau mit einem Hautlappen statt Nase und Mund.

Eine Reihe ausdrucksvoller Largo-Passagen beginnt den Saal zu erfüllen.

Das Publikum war zum Schweigen gebracht. Jetzt sah man die Dinge anders. Falls es eine Politik der Montage gab, war sie hier intimer – es ging nicht um atomare Verstrahlung oder unverantwortliche Wissenschaft und auch nicht um den Terror des Staates, den unabhängigen Künstler, der diszipliniert und sowjetisiert wird.

Diese deformierten Gesichter, das waren Menschen, die außerhalb von Nationalität und strengem historischem Zusammenhang existierten. Eisensteins Methode der unmittelbaren Charakterisierung, Typisierung genannt, wirkte hier selbstparodiert und zersplittert, und zwar mit Absicht. Denn äußerlich verrieten die Züge der Männer und Frauen gar nichts über ihre Klasse oder ihren gesellschaftlichen Auftrag. Sie waren verfolgte und veränderte Menschen, dies war ihre Typologie – sie waren ein ärgerliches Geheimnis der Gesellschaft, die sie umgab.

Jetzt ist eine Suchmannschaft auf der Pirsch, Männer auf Pferden, über die Ebene verstreut. Sie fangen einige der Flüchtlinge wieder ein, sie fesseln sie und lassen sie in finsterem, dicht geschlossenem Glied marschieren, in müden, geistlosen Varianten der Bühnenchoreographien, und Klara sah im Rückblick, wie die Rockettes dies vorweg dargestellt hatten, nur daß es jetzt nicht mehr komisch war, und sie entblößen die Gesichter derjenigen, die immer noch ihre Kapuzen tragen, und die Aufnahmen bekommen allmählich einen Rhythmus, Totale und Großaufnahme, Landschaft und Gesicht, Wellen hypnotischer Wiederholung, und die Musik beschreibt so etwas wie ein Schicksal, ein grausames Geschick, das durch die Jahrzehnte paukt.

Klara war bewegt von der Schönheit und Schroffheit der Szenen. Man konnte bei jedem rohen Abreißen der Kapuze eine Ahnung von Charakter spüren, ein Leben in den Augen, eine gestaltete Kette von Erfahrungen, und Verständnis schien die Zuschauer zu durchziehen, Reihe um Reihe weitergegeben in jener mysteriösen Telemetrie des Publikums. Oder vielleicht gar nicht mal so mysteriös.

Das ist doch ein Film über *uns* und *die*, oder?

Sie können sagen, wer sie sind, ihr müßt lügen. Sie kontrollieren die Sprache, ihr müßt improvisieren und verhüllen. Sie legen die Grenzen eurer Existenz fest. Und was an diesem Programm *camp* war, die Choreographie und einiges von der Musik, ähnelte jetzt geradezu einem heimtückischen Angriff auf die herrschende Kultur.

Du versuchst, dir Eisenstein im Untergrund des bisexuellen Berlin vorzustellen, vor fünfundvierzig Jahren, mit seinem Kuppelkopf und den leicht verkümmerten Gliedmaßen, dem Haar, das ihm in clownesken Büscheln aus der Kopfhaut sproß, einen Mann mit bürgerlichen Skrupeln und einem Talent zur Verdrängung, und da ist er im Kit Kat oder im Bow Wow, verrufenen, hitzigen Kellern, unvorstellbar in Moskau, und er tratscht über Hollywood-Klatsch mit Männern im Fummel.

Ich schätze Judy Garland wirklich sehr, hat er einmal gesagt.

Aber du willst doch gar nicht so modisch-allwissend sein, oder? Er war ein Dynamo der Ideen und ehrgeizigen Projekte, aber es ist nicht gesagt, daß er über die sexuelle Entschlossenheit verfügte, um wirklich zur Sache zu kommen, ob nun mit Männern oder mit Frauen.

Schau dir mal die Gestalten in der Totalen am niedrigen, dunstigen Horizont der Ebene an.

Eisenstein will einen doch eigentlich nur die Widersprüche des Daseins sehen lassen. Man schaut sich die Gesichter auf der Leinwand an, und man sieht die verstümmelte Sehnsucht, die innere Zerrissenheit von Menschen und Systemen, und wie Kräfte aufeinanderprallen und sich ineinander verhaken, eine Abweichung vom Gleichmaß erzwingen, die bleibende Spuren hinterläßt.

Du merkst, daß das Orchester schon seit einiger Zeit schweigt. Alle Kapuzen sind abgezogen, die Expeditionsmitglieder stapfen in endlosem Gleichschritt voran, gefolgt von übellaunigen Hunden mit Triefaugen. Dann hörst du die Melodie wieder, noch einmal, den vertrauten Marsch von Prokofjew, nicht von der pseudoheroischen Orgel, sondern vom ganzen Orchester, und die Schwingung ist ganz anders, vergiß die amüsante Radio-Reminiszenz, jetzt sind da nur noch Wachsamkeit und Unterdrückung, das FBI in Krieg und Frieden, bei Tag und Nacht, deine eigene Bürokratenkohorte des Gesetzes.

Der Marsch dauerte nur anderthalb Minuten, aber wie dunkel und stark, wie unweigerlich dem Untergang geweiht waren die rollenden Blechbläser, und dann kam lange Stille und eine weiße Leinwand und schließlich ein Gesicht, das sich in eine Reihe von Überblendungen verwandelt, seine Verkropfungen und Verknorrungen verliert, ein schrumpliges Auge, das sich wieder öffnet, und das war furchtbar sentimental, na gut, aber auch wundervoll, eine Sequenz, die außerhalb der eigentlichen Handlung stattfand, ein deutlicher, sichtbarer Wunsch, der einen unmittelbar mit dem Geist des Films verband, und der Mann streift seine Male und Narben ab und scheint jünger und blasser zu werden, bis sich das Gesicht schließlich in der Landschaft auflöst.

Das Orchester stieg langsam empor im Graben, jetzt war die Musik Schostakowitsch, ganz sicher, wie raumgreifend und himmelwärtig, lyrisch wirbelnd, vogelwirbelnd über der weiten Ebene.

Dann war es zu Ende. Es ging nicht zu Ende, es brach einfach ab. Eine Landschaft aus Hunden im Vordergrund und Gestalten in der Ferne, ihrem Marsch hingegeben. Klara blieb auf ihrem Sitz, nicht anders als alle Anwesenden, und sie verspürte einen eigentümlichen Verlust, wie wenn du als Kind mitten am Tag aus dem Kino kommst, und die Straßen sind die schiere Hektik, böses Blendlicht, jede Oberfläche intensiv und kreischend, Leute in schreienden Kleidern, die nicht passen.

Miles tauchte auf, und sie gingen in eine Bar, die Jack kannte. Jack kannte alle Bars in Midtown, er kannte die Steakhäuser und den besten Käsekuchen und wo du eine Zwiebelsuppe kriegst, daß du glaubst, du bist in Les Halles, und er erzählte lustige Geschichten über seine frühe Zeit im Theater District, als er straßauf, straßab neue Shows anpries, aber Klara hörte nicht zu.

Der Film umhüllte sie in all seinen Fetzen und Windungen. Sie hatte ein Gefühl, als trüge sie statt Rock und Bluse den Film. Sie hörte Esther lachen, und es klang wie drei Zimmer entfernt. Miles erzählte eine Geschichte, an der sie sich beteiligen mußte, aber sie kriegte die Details nicht auf die Reihe. Sie lächelte und trank ihren Wein. Das Gespräch war irgendwo da drüben. Sie sah ohne Unterlaß herausgerissene Fragmente. Sie sah die gezeichneten Gesichter in der großartigen Landschaft. Sie hatte den Film überall um sich herum, saß in einer Bar unter Wänden aus weißem Neon, das in der Broadwayhitze pochte.

4

In den Städten baut man eine Sprache aus Umsicht und Takt auf, tausend kleine Winke, Nuancen mit dem Schimmer polierter Bronze. Dann geht man in die Wildnis und löst sich auf, verfällt in Stammeln, ißt Pilze, die das Hirn implodieren lassen, die einen übernatürlich bewußt und furchtsam machen, in einen aztekischen Vogel verwandeln.

Matt Shay saß im Terminal am Flughafen Tucson und lauschte den Ansagen, die von den Wänden prallten.

Er dachte über sein paranoides Erlebnis auf der Party der Bombenköpfe nach. Er hatte das Gefühl, ganz kurz ein schreckliches System der Verbindungen erspäht zu haben, in dem man keinen Unterschied mehr merkt, zum Beispiel zwischen einer Suppendose und einer Autobombe, weil sie von denselben Leuten auf dieselbe Weise gemacht werden und sich letzten Endes auf dasselbe beziehen.

Müllstreik in New York.

Ein Mann, nur als Jack bekannt, wurde ausgerufen.

Eine Frau mit Akzent sagte zu jemandem neben ihr: »Ich verlieb mich sozusagen in ihn, ja, wie er meine Wände anstreicht.«

Ein Mann im Rollstuhl aß einen Burrito.

Er saß und wartete, daß Janets Flug angesagt wurde. Er überlegte, ob es ein guter Zeitpunkt war, seinen Bruder anzurufen. Nick lebte jetzt in Phoenix, machte irgendeinen undefinierbaren Beraterjob und unterrichtete einmal die Woche Latein an einem Juniorcollege.

Wenn Nick stirbt, wird ein Team von Metaphysikern die Blackbox untersuchen, den persönlichen Flugschreiber, der ihnen mitteilen soll, wie sein Geist funktionierte und warum er tat, was er tat, und was er über alles dachte, aber es gibt keine Garantie dafür, daß sie auch nur den geringsten Hinweis finden.

Sagt an einem Ort namens Paradise Valley lateinische Epigramme vor Studenten der Handelsschule auf.

Matt setzte die Brille ab und hauchte auf die Gläser, sein Mund verschob sich zu einem flüsternden Oval, dann fuhr er mit dem Taschentuch über die beschlagene Oberfläche und hielt die Brille gegen das Licht.

Immer wenn die Stimme im Raum jemanden aufforderte, zum weißen Telefon an der Information zu kommen, machte ein kleines Mädchen eine Faust und sprach hinein.

Er setzte die Brille auf. Janet kam aus dem Gate, und er lachte, als er sie sah. Lachte vor schierer, gesunder Freude und Erleichterung darüber, daß sie endlich da war, auch in körperlicher Vorfreude, und er lachte darüber, daß sie aus dem geplanten Campingausflug ein einziges Durcheinander machen würden, und schließlich und endlich lachte er, weil er nicht anders konnte. Er war duselig von der langen Tagesfahrt und hatte nicht die Energie, sein Lachen zurückzuhalten.

Janet ging energisch auf ihn zu, ihr leicht verzerrtes Grinsen auf dem Gesicht, mit dem sie kundtat, daß sie nicht genau wußte, was sie hier eigentlich zu suchen hatte.

»Der Käptn hat gesagt, es wären vierzig Grad.«

»Soll ich Nick anrufen?«

»Wozu das denn? In Boston waren es zweiundzwanzig.«

»Er wohnt gleich um die Ecke. Kommt mir albern vor, nicht anzurufen.«

»In New York ist Müllstreik«, sagte sie.

Er war duselig vom Fahren, und sie war benommen von der Enge und dem Motorengeräusch. Sie gingen auf den Parkplatz und stopften ihr Gepäck in den Jeep. Der Jeep war überladen, eine Karikatur des Konsums, aus den Nähten platzend vor Ausrüstung, Kleidung, Gepäck und Büchern.

»Sag mir noch mal, wo wir hinfahren«, sagte sie.

Sie übernachteten am Rand eines Indianerreservats, in einer alten Adobe-Pension mit einem popcornessenden Teenagermädchen an der Rezeption, und vom Bett aus konnten sie die weiße Kuppel eines Observatoriums sehen.

Es war ein schöner Raum mit Deckenbalken und gruseligen Spießermöbeln, und sie waren scheu, weil sie sich so lange nicht mehr gesehen oder berührt hatten, und Janet mußte sich daran gewöhnen. Sie hatten bislang nur ein paarmal miteinander geschlafen, jedesmal im voraus geplant. Ihnen fehlte der Code des stillen Einverständnisses, von Rhythmus und Blicken, das ganze verschwiegene Protokoll der Wünsche und Andeutungen und sich leicht streifenden Körper im Fahrstuhl. Es gab keinen Fahrstuhl hier. Und Janet fühlte sich in einem fremden Zimmer ihrer selbst nicht ganz sicher. Das war doch gar nicht sie, oder?

Eine andere Frau hätte das Verlockende der Anonymität spüren können. Einen Mann in einem Zimmer von tausend Vorgängerpaaren zu treffen. Die persönliche Vergangenheit in gesichtsloser Motelhingabe abzustreifen. Aber dies war kein Motel, immerhin dafür konnte man dankbar sein.

Sie war nervös, stand in Jeans und BH am Fenster. Sie waren erst bis zum BH gekommen. Da machte sie eine Pause, um zu reden, ihm klarzumachen, wie sie sich fühlte. Sie war nicht sexuell verängstigt. Doch ja, sie war sexuell verängstigt, aber hauptsächlich im allgemeinen Sinne, sagte sie, denn ihr war nicht ganz wohl dabei, einen Mann in einer Umgebung voll vorbestimmter Erwartungen zu treffen – ein fremdes Bett am Ende der Welt. Sie hatte eine Art, sich selbst zu sehen, einen Argwohn gegenüber Dingen, die sich nicht richtig anfühlten. Es war nicht besonders sauber hier, damit fing es schon mal an. Und dann das Mädchen unten, nach innen oder außen schielend oder was auch immer. Sie sprach aufrichtig zu ihm mit ihrer kleinen, etwas piepsigen Stimme, und er lag im Bett und hörte zu, wartete darauf, daß sie sich an die Vorstellung gewöhnte, nach einem Flug quer durchs Land in einem irgendwie zufälligen Zimmer zu landen und sich von allem Vertrauten abgeschnitten zu fühlen.

Er hörte zu und wartete und begriff schließlich, daß einige der Dinge, die sie über sich sagte, auch auf ihn zutrafen. Er begriff es, so wie man Dingen auf die Spur kommt, die man schon immer irgendwie gewußt hat.

Sie stand am Fenster. Über ihre Schulter hinweg konnte er die Kuppel des Observatoriums sehen, oben auf dem Berg ins letzte Licht getaucht.

Es gab Männer, die vor hundert Jahren durch diese Wüsten gewandert waren, die *Penitentes*, sie sangen und fasteten und geißelten sich mit Hanfpeitschen oder den geflochtenen Fasern der Yuccapflanze oder mit Kordelpeitschen, *la cuerda*, einer kleinen Peitsche aus dichtgeknoteter Wolle.

Janet hatte keinen Blick für die Wüste. Janet schien sie auf eine dunkle, persönliche Weise abzulehnen, alles zu groß, zu leer. Die Wüste besaß die Kühnheit, real zu sein.

Sie fuhren und redeten.

»Erklär mir noch mal, warum wir da hinfahren.«

»Es ist ein Naturpark mit Wildtieren und ein Schießplatz.«

»Das heißt, wenn uns das eine nicht umbringt, dann das andere.«

Er griff hinüber und legte die Hand auf ihr Bein.

»Wir wollen allein sein«, sagte er.

»Wir könnten in Boston allein sein.«

»Da gibt es aber keine Dickhornschafe. Wir wollen Dickhornschafe in freier Wildbahn sehen.«

»Und was machen wir, wenn wir sie sehen?«

»Dann sind wir glücklich. Man bekommt sie nämlich selten zu sehen. Und da, wo wir hinfahren, ist es sehr abgelegen. Wir können froh und glücklich sein. Das sind wunderschöne Tiere, die kein Mensch je zu sehen kriegt.«

Sie rückte näher an ihn heran. Sie mochte Zärtlichkeiten in der Öffentlichkeit nicht, und auch wenn sie ganz allein auf der Straße fuhren, so war es doch nicht ihre Wohnung, nicht mal ein Zimmer in einer Pension mit abgeschlossener Tür und zugezogenen Vorhängen, nachdem sie es erst einmal geschafft hatte, die Vorhänge zuzuziehen, aber sie rückte trotzdem ein bißchen näher heran und sagte ihm, wenn sie gewußt hätte, daß er ihren Schenkel streicheln würde, hätte sie doch nicht so dicke Jeans angezogen, nicht wahr?

Matt fand, er sei noch nie so glücklich gewesen. Er war glücklich, wenn sie sich an ihn schmiegte, und vielleicht noch glücklicher, wenn sie laut aus der kleinen Bibliothek vorlas, die er in Vorbereitung für die Reise zusammengestellt hatte.

Sie sahen Habichte, die sich auf Telefonmasten niedergelassen hatten, und sie schaute in dem Vogelbuch nach und sagte, es seien Wanderfalken – richtige Falken, keine Habichte, und das machte ihn noch glücklicher.

Die Landschaft machte ihn glücklich. Sie war eine Herausforderung für den lebenslangen Städter, aber mehr noch, die Verwirklichung einer halbgeträumten Vision, von der Andersartigkeit des Westens, jenem seltsamen großartigen Ding, das ganz verschmolzen war mit Nation und Weite, mit Kühnheit und Geschichte und wer man ist und woran man glaubt und welche Filme man als Heranwachsender gesehen hat.

Nach einer Weile sagte er zu ihr, sie solle doch die Nase aus dem Buch nehmen und sich die Landschaft anschauen, aber die Landschaft bestand nur aus leeren Räumen und einsamen Straßen, und das machte sie furchtbar nervös.

Als Nick aus Minnesota zurückkehrte, nannte Matty ihn den Jesuiten.

Seine Katechismuszeiten lagen inzwischen lange zurück, also Mattys jetzt, die Zeiten blinden Glaubens, und er verspottete gern die unsichere Korrektheit seines Bruders und sein Bemühen um analytische Einsichten. Egal, welche Erfahrungen Nick in der Besserungsanstalt gemacht und wie gründlich die Jesuiten ihn danach in die Mangel genommen hatten in ihrer nördlichen Feste, mit prägendem Intellekt und glänzender Seele, es war immer noch das Recht eines Bruders, zu sticheln und zu piesacken.

Ihre Mutter nannte ihn auch den Jesuiten, aber nie, wenn Nick es hören konnte.

Sie tankten und kauften Holzkohle, Lebensmittel und Wasser in Flaschen. Sie fanden das Büro der Parkverwaltung am äußersten Ende der Stadt, und Matt ging hinein, bekam einen Passierschein und unterschrieb eine Erklärung. Sie nannte sich Haftungsausschlußerklärung und hielt im Grunde nur fest, daß es, falls sie bei Schießübungen getötet und/oder verletzt wurden, die zum Zeitpunkt ihres Aufenthaltes im Park durchgeführt wurden, eine absolut alberne, kindische Illusion wäre, wenn einer von ihnen oder beide und/oder ihre Erben auch nur eine Minute an Schadensersatz dächten.

Na fein. Sie erhielten die Erlaubnis, in den Park hineinzufahren, wurden aber darauf hingewiesen, daß in drei Tagen, von heute an gerechnet, Luft-Luft-Übungen angesetzt waren. Eigenes Feuer. Das brachte etwas Pfeffer in ihren Zeitplan.

Er erklärte Janet all das ganz gewissenhaft. Er erklärte ihr, daß sie keinerlei militärische Gegenstände anfassen oder sich aneignen dürften, die sie etwa auf dem Gelände fanden, wie zum Beispiel Treibstoffkanister, Abschußbehälter für Leuchtraketen, transportable Ziele, Geschosse mit echten Sprengköpfen oder Attrappen. Er erklärte ihr, daß im Park keine Menschen wohnten. Er erklärte ihr, daß es weder Benzin noch Essen, Unterkunft oder andere Einrichtungen gab. Sie hatte ein Recht, das zu erfahren. Er erklärte ihr, daß es keine asphaltierten Straßen oder fließend Wasser gab.

Aber er erklärte ihr nicht, warum er das aufregend fand. Davon sagte er gar nichts, weil er es nicht verstand, diesen heftigen Schauder, das Urabenteuer, das Bewußtsein, daß er in das abgelegene Ödland von Sonora unterwegs war, wo das Zusammenspiel von Gelände und Waffen einem Vorgang des Nervensystems gleichkam, der in der Welt neu kartographiert wurde, einer hohlen Sehnsucht, aus dem Hirnstamm – oder sonstwo – entnommen, übermalt mit Worten und Himmel und Klapperschlangenwüste.

Janet sagte: »Na gut. Jetzt los, los los los.«

»Die Einstellung gefällt mir.«

»Wenn wir's schon machen, dann ab die Post.«

»Das wollte ich nur hören.«

Sie fuhren gen Süden durch einen weißen Fleck auf der Landkarte, zum Eingang des Parks, und ihm fiel wieder ein, was Eric Deming ihm über diesen Teil von Arizona erzählt hatte, ein

Gerücht, eine unheimliche Geschichte über Menschen, die als sensitiv galten, Männer und Frauen, die psychisch begabt waren – Telepathen, Hellseher, Gabelverbieger.

Es gab eine geheime Einrichtung in der Nähe der mexikanischen Grenze, wo Sensitive getestet und Experimente durchgeführt wurden. Der Grundgedanke war, daß Psycho-Kommandos möglicherweise in der Lage waren, die Computernetze und Waffensysteme des Feindes zu blockieren, vielleicht sogar die Absichten des Verteidigungsministers zu durchschauen, der in seiner Limousine mit Chauffeur mitten durch Moskau fuhr.

Man nahm sogar an, daß uns die Russen auf dieser Ebene weit voraus waren, sagte Eric, seelenvoll und mystisch, wie sie waren, und wir hechelten verzweifelt hinterher.

Janet sagte: »Da ist natürlich noch was.«

»Was willst du damit sagen?«

»Außer Schafen. Wir machen doch nicht diesen weiten Weg, um uns Schafe anzuschauen.«

»Dickhornschafe. Wir wollen allein sein. Nicht abgelenkt werden. Damit wir reden können. Über einen längeren Zeitraum. Damit wir die Dinge klären können.«

»Welche Dinge?«

»Du weißt genau, welche.«

»Welche Dinge?«

»Wollen wir heiraten? Kriegen wir Kinder, Nachwuchs? Warten wir noch ein bißchen? Wollen wir hier wohnen oder dort oder irgendwo in der Mitte?«

»Was noch?« fragte sie. »Denn ich weiß, daß da noch was ist.«

Matt fand die Geschichte von einem abgeriegelten Stützpunkt, wo Sensitive ihre übersinnlichen Fähigkeiten weiterentwickelten, durchaus glaubhaft. Gedankentransfer und Fernblick. Warum daran zweifeln? Er hatte als Zehnjähriger die Gedanken so manches Feindes gelesen, wenn er Schachfiguren über das Spielbrett schob. Das war die übernatürliche Unterseite des Rüstungswettlaufs. Wunder und Visionen. Die finale Wunschwaffe ist eine Dame mittleren Alters aus Decatur, die auf den Punkt genau sagen kann, wo vor der Ostküste sich die sowjetischen U-Boote befinden.

Unwirklich. Das beunruhigte ihn. Es war eines der Themen, über die er mit Janet sprechen wollte.

Es gab Schiffsgrate, große Schiffsfelsen mit emporgereckten Bugen, und es gab Hügel, die wie Geröllhalden aussahen. Das Land schien in der Entstehung begriffen zu sein, war schroff und zerklüftet, man konnte beinahe erkennen, wie es sich hob und ineinanderschob. Es sah aus wie Dinosaurier-Land. Sie erblickten weiße Berge und fleischige Berge und glasige Schlacken, die sich ebenfalls als Berge entpuppten, wenn sie näher heranfuhren.

Es dauerte sehr lange, irgendwo hinzukommen. Es gab nur die eine Straße, eine Fahrspur, und einige Abschnitte bestanden aus tiefem Sand, andere aus Furchen und Rinnen. Die Sonne sengte in einer geradezu wimmelnden Dichte herab. Sie gelangten an überschwemmte Stellen, wo sie die Fahrspur verlassen und den Jeep vorsichtig um Palo verde und Cholla herummanövrieren mußten.

Er schlug die Wörter nach. Er konsultierte die ganze Zeit die Bücher. Er fuhr mit ein, zwei Büchern auf dem Schoß oder bat Janet darum, nachzuschlagen oder zu fahren, damit er lesen konnte.

Der Staub puderte die Motorhaube und die Windschutzscheibe, und es war geradezu, als käme die Sonne über sie, und sie brannte so gleichmäßig und riesenhaft herab, daß er am liebsten gelacht hätte, angstbesoffen.

»Ich weiß, du darfst mir nichts von deinem Job erzählen.«

»Ein paar Dinge darf ich dir schon erzählen. Ich arbeite an Schutzmechanismen, wie man das nennt. Zeituhren, Batterien, Schaltern, Spannvorrichtungen. Elektromechanischen Verschlüssen. Ich führe endlose Computertests durch. Ich trinke Pulverkaffee und betrachte Detailquerschnitte von großen gerippten Waffen auf meinem Bildschirm. Dann nehmen irgendwelche Typen in Kalifornien oder Nevada oder sonstwo einen Sprengkopf und jagen ihn auf einer Rakete mit fünfzehnhundert Meilen pro Stunde auf ein gehärtetes Ziel.«

»Um deine Berechnungen zu testen.«

»Volltreffer. Natürlich nicht nur meine. Aber, ja, so läuft das.«

»Du machst Waffen sicherer. Sicherer in Handhabung und Gebrauch.«

»Stimmt genau.«

»Was ist denn dann das Problem? Das ist doch nicht gerade ein Verbrechen.«

»Nein, aber es ist Arbeit an Waffen. Es ist genau das, was ich wollte. Das wollte ich, und noch mehr. Aber jetzt bin ich mir nicht mehr so sicher.«

»Das ist eine wichtige Arbeit, Matthew. Wir brauchen die besten Leute, um so eine Arbeit zu leisten.«

Sie kampierten wenige Meter von der Straße. Er machte ein Holzkohlenfeuer, und sie leerten Dosen mit Schweinefleisch und Bohnen in eine Pfanne. Sie zogen sich Pullover über und setzten sich auf eine Decke.

»Was willst du denn machen, wenn du weggehst?« fragte sie.

»Weiß nicht genau. Promovieren vielleicht. Ich kenne ein paar Leute, die in Think tanks arbeiten. Mit denen würde ich wohl reden. Mal abchecken.«

Sie warf ihm einen säuerlichen Blick zu. Das Wort gefiel ihr gar nicht – Think tank –, und er konnte es ihr nicht verdenken. Passiv, sanft, im mittleren Alter, elfenbeinturmig. Leute, die in Festungen sozialer Strategie mit Papier rascheln. Situationsberichte, Politikalternativen, statistische Befragungen.

Er holte die Taschenlampe und führte sie an eine Stelle, wo sie pinkeln konnte. Beinahe Vollmond. Er wartete, während sie ihre Jeans runterzog und sich hinhockte, mehr oder weniger in einer Bewegung, und sie schaute ihn an und lächelte, ein schamloses Grinsen, ein Mädchen mit schamlosem Gesichtsausdruck und sudeligen Höschen – haben wir das nicht schon mal gemacht, in einem anderen Leben? Er ließ das Licht ringsum spielen und sang leise die Namen von Büschen und Gestrüpp, begleitet vom Geräusch von Janets Pieseln. Sie lachte und pinkelte in Spritzern. Dann meinten sie, einen Kojoten zu hören, und sie strampelte sich lachend wieder in ihre Jeans.

Sie bauten das Kuppelzelt auf und schlüpften in ihre mumienförmigen hübsch mit Flanell abgesetzten Schlafsäcke, und ihnen ging auf, daß der Kojote nur Wolfman Jack im Transistorradio war, ein jaulender Discjockey, der von irgendeinem Piratensender südlich der Grenze in die Wüste dröhnte.

Mach mich nich an, Baby, heut nacht geht hier die Post ab. Gleich schickt dir Wolfman Little Richard, der springt dir ins Gesicht, direkt aus den großen Zeiten, mit Pompadour und gläsernem Anzug. Richard braucht keine Reinigung. Der hat sein Glasrein immer dabei.

Der Schlafsack hatte dehnbare Riemen, so daß man sich auf die Seite drehen konnte, falls man lieber so lag, und als Little Richard anfing mit seinem Urfalsett, da dachte Matty fast, er läge daheim in der Bronx im Bett, ein Fünfzehnjähriger, der es fertigbrachte, den Feldhandschuh seines Bruders gegen drei oder vier zerkratzte Rock-'n'-Roll-Singles zu tauschen, die er auflegte, wenn seine Mutter nicht da war.

Janet nannte ihn Matthew. Das war ihre Art, ihn von der Familiengeschichte abzulösen, der ganzen hoffnungslosen Veranstaltung von Mattyhaftigkeit, kleiner Bruder und verlassener Sohn und Schachgenie und was noch so alles in der hausgemachten Suppe drin war.

Er hatte Janet erzählt, daß Nick glaubte, ihr Vater wäre in die Sümpfe rausgebracht und erschossen worden, und daß das die einzige Intrige, die einzige Verschwörung war, an die der große Bruder glauben konnte. Nick konnte es sich nicht leisten, grundsätzlichem Mißtrauen nachzugeben. Er mußte seine Überzeugung darüber, was mit Jimmy geschehen war, hochhalten. Der Mord an Jimmy stand für sich, rein, unbeschmutzt von anderen geheimen Verbündeten und kriminellen Handlungen, anderen Verdachtsmomenten. Soll sich die Kultur ruhig billigen Verschwörungstheorien hingeben. Nick hat den bleibenden Stoff der Darstellung, da muß nichts mit Spekulation und Hörensagen aufgefüllt werden.

Natürlich fand Matt, sein Bruder mache sich der emotionalen Selbsttäuschung schuldig. Doch als Janet allzu bereitwillig zustimmte und Nicks Version abtat, da schnitt er ihr schnell das Wort ab. Und verteidigte Nick. Er erzählte ihr, daß auch er ursprünglich geglaubt habe, ihr Vater sei tot. Kein Ausreißer, kein Aussteiger, kein quälend schwacher Mann, der sich aus dem Staub macht. Tot, irgendwo im unübertragbaren Raum. Auch wenn er damals ein kleiner Junge gewesen war. Auch wenn er die traurig-komische Waschlappen-Nummer gebracht hatte, ins Loew's Paradise zu gehen und die Seele seines gläubig entschlafenen Vaters an der Sternenhimmeldecke schweben zu sehen. Auch wenn er damals nicht in der Lage war, ein fundiertes Urteil zu treffen, erklärte er ihr, so mußte man die Situation als solche betrachten, die Reise zu einem Kino, die er allein, im Alter von sechs Jahren, durch fremde Stadtteile gemacht hatte. Die Stärke eines Ereignisses kann aus seinem unauflösbaren Kern strömen, aus all den grausamen, sich entziehenden Elementen, die sich nicht zusammenfügen lassen, und das bringt einen dazu, komische Dinge zu tun, sich Geschichten zu erzählen und glaubhafte Welten zu erbauen.

Wie zum Teufel konnte Janet es wagen, sich über seinen Bruder lustig zu machen?

In der Ferne waren die Umrisse von Klippen zu erkennen, tiefe Trockentäler und Gruppen hoher Kandelaber-Kakteen an den Südhängen der Berge.

Der Weg war weißer Sand, dann rote Erde, er war rissige Playa, ausgedörrt und gebacken, und dann verwandelte er sich abrupt in grünen Mineralstaub und wieder in Sand und schließlich steiniges Geröll.

Janet fuhr gern aggressiv, egal auf welchem Untergrund. Der Jeep bockte und hüpfte, geriet zuweilen in üble Schieflagen, und als der Weg im dichten Gestrüpp enger wurde, mußte sie Matt auffordern, seinen baumelnden Arm wieder reinzuholen, bevor er von den dornigen Sträuchern aufgeschlitzt wurde.

»Ich finde, du solltest deinen Job nicht aus Gewissensgründen aufgeben. Das Gewissen funktioniert in beide Richtungen«, sagte sie. »Du hast Pflichten und Verantwortungen. Wenn du's nicht tust, tut's dein Nachfolger, und der könnte schon weniger qualifiziert sein.«

»Was glaubst du, wie heiß es ist?«

»Ist doch egal, wie heiß. Zu heiß, um hier zu sein. Du hast eine Spezialausbildung und bestimmte Fähigkeiten.«

»Irgendwann müssen wir uns entscheiden, ob wir umkehren und den gleichen Weg zurückfahren wollen.«

»Oder was?«

»Oder weiter ins Dickhornland hineinfahren und den Park irgendwo im Nordwesten verlassen, bevor die Übungen losgehen.«

Zehn Minuten, nachdem er das gesagt hatte, entdeckten sie irgendwelche Objekte in der Ferne, und er richtete sein Fernglas darauf. Es schienen Panzer und Jeeps zu sein, auch ein paar Lastwagen, aber sie wirkten irgendwie fipsig, leichtgewichtig und läppisch, mit eckigen Konturen und einem billigen Schimmer – simulierte taktische Ziele.

»Ich möchte, daß wir zusammengehören«, sagte sie. »Du weißt, wie sehr ich mir ein Heim und eine Familie wünsche. Ich möchte ein Kind haben. Ich habe mir all das immer gewünscht. Ich möchte mich sicher fühlen, Matthew.«

Er griff zu ihr hinüber und spielte mit den losen Härchen in ihrem Nacken herum.

»Du willst dich sicher fühlen. Das sagt dieselbe Frau, die die halbe Nacht Schwerverletzte behandelt«, sagte er. »Traumatisierte Körper. Einen Notfall nach dem anderen.«

»Daran ist nichts Unsicheres. Das erscheint mir völlig sicher. Das kann ich am besten, und ich möchte es auch weiter machen. Genauso solltest du machen, was du am besten kannst. Das heißt nämlich sicher.«

»Wenn ich diesen Job behalte, wie sollen wir dann zusammenleben?«

»Das schaffen wir. Wir kriegen das hin«, sagte sie.

Die Luft verdichtete sich, das Licht bekam einen chlorartigen Stich, und dann regnete es heftig. Sie saßen im geparkten Wagen auf einer Anhöhe und konnten nicht das Geringste sehen. Das Gewitter schien drei Meter über ihnen zu entstehen. Sie saßen da, warteten und redeten.

Matt konnte ihr alles sagen. Es ging ganz leicht mit ihr. Sie kannte ihn seit vor seiner Geburt. Sie konnte einen Gedanken zu Ende bringen, zu dem er kaum angesetzt hatte. Sie hatte keine verschatteten Bereiche in sich, kein Schweigen und keine Verkleidung, was sicher faszinierend sein konnte, das schon, aber nicht für einen Burschen wie ihn, dachte er.

Sie hörten sprechende Vögel wie den Schreienden Ziegenmelker und den Tyrannvogel. Nach dem Regen entfachte sich die Hitze wieder, und er suchte mit dem Fernglas nach Raubvögeln. Sie hingen in der sengenden Luft, fächerschwänzig und rauschend und großartig, und er wühlte nach dem Buch herum, als er einen großen, dunklen Vogel entdeckte, der in der Armbeuge eines hohen Kandelaber-Kaktus nistete.

Es war ein Goldadler, noch nicht ausgewachsen, und Matt gab Janet das Fernglas und nahm es ihr wieder ab und konnte gar nicht aufhören zu reden. Er redete und lachte und schaute in die Bücher. Er redete weniger zu Janet als zu dem Vogel. Er schaute mehrmals im Buch nach, um zweifelsfrei zugunsten des Vogels festzustellen, daß es ein Adler war, ein junger Adler, mit leicht aufblitzenden Flügeln und einem Streifen Honiggold im Genick.

Janet war nicht so beeindruckt davon. Er warf ihr einen Blick zu und entdeckte eine mehrdeutige Bitte in ihren Augen. Sie wollte etwas von ihm wissen, aber er war sich nicht sicher was. Er richtete das Fernglas wieder auf den Vogel. Der Vogel war ein Knopfdruck für sie. Man stellte den Fernseher im Schwesternzimmer an und sah wippende Giraffenköpfe im Buschland. Das war ihr Naturpark, ein beengter Raum mit ein paar Sofas und Sesseln, wo sie saß und mit dem Nachtpersonal über Kaffeepreise quasselte und unsichere Straßen und das Opfer mit den Brandwunden und dem Geruch, den man nicht beschreiben kann – das alles bildete den Haltegriff, die Sicherungsvorrichtung, die sie zum Leben brauchte.

Aber der Blick, den sie ihm zugeworfen hatte, hing nicht damit zusammen, was sie brauchte oder wo sie lieber gewesen wäre. Sie wollte, daß er etwas über sich selbst begriff.

Jede Niederlage war ein Tod in seiner Brust, dem kleinen vogelknochigen Thorax. Mit elf war er praktisch tot. Kleine Holztürmchen – weg mit Schaden. Wie viele Jahre brauchte er, um über das Spiel hinwegzukommen?

Fischer-Spassky, das brachte ihn zurück, und auch nur kurz, vor zwei Jahren, in Island, auf halbem Wege zwischen Washington und Moskau, wo sie einundzwanzig Partien spielten, Bobby und Boris, ein aufregendes Sommertheater aus Schwarz und Weiß.

Matt verfolgte die Zeitungen und sah fern. Er setzte auf Bobby, den linkischen, bäurischen Bengel, der auch schon auf die Dreißig zuging. Er identifizierte sich mit Bobbys öffentlichen Kollern, den unverschämten Forderungen und den Ausbrüchen von ungesunder Unnormalität, die Bobby ständig brachte, mit der offenen Zurschaustellung seiner Verbitterung, wenn er verlor.

Auch wenn am Ende der Sieg des Amerikaners Matts eigene verschmollte Jugend nicht im Ansatz wiedergutmachen konnte, er manövrierte das Spiel doch immerhin aus der Privatmigräne abnormer Introvertiertheit hinaus, hinein in das Gemenge da draußen, die tagtägliche Mischung aus wettstreitenden Staaten und materiellen Kräften.

Man braucht ein Behelfswort, um den Vorgang zu beschreiben. Ent-ego-t. Das hatte das Spiel mit Matt gemacht. Also lassen wir unseren Bobby ruhig toben. Er zeigte nur, was unter der räumlichen Ästhetik und der gedankenprägenden Strenge des Spiels, unter den prophetischen Ausbrüchen von Einsicht stets existiert hatte – eine Ichwelt aus Schmerz und Verlust.

Er erzählte ihr von ausgehöhlten Bergen in New Mexico. Sie dienten als Lagerstätten für Kernwaffen. Er erzählte ihr von dem ausgebohrten Berg in Colorado, wo man auf riesigen Wandbildschirmen die Flugbahn einer Rakete darstellen konnte, die von einem Stützpunkt in Sibirien abgeschossen wurde. Er wußte einiges weniges über »Objekt«, *die* Einrichtung, durch Sklavenarbeit in einem abgelegenen Teil der UdSSR erbaut, und er erzählte ihr davon – es war ein Zentrum des Bombenbaus.

Die Leute gingen freiwillig an solche Orte, Wissenschaftler, die begierig irgendein elementares Bedürfnis befriedigten. Oder war es nur patriotische Pflichterfüllung, war es die Standardherausforderung, ernsthaft auf physikalischem oder mathematischem Gebiet zu arbeiten? Er glaubte, daß sie impulsiv auf die Suche gingen, fast rücksichtslos, um eine höhere Daseinsform ausfindig zu machen.

»Bei dir klingt das nach Gott«, sagte sie.

Er erzählte ihr, was die Tasche war, soweit er das durfte. Die Tasche war nur ein gemütliches Eckchen zum Abtauchen irgendwo in einem riesigen, verborgenen System. Einem System, das auf dem vom Himmel fallenden Tod basierte. Er erzählte ihr von den Krisen-Netzwerken, von den unterirdischen, in Berge hineingetriebenen Bunkern in Virginia und Maryland, wo die führenden Politiker auch während eines größeren Krieges die Regierung funktionsfähig erhalten konnten. Er erzählte ihr von Unfällen in der Sowjetunion, Gerüchten von Explosionen und Bränden in Atomanlagen, und wie ihn das erregt hatte, der Kitzel der Verwüstung im feindlichen Ödland, und wie er sich dann geschämt hatte.

Bei dir klingt das nach Gott. Oder eine strengere Variante Gottes. Geh in die Wüste oder die Tundra, und warte auf den visionären Lichtblitz, die kritische Masse, die den Hindu-Himmel herabruft, Kali und Schiwa und all die grimassierenden niederen Götter.

»Vielleicht bin ich zu lange Katholik geblieben. Hätte mich schon mit zehn abmelden sollen.«

Er dachte an die Sensitiven, die sich auf den Psycho-Krieg vorbereiteten, und er dachte an die *Penitentes*, Männer in schwarzen Kapuzen, die schwere Holzkreuze durch die Wüste schleiften, vor hundert Jahren oder vor fünfzig Jahren, und sich mit Sisal und Hanf peitschten, dieses ganze Schwester-Edgar-Zeug, und vorgefertigte Worte sprachen – das Gefasel umherziehender heiliger Männer.

»Ich weiß nicht, was du damit meinst, Katholik geblieben. Ich hab dir ja schon gesagt, was ich vom Gewissen halte«, sagte sie.

»Das ist es nur teilweise. Vor allem habe ich das Gefühl, ein Teil von etwas Unwirklichem zu sein. Wenn du halluzinierst, ist doch der springende Punkt dabei, daß du eine falsche Wahrnehmung hast, die du aber für wirklich hältst. Hier ist es genau das Gegenteil. Dies *ist* wirklich. Die Arbeit, die Waffen, die Flugkörper, die sich aus den Luzernfeldern erheben. All das. Aber es kommt mir mehr und mehr wie bloße Verdrehung vor. Als wäre es ein Traum, den ein anderer träumt, und ich komme darin vor.«

Vielleicht ärgerte sich Janet darüber ein bißchen. Fand, er ließe sich gehen, fand es nicht überzeugend oder am Eigentlichen vorbeigehend.

»Ich habe vor nicht langer Zeit eine Geschichte gehört«, sagte er. »In den fünfziger Jahren haben sie einen Bombentest gemacht, bei dem hundert Schweine maßgeschneiderte GI-Feldjacken angezogen bekamen und in genau eingeteilten Abständen vom Detonationspunkt in Position gebracht wurden. Einhundertelf Schweine, um ganz exakt zu sein, so ist es mir erzählt worden. Dann haben sie die Bombe gezündet. Und dann haben sie die Uniformen an den gegrillten Schweinen untersucht, um die thermalen Eigenschaften des Materials zu beurteilen. Denn darum ging es bei dem Test.«

Janet reagierte nicht, denn egal, worum es bei dem Test ging, und egal, worum es bei der Geschichte ging, sie ärgerte sich nur darüber.

»Stell dir das mal vor. Chester-White-Schweine. Eine Rasse großer fetter Säue mit Hängeohren. Tragen Khakiuniformen mit Reißverschlüssen, Nähten, allem Drum und Dran, und mit gezogenen Zugbändern, denn so lauten die Vorschriften. Und eine Stimme aus dem Lautsprecher sagt, Zehn, neun, acht, sieben.«

Sie sagte, er solle seinen Arm in den Jeep nehmen.

»Wurde in diesem Augenblick die Geschichte zu einer Fiktion?« fragte er.

Sie musterte ihn kurz.

»Das ist nicht deine eigentliche Frage«, sagte sie.

»Was denn dann?«

»Ich glaube nicht, daß du diese Frage stellst. Das ist eine große Frage, und ich glaube, eigentlich interessiert dich eine kleinere Frage, und die hat nichts mit Schweinen in Uniform zu tun. Du redest von etwas völlig anderem.«

Er sah sie nicht an.

»Wovon rede ich denn, Janet?«

»Sag du's mir.«

Er hielt seine Augen auf der zerfurchten Fahrspur und sagte kein Wort. Dornige Sträucher klatschten und schrammten auf Windschutzscheibe und Türen. Sie behielten beide die Fahrspur im Auge.

Etwa zweihundert Meter vor ihnen stand ein Bau aus Beton, bunkerartig, sandstreifig, mit Fensterschlitzen und brombeerähnlichen Ranken auf den Wänden.

Es war fast Sonnenuntergang, und sie beschlossen, in der Nähe zu zelten. Natürlich hatte das Gebäude etwas Unwiderstehliches an sich, selbst eine ungastliche Ruine wie diese, mit Brettern vernagelt und dicht. Der Bau stand allein da, Berge dahinter, und hatte die schiefe Poesie eines verlegten Gegenstandes, wie ein Drive-in-Kino mitten in der Prärie, das seit Jahren geschlossen ist, die Audioverdrahtung hängt kreuz und quer herum, und die riesige Leinwand starrt leer in ein Maisfeld. Diese Art menschlicher Schrott vertieft die Landschaft, macht sie trauriger und einsamer und umgibt die Reaktion des Betrachters mit einem verschwommenen, traurigen, subjektiven Bedauern – nein, eher mit der Empfindung einer der Zeit eigenen Ästhetik, wie seltsam und still und wunderschön so ein Betonklotz sein kann, flüchtig bewohnt und dann verlassen, die Seele der Wildnis, geprägt von vorbeikommenden Männern und Frauen.

»Ich würde lieber da drin schlafen«, sagte Janet, »als wieder das Zelt aufzubauen.«

Zwei Türen waren mit Brettern fest verrammelt, und die Fenster waren schmal und hoch, aber als sie auf die Rückseite gingen, entdeckten sie eine Öffnung in Hüfthöhe und kletterten hinein. Nach all den holprigen Stunden, in denen sie mit dem Jeep über Geröll und Sand geschlingert waren, wirkte der Ort einigermaßen gemütlich. Ein Tisch, ein paar Stühle, Aktfoto-Kalender an der Wand und zwei, drei Regale voller Konservendosen, Geräte, Sicherheitsstreichhölzer und alter Zeitschriften.

Matt dachte, vielleicht war der Bunker gebaut worden, um während der Übungen Beobachter unterzubringen, ein paar Jungs von der Artillerie, per Helikopter eingeflogen, um die Treffgenauigkeit zu prüfen, transportable Ziele zurückzubringen und möglicherweise die Positionen nicht explodierter Raketen und Bomben zu markieren.

Wieder draußen, machte er ein Holzkohlenfeuer, und sie aßen schnell und wortkarg und kratzten die Zutaten und Reste in eine

Plastiktüte, die sie im Jeep verstauten, weil sie nicht wußten, wohin damit.

Sie nahmen ihre Schlafsäcke mit in den Bunker und zogen sich im Mondschein aus. Janet saß auf der Nylonhülle, ein Bein ausgestreckt, eins abgewinkelt, und lehnte sich zurück wie eine Sonnenanbeterin in der Mittagspause auf den Treppen zur Bibliothek. Er kam näher und setzte sich neben sie und spürte die Sonne auf ihrem Körper, die Reste der tiefen Hitze, die sich auf seine Hände und seinen Mund übertrugen, und jetzt tauschten ihre Körper ein Gefühl für diesen Tag und für das Land aus, all die Hitze und der fliegende Staub lasteten schwer auf ihrem Atem, nachgeschmeckt, aufgepickt und gefühlt und gerochen.

Doch der Akt war melancholisch und etwas merkwürdig, er war ruhig und zärtlich und liebevoll, aber auch merkwürdig und etwas resigniert, und nachher lagen sie lange wortlos beieinander.

»Ich finde, wir sollten morgen früh zurückfahren.«

»Warum?« fragte sie. »Wir sind doch schon so weit gekommen.«

»Ich glaube, wir haben alles gesehen, was es zu sehen gibt, so ziemlich.«

»Du hast die Dickhornschafe nicht gesehen.«

»Ich brauche die Dickhornschafe nicht zu sehen. Und die Gabelantilopen auch nicht. Es gibt nämlich Gabelantilopen da draußen, jawohl.«

»Du hast ja kaum den Adler gesehen.«

»Ich habe den Adler gesehen.«

»Aus der Ferne, aber gerade mal so, in seinem Nest«, sagte sie.

»Der Adler war toll. Der Adler hat alle Erwartungen erfüllt.«

Sie schlief, er nicht.

Er gestand sich schließlich ein, daß er sich in Wahrheit gewünscht hatte, sie würde ihn überreden zu kündigen. Das war die Frage, die er die ganze Zeit gestellt hatte. Willst du mir nicht sagen, daß du nicht möchtest, daß ich weiter diese Arbeit mache, um deinetwillen, um des Babys willen, das wir bekommen werden, und des Hauses, das uns eines Tages gehört?

Aber Janet hatte nicht mitgespielt.

Er begriff es endlich, er hatte gewollt, daß sie dachte, er bringe ein Opfer, verlasse die Tasche für Frau und Kind. Er hatte hören wollen, Komm nach Boston und heirate mich.

Aber Janet hatte es nicht gesagt.

Er war für diese Art Arbeit nicht gemacht. Er wollte den Job hinschmeißen, aber er wollte es nicht selber tun. Er wollte, daß sie es für ihn tat.

Aber Janet hatte es nicht getan. Sie hatte die ganze Zeit gewußt, was er auf dem Herzen hatte. Und für seine Arien des Unwirklichen brachte sie keine Geduld auf. Egal, was wir im geheimen tun, war ihr Reden, die anderen tun was viel Schlimmeres.

Der Wind fegte von Zeit zu Zeit von Osten her, und Matt hörte ein Tier beim Jeep, das auf die Abfälle aus war.

Nein, er war kein Kernwaffenkonstrukteur. Aber darum ging es gar nicht. Er hatte ihr die Verantwortung zuschieben wollen und die Schuldgefühle dafür, wenn er ihretwegen sein Leben veränderte. Was hätte ihm das in den kommenden Jahren für einen Vorteil verschafft.

Auf der Heeresnachrichtenschule machte er Gruppenarbeit in Doppelschichten, war jede angespannte Minute umgeben von Kampfanalytikern, Sprachexperten, Typen von der Spionageabwehr, die Drogenkonsum ausschnüffelten, von Agenten, die bei simulierten Missionen ausgebildet wurden, von einem Beobachter für jede Körperfunktion.

Sie schickten ihn nach Vietnam, nach Phu Bai, und das erste, was er im Truppenlager sah, war ein gesprühter Graffiti-Schnörkel an der Wand eines Lagerschuppens. *Om mani padme hum*. Matt wußte, daß das irgendein Mantra war, etwas, das die Hippies im Central Park sangen, das konnte doch nicht das Motto der 131. Kompanie der Luftwaffe sein?

Von diesem Augenblick an hatte er Schwierigkeiten mit den Informationen, die er bekam, dem Input.

Er arbeitete in einer Nissenhütte, kurbelte Filmrollen über ein Leuchtpult. Die Ernte der Luftaufklärung, eine endlose Fotoserie, von den Bauchkameras der Aufklärungsflugzeuge aufgesogen. Es ging nur um verlorene Informationen, wie sich die winzigste Einheit rekonstruieren und identifizieren ließ, etwa als ein Lastwagen, den ein Mann mit einer französischen Zigarette zwischen den Lippen über den Ho-Chi-Minh-Pfad fuhr.

Er warf einem Schlitzaugenköter ein Frisbee zu und beobachtete, wie das Tier hüpfte und zappelte.

Es gab Gerüchte von einem geheimen Krieg, zahllose Tonnen Bomben, die von den B-52 abgeworfen wurden. Laos, Chaos, Kambodscha. Nur daß die Tonnen gar nicht zahllos waren, sondern sorgfältigst gezählt wurden, denn wir verdienen uns unsere Streifen, indem wir das Produkt quantifizieren.

Matt war Spezialist, Spec 5, wurde nach dem Rang eines Sergeanten bezahlt, hatte aber weniger Befehlsautorität. Ihm war das recht.

Die Raketenangriffe waren ihm nicht recht, ebensowenig die Granatsalven, die im Bogen aus dem Regen herunterprasselten.

Die Regenfälle kamen, die Sirenen heulten, und er ging zum nächsten Schützengraben, einem Unterstand, der aus Sandsäcken und Bauschutt zusammengehauen war, ein offener Abwasserkanal lief hindurch.

Die Hitze kam und das Heroin, und ab und zu wurde eine Leiche, Gesicht nach unten, auf der schlammigen Straße der Kompanie gefunden, ein H-Opfer.

Jemand hängte ein Nixon-Foto in die Nissenhütte, flankiert von zwei Männern, irgendwie vertraut, aber nicht genau zu ermitteln, und es gab Gerüchte über eine Substanz in schwarzen Fässern nahe der Vorpostenlinie des Lagers.

In der Kinofassung wäre die Stelle mit dem Hund die ideale Standszene, mitten im Sprung, kurz davor, die Frisbeescheibe zu schnappen. Ein Park an einem Sommertag, irgendwo in Amerika – das wäre die Ironie des Bildes, und von einer Sologitarre käme das bittere Kreischen der Übersteuerung.

Das passiert, wenn ein Teil vom Output eines Systems an den Input zurückgegeben wird.

Ja, irgendwer hatte da eine Zeitschriftenseite angepinnt, und Matt konnte die beiden Männer nicht identifizieren, die den Präsidenten flankierten, aber sie waren weder Politiker noch Konzernchefs. Ein Mann mit Locken, gutaussehend und lächelnd. Und ein Kerl mit traurigem Blick, Mordszinken und der bleiernen Ausstrahlung eines Einwanderers im geliehenen Anzug.

Er kurbelte den Film über das Leuchtpult. Wenn er einen Punkt auf dem Film entdeckte, versuchte er ihn zu bestimmen. Es war ein Lkw oder ein Lkw-Halteplatz oder eine Tunneleinfahrt oder eine Geschützstellung oder eine Familie, die beim Picknick Hamburger grillte.

Es war heiß und eintönig, und ständig starteten und landeten Flugzeuge, Kampfhubschrauber, Transportflugzeuge, Mittelstreckenbomber, Tankerflugzeuge, Kampfjets, VIP-Jets, eine kleine rosa Piper mit einem Ausbilder und einem Studenten an Bord, und schließlich umgebaute Frachtflugzeuge, die den Dschungel mit einem Unkrautvertilgungsmittel aus schwarzen Fässern, auf denen orangefarbene Markierungsstreifen waren, besprühten.

Es gab Gerüchte über ganze Kriege woanders, nicht weit im Osten, oder war es im Westen?

Die Fässer erinnerten an Dosen mit gefrorenem Minute-Maid-Orangensaftkonzentrat, angereichert mit einem wildgewordenen DNA-Strang. Und die Substanz in den Fässern enthielt, den Gerüchten zufolge, ein krebserregendes Mittel.

Er hörte die Gerüchte und die Granaten und spürte die Monsunhitze und hörte den Universalslogan des Krieges.

Bleib bekifft, Mann.

Er war als Freiwilliger nach Vietnam gegangen. Er hatte sich das mit dem Krieg hin und her überlegt, aber gefunden, daß er das tun mußte, als eine Art der Selbstvergewisserung – bleib aufrecht, sei tapfer, antworte, wenn dein Land ruft. Aber da war noch etwas anderes, die ältere, im Blut liegende Kraft namens Familie.

Er konnte seinem Verantwortungsgefühl nicht entrinnen. Dem mußte er sich stellen, dazu war es da. Er wollte nicht abhauen, sich verkrümeln, drücken, verweigern, nicht billig davonkommen, desertieren, kneifen, weglaufen, nach Kanada, Schweden oder San Francisco fliehen, so wie es sein Alter gemacht hatte.

Wenn er einen Punkt auf dem Film entdeckte, übersetzte er ihn in Buchstaben, Zahlen, Koordinaten, Netze und ganze Wissenssysteme.

Om mani padme hum.

In Wirklichkeit hüpfte der Hund überhaupt nicht, sondern beobachtete nur, mehr oder weniger verächtlich, das vorbeisegelnde Frisbee.

Ein Punkt war ein visuelles Mantra, ein Objekt, das keine Eigenschaften hatte außer seinem Standort.

Das Juwel im Herzen des Lotus.

Er lag in seinem Schlafsack, aber er schlief nicht. Er wollte Gesellschaft und weckte Janet. Er steckte den Arm aus dem Schlafsack und griff hinüber und schüttelte sie wach.

»Ich will dieselben Dinge wie du.«

»Ist gut, Matthew.«

»Ich möchte, daß wir von vertrauten Dingen umgeben sind. Ich finde das aufregend. Ich will sofort damit anfangen.«

»Du solltest warten. Bleib, wo du bist. Arbeite noch ein Jahr in diesem Beruf. Mal sehen, was passiert«, sagte sie.

»Ich will mir Kosenamen für die Kinder ausdenken. Weißt du? Ich möchte eine Umgebung für uns. Ich möchte Fotos, Silberzeug, Dinge, die wir eines Tages weitergeben werden. Ich möchte darüber reden, was es zum Abendessen gibt. Magst du überbackene Muscheln? Wir haben kaum je über Essen geredet, du und ich.«

»Bleib, wo du bist«, sagte sie ihm. »Übereile nichts.«

»Ich finde das aufregend. Ich wünschte, es würde nicht so lange dauern, hier wieder rauszukommen. Am liebsten würde ich auf der Stelle losfahren.«

»Schlaf weiter«, sagte sie ihm.

»Wir haben so vieles zu bereden.«

Sie war innerhalb einer Minute eingeschlafen. Matt lag da, hilflos seinen rasenden Gedanken ausgeliefert. Am Ende begriff er, daß er nicht würde schlafen können, und beschloß, den Sonnenaufgang über der Wüste anzuschauen.

Er zog sich die Hose und einen Pullover über und ging nach draußen, etwa fünfzig Meter hinter den Bunker, wo er die Taschenlampe ausknipste.

Dann setzte er sich auf die Erde und wartete.

Er erinnerte sich, wie er sich in dem Sessel auf der Party der Bombenköpfe gefühlt hatte, eingesperrt in ein Schwerkraftfeld, der Kopf vor Argwohn brummend.

Er dachte an das Nixon-Foto und fragte sich, ob der Staat die Paranoia des einzelnen angenommen hatte oder umgekehrt.

Er erinnerte sich, wie er sich beim Kurbeln des Films über das Leuchtpult gefühlt und sich gefragt hatte, wo die Punkte miteinander verbunden waren.

Denn alles ist letztlich miteinander verbunden oder scheint zumindest so, oder es scheint nur so, weil es auch so ist.

Am Leuchtpult war er die Parodie der altbekannten Gestalt im Keller, die Parodie des einsamen Erfinders, der sich über seinen Arbeitstisch beugt, die Nadeln, Federn und Drähte irgendeiner exzentrischen Apparatur zusammenfriemelt, der Glühbirnenidee, die die Welt verändern wird.

Und die Stimme mit dem ungarischen Akzent, Eric Deming, der in dem überfüllten Raum auf ihn einredete.

Die Punkte auf dem Film hätten Lkws sein können, die über die Versorgungsroute fuhren, oder neue Automodelle, die vom Fließband rollten, oder Kondome, die aussahen wie die Finger eines Latex-Handschuhs.

Und jemand in der Nissenhütte mußte ihm erklären, wer sie waren. Nixon flankiert von einem Baseballspieler-Paar, Kumpels seit eh und je, eine Sieger-Verlierer-Kiste, lebenslänglich an der Hüfte zusammengewachsen.

Er saß mit geschlossenen Augen im Staub und roch das feuchte Harz eines Kreosotbusches und spürte, daß irgendwo gleich der Tag anbrechen würde.

Die Menschen verstecken sich in ihren Kellern. Sie laufen in die Bunker und Tunnel, während identische Waffen vom Band rollen und allmählich den Himmel erleuchten.

Und woher sollst du den Unterschied zwischen Orangensaft und Agent Orange wissen, wenn dasselbe mächtige System sie auf Ebenen außerhalb deines Verständnisses verknüpft?

Und woher sollst du wissen, ob das stimmt, wenn du schon vom

System geschluckt worden bist, bereit, alles halb zu glauben, weil das die einzige intelligente Reaktion darstellt?

Die Menschen verstecken sich an dunklen, dumpfigen Orten, wo Pilze wachsen, schnell sprießen.

Aus den Punkten, die er mit seinem Fettstift markierte, wurden Computerbits in Da Nang, Sonntagsessen in Saigon und Einsatzbesprechungen in Thailand, nahm er an, oder Guam.

Wenn man einen einzelnen, untergeordneten Bestandteil ändert, paßt sich das System sofort an.

Jemand mußte ihm die Namen sagen. Der Präsident, flankiert von Thomson und Branca, Bobby und Ralph, dem Doppelstern aus Held und Sündenbock, unzertrennlich bis zum Ende.

Ein Pilz mit fleischigem Hut, der giftig oder berauschend sein konnte. Irgendwo in Sibirien aßen die Schamanen den Hut und wurden wiedergeboren. Was sahen sie in ihrem Trancezustand? Vielleicht eine pilzförmige Wolke?

Gewissermaßen war er damals schon in der Tasche, kurbelte die ganze Nacht den Film weiter, wartete auf die herabprasselnden Granatsalven. Sie machten ein knusperndes Geräusch wie ein Kind, das im Fernsehen Cornflakes ißt.

Und woher sollst du den Unterschied zwischen Spritzen und Flugkörpern wissen, wenn du so gefügig geworden bist, so bereit, alles halb zu glauben und von nichts überzeugt zu sein?

Und woher sollst du wissen, ob das Bild nicht schon existierte, bevor die Bombe erfunden wurde? Vielleicht hat es eine Unterwelt der Bilder gegeben, die nur den Stammespriestern bekannt war, den Medien zwischen der sichtbaren Wirklichkeit und der Geisterwelt, und sie warfen einen Magic Mushroom ein und sahen eine glühende Wolke, die zeitlich früher lag als das Bild auf dem Ausbildungsfilm der U. S. Army.

Aus sicherer Entfernung beobachtet, sagt der Sprecher, ist diese Explosion einer der schönsten Anblicke, die der Mensch je gesehen hat.

Gewissermaßen war er damals schon in der Tasche, aber er dachte nicht in den Bahnen des Systems bis zum Kulminationspunkt seiner mühseligen kleinen Arbeiten. Die Tausendpfund-Bomben, die in Mengen aus den Schächten der B-52 herauspurzelten wie geflügelte Köttel und den Dschungelpfad mit Kratern übersäten.

Aber sie waren der Feind, also was soll's.

Und sie sind immer noch der Feind, oder irgendwer jedenfalls, und er schlug die Augen auf und sah, wie der Himmel ein merkwürdiges, irres Oma-Grau annahm.

Früher kamen die Ideen von unten. Jetzt sind sie oben, überall, in einer Universalverbindung von Dingen und Netzwerken.

Der Doppelstern schwarz-weiß ja-nein null-eins Held-Sündenbock.

Und die beiden Männer, die den Präsidenten flankierten, auf dem Foto an der Nissenhüttenwand. Der eher große, gutaussehende Bursche und der buschigbrauige Emigrant. Könnten genausogut Oppenheim und Teller sein, die Körper mit Sonnenöl eingerieben, während sie einander Hindu-Schriften vortragen.

Om ist keineswegs der Kern der Bombe. Es sieht nur so aus.

Tod und Magie, das ist der Pilz. Oder Tod und ewiges Leben. Psilocybin, der Magic Mushroom, wird aus einem mexikanischen Pilz gewonnen und verwandelt einem die Seele in spaltbares Material, behaupten die Erforscher des Phänomens.

Sie sind überall zur gleichen Zeit, endlos vernetzt, und halb glaubt man die unwahrscheinlichsten Dinge, weil man ja blöd wäre, wenn nicht.

Jedwede Technologie bezieht sich auf die Bombe.

Er saß mit offenen Augen im Staub und merkte, daß die Sonne hinter ihm aufging, und er überlegte, was das bedeutete.

Es bedeutete, daß er die ganze Zeit in die falsche Richtung geschaut hatte.

Matt fuhr den Jeep, Janet döste neben ihm, döste ein bißchen und wurde wachgerüttelt und nickte wieder ein.

Er fühlte sich gut, klar im Kopf, er fuhr und dachte nach, er sah alles, er erkannte Pflanzen ohne das Buch.

Die Sonne stand immer noch sehr tief, und die Route würde sie noch eine Zeitlang direkt darauf zuführen, bevor der Weg allmählich nordwärts abknickte.

Er sah, wie das Geröll langsam zu Sand wurde.

Er sah die sandigen Kalksteinböden von ausgetrockneten Bächen, die parallel zum Weg verliefen.

Er hörte das Flügelflattern der Trauertauben, die aus dem Gebüsch aufflogen.

Er sah eine Windhose auf einem geraden Wüstenstück bei ihren Zeitlupenspiralen.

Es gab eine seltsame, aufgeladene Pause.

Dann stieß das Brüllen auf sie hernieder, so dicht, daß ihm das Blut stockte, und Janet packte seinen Arm. Nein, zuerst fiel sie auf ihn, zur Seite geschleudert von der Wucht des Lärms, einem flachen, zerreißenden Dröhnen, und dann schnappte sie sich seinen Arm und griff daneben und packte noch einmal zu. Er saß da, den Kopf zwischen die Schultern getrieben. Der Jeep kam von der Fahrspur ab, aber Matt befreite seinen Arm aus Janets Umklammerung und steuerte zurück. Er merkte, er hatte den anderen Arm über den Kopf erhoben, zum Schutz.

Der Lärm brach sich über ihnen und rauschte vorbei, riß sie beinahe mit, und Janet schaute Matt an. Ihr Mund bildete ein kleines, glattes, einsames Oval. Matt nahm das Ereignis konzentriert auf. Er sortierte es. Er schaute zu den Bergen, glücksbereit. Dann sah er das doppelte Aufblitzen, kurz bevor sie verschwanden, zwei silberhäutige Phantom-F4-Düsenjäger, auf dem Gipfel ihres Bogens vor dem Abfangen – dachten, sie fliegen mal eben an einem ruhigen Morgen über die Wüste.

Er war glücklich, hörte das Echo jetzt von den Bergrücken abprallen, einen Restdonner, der hin- und herrief, von den Little Ajo Mountains zu den Growler Mountains zu den Granites zu den Mohawks und raus in die Städte und zu den Tankstellen. Ja, er liebte das, wie sich die Kraft aus selbstliebkosender Heimlichkeit erhebt, um ein Brüllen am Himmel zu werden. Er stellte sich vor, wie die Klangwellen übers Land rollen und in der Zeit voranplätschern, über Wochen und Monate, quer übers Land, und irgendwann zu einem liebevollen Wiegenliedschaukeln werden, in einem kleinen, geborgenen Zimmer, wo eine Mutter einen Säugling stillt und ein Mann dasteht, ein Forschungskollege, einen Arm über den Kopf erhoben, nicht aus Angst vor Gipsbrocken und herumfliegenden Glassplittern, sondern nur, um die Jalousie herunterzuziehen – der Himmel wird dunkel, und ein scharfer Duft zieht aus der Küche herüber, und im Haus erklingt Musik.

Doch jetzt erlebte er den Steroidschock, die Gänsehaut, den prikkelnden Kitzel, der über seinen Körper kroch, während sie zitternd in dem kleinen Jeep hockten. Noch waren sie nicht so weit, miteinander zu sprechen. Sie brauchten einen Augenblick, um sich zu fassen, waren sprachlos unmittelbar nach einem solch machtvollen, der ureigensten Größe der Natur abgerungenen Hieb. Oder wie der Mensch sich den Himmel unterwirft.

5

Zuerst war da ein leerer Raum. Dann tauchte jemand auf und ordnete Dinge auf einem Tisch an, räumte Zeitschriften und Bildbände weg und stellte Schalen und Töpfe hin und schnitt Blumen und legte dann einige der Bildbände wieder zurück, aber nur diejenigen, die den Status einer gewissen Kostbarkeit behaupten konnten. Dann trafen ein paar Leute ein, und es wurde sporadisch Konversation gemacht, manchmal etwas unbeholfen, weil nicht jeder jeden kannte. Dann füllte sich der Raum langsam, das Reden fiel leichter, und die Gesichter legten ein paar Schichten ab. Klara sprach mit jemandem in einer Ecke, nahm unterschwellig die freundliche und lustige und harmonische Stimmung wahr, und eigentlich denkt man nie darüber nach, aber wenn man es doch tut, überrascht einen schon, wie die Einzelheiten der Begegnung, die Augenbewegungen und das Winken, das Lächeln des Wiedererkennens, das Rekapitulieren des bisherigen Lebens, von dem der Dialog in Gang gesetzt wird – wie all das zu einer Energie wird, die sich wie ein umherschwebender Engel zwischen den Gästen hin und her bewegt, Geschichten anregt, Gerüchte, Flirts und mißverstandene Bemerkungen, im Grunde das Handwerkszeug der menschlichen Geschichte, auch wenn die Leute heutzutage nicht mehr so viel trinken wie früher, also kann man nicht sagen, daß der Gin sie glücklich und ungezwungen macht. Sondern eher die Ermunterung durch die anderen.

Es war der Dachterrassen-Sommer, der Sommer des Wetterleuchtens, und sie beobachtete, wie Gewitterwolken im Licht des niederschießenden Blitzes weiß wurden. Drohender Regen, hieß es im Wetterbericht, aber es regnete selten. Sie wartete, daß Miles mit ihren Zigaretten auftauchte, und fand, es war ihr noch nie so sehr als Glück erschienen, am Leben zu sein, obwohl sie ihrer Arbeit wegen langsam nervös wurde, denn da kam einfach nichts.

In einer Ecke des Raumes redete sie mit einem Mann, der sich darüber beklagte, daß die Leute große Hunde in kleinen Wohnungen hielten, und als die Gäste allmählich aufbrachen, nahm sie den Fahrstuhl aufs Dach, und eine junge Frau sagte: »Ich werd noch semi-verrückt« - ich werd noch sämi-verrückt -, und ein Mann war auch da, ein Maler, den Klara kannte, mit einem toll aussehenden Schlips, und sie dachte, das Halten von Hunden in kleinen Wohnungen war eines der Themen, über die keiner redet, und dann tun's plötzlich alle, mit einem Schlag, es kommt aus den Türen und Fenstern geströmt, soll man oder soll man nicht, nur um eines Tages mit geradezu unbarmherziger Abruptheit wieder abzureißen, die Hunde bleiben wieder undiskutiert, seltene sibirische Rassen in Ateliers ohne Fahrstuhl.

Sie beobachtete die Joggerin auf ihrem Laufband, auf dem Dach eines Büroturms, eine Frau in neonfarbenem Trainingsanzug beim Sonnenuntergang, in der Ferne Schornsteine. Drei oder vier Gäste standen mit Drinks am Sims, schauten mit übereinstimmendem Vergnügen zu, und die Joggerin rannte auf ihrem Laufband, allein, dreißig Stockwerke hoch, es war wunderschön anzusehen, die anmutigen Schritte der Frau und der großartige verblaßte Tag, der sich glimmend auf den Glasflächen zeigte, und dann die Schornsteine der Elektrizitätsgesellschaft unten am Fluß, die prachtvolle Gifte herausbliesen.

Sie ging mit Miles über den Times Square und mußte mit ihm stehenbleiben, um ein Strizzimobil zu bewundern, das vor einer Obenohne-Spielhalle in einer Abschleppzone geparkt war. Der Wagen war rosé und lila lackiert, und die Seitenfenster waren mit eisernen Gittern geschützt - der Knabe hatte einen urbanen Sinn für Humor. Touristen machten Fotos, posierten gegenseitig vor dem Auto, immer abwechselnd knipsen und posieren, und außerdem waren da rasierte Krishnas mit Handglocken, jung und blaß in ockerfarbenen

Gewändern und hohen Turnschuhen, und sie hüpften hingebungsvoll auf und ab.

Acey Greene hatte so eine Großmutter-Nummer auf Lager, hauptsächlich eine Sache des Tonfalls, mit dem sie Klara als Kindchen titulierte. Rügend. Och komm, Kindchen, sei nicht so albern.

Sie waren in einer Bar in SoHo.

»Es ist unmöglich«, sagte Klara. »Eine Frau denkt nicht im Traum daran, jemanden wie Miles zu heiraten.«

»Den du nicht heiraten willst, egal, ob du dran denkst oder nicht.«

»Trau ihm doch mal was zu.«

»Das tue ich allerdings«, sagte Acey.

»Nein, Miles ist klasse. Aber du mußt schon wahnsinnig sein, um irgendwas Dauerhaftes oder auch nur halbwegs Verbindliches mit ihm zu versuchen. Läuft nicht, weder von deinem noch von seinem Standpunkt aus.«

»Nur das Wort wilde Ehe.«

»Stimmt genau.« Und Klara lachte. »Allein schon das Wort.«

»Er ist ein bißchen ausweichend, wäre mein allgemeiner, weißt du.«

»Er ist ein bißchen unentschlossen«, sagte Klara, und je länger sie über seine Verantwortungslosigkeit sprach, desto mehr Zuneigung verspürte sie für diesen Mann. »Es gibt da immer die Verschwörungstheorie, ja.« Sie lachte wieder. »Er findet, irgendwas rückt ihm auf den Pelz, und er wird defensiv und zieht sich zurück. Aber es ist kein Streitpunkt. Es gibt keinen Streitpunkt zwischen ihm und mir. Wir kommen prima miteinander klar.«

Ihr flogen die Dinge aus der Hand. Ein Kaffeebecher flog ihr direkt aus der Hand und über die Küchentheke. Sie konnte die Kalbskoteletts nicht finden, die sie gerade gekauft hatte. Dann suchte sie nach dem Ersatzschlüssel zur unteren Tür. Der Schlüssel konnte nur an einem von zwei Orten sein, es gab keine andere Möglichkeit, weltweit, aber er war nicht hier und nicht dort, und sie stand am einen Ende des Lofts und starrte durch die hohen Fenster gegenüber und fragte sich, ob die Feuerleitern, jene dunklen Linien, die sich in der Tiefe über den Seitenstraßen kreuzten, ihr wohl etwas über ihre Arbeit sagen könnten.

»Ja ja, Kindchen, und morgen kommt der Weihnachtsmann«, sagte Acey in der Bar.

Eine Zeitlang benutzte sie Anstrichfarbe, Heizungslack. Sie mochte rauhe Oberflächen, abblätternden Lack auf Metall, sie mochte verkittete Fensterrahmen, jegliche Gipstextur, die klebrigen Kreiden und Leinsamen, die vermischt und zu einem *Schmirechz* auf einem verwitterten Stück Holz verschmiert werden. Und sie brauchte Jahre, um zu begreifen, in welchem Zusammenhang das mit ihrem Leben stand, mit ihrer proletarischen Seite, mit den rissigen Bürgersteigen, eigentlich wunderschöner blauer Schiefer, brüchig und bröselig an den Ecken, und mit den geteerten Dächern und den Feuerleitern natürlich, erst grün gestrichen und dann schwarz, und wie die heruntertropfenden Kleckse und Rinnsale sich in die Erinnerung fügten, und die Aluminiumfarbe auf den pfeifenden Heizkörpern und der Lack, den ihr Vater heimbrachte, um die Küchenstühle neu zu streichen, ein Stuhl kopfüber auf einem Blatt Zeitungspapier, und die Spinnwebpfützchen der weißen Farbe auf der Druckerschwärze der Seite und das bespritzte Papier auf dem alten Linoleum.

Bei Esther und Jack hatte sie ein Glas Wein in der Hand und hörte Jack zu, der mit seiner freundlichen Sandpapierstimme redete. Sie mochte seine Stimme, und sie mochte seine Witze. Der alte, rotbakkige, grauhaarige Jack, irgendwie immer noch am Leben, mit seiner Zigarette fuchtelnd und immer kurz davor, deinen Namen zu vergessen. Jack hatte einen starken Hang zu derben Witzen, die Esther haßte und Klara irgendwie gut leiden mochte, die Sorte Witze, die man trotzdem lustig finden soll, altmodische Geschichten mit dämlichen Stereotypen und verschiedenen Dialekten, aber gerissen in der Art und Weise, wie sie den Zuhörer gern zum Komplizen machten – Jack erzählte Witze, bei denen sich nie etwas änderte.

Irgendwann merkte sie, daß sie hauptsächlich deshalb Farbe auftrug, um sie wieder herunterzunehmen, mit einem Küchengerät abzukratzen – sie mochte die marmorierten Überreste.

Und die Reichweite ihrer Bemühungen, ihr geringer Ehrgeiz, was sich ihrer Meinung nach in ihrer Arbeit häufte, etwas Vertrautes, bewußt bescheiden. Erst jetzt fing sie an, sich zu fragen, ob sie sich ein Leben ohne Lorbeeren sichern wollte, wie ihr Vater.

Albert hatte ihr immer in seiner leicht belehrenden Art erklärt, daß die Italiener, denen er durch seine Jugend in Harlem und der Bronx, durch seine kalabrische Herkunft begegnet war, dazu neigten, einer bestimmten Art von Erfolg mit Mißtrauen zu begegnen, als Einwanderer, Menschen, die einen Schutz gegen die Kälte der anderen Kultur brauchten, Menschen, die Söhne und Töchter und Schwestern und andere brauchten, denn wem konnten sie sonst trauen mit ihrem gebrochenen Englisch, ihren zehntausend entwurzelten Legenden, und eines Tages kam er nach Hause, der dreizehnjährige Sohn, und sah seine Eltern zusammengekauert auf dem Sofa, in einem ihrer schmerzvollen südländischen Zustände, dunkle Säcke unter den Augen seiner Mutter, ausgetrocknet vom Betrogenwerden, und sein Vater hilflos und gebrochen, ein vierzigjähriger Mann, der sein Alter durch die Mitgliedschaft in einer Kooperative des Kummers im Nu verdoppeln konnte, und sie schauten sich Alberts Zeugnis an, das gerade per Post von der Schule eingetroffen war, und er dachte, er hätte alles verpatzt, wäre von der Schule geflogen, verwiesen, hätte bestenfalls Fünfen und Teufelszahl-Sechsen, aber es war genau das Gegenteil, jawohl, eine Reihe Einsen mit goldenen Sternchen, die am Rand des Zeugnisses klebten, und Jung-Bronzini begriff irgendwann, woher ihre Verzweiflung kam, sie wollten ihn nicht verlieren, der Ladenbesitzer und seine Frau, an die große helle Welt, die irgendwo, schwebend, nur wenige Blocks entfernt begann.

Klara fand, sie hatte nicht im entferntesten etwas mit diesem Geisteszustand zu schaffen, bis sie allein in ihrem Loft saß und begriff, wie abwehrend sie gewissen Erfolgen gegenüberstand, nicht denen der anderen, sondern ihren eigenen – mißtrauisch und leicht beschämt. Sie mußte der Vergangenheit treu bleiben, selbst wenn das bedeutete, vor allem wenn das bedeutete, die Enttäuschungen ihres Vaters auf sich zu nehmen, in den vielen kleinen Niederlagen aufzugehen, die er wie verblaßte Souvenirs anhäufte. Sie dachte an seine View-Master-Dias vom Grand Canyon und dem wilden Westen, von den unerreichbaren Weiten, die er auf seinem Stereoskop herbeiklickte, und sie erinnerte sich ganz deutlich an das Bild des Hopi-Spähers, der sich auf der Klippe irgendeines Felsens postiert hatte, und dahinter in der 3-D-Ferne, was auch immer es war, Arizonas Painted Desert oder der Zion Park, und daß ihr eigenes Kleinsein, ihre Unauffälligkeit genau das Geschick war, das sie sich selbst zugeteilt hatte.

Acey trank Tequila, und Klara bestellte ihre übliche, öde Dosis Weißwein, denn sie mochte Weißen am Nachmittag, an den Tagen, wenn sie schon vor sechs oder so ein Glas trank, und Roten zum Abendessen, und ein leerer Nachmittag in einer dunklen Bar war nicht das Schlimmste, was einem passieren konnte.

»Was machst du denn so, arbeitsmäßig, und sollte ich davon wissen?« fragte Acey.

»Ich fahre nach Sagaponack, um mich zu verstecken.«

»Verstecken. Da versteckst du dich doch nicht. Du versteckst dich hier.«

»Kommt drauf an, wovor.«

»Fang an zu arbeiten. Fang einfach an zu arbeiten. Was sitzt du hier rum?« sagte Acey. »Wenn du mich bloß anglotzt, wirst du kaum Geschichte schreiben.«

Es war so feucht, daß man die Tür nur mit der Schulter zudrücken konnte. Sie hörte diese Schüsse auf einer Terrasse irgendwo, und dann sah sie die gestreifte Markise, Cinzano, und wußte, das Geräusch kam bloß von der Leinwand, die im Wind klatschte.

Klara redete über ihre frühen Zeiten als Malerin, wie sie versucht hatte zu malen, es war die Hölle im Taschenformat gewesen, in vielfacher Hinsicht, aber inzwischen fing sie an, nach Spätboheme auszusehen, irgendwie pastellfarben an den Rändern, falls sie sich nicht bald etwas energischer wieder ins Gedächtnis brächte.

»Die Männer, die männlichen Maler haben uns doch behandelt, sagen wir es doch, wie es ist, die großen Namen haben uns behandelt, als wären wir dumme kleine Möchtegernkünstlerinnern. Ewige Studenten, ja, mit Kniestrümpfen. Höchstens«, sagte sie. »Und apropos Arbeit.«

»Was?«

»Neulich habe ich dich lobend erwähnt. Als ich mit einer Frau sprach, die was über jüngere Künstler macht. Ich hab ihr gesagt, auf wen sie achten soll. Und dafür.«

»Und das war nicht das erstemal, und ich möchte dir sagen, es bedeutet mir sehr viel.«

»Halt den Mund. Und dafür«, sagte Klara, »bist du mir eine Vorschau schuldig, mündlich, denn wenn ich schon hier sitze und eine beneide, die arbeitet, dann kannst du mir zumindest erzählen, was du machst.«

Aceys Mund verzog und schürzte sich auf seine typisch spöttische Art. Sie schaute Klara an und trank aus und gab eine Art versengten Seufzer von sich.

»Na gut. Du erinnerst dich an den Marilyn-Monroe-Kalender, den du in meinem Atelier gesehen hast.«

»Klar.«

»Und du weißt, wie das ist, wenn du mit einem Projekt anfängst, daß du manchmal bei einer Reihe von Mißverständnissen ansetzen mußt.«

»Das ist immer mein Ansatz.«

»Ich habe nachgedacht und gearbeitet und skizziert und kleine Ölbilder und große Kohlezeichnungen gemacht, und schließlich war's mir klar. Ich will nicht Marilyn, sondern Pseudo-Marilyn. Ich wollte einen Komplettlook. Ich wollte nicht Monroe. Ich wollte Mansfield. Nur Flatschlippen und Totaltitten. Ich meine, es war so sonnenklar, und ich brauchte scheiß-ewig dazu.«

»Hab ich je einen Film mit Jayne Mansfield gesehen?«

»Hat keiner. Macht nix. Sie paßte gar nicht in einen Film rein«, sagte Acey. »Und dann gab es die ganzen anderen Marilyns. Einerseits kann man nie genug Marilyns haben. Andererseits sind in dem Augenblick, als Marilyn starb, auch die anderen Sexbomben gestorben. Als wäre ihnen philosophisch die Existenz verboten worden. Jayne hat Marilyn nur um fünf Jahre überlebt, und ungefähr viereinhalb Jahre davon war sie fertig, am Ende, verdroschen von Ehemann Nummer Wasweißich, und das einzige, was ihr noch blieb, waren ausbeuterische Filme und der Suff.«

»Hey, Grenzüberschreitung. Weiße Frauen«, sagte Klara.

»Jayne war ein weißer Wal. Ich mußte eine Menge hochmütigen Scheiß abschütteln, bevor ich dahin kam, wo ich jetzt mit dieser Arbeit bin. Und ich mache da ein paar Farbgeschichten, zu denen ich gern deine Meinung hätte.«

»Jederzeit.«

»Weil ich nur dir vertraue.«

»Verlogene Komplimente sind anstrengend«, sagte Klara. »Deshalb mach ich auch keine.«

Es war der Sommer, als Nixon im Fernsehen winkte, in dem Spot aus den Fünfzigern Eisenhowers Handgelenk umklammerte oder diese zuckende Handbewegung über dem Kopf machte, abrupt und neurologisch seltsam, oder sein letztes Winken vom Helikopter auf dem Rasen, vorschießende Arme, die Finger bildeten ein trauriges Paar V's, oder die Spots aus den späten Sechzigern, seine Arme unkontrolliert in die geflügelte Geste des Sieges hineingeschleudert, des übelnehmerischen verzerrten Triumphes – da bin ich, ihr Arschlöcher, einfach nicht totzukriegen.

Miles überredete sie, ihn zu Bloomingdale's zu begleiten und ihm beim Kauf eines Geschenks für seine Mutter zu helfen, denn sie würde begeistert und etwas beschämt sein, also seine Mutter jetzt, in glückliche Bekümmertheit gehüllt, wenn sie, in ihrer Vorstadt von Toledo, etwas von Bloomingdale's besäße.

Sie durchquerten ein großräumiges Areal voll spiegelnder Flächen und kleiner knubbliger Flaschen mit Hunderten von üppigen, nachhaltigen Essenzen, und schließlich fand Klara etwas, eine Batikbluse und dazu irgendwie orientalische Hausschuhe, und sie waren auf dem Weg nach draußen, durch die Herrenbekleidungsabteilung, angedeutete Herbstdekoration und viele Tische und Auslagen, Ständer voller Übergangsmäntel und Vliesfutter, als Miles sagte: »Wart mal.«

Was ist denn, fragte sie sich, und er legte ihr die Hand auf den Arm – warte, schau mal, sag nichts. Dann sah sie, was er meinte. Acht oder neun Jungen, schwarze Bengel, die sich zwischen den Anzügen und Strickpullovern durchschlängelten, jetzt schon bald ein Dutzend, die meisten Jugendliche, aber ein paar nicht älter als zehn.

Dann sah sie einen Wachmann, der vom Rand der Halle kam, per Walkie-Talkie herbeigerufen, und die Jüngeren versuchten sich zwischen den spiegelnden Flächen unsichtbar zu machen, geradezu komisch, mit rollenden Augen spähten sie verstohlen umher, mittlerweile mußten sie den Druck spüren, die volle Last der Beobachtung. Einer von ihnen schnappte sich eine Jacke, ziemlich hastig, und ein anderer sagte etwas, und jetzt legten sie alle los, stürzten sich auf eine Auslage. Sie griffen zu und rannten weg, Jacken flogen von den Bügeln, und Bügel schlugen auf den Boden, und die Jungen schnappten sich, was sie kriegen konnten, ein paar von ihnen zwei, drei Jacken, andere nur eine, oder zwei Bengel griffen nach derselben Jacke und rasten auf verschiedene Ausgänge zu. Zwei Wachmänner waren zügig im Anmarsch, ein dritter saß am Haupteingang halb in der Hocke. Die Kunden standen reglos und alarmiert da, wie angewurzelt in neutralen Zonen, ein Junge wurde von einem Wachmann festgehalten, und Klara spürte, wie ein halbes Dutzend andere kreuz und quer durch das Kaufhaus rannte, Haken schlug und auswich, und all die Jackenärmel flatterten nur so.

Und Miles sagte: »Leder«, in seiner Stimme schwang diebische Freude mit.

Er sagte: »Sie nehmen die U-Bahn runter bis zur 59. Straße und kommen die Treppen hoch, direkt in das Geschäft, sie überfluten eine Abteilung und schnappen sich, was sie kriegen können, und dann sind sie wieder draußen, Mann, in alle Himmelsrichtungen.«

Er sagte: »Die Wachleute kriegen zwei, vielleicht drei von ihnen, allerhöchstens.«

Er sagte: »Hast du gesehen, sie haben nicht die dicken gefütterten Parkas genommen, weder das warme Zeug noch was mit Kapuzen oder die Daunenwesten. Nur Leder. Sie haben die Ledersachen genommen«, und seine Stimme sang vor Bewunderung.

Acey beugte sich über ihr leeres Glas.

»Wie alt war er?«

»Weiß nicht. Siebzehn, achtzehn. Ich glaube, ich wollte es nicht wissen.«

»Siebzehn, das ist schon ein Mann.«

»Ich habe Zeichenunterricht für Kinder gegeben, halbtags. Und ich hatte eine kleine Tochter, zwei oder drei Jahre alt, das war furchtbar genug, und die Mutter meines Mannes, die war bettlägerig, oder vielleicht war sie inzwischen auch schon gestorben, und dann natürlich noch meinen Mann.«

»Und dieser jugendliche Kriminelle in seinen – trugen die damals Röhrenhosen? Der hat dich angemacht.«

»Ich weiß nicht, wer wen angemacht hat. Ich weiß nur noch, wir liegen in dem Gästezimmer, und gleich nebenan war vor kurzem meine Schwiegermutter gestorben.«

Acey riß die Augen scherzhaft auf und ließ den Mund offenstehen.

»Vielleicht hast du recht. Siebzehn, das ist schon ein Mann«, sagte Klara. »Denn eines war es sicher nicht. Es war kein Fall von sexueller Initiation. Es war kein bißchen zärtlich. Und er brauchte keine besondere Anleitung. Und mit jugendlicher Krimineller hast du auch recht. Nur daß der Begriff dem, was er später getan hat, überhaupt nicht gerecht wird.«

Sie schaute an den Gesimsen der Park Avenue entlang zum New York Central Building mit seinen Tunnelbögen über dem Verkehr und der großen Uhr und der angestrahlten Spitze, und in letzter Zeit schlief sie nicht gut, und jemand stand neben ihr und schaute dasselbe an, was sie gerade anschaute, und sie ging hinein, um Nixon winken zu sehen.

Esther Winships Wohnung war verschwenderisches Understatement, Beige, gebrochenes Weiß, große, statiöse Sofas, die nicht nachgaben, wenn man sich hinsetzte, und weite Flächen graubraunen, langflorigen Teppichs, fast keine Bilder, und die wenigen, die Esther zum Aufhängen auswählte, blieben so zurückhaltend, daß es fast schon wieder wurscht war, und das Ganze kam dermaßen hochnäsig daher, eitel Krampf und Schärfe, daß Jack ziemlich verloren darin wirkte.

Esther sagte: »Ich habe noch nicht aufgegeben, weißt du. Ich habe Agenten aufs Schlachtfeld geschickt.«

»Wozu?«

»Moonman.«

»Ich dachte, das hätten wir längst vergessen. Außerdem, hat nicht irgendwer schon eine Graffiti-Ausstellung gemacht?«

»Da war er nicht vertreten.«

»Ich finde es eigentlich ganz gut, daß du ihn nicht findest.«

»Wieso das denn, Herzchen?«

»Du wirst ihn unter Vertrag nehmen und mich rausschmeißen.«

Das gefiel Esther. Sie hatte ein Lachen, das zweitausend Jahre alt war, salzig und heiser. Und Klara fand ein solches Gefühl für die Graffitikünstler merkwürdig. Esther hätte die vollgesprühten Züge eigentlich schlechtmachen müssen – entstellt, häßlich, fahrbare Schrotthaufen. Esther mit ihren makellosen Kostümen und Gesichtspudern und leicht klirrendem Schmuck. Esther, dachte sie, und das nicht zum ersten Mal, ihre Galeristin und Freundin und Feindin.

»Das ist natürlich der allergrößte Blödsinn.«

»Sag mir nur Bescheid, wann wir fahren«, sagte Klara.

»Raus zu mir?«

»Wegen der Postlagerung.«

»Du bist eingeladen, weißt du. Wir fahren alle. Es ist offiziell. Freitag nächster Woche.«

»Ich liebe Postlagerung«, sagte Klara.

Dabei hätte sie die Graffitikünstler verteidigen sollen, waghalsige Jugendliche, die Farbe und Zunder in den erdbebenverwackelten montäglichen Berufsverkehr brachten.

Möglicherweise Regen, lautete der Wetterbericht, aber es regnete nicht. Der Müll lag da unten in identischen schwarzen Plastiksäkken, sickerte hinaus, brannte sich allmählich einen Weg durch die Säcke, und sie schaute nach Ratten und schaute auch wieder nicht, wenn sie auf ihrem Weg ins Fitneßstudio des YWCA an dem Abfallberg vorbeikam. Sie schwamm fast jeden Tag dort, dann nicht mehr so oft und schließlich nur noch einmal die Woche, weil es beim Schwimmen darum ging, der Arbeit die Spitze zu nehmen, zu den ausgleichenden Rhythmen zurückzukehren, der angenehmen, milden Monotonie dessen, was von einem übrig ist, nach einem langen, anstrengenden Stück Arbeit und Abgeschiedenheit.

Es war der Sommer der Damaszenerpflaumen, saftig und bläulich, und sie liebte die Wassertürme, die, auf Säulen und Stelzen errichtet, wie Überbleibsel der Zimmermannsstadt in der Dämmerung schwebten, die Dinge mit der geringsten Überlebenswahrscheinlichkeit, Dübel und Dauben, das alte streifige Holz zu empfindlicher Massigkeit gerundet.

Auf einem kleinen Dachgarten mit der Billigkopie einer Marmorstatue von der Akropolis, einer männlichen Figur minus Arme und Kopf und Großteil eines Beins, und mit ramponiertem Schwanz und Vogelkotspritzern auf dem linken Brustmuskel, warum war er bloß so sexy, dachte Klara – hier sah sie den Mann zum dritten Mal in etwa sieben Wochen, Carlo Strasser, den Amateur-Kunstsammler und was immer er sonst noch war, in seinen prachtvollen italienischen Schuhen, mit einem Bauernhaus, sie erinnerte sich, bei Arles.

Wie sich herausstellte, hatte der Gastgeber schon seit ewigen Zeiten vorgehabt, sie beide zum Abendessen einzuladen. Und es stellte sich heraus, daß Carlo in Halbleiter-Elektronik tätig war, Geschäftsreisen nach Hongkong und Taiwan machte und einmal nach Mexico City geflogen war, um sich ein Fußballspiel anzuschauen.

»Eigentlich müßte ich heute in Dus-sel-dorf sein« – er sprach es komisch aus –, »aber ich dachte, wissen Sie, das Leben ist kurz, und ich sitze in letzter Zeit in zu vielen Flugzeugen, und außerdem.«

»Und außerdem können Sie zum Telefon greifen.«

»Ich kann zum Telefon greifen, ganz genau. Irgendwer ist da am anderen Ende.«

Ringsum auf den Dächern der Brownstone-Häuser waren Dachfenster und hohe Schornsteine mit spitzen Kappen und neuen Metalleinzäunungen, die über den Dachrand hinausragten, um katzengleiche Einbrecher abzuschrecken.

Und spät in der Nacht erwachte sie in ihrem Loft und dachte, sie wäre woanders – nicht irgendwo anders, sondern an einem Ort, der ihr unbekannt war, denn selbst nach mehreren Jahren hier konnte sie nicht ohne das Gefühl erwachen, sie befinde sich in einem fremden Raum, noch im Traumraum. Die Höhe und Weite des Lofts, die Säulen und hohen Fenster entstammten einem frühen, nicht unbedingt alptraumhaften Traum eines Kindes, das sich am Rand eines Zimmers befindet, oder eines Kindes, das von dem Zimmer träumt, aber nicht selbst darin ist – ein Zimmer, das am einen Ende surreal offen ist, wo das Kind steht oder der Traum einsetzt, ein Zimmer, wo die Dinge, wo die Gegenstände Stuhl und Vorhang und Bett heißen, aber auch vollkommen anders sind, nicht gestützt von den üblichen Sicherheiten, und sie drehte sich im Bett um und weckte Miles.

Sie gingen zum Fulton-Fischmarkt, und Miles machte Fotos, es war vier Uhr morgens, von einer Reihe riesiger Schwertfische, die auf das Pflaster gekippt worden waren, wahrlich ein Epos des falschen Ortes, diese großen Meereswesen auf einer New Yorker Straße gestrandet, und dann fanden sie einen Diner, der die ganze Nacht offen hatte, und bestellten Eier mit Speck und Kaffee.

Miles wollte über Acey Greene reden.

»Dieses Zeug, das sie macht. Du weißt doch, was sie macht, oder? Eine Serie über die Black Panthers. Noch mehr Unrat auf schwarze Männer.«

Sie ließ ihn reden.

»Du überschätzt sie um ungefähr zweihundert Prozent. Ihr Zeug ist alles nur Show. Nur ein Fitzelchen besser als totale Scheiße. Du mußt noch mal hinschauen. Es ist alles Oberfläche. Sie beliefert, sie bestärkt die Weißen und ihre Vorstellungen von den angsteinjagenden Schwarzen.«

Klara merkte, daß sie bei all ihrem Lob für Aceys Arbeit die ganze Zeit auf jemanden gewartet hatte, der anderer Meinung war. Nun war es soweit. Der Moment lag ihr in einem Kloß mit Eigelb und Roggentoast im Magen.

»Du weißt doch, wie das läuft. Sie hat von dir gekriegt, was sie wollte. Zustimmung, Werbung, was auch immer. Und jetzt schmiert sie andere Räder.«

Klara saß in merkwürdigem, nachdenklichem Schweigen da. Sie wollte, daß er weiterredete. Sag es alles, ob es stimmt oder nicht. Sie fühlte sich absolut kleinlich, fand aber, an seinem Urteil über Aceys Werk sei vielleicht etwas dran. Er hatte nützliche Intuitionen über Kunst. Das gehörte natürlich zu den Dingen zwischen ihnen, die

Art, wie er sich vor eine ihrer Arbeiten stellte und sie mit ein paar treffenden Worten und seiner allgemeinen Offenheit für das Objekt wissen ließ, daß er begriff, was sie vorhatte.

»Sie ist begeistert von den Hausschuhen«, sagte er.

»Sie ist begeistert von den Hausschuhen. Wovon reden wir eigentlich? Ach so, deine Mutter.«

»Sie ist begeistert von den Hausschuhen.«

»Sie ist begeistert von den Hausschuhen. Gut. Das freut mich.«

Oder vielleicht könnte man den Fall so beschreiben. Er hatte absolut nicht recht, was Aceys Werk betraf, aber vielleicht wünschte sie, er hätte recht.

In Sagaponack warf sie ihre Tasche ins Gästezimmer und ging Maler besuchen, überall in der Gegend. Sie malten in Hütten, weißgekälkten Ateliers und renovierten Kartoffelscheunen, und sie ging meistens allein hin, lieh sich Esthers Wagen aus, denn Esther war am Telefon und versuchte, mit Hausbesitzern und Anwälten zu verhandeln.

Beim Abendessen wurde Jack schwindlig, er legte sich aufs Sofa, und der Abend verlief mehr oder weniger um ihn herum.

Sie stand im Sand und beobachtete die Wellen, wie sie sich aufbäumten und dann strandwärts schmiegten.

Sie rief Miles an, der am nächsten Tag nach Normal, Illinois, aufbrach.

Sie traf einen Bildhauer mit einem Gesicht voller geplatzter Äderchen, Engländer, seine Frau lag im Sterben, und sie führte ein langes Gespräch mit ihm, eine absolut intensive Unterhaltung darüber, wie die Arbeit einen als unzulänglich bloßstellt, Schicht um Schicht, und sie trösteten sich gegenseitig, als ihnen aufging, daß man solche Dinge teilen kann, ganz gleich, wie einzigartig sie einem vorkommen. Und sie umarmten einander, als Klara ging.

»Du siehst in letzter Zeit sexy aus, wußtest du das?« sagte Esther.

»Wer sagt das?«

»Der alte Jack.«

Klara wurde, typisch, den alten Jack irgendwann leid, ergriff dann aber für ihn Partei, aus Mitgefühl, sagte, so unrecht hat er doch nicht, und fand ihn lustig und dann wieder anstrengend, manchmal regelrecht lächerlich, aber er liebte Esther so herzensgut, sagte das auch offen, egal, wer es hörte, und erzählte Kellnern und Portiers, wie gut sie im Bett war, und Esther wußte, es war unmöglich, ihn zu bremsen, und vielleicht wollte sie das auch gar nicht. Sie brauchten beide das Drama öffentlicher Bekenntnisse, denn wie sonst hätte ihre Lebendigkeit überleben sollen?

Ihr flogen Dinge aus der Hand. Ein Glas flog ihr aus der Hand, als sie bei jemandem auf der Terrasse stand. Allein in Esthers Auto redete sie über links abbiegen und rechts abbiegen, deklamierte laut die Fahrtroute, wies sich selber an, bei Rot zu halten.

Miles sagte am Telefon: »Die Leute finden es total, na ja, bizarr, daß eine Frau krank werden kann, jedesmal wenn Henry Kissinger krank wird, in tausend Meilen Entfernung. Wir, die Ungroßartigen, müssen unsere Krankheiten kriegen, wie sie kommen.«

Wind kam auf und wollte nicht aufhören, und er trug einen schwachen Hauch vom Sommerende mit sich, und Esther sagte: »Es ist wie die *tramontana*«, und Klara dachte komischerweise an Albert, oder vielmehr gar nicht komischerweise – er hatte die italienischen Wörter für die verschiedenen Winde geliebt, die von den Alpen herunterbliesen und von der afrikanischen Küste hoch.

Und eigentlich mochte sie die Arbeiten des englischen Bildhauers nicht, um ehrlich zu sein, egal, welche Affinitäten ominösen Zweifels zwischen ihnen herrschten.

»Nein, im Ernst, du siehst toll aus«, sagte Esther.

Die Nächte, so leicht und rein. Schatten, Flüstern, die Kinnlinie eines Mannes, sein Haar und wie er ein Weinglas hält.

Esther sagte: »Jack ist natürlich ein Baby. Deshalb blieb er neulich auf dem Sofa liegen, als er sich nicht wohl fühlte.«

»Er wollte unter Leuten sein.«

»Er ist das größte Baby aller Zeiten, aber wenn er mir stirbt, werde ich in einer Zehntelsekunde am Boden zerstört sein.«

Sie liebte sie beide und sagte es ihnen, als sie abfuhr, und sie meinte es ernst, so wie man es immer ernst meint nach vier windigen Tagen und Nächten und gutem Essen und Gesprächen und den glatt bis zu den Dünen reichenden Kartoffelfeldern unter dem hohen, raschen Himmel.

Solch ein Glück, am Leben zu sein, dachte sie und nahm den Zug zurück, menschlich unauffällig auf ihrem geräumigen Sitz, wo sie eine Zigarette rauchte und sich darauf freute, wieder zu Hause zu sein – allein zu Hause, umgeben von all den Dingen und Strukturen, die einem die Vertrautheit mit sich selbst zurückgeben.

Ihr Vater pflegte zu sagen, Das beste an einer Reise ist das Nachhausekommen.

Aber wann waren sie je weggewesen? Nur selten und kurz, ein gemieteter Bungalow an einem See, mit einer anderen Familie, denn Gott behüte, beengt sollten wir uns nicht fühlen, sagte ihre Mutter, und laßt uns schnell zurückfahren, bevor jemand die Nachricht klaut, die wir für den Milchmann dagelassen haben.

Als Klaras Mutter eine Visitenkarte in seiner Jacke fand – sie brachte seinen Anzug zur Reinigung und fand eine Geschäftskarte mit seinem Namen, aber ohne Firma, und der Name war Sax geschrieben, und natürlich fragte sie ihn danach.

Er sagte ihr, die sei für Reisen, die er eventuell unternehmen würde. Er wollte eine Karte haben, die er Leuten geben konnte, denen er vielleicht im Zug begegnete.

Ihre Mutter sagte, Danach frage ich gar nicht. Abgesehen davon, daß so eine Reise die reinste Sag-ich-lieber-nicht ist.

Wonach fragst du denn dann?

Ich frage nach der Schreibweise. Ihre Mutter sagte, Sachs ist doch kein schwieriger Name.

Er sagte, Das ist keine Frage von schwierig oder leicht.

Ihre Mutter fragte, Was ist das, S-a-x? Was ist das? Wechselst du jetzt den Beruf, heißt es das? Haben wir jetzt einen Jazzmusiker im Haus?

Er sagte, Es ist nur eine Kleinigkeit, laß doch.

Ihre Mutter sagte, So eine Kleinigkeit auch wieder nicht.

Er sagte, Die Namen werden gleich ausgesprochen. Es ist eine Kleinigkeit. Ich habe die Schreibweise nur verändert, damit er für jemanden im Zug, der leichte Namen gewöhnt ist, leicht auszusprechen ist. Weil die meisten Namen im Geschäftsleben nämlich leicht sind, wenn dir das schon mal aufgefallen ist.

Sachs ist ein leichter Name. Ihre Mutter sagte, Das ist kein schwieriger Name, es sei denn, der Zug, von dem du sprichst, ist voller Leute, die ein bißchen komisch sind, na sagen wir mal, im Kopf.

Der Mädchenname ihrer Mutter war Soloveichik.

Er sagte, Es geht nicht darum, ob der Name leicht oder schwierig ist. Sondern welche Buchstaben es sind. Diese ganze Sache mit dem c-h.

Ihre Mutter sagte, Welche ganze Sache?

Und ihr Vater gab einen Laut von sich, den Klara nicht vergessen sollte. Sie dachte in den Jahren, nachdem er ihn von sich gegeben hatte, oft darüber nach. Er machte ein Geräusch, einen harten, gutturalen Laut, der hinten im Mund erzeugt wurde, klappernd und metallisch, voller Groll, und zuerst dachte sie, er hätte die Karte drucken lassen, weil er nicht wollte, daß ihn jemand irrtümlich für einen Deutschen hielt, und dann dachte sie, er hätte sie drucken lassen, weil niemand erfahren sollte, daß er Jude war.

Menschen in Zügen. Geschäftsleute mit eigenen Visitenkarten und Rasierzeug und reservierten Abteilen in den wichtigsten Zügen, die von der Grand Central Station abfuhren.

Und wie seltsam, welche Entfernung er zurücklegen wollte, weg von dem kratzenden Laut jenes c-h mit seinen weitgespannten Bezügen, seiner gutturalen Geschichte und Kultur, jenen schweren Flurgerüchen und Akzenten – von dort zu dem unbekannten x, dem Zeichen von Mister Anonymus.

Diese Änderung forderte Klaras Loyalität heraus, gerade weil sie keinen praktischen Sinn ergab, weil sie die Gehirnwindungen einer bestimmten Qual offenbarte.

Ihr Vater hatte früher in einem Kaufhaus an der Kasse gestanden. Danach wurde er Versicherungsvertreter, der auf Kommission in den trostloseren Ecken der Bronx arbeitete. Sie gaben ihm die Negerviertel und die chinesischen Wäschereien und die Einwanderer von egal woher, frisch vom Schiff. Eine Zeitlang malte er Schilder, Firmennamen auf mattierten Glastüren, trug Blattgold mit einem Zobelhaarpinsel auf, was er gut machte, aber haßte.

Es ist nur eine Geschäftskarte, sagte er. Ich bin doch nicht zu einem Richter gegangen und habe meinen Namen ändern lassen.

Auf meinen Grabstein kannst du nach Herzenslust die richtige Schreibweise gravieren lassen.

Ihre Mutter sagte, Warum habe ich nie erfahren, daß du ein Instrument spielst?

Und als Klaras Scheidung von Albert endgültig war, änderte sie ihren Namen von Bronzini in Sachs, legte aber Wert darauf, es mit x zu schreiben, und sei es nur in der Öffentlichkeit, als werdende Künstlerin – so signierte sie ihre Werke.

»Ja, na ja, vielleicht stimmt das. Siebzehn, das ist schon ein Mann«, sagte Klara. »Und ich habe mich gefragt, war die Sache etwa wichtiger, als ich mir eingestehen wollte?«

»Mit anderen Worten, hat sie dir einen Ausweg gezeigt?«

»Ob sie mir einen Ausweg gewiesen hat?«

»Worüber du damals nicht nachdenken wolltest.«

Acey wollte keinen Drink mehr, und Klara hatte noch ein halbes Glas Wein übrig, und sie verplauderten den ganzen Nachmittag, an einem jener leeren Sommertage in einer dunklen, leeren Bar.

»Er schien es auch selber nicht allzu wichtig zu nehmen. Ich fand, er war bemerkenswert unverwirrt und blieb ziemlich gut auf Kurs, hatt ich den Eindruck. Mein zweiter Mann hat eine Jacht gesegelt und blieb überhaupt nicht gut auf Kurs, und ich weiß gar nicht, wieso ich jetzt davon anfange.«

Sie lachte und nippte an ihrem Wein.

»Er trank Tanqueray-Martini, also Jason jetzt. Jedesmal, wenn wir nach Maine fuhren, nahm er eine Flasche Tanqueray mit, oder sogar ein paar, nehm ich an. Den Vermouth durften wir vergessen, aber nicht den Gin, und den Vermouth haben wir auch nicht vergessen, und ich bin immer sehr gern da raufgefahren, aber manchmal hab ich mich absolut losgelöst von allem gefragt.«

»Wie es passieren konnte.«

»Wie konnte es passieren, daß ich einen Mann geheiratet habe, der sagt, was er sagt, und denkt, was dieser Mann denkt?«

»Und Martinis trinkt«, sagte Acey.

Sie sprachen von anderen Dingen. Sie sprachen von der Arbeit.

»Verstehst du, Marilyn haßte es, Marilyn zu sein. Aber Jayne fand es klasse«, sagte Acey. »Sie war dazu geboren, Marilyn zu sein. Sie lebte in einem rosa Palast mit einem beachtlichen Zoo. Und wie diese Dinge so laufen, wird die Billig-Sex-Königin berühmt und immer berühmter, und am Ende ist sie die meistfotografierte Frau der Welt.«

»Und wie ist sie gestorben?«

Acey senkte den Kopf auf die Brust, verdoppelte ihr Kinn und machte die Stimme eines Südstaaten-Sheriffs nach.

»Fuuurchtbarer Autounfall. Wie Jimmah Dean.«

»Malst du das Autowrack?«

»Nein, ich will eine Jayne mit einer lebendigen, bedrohlichen Präsenz. Eine fettige Wasserstoffsuperoxyd-Blondine, ich sage dir. Ständiger Ausfluß auf allen Etagen. Eine Frau, bei der es einfach heftig fließt. Atom-Jayne.«

»Zeig's mir, wann immer du so weit bist«, sagte Klara, und die Sonne war an einem nahegelegenen Gebäude vorbeigezogen und brannte wieder auf die Straße.

»Du machst dir zuviel Sorgen«, sagte Acey. »Du machst dir Sorgen über die Arbeit, an der du nicht sitzt, weil du zutiefst glaubst, dich rechtfertigen zu müssen. Ich glaube, innerlich bist du ständig dabei, dich zu rechtfertigen. Und du machst dir auch Sorgen über deine bisherige Arbeit, denn wenn man bedenkt, was du aufgegeben und weggenommen hast, welchen Schaden du angerichtet hast, wenn wir die Sache beim Namen nennen wollen, Kindchen, dann mußt du schon sehr davon überzeugt sein, daß deine Arbeit gut genug ist, um das zu rechtfertigen.«

Sie zahlten.

Acey legte der älteren Frau die Hände auf die Schultern und drückte zu, sozusagen macho-mütterlich, und der Barkeeper brachte das Wechselgeld.

In Sagaponack trug Esther Safarikleidung und telefonierte.

Beim Frühstück sagte sie zu Klara: »Wer schneidet dir die Haare? Ist der Massenmörder schon verhaftet worden, der dir die Haare schneidet?«

Bei irgendwem zu Hause sprach Klara mit einer Frau, die sie von früher kannte, wie sich herausstellte, eine Malerin aus den frühen Tagen, aus den Fabriketagen am East River beim Fähranleger, wo Klara nach ihrer Scheidung lebte, mit Behelfsdusche und ohne Herd, fünfzig Dollar im Monat, und Maler und Bildhauer kennenlernte, Leute, die mit gefundenen Materialien arbeiteten, und die Straße war mit alten, früher vielleicht als Ballast dienenden Steinblöcken gepflastert, und manchmal versammelten sie sich auf dem Dach, drei oder vier Maler und eine Gattin oder ein Gatte und ein paar Kinder und ein Hund, den irgendwer für jemand anderen hütete, und die zwei Frauen erinnerten sich daran, daß Klara nie auf dem abschüssigen Teil des Dachs saß, auf der Teerpappenfläche, die zum Rand hin abfiel, weil sie Angst vor Rändern hatte, und ein Hauch von Seefahrten und neuen Projekten hing in der Luft, und nördlich vom Dach gelegen, zwischen dem Dach und der großen Brücke, türmte sich die vielflächige Masse von downtown-Manhattan.

Der Wind blies Tag und Nacht, und Jack sagte: »Ich bin mir ziemlich sicher, das ist Dingsbums da drüben, der früher mit der Papiertütenfrau verheiratet war. Ein Riesenskandal. Sie war die Papiertütenerbin, und ich saß neben ihr beim Abendessen – das war, so wahr mir Gott helfe, vor fünfundzwanzig Jahren. Esther weiß, von wem ich rede. Es war ein Riesenskandal. Esther, hilf mir doch mal.«

Die Sache mit Jack war, daß er betrunken klang, wenn er es gar nicht war, und dann wieder wunderbar sinnvoll und höflich sprach, wenn er hackebreit war.

Sie saßen in einem kleinen Kellerlokal in Chinatown und aßen breite Nudeln, sehr schmackhaft, chow fun oder chow fon, die Speisekarte war bekleckert – ein Laden mit Resopaltischen und bekleckerten Speisekarten und ohne Schankkonzession, und Miles hatte einen Minzzahnstocher im Mund.

»Ich muß dir einen Film zeigen, du wirst mich deshalb hassen, wegen des Films.«

»Dann kann es ja wohl nicht Normal sein«, sagte sie.

»Wir haben ungefähr elf Stunden in Normal gedreht. Sie war unermüdlich, diese Frau, weil sie so geboren wurde. Sie kommt rüber wie ein Naturgesetz, aber ich weiß immer noch nicht, was wir da haben. Könnte auch Schrott sein.«

»Und in der Zwischenzeit.«

»Du wirst diese andere Sache hassen, aber es kommt gar nicht in Frage, daß du das nicht siehst, denn du mußt es sehen.«

Er kam Klara in vielerlei Hinsicht entgegen, manchmal subtil, manchmal nicht, und provozierte harmlose Streitfälle, die er unmöglich gewinnen konnte, forderte ihre Stärke durch bestimmte Themen heraus, was sie hätte ärgern sollen, es aber nicht tat, ansonsten war er rücksichtsvoll, hatte ihre Zigaretten dabei und half ihr durch Reden über die schlafende Periode ihres Schaffens hinweg, eine Zeit kleiner Verzweiflung.

Er hatte seine Erkältung, die war immer da, die Stimme ein bißchen belegt, die Augen von Medikamenten getrübt, und nach Aceys Vernissage gingen sie alle irgendwo in eine Disco, und sie beobachtete Miles und Acey beim Tanzen, sie sahen absolut toll zusammen aus, wie merkwürdig, denn es war doch verlorene Liebesmüh, oder vielleicht auch nicht so merkwürdig – die Lichter blitzten, und die Musik ließ die Wände wackeln.

Es war der Dachterrassen-Sommer, immer noch, und sie saß im dichten Schatten einer Weinlaube auf einem Dach in Chelsea, Rotholzpfeiler und Dachbalken und ein Gitterwerk aus Zedernholz, das knochengrau verwittert war.

Ein Dichter ging übers Dach, er kam vom hinteren Ende des Dachs über die dünne Schieferfläche.

Er sagte: »Die schreiben den Namen Marie.«

Und Klara schaute durch die vordere Öffnung der Laube, die von breiten, faltigen Blättern umrahmt war, Rebenlaub von gottweißwelcher Sorte einheimischer Reben, und sie sah den Rauch eines Flugzeugs, Buchstaben, die den Namen Marie an den Himmel schrieben.

Und das World Trade Center, das am südlichen Rand emporwuchs, die Türme siamesisch, wenn man sie von diesem Blickwinkel aus sah, an der Taille verbunden durch einen Transportkran.

Wie ermutigend, daß jemand dieses Ding baute, so viel Holz und Erde fünf schmale Stockwerke hochschaffte, die Pfeiler und Querbalken errichtete, und die Reben wuchsen aus halben Fässern heraus, alten, fleckigen Whiskeyfässern von großem Umfang, und sie saß mit drei anderen an einem Tisch, aß Nachos und trank Sangria, nein, das taten die anderen – Klara trank Wein lieber pur.

Es war der Sommer der blauschwarzen Nächte, vieldeutiger Donner im Osten, heiser und falsch, und das Gitter der City unter ihnen – ein Typ schlägt seiner Geliebten den Kopf ab, steckt das Ding in eine Schachtel und bringt es im Zug nach Queens.

Und nicht zu vergessen der Dichter, betrunken auf einer schmiedeeisernen Bank, und die kleine merkwürdige Frau, die ihn wie besessen fotografierte.

Klara beobachtete, wie der Rauch des Himmelsschreibers sich langsam auflöste und forttrieb. Eine Katze lief am äußersten Ende über das Sims, eine Streunerin aus den Seitenstraßen und Hintergärten, und sie wußte nicht warum, das weiß man nie, aber irgendwie gehörte ihre Mutter zu diesem Augenblick, wütend über irgendwas, und auch ein Nachbar mit Spezialschuh, ein Mann mit einem hohen Schuh, einem orthopädischen Schuh, Dinge, Umrisse, Massen, Erinnerungen, all die Flechtarbeit nicht abgestimmter Zustände.

Sogar vergiftete Luft läßt einen Frauennamen schweben.

Miles nahm sie ins Studio eines Videokünstlers mit, den er kannte. Na gut, kein Studio, sondern eine normale Reihe von Räumen voller Apparate und Fernsehgeräte, hier wohnte und arbeitete der Knabe. Die Leute trudelten langsam ein. Es waren schon welche da, und andere trudelten ein, und in der Luft lag eine durchdringende Duftnote, das Uraroma von gerolltem und gemeinsam gerauchtem Marihuana, ein bevorstehendes Ereignis lag in der Luft, eine Mitternachtsfilmvorführung etwa, nur war die Gruppe nicht sehr locker – etwas knopfäugig, diese Leute, mißtrauten ihrer eigenen Erwartung.

Sie saßen hauptsächlich auf dem Boden. Es gab ein paar Klappstühle und ein Sofa in einem Zimmer, und einige Leute standen zusammengedrängt in den Ecken, aber die meisten saßen auf dem

Boden voller Natronflecken und unsäglichem Siff. Fernseher waren überall in der Wohnung aufeinandergestapelt, andere Geräte standen einzeln auf Fernsehtischen mit Exemplaren des TV Guide, es gab Fernseher mit Hasenohren und ein paar alte Mahagonitruhen und jede Bildschirmgröße, vom kleinsten importierten Augapfel bis zum großartigen Bühnenformat des Haushaltsgottes.

Und eine ganze Wand in einem Zimmer – eine TV-Wand, etwa hundert identische Fernseher, vom Boden bis zur Decke gebaut.

Klara und Miles standen in einer Ecke, und sie hatte, lange bevor sie eintrafen, schon begonnen, sich von dem Ereignis zu distanzieren, denn irgendwann hatte sie erfahren, was da auf sie zukam, mußte es aber doch sehen, egal, wie daneben es war.

Es war ein seltenes und seltsames Ereignis. Es war die Vorführung eines schwarzkopierten Achtmillimeter-Heimvideos, das ungefähr zwanzig Sekunden lang lief. Vermutlich etwas über zwanzig Sekunden. Der Streifen war bekannt als der Zapruder-Film, und fast niemand außerhalb von Regierungskreisen hatte ihn gesehen.

Natürlich hatte das Ereignis ein besonderes Fieber, den Kick großer Intensität. Aber auch wenn die Anwesenden ihr Hiersein als Glücksfall betrachteten, so empfanden sie doch eine vage Angst davor, die Temperatur der Sixties mit ihrem triphaften Kick zu messen.

Das Video lief zuerst in einem Zimmer, in den anderen nicht, und es war voller Unschärfen und Holprigkeiten, total holprig aufgenommen, ein Heimvideo auf Super 8, und die Limousine kam die Straße entlang, verschwommen in der gleißenden Sonne, und der Kopf tauchte aus dem Bildausschnitt weg und erschien wieder, und dann die Wucht des Schusses, der ihn umbrachte, unerwartet, Kopfschuß, und die Leute im Zimmer machten ohh, und dann das nächste ohh, und fünf Sekunden später machte der ganze hintere Raum ohh, jedesmal dasselbe Ausatmen, wie in Schüben hervorquellende Ungläubigkeit, und eine Frau, die am Boden saß, wirbelte herum und bedeckte ihr Gesicht, es war doch vollkommen neu, geheimgehalten während all der Jahre, dies war der berühmte Kopfschuß, und sie hatten mit der Wucht der Wirkung zu kämpfen – abgesehen von der Tatsache, daß da der Präsident erschossen wurde, über die äußeren Grenzen dieser Tatsache hinaus hatten sie mit der Wucht der Wirkung zu kämpfen, die jede tödliche Hochgeschwindigkeitskugel auf jeden menschlichen Kopf hat, und das Zerfetzen von Gewebe und Hirnschale war eine entsetzliche Offenbarung.

Und o Scheiße, o Gott, die kam von vorne, nicht?

Und das andere bei all diesen Dingen in der Sequenz, die mit Bild 313 beginnt – weißt du was, sollte Miles später sagen, irgendwo in dieser Sache mußte einfach eine Dreizehn stecken.

Sie bekam wieder Rückenschmerzen und Schlafstörungen, und manchmal tat es ihr weh, auf einem Stuhl zu sitzen. Die einen sagten ihr, sie solle Yoga-Unterricht nehmen. Die anderen erzählten ihr von Kräutertees und ganzheitlichen Massagen.

Sie fuhr ins Krankenhaus, um Jack Marshall zu besuchen, der sich von einer Herzoperation erholte, und sie fuhr mit Esther hin, die einen Krankenhausbesuch für eine Angelegenheit von pharaonischer Antiquiertheit hielt, für die man sich das Gesicht zurechtmachte und sich gesetzt kleidete, und man brachte Bücher, Puzzles und Blumen mit, außerdem einen Priester, der bestimmte Sätze von sich zu geben hatte.

Esther schien nicht zu wissen, was in Krankenhäusern vor sich ging, und sie bewegte sich in geduckter Haltung, wich vor den Krankenzimmertüren zurück, in der Angst, sie könnte etwas erblicken oder sich einfangen, sie nahm alles persönlich – als Angriff auf ihr Ausweichen vor solchen Dingen.

Jack sagte, Katheter sei das häßlichste Wort der ganzen Sprache.

Andere sagten ihr, sie solle Vollkorn essen, warm baden, einen Mann in Finnland aufsuchen, der sich um den unteren Rücken kümmerte.

Natürlich ging sie zu Aceys Vernissage in einer schicken neuen Galerie uptown, im Frühherbst, und Acey sah sensationell aus im weißen Leinenanzug und einem mit Münzen verzierten Stirnband, und die Bilder drehten sich nur um Brüste und herzförmige Ärsche, eine brünstige Attacke, bei dem die Körperteile einer Frau, hautenge Kleider und üppiger Mund und Supermega-Titten, zu einer Art Politik wurden.

Hier war kein Trost zu finden, dachte Klara. Falls Frauen sich in einem Zustand der Unvollkommenheit befinden und einige gut darüber hinwegkommen und andere nicht, dann stellten diese Bilder das begeistert zur Schau, schleuderten es einem ins Gesicht. Acey legte ihre Argumente in die Komposition und in die Perspektive, in die seltsame Körperhaftigkeit, den mächtigen, verrutschten Arsch, die falschen Proportionen, das Verhältnis von Brüsten und Körper, die Art, wie Jayne sich aus ihrem Jaguar wand, der pure, gierige Exzeß, wie ihre Knie und ihre grübchenverzierte Scham aus der Verpackung platzten.

Es war eine Frage der Kraftlinien. Diese Frau lebte außerhalb der bürokratischen Notwendigkeiten männlichen Begehrens, außerhalb der kleinteiligen Rituale und der geilen Grapschhände.

Acey benutzte abgetönte Farben, Fleischtöne, absolut nonpop, viele Farben wie Sand und Bernstein und ein wunderschönes verbranntes Rosa, einen sonnenverbrannten Streifen, der oben quer über jede Leinwand lief, ein bißchen traurig und zerfranst, und all das leicht verwischt und gedoppelt, farbkopiert, das war die vielsagende Note – da habt ihr die nachgeäffte Jayne, die reproduzierte Göttin, und daß es kein Original ist, macht sie noch viel stärker.

Sie gingen irgendwo in eine Disco, und sie beobachtete Miles und Acey beim Tanzen, und sie sahen total klasse zusammen aus, und natürlich war sie ein bißchen eifersüchtig, und eine halbe Minute später war sie das immer noch – nicht eifersüchtig, sondern mißgünstig –, als Acey mit einer Frau tanzte.

Sie beobachtete die beiden, wie sie sich unter den blinkenden Lichtern schlängelten und wie sie schimmerten, und Klara fühlte Bewunderung und Mißgunst zugleich, war berührt von ihrem Anblick, die andere Frau trug Jeans und geflochtene Sandalen und die Haare in Korkenzieherlocken, eine Diplomatentochter, dachte Klara, und wie unbeschwert waren sie in ihrer Körperhaltung, in der Anmut einer besonderen, vorübergehenden Hingabe, wie jede den Blick der anderen im Fieber der Lichtorgel suchte, und Klara war getroffen von ihrer eigenen Reaktion.

Aceys Aufstieg, Aceys Name im Gespräch, ihr draufgängerisches Talent und ihr Sinn für Freiheit, ihre selbstbehauptende Art und wie sie alles auf einmal haben wollte und vermutlich kriegen würde, und wie sie in dem Licht tanzte, gewissermaßen gestreift, mit offener Jacke, und die Musik ließ die Wände wackeln.

Der Witz ist, Esther machte keine Witze. Ein Priester tauchte auf, aus der Gemeinde irgendeines Schauspielers, von Esther organisiert, obwohl Jack seit vierzig Jahren nicht mehr in der Kirche gewesen war, abgesehen von der Mitternachtsmette zu Weihnachten, die er stets, wie es so schön heißt, andächtig besuchte.

Sie saßen herum und redeten über Musicalmelodien vom Broadway. Jack war zu schwach, um zu singen oder Witze zu erzählen. Er war ein großes, hingestrecktes, geklopftes Kalbsschnitzel. Esther hielt ihm die Hand, bis sie auf eine Zigarette hinausgehen mußte. Sie hatte aufgehört und wieder angefangen, und der Priester ging mit ihr, und Klara schüttelte Jack das Kissen auf.

Und als sie Acey am Ende des Abends umarmte – es war für Klara das Ende des Abends, denn die Musik an diesem Ort war eine Form von Hirnschlag, und sie mußte schnellstens da weg, und als sie Acey umarmte und ihr sagte, die Ausstellung sei toll und ihr alles erdenklich Gute wünschte, war es ein Moment der Nuancierungen und halbausgesprochenen Bedeutungen und das gräßliche Gefühl, einer Freundin liebevoll, aber widerstrebend die Hand zu reichen.

Sie beschloß, Miles nach Los Angeles zu begleiten. Ihm war das Geld für Normal, Illinois, ausgegangen, und er versuchte jetzt, die Finanzierung von einem israelischen Gangster, der in L. A. lebte, zu bekommen. Oder waren es zwei Männer, sie wußte es nicht sicher, ein Israeli und ein Gangster, aber sie beschloß zu fahren. Sie mochte die Vorstellung nicht, aber sie dachte, sie führe aus einem Gefühl heraus, nicht mit sich im reinen zu sein oder was immer genau ihr Geisteszustand war – da war sie auch nicht ganz sicher.

Und der Dichter, betrunken auf einer schmiedeeisernen Bank, der rumänische Besucher auf dem Dach, und wie eine Frau, die keiner kannte, sieben Filme verknipste und ohne ein Wort wieder ging.

In den drei Tagen, die sie dort war. Der Anlaß, der sie dort hinführte, war so klein und flüchtig, daß es eigentlich nicht darauf ankam, was sie sah und hörte, aber irgendwann in den drei Tagen erwähnte jemand die Watts Towers, und Klara fand, wahrscheinlich sollte sie sich die mal anschauen, weil sie seit Jahren davon wußte, und sie dachte, vielleicht ist ja noch Zeit, und dann vergaß sie es.

Irgendwann später bekam sie einen Anruf aus New York, und wer war dran, einer, der ihr unbedingt Kritiken von Aceys Ausstellung vorlesen wollte, die ersten, die erschienen waren, und sie waren schlecht, sie waren bissig und hart, und Klara rief ein paar Leute an, die sagten, der Tratsch in der Stadt sei noch schlimmer.

Sie beherrschten mühsam ihre Aufregung, sprachen im Tonfall des schwer atmenden Dokumentarfilms, bei dem man sein Vergnügen auf die formalen Pausen abstimmt.

Sie warteten darauf, daß sie entsprechend reagierte. Dadurch fühlte sie sich wie die letzte Ratte. Sie warteten darauf, daß sie sich entsprechend freute, auf Befehl, unter pflichtschuldiger Einhaltung des Protokolls.

Das war am vorletzten Tag. Am letzten Tag fuhr sie zu den Watts Towers. Miles setzte sie ab und sagte, er würde eine Stunde später wiederkommen. Sie hatte keine Ahnung. Sie wußte nicht, daß etwas, das derart im Gemeinplatz verstrickt war, so eine epische Qualität haben konnte. Sie wußte über die Towers nur, daß der Mann, ein Einwanderer, viele Jahre lang allein daran gearbeitet hatte, eine geradezu unvorstellbare Zahl von Jahren, und jedes Objekt benutzt hatte, das er irgendwie aufstöbern und ergattern konnte.

Sie ging umher, berührte Dinge, rieb mit den Handflächen über die glänzenden Oberflächen. Sie war begeistert von den Mustern der in Zement gepreßten Türmatten aus Jute. Sie war begeistert von dem zerstoßenen grünen Glas und den Flaschenböden, die einen Torbogen mit Knubbeln verzierten. Und dann einer der höheren Türme mit seinem Geflecht wirbelnder Atome. Und die Südmauer, mit Kieseln und Muschelschalen kandiert.

Sie wußte nicht genau, was das war. Es war ein Vergnügungspark, ein Tempelkomplex und keine Ahnung was noch alles. Ein Basar in

Delhi und ein italienisches Straßenfest vielleicht. Ein Ort übersät von göttlichen Offenbarungen, das war es.

Katzen liefen vorbei, sie waren überall, schliefen in der Sonne oder versuchten, eine Streicheleinheit zu schnorren, Streuner von den heißen Straßen, Ghettokatzen, und sie spürte ein Knistern im Körper, als sie die Säulen mit eingelegten Glasscherben sah, Splitter weggeworfener Spiegel und den irren Flickenteppich der Kacheln und den Bogen, den er mit Canada-Dry-Dosen über das Eingangstor gezogen hatte.

Sie spürte ein Knistern, eine Tiefe des Geistes, sie spürte ein Ergötzen, das fast zu Hilflosigkeit geriet. Wie das hilflose Lachen als Mädchen, wenn sie gegen die Schulter ihrer besten Freundin sackte. Ihr wurde schwach vor Sinneswahrnehmungen, schwach vor Sehen und Fühlen. Sie berührte und drückte. Sie schaute nach oben, durch die Verstrebungen des größten Turms. Mit was für einer prachtvollen Unabhängigkeit dieser Mann gesegnet war, oder wahrscheinlich hatte er sie sich erkämpft, und jetzt wollte sie fort. Sie brauchte nicht länger zu bleiben. Eine Stunde war zu lang, und sie stand vibrierend am Eingang und wartete darauf, daß Miles kam.

Am selben Abend hängte sie sich ans Telefon und versuchte, Acey zu finden, sie telefonierte eine Stunde durch die Gegend, weckte die Leute auf, und Miles schleppte sich herein und zog die Stiefel auf der Stelle aus, ein nahtloser Schwung der Hand, zweimal.

Sie sagte: »Guck mal, deine Socken haben dieselbe Farbe wie der Teppich. Das bedeutet bestimmt, es ist Zeit zu gehen.«

Er erzählte ihr von seinem Nachmittag, den er am Rande eines abgelassenen Pools verbracht hatte, apropos – da war ein Bursche, der beschrieb, wie er seinen eigenen Selbstmord durch Ertrinken vorgetäuscht und es geschafft hatte, sauber zu verschwinden.

»Du redest ja wie ein Wasserfall«, sagte sie.

Und drauf sagt Yankel, der Israeli mit der dicken Brieftasche, Manche Leute täuschen ihren Tod vor, ich täusche mein Leben vor.

Sie rief noch mal New York an und erfuhr, Acey sei irgendwo hingefahren oder wolle einfach nicht reden.

Miles wollte reden. Miles war fertig, er schleppte sich nur noch dahin, aber er war auch aufgedreht, vollgedröhnt von Koffein und Highway-Verkehr und was er sich sonst noch alles an Rauschmitteln reinzog. Drei Tage Was-sonst-noch-alles am Rande des Filmbusiness. Sie wohnten in einem geliehenen Apartment, und er mußte früh aufstehen, um nach Normal zu kommen, und es gab einen Freiraum zwischen seiner Erschöpfung und seinen funkenschlagenden Nervenenden, und den füllten sie überzeugend mit Sex. Sie trieben es und trieben es und redeten und trieben es. Sie ließen die Post abgehen, Klara jedenfalls – bei ihm war sie sich nicht sicher. Er war angespannt und etwas fiebrig und hatte seine angeborene Feld-, Wald- und Wiesenerkältung, und wenn er redete, dann auf polyphoner Ebene, verstiegen und verwegen, und wenn er fickte, dann heftig und reserviert – nicht reserviert, sondern entwurzelt, eine Art Was-soll's-Fick, als gäbe es nichts außerhalb dieses Aktes, sie lebten nur für die Stöße, das nasale Stöhnen, und endlich schlief er, und dann auch sie, und am nächsten Morgen verpaßten sie beide fast ihre Flüge.

Aus der Luft, wie sah er aus? Der weit hingestreckte Westen, Kessel und Gebirge, man konnte nahezu den Mineralgehalt erkennen, den Ödlandschiefer – es war jene unermeßliche und schonungslose Schönheit, die einen etwas kleinlaut macht, da man die natürliche Sprache nicht beherrscht, die Namen der Formationen und Bergfalten.

Und ihr Vater mit seinem Hopi-Späher, Hopi oder Navajo – seine View-Master-Dias von einem Späher mit Kopfband am Rand eines Canyons. Saß in der Küche und klickte die Dias durch den in der Hand gehaltenen Apparat. Er hatte sich auf Dias vom großen Westen spezialisiert. Er nannte ihn den großen Westen, und das war er, das ist er, ein Blick genügt, seine 3-D-Dias von dem Eselsritt den Pfad hinunter in den Canyon, oder »Der Canyon legt den samtenen Umhang der Dämmerung an«, genau das tat er nämlich, sein vollkommen unerreichbarer Westen, und ihr Vater saß in der Küche, weil dort das Licht besser war.

Sie kannte den Westen nicht und war nie bei so klarem Wetter darübergeflogen. Er sah jung und unberührt aus, er hatte die Fremdartigkeit nie gesehener Welten, er gehörte uns von hier oben aus nicht, er war so überschäumend neu und fremd – wir hatten ihn noch nicht besiedelt.

Klara fiel wieder ein, wer sie war. Sie lehnte sich vom Fenster zurück, und sie war eine Bildhauerin, obwohl sie nicht immer daran glaubte, eine Künstlerin – manchmal glaubte sie denen, die sagten, sie sei es nicht.

Sie dachte an ihre Arbeit, das verdrehte Versmaß von Kitt und Schrott und sein Knittelklingeln, sie dachte an Verrosten und Verrotten und verklumpte Wattebäusche. Sie wollte den Drang zum Arbeiten wieder spüren. Sie wollte aus dem Flughafen hetzen und ein Taxi nach Hause nehmen. Sie brauchte das Gefühl, daß es wieder in Gang kam, plötzlich, dieses verläßliche Gefühl, diese Neuheit, einen Schwall Leben hinter den Augen.

Sie telefonierte auf der Suche nach Acey herum und erreichte sie ein paar Tage später, sie war verbittert und zugeknöpft und wollte nicht reden. Aber Klara redete mit ihr. Das konnte sie gut. So hatte sie tausendmal mit Teresa geredet, der Tochter, die fest entschlossen war zum Unglücklichsein.

An dem Abend aßen sie miteinander und sprachen weiter. Klara hatte es im Griff. Redete zu und ermutigte. Das konnte sie gut. Sie wollte gern helfen, und sie half.

Der Kellner stand da und betete die Tageskarte herunter. Weiter unten in der Straße brannte es, oder es war falscher Alarm, und eine Lautsprecherstimme brach aus einem der Spritzenwagen hervor und übertönte alles ringsum, und die Tage wurden früher dunkel, die Straßen begannen, etwas Mittelalterliches anzunehmen, da waren seltsame, verhüllte Frauen, vermummt wie Tuaregs, in Schrottautos lebend, auf der Hut und stumm, und diejenigen, die für Kleingeld in Unterführungen tanzten, und diejenigen mit ihrem eigenen Radioprogramm, das man auch ohne Radio hören konnte, denn sie verfolgten einen die Straße entlang, durch die endlose, inspirierte Katastrophe namens New York.

Nach einer Weile standen ein paar Leute auf und gingen herum. Sie gingen nicht fort, fast keiner ging. Die Aufnahme lief immer wieder, und sie gingen herum, sie kamen aus ihren Ecken und besichtigten die anderen Räume oder standen vor der Wand aus Fernsehern. Sie glichen Touristen, die durch die Räume einer kleinen Privatsammlung schlenderten, durch das Zapruder-Museum, ein einziges Stück in Dauerausstellung, die zwanzig Sekunden-und-ein-paar-gequetschte eines Heimvideos, und es läuft endlos weiter.

Es lief endlos weiter, Männer, die die Staatsmacht verkörperten, der Film verschwamm im Sonnengleißen, und mit ihren zuversichtlichen Frauen in einem Wagen fuhren, ganz die holprige Qualität eines Geburtstagsfilms.

Oder sie blieben am Boden sitzen und gaben einen Joint herum und schauten einfach weiter hin, mit irgendwie aufgesetzter Ehrfurcht, jetzt kommt das Auto, jetzt kommt der Schuß, und es war erstaunlich, daß es kulturelle Kräfte gab, die imstande waren, diese Leute in der Phantasie zu überbieten, ihre zugedröhntesten Terrorvisionen sinnlos und billig aussehen zu lassen.

Auf manchen Fernsehern lief der Film mit normaler Geschwindigkeit, auf anderen in Zeitlupe, und das Auto bewegte sich über die Elm Street und am Highway-Schild vorbei, und der Kopf kippte aus dem Bildausschnitt und kam wieder hinein, und der Schuß kam überraschend.

Auf verschiedenen Bildschirmen waren verschiedene Phasen der Sequenz zu sehen, und das Auge des Zuschauers konnte von Zapruder 239 zurück zu 185 springen und runter zum Kopfschuß und hinüber zu den Anfangsbildern, und auf der Wand aus Fernsehern waren die Geräte und Bilder zu Mustern angeordnet. Die Wand aus Fernsehern war eine Art Spielbrett aus Diagonalen und Senkrechten und so weiter, ineinandergreifende Tarockkarten der Schicksalsgewalt oder synchrone Bilder, die in einem X-Muster abliefen, und was auch immer die Mathematik dieser Wand war, es liefen hundert Bilder gleichzeitig, da kommt das Auto, da kommt der Schuß, und obwohl man es auf den Bildern nicht sehen konnte, war sich Klara sicher, daß sich auf dem Schulbuchdepot ein Hertz-Schild befand – sie hatte es auf Fotos gesehen, bis heute vergessen und dachte nun, noch so eine beiläufige Merkwürdigkeit, wie nebensächlich auch immer, ein Mietwagenschild, das über dem Autokorso schwebt.

Ein Mann und eine Frau standen in einem Wandschrank, die Türen offen, sie waren offensichtlich stoned und nicht besonders auffällig und fummelten lustlos herum – Klara erhaschte zufällig im Vorübergehen einen Blick auf sie.

Sie wußte, sie würde beim Abendessen von Miles etwas über die geheime Manipulation der Geschichte zu hören kriegen, oder zumindest von einem derartigen Versuch, oder daß die Fachleute anscheinend keine scharfe Kopie des Films zustande bringen konnten oder was auch immer. Aber der Film war in Wirklichkeit von einer kraftvollen Offenheit, er war spiegelglatt und kunstlos und vollkommen davon durchtränkt, das zu sein, was er war, ein Film. Er transportierte eine Art inneres Leben, etwas, das unverbunden war mit den Dingen, die Phänomene heißen. Dieses Stück Film schien ein Argument über das Wesen des Films selbst vorzubringen. Der Wagen, der auf der Elm Street weiterfuhr, der durch das Kameragehäuse transportierte Film, eine gemeinsame Dunkelheit – dies war ein Tod, der aus dem strömenden Treibgut des tiefsten Geistes emporzusteigen schien, er kam aus einer Nacht des Geistes, irgendein Trick mit der Filmemulsion zeigte das Gespenst des Bewußtseins. So dachte sie sich das jedenfalls. Sie überlegte, ob dieses Heimvideo eine krude, lebendige Ähnlichkeit mit der Technologie des Geistes hatte, mit jenem Todesszenario, das im Geist abläuft, denn es wirkte so vertraut, dieses Filmmaterial – es wirkte wie etwas, das man durchaus sah, nicht sah, sondern kannte, ein Vorbild für jene Nächte, in denen wir unserem eigenen Sterben näher kommen.

Jemand gab ihr einen Joint rüber, sie gab ihn zurück.

In einer großen Truhe war der Bildschirm vierfach unterteilt, und der Kopfschuß lief in jedem Sektor, und »Das liegt jenseits der Sprache«, sagte Miles, womit er auf seine Weise sagte, es war ausgeflippt oder Wahnsinn oder die anderen Sprüche, die sonst kamen, und das hier war ein Ereignis von Anfang der sechziger Jahre, verspätet angeschaut und nunmehr Zeichen für das Ende der Begriffe, Ausdruck all des Deliriums, das durch die Ära schwebte, und die Leute standen herum und redeten, ein Mann und eine Frau fummelten in einem Wandschrank bei offener Tür herum, lustlos, und es roch noch stärker nach Gras, und die Leute sagten, »Gehn wir essen« oder was sie sonst sagen, wenn etwas allmählich zu Ende geht.

Das Video lief endlos weiter, ein Mann in den Vierzigern in Anzug und Krawatte, und alle Geräte zeigten es jetzt in Zeitlupe, wie er mit seiner zuversichtlichen Frau in einem Wagen fuhr, und der Film bekam etwas Elegisches, lief immer langsamer, lief aus, ein Gefühl von Erhabenheit eigentlich, der königliche Schimmer des Wagens und die Ermordung einer Gestalt wie aus dem düstersten Sagengut – erhaben und königlich, der entsetzliche Sprühregen aus Gewebe und Schädel, so klobig langsam, auf der Elm Street, und sie besorgten sich etwas zu essen und gingen in den Loft, wo sie ein paar Stunden lang Karten spielten und nicht über Zapruder sprachen.

Sie heiratete Carlo Strasser in seiner Wohnung in der Park Avenue, vor einem Friedensrichter und fünfundzwanzig Freunden des Paares. Carlos Tochter war da, das jüngste seiner drei Kinder, ein schönes, hochaufgeschossenes Mädchen von fünfzehn, das bei seiner Mutter in Brüssel lebte. Es war einer jener Herbsttage in New York. Und Klaras Tochter ließ sich ebenfalls blicken, ungefähr eine halbe Stunde zu spät, aber lebhaft und frisch, vollkommen unmißmutig – sie umarmte die Leute links und rechts und tanzte nach der Zeremonie mit Jack Marshall.

Es war einer jener blankgefegten Herbsttage. Die Braut trug eine alte Brokatjacke, die früher ihrer Mutter gehört hatte und davor noch jemandem, einer Cousine zweiten Grades oder Großtante, und davor vielleicht noch jemandem, vor Amerika. Die Leute aßen, wo immer sie Platz fanden, stehend oder steif auf Vestibülstühlen sitzend, und es wurde nicht lange getanzt – die ganze Sache sollte sich nicht unbedingt in die Länge ziehen.

Als die Gäste weg waren, beschlossen sie spazierenzugehen, Braut und Bräutigam und ihre Töchter, und nach einer Nacht steifer Winde war die Luft saubergespült, und das Licht war so scharf, daß die Entfernungen im Park geschrumpft schienen. Wolken kamen auf, Gutwetterkumuli, mit hohem Bug dahintreibend. Es war einer jener Tage im Central Park, an denen eine kondensierte Wahrnehmung herrscht, eine Kargheit, jede Kontur fest und notwendig, und das Laub begann sich zu verfärben, die Blutweiden und Färberbäume, und nichts war verschwendet oder blieb unbemerkt.

Wie schön, wieder eine Familie zu sein, so flüchtig und unvollständig sie auch sein mochte, mit anteiligen Kindern und Kindern mit vollem Zeitplan, und wer weiß, wann sie das nächstemal wieder alle zusammen sein konnten. Carlos Tochter sprach ein abgehacktes, brauchbares Englisch. Sie wich ihrem Vater nicht von der Seite und folgte seiner winkenden Hand zu besonderen Sehenswürdigkeiten. Sie konnten über den Baumwipfeln die Bauten auf der Fifth Avenue erkennen, das ungebrochene Maulwurfsgrau der Fassaden, und dann die Mansarden und Tempeldächer am Westrand des Parks, und Klara stellte sich die pfeifenden Portiers und die vorbeihetzenden Taxis vor – sie liebte den großspurigen gelben Anstrich der New Yorker Taxis.

Es war einer jener Tage voller Licht und Nuancen, wenn alles, was man sieht, die ganze Fülle der Absicht hat. Sie hielt Teresa an der Hand und redete von Besuchen hier und dort, und sie machten Versprechungen und faßten gute Vorsätze, sie machten sich im Geist Notizen. Und wie schön, wie seltsam, auf diese Weise ein doppeltes Paar, Mann und Frau, Mutter und Tochter, und sie sah, daß Carlo beim Gehen leicht hinkte, und amüsierte sich darüber, daß ihr das nie aufgefallen war – amüsierte sich hemmungslos darüber, mit dem Gefühl, was soll's, ist doch bloß eine Ehe.

Sie gingen hinter einem Mann mit einem Wolfshund her, einem Hund so groß wie in der Wodka-Werbung.

Klara lachte, ohne jeden Grund. Vielleicht lachte sie ohne jeden Grund, vielleicht auch, weil sie bemerkt hatte, daß ihr Mann hinkte. Die anderen dachten, sie lachte vor Erleichterung, lachte im Geist dieses wirbelnden Tages, und deshalb lächelten sie alle gutmütig. Sie dachten, Klara lachte im nachhinein, über die Telefoniererei wegen der verspäteten Flüge und die Beschwerden der Lieferanten und die Suche nach den richtigen Behältnissen für die ganzen verdammten Blumen. Und jetzt entspannte sie sich bei einem Spaziergang, dachten sie. Und lachte vor wilder Erleichterung. Sie dachten, sie würden das Geheimnis, in ihrer Haut zu leben, kennen.

TEIL 5

Bessere Produkte für ein besseres Leben – Chemie macht's möglich

Ausgewählte Fragmente, öffentlich und privat, aus den fünfziger und sechziger Jahren

I

3. NOVEMBER 1952

Du hast dir die Hügel angeschaut, und es waren sanft gewellte Hügel, so daß du dich gefragt hast, wer bin ich und wie bin ich hier hingekommen. Die Hügel waren mit deinem Leben nicht enger verbunden als ein Kalender mit einem Bild von Hügeln, alten, sanft gewellten Hügeln an einem Fluß, ein Kalender an irgendeiner Küchenwand.

Ich spürte den Fluß irgendwo da draußen, eine Frische im Wind, und ich atmete tief durch, denn ich befand mich auf dem Land im Staat New York, und angeblich sollte das hier gesund sein.

Staatsburg war fünfundsiebzig Meilen von zu Hause entfernt, weiter weg, als ich je gekommen war, und ich richtete mich im Schlafsaal häuslich ein und bereitete mich auf den High-School-Abschluß vor und ließ keinen Nachmittag in der alten Scheune aus, wo sie die Behelfs-Turnhalle untergebracht hatten, einen Boxring am einen Ende und einen Basketballkorb am anderen.

Du begehst deine Verbrechen in der Stadt, und sie schicken dich aufs Land, damit du tief durchatmen und dein Leben sortieren kannst.

Ich spielte Basketball mit den Jungs einer Straßenbande, die sich die Alhambras nannte, nach einem Kino in Harlem. Sie saßen eine Niggerstrafe ab, sagten sie. Zu ihrer Vorgeschichte gehörten ein Heim für Schwererziehbare und diverse Besserungsanstalten, wo sie das Alphabet der Schwerverbrecher gelernt hatten, und wir stampften auf dem Boden der staubigen Turnhalle herum, auf und nieder, und arbeiteten die Folgen unserer Fehltritte ab.

Wir waren alle Jungknackis, unter achtzehn. Ich war ein E-Straftäter, fahrlässige Tötung, die Klage auf Totschlag war aufgehoben worden, und wir spielten ein Spiel nach dem anderen auf dem halben Court, gingen aufs Ganze, atmeten gesund und tief durch und gönnten uns ein, zwei Raufereien.

Hier konntest du mit einem kämpfen und es dann vergessen, es auf dem Spielfeld oder im Ring zurücklassen, weil du dich im Geist schon mehrfach für deine Untaten da draußen auf den Straßen bestraft hattest, was für ein Fehltritt aus Wut oder Langeweile oder grandioser Verirrung es auch immer gewesen war, und vielleicht warst du ja besonders frühreif in punkto Übelnehmerei – wie wichtig es doch ist, wählerisch zu sein.

Als ich in die Besserungsanstalt kam, wollte ich, daß alles einen Sinn hatte. Ich machte mein Bett ordentlich, mit umgeschlagenen Ecken, und stapelte die Kleidung vernünftig in mein Fach.

Ich war zum System bekehrt, kaum daß ich die Besserungsanstalt betreten hatte. Ich ließ mich zu der Arbeitsgruppe einteilen, die Straßenbau machte, und ich war der eifrigste Arbeiter von allen, gab mich der Routine des Asphaltaufstemmens hin, triefäugig in die Ambrosiabüsche niesend.

Ich glaubte an die strenge Logik der Besserungsanstalt. Jeden Abend machte ich meine Hausaufgaben und stampfte über den Boden, stampfte über die Dielen der alten Turnhalle, gar nicht erst schlecht anfangen, blutig anfangen, und ich war dazu bereit, hämmerte die harten Oberflächen einer Landstraße im sirupschweren Dunst eines Mittsommertages auf, spürte, wie die tote Seele langsam aus mir herausbröckelte, die alten Ablagerungen meines Ichs, abschilfernd in der tanzenden Luft aus Insekten und Pollen.

Die Hügel verfärbten sich im Herbst und bedeuteten in deinem Leben ungefähr so viel wie ein Gedicht auf einem Kalenderblatt, vier Zeilen über sanft gewellte Hügel im Englisch Ronald Colmans.

In Staatsburg hörte ich viele Geschichten über Doojee, das war einer der neunundneunzig Namen für Heroin, aber meine eigene

Hosenscheißergeschichte erzählte ich ihnen nicht, was für eine Angst ich vor Nadeln und Drogen hatte.

In Staatsburg gab es eine Psychologin, die mich dazu bringen wollte, über den Schuß zu reden. Sie glaubte, das sei der Weg zu meiner Rettung. Ich sagte ihr, Vergessen Sie's, Mensch, reden wir lieber vom Wetter. Ich gab ihr nichts, was sie zu meinen Gunsten einsetzen konnte.

Ich wollte keine Samthandschuhe. Ich war hier, um meine Zeit abzustottern, anderthalb bis drei, und ich wollte nichts anderes vom System als Ordnung und Regelmäßigkeit. Als in der Küche ein Feuer ausbrach, war ich enttäuscht. Ich nahm es persönlich. Ich begriff nicht, wie gut ausgebildetes Personal dies geschehen lassen konnte. Als drei Jungs hinten im Lieferwagen einer Bäckerei durch das Tor fuhren, drei Fünfzehnjährige von der Jungtruppe der Alley Boys, wie die Alhambras manchmal genannt wurden, da fand ich das ein Unding, ein, na, ein Pflichtversäumnis, einen Zusammenbruch, die drei: hinten in einem Silvercup-Lieferwagen kauernd – ich war schockiert über das Ausmaß an Schlamperei.

An dem Tag spielten wir in der Turnhalle mit unseren üblichen Kampftaktiken, schlugen dem Werfer auf den Arm, wirbelten mit abgespreizten Ellbogen vom Korbbrett weg, aber es fehlte die Intensität, und ein paarmal hörten wir abrupt auf, um über den Ausbruch zu reden. Die Spieler rissen Witze und kugelten sich vor Lachen, aber ich fand, wenn überhaupt, dann war das ein Witz auf unsere Kosten. Wir waren nicht viel wert, wenn das System, das erdacht war, um uns zu zügeln, andauernd zusammenbrach.

Diesen ganzen Winter hindurch schaufelte ich Schnee und las Bücher. Die gedruckten Linien, die Zeichen des Alphabets, die Schaufelschübe, wenn ich einen Weg räumte, die lineare Anordnung von Wörtern auf einer Seite, die Schaufelschübe, die Routineübungen in Schultexten, die Romane, die ich las, die Wörterbücher, die ich in der winzigen Bibliothek fand, das Wesen und die Gestalt von Büchern, die Routine der Schaufelschübe im Tiefschnee – so fing ich an, ein Individuum aufzubauen.

Doch bevor die Schneefälle kamen und der Boden hart wurde, richteten sie den Golfplatz ein. Minigolf, Neugolf. Sie luden die

Ausstattung auf einem Feld beim Speisesaal ab, an einem goldenen, klaren Novembertag. Sperrholzburgen und Rampen. Genug Plunder für neun Löcher. Kleine Schaufelräder und Brücken und was nicht alles. Merkwürdig ungläubig schaute ich mir an, wie alles Gestalt annahm. Ich fühlte mich reingelegt und verraten. Ich war wegen einer schweren Straftat hier, wegen Mord, egal wie er genannt wurde, Vernichtung eines Lebens, egal unter welchem bürokratischen Etikett, und hier gehörte ich hin, hinter Schloß und Riegel in den Hügeln, aber die Leute, die mich hier hingesteckt hatten, trieben ihre Spielchen mit mir.

22. OKTOBER 1962

Der Club lag in West Hollywood und hieß Troubadour, und der Mann ging auf die Bühne, schraubte das Mikro vom Ständer ab und schwenkte es über der Menge hin und her, segnete sie, und vielleicht fühlten sie auch, daß sie den Segen brauchten, vor allem heute abend, denn der Präsident hatte vor etwa sechs Stunden eine Ansprache ans Volk gehalten, vier Uhr pazifischer Zeit, zu einer Frage von höchster nationaler Dringlichkeit.

Der Mann sah ins Publikum, strich sich übers Kinn, den Körper in zusammengesackter Hipster-Haltung, und er trug einen kohlrabenschwarzen Anzug, europäisch geschnitten, mit unwattierten Schultern und halbem Revers, dazu einen dunklen, schmalen Strickschlips und diesen Blick eines New Yorker Levantiners – ja, dies war der infame, perverse Komiker Lenny Bruce, und sie warteten darauf, daß er ihnen sagte, wie es ihnen ging.

Denn die Russen hatten Raketen auf Kuba stationiert. Und Präsident Kennedys grimmige Rede zog immer noch eine Art Hallwand quer durch den Raum. Atomare Schlagkraft. Voller Vergeltungsschlag. Solch volltönende und sorgfältig gedrechselte Begriffe. Dieses Publikum war an eine andere Ebene der Angst gewöhnt. Schauspieler und Musiker ohne Arbeit, Drehbuchautoren bei der 92. Fassung, Agenten mit Hautausschlag, gesundaussehende blonde Huren mit Strandkörpern, begleitet von ihren bösen, schmierigen

Zuhältern. Und Lenny hat ein kleines Grienen aufgesetzt, er beäugt diese Gruppe, als sähe er direkt in den abgeschmackten Nougatkern ihrer kollektiven Seele hinein. Immer ein paar literarische Junkies. Vielleicht ein Häufchen turmfrisierte Touristinnen, die mit ihren Vertretergatten, Holzhausverkleidungen, irrtümlich hier hereingeraten sind. Und ganz bestimmt auch ein namhafter Schauspieler, der gerade eine Runde Tripper hat, und ein anderer, der nur noch Seifenopern machen darf. Und sie alle brauchen Lenny, um den Übergang zu der totalen, globalen Sache zu schaffen, die da draußen vor sich geht, wo strategische Langstreckenbomber über die Rollbahn rumpeln und Polaris-U-Boote in See stechen, à la *Tauchen! Tauchen! Tauchen!*, wie in allen U-Boot-Filmen, die je gedreht worden sind, und all das passiert tatsächlich, doch zur gleichen Zeit finden sie es bemerkenswert unwirklich – Titan- und Atlas-Raketen werden zum Abschuß vorbereitet.

Lenny mustert sie eine Zeitlang, bis der Augenblick schwer ist von Bedeutung und Vorahnung. Es ist überhaupt nicht klar, was er sagen wird, bis er es sagt, mit vorgereckter Unterlippe und einem staatstragenden Ton in der Stimme.

»Guten Abend, liebe Mitbürger.«

Und kaum sagt er es, ist der Satz rückwirkend unvermeidlich, denn das war natürlich die Eröffnung des Präsidenten, und er erntet einen halben Lacher, aber Lenny würgt die Nummer ab, bevor sie richtig losgeht. Er wird keine Kennedy-Imitation bringen.

Er lehnte sich zurück, um sich noch weiter von dem Satz zu distanzieren. Rauch stieg von den Zuschauern auf und hing im Strahl des kleinen Spots, und Lenny wechselte zu seiner eigenen Stimme mit den gepreßten Vokalen und hohen Nasaltönungen.

»In gewisser Hinsicht steh ich drauf. Am Rande des Abgrunds zu stehen. Ein echter Schub, Mann. Da könnt ihr reden, soviel ihr wollt, von wegen mit dem Risiko leben. Ja, ich weiß, ihr raucht auch mal 'n Joint am Samstagabend. Schaut euch in der Szene um. Und dann seid ihr zufällig mal nachts durch Watts gefahren und könnt euch gar nicht wieder einkriegen darüber, rhabarber rhabarber. Wie euch die Bürstenhaare zu Berge gestanden haben. Neger in Filzhüten. Nein, ja, bei dieser Sache hier, ich will euch mal sagen, wo da das

Risiko ist. Das wahre Risiko ist nicht, wo du leben willst, sondern wo sie dich gegen deinen Willen hinstecken. Dieses elektrisierende Ereignis geht viel viel tiefer als alles, was ihr aus freier Entscheidung mit eurem Leben anfangen würdet. Und wißt ihr, was es ist? Sechsundzwanzig Knaben aus Harvard, die über unser Schicksal entscheiden.«

Er schwenkte zur Bühnenseite und zeigte auf irgendeinen Schatten, als eine Lachblase über den gedrängten Köpfen zerplatzte.

»Zieht euch das mal rein. Die Typen von den Freßclubs und den Geheimbünden. Bei diesen Bruderschaften schütteln die sich so kompliziert die Hände, daß es drei volle Minuten dauert, bis sie alle Etappen durch haben. Und wenn du einen verdammten Finger vergißt, bist du für den Rest deines Lebens unten durch. Zieh dich aus dem Country Club zurück, vergiß die Börsenoptionen und den Ruhesitz fürs Führungspersonal, schau deiner Frau dabei zu, wie sie im Nebel des heimlichen Suffs verschwindet. Du mußt dabei sein, um den Anschluß nicht zu verlieren. Diese Burschen tragen Boxershorts mit geometrischen Mustern, das sind die Fluchtwege, die ihnen zugewiesen worden sind, für wenn die Raketen starten.«

Lenny war ein gutaussehender Kerl mit dunklen Haaren und verschatteten Augen, und er ähnelte einem Westentaschenhai, der zu weiterreichenden, verwegeneren Intrigen befördert worden ist. Seine Augenbrauen bildeten einen kosmopolitischen Bogen, wie um seine aufdringliche Ausstrahlung erst richtig hervorzukitzeln – wenn du blöd genug bist, auf meinen Schmu reinzufallen, ist das *dein* Problem, du Schmock.

Und er sagte: »Stellt's euch vor« und schnippte mit den Fingern, ließ den Geist aus der Flasche. »Sechsundzwanzig Burschen in Clark-Kent-Anzügen machen sich bereit, einen Luxusbunker zu betreten, etwa eine halbe Meile unter dem Weißen Haus, und die Dekorateurstunte geht in letzter Sekunde noch mal die Checkliste durch. Mal sehen, pfirsichfarbene Wände, umwerfend. Den Kronleuchter hab ich in einer kleinen Abtei bei Paris gefunden. Keinen Statler-Hilton-Schrott in *meinem* Atombunker.«

Und selbst diejenigen unter den Zuschauern, die Lennys übliche Scats kannten, den Stimmapparat mit seinen endlosen Verschiebungen und Modulationen und angenommenen Identitäten, das sprudelnde Untergrundvokabular und die Provokationen – selbst sie verspürten einen kleinen, heilsamen Ruck bei der Tonhöhe der Dekorateursstimme.

»Teppiche, sagenhaft, edelste persische Sklavenarbeit. Bogenfenster, na gut, wir sind zwölf Stockwerke unter der Erde, aber der Vorhangstoff war unwiderstehlich, also Ruhe bitte, ja? Eßtisch, Plantagen-Mahagoni, elf Flaschen Zitronenspüli. Prachtstück, selber entworfen, Glanzlicht seiner Karriere. Ein Riesenberg Krabbenfleisch, in den Umrissen – davon werden sie begeistert sein, es ist so kraftvoll und bewegend – jawohl, geformt in den Umrissen von Kennedy und Chruschtschow beim Ringkampf, nackt. In Lebensgröße.«

Lenny knickte bei seinem Rundumschlag leicht mit dem Knie ein, pausierte kurz, damit das Publikum das Bild vor sich erstehen lassen konnte.

»Gut, das reicht, ich kann ja nicht in Bewunderung erstarren, jeden Augenblick müssen sie hier unten sein. Der Präsident, der Außenminister, die Generäle und Admiräle, dieser und jener und der mit den Geheimcodes für die Atomraketen – zufällig ein stubenreiner Jude, also wird es kein Gerangel geben. Mal sehen, was noch? Besteck hat er erledigt, Stielgefäße ebenso. Schoko-Minz-Täfelchen für nach dem Diner, mal sehen – serviere ich Mokka oder Café noir?«

Er wiederholte die Eröffnung, überprüfte den Satz auf Stil und Paßform.

»Guten Abend, liebe Mitbürger.«

Ein Raunen neuerlicher Vorfreude – vielleicht wollten sie gern, daß er die Präsidentenmasche fortsetzte, aber er tat sie mit einer Handbewegung wieder ab und stand da, irgendwie aus den Hüften summend, dazu ein kleines Wackeln, das wirkte, als setzte es die nächste Idee in Gang.

Dann gab er einen schrilleralsschrillen Falsettschrei von sich.

»*Wir werden alle sterben!*«

Darüber lachte er sich kaputt. Er knickte in der Taille ein vor Lachen, benutzte sein Mikro offenbar als Geigerzähler, schwenkte es über die Bretter der Bühne.

»Zieht euch das mal rein. JFK hat diesen russischen Menschenbullen vor sich, der ihn in Grund und Boden starrt, sie stehen Schnauze an Schnauze, und mit diesem Typ kann Jack nicht umgehen. Was soll er sagen? Ich hab aber mehr Debütantinnen als du vergenußwurzelt? Das ist ein Bergmann, ein Bursche, der für eine Handvoll Kopeken barfuß das Vieh gehütet hat. Von dem wird erzählt, daß er einer Sau die Faust in den Arsch steckt, wenn er seinen Gemüsegarten düngen will. Was soll Jack zu ihm sagen – mir hat aber im Fahrstuhl vom Weißen Haus eine Sekretärin einen runtergeholt? Der Bursche da scheißt bei offener Tür auf Staatsempfängen. Der fickt mit seinen Bowlingtrophäen.«

Die Sitzgelegenheiten im Troubadour bestanden hauptsächlich aus Klappstühlen, und wenn genug Leute lachten, kam ein pfeifendes Ächzen aus den Zargen und Scharnieren. Und das Publikum saß da und dachte, Wie real kann diese Krise sein, wenn wir in einem Club am Santa Monica Boulevard sitzen und ha ha ha machen.

»*Wir werden alle sterben!*«

Lenny liebt den postexistentiellen Touch dieser Pointe. In seinem aufgekratzten Kreischen kann das Publikum hören, wie der Gedanke der Einzigartigkeit und der freien Entscheidung ausgemerzt wird. Es kann hören, wie die Vereinsamung des Menschen von der massiven, unweigerlichen Katastrophe abgelöst wird. Seine größten Anhänger lachen am lautesten. Ihre selbstgefällige Fan-Eitelkeit wird bedient. Sie sind eingeschlossen in Lennys Verbrennung. All die Lennies. Der verfolgte Junkie. Der Antiheuchler. Der Satiriker und Nasenpopler. Lenny, der Hipsterprahlhans. Lenny, der Arschmechaniker, der in Hotelhallen Mädchen anmacht. Lenny, die Rache Gottes.

»Machtlos. Klar, so erinnern sie uns an unseren eigentlichen Zustand. Sie servieren regelmäßig eine Krise. Ist sie horizontal? Eine Großmacht gegen die andere. Oder vertikal, rauf und runter?« Hier schien er den Faden zu verlieren. »Die USA erklären eine Seeblockade. Toll, gut, prima. Und habt ihr gehört, was er gesagt hat?« Lenny schaltete seinen Staatschef-Baß ein. »Die US-Flotte wird jede Art von Rüstungsmaterial, das nach Kuba unterwegs ist, auf See stoppen.« Er schnippte eine imaginäre Fluse von seinem Revers, um eine Verschiebung anzuzeigen, eine neue Nummer. »Und da draußen in Centralia sitzt eine Frau und hört sich die Rede an. Sie hört,

Höchste Gefahr. Sie hört, Abgrund der Vernichtung. Sie hat einen Job, sie gibt Fleischklöpse in der Schulcafeteria aus, und sie kommt erledigt nach Hause, schaltet den Fernseher ein, und da ist der Präsident der Vereinigten Staaten, und er sagt, Abgrund der Vernichtung. Und sie sitzt da in ihrer weißen Cafeteria-Uniform, Schuhe aus, und kratzt sich an den Füßen herum. Sie heißt Bitty. Sie denkt, die haben die Lawrence-Welk-Show verschoben, damit dieser irische Katholenmillionär hier vom Abgrund der Vernichtung reden kann. Dann denkt sie, Halt, Moment mal, das ist doch ein Filmtitel, oder? Na klar, eins von diesen hartgesottenen, zynischen Krimidramen in tristem Schwarzweiß. Hab ich mit den Muskelschwund-Müttern von Zentral-Kansas gesehen. Die Rede geht immer weiter, und Bitty versucht, das Unfaßbare zu fassen – und der Präsident sagt etwas wie, Wir können uns keinen Rückstand erlauben. Sowjetische Raketen in Kuba. Aber sie denkt, er meint das Fett in ihrem Ofen. Ja, Mensch, diese Fettrückstände gehen mir auch langsam auf den Senkel. Sie hat nämlich so einen Ofenreiniger, den sie demnächst ausprobieren will. Wirkt zweiundfünfzig Prozent schneller als die stärkste herkömmliche Säure. Sie versucht, sich auf die Rede des Präsidenten zu konzentrieren, aber alles, was er sagt, klingt wie ein Sonderangebot für Insektenpulver oder Rachenspray. Und Bitty sitzt da in Centralia oder Emporium, und sie steht von ihrem Stuhl auf und geht zum Telefon und ruft ihre Freundin DeeAnn an. DeeAnn ist die Filmexpertin vor Ort. DeeAnn schreibt Filmkritiken für das Blättchen der Cafeteria-Belegschaft, Die Fleischklops-Woche. Und Bitty sagt am Telefon, Wer hat noch in dem Film mitgespielt, von dem der Präsident gerade im Fernsehen redet? Und DeeAnn sagt, Du fragst mich nach einem Film? In einem solchen Augenblick?«

Lenny ging in die Knie und breitete beide Arme weit aus, sein Mund zu einem klaffenden, grinsenden Schlund des Entsetzens aufgesperrt.

»*Wir werden alle sterben!*«

Er liebte diese Pointe so, daß es einem etwas auf die Nerven ging, vor allem mit DeeAnns Stimme, die auf fünfzehn Meter Entfernung ein Pißbecken zerspringen lassen konnte. Eine Stunde später, nach all den Nummern, den skatologischen à parts, den improvisierten

Stimmen war es dieser einzelne Satz, den die Leute im Kopf behielten, als sie zu ihren Autos gingen und heimwärts nach Westwood oder Brentwood oder sonstwohin fuhren oder die halbe Nacht über die Highways streunten, weil sie wußten, daß sie nicht schlafen konnten, und wo ließ sich der Blitz, die Explosion besser vorstellen, wo sonst würden sie sein wollen, um das Ende der Geschichte zu proben oder es tatsächlich zu sehen – das war die Rolle der Highways, immer schon, und sie hatten es auch immer gewußt, auf einer unergründeten Ebene. Und so fuhren sie die halbe Nacht herum, zuerst verdrießlich und dann wütend und dann schicksalsergeben und dann richtiggehend schlotternd vor Angst, die Brust im Klammergriff des Wissens, wie wenig es brauchte, um dies alles geschehen zu lassen – die erste Nacht auf der Erde, da das Undenkbare schleichend am Horizont erschien, in Wartestellung wie ein zusammengekauertes Tier, und während sie fuhren, hörten sie die ganze Zeit das Wehklagen dieser unverkennbaren jüdischen Stimme, die den Satz wiederholte, über den sie sich erstaunlicherweise, nur ein paar Stunden zuvor, schier hatten totlachen wollen.

12. JULI 1953

Es war eine Bewegung ohne Vorgeschichte.

Du hast die Waffe erhoben, gezielt und gesehen, wie sich ein interessiertes Lächeln über sein Gesicht legte. Doch danach warst du auf unbekanntem Territorium. Ein oberschlaues, hämisches Grinsen. Aber nachdem du mit Gewalt abgedrückt hattest. Der Abzug war schwergängig und holprig. Und nachdem du mit Gewalt abgedrückt hattest, warst du anderswo, nahmst Geräusch und Bewegung auf, die Gestik, die Art, wie er zuckte und fiel, obwohl zucken nicht das passende Wort ist – es war eine Bewegung, die du weder verstehen noch beschreiben konntest, das lag jenseits deiner Möglichkeiten als Zeuge.

In Staatsburg gab es die Frau im Büro, Dr. Lindblad, und ich hatte regelmäßige Termine, klopf-klopf, und sie sondierte das Thema dieses Schusses, während ich versuchte, ihre Beine zu erspähen.

Vergiß mal eine Minute, daß du derjenige bist, der ihn erschossen hat.

Du kannst die Bewegung nicht richtig beschreiben, weil sie sich auf einer Ebene der Realität befand, die nicht eingeübt war, von keinem von euch beiden. Das scharnierlose Hochfahren eines Arms, des rechten Arms, peitschend und ausgerastet wie das amoklaufende Teil einer Maschine, und der ganze Krampf des Körpers, etwas Arrhythmisches, außerhalb der Grenzen der Erfahrung.

Und nicht vergessen, er saß auf einem Stuhl. Der Stuhl bewegte sich ganz ähnlich wie der Mann. Der Stuhl hätte eine Variante des Mannes sein können, so drastisch taumelte er gegen die Wand.

Und natürlich der eigene Schock, das Trauma der Wahrnehmung – wie sollst du merken, was passiert, wenn du selbst unter Schock stehst?

Dr. Lindblad fragte: »Möchtest du denn eines Tages eine Familie haben?«

»Weiß nicht. Hab noch nicht drüber nachgedacht. Nein«, sagte ich. »Glaub ich kaum. Kinder? Ich will keine Kinder. Ich will kein Vater sein.«

»Warum denn?«

»Warum denn. Weiß nicht. Nach dem, was ich getan habe? Ich glaube nicht, daß ich ein Vater sein sollte. Sie etwa?«

»Was hast du denn getan, Nick?«

Ich lächelte sie an. Ich mochte Dr. Lindblad. Sie sah nicht gut aus, aber sie hatte ordentlich Holz vor der Hütte. Die Alley Boys mochten sie, die Mitglieder der Bande, denn sie hörte sich ihre Geschichten an, ohne Urteile zu fällen. Sie vollführte raffinierte Balltricks mit der Wut, der Scham, den matten Entschuldigungen der Burschen. Sie versuchte nicht, sie von ihrem Gefühl des Unvermeidlichen abzubringen. Sie waren im Kriegszustand mit der Gesellschaft, was soll's, etwas anderes zu behaupten. Ich erzählte ihr nichts, aber ich ging gern in ihr Büro und roch die Möbelpolitur und überflog die Titel der Bücher und spähte nach der Wölbung ihrer Brüste unter dem Stoff der enganliegenden Bluse, die sie gerade trug.

Einer der Alley Boys schaute aus dem Fenster des Speisesaals und sagte: »Das ist ein Disney-Film, Mann.« Er meinte den Minigolf-Platz. »Und wir sind die Zwerge, die da drin spielen sollen.«

Meine Besserung sollte schlüssig und wirkungsvoll sein, so wollte ich es. Sie hatten zunächst versucht, mich als Erwachsenen vor Gericht zu stellen, obwohl ich erst siebzehn war, und ich stimmte mit ihren Argumenten überein, daß ein Element der Kaltblütigkeit in diesem Verbrechen lag, ganz gleich, in welchen Abstufungen. Als ein Richter verfügte, daß der Staatsanwalt das nicht dürfe, versuchten sie, mich wegen Totschlags anzuklagen, und wieder dachte ich, warum nicht, schließlich hatte diese Tat etwas Erbarmungsloses, aber mein Anwalt Imperato, ein Mann mit fahlen Wangen und einer Aktentasche, die sich häutete, einigte sich auf ein Delikt mit geringerer Strafandrohung, sie entschieden auf Strafmilderung, und nun stand ich da, an einem milden Sommermorgen wenige Tage vor meiner Entlassung, und betrachtete den Golfplatz, und ich sah, daß jemand lauter Namen auf all die Wälle und Windmühlen gemalt hatte, die Spitznamen der Bandenmitglieder, ein Hoch auf die Alhambras, und die Jungs glotzten und zeigten drauf und schütteten sich aus vor Lachen, und ich dachte, am besten fange ich jetzt mit meiner Runde schuldbewußter Verabschiedungen an.

Denn du warst Schütze und Zeuge zugleich, und du kannst diese Rollen voneinander trennen. Der zweite konnte nichts tun, um den ersten am Handeln zu hindern. Der zweite konnte die Tat nicht aufhalten, konnte nicht damit fertig werden und sie am Ende auch nicht recht wahrnehmen. Sie saß zu tief, selbst als sie seine Augen erreichte, deine Augen. Dieses schrecklich Krampfartige, dieses ganze ächzende Hinsacken, die Preisgabe von Leben und Atem an diese vehemente Tiefe der Bewegung, als Mann und Stuhl in verschiedene Richtungen flogen.

Dr. Lindblad hätte vielleicht gesagt: »Das ist eine extreme Reaktion, weil der Geist dichtmacht. Es ist das Ende der Bewußtheit. Deshalb dreht der Körper durch. Der Körper zeigt dir, was dem Geist passiert. Wie der Kummer den Körper eines Menschen knickt. So sieht Bewußtheit aus. So rudert und fuchtelt sie, wenn das Ende plötzlich und gewalttätig und der Geist unvorbereitet ist.«

Und ich hätte vielleicht geantwortet: »Sprechen Sie von seinem Geist und dessen plötzlichem Ende oder von meinem?«

Aber sie sagte es nicht, und ich sagte es nicht, denn ich sagte ohnehin nicht viel. Anders als die Alley Boys. Sie erzählten ihr, daß sie sich im totalen Kriegszustand mit der Gesellschaft befänden. Sie erzählten ihr, so würde es bis zu ihrem Tod bleiben. Die Gesellschaft wollte ihren Tod. Die Alley Boys waren zu gerissen, um das nicht zu wissen. Sie erzählten ihr, nach der Entlassung würden sie wieder auf die Straße gehen, die nur eine weitere Abteilung des Strafsystems sei und umgekehrt, und sie würden zurückgehen und machen, was sie immer gemacht hätten, sagten sie ihr. Sie würden dealen, stehlen, ihre Schäfchen ins Trockene bringen, ihre Kanonen tragen und den Krieg weiterführen.

Das Buch paßt zur Hand, es paßt zum Individuum. Wie du ein Buch hältst und die Seiten umblätterst, Hand und Auge, die Routinebewegungen, Schotter auf einer heißen Landstraße harken, die Zeichen auf der Seite, die Art, wie eine Seite der nächsten gleicht und doch ganz anders ist, die verschiedenen Leben in Büchern, die ergrünenden Hügel, alte, sanft gewellte Hügel, die dir das Gefühl gaben, ein anderer zu werden.

Dr. Lindblad versuchte, meine Seele zu bearbeiten. Sie glaubte an meine Erlösung. Sie sondierte alle Faktoren meiner Geschichte, sie gab mir Bücher zu lesen, und ich las sie, sie schlug vor, was passiert sein könnte, und ich dachte darüber nach. Aber ich war unschlüssig, ob ich damit einverstanden war, eine Geschichte zu haben. Sie benutzte den Ausdruck oft, und die Vorstellung fiel mir schwer, daß all das Geschubse und die Langeweile jener Jahre, ewig alles kreuz und quer, die Langeweile und Lichtblicke und Strohfeuer und Abende, immer derselbe Scheiß – ich begriff nicht, wie der schlierige Nebel meines nächtlichen Denkens irgendeine Form oder Schlüssigkeit haben könnte. Vielleicht gab es da eine Geschichte in ihren Akten, aber mein Gefühl von mir selbst sah anders aus, ich hatte in einer engen Straße an einer Wand gelehnt und ein paar Jahre weitgehend sinnloser Warterei runtergerissen.

Aber du hast doch etwas empfunden, oder? Du hast die merkwürdige Faszination seines stürzenden Sterbens empfunden, so wildarmig und ungeschminkt, daß du nicht wußtest, wie du hinschauen solltest.

Sie erklärte mir, mein Vater sei die dritte Person im Zimmer gewesen, an jenem Tag, als ich George Manza erschoß. Das war mir echt neu, und ich mußte halbwegs lachen – na ja, so wie man sich eben nervös einen Zug Luft durch die Nase kichert. Sie erklärte mir, die beiden Ereignisse seien so oder anders miteinander verknüpft, was heißen sollte, sechs Jahre, nachdem Jimmy verschwunden war, erschoß ich einen Typen, der meinen Vater nicht oder kaum gekannt, nur ein paarmal auf der Straße gesehen hatte, und das war eine Verbindung, die sie sondieren wollte.

»Du hast eine Geschichte«, sagte sie, »und der bist du verantwortlich.«

»Was meinen Sie mit verantwortlich sein?«

»Du bist ihr verantwortlich. Du mußt dafür geradestehen. Du mußt versuchen, ihren Sinn herauszufinden. Du schuldest ihr deine ganze Aufmerksamkeit.«

Sie redete in ihrer engen Bluse immer weiter über Geschichte. Aber ich sah nur den wildarmigen Mann, wie sein Körper in die eine Richtung wirbelte und der Stuhl in die andere. Ich sah nur die rohe Schande jener engen Straßen, die immer enger wurden und langsam einstürzten, und das dumpfe, hoffnungslose Einerlei der Tage.

Dann kamen sie und sagten mir, ich würde früher entlassen, unerwartet, an einem Sommertag. Ich wußte nicht genau, wie ich das fand. Sie sagten, ich würde zu den Jesuiten geschickt, ans wintrige Ende der Welt, irgendwo bei einem See in Minnesota.

2

8. OKTOBER 1957

An diesem Nachmittag waren die Demings daheim, emsig bei verschiedenen Pflichten in ihrem Split-Level-Vorstadthaus, einem langgezogenen, zweifarbigen Bau im Kolonialstil mit Panoramafenster, Laubengang und heller Holzverschalung.

Erica war in der Küche und machte Jell-O-Hühnermousse fürs Abendessen. Drei Tassen Hühnerbrühe oder drei Hühnersuppenwürfel, aufgelöst in drei Tassen kochendem Wasser. Zwei Päckchen Jell-O-Zitronengelatine. Ein Teelöffel Salz. Eine gute Messerspitze Cayennepfeffer. Drei Eßlöffel Essig. Eineindrittel Tassen geschlagene Garniermischung. Eine zweidrittel Tasse Mayonnaise. Zwei Tassen feingehacktes, gekochtes Hühnchen. Zwei Tassen feingehackte Sellerie. Zwei Eßlöffel gehackte Chilischoten.

Dann aufkochen, umgießen, umrühren, verquirlen. Die gewürzte, abgekühlte Gelatine in die Hühnermasse einrühren. Mit dem Löffel in eine 20 x 12-Brotform füllen. Abkühlen und fest werden lassen. Stürzen. Mit knackfrischem Salat und (nach Belieben) gefüllten Oliven garnieren. Ergibt sechs Portionen in Hauptspeisengröße.

Flasche nicht zur Aufbewahrung von Flüssigkeiten wiederverwenden.

Erica machte Dinge mit Jell-O, die den Leuten den Atem verschlugen. Auch jetzt, als sie die Hühnermousse für die abschließende Kühlung vorbereitete, standen neun Parfaitgläser in ihrem zweifarbigen Kelvinator. Das Dessert für die nächsten drei Abende. Jedes Glas stand in einem Fünfundvierzig-Grad-Winkel entweder an die Kühlschrankwand oder an etwas anderes gelehnt. Diese Kippmethode, überliefert von ihrer Großmutter und ihrer Mutter, erlaubte es Erica, Jell-O-Desserts mit einer Reihe farbenfroher diagonaler Streifen zuzubereiten, bei denen sie Kombinationen aus einem halben Dutzend Geschmacksrichtungen zusammenstellte. Beispielsweise füllte sie schwarze Himbeer-Jell-O, halb fest, in ein Parfaitglas. Dann stellte sie das Glas in den Kühlschrank, in einem Winkel von fünfundvierzig Grad gekippt. Nachdem die Gelatine abgekühlt und ganz fest geworden war, gab sie eine Schicht Limetten-Jell-O hinzu, dann vielleicht Orange und schließlich Erdbeere oder Erdbeer-Banane. Am Ende dieses Prozederes hatte sie neun gestreifte Desserts, jedes anders, jedes reizvoll und so appetitlich.

Ihre Jell-O-Kreationen waren so ziemlich das beste Mittel, um ihre Laune zu heben, die heute seltsam finster war – sie wußte auch nicht wieso.

Vom Küchenfenster aus konnte sie den Rasen sehen, fein säuberlich geschnitten, offen und einladend hinter der niedrigen Hecke. Die Bäume am Rasenrand waren neu, wie alles andere in der Siedlung. Straßauf, straßab gab es junge Bäume und kleine neue Buchsbaumhecken und diesen Eindruck von Offenheit, dieses Gefühl, daß man mit einem Blick alles sehen konnte, was es zu sehen gab, und nichts war verhüllt oder vermauert oder vor Neugier geschützt.

Nichts war verhüllt oder geheim, bis auf Jung-Eric, der hinter zugezogenen Vorhängen aus Fiberglasstäben in seinem Zimmer saß und sich einen runterholte, mit Kondom. Er benutzte gerne Kondome, denn sie hatten so einen glatten, metallischen Schimmer, wie sein Lieblingswaffensystem, die Honest John, eine Boden-Boden-Rakete mit einem Gefechtskopf von bis zu vierzig Kilotonnen Sprengkraft.

Nicht mit Augen oder offenen Wunden in Berührung bringen.

Er saß, Beine gespreizt, in einem Fledermaussessel und dachte, kein Mensch würde je erraten, was er gerade tat, vor allem nicht das mit dem Kondom. Keiner würde es je erraten, erfahren, sich vorstellen oder ihn damit in Verbindung bringen. Aber was passiert, dachte er, wenn du eines Tages stirbst, und dann stellt sich heraus, daß alles, was du jemals im stillen Kämmerlein getan hast, plötzlich allgemein bekannt wird. Jeder weiß automatisch alles, was du je getan hast, als du noch glaubtest, du wärst absolut und unauffällig und sicher außer Sicht.

Vorsicht Explosionsgefahr bei längerer Sonnenbestrahlung.

Die Honest John wird in Hitzeschilde gepackt, um den Festtreibstoff zur Vorbereitung für den Abschuß warmzuhalten. Dann werden die Schilde entfernt, und die Rakete wird von einer Art Trägerschiene auf der grünen Wiese irgendwo in der freien Welt abgeschossen. Und der unfehlbare Flug der Rakete, wie sie durch präzise Ausdehnungen mathematischen Raums zischt, all das ist so heilig und sonnengeküßt, und wie sie sich von ihrem Gipfel zur Erde herabschwingt, wie der Feuerball im Heiligenschein aus ihrer rauchenden, röhrenden Säule emporsteigt, ein namenloses, gesichtsloses Irgendwas. Er hätte glatt Katholik sein mögen.

Außerdem blieben ihr noch drei Hühnermousse-Salate für später in der Woche.

Draußen im Laubengang wachste Gatte Rick ihr zweifarbiges Ford-Fairlane-Kabriolett, nagelneu, wie die Häuser und die Bäume, mit Weißwandreifen und Jetstrahl-Streifen aus Chrom, die fast knisterten, wenn der Wagen fuhr.

Erica hatte ihre Jell-O-Formen in dem perlmuttbeigen Hängeschrank über dem Herd stehen. Sie besaß Flötenformen, Ringformen, Kronenformen in verschiedenen Größen, sie hatte Notizen und Schaubilder, Gebrauchsanweisungen und Bestellformulare für spezielle Deko-Formen, die sie demnächst ausfüllen und baldmöglichst einsenden wollte.

Bei Verschlucken sofort Erbrechen herbeiführen.

Eric walkte seinen Schwanz gewissenhaft, grimmig und methodisch. Er mußte sich noch daran gewöhnen, wie sich das Kondom anfühlte, gummistumpf und ernüchternd. Auf dem Boden zwischen seinen Füßen lag ein Foto von Jayne Mansfield, deren Höschen unter einem mit Ziermünzen besetzten Kleid hervorschauten. Er hätte seinen Schwanz gern zwischen ihre Brüste gesandwicht, bis er huiii machte. Aber er würde nicht einfach zur Tür hinausmarschieren, wenn es vorüber war. Er würde mit ihren Brüsten reden. Sanft und liebevoll sein. Ihnen von seinen Sehnsüchten erzählen, seinen Hoffnungen und Träumen.

Es gab eine Form, die Erica noch nie benutzt hatte, sie ähnelte fast einer ferngesteuerten Rakete und war ihr irgendwie unheimlich.

Das Gesicht auf dem Foto bestand nur aus dem geschminkten Mund und den verschmierten Wimpern, und als Eric seine Angelegenheit bis zu einem bestimmten Punkt vorangetrieben hatte, wandte er seine Aufmerksamkeit von den vorquellenden Brüsten ab und konzentrierte sich auf das Jayne-Gesicht, ihre Augenbrauen und Wimpern und Schmollippen. Die Brüste waren echt, aber das Gesicht war aus tausend thermoplastischen Dingen zusammengestückelt. Und unter dem immer durchdringenderen Abtastblick seiner Libido verwandelten sich Modellierwachs, Liner, Gloss und Cremes in die weichen, feuchten Mechanismen der Entladung.

Mißbrauch verursacht Gesundheitsschäden. Nicht einatmen, lebensgefährlich.

Erica trug einen wirbelnden blauen Rock und eine Butterblumenbluse, die farblich ganz zufällig zu ihrem neuen Fairlane paßten.

Rick hielt sich immer noch im Laubengang auf und polierte mit einem Fensterleder die Chromteile. Diese Tätigkeit hätte er am liebsten für immer und ewig ausgeführt. Er konnte sich in einem Chromstreifen spiegeln, froschäugig und wasserköpfig, und etwas von der Kraft des Automobils spüren, den Pferdestärken, dem Dezibelgrollen des Doppelauspuffs, der Pedalspannung des Ford-O-Matic-Antriebs. Dieses Auto hatte etwas Heimtückisches, jawohl, denn man fuhr damit vernünftig zum Zahnarzt, bildete ab und zu eine Fahrgemeinschaft mit den Andersons und brachte Eric zum Wettbewerb junger Forscher, aber unter diesem familiären Alltagsgebrauch kauerte die Macht der Maschine, die mit heruntergelassenem Verdeck die Landschaft verschlang.

Achtung. Behälter steht unter Druck.

Eines von Ericas Lieblingsworten war Laubengang. Es klang so gemütlich und idyllisch und keineswegs gestrig und besagte, daß man etwas hatte, das andere nicht hatten. Und dann liebte sie auch noch das Wort Frischefach. Ihr Kelvinator hatte ein hübsches, geräumiges Frischefach, und sie sagte den Männern für ihr Leben gern, daß dies und jenes im Frischefach lag. Nicht im Kühlschrank, im Frischefach. Die Möhren sind im Frischefach, Rick. Gewiß gab es Leute da draußen an der Old Farm Road, wo die vordere Veranda furchtbar durchhängt, das Gras nicht gemäht wird und die Duck-River-Baptisten ihren Gottesdienst in dem Flachbau abhalten, der an der unkrautüberwucherten Straße zur Müllkippe steht, und diese Landeier hatten keine Ahnung, was ein Frischefach ist, die hatten Eiskisten statt Kühlschränke oder Kühlschränke, die nicht mit Frischefächern ausgestattet waren, oder sie hatten ein Frischefach in ihrem Kühlschrank, ohne zu wissen, wozu es diente oder wie es hieß, oder sie legten Butterfäßchen ins Frischefach statt Salat oder Eier statt Möhren.

Er kam vom Laubengang herein.

»Die Möhren sind im Frischefach, Rick.«

Er knabberte nämlich gern an einer rohen Möhre, nachdem er das Auto gewachst und poliert hatte.

Er stand da und starrte den strontiumweißen Laib an, der mitten auf dem Tisch in einer Kuchenform auf einem Salatbett ruhte.

»Wuff, was ist das?«

»Das ist meine Jell-O-Hühnermousse.«

»Hey, toll«, sagte er.

Manchmal nannte sie es ihre Jell-O-Hühnermousse, und manchmal nannte sie es ihre Hühner-Jell-O-Mousse. Das war nur eine der tausend praktischen Seiten von Jell-O. Man konnte das Wort überall hinpacken, nach vorn, nach hinten oder in die Mitte. Es war ein Knopfdruckwort, so wie heutzutage viele Dinge auf Knopfdruck gingen, wie sich die ganze Welt hinter einem Knopf, den man drückte, auftat.

Kann zur Verfärbung von Harn oder Stuhl führen.

Eric schlängelte sich an der Wand entlang und schlüpfte ins Badezimmer, das schlappe Kondom in der Hand. Er wusch es am Handbecken aus, zog es sich über den Mittelfinger und richtete es auf seinen Mund, um es trockenzublasen. Und in der Kinofassung seines Lebens stellte er sich vor, wie alles auf eine CinemaScope-Leinwand projiziert wird, all die heimlichen Dinge, die er über die Jahre ganz alleine getan hat, und jetzt, nach seinem Tod, steht alles zur öffentlichen Vorführung bereit, und all seine toten Verwandten und Freunde und Lehrer und Pfarrer können ihm dabei zusehen, wie er sich den Finger, auf dem ein Kondom sitzt, praktisch in den Mund steckt und rhythmisch hechelt, um es trockenzukriegen.

Er hörte, daß ihn seine Mutter rief.

Er mußte es waschen und wieder benutzen, denn dies war das einzige, das er besaß, ausgeliehen von einem anderen Jungen namens Danny Anderson, der es bei seinem Vater aus dem Versteck unter den zusammengerollten Socken geklaut hatte, hoch und heilig schwörend, daß er es niemals selber benutzt hatte – was sich allerdings erst mit letzter Sicherheit feststellen ließ, wenn beide Jungen tot waren und Eric die Möglichkeit bekam, das Filmmaterial zu sehen.

Erstickungsgefahr! Darf nicht in die Hände von Kindern gelangen.

Eric versteckte den Gummi in seinem Zimmer, in eine Schachtel Spielkarten gepreßt. Er warf einen langen Blick auf das Bild von Jayne Mansfield, bevor er es in den Weltatlas auf seinem Schreibtisch schob. Er stellte fest, daß Jaynes Brüste nicht so echt aussahen, wie er es in seinem emotional verletzlichen Zustand, den Spatz in der Hand, geglaubt hatte. Sie erinnerten ihn an etwas, doch an was? Und dann wußte er es. An die Stoßstangenpuffer beim Cadillac.

Er ging in die Küche und öffnete den Kühlschrank, mal schauen, was da los war. Die bunten Farben, die Markennamen und Markenzeichen, die aufgereihten vertrauten Formen, der Glitterglanz der folienverpackten Dinge, der allgemein angenehme Anblick einer guten Augen-Überraschung, das Gefühl eines kleinen Urlaubs auf den Regalen und in den Fächern einer unverdorbenen, stets zu erneuernden Welt. Doch da war noch etwas anderes, leicht beunruhigend. Vielleicht das Pulsen. Der Informationsfluß eventuell, enthalten in dem endlosen motorisierten Pulsen. Öffne die große weiße Tür, wie zu einem Gewölbe, und spüre den kühlen Hauch von arbeitenden Systemen, die Strom in Kraft umwandeln, Tag und Nacht übermenschliche Räume durchmessen, um miteinander zu reden, wovon er sich ausgeschlossen, worauf er sich noch nicht eingestimmt fühlte, und das verwirrte ihn ein ganz klein bißchen.

Nur daß ihr Kelvinator gar nicht weiß war, klar. Jedenfalls nicht auf der Außenseite. Er war kameenrosa und sonnenuntergangsperlmutt.

Er schaute hinein. Er sah die neun schrägstehenden Parfaitgläser, und ihm wurde leicht schwindlig. Manchmal verlor er bei den schrägen Jell-O-Desserts die Orientierung. Als wäre eine Science-fiction-Macht ins Haus eingedrungen und hätte einige Dinge in Schieflage gebracht und andere verschont.

Sie setzten sich zum Abendessen, und Rick schnitt die Mousse an und verteilte Portionen. Sie tranken Eistee, eine Scheibe Zitrone an den Rand jedes Glases geklemmt, eine mühelose kleine Extra-Geste, typisch Erica.

»Na, was haste den ganzen Nachmittag so getrieben?« fragte Rick Eric. »Großer Tag für Hausaufgaben?«

»Hey Dad. Ich hab gesehen, wie du das Auto gewachst hast.«

»Ich weiß was. Nach dem Essen nehmen wir uns die Ferngläser und fahren zur Old Farm Road raus, mal sehen, ob wir ihn entdekken.«

»Wen entdecken?« fragte Erica.

»Den Babymond. Was sonst? Den Satelliten, den sie raufgeschossen haben. Soll in klaren Nächten zu sehen sein.«

Erst in diesem Augenblick begriff Erica, warum ihr der Tag so überschattet und ominös verhängnisvoll vorgekommen war, seit sie die Augen aufgeschlagen und die mikadogelben Wände mit dem patinagrün aufgerauhten Schimmer betrachtet hatte. Genau, dieser Satellit, den sie vor ein paar Tagen auf die Umlaufbahn geschickt hatten. Rick entwickelte ein wissenschaftliches Interesse daran und wünschte sich dasselbe von Eric. Sicher war Rick so überrascht und aufgeregt wie sie, aber er war willens, sich irgendwo auf eine Wiese zu stellen und zu versuchen, das am Himmel schwebende Objekt zu entdecken. Erica verspürte eine vertrackte Art von Enttäuschung. Das Ding gehörte denen, nicht uns. Es flog mit einer unglaublichen Geschwindigkeit über den Nordpol, piep piep piep, und zu bestimmten Zeiten natürlich auch über uns hinweg. Sie verstand einfach nicht, wie das hatte geschehen können. Standen jetzt weitere Überraschungen bevor, gab es Dinge bei den anderen, die uns noch niemand gesagt hatte? Hatten die etwa Frischefächer und Laubengänge? Es war gar nicht so einfach, sich auf die Neuigkeiten einzustellen.

Rick sagte: »Wie isses, Eric? Willste mit rausfahren?«

»Hey Dad. Ga, ga, ga, ganz toll.«

Ein Leichentuch senkte sich über den Tisch und vertrieb Ericas Sputnik-Kater. Sie glaubte, Erics gelegentliches Stottern hätte damit zu tun, daß er so viel Zeit allein in seinem Zimmer verbrachte. Paukt zu viel, dachte Rick. Gepaukt wurde da allerdings was, aber Erica stellte sich lieber keine detaillierten Bilder vor.

Nicht gewaltsam öffnen oder verbrennen.

Der Junge war imstande, im Familienzimmer zu sitzen und fernzusehen, vor ihrer Superfernsehtruhe, die zu den knorrigen Kiefernpaneelen paßte, und bei jeder Show den Dialog vorwegzunehmen. Nachrichtensendungen, Ballspiele, Komikershows. Er machte jede Stimme nach, egal wie der Sprecher oder Schauspieler sprach, paßte die Worte nahezu nahtlos ein, und er stotterte niemals.

Alle anderen Kinder aßen Oreo-Kekse. Eric aß Hydrox-Kekse, weil der Name nach Raketentreibstoff klang.

Einer ihrer Küchenhandschuhe fehlte – sie hatte viele Paare davon –, und sie wollte nur zu gern glauben, Eric hätte ihn sich für seine Chemieaufgaben ausgeliehen. Aber sie hatte Angst, danach zu fragen. Und sie konnte sich kaum vorstellen, daß sie sich darauf freute, den Handschuh zurückzubekommen.

Gestern hatte er einen Hydrox-Keks in Milch getunkt, ihn tropfend über das Glas gehalten und mit schwerer Zunge gesagt: »Särr gutt, daß wirr russische Monnd in amerikanische Chimmel geschossen.«

Dann biß er einmal ab und schluckte.

Die Männer gingen nach draußen, um den Satelliten auf seiner Umlaufbahn zu suchen. Erica räumte den Tisch ab, zog ihre gummiartigen Handschuhe an und begann mit dem Abwasch. Rick hatte sie schon öfter wegen der Handschuhe aufgezogen. Die Küche war natürlich mit einer automatischen Spülmaschine ausgestattet. Aber sie fühlte sich als Hausfrau dazu verpflichtet, zuvor eine Runde Abwaschen und Scheuern von Hand einzulegen, denn wenn man nicht jedes Fitzchen organischen Pamp zwischen den Gabelzinken und von den Töpfen abkriegt, bevor man den Geschirrspüler einschaltet, könnte es einen am nächsten Morgen wieder einholen.

Augen mit Wasser ausspülen und sofort Arzt rufen.

Und die Handschuhe schützten sie vor dem kochendheißen Wasser und der Berührung mit Essensresten. Erica liebte ihre Handschuhe. Die Handschuhe waren praktisch unzerstörbar, sie bestanden aus demselben Material wie Arbeitsplatten und Fernsehröhren und wie es zur Elektroisolierung im Keller und bei den vulkanisierten Reifen am Auto benutzt wurde. Die Handschuhe bedeuteten ihr viel, egal, wie sie sich anfühlten, klamm oder trocken, ein Gefühl, das seinem eigenen, inneren Widerspruch trotzte.

Alle Dinge um sie her bedeuteten etwas. Dinge und Worte. Worte, an die man glauben, nach denen man leben konnte.

Laubengang	Fahrgemeinschaft
Frischefach	Bridgeparties
zusammensetzbar	nahtlos

Als sie in der Küche fertig war, beschloß sie, den Wohnzimmerteppich zu saugen, bis ihr klar wurde, daß das ihre Laune verschlechtern würde. Sie hatte vor kurzem einen neuen Staubsauger in Satellitenform gekauft, den sie mit großem Vergnügen durch den Raum schob, denn er summte leise und wirkte futuristisch und hoffnungsfroh, aber nun war sie gezwungen, ihn wehmütig anzuschauen, seit Sputnik war er ein klapperndes Objekt voller Selbstmitleid.

Stapelbare Stühle	Raumteiler
Zierkissen	Fruchtentsafter
Lagerwände	Backpapier

Sie wollte ihre Laune ein bißchen heben und etwas für das Kirchenfest am Samstag machen, das würde die Veranstaltung eine Spur aufpeppen.

Nicht in geschlossenen Räumen verwenden.

Sie würde sechs Schüsseln von ihrem Jell-O-Antipastosalat zubereiten. Sechs Packungen Jell-O-Zitronengelatine. Sechs Teelöffel

Salz. Sechs Tassen kochendes Wasser. Sechs Eßlöffel Essig. Zwölf Tassen Eiswürfel. Drei Tassen feingehackte Salami. Zwei Tassen feingehackter Schweizer Käse. Anderthalb Tassen gehackte Sellerie. Anderthalb Tassen gehackte Zwiebel. Zwölf Eßlöffel halbierte reife Oliven.

Sie erinnerte sich daran, wie sie eines Tages, etwa vor sechs Monaten, nach Hause gekommen war und Eric mit dem Kopf in einer Schüssel ihres Antipasto-Salats angetroffen hatte. Er sagte, er versuche, ihn von innen nach außen zu essen, um eine seiner wissenschaftlichen Theorien zu testen. Diese Erklärung war so verrückt und unbefriedigend, daß sie auf unheimliche Weise wieder glaubhaft wurde. Nur glaubte sie kein Wort. Sie wußte nicht, was sie glauben sollte. War dies eine Form sexueller Neugierde? Tat er so, als wäre die Jell-O-Mousse eine Art ableckbarer weiblicher Körperteil? Und vollzog er gerade einen Akt unnatürlicher oraler Stimulation? Ihm lief die gelierte Plempe über Mund und Zunge. Sie betrachtete ihn. Sie hatte Menschenkenntnis. Erica war ein Mensch, der Kontakt zu Menschen fand. Aber sie mußte Handschuhe anziehen, wenn sie nur mit ihm reden wollte.

Sie machte sich jetzt in der Küche an die Arbeit, lauschte die ganze Zeit auf die beruhigenden Geräusche ihrer heimkehrenden Männer, Autotüren, die im Laubengang geschlossen wurden, das solide Klacken hochwertiger Einzelteile, die mit Schwung zufielen.

14. AUGUST 1964

Der charismatische Schwarze stand vor der Kirche und sprach zu der Menge.

In der Innenstadt standen die jungen Weißen an Ziegelmauern und geparkte Autos gelehnt, kurzgeschorene junge Männer in Chinos oder Jeans, oder sie hockten auf dem Bordstein, unter ihnen ein paar ältere Männer, die meisten mit einem kleinen, harten, salzigen Grinsen, zusammengekniffenen Augen, und sie musterten die Demonstranten bei ihrem Marsch aus dem Busbahnhof.

Etwas weiter, jenseits der Backsteinwohnheime und Sportanlagen auf dem Campus, lümmelte sich eine Gruppe schwarzer Männer an ein Auto, das vor einem windschiefen Holzhaus in einer Seitenstraße der Lynch Street geparkt war. Ein Mann mit einem Stock. Ein Mann mit blauen Hosenträgern. Ein Mann mit Halstuch und weißem Hemd und Strohhut. Ein paar jüngere Männer saßen auf den Kotflügeln und redeten mit einer Frau, die auf der Treppe zur vorderen Veranda einen Pfirsich aß.

Der charismatische Redner sagte: »Sie haben uns gejagt, deshalb sind wir gute Läufer geworden.«

Die Demonstranten kamen mit Rucksäcken und Schildern in die Stadt. Einige näherten sich dem Campus, während die Sonne tiefer sank. Eine Reihe Polizisten in weißen Hemden stand am Straßenrand, einige rauchten, scheinbar nichtinteressiert an den Demonstranten, die in zwei lockeren Reihen auf die schallende Stimme des Redners zumarschierten.

Der junge Redner sagte: »Sie haben uns gejagt, bis wir so gute Läufer waren, daß sie uns nicht mehr anzufeuern brauchten.«

Im Greyhound-Busbahnhof trennte sich eine Gruppe Demonstranten von den anderen und ließ sich auf dem Boden des Wartesaals »Nur für Weiße« nieder.

Dabei führten gar keine richtigen Stufen auf die Veranda. Vor dem Backsteinfundament lagen nur ein paar lose Hohlblocksteine, und darauf saß die Frau.

Studenten schlossen sich der Menge vor der Kirche an, hörten dem Redner zu, und ein paar Rowdys verließen Cooper's, wo sie Poolbillard gespielt hatten, und standen rum, die Menge im Blick.

Männer und Frauen marschierten weiter durch die Straßen der Innenstadt, und die Weißen hockten auf dem Bordstein und beobachteten sie, anscheinend unfähig, ihr Grinsen zu unterdrücken.

Vier Highway-Polizisten standen vor dem Busbahnhof, lehnten sich auf ihren Streifenwagen und redeten lässig miteinander, die Ärschchen ihrer Dienstwaffen auf den Hüften balancierend, Schnauzen in die Höh.

Der junge Redner sagte: »Aber ungefähr zu dem Zeitpunkt, als wir olympiareife Läufer wurden, haben einige von uns beschlossen, sich mal hinzusetzen.«

Die Frau aß ihren Pfirsich auf und behielt den Kern in der Hand, und als einer der Männer auf dem Kotflügel etwas Anzügliches oder Zweideutiges oder Freches sagte, warf sie ihm den Kern mit einer geringschätzigen Geste vor die Füße.

Jemand stellte das Mikrofon für den Redner ein, und jetzt trug seine Stimme auch, erreichte die Wachmänner, die am Ende einer abgesperrten Straße aus Lkws stiegen.

Eine schwarze Frau stand im Busbahnhof und schaute zu. Sie war aus dem Norden hergekommen, den ganzen Weg per Bus, und zum richtigen Zeitpunkt im Busbahnhof eingetroffen und gerade dabei, sich hinzusetzen. Sie beobachtete die örtlichen Polizisten, die zwischen den Demonstranten umhergingen und einen jungen Mann an einem Arm und einem Bein hochhoben, kurzfristig zerrten sie ihn in zwei verschiedene Richtungen, bis sie sich geeinigt hatten, ein Paar kurzärmlige Bullen, ohne einen Blick für den Jungen, der ohne Gegenwehr in ihrem Griff blieb, als sie ihn nach draußen auf die Straße trugen.

Der charismatische Schwarze sagte: »In unserer Kultur kursiert irgendwie die Auffassung, daß sich die Schwarzen nicht so ans Leben klammern sollten.«

Die Wachmänner formierten sich und begannen ihre Bajonette zu befestigen, und ihr Kommandant stand in gelbbrauner Sommeruniform und entsprechendem Hut daneben und schaute sich nach dem gepanzerten Transporter um.

Die mikroverstärkte Stimme schwebte über den Köpfen der versammelten Demonstranten, Studenten und Stadtbewohner.

Die Frau auf dem Boden im Busbahnhof wartete darauf, daß die Polizei zu ihr kam, sie nach draußen zu dem Lkw trug und ins Gefängnis brachte, eine gewisse Rose Meriweather Martin, genannt Rosie, eine Versicherungsangestellte aus New York City.

»Das Interessante daran ist, das sagt nicht etwa der weiße Mann. Sondern das sagt der Neger. Mit anderen Worten, wenn sie uns umbringen wollen, sollten wir uns nicht so ans Leben klammern. Vielmehr: das hat er gesagt. Denn wir sagen das jetzt ganz bestimmt nicht mehr, verdammt noch mal.«

Ein gepanzerter Transporter fuhr durch die Straßen, mit kugelsicheren Scheiben und Schießscharten, und die Männer darin hatten MPs und Tränengaspistolen.

Die jungen Weißen lösten sich allmählich von den Mauern und den geparkten Autos. Sie standen vom Bordstein auf und klopften sich die Hosen ab und stellten sich am hinteren Ende der Straße auf, inzwischen nicht mehr oder in anderer Weise an den Demonstranten interessiert.

Die Frau auf der Veranda sah einige junge Männer, die im Dunkeln rannten, Rowdys oder Studenten, und sich im Laufen umdrehten, und die Männer, die sich an den geparkten Wagen lümmelten, sahen sie auch, richteten sich aber nicht auf oder sagten etwas oder wechselten den Standort. Das war ihr Auto, ihre Straße, und sie hatten die Situation noch nicht abgeschätzt.

Der junge Schwarze sagte: »Ich sag ja nicht, leistet keinen Widerstand. Ich sag ja nicht, rollt euch zusammen wie im Mutterleib und wartet drauf, daß sie euch die gespannten Revolver an den Kopf halten. Sondern ich sage folgendes.«

Die Weißen betrachteten die Marschierer nicht als Leute, die zum Agitieren und Unruhestiften in die Stadt gekommen waren. Nicht mehr. Sie hörten auf, die Schilder über die Rechte der Wähler und die Freiheitskampagne der Bürgerrechtler zu lesen. Sie hörten auf, über die weißen Nonnen zu grinsen, die mit schwarzen Predigern marschierten. Der gepanzerte Transporter hatte jetzt ihr Interesse erregt, fast sieben Meter lang, mit grell aufleuchtenden Scheinwerfern.

»Und ich sag auch nicht, ihr sollt die Gummiknüppel lieben, mit denen sie euch schlagen.«

Sie sahen ihn vorbeifahren, folgten ihm dann langsam, einige von ihnen unschlüssig.

Die Wachmänner trugen ihre üblichen Helme und legten jetzt Gasmasken an, und die State Troopers vor dem Busbahnhof trugen weißgeriffelte Helme, die wie Bauarbeiterhelme aussahen.

Rosie Martin beobachtete, wie sie näher kamen, örtliche Polizei, paarweise, und die Demonstranten einkassierten und nach draußen zu den Lkws mit offener Ladefläche trugen.

Schwarze mit fliegenden Hemdschößen, die sich im Laufen umdrehten, und vielleicht konnte die Frau auf der Veranda etwas Verbranntes riechen.

Die Gasmasken waren klobige Apparaturen mit Glotzaugen und geschwollenen Nasenstücken. Die Wachmänner sahen insektenäugig aus, als sie beim Campus des schwarzen Colleges ins Flutlicht traten. Die Masken hatten Mundstücklappen und Filterkammern, die sich auf der linken Seite vorwölbten wie Ananasdosen.

Vor dem Busbahnhof lag ein Mann mit gespreizten Armen und Beinen auf dem Boden und wurde von den Troopers abgetastet.

Mit einem Mann wurde taugezogen, es war ein junger Schwarzer in gestreiftem Hemd, zwei Wachmänner hatten einen Arm und ein Bein ergriffen, und ein Demonstrant hielt das andere Bein fest und versuchte ihn in die Menge vor der Mount-Calvary-Kirche zurückzuzerren.

Jemand warf eine Flasche, und die Frau auf der Veranda hörte, wie sie auf der Straße zerschellte. Sie stand auf und versuchte zu erkennen, was da draußen im Dunkeln ablief. Stimmen, rennende Menschen, die auf sie zukamen und wieder kehrtmachten.

»Ich sage folgendes. Ich sage, es gibt nichts auf der Welt, worüber ihr euch Sorgen machen müßt, auch wenn es um euch herum ganz anders aussieht. Denn immer wenn ihr schwarz und weiß beieinander seht, dann wißt ihr, sie arbeiten gemeinsam daran, daß alles besser wird. Steht so in der Verfassung.«

Noch eine Flasche zerbrach.

Und im Busbahnhof sah Rosie Martin eine Frau, die, Gesicht nach unten, Kopf voraus, nach draußen geschleift wurde.

Die Wachmänner drängten sich in die Menge vor der Kirche, hielten ihre Gewehre mit den Bajonetten in Präsentierstellung, und hinter ihnen kam das Gas.

Im Busbahnhof fing ein Bulle an, die Leute auf Arme und Beine zu knüppeln. Rosie beobachtete ihn gelassen, zählte, wieviele Sit-in-Demonstranten ihn noch von ihr trennten.

Der charismatische Redner sagte: »Die sprühen, ich rede. Ich werde so lange weiterreden, wie ich noch einen Kehlkopf habe, der funktioniert. Schwarze reden furchtbar gern«, sagte er.

Die Demonstranten setzten sich hin, sie zerstreuten sich, ein paar gingen in die Kirche, ein paar rannten in die andere Richtung, und andere wurden von den Wachmännern über den Boden geschleift, auf die abgesperrte Straße zu.

Im Busbahnhof hatten die Bullen alle ihre Knüppel rausgeholt und gingen gebückt zwischen den Demonstranten umher, die vornübergebeugt, die Arme über den Köpfen, dahockten.

Das Gas strömte durch die Straßen, versengte den Menschen die Augäpfel, als würden die Augen durch die Hitze aus den Höhlen gesaugt. Die Straßen waren voller rennender Männer und Frauen. Das Gas strömte heran, und sie irrten durch die Seitenstraßen, tasteten sich voran, mit Atembeklemmungen, von Hustenanfällen geschüttelt, und einige von ihnen entschieden sich dafür, halb blind auf die Kirche zuzutaumeln.

Rosie wußte, sie würde auf der Ladefläche eines offenen Müllwagens ins Gefängnis gebracht, in eine überfüllte Zelle gesperrt und mit einer nach Pisse stinkenden Matratze bedacht werden, so lauteten seit Tagen die Gerüchte.

Schwarze kamen die dunkle Straße entlanggerannt, und die Männer, die sich an das Auto gelümmelt hatten, rührten sich endlich. Der Mann mit den blauen Hosenträgern betrat ein Holzhaus, und der Mann mit dem Strohhut stieg ins Auto und kurbelte die Scheiben hoch, dann stieg er wieder aus, und die anderen Männer rutschten von den Kotflügeln herunter und gingen auf die Veranda, stellten sich zu der Frau, die auf die Straße schaute.

Frauen wollten dieselben Haftbedingungen wie Männer. Das war eine klare Forderung.

Wachmänner sammelten sich um den gepanzerten Transporter, insektenköpfig, und spähten in die dunklen Seitenstraßen auf der Suche nach Studenten, die Steine warfen, oder nach Männern aus den Bars, den Kneipen, die Dosen mit Colt-45-Malzbier noch in der Hand, und sie hörten den Redner sagen: »Es ist alles eine Frage von Kopf und Zahl. Die machen sich keinen Kopf, und wir zählen nicht.«

Rosie wurde auf dem Arsch auf die Straße gezerrt, auf dem Hosenboden herumgewirbelt und einfach sitzengelassen. Sie erblickte Barrikaden aus Holzböcken und Streifenwagen, herumwimmelnde und -rempelnde Leute, Fotografen, die ihre Blitzlichtbirnen platzen ließen, und dann meinte sie das erste Gas zu schmecken.

Menschen stolperrannten durch die Reihen der Wachmänner auf die Kirche zu.

Sie sah den einbeinigen Mann auf Krücken, nach Wochen der Busfahrten und Märsche über Staatsgrenzen hinweg eine inzwischen vertraute Gestalt. Und den Mann, der geschlagen wurde. Sie sah einen dünnen Mann, der von einem Bullen mit dem Gummiknüppel geschlagen wurde, dreimal, viermal, dann wieder, mit aufblitzenden weißen Augen.

Die Frau auf der Veranda spürte, wie die Luft brannte, und ging hinein, und die Männer gingen mit ihr ins Haus. Junge Männer rannten vorbei, Studenten und Demonstranten, und einer von ihnen blieb lang genug stehen, um eine Flasche in die Gegenrichtung zu schleudern.

Von dem Gas, genannt CS, wurde den Menschen fast augenblicklich schwindlig, und es verursachte ein Brennen am Körper, wo die Haut feucht war.

Rosie roch das Gas, sie schmeckte es, bevor sie es sah. Ein Trooper verdrehte einem Mann den Arm und drückte ihn auf den Kofferraum des Streifenwagens, und ein anderer Trooper stand daneben, zwei Waffen in der Hand, seine eigene und die seines Kollegen, der dem Demonstranten den Arm verdrehte.

Der gepanzerte Transporter bewegte sich langsam durch die Straßen, Scheinwerfer drehten sich auf dem Dach.

Die Kirche füllte sich mit Menschen, die dem Gas zu entkommen suchten, dem Reizgas in den Seitenstraßen der Lynch Street in Jackson, Mississippi, an einem schwülen Sommerabend mit lärmenden Radios und Kindern, die an den Fenstern von zusammengeschusterten Hütten standen und den durch die Dunkelheit rennenden Männern nachschauten.

Rosie fing an zu laufen. Sie sah, wie der Bulle den Mann methodisch niederknüppelte, drei, vier Schläge, dann Pause, und sie lief auf die beiden zu.

Das Gas leuchtete, es glomm im Dunkeln, und die Männer in den Insektenmasken kamen lebendig und frisch aus der Wolke spaziert.

Der Mann, der die Fensterscheiben seines Wagens hochgekurbelt hatte, ein Sechzigjähriger in weißem Hemd und Strohhut, ging nun über die unbefestigte Straße auf sein Haus zu, er schmeckte das Gas und zog sich den Hut ins Gesicht und trat versehentlich gegen eine Limoflasche, die irgendwer geworfen hatte und die noch heil im Staub lag.

Sie beobachtete, wie der Bulle den Mann auf Kopf und Arme schlug, drei, vier Schläge mit dem Gummiknüppel, dann Pause, und sie drängte sich zwischen ein paar Absperrungsböcken hindurch und lief direkt auf sie zu, fühlte sich schnell und leicht und unaufhaltsam.

Das Gas strömte in Wellen und Wolken durch die Straßen, zog sich in den schmalen Seitenstraßen zusammen und zwängte sich in geschlossene Räume hinein.

Sie hatte keine Ahnung, was sie tun wollte, wenn sie die beiden erreicht hatte, in etwa vier Sekunden.

19. DEZEMBER 1961

Charles Wainwright telefonierte mit einem Kunden in Omaha, beruhigend, schmeichelnd, scherzend, und machte lauter Versprechungen, die er nicht würde halten können. Er fühlte sich ziemlich losgelöst von den anstehenden Angelegenheiten, die Augen leicht verschwommen in dem angenehmen Erschlaffen nach einem langen, feuchten Mittagessen.

Er hörte sich sagen: »So über den Daumen gepeilt würd ich sagen, Dwayne, diese Kampagne ist von uns aus, also zeitlich gesehen, in viereinhalb Wochen präsentationsfertig. Vier Wochen Minimum. Wir haben gerade unseren besten Art-Direktor auf die Sache angesetzt. Drei Wochen, wenn der liebe Gott mitspielt. Ganz zufällig hat der liebe Gott nämlich eine Wohnung in New York, weil hier die Post abgeht. Aber im Ernst, der Bursche ist ein preisgekrönter Art-

Direktor, und er sitzt in diesem Augenblick in seinem Büro am Rohentwurf.«

Genau in diesem Augenblick steckte Pasqualini, der Art-Direktor, den Kopf durch die Tür.

»Was ist der Tod?«

Wainwright lächelte und zuckte die Achseln.

»Ein lieber Gruß von Mutter Natur, daß du es etwas langsamer angehen sollst.«

Charlie warf den Kopf zurück, um ein Lachen anzudeuten, und Pasqualini ging den Flur hinunter, um den anderen Kundenberatern den Witz zu erzählen, Charlies Kollegen, den Burschen mit Button-down-Krägen und Chromlächeln – sie tranken Gibson pur und sagten, Danke auch.

Im Grunde fand Charlie, daß der Witz wunderbar hierherpaßte. Oder stimmte es etwa nicht, daß jeden Morgen in der Times die Todesanzeigen und die Berichte aus der Welt der Werbung auf gegenüberliegenden Seiten standen?

Charles Wainwright war Etatdirektor bei Parmelee Lockhart & Keown, einer mittelgroßen Werbeagentur mit Sitz im Fred-F.-French-Building an der Fifth Avenue in New York.

Der Laden hatte in letzter Zeit einige Rückschläge erlitten. Und jedesmal, wenn ein weiterer Klient die Tür von draußen zumachte, senkte sich Stille über die teppichausgelegten Flure. Die Leute standen an den Kaffeewagen Schlange, ihre wuchtigen Kaffeebecher in der Hand. Die Witze, die sie erzählten, hatten eine bittere Schärfe. Leitende Angestellte telefonierten hinter verschlossenen Türen. Die Junior Art-Direktoren saßen auf der Ersatzbank, bei abgeschaltetem Radio und gedämpftem Licht. Texter genehmigten sich dreistündige Mittagspausen und kamen sturzbetrunken zurück. Sie saßen in ihren Bürozellen, starrten ihre Memos auf der Pinwand an und fragten sich, warum sie versagt hatten, falls sich Versager so fühlten wie sie jetzt.

Manchmal mußte Charlie Leute feuern. Einmal feuerte er drei an einem Tag, zwei vorm Mittagessen und einen danach. Er feuerte einen großen und einen kleinen Mann in derselben Woche. Das war der Pat-und-Patachon-Rausschmiß. Er feuerte einen Mann, der sich von einem Herzanfall erholte, und eine Frau, die gerade gestorben war. Er hatte nicht gewußt, daß Maxine tot war, und sah sich deshalb gezwungen, auch die Sekretärin zu feuern, die für das Durcheinander verantwortlich war.

Charlie sagte ins Telefon: »Wenn Sie möchten, daß wir die Präsentation hier machen, dann bestell ich Ihnen einen Tisch im Four Seasons, Dwayne, und Sie können mit meiner englischen Sekretärin füßeln. Oder ich schleppe die Layouts zu Ihnen nach Omaha raus. Ach ja, Zeitverschwendung ist schon klasse, stimmt's – nein, ehrlich, was machen Sie eigentlich sonntags, Dwayne? Gehen Sie in den Park und schauen sich die Bürgerkriegs-Kanone an?«

Den Satz hatte er von einer Lenny-Bruce-LP geklaut, aber Charlie fand, er brauche die Quelle nicht anzugeben. Er mochte Dwayne Sturmer, das war ein anständiger Bursche für einen Werbeleiter. Der Etat war ziemlich solide, die Rasendüngerabteilung eines riesigen Chemiekonzerns. Die kreativen Jungs hier im Laden wollten eine »Bombardieren Sie Ihren Rasen«-Kampagne starten. Kleiner Scherz über die Tatsache, daß die Bestandteile dieses Düngers zusammen mit Schmieröl für eine ziemliche Lärmbelästigung sorgen konnten, wenn sie angezündet wurden.

Ein junger Texter, Swayze, steckte den Kopf durch die Tür.

»Hatte gestern ein Rendezvous mit einem schwedischen Mannequin.«

Charlie grinste und wartete. Der Junge machte eine effekthascherische Pause.

»Als ich ihr an die Volvo ging, hat sie gesaabt.«

Charlie war derjenige, der die »Bombardieren Sie Ihren Rasen«-Kampagne auf dem Gewissen hatte, der sie noch im Hause gestoppt hatte. Die kreativen Jungs hatten George Metesky als Werbeträger einsetzen wollen. Das war ein derart selbstmörderischer Ansatz, daß Charlie ihn fast schon wieder liebenswert fand. George Metesky war der *Irre Bombenleger* der vierziger und fünfziger Jahre, berühmt dafür, daß er an einigen New Yorker Wahrzeichen Bomben gezündet hatte. Sie wollten ihn im Staatsgefängnis oder in der Klapse auftreiben und die ganze Kampagne um seine einstigen, sagenumwobenen Taten und seine Überzeugtheit von dem Produkt ranken.

Bombardieren Sie Ihren Rasen mit Nitrotex.

In der Werbebranche wurden alle immer jünger, und Charlie war sechsundvierzig. Es fehlte nicht mehr viel, und man würde ihn mit seinen handgemachten englischen Schuhen und seiner Armbanduhr von Patek Philippe auf eine Eisscholle setzen. Er hatte immer noch solide Etats und ein sonnenhelles Eckbüro mit einem Knautschledersofa. Drucke mit Hindernisrennen und jungen Lords im Gehrock, die neben Windhunden einherritten. Eine bemalte Seetruhe, die er in einem Londoner Geschäft entdeckt hatte. Und dann das Objekt, das verriet, wie bodenständig er im Grunde war – eine Art Baseballschrein, drei volksnahe Erinnerungsstücke, die am äußersten Ende des Raums beisammenlagen.

Zunächst eine Lithographie, begrenzte Auflage zum zehnten Jahrestag, mit dem Titel »Der Schuß, der rund um die Welt zu hören war«. Dazu gehörten Fotos von den Polo Grounds, Ralph Branca beim Wurf, Bobby Thomson beim Schwingen des Schlägers, Thomsons Mannschaftskameraden, die wie bei einer Conga aufgereiht an der Home Plate standen, um ihn zu feiern.

Zweitens ein Foto von Thomson und Branca mit Dwight D. Eisenhower auf einem Golfplatz, alle drei haben einen Driver in der Hand, und ein paar Geheimdienstleute werfen Schatten auf die Bildränder – Charlies Frau hatte das Stück in einem Trödelladen in Vermont entdeckt.

Und drittens ein verschrammter Baseball, der auf dem Rand eines Kaffeebechers auf dem Bücherschrank thronte – den Ball hatte er einem Kerl abgekauft, der behauptete, dies sei genau der Ball, den Branca geworfen und Thomson so heldenhaft geschlagen habe.

Seine Sekretärin kam herein, Sandy, in einem Mondrian-Kleid und weißen Schuhen.

»Dwayne, meine Sekretärin kommt gerade herein. Sie trägt weiße Schuhe. Sie ist Fußfetischistin und möchte Sie wahnsinnig gern kennenlernen.«

Es machte ihm Spaß, Dwayne aufzuziehen, der ein äußerst scheuer Junggeselle war, ein mächtiger, fleischfarbener Mann mit pyjamagestreiften, bügelfreien Anzügen und Schuhen wie chinesischen Kanonenbooten.

Sandy ließ einige Zwischenberichte in seinen Eingangskorb fallen. Er hörte Dwayne zu, der über Mediadaten und Kosten-pro-Tausend redete. Sandy spazierte aus dem Büro hinaus, und er sah ihr nach, wie sie hämisch den Hintern schwang, der mit gelben Parallelogrammen bedruckt war.

Sie hatten George Metesky mit Perücke, Schnurrbart und Brille ausstaffieren wollen, damit er wie Einstein aussah.

Diese kreativen Köpfe mit ihren sublimierten Formen der Zerstörung. Jede dritte Kampagne arbeitete mit irgendeiner Anspielung auf Waffen. Die Agentur hatte den Schock der Kampagne für Equinox Oil noch nicht verwunden. Das war eine äußerst kostspielige Aktion gewesen, die in einem Sechzig-Sekunden-Werbefilm gipfelte, gedreht in Jornada del Muerto im hintersten New Mexico. Das erste Testgelände einer Atombombenzündung überhaupt. Ein weißer Fleck auf der Landkarte. Für Unbefugte streng verboten. Charlie hatte übrigens geglaubt, die Idee würde losgehen wie eine Rakete. Man fülle zwei Autos mit Markenbenzin. Eins mit Equinox, das andere mit einer der führenden Konkurrenzmarken. Man fahre die Autos durch die öde Wüste und drehe den Film von Hubschraubern aus, mit Kameras auf Kränen, Verfolgerkameras, Zeitlupe, Stop Action, dem neuesten Know-how. Weißes Auto gegen schwarzes Auto. Klare Aussage. USA gegen UdSSR. Wer als erster am Trinity ist, hat gewonnen – das ist das Denkmal an der Stelle, wo die Bombe hochging. Wir kriegen die Erlaubnis vom Energieministerium, vom Verteidigungsministerium, von der Kommission für Atomenergie, vom Amt für Nationalparks. Wir filmen die Sache. Dauert viele Wochen. Die Kosten pro Sekunde übersteigen jedes Hollywoodepos. Aber das geht ab wie eine Rakete, Baby. Das karge Gestrüpp. Die flimmernde Hitze und die Kuhschädel. Die Sandstürme. Die Vogelperspektive – ein Auto rast los, das andere holt auf. Die darübergelegte Stimme, ein pompöser Sprecher im Tonfall des Kalten Krieges. Welchem Wagen geht zuerst das Benzin aus? Welcher erreicht das Ziel? Meilen pro Gallone. Ein Riesenthema für den Verbraucher. Natürlich reichte das Benzin des weißen Wagens länger, und er erreichte das Ziel als erster. Wir gehen mit dem Film auf Sendung. Jede Menge Schaltungen. Wir dachten, vielleicht gibt es eine

Beschwerde von der sowjetischen Botschaft. Wir freuten uns schon drauf. Freie Werbung. Und was passiert? Wir kriegen allerdings Beschwerden. Aber nicht von ausländischen Regierungen. Die Amerikanische Vereinigung für den Fortschritt der Farbigen meldet sich. Wir hören von der Urban League. Wir hören vom Kongreß für Rassengleichheit. Weil das weiße Auto das schwarze Auto besiegt hat. Ein erstaunlicher Feuersturm des Protests. Ein Boykott sämtlicher Equinox-Produkte wird angedroht. Wir ziehen die Werbung zurück. Wir filmen das Ganze noch einmal und tragen selber die Kosten. Zwei Autos. Beide weiß. Ein Auto hat den Buchstaben A aufs Dach gemalt. Ein Auto hat den Buchstaben B aufs Dach gemalt. Und die Moral von der Geschicht': Mixe keine Metaphern nicht.

»Kosten-pro-Tausend, Dwayne, das ist ein vollkommen überschätztes Instrument und reine Augenwischerei, was die wahre Situation betrifft.« Er wartete darauf, daß Dwayne ihn fragte, was die wahre Situation sei. »Es gibt nur eine Wahrheit. Wer deine Augen kontrolliert, kontrolliert die Welt.«

In den Tagen nach dem Spiel waren ungefähr zwei Dutzend Menschen unterwegs, Trickser, Gangster, Narren und böse Buben, und sie alle behaupteten, sie hätten den einen, den einzigen Baseball. Von dem Charlie inbrünstig glauben wollte, ebendieser sei das Objekt auf seinem Bücherschrank.

Ja, der Baseball, der ihn als einen bodenständigen Burschen mit einer kleinen Schwäche auswies, trotz seiner Rüstung aus schimmerndem Stahl. Er ließ sich bei Spadavecchia di Milano eine faschistische Frisur schneiden – genauer gesagt, bei einem Künstler seiner *Schule*, weil Gianni regelmäßig überbucht war. Er trug gestreifte Hemden mit weißem Kragen oder weiße Hemden mit blauem Kragen. Er trug dermaßen zwanghaft auf Figur geschneiderte Anzüge, daß von einem Furz die Nähte geplatzt wären. Er spielte Squash und Handball, trainierte nach dem Übungsprogramm der kanadischen Luftwaffe, rieb sich Gesicht und Körper mit Bräunungscreme ein und saß den ganzen Winter vor der Höhensonne. Ein bodenständiger Bursche mit einem Ford-Kombi-Herzen, trotz des kecken MGs, den er sich gerade gegönnt hatte, ideal, um durch die Hügel der Berkshires zu kutschieren, wo sie ein Wochenendhaus hatten.

Ein sentimentaler weinerlicher weißer Bursche.

Ja, der Baseball, mit dem er so gern seinen Sohn Chuckie bedacht hätte. Charles Jr. Nicht länger der Kaugummi-Knabe von ehedem, sondern inzwischen ein verkrachter Doch-nicht-Student, schmalgliedrig und schrill, mit Dumdum-Augen und einer Art, einen von weitem zu hassen. In Exeter geflogen, von Choate verjagt und Andover geschmissen – drei Prep Schools, das reichte. Chuckie war es egal. Charlie nicht, es tat ihm weh. Wie konnte er so ein gefühlsbesetztes Objekt, ganz gleich, welche Uneindeutigkeit im Korkherzen des Balls pochte, diesem ziellosen, verirrten, alternden Kind schenken, Displaced person im eigenen Leben?

Pasqualini steckte den Kopf durch die Tür, auf dem Rückweg in seine Abteilung.

»Wie nennst du einen einszwoundneunzig großen, hundertdreißig Kilo schweren Neger, der dir in einer dunklen Gasse übern Weg läuft?«

Charlie lächelte dünn, auf der Hut vor der neuen Welle von Bürgerrechtswitzen, und hob den Kopf, um anzudeuten, Wie?

»Mister.«

Er hatte einmal eine schwangere Frau gefeuert. Und einen Mann, der mit der holländischen Königsfamilie verwandt war. Er hatte einen Katholiken, einen Protestanten und einen Juden in ziemlich dichter Folge gefeuert. Er hatte einen Mann gefeuert, weil er bei der Bootsfahrt, die ihren Betriebsausflug darstellte, ins Wasser gefallen war, und einen anderen, weil er sich bewaffnet zu einem Kundengespräch begeben hatte.

»Es gibt ein Forschungsprojekt, Dwayne, über ein Phänomen namens Netzhaut-Ausfluß. Da werden Frauen heimlich im Supermarkt fotografiert. Hochempfindliche Kameras werden auf den Regalen versteckt, die jede Erregung des Innenauges registrieren, Bewegungen des Auges, die wesentlich subtiler und vielsagender sind als ein einfaches Zwinkern, und wie es aussieht, drehen Frauen bei bestimmten Farben, Formen und Packungen vollkommen durch, rein augapfelmäßig. Das sind im Grunde Orgasmen im Auge, im Hirn und im Nervensystem. Und wie nutzen wir diese Forschung? Ganz einfach. Wir setzen das Auftreten von hohem

Netzhaut-Ausfluß in Verbindung mit den jeweiligen Produkten, die ihn hervorgerufen haben, und dann entwerfen wir unsere Produkte und ihre Verpackung dementsprechend. Wenn wir den Verbraucher erst mal bei den Augen packen, haben wir den Marketingprozeß völlig unter Kontrolle.«

Sandy kam wieder herein und fing an, mit tonlosen Lippenbewegungen irgendeine komplizierte Botschaft zu übermitteln.

Aber wenn Charlie den Baseball wirklich für echt hielt, würde er ihn dann so offen und unbewacht herumliegen lassen, jede Putzfrau könnte ihn doch kurzerhand nehmen und ihrem Kind daheim mitbringen, weil sie nicht genug Geld verdiente, um ihm einen eigenen zu kaufen, oder irgendein Laufbursche vom Café um die Ecke – er stellte sich einen dunkelhäutigen Mann vor, der an einem lahmen Nachmittag durch die Flure schlendert, mit Kaffee ohne Milch und einem getoasteten English Muffin in einer weißen Tüte, und die ganze Zeit nach etwas zum Arschzwicken Ausschau hält.

»Sie will mit uns reden, Dwayne. Ja, meine Sekretärin. Hab ich Ihnen schon mal erzählt, wie sie tippt? Sie zieht gern ein Bein unter sich. Bevor sie anfing, sich auf ihren Fuß zu setzen, schaffte sie ungefähr fünfundzwanzig Wörter pro Minute. Jetzt ist sie bei zweihundert.«

Charlie war von bestimmten Marotten und Eigenarten fasziniert, die Sandy in ihre Arbeit einbrachte. Sie hatte diese besondere englische Qualität, unglaublich frisch und knusprig auszusehen, selbst wenn sie gerade geschmacklose Andeutungen über den Zustand ihrer Unterwäsche von sich gab oder die Tatsache erwähnte, daß sie nur duschte, wenn ihre Mitbewohnerinnen Fiona und Georgina sie ordentlich unter Druck setzten.

Charlie sprach mit Omaha und entzifferte gleichzeitig die lautlos übermittelte Botschaft seiner Sekretärin.

»Sie teilt uns gerade mit, daß sie früher gehen muß, Dwayne. In letzter Zeit ist sie ziemlich oft früher gegangen. Und macht auffällig lange Mittagspausen. Wir wissen ja, was das heißt, nicht wahr? Eine Affäre mit einem verheirateten Mann.«

Sandy mimte einen Kollaps im Stehen, baff über die Unverschämtheit des Mannes. Seine Dreistigkeit, seine Unverfrorenheit, sein verdammte amerikanische New-York-Frechheit. Charlie schenkte ihr sein Richard-Widmark-Grinsen. Er hatte keinen Grund, sie für den Rest des Nachmittags dazubehalten, bat sie aber, ihm noch einen Orangensaft zu bestellen, bevor sie ging.

Charlie wollte den Auftrag von Minute Maid angeln. Er dachte die ganze Zeit an Orangensaft. Er betrachtete ihn, trank ihn, phantasierte darüber. Er wußte, wie man für Orangensaft Werbung macht. Vergiß Florida. Vergiß die popligen Vitamine. Auf den Appetitanreiz mußt du setzen, das Auge trinkt mit, das ist einfach ein wunderbares und verführerisches Getränk, und der weibliche Augapfel erreicht ein hohes Erregungsniveau, wenn er Dosen in leuchtendem Orange in der Kühltruhe entdeckt, glitzernd berauhreift. Du mußt das Fruchtfleisch zeigen. Du mußt zeigen, wie der Saft ins Glas schwappt. Du zeigst den Schaum auf der Oberlippe einer munteren Hausfrau, winzige Anspielung auf ein saftiges Flötensolo vor dem Frühstück. Natürlich ist in Konzentrat gar kein Fruchtfleisch. Und in Dosensaft sind nur Mikrospuren von Fruchtfleisch. Aber du kannst andeuten, du kannst Rückschlüsse anregen, du kannst dem Verbraucher das Erlebnis zitrusfrischer Fasern aus echtem Fruchtfleisch versprechen – ein Glas Saft, ein Kelch randvoll mit partikelreicher Masse, wie wundersamer Orangensmog. Du zeigst das. Du fotografierst es liebevoll und mikroskopisch genau. Wenn die Dose oder die Packung orgasmusrelevant sein kann, dann auch das Produkt darin. Nichts liebte Charlie mehr als ein Glas Orangensaft an einem faulen Sonntagmorgen auf dem Land, hübsch mit Wodka gewürzt.

Er wollte den Smirnoff-Auftrag angeln. Heutzutage war russisch kulturell schick. Jewtuschenko in seinen Schwarzmarktjeans. Die russischen Mützen, die diesen Winter aufgekommen und in New York und Chicago immer noch sehr gefragt waren. Astrachan. Eines Morgens wachst du auf, und jeder dritte Mann, dessen Gehalt eine bestimmte Summe überschreitet, trägt eine russische Lammfellmütze.

»Dwayne, sie ist weg, alter Kumpel. Wir haben sie an irgendeinen Lustmolch bei den Textern verloren. Jede Wette. Sandy findet die Texter launisch und glamourös, weil sie jederzeit auf der Straße sitzen können.«

Das Ächzen spuckender Busse erklang in der sinkenden Dämmerung. Inzwischen war das Büro hell erleuchtet, und überall, die Korridore rauf und runter, tippten die Mädchen auf den eckigen Tasten ihrer IBM-Selectrics-Schreibmaschinen. Der buchstabengeprägte Kopf küßte das Farbband, das Band küßte das Papier, eine feinere Sorte Schreibpapier, aus Stoffresten geschöpft, etwa von den Oxfordhemden, die die Chefs der tippenden Mädchen trugen. Alle sechzehn Sekunden traf eine von ihnen die falsche Taste und murmelte einen mittelmäßigen Fluch.

Die verheirateten Texter trafen sich mit ihren Sekretärinnen oder den Sekretärinnen anderer Texter oder den großgewachsenen, agilen Sekretärinnen der Kundenbetreuer, sie waren weißgekleidet und wortgewandt und machten es sich im zärtlichen Lebensrhythmus ihrer Mittagspausenaffären bequem – auch Pausenfüller oder Matinee genannt –, sie trafen sich bei den Sekretärinnen in deren flotten Apartments, die frappierenderweise ziemlich genauso groß waren wie die Bürozellen der Texter, nur rührender und verletzlicher eingerichtet, mit Plakaten von Madrid an den gebrochenweißen Wänden oder Drucken von Marino-Marini-Pferden oder Bernard-Buffet-Hummern, oder sie trafen sich in den größeren Apartments von Sekretärinnen, die Mitbewohnerinnen hatten, was den Zeitplan verkomplizierte und die Texter nach einem indiskreten Blick auf eine der Mitbewohnerinnen gieren ließ, die etwa barfuß in einem halboffenen Morgenmantel aus der Dusche stieg, nach einer langen Nacht mit einem schiefgegangenen Rendezvous, und diese Apartments lagen fast immer in den sonnenlosen Hinterhäusern weißer Backsteinbauten in den achtziger Straßen der East Side und hatten keinen Portier, aber Fahrstühle, die alle zwei Jahre von einem Menschen namens A. Bear inspiziert wurden, jedenfalls laut den letzten Eintragungen auf dem Inspektionsblatt, das an der Fahrstuhlwand hing.

Und ja, es stimmt, Charlie hat diese Art erotischer Lustbarkeit selbst ab und zu praktiziert, mit dem einen oder anderen jungen Fräulein aus der Produktion oder einer ähnlichen Ebene des Mutterschiffs, unter Deck und einsam und, nebenbei bemerkt, nicht immer ganz jung. Doch fragt sich, ob er diese Zwischenspiele genossen hat oder ob sie trübselige, selbstauferlegte Ablenkungen waren, auf der kahlen Bühne eines Schlafsofas, das aufgeklappt das ganze Zimmer ausfüllte, so daß er über ihr Liebeslager turnen mußte, wenn er mal pinkeln wollte. Der Sex mit seiner Frau war allerliebst, in einem antiken Bett mit gedrechselten Eichenpfosten, also was machst du eigentlich hier, Charlie, und vögelst diese graue Medientippse? Es war eine merkwürdige Selbstbestrafung für ein gewisses Verhaltensmuster oder eine Wesensart, zu durchsichtig, als daß dieser Werbefritze drauf gekommen wäre.

»Wir stehen vor einer Herausforderung, Dwayne. Es gilt, die geheimnisvolle Strömung zu verstehen, die durch die Nacht zieht und Millionen von Menschen quer über die Landmasse des Kontinents miteinander verbindet und dazu bringt, am nächsten Morgen als erstes ein ganz bestimmtes Produkt zu kaufen. Sie müssen es unbedingt haben, und wir müssen bereit für sie sein, wenn sie kommen.«

Er sagte: »Supermärkte und Schmerztabletten – das hält unser Land in Gang.«

Ein Dunkelhäutiger stand in der Tür.

»Sehatten Orangsaft bestellt?«

Charlie angelte etwas Geld aus der Tasche und bezahlte. Aus der Flasche in seinem Schreibtisch holte er eine extrastarke Tablette gegen sauren Magen und spülte sie mit dem wässrigen, fruchtfleischlosen, halbgegorenen Saft herunter, vielleicht konnte sie die Wogen des bevorstehenden Säureschwalls etwas glätten.

Er erzählte Dwayne einen dreckigen Witz und spürte, wie der Knabe da draußen in der Prärie puterrot wurde. Da ging nur noch ein flotter Abgang. Charlie durchschritt das mittelprotzige Foyer in babylonischem Art déco und flitzte eben schnell um die Ecke zu seiner schwedischen Masseurin, die zehn Minuten an seinen schmerzenden Lendenwirbeln herumkaratete. Dann sauste er bei Brooks Brothers rein und nahm ein paar Polohemden mit, denn was macht mehr Spaß als ein kleiner Spontankauf? Er quicksteppte über die Madison Avenue zur Men's Bar im Biltmore, wo er zügig einen Cutty on the rocks inhalierte, und in Nullkommagarnix war er wieder zur Tür raus und segelte durch die weite Haupthalle der Grand

Central Station, den Bobby-Thomson-Baseball in die Innentasche seines Mantels gestopft – es war ein Allwetter-Burberry, den er wie einen Bruder liebte und der besonders gut zu seinem Anzug heute paßte, schiefergraues, schräggeripptes Kammgarn, maßgeschneidert von einem Burschen, bei dem sich auch das organisierte Verbrechen seine Revers machen ließ –, denn er hatte beschlossen, daß der Ball in seinem Büro nicht mehr sicher war und daß sein Sohn ihn haben sollte, für Liebe oder Geld, recht oder schlecht, echt oder falsch, aber bitte, Chuckie, mißbrauch mir mein Vertrauen nicht, ich könnte heute abend tot umfallen, während ich bei Tisch die gefüllten Pilze weiterreiche, und das hier ist das einzige, was ich dir geben will, auf daß du es nimmst und in Ehren hältst, und er ging mit großen Schritten durch die Kontrolle am Bahnsteig, erwischte gerade noch seinen Zug, das war der Höhepunkt der Evolution, des ganzen menschlichen Unterfangens, und er drängelte sich durch bis zum Speisewagen voller Männer, die alle mehr oder weniger wie Charlie aussahen, plus oder minus ein paar Jahre oder ein paar graue Haare oder ein paar Details aus ihren bösesten Träumen.

Letzter Expreß nach Westport.

3

11. JANUAR 1955

Es gab Geschichten über den Papst. Es gab Berichte, gewisse Untergrundgerüchte, die sich quer durchs ganze Land verbreiten können, von Gemeinde zu Gemeinde. Papst Pius hatte mystische Visionen. So lautete das Gerücht, das in Umlauf war. Er war Zeuge einer Reihe übernatürlicher Ereignisse geworden, hatte in tiefster Nacht Dinge gesehen. Diese Geschichte erzählten sich die Leute, was weiß ich, Nonnen, alte Damen an Novenenabenden, und vielleicht auch gutbetuchte Pfarrkinder, rosig und gesund, Kolumbusritter. Die Leute hören so eine Geschichte und spüren, wie sich in ihrer Seele etwas wendet, das ist ein Sprung aus dem guten alten Singsangleben hinein in eine ganz andere Lesart.

Im Unterricht erwähnte ein Schüler die Gerüchte Pater Paulus gegenüber, als unsere Diskussion das Thema Thaumatologie berührte, die Lehre von den Wundern.

Der alte Priester schaute aus dem Fenster.

»Wenn du bis drei Uhr morgens miesen Rotwein getrunken hättest, würdest du auch Visionen kriegen.«

Ich ging später am selben Tag zum Pater in sein Büro. Das waren sechshundert Meter zu Fuß durch einen fauchenden weißen Sturm. Ich hatte mir die Strickmütze über die Ohren gerollt und hielt den Unterarm gegen den schneidenden Hagel erhoben, gegen all die körperliche Härte, die Schneestürme und die offene Weite, gegen die Wirklichkeit einer Landmasse namens Nordamerika, die eine neue Erfahrung für mich war.

Der Pater fing an zu reden, noch bevor ich meine Jacke ausgezogen hatte.

»Wenn die Härchen in meiner Nase langsam steif werden. Dann will ich mich nach Südfrankreich zurückziehen.«

»Der Schnee auf dem Appellplatz.«

»Ja, ich weiß.«

»Die Bänke sind darunter begraben.«

»Ja«, sagte er.

»Ich habe eben erst gemerkt, daß ich über eine Bank gelaufen bin, da draußen vorm Fenster.«

»Ja. Setz dich hin, Shay, und erzähl mir, wie es steht. Die Fortschritte eines jungen Mannes. So heißt diese Sitzung.«

»Ich hab mir ein Paar Stiefel ausgeliehen.«

Die Antwort gefiel ihm.

»Passen sie?«

»Nein.«

Noch besser. Als er mich nach dem Zustand meines Kopfes und meiner Seele fragte, was er nur selten tat, und als ich ihm eine praktische Antwort gab, wie ich es immer tat, glaubte er offensichtlich, daß ich mir aus irgendeinem männlichen Instinkt heraus eine handfeste Erwiderung hatte einfallen lassen, dabei war ich nur verwirrt, versuchte die ganze Zeit, eine passende Reihe von Wörtern zustandezubringen.

»Was liest du gerade?«

Ich sagte eine Liste auf.

»Begreifst du, was in diesen Büchern steht?«

»Nein«, sagte ich.

Wieder lächelte er. Ich glaube, er hatte begabte Kinder satt. Er hatte mit Jungen fortgeschrittenen Kalibers gearbeitet, und jetzt wollte er mit den anderen Außenseitern reden, von der Sorte, die sich und anderen nur Scherereien machte.

»Ein bißchen vielleicht. Was ich nicht begreife, lerne ich auswendig.«

Er hatte den Arm auf den Schreibtisch gestützt und seinen Kopf schräg auf die Hand gelegt. Kein Lächeln diesmal.

»Dafür haben wir das hier nicht aufgebaut, oder?«

»Ich lerne wie ein Wahnsinniger, Pater.«

»Aber du kannst Gedanken nicht auswendig lernen wie die Endungen lateinischer Verben.«

Seine Hände waren ohne Altersflecken und klein. Einige der anderen Jesuiten trugen Flanellhemden und schwere Pullover, doch Pater Paulus ließ sich nicht vom Klima, der geographischen Lage oder dem Gefühl besonderer Freiheiten dieses Ortes beeinflussen. Er ging im schwarzen Anzug mit Priesterkragen, und ich respektierte das und fand es beruhigend.

»Wir wollen hier unter anderem ernsthafte Männer heranziehen. Was für ein Wesen soll das sein? Gar nicht so leicht zu sagen. Letzten Endes jemand, der eine gewisse Tiefe entwickelt, sagen wir: eine Art Weite, die andere Denkweisen und Glaubensprinzipien respektiert. Wir wollen gemeinsam die Enge des fundamentalen menschlichen Röhrensystems überwinden. Und einem jungen Mann zu einer Entschiedenheit, einer ethischen Kraft verhelfen, die ihm genau zeigt, wer er ist, Shay, und wie er der Welt gegenübertreten soll.«

Du hattest immer Angst, den Pater zu enttäuschen, nicht sein Gesprächsniveau zu erreichen. Windelweich zu sein, wenn er sich spritzigere Verkehrsformen wünschte oder sogar etwas Großmäuliges, neunmalklug und lässig. Windelweich und beflissen, wenn er Unabhängigkeit und offene Diskussion wollte.

»Mein eigenes Leben, muß ich gestehen – ja, warum nicht, hör dir ruhig meine Beichte an, Shay. Wer wäre geeigneter als du? Viele Jahre habe ich gebraucht, um zu begreifen, daß ich kein ernsthafter Mann bin. Zu ironisch, zu eitel, zu wenig – was denn? Was weiß ich, alles mögliche. Und keine Wut, verstehst du. Höchstens eine so banale Wut wie bei einem eingewachsenen Zehennagel, einem belanglosen Ärgernis. Mit der Zeit lernt man das kennen. Handelst du aus Prinzip? Oder denkst du dir Rechtfertigungen für dein schlechtes Verhalten aus? Dies ist meine Beichte, nicht deine, also brauchst du auch keine Antworten zu geben. Noch nicht jedenfalls. Irgendwann schon. Im Herzen wirst du wissen, wie gut du deine Berufung zum Mann erfüllt hast.«

»Keine Wut«, sagte ich. »Was meinen Sie damit?«

»Keine Wut. Wut und Gewalt können Elemente produktiver Spannung in der Seele sein. Sie können dem Reichtum der eigenen Identität dienen. Ein Mann kann sich zum Beispiel von der Trivialität befreien, indem er einem anderen aufs Maul haut.«

Ich muß ihn angestarrt haben.

»Das steht doch außer Zweifel, oder? Ich mag Gewalt nicht. Sie macht mir eine Heidenangst. Aber ich glaube, ich sehe sie als erweiternde Kraft einer Persönlichkeit. Und ich glaube, die Fähigkeit eines Mannes, seinen gewalttätigen Neigungen entgegenzuhandeln, kann eine Quelle der Tugend darstellen, Ausdruck seines Charakters und seiner Geduld.«

»Was tut man denn nun? Haut man ihm aufs Maul, oder widersteht man dem Bedürfnis?«

»Gut gekontert. Ich weiß die Antwort nicht. Du weißt die Antwort«, sagte er. »Doch wie ernsthaft kann ein Mann sein, wenn er nicht die Gelüste und Leidenschaften seiner Spezies in vollem Maße erfährt, und sei es nur, um sie zu zügeln oder irgendwie nutzbringend zu steuern?«

Wer wäre geeigneter, meine Beichte anzuhören? Das hatte er doch gesagt, oder? Einer, der mal in der Besserungsanstalt war. Einer, der die Antwort weiß. Natürlich wußte ich nichts, das auch nur im entferntesten einer Antwort ähnelte, und fragte mich, wieso er glaubte, daß ich das Mal des besonderen Wissens trüge, weil ich getan hatte, was ich getan hatte.

»Ist dir das Wort Velleität schon mal begegnet? Hat doch einen hübschen thomistischen Beiklang. Willenskraft, aber bei tiefster Ebbe. Etwas Kleines, ein Wunsch, eine Neigung. Wenn du einen schwachen Willen hast, ja, dann lebst du letztlich nur in den flachsten Windungen und Wendungen deiner Vorurteile. Kommen wir voran?«

»Es ist Ihre Beichte, Pater.«

Sein Büro lag in einer alten Kaserne, und die Kraft des Windes ließ das Gebälk arbeiten und ächzen.

»Thomas von Aquin hat gesagt, nur gründliches Tun stärkt eine Gewohnheit. Nicht bloße Wiederholung. Für moralische Vervollkommnung sorgt allein die Gründlichkeit. Gründliche und beharrliche Willenskraft. Das ist ein Element der Ernsthaftigkeit. Beständigkeit. Auch das ist ein Element. Zweckdenken. Ein selbstgewähltes Ziel. Sag's ruhig, wenn ich ins Brabbeln komme. Damit verdienst du dir nur meinen Respekt.«

Wir befanden uns etwa dreißig Meilen südlich der kanadischen Grenze in einem weiträumigen Lager, das vor allem aus Baracken und anderen Holzbauten bestand, vielleicht ein Anklang an die missionarischen Wurzeln des Ordens – nur daß die Eingeborenen in diesem Fall wir waren. Arme, aber vielversprechende Stadtkinder; ein paar Hänflinge mit fotografischem Gedächtnis, die etwas Unreinliches an sich hatten; die aufgeweckten, aber labilen Zöglinge; diejenigen, die sich nicht anpassen konnten; diejenigen, deren Anpassung von Staats wegen verordnet war; ein Häuflein Südamerikaner aus einem Jesuitenzentrum in Venezuela, aufgeweckte junge Männer mit weltgewandtem Auftreten, die sich hier den Pimmel abfroren; und ein paar Bauernjungen von gar nicht so weit weg, schüchterner als geliehene Anzüge.

»Manchmal denke ich, die Erziehung, die wir euch zuteil werden lassen, würde besser zu einem Fünfzigjährigen passen, der das Gefühl hat, bei der ersten Runde daneben gelegen zu haben. Zu viel Abstraktion. Ewige Wahrheiten links und rechts. Es würde dir mehr bringen, deine Schuhe anzuschauen und ihre Bestandteile aufzuzählen. Vor allem du, Shay, wenn man bedenkt, wo du herkommst.«

Das schien ihn aufzumuntern. Er beugte sich über den Schreibtisch und glotzte, anders kann man es nicht sagen, auf meine nassen Stiefel.

»Häßliche Dinger, stimmt's?«

»Allerdings.«

»Zähl die Bestandteile auf. Na los. Wir sind hier nicht so affig, nicht so schick intellektuell, daß wir einen Schüler nicht unter vier Augen prüfen könnten.«

»Die Bestandteile aufzählen«, sagte ich. »Na schön. Schnürsenkel.«

»Schnürsenkel. Einer pro Schuh. Und weiter.«

Ich hob einen Fuß an und drehte ihn unbeholfen.

»Sohle und Absatz.«

»Ja. Und weiter.«

Ich setzte den Fuß wieder auf den Boden und starrte den Stiefel an, der mir ungefähr so leer vorkam wie eine verschlossene braune Schachtel.

»Und weiter, Junge.«

»Da gibt's doch nicht mehr viel aufzuzählen, oder? Eine Vorderseite und eine Oberseite.«

»Vorderseite und Oberseite. Da kommen einem ja die Tränen.«

»Das gerundete Stück an der Vorderseite.«

»Deine Wortgewandtheit zwingt mich gleich zu einer Pause, nur um mich wieder zu sammeln. Du hast die Schnürsenkel genannt. Wie heißt der Lappen unter den Schnürsenkeln?«

»Die Zunge.«

»Und?«

»Ich kannte das Wort. Ich habe das Ding bloß nicht gesehen.«

Er warf sich demonstrativ über den Schreibtisch und wand sich ein bißchen, als plagte ihn gerade größter Gram.

»Du hast das Ding nicht gesehen, weil du nicht weißt, wie man hinsieht. Und du weißt nicht, wie man hinsieht, weil du nicht weißt, wie die Dinge heißen.«

Er reckte das Kinn, äußerste, weitgehend theatralische Maßregelung, und zog den Körper von der Tischplatte zurück, ließ sein Hinterteil in den Drehstuhl plumpsen, sah mich wieder an und vollführte eine entschiedene Vierteldrehung, dann hob er das rechte Bein so weit, daß er den Fuß, den Schuh auf der Schreibtischkante postieren konnte.

Der einfache schwarze Alltagsschuh eines Priesters.

»Gut«, sagte er, »Sohle und Absatz sind uns bekannt.«

»Ja.«

»Und wir haben Zunge und Schnürsenkel identifiziert.«

»Ja«, sagte ich.

Mit dem Finger fuhr er an einem Lederstreifen entlang, der oben über den Schuh ging und dann unter den Schnürsenkeln entlangführte.

»Was ist das?« fragte ich.

»Sag du's mir. Was ist das?«

»Ich weiß es nicht.«

»Das ist die Einfassung.«

»Die Einfassung.«

»Die Einfassung. Und das steife Stück oberhalb vom Absatz. Das ist die Kappe.«

»Das ist die Kappe.«

»Und dieses Stück zwischen der Einfassung und dem Streifen oberhalb der Sohle. Das ist das Seitenleder.«

»Das Seitenleder«, sagte ich.

»Und der Streifen oberhalb der Sohle. Das ist der Rahmen. Sprich mir nach, Junge.«

»Der Rahmen.«

»Wie die Alltagsdinge im verborgenen liegen. Weil wir nicht wissen, wie sie heißen. Wie heißt das vordere Stück, das den Rist bedeckt?«

»Ich weiß es nicht.«

»Du weißt es nicht. Es heißt das Vorderblatt.«

»Das Vorderblatt.«

»Sag es.«

»Das Vorderblatt. Das vordere Stück, das den Rist bedeckt. Ich dachte, ich sollte nicht auswendig lernen.«

»Du sollst keine Gedanken auswendig lernen. Und du sollst uns nicht allzu ernst nehmen, wenn wir die Nase über routinemäßiges Lernen rümpfen. Die Routine baut den Mann mit auf. Du steckst die Schnürsenkel durch die was?«

»Das sollte ich aber wissen.«

»Na klar weißt du das. Die Lochung auf beiden Seiten und oberhalb der Zunge.«

»Mir fällt das Wort nicht ein. Öse.«

»Vielleicht laß ich dich doch am Leben.«

»Die Ösen.«

»Ja. Und die Metallhülle an der Spitze jedes Schnürsenkels.« Er schnippte mit dem Mittelfinger danach.

»Das fällt mir auch in einer Million Jahren nicht ein.«

»Das Senkelblech.«

»Nicht in einer Million Jahren.«

»Senkelstift oder Senkelblech.«

»Das Senkelblech«, sagte ich.

»Und der kleine Metallring, der den Rand der Öse verstärkt, durch die das Senkelblech geführt wird. Wir machen hier gerade Sprachphysik, Shay.«

»Der kleine Ring.«

»Siehst du ihn?«

»Ja.«

»Das ist der Ösenkranz«, sagte er.

»O Mann.«

»Der Ösenkranz. Du sollst ihn lernen, kennen und lieben.«

»Ich werde wahnsinnig.«

»Dies ist das endgültige Geheimwissen. Und wenn ich meinen Schuh zum Schuster bringe, und er steckt ihn auf eine Form, um ihn zu reparieren – einen Block, der wie ein Fuß geformt ist. Wie heißt der?«

»Ich weiß es nicht.«

»Der Leisten.«

»Mir platzt der Kopf.«

»Die Alltagsdinge sind das verkannteste Wissen. Diese Bezeichnungen sind lebenswichtig für deinen Fortschritt. Habituelle Dinge. Wenn sie nicht wichtig wären, würden wir nicht so ein großartiges lateinisches Wort dafür benutzen. Sag es«, sagte er.

»Habituell.«

»Ein außergewöhnliches Wort, das die Tiefe und Reichweite des Gemeinplatzes erahnen läßt.«

Sein weißer Kragen hing locker unter seinem Adamsapfel, und am Hals wurde die Haut schlaff und zäh, und es schien ihn unvorbereitet zu erwischen, das Alter, spät, aber zügig.

Ich zog mir die Jacke an.

»Ich wollte dir ein Buch mitbringen«, sagte er.

Seine Hände waren allerdings noch jung, weich, kreidig, babyrosig. Auf einem Tisch in der Ecke stand ein Schachbrett, die schwarzen und weißen Figuren waren aufmarschiert.

»Komm morgen zum Upper Red, dann fisch ich's dir raus.«

Upper Red war der Wohnsitz des Lehrerkollegiums. Sie nannten die Gebäude in Voyageur nach den Wahrzeichen der Gegend – nach Seen, Städten, Flüssen, Wäldern. Nicht nach Heiligen, Theologen oder Jesuitenmärtyrern. Laut Paulus waren die Jesuiten an derart vielen Orten derart grausam behandelt worden, weil sie bekehren und verändern wollten – geköpft in Japan, ausgeweidet am Horn von Afrika, lebendig gegessen in Nordamerika, gekreuzigt in Siam, gestreckt und gevierteilt in England, ins Meer geworfen vor Madagaskar –, daß die Gründer unserer kleinen Experimentalschule fanden, sie könnten der Gegend einige der besonders blutigen Embleme aus der Geschichte des Ordens ersparen.

»Ach übrigens, Shay.«

»Ja«, sagte ich.

»Habe ich dich gestern in der kleinen Gruppe gesehen, die eine Petition zur Unterstützung von Senator McCarthy unterschrieben hat?«

»Ich war da, jawohl, Pater.«

»Und hast eine Petition unterschrieben.«

»Es schien mir in Ordnung zu sein«, sagte ich.

Er nickte, schaute an mir vorbei.

»Weißt du, warum der Senat ihn verurteilt hat?«

»Die anderen haben unterschrieben«, sagte ich. »Ein paar von den Südamerikanern«, sagte ich, etwas verzweifelt, ich wußte, wie albern das klang, und hoffte doch, es würde mich irgendwie entlasten.

»Also hast auch du unterschrieben. Die anderen haben geschissen, Pater. Also habe auch ich geschissen.«

Er schaute an mir vorbei, nickte einsichtig, und ich drehte mich um und ging.

Ich lief im Schneegestöber auf dem Appellplatz hin und her. Dann ging ich auf mein Zimmer und warf die Jacke in die Ecke. Ich wollte Wörter nachschauen. Ich stieg aus den Stiefeln und wrang meine Mütze über dem Waschbecken aus. Ich wollte Wörter nachschauen. Ich wollte Velleität nachschauen und habituell und die Mistviecher auswendig lernen bis in alle Ewigkeit, buchstabieren, memorieren, Silbe für Silbe aussprechen – vokalisieren, phonieren, die Laute von mir geben, die Wörter sagen, als hinge mein Leben davon ab.

Dies ist die einzige Möglichkeit auf der Welt, den Dingen zu entrinnen, die dich geprägt haben.

24. OKTOBER 1962

Sie kamen im Regen an, ein junges Publikum, abgesehen von den Kolumnisten vom Chronicle und vom Examiner und ein paar graubärtigen Poeten von City Lights, und sie warteten auf den Auftritt von Lenny Bruce.

Der Ort des Geschehens war die Basin Street West, und die kleine Bühne hatte eine Kulisse aus falschem Feldstein. Die Mauer sollte eine heimelige Atmosphäre schaffen, ähnelte aber eher einer Ansammlung aus häßlichen, aufgeblähten Felsbrocken, und der Club wirkte dadurch wie ein Kerker oder Bunker.

Sie saßen da und warteten auf Lenny, die Jazzmusiker mit ihrem leichten Haschischduft, ein paar einsilbige Miezen in Existentialistenschwarz, die geschniegelten College-Jungs mit heimlichen Abweichler-Neigungen, die gesamte Belegschaft eines kleinen Magazins namens Polyester Wok, fünf rechtschaffene Seelen, deren Zorn auf die Welt durch die Ereignisse der letzten paar Tage unterminiert war.

Plötzlich war Lenny da, ohne Intro schlüpfte er ins Scheinwerferlicht und fing an zu reden, noch bevor er das Mikro vom Ständer genommen hatte.

»Gerade wird Norfolk in Virginia evakuiert. Wußtet ihr das? Norfolk. Die riesige Marinebasis, von der die Schiffe in See gestochen sind, um die Blockade zu bilden, Zerstörer und Kreuzer. Alle Bediensteten und alles entbehrliche Personal wird evakuiert. Fragt sich bloß«, er drehte den Kopf seitwärts, damit er das Publikum schräg ansehen konnte, mit einem gerissenen Touch von Aufgesetztheit, »wer zieht ein, wenn die ausziehen? Jawohl – das Viertel ist hin. Denn all die unerwünschten Mohren im Umkreis von dreihundert Meilen werden sich diese Häuser untern Nagel reißen und die Immobilienpreise ruinieren, und dann sagt die Navy, scheiß drauf, Mann, was interessieren uns die russischen U-Boote und Frachtschiffe, nehmen wir lieber Norfolk aufs Korn.«

Lenny sah an diesem Abend etwas aufgedunsen aus, sein Gesicht war blätterteigbleich, und in seiner Körpersprache lag noch etwas außerplanmäßig Zappelndes.

»Immobilien sind alles. Du bist ein Produkt deiner geographischen Gegebenheiten. Bist du ein Katholik aus New York, dann bist du Jude. Bist du ein Jude aus Butte, Montana, dann bist du ein 100%iges Goj-Gemisch, wie Instant-Kartoffelbrei. Und darum geht es eigentlich auch bei dieser Krise. Instant-Kartoffelbrei. Die ganze Technologie, die sich um instant und eilig dreht, Mann, weil wir uns für einen normalen Krieg nicht mehr lange genug konzentrieren können, und in der Filmversion spielt Rod Steiger Chruschtschow als einen Staatschef aus dem Actor's Studio. Kapiert? Er ist tiefschürfend, er ist verkannt, er hat den Akzent voll drauf, den rasierten Schädel, er hat die Schreikrämpfe und die Motivation drauf – einsamer Junge aus den Kohlengruben kämpft sich rücksichtslos an die Spitze, aber eigentlich sucht er nur eine witzige Lady, die ihm freche Antworten gibt und ihn ab und an zum Lachen bringt. Das ist kein Bauerntrampel – halb Mensch, halb Wurst. Steiger spielt ihn als launischen, empfindlichen Einzelgänger, auf dem der ganze meschuggene Irrsinn der russischen Geschichte lastet. Wir sehen seine zarte, weibliche Seite, als er ein Techtelmechtel im Kleiderschrank hat, mit einer amerikanischen Doppelagentin, gespielt von Kim Novak mit Mackerfrisur.«

Lenny machte die Stimmen und die Akzente nach. Technisch war er nicht einwandfrei, sondern mischte alle möglichen Kulturen und Weltgegenden und Querverweise durcheinander, um die verschiedenen Ebenen der Imitationen rüberzubringen.

Im Publikum saßen einige Beatniks, Spätbeatniks in alten, karierten Holzfällerjacken Jahrgang 1950, Männer mit einer gewissen Distanz im Blick, aber immer noch aufmerksam auf jedes wundersame Zeichen achtend, das sich im Kosmos rühren mochte, außerdem eine Frau im Patchworkhemd mit einem Säugling im Tragebeutel, vermutlich das erste und letzte Kleinkind, das je bei Lenny war, aber schließlich war dies San Francisco in der entscheidenden Woche.

»Kennedy tritt vor die Öffentlichkeit, und du hörst die Leute sagen, Ich hab seine Haare gesehen! Oder, Ich hab seine Zähne gesehen! Das ist ein so umwerfender Anblick, daß sie ihn gar nicht verkraften können. Ich hab seine Haare gesehen! Sie verehren schon die heiligen Reliquien, dabei lebt der Knabe noch.«

Im Kanon der Beatniks hatte Amerikas Verkommenheit die Bombe hervorgebracht. Vielleicht schluckten sie Lennys gespielte Heuchelei und die dazugehörenden Dinge, vielleicht bedauerten sie, daß er wegen Drogen durchsucht und wegen Obszönitäten vor Gericht gestellt worden war, aber der russische Akzent und andere ethnische Motive und Effekte, die aus ihm rausgesprudelt kamen wie Mineralwasser aus einer alten Abfüllfabrik in Canarsie, ließen sie vermutlich völlig kalt. Die gesamte Beat-Welt war von der Bombe überschattet, immer gewesen. Die Beatniks brauchten keine Raketenkrise, um an die Bombe zu denken. Die Bombe war für sie der naheliegendste Bezugspunkt zur moralischen Verwahrlosung Amerikas, zu dem schuldbeladenen Standort von Schornsteinen und Roboterkonzernen, der durch die Mühle von Time Magazine und J. Edgar Hoover gegangen war, zu dem Land, wo in Tausenden regengepeitschten Trucker-Raststätten auf der Jazzprärie die Leute mit gesenktem Kopf über ihrer Tasse Kaffee saßen, heimliche Trotzkisten und traurige Nymphomaninnen mit buddhistischen Muschis – und darüber machte sich Lenny lustig. Lenny war Showgeschäft, er war in Kostüm und Maske, kalt und korrupt, Leichenbestatter und Kabarettist, und die Bombe gehörte zu einer bedrohlichen Werbekampagne, die aus dem Ruder gelaufen war.

An diesem Abend trug er eine Nehru-Jacke, eine dunkle Tunika mit hohem Stehkragen, die mal gereinigt und gebügelt werden mußte, und er hatte sich einen weißen Regenmantel um die Schultern gelegt – entweder hatte er vergessen, ihn auszuziehen, oder er war von vornherein schon auf dem Absprung.

Er stürzte sich in eine impressionistische Suada. Schwer, ihm zu folgen. Über Gerichtsprozesse, Rechtsanwälte und Richter. Als hörte man jemandem zu, der meinte, er redete mit jemand anders.

Dann brach er ab und sagte: »Liebt mich. Deshalb bin ich hier. Heute abend und jeden Abend. Wenn ihr mich nicht mehr liebt, sterbe ich.«

Das war noch kein Sketch. Der Sketch kam erst noch. Den hatte er sich ausgedacht, während er im Flugzeug von L.A. auf dem Plastikklo für Pygmäen saß, und neben seinem rechten Auge blinkte ständig eine rote Leuchtschrift *Return to seat Return to seat*.

»Der Erzengel Gabriel erscheint am Himmel über Havanna. Die Bodyguards wecken Castro, und er sagt zu ihnen, Laßt mich in Ruhe, und sie sagen, Das ist der Bote Gottes, und er steigt in einen Hubschrauber und fliegt da rauf. Der Engel trägt ein weißes Gewand und hält eine flammende Trompete in der Hand, und Castro ist verblüfft, als er sieht, daß Gabriel ein schwarzer Mann ist. Er denkt, Klasse, ein Neger, der sich ausdrücken kann, da reden wir doch gleich mal Tacheles. Er sagt zum Engel, Ich glaube nicht an Gott, aber ich hab mal 'ne Frage. Auf welcher Seite stehst du in dieser Krise? Und der Engel sagt, Ich sag das nur einmal. Auf der Seite, die Baseball und Jazz hat. Castro sagt, Wir haben Baseball und Jazz. Wir nennen es afrokubanische Musik, und du würdest echt drauf abfahren. Swingt wie nur was. Und Gabriel sagt, Spiel dich hier nicht so auf, du Wichser. Ich hab mit Bird geblasen, verstehst du, wir haben früher in Harlem zusammen gejammt. Also, du willst wissen, auf welcher Seite ich stehe. Auf der Seite, die Mom und Apple Pie hat. Castro darauf, No problema. Die Russen haben Mom und Apple Pie auch. Bloß nennen sie es *jablochi pirog*. Und der Engel, Na schön, wenn du dich für so schlau hältst, auf der Seite, die Donald Duck, Mickymaus und die Mafia hat. Und Castro sagt, Scheiße, wir haben die Mafia aus Kuba rausgeschmissen. Aber wieso verbrüdert ihr euch denn mit denen? Da sagt der Engel, Unser Herr Jesus hat eine Schwäche für *la famiglia*. Castro sagt, Wie kommt das? Und der Engel sagt, Was denkstn du, Mann? Er ist doch Italiener. Castro sagt, Moment mal. Jesus ist Italiener? Und der Engel, Na ja – etwa nich? Und er guckt etwas irritiert und schüttelt die Spucke aus dem Mundstück seiner Trompete, das macht Gabe immer, wenn er sich unsicher fühlt. Er ist nämlich sehr empfindlich, was seine Bildung angeht. Und er sagt etwas abwehrend, Die Päpste sind doch alle Spaghettis, Mann, das weiß doch jeder. Und drum is Jesus auch einer. Jesus isn Itaker seit der Stunde Null, brauchst dir bloß seine Hautfarbe angucken, Jim. Castro sagt, Jesus hat im Nahen Osten gelebt. Und Gabriel sagt, Du spinnst wohl, mir so 'ne Scheiße zu erzählen. Der Typ is Neapolitaner. Redet mit den Händen, Mann. Castro sagt, Er war ein Jude, wenn du die Wahrheit wissen willst. Der Engel sagt, Ich weiß, daß er Jude war – italienischer Jude. Die gibt's da doch auch, oder? Und Castro sagt, Wieso hör ich mir diesen Quark eigentlich an? Du bist ja total loco, Mann. Und der Engel sagt, Du willst mir doch nicht erzählen, daß ich mein Leben lang geglaubt hab, Jesus hätte bei einer italienischen Hochzeit Wasser in Wein verwandelt – und jetzt *hatter gar nicht*.«

Lenny brachte diesen Sketch etwas zerstreut, verschliff das eine oder andere Detail, aber machte er das nicht die ganze Zeit, gehörte das nicht zu seinem Hipsterstil – dieser außerweltlichen, dopebedüsten Fuge.

»Ich hab seine Haare gesehen! Ich hab seine Zähne gesehen!«

Und dann fiel ihm die Pointe wieder ein, die er inzwischen liebte. Er ging halb in die Hocke, zog den Regenmantel über den Kopf und rammte sich praktisch das Mikro in den Hals.

»Wir werden alle sterben!«

Ja, er liebte es, das zu sagen, es herauszuschreien, es war erstaunlich erfrischend, es läuterte seine Angst und machte sie zugleich öffentlich – es war schwach und krank und feige und ohnmächtig und lachhaft und auch irgendwie edel, ein langer, lauter und gefühlvoll in die höchsten Töne getriebener Schrei voll Kummer und Schmerz, in dem auch ein Hauch süßer Trotz mitschwang.

Und seine Stimme durchschoß die Zuschauer mit einem seltsamen Kitzel. Sie spürten den Schrei körperlich. Er sprang ihnen ins Blut und verband sie miteinander. Das war die Auflehnung ihrer Psyche, fast wie ein Aufjaulen des Es in ihrer eigenen Seele, dem verzweifelten, verschütteten Ort, wo man die Anerkennung primitiver Rechte und Bedürfnisse verlangt.

Dann fällt ihm etwas ein, und er schnippt es sofort raus, wie ein Boxer, der einen so guten Haken landet, daß er grinsen muß.

»Aber vielleicht sind einige unter uns ohnmächtiger als andere. Es ist eine weiße Bombe, kapiert.« An dieser Stelle wechselt er die Stimme, wird südstaatlerisch und breit. »Das ist unsere Bombe.

Moskau und Washington. Denk mal drüber nach, Mann. Weiße kontrollieren diese Bombe.«

Dieser Einfall begeistert ihn.

»Da guckst du runter nach Watts. Und du guckst rauf nach Harlem. Und du sagst, Fummelt ihr nur mit unseren Miezen, Mann, dann schmeißen wir die Bombe. Eher soll die Welt untergehen, als daß die Rassen sich vermischen.«

Schlaff schnippt er mit den Fingern, ein lässiger Typ, der Bescheid weiß.

»Wir bringen nämlich lieber alle um, als daß wir unsere Frauen teilen.«

Dann ging das Licht aus. Einfach so. Der Scheinwerfer, die Lichter an der Bar, die Ausgang-Schilder – alles aus. Eine unscharfe Gestalt, Lenny, bewegte sich sozusagen versuchsweise auf die große Metalltür zu, die direkt auf die Straße führte, und die vorne sitzenden Besucher hörten ihn vielleicht murmeln: »*Return to seat, Return to seat.*«

Ein Rascheln im Publikum, ein paar Köpfe drehten sich um, mehrere Leute standen unsicher auf. Ob sie dachten, vielleicht war's das, eine Bombe, eine Luftdetonation? Hatte nicht erst vor kurzem die elektromagnetische Erschütterung von einer Testzündung im Pazifik massive Druckwellen durch die Stromleitungen in Honolulu geschickt und das Licht ausfallen lassen und überall auf der Insel die Alarmanlagen ausgelöst?

Das Licht ging wieder an. Der Scheinwerfer beleuchtete eine leere Bühne. Die Feldsteinmauer hatte noch nie so nackt und falsch ausgesehen. Und da war Lenny, etwa anderthalb Meter vom Ausgang entfernt. Er ging langsam wieder Richtung Bühne, spielte eine Person, die sich erleichtert und beschämt in einen Raum zurückschleicht, und sie warteten darauf, daß er etwas sagte, das sie für den langen, angespannten Moment entschädigen und vor Lachen durchschütteln würde, und er erreichte die Bühne, hob das baumelnde Mikro und führte es ans Gesicht, und es begann zu kreischen und zu knistern, und dann ging das Licht wieder aus, und das Nachbild von Lennys talgigem Gesicht haftete auf der Netzhaut aller Anwesenden, das halbe, verschreckte Grienen, das sich über den Mund zog, und das Baby fing an zu weinen.

Als das Licht wieder anging, ein zwanzig Sekunden langes Leben später, war die Bühne leer, die Metalltür angelehnt, die Show war ganz offensichtlich vorüber.

14. JUNI 1957

Wochen vergingen, in denen wir kaum schliefen. Wir waren drei oder vier Wochen lang Tag und Nacht jede Stunde zusammen, jedenfalls die meiste Zeit und meistens in ihrem Auto, wir aßen und schliefen dort, schliefen auch in ihrem Auto miteinander, schliefen und wachten auf und sahen uns um, und es war immer noch dunkel oder immer noch hell, je nachdem, und schließlich hielten wir aus dem einen oder dem anderen Grund an, ob logisch oder nicht, und das Leben verlangsamte sich so weit, daß die Dinge ganz normal in einem Zimmer passieren konnten, aber nur, bis es wieder Zeit wurde, dann rumpelte sie in dem leicht frisierten Benz Jahrgang 1950 mit dem tiefergelegten Chassis heran, und wir steuerten weiter gen Westen.

»Behalt deine Träume für dich«, sagte ich.

»Aber du mußt das hören.«

»Ich will es nicht hören.«

»Du Dreckskerl, du mußt es hören«, sagte Amy, »weil alles, was geschieht, uns beiden zusammen geschehen muß.«

»Weißt du nicht, daß die Leute die Träume der anderen Leute nicht hören wollen?«

»Dreckskerl, was denn für Leute? Wer sind diese anderen Leute?«

»Guck auf die Straße.«

»Wir haben doch gesagt, wir würden selbst den kleinsten Gedanken miteinander teilen.«

»Guck auf die Straße. Fahr«, sagte ich zu ihr.

Und einmal setzte ich sie in Santa Fe ab, wo Freunde ihrer Familie wohnten, und behielt das Auto und hörte kein Radio und las keine Zeitung, und sie holte mich eine Woche später in einer Bergmannsbar in Bisbee, Arizona, wieder ein, und wir spielten eine flirtige Partie Lügenpoker und stiegen die hohen, engen Straßen hoch und fühlten etwas so Starkes und wußten, der andere fühlte es auch, daß wir glaubten, unsere Gesichter müßten gleich explodieren.

»Es war ein Traum in den Bergen. Ein hoher, heller Ort an einem See.«

»Weißt du nicht, daß Träume nur für den Träumenden interessant sind?«

»Du hältst dich wohl für besonders welterfahren. Irre clever für einen Ausländer.«

»Fahr.«

»Der erst Englisch gelernt hat, als er New York verließ.«

Amy war groß und patent und sah in Jeans gut aus. Sie wußte, wie Dinge getan und gemacht wurden, und selbst ihr gutes Aussehen wirkte patent, eine Art gerader, unkomplizierter Geschicklichkeit, offen und helläugig, dazu hingepladderte, verblassende Sommersprossen und ein verdorbenes Lächeln.

Und einmal waren wir in Yankton, South Dakota, früher in jenem Sommer, und das Kino war gerade aus, es hieß The Dakota, mit einer grell gekachelten Fassade und Audie Murphy auf dem Vordach, und die jungen Leute von Yankton stiegen in ihre Autos und fuhren die Hauptstraße rauf und runter, und wir auch, wir schliefen fast ein dabei, und wir gingen ins Drive-in-Kino und redeten über das Leben, und wir fuhren über die Prärie und redeten über Filme, und wir fuhren durch Waschanlagen und lasen uns Gedichte vor, der eine dem anderen, und seifiges Wasser glitschte an den Fenstern herab.

Ihr Auto war schwarz und sah aus, als trüge es eine Kapuze, und wir fühlten uns wie Phantome der Straße, Djinns, die ungesehen in den Landstaub pinkeln konnten. Ich sollte nicht wissen, daß ihr Vater ihr das Auto geschenkt hatte. Zum Schulabschluß. Aber ich wußte es doch, weil es mir einer ihrer Brüder erzählt hatte, und ich wußte außerdem, daß sie mich eiskalt fallenlassen würde, sobald die Fahrt zu Ende war.

»Weißt du, was interessant an dir ist? Du sagst, du willst auch den kleinsten Gedanken teilen. Aber das Interessante an dir ist«, sagte ich, »daß du alles, was wir gesagt und getan haben, jeden Gedanken, den wir geteilt haben, vergessen wirst, und zwar sobald wir.«

»Nein.«

»Sobald wir.«

»Nein.«

»Sobald wir uns verabschiedet haben. Weißt du nämlich, was du bist? Ein praktisches, dickköpfiges, mehr oder weniger berechnendes Wesen, das zehn Jahre im voraus plant und jede vorübergehende Minute als das erkennt, was sie ist.«

»Und was ist sie?«

»Etwas, das du bis zum letzten Tropfen auspreßt, damit du es am nächsten Morgen vergessen kannst.«

Und einmal hielten wir bei ein paar Ställen an, und sie versuchte, mir das Reiten beizubringen, aber ich stieg auf und gleich wieder ab und wollte nicht wieder aufsteigen, und sie ritt mit dem Indianer davon, der die Reitausflüge leitete, in die kühlen Hügel.

Sie sagte: »Und was ist daran falsch?«

»Ich mein ja nur.«

Sie sagte: »Jede Minute auszupressen. Was ist daran falsch?«

»Ich mein ja nur.«

»Und ich habe dir noch nicht alles erzählt. Also bitte keine Anklagen«, sagte sie.

»Du hast mir alles zweimal erzählt.«

»Du bist so ein Dreckskerl.«

»Erzähl mir was, das du mir noch nicht erzählt hast. Na los. Schokkier mich«, sagte ich. »Du schockierst mich nicht.«

Sie konnte Dinge machen und reparieren, und sie redete gern von der Familie Brookhiser, den Großeltern und Pioniersfrauen und Goldwäschern und all den weitverstreuten Nachkommen des alten, zerklüfteten Stammes.

Und einmal übernachteten wir bei ihrem ältesten Bruder, einem Architekten, wo wir in getrennten Zimmern schliefen – sie schien überall Brüder zu haben. Dieser hier lebte in der Nähe von Yuma in einem asymmetrischen Haus, das er selbst gebaut hatte, effektvoll abgeschrägt, aus Eisenbahnschwellen und Stuck und gestanztem Blech, und Amy war sehr aufgekratzt, als sie das Ding aus den Augenwinkeln betrachtete.

Wir waren teilweise überdreht vom Fahren und redeten einen

halben Staat lang so ziemlich nonstop aufeinander ein, es war einer der größeren Staaten, und wir erlebten die Chemie einer ganzen, langen, brutalen Ehe in wenige Wochen hineingepreßt, dieses Schwirren in der Luft, wenn etwas ungeregelt bleibt, und wir hatten auch das Gefühl, es wäre falsch zu schlafen, weil wir doch etwas Furchtbares und Wichtiges hätten sagen können.

Und einmal fuhren wir über einen Feldweg irgendwo bei Ruby, Arizona, und sahen vier Männer, die zu Pferd einen Bullen trieben, einen buckligen Bullen von erstaunlicher Größe, fast unwirklich, und wir hielten nicht nur an, um zuzuschauen, und nicht nur, weil wir dachten, vielleicht würde der Bulle auf ein fahrendes Auto losstürmen, sondern aus einem merkwürdigen, heidnischen Respekt heraus, es war ein so ehrfurchtgebietendes Tier, ein Brahmanbulle, und die Cowboys winkten und trieben den Bullen über den roten Feldweg.

»Ich habe innerlich oft solche Wutanfälle«, sagte sie, »du würdest mich hassen, wenn du von diesen rasenden Achterbahnen aus Sex und Eifersucht und Trotz wüßtest, und wie ich jemandem, der mir nahe steht, die schlimmsten Qualen und einen langsamen Tod wünsche.«

»Erzähl mir davon.«

»Nee, erzähl ich dir nicht. Nicht mal dir. Vor allem nicht dir.«

»Ich möchte aber, daß du es mir erzählst.«

»Mach ich aber nicht, es sei denn, du zwingst mich«, sagte sie.

Amys Verhalten hatte manchmal etwas Davontänzelndes. Sie hatte so eine rituelle Angewohnheit, einen Reflex, nicht geziert, sondern argwöhnisch und listig, daß sie sich von mir zurückzog, je mehr sie mich brauchte, davontänzelte mit ihren hellen Augen, und ihre Schultern krümmten sich, wenn ich näher kam. Sie konnte launisch sein, selbst mittendrin, fast so, als wollte sie vorgeben, daß wir gerade etwas ganz anderes täten, was weiß ich, vielleicht Händchen auf einem Schulkorridor hielten, und manchmal wies sie mich einfach ab und sagte, Nein, kannst du nicht, oder, Nein, mach ich nicht, auch wenn wir uns schon längst auf den Sitzen rekelten und vögelten.

Ich dachte, gleich würden unsere Gesichter aufflammen und verschwinden, in jener Nacht Mitte Juni, als wir die engen Treppenstraßen von Bisbee, Arizona, hochstiegen, im Liebesschock, quasi selbsttätig ausgelöscht, nach einem Bier und einem Sandwich in einer dunklen Bar voller Kumpel aus den Kupferminen und ihren fadenwurmkranken Hunden. Ich hatte nicht gewußt, daß man so etwas fühlen konnte, und dann auch noch gemeinsam, unsre Köpfe halb weggepustet, unsre Hirne ausgeleert, für alles verloren außer der Liebe.

Sie sagte: »Ich weiß, was du tust. Du bleibst wach und beobachtest mich im Schlaf.«

»Wann schläfst du denn?«

»Du willst zuviel. Du willst im Grunde in mich hineinkriechen. Du willst deinem Schwanz einfach hinterher. Hätt ich das je gedacht?«

»Fahr.«

»Nein, aber hätt ich das je gedacht?«

»Guck nicht mich an, während du fährst.«

»Nein, aber hätt ich das je gedacht, daß ich mal einen Mann kennenlernen würde, der mir auf die Toilette hinterher will?«

»Fahr.«

Sie sagte: »Du wolltest dich mit mir in das Klo auf der Tankstelle quetschen. Ist mir gerade eingefallen. Hätt ich fast vergessen. Weil du dachtest, nachher verpaßt du noch was.«

Und einmal fuhren wir durch Bakersfield, Kalifornien, und das Auto kochte, und wir hielten an einem Wohnwagen-Park, um Wasser zu holen, und ich hatte nicht die geringste Ahnung, daß es so etwas gab. Diese endlosen Reihen von Wohnwagen, und die Leute brieten sich Hot Dogs bei 42 Grad im Schatten. Eine Frau im Badeanzug bügelte Kleider auf einem Bügelbrett vor ihrem Wohnwagen, und kleine Kinder fuhren in Unterhosen auf Dreirädern herum. Und ich wußte nicht, daß so etwas existierte, kein Schimmer, und ich hätte es mir niemals vorstellen können, das war vollkommen an mir vorbeigegangen, daß Leute ständig in Wohnwagen lebten, und Amy nannte mich einen Ausländer aus New York.

Ich ging nach Palo Alto, als Schulbuchlektor, gerade mal flügge, und wollte mit meinen Ansichten das Klassenzimmer von Grund auf verändern, es offen, geschmeidig, lässig und kalifornisch machen, und sie war unterwegs nach Seattle oder Portland, sie hatte sich noch nicht entschieden, oder zurück, quer rüber nach Denver, mit einem Magister in Geowissenschaften und einer Reihe beruflicher Kontakte, die sie für sich behielt.

»Ich weiß nicht, was ich hier mit dir mache. Ich weiß gar nichts von dir. All die Zeit und all die Gespräche, und ich weiß im Grunde gar nichts von dir«, sagte sie, »außer daß du weißt, wie du mich rasend machen kannst.«

»Gut. Das ist gut für dich. Rasend werden reinigt das Blut«, erklärte ich ihr. »Sagt meine irische Mutter.«

»Du hast eine Mutter. Wie ermutigend.«

»Werd schon rasend. Sei rasend«, sagte ich zu ihr.

Ich wollte nicht, daß sie mich anschaute, während sie fuhr, aber manchmal schaute ich sie an und forderte sie auf, meinen Blick zu erwidern.

»Ich will, daß alles, was geschieht, uns beiden zusammen geschieht«, sagte sie.

»Ich auch«, sagte ich und meinte es in dem Moment auch so.

Sie spürte den Blick auf sich lasten und schaute zu mir herüber, auf der leeren Straße, wo eine lavendelfarbene Halde die alten Schuppen einer Zeche überragte, und es war ein so inniger und nahegehender Blick, so tief in den Dingen steckend, die wir getan hatten, daß eine verrückte Art Mutprobe daraus wurde, wie ein Kollisionsrennen unter Halbstarken – wer von uns beiden würde den Liebesblick zuerst abbrechen, zuerst nachschauen, ob das Auto in die nach Osten führende Spur hinübergetrudelt war, auf der uns ein glitzernder Pickup entgegenkam, eine halbe Sekunde vom tückischen Tod entfernt.

»Wer ist komisch?« sagte ich.

»Du bleibst wach und beobachtest mich im Schlaf. Ich weiß es. Ich spüre es im Schlaf.«

»Bin ich komisch oder bist du komisch?«

»Du bist mir auf die Damentoilette gefolgt.«

»Nein, halthalthalthalt. Du kannst spüren, daß ich dich im Schlaf beobachte, und du findest mich komisch? Wer ist hier komisch?« sagte ich.

Und es gab Momente, da hast du dich selbst aus dem schwersten Atmen gelöst und einen weißen Schatten gespürt, dein Weggleiten in eine Parallelperson, die aus Geisteslicht bestand und an deiner Statt zu sprechen schien.

Oder, »Das kannst du nicht von mir verlangen«, sagte sie auch, streichelte mir über den Hosenlatz, und ich versuche noch, das Auto zu steuern.

Und einmal, als ich einen Tag und eine Nacht lang allein war, kein Radio hörte und keine Zeitung las und stundenlang ziellos umherfuhr, da hielt ich schließlich an und parkte und ging auf einem Picknickgelände spazieren, wo Bäume mit weißer Rinde standen und Mülltonnen für Essensreste, und ein Mann saß auf einer Bank und fühlte sich sichtlich gestört, irgendwo bei Fresno, aber vielleicht war er auch nur in Gedanken versunken oder machte sich wegen irgendwas Sorgen, und ich spürte eine Traurigkeit, die ich nicht genau zuordnen konnte, ein Gefühl, das zu mir oder zu ihnen gehören mochte, den kleinen Familien mit ihrem Essen auf Papptellern, dem unglücklichen Mann, der auf der Bank hockte, dem Ort selbst, der Bank selbst, den Abfalltonnen ohne Deckel.

Ich kaufte eine Postkarte, um sie ihr zu schicken, nachdem sie ihrer Wege gegangen war und ich meiner, eine Karte, auf der ein Picknicktisch unter Bäumen zu sehen war, und ich legte sie in ein Buch in meiner Tasche, vorerst, bis ich mir überlegt hatte, was ich Amy eigentlich schreiben wollte.

4

28. NOVEMBER 1966

Der erste Mann stand am Fenster seiner imposanten Suite im Waldorf. Er beobachtete, wie die gelben Taxis in der seelenvollen Dämmerung versanken, diesem besonderen, verschwenderischen Licht, das ersterbend auf die Park Avenue fällt, bevor die Menschen in den Büros Feierabend machen und wieder zu Gattinnen und Gatten werden, oder zu was auch immer Menschen sonst werden, mit welchen Murmelworten auch immer, wenn flüchtiges Geflüster die Abende erfüllt.

Der zweite Mann saß mit übergeschlagenen Beinen auf dem Sofa und sah die FBI-Berichte durch.

Edgar sagte: »Du hast die Masken natürlich eingepackt.«

Der zweite Mann nickte, eine Geste, die ungesehen blieb.

»Junior, die Masken.«

»Wir haben sie, ja. Ich schau mir gerade eine Notiz vom Sicherheitsdienst an, die ein bißchen, tja, bedenklich aussieht.«

»Will nichts davon hören. Leg sie irgendwo ab. Geht mir viel zu gut.«

»Protest. Vorm Plaza, heute abend.«

»Wogegen protestieren die Drecksäcke? Bitte um Aufklärung«, sagte Edgar in einem Tonfall, den er über die Jahre perfektioniert hatte, eine in elf verschiedene Arten von Ironie gegossene, angespannte Amüsiertheit.

»Gegen den Krieg, scheint's.«

»Den Krieg.«

»Ja, das«, sagte der zweite Mann.

Sie waren im Waldorf abgestiegen, J. Edgar Hoovers Lieblingshotel, wenn er in New York weilte, aber die Party, der Ball, die Fête, das gesellschaftliche Ereignis der Saison, des Jahrzehnts, vermutlich des halben Jahrhunderts – der Ball fand im Ballsaal des Plaza statt.

Edgar wechselte das Thema, wenn auch nur in Gedanken. Er blickte die Park Avenue hinauf, wo sich die Erde Richtung Harlem krümmte. Möglicherweise ließ ihn das diffuse, intensive Licht nostalgisch werden, oder der Lärm vielleicht, das gedämpfte Getöse der Taxihupen von unten, ein Geräusch, das aus dieser geschützten Entfernung seltsam und menschlich glücklich wirkte, ein schwaches Tuten und Piepen, in dem etwas Feierliches mitzuschwingen schien.

Er sagte: »Wo warst du, als Thomson den Home Run schlug?«

»Wie bitte?«

»Wo warst du?«

»Ja?«

»Schon gut. Unwichtiger Gedanke, Junior.«

Clyde Tolson, bekannt als Junior, war Edgars standhaftester Adjutant beim FBI, sein teuerster Freund und unzertrennlicher Gefährte.

Natürlich kamen sie in die Jahre. Clyde war fünf Jahre jünger als Edgar, aber nicht mehr so gewieft wie früher, seine Gedächtniskartei spuckte die Informationen inzwischen nicht mehr ganz so blitzartig aus. Aber während Edgar stupsnasig und kompakt war, mit Augenbrauen wie Fledermausflügeln, wirkte Clyde mit seiner langen Kinnpartie und hochgewachsenen Statur eher sanftmütig, ein fast liebenswürdiger Bursche, der das Gespräch schätzte – wiederum ganz anders als sein Chef, der glaubte, daß man sich jedesmal verriet, Wort für Wort, sobald man den Schnabel aufmachte.

Edgar hatte ein Glas Scotch in der Hand. Er musterte es prüfend, ob es etwa verschmiert war, dann schnüffelte und nippte er daran, das rauchige Aroma kitzelte seine Zunge. Die Ehrensuite, der beruhigende Drink, Juniors Anwesenheit im Zimmer, die Party, von der alle seit Monaten redeten, berühmt, lange bevor sie stattfand, die unerwünschten Entgleisungen in Zustände von akuter Verwirrung,

Schlaflosigkeit, Funktionsuntüchtigkeit – ja, Edgar ging es ziemlich gut heute abend.

Gesprächig oder nicht, eine gute Party wußte er zu schätzen. Vor allem begeisterten ihn Berühmtheiten, und heute abend im Plaza war eine Glamourschwemme zu erwarten. Persönlichkeit und Flair und stilvoller Witz. Im untersetzten Leib des Direktors kauerte immer noch ein schmächtiger Schuljunge, und dieses einsame Krypto-Kind erwachte zu robustem Leben, wenn Showgrößen und andere lebende Ikonen zugegen waren – Kinderstars, Baseballspieler, Preisboxer, sogar Pferde und Hunde aus Hollywood.

Berühmte Menschen waren Meistergeister, Männer und Frauen, die der Aura ihrer Ära Würze verliehen. Ganz gleich, wieviel Anspruch Edgar selbst auf Rang und Namen erhob – beim Schwätzchen mit einem echten Star unterlief ihm schon mal die eine oder andere Schließmuskelschwäche.

Clyde sagte: »Und das hier natürlich auch noch.«

Edgar wandte sich dem zweiten Mann nicht zu, um zu sehen, was er da las. Statt dessen musterte er den Teppich. Die Teppiche im Waldorf waren dick und üppig, ideale Brutstätten für Bakterien aller Art. Wer auch nur das geringste von moderner Kriegführung verstand, wußte, daß Waffen mit pathogenen Bakterien genauso destruktiv sein konnten wie Megatonnen-Bomben. In gewisser Weise schlimmer, denn schon das Gefühl von Infiltration war eine Art Tod.

Clyde sagte: »Ich wußte, daß es ein Fehler war, unsere Methoden im Umgang mit den Größen des organisierten Verbrechens bekanntzumachen.«

»Welche Methoden?«

»Ihren Müll zu durchsuchen.«

»Lockt Nachahmer an.«

»Und schafft eine Nachahmer-Mentalität. Jetzt haben wir eine Situation, die in PR-Hinsicht ein Alptraum ist. Will sagen, eine sogenannte Müllguerilla hat es auf, rat mal, wessen Müll abgesehen, Chef?«

»Also bitte. Ich genieße gerade meinen Drink. Ein Mann genießt seinen Drink, wenn der Tag sich neigt.«

»Deinen«, sagte Clyde.

Edgar konnte kaum glauben, daß er den Burschen richtig verstanden hatte.

»Sagt jedenfalls unsere vertrauliche Quelle.« Clyde raschelte mit dem Blatt, das er gerade las, um einen maximalen Aufrütteleffekt zu erzielen. »Eine Gruppe Stadtguerillas plant eine Müllrazzia, Adresse – 4936 Thirtieth Place, Northwest, Washington, D. C.«

Der Weltuntergang in dreifacher Ausfertigung.

»Wann soll das laufen?«

»Jederzeit, mehr oder weniger.«

»Hast du Wachposten aufgestellt?«

»In Zivilwagen. Aber ganz gleich, ob wir sie verhaften oder nicht, sie werden einen Weg finden, deinen Müll öffentlich zu inszenieren.«

»Stell ich den Müll halt nicht mehr raus.«

»Irgendwann mußt du das aber.«

»Ich stell ihn raus und schließ ihn ein.«

»Wie sollen die Müllmänner ihn dann abholen?«

Wenn FBI-Agenten sich nachts mit dem Hausmüll irgendeines Mafioso davonstahlen, ersetzten sie ihn durch falschen Müll, damit es nicht auffiel – riechende Essensreste, Sardellenbüchsen, gebrauchte Tampons, die in der Laborabteilung präpariert worden waren. Dorthin brachten sie auch den echten Müll, damit er von forensischen Experten nach Wettformularen, Handschriftlichem, Papierfetzen, zerknüllten Fotos, Essensflecken, Blutflecken und jeder bekannten Unterkategorie von gekritzeltem Sizilianisch durchsucht wurde.

»Oder ich tue folgendes«, sagte Edgar. »Ich stelle simulierten Müll raus. Unauffälliges Kleinzeug. Keine Nachricht wert.«

»Wir können aber bei diesen Leuten keine konventionelle Methode anwenden, auch wenn sie noch so ausgeklügelt ist. Denn was die machen, läuft jeder gewöhnlichen Konfrontation entgegen. Ganz gleich, wie gut das Gelände bewacht wird, früher oder später werden sie sich eine Mülltonne schnappen und damit abhauen.«

Edgar trat an ein anderes Fenster. Er brauchte, wie es so schön heißt, Tapetenwechsel.

»Die vertrauliche Quelle sagt weiter, daß sie vorhaben, eine Tournee mit deinem Müll zu veranstalten. In den größeren Städten Säle zu mieten. Linke Soziologen zu holen, die den Müll Stück für Stück analysieren. Hippies zu holen, die sich das Zeug auf den nackten Körper schmieren. Praktisch damit vögeln. Dichter zu holen, die Gedichte darüber schreiben. Und zu guter Letzt, in der letzten Stadt der Tournee, haben sie vor, ihn zu essen.«

Edgar konnte einen Teil von der Ostfassade des Plaza erkennen, etwa zwölf Straßen weit weg.

»Und wieder auszuspucken«, sagte Clyde. »Öffentlich.«

Das große Schieferdach, die Giebel und Dachfenster und die Kupferbekrönung. Wie seltsam, daß so etwas Selbstverständliches wie den Müll rauszustellen plötzlich zum Anlaß für die schlimmsten Sorgen werden konnte.

»Die vertrauliche Quelle sagt, sie wollen einen Dokumentarfilm über die Tournee drehen und in allen Kinos zeigen.«

»Haben wir eine Akte über diese Guerillatruppe?«

»Ja.«

»Ist sie gewichtig?« fragte Edgar.

Im Zusammenhang mit den sich endlos mischenden Sedimenten von Paranoia und Kontrolle war die Akte ein wesentliches Mittel. Edgar hatte viele lebenslange Feinde, und die einzige Art, mit diesen Leuten umzugehen, bestand darin, gewichtige Akten über sie zusammenzutragen. Fotos, Überwachungsberichte, detaillierte Behauptungen, miteinander in Verbindung stehende Namen, transkribierte Tonbänder – Abhöranlagen, Wanzen, Einbrüche. Die Akte war eine tiefere Form der Wahrheit, die weiter ging als Fakten und Aktualitäten. Sobald man dem Dossier etwas hinzufügte, ein verwackeltes Foto, ein unbestätigtes Gerücht, wurde es unterschiedslos wahr. Es wurde zu einer Wahrheit ohne Autorität und deshalb unbestreitbar. Faktoiden sickerten aus der Akte und krochen über den Horizont und verschlangen dabei Körper und Geist. Die Akte war alles, das Leben nichts. Das war die Essenz von Edgars Rache. Er ordnete das Leben seiner Feinde um, ihre Gespräche, ihre Beziehungen, sogar ihre Erinnerungen, und er machte diese Leute verantwortlich für die Einzelheiten des von ihm Geschaffenen.

»Wir werden sie verhaften und bestrafen«, sagte Clyde. »Sonst können wir nichts tun.«

Am Fenster drehte sich Edgar lächelnd um.

»Vielleicht kann ich in diesem Punkt mit der Mafia sympathisieren.«

Clyde grinste.

»Du warst schon immer ein halber Gangster«, sagte er.

Sie lachten.

»Weißt du noch, wie wir mit den MPs unterwegs waren?« fragte Edgar.

»Und es waren Fotografen dabei.«

Sie lachten wieder.

»Du warst direkt neben mir, in heroischer Pose.«

»Edgar und Clyde«, sagte Clyde.

»Clyde und Edgar«, sagte Edgar.

Dort, wo der Strom des eigenen Kontrollbedürfnisses auf die Flutwelle der eigenen Paranoia traf, war die Akte befriedigend für beide. Man gab beiden Fliegen mit einer Klappe Zucker.

»Ich mochte die dreißiger Jahre«, sagte Edgar. »Die Sechziger mag ich nicht. Überhaupt nicht.«

Der Schreibtisch am Ende des Zimmers stammte in gewisser Weise aus den dreißiger Jahren, ausgestattet mit Gegenständen, die nach Edgars genauer Anweisung zusammengestellt waren. Zwei schwarze Füller mit spitzer Feder. Zwei Flaschen Skrip Permanent Royal Blue Ink, Nr. 52. Sechs gespitzte Bleistifte, Faber Nr. 2. Ein paar Schreibblöcke, 12x20, weiß, Leinenbriefpapier. Eine neue 60-Watt-Birne in der Stehlampe. Der Direktor wollte nicht den Staub alter Glühbirnen einatmen, die zuvor den Lesestoff vollkommen fremder Menschen beleuchtet hatten. Zeitungen, Reiseführer, Gideon-Bibeln, erotische Literatur, subversive Literatur, Underground-Literatur, Literatur – was immer die Leute in Hotels lasen, allein, blätternd und atmend.

Clyde sah auf seine Uhr. Zuerst Abendessen zu zweit, allein, eine Gewohnheit seit Jahrzehnten – dann die kurze Fahrt ins Plaza.

Es hieß der Black & White Ball. Eine göttliche Versammlung von fünfhundert Menschen, in Maske, nur geladene Gäste, Smoking und schwarze Maske für die Herren, Abendkleid und weiße Maske für die Damen.

Die Party wurde von einem Schriftsteller gegeben, Truman Capote, und zwar für eine Verlegerin, Katharine Graham, und was an faktenähnlichen Daten von den Gästen hervorgebracht würde, konnte bestimmt die immer schmaler werdende Kluft zwischen Journalismus und Fiktion überbrücken.

Edgar war ursprünglich nicht eingeladen worden. Aber es war nicht schwierig, eine Einladung zu arrangieren. Ein Wort von Edgar an Clyde. Ein Wort von Clyde an jemanden in Capotes Umgebung. Natürlich standen sie in den Akten, eine ganze Reihe von ihnen, die mit der Planung des Ereignisses beschäftigt waren – alle katalogisiert und bis zu den Ohren dossierisiert, und keiner war scharf darauf, den Direktor zu verstimmen.

Clyde nahm einen Anruf vom Schreibtisch aus an. Die Frau mit den Masken war zur Anprobe auf dem Weg nach oben.

Edgar bemerkte, daß Clyde einen Schlips mit Tröpfchenmuster trug. Das Muster erinnerte ihn an Pantoffeltierchen, finstere Organismen mit Schlund und Zellmund. Zu Hause saß Edgar auf einer Toilette, die erhöht auf einer Plattform stand, um ihn von bodenheimischen Formen des Lebens zu isolieren. Und er hatte seine Laborleute angewiesen, einen sauberen Raum in der FBI-Zentrale zu bauen, der nie dagewesenen Hygienestandards genügte. Ein weißer Raum, bemannt mit weißgekleideten Technikern, am besten selbst weiß, eine Arbeitsumgebung, die vollkommen unverseucht war, frei von Staub, Bakterien und so weiter, mit herabstrahlenden großen weißen Scheinwerfern, und Edgar selbst verbrachte dort gern etwas Zeit, wenn er sich verwundbar fühlte, den ihn umgebenden Kräften ausgesetzt.

Sie kam zur Tür herein, Tanya Berenger, in einem Maxikleid und Stiefeln aus dem Billigladen, früher eine bekannte Kostümbildnerin, heute alt und verschlampt, in einem traurigen Hotel hinterm Times Square hausend, von der Sorte, wo der Rezeptionist hinter einem Gitter hockt und ein Zungensandwich ißt. Drei- oder viermal im Jahr trieben die Leute sie auf, damit sie für besondere Anlässe Masken herstellte, und sie hatte ziemlich regelmäßige Einkünfte durch einen Privatclub im Village, den sie mit sadomasochistischen Accessoires belieferte.

Die beiden Männer, wie immer, wenn eine Frau im selben Zimmer war, die sie nicht kannten, und ohne daß andere dabei waren, ohne eine Atmosphäre gesellschaftlicher Aufgekratztheit – na ja, sie wurden dann ziemlich steif und zurückhaltend, als hätte sie ein bewaffneter Eindringling überrumpelt.

Clyde wich nicht von Edgars Seite, er spürte bei der Frau ein Potential für abweichendes Verhalten. Sie trug dickes Make-up, das aussah, als hätte sie es aus einer Farbdose gegossen und gekocht. Außerdem fiel Clyde auf, daß eine Tasche an ihrem Kleid etwas durchhing, da der Saum sich löste.

Sie wandte sich kläglich-geziert an Edgar.

»Sie wissen, guter Mann, daß ich Sie ohne vorherige Anprobe nicht einfach eine meiner Masken tragen lassen kann. Ich muß schon den lebenden Kopf einmal angefaßt haben. Schlimm genug, daß ich mein *objet* nach schriftlichen Anweisungen kreieren mußte, als wäre ich ein Klempner, der eben mal ein Waschbecken anbringt.«

Sie hatte einen europäischen Akzent, der durch den langen Aufenthalt in New York zerschlissen und versengt war. Und ihre Haare hatten den retuschierten Glanz einer toten, aufgespießten Krähe.

Natürlich hatte sich Clyde über Tanya Berenger informiert. Sie kam ziemlich ausführlich in den Akten vor. Diverse Male war sie beschuldigt worden, Lesbe, Sozialistin, Kommunistin, Rauschgiftsüchtige, Geschiedene, Jüdin, Katholikin, Negerin, Einwanderin und ledige Mutter zu sein.

So ungefähr alles, was Edgar ablehnte und fürchtete. Aber sie machte exquisite Masken, und Clyde hatte nicht lange gezögert, sie für den Auftrag zu engagieren.

Er eilte in Edgars Schlafzimmer und holte die Maske.

Als Tanya sie in der Hand hielt, schaute sie von Edgar zur Maske und wog sie gegeneinander ab, und der Direktor spürte eine eigentümliche Spannung in der Brust und fragte sich, ob er ihrer wohl würdig sei.

Sie hielt das Objekt auf Augenhöhe, fünfzehn Zentimeter von ihrem Gesicht entfernt, und blickte Edgar durch die Augenlöcher an.

Und Edgar betrachtete nun seinerseits die Maske, als hätte sie ein Eigenleben, eine Identität, die er sich, genügend Mumm vorausgesetzt, für eine einzige Mitternacht im Partyrausch leihen könnte.

Es war eine schlanke, schwarze Ledermaske mit bügelartigen Verlängerungen und einem Schwarm glänzender Ziermünzen um die Augen.

Tanya fragte: »Wollen Sie sie aufsetzen oder sich mit ihr unterhalten?«

Doch er war noch nicht soweit.

»Will ich das aufsetzen, Junior?«

»Nur Mut.«

Tanya sagte: »Leder. Das ist so real, wissen Sie? Als würde man das Gesicht von jemand anders aufsetzen.«

Sie setzte Edgar die Maske auf den Kopf, das gepolsterte Band nicht zu straff, das Leder lebendig auf seiner Haut.

Dann drehte sie ihn an den Schultern langsam zum Spiegel über dem Schreibtisch.

Clyde nahm ihm das Whiskeyglas ab.

Die Maske verwandelte ihn. Zum ersten Mal seit Jahren sah er sich nicht als Bewohner eines alten, gedrungenen, aufgedunsenen Körpers, auf dem ein riesiger Klumpen von Kopf saß.

»Ich darf Sie Edgar nennen – ist das recht? Ich darf Ihnen sagen, wie ich Sie sehe? Ich sehe Sie als reifen, umsichtigen Mann, in dem ein sexy Motorradrocker steckt, der endlich raus will. Was durch den Flitter eine schräge Note kriegt, verstehen Sie?«

Er fühlte sich traumhaft, schaumhaft und trunken.

Sie korrigierte die Paßform etwas, und obwohl er sich unter ihrer Berührung wand, verspürte Edgar einen kribbelnden Kitzel. Sie war tückisch und verdorben, und es war, als flüsterte einem die Großmutter Schweinereien ins Ohr.

»Für mich sind Sie ein Motorrad-Macker, wissen Sie, der an der Spitze der Sadisten und Nekrophilen in die Stadt braust.«

Clyde beobachtete mit wohlerzogenem Entsetzen, wie ein Kakerlak aus Tanyas Kleid kroch und langsam an ihrer Seite hinablief. Das Vieh hatte Spanish-Harlem-Format und Fühler, die Radio BBC hätten empfangen können.

»Sie steht Ihnen wunderbar, Schätzchen. Für einen fülligen Mann haben Sie wilde Wangenknochen. Ich würde so gern Ihr ganzes Gesicht machen, wissen Sie? Betonen und schattieren.«

Clyde nahm sie sanft am Arm, ihre Kakerlakenseite vor Edgars Blick verbergend.

»Soll ich Ihnen mal was sagen? Der Ball heute abend ist die perfekte Bühne für Sie. Denn für mich sind Sie sehr schwarz und weiß. Das paßt von Kopf bis Fuß, ja?«

Als sie fort war, kümmerten sich die Männer um praktische Vorbereitungen. Clyde reservierte den Tisch fürs Abendessen und legte ihre Abendgarderobe bereit. Edgar legte die Maske auf den Tisch und nahm ein Bad.

Als er fertig war, zog er seinen flauschigen weißen Bademantel an und stellte sich ans Fenster, trank seinen Scotch aus. Er hörte ein Geräusch, das den hupenden Verkehr übertönte, etwas Schrilles, das sich in die Nacht erhob. New York war nicht mehr so genial wie früher, als die Saloons und Dinnerclubs noch Tummelplätze für flotte, charmante Frauen und Lebemänner mit witziger Ausstrahlung waren.

»Junior, dieses Geräusch. Hörst du das?«

Clyde kam in Hemdsärmeln herein, eine Schuhbürste in der Hand.

»Ja, schwach.«

»Ist das möglich?«

»Ja, das könnten die Protestler beim Plaza sein.«

»Der Wind.«

»Ja, der Wind trägt das Geräusch herüber.«

Sie hörten die harten, rhythmischen Salven der Stimmen, die wütende Slogans sangen, immer wieder, lauter, und leiser, wenn der Wind drehte, und dann von neuem hörbar.

»Du weißt, was sie wollen, nicht wahr?« sagte Edgar.

Während des ganzen geschundenen Jahrhunderts von Weltkriegen und heftigster Gewalt mit anderen Mitteln hatte es immer eine Unterstimme gegeben, die sich ungeachtet von Kanonenfeuer und Artilleriegeknall erhob und manchmal so stark wurde, daß sie mit dem Schlachtenlärm verschmolz. Das war der Kampf zwischen dem Staat und geheimen Aufständischen, wildäugigen Kindern des Staates – Anarchisten, Terroristen, Attentätern und Revolutionären, die den apokalyptischen Umschwung herbeiführen wollten. Und manchmal natürlich Erfolg hatten. Der Staat hatte die leidenschaftliche Pflicht, nicht lockerzulassen, seinen Griff zu verstärken und seinen Anspruch auf die größte verfügbare Zerstörungsmacht aufrechtzuerhalten. Seit der Atombombe wurde diese Macht völlig mit dem Staat identifiziert. Die Pilzwolke war die Gottheit der Vernichtung und Zerstörung. Doch Edgar am Fenster, er hörte die alten Warnrufe. Er dachte, daß vielleicht bald die Zeit zurückkehren würde, da das Denken sich auflehnen und Rebellenbanden wiedergeboren würden, langhaarige Männer und Frauen, schmuddlig und vögelfrei, die auf den bewaffneten, organisierten Widerstand aus wären, den Staat zerbrechen und das Ende der herrschenden Ordnung herbeiführen wollten.

»Sie wollen die Macht, um die Welt zu erschüttern. Da wird der alte Bolschewikentraum wieder geträumt, und die Kommunisten stehen hinter all dem. Und du weißt, wo das alles anfängt, nicht wahr?«

»Die meisten sind noch Kinder, die sich auf die Straße legen und den Polizisten mit Blumen zuwinken«, sagte Clyde. »Vietnam, das ist der Krieg, die Realität. Und dies hier ist der Film, hier wird das Drehbuch geschrieben, und hier spielen die Schauspieler. Was wir haben, wollen amerikanische Kinder nicht. Sie wollen Filme, Musik.«

Sollte Junior nur seine neunmalklugen Analysen entwickeln. Er begriff nicht, daß, wer Nachsicht mit dem Feind hatte, schon dabei war, sich sein eigenes Grab zu schaufeln.

»Es fängt tief im Innern des Menschen an«, sagte Edgar. »Sobald man irgendwelchen willkürlichen sexuellen Trieben nachgibt, will man, daß sich alles lockert. Man verwechselt die eigenen lockeren Sitten mit einem politischen Konzept, während in Wirklichkeit.«

Er führte seinen Gedanken nicht zu Ende. Manche Gedanken mußten unausgesprochen bleiben, selbst im Geist unvollendet. Darum ging es eigentlich bei seiner Beziehung zu Clyde. Das Thema unausgesprochen zu lassen. Die Gefühle ungefühlt, die

Impulse des Augenblicks ungelebt. Wie seltsam und töricht würde das den jungen Leuten vorkommen, die durch die Straßen rannten oder zu sechst in einem Zimmer hausten oder zu dritt in einem Bett, und vielen anderen Menschen übrigens auch – wie traurig und ausgefallen.

Clyde wandte sich wieder seinen Pflichten zu und ließ den Chef am Fenster stehen.

Edgar fand, es lag etwas Nobles in einer beständigen Partnerschaft, die keinem niedrigeren Ansinnen nachgab. Er nahm an, daß Clyde es ebenso sah. Aber schließlich war Clyde der zweite Mann, nicht wahr, und vielleicht folgte er auch nur Edgars Marschroute, wo immer sie hinführte, vielleicht auch nicht.

Er hörte die Gesänge im Wind, mal mehr, mal weniger. Clyde war jetzt unter der Dusche. Edgar schaute sich suchend nach der Maske um und sah sich unerwartet, quer durchs Zimmer, in einem mannshohen Spiegel, mit seinem weißen Bademantel und den weichen Pantoffeln, und der Anblick verblüffte ihn.

Natürlich war er das, aber als großköpfiges Baby verkleidet, geschlechtslos und so neugeboren, daß er eigentlich unirdisch wirkte.

Mutter Hoovers Kuschelknirps.

Er durchquerte das Zimmer und nahm die Maske in die Hand. Ihm fiel auf, daß die stilisierten Bügel schlicht verdrehte Lederstriemen waren, so entworfen, daß sie von den Schläfen abstanden.

Er hörte, wie Clyde aus der Dusche kam.

Als sie noch jünger waren und gemeinsam Urlaub machten oder auf Geschäftsreise gingen, sich eine Suite teilten oder angrenzende Zimmer nahmen und die Verbindungstür offen ließen, um, jeder von seinem Bett aus, bis tief in die Nacht miteinander zu reden, da gelang es Edgar manchmal, die Spiegel so zu stellen, daß er einen kurzen Blick erhaschen konnte – wenn er den freistehenden, antiken Spiegel in einem alten Gasthaus nahm, den Drehspiegel beispielsweise, und ihn einfach woandershin schob, oder wenn er die Tür des Badezimmerschränkchens ein Stück öffnete und so ließ, daß er beim Rasieren sehen konnte, wie der Spiegel das Licht vom Bett im Nebenzimmer einfing, oder wenn er einen Handspiegel aufrecht auf einem Tisch stehen ließ – einen kurzen Blick, ein flüchtiges Spähen, ein Gucklochlugen nach Junior, der damit beschäftigt war, sich anzuziehen oder auszuziehen oder zu baden, und das ganze Arrangement war so, daß der Augenblick absolut zufällig wirkte, falls die Zielperson bemerken sollte, daß sie beobachtet wurde, und zwar als Zufall, ja, als Unfall nicht nur in ihren Augen, sondern auch in Edgars eigener Wahrnehmung, wenn Juniors Anblick im normalen Ablauf der Dinge einfach so durch sein Gesichtsfeld schweben konnte, wenn sie in wichtigen FBI-Angelegenheiten unterwegs waren, der schlanke, männliche Körper seines Gefährten, oder in einem Golfhotel abstiegen oder den Rennpferden westwärts nach Del Mar folgten, als sie beide noch viel jünger waren.

Junior wurde inzwischen langsam kahl und kriegte eine Knollennase, und er ging gebückt. Aber eigentlich war Junior immer gebückt gegangen, darum bemüht, nicht größer zu wirken als der Chef.

Edgar war im Schlafzimmer, hinter geschlossener Tür. Er stand vor dem Spiegel, ein einundsiebzigjähriger Mann mit nichts am Leib als seiner ziermünzenbesetzten Rockermaske und seinen Pantoffeln mit Wollfutter, und lauschte den Stimmen auf der Straße.

9. JANUAR 1967

Wenn ihr Arbeitstag zu Ende war, zog Janet Urbaniak ihre Laufschuhe an. Vier trostlose Häuserblocks lagen zwischen dem Krankenhauskomplex, wo sie ausgebildet wurde und Stationserfahrung sammelte, und dem Mietshaus, wo sie wohnte. Karge, unkrautüberwucherte Straßen, ungeräumter Schnee, der von den Busabgasen verrußt, Schnee, der von Hundepisse zerlöchert und vergoldet war, und meistens hingen ein paar lauernde Gestalten in grünem Drillich herum, die letzten eines versprengten Bataillons ausgelaugter Männer.

Wenn ihr Arbeitstag also zu Ende war, zog Janet ihre leichten, lässigen Slipper aus und holte ihre Laufschuhe aus dem Spind, ein Paar feste, gepolsterte Turnschuhe mit abfedernder Mittelsohle, die sich geschmeidig und sicher anfühlten. Dann ging sie zum Krankenhaustor, wo sie mit einer anderen Schwesternschülerin an der Ampel stand und wartete, daß es Grün wurde, und zwar auf der gesamten, praktisch verlassenen Strecke von vier endlosen Häuserblocks, einem herzlosen Boulevard, wie man ihn in den Teilen der Stadt antrifft, wo die Architektur vorsichtig und angespannt ist und man stets ein Gefühl von Sperrstunde hat.

Janet stand da und wartete in der tiefen, gespenstischen Abenddämmerung. Dann sprang die Ampel auf Grün, ihre Freundin sagte: »*Los, los, los, los*«, und Janet fing an zu laufen, nonstop, so hoffte sie, falls ihr die Ampeln gewogen waren, und in wenigen Sekunden hatte sie ihre Höchstgeschwindigkeit erreicht, sie versuchte, den vereisten Stellen auszuweichen, und ihre Freundin behielt sie den ganzen Weg über im Blick.

An manchen Abenden, an den meisten Abenden sind es eher die Männer, auf die du achten mußt. Deshalb läufst du ja auch. Sie sehen dich in deinen elastischen, blauweißen Schuhen ankommen und haben lauter Dinge zu sagen und Gesten zu machen oder auch nur Blicke zu werfen, manchmal auch gar nichts, dann bist du ein Geist, ein Schatten – eine Gruppe Männer, zusammengerottet an einem Maschendrahtzaun oder einem leeren Grundstück, und du weißt nie genau, ob du besser in einem defensiven Bogen ausweichen oder in gerader Linie weiterlaufen sollst, denn die erste Taktik könnte sie beleidigen, und die zweite könnte sie in Versuchung führen, sich näher bekanntzumachen oder sich dir und deiner Gleichgültigkeit in den Weg zu stellen, und an manchen Abenden ist es eher der Schnee.

Der Schnee oder der Regen oder der Müll oder die streunenden Hunde, auf die du achten mußt.

Aber du läufst ja nicht wegen der Hunde. Die Hunde lassen dich langsamer werden und in Schrittempo fallen. Die herumlungernden Männer lassen dich laufen, die Männer außer Sicht in Hauseingängen oder Schrottautos – sie sollen doch denken, daß du läufst, weil du gerne läufst, genau wie all die anderen, der abendliche Strom der Studentinnen, die diesen Sprint über vier Blocks machen.

Wir sind bloß Läuferinnen, sollen sie denken, und reißen hier unsere Minuten runter.

Janet stürmte inzwischen voran, heftig keuchend, konzentrierte sich auf den Schnee und darauf, daß die Ampeln Grün blieben, und sie hatte ein Auge auf die Männer, die sich an eine Mauer lehnten oder aus einem Wagen stiegen - im Verlauf eines Sprints kam sie meistens an mehreren Schrottautos vorbei, die im Winter als gesellschaftlicher Treffpunkt dienten.

Vier lange Blocks unter einem streifigen Nordhimmel. Wenn sie den Eingang zu ihrem Haus erreichte, hatte sie die Schlüssel schon in der Hand, und sie ging hinein und nahm den Aufzug nach oben, lief gewissermaßen weiter, jetzt die Wohnungsschlüssel, und fünfzehn Sekunden, nachdem sie im Wohnzimmer war, hinter doppelt verrammelter Tür, klingelte das Telefon. Erst dann hörte ihr Herz auf zu rasen.

Der Anruf war reine Routine, eine andere Schwesternschülerin im Krankenhaus, die nur sichergehen wollte, daß Janet es heil geschafft hatte. Sie gaben ihr elf Minuten von Tür zu Tür, inklusive Aufzug und Schlüssel im Schloß. Einige Schwesternschülerinnen wohnten im selben Häuserkomplex, und diese Angewohnheit sollte es allen ermöglichen, reihum die Rollen zu tauschen. Janet machte den Lauf, nahm den Anruf entgegen und überprüfte ihren Fortschritt als Läuferin, streng nach Plan.

Sie rechneten alles aus und hängten es an ein schwarzes Brett. Dann zogen sie ihre Laufschuhe an und warteten auf Grün.

29. NOVEMBER 1966

Die Entscheidung, verspätet zu erscheinen, traf der zweite Mann. Feste Entschlossenheit unter schwierigen Umständen zeigte Clyde Tolson gern.

Das bewies Format. Und wenn man abwechselnd als pflichtbewußt, respektvoll, willfährig, sklavisch und arschkriecherisch korrupt beschrieben wird, je nach dem - abnehmenden - Grad der Wertschätzung, dann muß man auch ab und zu seinen Charakter unter Beweis stellen.

Doch zunächst mußte Clyde den Chef davon überzeugen, daß die Abenddämmerung seines Direktorats nicht davon überschattet sein würde, wenn er ein oder zwei Stunden Partyzeit versäumte.

Ein Sicherheitskommando des FBI am Plaza hatte berichtet, daß der Protest allmählich laut wurde und die Partygäste bei ihrer Ankunft mit Reimcouplets beschimpft, mit obszönen Zeichen und Gesten bedacht, aus nächster Nähe bespuckt und dazu gezwungen wurden, sich vor dem einen oder anderen Flugobjekt zu ducken.

Clyde fand es völlig abwegig, den Direktor in eine Situation geraten zu lassen, und letzten Endes stimmte ihm Edgar darin zu, die der Würde des FBI hätte abträglich sein können.

Es war also Mitternacht, als die beiden Männer in ihrem gepanzerten schwarzen Cadillac durch die leeren Straßen von Midtown rollten. Sie hatten gemütlich zu Abend gegessen, mit dem Weinkellner geschäkert und sich noch mit alten Bekannten einen Brandy an der Bar genehmigt, denn überall, wo J. Edgar Hoover hinkam, gab es auch alte Bekannte, einige waren loyale Anhänger, andere residierten in den Akten, ein paar waren Feinde fürs Leben, wußten es aber noch nicht, und Edgar und Clyde waren trotz der Vor-Ort-Berichte in ziemlich heiterer Stimmung, wie sie auf den schwellenden Rücksitzen thronten, natürlich in schwarzer Krawatte und schwarzen Masken, ein höflich-fescher Verbrechensbekämpfer aus einem Sonntagscomic, ein Meisterbürokrat am Tage, der des Nachts zum sausenden Maskman wurde und mit seiner rechten Hand, dem Mann seines Vertrauens, im Abendanzug durch die Straßen zog.

Der Fahrer betätigte die Sprechanlage, um zu melden, daß sie von einem Wagen verfolgt wurden.

Clyde drehte sich danach um, während der Direktor auf seinem Sitz zusammensackte und seinen Kopf unter die Fensterlinie brachte.

»Kleiner VW-Käfer«, sagte Clyde. »Von oben bis unten in knallbunten Farben gestrichen. Psychedelisch. Große helle Wirbel und Streifen. Kann das Gesicht des Fahrers nicht erkennen.«

Der Cadillac fuhr langsam am Plaza vorbei. Die Scheinwerfer waren weg, die Medienmeute war weg, keine Spur von neugierigen Gaffern, die von der Nachricht des Ereignisses angezogen worden wären. Einige wenige Demonstranten waren noch da, inzwischen etwas matt, junge Leute in schmierigen Batikklamotten, und ein paar Beamte von der Stadtpolizei auch, noch abgeschlaffter, denen die ewige, lastende Anstrengung eines mächtigen, runtergeschlungenen Essens anzusehen war, das schwer im Magen liegt und Überstunden macht.

Der große dunkle Wagen fuhr um den Block, drinnen ausgerüstet mit einer Arpège-Sprühflasche voll Raumluftdeodorant, und Clyde prüfte die anderen Eingänge.

Die Nordstufen waren leer, er klopfte an die Scheibe, der Chauffeur fuhr vor, die beiden Männer stiegen aus, und plötzlich war der VW wieder da, schnitt ihnen von vorn den Weg ab, Menschen quollen heraus, drei, vier, was denn, sechs, ein Zirkuswagen, aus dem sich lauter Clowns ergossen, ungefähr sieben Leute, die auf den Bürgersteig purzelten und die Stufen hochhasteten, um den Eingang zu flankieren.

Alle trugen Masken, die Gesichter asiatischer Kinder, einige blutbespritzt, andere mit zugenähten Augen, und als Hoover und Tolson auf der Treppe waren, begannen sie zu schreien.

Der erste Mann war ungeschickt und langsam, und der zweite nahm stützend seinen Arm, und sie quälten sich bis zum Eingang durch.

Sie hörten: »Abschaum der Gesellschaft!«

Sie hörten: »Ein totes asiatisches Baby für jeden Gucci-Schuh!«

Clyde war sich nicht sicher, ob die wußten, wen sie vor sich hatten. War Edgars Maske ausreichende Tarnung für seine knorrige alte Medienfratze?

Sie hörten Losungen, Schimpfwörter und Fachausdrücke.

Und sie kämpften sich nach oben, Schritt für Schritt, die Augen nach vorn, die Arme außen auf Tuchfühlung, und die Protestler kreischten und zischten.

»Vietnam! Liebt es oder laßt es!«

»Weiße Killer mit schwarzer Krawatte!«

Eine junge Frau stand am Eingang, mit der Maske eines zerschmetterten Kindergesichts, und sie sagte eher leise zu Edgar, sie trat ihm in den Weg und sprach gleichförmig, flüsterte geradezu:

»Wir werden nicht eher verschwinden, Alter, bis du zusammen mit deinem Müll auf einer Halde liegst.«

Clyde sagte: »Vorsehn bitte«, wie ein Kellner mit einem schweren Tablett, und ein paar Minuten später, nach einem Zwischenstop auf der Herrentoilette, um sich zu sammeln, waren der Direktor und sein Adjutant partybereit.

Aber zuvor fragte Edgar: »Wer waren diese Spinner?«

»Dazu fällt mir das eine oder andere ein. Ich setze jemanden drauf an.«

»Hast du gehört, was sie gesagt hat? Ich glaube, die stehen in Verbindung mit der Müllguerilla.«

»Rück deine Maske gerade«, sagte Clyde.

»Ich möchte gern dabei zusehen, wie die so langsam wie möglich zermalmt werden. Über Wochen und Monate, und das Ganze auf Tonband.«

Sie gingen durch den Korridor auf den großen Ballsaal zu. Sie waren schon fünfhundert Korridore auf dem Weg zu irgendeinem zeremoniellen Ereignis entlanggegangen, einem Ehrendinner, einem rituellen Salut für Edgars Jahrzehnte im FBI, aber so eine Geräuschkulisse hatten sie noch nie erlebt.

Ein gedämpftes Röhren, eine Art Rumpelsummen, auch Kronleuchterklingeln gehörte zu der Mischung, und das träumerische Schwingen der Tanzmusik und ein Stimmenklang der Selbstverzükkung – Köder und Faszination eines Lebens, das bestimmt war durch seine Ferne vom tagtäglichen Aschengebrödel des Weltjammers.

»Tonbänder mit Schreien und Stöhnen«, sagte Edgar, »ein ideales Wiegenlied für mich.«

Sie schritten durch den Ballsaal, gingen hin und her, sahen überall Prominente. Der Raum war hoch und weiß und primelgold, flankiert von griechischen Säulen, die das blitzflackernde Bernsteinlicht von tausend Kerzen einfingen.

Schwanenhälsige Frauen in Atlaskleidern. Masken von Halston, Adolfo und Saint-Laurent. Mutter und Schwester eines amerikanischen Präsidenten und die Tochter eines anderen. Energische kleine Männer, stolzgeschwellt vor Status. Blaublütige Jetsetter, ein Maharadscha mit Maharani, eine Baroness Sowieso mit perlenbestickter

Maske. Berühmte, rasende Säuferdichter. Forsche, clevere, schicke Frauen, die Modemagazine und Designerkleidung managten. Frisuren by Kenneth – gezupft, gedreht, zurückgekämmt und gelockt.

»Hast du gesehen?«

»Die alte Matrone«, sagte Edgar.

»In der Billigmaske.«

»Perlenbestickt.«

Sie schüttelten hie und da geziert Hände, ließen diesem oder jener eine kleine Schmeichelei zukommen, und Clyde wußte, wie sich der Direktor unter Menschen der auserlesensten Gesellschaftsschichten fühlte, den Gesalbten und Prädestinierten, umgeben von einer Aura wie Inka-Könige, den Talentierten und Originellen und Selfmademen und Schöngeborenen und Egogetriebenen und Schacherern, allesamt von Sternenschimmer umglänzt, und dazu noch den Rücksichtslosen und Ungehobelten.

Ja, Edgar war vor Aufregung ganz feucht.

Er blieb stehen, um mit Frank Sinatra und seiner jungen Frau zu plaudern, einem Nymphchen mit jungenhaftem Haarschnitt und einer Schmetterlingsmaske.

»Jedgar, altes Schlachtroß. Hab dich ja nicht mehr gesehen seit.«

»Ja, ich weiß.«

»Tempus fugittet, was, Kumpel?«

»Allerdings«, sagte Edgar. »Stell mich deiner Schönen vor.«

Sinatra war jetzt auch in den Akten. Wie viele andere der Anwesenden. Nicht ein einziger von ihnen, dachte sich Clyde, war in seinen professionellen Manövern so versiert wie Edgar. Aber Edgar hatte keinen Glanz. Edgar arbeitete im Halbdunkel, manipulierte und brachte Verderben. Ihn schmückte der kleine, blasse, grollende Ruhm des Beamten. Ohne die offene, selbstbewußte Zurschaustellung, die großspurige Gockelparade von einigen dieser kosmischen Helden hier.

Auf der Bühne, unter dem aufgezogenen Vorhang, wechselten sich zwei Bands ab. Ein weißes Gesellschaftsorchester und eine schwarze Soulband. Alle Musiker maskiert.

Die Leute waren von Edgars Ledermaske hingerissen. Und sagten es ihm. Eine Frau in Straußenfedern leckte ihm über die Bügel.

Eine andere Frau nannte ihn Biker Boy. Ein schwuler Theaterautor verdrehte die Augen.

Sie erreichten ihren Tisch und ließen sich ein Weilchen nieder, nippten Champagner und knabberten an Buffet-Häppchen. Clyde nannte die Namen vorbeitanzender Leute, und Edgar gab Kommentare über ihre Lebensläufe, Karrieren und persönlichen Vorlieben ab. Und falls ihm das eine oder andere aus dem Anekdotenschatz gerade nicht einfiel, sprang Clyde hurtig ein.

Andy Warhol spazierte mit einer Maske vorbei, die ein Foto seines Gesichts war.

Eine Frau forderte Edgar zum Tanz auf, und er errötete und steckte sich eine Zigarette an.

Lord und Lady Dingsda hielten ihre Masken an Stöckchen.

Eine Frau trug einen sexy Nonnenwimpel.

Ein Mann trug eine Henkerkapuze.

Edgar sprach schnell mit seiner alten Staccatostimme, wie ein Radioreporter, der eine Reihe knalliger Nachrichtenmeldungen bringt. Clyde war richtig angetan, den Chef so aufgekratzt zu sehen. Sie entdeckten einige Leute, die sie beruflich kannten, Gesichter aus Regierungskreisen der Vergangenheit und Gegenwart, Männer in heiklen und kritischen Positionen, und Clyde bemerkte, daß der Ballsaal von den Gegenströmungen der Interessen und Gelüste schier pulsierte. Die politische Macht vermengte sich schlüpfrig mit Kunst und Literatur. Historiker mit Vollglatze schwoften mit den Schönen aus High Society und Mode. Diplomaten tanzten mit Filmstars, Nobelpreisträger erzählten Reederei-Tycoons Kumpelgeschichten, die Talmiwelt des Broadway und die Klatschindustrie prosteten Auslandskorrespondenten zu.

In der Luft hing ein Gefühl, als spürten alle, daß sich da etwas Weitreichendes entwickelte. Grauenvolle Aussicht, dachte Clyde, denn das ließ auf eine Fortsetzung der Kennedy-Jahre schließen. In denen fundierte Kategorien langsam irrelevant geworden waren. In denen eine gewisse fließende Bewegung möglich wurde. In denen Sex, Drogen und Fäkalsprache die Schichten der Kultur allmählich auflösten.

»Ich finde, du solltest tanzen«, sagte Edgar.

Clyde schaute ihn an.

»Es ist eine Party. Warum nicht? Such dir eine passende Dame und wirble sie übers Parkett.«

»Ich glaube tatsächlich, der Mann meint's ernst.«

»Und dann komm zurück und erzähl mir, worüber ihr gesprochen habt.«

»Kann ich überhaupt noch irgendeinen Schritt?«

»Du warst früher ein ganz guter Tänzer, Junior. Na los. Zeig's ihnen. Es ist eine Party.«

Auf der Tanzfläche waren die Gäste beim Twist, mit der ganzen artikulierten Pantomime der aus der Starre erwachten Toten, die für einen Tag zurückgekehrt sind. Bald tauchte die weiße Kapelle wieder auf, und die Musik ging zu Foxtrott und Walzer über. Clyde beobachtete die langsam schuffelnde Menge umsichtiger Tänzer, die sich kaum berührten, auf Frisuren und Schmuck und Kleider und Masken zu achten hatten und immer nach anderen tollen Leuten Ausschau hielten – Köpfe drehten sich, blitzende Augen auf dem großen schwarz-weißen Kreisel.

»Komm, zeig dein wahres Gesicht«, sagte Edgar mit schiefem Grinsen.

Ach, das war's. Beschwipst und zickig. Na schön, dachte Clyde. Wenn das ein Abend werden sollte, an dem alte Verbote etwas gelockert wurden, warum nicht ein Tänzchen wagen?

Er ging auf eine Frau zu, die nicht nur maskiert war, sondern ganz mittelalterlich schien, ein Tuch um den Kopf gewunden hatte und ein langes, schlichtes Cape trug, in der Taille gerafft, darunter ein enges Korsett, das bis unter die Brüste hochgeschnürt war.

Sie lächelte ihn an, und Clyde sagte: »Sollen wir?«

Sie war groß und weiß und trug kein Make-up und sprach ohne Ehrfurcht von dem Abend, seinem Pomp und seinen Fußangeln. Eine vernünftige junge Dame, wie sie Edgar vielleicht bewundert hätte, Clyde also auch.

Sie trug eine Rabenmaske.

Clydes eigene Maske, ein schlichter Domino, steckte inzwischen in seiner Jackettasche.

»Gebrauchen wir unsere Namen?« fragte er. »Oder folgen wir den strikten Regeln der Anonymität?«

»Gelten hier Regeln? Das wußte ich gar nicht.«

»Erfinden wir doch unsre eigenen«, sagte er, überrascht, daß er ein leicht erotisches Geplänkel vom Zaun brach.

Er führte sie auf Körperpaare zu und wieder fort, die zur Melodie einer alten Ballade aus seiner Jugend geisterschwebten.

Clyde hatte früher Freundinnen gehabt. Doch als der Chef anfing, andere denkbare Kandidaten zu umwerben, kräftige junge Agenten, die mehr eine gesellschaftliche denn eine FBI-interne Funktion erfüllen würden, wußte Clyde, daß es Zeit wurde, sich Edgars Bedürfnis nach einem stetigen und ergebenen Freund zu beugen, einem Gefährten der Seele und des Wortes und der unabänderlichen Routine. Diese Entscheidung befriedigte Clydes tiefes Bedürfnis nach Schutz, einem Platz auf der sicheren Seite des befestigten Walls.

Macht – und schon paßte ihm der Anzug besser.

Er sah, wie Edgar mit einer Gruppe am äußersten Ende des Ballsaals fotografiert wurde. Clyde erkannte die meisten, und ihm fiel auf, wie willig sich Edgar einfügte.

Edgars eigene Macht hatte ihn immer doppelt gepanzert. Er besaß natürlich die Macht seines Amtes. Und außerdem die Macht, die ihm seine Selbstkasteiung verlieh. Seine strengen Maßnahmen als Direktor wurden merkwürdig legitimiert durch sein Privatleben, die Kompromißlosigkeit seines beharrlichen Zölibats. Clyde glaubte daran, daß Edgar seine monokratische Macht durch die Tage und Nächte der Selbstverleugnung erworben hatte, durch die Ablehnung unannehmbarer Impulse. Der Mann war konsequent. Jedes offizielle Geheimnis des FBI wurde direkt in Edgars Seele blutgeboren.

Das machte ihn zu einem großen Mann.

Konflikt. Die Natur seines Begehrens und seine unablässigen Bemühungen, Homosexuelle in Regierungskreisen bloßzustellen. Das Geheimnis seines Begehrens und die Weigerung, ihm nachzugeben. Groß in seiner Überzeugung. Groß in seinem harten Urteil und traditionellen Hintergrund und seiner frühamerikanischen Redlichkeit und groß in seiner haarspalterischen Angst und dunklen Scham und groß und traurig und jämmerlich in seinem Ekel vor körperlichem Kontakt und in tausend anderen Qualen, die zu tief waren, um benannt zu werden.

Clyde hätte alles getan, was der Chef verlangt hätte.

Sich hingekniet.

Vornübergebeugt.

Ausgestreckt.

Herumgegriffen.

Doch der Chef wollte nur seine Gesellschaft und seine Treue, bis zum allerletzten bewußten Augenblick seines ersterbenden Atems.

Clyde sah noch einen Mann und dann noch einen in Henkerkapuze. Und eine Gestalt in einem weißen Leichentuch.

»Und dieser Mann da drüben. Der sich knipsen läßt«, sagte die junge Frau. »Mit dem haben Sie zusammengesessen.«

»Mr Hoover.«

»Mr Hoover, ja.«

»Und bei ihm, mal sehen. Die Frau eines berühmten Dichters. Der Mann einer berühmten Schauspielerin. Zwei ledige Komponisten. Ein Milliardär mit Doppelkinn.« Clyde merkte, er gab mächtig an. »Und ein Börsenmakler und Segler namens, mal nachdenken, Jason Vanover. Und seine Frau, eine mittelmäßige Malerin, die heißt, wie immer sie heißt. Sax oder Wax oder so.«

»Und Sie sind Mr Tolson«, sagte die Frau.

Ach, wie schlau, dachte Clyde, der selten in der Öffentlichkeit erkannt wurde und sich etwas geschmeichelt und auch etwas verunsichert fühlte.

Sie tanzten Wange an Wange.

Er sah noch eine Frau in einem leicht abgewandelten mittelalterlichen Kleid, etwas verschleierter und verborgener unter ihrer Kapuze, und sie erinnerte ihn an – nein, nicht an das Gemälde aus dem 16. Jahrhundert, das Edgar so krankhaft liebte, den Bruegel mit seiner Todeslandschaft. (Edgar hatte Postkarten, Zeitschriftenseiten, gerahmte Reproduktionen und vergrößerte Ausschnitte in seinem Hobbykeller gelagert und aufgehängt. Und er hatte Clyde angewiesen, mit den Dienststellen in Madrid über das unbezahlbare Original zu verhandeln und wie er es erwerben könnte, als Geschenk an das amerikanische Volk von einer spanischen Nation, die für den Schutzschild der bewaffneten US-Macht dankbar war. Doch dann, Anfang dieses Jahres, stießen eine B-52 und ein Tankflugzeug bei einem Routine-Auftanken zusammen, und vier Wasserstoffbomben fielen auf die spanische Küste herunter, wobei radioaktive Materialien freigesetzt wurden, und Clyde mußte alle Gespräche deaktivieren.) Nein, nicht den Bruegel. Die nonnenhafte Frau erinnerte ihn, von allen Dingen und Menschen, ausgerechnet an den schicken, kranken, hochgeputschten Komiker – Lenny Bruce. Nein, Lenny Bruce war kein Gast auf dem Black & White Ball. Lenny Bruce war tot. Vor einigen Monaten gestorben, in seinem Haus in Los Angeles, an akuter Morphiumvergiftung, nackt am Boden in seiner Toilette, mit starren Gliedern, Schleim aus der Nase hängend, die glasigen Augen weit aufgerissen, die Spritze noch im Arm.

Ein 20x25-Polizeifoto des aufgetriebenen Körpers – das Bild hätte auch *Der Triumph des Todes* heißen können – befand sich in den persönlichen Akten des Direktors. Warum? Der Horror, der Schauder, das Höllengefühl religiöser Vergeltung wie im Mittelalter. Und nur wenige Stunden, nachdem die Leiche gefunden worden war, machte ein Gerücht an den üblichen Orten die Runde. Aufgepaßt. Lenny ist von finsteren Kräften aus der Regierung umgebracht worden.

Lynda Bird Johnson tanzte mit einem Geheimagenten vorbei.

Das Gerede hatte Clyde nicht überrascht. Er konnte den paranoiden Mundgeruch des Jahrzehnts riechen. Und plötzlich fragte er sich, was für eine Frau er da im Arm hielt. Hatte er sich ihr auf der Tanzfläche genähert, oder war sie ihm raffiniert in den Weg getreten?

Ein Mann mit Skelettmaske und eine Frau in Mönchskutte. Da standen sie am Rand der Bühne.

»Sie kennen meinen Namen«, sagte Clyde. »Aber ich muß leider passen.«

»Was nicht sehr oft vorkommt, wie? Dabei dachte ich, die Regeln verlangten eher Geheimhaltung.«

Sie tanzten zu Musicalmelodien aus den Vierzigern. Sie drückte sich etwas näher an ihn und schien rhythmisch in sein Ohr zu atmen.

»Haben Sie jemals so viele Menschen gesehen«, wisperte sie, »die sich an einem Ort versammelt haben, nur um miteinander reich, mächtig und widerwärtig zu sein? Wir brauchen uns nur umzuschauen«, wisperte sie, »und sehen die Manager, die Modefotografen, die Regierungsbeamten, die Industriellen, die Schriftsteller, die Bankiers, die Akademiker, die schweinsgesichtigen Adligen im Exil, und wir erkennen die Seele des einen an dem bitteren, faltigen Körper des anderen, und alle erkennen wir dann an der Seele des einen. Denn sie gehören alle zu demselben beschissenen Ding«, wisperte sie, »finden Sie nicht?«

Na, bei der blieb ihm aber die Spucke weg, wer auch immer sie war.

»Dasselbe Ding. Was für ein Ding?« fragte er.

»Der Staat, die Nation, der Konzern, die Machtstruktur, das System, das Establishment.«

So jung, so wendig und so platt. Er spürte, wie die elektrische Spannung ihrer Schenkel und Brüste durch seinen Anzug drang.

»Wenn Sie mich küssen«, sagte sie, »stecke ich Ihnen die Zunge so tief in den Hals.«

»Ja.«

»Daß sie Ihr Herz durchbohrt.«

Und dann geschah alles auf einmal. Gestalten mit Rabengesichtern und Schädelmasken. Gestalten in weißen Leichentüchern. Mönche, Nonnen, Henker. Und natürlich begriff er, daß die Frau in seinen Armen eine von ihnen war.

Sie bildeten eine Todeslinie auf der Tanzfläche, unterbrachen die Musik und schickten die Gäste an den Rand. Sie kontrollierten den Saal, ein Maskenspiel stummer Figuren, eine Heimsuchung, ein Sprühregen von Krankheitserregern, und Clyde sah sich nach Edgar um.

Die Frau schlüpfte davon. Dann marschierten die Gestalten übers Parkett, drapiert, maskiert, verhüllt und mönchskuttig. Wie hatten sie sich so geschickt versammeln können? Wie waren sie überhaupt in den Ballsaal gekommen?

Er schaute sich nach dem alten Edgar um.

Eine Nonne und ein Henker tanzten einen Pas de deux, eine Runde einfacher Schritte im Kreis, und peu à peu schlossen sich die anderen an, die Knochenmänner und Rabenfrauen, und am Ende war es eine anmutige Pavane, die sie vollführten, höfisch und tödlich und langsam, mit derart bewußten Gesten, daß sie ebenso gespielt wie getanzt wirkte, und Clyde sah seine junge Partnerin, die sich geschmeidig mitten unter ihnen bewegte.

Stecke ich Ihnen die Zunge so tief in den Hals.

Die Gäste schauten wie in Trance zu, fünfhundertvierzig Männer und Frauen, so war der aktuelle Stand, dazu Musiker und Kellner und anderes Personal, Männer, die den Schmuck der Frauen bewachen sollten, sie alle gehörten zu dem Publikum einer Show, die nicht aus ihnen selbst bestand – sämtlich respektvoll, verstummt und halb verblüfft.

Daß sie Ihr Herz durchbohrt.

Als sie fertig waren, stellte sich die Truppe in einer Reihe auf und nahm ihre Kopfbedeckungen und Masken ab. Dann sperrten sie den Mund auf, sagten nichts, schickten nur ein hohles Starren zu den Gästen hinüber. Der Augenblick dehnte sich, ein langes, klaffendes Schweigen in der Säulenhalle.

Sie zogen im Gänsemarsch ab.

Wenige Minuten später fand Clyde den Chef, und sie gingen auf die Herrentoilette, um sich zu sammeln.

»Schön getanzt, Junior?«

»Ich glaube, ich weiß, wer die sind.«

»Hast du das nicht auch gesagt, als wir letztes Mal hier drin waren?«

»Eine Gruppe, die sich wenig sehen läßt und noch weniger bekannt ist. Unidemonstrationen vor allem. Niemand, und das ist seltsam.«

»Was?« bellte der Chef.

»Niemand von der Inneren Sicherheit hat bis jetzt einen Namen für die Gruppe. Man weiß, daß sie Protestaktionen proben, alle Rollen spielen, sogar die Polizei. Dreh dich um.«

»Deck die Verbindungen auf. Alles steht miteinander in Verbindung. Die Kriegsprotestler, die Mülldiebe, die Rockbands, die Promiskuität, die Drogen, die langen Haare.«

»Du hast Schuppen auf dem Jackett«, sagte Clyde.

Männer kamen und gingen, trugen ein einziges trübes Murmeln in den gekachelten Raum und wieder hinaus. Reißverschluß auf und pinkeln. Sie urinierten auf Häufchen aus zerstoßenem Eis, mit Zitronenschnitzen garniert. Reißverschluß auf, Reißverschluß zu. Sie pinkelten, sie schlackerten, und Reißverschluß zu.

Edgar stand vor den Spiegeln, immer noch maskiert, und sein Anblick ließ Clyde an den geheimen Garten hinter dem Haus des Direktors denken, einen von den Nachbarn weggezäunten Bereich, der Gästen niemals gezeigt wurde, wo sich Statuen nackter junger Männer aus Springbrunnen erhoben oder in herbstflammende Ranken drapiert dastanden. Weniger prickelnd als inspirierend, glaubte Clyde. Dies war die männliche Gestalt als Edgars idealisiertes Double. Eine Rolle, die von Clyde mit Leben erfüllt wurde. Zumindest war es früher so gewesen, als Edgar verstohlen einen Spiegel kippte, damit er im Bett liegen und Junior bei seinen Liegestützen im Nebenraum beobachten konnte.

Das war 1939 in Miami Beach. Jetzt ist 1966 in New York, und wir leben in Wirrwarr und Schock.

Er hatte zugelassen, daß das Mädchen ihn bezauberte und in Versuchung führte, und es hatte ihm gefallen, und er war enttäuscht gewesen, als sie vor dem Kuß davongeschlüpft war, und er war auf die uralte Tour zum Narren gehalten worden – diese radikale, hinreißende, selbstsüchtige, herzlose, ranschmeißerische Schlampe.

Im Ballsaal war die Hälfte der Gäste gegangen. Die übrigen ließen eine wohlbemessene Weile verstreichen, damit es nicht danach aussah, als wäre ihr Aufbruch durch das Spektakel beeinflußt, den Protest oder was immer es war – die Verhöhnung ihres glatten, edlen Abends.

Die Gesellschaftskapelle spielte ein paar tanzbare Stücke, aber keiner wollte mehr tanzen. Edgar und Clyde saßen trinkend bei einem wächsernen Mann mit getönter Brille und seiner übermaskierten Frau – Satinflügel, Hahnenfedern und eingefaßte Diamanten.

Möglicherweise Mafia, schätzte Clyde.

Edgar wollte mit niemandem sprechen. Saß da, trank und haßte. Er hatte den Schimmer der Letzten Dinge in den Augen. Clyde kannte diesen Blick. Das hieß, der Direktor meditierte über seinen Sarg. Die Einzelheiten seiner Beerdigung zu planen spendete ihm finsteren Trost. Bleiausgeschlagener Sarg von mindestens tausend Pfund. Um seinen Körper vor Mäusen und Maden, Bazillen und Grillen, Würmern und Vandalen zu schützen. Die planten, seinen Müll zu rauben, warum also nicht auch seine Leiche? Bleiausgeschlagen, jawohl, damit er vor dem Atomkrieg in Sicherheit war, vor den Verheerungen und dem Zerfall durch radioaktiven Fallout.

Und wenn er starb, gleich unter welchen Umständen, dann würden sie plötzlich, all jene Elemente, die seine unkontrollierte Macht verachteten – sie würden ihr Mißtrauen umkehren und Gerüchte in Gang setzen, daß der Direktor selbst das Opfer eines krummen Mordes geworden war, den eine unbekannte Partei im weitgespannten, vielschichtigen Gewebe des Staates geplant und ausgeführt hatte.

Und so würde der Chef endlich ein wenig Sympathie erregen, ein alter Mann, ausgeschaltet durch ein komplexes, so zweckorientiertes und trügerisches Intrigenspiel, daß man es weit und breit bewunderte, obwohl man es nur halb glaubte. Clyde selbst war schon darauf vorbereitet, es halb zu glauben.

Edgar tot, um Gottes willen, erst in zehn, fünfzehn, zwanzig Jahren, frühestens.

Vielleicht waren dann auch die Sixties vorüber.

Die Frau mit der protzigen Maske sagte: »Glauben Sie, die warten draußen, diese Fieslinge, und wollen mich wieder zu Tode erschrecken?«

Ihr Mann sagte: »Es ist gleich vier Uhr früh. Die müssen auch mal schlafen.«

Um vier Uhr früh warteten sie draußen. Clyde und Edgar beobachteten sie vom Foyer aus. Die letzten Partygänger stolperten nach draußen, und die Protestler grölten und sangen, trugen wieder ihre Kindermasken.

Eine Stunde später war es endlich vorbei. Edgar und Clyde gingen durch den Haupteingang zum Cadillac hinunter, während der verbrauchte Müll eines Tages und einer Nacht in dieser großen Küstenstadt durch die Straßen windschlitterte.

Die gepanzerte Limousine rollte langsam zum Waldorf zurück.

Ja, der Direktor würde endlich ein wenig Sympathie bei denselben Leuten erregen, die über sie beide Witze rissen. Schlüpfrige, zischelnde Witze. Aber Edgar und Clyde waren kein altes, vor sich hin brabbelndes Tuntenpaar. Sie waren Männer von souveräner Autorität. Und Edgar hatte nicht die Absicht, auf Erden jemals die Kontrolle aus der Hand zu geben.

Clyde entdeckte den Käfer.

Er warf einen Blick auf Edgar, der stumm und schmollend in seiner Ziermünzenmaske dasaß. Er hatte die Maske seit dem Abendessen ununterbrochen aufgehabt. Hart, kalt, lakonisch, mit all der verborgenen Wut einer unstillbaren Qual trug er die Ledermaske, weil sie ihm, und sei es nur kurz, die Bürde der Kontrolle erleichterte.

Und als Clyde den Käfer entdeckte, den lumpigen kleinen Volkswagen mit seinen leuchtenden Krakeln und Wirbeln, da beschloß er, Edgar nichts zu sagen. Das Auto fuhr dreißig Meter hinter ihnen, ein neonfarbener Kakerlak, langsam, schlaflos und anhänglich.

Er sagte dem Chef nichts, denn der Abend war voller Schock und Bedrängnis gewesen, und er wollte diesen letzten unheilvollen Moment allein abfangen. Schließlich war er doch Junior, jetzt und für immer, willig und notwendig, ganz gleich wie müde und genarrt, der Lebensgefährte und getreue zweite Mann.

5

25. OKTOBER 1962

Es war Donnerstag. Zum ersten Mal hatten sie die volle Wucht der Gefahr am Montagabend verspürt, als der Präsident in Radio und Fernsehen eine Ansprache ans Volk hielt. Am Dienstag wurde gesagt, sowjetische Schiffe seien mit Raketen und Sprengköpfen unterwegs nach Kuba, um die Anzahl der bereits auf der Insel befindlichen Waffen aufzustocken. Mittwoch war angespannt. Am Mittwoch kam heraus, daß unsere Seeblockade in Kraft getreten war und daß sich vierzehn sowjetische Schiffe der Quarantänelinie näherten.

Jetzt war Donnerstag. Am Donnerstag abend, während strategische Langstreckenbomber mit thermonuklearen Waffen über dem Mittelmeer kreisten oder arktische Routen über Grönland flogen oder an den Westgrenzen Nordamerikas entlangschnürten, fuhren die Menschen mit eingeschaltetem Radio oder der aufgeschlagenen Zeitung vor der Nase von der Arbeit nach Hause.

Und während die Dunkelheit aus dem weiten, erhabenen Himmel über dem See herabsank, langsam immer tiefer in den Abend hinein, kamen die Nachtmenschen heraus, schlüpften an den Bars und halbseidenen Clubs vorbei, mischten sich unter die Touristen und Kongreßteilnehmer, die mal gucken wollten, was so los war. In den abseitigen Straßen wichen sie Taxis auf Beutezug aus, umschifften den Markt des gewerbsmäßigen Lasters und bahnten sich ihren

Weg in die Rush Street, wo Mister Kelly's lag, ein renommierter Saal in Chicagos spritziger Nacht.

Lenny Bruce kam aus der Garderobe im ersten Stock runtergeschlappt, tappte etwas trüben Blicks durch die Küche und die Schwingtür und war von dort aus mit einem Schlängelschritt auf der Bühne.

Ein Kellner mit Tablett sagte: »Heute hast du einen menschlichen Zoo da draußen.«

Nach den ersten fünfzehn Minuten seiner Show holte Lenny ein Kondom aus der Tasche und versuchte, es sich über die pelzige Zunge zu ziehen. Dann versuchte er, da hindurch zu sprechen, oder vielmehr, daraus hervor. Schließlich ließ er das Ding zwischen Daumen und Zeigefinger baumeln, hielt es vom Körper weg, wie ein Anschauungsexemplar – eine tote Qualle, deren Reflexe dir einen letzten spasmischen Stich verpassen können.

»Ich kann in dreiundzwanzig Staaten dafür verhaftet werden, daß ich mit diesem Ding in der Öffentlichkeit rumwedle. Ihr denkt, klar, im bibelfesten Süden. Dabei bin ich da so sicher wie nirgendwo, weil keiner weiß, was das ist. Die wickeln Saran-Frischhaltefolie um ihre Schwänze.«

Er faltete die Hände zum Halleluja und taumelte einen Schritt zurück.

»Ich schwör's, ich hab das in Time gesehen. Du nimmst eine Schachtel Saran und reißt so viel ab, wie du für deine persönliche Bestückung brauchst.«

Das Wort Bestückung kriegte einen größeren Lacher als Saran oder Time.

»Die Reste vom Falschen Hasen.«

Er stieß sein Hipster-Totlachen aus, knickte in der Hüfte ab wie ein Chassid beim todernsten Gebet. Ein paar Leute im Publikum, zwei, drei oder vier, wurden ganz klein und verkrampft auf ihren Sitzen.

»Saran. Klingt irgendwie interplanetarisch. Nur mal vorstellen. Eine kleine Stadt irgendwo in Amerika. Eine Hausfrau hängt Wäsche auf die Leine. Weiße Kinder und Negerkinder spielen friedlich auf einem Schulhof. Apple Pie steht zum Abkühlen auf Küchenfensterbänken. Plötzlich tödliche Stille. Die Menschen halten mitten in ihrer Bewegung inne. Ein Hund namens Skipper versteckt sich unter den Verandastufen. Dann ein blendendheller Blitz. Besuch aus dem Weltraum. Kreaturen vom Planeten Saran. Sie sind sehr dünn und sehen irgendwie folienhaft aus. Sie sagen zu den Führern der Erde, Nehmt dieses neue Material, das wir gerade erfunden haben, und testet es an euch selbst, denn ehrlich gesagt, wir haben Angst davor.«

Lennys schwere Lider senkten sich langsam, während er einen Szenenwechsel vornahm.

»Das ist nachgewiesen. Die Bauernjungen und Hilfsarbeiter nehmen immer ein Stück Saran mit, wenn sie ein Rendezvous haben. Ganze Mannschaften von Soziologen machen Feldstudien zu diesem Thema. Ganz zu schweigen von den Werbeleuten im Auftrag von Dow Chemical, das ist die Firma, die das Zeug herstellt, und sie überlegen, wie sie ihr Produkt als Lebensmittelverpackung *und* als Schlammtüte auf dem Markt positionieren können. Wenn sie es bloß diplomatisch rüberbringen würden. Werbehechte von der Madison Avenue. Nehmen wir einen netten alten Doktor vom Land im Laborkittel. Sitzt in seiner rustikalen Praxis und zieht das Saran von dem Hühnchensandwich, das seine Frau ihm zu Mittag mitgegeben hat, und gedankenverloren wickelt er sich die Folie um den Finger. Etwas Gerede über Frische und Schutz. Vielleicht ein Wörtchen zur Überbevölkerung dazwischenmogeln. Und die Werbeleute sind ganz aufgeregt von der Idee. Los, das hängen wir an die ganz große Glocke, bla bla bla. Das läuft praktisch über das Unterbewußtsein, kapiert?«

Lenny wirbelt herum und zeigt auf einen Phantom-Südstaatler in den Seitenkulissen. Dabei gibt es gar keine Seitenkulissen – nur Mauern und Türen.

Er versucht wieder, sich das Kondom über die Zunge zu ziehen.

»Man sollte nie die Macht der Sprache unterschätzen. Ich habe zu jeder Tages- und Nachtzeit einen Gummi dabei, weil ich doch keine schwängern will, nur weil ich ein bißchen nett zu ihr bin. Irgendein unschuldiges Teenagermädchen fragt mich nach dem Weg zur State Street. Und zack. Jungfrauengeburt.«

Leichter Aufruhr in der Mitte des Raums – könnten ein paar Zuschauer sein, die rausgehen, oder vielleicht nur ein Kellner mit klirrenden Tellern. Die Kellner sollen eigentlich während der Vorstellung leise arbeiten, aber hier sitzt eine hungrige Meute Freßsäcke, die beim Essen einen Riesenlärm veranstaltet, sich Lendensteaks reinschaufelt, Barbecue-Rippchen, Hummerschwänze, Spaghetti und Hühnerleber, und sich durch eine Spezialität von Mister Kelly's nachgerade durchwühlt, den Salat Grüne Göttin.

Lenny sagte: »Liebt mich bedingungslos, oder ich bin tot. Das sind die Bedingungen unserer Beziehung.«

Kelly's war heute gerammelt voll, weit mehr als die gesetzlich erlaubten einhundertsechzig, und sie saßen, standen und stapelten sich zehn Mann hoch am Notausgang. Und sie waren laut, sie blökten und brüllten wie Lebendvieh, Geschäftsreisende mit erweiterten Adern, die an ihren Schläfen pochten, eine Gruppe Touristen, Platzanweiserinnen aus dem Wilden Westen, die halb erwarteten, sich selbst in einer von Lennys Nummern zu begegnen, und sieh mal die untersetzten Männer in großen Anzügen mit Sternsaphiren am kleinen Finger, frisch aus den Mafiavorstädten eingetroffen, und ihre Jackenrevers sind so breit, daß sie bei jedem Windstoß wie Signalflaggen wedeln. Und ein Tisch voller Baulöwen, die auf dicken Havannas herumkauen – eine Junggesellenrunde, die die Stadt aufmischt. Und raffinierte Frauen, die in den komischen Innereien einer Männerpsyche herumpolken. Und ein paar Professorenmöpse, die mal wieder so richtig aus vollem Halse lachen wollen, Gedankenmänner aus der humanistischen Enklave. Und Hugh Hefner und ein Knäuel Playboy-Häschen, hoffnungsfrohe Centerfolds, die heute abend Ausgang aus seinem Herrenhaus haben, groß, jung, weiß und mit so makellosem Teint, daß sie wie retuschiert wirken. Und Hef selber, mit seinem dreckig-väterlichen Lächeln, das wie mit Stahlnähten um eine Bruyère-Pfeife geheftet ist.

Türenknaller schon unterwegs – bei Lenny Bruce natürlich eine alte Geschichte. Zwei Frauen und ein Mann fühlen sich durch den Anblick eines Typen beleidigt, der seine Zunge in einen Pariser steckt.

Lenny erspähte sie und konzentrierte sich auf die Frau, die gerade ihren Hintern hochkriegte. Grobknochig, sagen wir mal, und körperlich ertüchtigt.

»Sieh mal einer an, wer da das Weite sucht. Ihr wißt doch, wer das ist, nein? Ihr kennt sie vielleicht von den Fahndungsplakaten. Josef Mengeles Oberschwester. Kurz mal von Argentinien raufgekommen, per Billigticket.« Ein Takt Pause. »Sie klappert die Schlachthöfe, die Gefängnisse und die Leichenschauhäuser ab.« Ein Takt Pause. »Als sie noch aktiv war, hieß sie nur Attila die Hunnin.«

Wer war noch im Saal? Ein paar Komiker aus der Stadt, die den Oberkotz anbeteten. Jazzkritiker und Theaterleute. Ein paar Schweinepoliticos und ihre Rosenkranzgattinnen – sie sind hier, weil sie glauben, Lenny wäre ein italienischer Schmalzdackel, dessen echter Name ein Elfsilbler ist und der einen schweren Fluch auf sich geladen hat.

Wer noch? Ein paar Bullen von der Sitte, Cook County, mit Notizbüchern und Tonbandgerät kreuz und quer im Raum verteilt, saugen jedes anklagefähige Wort auf.

Lenny tyrannisierte die Türenknaller noch immer.

»Platz da, Platz da. Ihr Flug nach Buenos Aires geht in zehn Minuten. Eichmann Air. Die Stewardessen tragen gestreifte Pyjamas.«

Das waren die Bedingungen bei Lennys Show. Wer seine Nummern nicht mochte, war ein Massenmörder. Oder die Polio-Mutter des Jahres 1952 oder das Opfer einer kurzen, improvisierten Nummer, die er jetzt brachte, über die blinkende Leuchtschrift auf Flugzeugtoiletten, die ihn in letzter Zeit unablässig beschäftigte.

Return to seat Return to seat Return to seat.

Lenny hatte mal eine Sechsergruppe von Türenknallern in New York gehabt. Eine ganze Gruppe von Grey Line Bus Tours, einfach auf und hinaus. Angelo, der Oberkellner, schaute Lenny an und sagte: Mußt du unbedingt so Sauereien ablassen? Und wo soll jetzt das Trinkgeld herkommen, du Arsch?

Lenny leckte und rubbelte am Kondom herum. Fummelte, wirbelte, flitschte damit.

»Hab's gerade geschnallt. So fühlt sich das zwanzigste Jahrhundert an.«

Dann machte er eine nachdenkliche Pause, schien sich an etwas zu erinnern. Zerstreut steckte er den Gummi in die Tasche – er trug dieselbe Nehrujacke, mit der er schon in San Francisco geglänzt hatte, die Nummer mit dem hinduistischen Staatsmann, und inzwischen war das Ding zerknittert und zerknautscht und sah eher aus wie ein zusammengeknüllter Lumpen aus der Gosse. Außerdem trug er ein großes Medaillon an einer Kette, ein Nehru-Accessoire. Man kriegte die Medaille für das Tragen der Jacke.

Ja, er erinnerte sich an etwas Schweres, Heftiges. Trotz seiner wochenlangen Unruhe über die Raketenkrise, den Stromausfall in der Basin Street West, die endlosen Bulletins, die von einem Sender landauf, landab gebracht wurden, von den Fernsehmonitoren in den Abflughallen der Flughäfen bis hin zu blinden Zeitungsjungen, die an der Ecke Schundblätter verkauften, ja, wie unbehaglich sich Lenny auch fühlen mochte – *der nukleare Showdown war ihm entfallen*.

Glaubt's ruhig. Ihre Schiffe nähern sich unserer Blockade.

Lenny nickte, strich sich über den Leberfleck auf der Wange, wedelte mit dem Finger und schaute über die Masse der Köpfe hinweg, die in dem tiefhängenden Rauch autonom vor sich hinbrummte.

»*Wir müssen alle sterben!*«

Er sagte es insgesamt viermal, leidenschaftlich schrill, mit hochgeworfenen Armen.

»Und langsam nimmst du es persönlich«, sagte er. »Wie wollen die einen Krieg rechtfertigen, der übers Wochenende ausbricht und nur Ungelegenheiten bringt? Du hattest alles so schön geplant. Freitagabend. Kino mit deinen snobistischen Kunstfilmfreunden. Tiefernster schwedischer Streifen in dem kleinen Kino bei der Uni. Ursula Andress oben ohne mit einem geschlachteten Kalb über der Schulter. Samstagmorgen. Mal sehen. Reinigung, Post, Supermarkt, Schuhe abholen, Katze einschläfern lassen, Mom zu Hause in French Lick anrufen – ja, mir geht's prima, wie geht's dir, rhabarber rhabarber, heute abend wird super, ich bin mit 'nem echt netten Mädel verabredet, heißt Raytheon und ist Mormonin, die trinken kein Leitungswasser und spielen kein Saxophon.«

Lenny brach überraschend ab und beugte sich vor, ins Gesicht von einem der Immobilienbarone auf den teuren Plätzen, einem Kerl mit den aufgepusteten Backen eines Trompetenspielers beim Herzanfall-Solo.

»Mick Spic Hunky Junkie Boogie.«

Der Spruch stand in keinem Zusammenhang, außer demjenigen, den Lenny überall mit hinnahm. Die Kultur und ihre befrachteten Wörter: Ire, Latino, Ostjude, Junkie, Neger. Er schaute sich noch ein bißchen um. Offenbar brauchte er einen bestimmten Typ von Gesicht, in das er seine Ergüsse ablassen konnte.

Einer der Uniprofs lächelte einladend, und Lenny beglückte ihn mit »Ficken blasen Schwulenritze her mit der Fünfdollarspritze«.

Und die Worte waren auch aufregend. Viele Menschen hatten sie noch nie vor Publikum ausgesprochen gehört – überdies von einem Typ mit Hindujacke –, und es gab einen seltsamen Dreh von Wahrhaftigkeit, ein Gefühl der Ausgelassenheit vielleicht oder der Enthemmung.

Lenny ließ diesem Wellengang eine gelehrte Improvisation über das deutsche Wort *Sprachgefühl* folgen, das Wissen, anders ausgedrückt, welche Ausdrücke gerade Mode sind – so was liest er sich im Hotel an oder im Flugzeug oder zu Hause im dunstigen Morgengrauen von L. A., während er auf eine Frau oder einen Dealer wartet.

Mitten in seinem Vortrag kam es zu einem Handgemenge. Hinten beim Notausgang. Fünf stämmige Männer brachen eine handfeste Schlägerei vom Zaun. Lenny feuerte sie an und beleidigte ihre Mütter, bis die Typen mehr oder weniger zur Tür hinausrollten.

Dann fiel ihm die Krise wieder ein.

»Ja, du holst also deine Mieze in der Butze ab, die sie mit sechs anderen Mormonenbräuten teilt. Puh, was für ein Schicksenzirkus. Die haben komische Glänzeaugen und sind übermenschlich blond. Evolutionsmäßig eine Stufe über den Olympiaschwimmerinnen. Knapp vor Science-fiction, Mann. Täuschend ähnliche Pseudo-Menschen aus dem Weltall, die nur auf ein Zeichen warten, um den Erdball zu übernehmen. Die glauben, Leitungswasser wäre eine Falle der Regierung. Ihr Wasser kommt per Lkw aus einem Brunnen in Utah. Raytheon ist ganz süß, trägt aber so steife Klamotten, daß sich deine Eier zusammenziehen. Du guckst dir diese Mädels an und betrauerst den verlorenen Reiz weiblicher Unterwäsche. Das ganze nazifizierte System von Straps und Harnisch ist ein erlaubtes Ventil für deine geheimen faschistischen Sehnsüchte. Aber da fallen die Bräute nicht mehr drauf rein. All diese schlüpfrige Ausrüstung, für die ein Krieg sich lohnen würde. Du führst sie in eine stinkige Hausmacherkaschemme nicht weit vom Frauengefängnis. Sie bestellt das Pferdefuß-Sandwich. Hey, die Kleine steht auf schwarze Küche. Deine Laune steigt blitzartig. Du überlegst dir, wie ihr es euch bei dir zu Hause gemütlich machen könnt. Flasche Vat 69. Zig-Zag-Zigarettenpapier. Kleines Tütchen Hasch aus den Hochanden. Schummerbeleuchtung. Cool Jazz auf dem Plattenteller. Nehmen wir Miles, yeah, Miles in seiner blauen Periode. Wenn Miles sie nicht auflockern kann, ist sie wahrscheinlich eine Donnerlesbe. Du denkst all die universellen Dinge, die Männer immer gedacht und zueinander gesagt haben. Geh ihr an die Wäsche. Warst du drin? Hast du sie rumgekriegt? Hast du's gepackt? Wie weit bist du gekommen? Wie weit ist sie gegangen? Kriegt man sie leicht ins Bett? Ist sie ein guter Fick? Ist sie ein geiles Stück? Hast du ein geiles Stück abgeschleppt? Das ist die Sprache der Lagerwaren. Wie Waren am Stück. Du kannst sie dir kaufen. Kauf sie dir. Oder wie eine Textilfabrik. Arbeit, die danach bezahlt wird, wieviel Stück tatsächlich gemacht werden. Er ist ein Anmachkünstler. Sie ist ein geiles Stück. Eine geile Schnitte. Schneid dir 'ne Schnitte ab, dann hast du einen guten Schnitt gemacht. Du weißt nicht, wo die Frau aufhört und der Stoff anfängt, den sie trägt.«

Das ist Lennys Urchristen-Ton, wenn er dem Pöbel in der Wüste seine Offbeat-Predigten serviert.

»Du nimmst ein Taxi, das Radio läuft. Chruschtschow hat Kennedy einen Brief geschrieben. Er will einen Gipfel. Wer ist dieser Chruschtschow eigentlich? Ein Rowdy im schlechtsitzenden Anzug. Du machst dir Sorgen um deinen Gipfel, nicht seinen. Bei der Raketenkrise geht es doch nur um eines, welche sexuellen Möglichkeiten bietet sie? Du kriegst Raytheon zu dir nach Hause und überzeugst sie davon, daß die ganze Welt gleich hops geht, und erstaunlicherweise funktioniert es, in Minutenschnelle steht sie nackt in deinem

Wohnzimmer und besteht nur aus Ovalen und Kurven, wie die Handschriften-Methode von Palmer, und sie ist so blond, als wär sie radioaktiv.«

Lenny schaltete abrupt auf frei improvisierte Sketche um. Was immer gerade über seinen geistigen Bildschirm zischte. Er fing Sketche an, die ihn nach fünf Sekunden schon langweilten. Er machte Psychoanalyse, brachte persönliche Erinnerungen, er machte Stimmen und Akzente nach, großmütterliches Stöhnen, Szenen aus Gefängnisfilmen, und schließlich beendete er die Show mit einem Monolog, der eine Art verknappte Syntax hatte, ein Ding ohne Bindeworte, Freistilkochen, mehr Musik als Rede, gesprochener Jazz, in dem ein Slangausdruck eine dazu passende Umgangssprache hervorbrachte, wie Musiker beim abwechselnden Improvisieren in Fours, die *Road Band*, das innere Riff des *Sideman*, und als sich die Menge schließlich zerstreute, nahm sie sein Monologmosaik mit in die Stripkneipen und Bars und 24-Stunden-Diners, die Anlaufstellen der Nachteulen, und es war Lennys eigener, harter Bop, seine Ansprachen ans Volk im Galopp durch die weite Nacht von Chicago.

2. JULI 1959

Wir stellten das Auto einen halben Häuserblock vor der Brücke ab und stiegen in ein Taxi um. Ich gab dem Burschen die Adresse, und er schaute mich an, schaute sie an, nickte dann kurz. Ich hatte gehört, es wäre besser, ein Taxi über die Grenze zu nehmen, denn wenn man mit dem eigenen Auto fuhr, mußte man mit irrsinnigen Verzögerungen rechnen, weil man bei der Rückkehr auf die US-amerikanische Seite von den Zöllnern nach Waffen und Drogen durchsucht wurde.

Die Stadt hatte eine seltsame elektrische Helligkeit im Gewitterlicht. Blaue und grüne Läden mit Stuckfassaden, Keramik im Schaufenster – Keramik, Kupferzeug, Decken, Glas.

»Ich glaube, ich habe Bedenken«, sagte ich.

»Also bitte, ja?«

»Vielleicht ist es auch so, daß ich alles erst jetzt richtig bedenke, das hatte ich bisher gar nicht.«

Amy konnte ganz schön vorwurfsvoll aus ihren hellbraunen Augen gucken.

»Es schien mir selbstverständlich, daß nichts anderes in Frage kam«, sagte ich. »Wir hätten noch mehr darüber reden sollen.«

Ihr Blick, das war ein Blick, wie du ihn abkriegst, wenn dir jemand klarmachen will, daß es große Mühe kostet, dich nicht zu bemitleiden. Als wir die Stadt hinter uns ließen und in die braunen Berge hinausfuhren, begann es heftig zu regnen. Ungefähr sechs Minuten später hielt der Wagen vor einem ziemlich geräumigen Haus hinter Bäumen, und die Sonne schien heiß und hell, und die Erde dampfte.

Die Frau, die uns hereinließ, schaute Amy an und sagte: »Ihren Namen bitte«, mehr oder weniger managerhaft.

»Amy Brookhiser.«

»Ja, Sie kommen bitte mit mir.«

Und dann geschah folgendes. Amy ging mit der Frau, die entweder die Krankenschwester, die Arztfrau, die Büroleitung oder eine Kombination aus alldem war. Ich dachte, vielleicht hätten wir uns gegenseitig noch ermutigen können, Amy und ich, oder ich hätte etwas sagen können, auch wenn sie es nicht tat, obwohl ich gar nicht wußte, was ich hätte sagen sollen, aber sie waren schon den Flur entlang und links um die Ecke, und ich stand immer noch mit unseren Reisetaschen da.

Na schön. Ich setzte die Taschen ab und ging ins Wohnzimmer oder Wartezimmer und ließ mich auf dem Sofa nieder. Es gab keine Zeitschriften. Der Lesestoff befand sich ausschließlich an den Wänden, gemalte Sprichwörter und okkulte Symbole, das kam unerwartet. Kreise, Zickzacklinien, Pfeile, Vögel, mucho Mystikgeschwafel, und ich versuchte, es alles aufzunehmen. Eine Reihe bildlich gestalteter Sprichwörter, Worte, die Dreiecke und hohe Palmen bildeten, Lebensbäume vielleicht – Sprichwörter auf englisch über die Seelenwanderung und das Auge Gottes, und es gab mystische Augen und mahnende Hände an allen vier Wänden und der Decke.

Ich versuchte, diese Überraschung zu verdauen, fragte mich nach ihrer Bedeutung und warum ich nicht vorgewarnt worden war, und da kam der Arzt herein. Die Adresse stammte von einem Mann, mit dem ich in Palo Alto zusammenarbeitete, und ich hatte per Telefon alles arrangiert, und zwei weitere Leute hatten mich beruhigt, was die Sicherheit betraf, sicher, sauber, professionell, aber über die Wände hier hatte keiner ein Wort verloren.

Er schien mich gar nicht anzuschauen.

Er sagte: »Ja.«

Ich sagte: »Dr. Swearingen?«

Er schaute mich nicht an.

Er sagte: »Offenbar alles in Ordnung.«

Ich sagte: »Bezahle ich jetzt?«

Wir schienen uns rückwärts zu unterhalten.

Er dachte mit verzogenem Mund über die Frage der Bezahlung nach, meine Hand lag wartend auf meiner Brieftasche.

Er war ein großer Mann in weißem Kittel, groß und gebeugt, von merkwürdiger Blässe und zutiefst in sich gekehrt, fand ich, einsachtundneunzig oder gar zwei Meter groß, ein Amerikaner, der Abtreibungen machte, aus Pflicht- und Mitgefühl, behaupteten die Leute, mit denen ich gesprochen hatte, und er war heute unrasiert.

Ich bezahlte ihm zweihundert Dollar in bar, und er sagte: »Rechnen Sie mit einigen Blutungen«, vielleicht um von der ganzen Transaktion abzulenken, und dann ging er den Flur hinunter.

Ich saß da mit den Bildern und den Wörtern. Ich wußte nicht, was ich von alldem halten sollte. Ich wußte nicht, wie ich es nennen sollte. Vielleicht wußte Amy es, aber sie hatte nicht viel gesagt. Sie wollte es bloß hinter sich bringen.

Ich war bereit, Opfer zu bringen und verantwortlich zu sein. Das sagte ich mir. Ich wollte mich an etwas Starkes binden, an eine Frau, dachte ich, und ein Kind.

Aber das hier war überhaupt nicht stark. Es war hoffnungslos, wertlos und schwach. Wir hätten es keinen Monat zusammen ausgehalten. Wir waren ruhelos Suchende, wir hatten eine Liebesaffäre, die seit zwei Jahren immer mal wieder aufgewärmt wurde, nur weil wir in zwei verschiedenen Städten lebten, unsere Neigung zum Risiko war nachgerade religiös, und Amy war das letzte, was ich auf dieser Welt brauchte.

Und du hast einen seltsamen, verschatteten Kummer gespürt, stimmt's, als du in dem Zimmer warst, eine durch die Distanz verschattete Traurigkeit, und du hast versucht, dich mitten in das ungelebte Leben des Kindes hineinzuversetzen.

Ein paar Zimmer weiter kochte jemand, und das störte mich. Der Essensgeruch und die leisen Geräusche von Geschäftigkeit, das Öffnen von Schranktüren – das störte und verwirrte und erboste mich etwas.

Amy war sechsundzwanzig, ein paar Wochen vor ihrem siebenundzwanzigsten Geburtstag, und sie lebte und arbeitete in Wichita. Ich war vierundzwanzig, ungefähr einen halben Kontinent entfernt, und ich wußte, halb haßte sie uns beide für das, was passiert war.

Als Amy herauskam, ging mir auf, daß ich dem Taxifahrer nicht gesagt hatte, er solle uns wieder abholen, und wir warteten eine Zeitlang, bis die Frau anrief und jemand kam.

Sie hatten ihr nur eine örtliche Betäubung gegeben, denn nur dafür reichte ihre Ausrüstung, und Amy fühlte sich auf der Fahrt zur Grenze nicht schwach, sie saß auf der äußersten Sitzkante, klammerte sich an den Ecken fest und wollte nicht reden.

Die Zöllner durchsuchten das Taxi nach Schmuggelware und durchwühlten rasch unser Gepäck, und in Minutenschnelle saßen wir wieder in unserem Leihwagen.

Ich verließ Del Rio in Richtung Osten auf der 90. Amy schlief etwas, wachte auf und hatte Durst. Direkt vor uns geriet ein Pickup ins Schleudern, einfach so, das einzige andere Fahrzeug auf der Straße, schlidderte und hüpfte, als er auf den sandigen Seitenstreifen kam, und ich fuhr langsamer, damit wir beide genauer hinschauen konnten.

»Hat vorne und hinten verwechselt«, sagte Amy ruhig. »Das würde mein alter Opa Parker sagen. Der Pickup hat wohl vorne und hinten verwechselt.«

Sie sprach mit müder, ruhiger Stimme, und ich fuhr langsam an dem Pickup vorbei, der wieder in die Richtung schaute, in die er schauen wollte, im Führerhaus saßen zwei Teenagerjungs, die sich unter dummem, flatterndem Grinsen wieder einkriegten, und ich suchte nach einem Ort, wo Amy etwas Kühles, Gesundes trinken konnte, irgendwo zwischen hier und dem Flughafen.

27. OKTOBER 1962

Das Hotel hieß »The Waves«, und warum auch nicht? Hier war man am Ocean Drive, nicht wahr, in der Gemeinde Miami Beach.

Aus gemieteten Kabrioletts stiegen kleine, reiche, zornige Männer mit ihren aufgetakelten Frauen, die so kulthaft gebräunt waren, daß sie aussahen wie Tabakblätter.

Verzogene, besserwisserische, aufgemotzte Jugendliche aus den Städten des Nordens zeigten in der Bar falsche Ausweise. Sie waren an den Party-Unis der Gegend eingeschrieben und wollten sich die Show im großen Saal um keinen Preis entgehen lassen.

Ein Kontingent Kubaner fiel ein, auf dem Weg zur Hotel-Lounge, gestiefelt und gespornt, tropisch smart – die Frauen in Wickelweiß, zum Tanzen geboren, die Männer sonnenbebrillt und mißtrauisch. Sie sahen aus wie Leibwächter irgendeines *jefe*, der demnächst stürzt.

In der Lounge spielte eine Latinband Mambo und Cha-Cha-Cha, einige Sexbomben aus Long Island waren da und schauten sich nach zweiten Gatten um. Sie reisten paarweise oder sogar mit Schwester, wie Jägerin und Büchsenträgerin, eine geschieden, eine ledig – hier ein Rendezvous mit einem Kieferorthopäden und dort eins mit einem zweifelhaften Geschäftsmann. Sagt, er wär leitender Angestellter im Hotelwäschelieferantengewerbe, ja? Aber wenn ich ihn mal anrufe, ja? Ich soll nach Marty fragen, ja? Und dabei heißt er Fred, ja?

Eyegelinert, gezupft, maskarisiert, aufblitzende Acrylnägel in korall, passend zu Lippenstift und Rouge. Das waren Frauen, die schon immer dazugehört hatten, und einigen von ihnen war der Nightclub lieber als die Lounge, weil sie Lust auf eine Kostprobe von Lenny Bruce hatten.

Erst wird gelacht, dann getanzt.

Der Saal hieß El Patio, und der Mambo sickerte ständig aus der Lounge herein. Lenny war überrascht, einige alte Leute im Publikum zu entdecken, ein paar Krücken lehnten an den Stühlen, aber er beschloß, keinen Krüppelsketch zu bringen. Nicht weil er vorsichtig und mild geworden wäre. Nein, heute abend gab es nur ein Thema, und das war bestimmend für seine Existenz.

»Wir sind weniger als zweihundert Meilen von Kuba entfernt. Ich weiß, daß ihr das wißt. Und ich weiß es auch. Aber sagen muß ich es trotzdem. Diese Raketen stehen gleich hinter meiner linken Schulter, klar? Eine Reichweite von eintausend Kilometern, was von hier aus gesehen gar nicht nötig wäre, mich aber trotzdem stört, denn wir haben den Krieg noch nicht mal verloren, und schon ist das metrische System bei uns eingeführt.«

Und er stand mit nickendem Kopf da, schaute drein, als wäre er halb im Jetlag, bißchen paranoid, bißchen übermedikamentiert, mit gedämpfter Stimme, die Augen in schlieriger Mondtrübnis.

»Und wir werden nicht etwa umgebracht, weil wir Juden sind. Das ist das Fiese daran. Sie werden uns umbringen, weil wir Amerikaner sind. Wie finden wir das denn?«

Was für ein Einstieg in einen Showabend. Langes, erbärmliches Schweigen. Dann machte Lenny im Stehen eine Linksdrehung, posierte einen Moment lang wie irgendein Diskusgrieche und schoß schließlich mit dem Oberkörper nach vorn, um mit der Faust auf den Boden zu hämmern.

Ein Collegebengel lachte.

»Und die Namen unserer Beschützer, die liebe ich besonders. Sperr die Ohren auf, Jim.«

Und er nahm ein Bündel Zeitungsausschnitte aus der Seitentasche seiner schäbigen Überjacke. Murmelte ein paar Zeilen, gab ein paar politischer angelegte Kommentare von sich, ließ einen Ausschnitt fallen und trat darauf, sprach kurz mit seiner transsylvanischen Stimme.

»Also schön, diese Männer entscheiden über unser Schicksal. Tag und Nacht geht's in irgendwelche feierlichen Besprechungen, rein und raus. Weiße Hemden, Manschettenknöpfe, gestreifte Krawatten. Aber eigentlich hängt alles an ihren Namen. Adlai Stevenson. *Adlai.* Macht einen doch glatt platt bis runter auf die feinen Schuhchen von Capezio, oder? Adlai, das ist so exklusiv, das hat nicht mal ein Geschlecht. Dieser kleine Junge ist etwas so Besonderes, daß keiner wissen darf, daß er ein Junge ist. Denn letzten Endes, ja, letzten Endes ist es doch hundsgewöhnlich, ein Junge oder ein Mädchen zu sein. Und wenn irgend jemand anderes im Umkreis von fünftausend Meilen den Namen unseres Adlai führt, dann zahlen wir dafür, daß er umgebracht wird. Mit seiner ganzen Sippe. Die ganze Linie wird ausgelöscht. Denn das ist unser Familiending. So läuft das, kapiert? *La cosa nostra*. Nur daß es weder Erpressung noch Mord dazu braucht. Die machen das mit Namen, die keiner sonst erfinden könnte.«

Die geschiedenen Frauen lachten. Ein paar Proleten von der Hunderennbahn saßen im Publikum. Musiker an ihrem freien Abend. Billardjungs und Tänzer ohne Engagement. Dann zwei Tische mit Reisebüroangestellten auf »Dienstreise« aus Toronto – sie glaubten, Lenny wäre ein schottischer Komiker, der Sketche über die königliche Familie machte.

»Okay, aufgepaßt. Dean Rusk. *Dean*. Dean gleich Dekan: geboren zu führen, zu beraten und zu belehren. Geboren zum Haarausfall. Nein, ja, klug, aber auch zäh und gerissen. Obacht bei den Männern mit einer Silbe in jedem Namen. Unnachgiebige Wichser. Aber jetzt kommt mein Liebling, ja. Ihr wißt schon, was ich gleich sage, oder?«

Eine alte Dame lachte.

»Genau. McGeorge Bundy. *McGeorge*. Wie soll man die Kindheit mit so einem Namen überleben? Wurde sein Name bei der Geburt vertauscht? Ein Fehler im Krankenhaus? Natürlich nicht. Sie haben es absichtlich getan. Sie haben ihn zur Größe verdammt. Außerdem hat er eine Großmutter, die heißt McMary.«

Die alte Dame war hin und weg.

Lenny nahm sich Zeit, um die Zeitungsschnipsel durchzufingern, irgendwas vor sich hinmurmelnd.

»Ja, nein, hier ist einer. Roswell Gilpatric. *Roswell*. Das ist nicht erfunden. Das ist echt. Schaut her, er wird im Sitzungsraum des Kabinetts gezeigt. Auf Film gebannt. Minister, Vizeminister, Ministerberater, Vize-Ministerberater, Berater für russische Angelegenheiten. Alexis Johnson. *Alexis*. Bromley Smith. *Bromley*. Llewellyn Thompson. *Llewellyn*. Da sind vier L's drin. Das braucht Mumm,

Baby. Insgeheim bewundere ich die ja schon. Denn sie beherrschen die Logik, wie man unsentimental durchs Leben geht. W. Averell Harriman. *Averell*. Das ist ein Mann, der hat seine eigene Ausfahrt auf dem Highway quer durch den Staat New York. Und hier sitzen wir, einen Steinwurf von Kuba entfernt. Die zieht es nicht hierher, aber uns. Denn die Atombombe ist alttestamentarisch. Die jüdische Bibel, mit Schmackes. Wir fühlen uns mit dem Urteil, mit der Strafe, die über uns schwebt, ganz zu Hause. Krankheit und Unheil. Sprich zu uns, Baby.«

Doch Lennys Paranoia und Sinn fürs Tragische hatten möglicherweise auch einen unmittelbareren Ursprung. Am Flughafen war ihm gesteckt worden, daß die Polizei von Dade County ihm jüdische Beamten ins Publikum gesetzt hatte. Jawohl, jiddisch sprechende Bullen, bereit, sich auf jede böse Silbe zu stürzen, die er in seiner Schwiegermuttersprache vom Stapel ließ.

»Ihr wollt Namen, ich geb euch Namen. Ich heiße Leonard Alfred Schneider. Was hat mich geritten, als ich den Namen Lenny Bruce annahm? Ich wollte mich auf die unsichtbare Mitte zubewegen. Ich bin genau wie Sie, Mister. Nerv mich nicht, Mann, beleidige nicht meine Ahnen. Ich bin nur irgendein Lenny. Nur irgendein Bruce. Aber wer eine Berufung hat, macht es anders. McGeorge, Roswell, Adlai. Sie schrecken vor allem zurück, was auch nur entfernt nach goldener Mitte riecht. Und das ist genial. Ganz egal, wo sie zur Kirche gehen. Ihr Name ist ihre Kirche. Sie sind nicht nur nicht wie Leonard Alfred Schneider. Sie sind nicht wie Lenny Bruce. Und ich kann's ihnen, ehrlich gesagt, auch nicht verdenken.«

Er hatte ruhig gesprochen, wie bei einer Unterhaltung, mit seinem leichten Näseln, und den großen Lacher gar nicht erwartet. Er legte die Papierschnipsel beiseite, mit denen er herumgewedelt hatte. Die Latinrhythmen hämmerten an die Wand, und ein Zwischenrufer quatschte Lenny an, ein Betrunkener mit zusammengerolltem Wettformular, aber Lenny nahm nur das Mikro vom Ständer und segnete den Mann.

Dann mimte er die englische Queen, die sich am Telefon Essen beim Chinesen bestellt.

Die vom Reisebüro waren hin und weg.

»Wenn dein Name Roswell oder Bromley ist, hast du einen echten Vater. Nur Eltern mit größtem Verantwortungsbewußtsein geben ihren Kindern einen solchen Namen. Wenn du ein Roswell bist, hast du keinen Vater, der zweimal im Jahr vorbeischaut und dir ein neues Spielzeug schenkt, wenn er wieder geht. Hier, Junge, hast du ein kleines Dingens, das vertieft unsere Beziehung. Und du guckst dir das Geschenk an. Ein Flatschen Kotze aus Gummi. Leg ihn deiner Mama aufs Bett, Kleiner.« Lenny schnippte mit den Fingern und rollte mit der einen Schulter. »Wie es sich so trifft, stapelt das Büro für Zivile Verteidigung Gummikotze in den Atombunkern überall im Land. Die sind jetzt richtig hektisch, Mann. Bauen Bunker und bestücken sie. Mit Hygienekasten, mit Erste-Hilfe-Kasten. Luminal, um dich ruhigzustellen. Penicillin, was weiß ich, für Bombenausschlag. Wenn euch von der radioaktiven Strahlung zu übel zum Kotzen ist, verteilen sie Gummikotze, zur Aufmunterung. Nach der Massenzerstörung durch einen nuklearen Schlagabtausch« – er schaute auf seine Armbanduhr – »wollen die doch wieder aufbauen. Und dann ist der Kalte-Kriegs-Schrott Gold wert, alles niedliche Souvenirs. Diese gelb-schwarzen Schilder, die ihr schon überall gesehen, aber noch nie richtig bemerkt habt, bis vor sechs Tagen – Atombunker. Sammlerobjekte. Das ganze Zeug, das in den Lagerräumen und Waschräumen gestapelt liegt, die als Bunker vorgesehen sind. Fässer voll Trinkwasser. Salzcracker. Lippensalbe, gegen den Blitz. Papptoiletten, auch als Salatschüsseln einsetzbar. Ab und zu jedenfalls«, sagte er.

Ein Kellner ließ ein Tablett mit Drinks fallen.

»Gestern hat die Navy ein Schiff an der Quarantänelinie geentert. Das allererste geenterte Schiff. Bewaffneter Trupp an Bord gegangen. Wetten, das war heikel, Baby. Stellt sich raus, das Schiff hat keine Raketen dabei. Bloß Lkw-Teile und Klopapier. Da ist es wieder, das Alltagsleben, das sich durchsetzen will. Das ist der geheime Sinn dieser Woche. Die geheime Geschichte, die niemals in den geschriebenen Berichten der Zeit oder den öffentlichen Verlautbarungen der Machthaber auftaucht. Diese wunderschönen Bomben und Raketen. Schon mal so was Umwerfendes gesehen? Die Waffen kriegen die besten Ingenieure und die poetischsten Namen.

Währenddessen wartet in Kuba irgendein alter ranziger Bauer auf einen Vergaser für seinen abgewrackten Traktor. Und putzt sich den Hintern mit Salatblättern ab. Und jeden Tag erzählen sie ihm, er muß sich noch was gedulden, jawoll, während sie ihre Großmacht-Beziehungen spielen lassen.« Lenny ging leicht in die Knie und wirbelte herum. »Ihr wißt doch noch, wie eure Mutter mit euch geredet hat, als ihr auf dem Töpfchen gesessen habt. Mach, mein Schätzchen. Mach für Mama.« Weiche Knie und Wirbeln. »Und ihr da, ihr Bullen mit Sonderauftrag. Die Linguisten im Publikum. Eine Sache müßt ihr unbedingt erfahren. Das Wort Smack – für Heroin – kommt vom jiddischen *schmek*. Habt ihr das gewußt, ihr Experten? Ein Schnupfer, ein Geruch, wie eine Prise Schnupftabak. Kapiert? Der da ist auf *schmek*, für zweihundert Dollar. Nächstes Mal, wenn ihr einen Junkie einbuchtet, der ein Glaubensgenosse ist« – das Wort kriegt einen kleinen, bellenden Lacher von den Studenten –, »und ihr stopft ihm euren Gummihandschuh in den Arsch, um nachzugucken, was er da so gelagert hat, was ihr da riecht, meine Freunde, das ist *schmek*. Im Grunde nur ein anderes Wort für Alltagsleben.«

Die Polizeibeamten lachten nicht.

Eine Meeresbrise wehte durch den Saal, und die Band spielte jetzt Cha-cha-cha. Eine Frau setzte sich neben ihren Stuhl. Tänzer tauchten am äußersten Ende der Bar auf, sie quollen aus der Lounge heraus, eins-zwo-cha-cha-cha, und Lenny rollte mit der Schulter und wiegte sich in den Hüften. Die Reisebüroangestellten stimmten ab und bestellten noch eine Runde. Die Musik bohrte sich in die Wände wie Chili-Fürze, und ein paar Studentinnen standen auf und tanzten zwischen den Tischen, auf der Stelle. Die richtigen Tänzer bewegten sich in ihren Pastellröcken und weißen Guayabera-Westen durch die Bar wie Boxer in Deckung, während in Kalifornien Testraketen auf sowjetische Ziele umprogrammiert wurden.

Lenny packte das Mikro und schrie: »*Wir werden alle sterben!*«

Sie lachten, weinten fast. Er führte sie in einen Singsang-Chorus. Der Cha-cha-cha ergoß sich in den Saal, die Tänzer folgten paarweise, wunderschön ausgeglichen, und die Männer und Frauen an den Tischen standen auf und tanzten auf der Stelle, ballten die

Fäuste und boxten im Takt. One-two-cha-cha-cha. Sie kickten ihre Schuhe ab und verschütteten ihre Drinks.

Lenny servierte einen Monolog in Spanglisch, und sie waren hin und weg und lachten und weinten fast, und ein junger Mann, der einen Abschluß in Requisiten-Management machte, kippte ein Glas Scotch pur auf ex, einen Steinwurf von Kuba entfernt.

So sagenhaft, so fabelhaft, das ist Miami.

6

18. OKTOBER 1967

Marian Bowman unterhielt sich mit ihrer Mutter. Sie saßen im Wohnzimmer, im Haus der Mutter, der Mutter und des Vaters, wo sie aufgewachsen war, und in den meisten Zimmern stand Schleierkraut, auch in Zwergvasen auf Flurtischen, kleine weiße Blumen mit Zweigbüscheln, und ihre Mutter stellte sie gern so steif hin, wie sie waren, ohne die üblichen größeren Arrangements, welchen Grund auch immer eine Mutter dafür haben mochte, während draußen die Ulmen gelb wurden und die Roteichen erglühten, an diesem schönen Herbsttag in Madison, Wisconsin, und auf den Straßen liefen die Studenten Sturm.

»Du hast also deine Geheimnisse.«

»Er ist kein Geheimnis«, sagte Marian.

»Du kennst ihn schon die ganze Zeit, und ich höre erst jetzt davon. Das ist ein Geheimnis.«

»Ich kenne ihn *eigentlich* schon die ganze Zeit.«

»Und jetzt kennst du ihn wie?«

Die Mutter lächelte zuerst, dann die Tochter.

»Uneigentlich«, sagte Marian. »Aber er ist kein Geheimnis. Es gab einfach nicht viel zu erzählen, das ist alles.«

»Es gibt immer irgendwas zu erzählen. Was spüre ich da in dieser Beziehung? Ich glaube, du bist sehr unsicher. Du hast eine Tendenz. Die hattest du immer. Gegen deine Zweifel zu handeln. Weil - ach, ich weiß nicht genau, warum du es eigentlich tust.«

Sie hörten die Stimmen jetzt deutlicher, sie donnerten aus Stereolautsprechern heraus, die in den Fenstern der Ganzdachhäuser auf der Mifflin Street standen.

»Das war mir gar nicht bewußt. Habe ich Zweifel ausgedrückt.«

»Ja. Und es ist ganz klar, daß ich sie bemerken soll. Es ist klar, daß du von mir erwartest, etwas gegen den Mann zu sagen.«

»Das ist völlig. Nein nein nein nein«, sagte Marian sanft.

»Du bringst es selber nicht fertig, etwas gegen ihn zu sagen. Du willst, daß ich es tue.«

»Und du spürst all das, sozusagen.«

»Nicht sozusagen. Hart und klar.«

»Und was geschieht, wenn du etwas gegen ihn sagst? Sage ich, danke schön, Mutter, du hast mich vor Schlimmerem bewahrt?«

»Natürlich nicht. Du verteidigst ihn. Du stehst zu ihm.«

»Sie steht zu ihrem Mann. Und du, was, du leitest all das aus den paar Sätzen ab, in denen ich praktisch nichts über ihn gesagt habe.«

»Sag mir, daß ich unrecht habe«, sagte ihre Mutter, »und ich werde mich bemühen, dir zu glauben.«

Ihre Mutter wandte sich zum Fenster, sie wirkte leicht verärgert. Draußen liefen sie durch die Straßen. Wahrscheinlich warfen sie mit Steinen und zündeten Feuer an. Unter die Musik, die aus den Lautsprechern dröhnte, mischte sich auch eine Megaphonstimme.

»Die haben jetzt Protestsaison, wie es so schön heißt.«

»Wäre ich je auf den Gedanken gekommen«, sagte Marian, »daß Chicago friedlich und ordentlich sein könnte?«

»Ich weiß nicht, ob das hier die Protestsaison ist oder nicht. Vielleicht ist es auch nur ein Straßenfest, das die Polizei im Griff behalten will. Obwohl, nein, das kann nicht sein. Straßenfeste sind im Frühling.«

»Wenn du sie dazu bringst, mit diesem Lärm aufzuhören, komme ich Thanksgiving wieder.«

Ihre Mutter sagte: »Ist er verheiratet?«

Und bedauerte es augenblicklich. Marian erkannte den Selbstvorwurf am schiefen Mund ihrer Mutter. Ja, ein seltener Ausrutscher.

Er schwächte die Autorität ihrer vorhergehenden Bemerkungen ab und war völlig unüberlegt, ein Lapsus, ein taktischer Fehler, und die Farbe im Gesicht ihrer Mutter wurde stumpf. Denn wenn er verheiratet wäre, erstens, warum sollte Marian von ihm erzählen, ohne das zu erwähnen; und zweitens, warum sollte sie überhaupt von ihm erzählen?

»Nein, natürlich nicht.«

»Natürlich nicht. Ich weiß das«, sagte ihre Mutter.

Marian ging nach oben und fühlte sich schon viel besser. Sie liebte ihr altes Zimmer. Sie kam sehr gern zurück, weil es hier ruhige Straßen gab, theoretisch jedenfalls, und Häuser mit Sonnenveranden und Fliegengittern, Ulmenalleen und Universitätsgebäude, und weil es hier ihr Zimmer gab, für sie, sicher und gepflegt, karg, unscheinbar, unaufgemotzt und dabei ein Ort, den keiner so sehen konnte wie sie und der eine beachtliche Menge von dem enthielt, was mit Zuhause gemeint ist.

Sie fing an, für die Rückfahrt zu packen, holte ein paar Wintersachen aus dem Schrank und hielt dann kurz inne, um das Radio einzuschalten. Sie kriegte WIBA rein, den Raus-auf-die-Straße-Protestsender, denn sie wollte wissen, was da draußen los war, nur aus entnervtem Interesse und weil der Lärm immer lauter wurde.

Es war zu früh zum Packen, aber sie tat es trotzdem. Zu Hause ist der Ort, wo du immer hinkommen kannst, sagte der Dichter, oder sagte Marians Vater in seiner Version des Dichters, und zu Hause ist auch der Ort, von dem du nicht schnell genug wieder wegkommen kannst.

Sie hatte einen Job in Chicago, den sie haßte. Eigentlich haßte sie ihn gar nicht – sie hatte sich nur ein paar Gesten der Unzufriedenheit zugelegt, weil man das anscheinend so machte. Sie war fünfundzwanzig und sah keine Zukunft darin, im Hinterzimmer eines Maklerbüros zu arbeiten. In gewisser Weise war der Job aber in Ordnung, denn er zwang sie dazu, diszipliniert und engagiert und unschlampig zu sein, außerdem gab es nichts anderes, was sie gerade jetzt hätte ausprobieren wollen.

Aus dem Radio kam DowDay DowDay DowDay DowDay.

Sie durchwühlte die Frisierkommode und stieß auf ein paar alte

Pullover, die ihr immer noch ganz passabel erschienen, und eine Reihe greller Pudelmützen, die witzig und blöd waren.

Die Frisierkommode war das einzige Möbel im Zimmer, das einen zweiten Blick verdiente, von persönlichen Assoziationen mal abgesehen – aus Eiche, mit hohem, zerkratztem Spiegel und zwei aufklappbaren Seitenteilen, ein anmutiges Dreierschema.

Aus dem Radio kam SchweineSchweineSchweineSchweine-SchweineSchweineSchweine.

Allmählich begriff sie, daß ein Teil des Straßenlärms, der Musik und der Stimmen aus den Lautsprechern, die Studenten in ihre Fenster gestellt hatten, von dem Radiosender übertragen wurde, den sie eingestellt hatte.

Sie packte und hörte zu.

Aus dem Radio kam, Universitätserlaß 122 gestattet Gewaltanwendung gegen Studenten. Universitätserlaß 122 gestattet Gewaltanwendung gegen Studenten.

Allmählich begriff sie, daß es sich dabei um die landesweite Vietnam-Woche an den Universitäten handelte. Und hier in Madison war heute DowDay, eine Protestaktion gegen die Firma Dow Chemical, die Werber auf den Campus schickte und zu deren Produkten auch eine neue, verbesserte Art von Napalm gehörte, mit einer Polystyrol-Beimischung, durch die gelierte Substanzen fester an der menschlichen Haut klebten.

Universitätserlaß 122 gestattet Gewaltanwendung gegen Studenten.

Sie dachte, kein Wunder. Denn es klang, als würden die Studenten den Campus auseinandernehmen, und es sah aus, als ob, früher am Tag, als auf der Linden Street die Vietcong-Flaggen wehten und weißgeschminkte Pantomimen sich auf Bascom Hill ein Handgemenge mit der Polizei lieferten – es sah aus, als ob was?

Der Sender berichtete über den DowDay und machte offenbar mit.

Aus dem Radio kam SchweineSchweineSchweineSchweine SchweineSchweineSchweine.

Es sah aus, als wäre über Nacht etwas geschehen, das die Regeln des Denkbaren verändert hatte.

Allmählich begriff sie, daß der Aufstand da draußen, falls es einer war, durch einen simulierten Aufstand im Radio angeheizt und aufgeputscht wurde, eine Audiomontage aus Schüssen, Schreien, Sirenen, Hupen und gelegentlichen Meldungen, vielleicht echt, vielleicht auch nicht.

Sie fand den alten Mantel, von dem sie geglaubt hatte, sie hätte ihn verloren – wie willst du denn einen Mantel verlieren, hatten alle gesagt –, damals vor fünf Jahren am See.

Aus dem Radio kam, Nehmt euren Gürtel und wickelt ihn euch um die Faust.

Als ihre Mutter gestern abend Schweinelende servierte, murmelte ihr Vater: »Vom Schwein«, und eigentlich war das nicht komisch gemeint, aber als Marian lachte, stimmte er ein, etwas bitter.

Aus dem Radio kam, In Kürze neue ANHÖ-Meldungen.

Sie hatte am Abend einen Kurs, würde aber nicht hingehen, einen Kurs über Aktien, Wertpapiere, Vorzugsaktien und andere Mittel des materiellen Reichtums, die zur Schaffung weiteren Reichtums zur Verfügung standen, würde aber nicht hingehen, ganz einfach *weil*, aber später schon, und zwar bald, denn sie wußte, was sie wußte, nämlich daß sie Kräfte von außen brauchte, um ihren eigenen Tendenzen etwas entgegenzusetzen.

Sie wollte Nick anrufen, wußte aber, er würde nicht da sein.

Das Radio brachte Schüsse vom Band, Autounfälle, kernige Dialoge aus alten Kriegsfilmen.

Ihre Mutter nannte sie träge und gleichgültig. Sie leide an Unehrgeiz.

Universitätserlaß 122 gestattet Gewaltanwendung gegen Studenten. Universitätserlaß 122 gestattet Gewaltanwendung gegen Studenten.

Sie hörte sich das an, weil es hier passierte, aber zwischendurch schaltete sie auch ab, ließ ihre Aufmerksamkeit wandern, eine Art der Selbstverteidigung. Das Ganze hatte etwas Müdes an sich. So eine erschöpfende Beharrlichkeit, daß sie sofort abschalten wollte.

Sie packte und dachte daran, ihn anzurufen, obwohl er gar nicht da war, bei jemandem im Schulsekretariat eine Nachricht zu hinterlassen, clever und sexy, das würde ihm überhaupt nicht gefallen, aber sie überlegte, ob sie es nicht trotzdem tun sollte.

ANHÖ war anscheinend ein Kurzwort für Ammoniumnitrat und Heizöl.

Sie legte die Pullover in die Frisierkommode zurück. Die konnte sie immer noch Thanksgiving mitnehmen, falls sie fand, sie brauchte die Pullover, und in der Zwischenzeit nicht ihre Meinung darüber änderte, ob sie nun passabel waren – was sich allerdings gerade anbahnte.

Aus dem Radio kam, Kafka ohne f ist Kaka. Jawohl, wir reden von Müll, wir reden von Dünger, wir reden von Müll und Waffen, wir reden von ANHÖ, der Bombe, die im Arsch eines Scheunenhofschweins beginnt.

SchweineSchweineSchweineSchweineSchweineSchweineSchweine.

Sie fischte eine Schachtel Zigaretten aus einer Seitentasche des Koffers. Dann öffnete sie das Fenster und steckte sich eine an. Der Lärm kam hereingefegt, Megaphon-Bullen, Nachrichtenmeldungen, Rockmusik, und sie schaltete das Radio aus und saß rauchend am Fenster.

Sie hatte einen kunterbunten VW-Käfer mit geschminkten Gesichtern hinter den Scheiben gesehen, früher am Tag, auf dem Babcock Drive.

Sie saß da und blies den Rauch aus dem Fenster, weil ihre Mutter angeblich allergisch war und es sowieso vorgezogen hätte, daß Marian nicht rauchte, und sie zogen ihre Gürtel aus und wickelten sie sich um die Fäuste.

Und ein Werber von Dow saß in der Handelskammer fest und horchte auf die Knallfrösche, falls es Knallfrösche waren, die da vor der Tür zu Raum 104 hochgingen, wo er über den Schreibtisch hinweg mit einem Rekruten redete.

Auf der unteren State Street brannte der Müll.

Es kursierten Gerüchte über »Theater Endstation«, eine Truppe, die ihre Existenz nicht bestätigte, und in der Mifflin Street stellte eine Studentin auf einer Veranda im ersten Stock das Radio lauter, als sie zwei Reihen Polizisten in Kampfausrüstung die Straße entlangkommen sah.

Und drüben auf dem Bibliotheksvorplatz tauchten zwischen den Polizisten immer wieder Mitglieder der San Francisco Mime Troupe auf, falls sie das waren, mehr oder weniger auf Himmelfahrtskommando, weißgeschminkt, mit Panflöten und in Straßensängerkostümen, drolligen und schlecht sitzenden mittelviktorianischen Fummeln, mit Kricketmützen, ein Dutzend junger Männer und Frauen auf der Polizeiseite der Front, die jede Bewegung der Bullen nachmachten und zu einem Polizeiwagen gezerrt und geschlagen wurden.

Überall hörten die Leute Radio, lauschten dem Dialog zwischen dem Wirklichen und dem Geschnittenen, Gemischten, Bearbeiteten und Abgespielten, und die Lautsprecher servierten Heavy Metal, und eine Frau in der Sendung las vor, was auf den Packungsbeilagen von Dow-Produkten stand, mit einer hauchigen sexy Stimme.

Die Polizei sprühte jetzt Tränengas, und aus übermütiger Neugier rannten Studenten auf das Gas zu, vielleicht auch, weil es mit einem Apfelblütenduft aromatisiert war, ob man's glaubt oder nicht, ein schnell wirkendes Mittel, das derzeit auch in Vietnam eingesetzt wurde.

Gewöhnliche Probleme, ungewöhnliche Lösungen – mit Chemie. So lautete der griffige Werbeslogan von Dow, und die Frau im Radio las ihn wieder und wieder mit ihrer weichen, sexy Stimme.

In drei Gebäuden waren Interviews mit Dow angesetzt, aber vor der Handelskammer fand das Sit-in statt, und da saß der Werber fest, während ihm ein Hamburger in einer weißen Tüte kalt wurde.

Zwei Polizeitrupps bildeten einen Keil.

Er sagte zu dem Rekruten: »Also, erzähl mir mal, was zwischen heute und deinem Abschluß passieren soll.«

Der Junge sagte: »Da draußen hatte einer eine lebendige Ratte.«

»Jetzt wollen wir mal, äh, hübsch beim Thema bleiben«, sagte der Werber, »und immer, ja, mit der Ruhe.«

Oder sie liefen auf das Gas zu, weil sie glaubten, die moralische Kraft ihrer Argumente würde die Wirkung der Chemikalie neutralisieren.

Die San Francisco Mime Troupe sollte gar nicht auf dem Bibliotheksvorplatz sein. Das war das Interessante.

Und Sympathisanten zündeten hie und da Feuer an oder warfen Scheiben ein, kleine Grüppchen mit Namen wie The Mudville Nine, deren Mitglieder sich mit eiweiß- und backpulvergetränkten Tüchern maskiert hatten, einem Hausmittel gegen das Gas.

Und in weißen Schwaden stieg Rauch von Geschossen auf, die auf den breiten Rasen vor der Bascom Hall herunterfielen. Die Studenten rannten jetzt in die Gegenrichtung, eine aufgeregte Menge, manche hielten sich Blechtassen vor den Mund oder hatten ihre Taschentücher rausgeholt, andere schlenderten wie zufällig über den Bürgersteig, zwischen den behelmten Polizeitrupps und dem dichter werdenden Gas, das nun in Wellen auf die Säulenhalle zuströmte, und ein Typ, der eine Gitarre längs auf seinem Kopf abgelegt hatte, schaute an eine Laterne gelehnt zu.

Die sexy Stimme im Radio wiederholte jetzt den DuPont-Slogan. Bessere Produkte für ein besseres Leben ... Chemie macht's möglich. Die Frau genoß die Pause. Sie zog sie in die Länge. Sie stöhnte sich durch die Pause. Sie sprach drängend und erregt bis zur Pause, und dann machte sie eine Pause und stöhnte langsam, und erst dann sprach sie endlich den Slogan zu Ende, ganz befriedigt und schlaff und ausgestöhnt, und dann fing sie wieder von vorne an.

Die San Francisco Mime Troupe sollte vor dem alten Chemie-Institut sein. Das war das Interessante. Sie sollten Kopien vom Universitätserlaß 122 verteilen, vor dem alten Chemie-Institut, und genau dort waren sie auch, und sie sangen Universitätserlaß 122 gestattet Gewaltanwendung gegen Studenten. Das war interessant, denn es bedeutete, daß die Weißgeschminkten vor der Bibliothek Mitglieder vom »Theater Endstation« sein mußten, der legendären faktoiden Truppe, deren Name allein schon Anlaß zu Spekulationen war oder vielleicht ein Aspekt ihrer Randexistenz.

Rock-'n'-Roll überall, das mäandernde Jaulen der Rückkopplung gellte aus Fensterlautsprechern auf dem Campus und den nahegelegenen Straßen.

Die Polizei schlug jetzt richtig zu, die Bullen holten ihre Knüppel raus und schritten unaufhaltsam ein, mit oder ohne Kommando, segelten wild auf ihrem eigenen Oberwasser.

Der Werber und der Student warteten darauf, gerettet zu werden, und redeten in der Zwischenzeit über Kurse, und sympathisierende Professoren betraten das Gebäude mit Chinakrachern, Rohrstükken und Taschenlampenbatterien Größe D, den Zutaten für eine Mörserattacke, selbstgebastelt.

Der Radiosender meldete, daß Lyndon Johnson gerade kopfüber an einer Schleppleine aus einem Helikopter baumele, daß er hier in Madison über dem Primatenlabor im Wind schaukle, splitterfasernackt, nachdem er von Unbekannten entführt worden sei.

Der Radiosender meldete, man könne sein eigenes Napalm herstellen, indem man einen Teil Flüssigreiniger Joy mit zwei Teilen Benzol oder einem Teil Benzin mische. Kräftig schütteln.

Der neonfarbene VW fuhr durch die Straßen, und Marian schloß das Fenster und schaltete das Radio ein und ging dann auf die Toilette, um die Zigarette runterzuspülen.

Allmählich begriff sie, daß irgend jemand oder irgendeine Gruppe den Radiosender gekapert hatte, und als der Abend dämmerte, gab ein Mann Anweisungen für die Herstellung einer Kunstdüngerbombe durch. Daß man das Nitrat billig, in Tüten oder lose, in einem Laden für Landwirtschaftsbedarf kaufen könne und wie man das Heizöl hinzufüge und was zu tun sei, um die Mischung zu zünden.

Dann ein Intervall, Rauschen und kurze Stille. Danach kehrte das Radio zu seiner normalen Sendeform zurück.

Was war das?

Drei Stimmen psalmodierten liturgische Gesänge, ein Priester rezitierte dieselbe Zeile immer wieder, und zwei Meßknaben gaben festgelegte Antworten von sich.

Bessere Produkte für ein besseres Leben.

Chemie macht's möglich.

Bessere Produkte für ein besseres Leben.

Chemie macht's möglich.

Bessere Produkte für ein besseres Leben.

Chemie macht's möglich.

Sie stellte das Radio ab.

Dann kam ihr Vater nach Hause und erfuhr von ihrer Mutter das neueste, und sie setzten sich zum Abendessen mit pochiertem Barsch und dem Schleierkraut, und ihr Vater sagte: »Was ist er?«

Marian fand das lustig und ihr Vater vielleicht auch, ein bißchen. Was konnte sie sagen? Sie konnte sagen, was er nicht war. Das würde einige Zeit in Anspruch nehmen. Aber wenn es darum ging, was er war, nun, sie konnte sagen, daß er Englischlehrer an einer höheren Schule in Arizona war. Aber viel mehr konnte sie nicht sagen, denn viel hatte er ihr nicht erzählt.

Ihre Mutter redete von den gebrochenen Knochen der Demonstranten, von den Studenten mit Kopfverletzungen, geknüppelt, zugegast, blutend.

Ihr Vater sagte: »Weißt du, wieviel mir das ausmacht, die Verletzungen der Studenten? Womit soll ich es vergleichen? Ich will ja fair zu ihnen sein. Für mich ist es wie Leben oder Tod einer Fliege auf einer Mauer in einem Dorf irgendwo in China. So viel macht es mir aus.«

Sein ausgetrocknetes Lächeln sah keiner gern.

»Das bedeutet dann wohl, daß du kein Buddhist bist. Denn die Buddhisten, wenn ich das recht verstanden habe«, sagte ihre Mutter und ließ den Gedanken dann zur Decke steigen.

Marian saß an diesem Abend in ihrem Zimmer und wählte Nicks Nummer. Sie erzählte ihm von ihrem Tag. Es gab nicht viel zu erzählen, denn sie ließ die Demonstrationen weg. Sie fühlte sich bedürftig, launisch und mondsüchtig verdreht, und sie wollte keine Ablenkungen.

Dann sagte sie ihm, daß sie heiraten wollte. Sie wollte ihn heiraten und mit ihm zusammenleben, egal wo, wo immer er wollte, und keine Kinder haben und keine Freunde haben und niemals mit ihren Eltern essen gehen.

Am anderen Ende herrschte ein Schweigen, das sie nicht entschlüsseln konnte. Ein Telefonschweigen kann schwer zu entschlüsseln sein, ist grimmig und tief und manchmal verunsichernd. Es fehlt das Abmildernde der Augen, man hat nicht einmal den ausweichenden Blick, während der Partner nachdenkt. In diesem Schweigen gibt es nichts als die tiefe Distanz zwischen beiden.

Sie beendeten das Gespräch stockend und verlegen, und sie war stinksauer, sauer auf ihn und auf sich, vor allem auf sich, entschied sie, und sie war fest entschlossen, sich wieder auf den Hintern zu setzen und an ihrem Werk der hygienischen Selbstperfektion weiterzuarbeiten, sich weiter zu formen und in ein stabileres Wesen hineinzuzwingen.

Sie öffnete das Fenster, steckte sich eine Zigarette an und saß da, blies Rauchwolken in die kühle Nachtluft hinaus.

6. FEBRUAR 1953

Seine Mutter wollte nicht, daß er an der Ecke Karten spielte, nicht mal mit katholischen Schuljungen, und sie wartete, bis er nach oben gekommen war, und sagte es ihm.

Er spielte ein Spiel namens *Sett' e mezz'*, um Pennies, er saß auf der eine Stufe hohen Terrasse vor dem Lebensmittelladen, schlotterte auf dem kalten Stein und merkte sich die Karten, die aus der Hand des Gebers kamen, und gewann ganz regelmäßig, denn wenn er ein Bild erwartete, kam auch eins, was einen halben Punkt wert war, aber sie verbot ihm, wieder zu spielen.

Doch bevor sie ihm das sagte, saß er in der Kälte und merkte sich die Karten und schloß seine Wetten ab. Wenn er siebeneinhalb kriegte, das bestmögliche Ergebnis, dann drehte er seine verdeckte Karte um und sagte »*Sett' e mezz'*«.

Aber als die Dunkelheit sich langsam über die Spieler legte, mußte er die Runde verlassen und zum Metzger gehen, um das Fleisch abzuholen, das seine Mutter früher am Tag gekauft hatte.

Der Metzger war freundlicher zu ihm, seit Nick auf dem Land war. Der Metzger fragte ihn, ob er alt genug sei, um einen hochzukriegen, und Matty sagte, Fast dreizehn, und der Metzger sagte *Salut'*.

Der Metzger sagte, er brauche jemanden, der ihm erzählte, wie das ist, einen hochzukriegen, weil er sich nicht mehr daran erinnern könne, und dasselbe hatte er mehr oder weniger immer zu Nick gesagt, als Nick noch das Fleisch abholen mußte, und Matty hörte es gern, in dem Geruch nach Sägemehl und Blut.

Als er mit dem Fleisch nach Hause ging, kam eine Frau aus der Bäckerei und zwickte Matty in die Wange, ein kleines, liebevolles

Verdrehen der Haut, wie ein Schlüssel sich im Loch dreht, und sie trug ihm Grüße an seine Mutter auf.

Er kam in seine Straße, und die Jungs spielten immer noch vor dem Lebensmittelladen Karten, im Dunkeln, einige von ihnen hatten ihn früher immer mit seinem Schach aufgezogen, als er noch Schach spielte, oder weil er keinen Vater hatte, und er machte ein paar Runden mit, dachte sich, bei der Eiseskälte kann das Fleisch ja nicht schlecht werden, und er merkte sich die Karten, wenn sie fielen.

Dann ging er nach oben, und sie sagte zu ihm, sie wolle nicht, daß er spielte. Nicht mal um Pennies, sagte sie zu ihm. Sie sagte, es sähe nicht gut aus und würde zu anderen Dingen führen und anderen Freunden, und sie sagte zu ihm, sie wolle vor den anderen Jungen nichts sagen, egal ob es katholische Schuljungen seien oder nicht, und er stand da mit dem Fleisch im Arm.

Die beiden waren miteinander allein, und er wollte gehorsam sein. Er spürte das feierliche Gewicht der Situation, das Ausmaß von Nickys Abwesenheit, aber überall saßen die Jungen vor den Türen und an den Ecken und spielten Karten, und er war sich nicht sicher, ob er nein sagen würde, wenn sie ihn wieder dazuholten. Und nicht, weil er sich die Karten merken konnte. So berechnend war das nicht. Es war etwas ganz anderes. Er war ein bißchen ein Held, denn sein Bruder saß in der Besserungsanstalt und hatte getan, was er getan hatte, und viele Jungs aus den umliegenden Straßen wollten Matty kennenlernen.

Deshalb dachte er, es könnte schwierig werden, ihr zu gehorchen, als er mit den knubbligen Lammkoteletts im Arm dastand.

1. DEZEMBER 1969

Du kannst einen Krieg nicht ohne Kurzwörter führen. Das ist eine Tatsache der modernen Kriegführung, laut Louis T. Bakey.

Und wo kommen diese komprimierten Wörter her?

Sie kommen von abgelegenen Ebenen der Entwicklung, von Technikern und Bombenköpfen in ihrem Computerkosmos – storchigen, bebrillten Männern, die mit derart vielschichtigen und vielverknüpften Systemen umgehen, daß die daraus entstehenden Wortanordnungen atomisiert und neu entworfen, sparsam und buchstabenschlank gemacht werden müssen.

Aber Kurzwörter kommen doch auch aus dem Mannschaftsstand, oder, zumindest manchmal? Man braucht sich bloß den alten Louis anzuschauen, wie er heckwärts auf seinem Schleudersitz im Unterdeck des vorderen Rumpfs festgeschnallt und eingezwängt hockt und die Checkliste durchgeht. Und die Mannschaften in den Bereitschaftskasernen auf der ganzen Welt, die darauf warten, daß die Hörner erschallen. Und die Jungs an der Front, die die Geschütze laden und die Maschinen auftanken. Das sind Männer in Achselhöhlenintimität mit den Waffensystemen, die sie warten und fliegen. Das gibt ihren Kurzwörtern ein gewisses verschwitztes Etwas.

Und deshalb ist der Langstreckenbomber, der da draußen auf dem Vorfeld hockt, mit einer Sechsercrew, darunter Louis, eine große, massive, breitflüglige und gleich durch die Lüfte rauschende B-52 - deshalb ist dieses Flugzeug Zehntausenden von Männern überall im Kommando als BUFF bekannt, BUFF wie Big Ugly Fat Fuck.

Im Cockpit verglichen der Pilot und der Kopilot die Zeit auf ihren Armbanduhren zum zweiten Mal. Die Crewmitglieder gingen, jeder auf seinem Posten, die hundert Details des Standardchecks durch, der Bordschütze allein in seinem Hecktürmchen am Ende eines Kriechgangs, der Elektronikoffizier in eine enge Zelle im hinteren Teil des Oberdecks geschuhlöffelt, und unten in dem flachen schwarzen Loch ließ Louis Bakey ein Gähnen herausrollen und sah sich die Armaturenbretter, Schalter und Monitore an, die ihn mit einem praktisch totalen Monopol des Fliegerjargons umschlossen, und er stupste den Navigator an, der neben ihm eingezwängt saß.

»Chuckman, ich bin heut in einer furchtbar muschisüchtigen Laune.«

»Volltreffer, gerade jetzt an so was zu denken.«

»Ich denke gar nix. Das kommt von selber.«

»Wo's doch so is, in dieser Röhre hocken wir fest für die nächsten.«

»Das ist die verkackte Schönheit bei der ganzen Sache. Wie die Gedanken einfach kommen. Aus sich selbst und von alleine.«

»Und das ohne die Einsatzbesprechung. Zwölf Stunden, Louisman.«

»Mit anderen Worten, du meinst.«

»Schieb's auf.«

»Schieb's auf«, sagte Louis. »Stell's zurück.«

»Ganz genau.«

»Zuerst wird gebombt.«

»Und dann gebumst«, sagte der Navigator.

So plump das Kurzwort auch war, das U in BUFF paßte nicht zu dem Nasenkunstwerk, das die Rumpffläche gleich hinter den Cockpitfenstern verzierte, denn häßlich war das keineswegs. Eine große, junge, langbeinige Blondine, Typ Cheerleader im knappen Röckchen und rückenfreiem Oberteil, die Hände auf den Hüften, breitbeinig und mit einem Traudich-Blick, sie will sexy sein, weiß aber nicht genau wie, so richtig das Mädchen von nebenan. Und ihr Name stand genau über der Zeile mit den Symbolen der bisherigen Flüge, insgesamt achtunddreißig.

Long Tall Sally.

Der Pilot rollte zur Startbahn, und der Tower gab das Flugzeug zum Start frei.

Der Kopilot sagte: »*Five, four, three.*«

Der Pilot hatte alle Schubhebel in Startposition geschoben.

Der Kopilot sagte: »*One, zero, rolling.*«

Als das Flugzeug am Schild Sieben vorbeirumpelte, sieben für siebentausend Fuß Startbahn, sagte der Kopilot, im Gefühl der gewaltigen, vorwärtsgebufften Masse, daß es ihm fast die Zähne aus dem Kiefer preßte, denn da schuften fast 250 Tonnen großer, häßlicher, fetter, verfickter BUFFigkeit, um sich über das Marschgras zu erheben – sagte der Kopilot: »*Committed.*«

Und da ragte der dunkle Körper auch schon wie eine Erscheinung aus dem Dunst empor, mit langen geschwungenen Flügeln, ausgefahrenen Landeklappen und abhebenden Rädern, und dann wurde das Fahrwerk eingefahren, und dann der rauchige Auswurf von hinterherwehendem schwarzem Alkohol und das Sturmröhren, das die Ebene erschütterte.

Der Navigator in seinem Loch, Charles Wainwright Jr., genannt Chuckie, ließ den Blick ständig über die zig Meßinstrumente und Schalter und Trennrelais schweifen, genügend Anzeiger für ein ganzes Leben, die sich da vor ihm und über ihm und neben ihm ballten – auf der Seite, die nicht von Louis Bakey, dem Radarschützen, besetzt war.

Chuckie ließ den Blick über die Schalter schweifen und bedrängte seinen Kumpel, riet ihm dringend zu einer Heirat mit einer anständigen Frau und Kirchgängerin.

»Fang gar nicht erst an«, sagte Louis. »Ich brauche keine Frau. Ich brauche keine Kirche. Du bist es doch, der das braucht.«

»Ich, Louis, ich habe schon eine Frau gehabt.«

»Die du geistig nicht ernstnehmen konntest.«

»Ich mußte durch meine ungeschickte Phase. Ich mußte ein paar Sachen zu Ende bringen«, sagte Chuckie.

Die beiden Männer waren Mannschaftskameraden seit Grönland, waren durch arktische Luftspiegelungen und Stürme von fünfzig Knoten geflogen. Im Vergleich dazu waren ihre derzeitigen Bombenflüge seltsam ereignislos oder jedenfalls auf einer anderen Ebene der Wirklichkeit, leichter zu projizieren als ein Film.

»Ich weiß, was du brauchst«, sagte Louis. »Eine Frau, die bereit ist, deine Geschichte als Versager zu akzeptieren. Du brauchst es, dieses Zeug bei jemand Unschuldigem abzuladen. Du willst ein süßes junges Weibchen, das geboren wurde, um dich zu verstehen. Wie das süße Ding auf der Nase unseres Fliegers hier.«

Louis sagte süßes Ding mit verächtlicher schwarzer Stimme. Kaum überraschend, schließlich war Louis ein verächtlicher Schwarzer. Nicht daß ihm das Spirituelle gefehlt hätte, worauf Chuckie auch ansprang. Man brauchte sich bloß seine Geschichten von den frühen Atomtests über Nevada anzuhören – Geschichten, die er Dutzende Male während der Jahre in den einsamen Kasernen von Grönland, Goose Bay und einigen abgelegenen Luftwaffenstützpunkten auf dem nordamerikanischen Kontinent erzählt hatte.

»Ich finde, du solltest sie nicht so hochnehmen.«

»Hochnehmen. Wie nett«, sagte Louis. »Lieber würd ich sie hochnehmen als rannehmen, ehrlich gesagt. Die ist mir, glaub ich, zu mager. Außerdem ist der Name falsch.«

»Was soll das denn heißen?«

»Bin ich's leid. Diese Bubis zu erziehen.«

»Was soll das heißen, Louis? Falscher Name.«

»Long Tall Sally.«

»Nach dem gleichnamigen Song.«

»Soviel weiß er immerhin. Himmel auch.«

»Denkst du, ich kenne nicht Little Richard und sein Ow-ow-ow-ow?«

»Dieser Bubi ist ja doch noch zu retten«, sagte Louis. »Aber eigentlich.«

»Hab seine Platten immer vor meinen Eltern versteckt. Oh baby woo baby. Ich war dreizehn.«

»Der alte Neger ist gerührt, Chuckman. Aber eigentlich geht's um folgendes, die Long Tall Sally im Song und die Long Tall Sally auf unserer Nase sind nicht dasselbe Weibchen der Spezies.«

»Wieso nicht? Guck mal hin. Sie ist lang, sie ist groß, sie hat super Beine, und ich finde, sie sieht aus, als könnte sie Sally heißen. *Woo. We're gonna have some fun tonight.*«

»*Gonna have some fun tonight.* Stimmt genau«, sagte Louis. »Bloß wirst du die Sally aus Little Richards Song in keinem Auto in keinem Drive-in-Kino sehen, wie sie mit 'nem kleinen Jungen wie dir ein bißchen rumknutscht.«

»Wieso nicht?« sagte Chuckie.

»Die Braut is schwarz, und die Braut is scharf.«

Chuckie schaute prüfend auf seinen Radar und rechnete den Kurs des Flugzeugs erneut aus, über ein paar tausend Meilen Meereskrümmung und Mango-Atoll hinweg.

»Was soll das heißen, die Braut is schwarz?«

»Weil der Song hat nämlich eine Geschichte, die irgendwie zwischen dem ganzen Woo und Whee verlorengegangen ist.«

»Diesen Song gibt's doch schon seit dreizehn, vierzehn, fünfzehn Jahren ungefähr?«

»Kommt hin«, sagte Louis.

»Und in all diesen Jahren ist mir noch keiner untergekommen, der die Hautfarbe der Titelfigur korrigieren wollte, ja?«

Der Pilot sagte im Plauderton über Funk: »Ob das wohl Manila da unten ist. Sieht doch hübsch aus, Navigator.«

Das war ein ziemlich unwitziger Seitenhieb auf das fensterlose Paar im Unterdeck, die nicht nur ohne Himmelsblick auskommen mußten, sondern auch noch heckwärts saßen, und die nicht nur heckwärts saßen, sondern auch noch per Schleudersitz erdwärts springen mußten, falls eine feindliche SAM sie küßte.

Boden-Luft-Rakete. SAM. Noch so ein finsteres Kurzwort, zum Töten gemacht.

»Pilot, hier Navigator«, sagte Chuckie.

Er stellte seinen Radarschirm auf Feinjustierung und verlangte eine geringfügige Kurve, so daß die derzeitige Flugroute wieder dem zuvor geplanten Kurs entsprach.

Dann sagte er: »Louis, dieses Mädchen da draußen bringt uns Glück. Fast vierzig Flüge ohne größeren Zwischenfall. Mißbrauch ihr Wohlwollen nicht. Sie ist Long Tall Sally. Die erste und einzige.«

Wenn Louis sich aufregte, sprach er in einem Stakkatojargon, einer Art Überdehnung, gespickt mit Elementen einer Falsettwut, die er kontinuierlich in meisterhafter Tonhöhe von sich gab.

»Song geht. Du hast doch keine Ahnung, wie der Song geht. Diese Frau in einer Seitenstraße. Der olle Onkel John ist bei ihr. Mit der geht die Post ab. Die hat alles, was er braucht. *Yes baby woo baby. Gonna have some fun tonight.*«

Sie waren fünfzigtausend Fuß über dem Südchinesischen Meer, flogen in einer Formation aus drei Bombern, die Zelle genannt wurde, und heute waren fünfzehn Zellen in der Luft, und jede Zelle trug über dreihundert Bomben, und die sich daraus ergebende Zone der Zerstörung hieß Sandkasten, und in einem Teil seines Hirns war Chuckie völlig neben der Kappe von dem verrückten Gespräch mit dem alten Louis, auch wenn ihn in einem anderen, näheren Teil die Haltung seines Kumpels zu dem Mädchen auf der Flugzeugnase traurig machte und verletzte.

»Dieses Lied hat eine schwarze Frau in Apaloosa, Mississippi, geschrieben. Von Richard sind bloß die kleinen Extras. Diese Sally,

Brother, is garantiert keine dünne Blondine, die auf irngso'm Rücksitz knutschi-knutschi macht. Die is Spaß für Fortgeschrittene.«

Traurig und verletzt. Chuckies Gedanken schweiften nach Grönland, seinem vorherigen Posten, kein schlechter Ort, um das Scheitern einer Ehe zu überleben. Seine menschliche Trübsal wurde erstickt vom eisigen Nebel und der ganzen wehenden Anderwelt mit Schnee vor dem Fenster und auf dem Radar und abgerissenen Funkverbindungen und erbarmungslosen Winden und absoluter Kälte und Gegenständen, die keine Schatten warfen, und zahlreichen Anzeigefehlern auf Kompassen und Radargeräten, und dann die BUFF damals, die mit scharfen Atombomben an Bord auf einer Eisfläche zerschellte, Anomalien des Auges, des Hirns, der Systeme selbst, und diese Erfahrung ließ ihn die Geistergischt irgendeines höheren Hippie-Bewußtseins erahnen. Oder vielleicht war Grönland nur ein besonders heikles Stück Kriegsspiel, gespielt im gutgeheizten Raum einer Verteidigungsbehörde, bei Haselnußkaffee und Croissants.

Louis unterhielt sich in Bombenspeak mit dem Piloten, was zweifelsohne hieß, daß Chuckie langsam mal wieder aufpassen mußte.

Einmal geschieden, zweimal von der Schule geflogen, einmal abgehauen, viele Male fern und fremd von seinen Eltern, dreimal wegen Bagatelldiebstahls angezeigt, einmal wegen Überdosis Schlaftabletten notaufgenommen, einmal versuchsweise pulsaderngeschlitzt, viele Male leergekotzt auf dem Bürgersteig vor einer Bar – die Ladendiebstähle dank Dads einflußreichen Freunden aus den Akten gelöscht.

»Little Richard is ja sowieso mehr was für Weiße«, brummelte Louis. »Aber Long Tall Sally is schwarz. Daß du's mir nicht vergißt.«

Sein toller Vater selig. Gar kein schlechter Kerl eigentlich, im Tode. Aber im Leben so krampfig elterlich, voll leerer Befehle und falscher Autorität, daß Chuckie den Verdacht hatte, der Mann war einfach nicht mit dem Herzen dabei. Nein, er gab nicht seinen Eltern die Schuld an allem, was schiefgegangen war. Chuckie hatte genug Mist auf eigene Kappe gebaut. Aber er konnte nicht an seinen Vater denken, ohne den Verlust des einen Gegenstandes zu bedauern, den er gern zwischen ihnen bewahrt hätte. Das war der

Baseball, den Dad in seine Obhut gegeben hatte, als Geschenk, als Friedensangebot, ein Ausdruck verzweifelter Liebe und ein spirituelles Souvenir aus zweiter Hand.

Der Ball, den er mehr oder weniger verloren hatte. Oder den seine Frau sich bei der Trennung geschnappt hatte. Oder den er irrtümlich mit dem Hausmüll weggeschmissen hatte.

Einer jener beunruhigenden Vorfälle, die das innere Wesen der Epoche zu prägen schienen.

Neben ihm saß Louis auf seinem Posten, mit seinem Bombenabwurfhebel und seiner zentralen Zielkontroll-Konsole und seiner Zieldatenanzeige und seinem Urinal und seiner Thermostasse. Alles, was man sich für ein erfülltes Leben am Himmel wünscht.

Louis sagte: »Pilot, hier spricht der Irre Bomber. Abwurf in schneller Folge. Noch einhundertzwanzig Sekunden.«

Bobby Thomson und Ralph Branca sagten Chuckie gar nichts. Verschwommene Namen aus seiner unsteten Kindheit. Die Erinnerung an den Baseball selbst, die Nacht des Baseballs – verschwommen und unstet und trübe.

Louis sprach durch ein tränenäugiges Gähnen.

»Pilot, drei Grad nach rechts. *Hold*. Bombenabwurfklappen auf. *Check*. Noch sechzig Sekunden bis zum Abwurf.«

So viele Flüge, all diese ununterscheidbaren Bomben. Chuckie war früher von den Bombardements begeistert gewesen, aber jetzt nicht mehr. Er hatte früher einen bitteren, grollenden Sado-Genuß verspürt, es ihnen allen für sein Leben heimgezahlt, es an der Landschaft und der Zivilbevölkerung ausgelassen. Er war stolzes Mitglied eines Bombergeschwaders gewesen, das Millionen Tonnen Ladung aus den Aufhängungen und Klappen warf. Die Bomben segelten gleichermaßen auf die NVA wie auf die ARVN, denn wenn die Truppen beider Seiten sich ziemlich ähnlich sehen und ihre Kurzwörter aus ziemlich denselben Buchstaben bestehen, dann muß man beide Seiten bombardieren, um zufriedenstellende Resultate zu erzielen. Die Bomben fielen auch auf die Vietcong, die Viet Minh, die Franzosen, die Laoten, die Kambodschaner, die Pathet Lao, die Roten Khmer, die Montagnards, die Hmong, die Maoisten, die Taoisten, die Buddhisten, die Mönche, die Nonnen, die Reisbauern, die Schweinebauern, die Studentenprotestler und Kriegsverweigerer und Blumenkinder, die Chicago 7, die Chicago 8, die Catonsville 9 – die waren alle so ziemlich der Feind.

Louis brummelte weiter.

»Weiter so, weiter, weiter. Jetzt auf Automatik. Ton hörbar. *Ten seconds, nine, eight, seven.*«

Auf diesem Flug nur Fünfhundertpfünder, schlank und ziemlich schwach, hundertacht davon fielen durch Louis' träge Berührung auf das Ziel Ho-Chi-Minh-Pfad. Diese Mission basierte auf den bekloppten Analysen von Bildauswertern, die ihre Tage und Nächte damit zubrachten, die winzig kleinen Kleckse auf praktisch identischen Bildern der endlos über ihre Augäpfel rollenden Aufklärungsfilme anzustarren, genau so, dachte Chuckie, wie die Bomben endlos aus den B-52 herabfielen.

Louis brummelte weiter.

»*Six, five, four.*«

Und Chuckie dachte an die Ballade von Louis Bakey, eine Geschichte, die der Richtschütze nie müde wurde zu erzählen und die nie hätte zu Ende gehen sollen, wenn's nach dem Navigator gegangen wäre, denn sie war wie ein großartiges Negerspiritual, bei dem einem das ganze Gesicht vor Ehrerbietung und Scheu brennt.

Wie Louis aus der Richtschützen-Schule stolziert kommt und sich in der Besatzung einer B-52 wiederfindet, in sechsundzwanzigtausend Fuß Höhe über dem Testgelände in Nevada, um den Abwurf einer Atombombe von fünfzig Kilotonnen zu simulieren.

Zu simulieren, wohlgemerkt, während eine richtige Bombe genau dieses Kalibers von einer Abschußrampe direkt unter dem Flugzeug gezündet wird.

Mit der Überlegung, Mal sehen, wie das Flugzeug und die Besatzung reagieren, wie Metall und Körper auf den Blitz, die Explosion, die Erschütterung, den Anblick und so weiter reagieren.

Und wenn sie das mehr oder weniger heil überstehen, lassen wir sie vielleicht eines Tages ihre eigene Bombe abwerfen.

Das ganze Flugzeug ist verdunkelt. Fenster mit stanniolüberzogenen Schilden abgedeckt. Die Besatzung hält sich Kissen auf die

Augen. Nylonkissen, die für Louis faszinierenderweise nach Frauenunterwäsche riechen.

Ein freiwilliger Sanitäter hockt auf einem Notsitz, ihm hängen zehn Zentimeter Faden aus dem Mund, mit einem Teebeutelschildchen am Ende. Den Rest des Fadens hat er verschluckt, zusammen mit der daran befestigten, von Aluminiumgel überzogenen Röntgenplatte, die irgendwo unterhalb der Speiseröhre baumelt, um die Strahlung zu messen, die durch seinen Körper geht.

Louis zählt seinen Übungscountdown und wartet auf den Blitz. Ein starker, unsterblicher junger Mann auf einer edlen Mission.

»*Three, two, one.*«

Dann wird die Welt hell. Ein Glühen fährt in den Körper, wie die Berührung Gottes. Und Louis kann die Knochen seiner Hände durch die geschlossenen Augen sehen, durch das dicke Kissen, das er sich aufs Gesicht preßt.

Ich bewege den Kopf hin und her, da tanzen ganze Skelette im Blitz. Der Navigator, der Navigationslehrer, der Elektronikoffizier. Wir sind tote Männer in der Luft.

Ich dachte Herr Gott Jesus. Ich schwöre bei Gott, ich dachte, das wäre der Himmel. Schweiß läuft mir übers Gesicht, aus den elektronischen Sicherungen kommt Rauch, und die Detonation schleudert uns Tausende Meter in die Höhe, nichts zu machen.

Ich dachte, ich fliege direkt durchs Jüngste Gericht hindurch, die prallen Nylonbrüste irgendeiner Frau voll im Gesicht.

Und als die Druckwelle zuschlug, wurden wir nochmal sechshundert Meter hochgeboxt, dieses riesentonnenschwere Flugzeug war wie ein Blatt an einem windigen Abend.

Und ich sah immer wieder die fliegenden Toten durch meine geschlossenen Augen, Skelettmänner, *knee bone connected to the thigh bone*, ich höre das Wort Gottes in diesem Gospelsong.

Und ich dachte, durch einen schwarzen Mann wäre nicht so leicht hindurchzugucken. Aber ich konnte durch meine Haut bis auf die Knochen sehen. Dieser Blitz ist zu hell für rassenmäßige Nettigkeiten.

Alle gleich vor Gottes Augen, laß dir das 'ne Lehre sein.

Und der Sanitäter mit dem raushängenden Faden, die Hand an dem Teebeutelschildchen, damit er es nicht verschluckt, und ich kann die Röntgenplatte durch Haut, Knochen, Rippen und wasnichtalles erkennen, und sie leuchtet wie ein Sonnenaufgang in der Wüste.

Als es ungefährlich ist, das Kissen wegzunehmen und die Augen aufzuschlagen, schlägt Louis die Augen auf und legt das Kissen weg und geht durch bis ins Cockpit und hilft dem Kopiloten dabei, die Thermovorhänge abzunehmen, und da ist sie, lebendig und weiß über ihnen, die Pilzwolke, und sie kocht und plappert und knistert wie eine verdammte Monstervision.

Meine Augen wurden riesengroß und blieben so und gehen seitdem nie mehr richtig zu. Weil ich gesehen hab, was ich gesehen hab. Dieses Ding, so groß und breit und hoch über uns. Und es knallte und keuchte wie nichts auf Erden. Und wir flogen direkt an dem Stiel vorbei, und da rauscht und faucht und plappert es und schiebt die Wolke nach oben in die Stratosphäre hinauf.

Thigh bone connected to the hip bone.

In wenigen Jahren verlor ich meine Handschrift. Kann nicht mal meinen Namen ohne Wackler und Hüpfer schreiben. Ich pinkle inzwischen in Zeitlupe. Und mein linkes Auge sieht Sachen, die zu meinem rechten gehören.

Und das war die Ballade von Louis Bakey, die tausend Fliegern in windumheulten Stützpunkten während der kurzen Tage und der langen Jahre ständiger Alarmbereitschaft im dunklen, stoischen Herzen der Winter des Kalten Krieges erzählt wurde.

»Ausgebombt«, sagte Louis sanft.

Doch der böse, schneidende Spaß war für Chuckie raus. Er wollte nicht noch mehr Vietcong töten. Und er entwickelte eine merkwürdige Fürsorge für die Landschaft der Gegend. Er war es leid, den Wald zu töten, die Bäume des Waldes, die Vögel, die in den Bäumen leben, die Insekten, die sich ihr ganzes Karmaleben lang in die Flügelfedern der Vögel schmiegen.

Das Flugzeug ruckte in eine enge Kurve.

»Louisman, wachst du manchmal mitten in der Nacht auf?«

»Fang bloß nicht damit an.«

»Und denkst, es muß doch eine produktivere Art geben, sein Leben zu verbringen.«

»Das denken doch die da unten.«

»Als Bomben auf Leute abzuwerfen, die nie ein böses Wort zu dir gesagt haben.«

»Leben in Tunneln. Ich sag dir mal, was die denken. Sie leben in Tunneln, die sie in die Erde graben, und wir sitzen in einem Big Ugly Fat Fuck und donnern auf sie runter, was das Zeug hält. Und sie denken, es muß doch eine produktivere Art geben.«

In letzter Zeit hat Chuckie öfters bei diesen Routineflügen Schleudersitzphantasien gehabt. Überprüf die Beinschützer und Knöchelriemen, zieh den Abzugring und *bumm*. Er würde nach unten und draußen und in den rauchenden Himmel gefeuert. Um, in der spielerischen Kinoversion, über dem Golden Gate Park einzuschweben, wo eine miniberockte Blondine namens Sally den Kopf aus einem Buch von Frantz Fanon oder vielleicht Herbert Marcuse hebt, zwei Autoren, die Chuckie nur unter größten Schwierigkeiten im Kaufhaus des Stützpunkts finden konnte, und einen gepunkteten Fallschirm erkennt, der Richtung Baumwipfel fällt.

Nein, er war nie ein Fan gewesen, aber es war ein angenehmes Gefühl, den Baseball um sich zu haben – ja, angenehm, zerkloppt, genäht, männlich und alt, ein Stück persönliche Geschichte, das ihm wesentlich mehr bedeutete als alle Spielchroniken zusammen.

Das Flugzeug nahm wieder Kurs auf Guam, aber er dachte jetzt an Grönland, den schattenlosen weißen Schlund, die Täuschungen des Lichts, endlose Ausblicke ohne Horizont. Ein Ort, aus dem nie mehr geworden war als ein Gerücht, selbst für diejenigen, die dort stationiert waren, vor allem für sie – unbestätigte Information, ähnlich wie sein ganzes Leben.

Runter, vom Himmel runter, endlich. Als sie landeten, hörte er das heiße Kreischen der Räder und spürte, wie der Bremsfallschirm rausknallte und sie hielt. Er wußte, der »Follow me«-Wagen war da draußen auf der Rollbahn, aber er konnte ihn natürlich nicht sehen, denn er saß immer noch, ein paar Minuten noch, in dem dämmrigen Loch, umgeben von seinen Kurzwörtern.

Louis sagte: »Ich will 'ne Muschi, Chuckman, und zwar jetzt. Aber sie muß mich respektieren und das, was ich mache.«

»Und wofür du stehst.«

»Wofür ich stehe. Sehr gut, mein Junge. Ich merke, es kommt was bei dir an.«

Auf dem Wagen stand »Follow me«, und die Bodencrew kam schon zum Flugzeug, schleppte Schläuche, Rohre und ein Sortiment Testgeräte herbei, um eine Checkliste durchzugehen, die so lang war wie elf lange Romane zum Thema Krieg und Frieden.

»Denn wenn sie mich nicht respektiert«, sagte Louis, »fühle ich mich leer, wenn's vorbei ist.«

»Ich kenne das Gefühl.«

»Das Gefühl ändert sich nie.«

»Zuerst wird gebumst.«

»Und dann gebombt«, sagte Louis.

Und es würde gar nicht lange dauern, bis das wuchtige Flugzeug wieder über die Startbahn rollte, bombengemästet, beim Start bis in den letzten Niet ächzend, hoch, raus, dahin – eine tödliche Macht am Himmel.

7

9. NOVEMBER 1965

Es war eine Kneipe, in die man hätte reinschlendern können, wenn man die Gegend nicht kannte, eine Friedhofsbar unter einer Brückenauffahrt, und auf den ersten Blick hätte man sie für eine dieser Bars auf der Eighth Avenue halten können, die anscheinend nie schließen, Red Rose oder White Rose oder Blarney Stone, wo die Rohrleger und Textilarbeiter hingehen oder die Rennfans, die vom Turf zurückkommen, oder die Schlaflosen, die von Nirgendwo zurückkommen, ein Sandwich und ein Bier oder ein Schnaps und ein Bier, aber das hier war eine ganz andere Kategorie, ein Ort, der sich praktisch außerhalb der Zeit befand, Frankie's Tropical Bar genannt, auf der Lower East Side, und wen seh ich beim Reinkommen dasitzen, das ist doch Jeremiah Sullivan, apropos Friedhof, besonders gut sah er nicht aus.

»Seh ich recht?«

Ich sagte: »Hallo Jerry.«

»Nick Shay? Wo zum Teufel kommst du denn her?«

Ich sagte: »Hallo Jerry. Wo sind wir?«

»Ich weiß, wo ich bin. Wo zum Teufel bist du? Ich höre immer mal wieder was. Kalifornien, Arizona. Ich hab vor drei, vier Jahren deine Mutter getroffen. Wie lang ist das jetzt her? Fünfzehn Jahre?«

Ich sagte: »Ich bin eine Woche in der Stadt. Ein Forschungsprojekt für eine Firma im Mittleren Westen. Und du?«

»Tu nicht so gelassen. Fast fünfzehn verfluchte Jahre. Was trinkst du?«

»Was trinkst du?«

»Frag nicht«, sagte er.

»Das nehm ich auch.«

Er schaute sich nach dem Barkeeper um, aber der Bursche war weg. Ein Mann mit bandagiertem Kopf saß am hinteren Ende der Bar und versuchte, eine Münze in ein Whiskyglas zu schnippen. Und zwei Frauen auf Barhockern, nicht weit von da, wo Jerry stand, ein paar Schnepfen aus dem Viertel, konnte man vermuten, aber sie waren nicht gemütlich oder gesprächig oder an den Gesprächen der anderen interessiert - bloß uralte, abgewrackte Schnapsdrosseln.

Wir tauschten die reinen Fakten über Wohnort und Arbeit aus, dann erstattete mir Jerry ausführlich Bericht über Leute aus unserer Kindheit, Nachrichten, die er sich wahrscheinlich für so eine Gelegenheit aufgehoben hatte, seine Anzughosen hingen unter seiner Wampe, und sein Krawattenknoten schlackerte auf Halbmast.

»Und, verheiratet, Nick?«

»Nö.«

»Oder gehst du fest mit jemand?«

»Nö. Ich hab vor einiger Zeit eine Frau aus Chicago kennengelernt. Aber die Antwort ist nein. Ich bin nicht der Typ, der heiratet. Seh mich nicht verheiratet. Bin irgendwie nicht auf Heiratskurs. Ich denke nicht mal daran.«

»Nicht in deinen wildesten Träumen. Ich, ich bin verheiratet. Zwei Kinder. Ich würd dir ja Fotos zeigen, aber du willst keine Fotos sehen.«

Der Barkeeper tauchte auf, und ich nahm einen Stinger, der über den Glasrand schwappte. Es war später Nachmittag, Dämmerlicht, hinter der Bar befand sich eine unvollendete Wandmalerei mit Palmen, und von einem Deckenbalken baumelte ein echter Sombrero. Jerry sagte, das wäre früher mal ein Jazzclub gewesen, der aber fast sofort pleite gemacht hätte, und seit sie die Musik gestrichen hätten und andere Leute kämen, würde er regelmäßig hier vorbeischauen. Er bräuchte eine Stunde zwischen Büro und Familie, um allein zu sein, sagte er, und nachzudenken.

Er hatte recht. Ich wollte keine Fotos sehen.

»Ich bin dreißig«, sagte er. »Als mein Vater fünfunddreißig war, sah er aus wie ein alter Mann.«

»Aber nur für dich. Du warst in der ersten Klasse. Die sahen alle wie alte Männer aus.«

»Nein, er war alt. Er war abgearbeitet. Es ist schön, dich zu sehen, Nick. Ich denk manchmal an dich. Ich fahr noch hin. Früher wimmelte es da nur so. Jetzt ist alles leer.«

Wir waren zusammen auf der Schule gewesen, bei den Nonnen, und dann ging Jerry auf eine katholische High School, ich wechselte zu einer öffentlichen, und wir sahen uns nur noch selten, etwa in einem Kinofoyer beim Cola-Kaufen, er war mit seinen Freunden unterwegs und ich mit meinen, und es herrschte ein merkwürdiges Gefühl von Trennung zwischen uns, nicht unfreundlich, aber tief, und zum Teil lag es an dem Unterschied der Schulen, dem Auseinanderdriften von Gewohnheiten und Lebensweisen, aber da war noch etwas Unvereinbares, der Stil, die Freunde, die Zukunft.

»Du warst irre lange weg. Irre lange. Schon mal dran gedacht, zurückzukommen?« sagte er.

»Hier leben? Vergiß es. Nein. Gefällt mir gut da draußen.«

»Da draußen. Was heißt da draußen?«

»Alles, wovon du nie gehört hast.«

»Wenn ich nie davon gehört habe, wie toll kann das schon sein?« sagte er.

Wir nannten ihn immer Hibbel-Jerry, weil er herumzappelte und blinzelte, noch immer, wie mir auffiel, jetzt mit Brille und einem Schulring.

Von den Jesuiten erzählte ich ihm nichts. Zu interessant. Er würde mich stundenlang hier festhalten. Ich erzählte ihm von dem Projekt, bei dem ich mitarbeitete, zur Veränderung traditioneller Lehrmethoden an der Schule, und daß ich Schulen in Ghettos und heruntergekommenen Stadtteilen besucht hatte, hier und in Philadelphia, als freier Mitarbeiter einer Firma für Verhaltensforschung in Evanston, Illinois.

»Und du unterrichtest.«

»Ich habe unterrichtet, das ja. Und wahrscheinlich werde ich es auch wieder machen«, sagte ich. »Früher oder später. Oberstufe. Sozialkunde und Englisch. Aber ich möchte gern Latein unterrichten.«

Auch das war viel zu interessant. Er hätte sich königlich amüsieren müssen, aber dazu war es viel zu interessant. Eine Zeitlang hatte es so ausgesehen, als wäre Jerry auf Priesterkurs, das machte damals die Runde, oder sogar Richtung irisch-christliche Bruderschaft, und nun guckte er völlig verwirrt aus der Wäsche, wenn er an den Nicky dachte, den er von früher kannte, und was ihm später so zu Ohren gekommen war, und dann Lateinlehrer.

»Besuchst du deine Mutter ab und zu?«

»Gestern dagewesen«, sagte ich.

»Immer noch Nummer 611?«

»Immer noch.«

»Ich fahr ganz gerne hin«, sagte er. »Esse was auf der Arthur Avenue. Laufe überall durch die Gegend. Gehe mit den Kleinen in den Zoo.«

»Wenn man sich das anschaut heute. Auf dem absteigenden Ast.«

»Und früher wimmelte es nur so. Oder sieht das bloß in meiner Erinnerung so aus? Die Sommerabende. Sagenhaft. Toll, dich zu sehen, Nick. Ich trink noch einen. Trink auch noch einen.«

Ich wollte den ersten austrinken und dann weg, oder nicht mal austrinken und weg. So eine Zufallsbegegnung, wenn man die fünf Minuten zu lange dauern läßt, versaut man sich den ganzen Abend und den nächsten Tag gleich mit.

Er rückte sich ständig die Brille zurecht.

Ein Mann, der allein an einem Tisch saß, nölte einen Pennermonolog runter, wobei es auch darum ging, daß die ihm überallhin folgten und seine intimsten Gedanken auf Band aufnahmen und die sehenden Blinden zum Schnüffeln auf ihn angesetzt hatten mit ihren Hunden und Bleistiften und Sammelbüchsen, und zwar sowohl in den Bussen als auch in der U-Bahn.

»Jerry, du solltest nach Hause gehen und mit deinen Kindern spielen. Wenn du fünfzig oder sechzig bist, kannst du hier sitzen und an die alten Zeiten denken.«

Aber er wollte nicht nach Hause. Er wollte die Schicksalswege von hundert Seelen aufsagen, die miteinander verbunden waren, den Schwarm auf der Straße, der in seinem Kopf summte. Tot, verheiratet, nach Jersey rübergezogen, der Typ mit fünf Schwestern, aus dem ein Safeknacker geworden ist, das Handball-As, das jetzt als Chiropraktiker arbeitet, die verklemmte Blondine aus der fünften Klasse, die einen puertorikanischen Preisboxer geheiratet hat.

»Wir sollten rauffahren, Nick. Im Ernst. Dreiviertelstunde mit der U-Bahn. Wir können bei Mario was essen. Ich ruf ein paar von den Jungs an. Die freuen sich total. Die kommen dazu. Im Ernst, Mann. Komm, trink aus, wir gehen.«

In seiner Stimme schwang eine drängende Logik mit. Er war auf der Hut und etwas zornig und halb betrunken, Feuer und Flamme für seine Idee und schon im voraus etwas zornig, argwöhnisch, daß ich einen Ausflug in die Bronx etwa nicht so wunderbar und zwingend finden könnte, daß mich die alten Zeiten etwa nicht so mitreißen könnten, und er spürte schon jetzt die Schärfe einer bitteren Kränkung.

»Komm schon, im Ernst, wir nehmen die U-Bahn. Wir schauen bei Lofaro rein. Paar alte Gesichter. Die freuen sich, wenn du kommst, Nick.«

Ich wollte ihn nicht abschmettern, wollte nicht wirken, als ob ich außen vor oder drüber stünde. Jerry wußte, daß ich in der Besserungsanstalt gewesen war und danach mehr oder weniger abgeschnitten von allen Nachrichten und Gerüchten, und jetzt tauchte ich hier auf, im Tweedjackett und mit einem Job, den ich mochte, sah ganz ordentlich aus, hatte aufgehört zu rauchen und trank nicht zuviel, kannte eine Frau mit einer sexy Cello-Stimme und besorgte es ihr wahrscheinlich regelmäßig, und er dagegen, netter katholischer Junge, inzwischen schlaff und ranzig, will nicht nach Hause zu Frau und Kindern in Jackson Heights, steckt sich eine Zigarette an der vorigen an und säuft bis zum Filmriß, verkauft Werbeminuten für den hinterletzten Radiosender, und alles nur, weil er nie einen umgebracht hat.

»Das müssen wir unbedingt machen«, sagte Jerry, »mit der Taxe – das geht auf mich.«

Ein Mann namens Jorge kam mit dem Barkeeper ins Gespräch. Jorge trug ein Tuch um den Kopf und wirkte sexuell gestört. Ich sah diese Leute nicht bloß als Stammkunden. Eher als Eingefleischte. Das war irgendwie das Wort, vom lateinischen incarnatus, und so kam es mir auch bei ihnen vor, wie ins Fleisch gewachsen, tief in die Seele gebrannt, und mir wurde langsam klar, daß Jerry hierherkam, um sein Selbstmitleid und seine nagenden praktischen Sorgen beiseite zu schieben und mit Menschen zusammenzusein, die wie in einem wahnhaften gregorianischen Gesang mit ihm redeten, eine nicht abreißende Stimme, die weder eine Bedeutung im üblichen Sinne noch ein strenges Metrum besaß, aber von tiefer drinnen kam, als er es bei der eigenen Redeweise hätte ertragen können.

Das Licht wurde schwächer und flackerte.

Jerry sprach mit mir, und eine Frau neben Jorge sagte irgendwas zum Barkeeper über die Optimaltemperatur von Bier, und in dem Augenblick wurde das Licht schwächer und flackerte und ging ganz aus.

Jerry sagte gerade: »Ganz spontan. Ich rufe 'n paar von den Jungs an. Ich rufe, wie heißt er, Allie an. Das ist etwas, mein Freund, da kannst du einfach nicht nein sagen.«

Und dann ging das Licht aus.

Der Mann am hinteren Ende der Bar hörte auf, Quarters in sein Whiskyglas zu schnippen.

Jemand sagte: »Das ist doch das Licht?«

Wir tranken unsere Stingers, Jerry und ich.

Der Barkeeper sagte: »Wißt ihr was?«

Jemand auf dem Männerklo fing an zu reden, so laut, daß wir es hören konnten.

Der Barkeeper sagte: »Von hier sieht's so aus, als wäre die ganze Straße ausgefallen.«

Die erste Stimme sagte: »Das ist doch das Licht?«

»Wahrscheinlich arbeiten die an irgendwas, das hat einen Kurzschluß gegeben«, sagte der Barkeeper. »Und ich hab keine Kerzen da.«

Die Stimme auf dem Klo wurde lauter und aufgeregter.

Eine der alten Frauen sagte was zu der anderen, das erste überhaupt, was eine von den beiden sagte.

Jerry und ich tranken unsere Stingers.

»Aber wißt ihr was?« sagte der Barkeeper.

Jorge sprach jetzt Spanisch.

Der Barkeeper holte eine Taschenlampe unter der Bar vor und klemmte sie zwischen zwei Flaschen auf dem Regal unter der Wandmalerei.

Die Frau neben Jorge sprach auch Spanisch, aber schlecht, und zwar mit dem Mann auf dem Klo.

Der Barkeeper ging zur Tür.

»Ich dachte, Allie wäre in Korea gefallen.«

»Das war Viggiano. Korea.«

»Auf 'ne Mine getreten, dachte ich.«

»Das war Mike. Auf 'ne Mine getreten. Viggiano.«

Die beiden alten Frauen waren wieder still, hatten sich an die Dunkelheit gewöhnt, saßen da und tranken.

»Du willst mir also erzählen, all die Jahre.«

»Bist du mit dem falschen Kriegsgefallenen rumgelaufen.«

»Oder dem richtigen Krieg, aber dem falschen Toten.«

»Komm, wir gehen raus«, sagte er. »Ich will sehen, was los ist.«

»Allie muß mir also gar nicht mehr leid tun.«

»Ich glaube, die ganze Straße ist ausgefallen. Allie verkauft Fisch am Stand seines Vaters auf dem Markt. Den finden wir. Den ruf ich an.«

Wir nahmen unsere Drinks mit auf den Bürgersteig. Die Straße war ausgefallen, und die Gegend war ausgefallen. Es war nach fünf, inzwischen dunkel, und die Ampeln waren auch ausgefallen, und wir hörten das Stakkato der Autohupen von der Brückenauffahrt über uns und weiter westlich.

Die Leute kamen aus den Geschäften und Wohnungen, aus der Schlosserei und dem Lebensmittelladen und dem Scheckauszahlungsbüro, und sie standen herum und redeten. Wir konnten durch eine Straße mit Mietshäusern nach Osten schauen und den Fluß erkennen, einen schmalen, schimmernden Streifen, der etwas Weiches bildete, ein visuelles Flüstern hinter den dunklen massigen Konturen im Vordergrund.

»Ist Brooklyn ausgefallen? Ich glaube, Brooklyn ist ausgefallen.«

»Brooklyn ist ganz bestimmt ausgefallen.«

Die Leute sprachen miteinander und sahen regelmäßig nach oben. Sie sahen zum Himmel über Midtown oder versuchten zur Spitze der Insel zu schauen, die natürlich von dicht stehenden Gebäuden versperrt war, aber sie sahen immer nach oben, himmelwärts, und zeigten und redeten.

Ich ging wieder hinein und stellte meinen Drink auf die Bar. Ich ließ etwas Geld neben dem Glas liegen. Jemand war immer noch auf dem Klo, erregte sich auf spanisch, sagte etwas über seine Mutter oder die Mutter von irgend jemand, und ich dachte mir, vielleicht konnte er das Klopapier nicht finden oder den Riegel an der Tür, aber das war eine Angelegenheit, um die sich die Eingefleischten kümmern mußten.

Dann stand ich in der Tür und beobachtete, wie Jerry mit dem Barkeeper und drei oder vier anderen redete, die in zwanzig Metern Entfernung auf der Straße standen, und sie wurden immer wieder von vorbeifahrenden Autos beleuchtet, eine lebhafte Gruppe, aufgeregt über die Tragweite der Umstände und die beteiligten Kräfte, und sie redeten und zeigten.

Ich machte mich in die andere Richtung auf. Nach einem halben Block ging ich auf die andere Straßenseite und lief durch einen Bogen unter der Brücke hindurch und in eine Gegend voller Hausmüll und zerbeulter Autos und Schutthaufen, die Bauarbeiter zurückgelassen hatten, und am nördlichen Ende des Durchgangs konnte ich die Silhouette der Türme von Midtown erkennen, scharf und flach am gestreiften Himmel, und ich hörte, wie das Geräusch der Autohupen anschwoll, hörte den Dinosauriertod des blockierten Verkehrs zur Rush-hour, überall Rufen und Antworten, und ich kam am anderen Ende des Durchgangs heraus, und die Scheinwerfer der sich kaum bewegenden Autos, der plötzlich angehaltenen Autos, tauchten meinen Weg durch die Straßen in Ströme von Bariumlicht.

Er war nach New York zurückgekehrt, den Schoß des Bewußtseins, für eine Mitternachtsshow in der Carnegie Hall, fast dreitausend Zuschauer, und er stand auf der riesigen Bühne und schaute über das Parkett, an zwei Reihen Logen vorbei bis zu den Rängen, wo sie in den Gängen standen und sich an den Ausgängen drängten.

Lenny Bruce *in concert*.

»New York, New York. Wir sagen es zweimal. Einmal, um sie anzustacheln, daß sie Kansas verlassen. Und ein zweites Mal an ihrem Grab.«

Sie keuchten auf ihren Sitzen.

»New York, New York. Wie ein Priester mit seiner Latein-Nummer. Hokus pokus, hokus pokus. Er sagt es zweimal, denn er redet von Scheiße, Pisse und Korruption, und er will sicher sein, daß ihr es alle mitkriegt.«

Seine Leute waren da, die Typen von den Schallplattenfirmen aus dem Brill-Gebäude, die Komikerkollegen, die jerseyauf, jerseyab kein Klo ausließen, die Schauspieler und Möchtegern-Schauspieler und Schauspieler-Kellner und Taxifahrer von der Schauspielergewerkschaft. Die Männer mit immer höher werdender Stirn von der Upper West Side waren da, mit zottligen Schläfenlocken und angedeutetem Leiden, und sie hatten die Frauen dabei – kraus und frech und dickköpfig, mit üppigen Körpern und reichen, großen, nackten Gesichtern und einer blechernen Lache.

Lenny trug einen weißen, schlank geschnittenen Anzug, gut gebügelt, und ein braunrotes Zuhälterhemd mit Rollkragen, wie ein Mann, der sich daran zu erinnern versucht, daß er unzerstörbar ist.

Es war Mitternacht, bei rauschendem Regen, aber sie waren alle da, Musiker und Folkfans, Autoren der Intello-Blätter, eine Auswahl von Leuten mit verwüsteten Kreidegesichtern und Einstichspuren unter den Kleidern, und es gab eine erkleckliche Anzahl körperloser anderer, die gerade eine Dosis DMT geraucht hatten, das schnell wirkende, chemische Superhigh, das die NASA entwickelt hat, um uns zum Mond zu schießen und wieder zurück, ob wir wollen oder nicht.

Er schaute rauf und runter und umher.

»Was für 'ne irre, nervenzerfetzende, kranke Woche. Wir sind alle ausgelutscht. Wir waren nur Minuten davon entfernt, einen Feuerball um die Ohren zu kriegen. Aber jetzt, aber jetzt, aber jetzt.«

Er schaute an den schmalen Säulen vorbei in die Tiefen des dritten Rangs und dann ganz nach oben, zu den Gesichtern, die dort über der Balustrade hingen, junge Leute, die im Lichtschwall der hoch an den Seitenwänden sitzenden Scheinwerfer schimmerten.

»Wir werden nicht sterben!«

Er machte einen Minstrel-Tanzschritt, pures Negervarieté, mit aufgerissenem Mund, erhobener Hand, gespreizten Fingern, und stand eine Weile lachend da.

»Ja, sie haben uns gerettet. All die Männer von den Elite-Unis mit ihren gestreiften Anzügen und gerippten schwarzen Socken, die bis zum Knie hochgehen, damit auch keiner einen Flecken gespenstisches weißes Fleisch zwischen Socke und Hosenaufschlag sieht, wenn sie im Fernsehen die Beine übereinanderschlagen. Er ist so verletzlich, ja, dieser kleine Streifen blasser Haut. Die Beine mächtiger Männer sind meistens unbehaart, was ihnen insgeheim das Gefühl gibt, schwach und weibisch zu sein, deshalb achten sie genau darauf, daß ihre Socken hoch genug gehen. Aus genau diesem Grund sind ja auch Sockenhalter eine so riskante Angelegenheit. Nein, ja, sie haben uns gerettet. Das haben sie. Der Russe hat zugestimmt, die Raketen abzuziehen und nicht länger Raketenbasen auf Kuba zu bauen. Chruschtschow kotzt in seine Pfannkuchen. Nimmt zur Entspannung heiße Bäder. Wie ein Plastiksäckchen mit Mais, das langsam den Siedepunkt erreicht.«

Lennys Teenagerfans waren da, Jugendliche aus Brooklyn und Queens, die seine Sketche Wort für Wort brachten, von seinen Schallplatten auswendig gelernt und noch inbrünstiger von den seltenen Tonbändern, die ausgekochte Schwarzhändler mitgeschnitten hatten. Und Bronx-Jungs, die über den Grand Concourse traben, um auch ja keinen ausländischen Streifen im Ascot zu verpassen, falls ein Hauch Titten drin vorkommt – Lenny war ihr Diamantschleifer, ihr lässiger, verlorener Meister der ungewöhnlichen Wahrheit.

»Sie haben uns gerettet, die mit ihren Hornbrillen und Normalverbraucher-Haarschnitten. Die kriegen ihr Training für die Raketenkrise auf tausend Dinnerparties. Wo's richtig abgeht, Mensch. Das ist der Gipfel der westlichen Zivilisation. Nicht die Kunst in den lausigen Museen oder die Bücher in den Bibliotheken, wo die Penner das Männerklo verpesten. Vergeßt das alles. Vergeßt die Sportplätze von Eton. Um die Sitzordnung beim Dinner geht es. Da haben wir gesiegt. Denn da haben sie durchgehalten. Da wurden sie in der grausamsten aller Lebenslagen getestet. Wo unvorstellbare Kräfte ins Spiel kommen und sich hochkritische Ereignisse abspielen. Dinnerparties im Nordostkorridor, kapiert, Boston-New York-Washington. Schon die Mutter hat es gesagt, denk immer an Vitamin B, Liebling. Mit Sorge und ein wenig verstecktem Entsetzen in der Stimme. Denn sie wußte Bescheid. Vitamin B braucht man zum Leben, sonst geht man unter. Und deshalb haben wir gesiegt. Denn diese Männer haben ihre Namen und ihre Erziehung für diesen Augenblick bekommen. Jawohl, getestet bei tausend Ausbildungsdinners. Es fängt schon in der Jugend an. Neben Erwachsene gesetzt, vollkommen Fremde, und gezwungen, Konversation zu machen. Wie sadistisch, so was zu einem Kind zu sagen. *Mach Konversation*. Manche konnten es nicht. Manche brachen zusammen und mußten Forstwirtschaft lernen. Sie haben Wurzeln und Kraut geraucht und sich einen Bart wachsen lassen. Sind tiefe Beziehungen zu Tieren eingegangen. Aber andere. Die anderen. Die anderen haben zu Marschliedern onaniert und ihre Cousinen zweiten Grades geheiratet und sind stark und tonangebend geworden. Man weiß einfach, daß sie mächtige Männer sind, wenn ihre Frauen bei zugezogenen Vorhängen Bridge spielen. Von der Sonne kriegen sie Migräne. Sie zerknüllen ihre Taschentücher beim Sprechen. Denkt daran, wie Tante Tovah immer dasaß und ihr Tüchlein zerknüllt hat. Steh gerade, hat sie gesagt. Red mit den Leuten, hat sie gesagt. Versuch's doch. Für mich, Liebling.«

Während des ganzen langen Abends, zu lang, drei vollgepackte Stunden nonstop, zu lang, weil er zu lang sein muß, die haben gerade eine Krise überlebt und brauchen etwas Maßlosigkeit, und zu lang, weil Lenny einfach nicht aufhören kann, schaut er von der Vorderbühne hoch und sieht die verzierte Decke und die vergoldeten Logenreihen, und er weiß, dies ist der Tempel von Casals und Heifetz und Toscanini, und das versetzt ihm einen Starkstromschlag, und zu lang, weil er schon die ganze Woche unter Panikdampf fährt und sich wiedererweckt fühlt, lebendig, voller Lust, die Nacht durchzujaulen.

Die Discjockeys waren da, Typen, die spätnachts mit rauchig-anrüchigen Stimmen Jazz auflegten. Berühmtheiten saßen im Parkett verteilt, das hier ganz europäisch »Parquet« hieß. Gemischtrassige Paare waren da und stellten eine geschliffene Nonchalance zur Schau. Leute, die von normalen Komikern gelangweilt waren. Leute, die herausgefordert und attackiert werden wollten, die gern hören wollten, wie ihre gutgemeinten Empfindungen als liberales Dinnergeschwätz bloßgestellt wurden.

Lenny schraubte das Mikro vom Ständer und segnete sie alle.

»Jetzt erzähl ich euch die unbekannte Geschichte der Woche. Der Präsident hat den Papst angerufen.« Erwartungsvolles Rascheln. Aber es ödet ihn an – heute abend hat er keine Lust auf Päpste. »Yeah, die ganze Woche Geheimkontakte. Von wegen Trennung von Kirche und Staat, alles Quark. Die Hostienfresser halten immer zusammen.« Päpste sind automatisch witzig – sie brauchen keinen Lenny, um ihren Firlefanz aufzuwerten. »Der Papst hat U-Boote, schon gewußt? Brauchst bloß 'n Wort zu sagen, Johnny, dann schick ich sie. Die Mistkerle machen wir platt. Eure Heiligkeit, ich bin erstaunt, Mann. Sie haben Ihre eigene U-Bootflotte?«

Lenny verlor das Interesse. Er schweifte ab zu Predigten und Ermahnungen, verlor sich in sturzflutartigen Grübeleien über Patriotismus, Kommunismus, die Einkommensteuer und Frauen, die sich Zigaretten in die Muschi stecken und perfekte Rauchringe blasen können. Und wenn er etwas Witziges sagte oder einen gelegentlichen Hauch von Erkenntnis produzierte und sie klatschten, dann sagte er, Nein, bitte nicht – laßt mich alleine fliegen.

»Ich hab's immer gewußt. Seit meiner Kindheit hab ich's gewußt. Ich bin so korrupt wie die. Ich bin hier aufgewachsen. Die Polizei ist falsch, und ich bin es auch. Die Politiker lügen, und ich lüge noch mehr. Ich will mich vor laufender Kamera umbringen, damit die Leute am Rand ihrer Augäpfel das Gesicht eines toten Sünders mit in den Schlaf nehmen können.«

Sie sahen die Bareule mit den Schlafzimmeraugen. Sie sahen und hörten den ausgelassenen Jungen mit der näselnden Stimme, den Jungen, der seine Mutter zum Lachen bringen will. Sie hörten den manischen Quassler, der hinter seinen eigenen, zusammenhanglosen Ideen herhechelt. Sie sahen den bezischten Faulenzer, eitel Trägheit und restlos verbrauchte Aufmerksamkeit. Sie hörten den Kreuzritter für Kraftausdrücke, den Sozialphilosophen, den selbststilisierten Advokaten, den selbstkritischen Juden, den christlichen Moralisten und den Rassenkommentator.

»Ich bin gestern nacht von Miami eingeflogen und hab gleich ein Taxi ins Apollo Theater genommen, wo ich mich mit ein paar Freunden für die Spätshow verabredet hatte, weil ich diese Szene toll finde, und nach der Show kommen wir raus, und ich hab einen Koffer und einen Kleidersack dabei und es ist spät und es ist kalt und wir kriegen kein Taxi, weil nach Harlem keine Taxis fahren, also setzen wir uns zu Fuß in Bewegung, ja, und wir stolpern über einen alten Mann an der Ecke, der drei Leutchen was vorpalavert. Er ist ungefähr hundert Jahre alt und predigt für drei arme Seelen, und es ist wie Hyde Park Corner, bloß schwarz geschminkt.«

Lenny lieferte eine halbwegs akzeptable Imitation der Stimme eines Straßenredners, was eine Überraschung war, ja, eigentlich sogar ein Fauxpas, denn auch wenn er als Imitator ins Showgeschäft eingestiegen war und Cagney und Bogart mit deutschem Akzent gespielt hatte, und auch wenn er für regelmäßige Aktualisierung sorgte, indem er zeitgenössische Typen jeder Couleur darstellte – so kam es doch wohl heutzutage für einen weißen Komiker nicht in Frage, die Stimme eines Schwarzen nachzumachen, oder?

»Der alte Mann hält einen Dollarschein an den Ecken. Der ist älter als er selbst. Er lugt obendrüber und sagt, Offizielles Zahlungsmittel. Er sagt, Würde ich nicht unbedingt so nennen, muß ich zugeben. Er sagt, Wir haben alle schon in den Nachrichten gesehen, wie die Maschinen das Geld drucken, nonstop, so wie Limonadenflaschen ihre Deckel kriegen, nur blitzschnell, und sie drucken und drucken und drucken, nur, wo geht das alles hin, ist meine Frage. Ich hab noch nichts davon gesehen. Ihr etwa?«

Lenny machte die Stimme nach, stand leicht gebückt unter dem breiten, drapierten Vorhang in seinem weißen italienisch anmutenden Anzug und den affigen schwarzen Stiefeln, denen mit den kleinen, tuntigen Schlaufen hintendran.

»Er sagt, Keiner kennt den Tag oder die Stunde. Er steht da in einem dunklen, eingelaufenen Anzug mit Fahrradklammern an den Knöcheln. Versteht mich recht, wenn ich sage, daß ich ihm alles schenken wollte, was ich besitze. Nicht aus Mitleid oder Nächstenliebe oder irgendeinem uralten Christenscheiß. Aus Wertschätzung. Aus Dankbarkeit dafür, ihn um diese Zeit an diesem Ort zu sehen und zu hören. Denn das ist New York, New York, und wir sagen es zweimal, weil es halb *wir* ist und halb *die anderen*, jederzeit, verstanden, in Fahrradklammern. Der Mann ist ein Schauspieler, und das ist sein Auftritt, an dem er jahrzehntelang gearbeitet hat, und ich steh da und hör ihm zu, und in gewisser Hinsicht, ganz komisch, hör ich mich selbst, ja, oder sehe mich selbst – ich stell mir vor, wie ich zehn oder zwölf war und einer Stimme wie der von dem alten Mann hier zuhörte. Das ist seine Stimme und seine Woche. Der Tag und die Stunde. Und er hält den Dollarschein hoch. Wenn die Stunde kommt, sagt er, wird die Welt aufgeteilt werden in die einen, die den Sinn der Botschaft verstehen, und die anderen, die es nicht können.«

Eine lange Pause. Stille im Saal. Lenny schien halb in Träumerei und Beschwörungen verloren, und vielleicht fühlten sich die Leute allmählich etwas unwohl, weil er anscheinend gar nicht mehr aufhören konnte mit der Stimme des alten Mannes. Es war, als wäre die Stimme mit seiner eigenen gekreuzt worden. Es war, als wären Stimmkreuzungen etwas Unvermeidliches, ob man es wußte oder nicht, ob man es mochte oder nicht, und vielleicht sprach dieser Mann manchmal mit Lennys Stimme, allein, ahnungslos, in seinem Zimmer, auf irgendeiner Ebene, hörte die hin und her hüpfenden Tonleitern in seinem Kopf, das Schieben und Stoßen von Lennys flötender Musik, und Lenny übernahm die Stimme des alten Mannes, sprach mit seiner Stimme, unweigerlich.

»Dann schaut er uns an, schaut zur Seite hin, wo wir stehen. Wir sind ein schwarzer Mann, ein weißer Mann und zwei weiße Frauen, nur daß eine der Frauen die ganze Zeit auf der Straße gestanden und nach einem Taxi geguckt hat. Er schaute uns kurz an. Nahm kurz Notiz. Schien uns in diesem kurzen Blick zu erkennen. Dann wandte er sich wieder seinem ursprünglichen Publikum zu, den drei verlorenen Menschen von der Straße, diesen Mängelexemplaren aus der verlorenen Welt, dem verlorenen Land, das hier mitten in Amerika existiert. Er nahm sein Palavern wieder auf, und sie standen da und hörten zu.«

Lenny blieb noch etwas bei der Stimme, und als er fertig war, mußte er wieder eine Pause einlegen, um zur Bühne, dem Saal und den Zuschauern zurückzukehren.

»Ich wollte ihm meinen Kleidersack voller Anzüge schenken, meinen Koffer voller Drogen, mein Haus in den Hügeln von Hollywood. Wir haben nur acht, neun Minuten lang zugehört. Weniger. Ein Taxi hielt an, und wir fuhren weg, und ich werde auch nicht zurückkehren, weil – weiß auch nicht warum, ich werd's einfach nicht tun. Verscheucht durch die ganze Szene. Sein Leben, sein Palavern. Ich sollte lieber polnische Glühbirnenwitze erzählen.«

Ein Lacher, endlich.

»Ich sollte hier stehen und chinesische Kellnerwitze erzählen.«

Er brachte einen chinesischen Kellnerwitz. Kriegte einen Riesenlacher. Er zog ein Potpourri von Kinogags durch, und sie waren begeistert. Er brachte Sketche von früher, als er noch einen Kamelhaarmantel, Wildlederschuhe und den Kitzelschnurrbart eines Mösentauchers trug. Sie lachten, er blies Trübsal. Er brachte die alten Sketche mit passend beißender Ironie, aber das machte sie nur witziger und ihn depressiver. Sie lachten, er litt. Lenny fühlte sich gräßlich. Er hätte sich glücklich und wiedererweckt fühlen müssen, dem war aber nicht so. Sie alle hatten eine höllische Woche hinter sich, und er hatte sich in unterschiedlichen Verwirrungszuständen durch vier Clubauftritte geschleppt von Küste zu Küste, und jetzt war es vorbei; und er war in Sicherheit und trat auf und hätte da stehen und singen sollen *Wir werden nicht sterben Wir werden nicht sterben Wir werden nicht sterben*, sie in einen Gesang hineinführen, ein

Mantra, das fröhlich und pseudo-fröhlich zugleich war, denn hier sind wir in New York, New York, und wir wollen immer beides zugleich.

Als er noch dachte, sie würden alle sterben, hatte er den Sterbespruch mehrmals gebracht.

Aber das war jetzt vorbei. Er hatte all das vergessen. Es gab andere, tiefere, vagere Themen. Alles, nichts, ihn selbst.

»Ich bin heute abend hierher gekommen, um geliebt zu werden, wie noch nie ein Mensch geliebt worden ist. Liebt mich, wie ihr noch nie einen Menschen geliebt habt. Bei Regen oder Sonnenschein.«

Ein unkontrolliertes Flehen lag in Lennys Augen.

»Eltern, Kind oder Geliebte. Ich will in Strömen der Liebe gebadet werden.«

Return to seat Return to seat Return to seat.

Das alte Material löste ein mieses Gefühl bei ihm aus. Und die Lacher waren schlimmer als die Pointen. Die Lacher erledigten und entmutigten ihn. Er schaltete mehr oder weniger mitten im Satz um auf einen Sketch, den er sich vor dieser ganzen Raketenscheiße ausgedacht hatte, als er in L.A. auf dem Topf saß, denn dort nahmen seine besten Ideen meistens Gestalt an.

Er hatte im übrigen auch schon früher am Abend eine beiläufige Anspielung auf das Thema gemacht. Und eine Reaktion gekriegt, die darauf schließen ließ, daß sie interessiert und mürbe waren.

Er beschloß, den Sketch auf der Stelle auszubauen.

Okay. Eine ungebildete Jungfrau mit traurigen Augen lebt in einem Bordell in einem Slum von San Juan. Sie hat ein besonderes Talent, das mit Sex an sich nichts zu tun hat. Eher eine Art Salontrick, okay. Männer bezahlen einen halben Wochenlohn, um sich in einem kahlen Kellerraum zusammenzudrängen, wo das Mädchen, weichhäutig und unschuldig, ihr Kleid hebt, ihr Höschen fallen läßt, eine brennende Zigarette von der Puffmutter bekommt und sie, den Filter zuerst, in ihren Muff steckt. Die Männer reißen die Augen auf. Es ist eine king-size Kent mit Mikronit-Filter. Dann zieht sie ihre Lippenmuskeln oder was auch immer zusammen und inhaliert sozusagen vaginal, nimmt die Zigarette raus und fängt an, eine Serie gottvoller Rauchringe zu blasen. Die Männer schnappen nach Luft.

Perfekte, runde Ringe wabern aus ihrem noch recht spärlichen wolligen Busch empor.

Lennys Publikum schnappte zwar nicht gerade nach Luft wie die Männer in dem Bordell, aber eine gewisse Unruhe war schon im Saal, unterlegt von einem nervös kleckernden Gelächter.

Manche Menschen interpretieren das Talent des Mädchens religiös. Sie glauben, es sei ein Omen, ein Zeichen vom Himmel, daß bald das Ende der Welt naht. Gott hat ein armes, ungebildetes, unterernährtes Waisenmädchen erwählt, um der Welt eine Botschaft von tiefer Bedeutung zu schicken. Denn ist es etwa nicht denkbar, daß all diese O's, die aus ihrem Schoß kommen, sich auf den griechischen Buchstaben beziehen, der für *das Ende* steht? Andere sagen, Journalisten, Wissenschaftler, Priester – diese Männer sind in das Bordell gekommen, um den Fall in Augenschein zu nehmen, und sie sagen, die Ringe, die sie bläst, stellen nicht den griechischen Buchstaben Omega dar. Es sind vielmehr ganz gewöhnliche Buchstabensuppen-O's, so schön sie auch immer geformt sein mögen. Diese Leute sagen, erst wenn das Mädchen auch imstande ist, richtige griechische Omegas zu blasen, mit dem Hufeisen-Effekt, ja, mit dem kleinen Pimpex an jedem Ende der Öffnung, dann glauben auch sie an Wunder.

Das ist echter Lenny-Bruce-Stoff. Deshalb sind sie doch alle gekommen, oder? Wer sonst bringt so was? Wenn es widerlich ist, um so besser. Wenn es dich als Einzelperson beleidigt, steh auf und geh raus und nimm deinen Kreuzworträtselgatten gleich mit.

Also, eines Abends erscheint ein reicher, verwitweter Amerikaner, der mit Freunden einen draufmacht, und das Mädchen starrt ihm stolz, *con dignidad*, ins Gesicht. Dann steckt sie die Filterspitze in ihren Muff und bläst zwei Ringe ineinander und dann dorthinein noch einen dritten, winzigen. Der Millionär ist schockiert über das geschmacklose Spektakel, aber insgeheim auch fasziniert, und er geht schließlich Abend für Abend wieder hin, allein, und es dauert nicht lange, bis er sich in das Mädchen verliebt, ja, in ihre reinen Augen und die Knie mit den Grübchen und ihren süßen, wolligen Venushügel. Er beschließt, sie aus diesem schmutzigen Leben zu erretten, und kauft sie für eine Riesensumme Geld der Puffmutter regelrecht ab und bringt sie auf sein Anwesen auf einem Hügel am Hudson River, wo er ganze Mannschaften von Ärzten, Privatlehrern, Psychologen und Ernährungsspezialisten auf sie losläßt und beobachtet, wie das Mädchen sich intellektuell entwickelt und zu einer gesunden jungen Frau heranwächst, die vier Sprachen spricht und sich auch an der Oboe gelehrig anstellt.

Hier machte Lenny eine Pause und wies darauf hin, daß das Ende, die Pointe, irgendeinen Rückfall ins Klischee aufweisen würde, das Mädchen würde etwas tun, das die Macht einer einzigen alten, schockierenden Gewohnheit über eine beliebige Anzahl zivilisierender Einflüsse demonstrierte.

Dann sagte er: »Nein, ja, halt. Falsch rum. Nicht das Mädchen hat einen Rückfall, sondern der Mann. Kapiert? Er gehört zu den Typen, die jede ihrer Handlungen in Frage stellen müssen. Er fängt an zu überlegen. Ist sie ein verdorbenes Kind oder eine Künstlerin? Ist sie noch gar nicht zum Abschuß freigegeben oder eine Heilige? Mit anderen Worten, hat er einen furchtbaren Fehler gemacht, sie herzubringen und auszubilden und die Zigaretten aus ihrem Leben zu verbannen? Und ihm fallen die rasenden Nächte von San Juan wieder ein.« Lenny verpaßte dem Namen der Stadt ein echtes gutturales Grollen. »Ja, diese Nächte im Keller des verstunkenen Bordells, wo sie aufgetreten ist. Gib's zu, du Narr. Du hast eine merkwürdige, krasse, wunderschöne und gespenstische Perversion zerstört und durch eine öde Oboe ersetzt. Auf der sie übrigens unablässig spielt. Und die sowieso eigentlich eine verschobene Version der king-size Kent ist, normalisiert und konzertisiert.«

Lenny stand seitlich da, Mikro in der Hand, und strich sich übers Kinn.

»Er sehnt sich danach, Rauchringe aus ihrer Muschi kommen zu sehen, ihrer Spalte. Zuerst die Zigarette zwischen ihren dürren Beinen. Dann die aufsteigenden Ringe. Als er sie der Puffmutter abgekauft hat, war sie fast so weit, die Ringe ineinander zu schlingen, was entweder ein Symbol der heiligen Dreifaltigkeit ist, Vater, Sohn und Heiliger Geist, oder das Bier-Logo von Ballantine – Reinheit, Fülle und Geschmack. So oder so, man stelle sich mal vor, was das für ein Kick für ihn gewesen wäre.«

Er schaute nachdenklich in die Seitenkulissen.

»Sie heiraten in einer rauchfreien Zeremonie auf dem weiten, wogenden Rasen. In ihrer Hochzeitsnacht steht sie, immer noch unberührt, im Negligé am Westfenster. Er kommt in Pyjama und Smokingjacke herein, bringt ihr eine Zigarette mit Zigarettenspitze, eine unangezündete king-size Kent.«

Aber er war sich nicht sicher, wie er es zu Ende bringen sollte.

»Er nimmt die Zigarette aus der Spitze und hält sie ihr hin, mit einem Blick auf den dunklen Schatten, der sich unter ihrem Negligé wölbt. Entsetzt weicht sie zurück. Sie sagt, Du bist ja wahnsinnig. Sie sagt es in vier Sprachen. Sie sagt fast alles in vier Sprachen, eine Gewohnheit, die ihn langsam rasend macht.«

Dann fiel Lenny etwas Besseres ein, tiefer und provozierender.

»Halt, hört zu, nein. Der Millionär ist ein Mythos, nicht wahr? Wir haben ihn in die Geschichte gepackt, weil wir einen reichen, schwachen Menschenfreund brauchten, was, einen respektablen Weltverbesserer, der sich selbst etwas vormacht und am Ende seine Verderbtheit zeigt. Wir haben ihn erfunden. Aber jetzt sagen wir die Wahrheit.«

Er spürte Enttäuschung da draußen. Sie wollten die Hochzeitsnacht, das Negligé, das Boudoir, das beiläufige grausame Ende, wie in seinem Sketch über den Jungen, der von Wölfen aufgezogen wird, in der Wildnis gefunden, ernährt, erzogen, ausgebildet wird, der einen Abschluß mit Auszeichnung am Massachusetts Institute of Technology macht und eine Woche später zu Tode kommt, als er im Auto die Straße entlangjagt.

»Wir sagen jetzt die Wahrheit«, sagte er. »Keiner hat das Mädchen von einem Leben der Perversion erlöst. Sie ist aus eigener Initiative aus dem Bordell geflüchtet. Sie hat all das spärliche Trinkgeld auf die hohe Kante gelegt, das ihr die Kunden gegeben hatten, und das Flugzeug genommen, die Kakerlakenmühle nach New York, um ihre Mutter zu finden, die gar nicht tot war – noch so ein einfacher Mythos.«

Scheiße, er verdarb ihnen den ganzen Spaß. Er konnte spüren, wie sich der Saal bis nach oben auf die billigen Plätze abkühlte, wo seine Teenagerfans, über dem Geländer hängend, auf eine abschließende Ekelpointe warteten – irgendein episches Kotzfinale.

»Sie hat überhaupt nie in einem Bordell gearbeitet«, sagte Lenny. »Sie hat nie ihr Höschen runtergelassen und auch nie Rauchringe aus ihrer Muschi geblasen. In Wirklichkeit kommt sie nicht mal aus San Juan, Baby.«

Er sagte nichts lieber als San Juan. Und, ja, er löste die ganze Struktur auf. Er spürte ihre Verblüffung und konnte es ihnen nicht verdenken.

»Machen wir sie doch menschlich. Sie ist real wie wir. Nehmt am besten mal die U-Bahn in die South Bronx, wo sie bei ihrer Junkiemutter wohnt, die keinen Pieps zu irgendwas sagt. Die Kleine ist gerade so alt, daß sie langsam den Männern auffällt. Ihre Mutter kommt und geht. Verschwindet, kommt wieder. Telefongesellschaft schaltet das Telefon ab. Hausbesitzer taucht auf. Beziehungsweise schiebt Räumungsbescheide unter der Tür durch, weil man ihn eigentlich gar nicht zu sehen kriegt. Er ist eine Gesellschaft namens XYZ-Immobilien, Briefkastenfirma in Grönland. Das Mädchen versteckt sich in Trümmerland, auf den Lots, in dem Labyrinth der Seitenstraßen, weil ihre Mutter wieder weg ist und sie denkt, der Hausbesitzer will sie verhaften lassen. Machen wir sie menschlich. Geben wir ihr einen Namen.«

Aber er gab ihr keinen Namen. Ihm fiel kein Name ein. Kein echter Name. Statt dessen wärmte er ein paar alte Witze wieder auf. Er erzählte einen Schwiegermutterwitz, und sie lachten, er war auch wirklich witzig. Er erzählte einen jüdischen Mammewitz, noch besser, und sie waren begeistert, sie lachten, und er rackerte sich wieder in Form, tippte Rasse, Sex, Religion an, das war witzigster und provokativster Lenny Bruce, und schließlich endete der Abend mit donnernden Wellen von Gelächter und Applaus, mit ausgelassenen Schreien von den Jugendlichen in den oberen Reihen, und er stand mit seinem dämlichen weißen Anzug auf der großen Bühne, klein und reuevoll, und dann drehte er sich um und ging auf die Seitenkulissen zu.

Stunden später lief ich immer noch. Ich ging stracks an meinem Hotel vorbei und weiter geradeaus, es war ein unscheinbares Gebäude nicht weit vom Times Square, wo sie mir eine Kerze geben und die Tür zum Treppenhaus zeigen würden, aber ich wollte weiter zu Fuß gehen, und wo ich nur vier Etagen würde hochsteigen müssen, aber ich wollte in die Nacht hineinlaufen und mir diese Sache ansehen.

Ich sah Taxis, die ihre »Außer Dienst«-Zeichen eingeschaltet hatten, aber die Leute nahmen sie trotzdem, sie machten einfach die Türen auf und stiegen ein, denn die Taxis waren Gefangene des Verkehrs und konnten nicht ausweichen und davonschießen, und ich schlug den Kragen meiner Jacke hoch und ging eine Zeitlang ostwärts und kam in der Nähe der Public Library an einer großen Menschenmenge vorbei, und irgendwann begriff ich, daß es sich um eine Bushaltestelle handelte, sechs- oder siebenhundert Leute an einer Bushaltestelle, mindestens so viele, auf einem Haufen und mehr oder weniger gesittet, auf den Bürgersteig gedrängt und bis auf die Treppe zur Bibliothek, der Wind peitschte die Fifth Avenue entlang, und sie warteten auf den Bus.

Ich hatte keinen Mantel. Mein Mantel war in Evanston, Illinois. Ich rutschte tief in meine Jacke und sah Menschen, die über die Queensboro Bridge liefen, sie übernahmen die Brücke geradezu, sie liefen in Reihen von acht oder neun, vielleicht fünfzig Reihen, gefolgt von einer Kette kriechender Autos, dann wieder eine Menge Fußgänger, und sie liefen nach Hause, nach Queens.

Da kam mir der Gedanke, und ich spürte einen Stich des Bedauerns.

Ich ging zum Abendessen in ein von Kerzen beleuchtetes Restaurant in den siebziger Straßen, wo ich zu drei anderen gesetzt wurde, weil heute abend alle die Tische miteinander teilten. Es gab natürlich nur ein Thema, jedenfalls eine Zeitlang, und wir überlegten, wie weit sich der Stromausfall wohl erstrecke und ob es Sabotage sei, und jemand sagte, ein Verlagslektor mit Fliege, so heiße ein früher Hitchcock-Film mit Sylvia Sidney, und er spulte zwanghaft den Rest der Besetzung herunter – ein Film, der damit anfängt, daß der Strom ausfällt. Wir ließen Dessert und Kaffee weg, mit Rücksicht auf die Wartenden, und ich genehmigte mir einen Drink in einer nahegelegenen Bar und dachte, Jerry hatte recht, Jerry Sullivan, das war der Stich, das Schuldgefühl – wir hätten heute abend in die Bronx fahren sollen, Jerry und ich, oder gar nicht erst versuchen, ein Taxi zu kapern, sondern den ganzen Weg zu Fuß gehen, eine verrückte, sentimentale Aktion, eine Expedition durch eine dunkel und kalt gewordene Stadt.

Aber dann dachte ich, Quatsch, nein, vergiß es – wir hätten unterwegs das Interesse verloren oder wären in ein Handgemenge mit Plünderern und Räubern geraten oder einfach müde geworden, oder Jerry zumindest, und was dann?

Ein Mann regelte mit einer zusammengerollten Zeitschrift den Verkehr, ein ziemlich beleibter, aber lebhafter Mann, gut auf den Beinen, er hüpfte hin und her und kümmerte sich um den Riesenkuddelmuddel in der 86. Straße, kümmerte sich einen feuchten Kehricht um die trötenden Hupen und gab mit extravaganter Gestik hundert Signalzeichen in einem Überzieher mit Samtkragen, sein glänzender Stock blitzte auf, und die Leute blieben stehen, um ihm zuzusehen, und seine Darbietung, bewußt und gewandt, wenn auch mit Theaterrüschen verziert, seine Darbietung wurde von einem großen, inbrünstigen Gefühl begleitet, das sich unter den Passanten ausbreitete.

Aber irgendwie wäre es auch umwerfend gewesen und wunderschön, dachte ich, ganz Manhattan hochzulaufen und in die Bronx hinein, als Geste, als Gedenken, bis in unsere alte Wohngegend, ausgerechnet heute nacht, da die Welt zusammenbrach, aber was hätten wir nach unserer Ankunft gemacht, um zwei Uhr morgens?

Die Leute waren unterwegs und hörten Transistorradio, denn es gab einige Sender mit Notaggregaten, und Männer, die sich Kopftücher umgewickelt hatten, standen herum und verkauften Taschenlampen und Kerzen, und in Tausenden von Wohnungsfenstern standen Kerzen, und vor den Billigläden standen die Leute Schlange nach Kerzen, und an jeder zweiten Ecke standen sie Schlange an den Telefonzellen.

Das Stromnetz weg. Was bedeutete das? Das ganze Leitungssystem zusammengebrochen. Oder vielleicht nicht ausreichend vernetzt. Sylvia Sidney im Dunkeln.

Von bestimmten Punkten aus gesehen war die Stadt eine einzige Gespenstersilhouette, geheim und in sich gekehrt, ihr Neon-Ego abgeschaltet. Heute nacht gab es einen Himmel. Die Türme jenseits des Parks wirkten flau, nächtlicher Samt, eine tödliche Radierung ohne jene statische Aufladung, die das Zucken wilder Nächte auslöst.

Ich hörte Trommeln, Trommelschläge, nicht Stakkatowirbel, eher Handtrommeln, dumpf und weichhäutig, aus dem Park.

Ich war ein Fremder hier. Ich kannte Manhattan nur auf oberflächlich, anfallsweise, und fühlte mich ein bißchen isoliert, Manhattan erschreckte mich mit seiner Schlauheit, seiner Stegreif-Prahlerei, einem Stil in Geisteshaltung und Aufzug, der womöglich schwerer zu lernen ist als irgendein Dialekt aus dem Transvaal. Jeder wußte dieselben wichtigen Sachen. Aber es konnte Jahre dauern, bis man mit der Liste durch war, und in der Zeit konnte sich die Länge der Liste oder die ganze Liste schon wieder verändert haben.

Sie kamen an der 90. Straße aus dem Park, eine Hippiegruppe marschierte mit brennenden Kerzen, mit Flöten, Trommeln und Tambourinen, etwa fünfzig singende Menschen, ein Mann, der sich eine Nadel durch die herausgestreckte Zunge gestochen hatte, und eine Frau mit einer Schlange um den Hals und ein beißender, rauchiger Dunst, der nach kollektivem Übermut roch, und Kinder, die mitrannten, und Säuglinge in Rucksäcken und Tragegurten, und die Marschierenden sangen eine irgendwie gesummte Silbe, irgendwas Nasales, für mich klang es wie *Bomb*, eine Vibration im trächtigen Ton des Gebetes, noch und noch wiederholt, aber so ein unheilvolles Wort würden sie doch nicht singen, oder, mit den Kleinkindern vor der Brust und auf dem Rücken.

Und vielleicht hatte Jerry recht gehabt. Ich hätte ihn einfach nicht ablehnen dürfen. Diesen enormen Plan, diesen Ausflug in die Bronx – ich hatte Schuldgefühle, weil ich mich davongestohlen und eine wunderschöne Idee verraten hatte.

Ich beobachtete, wie die Marschierenden am Park entlang nach Süden zogen. Die Straßen wurden dunkler, immer weniger Verkehr und Scheinwerfer, und eine seltsame Ruhe setzte ein, gespickt mit Argwohn. Wie viele Tausende, Hunderttausende saßen in U-Bahnen fest oder hingen hoch oben in Fahrstühlen und warteten. Der ständig aufkeimende Verdacht, die Lähmung, unausgesprochen gegenwärtig in der Knopfdruck-Stadt, daß sie plötzlich stillstehen und uns hilflos im Rattenaugendunkel zurücklassen würde und wir uns fragen müßten, nicht anders als ich jetzt, wie das ganze Ding überhaupt funktionierte.

Ich ging ostwärts auf der 96. Straße. Allmählich leer und tot, Läden geschlossen, Bushaltestellen verlassen, Telefonzellen unbenutzt. Das Ego fort und das Schwindelgefühl mit ihm, eine Stadt ohne ihren Salsa-Schwung, und ein Wagen hielt am Mittelstreifen, irgendein Mittelklassewagen in Gegenrichtung, und der Fahrer streckte den Kopf in den böigen Wind raus und rief zu mir herüber.

Ich sagte: »Was?«

»Wohin geht's? Ich fahr Sie. Billig.«

Ich schaute ihn an. Ich war froh, daß ich nicht mit Jerry gegangen war. Es wäre tödlich gewesen. Es wäre Schrott gewesen. Ich hätte mir diesen ganzen Schrott nicht anhören können. Ich stieg ein und sagte dem Typen, wo mein Hotel lag. Ich wollte Marian von meinem Zimmer aus anrufen, falls die Telefone funktionierten, Marian Bowman, und ihr erzählen, was hier passierte, und sie fragen, was sie dort drüben davon wußten.

Im Armaturenbrett war ein Loch, wo das Radio hätte sein sollen. Aber ich fragte den Typ, ob er irgendwelche Nachrichten gehört hätte.

»Alles ausgefallen. Ganz Maine ausgefallen. Boston, Massachusetts. Pennsylvania, wo meine Schwester lebt. Ontario, Kanada. Ein Riesending.«

Ich lehnte mich zurück und ließ die Straßen an mir vorbeirollen und sah, was ich im Mondschein sehen konnte.

Drei Jahre später würden wir heiraten. Unsere Tochter würde 1970 zur Welt kommen, in dem Jahr, als eine kleine radikale Gruppe ein Bombenattentat auf das Mathematische Forschungsinstitut der Armee an der Uni Wisconsin in Marians Big Ten Town unternahm, sie steckten ein Auto voller Düngemittel und Heizöl an. Ein Toter, fünf Verletzte.

Zwei Jahre darauf würden wir einen Sohn bekommen. Kinder. Das lag mir fern, damals, als ich im Wagen des Rumänen oder Griechen saß. Heiraten lag mir fern. Vaterschaft, ein verschwommenes Bedauern irgendwo im Küchendunst einer anderen Welt. Die Jahrzehnte nicht unbedingt verheißungslos, aber noch in der Ferne, und vielleicht auch verheißungslos, in diesem Phantom-Manhattan, wo sich nur ein paar Streuner rührten und die Dunkelheit so dicht war, daß sie sich mit Händen greifen ließ.

Ich schaute durch das staubige Autofenster des Griechen und konnte die Vergangenheit sehen, unablässig, aber die Zukunft konnte ich nicht heraufbeschwören, nicht einmal in Zeichentrickpointen, den starken, hellen Sonntag der Welt.

Wir fuhren den restlichen Weg ohne ein Wort.

Und wie gewaltig die Nacht war. Man konnte spüren, wie sie sich ausdehnte, wenn man auf einem Bürgersteig nicht weit vom Times Square stand und eine halbe Meile entfernt eine Sirene jaulte.

Ich schaute mir die Kerzen auf dem Schreibtisch in der Eingangshalle an. Die Eingangshalle war leer, und die aufgereihten Kerzen warfen ihr Licht hoch an die Wände. Der Hotelangestellte kam aus irgendeinem Zimmer hervor.

»Ich könnte Sie nach oben bringen, aber ehrlich gesagt.«

»Nicht nötig.«

»Ich hab schon so viele raufgebracht, ich kann sie gar nicht mehr zählen.«

»Ich nehm mir einfach eine Kerze mit.«

Der Angestellte hatte eine Taschenlampe. Er gestikulierte beim Sprechen, und der Strahl schwang in der kleinen Eingangshalle hin und her.

»Ich hab mir was am Rücken geholt von all dem Treppensteigen«, sagte er. »Aber ich habe die Kerze hier angezündet, zum Mitnehmen, falls irgendwelche Leute hier reinkommen und kein Streichholz haben.«

Ich nahm eine Kerze und stieg die Treppe in den fünften Stock hoch. Als ich ins Zimmer kam, ging ich gleich ans Fenster, um zu sehen, wie die Nacht von hier oben aussah.

Ich rief Marian nicht an. Ich verspürte eine Einsamkeit, ein besseres Wort fiel mir nicht ein, aber das war genau das Wort, etwas, das ich nie hatte zugeben wollen und dem ich mich zu entziehen wußte, aber manchmal reichte nicht einmal das, und ich rief sie nicht an, weil ich nicht nachgeben wollte, während ich auf die immer undurchdringlicher werdende Nacht hinabschaute.

Manx Martin 3

Er geht an dem geschwungenen Fundament der Stadionmauer entlang, unter der blau-weißen Markise, und er ist auf der Pirsch nach einer leichten Beute.

Er befindet sich mitten in der Menge, einem großen, unruhigen Schwarm, Ellbogen und Schultern, plötzlich vorspringende Gesichter, Auge in Auge, und immer noch kommen sie von der Hochbahnstation herunter, Männer und Jungen, redend und johlend, und für die billigen Plätze bildet sich schon eine Schlange, obwohl die Tore erst morgen früh um neun geöffnet werden, das dauert noch Stunden, und sie kommen aus der U-Bahn nach oben und strömen aus den Straßen des Viertels, und er geht noch ein Stückchen, mitgerissen vom Ausbruch der Gefühle, den flatternden Fähnchen und den Emblemen, die die hohe Mauer schmücken, und es gibt eine zweite Schlange für Stehplätze, essende und trinkende Männer, einige sitzen in Decken gehüllt auf Strandstühlen, und Manx geht durch Wolken von Zigarrenrauch und sieht hie und da Flachmänner mit Whiskey, Deckel am Kettchen.

Und was macht er jetzt? Sucht er nach einem Brausekopf aus Harlem, einem siegesgeschwellten Giants-Fan, der bereit ist, ein paar Dollar für ein echtes, ein einmaliges Souvenir auszuspucken?

Läuft nicht, denkt Manx. Kein Schwarzer wird auch nur ein Wort von dem glauben, was er sagt. Die denken, noch so'n Idiot, der sie wegen einsfuffzig anbaggern will. Ein Schwarzer wird ihn mit dem frechen Blick niederstarren, den er selbst für jede unverschämte Verschwörung gegen seine Person auf Lager hat.

Nein. Muß auf weiß setzen. Einzige Chance. Außerdem sind die meisten hier weiß, reines Spiel mit dem Prozentsatz.

Ein glückliches Brummen. Die Straße ist ein einziges Surren und Brummen, ein stetiges Rauschen von Reden und Singen und Leuten, die sich gutgelaunt etwas zurufen.

Manx geht auf zwei Männer zu. Er tut das spontan, aus einem Warum-nicht heraus, und weil er nicht die ganze Nacht herumstehen und Gesichter mustern und Chancen abschätzen will, obwohl er genau das eigentlich tun sollte, und das weiß er, und er hatte es auch vor, aber wie das Leben so spielt, haben die ausgeklügeltsten Pläne die Angewohnheit, in sich zusammenzufallen.

Seine Hand packt den Baseball. Er hat seine Hand auf der Außenseite der Jackentasche und packt den Ball durch den Stoff.

Und in guter Stimmung. In Anwesenheit von zwei größer werdenden Fangruppen, Giants und Yankees, beide Gewinner dieses Jahr – ein glückliches, stetiges, einladendes Rauschen, das ihn aufrichtet und ihm Mut macht.

Er geht auf zwei Männer zu, die vor einem der Schalter in der Schlange stehen. Entschuldigung. Hab hier was, das Sie vielleicht interessiert. Er redet mit ihnen. Er erzählt ihnen von dem Baseball, das ist der Baseball, den der Bursche in die Tribüne geschlagen hat, der Home Run, der das Spiel entschieden hat, und je länger er redet, desto unglaubwürdiger findet er sich selbst. Er kann kaum glauben, daß er das ist, der da so redet. Seine Stimme klingt, als käme sie aus einer Luftmatratze, bei der gerade einer den Stöpsel rausgezogen hat.

Die beiden Männer scheinen einen Schritt zurückzutreten, obwohl er in ihren Augen weniger die tatsächliche Bewegung als das Bedürfnis danach sieht.

»Ich sage nur, was Sache ist. Egal wie es sich anhört«, sagt er, »das ist heute im Stadion auf der anderen Seite des Flusses passiert«, und er weiß, er rackert sich ab, um wieder ein bißchen Selbstachtung aufzubauen – mal ganz abgesehen von dem Geschäftsabschluß.

Der eine Typ sagt: »Glaub nicht, nee. Nicht interessiert. Du etwa?«

Der andere Typ sagt: »Nicht interessiert.«

Manx holt den Ball aus der Tasche. Er weiß nicht genau, warum er das tut, denn das beweist gar nichts, nur daß er einen Ball hat, zumindest hat er einen Ball, und er hält ihn ziemlich genauso, wie ihn sein Sohn Cotter früher am Abend gehalten hat, mit der einen Hand greift er ihn, mit der anderen dreht er ihn, starrt sie herausfordernd und hart an.

Dann macht er kehrt und geht fort, spürt ihre Blicke, sieht so deutlich ihr Grinsen, daß er es mit dem Bleistift zeichnen könnte, und läßt die Schultern hängen, jeden Schritt etwas tiefer, ein leichtes Knistern hinten im Nacken.

Er geht ein Stückchen.

Er hat immer gedacht, er sollte sich mal einen Flachmann anschaffen, flach genug, um bequem in seine Tasche zu passen, mit einem Deckel am Kettchen.

Er steckt den Ball wieder in die Tasche und geht an den hölzernen Absperrungen bei Eingang 4 vorbei nach draußen.

Gibt Typen, die kommen hierher und denken, ihnen gehört die Welt.

Ihm fällt ein, daß er einen Brief schreiben soll, eine Entschuldigung für seinen Sohn, für die Schule, weil er 39 Fieber hat, aber das ist ein Geheimnis, von dem die Mutter des Jungen nichts erfahren darf. Nicht das Fieber, sondern der Brief. Das Fieber ist eine erfundene Geschichte.

Er steht da und schaut eine Weile zu. Dann hat er eine Idee. Er schaut zu, denkt sich, da sind Unmassen Leute, und ich hab hier was, das jeder einzelne von ihnen gern besitzen würde, aber wer wird eine Geschichte glauben, die vom Himmel fällt. Dann wird ihm klar, wie er es machen sollte. Er hat eine Idee. Er kriegt sie aus der Menge. Er sollte nach Vätern und Söhnen Ausschau halten.

Den Mann dazu bringen, es für den Jungen zu tun.

Etwas in dem Mann ansprechen, na, seine Rolle als Vater, sein weiches Herz, seine Neigung, ein bißchen anzugeben, dem Jungen zu imponieren, aus dieser Nacht etwas ganz Besonderes zu machen.

Und da sind tatsächlich Männer, die ihre Söhne heute nacht mitgebracht haben, sie sehen es als ein Abenteuer, ja, ziemlich viele

Söhne auf der Bildfläche, als eine Erfahrung, die sie ihren Söhnen gern mitgeben wollen, daß man die ganze Nacht aufbleibt, um Karten für die World Series zu kaufen.

Denn selbst wenn der Mann nicht daran glaubt, der Junge glaubt's bestimmt. Und Manx kann sich sogar ein kleines Komplott vorstellen, wie der Vater und der Schieber zusammenarbeiten, um dem Jungen weiszumachen, daß es der echte Baseball ist.

Diese geistigen Verrenkungen braucht es, damit ein Geschäft hinhaut.

Also streicht er um die Warteschlangen herum, kundschaftet die Kandidaten aus, die an der hohen Mauer stehen, er mustert Gesichter und Auftreten, er will nichts übereilen, er folgt der Mauer Richtung Westen und sieht möglicherweise genau das, wonach er gesucht hat, endlich, der Kleine ist vielleicht elf, der Mann holt ein Sandwich aus einer Sporttasche, und sie stehen vollkommen ahnungslos da, als er näherkommt.

Er serviert sein Vorspiel, das er für den schwierigsten Teil hält, erläutert die Einzelheiten, und er schaut von dem Mann zum Jungen und zurück, versucht sie beide hineinzuziehen, und es scheint ganz gut zu laufen, der Mann bricht das Sandwich durch und gibt dem Kleinen die Hälfte, und sie schauen Manx an und essen.

Sie hören zu und kauen, und er versucht, ihre Blicke zu deuten. Aber er ist blockiert, wegen der Namen, um die es geht, der am entscheidenden Moment beteiligten Spieler, er weiß ihre Namen, Gesichter, Nummern nicht, all die Dinge, die ein Fan von seiner Geburt bis zu dem Tag, an dem er stirbt, genau weiß, und das verlangsamt seinen Bericht und trübt ihn, und er versucht es auszugleichen, indem er den Baseball herausholt.

Jetzt spricht der Mann, mit vollem Mund.

»Sie wollen also damit sagen. Sie behaupten. Mit anderen Worten.«

Weißes Fleisch und Salat hinter seinen Zähnen.

»So ist es. Ganz genau«, sagt Manx, er hört sich eine hohe Stimmlage anschlagen, die aufmunternd und optimistisch klingen soll.

Doch der Mann schaut den Baseball gar nicht an. Er schaut Manx an.

»Und ich soll hier stehen.«

Manx begreift allmählich, aus nächster Nähe, daß dieser Bursche ein Busfahrer oder Kanalarbeiter oder Maurer ist.

»Und mir diesen Dünnschiß anhören.«

Der Mann kaut und redet.

»Ich glaube, Sie schaffen jetzt besser Ihren Arsch hier weg, Kumpel, bevor ich die Polizei rufe.«

Manx steckt den Ball wieder in die Tasche.

»Wichser wie Sie stecken die hinter Gitter, weil da gehören Sie nämlich hin.«

So vor seinem Kind zu sprechen.

Der Kleine hat Hunger, er arbeitet sich durch seinen Salat wie ein Rasenmäher.

Sie stehen da und essen, alle beide, schauen Manx an, und der Sohn ähnelt seinem Vater dermaßen, bullig und rundgesichtig, daß Manx ihn am liebsten vorm Erwachsenwerden warnen möchte.

Denken, ihnen gehört die Welt.

Er braucht eine Stunde, um die Schlangen auszukundschaften, drei Runden um das Stadion zu drehen, mit diesem und jenem zu reden, ein Gefühl für den Einzelnen zu kriegen, zu gucken, wie's läuft, und es läuft nicht besonders, er gibt sich noch fünf Minuten, nach der Uhr an der Mauer am südwestlichen Ende, und dann noch mal fünf Minuten, sagt sich, wenn er in den nächsten fünf Minuten keinen entdeckt, der ein ordentliches Kind im Schlepptau hat, dann gibt er auf und geht nach Hause, und dann noch eine Minute und noch eine, er streicht um die Warteschlangen herum, startet erfolglose Versuche, und etwa eine Stunde später redet er mit einem Mann und seinem Sohn, die draußen vor den billigen Plätzen hokken, ziemlich am Ende einer sehr langen Schlange, sie kampieren da mit einem Schlafsack für den Jungen und einem Dufflecoat für den Mann, und Manx hat die Namen noch nicht ganz zusammen.

»Womit ich sagen will, also ganz ehrlich.«

»Moment mal. Sie sagen, der Baseball, den Sie da angeblich haben.«

»Genau genau genau. Aber ich weiß nicht, wie der Spieler heißt, ja, wobei ich ganz ehrlich zu Ihnen bin.«

»Sie meinen Bobby Thomson?«

»Der war's. Jawoll. Jetzt geht's mir besser.«

Denn Manx glaubt, er kann mit diesem Mann ganz offen reden. Die eigene Unzulänglichkeit offenlegen. Er ist kein Fan und sollte auch nicht so tun. Und zugleich, nur schwerer nachvollziehbar, denkt er, das ist eine Strategie, die vielleicht funktioniert, ein Plan, ein Szenario – zeig dem Mann deine Schwächen, und er wird deine Geschichte schlucken, und zwar komplett.

»Ich bin der Ansicht, wenn man ins Geschäft kommen will, legt man seine Karten auf den Tisch. Und ich sag Ihnen mal, was ich denke. Daß morgen eine Riesenmeute im Clubhaus vor der Tür steht. Und jeder einzelne hat einen Baseball in der Hand und sagt, ich hab das As.«

»Während tatsächlich, nach dem, was Sie behaupten«, sagt der Mann.

»Während tatsächlich das As im Ärmel steckt«, sagt Manx und greift in die Tasche und holt den Ball heraus.

Der Mann lächelt. Der Mann lehnt mit dem Hintern an der Wand, und Manx sitzt selber in der Hocke, hält den Ball mit leichtem Zittern, der komischen Wirkung halber, er starrt den Mann durchdringend an, mimt innere Glut, wobei sie beide wissen, daß er nur mimt, reine Effekthascherei, und der Mann streckt amüsiert, aber skeptisch, die Hand nach dem Ball aus, was soviel heißen soll wie, vorerst spielt er noch mit.

Aber Manx gibt ihm den Ball nicht.

Der Junge hat sich in seinem Schlafsack aufgesetzt und versucht, wach zu bleiben.

»Schauen Sie sich mal diesen Teerfleck an«, sagt Manx. Und er zeigt ihn dem Mann, und er zeigt ihn dem Jungen. »Ich glaube, den sollte ich mal wegmachen, weil der hat hier nix verloren.«

Und er feuchtet mit großer Geste seinen Daumen an und versucht eine winzige Teerspur zu entfernen, Cotter muß mit dem Ball auf der Straße gespielt haben, aber er bringt es bloß fertig, die Stelle zu verschmieren, und muß sich fragen, warum er überhaupt an dem Ball herumdoktert.

»Übrigens«, sagt der Bursche, vielleicht um Manx aus seiner peinlichen Lage zu befreien. »Ich heiße Charlie.«

»Sagen Sie Manx zu mir. Und Ihr Sohn. Wie heißt du, mein Junge?«

»Sag's ihm.«

»Nein«, sagt der Kleine.

»Da haben wir ja einen Racker«, sagt Manx. »Wie alt ist denn dieser Rackerhalunke?«

»Acht«, sagt der Mann.

»Acht. Wenn man noch mal acht wäre. Wenn man zu seinem ersten World-Series-Spiel gehen und all die berühmten Spieler sehen würde. Daran wird er sich für den Rest seines Lebens erinnern.«

»Er heißt Chuckie.«

Manx schaut Chuckie an. Der Kleine wäre lieber zu Hause und würde in einem weichen, warmen Bett schlafen, mit Hundebildern an der Wand. Das geht in Ordnung. Wir reden hier schließlich nicht über die Gegenwart, sondern über die Zukunft. Papa versucht dem Jungen eine Erinnerung aufzubauen.

»Acht sein. Yankee-Stadion. Das berühmteste Baseballstadion im ganzen Land.«

Manx legt den Ball in die Hand des Mannes.

»Aber wenn morgen ein Dutzend Leute mit 'nem Baseball vor der Tür des Clubhauses stehen«, sagt Charlie, »wie soll mir das einer glauben? Wie soll ich mir selbst glauben, daß das der Ball von Bobby Thomson ist? Oder sonstwem?«

Manx sitzt in der Hocke, Würfelspielerhaltung.

»Sagen wir mal so«, sagt er, und die Frage schreckt ihn nicht, denn er hat sie erwartet, seit er von Harlem über die Brücke gekommen ist. »Glauben die Ihnen oder mir? Wem glauben die? Versetzen Sie sich mal an die Stelle von Freunden von Ihnen, Kollegen aus dem Büro. Dann schauen Sie mich an, schauen Sie sich selber an. Wem werden die glauben?«

Manx weiß, daß die Logik bei diesem Argument ungefähr sechsmal um die Ecke geht und weit von der Frage entfernt liegt, wie die tatsächliche Geschichte des Balls verlaufen ist. Aber er glaubt, er kann sich darauf verlassen, daß dieser Bursche den springenden Punkt sieht, die Denkrichtung.

»Und ich persönlich kann es glauben«, sagt er, »weil mein eigener Junge mir alles Nötige über diesen Baseball erzählt hat. Und bei so was würd er seinen Alten im Leben nicht belügen. Der lügt schon. Wenn's um die Schule geht, lügt er. Einmal geschwänzt, schon gelogen. Oder nicht zum Zahnarzt gegangen.«

»Aber hier geht's um einen Baseball«, sagt Charlie entgegenkommend.

»Ganz genau. Ich muß zugeben, erst war ich nicht überzeugt. Wie Sie. Wie jeder. Ich war erst mehr so im Zweifel. Aber dann hab ich dem Jungen zugehört.«

»Und Sie hatten das Gefühl, Sie wüßten es.«

»Ich hatte das Gefühl, genau. Ich wußte es. Hab es nämlich an seiner Stimme gehört.«

»Und es auch gesehen.«

»Hab es vor mir gesehen. Bei so was würd er nicht lügen. Wenn's drauf ankommt, ist er ein guter Junge.«

»Und beim Baseball. Da kommt's drauf an.«

Manx faßt Mut, weil der Mann so einsteigt, denn noch einen Reinfall will er nicht erleben. Aber zugleich will er Charlie nicht als Dämlack sehen, einen Bauerntrottel im Dufflecoat, der auf eine simple Geschichte reinfällt. In diesem Fall stimmt die Geschichte, aber was macht das für einen Unterschied? Manx hat schon unglaubliche Lügen erzählt, die ihm leichter von den Lippen gingen als alles, was er über diese kleine, kugelrunde Tatsache sagen könnte.

Der Mann mustert den Ball.

Manx beschließt, fünfzehn Sekunden lang den Mund zu halten. Damit die Situation eine feierliche Wendung nimmt. Und der Kunde die Chance hat, sich in die Ware zu verlieben.

»Also, ich sehe da einen grünen, einen kleinen, irgendwie grünen Farbfleck bei der Naht, zwischen der Naht und dem Warenzeichen«, sagt Charlie, »und ich weiß mit Sicherheit, weil das jemand im Radio gesagt hat, daß der Ball einen Stützpfeiler getroffen hat, als er in die Tribüne flog. Und die Pfeiler in den Polo Grounds, das weiß ich auch mit Sicherheit, sind grün.«

Manx macht einen kleinen Hüpfer aus der Hocke. Er ist freudig erregt, das zu hören. Als müßte er davon überzeugt werden, als wäre die Bemerkung des Mannes der Beweis, den er braucht, um Cotter als ehrlichen Jungen sehen zu können, von einem Bengel, der Widerworte gibt und Drehkreuze überspringt, in einen ehrlichen, aufrechten, pflichtbewußten Jungen verwandelt, na endlich mal.

Der Mann hebt die Augen vom Ball und schaut Manx an. Dieser Blick sagt, ich möchte gern glauben. Und Manx fällt nichts ein, ums Verrecken nichts, wirklich buchstäblich ums Verrecken nichts, was den Mann dazu brächte, einen Schritt weiter zu gehen und das Geschäft perfekt zu machen.

Charlie kümmert sich selber darum, sagt ein paar ziemlich überzeugende Sachen, diesmal zu seinem Sohn, über die Firma, die den Ball herstellt, und den Liga-Präsidenten, dessen Name auf den Ball geprägt ist, und andere Angelegenheiten und Details, allesamt zufriedenstellend, wie es scheint, und der Junge ist müde und gelangweilt und friert, und Manx schaut sich nach einem fliegenden Händler mit heißem Kakao um, denn es schadet nie, wenn man mal nett ist.

»Wenig Händler heut nacht.«

»Er hat Suppe gekriegt.«

»Wenn ich fliegender Händler wäre, würde ich geflogen kommen. Und Frau und Kinder gleich mitbringen.«

»Er hat heiße Suppe gekriegt, aus der Thermoskanne. Dem geht's gut.«

Aber Chuckie sagt: »Ich glaube, mir geht's gar nicht so gut.«

»Bleib einfach wach. Ich möchte gern, daß du jetzt wach bist.«

Manx begreift, daß das mehr ihm als dem Jungen zuliebe gesagt ist. Der Mann und der Junge spielen bloß die Schritte durch. Der Junge nicht mal das. Der hat's irgendwann in der Wickelphase aufgegeben, dem Mann zuzuhören.

Chuckie rutscht in den Schlafsack mit dem aufsässigen Blick, den Kinder kriegen, sobald ihnen klar wird, daß sie kein Privatbesitz sind.

»Ich möchte, daß du dich an alles erinnerst, was hier heute nacht passiert«, sagt Charlie.

Aber der Junge ist schon untergetaucht, selbst der Kopf ist im Flanell verschwunden.

»Sie sind ein Vater, Sie wissen Bescheid«, sagt Charlie.

»Ich hab's erfunden.«

»Was für eine gefahrvolle Angelegenheit, ein Kind zu erziehen, in jeder Hinsicht.«

»Einerseits braucht's ewig, bis sie groß sind. Aber andererseits geht es so schnell.«

»Ich hab nur das eine.«

»Sie sehen vier vor sich.«

»Vier«, sagt Charlie, und in seinem Blick liegen Bewunderung, Mitgefühl und einiges Erstaunen, und dann noch etwas, das Manx nicht recht erkennen kann – vielleicht nur ein Empfinden für die Lebensunterschiede, was so direkt gar nichts mit der Zahl der Kinder zu tun hat.

In einer Öltonne hat jemand Feuer gemacht, und Manx geht zum Bordstein, packt die rostige Tonne und zerrt sie zu der Warteschlange der Fans herüber, mit Feuer und allem. Er spürt, wie das Metall ihm die Hand verbrennt, nachträglich, es brennt wie die Hölle aus dem Bilderbuch, aber die Fans sind beeindruckt von der Geste, allerorten breites Grinsen, so was setzt in einer Nacht wie dieser das rechte Zeichen, und Charlie wirkt begeistert.

Aber nicht bloß Lebensunterschiede. Vollkommen anderes Denken und Handeln. Und Manx weiß nicht recht, ob sie darüber traurig sein sollen. Er ist bereit, alles Nötige zu tun.

»Auf was für Plätze sind Sie aus?«

»Billige. Reservierte fände ich ganz toll, aber die sind schon lange weg. Alles ist weg, außer den billigen und den Stehplätzen, und Chuckie würde es mir nie verzeihen, wenn ich ihn dazu zwingen würde, ein ganzes Spiel im Stehen anzugucken, das weiß ich.«

»Nachdem er eine Nacht auf dem Bürgersteig geschlafen hat? Ist ihm auch kaum zu verdenken.«

Charlie grinst wieder und verpaßt Manx einen launischen Klaps auf die Kniescheibe. Dann gibt er Manx den Ball, aber nur, weil er was aus seinem Mantel holt. Wie sich herausstellt, ist es ein Flachmann, ein süßes kleines silbriges Ding mit einem Deckel am Kettchen, wie diese Feldflaschen von der Army, nur flach, klein, teuer, leicht einzustecken, hebt die Laune an einem Durchhängetag.

»Ja was haben wir denn da?« sagt Manx.

»Einmal dürfen Sie raten.«

»Zum Beispiel Orangensaft.«

»Zu früh fürs Frühstück.«

»Zum Beispiel aromatischen Tee aus dem alten Indien.«

»Zu spät für den Nachmittagstee.«

Die zwei amüsieren sich ziemlich gut, der eine mit dem Hintern an der Wand, der andere in der Würfelspieler-Hocke, und der Knubbel im Flanellsack mucksmäuschenstill, entweder schmollsteif oder schlafsteif.

Charlie sagt: »Nach Ihnen«, er reicht Manx den Flachmann, und Manx wirft ihm den Ball wieder zu, und dieser kleine, hingehuschte Austausch hat etwas seltsam Tiefgründiges, er ist wie ein Zeichen, ein Abkommen, das vollkommen außerhalb der angebahnten Transaktion steht, und hebt Manx' Stimmung noch ein bißchen.

Er schraubt den Deckel ab und läßt ihn baumeln und prüft mit einem Kennerschnüffeln, was die Pulle so zu bieten hat.

»Würde sagen, das versteht man unter einem geistigen Getränk.«

»Irischer Whiskey«, sagt Charlie.

»Für die Iren ha'm w'r doch was übrig, oder?«

»Viele unvergeßliche Leistungen«, sagt Charlie.

»Gut gesagt, mein Bester.«

Sie grinsen komplizenhaft. Manx hebt den Flachmann und wirft den Kopf nach hinten und kippt sich einen nicht allzu großen Schluck hinter die Binde, aus Höflichkeit, und gibt Charles das Ding zurück.

Er nennt ihn jetzt Charles, aus gesellschaftlichen Gründen, Gentleman-Trinker im Club.

Und er wartet darauf, daß Charles trinkt. Ein Augenblick beißender Wahrheit. Manx hat das Fläschchen zum Mund geführt, und nun wartet er darauf, daß Charles dasselbe tut.

Ein Moment kurzer, tiefer und wissender Spannung.

Wischt nicht mal den Rand ab. Hält einfach den Flachmann an den Mund und trinkt, einen zu kräftigen Schluck, er taucht keuchend, mit tränenden Augen wieder auf, aber auch glücklich. Beide Männer sind glücklich, genießen es königlich.

»In den falschen Hals gekriegt«, sagt Charlie, zwingt die Wörter hervor.

»Kann den Besten passieren.«

»Betriebsunfall«, sagt der keuchende Mann.

Reicht den Flachmann zurück. Manx nimmt einen Goldrauschschluck und spürt die Wirkung heftig, o ja, als ihm der Ire ein paar entscheidende Kanäle in Kopf und Brust durchlüftet.

Sie lassen eine Zeitlang den Flachmann hin und her gehen.

»Eins von meinen ist ein Mädchen«, sagt Manx. »Rosie. Beste Tochter überhaupt, die Sie finden können.«

»Wie alt?«

»Wie alt«, sagt er.

Er spürt, wie sein Blick verrutscht.

»Vielleicht doppelt so alt wie Ihrer. Is doch acht, oder? Mensch, acht zu sein.«

Sie lassen den Flachmann hin und her gehen.

»Ich will ganz ehrlich sein«, sagt Charlie. »Sie waren ehrlich zu mir. Da ist es das Mindeste, wenn ich Ihnen sage, was ich denke.«

Überall in der Schlange liegen Leute, schlafend oder dösig wartend, zusammengekauert, ohne Gesprächsstoff mittlerweile, die Köpfe gesenkt, ein paar Zigaretten glühen, die meisten schlafen in Decken oder dicken Parkas oder sind einfach eingenickt, mit Knitteraugen, ein Husten, ein Stöhnen, ein Radio mit Latinomusik, aber nicht zu laut, und sie schrecken auf und nicken ein, und ein Polizist zu Pferd drüben bei der Absperrung, und Manx verändert leicht seine Haltung, um die Stille des großen braunen Tieres zu beobachten, totenstill steht es da, nicht wie reglose Menschen oder Hunde, was das betrifft, oder Fische im Glas, und nicht friedlich oder ungerührt, sondern unbeweglich auf ganz eigene Weise, groß und stark, mit glänzenden Flanken.

»Ich will ehrlich sein«, sagt Charlie, »denn was soll das Ganze, wenn wir nicht ehrlich sind?«

»Na los, Mann.«

»Ich weiß nicht, ob Sie mir die Wahrheit sagen. Aber der Ball sieht so aus, als könnte er bei einem Spiel der National League im Jahr 1951 benutzt worden sein. Das ist ein Punkt für Sie, wenn auch nur ein kleiner, denn bei Bällen gibt es so'ne und solche, und der hier ist immer noch die Katze im Sack.«

»Ach, solange sie einem nicht auf den Sack geht.«

Sie lassen den Flachmann hin und her gehen.

»Und der andere Punkt, der wichtigere Punkt, ist, daß ich Sie angukke und nicht denke, da seh ich einen Betrüger oder Lügner vor mir.«

Kurze Pause.

»Da sind Sie aber der erste«, sagt Manx.

Sie lachen und halten inne und lachen wieder. Es ist einer dieser Scherze, die zehn oder zwanzig Sekunden nachhallen, an Ort und Stelle herumhüpfen, eine Bedeutung echot in der nächsten, und jetzt geht es nur noch darum, bei dem kleinen Kreuzchen zu unterschreiben.

»Wieviel?« sagt Charlie.

Manx guckt weg. So weit war er bei seiner Taktik und seinen Plänen noch gar nicht gekommen, und er weiß nicht wieviel. Aber er merkt, wie er sich verkrampft. Das Pferd hinter ihm zieht die Nase hoch.

»Das liegt voll und ganz bei Ihnen«, sagt er und hat sofort das unbestimmte Gefühl, betrogen zu werden.

Charlie hält den Ball jetzt in beiden Händen, preßt ihn unter sein Kinn.

»Schauen Sie, ich weiß ja nicht, was ich da kaufe«, sagt er. »Das dürfen wir nicht aus den Augen verlieren. Klar, der Käufer soll aufpassen und so. Aber wir reden doch über ein Ding, das eigentlich Herzenssache ist.«

Willst du mir hier etwa den Preis drücken, Chef?

»Voll und ganz bei Ihnen. Denn ich vertraue darauf, daß Sie richtig handeln. Sie wissen beim Baseball Bescheid. Ein Fan. Ich möchte, daß das Ding einem Fan gehört«, sagt Manx.

Er merkt, wie sein Blick abgleitet, nach innen rutscht, und spürt eine Beklemmung in der Brust.

Charles. Charles ist plötzlich ganz entscheidungsfreudig. Ein kurzes Verschnaufen, das schon, bei der Erwähnung von Geld. Aber plötzlich schiebt sich Charles an der Mauer hoch, um in seinen Taschen herumzukramen, und ist ganz geschäftig und hektisch.

Manx setzt den Flachmann an und trinkt.

Zieht Scheine aus zwei oder drei Taschen und entkrumpelt einen Fünfer und streicht einen Einer glatt. Manx schaut an der Warteschlange entlang, auf die nickenden Köpfe, die Männer mit dem dampfenden Atem in der kalten Luft, Schläfer und Träumer tief in der Nacht.

Und folgende Summe ist zusammengekommen. Ein Zehner, zwei Fünfer, noch ein Zehner, zwei Einer, ein Quarter, zwei Nickels und ein popliger Dime.

Und als Zugabe taucht noch der Kleine aus dem Schlafsack auf.

Charlie sagt: »Ich möchte, daß Sie das alles nehmen, denn mehr hab ich nicht dabei. Auch das Kleingeld. Das Kleingeld sollen Sie auch kriegen. Denn das Geld für die Karten hab ich hier.« Er schlägt sich auf die Brust. »Und die Autoschlüssel hier.« Er klatscht sich auf den Schenkel. »Und ich möchte, daß Sie ansonsten jeden Nickel aus meiner Tasche kriegen.«

Manx denkt, na gut. Er versucht die Augen stillzuhalten, während sie zählen. Er denkt, das ist mehr, als er für die Schneeschaufeln gekriegt hätte, die er aus dem Gerätekeller in seinem Haus geklaut hat. Reichlich mehr. Genauer gesagt, verdammt viel mehr.

Der wütende kleine Kopf ragt aus dem Schlafsack.

»Ich will jetzt nach Hause«, sagt Chuckie.

Manx nimmt das Geld. Er leckt an seinem Daumen, um es noch mal zu zählen, alles für den Kleinen. Sagt ihm gutgelaunt ein paar Sachen, versucht, noch einen halben Lacher rauszuleiern.

Sagt zu Charlie: »Da haben Sie sich ein Souvenir von dem großen Spiel gekauft. Das schreit nach einem Drink, alter Junge.«

Sie lassen den Flachmann hin und her gehen, und das ist das einzige im Laufe der langen Nacht und des frühen Morgens, das Chukkie zu fesseln scheint, der Anblick von zwei Männern, die direkt aus der Flasche süffeln.

Halb Seufzen, halb Schmerz in dem Laut, den sie von sich geben, wenn sie den Mund aufmachen, um die Schwaden auszuatmen, mit verkniffenen rosa Augen.

Charles zieht seine wolligen Brauen hoch.

»Und jetzt, wo der Ball mir gehört, was mache ich damit?«

Manx nimmt den Flachmann zurück.

»Rumzeigen. Erzählen Sie Ihren Nachbarn und Freunden davon. Und dann legen Sie ihn mit den Schmucktellern unter eine Glasglocke. Sie haben doch die durchgedrehten Menschenmengen auf der Straße gesehen. Das ist größer als mancher Krieg, den ich mitgekriegt hab.«

Manx hat keine Ahnung, was er damit meint. Da fängt der Ire an zu reden. Er merkt, daß Charlie im Augenblick etwas durchhängt. Wahrscheinlich geht Charlie gerade vom Stadium des Halbglaubens zum Stadium des Unglaubens über. Und fühlt sich betuppt und spatzenhirnig. Hat ihm doch irgendein Strolch von der Straße sein ehrlich verdientes Geld abgeluchst, mit einem dermaßen atemberaubenden Märchen, daß Charlie sich geniert, es seinen Freunden zu erzählen.

Muß eben der Käufer aufpassen, wie es so schön heißt.

Er versucht auf das Wort zu kommen, das bedeutet, daß ein Gegenstand über die Jahre an Wert gewinnt. Aber der Ire redet nicht bloß, jetzt denkt er schon, und sowieso ist es im Augenblick wahrscheinlich nicht so gut, Charles irgendwas Aufmunterndes zu sagen. Würde doch bloß falsch klingen, oder?

Sie schauen sich an. Charles hat den Baseball und den Flachmann, und Manx hat das Geld. Okay. Eine jener Gemengelagen, wo die Stimmung in den Keller geht, sobald das Geschäft abgeschlossen ist. Nur normal. Der Junge schläft jetzt, ein Stück Gesicht schaut aus der Kapuze hervor, und Manx fragt sich, ob er sich je an irgend etwas hiervon erinnern wird oder ob dieser Anblick schon in der Traumabteilung seines Hirns versunken ist, die verschwommenen Umrisse eines Mannes in der Hocke, der zu der Nacht gehört.

Charles betrachtet Manx und lächelt, heikel, aber auch mit einem Hauch ersäufter Zuneigung.

Dann schütteln sie einander wortlos die Hand, und Manx richtet sich auf und macht, daß er fortkommt, die Waden tun ein bißchen weh, und die linke Hand schmerzt heftig und geballt und ernsthaft, von der Feuertonne, die er über den Bürgersteig gezerrt hat. Bißchen Butter drauftun, wenn er zu Hause ist.

Er geht an den gekrümmten und zusammengekauerten Körpern und den rauchenden Grills vorbei, wo einige sich was gebraten haben, und er geht an dem Polizisten auf dem großen Pferd vorbei und überquert wieder die Brücke Richtung Broadway, und tief am östlichen Himmel hängt vielleicht ein ganz schwacher Lichtstreifen.

Da fällt ihm ein. Eine Menge Dinge fallen ihm ein, alle vom Alkohol vernebelt, aber ihm fällt ein, daß er nicht auf einem leeren Bahnsteig unter der Straße stehen und auf einen Zug warten will.

Er geht den Broadway hinunter und fragt sich irgendwann, warum der Mann ihm sein Kleingeld gegeben hat. Es war überhaupt nicht nötig, daß Münzen von Hand zu Hand gingen. Vielleicht war es wirklich, was der Bursche sagte, das herzliche Gefühl, alles hergeben zu wollen, was er bei sich hatte, das Hemd vom Leib, oder vielleicht ist das ein ehrliches Geschäft zwischen zwei Männern, und einer davon macht ein Almosen daraus.

Er geht, er will auch gehen, aber er will nicht zu Hause ankommen, nie wieder, nicht unbedingt. Er muß das in Ruhe durchdenken, daß er das Recht hat, in Geldangelegenheiten zu entscheiden, die jeglichen Besitz seiner Familie betreffen, deren Oberhaupt er immer noch ist, trotz allem.

Wenn er pleite ist, fühlt er sich schuldig. Mit ein bißchen Bargeld fühlt er sich gleich noch schuldiger.

Er pinkelt ungeniert in eine Seitenstraße.

Außerdem fällt ihm ein, daß er einen Greyhound-Bus nehmen könnte, raus hier und auf dem dünnen Hund in die süße Ferne hinausreiten. Wie seine eigenen Söhne sich manchmal gegen ihn erheben, soviel Hader in ihren Augen.

Er wird den Brief für Cotter schreiben. Um dessen Abwesenheit von der Schule zu entschuldigen. Daß er 39 Grad Fieber hatte.

Kriegt der Junge gleich ein besseres Gefühl.

Und ihm fällt ein, daß er sich der Ecke nähert, wo der Straßenprediger früher am Abend oder gestern abend gesprochen hat, und dann merkt er, nein, er ist durcheinander, er ist immer noch zehn Straßen nördlich davon. Dann vergißt er das wieder und schaut sich nach dem Mann um. Der Mann ist natürlich weg, wo immer er nachher hingeht, und das hier ist sowieso nicht seine Ecke, und nichts rührt sich außer einem Auto oder zwei, Autos mit geheimnisvollen Fahrern, die aus der Finsternis kommen, lebendig wie Insekten zu jeder Stunde der Nacht.

Zweiunddreißig Dollar plus Kleingeld.

Er spürt den vertrauten Stich des Verrats. Hat der ihm da was in den Kopf gesetzt. Reingelegt nach Strich und Faden. Der Baseball ist doch ganz zwangsläufig eine Wertsteigerung, das war das Wort. Und Bargeld jede Minute weniger wert.

Er sucht in Türeingängen nach dem Prediger, weil er ihm das Geld geben will. Daß er's aus den Händen hat. Er will dem Alten das Geld in die Kleider schieben, nur damit er's los ist. Und einem geben, der ein wissenschaftliches Interesse an dem Zeug hat.

Quasch mit Sose, Mann.

Geld is seins, und das behält er auch. Irgendwo einen Bus nehmen. Oder ein Zimmer in irgend'ner abgewrackten Straße eine Meile von zu Hause. Und eine Frau auftreiben, die ihn ansieht, wenn ihre Augen durchs Zimmer gucken.

Er vergißt schon wieder, wo er ist. Er geht, er will auch gehen, er schreibt im Kopf den Brief.

Bitte entschuldigen Sie die Abwesenheit meines Sohnes von der Schule gestern.

Er hört das Rumpeln und Knirschen eines Müllwagens irgendwo in der Ferne. Autos unterwegs, Züge fahren unter der Straße entlang, er ist die einzige Seele zu Fuß.

Der alte Charles lacht sich ins Fäustchen, wie er den alten Manx reingelegt hat. Und erzählt seinem Jungen, wie wir den Trottel geprellt haben.

Flach genug, um bequem in die Tasche zu passen, mit einem Dekkel am Kettchen.

Er kommt in seine Straße und geht am Schuster und an der Kosmetikschule vorbei.

Seine Hand tut weh, wo sie ans heiße Metall gekommen ist.

Es wird langsam hell, als er sein Haus erreicht. Er geht hinein und die Treppe hoch, für jede Stufe braucht er praktisch ein Jahr, so kommt es Manx vor, bis er achtzig geworden ist, als er in seinem

Stockwerk steht. Er tritt ein, schattensanft, ein Schweigen mit Augen, und durchquert langsam die Küche.

Im Schlafzimmer geht der Wecker los.

Er setzt sich an den Küchentisch und wartet. Sie kommt in Nachthemd und Pantoffeln heraus, Ivie, die Frau, und sieht, daß er nicht im Bett war, und mustert ihn langsam.

Sie sagt: »Was ist das?«

»Muß 'n bißchen Butter drauftun.«

»Alles voller Blasen. Gefällt mir nicht, wie das aussieht.«

»Bloß 'ne leichte Verbrennung.«

»Ist etwa Wahlabend? Ich dachte, am Wahlabend wären Freudenfeuer. Gefällt mir überhaupt nicht, wie das aussieht.«

»Mach du mal, zieh dich an. Ich kümmer mich schon drum.«

»Doch nicht mit Butter. Das ist Alte-Oma-Quark«, sagt sie. »Schadet mehr, als es nützt.«

Sie nimmt das Obst aus der Obstschale und füllt sie mit kaltem Wasser und holt Eiswürfel aus dem Gefrierschrank.

»Wenn das nicht hilft, kommst du ins Krankenhaus.«

»Ich brauch nicht ins Krankenhaus.«

Sie wirft zehn oder zwölf Eiswürfel ins Wasser und setzt sich neben ihn, hält seine Hand in die Schüssel mit Eiswasser und mustert ihn langsam. Ihre Fragen, falls sie welche hat, hebt sie sich für später auf.

Vielleicht läßt der Schmerz etwas nach, vielleicht auch nicht. Das Wasser ist so kalt, daß er nur die Kälte spürt. Er versucht, seine Hand aus der Schüssel zu nehmen, aber Ivie hält sie dort, ihre Hand drückt fest auf seine, und Manx schaut weg, zu müde, deswegen zu kämpfen.

»Das hilft nur, wenn die Verbrennung frisch ist«, sagt sie. »Wenn die Verbrennung nicht mehr frisch ist, müssen wir schauen, was sie im Krankenhaus für dich tun können.«

»Ich sag doch. Ich brauch nicht ins Krankenhaus.«

So sitzen sie eine Weile da, ihre Hand drückt seine in das schmelzende Eis, und dann muß sie sich anziehen und zur Arbeit gehen. Manx bleibt am Tisch sitzen, starrt seine Hand im Wasser an und wartet darauf, daß sein Sohn aufwacht.

TEIL 6

Arrangement in Grau und Schwarz

Herbst 1951 – Sommer 1952

I

Für Bronzini war Gehen eine Kunst. Fast jeden Tag nach der Schule ging er nach draußen, ließ das Gemisch von Lauten und Formen und Bewegungen, das auf dem Weg entstand, auf sich wirken, ließ die Stimmen ausklingen und die Düfte sich entfalten, jeden Tag anders, aber nicht zu sehr. Er blieb stehen, um sich mit Kartenspielern in einem Nachbarschaftstreff zu unterhalten, und beobachtete auf dem Markt eine Frau beim Kauf einer Flunder. Er pellte eine Mandarine und fragte sich, wie ein Plattfisch, der glasig auf zerstoßenem Eis lag, ein Geschöpf, das mit einem Netz aus dem dunklen Meer gerissen wurde, ihm so redegewandt vorkommen konnte. Das Totsein war eine Kraft in diesen vorquellenden Augen. Was für eine eindringliche Leere. Er dachte an den alten, zweiteiligen Komödientrick des vermeintlichen Mißverständnisses, der humorvoll den vergangenen Augenblick darstellt, in dem aus Leben Tod wird.

Er beobachtete einen Jungen mit Schürze, der den Fisch in eine riesige Schlagzeile einwickelte.

Selbst in diesem dichtgedrängten Viertel gab es Straßen wiederzuentdecken und Männer, die interessante Arbeit taten, Tagelöhner, Anstreicher in vollgekleckste Overalls oder Männer mit Vorschlaghämmern, zu denen er sich einen Moment stellen konnte, Sizilianer, die den Bürgersteig aufrissen, die Gesichter vom Steinstaub gefärbt. Je schlechter ein Job bezahlt war, fand Bronzini, je härter die Arbeit, desto beeindruckender der Anblick. Oder der Kellner, der während seiner kurzen Pause fix eine rauchte, einer dieser schnell alternden Männer, die ständig müde sind. Die Kellner hatten ein müdes Leben, drei Jobs, Rückenschmerzen und schlimme Füße. Sie waren müder als die Männer mit den roten Halstüchern, die den schweren Hammer schwangen. Sie rauchten und husteten und erzählten ihm, wie müde sie waren, und hielten auf dem Bürgersteig Ausschau nach einer Stelle, wohin sie den Schleim zielen konnten, den sie immer ausspuckten.

Er aß den letzten Schnitz Mandarine und verließ den Markt, den Schalenringel in der Hand. Langsam ging er nordwärts und spähte in die Schaufenster. In seinem Bürstenschnurrbart gab es silberne Tüpfel, noch so wenig, daß man sie zählen konnte, und er trug eine randlose Brille mit Drahtbügeln, weil er sich mit achtunddreißig, so sagte jedenfalls seine Frau, weismachen wollte, er wäre älter, entschiedener in dem, was ihm Erfüllung brachte, hätte all die unersprießlichen Dinge endgültig gelocht und abgeheftet.

Er hörte Stimmen und schaute in eine Seitenstraße, die voll spielender Kinder war. Ein behelfsmäßiges Verkehrsschild wies die Zone als Spielstraße aus und versperrte Autos und Lieferwagen die Durchfahrt. Bei all den Autos, noch mehr Autos, der Statusgier, den wilden Pferdestärken und dem Silberblitz des Chroms sah Bronzini schon voraus, daß auch diese geschützten Zonen aussterben würden, zu groß war der Druck, die Straßen kinderfrei zu bekommen.

Er stellte sich ein Fragment des kreidebemalten Bürgersteigs vor, sauber abgeschnitten, herausgehoben und aufwendig verpackt – in irgendein kalifornisches Museum geliefert, wo es das gedämpfte Sonnenlicht mit antiken Marmorskulpturen teilen würde. *Straßenzeichnung, Himmel und Hölle, Kreide auf Straßenpflaster, Bronx 1951.* Aber es heißt gar nicht Himmel und Hölle, oder? Die nennen es hier Patsy oder Potsy. Und einfach Bockspringen, nicht Johnny-on-the-Pony. Und Verstecken – du zählst bis hundert in Fünferschritten, dann rennst du los in die Durchgänge, kletterst an Wäschepfosten hoch und über Drahtzäune, steckst den Kopf in Kohlenverschläge, um die versteckten Mitspieler zu finden.

Bronzini stand da und schaute zu.

Mädchen beim Knöchelspiel und beim doppelten Seilhüpfen, Jungen bei Boxball, Murmelspiel und Ringolievio. Fünf Jungs, jeder mit einem Fuß in einem aufgeteilten Kreis, mit Ländernamen in den Winkeln. China, Rußland, Afrika, Frankreich und Mexiko. Ein Kind ist dran, *Du bist's*, es steht mit einem Ball im Mittelpunkt des Kreises und singt langsam die warnenden Worte: *Ich er-klä-re den Krieg ...*

Bronzini besaß kein Auto, fuhr kein Auto, wollte keins, brauchte keins, würde keins annehmen, nicht mal geschenkt. Wenn du aufhörst zu gehen, dachte er, stirbst du.

George der Kellner stand rauchend neben dem Lieferanteneingang des Restaurants, wo er arbeitete. Er war ein Kopf auf einem Stecken, ein Mann, noch nicht vierzig, der etwas Muffiges, Unspontanes hatte, eine innere Spannung, die ihn abkapselte. Auf dem dürren Körper ein weißes Hemd mit schwarzer Weste und schwarze Hosen, und über der Uniform seine stechenden Züge, die etwas blutleer wirkten.

Bronzini ging hin und stellte sich neben George, und sie standen ziemlich lange ohne ein Wort da, in der seltsamen Solidarität, wie sie zwei Fremde empfinden mochten, vor deren Augen gerade ein Haus abbrennt.

Drei Jungen und ein Mädchen spielten Down-the-River gegen eine Häuserwand, jedes Kind in einem Feld, das von den Fugen im Bürgersteig eingegrenzt wurde. Man ließ den Ball schräg auf den Boden titschen, damit er gegen die Wand und in das Feld eines anderen Spielers flog.

Er war George der Kellner, und sein Leben bestand daraus, anderen Leuten aufzuwarten. Doch auch in einem anderen Sinn bestimmte ihn das Warten, schien er in unheilvoller Erwartung zu verharren. Worauf wartet George? Bronzini konnte nicht anders, er sah darin eine Herausforderung. Er holte gern Kommentare aus dem maulfaulen Mann heraus, lockte ihn aus der Reserve und machte ihm klar, daß sein Wunsch, ohne Freunde zu bleiben, hier nicht so ohne weiteres respektiert wurde.

Dann schlug der zweite Spieler den Ball ins Feld eines anderen, mit hartem oder leichtem Schlag oder etwas angeschnitten, die Handkante an der unteren Hälfte des Balls, und so ging es weiter, flußaufwärts und flußabwärts.

»Es ist so mit diesen Spielen«, sagte Bronzini. »Sie sind sehr wichtig, während wir spielen. Unser ganzer Erfindungsreichtum. Unsere ganzen Energien. Aber wenn wir etwas älter werden und damit aufhören, dann verschwinden die Spiele völlig aus unserem Bewußtsein.«

Er hatte in Wahrheit als Kind nur ab und zu gespielt, weil er manchmal bettlägerig war, gräßliches Wort, und wegen Asthma, regelmäßiger Erkältungen und Halsentzündungen und Keuchhusten behandelt wurde.

»Wir waren wie die Aasgeier. Wir haben Spielzeug aus Müll gemacht. Aus Flaschendeckeln wurde der Kork rausgedrückt. Ich weiß nicht mal mehr, wofür wir ihn brauchten. Kork, Gummibänder, Blechdosen, ein halber Schlittschuh, altes Linoleum, das wir zerschnitten und für selbstgemachte Pistolen verwendet haben. Diese Linoleumpistolen waren gefährlich.«

Beim Sprechen schaute er auf die Uhr.

»Sie haben eben den Kork erwähnt«, sagte George.

»Wofür war der noch gleich?«

»Wir haben daraus Käfige für Fliegen gebaut. Zwei flache Stückchen Kork. Dann haben wir uns beim Schneider Stecknadeln besorgt, die überall im Laden auf dem Boden lagen.«

»Mein Gott, stimmt«, sagte Bronzini.

»Wir haben die Nadeln zwischen die Korkscheiben gesteckt. Die eine Scheibe war der Boden, die andere die Decke. Und die Nadeln waren das Gitter.«

»Dann haben wir darauf gewartet, daß irgendwo eine Fliege landete.«

»Eine Schmeißfliege an der Wand. Du krümmst die Handfläche und führst sie langsam an der Wand entlang und erwischst die Schmeißfliege von hinten.«

»Dann haben wir sie in den Käfig gesteckt.«

»Wir haben sie in den Käfig gesteckt. Dann wurden weitere Nadeln dazugesteckt«, sagte George, »um die Schmeißfliege einzusperren.«

»Und was dann? Ich weiß nicht mehr.«

»Wir haben sie summen lassen.«

»Wir haben sie summen lassen. Sehr lehrreich.«

»Sie hat gesummt, bis sie tot war. Wenn sie zu lange brauchte, bis sie tot war, hat jemand ein Streichholz angezündet. Und in den Käfig gehalten.«

»Mein Gott, wie entsetzlich«, sagte Bronzini.

Aber er war begeistert. Er kriegte George zum Reden. Wie sich Kinder dem verfügbaren Umfeld anpassen, den Bordstein benutzen, den Treppenabsatz vor der Haustür und die Schachtdeckel auf der Straße. Wie sie die pockennarbige Welt nehmen und eine feingesponnene Umkehrung bewerkstelligen, etwas Gescheites und Geregeltes und Glattes erschaffen, und dann verbringen sie den Rest ihres Lebens mit dem Versuch, das zu wiederholen.

Direkt gegenüber fegte George der Barbier seinen Laden. Stimmen aus dem italienischen Radio sickerten durch die offene Tür. Bronzini beobachtete einen hereinkommenden Mann, den Hausmeister der High School, und George stellte den Besen weg und nahm ein frisches Leinentuch aus einer Schublade und hatte es im Nu auseinandergefaltet und segelgebläht, genau im richtigen Augenblick, als der Mann es sich auf dem Stuhl bequem machte.

»Vielleicht schon gehört, Albert. Der Bucklige ist gestorben, der immer Sachen aus Seife geschnitzt hat.«

»Kenn ihn seit ein paar Jahren.«

»Er hat nackte Frauen aus Seife geschnitzt. Richtig anatomisch. Der Bucklige, der immer vor dem Lebensmittelladen gesessen hat.«

»Attilio. Man brauchte ihm bloß ein Stück Seife zu geben, schon hat er irgendwas geschnitzt.«

»Wie heißt er noch ist gestorben, der Softballspieler, der Werfer mit dem besonderen Windmühlenwurf. Der hatte Schrapnell aus dem Krieg. Der hatte aus dem Krieg noch Schrapnell im Herzen sitzen. Hat ihn erst jetzt umgebracht.«

»Jackie Sowieso. Er und Sie, George.«

»Ja, wir haben früher zusammen am Strand gearbeitet. Aber ich kannte ihn kaum.«

George hatte früher Eis am Strand verkauft. Bronzini hatte ihn oft durch den tiefen Sand stapfen sehen, mit einem schweren Metallkühler an der Schulter und einem wackelnden Tropenhelm auf dem Kopf. Und weiße Hemden und weiße Enten, und einmal kriegte jemand einen Krampf, während George in Abschnitt 10 Eis am Stiel verkaufte.

»Wissen Sie noch, der Ertrunkene?« sagte Bronzini.

Auf der Straße spielten sie Salugi. Zwei Jungs schnappten einem Mädchen ihr Schulbuch weg, einem katholischen Schulmädchen in blauer Schürze und weißer Bluse. Sie warfen sich das Buch zu, hin und her, und sie rannte von einem Jungen zum anderen, und sie warfen sich das Buch über ihren Kopf und hinter ihrem Rücken zu. Das Buch war in dickes braunes Packpapier eingeschlagen, bestimmt von dem Mädchen selbst, Bronzini war sich sicher, daß sie das körnige Papier gefaltet und umgeschlagen und ihren Namen in blauer Tinte vorne drauf geschrieben hatte – Namen und Klasse und Fach. *Salugi*, schrien sie, dieses komische Wort, vielleicht eine Verballhornung des italienischen *Saluto*, vielleicht ein Spottgruß – hallo, wir haben deinen Hut, jetzt hol ihn dir mal wieder. Ein anderer Junge spielte mit, und das Mädchen rannte von einem zum anderen, flatterhändig dem fliegenden Buch hinterher.

Oder Hindi oder Persisch oder irgendeine northumbrische Augenblicksbildung, die quer durch die Jahrhunderte rieselte. Es gab so viel zu wissen, das er bis zu seinem Tod nicht wissen würde.

»Was ist mit dem Jungen?« sagte George. »Ich höre Sachen, da weiß ich nicht, ist das gut oder was.«

»Er macht sich. Einen Tag bin ich erfreut, am nächsten verärgert.«

»Ich habe Hochachtung vor Leuten, die dieses Spiel beherrschen. Wenn ich so bei mir denke, wie alt der Junge ist.«

»Genau das versuche ich nicht aus dem Auge zu verlieren, George.«

»Ich höre, er schlägt erfahrene Spieler. Das könnte gut oder schlecht sein. Nicht daß ich da Fachmann wäre. Aber ich denk mir so, vielleicht sollte er ja bei den anderen Jungs auf der Straße sein.«

»Die Straße ist noch nicht bereit für Matty.«

»Sie sollten ihm klarmachen, daß es noch was anderes gibt.«

»Er macht ja was anderes außer Schach. Er brüllt und schreit.«

George lächelte nicht. Er stand abseits, verloren in altem Schmollen, und er sog den letzten schwachen Rauch aus seiner Zigarette. Ein Zug zuviel. Dann warf er die Kippe weg und trat mit der geflickten Spitze seines ausgelatschten Schuhs darauf, der Grenze des uniformierten George, auf dem Spann rissig und zerfurcht.

»Wird Zeit, daß ich mal wieder drinnen mein Gesicht sehen lasse. Machen Sie's gut, Albert.«

»Bis später«, sagte Bronzini.

Er überquerte die Straße, damit er George dem Barbier zuwinken konnte. Wie Kinder sich anpassen, sie benutzen Backsteinmauern und Laternenpfähle und Hydranten. Er beobachtete, wie ein kleines Mädchen ein Ende ihres Springseils an ein Fenstergitter band und ihren kleinen Bruder dazu anstellte, das andere Ende zu drehen. Dann stellte sie sich in die Mitte und sprang. Keine Geschichte, keine Zukunft. Er beobachtete einen Jungen, der mit sich selber Handball spielte, er zielte den Ball genau in die Fuge zwischen Mauer und Boden. Und der hochelastische Gummiball, der rosa Ball von Spaldeen, prallte von der Backsteinfassade zurück. Die Fülle eines Augenblicks in der Spielstraße. Unmöglich, dir vorzustellen, daß du jemals über den Bleistiftstrich hinauswachsen wirst, mit dem die Mutter deine Größe an der Küchenwand markiert hat.

Der Barbier winkte zurück. Bronzini ging zur Ecke, an einem Mann vorbei, der Benzinkanister mit bulgarischem Schafskäse aus dem Kofferraum eines verbeulten Autos holte. Er wandte sich wieder nordwärts, das Aroma süßer Schale in der Hand. Er merkte, daß er immer noch die Mandarinenschale festhielt. Er mußte an China denken. Er war niemals da gewesen, weder dort noch groß anderswo, und fragte sich, warum der schwächste Hauch Mandarinenduft eine Welt voller Pagoden, Gongs und lautloser Höflinge vor seinem inneren Auge erstehen ließ.

Springer Springer wieviel Finger?

Der helle Schrei erreichte ihn, als er gerade die Schale zu ein paar Kartons warf, die an einem Kellereingang gestapelt lagen. Sie springen ihren Spielgefährten auf den Rücken. Meistens dient der dickste Junge als Kissen, an eine Wand oder einen Pfosten gelehnt, während die Jungen der einen Mannschaft einer hinter dem anderen gebückt dastehen und ihre Gegner nacheinander rennen und springen und johlend wieder zu Boden kommen. Die gebückten Jungen schwanken unter dem Gewicht, und der Anführer der springenden

Mannschaft hält einige Finger hoch und schreit die Frage. Wieviel Finger? Bronzini versuchte sich zu erinnern, ob der gepolsterte Junge, der gerempelte und gestupste Klops, der eine, dem der Pudding am Kinn herunterläuft – heißt der nun offiziell Polster oder Pilaster? Blödsinn, entschied er, Jungen aus der Bronx wissen nichts von Pilastern. Also eher das mütterliche Kissen, daunengestopft.

Zwanzig nach vier. Die Verabredung war in zehn Minuten, und er wußte, selbst wenn er nach der ausgemachten Zeit einträfe, würde er nicht zu spät kommen, denn Pater Paulus kam bestimmt noch später. Bronzini beneidete die im Leben Ewigverspäteten um ihre muntere Ankunft. Woher nehmen die den Mut, zu spät zu kommen, uns regelmäßig ihre rüde Kühnheit vor die wartende Nase zu halten? Eine Gans und vier Kaninchen hingen kopfüber in einem Fenster, an den Hinterbeinen zusammengebunden, weniger anrührend tot als die Flunder auf dem Markt – stumpfes, schmuddliges Fell, das nichts kundzutun hatte. Neid und Bewunderung zugleich. Er faßte es so auf, daß diese Menschen es ablehnen, sich durch die kleinlichen Ansprüche von Zeit und Gewissen beherrschen zu lassen.

Der Metzger erschien in der Tür seines Ladens, rotgesichtig und stopplig, laut, stinkig, glücklich in seiner ungewaschenen Schürze, ein Mann, der mit einem Drang lebte, irgend etwas in ihm drängelte nach außen, rannte gegen seine Brustwand an.

»Albert, man sieht dich ja gar nicht mehr.«

»Du siehst mich ja jetzt. Du siehst mich die ganze Zeit. Letzte Woche hab ich einen Braten gekauft.«

»Red doch nicht von letzter Woche. Was soll mir letzte Woche?«

Der Metzger rief vorbeikommenden Leuten etwas zu. Er rief quer über die Straße, um einen Mann zu beschimpfen oder eine bestimmte Frau mit bedeutsamen Anspielungen anzusprechen. Die kratzende, spuckende Sandstrahlstimme. Andere Frauen verzogen den Mund, amüsiert und abgestoßen.

»Womit fütterst du dein kleines Genie?«

»Ist nicht meins«, sagte Bronzini.

»Sei dankbar. Wenn das mein Junge wäre, würde ich ihn aufs Land rausfahren und auf einem Hügel sitzenlassen. Aber ich würde warten, bis tiefster Winter ist.«

»Wir lassen ihn einmal die Woche auf einem Buntstift kauen.«

»Fütter den kleinen Spinner mit *capozella*. Davon kriegt er Mumm in die Knochen.«

Der Metzger fuchtelte in Richtung des ganzen Lamms, das im Schaufenster hing. Bronzini stellte sich vor, wie der geschmorte Kopf heiß aus dem Ofen kam und vor Matty auf dem Teller lag. Zwei rauchende Köpfe, die einander anschauen. Und Albert sagt dem Jungen, daß er das Hirn und die Augen und die Hauptnerven essen muß. Sonst gibt's kein Schach mehr.

»Davon kriegt er 'n bißchen Blei in seinen Bleistift.«

Der Metzger stand an sein Schaufenster gelehnt und sah zwischen den baumelnden Tieren keineswegs fehl am Platz aus, breitbeinig, die Arme verschränkt. Bronzini erkannte darin Geschicklichkeit und Gleichgewicht. Die stämmige Anmut des Metzgers, guck mal, wie er ein Kotelett zuschneidet, siehst du, wie er zu dem Hackblock gehört, zu dem Schwelgen in schwabbelnden Muskeln und Matsch – seine geschickte und leichte Hand, sein Gefühl, daß er für diese Aufgabe geboren war, gaben den ausgeweideten Viechern eine gewisse Würde zurück.

Bronzini fand, daß Herz und Lunge des Metzgers auch außerhalb seines Körpers hängen sollten, dargeboten wie bei einem Heiligen, um seine innige Verbindung mit dem Leiden der Welt zu demonstrieren.

»Mach's gut, Albert.«

»Ich schaue morgen rein.«

»Grüß mir die Frau«, sagte der Metzger.

Bronzini schaute erneut auf die Uhr, dann blieb er kurz an einem Kiosk stehen, um eine Zeitung zu kaufen. Er versuchte, sich zu verspäten, aber er wußte, er würde es nicht schaffen. Irgendeine Kraft trieb ihn dazu, nicht nur pünktlich, sondern etwa zweieinhalb Minuten zu früh in die Konditorei zu marschieren, was bedeutete, etwa zwanzig Minuten auf den Priester zu warten. Er setzte sich an einen Tisch in dem düsteren Raum und schlug auf dem verkratzten Email die Times auf.

Ein Mädchen brachte Kaffee und ein Glas Wasser.

Die Titelseite überraschte ihn, ein Paar dreispaltiger Schlagzeilen als Aufmacher. Zur Linken erringen die Giants die Meisterschaft, schlagen die Dodgers durch einen dramatischen Home Run im neunten Inning. Und zur Rechten, symmetrisch umbrochen, selbe Schriftart, selbe Schriftgröße, selbe Länge, zündet die UdSSR eine Atombombe – *kawumm* –, Details bleiben geheim.

Er begriff nicht, wie die Times ein Baseballspiel von der Sportseite nehmen und neben eine Nachricht mit solch unheilvollen Folgen stellen konnte. Er fing an, den Bericht über den sowjetischen Atomtest zu lesen. Er konnte das Bild nicht aus seinem Kopf vertreiben, die Wolke, die keine Wolke war, den Pilz, der kein Pilz war – das Gefühl, unsicher nach einer Ausdrucksweise zu suchen, die jener sichtbaren Masse in der Luft gerecht werden konnte. Und plötzlich war der Priester da, kam mit fliegenden Fahnen herein, Andrew Paulus S. J., klein und behaglich gebaut, mit vorgerecktem Kopf und so einem Spuckeglitzern im Lächeln.

Bücher und Aktenhefter rutschten an seiner Hüfte herunter, aber er schaffte es gerade so, einen Schwung verkrüppelter Finger auszustrecken, die Albert mit beiden Händen umfaßte, drückte und schüttelte, halb aus seinem Stuhl aufstehend. Es brauchte einen Moment unbeholfener Förmlichkeit mit überlappenden Begrüßungen und unbeachteten Fragen und einem fallengelassenen Buch und einem Wettlauf, es wieder aufzuheben, bevor die beiden Männer sich am Tisch niedergelassen und alle Gegenstände weggeräumt hatten. Der Priester stieß, wie es so schön heißt, einen tiefen Seufzer aus. Er trug einen Priesterkragen, der an einem lätzchenartigen Stück Stoff namens Rabat befestigt war, und darüber eine dunkle Jacke mit viereckiger Brusttasche, er hätte der maßgeschneiderte Meister von George dem Kellner sein können, nur in Schwarzweiß.

»Wie spät bin ich dran?«

»Sie sind überhaupt nicht zu spät dran.«

»Ich halte ein Seminar über das Wissen. Macht einen Riesenspaß, aber ich komme vom Hundertsten ins Tausendste.«

»Nein, Sie sind früh dran«, sagte Bronzini.

»Wie wir wissen, was wir wissen.«

Man mußte Andrew Paulus schon sehr genau anschauen, um Spuren des Alterns zu entdecken. Faltenlos und seltsam leuchtend, mit einem leichten, gebackenen Schmelz, der seine Haut rosig und frisch hielt. Hellbraunes Haar, in einem jungenhaften Pony ungleichmäßig in die Stirn fallend. Bronzini überlegte, ob das wohl mit Männern passierte, die der bestrickenden Berührung und Liebe einer Frau abschworen. Sie blieben Kinder, erhalten in reinem und eisigem Licht. Aber überall liefen Gemeindepriester herum, triefäugig und hinkend, deren alte Litaneien monoton raunend von der Kanzel fielen. Er beschloß, daß dieser Mann nicht jugendlich, sondern vielmehr alterslos war. Er war bestimmt dreißig Jahre älter als Albert, und kein Augenlid zuckte, keine kleine graue Stoppel zeigte sich am Kinn.

»Haben Sie die Zeitung gesehen, Pater?«

»Bitte, wir kennen uns doch gut genug. Du mußt mich jetzt Andy nennen. Ja, ich habe einen langen Blick auf die Daily News von jemand anders geworfen. Sie nennen es den Schuß, der um die Welt zu hören war.«

»Ich frage mich, wie wir die Explosion nachweisen konnten. Wir haben wahrscheinlich Flugzeuge, die in der Nähe ihrer Grenzen entlangfliegen und mit Instrumenten die Strahlung messen. Oder vielleicht gut plazierte Agenten.«

»Nein nein nein nein. Wir reden von dem Home Run. Von Bobby Thomsons heldenhaftem Schlag. Die Regenbogenpresse hat beschlossen, daß dieser Schlag in die Geschichte eingeht.«

Bronzini mußte innehalten, um das zu verdauen.

»Der Schuß, der um die Welt zu hören war? Ob die restliche Welt daran so interessiert ist? Es geht um Baseball. Ich hab ja kaum davon gewußt. Mir war selber kaum klar, daß da etwas lief. Um die Welt zu hören? Ich hab ihn beinahe ganz verpaßt.«

»Wir können annehmen, daß sich der Begriff darauf bezieht, daß der Schlag so plötzlich kam, und auf die entsprechende Geschwindigkeit, mit der sich Nachrichten heutzutage verbreiten. Unsere Soldaten in Grönland und Japan haben den Home Run ganz sicher gehört, denn das Spiel lief über das Radio der Streitkräfte. Du hast natürlich recht. Darüber wird in den Kaffeehäusern von Budapest nicht gesprochen. Obwohl der arme Ralph Branca zufällig halber Ungar ist. Sohn von Einwanderern. Sowohl Branca als auch Thomson. Bobby ist, glaube ich, sogar noch in Schottland geboren. Du verstehst, warum unsere Siege und Niederlagen durchaus Auswirkungen über unsere Grenzen hinaus haben können.«

»Offenbar verfolgst du Baseball.«

»Nur eine ferne Erinnerung. Aber die Berichte von heute habe ich tatsächlich verschlungen. Es ist überall im Radio davon die Rede. Irgend etwas hat dieses Ereignis mit aller Kraft in die öffentliche Phantasie hineinkatapultiert. Den ganzen Tag ist Bewegung in der Luft.«

»Ich verfolge das Spiel überhaupt nicht«, sagte Bronzini.

Er versank in reumütigen Gedanken. Das Mädchen erschien wieder, mürrisch, in einer schlaffen Bluse und Schlurfmokassins. Nur vier Tische, und ihrer als einziger besetzt. Die schlichte Einrichtung, die zeitgefrorene Muffigkeit in der Luft, Spuren vertrauter Gerüche, selbst die Tochter unzufrieden – alles zeugte von einem Leitmotiv, etwas Unmalerischem, das der Priester, wie Albert fand, hätte bemerken und bestätigen können.

»Aber Baseball ist nicht das Spiel, über das wir hier reden wollen«, sagte Paulus.

In anderen Cafés hatte der Priester mit demonstrativer Wertschätzung ein Törtchen aus der Vitrine gewählt, unter Stöhnen und Ausrufen, aber heute war er zurückhaltend, wedelte in Richtung Mandelplätzchen und bat das Mädchen, noch einen Kaffee zu bringen. Dann setzte er sich auf seinem Stuhl in Positur und pflanzte die Ellbogen fest auf den Tisch, ein kleiner visueller Scherz, und stützte den Kopf auf die Handflächen – der Spieler, angespannt über sein Brett gebeugt.

»Ich habe ihn in Schachclubs mitgenommen«, sagte Bronzini, »wie wir letztes Mal besprochen hatten. Das muß sich anständig entwickeln. Stärkere Gegner in einer organisierten Umgebung. Aber er hat nicht so gut abgeschnitten, wie ich erwartet hatte. Ein paarmal ist er richtig abgezogen worden.«

»Und wenn er nicht spielt?«

»Wir verbringen die Zeit mit Lernen und Üben.«

»Wieviel Zeit?«

»Normalerweise drei Tage die Woche. Ein paar Stunden bei jedem Besuch.«

»Das ist ja absolut lächerlich. Red weiter.«

»Ich will den Jungen nicht zwangsernähren.«

»Red weiter«, sagte Paulus.

»Ich bin ja nur ein Nachbar. Ich kann ihn nur bis zu einem gewissen Punkt drängen. Es gibt hier keine Tradition. Er ist eines Tages einfach aufgetaucht. *Shazam*. Ein Junge von einem anderen Planeten, weißt du?«

»Er wird ja wohl nicht als Schachspieler auf die Welt gekommen sein, oder?«

»Sein Vater hat ihm die Regeln beigebracht. Ein Buchmacher. Hat natürlich alle Zahlen im Kopf gehabt. Die Wetten, die Quoten, die Mannschaften, die Pferde. Er konnte ein Wettformular auswendig lernen. So erzählen es sich die Leute. Er konnte sich ein Wettformular mit den Tagesrennen, den ersten Quoten am Morgen, den Jokkeys und so weiter anschauen. Und er konnte sich die Daten zahlreicher Rennen innerhalb von Minuten einprägen.«

»Und er ist verschwunden.«

»Verschwunden. Vor ungefähr fünf Jahren.«

»Und der Junge ist elf, das heißt, Daddy hat ihn gerade mal in Gang gebracht.«

»Seitdem bin ich gelegentlich sein Mentor gewesen, wie adäquat auch immer.«

Der Priester machte eine begütigende Geste, eine erhobene Hand, die jede weitere Erklärung überflüssig machte. Das Mädchen brachte starken schwarzen Kaffee und ein Glas Wasser und ein paar Plätzchen auf einem Teller.

»Die Mutter ist irische Katholikin. Und es gibt noch einen Sohn. Einer meiner früheren Schüler. Nur ein Halbjahr lang. Intelligent, denke ich, aber faul und unmotiviert. Er ist sechzehn und kann von der Schule abgehen, sobald er will. Und jetzt spreche ich für die Mutter. Sie meinte, ob du vielleicht bereit wärst, dich mal eine Stunde mit ihm zusammenzusetzen. Ihm von der Fordham-Uni zu erzählen. Was das College einem solchen Jungen zu bieten hätte. Was die

Jesuiten zu bieten haben. Unsere beiden Schulen, Andy, liegen direkt gegenüber und sind doch meilenweit voneinander entfernt. Meine Schüler, einige von ihnen wissen gar nicht, ihnen ist die Tatsache völlig entgangen, daß da eine Universität hinter den Bäumen versteckt ist.«

»Einige meiner Schüler haben dasselbe Problem.«

Bronzini lachte gerade noch rechtzeitig.

»Aber was für eine Verschwendung, wenn ein Jugendlicher wie er in einem Lagerraum oder einer Werkstatt verschwände.«

»Du hast dein Plädoyer gehalten. Betrachte deinen Auftrag als erfolgreich ausgeführt, Albert.«

»Tunk dein Biscotto ein. Nur nicht so schüchtern. Tunken, tunken, tunken. Diese Plätzchen sind direkte Abkömmlinge von Honig- und Mandelkuchen, die in Blätter gewickelt gebacken und bei römischen Fruchtbarkeitsriten gegessen wurden.«

»Ich glaube, die Pflicht, unsere Spezies fortzupflanzen, wird anderen obliegen müssen. Nicht daß mir gelegentlicher Kontakt mißfallen würde.«

Bronzini vorgebeugt.

»Ganz im Ernst. Hat es dir je leid getan?«

»Was, nicht zu heiraten?«

Bronzini nickend, die Augen hellwach hinter den Gläsern.

»Ich will nicht heiraten.« Jetzt war der Priester dran, sich vorzubeugen, die Schultern zu senken, sein Kinn auf die Tischplatte rutschen zu lassen. »Ich will es bloß treiben«, flüsterte er elektrisierend.

Bronzini schockiert und fasziniert.

»Der Ausdruck ›es treiben‹ ist so verblüffend und umstürzlerisch treffend. Aber das Verb zu konjugieren ist kein ausreichender Zeitvertreib. Ich würde es gern mit einem Filmstar treiben, Albert. Mit der großartigsten, blondesten Riesentittengöttin, die Hollywood hervorbringen kann. Ich will es mit ihr auf die schlimmste Art und Weise treiben, die nur möglich ist, und das meine ich in jeder Hinsicht.«

Der kleine Kopf voller Zähne schwebte herausfordernd selbstgefällig über dem Tisch. Bronzini fühlte sich belohnt. Bei einigen früheren Anlässen hatte er den Priester mit in Geschäfte genommen und ihm dabei zugeschaut, wie er vom herbstrosa Parmaschinken kostete, durchsichtig dünn geschnitten, und er hatte Erklärungen zu Schweineblutpasteten und gesalzenen Kabeljauscheiben beigesteuert. Der Besucher zeigte Gefallen an der europäischen Atmosphäre der Straßen, daran, daß die Dinge auf die alte, langsame, gottergebene Weise getan wurden, überlieferte Dinge, durchdrungen von den Regeln des Gebrauchs. Dies ist die einzige Kunst, die ich beherrsche, Pater - durch diese Straßen zu gehen und die Sinne aufnehmen zu lassen, was hier stets gleichbleibt. Und Bronzini begleitete den Priester in den stechenden Gestank des Hühnermarktes und schob ihn auf die alte Waage zu, die von der Decke hing, einen gefesselten Vogel in der Waagschale, und erklärte ihm, daß der Geflügelverkäufer zwanzig Cents extra bekommt, um den Vogel zu schlachten und zu rupfen - sagen Sie etwas auf lateinisch, Pater -, und er spürte das Schaudern des Priesters, als der ungerührte Neapolitaner dem Huhn den Hals umdrehte - ein drahtiger Mann mit Federn im Hemd.

»Wenn ich nicht ein so langweiliger Ehemann wäre, könnten wir hier sitzen und uns bis tief in die Nacht Geschichten erzählen.«

»Deine wären echt, meine die pure Phantasie.«

Die Beichte des Priesters war lustig und traurig und überzeugte Albert, daß der andere ihn gern um sich hatte, wenn nicht gar als vertrauten Freund betrachtete. Es machte ihm Spaß, dem Priester die vielschichtigen Ablagerungen in der Umgebung vorzuführen, wo kleine Geschichten sich hinter einer Geste oder einem Wort verbargen, aber allmählich befürchtete er, Andys Reaktion würde nie über die Ebene anerkennenden Interesses hinausgehen.

»Und als du jung warst.«

»Ob ich je verliebt war? Bis über beide Ohren, mit sieben oder acht, rettungslos. Hundertprozentig, Albert. Noch vor den schweren Hormonen. Da gab es eine Kleine, die hieß Dings oder Bums.«

»Ich kenn einen Weg, den sollten wir mal machen. Ganz in der Nähe gibt es eine Spielstraße. Ich glaube, es würde dir gefallen, eine Zeitlang unter Kindern zu sein. Das ist eine aussterbende Gewohnheit, spielende Kinder auf Stadtstraßen. Wir trinken hier aus und gehen. Noch eine halbe Tasse.«

Er winkte dem Mädchen.

»Kennst du das berühmte alte Gemälde, Albert? Kinder beim Spielen. Unmengen von Kindern auf einem Marktplatz. Ein Bild, ungefähr vierhundert Jahre alt, und es ist ein Schock, wenn du viele Spiele wiedererkennst, die wir selber gespielt haben. Spiele, die heute noch gespielt werden.«

»Ich bin pessimistisch, meinst du.«

»Kinder finden einen Weg. Sie weichen der Zeit sozusagen aus, und auch den Verwüstungen des Fortschritts. Ich glaube, sie handeln überhaupt nach einem ganz anderen Zeitschema. Stell dir vor, du stehst in einem Waldstück und wirfst Steine in den Wipfel eines Kastanienbaums, um die härtesten Kastanien runterzuholen. Die ja ganz oben hängen sollen. Du wirfst den ganzen Tag Steine, wenn's sein muß, und nimmst die beste Kastanie mit nach Hause und legst sie in Salzwasser ein.«

»Wir haben Essig genommen.«

»Dann in Essig.«

»Wir Italiener«, sagte Albert.

»Weichst sie ein, um sie hart und kampftauglich zu machen. Und bohrst mit einem Spieß ein Loch durch die Kastanie und ziehst einen festen Schuhriemen hindurch, der lang genug ist, um ihn zwei- oder dreimal um die Hand zu wickeln. Ich hab das ganz lebhaft vor Augen. Natürlich machst du einen Knoten, um die Kastanie fest am Riemen zu halten. Wenn's geht, einen ungegerbten Lederriemen.«

»Und dann beginnt das Spiel.«

»Ja, du läßt deine Kastanie baumeln, und ich schleudere meine wie einen wirbelnden Derwisch, schmettere meine eigene dagegen. Aber eigentlich geht es darum, das Ding erst mal zu finden und einzuweichen, sich diese Zeit zu nehmen. Zeit, wie wir sie heute kennen, gab es damals noch gar nicht.«

»Ich bin jedes Jahr um diese Zeit durch den Zoo gelaufen, um heruntergefallene Kastanien zu sammeln«, sagte Bronzini.

»Roßkastanien.«

»Roßkastanien.«

»Zeit«, sagte der Priester.

Am anderen Ende des Raums füllte das Mädchen die Tassen aus einer Maschine. Pater Paulus wartete, bis sie seine Tasse über den Tisch geschoben hatte, damit er sich den aromatischen Duft ins Gesicht steigen lassen konnte.

Dann sagte er: »Zeit, Albert. Ihr beide müßt übrigens bereit sein, einen wesentlich höheren Preis zu zahlen. Stunden und Tage. Ganze Tage beim Schach. Tage und Wochen.«

Bronzini hatte seine Eröffnung, endlich.

»Und wenn ich nicht bereit bin? Wärst du es? Oder nicht imstande. Wenn ich nicht imstande bin, es zu tun. Der Aufgabe nicht gewachsen. Wärst du es, Andy?«

Der Priester betrachtete den Knoten in Alberts Krawatte.

»Ich dachte, du wolltest einen Rat.«

»Will ich auch.«

»Bitte. Denkst du, ich würde es auch nur in Erwägung ziehen, dem Jungen Privatunterricht zu geben? Albert, bitte. Ich hab auch so schon ein ausgefülltes Leben.«

»Du bist wesentlich fortgeschrittener als ich, Pater. Du spielst Turniere. Du verstehst die Psychologie des Spiels.«

Paulus saß aufrecht auf seinem Stuhl und zog sich, so wie es aussah, förmlich auf eine objektivere Gesprächsebene zurück.

»Theorien über die Psychologie des Spiels lassen mich ehrlich gesagt kalt. Bei dem Spiel geht es um Ort, Situation und Gedächtnis. Und das Bedürfnis zu siegen. Die Psychologie liegt im Spieler, nicht im Spiel. Er muß die Nähe der Gefahr genießen. Er braucht einen Killerinstinkt. Er muß stolz, arrogant, aggressiv, verächtlich und dominant sein. Extrem willensstark. Alles Sünden der nichtfleischlichen Art, Albert.«

Gezüchtigt und kleingemacht. Aber Albert spürte, daß er sich das selbst eingehandelt hatte. Die Bemerkungen des Mannes zielten natürlich darauf ab, daß er selber seine Begabung schleifen ließ, nicht der Junge. Auf sein selbstgefälliges, bequemes Tempo.

»Potentiell hat er die Stärke zum Meister.«

»Paß auf, ich bin bereit, mich bei ein oder zwei Partien dazuzusetzen. Dir ein paar Tips zu geben, wenn ich kann. Aber sein Lehrer will ich nicht sein. Nein nein nein nein.«

Jetzt erschien die Großmutter mit einer offenen Flasche Anisette, die an der Öffnung verkrustet war. Als Bronzini sie fragte, wie es ihr gehe, ließ sie den Kopf vor- und zurückwackeln. Der Likör war eine Geste, die ausgewählten Kunden vorbehalten blieb und die man sich lange verdienen mußte. Sie goß ein fahles Schlückchen in jede Espressotasse, und der Priester errötete leicht, wie anscheinend immer, wenn ihm Menschen näherkamen, die deutlich anders waren als er. Ihr unbekanntes Leben verunsicherte ihn, ließ sein Lächeln gefrieren und legte eine steife Röte der Ehrerbietung auf seine Wangen.

Sie ging ohne ein Wort. Sie schauten ihr nach, wie sie mondlangsam in den dämmrigen inneren Raum glitt.

»Ich weiß nicht, was ich dir zu dem älteren Bruder sagen soll«, sagte Paulus.

»Macht nichts. Ich hab nur gefragt, weil mich die Mutter gefragt hat. Es wird sich schon alles regeln.«

»Wir haben eine Idee, einige von uns, die langsam Gestalt annimmt. Eine neue Art von Kollegium. Engerer Kontakt, einfache Strukturen. Vielleicht unterrichten wir Latein als gesprochene Sprache. Vielleicht unterrichten wir Mathematik als Kunstform, wie Dichtung oder Musik. Wir werden Fächer unterrichten, deren Notwendigkeit den Leuten gar nicht bewußt ist. Und all das wird irgendwo im Hinterland stattfinden. Dafür wollen wir ganz besondere Jungen. Besondere Umstände«, sagte Paulus. »Weil sie etwas sind. Oder etwas getan haben. Jedenfalls etwas Besonderes.«

Als sie sich zum Gehen erhoben und der Priester seine Bücher einsammelte, nahm Bronzini seine Tasse, die des Priesters und leerte den Bodensatz, indem er flugs den Kopf nach hinten kippte – Espressosatz, mit Anisette getränkt.

Sie gaben sich die Hand und verabredeten vage, in Verbindung zu bleiben, und Pater Paulus machte sich auf den kurzen Rückweg zum Campus der Fordham-Uni, und Albert fiel ein, daß er seinen eigenen Vorschlag, noch in die Spielstraße rüberzugehen, vergessen hatte. Schade. Vielleicht hätte das Treffen dann versöhnlicher geendet.

Doch als er an der Straße vorbeikam, hatte sie sich fast völlig geleert. Ein paar Jungen spielten immer noch Ringolievio, aufs

Geratewohl und mit halbem Tempo, der tölpelige fette Junge saß im Käfig fest, *Du bist's*, immer gefangen, immer *es*, der leicht zwittrige Butterfettkloß, der Junge, der sich immer bückt, um eine Schlabbersocke hochzuziehen, und von den Schlaubergern und Sadisten einen schnellen Tritt abkriegt.

Ist das die Bedeutung von *es*? Neutralisiert, geschlechtslos, entpersönlicht.

Inzwischen dunkel. Wieder ein Spieltag ganz zu Ende, oder fast ganz – er hörte die Stimmen der Jungen hinter sich, während er auf der Avenue weiterging. Und wenn der Tag ganz zu Ende gegangen ist, hängen wir in den Klauen unserer dumpfen Teenagerzeit. Was für eine Wunde muß da verkraftet werden, dieser Übergang aus der Kindheit, aber eine schöne Verletzung ist es auch, dachte er, rein und unwiederholbar. Nur der Schorf bleibt, kaum zu sehen, die ausgeschiedene Substanz.

Ringolievio Coca-Cola eins zwei drei.

Ein schwacher Hauch von Knishes und Hot Dogs kam vom Imbißstand unter der Bowlingbahn herüber. Dann überquerte Albert die Straße zum Mussolini-Park, wie die Kinder ihn nannten, wo immer noch ein paar alte Männer mit ihren zusammengefalteten Exemplaren von *Il Progresso* auf der Bank saßen, die Frischluft-Inspektoren, pensioniert, gleichgültig oder sonstwie müßig, und sie rauchten und redeten und schneuzten sich auf der Straße, über den Rinnstein gebeugt, Daumen und Zeigefinger um den alten Zinken geklemmt und dann raus mit dem schlierigen Zeug.

Albert wäre gern noch ein bißchen geblieben, aber er sah niemanden, den er kannte, und schloß sich deshalb der kleinen Armee der heimkehrenden Arbeiter an, die um die Kurve aus der Third Avenue kamen, von den Bussen und der Hochbahn.

Zeit, endlich nach Hause zu gehen.

Sie saß da, Rosemary Shay, und arbeitete an ihrer Perlenstickerei. Sie hatte den Rahmen auf zwei kleine Böcke gespannt. Sie hatte die vier Stifte eingeschraubt, die den Rahmen zusammenhielten, Stifte mit Flügelmuttern an einem Ende. Sie hatte den Stoff an den Kanten des Rahmens befestigt. Sie hatte die Nadel mit Holzgriff, die sie benutzte, um die Perlen auf den Stoff zu ziehen, dem aufgedruckten Muster folgend – grünliche Perlen, aufgereiht auf einem seidigen Faden.

Sie hörte, daß Nick etwas am Küchentisch machte.

Sie sagte: »Du solltest mal das Fleisch abholen.«

Sie arbeitete an ihrer Perlenstickerei und horchte auf ihn, was immer er da gerade tat. Klang so, als schriebe er was auf, aber nicht für die Schule, das wohl kaum.

Sie sagte: »Ist schon bezahlt. Und die machen bald zu. Also mach dich mal langsam auf.«

Sie arbeitete an ihrer Perlenstickerei, im Akkord. Pullover, Kleider und Blusen. Manchmal machte sie ganze Brautausstattungen, und sie arbeitete schwarz, genau wie Jimmy.

Sie arbeitete und horchte auf Nick, der schließlich irgendwann losging. Dann ging sie hinüber und betrachtete das Stück Papier, das er auf dem Tisch liegengelassen hatte. Sinnloses Gekritzel in ihren Augen. Pfeile, Krakel, Zahlen, umkringelte Zahlen, eine Telefonnummer vom Amt Merian, Buchstaben mit Zahlen daneben, ein paar einfache Additionen und Divisionen – alles hektisch aufs Blatt gekritzelt.

Sie hörte Radio und arbeitete. Sie hatte ein offizielles Einkommen, das Geld, das sie versteuerte, verdiente sie im Sekretariat eines Anwalts, Telefondienst, Testamente und Urkunden und vor allem Mietverträge abtippen und Einwanderungsformulare und die lustigen Geschichten des Anwalts anhören. Er erzählte alle neuen Witze und hatte einen Vorrat von tausend alten, und er sang gern »The Darktown Strutters' Ball« auf italienisch, was er mehr oder weniger automatisch machte, wie atmen oder kaugummikauen.

Diese Arbeit war gut für sie, weil sie dadurch auch mit anderen Menschen zusammenkam und den Vorteil ziemlich flexibler Arbeitszeiten hatte. Und das Geld natürlich, das war Leben oder Tod.

Bronzini ging Richtung Tremont Avenue, an Mietshäusern mit Eingangstreppen und Feuerleitern vorbei, auch an einigen Einfamilienhäusern, manchmal mit einem Rosenbusch oder einem Schattenbaum davor, kleine Holzhäuser, die eine andere Art von Wachstum zeigten, spindelige, geflügelte Antennen.

Er dachte darüber nach, *es* zu sein. Dies war eine der Fragen, mit denen er sich genüßlich marterte. Ein anderer Spieler schlägt dich ab, *You 're it*, und du bist *es*. Was genau bedeutet das? Abgesehen davon, ein Neutrum zu werden. Du bist namenlos und verhext. *Es*. Das Böse, dessen Name zu mächtig ist, um ausgesprochen zu werden. *You're it*. Vielleicht ist *it* auch nur die Cockney-Aussprache von *hit* - getroffen? Wenn du eine abschlägst, triffst du sie. *You're 'it*, Missy. Cockney oder Schottisch oder so was.

Eine Frau klopfte mit einem Penny ans Fenster, rief ihr Kind zum Abendessen herein.

Eine furchterregende Macht in diesem Ausdruck, denn er trennt dich von den anderen. Du fliehst den Abschlag, die wirkungsvolle Berührung. Aber sobald du *es* bist, mit abrasiertem Namen, weder Junge noch Mädchen, wirst du derjenige, den sie fürchten. Du bist die dunkle Macht auf der Straße. Und du verspürst eine Art Teufelszauber, wenn du die anderen jagst und versuchst, deine Knochenhand auf sie zu legen, deinen Makel, deinen Fluch weiterzugeben. Sprich die Silbe mal langsam, wenn du kannst. Ein Todesraunen, vielleicht.

Einen halben Block von seinem Haus entfernt, auf einer Straße, wo die Italiener weniger wurden und allmählich die Juden auftauchten. Und im Näherkommen seine Mutter am Fenster im Parterre, in ihrem hochgekurbelten Spezialbett, ihr weißes Haar leuchtend im weichen Licht.

Baseball ist ja so einfach. Du schlägst einen ab, und er ist aus. Ganz was anderes, *es* zu sein. Ein gespenstischer Genius liegt in dem Ausdruck, diese merkwürdige Seite der Kindheit, die alle Reime und Nonsenswörter, alles Verstecken und Trachten und Vorspiegeln durchschaut und etwas Altes, Dumpfiges erkennt, eine mittelalterliche Ehrfurcht, dachte er, oder noch älter, die unter der Mitternachtshaut kribbelt.

Der junge Mann strich das Zündholz mit einer Hand an. Das hatte er gelernt, als er zu rauchen begann, vor einem Jahr ungefähr, obwohl es ihm vorkam, als hätte er schon ewig geraucht, Old Golds, er trennte das Streichholz von den anderen, indem er den Deckel des Heftchens dahinterschob und das Streichholz zur Zündfläche darunter bog und den Kopf mit dem Daumen führte. Dann hielt er das flackernde Streichholz an die Zigarette, wobei seine Hand das ganze Heftchen schützend umschloß, das brennende Zündholz immer noch in Sicherheit. Er steckte sich die Zigarette an, schüttelte die Flamme aus und gestattete sich den Gebrauch der anderen Hand, um das verbrauchte Streichholz aus dem Heftchen zu reißen und zur Streichholzhölle zu schicken.

Du brauchst diese nutzlosen Fähigkeiten, um auf der Straße Eindruck zu schinden.

Der Lehrer verschwand im Abend, südwärts, und sein früherer Schüler Shay, ein motziger Dreiplus-Schüler im ersten Halbjahr Physik, ging auf derselben Straße in die andere Richtung, in die Einkaufsgegend, zog tief an seiner Zigarette, während Zahlen durch seinen Kopf rauschten.

Seit dem Spiel gestern hat Nick pausenlos die Zahl Dreizehn gesehen. Das Spiel, das Massenhurra, wie er zusammengekrümmt über seinem Radio hing, kurz davor, sich quer übers Dach die Seele aus dem Leib zu kotzen. Und den ganzen Tag heute krabbeln die Dreizehner aus dem Gebälk. Er mußte sich einen Bleistift holen, um sie alle aufzulisten.

Branca trägt die Nummer Dreizehn.

Branca hat dieses Jahr dreizehn Spiele gewonnen.

Die Giants haben ihren Endspurt zur Meisterschaft mit dreizehneinhalb Spielen Rückstand auf die Dodgers begonnen.

Tag und Monat des gestrigen Spiels. Drei zehn. Zähl zusammen, und du kriegst dreizehn.

Die Giants haben dieses Jahr achtundneunzig Spiele gewonnen und neunundfünfzig verloren, inklusive Play-off-Spiele. Neun acht fünf neun. Zähl zusammen, dreh das Ergebnis um, und schau dir an, was rauskommt, Dödel.

Der Zeitpunkt des Home Runs. Drei Uhr achtundfünfzig. Zähl die Ziffern der Minuten zusammen. Dreizehn.

Die Telefonnummer, die man anrufen konnte, um in jedem Inning den Spielstand zu erfahren. ME 7-1212. M ist der dreizehnte

Buchstabe des Alphabets. Zähl die fünf Ziffern zusammen, die gute alte Dreizehn.

Nimm den Namen Branca – da fing er an durchzudrehen. Nimm den Namen Branca und ordne jedem Buchstaben eine Zahl zu, entsprechend der Stellung im Alphabet. Da dachte er, er wäre genauso verrückt wie sein Bruder, der Schachpositionen oder Wahrscheinlichkeiten ausrechnete oder was der Kleine auch immer machte. Nimm den Namen Branca. B ist zwei. R ist achtzehn. Und so weiter und so fort. Am Ende hast du neununddreißig. Und was ist neununddreißig? Die Zahl, die, wenn du sie durch den Tag des Spiels teilst, dreizehn ergibt.

Thomson trägt die Nummer dreiundzwanzig. Zieh den Monat des Spiels ab, du weißt schon, was rauskommt.

Zwei Typen schoben ein Auto an. Nick wäre beinah rübergegangen, um mitzuhelfen, ließ es aber bleiben. Mit Baseball war er fertig, dachte er, dem letzten dünnen Faden, der ihn noch mit einem anderen Leben verband. Er sah den alten Mann, der sich mehr oder weniger wie ein Priester anzog, manchmal eine Soutane mit Pantoffeln trug oder so eine geriffelte schwarze Mütze, wie sie die Priester tragen, und die Scheiß-Massen segnete, und dazu gewöhnliche Straßenklamotten.

Er ging in den Metzgerladen. Die Glocke über der Tür klimperte, und der Metzger stand über den Hackblock gebeugt, Vetter Joe, und hackte auf Schweinelenden ein.

Der andere Metzger sagte: »Hey. Wen haben wir denn da.«

Er sagte es beiläufig, zu niemand im besonderen.

Vetter Joe schaute auf.

»Wen haben wir denn da«, sagte er. »Nicky, wie läuft's?«

Der andere Metzger sagte: »Hey. Er will Nick genannt werden. Weißt du das nicht?«

»Hey. Ich kenne diesen Burschen, seit er vier Jahre alt war. Ein kleiner, dünner Hahahaken. Seit wann kommst du hierher, Nicky?«

Nick lächelte. Er wußte, er war ein fester Einrichtungsgegenstand, nichts weiter als die Mauer für ihre Abpraller.

»Hab ihn mit dem Mädchen gesehen, mit dem er geht, Loretta«, sagte der zweite Metzger.

»Glaubst du, er darf ran?«

»Ich weiß es. Brauch bloß in sein Gesicht zu gucken, wenn sie vorbeikommen.«

»Nicky, erzähl mal. Bring mich in Schwung«, sagte der Metzger. »Weil ich langsam so weit bin, daß ich von andern Leuten hören muß, na ja, was sie halt machen, was ich nicht mehr mache.«

»Ich glaube, er ist ein Fotzenheld. Schwer im Kommen.«

»Ohne Scheiß, Nicky?«

Nicks Laune wurde immer besser.

»Ich glaube, er geht so doll ran, daß für uns gar nix mehr übrigbleibt«, sagte der zweite Metzger, Antone, kaum sichtbar hinter der Vitrine.

»Komm, bring mich mal in Schwung, Nicky. Ich steh hier den ganzen Tag. Ich guck sie mir an, wie sie alle vorbeischieben. Dicke Frauen, kleine Frauen, Mädchen von der Roosevelt Avenue, Mädchen von der Aquinas Avenue. Weißt du, was ich mir denke. Und wo ist meine?«

»Nicky hat deine. Und meine gleich mit.«

»Würd ich ihm glatt zutrauen.«

»Und weißt du warum, Joe?«

»Er macht was, das er nicht machen sollte.«

»Der hat so 'ne Muschigrinse, wenn er vorbeikommt. Und das kann nur eins bedeuten. Der Knabe schlabbert jeden Tag Dosenfraß.«

»*Sboccato*«, sagte der Metzger glücklich, schalt Antone mit diesem tief aus der Kehle gegurgelten Wort. Schandmaul.

Nick ging zur Tür und machte sie auf, wartete, bis eine Frau vorbei war, und schnippte seine Zigarette in die Gosse.

»Wer ist besser als er?« sagte Antone.

»Gehst du zur Schule, Nicky?«

»Er geht, wenn er geht. Hey. Wer ist besser als er?« sagte Antone. »Ich würd meinen rechten Arm dafür geben.«

Antone nahm die Tüte aus der Vitrine. Sie enthielt Keulen, Hühnerbrust und frischen Speck. Er reichte sie Nick über die Theke.

»Wer ist besser als du?« sagte er.

»Mach's gut«, sagte Vetter Joe.

»Meinen rechten Arm würd ich geben. Guck dir diesen Burschen an.«

Die Luft schmeckte nach Blut und Sägemehl.

»Grüße deine Mutter, ja?«

»Mach's gut, okay?«

»Mach's besser«, sagte der Metzger.

Bronzini lag strahlend in der massiven Badewanne, einem schmiedeeisernen Relikt auf Füßen aus Ballen und Klauen, nur sein Kopf über Wasser.

Salzkristalle sprudelten um ihn her.

Seine Frau Klara stand an den Türrahmen gelehnt, ihre Zweijährige ans Bein geklammert, und die Kleine wiederholte Wörter, die Daddy aus den Tiefen von sich gab.

»Mandarine«, sagte Albert.

Dies war das Glück, wie es sein sollte, als ein Mensch es sich zum ersten Mal vorstellte, in den Höhlen, in den Lehmhütten der Prärie. Mammele und unsere wunderschöne Bambina. Und seine eigene Mutter, entsetzlich krank, aber immerhin hier, brummelnd, eine starke und tödliche Präsenz im Haus. Und Albert selbst im heißen Bad, zurück von der Jagd, zu seiner Keimzelle zurückgekehrt.

Er faßte das Treffen mit Pater Paulus zusammen. Eine gebeugte Klara schien mehrere Male etwas sagen zu wollen, so wie ihr Körper sich am Türrahmen entlangschob, langsam ruhelos und skeptisch wurde.

»Ein beeindruckender Mann. Komm doch nächstes Mal mit. Oder ich lade ihn hierher ein.«

»Der will nicht hierherkommen.«

»Doktor der Philosophie in Yale. Magna-cum-laude-Abschluß in heiliger Theologie an irgendeinem Jesuitenzentrum in Europa. Louvain, glaube ich«, und er artikulierte das Wort, als sei die Äußerung ein Privileg. »Lehrstuhlinhaber in Geisteswissenschaften an der Fordham.«

»Aber er ist nicht bereit, dir mit dem Jungen zu helfen.«

»Er wird mir helfen. Er wird bei einer Partie dabei sein. Mandarine«, sagte er zu dem Kind und hob die Arme aus dem Wasser.

Klara hievte das Kind über den runden Rand der Wanne, und Albert setzte sich auf, griff dem Mädchen unter die Arme, hielt es aufrecht, die Füße in den weißen Söckchen berührten fast das Wasser, so daß es auf der Oberfläche gehen konnte, lachend, mit kleinen Trittwellen. Und er fühlte sich wie eine Robbenmama, jawohl, eine Mutter, nicht irgendein heiser hustender Bulle oder wie immer die Männchen heißen – das mußte er mal nachschlagen.

»Kennst du das alte Bild«, sagte er, »auf dem Dutzende von Kindern zu sehen sind, die auf irgendeinem Marktplatz spielen?«

»Es sind sogar Hunderte. Zweihundert mindestens. Bruegel. Ich finde es ungesund. Warum?«

»Nur so, wir haben davon gesprochen.«

»Ich weiß nicht, was die Kunstgeschichte über dieses Bild sagt. Ich kann nur sagen, es ist nicht so verschieden von dem anderen berühmten Bruegel, Armeen von Toten, die durch die Landschaft marschieren. Ich finde die Kinder fett, zurückgeblieben, ein bißchen finster. Wie eine Drohung, ein Irrsinn. *Kinderspiele*. Sie sehen aus wie Zwerge, die etwas Gräßliches tun.«

Er hielt die strampelnde Kleine knapp über die Wasseroberfläche, dann ließ er sie eine Spur tiefer sinken, damit sie planschen konnte, und lachte, als ihm der Schaum ins Gesicht spritzte.

»Fett und zurückgeblieben. Hast du das gehört, kleines Mädchen? Tatsächlich, sie wird langsam ziemlich schwer, was? Puh. Nicht wahr, mein Schätzchen?«

Früher oder später die tägliche Litanei heikler Fragen und knapper Antworten.

»Und meine Mutter?«

»Ruht sich aus.«

»Und der Arzt war da?«

»Nein.«

»Der Arzt war nicht da?«

»Nein.«

»Wann kommt er denn?«

»Morgen.«

»Morgen. Und Mrs Ketchel hat reingeschaut?«

»Reingeschaut, genau.«

Die Kleine lief über das Wasser, und er hob sie hoch, damit Klara sie wieder nehmen konnte. Sie schwang sie über das Ende der Wanne und schaffte es, daß die nassen Söckchen ungefähr eine Sekunde nach der Landung ausgezogen waren. Einer jener tödlichen Kämpfe zwischen Mutter und Kind, tausendmal am Tag. Heulen und gekrümmte Glieder und eine gewisse körperliche Beharrlichkeit bei der Frau. Alles in einem Rutsch erledigt, kurz und bündig, und Albert war so verblüfft, daß er sich über den Rand beugte, um die zwei winzigen Söckchen zu erspähen, die triefend auf den Fliesen lagen, zur Bestätigung.

Seine Mutter litt an einer neuromuskulären Schwäche, Myasthenia gravis, und die meiste Zeit lag sie hilflos da, mit hängenden Augenlidern, die Arme zu schwach, um sie zu rühren, außer in immer langsameren Silben der Bewegung, inzwischen auf einzelne Einheiten reduziert, und ganz offenkundig sah sie alles doppelt.

Er sagte das Wort ein letztes Mal für die Kleine auf, während sie hinausgedrängt wurde.

Er hatte seine Mutter hergebracht, sich gegen ihren Fatalismus wie auch die praktische Skepsis seiner Frau durchgesetzt. Du bist der Sohn, du kümmerst dich um die Eltern. Und die Krankheit, das Drama eines versagenden Körpers, und wie heilig der drohende Tod sie erscheinen ließ, von der Unerschütterlichkeit einer Ikone, eine strenge, starrende, emaillierte Schönheit. Albert, der vor jeder Form organisierter Verehrung zurückschreckte und Gott für eine Täuschung der Massen hielt, saß da und betrachtete sie stundenlang, kämmte ihr Haar, wischte ihren Durchfall mit Kleenexpacken weg, sprach in seinem kindlichen Italienisch zu ihr, und er hatte das Gefühl, das Haus und die Wohnung seien getränkt von Ehrerbietung, alt, traurig, schwer und beeindruckend – von Jenseitigkeit, nun, da die Mutter hier war.

Das Badesalz sprudelte inzwischen nicht mehr, und er lag eine Zeitlang still da. Er spürte, wie seine Zufriedenheit sich verflüchtigte. Vielleicht hatte die Abendstunde etwas an sich, das eine vorübergehende Traurigkeit hervorrief. Er hörte Klara, die in der Küche das Abendessen vorbereitete. Da gab es einige Dinge, die er auf Abstand halten mußte. Ihre Launen, ihre Zweifel. Er dachte über seine eigene Situation nach. Dinge, denen er sich stellen mußte. Seine Selbstgefälligkeit, seine Zerstreutheit, seine Stellung an der Schule, sein klammheimliches Trinken.

Als es endlich kam, kam es plötzlich. Mandarine. Wie er am Nachmittag auf dem Markt gestanden hatte und die Frucht mit der losen Schale gepellt, die süßen Schnitze gegessen hatte, etwas beißend, als der Saft durch seinen Mund rann, und wie der Duft von irgendeiner Essenz geschwängert schien, aber warum nur, einer Essenz Chinas. Und jetzt wußte er es, unbestreitbar. Mandarine, Mandarine. Die orangegekleideten Edelleute aus dem alten China. Die ursprünglich edle, exotische Frucht.

Jetzt ging es ihm besser, vielen Dank.

Wie die Sprache mit den Sinnen verwoben ist. Aus sandstrahlglatter Schärfe in verschrobenen Köpfen wie seinem, mit Tasten, Schmecken und Riechen verwoben. Er wollte noch ein bißchen länger drinbleiben, damit das Bad ganz von ihm Besitz ergreifen, alles sanfter und leichter machen konnte, bevor er wieder Kleider anzog und in die Vielzweckschachteln zurückkehrte, in denen die Leute ihr Leben erledigten.

Nichts paßt dem Körper so gut wie Wasser.

2

Später würden sie das Auto abholen, aber erst mal hingen sie noch eine Weile rum, ließen die Nacht richtig dunkel werden und saßen auf der Eingangstreppe von Nummer 611.

JuJu setzte sich erst, als er sein Taschentuch auf die Stufe gelegt hatte. Er redete von den neuen Automodellen, ganz neu, der hier hat die und die PS, der da hat die und die Lenkung, und er war ernsthaft und inbrünstig.

»Du redest, als wolltest du gleich deine Brieftasche zücken«, sagte Nick. »Dabei weißt du genauso gut wie ich.«

Scarfo stand an der Ecke, ungefähr zehn Meter entfernt, und aß einen kandierten Apfel, ein erwachsener Mann, hielt ihn vom Körper weg und beugte sich zum Reinbeißen vor.

»Da ist bloß ein Gummi drin, sonst nichts.«

Sie beobachteten die Leute, die von der Arbeit heimkamen. Nick hockte auf dem Eisengeländer, direkt über JuJu. Es war kalt, und sie schleppten sich nach Hause, Büroangestellte, Busfahrer, Textilarbeiter, Fahrstuhlführer.

Nick beobachtete sie und rauchte.

»Das bist du«, sagte er.

»Wovon redest du?«

»Zwei Jahre höchstens. Das bist du«, sagte er. »Könnte auch schon früher sein.«

»Es ist Arbeit. Die haben Arbeit. Was sollen sie denn machen?«

»Ich will dir mal sagen, was ich denke.«

»Laß mir einen Zug von der Zigarette übrig.«

Sie schauten Scarfo zu, der mit dem Schuster sprach und den kandierten Apfel jetzt auf Armeslänge hielt.

»Alles ist besser als das, was die tun. Das denke ich.«

»Die arbeiten. Laß sie arbeiten.«

Nick schaute zu und rauchte, Sekretärinnen, Wartungsmonteure, Bankangestellte, Boten, Schreibkräfte aus dem Schreibbüro, Tippsen und Stenomiezen.

»Es ist nicht die Arbeit. Es sind die regelmäßigen Zeiten«, sagte Nick. »Jeden Tag zur selben Zeit anfangen. Die Stechuhr. Den Zug nehmen. Der Zug ist es. Zusammen hinfahren. Zusammen heimfahren.«

»Du bist was Besseres.«

»Besser, schlechter, wo liegt der Unterschied.«

Als Nick den letzten Zug seiner Zigarette rauchte, hielt er die Kippe zwischen Daumen und Mittelfinger, der Mittelfinger schon schnippbereit in der Schwebe, so daß Nick mit einer verlängerten Bewegung zog und die Kippe in die Gosse schnippte.

»Danke«, sagte JuJu.

»Wofür?«

»Dir sind zwanzig Wochen Stütze im Jahr lieber als eine regelmäßige Arbeit, die anständig bezahlt wird?«

»Ich sag dir, was mir lieber wäre. Ich würd mir lieber von der da im grünen Mantel einen blasen lassen.«

»Wo?«

»Die im grünen Mantel.«

»Wo?«

»Auf der anderen Straßenseite«, sagte Nick.

»So was gefällt dir?«

»Hey. Ich hab ja nicht gesagt, daß ich sie heiraten will.«

»Konntest du mir keinen Zug übriglassen?«

»Was? Hast du drum gebeten?«

»Die ist furchtbar klein«, sagte JuJu.

»Gut. Dann kann sie mir im Stehen einen blasen.«

»Mindert den Verschleiß der Knie.«

»Gott hat sich was dabei gedacht, als er kleine Menschen erschuf.«

Scarfo trug ordentliche Hosen mit Bügelfalte und gute Schuhe, und er aß in verrenkter Stellung, damit ihm die Glasur nicht auf die Kleidung tropfte. Er besprach etwas mit dem Schuster, und der Schuster stand gedrungen und blaß da.

»Hast du Benzingeld?« sagte JuJu.

»Wir brauchen kein Benzin. Für da, wo wir hinwollen?«

»Wo wollen wir hin?«

»Zum Billard«, sagte Nick.

Sie sahen dem Schuster beim Denken zu. Als würde man einer Bulldogge beim Scheißen zusehen.

Die Leute kamen von der Arbeit nach Hause, wurden mit der Zeit weniger, jetzt nur noch ein Rinnsal. Es war der Abend vor Thanksgiving, und es gab da so ein Gefühl, das man bei einem Feiertag und freien Tag wohl haben sollte, um sich auf ein großes Fest vorzubereiten, wenn die Verwandten zu Besuch kommen, aber Nickys freie Tage hatten schon ein paar Wochen früher angefangen, als er aufhörte, zur Schule zu gehen, und Verwandte waren auch keine in der Nähe, wofür man aber eigentlich eher dankbar sein mußte.

Er tippte JuJu auf die Schulter. Sie gingen zur Quarry Road rüber, einem Streifen Unkrautbrache, der hauptsächlich von Hundehaltern zum Gassigehen benutzt wurde. Hier wartete der 46er Chevy auf sie, am Fuß der hohen Steinmauer, die das Krankenhaus für unheilbare Fälle umgab.

Sie waren zu jung, um den Führerschein zu haben, aber das machte nichts, das Auto war sowieso gestohlen.

Sie hatten es ungefähr vor drei Wochen am Zoo stehen sehen, Schlüssel in der Zündung, bei Einbruch der Dunkelheit, und Nick stieg ein, spontan, ohne Zeit zum Überlegen, und er startete den Motor. JuJu schaute eine Sekunde lang zu, dann stieg er ein. Vito war bei ihnen, die Fledermaus, und er stieg ein. Sie fuhren fast die ganze Nacht herum, und es war immer noch ein Scherz, eine Eskapade, und sie legten für den Sprit zusammen und fuhren noch ein bißchen herum, und dann ließen sie das Auto neben einem leeren Grundstück stehen, Nick nahm die Schlüssel mit, und am nächsten Tag war der Wagen immer noch da. Sie holten sich einen Satz

Nummernschilder vom Auto von Vitos Onkel, das über den Winter mehr oder weniger eingemottet war, und tauschten sie gegen die Originalschilder aus und fuhren meistens nachts, weil das Draufgängertum einem verantwortungsvollen Besitzergefühl gewichen war, und sie fuhren nur kurze Strecken, weil ihnen das sicherer erschien, und sie hatten kein Geld, um es für Benzin auszugeben, und außerdem sowieso kein Ziel.

JuJu warf das Auto an, und sie saßen da und hörten zu, wie es tuckerte.

»Guck mal, was du mit dieser Matte hier machst«, sagte Nick. »Es sind erst drei Wochen. Du nutzt sie völlig ab. Du schubberst das Gummiprofil mit den Füßen ab. Ihr beide, du und sie. Benutz den Rücksitz, du Vieh.«

»Der Rücksitz ist zu eng.«

»*Animale*.«

»Hier ist mehr Platz.«

JuJu und seine Freundin blieben manchmal stundenlang auf dem Beifahrersitz, Gloria, Zungenküsse bis tief in die Nacht, die Hände des jungen Mannes entdeckungslustig, aber ihre unruhigen Füße wurden zum Problem, ihre Füße, die in vergeblicher Leidenschaft scharrten, zerstörten den Belag der Matte.

»Erklär ihr mal, wenn sie die Beine breitmacht, Gloria, ganz höflich, sag ihr das, dann reduziert das auf lange Sicht den Schaden am Auto. Dann seid ihr nicht so frustriert und müßt es nicht am Mobiliar auslassen.«

»Am Mobiliar.«

»Nur wenn sie die Beine breit macht, darf sie sich überhaupt hier breit machen. Sag's ihr ganz lieb und nett. Wir können es uns nämlich nicht leisten, daß die Kleine unser Hab und Gut hier zerstört.«

JuJu legte den Gang ein und fuhr die zwei Straßen bis zum Billard, geparkt wurde der Wagen abseits der Laternen. Sie stiegen aus, musterten das Auto prüfend und gingen dann über die Straße, die lange Treppe mit den stahlbeschlagenen Stufen hoch und durch die hohe Metalltür in den spärlichen Rauch des großen Raums, wo sich eine einzelne, verschwommene Gestalt über einen

Tisch beugte, und im Halbdunkel war das Wirbeln des Spielballs zu sehen.

Eine Frau klopfte mit einem Penny ans Fenster, und Klara schaute hoch. Die Frau winkte, Missus Sowieso, und Klara lächelte und hastete weiter. Sie erwartete Besuch, und sie war spät dran.

Sie holte ein paar Sachen im Lebensmittelladen, dann ging sie die Eingangsstufen hoch, und da war Alberts Mutter im Fenster, im hochgekurbelten Bett, sie trug ein weißes Krankenhaushemd und schaute direkt nach draußen, ein christliches Medaillon baumelte ihr auf der Brust, und sie sah ein bißchen aus wie eine Vision oder jemand, der auf eine Vision wartet.

Klara wollte dieser bemerkenswerten Szene keinen Titel aus irgendeiner Renaissance-Sammlung geben, denn das wäre unfreundlich gewesen. Aber das änderte nichts daran, daß die Frau auf dem Präsentierteller saß.

An diesem Nachmittag war Mrs Ketchel bei Alberts Mutter. Auf das Kind paßte ein Mädchen aus dem Haus auf, das fähig und vertrauenswürdig war.

Klara räumte das Zimmer ein bißchen auf, nicht sehr, dann stand sie im Gästezimmer und betrachtete die Zeichnung auf der Staffelei, eine Studie des Zimmers selbst. Sie zeichnete das Zimmer nun schon seit einiger Zeit. Studien von dem Türrahmen, den Leisten an der Wand, dem Gepäck, das sich in einer Ecke stapelte.

Als Rochelle klingelte, stand sie in der Küche und rauchte.

»Also, Klara. Da bist du nun.«

»Guck nicht so genau hin. Ich habe nicht geputzt.«

»Für alte Freunde putzt man nicht.«

Sie setzten sich mit Kaffee und Knabberkram ins Wohnzimmer.

»Da bist du also nun.«

»Genau, was, sechs Straßen entfernt von dem Viertel, wo wir aufgewachsen sind?«

»Komisches Gefühl, zurückzukommen. Alle sind so häßlich. Ich schwör's dir, das ist mir damals nicht aufgefallen.«

Echt Rochelle. Das hatte sich Klara gewünscht, war aber nicht sicher gewesen, ob sie es bekommen würde.

»Du hast eine neue Wohnung«, sagte sie.

»Riverside Drive. Warum ich so ein Glück habe, weiß ich auch nicht.«

»Du siehst sehr pariserisch aus oder so was. Vielleicht die Haare oder die Kleider. Was ist es?«

»Wenn du einmal anfängst, kannst du nicht wieder aufhören. Es ist wie eine Krankheit«, sagte Rochelle. »Du bist immer noch so gertenschlank, ich werd dich mein Leben lang beneiden.«

Rochelles Mann war Grundstücksmakler. Sie nannte ihn mein Immobilien-Harry. Sie fuhren nach Florida und Bermuda und kauften zusammen auf der Fifth Avenue Dessous ein.

»Du bist also hier, Klara. Und unterrichtest Kunst.«

»Es gibt ein Gemeindezentrum. Die Kinder kommen zu mir, manche strampeln, andere schreien. Es gibt aber auch sehr bereitwillige, die sehr gerne malen.«

»Es ist also befriedigend für dich.«

»Manchmal macht es mir Spaß, ja.«

»Dir macht es also Spaß. Es ist also gut. Und Albert. Er ist auch Lehrer. Alle sind Lehrer. Die Hälfte der Menschheit unterrichtet die andere Hälfte.«

»Albert ist ein richtiger Lehrer. Von Beruf.«

»Ist das seine Mutter da drin?«

»Eigentlich eine starke Frau, selbst in diesem Zustand. Ich bewundere sie in vielerlei Hinsicht. Läßt sich von keinem was bieten.«

»Stirbt sie da drin?«

»Ja.«

»Wirst du sie im Haus sterben lassen?«

»Ja.«

»Du warst schon immer so aufgeschlossen. Hast du einen Liebhaber, Klara?«

»Du bist mal grade zehn Minuten in meinem Haus. Die Antwort ist nein.«

»Willst du mich nicht fragen, ob ich was nebenher habe?«

»Ich weiß, was ich sagen müßte. Du wärst ja verrückt, wenn du was nebenher hättest. All das riskieren? Harry, die Wohnung, die Dessous? Aber in Wahrheit.«

»Nur ein- oder zweimal. Ich brauch nachmittags was, sonst fühl ich mich nutzlos.«

Rochelle wollte ihre Bilder sehen. Im Gästezimmer standen mehrere kleine Leinwände an die Wand gelehnt, und die beiden schauten sie sich eine Weile an. Der Druck, den Rochelle verspürte, jetzt das Richtige zu sagen, preßte ihr den Kopf zwischen die Schultern.

»Harry will Kunst kaufen.«

»Sag ihm, er soll sich einen Berater nehmen.«

»Ich werd dich zitieren, daß du das gesagt hast.«

Klara zeigte ihr ein paar Pastelle.

»Albert ist also ein lieber netter Mann, stimmt's? Paßt es ihm, daß du malst?«

»Er glaubt, es entspannt mich.«

»Es macht dir also Spaß. Du kommst hier rein und malst. Ich seh dich vor mir, Klara. Stehst hier, denkst nach, nimmst mit dem Pinsel Maß. Du versuchst dies, du versuchst das. Einmal hab ich einem Liftboy erlaubt, sich an meinem Oberschenkel zu reiben, in Florida.«

Sie tranken noch eine Tasse Kaffee und gingen dann nach oben, um Klaras Kind anzusehen. Die Kleine saß auf dem Boden und spielte mit Puzzleteilen, und sie unterhielten sich eine halbe Stunde mit der Babysitterin und schauten dem Kind zu, wie es ganz unabhängig vom Puzzle eine Welt erschuf.

»Klara, sag es. Ich sollte ein Baby bekommen.«

»Du bist der letzte Mensch, zu dem ich das sagen würde.«

»Ich danke dir. Du bist auf ewig meine Freundin. Komm in meine Arme. Ich werde glücklich nach Hause fahren.«

Sie gingen nach unten und standen plaudernd auf der Eingangstreppe. Drei Männer schoben ein Auto an. Schneeflocken rieselten herunter.

»Läßt sich also nichts bieten, Alberts Mutter. Bring mich an ihr Sterbebett, bevor es zu spät ist. Vielleicht kann sie mir was sagen, das ich wissen sollte.«

Als sie weg war, ging Klara ins Gästezimmer und ordnete die Leinwände und schaute sich die Skizzen an, die sie gemacht hatte. Die Tür, der Türgriff, die Wände, der Fensterrahmen.

Sie schickte Mrs Ketchel nach Hause und setzte sich zu Alberts Mutter, bis es dunkel wurde. Dann ging sie in die Küche, kümmerte sich ums Abendessen. Aber zuerst knipste sie die Lampe am Bett an, damit Albert seine Mutter sah, wenn er die Treppe hochkam.

Der Billardspieler war George Manza, George der Kellner, und er spielte allein im hinteren Teil des Raums. Er war nicht der Typ, der sich unter die Stammkunden mischte, und außerdem war er ein Meisterspieler. Selten kam mal jemand, der ihm das Wasser reichen konnte.

Nick stand neben einem Tisch, wo eine Partie Rommé lief, aber er beobachtete George beim Billard. Die Sechs über die Bande ins Loch spielen, wunderschöne Position für die Eins, dann ein Massé-stoß, den sich Nick kaum vorstellen konnte, obwohl er ihn gerade gesehen hatte.

Einmal, es war ein Jahr her, trat George unerwartet an Nick heran und bat ihn, mit ihm zum Arbeitsamt zu gehen. Er mußte einige Formulare ausfüllen, damit er die nächsten zwanzig Wochen Stütze bekam, und er sagte es nicht geradeheraus, aber Nick begriff, daß er Hilfe beim Lesen und Ausfüllen der Formulare brauchte. Nick begriff auch, daß ein älterer Mann ungern einen Gleichaltrigen um so eine Hilfe bitten würde. Sie gingen aufs Amt und füllten die Formulare aus, und George war es nicht peinlich, und von diesem Tag an hatte er stets ein gutes Wort für Nick übrig, einen Rat, grüß deine Mutter, bleib auf der Schule.

Jemand sagt: »Was ist das denn, haben wir gerade die Link-deinen-Kumpel-Woche?«

Mike der Buchmacher stand hinter der Theke, unter dem Fernseher, ein kleiner Mann mit eckigem Kinn, der sich immer einen Tag zu spät rasierte. Der Billardsalon war ein Nebenzweig von Mikes Buchmachergeschäft. Manchmal ließ er Nick und seine Freunde spielen, während das Licht über dem Tisch ausgeschaltet blieb, und das bedeutete, daß sie nicht bezahlen mußten.

Er fing Nicks Blick auf und hielt den Kopf schief, und als Nick zu ihm kam, sagte er etwas.

»Was?«

»Es heißt schwerer Diebstahl. Den Ausdruck schon mal gehört?«

»Was soll das heißen?«

Mike beugte sich über die Theke, sprach leise.

»Denkst du, das spricht sich nicht rum? Was ist los mit dir? Ich dachte, du wärst clever. Von dem Esel da drüben, JuJu, hab ich nichts andres erwartet. Bei dir überrascht es mich.«

»Mike, der Wagen ist ein Schrotthaufen. Ich glaub ehrlich nicht, daß der Typ den noch weiter fahren wollte. Er hat die Schlüssel stekkenlassen, damit ihn jemand nehmen konnte. Das ist die Sorte Auto, die du in den Wald bringst und abknallst. Wir haben ihm den Ärger erspart.«

»Du wirst ja sehen, wie witzig das ist, wenn sie dich einbuchten. Ich seh deine Mutter schon vor mir, Nicky.«

Der Hund kam rüber und schnüffelte an Nicks Schuhen, ein Mischling, ein Streuner, den Mike der Buchmacher eines Tages reingeholt hatte. Irgendwer nannte das Vieh Mike den Kläffer.

»Na gut. Mal schauen, was wir machen.«

»Wegschaffen. Das macht ihr.«

»Ich werd's nicht mehr brauchen. Ich besorge mir 'nen Job. Ich kann mir 'n Taxi nehmen, so oft ich will.«

»Schlaumeier. Wie dein Vater.«

Nicky wußte nicht recht, ob er das hören wollte.

»Dein Vater stand gern mit dem Rücken an der Wand und hat sich dann wieder rausgewunden. Immer Rücken an der Wand. Nicht daß ich ihn so gut gekannt hätte. Wir waren in derselben Branche, aber er war in der Innenstadt und ich hier oben, und er ist sowieso immer auf Distanz geblieben, dein Alter. Als wäre er woanders, selbst wenn er neben einem stand.«

»Ich kümmer mich drum.«

»Sieh mal zu, was ihr macht.«

»Ich bin ganz nah dran, einen Job zu kriegen. Mein Gaunerleben ist vorbei, Mike.«

Sie spielten jetzt auch an zwei anderen Tischen Pool, und als JuJu an einem dritten Tisch die Kugeln zum Dreieck anordnete, ging Nick auf eine Partie rüber.

Er sagte: »Mike weiß Bescheid.«

»Was? Er weiß Bescheid?«

»Ich glaube, alle wissen Bescheid. Wie sollen sie's auch nicht wissen? Der dämliche Köter weiß Bescheid.«

»Dann haben wir ein Scheißpech«, sagte JuJu. »Wir stecken einfach den Schlüssel ins Schloß und gehen weg.«

»Gute Idee. Gib mir den Schlüssel, ich mach's«, sagte Nick.

Mitten im Spiel ging er zum Telefon an der hinteren Wand und rief Loretta an. George der Kellner sah ihn und hob zum Gruß das Queue, und Nick tippte an einen imaginären Hut.

»Loretta. Was machst du so?«

»Probier grad die Schuhe an, die ich mir gekauft habe.«

»Die Schuhe.«

»Die ich mir gekauft habe. Du warst dabei.«

»Das war vor drei Tagen.«

»Und ich probier sie immer noch an. Na und?«

»Bist du allein?«

»Meine Mutter ist da.«

»Du bist nicht allein?«

»Meine Mutter ist da.«

»Gerade jetzt da?«

»Sie wohnt hier. Das ist ihre Wohnung. Sie darf das.«

»Ich dachte ja bloß, wenn du allein wärst.«

»Meine Mutter ist da.«

»Könnte ich rüberkommen.«

»Sie ist immer noch da. Sie war da, als du vorhin gefragt hast, und sie ist jetzt immer noch da.«

»Dann komm doch zum Auto. Ich hab gegenüber von Mike geparkt.«

»Zum Auto? *Jetzt* soll ich mich mit dir treffen?«

»Wir fahren irgendwohin.«

»Was soll ich denn sagen? Ma, ich hol mal eben Milch.«

»Morgen ist frei. Du brauchst nicht aufzustehen, keine Schule.«

»Ich muß aufstehen, der Truthahn. Zu uns kommen zweiundzwanzig Leute. Ich bin um halb sieben auf. Vielleicht wenn sie alle weg sind. Morgen abend.«

»Zieh deine Schuhe an«, sagte er.

Er ging rüber und schaute George zu, der den Tisch beherrschte. George hatte ein mehliges Gesicht und hohle Augen, und während er mit Nick redete, folgten seine Augen dem Kurs des Spielballs.

»Was soll das, du gehst nicht mehr zur Schule?«

»Nicht mehr, nicht mehr. Zeitverschwendung, findest du nicht?«

»Bleib auf der Schule.«

»Bleib auf der Schule. Okay, George.«

»Arbeitest du?«

»Ich hab was, das kann ich auf Teilzeit machen.«

»Was?«

»In einem Eiskrem-Kühlhaus. Ein- und auspacken.«

»Und die Gewerkschaft?«

»Was für 'ne Gewerkschaft? Die Gewerkschaft will, daß Eiskrempacker immer zwanzig Minuten im Kühlhaus und zwanzig Minuten draußen arbeiten. Damit sie sich nicht den Pimmel abfrieren. Deshalb heuert die Firma Idioten wie mich an.«

George versenkte elegant die Vier, wobei er das Queue beinah in die Decke trieb. Es war interessant zu sehen, wie ein verklemmter Typ wie George am Billardtisch zum Showmaster wurde.

»Du willst Geld in der Tasche haben.«

»Stimmt genau.«

»Und du denkst nicht darüber nach, ob die Sache in Ordnung ist oder nicht oder ob du deine eigene Gesundheit in Gefahr bringst.«

»Stimmt genau.«

»Aber sie werden dir 'nen Arschgeigenlohn zahlen. Was zahlen sie dir?«

»'nen Arschgeigenlohn.«

»Und sie werden dich gefährlich lange ins Kühlhaus schicken. Ich werd mal mit einem Typen reden, den ich kenne. Vielleicht kann ich dir was Besseres besorgen. Du mußt schuften wie ein Ochse, aber Handschuhe brauchste nicht anziehen.«

Vito die Fledermaus hatte Nicks Platz am anderen Tisch übernommen. Nick ging hin und schaute zu, rauchte, sagte ihnen, wenn sie was falsch machten.

»Alle wissen Bescheid«, sagte er.

»Dann lassen wir es einfach stehen«, sagte Vito. »Wir gehen gar nicht mehr dran. Ich mache ganz spät heut nacht noch die Nummernschilder von meinem Onkel ab. Wenn die ein Auto ohne Nummernschild sehen, schleppen sie es ab. Tschüs und weg damit.«

»Du wirst nie eine abkriegen, Vito. Ihr beide. Dieses Auto ist eure einzige Hoffnung.«

»Lieber als Heiliger im Sarg als mit zehntausend *tizzoons* im Knast.«

»Gib mir den Schlüssel. Hab ich schon zu JuJu gesagt. Gib mir den Schlüssel, ich kümmer mich um alles.«

»Gib mir die Nummernschilder von Onkel Tommy, dann geb ich dir vielleicht den Schlüssel.«

»Nimm doch deine Scheißschilder. Ich nehm den Schlüssel.«

»Einen *cazzo* nimmst du. Und sonst gar nichts.«

»Aber 'n steifen. Gib mir den Schlüssel.«

»Einen *cazzo*. Kapiert?«

»Siehst du den Stock? Den Stock, den du in der Hand hast. Den Stock, den du in der Hand hast.«

»Ich sag doch bloß, Nicky.«

»Fotzenschleck. Gib mir den Schlüssel.«

Er redete mit Vito, obwohl er wußte, daß JuJu den Schlüssel hatte. Er wollte JuJu nicht in eine Lage bringen, in der er Stolz oder Ansehen verlor. Aber Vito mit der dicken Brille und den dicken Lippen, Fischlippen – diesen feuchten Lippen, die er dauernd leckte.

»Wenn ich den Schlüssel nicht kriege, weißt du, was dann mit dem Stock passiert? Mit dem Stock, den du in der Hand hast, einmal darfst du raten, wo der dann landet.«

George der Kellner zahlte und ging, und kurz darauf kamen die Kartenspieler rein, zwinkerten in dem Rauch, die Pokerspieler mit hohem Einsatz, sie spielten bis vier, fünf Uhr morgens, ihre Chips lagen aufgehäuft in einem Topf, und ein Bursche namens Walls saß an der Tür.

Walls hatte eine 38er, hieß es, die er irgendwo an der Hüfte trug.

Vier von den Spielern waren da und standen an der Theke, wo sie mit Mike redeten, und etwas später kamen noch zwei Spieler, und das Licht über den Tischen ging aus, und die Billardspieler trollten sich langsam.

Einer kräht mit hellem Tenor: »*Bluer than velvet was the night.*«

Walls saß an der Tür, er war anders als die anderen, schmales Gesicht und langes Kinn, kurzgeschnittenes Haar, und Nick beobachtete ihn von der Theke aus, und Walls fing den Blick auf und hob leicht die Augenbrauen. Mit anderen Worten, Willst du mir irgendwas mitteilen?

Nick grinste und zuckte die Achseln, nahm sein Wechselgeld.

»Mach's gut«, sagte Mike.

Vito lieh sich ein kleines Klappmesser von Mikes Schlüsselring, und die drei Diebe gingen runter, um die Nummernschilder zu entfernen.

Mike der Kläffer kam mit.

Nick sah ihnen bei der Arbeit zu und sagte, was sie alles falsch machten. Er pinkelte an die Mauer des Krankenhauses, der Hund schnüffelte neugierig, und sie gingen zu dem Auto zurück, wo die anderen immer noch die Nummernschilder abschraubten, und er gab freigiebig seinen Senf dazu.

Vito sagte: »Hey. Nerv uns nicht dauernd, du *scucciament'*. Okay?«

»Gib mir den Schlüssel«, sagte Nick.

»Wir sind noch nicht fertig.«

»Du wirst ja nie fertig. Weil du ein Kotzbrocken in menschlicher Gestalt bist. Du bist ein Kotzbrocken, und wenn du einundzwanzig bist, wirst du eine Kotztüte heiraten, Vito. Gott segne dich. Ich mein's ernst. Dich und deine wunderhübschen Kinder.«

Als sie die Schilder runterhatten, gab JuJu Nicky den Schlüssel. Jetzt war es sein Auto, ein grüner Schrotthaufen, ohne Registrierung, Benzintank fast leer.

Nick sagte, er würde den Hund zu Mike zurückbringen, die zwei Jungen gingen jeder ihres Weges, und Nick überquerte die Straße, den Hund neben sich.

Er begann, die Treppe hochzugehen, redete mit dem Hund, und als er drei Viertel oben war, knarrte die hohe Tür auf, und der Mann namens Walls stand da, eine Hand in der Jacke.

Nick lächelte ihn an.

»Mit dem Hund draußen gewesen«, sagte er.

Walls trat zurück, damit der Hund reinkonnte. Dann stellte er sich wieder in den Durchgang.

»Soll auch nicht leben wie ein Hund, wie?«

»Stimmt«, sagte Nick. »Das soll keiner. Ich glaube, für mich ist das Hundeleben auch vorbei.«

Walls rang sich ein mildes Lächeln ab. Nick trat näher und spähte durch die Öffnung, in der Hoffnung, daß Mike ihn sah und hereinrief und er eine Zeitlang beim Spiel zuschauen konnte.

Walls schüttelte immer noch lächelnd den Kopf, und Nick nickte einmal und ging die Treppe wieder runter. Er stieg ins Auto, startete und fuhr es zu seinem ursprünglichen Parkplatz, zwei Blocks entfernt. Dann stieg er aus, ging um den Wagen herum, inspizierte ihn hie und da und kehrte dann zur Eingangstreppe vor seinem Haus zurück, wo er sich auf das Eisengeländer hockte und eine letzte Zigarette rauchte, bevor er nach oben ging.

3

Der Scherenschleifer kam und ging. Matty sollte auf die Glocke des Scherenschleifers hören und dann mit den Messern nach unten gehen, die sie auf dem Küchentisch bereitgelegt hatte – Messer zum Schleifen und Geld zum Bezahlen, alles bereitgelegt.

Auf ihrem Heimweg sah sie die Frischluftinspektoren an der Ecke stehen, überwiegend ältere Männer, die auch bei kaltem Wetter draußen waren, Hauptsache, die Sonne schien, und sie standen da mit dampfendem Atem, änderten ihre Position zentimeterweise mit dem Lauf der Sonne, und als sie nach oben ging, lagen die Messer stumpf auf dem Tisch und das Geld daneben, Scheine und Münzen, fünfunddreißig Cents pro Klinge, unberührt und ungebraucht, und Matt saß im Wohnzimmer hinter seinem Brett und wartete auf Mr Bronzini.

Rosemary legte Hut und Mantel ab und sagte nichts. Sie ging ins Schlafzimmer, wo der Rahmen zwischen den Böcken steckte, sie schaltete das Radio ein und machte sich an ihre Perlenstickerei.

Über den Scherenschleifer wußte sie nur, daß er aus derselben Gegend kam wie Jimmys Familie, nicht weit von einer Stadt namens Campobasso, in den Bergen, wo die Jungen früh lernen, Messer zu schleifen.

Es dauerte zwei Stunden, einen Pullover mit Perlen zu besticken. Sie hörte Radio, aber nicht richtig, das kennt man, die Stimme driftet rein und raus. Sie führte die Nadel durch den Stoff und dachte an Jimmys Geschichten. Früher hatte sie immer darum gekämpft, ihn aus ihren Gedanken zu verbannen, aber das ging ja sowieso nicht, oder? Er ersetzte in ihrem Kopf das Radio.

Sie sagte: »Was war denn mit den Messern?«

Eine lange Pause im Nebenzimmer.

Er sagte: »Der ist gar nicht gekommen. Ich habe keine Klingel gehört.«

Sie sagte: »Er kommt immer dienstags. Er läßt keinen Dienstag aus. Seit wir hier wohnen, außer zu Weihnachten, kommt er jeden Dienstag.«

Sie wartete auf eine Reaktion. Sie konnte spüren, wie der Junge nachgab und sich ärgerte, die kleine, hingekauerte Gestalt, in äußerste Reglosigkeit gepreßt.

»Irre ich mich, oder haben wir Dienstag?« sagte sie mit einer abschließenden kleinen Spitze.

Sie sah, wie die Tauben vom Dach auf der anderen Straßenseite aufflatterten, wie Feuerwerk auseinandersprühten, fünfzig oder sechzig Vögel, und dann die lange Stange, die über der Brüstung schwankte – wie Schilfrohr, so lang, daß sie sich bog.

Mr Bronzini klopfte an die Tür, und Matty ließ ihn herein.

Die italienischen Frauen im Haus, also praktisch alle, nannten sie Rose. Sie dachten, das wäre ihr Name, oder eine von ihnen dachte das, und die anderen übernahmen es einfach, und Rosemary korrigierte sie nie, weil – nun, sie tat es eben nicht.

Von wegen Hallo. Die beiden fingen gleich an und sprachen über einen Zug, ein Manöver von vor ein paar Tagen. Mr Bronzini vergaß manchmal, seinen Mantel auszuziehen, bevor er sich ans Brett setzte.

Jimmy sagte immer Carte blangsch.

Der Junge, der Tauben züchtete, stand unsichtbar hinter der Brüstung und winkte mit einer Stange, um die Vögel in ihrem Flug zu lenken.

Sie verfielen in ein langes, grübelndes Schweigen an ihrem Brett, dann redeten sie auf einmal los, plapperplapper gleichzeitig.

Sie stickte die Perlen auf den Stoff.

Sie wollte kein Rührstück abgeben, nicht den Leuten leid tun, daß sie sich mit einer Last so groß wie ein Haus durchs Leben schleppte.

Jimmy sagte immer, Hier hast du Geld. Du hast Carte blangsch, wie du es ausgibst. Ich will's gar nicht wissen, sagte er immer.

Sie hörte eine Frau auf dem Korridor, die ihr Kind zusammenbrüllte. Kopf durch die Tür und dem Kind hinterhergebrüllt, das die Stufen runtergaloppiert.

»Es gibt Bratensoße«, brüllte die Frau.

Wie kam es, daß wir so viel lachten? Wie kam es, daß die Leute mit ihren leeren Taschen und Rückenschmerzen und nicht so guten Ehen bei uns vorbeikamen, und zwanzig Minuten später lachten alle?

Sie setzten eine Legende in die Welt, daß er sich jede Wette merken konnte. Stimmte überhaupt nicht. Noch heute erzählen sie Geschichten über dieses Gedächtnis, wie er durch die Fabriketagen zog und Wetten von Zuschneidern, Straßenkehrern und Vertretern annahm und jede Zahl im Kopf behielt. Stimmte überhaupt nicht. Er hatte überall in seinen Kleidern kleine Papierchen, auf die er die Wetten gekritzelt hatte.

Sie hörte die Frauen darüber reden, daß sie Bratensoße machten, zu ihrem Mann oder Kind, und Rosemary begriff, was das bedeutete. Es hieß, Komm mir bloß nicht zu spät nach Hause. Es hieß, Ich mein's ernst, also paß gefälligst auf. Es war eine besondere Aufforderung, ein Ruf zur Familienpflicht. Der Genuß, jawohl, von vertrautem Essen, die ganze Geschichte des Essens, die Geschichte des Gemeinsam-Essens, der knoblauchige Schmack und Biß. Aber es gab auch eine Pflicht, eine Bedingung. Die Familie verlangt heute abend nach der Anwesenheit aller Mitglieder. Denn für diese Menschen war die Familie eine Kunst, und der Abendbrottisch war der Ort, wo sie gepflegt wurde.

Sie sagten, Es gibt Bratensoße.

Sie sagten, Wer ist besser als ich?

Es geschah nicht mit Gewalt. Das würde sie niemals glauben, daß sie ihn mit einem Auto abgeholt hatten. Der Mann ging nach draußen, um Zigaretten zu holen, und ging einfach immer weiter.

Sie wollte nicht, daß ihre Kinder sahen, wie sie sich dahinschleppte, zusammenklappte, grübelte, brütete, wütend, leer.

Verbergen, verbergen. Aber es war schwer.

Sie sagten, Ändere deine Frisur. Die Frauen aus dem Haus. Sie sagten, sie hätte eine Oma-Frisur.

Nein, sie war nicht leer. Nur angespannt, die meiste Zeit, und sie hörte in ihrem Inneren eine Stimme, die sie nie zuvor gehört hatte, ihre eigene Stimme, nur kantig und wütend und verbohrt.

Sie hörte Mr Bronzini im Wohnzimmer zu. Er sprach über die Wahrheit einer Position. Das Radio brachte eine schmalzige Hörspielserie namens »Leuchtender Horizont« oder »Leuchtendes Morgen« oder »Leuchtende Tage«, und jede Position hat ihre Wahrheit, erklärte er Matty. Eine tiefe Wahrheit, darum geht es dir, keine oberflächliche. Du willst eine Position, die es wert ist, bis zum Tod verteidigt zu werden.

Dieses Essen, diese Familienmahlzeit, diese Bratensoße, die in einem großen Topf mit Würsten und Rippchen und Zwiebeln und Knoblauch köchelte, das war die Treue dieser Frauen, ihre Bindung und ihr Wohlergehen, und der Duft hing in den Korridoren, daß Rosemary ihn riechen konnte, wenn sie nach oben ging, Rindsrouladen, Fleischbällchen, Basilikum, und in dem Aroma lag eine Ironie, die weh tat.

Er kam immer nach Hause und zog sich aus, Jimmy, und dann fielen lauter Papierchen aus seinen Kleidern, Papierfetzen, chiffrierte Wetten, seine eigene Geheimschrift für die Namen von Leuten, Pferden und Mannschaften, für Quoten und Geldsummen.

Sie sagten, Sieh mal zu.

Wie kam es, daß sie die ganze Nacht über seine Geschichten von einem Tag im Garment District lachen konnte, oder von einem Tag, als er in Toots Shors berühmtes Restaurant gegangen war, außerhalb des Reviers, der berühmte Toots Shor, vollkommen außerhalb seiner Zuständigkeit, aber Toots Shor lernte ihn kennen und mochte ihn und wollte ihm ein paar Aufträge geben, und er war ein ordentlicher Wetter, aber wie, und Jimmy machte sich gelegentlich auf in die 51. Straße West, um begrenzte Wetten von Toots Shor anzunehmen, diesem großen, polternden Mann mit einem Gesicht wie ein Verkehrsunfall, und er erzählte ihr Geschichten von den gut bemoosten Pennern rund um die große Bar, die bis vier Uhr früh soffen.

Es gibt Bratensoße, sagten sie.

Die Frau von Mr Imperato, dem Anwalt, für den sie offiziell arbeitete, rief ein paarmal wöchentlich an und sagte, Richten Sie ihm aus, es gibt Bratensoße.

Ihre Perlenstickerei war Schwarzarbeit. Die Tauben stiegen empor und zogen ihre Kreise, und die lange Stange schwankte über der Brüstung.

Manche Frauen haben nur einen Mann in ihrem Leben, und er war der eine, dieser Scheißkerl, in ihrem.

Mr Imperato machte gerne Witze über unsere berühmten Vorfahren. Abraham Linken und George Waschihnschan.

Wenn es wärmer war, hockte Matty in Unterhosen an seinem Brett, wie klein er aussah, so dünn und blaß, aber seine Augen starrten so hart und heiß auf die Figuren, daß sie leicht denken konnte, ein anderer säße da drinnen, gesandt, um den Jungen zu verhexen.

Der Trick, die Sache dabei war, daß er nicht den Mittelpunkt der Familie darstellte, wenn er da war. Sie war der Mittelpunkt, der ruhige Mittelpunkt, die Stärke. Jetzt, da er fort war, brachte sie es nicht mehr fertig, sich ruhig oder besonders im Mittelpunkt zu fühlen. Jetzt stand Jimmy im Mittelpunkt. Das war der Trick, die komische Sache dabei. Jimmy war der Herzschlag, der fehlende Herzschlag.

Es war ein Versprechen und gleichzeitig ein Ruf zur Pflicht. Richten Sie ihm aus, es gibt Bratensoße.

Sie sagten, Sieh mal zu.

Das war eine Drohung für einen Sohn oder eine Tochter, die sich nicht anständig benahmen. Komm mal klar. Geh mal anders ran. Sieh mal zu.

Sie sagten, Wer ist besser als ich?

Damit wurde die Bedeutung der kleinen Genüsse betont. Eine Mahlzeit, ein Mantel mit einem falschen Pelzkragen, ein Stuhl vor dem Ventilator an einem heißen Tag.

Es geschah nicht mit Gewalt. Es war die kleine Tat eines schwachen Mannes, der zur Tür hinausging. Keine große Sache. Keine bewaffneten Männer, die einem Pflastersteine an die Füße binden und eine Kugel in den Kopf jagen. Es war klein und schwach.

Wer den Kern einer Erfahrung fühlen konnte, hatte sich das Recht verdient zu sagen, Wer ist besser als ich?

Jimmy konnte etwas Dialekt. *Abruzzese*. Er brachte immer die Messer runter und redete mit dem Scherenschleifer, und es machte ihm Freude, den Dialekt zu benutzen. Sie plauderten, während der Mann die Messer schliff, und das machte Jimmy nicht mit den Männern, die er öfter traf und die aus derselben Gegend kamen, oder zumindest ihre Familien. Er redete mit dem Scherenschleifer, weil er ihn nur selten sah, und so war es ihm auch lieber.

Sie nannten sie Rose. Sie hatten Selbstbewußtsein und Kraft, die meisten von ihnen, Courage und Persönlichkeit und laute Stimmen, nicht alle, aber die meisten.

Sie arbeitete an ihrer Perlenstickerei im Akkord, und sie arbeitete schwarz, genau wie Jimmy.

Er schlief durch. Mußte nachts nie aufstehen. Trank Kaffee und schlief einfach durch. Schien die Kälte nicht zu bemerken. Lief barfuß über die kalten Böden, schlief in Shorts in kalten Winternächten, wenn sie endlich die Wärme in den Heizungsrohren pfeifen hörte, für sie das Signal, zur Messe aufzustehen.

Jemand setzte so richtig Geld auf ein Pferd namens Terra Firma, und er fing an, sich Sorgen zu machen, als es siegte.

Sie hörte zu, wie Matty eine Position analysierte. Gelegentlich unterbrachen sie das Spiel und besprachen die Züge.

Er war kein Prahlhans. Er erzählte schlaue, stille Geschichten spät in der Nacht.

Verbergen, verbergen. Aber es war schwer.

Der Manager der Dodgers war ein Pferdewetter. Jimmy nahm seine Wetten an. Er nahm Wetten von Toots Shor an. Er ließ siebenhundert Dollar in einem Mantel, den sie in die Reinigung brachte. Der Mantel war seine Privatbank, bloß hatte er ihr das nie gesagt, und sie brachte ihn in die Reinigung und ging noch mal hin, als sie das mit dem Geld erfuhr, und die sagten, Was für Geld, Lady? Es gab eine Innentasche, von der sie nichts gewußt hatte. Was für Geld, Lady?

Sie stickte die Perlen mit einer Holzgriffnadel auf, folgte dem Muster, das auf den Stoff gedruckt war.

Aber wie kam es, daß wir so viel lachten? Wie kam es, daß wir an dem Abend mit den siebenhundert Dollar tanzen gingen und lachten und tranken?

Er war kein Draufgänger, der verrückte Risiken einging, aber der Außenseiter gewann das Rennen, und er geriet allmählich unter Zahlungsdruck.

Wer ist besser als ich, sagten sie.

Das konnte sie nicht sagen, zum Teil wegen ihrer Persönlichkeit, aber auch, weil sie die gewöhnliche Zufriedenheit über die Dinge nicht mehr so empfinden konnte wie früher. Sie fühlte sich weder begünstigt noch bezaubert.

Er hatte ihr Leben durch sein Weggehen umgekrempelt. Die Stimme, die in ihrem Kopf lief, war nicht dieselbe, die sie vor seinem Weggehen gehört hatte.

Aber wie kam es, daß wir auf der 86. Straße deutsch essen waren und im Corso ein paar Straßen weiter tanzen gingen, siebenhundert Dollar ärmer?

Es war jetzt weniger von ihr da und mehr von anderen Leuten. Sie wurde zu anderen Leuten. Vielleicht nannte man sie deshalb Rose.

Nick streifte durch die Schulflure. So kurz vor Weihnachten hatten die katholischen Kinder schon Ferien, Matty hatte Ferien, die Einkaufsgegend war mit Lichtern und Kränzen dekoriert, die Händler stellten um fünf Uhr morgens Bäume nach draußen, die man von weitem riechen konnte, und es waren Aale im Angebot, für das Weihnachtsessen, und Fichten und Balsamtannen lehnten an den Mauern, aus dem Hinterland, und Kinder luden Kisten voller Trauben aus Kalifornien ab, für Kunden, die ihren eigenen Wein herstellten.

Nick streifte rauchend durch die Flure, und Remo kam aus einem Klassenzimmer, in engen, unten festgeklammerten Hosen und der Eisenhower-Jacke, die er nie auszog.

»Was machst du hier?«

»Spazierengehen«, sagte Nick.

»Du gehst drinnen spazieren?«

»Schon draußen gewesen? Scheiß-eiskalt. Was machst du hier?«

»Hey. Ich geh hier zur Schule. Was machst du hier?«

»Spazierengehen«, sagte Nick.

»Ich hab die Erlaubnis, zum Arzt zu gehen.«

»Die Krankenschwester. Zu der willst du.«

»Heb mir einen Zug auf«, sagte Remo.

»Wo ist Hauswirtschaft?«

»Weiß nicht. Am Ende von dem Flur vielleicht. Du arbeitest, hab ich gehört.«

»Eiskremfabrik.«

»Anständig bezahlt?«

»Vergiß es.«

»Wenigstens fest?«

»Du mußt es bringen. Wie an den Docks«, sagte Nick und fühlte sich dabei als erwachsener Mann. »Ein Typ sagt, Du, du, du, du. Alle anderen gehen nach Hause.«

Remo wirkte beeindruckt.

»Kannst du auch was von der Ware essen?«

»Ach, willst du die Wahrheit wissen?«

»Was?«

»Wir stehlen und verkaufen sie. Aber wir müssen schnell arbeiten.«

Remo wußte nicht, ob er das glauben sollte. Er griff nach der Kippe von Nicks Zigarette, und Nick gab sie ihm, und Remo nahm zwei gierige Züge und warf sie dann hin, trat sie aus, atmete aus und ging ins Sprechzimmer des Arztes.

Als es klingelte und die Klassenräume sich leerten, erspähte Nick Loretta und Gloria, und sie gingen gemeinsam zur Fordham Road hinaus.

»Allies Vater hat einen Treffer gelandet«, sagte Gloria.

»Ich weiß. Hab davon gehört.«

»Er hat nur fünf Dollar drauf gesetzt, kaum zu glauben.«

»Es stimmt. Ich weiß es mit Sicherheit«, sagte Nick.

Ein älterer Bursche namens Jasper, ein berüchtigter Fotzenheld, saß in einem Ford Cabrio, schon mit offenem Verdeck bei diesem Wetter, und laufendem Motor und hörte Radio. Die beiden Mädchen gingen stumm vorbei, beide stumm, der gleichen Meinung, und tauschten Unausgesprochenes über Jasper aus.

»Wer setzt denn fünf Dollar?« sagte Loretta. »Fünfzig Cents setzen die doch. Oder einen Dollar, wenn sie glauben, daß es ihr Glückstag ist.«

»Er hatte einen Traum«, sagte Nick.

»Er hatte einen Traum. Was für einen Traum?«

»Was für einen Traum. Er hat die Zahl geträumt. Was sollte er sonst träumen?«

»Für fünf Dollar«, sagte sie, »muß das aber sehr überzeugend gewesen sein.«

»In Technicolor«, sagte Gloria.

»Wenn ich eine Zahl träume, denke ich, an dem Datum muß ich sterben«, sagte Loretta. »Und dieser Mann gibt einem Gangster fünf Dollar.«

»Gangster. Was für ein Gangster? Er hat das Geld Annette Esposito gegeben.«

»Wer ist das?«

»Ein katholisches Schulmädchen. Sie geht auf dieselbe Schule wie mein Bruder«, sagte Nick. »Sie nimmt für ihren Vater Wetten an. Jeden Tag macht sie die Runde.«

»In ihrer Schuluniform«, sagte Gloria.

»Die Kunden mögen einen Boten, dem sie vertrauen können.«

Sie kamen am White Castle vorbei, wo ein paar Jugendliche Sägemehl-Hamburger aßen, und dann überquerte Gloria die Straße und ging in ihr Haus.

»Wo ist dein Radio? Du hattest doch immer dein Radio dabei«, sagte Loretta.

»Ich hatte ein Radio in meinem Auto. Mehr Radio brauch ich nicht.«

»Es ist besser so«, sagte sie.

»Du findest, es ist besser so.«

»Ich bin erleichtert«, sagte sie. »Dieses Auto, meine Güte. Kannst du mir sagen, was daran nicht kaputt war? Abgesehen davon, daß es gestohlen war.«

»War's etwa nicht schön in dem Auto?«

»Im Autokino war's schön. Nicht auf den dunklen Straßen. Wie Verbrecher.«

»Das waren wir aber«, sagte er.

Sie lachte. Sie hatte zwei Zähne, die nicht ganz gerade standen, links und rechts von den Schneidezähnen, und er fand, die machten ihr Lächeln sexy.

Sie wandten sich ostwärts, und er sah einen Müllwagen und JuJus Vater, der Müllmann war, wie er gerade von dem Wagen sprang und mit großen Schritten über den Bürgersteig ging, den Deckel von einer Tonne rüttelte, sie zum Wagen hievte und kopfüber in das Mahlwerk kippte.

»Siehst du den Mann da? Das ist JuJus Vater«, sagte er, mit stolzer Schärfe in der Stimme.

Er bewunderte die Anmut der Tätigkeit, die lange, fließende Körperbewegung vom Kellereingang zum Wagen, wie der Mann ringergleich die Tonne über den Bürgersteig wirbelte, alles mit den Unterarmen, und seine Freiheit, Lärm zu machen, die Tonne zu schleifen und das Mahlwerk laufen zu lassen, und dann das Hieven und Kippen, hauptsächlich eine Schulterbewegung, und am Anfang das Abnehmen des Deckels, eine halb verächtliche, aber auch anmutige Geste, die er sich durch diese Art von Arbeit verdient hatte.

Und wie er die Tonne zu dem schmiedeeisernen Geländer zurückschleuderte, das die Kellertreppe sicherte. Auch ein Privileg dieses Berufs, dachte Nick.

Sie erreichten Lorettas Haus und gingen hinein.

Loretta stand im Flur und drehte sich um, damit er sie küßte, und er küßte sie, schob sie gegen die Briefkästen, Lorettas Bücher zwischen ihren Körpern, die vor und zurück glitten.

»Wer ist da?«

»Alle sind da.«

Er drückte sie gegen die Briefkästen und hörte, wie ihr Rock an den Schlitzen im Metall entlangschubberte, wo man sehen konnte, ob Post da war.

»Bist du immer noch froh, daß ich mein Auto nicht mehr habe?«

»Es ist hellichter Tag, Auto oder nicht.«

»Wir hätten uns auf den Parkplatz bei Orchard Beach stellen können. Nur die Möwen und wir.«

Sie küßte ihn.

»Dann klau halt ein anderes Auto«, sagte sie nuschelnd.

Er schlug die Augen auf, während er sie küßte, und sie schaute ihn aus großen braunen Augen an, die sieben Dinge auf einmal zu denken schienen. Sie wußte, daß er schon mit anderen Mädchen was gehabt hatte, Handbetrieb, Blasen, was sonst noch, reinstecken rausholen, reinstecken drinbleiben, ohne Pariser, mit Pariser, alles mögliche, und sie wußte, wer die Mädchen waren, von der Washington Avenue, der Valentine Avenue, eine von der Kingsbridge Road, denn irgendwer hatte es wem anders erzählt, der dafür sorgte, daß sie es erfuhr, und Nick wußte, daß sie es wußte, weil Gloria mal eine Bemerkung JuJu gegenüber gemacht hatte, wie in den Schmonzetten, die seine Mutter bei ihrer Perlenstickerei immer im Radio hörte.

»Kommst du morgen zu mir?« sagte sie.

»Morgen arbeite ich.«

»Sie sind alle da. Was soll ich sagen?«

»Ich muß arbeiten. Was soll ich sagen?«

»Wann hast du dir das letztemal die Haare gewaschen?« sagte sie.

Er lief ein Stück und ging schließlich in den Zoo, ein spontaner Entschluß, betrat ihn durch das hohe Bronzetor und ging im kalten, steifen Wind an den Seelöwen vorbei, der Zoo war ziemlich menschenleer, so weit man sehen konnte. Er vermißte seinen Schrotthaufen-Chevy, keine Nummernschilder, keine Versicherung, kein Führerschein, das Getriebe im Arsch, die Beifahrertür, die bei jedem Linksabbiegen ohne Vorwarnung aufsprang, nur Nachtfahrten, lauernd und schattengleich, meistens allein, rauchend, mit oft rauschendem Radio.

Er war wütend über irgend etwas, aber es war etwas anderes, nicht das Auto oder die Freundin – etwas in seinem Kopf, das selbst im Schlaf nicht lockerließ.

Er lief eine halbe Stunde, dann stand er am Teich der Wildgänse. Als er noch zur Grundschule ging, war er mal mit einem Jungen namens Martin Mannion im Zoo gewesen, und Martin Mannion war über einen Zaun geklettert, an einem Tag wie diesem, wintrig und leer, und Martin Mannion kletterte in das Büffelgehege und wedelte dem Büffel, dem Bison, mit seiner Jacke vor der Nase herum, und das große, wollige Tier, wie von einem Fünfcent-Stück herabgestiegen, glotzte ihn bloß gleichgültig an, und Martin Mannion regte sich so auf, daß er seinen Pimmel rausholte und pinkelte.

Es wurde jetzt langsam dunkel. Er stand am Rand des Weihers und steckte sich, den Rücken zum Wind, eine neue Zigarette an.

»Nenn mich Alan, sagt er.«

»Nenn mich Alan.«

»Ich sag, Was heißt hier Alan? Und er, so heiße ich.«

»So heiße ich.«

»Ich guck ihn an und sage, Wieso heißt du so? Du hast doch schon einen Namen.«

»Was ist mit Alfonse passiert?«

»Ich sag, Was ist mit Alfonse passiert? Sechzehn Jahre lang warst du Alfonse. Dein Großvater war Alfonse.«

»Alle beide.«

»Alle beide Großväter Alfonse. Was ist passiert? Er sagt, Ich bin nicht die.«

»Lausiges kleines Schielauge.«

»Ich bin nicht die, sagt er.«

»Der ist ein Oberscheißer, das ist er.«

»Nenn mich Alan, sagt er.«

»Ich bin nicht die.«

»Ich könnt ihm den Hals umdrehen.«

»Ich bin nicht die.«

»Ich sag, Wer bist du schon?«

»Oberscheißer, das ist er.«

»Ich sag, Wer bist du schon, du *stunat'*, wenn du nicht die bist?«

Giulio Belisario, JuJu, hatte noch nie eine Leiche gesehen, nicht mal bei einer Totenwache, und die Erfahrung interessierte ihn.

»Wer stirbt denn«, sagte Nicky, »nur damit du deine Neugier befriedigen kannst?«

»Meine Großmutter hab ich verpaßt, weil ich Masern hatte.«

»Ich schau mich um. Ich seh keine Freiwilligen. Schon von Allies Vater gehört?«

»Was?«

»Du weißt das nicht?«

»Was? Ist er gestorben?«

»Er hat einen Treffer gelandet.«

»Wollt grad schon sagen.«

»Er kauft sich einen Buick. Heute ein Fischhändler. Und morgen.«

»Wollt grad schon sagen. Hab ihn doch gestern noch auf dem Markt gesehen. Wieso soll der tot sein?«

»Wie lang dauert es denn?« sagte Nicky.

»Ich mein ja bloß.«

»Heute verkauft er Tintenfisch. Morgen, hey, ihr könnt mich alle mal.«

»Wer ist besser als er?« sagte JuJu.

»Ich fahr einen Fettarsch-Buick. Los, zurücktreten, ihr Bauern.«

Sie waren im Lebensmittelgeschäft, einem Laden unten in Nickys Haus, Nummer 611. Die Frau des Lebensmittelhändlers, Donatos Frau, das war der einzige Name, unter dem man sie kannte, duldete sie dort, denn sie mochte Nickys Mutter. Draußen hatten sich fünf ältere Jungen versammelt, und einer von ihnen, Scarfo, übte Weitsprung, angefeuert von den anderen vier. Scarfo wollte den Eignungstest bei der Müllabfuhr ablegen, und sie hatten ihm eingeredet, er müsse dafür aus dem Stand zwei Meter weit springen, und nun war er da, in seinem guten Mantel und den Hosen mit Bügelfalte, und sprang über die Bürgersteigfugen, um zu sehen, ob er es schaffte.

Die beiden jungen Männer standen im Laden, rauchten und schauten zu.

»Ich hab deinen Vater gesehen«, sagte Nicky.

»Er holt jetzt hier im Viertel den Müll ab, vorübergehend.«

»Hat er schon mal was im Müll gefunden?«

»Was soll er da finden? Was er mit nach Hause gebracht hätte? Vergiß es.«

»Er könnte ja was Wertvolles finden.«

»Meine Mutter würde einen Schreikrampf kriegen. Vergiß es.«

Donatos Frau gab jedem von ihnen eine Scheibe Salami, und sie schauten zu, wie Scarfo seinen Sprung trainierte.

Matty kaute an der Manschette seines Hemdes, eine schmächtige Frühgeburt mit lebhaften Augen, und er schaute über das Brett hinweg auf Mr Bronzini, der schief lächelte.

»Du hast mich fertiggemacht«, sagte Albert.

»Ich hab alles gesehen.«

»Er kam, sah und so weiter. Und er hat mich fertiggemacht.«

Er wußte, daß Matty nichts lieber hörte. Er tat nichts lieber, als im Schach zu gewinnen und zu hören, wie der Verlierer sich für tot erklärte. Denn das war er, kaputt, und Matty war derjenige, der ihn plattgemacht hatte.

Die Mutter des Jungen stand in der Tür und sah zu.

»Wieviel Züge hast du gebraucht? Nein, sag's mir nicht«, sagte Albert. »Ein bißchen Selbstachtung will ich noch behalten.«

Matty und seine Mutter waren begeistert.

»Er fängt an, in Systemen zu denken«, sagte Albert zu ihr. »Ich glaube, das ist ein Zeichen, daß es wieder positive Entwicklungen gibt.«

Die Erwachsenen tranken eine Tasse Tee, und Matt blieb am Brett sitzen, eine kleine, schwebende Gottheit über den Bauern und Türmen. Der Junge hatte in letzter Zeit noch einige Niederlagen einstecken müssen, darunter eine Schlappe im Schachclub von Manhattan, und das war in jeder Hinsicht enttäuschend, weil Pater Paulus gekommen war.

Kam, sah, sagte wenig und ging.

Nach einer Weile ging Albert zur Arthur Avenue rüber, wo er dem Maroni-Mann begegnete, der seinen Ofen auf Rädern schob, eine Comicstrip-Erfindung, bei der Rauch aus dem gebogenen Metallschornstein quoll. An einem Ende des Ofens baumelte ein Obstkorb, für die ungerösteten Kastanien und die Süßkartoffeln.

Er kaufte eine Portion Maroni, die er im Einwickelpapier mehr oder weniger herumjonglierte, weil sie verdammt heiß waren, und er nahm sie mit in die Seitenstraße zum Barbierladen.

George der Barbier führte ihn ins Hinterzimmer, wo sie an einem kleinen Tisch saßen, Maroni aßen und sie mit kleinen, kratzenden Schlucken Old Mr Boston hinunterspülten, einem Roggenwhiskey, der dem Bostoner Adel allerdings unbekannt war.

Albert wußte, daß George irgendwo in einem kleinen Haus eine Frau hatte und eine verheiratete Tochter irgendwo anders, aber man konnte sich den Mann nicht außerhalb seiner Barbierschaft vorstellen. Stämmig, kahlköpfig, nicht mit übermäßiger persönlicher Ausstrahlung gesegnet, gehörte er voll und ganz zu den massiven Porzellanstühlen, zwei an der Zahl, zu dem Dampfgerät für heiße Handtücher, der Decke aus gestanztem Blech, der Marmorablage unter dem Spiegel, den Wandschränkchen aus getöntem Glas, dem Rasiermesser mit dem Elfenbeingriff und dem Lederriemen, den Hornkämmen, den Scheren und Haarschneidern, der Schale, dem Pinsel, der Rasierseife, dem Duft von Hamamelis und Brillantine und Talkum.

George der Barbier wußte, wer er war.

»Biaggio hat einen Treffer gelandet«, sagte er.

»Wer, Biaggio?«

»Er hat einen Treffer gelandet. Sechshundert zu eins.«

»Biaggio vom Fischmarkt?«

»Er hat einen Treffer gelandet«, sagte George.

Als die Maroni aufgegessen waren, füllte er ihre Gläser erneut, und sie saßen da, tranken vor sich hin und dachten darüber nach, wie es ist, einen Treffer zu landen.

»Und wie geht's der Frau?« sagte er zu Albert.

»Der Frau.«

»Ja, was macht die Ehe?« sagte er.

Das Radio war auf den italienischen Sender eingestellt, und ein Sprecher verabschiedete sich mit wiederholten Schreien und *Baci a tutti*, wogegen Albert absolut nichts hatte, im stärkenden Kielwasser des Whiskeys.

»Das ist ein großes Thema.«

»Na sicher. Was sonst?«

»Groß, groß, groß, groß.«

»Zu viel, zu viel«, sagte der Barbier.

»Ich kann nur eins sagen.«

»Es gibt nur eins zu sagen.«

»Jede Ehe, jede Ehe. Nicht nur meine oder deine.«

»Ganz genau.«

»Wie soll ich es sagen, George? *Un po' complicato*.«

»Na sicher. Was soll man sonst sagen?«

»Sonst noch was Neues?«

»Sonst noch was Neues?« sagte der Barbier.

Albert leckte sich die Kastanienkrümel von den Fingern. Eine Frau und ein Kind kamen herein, und George ging in den vorderen Teil des Geschäfts, und Albert leerte sein Glas und folgte ihm, denn er wollte die Gastfreundschaft des Mannes nicht strapazieren.

Er sprach mit der Frau, während George den Kindersitz für den Jungen fertigmachte. Dann nahm er Hut und Mantel und ging. Er blieb kurz im Mussolini-Park stehen und unterhielt sich ein paar Minuten mit den alten Männern. Der falsche Priester kam vorbei, Benedetti, in einem Lumberjack und einem schwarzen Barett, ein Brevier in der Hand. Er bewegte die Lippen, als betete er, preßte aber das Buch ungeöffnet an die Brust.

Albert mußte sich hinsetzen. Er merkte, er war ein bißchen beschwipst, *umbriago*, so hieß doch der Bürgermeister von New York oder Chicago, und er setzte sich auf eine Bank und wartete, daß das Gefühl vorüberging.

Die anderen Männer trollten sich. Die Sonne verschwand hinter der ausladenden Masse des Krankenhauses für unheilbare Fälle, und es war jetzt kälter, die Luft voller Windstöße, und die Männer trollten sich in einen Nachbarschaftstreff oder zu einem Kiosk oder nach Hause.

Ein Abschlepplaster raste mit Wahnsinnsgeschwindigkeit vorbei, um das Autowrack vor der Konkurrenz zu erwischen.

Albert saß auf der Bank und wartete, daß er wieder einen klaren Kopf bekam. Es kommt nur darauf an, sich hinzusetzen und zu warten, Geduld zu haben. Und außerdem kommt es darauf an, sich nicht zu übergeben. Immer wieder sieht man einen Mann, der am Rinnstein steht und sich übergibt. Er wollte sich nicht als diese Art von Mann sehen.

Er saß da, und es ging ihm ganz gut, er fühlte sich inzwischen etwas weniger schwindlig und im allgemeinen ganz gut. *Baci a tutti*, dachte er. Für alle auf der Straße, jawohl, Küsse, und die Gesichter vermischten sich in seinem Kopf, die Bäcker, Großmütter, Straßenfeger, für die Priester, die echten und die falschen.

Die Kinder nennen es brechen. Ich glaube, ich muß brechen, Johnny.

Ein Auto fuhr heran, und er hörte die heisere Stimme des Metzgers, der ihn rief.

»Albert, *che succese?*«

»Hallo, Joe. Frohe Weihnachten.«

»Es schneit. Geh nach Hause.«

»Mir geht's gut, mir geht's gut, mir geht's gut.«

»Soll ich dich mitnehmen?«

»Fahr nur, fahr, fahr, fahr. Frohe Weihnachten. Mir geht's gut, auf Wiedersehen.«

Er hörte, wie etwa einen Block entfernt der Zug in den Bahnhof einfuhr. Er hörte ihn um die Kurve quietschen und in den Bahnhof rumpeln, und er saß im hohen Heulen des Windes und wartete, daß sein Kopf wieder ganz klar wurde.

4

Es gab tausend Abende, immer derselbe Scheiß, an denen er mit einem Burschen namens Fontana im Sanitärhandel von Fontanas Vater Klopf-Rommé spielte, um einen symbolischen Nickel pro Punkt, oder er spielte eine Partie Pool und aß ein Stück Pizza im Half Moon mit JuJu und Patsy, Abende, die immer danebengingen, irgendwie enttäuschend waren, und einmal rief er Loretta vom Kiosk aus an und sagte ihr, er hätte gerade seinen Schwanz in der Hand, und ließ die Pause am anderen Ende auf sich wirken, denn er wußte, sie war mit ihrer Mutter, ihren Brüdern, ihrem Großvater und werweißwemnoch in einem Zimmer, und manchmal ging er nach unten und stand allein rauchend da, in der Tür zu Donatos Lebensmittelladen, und spuckte ab und zu Tabakflusen in den Wind.

Er hatte jetzt ein bißchen Geld. Er gab das meiste von dem, was er verdiente, seiner Mutter, aber zumindest hatte er etwas in der Tasche, schließlich wurde er bald siebzehn, und er ging ins Kino und setzte sich mit Allie und Ray auf den Rang, zwei Burschen, die sich mit der Leinwand unterhielten, aber was sollte man nach einer Weile schon zu einem Film sagen, außer immer denselben Scheiß, den man schon tausendmal zuvor gesagt hatte?

Klara war in dem Zimmer, im Gästezimmer, dem Zimmer, das sie Zentimeter um Zentimeter abmalte, und sie stand an der Staffelei und arbeitete.

Ja, Albert dachte, Malen würde sie entspannen. Eine Abwechslung, dachte er, von den anderen Dingen, die sie tat.

Sie hörte auf, wenn es Zeit war, das Kind abzuholen. Einen Augenblick lang hatte sie vergessen, wo sie das Kind geparkt hatte. Wie üblich oben bei dem Mädchen oder auf der anderen Straßenseite bei der Frau, deren Mann Mäntel für Rabbis machte.

Von Malern erwartet man eine Handschrift. Klara fand, sie hatte ein Kritzeln.

Sie ging nach oben und holte das Kind ab und kam wieder runter und sagte so was wie, Zeit zum Mittagsschläfchen für kleine Mädchen. Aber Teresa war noch nicht so weit. Schlummerschummerzeit. Aber Teresa teilte ihrer Mutter mit, daß das jetzt noch nicht dran war. Sie milderte ihre Jas und Neins noch nicht ab. Sie war eine offene Wunde aus Brauchen und Wollen und kraftvoller Verweigerung.

Klara saß am Bett und sprach mit ihr. Nach einer Weile ging sie ins Gästezimmer und stand vor der Staffelei und schaute sich an, was sie gemacht hatte. Was hatte sie gemacht? Sie beschloß, es nicht wissen zu wollen.

Sie schaute nach dem Kind, das jetzt schlief. Dann schaute sie nach Alberts Mutter. Mrs Ketchel, die Frau, die bei ihr saß, zog ihren Mantel an. Mrs Ketchel schien ihren Mantel jeden Tag ein bißchen früher anzuziehen. Genaugenommen wurden die Tage jetzt länger, da hatte Mrs Ketchel vielleicht so viele andere Dinge zu tun, um die längeren Tage auszufüllen, daß sie nicht mehr so lange bei Alberts Mutter sitzen konnte.

Klara fand, das Kind ähnele seiner Großmutter. Eine Traurigkeit um die Augen, fand sie. Aber das kann doch nicht sein, oder, bei einem so kleinen Kind? Eine Düsternis, eine brütende Vorahnung von Unglück. Aber sie erfand das doch nicht, oder, indem sie nach Zeichen und Omen suchte.

Sie saß bei Alberts Mutter im Zimmer. Die Frau war wach und drehte ihren Kopf zu Klara, um sie anzuschauen, eine unvollständige Bewegung, die sie an den Rand der Erschöpfung brachte, aber Erschöpfung war ohnehin alles, was übrigblieb, obwohl das auch nicht ganz stimmte. Ihre Gebärden waren immer noch kraftvoll. Stockend, aber stark. Sie zeigten eine eigenwillige Frau, imstande, ganze Völkerscharen mit einem Singsang-Wedeln der Hand abzutun.

Die Bewegungen waren nicht an den Alltag gerichtet. Sie hatten eine Reichweite, die sich auf eine andere Ebene bezog. Die Hand, die unter dem Kinn herwischt. Der vorgeschobene Mund. Wie die Augen sich schließen und der Kopf nach hinten kippt.

An Albert. Wenn es Zeit ist zu sterben, werde ich sterben.

An die Freunde, die bei ihr saßen. Gott weiß nicht alles. Nur das, was er zu wissen hat.

An Albert. Warum willst du über deinen Vater sprechen, wenn ich mit seinem Namen nur versäumte Gelegenheiten verbinde?

An Albert. Sei vorsichtig. Mehr sag ich doch gar nicht.

An Klara. Geh und lebe dein Leben. Ich bin deine Zeit oder Aufmerksamkeit nicht wert.

Diese letzte Bewegung von Hand und Auge ist unaufrichtig, das wissen beide Frauen.

Klara erzählte Albert nicht, daß sie es manchmal seltsam tröstlich fand, bei seiner Mutter zu sitzen, die im Sterben lag. Die beiden hatten zusammen noch ein Elternteil übrig, und Klara spielte Perry-Como-Platten für die Frau. Sie brachte das Kind herein, damit die Großmutter seine Hände und sein Gesicht berühren konnte. Die Frau sah nicht gut, oder sie sah zwei Dinge, wo nur eins war, und ihre Hand auf dem Gesicht des Kindes schien wahre Wunder der Rückschau zu bewirken.

Ihre Haut wurde brauner, ihr Haar weißer, die Hände fleckig und pustelig, aber sie hatte immer noch etwas Kraftvolles an sich, etwas, das Albert zu fürchten schien, ein Urteil, irgendeine erlahmende Verurteilung.

Sie machte manchmal eine Bewegung, die einen Zustand der Hoffnungslosigkeit auszudrücken schien, zu tief für Worte.

Klara saß da und sprach ein bißchen mit ihr. Sie hielt das Fenster etwas geöffnet, damit die Modrigkeit abziehen konnte, der langsame Verfall. Sie hörte ein Stück entfernt Feuerwehrautos und sah zu, wie es dunkel wurde.

Manchmal kam Alberts Schwester zu Besuch, Laura, unfähig, den bevorstehenden Tod hinzunehmen, verängstigt, abhängig, verraten, und Klara konnte sich vorstellen, daß sie versuchen würde, ins Grab zu klettern, wenn es soweit war.

Wie eigenartig, hier zu sitzen und Perry Como zu hören, in Gesellschaft einer Frau, die sie nicht kannte, die im Sterben lag, hier zusammen mit all den anderen Dingen, diesem Stuhl, dieser Lampe, diesem Haus und dieser Straße, und sich zu fragen, wie das nur passiert war.

Als Albert nach Hause kam, war sie in der Küche.

»Wie geht es ihr?«

»Schläft.«

»Hat sie was gegessen?«

»Ich habe etwas Suppe gekocht.«

»Hat sie sie gegessen?«

»Bißchen gegessen, bißchen verschüttet. Deine Tochter hat sich bei der Babysitterin einen Schnupfen geholt.«

»Ich sorge dafür, daß er weggeht.«

Sie hörte, wie er Teresa etwas erzählte, Nonsensgeschichten, die er als kleiner Junge erzählt bekommen hatte, Figuren mit lustigen, reimenden Namen, und der Wirkung halber sprach er bestimmte Wörter übertrieben aus, mit sonorer, melodischer Stimme, aber sie schloß die Küchentür, weil sie es nicht mehr hören wollte.

Die Erzählstimme, die Spielstimme war ihr allzu alberthaft, wie sie sich kräuselte vor lauter Begleitmusik und schrulliger Handlung. Sie stellte das Abendessen auf den Tisch und sagte seinen Namen.

Sie unterhielten sich beim Essen, belanglos. Sie rauchte ihre letzte Zigarette des Tages im Gästezimmer und schaute die Wand an. Sie machte die Zigarette aus, indem sie sie in den Badezimmerspiegel drückte, und dann spülte sie sie weg und ging schlafen.

Der erste rannte auf den Spielplatz, der mit der dunklen Mütze. Nick boxte auf den anderen ein, beide schlitterten auf der vereisten Fläche.

Er hatte den Kerl noch nie gesehen, und deshalb boxte er auf ihn ein. Er boxte den Kerl in die Knie, oder der Kerl ging beim Schlittern in die Knie, und dann schaute Nick auf den Spielplatz. JuJu jagte den ersten, rutschte aber aus und fiel hin, ein Bein in der Luft.

JuJu saß einen Augenblick da und schaute dem Kerl nach, der auf die Treppen zum unteren Teil zurannte. Der Spielplatz war weiß und still, die Schaukeln hingen leer da, drei Zentimeter Schnee auf den Sitzflächen.

Der andere lag auf den Knien, was ihm offenkundig peinlich war. Nick hockte sich hin und machte sich bereit, ihm einen Faustschlag zu verpassen. Er wußte, daß das nicht nötig gewesen wäre, aber er hatte den Kerl bislang nur im Gesicht gestreift, und er wollte ihn anständig treffen. Diese Chance, jemanden anständig zu treffen, wollte er sich nicht entgehen lassen. Er boxte ihn unters Auge, ein kurzer Haken, und der Kerl taumelte auf den Hintern, Hände vors Gesicht geschlagen, und Nick fühlte sich gleich besser.

JuJu kam vom Spielplatz herüber und pulte ein Stück gefrorene Hundescheiße aus dem Schnee. Er trug keine Handschuhe. Er hob es auf und matschte es dem Kerl auf den Kopf, ins Haar und in die Ohren.

Er sagte: »Da, *stronzo*, das ist für dich.«

Dann wusch er sich im Schnee die Hände, und sie gingen zu Mike rüber, auf eine Partie Pool.

Matty band sich die blaue Krawatte um. Die katholischen Schuljungen trugen weiße Hemden und blaue Krawatten. Lange hatte seine Mutter ihm die Krawatte binden müssen. Und er hatte es nie hingekriegt, sich die Jacke anzuziehen, konnte sie nicht so halten, daß ein bestimmter Arm in ein bestimmtes Ärmelloch reinging, und manchmal hatte er die Jacke flach auf den Boden legen, sich davorsetzen und dann pro Loch einen Arm einpassen müssen, als würde er sich rückwärts in die Jacke hineinlegen.

Rat mal, was Nicky zu diesem Spektakel sagte.

Aber darüber war er jetzt hinweg. Er war so ziemlich über die Wutanfälle hinweg und das Schweigen, mit dem er seine Mutter behandelte, wenn er wütend auf sie war, und manchmal hatte er die Badezimmertür abgeschlossen und versucht, sich mit dem Duschvorhang zu ersticken.

Er war über die Wutanfälle hinweg, weil er nicht mehr Schach spielte. Mr Bronzini nannte das ein Sabbatjahr. Das war so eins von seinen Wörtern, die buchstabiert, erklärt und ausgeführt werden mußten. Matty hatte ein eigenes Wort dafür. Krank.

Er konnte das Verlieren nicht ertragen. Es war zu schrecklich. Es machte ihn körperlich schwach und unglaublich wütend. Es schickte ihn durch die Wohnung, taumelnd, Arme wie Windmühlenflügel. Sein Bruder kloppte ihm auf den Kopf, was ihn noch wilder machte. Er war nicht groß und schwer genug, um die ganze Wut in sich zu halten. Er war über den Punkt des Weinens hinaus. Wenn er verlor, fing er am ganzen Körper an zu zittern. Er japste nach Luft. Er begriff nicht, warum jemand, der so klein, jung und unvorbereitet war, diesem rasenden Moloch namens Verlieren im Weg stehen, nein, kauern mußte.

Er band sich die Krawatte um und ging zur Schule. Zuerst hängte er sich seine neue Hundemarke um, für den Atomangriff, auf der Scheibe standen sein Name und seine Schule, dann band er sich die blaue Krawatte um und ging die fünf Straßen zur Schule.

Matty saß in der Reihe neben dem Garderobenraum und war einer von drei Schülern, die zu bestimmten Zeiten die Schiebetüren der Garderobe zu öffnen und zu schließen hatten. Sie arbeiteten gemeinsam, wwsch und boing. Das war ihre Aufgabe.

Catherine Conway hatte die Aufgabe, jeden Freitag die Tafellappen auszuklopfen, an der Hintertür, die zum Schulhof führte, und ihre Augen brannten vom Kreidestaub.

Richard Stasiak hatte die Aufgabe, die Fenster zu öffnen und zu schließen. Er nahm die Fensterstange mit dem Haken am einen Ende und führte den Haken in die Öse oben am Fenster, und dann drückte oder zog er. Richard Stasiak war groß und breit, und dies war die logische Aufgabe für ihn.

Sie saßen hinter ihren Tischen, vierzig Jungen und Mädchen, sechste Klasse, an diesem trüben grauen Tag, aufrecht, Füße geschlossen, Augen geradeaus auf Schwester Edgar.

Die Schwester tigerte zwischen ihrem Pult und der Tafel auf und ab, ein Rascheln aus einfarbiger Baumwolle, und die geschrubbten Hände blitzten. Sie deklamierte Fragen aus dem Baltimore-Katechismus, und ihre Schüler antworteten mit einer einzigen, glasklaren Stimme.

Matty glaubte an den Baltimore-Katechismus, der alle Fragen und alle Antworten enthielt, und er enthielt Liebe, Haß, Verdammnis und das Waschen von anderer Leute Füße, er enthielt Peitschen, Dornen und Wiederauferstehungen, er enthielt Engel, Schäfer, Diebe und Juden, er enthielt Hosianna in der Höhe.

Er wußte nicht, was das bedeutete, Hosianna in der Höhe, und er hatte Angst zu fragen. Sie hatten alle Angst. Sie hatten seit einer Woche Angst, genau seit dem Augenblick, als die Schwester Michael Kalenkas Kopf gegen die Tafel geknallt hatte, weil er eine freche Antwort auf eine einfache Frage gegeben hatte. Sie hatten die Schöpfung und den Sündenfall durchgenommen, Lektion Fünf im Baltimore-Katechismus, und die Schwester zeigte gerade auf ein Bild im Buch, wo ein Mann und eine Frau mehr oder weniger unbekleidet unter einem Apfelbaum standen, auf dem sich eine Schlange auf einem Ast zusammengerollt hatte, und die Schwester rief Michael Kalenka auf und sagte, er solle den Mann und die Frau benennen, das war die einfachste Frage, die sie je gestellt hatte, und Michael Kalenka stand auf und schaute sich das Bild an, und er dachte nach und schaute und dachte nach, und die Schwester sagte, »Unser aller Ur-Eltern«, und Michael Kalenka dachte nach und grinste und sagte, »Tarzan und Jane«.

Die Schwester stürzte sich auf Michael Kalenka und packte ihn in die Falten ihres Gewands. Er war praktisch nicht zu sehen, bis er plötzlich, Kopf vorneweg, an die Tafel geschleudert wurde. Der Aufprall war heftig und wahrhaftig. Das Geräusch, ein dumpfer Schlag und das darauffolgende Summen, weil die ganze Platte vibrierte, das Geräusch war so real, daß die Jungen und Mädchen sich auf ihren Plätzen duckten, großäugig und halbflüssig. Aus ihrer steifen Haltung herausgepustet. Und Michael Kalenka stand da, ein verblüffter Hampelmann, einfältig, schuldig, grinsend, aber vor allem verblüfft und schlapparmig und in sich zusammengesackt.

Die Schwester stellte Fragen aus dem Katechismus, und sie antworteten im Chor. Matty machte das gerne. Die aufgegebenen Fragen zu hören und die richtigen Antworten aufzusagen war der beste Teil des Schultages.

Die Schwester konnte den Katechismus auswendig, und Matty konnte die Lektion eines jeden Tages auswendig, weil er jetzt mehr Zeit für die Hausaufgaben hatte und Schwester Edgar insgeheim respektierte, die an der ganzen Schule als Schwester Totenschädel bekannt war, weil ihr Gesicht so scharf geschnitten und ihre Haut so bleich war und ihre schmalen Hände allzeit bereit zu strenger Berührung schienen, zu einem kalten, knochigen Klaps, nach dem du für immer *es* bist.

Ihm gefiel, wie die Antwort auf jede Frage die Frage wiederholte, bevor die eigentliche Antwort kam.

Die Schwester sagte: »Was meinen wir, wenn wir sagen, daß Christus von dannen kommen wird, zu richten die Lebenden und die Toten?«

Die Klasse antwortete einstimmig: »Wenn wir sagen, daß Christus von dannen kommen wird, zu richten die Lebenden und die Toten, so meinen wir, daß am Jüngsten Tag der Herr kommen wird, um jeden zu richten, der je auf dieser Welt gelebt hat.«

Dann befahl ihnen Schwester Edgar, ihre Hundemarken nach außen auf die Hemden und Blusen zu hängen, damit sie sie sehen konnte. Sie wollte überprüfen, ob auch jeder seine Hundemarke trug. Die Marken hatten den Zweck, Rettungsarbeitern bei der Identifikation von Kindern zu helfen, die verirrt, vermißt, verletzt, verkrüppelt, verstümmelt, bewußtlos oder tot waren, und zwar während der Stunden, die auf den Ausbruch des Atomkrieges folgten.

Die Schwester ging zwischen den Bänken auf und ab, bückte sich, um jede Marke zu lesen. Aus der Nähe roch sie gewaschen und gestärkt, dampfgebügelt, und ihre Fingernägel waren zu einem glasigen Lavaglanz poliert, und der Rosenkranz, der von ihrem Gürtel hing wie die lange Schlüsselkette eines Stutzers, blitzte hell auf, und wenn sie näher und tiefer heranraschelte, roch sie privater, nach Zahnpulver und Reinigungsmitteln und zur Kasteiung gescheuerter Haut.

Sie sagte: »Wehe dem Kind, das keine Marke trägt oder das die Marke eines anderen trägt.«

Es war nämlich schon vorgekommen, in anderen Klassen, daß ein Junge und ein Mädchen ihre Marken vertauscht hatten, um eine Art atomarer Zärtlichkeit auszudrücken.

Als Schwester Edgar mit ihrer Inspektion fertig war, sagte sie nichts – was die Klasse überraschte. Die Schüler erwarteten den Drill, den Alles-in-Deckung-Drill, den sie geprobt hatten, bevor die Marken eingetroffen waren. Jetzt, da sie die Marken hatten und ihre Namen auf dem dünnen Blech standen, war der Drill keine fernliegende Übung mehr, sondern umgab sie überall, genau wie der Atomkrieg.

Statt dessen kehrte sie zum Katechismus zurück, zu Fragen und Antworten, bis Annette Esposito, eine Achtkläßlerin, mit einer Nachricht vom Direktor hereinkam. Die Schwester las die Nachricht und schaute Annette Esposito an und sagte, »Und die da, was ist das?«

Zuerst wußte keiner, was sie meinte. Dann begriff die Klasse, daß sie Annette Espositos Brust betrachtete, ihre Brüste, die unter dem blauen Pullover zwei Wölbungen verursachten.

»Was ist das denn? Weg damit. Ich will das nicht mehr sehen, wenn du nächstes Mal hier hereinkommst.«

Die Jungen und Mädchen rutschten tiefer auf ihren Stühlen, etwas aufgeregt, daß Annette Esposito als Mißgeburt bloßgestellt wurde. Ihre Augen wurden rastlos und hell. Sie bissen sich in die Knöchel und gaben kleine, dumpfe, kehlige Laute von sich. Als Annette Esposito zur Tür hinausging, nicht ohne Stolz, mit leichter Drehung und zurückgeworfenen Schultern, kullerte jedes anwesende Augenpaar in ihre Richtung, natürlich auf ihre Brüste geheftet, die für die sechste Klasse nicht gerade ein gängiges Objekt der Betrachtung darstellten.

Die Schwester setzte den Drill nicht an. Statt dessen kam Schönschreiben dran, und sie demonstrierte an der Tafel die Schreibtalente ihrer eigenen Hand. Sie zeigte die Schräge, den Kringel, sie betonte die Notwendigkeit, zwischen den Zeilenlinien zu bleiben, sie befahl ihnen, ihre Füller zu nehmen und den Bewegungen, die sie vormachte, in der Luft zu folgen, und sie taten es, unter Einsatz der Handgelenke, synchrones Kringeln, und sie formten ein stürmisches großes T, das einem Ruderboot im Sturm ähnelte.

Matty saß wie gebannt da, schrieb mit dem alten Parker-Vacumatic seines Bruders in die Luft, einem grüngestreiften Modell mit einem pfeilförmigen Klipp, aber seine Stimmung stürzte ab, als es zur Mittagspause klingelte und die Schwester einen Zeigefinger in seine Richtung krümmte.

»Matthew Shay.«

Sein eigener Name verblüffte ihn, aus ihrem Munde.

»Komm zu mir, bevor du den Raum verläßt.«

Mit seinen beiden Gefährten schob er wie angeordnet die Garderobentüren auf und holte seinen Mantel, wartete, bis der Raum sich geleert hatte, und meldete sich dann an Schwester Edgars Pult.

Sie hatte verkniffene blaue Augen und dünne Lippen und eine Nase, die oben an der Wurzel etwas knollig wurde.

»Gestern auf dem Schulhof. Da war ein Gedränge, du und ein paar andere. Ihr habt euch eine Zeitschrift angeschaut.«

Das Entsetzen, mit Schwester Edgar allein zu sein.

»Ich wüßte gern. Erstens. Den Namen der Zeitschrift.«

Sie stützte sich auf eine Ecke des Pults, ein bißchen an ihren Perlen drehend, und das große Kruzifix mit dem abstehenden Körper Christi baumelte und taumelte auf ihrer Brust.

»Zweitens. Eine Zusammenfassung des Inhalts.«

Die Antworten gingen ihm durch den Kopf.

1. Kinoland-Magazin.
2. Ganzseitige Porträtfotos von Rita Hayworth und Lana Turner. Außerdem: Wie Mario Lanza das Herz stehenblieb. Es gab Artikel über Stars, von denen er nie gehört hatte. Es gab Anzeigen für französische Nachthemden und Tanzhöschen.

Und was, wenn sie ihn dazu befragte?

Schwester Edgar lauerte ganz nah, wartend. Er hielt die Hände hinter dem Rücken, um seine abgekauten Fingernägel und die Fetzchen toter Haut an den Rändern zu verbergen.

Würde er erklären müssen, daß bei einem Tanzhöschen ein foxtrottendes Paar auf das Bein einer Damenunterhose gestickt wird?

Und was, wenn die Zeitschrift von der Liga für Anstand und Moral verboten worden war und sie ihn fragte, wem seine das war? Obwohl sie niemals Dativ und Genitiv verwechseln würde.

»Matthew. Ja?«

Wenn er die Wahl hätte, entweder Schwester Edgar anzulügen oder einen Klassenkameraden zu verpetzen, dann würde er petzen, augenblicklich und skrupellos. Und was war mit den Werbeanzeigen auf den letzten Seiten der Zeitschrift, für Büstencremes und bessere Büstenkonturen?

Matthew-Ja war keine Frage. Es war eine dringliche Aufforderung zur Wahrheit. Und er nannte ihr den Namen der Zeitschrift und wer auf der Titelseite war und was drinstand, hielt sich dabei an die Romanzen und Herzschmerzgeschichten über die Stars, und Schwester Edgar wirkte interessiert und angetan.

Er war überrascht und ermutigt und immer weniger zögerlich, beschrieb die Hollywoodresidenzen bestimmter Stars, und die Schwester stellte einige Suggestivfragen, versuchte ihr Interesse zu verbergen, indem sie aus dem Fenster schaute, und er gewann Vertrauen und wurde ausschweifend, sprach schnell und fast zügellos, erfand Details, wenn er eine Geschichte oder ein Foto nicht mehr ganz in Erinnerung hatte, verspürte ein Gefühl verzweifelter Freudigkeit, und die Schwester schluckte es alles.

Sie wußte eine Menge über die Stars. Ihre größten Vorlieben und schlimmsten Insektenstiche und ihre Mauerblümchenabende an der High School. Ihre tiefinnerliche Alltäglichkeit hinter den Schönheitsoperationen und tragischen Ehen. Sie schaute aus dem Fenster und stellte ihm schlaue Testfragen und gab hie und da kleine Kommentare ab.

Er schaffte es, außerhalb der Szene zu stehen, seine eigene Stimme zu hören, den plappernden Jungen zu beobachten, der sich in der Gesellschaft der behaubten Nonne wohl fühlte. Aber ganz arglos war er nicht. Schließlich war das immer noch sie, mit Habit und Haube. Das Tuch war einschüchternd. Sie bestand nur aus Tuch. Sie war eine Mauer aus gewaschenem Tuch. Eine Frau des Tuchs.

Auf dem Schulhof, nach dem Mittagessen, machte Richard Stasiak etwas Erstaunliches. Matty sah es und wußte einen Moment nicht, ob er recht gesehen hatte. Richard Stasiak trug so schäbige, kratzige und fadenscheinige Unterwäsche, daß er sich die Hose aufknöpfte, die Hand reinsteckte und die Unterhose direkt vom Körper riß, er zerrte das olle Ding aus dem Hosenlatz und schleuderte es auf Mary Feeley, die einen Satz rückwärts machte, Hand vorm Mund, als hätte sie etwas Unaussprechliches gesehen.

Dann gingen sie alle wieder ins Klassenzimmer.

Nick ließ sich jeden Morgen von einem Packer aus der Fabrik mitnehmen, wartete im Dunkeln an einer kalten Ecke und fuhr dann runter bis an den Arsch der Bronx, wo sich ein Fluß in den anderen schlängelt und die Eiskremfabrik in der Wildnis liegt wie ein Pygmäengefängnis am Sambesi, und das war besser, als sich mit dem Zug durch den Kuli-Gleichschritt des Berufsverkehrs zu quälen.

Nach der Arbeit wurde er am Zoo abgesetzt und lief westwärts, an der Schule seines Bruders vorbei, wo er einen Typen in einem Auto sah, der ein anderes mit sechs Typen darin anschob. Er erreichte das Haus, in dem sie wohnten, und bog bei Donatos Lebensmittelladen ab, ging dreißig Meter in die enge Straße hinein und schwenkte in eine Mauerlücke, von der ein paar Betonstufen abwärts führten zu einem Netz von Verbindungswegen zwischen den fünf oder sechs Häusern, die hier aneinandergebaut waren.

Auf den Höfen, hieß das.

Eng zusammenstehende Gebäude, Wäscheleinen, schräg einfallendes Licht, Unkrautflecken, ein paar Möchtegern-Gärten und kahle Ailanthusbäume und die Feuerleitern, die Gittermuster aus Licht und Schatten über die Wände und die gepflasterten Flächen spannten.

Nick duckte sich unter Mauervorsprüngen und zwängte sich durch enge Lücken. Türen mit Vorhängeschlössern und angelehnte Türen. Durchgänge im Untergeschoß verbanden Gerätekeller mit Nebenräumen für Mülltonnen, mit den alten Kohlenverschlägen, in denen jetzt Heizkessel untergebracht waren, und den Lagerkellern, wo die zur Straße gelegenen Geschäfte ihre Waren stapelten – es roch zum Teil nach Müll, zum Teil nach modrigem Stein, nach kriechendem Schimmel, und es herrschte tiefe Kälte, ein Gefühl, daß alles, was je hier geschah, in der Luft festgehalten wurde, durchtränkt von einem Geruchsgemisch aus Pilz und Feuchtigkeit und Kaffeesatz und Aufnehmern in großen Becken.

Er hatte seine Kindheit halb auf der Straße und halb auf den Höfen verbracht, und gelegentlich gönnte er sich eine kleine Zugabe auf Dächern und Feuerleitern.

Er ging an einem Heizraum vorbei und öffnete eine Tür am Ende des Durchgangs. George der Kellner saß in einem kleinen Lagerraum, den er als Zuhause weg von zu Hause nutzte, wie er sagte. Er sah Nick in der Tür und nickte ihn herein. George hatte eine Abmachung mit dem Verwalter. Der Raum enthielt eine Pritsche, einen Tisch, eine Rattenfalle, ein paar Stühle, ein paar herabbaumelnde Glühbirnen und eine Batterie von Farbtöpfen und Klempnerwerkzeug, und Nick war sich ziemlich sicher, daß zu der Abmachung auch eine Frau gehörte, die George hier drin besuchte, eine Frau, die er für Sex bezahlte, und der Verwalter stellte ihm den Raum zur Verfügung, weil auch eine Runde für ihn dabei raussprang, mit anderen Worten, die Frau kümmerte sich in regelmäßigen Abständen um den Verwalter, wurde aber von George bezahlt.

»Ich dachte mir, daß du hier bist.«

»Ich bin hier«, sagte George.

»Ich habe einen sechsten Sinn für solche Dinge.«

»Du kannst durch Wände gucken.«

George schob ein Kartenspiel in die Mitte des Tisches, und Nick setzte sich.

»Bloß einen sechsten Sinn. An den Wänden arbeite ich noch.«

»Hat er dir auch gesagt, dein sechster Sinn, was mitten in der Nacht im Billardsalon passiert ist?«

Er war lebenslanger Junggeselle, George, und er hatte zwei Jobs und wohnte bei seiner achtzigjährigen Großmutter und spielte manchmal tagelang Poolbillard, wenn er gerade nicht arbeitete. Und wenn er überhaupt nichts dergleichen tat, dann konnte Nick ihn hier finden, und sie spielten ein Kartenspiel namens *briscola*, im Dialekt zu *brieschk* verkürzt, ein Spiel der alten Männer, und die beiden spielten es nur zum Zeitvertreib, da gab es Schlimmeres, denn George der Kellner hatte etwas an sich, das Nick interessant fand.

»Wann, gestern nacht?«

»Gestern nacht. Das Lokal ist überfallen worden.«

»Der Billardsalon ist überfallen worden?«

»Drei Männer mit Pistolen«, sagte George, und er machte ein Geräusch wie Filmmusik.

»Drei Männer mit Pistolen. Warst du da?«

»Ich bin um sechs Uhr zur Arbeit ins Restaurant gegangen, um elf zurückgekommen, hab eine Partie Pool gespielt und bin dann heimgegangen. Es ist erst viel später passiert. Die haben die Pokerrunde ausgeraubt.«

»Die haben die Pokerrunde ausgeraubt?«

»Willst du alles wiederholen, was ich sage?«

»Ich bin platt, was ich da höre.«

»Und Strumpfmasken.«

»Und Strumpfmasken. Was ist das?«

»Ein Frauenstrumpf, ein Nylonstrumpf.«

»Über dem Gesicht?« sagte Nick.

»Nein, an den Beinen. *Madonn'*, ich dachte, dieser Bengel wäre schlau.«

»Ich bin platt, was ich da höre. Über dem Gesicht.«

»Über dem Gesicht. Damit ihre Züge nicht zu erkennen sind.«

»Strumpfmasken. Drei Männer. Wo war denn Dingens? Der Typ an der Tür, der angeblich bewaffnet und gefährlich sein soll. Wo war dieser Walls?«

»Nicht gekommen.«

»Walls ist nicht gekommen. Das ist interessant.«

»Sie haben den ganzen Tisch fein säuberlich abgeräumt. Dann kamen die Spieler dran, einer nach dem anderen, die mußten ihre Hosentaschen umdrehen. Dann Mike der Buchmacher, der da liegen hat, was immer er da liegen hat, die Einnahmen eines ganzen Tages. Billardeinnahmen und Wetten.«

»Wieviel?«

»Alles in allem. Über zwölftausend, hab ich gehört. Das heißt, hab ich gehört. Wer weiß schon wieviel?«

»Zwölftausend.«

»Drei Männer mit Pistolen. *Pistolas*.«

Und George machte mit den Händen wirbelnde Bewegungen in

Gürtelhöhe, wie ein mexikanischer Bandit, der mit seinen Knarren angibt, und er war selten so forsch gewesen.

Nick mischte und gab.

»Ich wollte Bier mitbringen«, sagte er.

»Wer verkauft einem Minderjährigen Bier?«

»Ich hab Donatos Frau gesagt, ich wär neunzehn. Sie sagt, Glaubst wohl, ich wär *stunat'*?«

»Aber Bier verkauft sie dir.«

»Bier verkauft sie mir.«

»Das macht sie aus reinem Rochus.«

»Auf wen?«

»Die Welt«, sagte George.

»Strumpfmasken. Ich bin platt.«

Sie spielten eine Weile Karten, dann beugte sich George vor und zog die Schublade am Ende des Tisches auf und tastete nach Zigaretten, ohne die Augen von seinem Blatt zu lassen.

»Hast du da deine Gummis drin?«

»Ist doch egal, was ich da drin habe.«

»Wer ist sie? Kannst mir trauen. Wem soll ich's schon erzählen? Ist es die, mit der ich dich mal im Park in einem Ruderboot gesehen habe?«

»Wenn du mich mit einer Frau in der Öffentlichkeit gesehen hast, dann ist sie nicht die Frau, die hierherkommt. Und du hast mich in keinem Boot gesehen, Schlaumeier.«

»George, ich mein's ernst.«

»Was?«

»Besorgst du deinen Freunden öfter was?«

George sah ihn offen aus tiefen, irgendwie leeren Augen an.

»Das ist kein Mädchen. Das ist eine Frau. Und das ist nichts für dich. Ich werde bald vierzig, Nicky. Du kannst kriegen, was du brauchst, ohne dafür zu bezahlen.«

Vielleicht fand Nick das interessant. Daß George der einsamste Mann war, den er je getroffen hatte. George war einsam in seinem Gang, seiner Stimme, seiner Haltung und der Art, wie ein ganzer Raum, der Billardsalon mit seinen aufeinanderprallenden Geräuschen und hingeknallten Beleidigungen und kratzigen Lachern –

wie Georges Ecke des Raums anders war, auch wenn er mit irgendwem Pool spielte. George hatte diesen Zustand bei sich, wo er auch hinging, und es schien ihm nichts auszumachen. Das war das Interessante. Vielleicht war es seine Entscheidung, so zu leben, vielleicht auch nicht, jedenfalls erweckte er den Eindruck, als wäre es in Ordnung.

»Apropos Bier kaufen.«

»Was denn?« sagte Nick.

»Dieser Arschgeigenjob, den du da hast, wo du meiner Meinung nach besser in der Schule geblieben wärst.«

»Was ist mit dem Arschgeigenjob?«

»Ich hab mit einem geredet. Auf einem Laster kannst du mehr Geld machen. Kein Bier, sondern Limonade. Lieferungen an Geschäfte und Supermärkte. 7-Up.«

»Tut ja weh, das Zeug zu trinken.«

»Es wird dir schon noch richtig weh tun, wart's nur ab. Du lädst die Kisten mit den vollen Flaschen ab und die leeren wieder ein. Macht 'n Mann aus dir.«

»Wie macht das 'n Mann aus mir?«

»Viehische Arbeit, ganz einfach. Im Sommer gehst du praktisch ein. Einen Sommer hab ich das mal gemacht. Ich konnt's nicht fassen, Teufel auch. Die ersten zwei Tage hab ich zwanzig Pfund abgenommen.«

Nick fand es nicht nötig, einen Job fürs Leben zu haben und eine Familie zu gründen und in einem Haus zu leben, wo jeden Abend um sechs das Essen auf dem Tisch stand, und er dachte über George nach, einen älteren Burschen, der den Verlust dieser Dinge überlebt hatte – nicht den Verlust, sondern das Nie-Gehabt-Haben. Karten gespielt, Pool gespielt, Sex gekriegt, paar Dollars in der Tasche, nicht viel Zeit zum Nachdenken. Leckt mich, ich sterb alleine. Das sagte George, tief drinnen.

»Anständig bezahlt?«

»Besser als du jetzt. Regelmäßiger. Sicherer, nur daß du dir in der ersten Woche viermal einen Bruch hebst. Und im Sommer einen Hitzschlag holst. Macht 'n Mann aus dir, Nicky.«

»Ich bin dir dankbar.«

»Brauchste nich sagen. Vielleicht nehmen sie dich, vielleicht 'n andern.«

»Sollst du aber wissen. Ich bin dir dankbar.«

»Die gucken dich einmal an. Ach komm, der Knabe denkt bloß dran, wie er was fürs Bett kriegt. Holen wir uns lieber irgendwo 'n Polacken.«

Das gefiel Nick. Sie spielten noch ein bißchen Karten, und er merkte, daß George ihn seltsam anschaute, irgendwie abtaxierte.

»Du denkst, ich hätte Gummis hier in der Schublade?«

»Keine Ahnung.«

»Willst du sehen, was ich hier drin habe?«

»Keine Ahnung, George. Klar, warum nicht?«

»Nein. Ich glaube nicht, daß du sehen willst, was ich hier drin habe.«

»Klar, warum nicht?«

»Nein. Großer Fehler. Nachher redest du.«

»Ich rede nicht. Wem soll ich's denn erzählen?«

Na schön. George spielte ein bißchen mit ihm, nicht daß er dabei anders ausgeschaut hätte. Wund, kaputt, müde, Stirnglatze und lange, nikotinfleckige Finger.

»Weil ich dir traue, Nicky.«

Er griff in die Schublade und holte eine Schachtel Haushaltsstreichhölzer und einen Löffel heraus.

»Die hießen bei uns früher Luzifers, diese Streichhölzer.«

Es war ein gewöhnlicher Löffel, am Boden der Wölbung getrübt, fleckig wie Georges Finger, nur dunkler und marmoriert.

»Ich gucke zu«, sagte Nick.

»Interessiert's dich?«

»Interessiert mich«, sagte er.

George griff in die Schublade und kam mit einem medizinisch aussehenden Stück Gummiband hervor, irgend etwas zum Festschnallen. Er warf es zu den Streichhölzern und schaute Nick an.

»Ich gucke immer noch zu.«

»Du guckst zu?«

»Ich gucke zu.«

George griff hinein und holte eine subkutane Kanüle heraus,

eine Kanüle und eine staubige Spritze, und er hielt sie Nicky unter die Nase.

»Du guckst zu? Dann guck mal.«

Nick brauchte eine Minute, um all das zu begreifen. Das war ihm neu. Drogen. Wer nahm hier schon Drogen? Er kam sich dumm vor und verwirrt und plötzlich sehr jung.

»Du nimmst dieses Zeug?«

George holte einen Faltbeutel aus der Brusttasche. Er wedelte ein paarmal damit und steckte ihn wieder ein.

»*Eroina*«, sagte er.

Nick kam sich wirklich dumm vor. Als hätte ihm grade jemand in einer Seitenstraße eins mit dem Sandsack übergezogen. Wumms. Beinah hätte er sich in den Nacken gefaßt.

»Laß mal sehen«, sagte er.

George nahm den Beutel heraus und gab ihn Nick. Der hob die Lasche und versuchte, an dem Pulver zu riechen.

»Was gibt's da zu riechen? Das riecht nicht.«

Er gab es zurück.

»Warum?«

»Was, warum?«

»Du dieses Zeug nimmst.«

George rollte den linken Ärmel hoch. Einstichmale und Narben und in der Armbeuge eine dunkle Masse, ein Geschwür aus geplatzten Blutgefäßen und allgemeiner Verheerung.

Dann schwang er die Spritze, es machte ihm Spaß.

»Du hast mich gefragt, ob ich meinen Freunden öfter was besorge. Was soll ich denn besorgen?«

»Hey. Bleib mir weg damit.«

»Mit dir fangen wir ganz langsam an. Nur unter die Haut. Wir treffen keine Ader.«

»Ich hab Schiß vor Spritzen, George. Tu dieses Ding weg.«

»Du drückst hier auf den Kolben, siehst du.«

»So was brauche ich nicht.«

»Na komm. Wir binden dich ab.«

George schwang das Gummiband, und Nick spürte, daß er aufstehen und auf Abstand gehen mußte. Dem älteren Mann gefiel das.

»Warum?« sagte er.

»Warum warum. Du willst Sex. Warum«, sagte George.

Seit Jahren spielten die Kinder in den Höfen Verstecken, und es gab Würfelspiele um Nickels und Dimes, und an heißen Tagen machten die älteren Burschen schon mal ein Fäßchen auf und hoben einen, im Schatten stehend, und Frauen lehnten sich aus dem Fenster, um ein bißchen Luft zu schnappen und über das Gefluche zu meckern.

»Du kannst dir diese Nadel in den Arm stechen? Mann, davor hab ich Schiß wie vorm Tod.«

George lächelte. Er war glücklich. Er fegte seine Utensilien wieder in die Schublade und steckte sich eine Zigarette an und saß da, das Gesicht im Rauch.

Sie redeten von dem Überfall, und nach einer Weile wurde der Ton wieder normal.

»Muß los«, sagte Nick.

»Mach's gut.«

»Wir sehen uns bei Mike.«

»Mach's gut«, sagte George.

Nick bog in dem düsteren Durchgang ab und kam in einen kleinen Innenhof, wo Mülltonnen an der Wand standen, und er ging über die Hintertreppe nach oben und durch die schwere Metalltür in sein Haus.

George hatte ihn ordentlich zurechtgestutzt. George hatte ihm eine Lektion über den Ernst des Lebens erteilt.

Es geschah gegen Ende des Tages, als keiner damit rechnete. Das war natürlich ihre Absicht. Es geschah schnell und hart und unerwartet.

Die Schwester wandte sich von der Tafel ab, an die sie das Schema eines Satzgefüges geschrieben hatte, die Kreidestruktur war so komplex und voller fortschreitender Anhänge, daß sie langsam aussah wie die Feuerleiter-Fassaden der Häuser, in denen die meisten Jungen und Mädchen lebten.

Sie hielt gerade lange genug inne, um sie merken zu lassen, daß jetzt etwas kam, aber nicht lange genug, um sie erraten zu lassen, was es war.

Dann sagte sie: »Alles in Deckung! Alles in Deckung! Alles in Deckung!«

Einen ewigen Moment lang waren sie zu schockiert, um klar denken zu können. Schwerfällig, schockiert, blöd und stumm. Sie fingen an, von ihren Plätzen zu purzeln, Bücher runterzuwerfen und sich anzurempeln, zu den drei Wänden zu sausen, genau wie sie es eingeübt hatten, in der Hocke zu hüpfen wie Leute in Kartoffelsäcken.

Die vierte Wand war die Fensterwand, die sollten sie meiden.

Matty sah Francis X. Cavanaugh mit den Eiern gegen eine Tischecke rennen. Ein mitfühlender Stich durchzuckte seine Lenden.

Und Schwester Edgars Stimme, die durch den Raum schrillte, runter und ducken, alles in Deckung, und die Kinder drängelten sich auf Position und gingen dann auf die Knie, Kopf auf den Boden, Augen geschlossen, Hände vors Gesicht zum Schutz gegen den Bombenblitz.

Es dauerte sehr lange, bis sie in der richtigen Lage und reglos und still waren.

Matty hielt den Kopf an die Unterkante der Garderobentür, die seinem Tisch am nächsten war. Er ging gerne in Deckung. Das gemeinsame Handeln hatte etwas Befriedigendes für ihn. Es war in Wirklichkeit gar nicht so anders, als mit zwei Klassenkameraden die Garderobentüren zu öffnen und zu schließen oder auf Schwester Edgars Fragen kollektive Antworten aus dem Katechismus aufzusagen. Er spürte, wie tröstlich Zahlen waren. Hier am Boden, in ungefähr derselben Lage wie die anderen fühlte er sich behaglich und sicher. Nach der anfänglichen Überraschung und Verwirrung waren jetzt alle ruhig. Das war die erste Regel beim Atomangriff. Ruhig bleiben. Reg dich nicht auf und reg keine andern auf. Eine weitere Regel, Nichts anfassen.

Er verspürte eine seltsame Zugehörigkeit beim Alles-in-Dekkung, eine Gemeinschaft im Gleichaussehen und Gleichtun, Kopf runter, Ellbogen angelegt, Schwänzchen in die Höh. Der Überfliegerjunge mit den zweiunddreißig Spielfiguren und den Millionen Billionen von Kombinationen drückte sich gern in die ihm angewiesene Nische, hörte auf Schwester Edgars Stimme, die alle

Vorsichtsmaßnahmen und Befehle wiederholte, eine auf- und abjaulende Sirene im verschwommenen Dunst eines weiteren unauffälligen Tages.

Ruhig bleiben.

Nichts anfassen.

Nicht ans Telefon gehen, wenn es klingelt.

Toaster ausstöpseln.

Kein Fahrzeug fahren.

Ein Taschentuch dabeihaben, um es vor den Mund zu halten.

In ihrer Gebetshaltung hätten sie irgendwer von irgendwo sein können. Die Gläubigen aus dem alten Samarkand, die sich vor ihrem Ajatollah verneigten. Es kam nur auf eines an, auf die unterwürfig flehende Bitte, auf die Verehrung der Wolke der Allmacht – vierzig sanft pochende Körper, an den Wänden aufgereiht.

Sie befahl ihnen, an ihre gewohnten Plätze zurückzukehren. Sie standen auf, sammelten ihre heruntergefallenen Bücher ein und rutschten ein bißchen wie arme Sünder auf ihre Stühle, Schwester Edgar immer im Blick, um festzustellen, wie absolut töricht sie sich jetzt fühlen sollten.

Keinen Satz mit Und beginnen, niemals Dativ und Genitiv verwechseln.

Schwester Edgar war mit der Leistung nicht zufrieden. Sie beugte sich über ihr Pult, die Hände so fest um die Holzplatte gekrallt, daß sie sehen konnten, wie das Blut aus ihren Knöcheln wich.

Sie warteten auf ihren Befehl, es noch mal zu machen.

5

»Hey Bobby.«
»Ich hab hier zu tun.«
»Hey Bobby.«
»Ich hab hier zu tun.«
»Hey Bobby. Wir wollen dir was sagen.«
»Hab euch doch gesagt, ich hab zu tun, ja.«
»JuJu will dir was sagen. Hey Bobby. Hör mal.«
»Haut ab, okay?«
»Hey Bobby.«
»Verpißt euch.«
»Hey Bobby.«
»Seht ihr nicht, ich arbeite hier?«
»Hey Bobby. JuJu will dir nur eins sagen.«
»Was.«
»Hey Bobby.«
»Okay. Was.«
»Nur eins.«
»Okay. Was.«
»Scheiß dir in die Hand und drück zu«, sagte Nick.

Sie wußte nicht, wie sie es nennen sollte, eine Heiterkeit, eine Anwandlung, irgend etwas mit Veränderung drin, Baumblüte oder duftender Regen, und sie stand auf den Stufen vor ihrem Haus und sah einem Mann auf der anderen Straßenseite zu, der Rost von seiner Feuerleiter kratzte, oben im dritten Stock.

Ein Laster hielt vor dem Lebensmittelladen zwei Häuser weiter. Der Sohn des Lebensmittelhändlers kam heraus, schloß die Luke im Bürgersteig auf und hob die beiden Falltüren hoch. Die Männer luden Limonadenkisten aus und brachten sie auf einem Handwagen in den Laden, der ältere Mann, oder trugen sie an den Handgriffen, der jüngere, über die Lukentreppe in den Lagerkeller.

Klara steckte sich eine Zigarette an und dachte daran, nach gegenüber zu gehen, um das Kind abzuholen, auf das heute die Frau des Schneiders aufpaßte, es war nämlich Mittwoch, und außerdem wurde es bald Zeit.

Der jüngere Mann schlenderte zu ihrer Eingangstreppe, als er das dritte oder vierte Mal in den Keller unterwegs war.

»Ob Sie mir wohl einen Zug von dieser Zigarette aufheben könnten?«

Sie starrte ihn an und ließ die Frage auf sich wirken.

»Frag ja höchst ungern«, sagte er.

Sie starrte ihn an, ließ das feuchte Hemd auf sich wirken und die abgetragene Latzhose, die Art, wie er die Kiste auf Bauchhöhe hielt, mit geäderten Unterarmen unter den hochgekrempelten Ärmeln.

»Ein Zug«, sagte er, »könnte den Unterschied zwischen Leben und Tod bedeuten.«

Sie sagte: »In welche Richtung?«

Er lächelte und sah weg. Dann schaute er sie an und sagte: »Kommt es drauf an, wenn man unbedingt eine rauchen muß?«

Sie streckte die Hand aus und bot ihm die Zigarette an, aber er setzte den Limokasten nicht ab, um die Zigarette zu nehmen. Stattdessen kam er zwei Stufen auf sie zu und schaute ihr ins Gesicht, und das hieß, sie mußte ihm die Zigarette zwischen die Lippen stekken oder das Angebot zurückziehen.

Zunächst mal tat sie keins von beidem. Sie nahm selber einen Zug und sagte: »Hast du keine Angst, daß du Wachstumsstörungen davon kriegst?«

Sechs Tage später, oder sieben, kam sie aus ihrer Wohnung und schloß die Tür ab. Da war jemand auf der Eingangstreppe und starrte durch die Diele herein. Sie wußte genau, wer das war und warum er hier war, und sie machte eine Bewegung, entweder ein Achselzucken oder eine Aufforderung. Dann steckte sie den Schlüssel in die Tür, die sie gerade abgeschlossen hatte, und schloß auf.

Er folgte ihr ins Gästezimmer, und als sie sich umdrehte, stand er direkt vor ihr. Er war ziemlich groß und hob sie hoch und preßte sie an die Wand. Sie kickte ihre Schuhe weg und packte ihn an den Haaren, eine Handvoll, und riß sein Gesicht von ihrem weg, damit sie ihn ansehen konnte.

Als sie fast nackt waren, standen sie voreinander und betrachteten sich. Es gab kein Bett oder Sofa, und sie berührten sich kaum, seine Hand auf ihrem Oberarm, die sie wegstieß. Die ganze Zeit wartete sie darauf, sich verrückt zu fühlen, aber vergeblich. Er legte die Hand auf ihren Oberarm, und sie schubste sie weg. Er zuckte die Achseln und lachte, nach dem Motto, Was ist denn hier los. Sie legte die Hand auf seine Brust. Sie berührte ihn, und er hörte auf zu lachen.

Sie sagte: »Bist du ein Junge, den ich kennen sollte? Wer bist du? Nicht daß es mich irgendwie interessierte.«

Er war ziemlich dunkel und gut gebaut, und er schob sie wieder an die Wand. Sie strich sich das Haar aus dem Gesicht. Sie dachte, solange er in diesem einen Zimmer blieb, konnte keiner behaupten, daß irgend etwas Verrücktes vor sich ging. Dies war das Gästezimmer, das Malzimmer. Sie sollte hier nicht unbedingt nackt sein, aber abgesehen davon, von ihren kalten Füßen auf dem blanken Boden, passierte hier nichts furchtbar Merkwürdiges.

Seine Hände waren überall. Er roch nach Zigaretten und irgend etwas anderem, seltsam muffig und verschwitzt. Sie küßten sich, und es schien Stunden zu dauern. Es schien Stunden zu dauern, lange, schlabbrige Küsse, in denen sie verschwand, weit weg, leer, seine Hand grob auf ihrer Brust, und ganz plötzlich wieder praktisch wurde, allerdings, sie schob ihn weg und ging zu dem Schrank am anderen Ende des Flurs und holte die Ersatzmatratze für das Kinderbett, ein jüdisches Erbstück, Generationen alt.

Sie kehrte ins Zimmer zurück und gab ihm die Matratze, aufgerollt und mit einem Stück Bindfaden verschnürt. Er stellte die Rolle aufrecht hin und tat so, als wollte er sie bespringen, mit heraushängender Zunge.

Sie nahm das Zimmer wahr. Er knotete den Bindfaden auf, ließ die kleine Matratze zu Boden plumpsen und ging auf die Knie, in Wartestellung. Das Zimmer war in diesem Licht wunderschön, schattengestreift, lauter Linien und Lücken, hell-dunkel, und sie ging zu ihm, mißtrauisch natürlich, und gab ihm mit einer Bewegung zu verstehen, er solle sich richtig hinsetzen.

Sie wußte nicht, was als nächstes kommen würde, von Sekunde zu Sekunde, und blieb widerstrebend, selbst als sie ihm beißend und stoßend näherrückte, das Wort Stoß, das Wort Schwanz, halb widerstand sie allem, was er tat, dem Geruch nach Arbeit und Keller auf seinem Körper, nach säuerlichen, staubüberzogenen Räumen.

Sie fielen übereinander her, geräuschvoll und feucht, holten Luft, wie man Wasser herunterstürzt, tiefe, irgendwie schmatzend eingesogene Schlucke. Er war hier, um sich mal ein bißchen erforschen zu lassen. Sie hielt gern inne und schaute oder schaute eigentlich weg oder führte seine Hand, oder sie ging in die Küche und holte ein Glas Wasser und kam zurück und goß es ihm halb über die Brust, ein für diese Bettstatt zu großer Körper, und dann reichte sie ihm das Glas und sah ihm beim Trinken zu und dachte, hier konnte sie eigentlich nichts Verrücktes feststellen, abgesehen davon, daß sie nackt in ihrem Arbeitsraum saß.

Und dann waren sie wieder überall zugleich, umeinander geschlungen, alles zum zweiten Mal neu, und sie schloß die Augen, um sie zusammen zu sehen, was sie fast schaffte, was sie ein winziges Momentchen lang schaffte, verdrehte und verkantete und umschlungene Körper, so herum und auch anders, diese Linie oder jene, hier, aber auch dort, wie Picasso-Liebende mit Rückvorderseite.

Als er sich auf die Suche nach der Toilette machte, dachte sie, sie würde sich endlich merkwürdig und verrückt und außer sich fühlen, aber sie hockte nur auf der Matratze und rauchte.

»Wir haben dreiunddreißig Zentimeter.«

»Dreiunddreißig Zentimeter.«

»Wieheißtesgleich. Admiral.«

»Admiral. Und das soll besser sein als, was, besser als Captain?«

»Klar. Kein Schnee.«

»Dreiunddreißig Zentimeter. Was für dreiunddreißig Zentimeter? Du willst dreiunddreißig Zentimeter? Dann bück dich mal.«

»Hey. Du und welche Armee?«

»Bück dich mal. Ich zeig dir kein Schnee.«

»Du und welche Armee?«

»Du hast 'n Admiral. Ich geb dir 'n Motorola.«

»In deiner ganzen Familie bringt doch keiner dreiunddreißig Zentimeter. Auch nicht dein Großvater und sein Affe.«

Bronzini stand vor seiner Klasse, vierundvierzig stoische Seelen, Physik und Chemie. Die meisten sechzehn, einige etwas älter, sogar schon achtzehn, trübe Tassen und welche, die nicht alle Tassen im Schrank hatten, irgendwo zurückgeblieben auf dem langen, steilen Marsch zum Wissen.

Er stand hinter seinem erhöhten Katheder und sprach zu den Wänden und der Decke, zu den Fenstern am hinteren Ende des Raumes. Er sprach zu der Luft voller Busabgase von der Fordham Road und zu der Universität unter den Bäumen auf der anderen Seite, wo die älteren Studenten am College Bachelor-Roben trugen und wo die Namen der im Ersten Weltkrieg gefallenen Ehemaligen auf Kapitellen über den Steinpfeilern an der Südgrenze des Campus eingraviert waren.

Universitas Fordhamensis.

»Wir können die Welt nicht klar erkennen, bevor wir nicht begreifen, wie die Natur organisiert ist. Wir müssen zählen, messen und testen. Das ist die wissenschaftliche Methode. Wissenschaft. Die Beobachtung und Beschreibung von Phänomenen. Phänomene. Die durch Sinneswahrnehmungen erfaßbaren Dinge. Die Jahreszeiten haben einen Sinn. Zu einem bestimmten Zeitpunkt nimmt die Kälte ab, die Tage werden länger. Das geschieht jedes Jahr zur gleichen Zeit. In der letzten Stunde haben wir vom Unterschied zwischen Tagundnachtgleiche und Sonnenwende gesprochen, und bestimmt erinnern Sie sich noch daran, Miss Innocenti. Die

Planeten bewegen sich in geordneter Weise. Wir können ihren Weg am Himmel vorhersagen. Und wir können die damit verbundene Mathematik bewundern. Die elliptische Umlaufbahn der Planeten um die Sonne. Ellipse. Ein leicht gestauchter Kreis. Hier entdecken wir Form und Ordnung, wir sehen die Gesetze der Natur in ihrer prachtvollen Harmonie. Denken Sie an den Rhythmus von Wellen. Die Geburt von Babys. Wenn eine Frau gebären soll, Applebaum, Augen nach vorn, dann sagen wir, ihre Zeit ist gekommen. Die Genauigkeit der Natur wird im Gebärvorgang deutlich. Die Frau geht durch mehrere Stadien. Der Fötus wächst und entwickelt sich. Wir können vorhersagen, wir können ungefähr sagen, diese Woche oder nächste Woche wird das Kind auf die Welt kommen. Ihre Zeit ist gekommen, Miss Innocenti, während Sie noch im Affentempo auf Ihrem Kaugummi herumkauen. Sie trägt den Fötus, bis ihre Zeit gekommen ist. Neun Monate. Sieben Pfund und sechzig Gramm. Wir brauchen Zahlen, damit die Welt sinnvoll wird. Wir denken in Zahlen. Wir denken in Jahrzehnten. Denn wir brauchen Organisationsprinzipien, Alfonse Catanzaro, jawohl, damit wir weniger verwirrt sind.«

Aus den hinteren Reihen meldete sich eine Stimme.

»Nennen Sie ihn Alan.«

Eine Welle der Belustigung rauschte durch den Raum, wie Wind durch Dünengras. Bronzini hatte keine größeren Disziplinprobleme. Die Schüler spürten seine Abneigung, sich auf Konfrontationen einzulassen, und sie deuteten seinen gedankenversunkenen, milden, manchmal weit abschweifenden Stil als eine Art privater Flucht, ganz ähnlich der ihren, vor den Pflichten des Tages.

Eine zweite Stimme beim Fenster, ein Mädchen, mit gespielter Waschlappenstimme.

»Nennt mich nicht Alfonse. Nennt mich Alan. Ich will Kinoschauspieler werden.«

Eine tiefergehende Woge der Heiterkeit diesmal, und Bronzini tat der Junge leid, der schmächtige Alfonse, aber er maßregelte sie nicht, redete weiter, redete über den momentanen Übermut hinweg – der schmächtige, klägliche Alfonse, blaurot gefleckt von tragischer Akne.

»Wir brauchen Zahlen, Buchstaben, Karten, Diagramme. Wir brauchen wissenschaftliche Formeln, um die Struktur der Materie zu begreifen. E gleich MC im Quadrat.«

Er schrieb die Gleichung an die Tafel.

»Wie kommt es, daß ein paar Kreidekritzel an einer Tafel, einige wenige schnörklige Zeichen die Gestalt der Menschheitsgeschichte ändern können? Energie, Masse, Lichtgeschwindigkeit. Protonen, Neutronen, Elektronen. Wie klein ist das Atom? Ich werde es Ihnen sagen. Wenn Menschen die Größe von Atomen hätten – denken Sie mal darüber nach, Gagliardi –, dann würde die Erdbevölkerung auf einem Stecknadelkopf Platz finden. Abgesehen von den Riesenmengen Energie, die in der Materie enthalten sind. Materie. Etwas, das Masse hat – fest, flüssig, gasförmig. Abgesehen davon, was passiert, wenn wir das Atom spalten und diese Energie freisetzen. Energie. Die Fähigkeit eines physikalischen Systems, Arbeit zu leisten. Ich möchte wissen, wie es kommt, daß ein paar Zeichen auf Schiefer oder auf einem Stück Papier, ein bißchen Schwarz auf Weiß, oder Weiß auf Schwarz, so viel Information enthalten und solche erschütternden Folgen mit sich bringen können. Abgesehen von der Energie, die sich im Atom konzentriert. Was ist mit der Energie, die in dieser Gleichung enthalten ist? Das ist die wahre Macht. Wie der Geist arbeitet. Wie der Geist identifiziert, analysiert und darstellt. Was für eine Schönheit und Macht. Was für Wunderwerke der Phantasie es braucht, um die komplexen Kräfte der Natur, all jene unsichtbaren, magischen Aktionen innerhalb des Atoms – um all dies mit einem Ping und einem Peng an der Tafel auszudrücken. Das Atom. Die Einheit der Materie, die als die Quelle der Kernenergie angesehen wird. Die Griechen des fünften Jahrhunderts vor Christus haben von dem Konzept des Atoms gesprochen. Vor Christus, Miss Innocenti. Und vor Kaugummi. Klein, klein, klein. Irgend etwas in irgend etwas anderem in irgend etwas anderem. Kleiner, kleiner, kleiner. Runter, runter, runter. Nächstes Mal Kapitel sieben. Bereiten Sie sich auf einen mündlichen Test vor.«

Ein kaum hörbares Stöhnen.

»Maximale öffentliche Peinlichkeit«, sagte Bronzini.

Sie packten ihren Krempel und stürzten aus dem Klassenzimmer hinaus in die langen Korridore, wo sich noch viertausend andere Schüler unter riesigem, hormonellem Getöse, was den Zustand der Befreiung anzeigte, zu sammeln begannen.

Es war immer noch Winter, aber heute lag etwas Weiches in der Luft, jene rhythmische Illusion von Frühlingsanfang, von der man sich so gern narren ließ, und Albert machte sich auf seinen üblichen Weg durch die Einkaufsgegend, steckte die Nase in Geschäfte und Nachbarschaftstreffs.

Hier aß er einen Pignoli-Keks und erkundigte sich nach dem Sohn der Frau, der bei der Artillerie in Korea war. Dort befingerte er seinen Schnurrbart und stand amüsiert neben einem aufgebrachten Meckerer, der sich laut über die lumpigsten Kleinigkeiten beklagte, rotäugig und spuckend.

Beim Schweinemetzger unterhielt er sich mit ein paar Neuankömmlingen aus Kalabrien, einer Frau und der von ihr mitgeschleiften Tochter, und dabei fielen ihm seine Mutter und seine Schwester ein, am Ende des Erinnerungstunnels, und wie sich das Mädchen praktisch an die Mutter klammerte.

Jetzt lag die Mutter im einem Grab in Queens, auf einer großen, breiten Wiese mit Steinen und Kreuzen, Tausende von Seelen außerhalb des gewöhnlichen Spektrums, ein souveränes Volk, klaglos.

Er kaufte hier Fleisch, dort Fisch, und machte sich auf den Heimweg. Er dachte an das Heiligenfest jeden Sommer, wenn die Mitglieder der Kirchenkapelle durch die Straßen zogen und herzschwere Stücke spielten, die Frauengesichter an die offenen Fenster der Miethäuser lockten. Die Musiker folgten dem Brauch, langsam durch eine bestimmte Wohnstraße zu paradieren und bei einem bestimmten Einfamilienhaus anzuhalten, einem Holzhaus mit Vorderveranda und Rosenspalier, dem Haus des Olivenölimporteurs. Wenn sie ihr Spiel unterbrachen, wurden sie von der Familie hereingebeten, und sie kamen in ihrer Musikerkleidung aus schwarzen Hosen und weißen Hemden, mit ihren Instrumenten. So ein alter und würdiger Brauch, die älteren Männer, der dicke Posaunist, der junge Mann, wie ausgehöhlt von der an seinen Oberkörper geschnallten

Baßtrommel, sie alle schlurften auf ein Glas Rotwein in das schattige Haus.

JuJu wollte ihm nicht hinein folgen, aber er mußte. Als Nick hineinging, mußte er auch.

Er hatte einen toten Menschen sehen wollen, und Nick würde ihm jetzt einen zeigen. Sie standen im Vorraum des Bestattungsinstituts in der Nähe der Third Avenue, wo zwanzig oder dreißig Männer rauchten und redeten.

»Vielleicht ist das keine gute Idee«, sagte JuJu.

»Paß bloß auf, daß du nicht lachst.«

»Wieso soll ich denn lachen?«

»Zeig Respekt«, sagte Nick. »Die sollen schließlich glauben, daß wir zur Familie gehören.«

Nick gab ihm einen Schubs, und sie gingen in den Aufbahrungsraum. Frauen saßen auf Klappstühlen und beteten den Rosenkranz, und an den Wänden standen Sofas, jüngere Frauen, die in Schwarz seltsam aussahen, nicht wiederzuerkennen, und mehrere kleine Mädchen standen zwischen ihnen, ernst und blaß.

Sie traten an den Sarg und schauten hinein. Es war ein alter Mann, weit aufklaffende Nasenlöcher, die Hände eines Zimmermanns oder Maurers, rohe, rauhe Kupferfinger.

»Da hast du deine Leiche. Laß dir nichts entgehen.«

Sie knieten am Sarg nieder.

»So schlimm sieht er nicht aus«, sagte JuJu.

»Ich glaub, sie haben ihm die Augenbrauen gezupft.«

»Ich dachte, es wäre anders«, sagte JuJu.

»Wie, anders?«

»Ich weiß nicht. Weiß«, sagte JuJu. »Das ganze Gesicht kreideweiß.«

»Er wird geschminkt und aufgeputzt.«

»Weiß und steif, dachte ich.«

»Den findest du nicht steif, diesen Mann?«

»Er könnte beinahe schlafen. Wenn er im Anzug schlafen würde.«

»Du bist also enttäuscht.«

»Ein bißchen bin ich enttäuscht, ja.«

»Sag's doch noch ein bißchen lauter«, sagte Nick, »damit sie uns auf die Straße zerren und totschlagen können.«

»Das war keine gute Idee von dir.«

»Wir sollten einen Umschlag haben«, sagte Nick.

»Das war keine gute Idee. Was für 'n Umschlag?«

»Wenn wir zur Familie gehören«, sagte Nick. »Mit einem Meßkärtchen oder Geld.«

»Ich dachte, einen Umschlag gibt's, wenn du heiratest. Nicht wenn du stirbst.«

»Einen Umschlag gibt's bei jeder Gelegenheit. Die machen das immer mit Umschlägen.«

»Das war keine gute Idee. Von mir aus können wir gehen.«

»Zu eilig. Sprich ein Gebet. Zeig ihnen, daß du betest. Erweis ihnen Respekt«, sagte Nick. »Frauen in schwarzen Kleidern. Wenn wir ihnen keinen Respekt erweisen, zerreißen die uns.«

In einer Ecke des Billardsalons hustete ein Typ namens Stevie einen schillernden Schleimkloß raus, auch Auster genannt, und spuckte ihn in den Hals seiner Colaflasche.

JuJu sagte: »Ich bitte dich um einen Schluck Cola, und du machst das?«

»Hey. Ich hab nicht nein gesagt.«

»Aber du machst das? Du spuckst rein?«

»Du wolltest einen Schluck. Ich sage. Nimm doch zwei.«

Stevie holte noch eine Auster aus seinem Hals und spuckte sie in die Flasche und hielt JuJu die Flasche hin.

»Aber du machst das? Du würgst dieses Riesending raus, wo jeder denken würde, kein Mensch, der se noch alle hat, trinkt aus 'ner Flasche, in der dieses Ding schwimmt.«

»Du willst einen Schluck. Hey. Nimm einen Schluck. Nimm, was du willst.«

»Das heißt, du gibst mir deine ganze Cola. Nimm, was du willst. Wenn ich so verrückt bin, das Zeug zu trinken.«

»Was mein ist, soll auch dein sein«, sagte Stevie.

JuJu grinste falsch, ein spöttischer Blick. Dann schüttete er das Ganze mit einem langen Schluck in sich hinein. Er ließ einen kleinen, zischenden Rülpser folgen und warf Stevie die Flasche wieder rüber.

Nick schaute bewundernd zu.

Später an diesem Abend ging er mit Mike dem Kläffer Gassi. Er lief an der Mauer des Krankenhauses entlang und dann ostwärts durch die leeren Straßen. Gegenüber von dem Haus, wo die Frau wohnte, stellte er sich hin. Im vorderen Zimmer stand ein Bett, ohne Laken, ein leeres, hochgekurbeltes Bett, leicht zu erkennen, direkt rechts von den Eingangsstufen, bei halb zugezogenen Vorhängen, daneben brannte eine Lampe, und er stand eine Weile da und rauchte.

Als er den Hund zurückbrachte, kamen zwei Männer die Stufen vom Billardsalon herunter. Er glaubte einen von ihnen wiederzuerkennen, von dem Pokerspiel, und sie kamen ziemlich lautstark die Stufen herunter, so daß der Hund zurückwich.

Mike saß allein an der Theke und machte seine Abrechnung.

»Wo hast du ihn denn hingebracht, aufs Männerklo von Grand Central?«

Nick wedelte mit dem Daumen zu den Männern hin, die gerade gegangen waren.

»Kenn ich diese Typen?«

»Weiß nicht. Kennst du diese Typen?«

»Ernste Sache, wie?«

»Ich kann's dir auch gleich sagen«, sagte Mike. »Du wirst sowieso davon hören.«

»Was?«

»Erinnerst du dich an den Kerl, der an der Tür saß, als wir die Pokerrunde laufen hatten?«

»Klar. Walls.«

»Walls war am Abend des Überfalls nicht hier.«

»Ich fand das interessant.«

»Das fanden manche. Und einige, die an dem Abend hier waren, dachten, einer der drei Täter.«

»Wart mal. Die trugen doch Masken, oder?«

»Hätte Walls sein können. Maske hin oder her. Und natürlich hat sich Walls seitdem nicht blicken lassen. Du kannst dir also vorstellen, daß sein Aufenthaltsort von Interesse ist. Abgesehen davon, daß zwei der Spieler in sehr enger Verbindung«, sagte Mike, »zur Organisation stehen.«

»Zur Organisation. Und jetzt?«

»Walls ist gesehen worden.«

»Walls ist gesehen worden. Sie haben ihn gefunden.«

»Und er hat Scheißpech. In einem puertorikanischen Lebensmittelladen, ungefähr eine Meile von hier.«

»Was macht er denn in einem puertorikanischen Lebensmittelladen?«

»Kauft 'ne grüne Banane. Hey. Woher zum Teufel soll ich das wissen?«

Nick lachte. Die Nachricht erregte ihn. Er fand sie befriedigend, obwohl er Walls mochte, ja bewunderte, auf der Grundlage der paar Worte, die sie bei dem einen Mal gewechselt hatten. Sie hatten ihn gefunden und umgebracht. Er sagte sich, daß er daran denken mußte, als erstes morgen eine Zeitung zu holen. So was stand bestimmt in der Zeitung.

»Dein Geld hat er auch genommen«, sagte Nick. »Nicht bloß das Bargeld auf dem Tisch.«

Mike stellte sich auf einen Stuhl, um den Fernseher auszuschalten, der ohne Ton lief.

»Ich hab nicht vor zu feiern«, sagte er. »So eine Sache bringt nur die falsche Art von Aufmerksamkeit. Ich hab schon das Revier zu schmieren, damit sie mir den Laden nicht dichtmachen. Der Überfall war schlimm genug. So eine Sache zieht die Mordkommission und die Presse an.«

»Wie haben sie's gemacht?«

»Wie haben sie's gemacht. Sie haben ihn erschossen. Peng peng.«

»Ich weiß. Aber wie? Wie viele Kerle? Was für Waffen?«

Foto von blutüberströmter Leiche mit Handtuch überm Kopf, von wegen dem Anstand.

»Haben die noch wen erschossen? Sind sie in einem Auto weg, in zwei Autos?«

»Weiß ich nicht. Hab nicht gefragt.«

»War er bewaffnet, dieser Walls, als sie ihn erschossen haben?«

»Weiß ich nicht«, sagte Mike.

»Haben sie ihn in den Kopf geschossen oder was?«

»Nicky, das reicht, sag ich. Geh nach Hause und leg dich aufs Ohr.«

Sie fuhren nach Manhattan ins Kino und schlenderten um den Times Square herum, guckten sich die Leute an, alle möglichen Leute, und fühlten sich überlegen und dumm zugleich.

Spätnachts nahmen sie die Hochbahn zurück, JuJu und Ray saßen nebeneinander, und Nick streckte sich auf dem langen Flechtsitz auf der anderen Seite des Gangs aus.

»Weißt du, ich finde«, sagte JuJu. »Wir hätten da nie reingehen sollen. Das ist nicht recht. Immer Quatsch machen, Quatsch machen, Quatsch machen. Meinetwegen. Aber das hätten wir lassen sollen.«

»Du hast gesündigt«, sagte Nick.

»Der Mann liegt da aufgebahrt. Laß ihn in Ruhe. Wenn er so'n Sack wär, der sein Leben lang bloß aufm Arsch gesessen hat, wär's vielleicht was anderes. Der hier war ein Arbeiter. Der Mann liegt da aufgebahrt.«

Nick mimte eine Leiche im Sarg.

»Du hast gesündigt. Geh in die Kirche zur Beichte. Dann geht's dir besser«, sagte er.

Ray Lofaro hatte keinen Schimmer, wovon sie redeten. JuJu sagte es ihm aus Prinzip nicht, und Nick wollte es ihm nicht sagen, weil er keine Lust hatte, sich damit zu beschäftigen.

Der Zug war ein Bummelzug und brauchte ewig.

Sie fuhren an den dunklen Mietshäusern der unteren Bronx vorbei, an den Tausenden, die in ihren Betten schliefen, und Nick stand auf und versuchte, den Flechtsitz auseinanderzunehmen, erst mit den Händen, was ziemlich schwer war, und dann, indem er ihn eintrat und dann, wieder mit den Händen, die geflochtenen Fasern auseinanderrupfte.

Ein Mann am anderen Ende des Wagens stand auf und ging in den nächsten Wagen, und Nick betrachtete ihn und überlegte, ob das eine Beleidigung war oder nicht.

Dann trat er noch ein bißchen weiter, ging einen Schritt zurück und benutzte die Absatzkante seines Schuhs, um den Sitzrücken zu demolieren. Er zerrte mit beiden Händen, riß Korbfasern mit einer Reihe langer, trockener, knallender Geräusche herunter.

Seine Kumpel hatten nichts dazu zu sagen.

Er stieg eine Station vor ihrem Bahnhof aus, und sie schauten ihm nach, wie er zur Tür hinausging. Er lief zu dem Haus rüber, wo sie wohnte. Er stand auf der anderen Straßenseite, rauchte, beobachtete das Haus. Die Lampe im Vorderzimmer brannte, aber das Bett war jetzt weg.

Er wußte, daß Mr Bronzinis Mutter kürzlich gestorben war. Von seiner eigenen Mutter. Und er brauchte ein, zwei Tage, um die Dinge zusammenzubringen, daß das Bett der alten Frau gehört hatte, daß die Wohnung Mr Bronzinis Wohnung war, daß die Frau, die er in der Wohnung gebumst hatte, Mr Bronzinis Frau war.

Er fand, es machte nicht viel. Er war öfters am hellichten Tag an dem Gebäude vorbeigegangen und hatte sie nicht gesehen. Er hatte ein- oder zweimal auf der Eingangstreppe gestanden und geraucht, und sie war nicht rausgekommen. In letzter Zeit hatte er im Dunkeln da gestanden und das Haus beobachtet, meistens nach Mitternacht, jeden Abend derselbe Scheiß, und die Zeit totgeschlagen, bevor er bettreif war.

Er war siebzehn Jahre und ein paar Monate alt. Bald würde er einberufen werden, und das war wahrscheinlich gar nicht so schlecht. Sein Freund Allie trug schon Uniform, hatte die Grundausbildung hinter sich und Korea vor sich, wo er, sagte er, die schönsten Frauen bumsen und die schlappen, weniger schönen für Nick und die anderen übriglassen würde.

Er stand da und rauchte. Er beobachtete ihr Haus und dachte an tausend Dinge, vernünftig, verrückt, dumm, und er dachte an die Frau.

6

Die leeren Grundstücke waren weniger als einen Block vom Schultor entfernt, wüstes Ödland mit einem höher und einem niedriger gelegenen Teil, mit Felsblöcken, Unkraut und in Trümmern liegenden Mauern, hie und da Zeichen von altem, explodiertem Müll, braune Tüten, die von den umliegenden Häusern heruntergeschmissen worden waren, und hier kämpften die kleineren Jungen miteinander und bewarfen sich mit Steinen, und die größeren rösteten in der Abendkühle Süßkartoffeln, und hier hatte ein Junge namens Skeezer mal eine lebendige Heuschrecke gegessen, eine Legende, die es in vielen Vierteln gab, daß dem Jungen der Heuschreckensaft übers Kinn lief, aber in diesem Fall waren auch ältere, verläßlichere Männer dabeigewesen, die es bezeugen konnten, und hier spielten noch andere, düsterere Geschichten, da war ein Mann, der jede Nacht in einem Graben schlief, und die Typen aus dem anderen Billardsalon, Major's, die spät in einer Sommernacht ein Mädchen in die Ruinen brachten und Schlange standen, um's mit ihr zu treiben, und wer das Mädchen war und ob sie es wollte, und viele andere Geschichten aus den Lots.

Dieses Stück Land, das sich weit erstreckte, hieß nämlich die Lots, so wie ein Netz aus Durchgängen die Höfe hieß, und hier war Matty eine Hand poliert worden, bei einem Kartenspiel, das Knöchelhauen hieß.

Er kam in die Wohnung und ging ins Schlafzimmer seiner Mutter, die an ihrer Perlenstickerei saß, und er hielt ihr die Hand vor die Nase.

»Was ist das?«

»Nach was sieht es aus?« sagte er.

»Blut.«

»Dann ist es das.«

»Dann solltest du es mal saubermachen.«

»Willst du nicht wissen, was passiert ist?«

»Was ist passiert?«

»Ach, egal«, sagte er.

Er setzte sich ins Wohnzimmer und untersuchte die Spuren und Kratzer, die schmierigen Streifen von getrocknetem Blut. Er schwamm in genüßlichem Selbstmitleid, während er das tat, empfand sogar eine Faszination, eine tierische Verbundenheit, kurz vorm Ablecken, aber dann kam sein Bruder zur Tür herein, früher als sonst, und er versuchte die Hand zu verbergen.

»Was ist das?«

»Nichts.«

»Zeig her, Idiot.«

»Ich muß es nur saubermachen.«

»Da mußt du Jod drauftun. Laß mal sehen.«

»Ich brauch kein Jod«, sagte er mit leiser Beharrlichkeit.

Er streckte die Hand aus und schaute weg, irgendwie taktvoll.

»Er braucht Jod«, sagte Nick zu seiner Mutter.

»Ist das der 7-Up-Mann?«

»Jott-oh-dee, Jott-oh-dee.«

Matty wurde klein auf seinem Stuhl, als sich sein Bruder die Hand anschaute. Nicks eigene Hände waren schmutzig und schrundig und so viel größer, fünf, sechs Jahre größer – Männerhände fast, mit Blasen in den Handflächen und Schnitten von Glasscherben.

»Wie ist das passiert? Hast du einem kleinen Mädchen eins aufs Maul gegeben?«

»Kartenspiel auf den Lots.«

»Du gehst auf die Lots?«

»Nur an den Rand.«

»Weiß sie, daß du auf die Lots gehst?«

»Ich geh ja nicht weit rein.«

»Hältst du das für richtig, daß du da hingehst?«

»Was meinst du?«

»Ich meine, geh ruhig. Aber paß auf. Da laufen Jungs von überall rum. Die wissen nicht, daß du mein Bruder bist.«

Nick hielt Mattys Hand und schaute sie sich an.

»Es tut nicht mehr so weh wie vorhin.«

»Du hast Knöchelhauen gespielt.«

»Genau.«

»Und am Ende hattest du noch Karten in der Hand, und der Sieger hat dich wie oft geschlagen.«

»Ich konnte es mir aussuchen.«

»Das weiß ich noch, mit dem Aussuchen.«

»Entweder verpaßt er mir neun Schrappschläge mit der Kante des Stapels oder vier Schrappschläge und dann einen Killerschlag, hochkant mit dem Stapel.«

»Stumpfes Ende. Wo er dir volle Kanne quer auf die Knöchel haut.«

»Genau«, sagte Matty.

»Eine Frage. Wie kannst du bei einem Kartenspiel für kleine Kinder verlieren, du bist doch so helle, was spielst du mit einem Haufen kleiner Pißpötte?«

»So klein waren sie gar nicht«, sagte Matty.

Nick hielt Mattys Hand. Über die Jahre hatte Nick ihm oft eins übergezogen, ein Schnippen mit dem Mittelfinger, der die Kraft einer Steinschleuder hatte. Oft hatte Nick ihn aus einem Stuhl herausgehoben und sich selber hingesetzt. Einmal hatte er ihn aus dem Fenster gehalten, weil er Schnodder auf einen Türrahmen gerieben hatte. Oft hatte Nick ihm einen Arschtritt verpaßt, und das nur, weil er durch ein Zimmer kam, das Matty beinhaltete.

»Ich glaube, das ist ein Fall für Jod.«

»Ich brauche kein Jod«, flüsterte er.

Er schaute sich seine Hand in Nicks Hand an. Sein Bruder roch nach Arbeit und Hitze und scharfer Salami, der scharfen Salami, die er auf der Arbeit aß.

Ihre Mutter kam herein und schaute sich die Hand an.

Sie sagte: »Mercurochrom.«

Nick nahm ihr die Hand weg.

»Jod«, sagte er.

»Zuerst wäscht er sich die Hand mit Seife und kaltem Wasser. Matthew, hörst du mir zu? Dann trocknet er sich die Hand ab.«

»Dann tut er Jod drauf.«

»Ich will kein Jod«, sagte Matty. »Ich will Mercurochrom.«

»Jod. Das ist stärker, es ist besser, es ist heißer, es brennt.«

»Mercurochrom«, sagte Matty.

»Es frißt sich in die Wunde rein, macht sie sauber und brennt.«

»Mercurochrom«, sagte Matty.

Aber er wollte nicht, daß sein Bruder die Hand fallen ließ, daß er die Hand jetzt schon losließ.

Klara stand auf dem Dach und beobachtete die Gewitterwolken, die sich bläulich und scharfkantig aufbauten, wie das Wetter an einer fernen Küste, ein Himmel, der zu üppig und wild schien, um hier vorbeizukommen.

Das Kind spielte mit einem Nachbarskind auf einer Decke in der Nähe.

Sie hatte die Wäsche abgenommen und in den Korb getan, war aber noch nicht so weit, schon wieder hineinzugehen. Der Wind gewann an Kraft, und sie sah überall in ihrer Umgebung Frauen auf den Dächern, die Kleider von schaukelnden Leinen abnahmen und unter geblähten Bettlaken durchtauchten, und andere Frauen zerrten an den Leinen, die kreuz und quer über Durchgängen, zwischen Fenstern und Wäschemasten gespannt waren, sie hörte es genau, das kreischende Lied alter Leinen, wenn sie durch die gerillten Felgen all der rostigen Räder liefen.

Sie vermißte Alberts Mutter. Es war eigenartig, jetzt in das vordere Zimmer zu kommen, ein unbehaglicher, leerer Ort, zuerst das leere Bett und jetzt nicht mal mehr das, nur Bodenraum, der gefüllt werden mußte.

Es war auch eigenartig, daß sie das Bett nicht hatten wegwerfen wollen, beide nicht. Wochenlang hatten sie es stehenlassen, hochgekurbelt zur Tageslichthöhe, für die Stunden, wenn sie gern ihre Augen geschlossen und die Sonne auf ihrem Gesicht gespürt hatte.

Das Weiß ihres Nachthemds und ihrer Haare und die weißen Laken und die Laken, die sich auf den Dächern blähten, und die Frauen, die sie mit beiden Händen zu raffbarer Größe bändigten.

Die ersten Tropfen fielen, dick und platschend.

Sie war einmal hier oben gewesen, vor nicht allzu langer Zeit, im Grunde, um sich vor ihrem Leben zu verstecken, und hatte den jungen Mann gesehen, der auf der anderen Straßenseite an einer Laterne stand und rauchte.

Die meiste Zeit, falls sie überhaupt an ihn dachte, sah sie ihn in Bewegung vor sich, sie dachte an rauhe Hände, die über ihren Körper fuhren, und den tief in seine Finger eingegrabenen Schmutz, sie dachte an die Wölbung seiner Schultern und die Art, wie er sie über seine geballte Faust hinweg ansah.

Es hatte ihr gefallen, ihn bei der Laterne zu sehen, wie er zum Haus herüberschaute. Dann dachte sie darüber nach, und es gefiel ihr nicht mehr so gut. Aber das war das einzige Mal, daß sie ihn dort sah.

Die beiden Kinder wollten nicht ins Haus gehen, aber der Regen kam immer näher.

Er war ihr in gewisser Weise einfach erschienen, natürlich, nicht distanziert oder völlig fremd. Zuerst dachte sie, es wäre vielleicht ganz nett, ihn als den jungen Helden zu sehen, wie die Figur eines Bildungsromans, aber sie sah ihn nur in Bewegung vor sich und namenlos und nicht fiktional, etwas Kreisendes, Verwischtes, das irgendwo neben ihrer rechten Schulter schwebte – das Objekt, das ihr Hirn aus all der Lust und Feuchtigkeit kondensierte.

Sie schaute über die Brüstung und sah drei Mädchen, die gegenüber auf den Eingangsstufen eines Hauses das Knöchelspiel spielten, das Mädchen mit dem Spielball saß reglos hingekauert, nur ihre Hand huschte hektisch zwischen den verstreuten Knöchelchen hin und her, und Klara hörte sie rufen, Dreier und Berührt und Hindernis, ein Streit brach aus, stahlhart und klar.

Sie wollte nicht mehr, sie wollte weniger. Das konnte ihr Mann nicht begreifen. Einsamkeit, Distanz, Zeit, Arbeit. Irgend etwas da draußen, das sie unbedingt zum Atmen brauchte.

Sie nahm den Wäschekorb mit zur Tür und ließ ihn drinnen stehen. Die umgebenden Dächer waren inzwischen so ziemlich leer, und das Jaulen der Wäscheleinen hatte aufgehört. Selbst aus dieser Höhe konnte sie das Klopfgeräusch erkennen. Eine Frau klopfte mit einem Penny ans Fenster, rief ihr Kind vom Spielen herein.

Dann prasselte der Regen herunter. Klara nahm ihre Tochter hoch, raffte die Decke mit einem Arm und ergriff das andere Kind bei der Hand, und lachend rannten sie über das Dach, unterm rasenden Himmel.

Beim Abendessen erzählte sie ihm, sie sei selbstsüchtig gewesen.

»Ich glaube nicht, daß das stimmt«, sagte er.

Er brach ein Stück knuspriges Brot auseinander, das tat er rituell und mit zutiefst verläßlicher Angewohnheit, und sie konnte sich nicht vorstellen, daß er eine ganze Mahlzeit mit allen Vorgängen und Unterbrechungen und Handbewegungen ohne diese grundlegende Geste hinter sich gebracht hätte.

»Die Malerei ist Verschwendung. Ich erreiche nichts. Geben wir doch Teresa das Zimmer.«

»Laß dir Zeit«, sagte er. »Und außerdem, was willst du denn damit erreichen? Mach es doch zu deiner tagtäglichen Befriedigung. Weil es den Tag ausfüllt.«

Sie hatte einen kleinen Whistler-Druck, die berühmte Mutter des Künstlers, und sie hängte ihn in eine Ecke des Gästezimmers, weil sie fand, daß er normalerweise nicht genug beachtet wurde, und weil sie das formale Gleichgewicht und die wahrhaftigen, gedämpften Farben mochte und weil das Bild so auffallend modern war, die sitzende Frau in Morgenhaube und zweckmäßigem dunklen Kleid, eine Gestalt, aus ihrer Zeit heraus in die abstrakten Arrangements des zwanzigsten Jahrhunderts versetzt, anscheinend lange bevor sie bereit dazu war, aber Klara mochte es auch, durch die Farbkomponenten hindurchzuschauen, durch die hohe Theorie der Farbe, vielleicht sogar die Theorie des Malens – in die Tiefen dieses Bildes hineinzuschauen, auf die Frau, auf die Mutter selbst, auf den situativen Aspekt einer Frau in einem Sessel beim Nachdenken, und sie war unglaublich interessant, so quäkersteif und reglos, scheinbar weit weg, aber nur, weil sie, wie Klara fand, ihren Erinnerungen nachhing, gefangen in einer Erinnerungstrance, eine starke und elegische

Präsenz, obwohl es ihrem Sohn, dem dogmatischen Maler, anders lieber gewesen wäre.

»Nein, wir werden etwas mit dem Zimmer machen. Damit sollte ich mich beschäftigen. Den Raum in einen bewohnbaren Zustand bringen.«

»Wir haben das vordere Zimmer noch zu machen«, sagte er.

»Wir haben das vordere Zimmer, das immer noch Niemandsland ist. Ich werde das vordere Zimmer machen. Und dann mache ich das Gästezimmer.«

»Und ich werde mich auch mehr anstrengen. Leiter der naturwissenschaftlichen Fachschaft. Das soll mein Ziel sein. Und diesen Sommer verreisen wir. Nach Spanien oder Italien. Wohin du willst«, sagte er.

Sie sah ihm gern beim Essen zu, weil er so inbrünstig mit den Dingen umging und sie genoß, das Besteck benutzte, das Essen gründlich kaute, mit dem Weinglas ein paar Zentimeter vor seinen Lippen innehielt, aber unprätentiös, wartend, genießend, das hatte etwas Irdisches und Erdverbundenes an sich, Albert über einem Teller mit tintigem Tintenfisch – Erde und Meer und wie er Essen auf einem Teller anschaute, alles einatmete, bevor er auch nur eine Gabel anfaßte.

»Nach Spanien«, sagte sie. »Madrid. In den Prado.« Und sie lachte etwas kalt, mit dem hohlen Tonfall, den sie anschlug, wenn sie sich selbst bestrafte. »Ich will mir Bilder anschauen bis zum Umfallen.«

Dann sah sie ihn auf der Straße mit einem Freund, einen Army-Navy-Laden ansteuernd, und sie blieb stehen und stand einfach da, stand ihm im Weg, und er rempelte sie beinahe an, bevor er sie erkannte, und er blieb stehen und legte nur sehr geringe Überraschung an den Tag, und sein Freund blieb stehen, und dann ging sie um die beiden herum und auf die andere Straßenseite.

Am nächsten Tag stand er an der Laterne, als sie aus dem Fenster schaute. Sie hängte im Vorderzimmer neue Vorhänge auf, und er stand da und rauchte. Ein Laster von der Expreßpost fuhr zwischen ihnen hindurch. Dann schaute er auf und sah sie. Er schnippte die Zigarette fort und kam über die Straße.

Sie warf die Matratze hin. Nick betrachtete die Frau und zog sich das Hemd über den Kopf. Dann betrachtete er sie wieder. Sie stand mit gesenktem Kopf da, als versuchte sie, sich an etwas zu erinnern, und dann öffnete sie einen Knopf an der Seite ihres Rocks.

Sie küßte nicht zu Ende. Das war interessant und etwas verwirrend, anders als letztes Mal, als sie sich fast bis ins Greisenalter geküßt hatten. Wie sie jetzt abbrach und wegsah, gerade als er dachte, durch einen Kuß würde sie warm und weich werden, und wie sie aussah, als sie es tat, fast verletzt machte sie sich los, und er war überrascht, wie anders sie aussah, nicht so, wie er sie vom letzten Mal in Erinnerung hatte, vielleicht blasser, mit schwerelosen, blutleeren Händen, als schwebten da zwei weiße Objekte vorbei, und Augen, die ein bißchen vorstanden und Dinge zu sehen schienen, von deren Existenz er nichts wußte.

Aber die Augen schauten auch weg, und das war gleich geblieben, wie das gekräuselte Lächeln, das kleine Zucken im Mundwinkel. Einiges war gleich geblieben. Die Titten waren gleich geblieben, der Arsch und die Titten und der Busch und die zusammengefaltete, glitschige Zunge, wenn er sie küßte.

Blicke, bei denen er nicht herausfinden konnte, was sie bedeuten sollten.

Und das andere Lächeln, wenn sie im stillen über sie beide lächelte, oder worüber sie sonst lächelte, im stillen lächelte, als wäre es schon drei Tage danach und sie ginge bei A & P einen Gang entlang und dächte darüber nach, was sie getan hatten, aber es war nicht drei Tage danach, sie waren immer noch dabei, und sie hatte seine Eier in der Hand und drückte leicht zu.

Eine nackte Frau war erstaunlich.

Er hatte das noch nie so gesehen, im vollen Licht, ohne halb angezogen zu sein oder eine Stranddecke auf dem Schoß zu haben oder beim Sex in einem dunklen Auto. Dies war ihr ganzer Körper, nackt im Tageslicht, stehend und liegend und vorne und hinten und offen und sich darbietend und dann wieder anders, wenn sie durchs Zimmer ging, all diese Angewohnheiten und auch, wie sie auf ihn zukam, und wieder anders, wenn sie ging, sicherer als er, gewandt und geschmeidig, da wippten keine Einzelteile. Sie wußte, wie man nackt ist. Sie sah aus, als wäre sie nackt in diesem Zimmer aufgewachsen, wahrscheinlich ein mageres Mädchen, als sie ein Mädchen war, und mager auf eine ganz bestimmte Art, sie hatte einen vorstehenden kleinen Bauch und genierte sich wegen ihrer Füße, aber nun war sie Schüchternheit und falschen Proportionen entwachsen und natürlich verheiratet und daran gewöhnt, angeschaut zu werden, und sie hatte keine Kurven und Kuppen, aber sie sah nackt gut aus und klammerte sich an ihn, als sie fickten, wie ein Wesen, das um Licht kämpft, eine große feuchte papierne Motte.

Er nahm ihren Strumpf vom Boden und zog ihn sich über den Kopf. Sie lächelte und sah weg und schien etwas sagen zu wollen und überlegte es sich anders. Er zerrte das Nylon herunter, so daß er sie mehr oder weniger durch die Ferse hindurch betrachtete. Er spielte pantomimisch, daß er eine Waffe aus einem Schulterhalfter zog und auf sie richtete.

»Alles, was du hast. Mein oder der Tod.«

»Es fällt schwer, das ernst zu nehmen, so wie du aussiehst.«

»Hey. Lady. So machen die das.«

»Bei Raubüberfällen, meinst du?«

»Genau. Allerdings muß ich sagen. Die brauchen das Geld wohl ziemlich nötig, um sich so was übers Gesicht zu ziehen.«

»Na ja, der ist auch getragen. Die Täter nehmen doch keine getragenen Strümpfe, oder?«

»Ich glaub nicht, daß diese Kerle wählerisch sind. Die nehmen, was grade so rumliegt.«

»Ich muß zugeben, du siehst verändert aus.«

»Glaubst du, du würdest mich wiedererkennen, wenn du ins Haus kämst und ich stünde mit dieser Maske da?«

»Nein. Aber ohne Maske würde ich dich auch nicht wiedererkennen.«

Er zog die Maske ab und setzte sich auf die Matratze. Sie holte Wasser, und er sah hinter ihr her, wie sie aus dem Zimmer ging, wie ihr Hintern kaum wippte, und er schlang sich den Strumpf um den Schwanz und warf ihn dann beiseite.

Der warme, muffige, irgendwie etwas matte Geruch, die Nylonausdünstungen, die ihm immer noch im Gesicht hafteten, traurig, matt, tagealt, ihre, und ihm ganz nah, etwas, das er von ihr kannte und das sie weniger seltsam machte.

Aber seltsam war sie schon noch. Sie war etwas, wovon du deinen Freunden nichts erzählen mochtest, und das war seltsam. Und sie war etwas, wovon du dir selbst nicht sagen mußtest, daß es wirklich geschah. Es geschah einfach. Es geschah, peng, und das war's, mit Whistlers blöder Mutter an der Wand.

Er sah ihr zu, wie sie ins Zimmer kam.

Er sagte: »Weißt du, als mein Bruder noch klein war, hat er mal irgendwo zugeschaut, wie ein Mädchen pinkelte, ein kleines Mädchen, wahrscheinlich aus der Nachbarschaft, sie zog ihr Höschen runter und ruckelte sich auf dem Sitz zurecht und pinkelte in aller Ruhe, und mein Bruder guckt zu, und dann geht er raus in ein Zimmer voller Erwachsener, so ist mir's später erzählt worden, und er wartet, bis sie nicht mehr reden, und schließlich reden sie auch nicht mehr und schauen ihn an, und er sagt, Mary Feeley hat keinen Piephahn.«

Sie reichte ihm das Glas. Das war eine der längsten Reden, die er je gehalten hatte, Nick, wenn man die Witze nicht rechnete, die er manchmal erzählte. Dann griff sie nach seiner zusammengeknüllten Hose auf dem Boden und durchsuchte die Taschen nach einer Schachtel Zigaretten.

Sie saßen auf der Matratze, mit aneinanderstoßenden Knien, rauchten und teilten sich das Wasser.

»Weißt du, warum ich Old Golds rauche? Das würde ich nicht jedem verraten.«

»Blödsinn. Warum?«

»Das ist die Zigarettenmarke, die früher die Dodgers im Radio gesponsert hat. Old Gold. Wir sind Tabakmänner, keine Medizinmänner, das war der Slogan. Die Dodgers waren meine Mannschaft. Waren. Sind's nicht mehr.«

»Das ist aber ein großes, besonderes Geheimnis, das du mir da verrätst.«

»Allerdings. Jetzt mußt du mir eins von dir erzählen. Egal, ob ein großes oder ein kleines.«

»Wie heißt du?«

»Nick.«

»Nick, du kannst nicht mehr herkommen. Absolut viel zu verrückt. Nie mehr, okay? Wir haben es gemacht, und jetzt müssen wir damit aufhören.«

»Wir können es doch woanders machen«, sagte er.

»Nirgendwo anders. Nein. Glaub ich nicht.«

Vom Körper mal abgesehen. Aus solcher Nähe hat er sich das Gesicht einer Frau noch nie angeschaut. Daß er glaubt, er weiß, wer sie ist, nur von ihrem Gesicht, was sie ißt und wie sie schläft, von dem abirrenden Lächeln und dem ungekämmten Haar, dem Haar über dem rechten Auge, und daß ihr Gesicht zu allem wird, was sie ist, das er nicht in Worte fassen kann.

»Nick Shay«, sagte er, mit einer kleinen Spitze, einem Hauch von Rachsucht, denn sie wußte natürlich von dem Schachunterricht und würde Mattys Familiennamen erkennen und begreifen, daß Nick der ältere Bruder war, und sie würde die dichtgewobene Gefahr der ganzen Sache spüren.

Aber es schien ihr scheißegal zu sein. So wie es ihm scheißegal war, daß sie die Frau von einem war, den er kannte, so war es ihr egal, daß er der Bruder von einem war.

»Dann sollte ich wohl mal«, sagte er.

»Ja, ich glaube, es wird Zeit.«

Er nahm seine Hose und zog sich an und ließ sie nackt auf der Matratze sitzen, irgendwie schief auf eine Seite gelehnt, mit geschlossenen, angezogenen Beinen, mit der Hand, die die Zigarette hielt, wedelte sie den Rauch von ihrem Gesicht weg, und er dachte nicht daran, sich umzusehen.

7

Rosemary saß in dem Anwaltsbüro über der Bäckerei und räumte Akten in einen alten Schrank, als ihr Chef hereinkam, Mr Imperato, zurück von einem seiner seltenen Vormittage beim Strafgericht. Er war ein watschelnder Mann, ein gewiefter Witzeerzähler, der an der Aufgabe eines Witzes wuchs. Er war kahlköpfig, plattfüßig und nachlässig gekleidet, und manchmal war er vergeßlich bei der Arbeit, aber wenn es einen Witz zu erzählen gab, hörte er Sphärenklänge. Er vermasselte nie eine Pointe oder versäumte eine Pause. Er machte Stimmen und Akzente nach, Männer, Frauen, sprechende Vögel, zuverlässig, die Augen voller Behendigkeit.

»Riechen Sie mal das Brot«, sagte er.

»Das kommt davon, wenn man über einer Bäckerei sitzt. Ich kaufe ständig Brot. Meine Jungs kommen gar nicht mehr nach.«

»Was haben Sie gekauft?«

»Das ist fürs Abendessen.«

»Zeigen Sie mal. Ist es rund oder lang?«

»Letztes Mal, wissen Sie noch, was Sie da mit meinem Brot gemacht haben. Das ist fürs Abendessen. Weg mit Ihnen.«

Vor vier oder fünf Jahren hatte Mr Imperato in ihrem Auftrag einen Privatdetektiv engagiert, um Jimmy zu finden. Das größte Geheimnis ihres Lebens, von dem keiner wußte, nur der Anwalt und der Detektiv. Als bei der Sache nichts herauskam, bezahlte Mr Imperato den Mann selbst und sagte ihr, sie könne ein bißchen Büroarbeit machen, um es ihm zurückzuzahlen. Seitdem arbeitete sie hier, und er zog das Detektivhonorar nie von ihrem Gehalt ab, weil er jemanden brauchte, wie er sagte, der sich seine Witze anhörte.

»Ich kaufe uns einen größeren Ventilator.«

»Ich glaube, den brauchen wir«, sagte sie.

»Ich hab mir einen für zu Hause besorgt. Manchmal sitzen die Kinder davor. Der Fernseher ist beim Pfandleiher. Ich sag zu Anna. Sie gucken Ventilator.«

»Ich will kein Fernsehen im Haus haben.«

»Das müssen Sie aber«, sagte er.

»Ich will es nicht.«

»Die Kinder wollen es.«

»Matty will es. Er geht nach oben zu den Nachbarn und schaut sich Ringkämpfe an.«

»Ich versäume keinen Ringkampf, wenn's geht. Sie müssen es haben. Die Kinder müssen es haben. Fernsehen ist einfach etwas, das man haben muß.«

Als sie mit ihrem Brot nach Hause ging, stieg sie höher als bis zu ihrem Stockwerk, stieg die ausgetretenen Stufen hoch, sah Wäsche draußen vor den schmierigen Fenstern des Treppenhauses hängen, denn sie wollte etwas mit Mrs Graziani im obersten Stock besprechen.

Carmela stellte einen Kaffeekuchen hin und machte Kaffee, und sie setzten sich in die Küche.

»Wie du diese Stufen jeden Tag hochkommst.«

»Drei-, viermal«, sagte Carmela. »Ich kenne jede Stufe beim Vornamen. Ich habe Namen für die Stufen.«

»Und Mickey fühlt sich besser seit der Operation.«

»Wenn man das Besserfühlen nennen kann. Er ist genauso wie immer. Ich weiß nicht, ob das besser ist. Weil diese Männer, alles, was die wollen, ist doch bloß in einem Zimmer sitzen und Kartenspielen, siebzehn Stunden lang könnten die spielen. Karten, bis sie tot umfallen.«

»Aber es hat ihm einen richtigen Schreck eingejagt. Wenn er Karten spielen kann, soll er ruhig, mit mehr Energie. Du hast ihn fast verloren.«

»Ich glaube, ich würde ihn nicht verlieren, selbst wenn ich nach China ginge«, sagte die Frau.

Rosemary ging es nach einem Besuch bei Carmela meistens besser. Die Frau lag in ständiger Fehde mit Männern, nicht nur mit ihrem Mann und dem trübseligen Sohn Cosmo, sondern mit Männern überhaupt, und selbst wenn Rosemary nur zu zwei Prozent einer Meinung mit ihr war, fühlte sie sich dennoch irgendwie sauberer, gereinigt wie nach der Beichte, wenn sie eine Tasse Kaffee mit Carmela getrunken hatte.

»Was ich dich fragen wollte. Hast du was über die Frau aus 607 gehört? Die Großmutter?«

»Da gibt's nichts zu hören«, sagte Carmela.

Und sie machte eine Bewegung, die Hand, die unter dem Kinn herwischt, ein Zeichen, das besagte, diese Geschichte brauchen wir nicht ernst zu nehmen. Das Nichts-Zeichen. Eine sehr abfällige Geste, nach Rosemarys Verständnis der Dinge.

»Du glaubst also nicht.«

»Wenn ich glauben würde, daß da irgendwas dran wäre, wäre ich die erste, die rüberginge und drauf warten würde, daß er erscheint, um auf die Hände und Knie zu gehen und Gott für dieses Wunder zu danken.«

Die Frau aus Nummer 607, dem schmalen Haus mit den Dachschindeln, das von zwei Familien und zwei Großeltern bewohnt wurde, hatte im Keller gesessen und ihren Rosenkranz gebetet, und plötzlich schaute sie von den Perlen hoch und sah einen Heiligen in der Tür stehen, Sankt Antonius, und Rosemary brauchte Beistand in dieser Angelegenheit, ein Gefühl dafür, wieviel Glauben sie in der Sache riskieren sollte.

Carmela tat sich vier Löffel Zucker in den Kaffee.

»Weißt du, was ich sage, Rose? *Domani mattin'*. Mit anderen Worten, klar, morgen früh kommt er wieder, und diesmal mit einem Engel, der Trompete bläst.«

Diese Reaktion war ernüchternd. Denn trotz ihrer grenzenlosen Skepsis war Carmela eine regelmäßige Besucherin der Morgenmesse, und Rosemary hätte gern gehabt, daß sie die Geschichte ernster nahm oder zumindest die Referenzen der Großmutter gelten ließ, lange Gebetssitzungen mit einer Anzahl anderer alter Frauen, alle in Trauerkleidung, beim Beten der Geheimnisse.«

Zum x-ten Mal sagte ihr Carmela, sie solle ausgehen, unter Leute kommen.

»Du bist noch jung, Rose.«

»Ich bin nicht mehr so jung.«

»Widersprich mir nicht. Du solltest weniger zu Hause hocken und mehr neue Leute kennenlernen. Du gibst dein ganzes Leben für die beiden Jungen hin. Dieser Nicky, ich sag's ja nicht gerne.«

»Dann sag es auch nicht.«

»Ich sag's ja nicht gerne, Rose.«

»Sag es nicht.«

»Diesem Jungen steht ich-weiß-nicht-was ins Gesicht geschrieben. Du weißt genau, was ich meine.«

»Er arbeitet hart. Er gibt mir, ohne zu klagen, sein Geld.«

»Und der andere. Ich weiß nicht.«

»Wenn du's nicht weißt, Carmela.«

»Ich weiß nicht, Rose. Der andere. Aber Nicky, den hab ich im Auge. Ich hab diesen Jungen im Auge.«

»Das ist komisch, denn weißt du was? Ich hab ihn nicht im Auge. Er steht auf, wenn's Tag wird. Er geht zur Arbeit. Er gibt mir sein Geld. Er gibt mir den Umschlag mit seinem Lohn. Und nicht ein Wort der Klage.«

»Die Mutter erfährt es immer als letzte.«

»Er ist schnell groß geworden, Nicky. Er ist schon ein Mann. Er hat mehr Verantwortungsgefühl als einer, der zehn Jahre älter ist. Der ist groß geworden wie der Blitz, dieser Junge.«

»Tut mir leid, Rose. Aber ihn würd ich im Auge behalten.«

Carmelas Sohn hatte ein Jahr im Korbflechtunterricht verbracht, ein weiteres Jahr in der Hilfsschule und ein drittes Jahr, nachdem er eine Treppe heruntergefallen war, im Bett, um wieder gesund zu werden, drei Mahlzeiten am Tag im Bett, und jetzt lebte er bei seinen Großeltern im Norden des Staates New York.

Und die sagt mir, sie macht sich Sorgen über meinen.

Nein, dies war kein durchschnittlicher, befriedigender Besuch bei der Frau im obersten Stockwerk, und an den folgenden Tagen, warmen Tagen mit kühlen Abenden, wenn der Wasserwagen die Straßen sprühte und Schmutz und Sand durch die Gosse flossen – da gab es viele Tage, an denen Rosemary an dem schmalen Haus, Nummer 607, vorbeiging und über die alte Frau nachdachte, Bettina, die im Keller mit ihren Freundinnen den Rosenkranz betete, den freudenreichen Rosenkranz montags und donnerstags, den schmerzhaften dienstags und freitags, den glorreichen und so weiter, aber wahrscheinlich hielten sie sich gar nicht an eine feste Reihenfolge, nein, nicht diese Frauen, denn Frauen wie sie, die trugen am Tag des Heiligen Antonius Mönchskutten, Frauen und auch Kinder in braunen Kutten und barfuß, und die Statue wippte über ihnen, und das war erstaunlich und merkwürdig und eindrucksvoll, fand Rosemary, und solche Frauen sprachen ihre Gebete ohne Rücksicht auf irgendwelche Zeitpläne.

Sie war zu scheu, um an die Tür zu klopfen, aber sie stellte sich gern die Frauen vor, die um den Tisch herum saßen, große Perlen für das Vaterunser, kleine Perlen für das Ave Maria.

Sie selbst hatte keine Zeit, das jeden Tag zu tun. Sie hatte ihre eigene Form im Umgang mit Perlen. Sie hatte den Rahmen, den am Rahmen befestigten Stoff und die Nadel mit dem Holzgriff, mit der sie die Perlen auf den Stoff fädelte, schillernde Perlen, um ein Kleid zu verzieren, und sie fragte sich eigentlich nie, wer es wohl tragen würde.

Sie war zu scheu, um mit der Großmutter zu sprechen, die sowieso kein Englisch konnte. Fünfunddreißig Jahre in diesem Land und nicht drei Worte Englisch. Aber in gewisser Weise war das ein Zeichen ihres Glaubens, ein Hinweis, worauf es wirklich ankam. Es kam auf die Geheimnisse an, nicht die Sprache, in der man sie betete.

Die Frischluftinspektoren standen fast jeden Tag an der Ecke, drei oder vier oder fünf Männer, und Rosemary ging an dem schmalen Haus vorbei und dachte über das nach, was angeblich dort geschehen war.

Manchmal braucht der Glaube ein Zeichen. Es gibt Momente, da möchte man aufhören, an seinem Glauben zu arbeiten und sich einfach von einem wehenden Wind überwältigen lassen, der einem alles sagt.

»Vielleicht hat sie eine Achtelsekunde lang gedacht, ich hätte geschmatzt. Oder ihr zugeschnalzt.«

»Und dann?«

»Dann hat sie kapiert, daß ich Essen zwischen den Zähnen hatte und es rauspopeln wollte. Wie man es halt mit der Zunge rauspopelt. Aber sie hat mich angeguckt und gesehen, wer es war, und beschlossen, lieber beleidigt zu sein.«

»Das kann ich verstehen.«

»Das kannst du verstehen.«

»Das kann ich verstehen, und auch wenn du sie nicht beleidigt hast, du hättest es aber gekonnt.«

»Hab ich nicht. Hätt ich aber gekonnt. Das meinst du.«

»Ich kenn dich seit zwanzig Jahren. Du hättest es gekonnt.«

»Nur damit ich recht verstehe. Ich hab nicht. Hätt es aber gekonnt.«

»Genau. Denn bei dir könnt ich mir's vorstellen.«

»Hab ich aber nicht.«

»Hättest es aber gekonnt.«

»Egal, ob ich Essen rauspopeln wollte.«

»Egal, ob Jesus auf dem Wasser wandelte. Denn du hättest es gekonnt.«

»So weit bringst du uns also.«

»Wie weit bringe ich uns?«

»So weit, daß ich sagen muß. Und weißt du, was ich sagen muß? Und ich sag es dir und deiner Schwester. Euch allen beiden.«

»Paß bloß auf.«

»Und hör mir gut zu. Dir, aber ganz besonders deiner Schwester.«

»Paß bloß auf, Anthony.«

»Ich scheiß dir in die Seele, du Scheißer.«

»Anthony. Jetzt machst du aber einen Fehler.«

»Dir und deiner Schwester. Ich scheiß euch in die Seele.«

»Kennt man sich seit zwanzig Jahren.«

»Und eurer Mutter auch, wo ich grade dabei bin.«

»Denkt der, ich hör mir so was von einem Vollidiot wie dem an.«

»Und eurer Mutter«, sagte er.

Ein Junge kam vorbei, einen Baseballhandschuh in den Gürtel gehakt, und aß ein Eis am Stiel.

Der Hafenarbeiter stand auf der anderen Straßenseite, mit seinem massiven, schnurrbärtigen Kopf, ein Frischling, erst vor etwa einem Jahr mit dem Schiff gekommen, arbeitet auf den Docks in Jersey, stark wie ein Truck von Mack.

Zwei Burschen schoben ein Auto, in dem keiner saß.

Nick stand vor dem Lebensmittelladen, aß ein Jumbo-Sandwich und hielt in einer Papiertüte ein Bier versteckt, das ihm Donatos Frau verkauft hatte.

Die Frischluftinspektoren.

Sammy Bones, der bei einem Spiel in den Polo Grounds aufs Spielfeld gelaufen war, so daß er im Fernsehen kam, nur daß keiner, den er kannte, Fernsehen guckte, und seitdem ist er *arrabbiato*, rasend wie ein tollwütiger Hund.

Ein Mädchen im Firmkleid, einem weißen Kleid und Strümpfen und weißen Schuhen und roten Schleifen im Haar, und in der Hand weiße Blumen in knittrigem roten Zellophan.

JuJu kam vorbei, nahm Nick das Sandwich aus der Hand und schaute hinein.

Der alte Mann auf den Eingangsstufen gegenüber, der sein Taschentuch fein säuberlich auf der obersten Stufe ausbreitet, sich dann hinsetzt und seine Pfeife mit Zigarettentabak und den Krümeln einer zerbröselten DeNobili-Zigarre stopft, das ist der unvermeidliche Itaker-Stinker, und dazu noch mit allem möglichen anderen, was nicht in eine Pfeife reingehört.

»Mit deinen Gewichten ist es dir aber ernst.«

»Ich mache Bankdrücken, und meine Mutter hält die Hantel, wenn ich schreie. In Rückenlage«, sagte Juju mit leicht snobistischem Ton.

»Wie oft willst du eigentlich von meinem Sandwich abbeißen?«

»Ich mache ein komplettes Programm. Solltest mal rüberkommen.«

»Hey. Ich arbeite, nicht vergessen. Ich hab den ganzen Tag 7-Up zu stemmen.«

»Das ist doch kein Programm«, sagte JuJu.

»Bevor ich Gewichte hebe, sterb ich lieber.«

»Siehst du, das ist eine typische Reaktion, mit der du nur deine Dummheit zeigst.«

»Sterb ich lieber den Tod der tausend Schnitte.«

»Zeig ruhig deine Dummheit.«

»Dann bin ich lieber dumm. Guck mal da drüben. Die in der gelben Bluse. Das ist 80D.«

»Was, hast du gemessen?«

»Was heißt hier messen? Ich hab'n geübten Blick.«

»Du kannst aus dieser Entfernung Körbchengröße D von C unterscheiden.«

»Lieber eß ich Schafsmagen, als Gewichte zu heben«, teilte Nick ihm mit.

Die Frau des Verwalters schaute friedlich aus dem Fenster von Nummer 610, sie wurde Schwester Katy genannt. Und wenn sie sturzquietschbesoffen war, ungefähr einmal im Monat, dann johlten die Kinder zu ihr rauf, Sing doch, Schwester Katy.

»Die verkauft dir Bier an einem Sonntag? Vor ein Uhr?«

»Was für 'n Bier? Das hier ist Malzbier.«

Ein Junge in weißem Anzug mit roter Krawatte und einer roten Armbinde, die Haare glattgekleistert, versucht sich dem Griff seiner Mutter zu entwinden, die mit ihrer schlenkernden Handtasche auf seinen Kopf zielt.

»Welchen Firmnamen hast du denn?«

»Kann dir doch scheißegal sein«, sagte JuJu.

Zuerst die stickige Luft der langen Treppe und der metallische Geschmack der Luft und das dicke, ferne Rollen der Männerstimmen an einem Abend mit Betrieb, die aufgeregten, verschwommenen Stimmen und der Rauch im großen Raum und ein Baseballspiel im Fernsehen und ein Billardspieler, der langsam sein Queue mit Kreide einreibt und dabei aussieht wie ein Soldat aus einem alten, exzentrischen Krieg, und die wunderschönen, numerierten Kugeln und der grüne Filz und das verträumte Pirschen eines Spielers, der gerade dran ist, das endlose Karambolieren der aufeinandertreffenden Kugeln, die Treffergeräusche des Queues, die Kugeln, die Bande, das Poltern, wenn eine Kugel direkt ins Loch versenkt wird.

An dem Abend spielte Nick eine Partie mit George dem Kellner. George jobbte an seinen restaurantfreien Abenden als Parkwächter am Rennplatz, und er erzählte Geschichten von den Autos, die er einparkte, wie er das Gaspedal runtertrat und auf die Bremse latschte, es klang wie dreckige Witze, Chrom und Polster und Lenkung, alles Titten und Arsch.

Seit der Episode mit der Spritze war Nick etwas auf der Hut vor George. Er fühlte sich in gewisser Weise abgeschnitten, weniger frei und leicht, aber George sagte nie etwas dazu, schien sich gar nicht mehr daran zu erinnern.

Trotzdem war ihm, als hätte er vor George an Format eingebüßt, weil er so viel Schrecken und Verwirrung gezeigt hatte.

Nick sah von dem Stoß auf, zu dem er gerade ansetzte. Etwas in Georges Augen ließ ihn dessen Blickrichtung folgen, zum anderen Ende des Raumes.

»Wer ist das?«

»Du kennst ihn nicht?«

Mike stand da und unterhielt sich mit einem untersetzten Mann an der Theke, der ein zu enges Jackett trug, zweifarbig, über einem Hemd mit offenem Kragen.

»Mach deinen Stoß«, sagte George.

Nick zielte seitlich auf die Sieben.

»Das ist Mario Badalato«, sagte George.

Er machte seinen Stoß.

»Nicht schlecht«, sagte George. »Den Namen schon mal gehört?«

Er war sich nicht sicher, aber er schüttelte den Kopf.

»Ein Name, den man über die Jahre mit dem ganz bestimmten Leben verbindet.«

Nick schlich gebückt ans andere Ende des Tisches und überlegte sich seinen nächsten Stoß.

»Verstehst du mich? Väter, Onkel, Vettern, Brüder.«

»Das ganz bestimmte Leben.«

»Du kriegst die Vier nie versenkt. Egal, was du aufs Korn nimmst, laß es mit der Vier«, sagte George. »Leute, die so leben.«

»Dieses Leben«, sagte Nick.

»*Malavita*. Wenn sie einmal drin sind, dann auch richtig.«

Nick warf dem besagten Mann einen Blick zu, er war vielleicht vierzig Jahre alt, dick und muskelbepackt, eine Körpermasse, die nichts Schlaffes oder Schwabbelndes hatte, sondern hart war, muskelbepackt, aufgebaut auf dem bescheideneren Glück anderer Männer, so wie ein unglückseliges Ereignis am anderen Ende der Stadt einen stärker macht.

»Statt dessen solltest du dir lieber mal die Zwei anschauen. Die Vier ist nicht dein Stoß, Nicky.«

»Die Zwei.«

»*Madonn'*, was muß ich tun, eine gedruckte Einladung schicken?«

»Dieses Leben«, sagte Nick.

»Dieses ganz bestimmte Leben. Unter der Oberfläche ganz gewöhnlicher Dinge. Und so organisiert, daß es in gewisser Hinsicht mehr Sinn hat, falls du verstehst, was ich meine. Es hat mehr Sinn als das Schwachsinnsleben, das wir anderen leben.«

Nick musterte weiter den Tisch.

»Das ist der Mann, der Walls, na ja, hat kaltmachen lassen?«

»Woher soll ich das wissen? Ich weiß es nicht, ich will es nicht wissen, ich will auch nicht weiter drüber reden.«

»Nicht weiter, nicht weiter.«

»Mach deinen Stoß«, sagte George.

Mario Badalato. Vielleicht kannte er seinen Namen irgendwoher. Sie spielten ein paar Partien, und George gab ihm Tips und Ratschläge, und ein Typ am Nebentisch sang etwas auf die Melodie des bekannten Schlagers »Stormy Weather«.

»Was das soll. Hab mit Rouge die Hose voll. Schlecht ge-bla-sen.«

»Fast schon Strandwetter, George.«

»Und das macht dich glücklich? Ich hasse den Strand. Hab früher mal am Strand gearbeitet.«

»Sag bloß nicht Bademeister. Da tut einem ja das ertrinkende Kind leid.«

»Schlauberger. Ich hab Eiskrem verkauft. Jahre her. Zweiunddreißig Grad im Schatten mit 'ner Kühlbox auf dem Rücken, und die fühlte sich an, als wär sie tausend Pfund schwer.«

»Das wird immer noch so gemacht.«

»Wir mußten Sonnenhelme tragen. Wie in Afrika.«

»Die tragen die immer noch.«

»Ich will mein Lebtag keinen Strand mehr sehen. Die Neun muß nach hier. Schau mal. Liegt doch alles prächtig da.«

Es war Zeit für George, ins Restaurant zurückzukehren. Ein Rommėspiel lief, und Nick stellte sich hin und schaute zu und langweilte sich und rief den Hund und ging mit ihm Gassi.

Er stand im Mussolini-Park, während der Hund an ein paar Dreckhäufchen herumscharrte. Er schaute einem Abschleppwagen nach, dessen Fahrer mit mindestens hundert Sachen um den Kreisverkehr raste wie ein Rodeoreiter, der sich kurz vorm Absprung in die Kurve legt. Ein Bursche namens Grasso kam zu ihm, sie waren mal in derselben Klasse beim Werken gewesen, und er zeigte auf zwei Typen schräg gegenüber, am Imbiß, sie standen da und aßen irgendwas, beide Schwarze mit Sportjacken.

»Die sind aus der Bowlingbahn gekommen. Dann sind sie an die Theke und haben sich bestellt, was sie halt bestellen.«

»Schon mal gesehen?«

»Hier? Die sind noch nie hiergewesen.«

Die zwei Typen stellten ihre Pappbecher wieder auf die Theke und gingen Richtung Third Avenue, und Nick und Grasso folgten ihnen, den Hund im Schlepptau. Die Typen wußten, daß jemand hinter ihnen war. Nicht daß sie sich umgedreht hätten. Aber Nick sah, wie sie aufhörten zu reden und wie ihr Schritt vielleicht ein Spürchen anzog.

»Was steht da auf den Jacken?«

»Hawks, glaub ich.«

»Schon mal gehört?« sagte Nick.

»Nie. Hawks? Was für Scheiß-Hawks? Außerdem glaub ich nicht, daß die 'ne Sportmannschaft sind. Ich glaub, das ist 'ne Bande.«

Sie kamen an der Leichenhalle vorbei und gingen anderthalb Straßen weit auf der Third Avenue unter den gestreiften Schatten der Hochbahn hindurch, und dann blieben die zwei Typen stehen und drehten sich um.

Nick und Grasso schlossen auf.

»Hawks? Was heißt Hawks?« sagte Grasso.

Keine Antwort. Der eine bereit, der andere dachte noch drüber nach.

»Wohnt ihr hier, die Hawks? Weil ich glaub nämlich nicht, daß ich hier schon mal Hawks gesehen hab.«

Keine Antwort.

Der Hund kam dazu und begann, an den Füßen von einem der Typen herumzuschnüffeln.

»Es ist besser, wißt ihr, vor allem nachts, wenn ihr bleibt, wo ihr hingehört. Und tagsüber auch«, sagte Grasso. »Aber besonders nachts, sonst kommt noch wer auf falsche Gedanken.«

Der Zug fuhr mit großem Stakkatorattern über ihnen entlang, und sie warteten, bis er vorbei war. Aber dann sagten die zwei Typen auch nichts.

»Ich weiß immer noch nicht, was Hawks heißen soll. Dabei hab ich nett gefragt. Aber hören tu ich nix.«

Autos wendeten, krochen um die Hochbahnpfeiler. Und Mike der Kläffer schnüffelte am Schuh des Typs, und der Typ kickte irgendwie mit dem Fuß, ein kleiner Fußruck, daß der Hund zurückwich, und Nick trat vor und haute dem Typ eine rein.

Ein Auto hielt, mitten beim Wenden.

Nick trat vor und schlug den Typ einmal, ein ordentlicher bis guter Hieb, der ihn an der Schläfe traf, als er versuchte, sich zu dukken, und das Auto blieb plötzlich stehen, und vier Typen stiegen aus und ließen die Türen von diesem Auto, das plötzlich mitten auf der Straße stehengeblieben war, einfach offen.

Es waren Typen aus dem anderen Billardsalon, Turk und seine Wichsfressen-Freunde, und einer der zwei Schwarzen fing an zu rennen, aber der andere stand da und starrte, von sechs Weißen und einem braunen Hund so ziemlich umzingelt.

Nick grinste Turk halb an.

»Der hat meinen Hund getreten«, sagte er.

Der eine, der den Schlag eingesteckt hatte, war noch da, und er starrte Nick an, und Nick zuckte die Achseln und lächelte, und der Typ drehte sich um und ging langsam weg, und die vier anderen Typen atmeten durch und zogen sich die Hosen hoch und stiegen wieder ins Auto. Die Türen knallten zu, rattazong, und das Auto fuhr weg.

Grasso sagte: »Scheiß-Turk.«

»Ich weiß.«

»Denkt, er ist der Obermotz, der auf Erden wandelt.«

»Ich weiß«, sagte Nick.

»Wo hast du das Vieh her?«

»Wohnt bei Mike.«

»Hab noch nie so'n häßliches Vieh gesehen.«

Nick täuschte einen Boxhieb auf Grassos Kopf an, und sie gingen zurück zu den beleuchteten Straßen, während hinter ihnen die Hochbahn röhrte.

Ungefähr einen Monat später war der Mann wieder im Billardsalon, stand eines Nachts spät an der Theke bei Mike, und die zwei aßen überbackene Pasta von Blechtellern.

Mike ließ das Licht über dem Tisch, wo Nick spielte, kurz aufblitzen.

Als Nick hochschaute, sagte er: »Komm mal rüber.«

Nick latschte linkisch zu ihnen rüber, als sollte er gleich seinen zukünftigen Schwiegervater kennenlernen.

»Mario hier will dir was sagen, und das solltest du dir anhören. Mario hat deinen Vater kurz nach dem Krieg gekannt. Im Krieg und nach dem Krieg.«

Badalato stand mit dem Rücken zum Raum, und Nick ging um die Theke herum, wo Mike stand, hinter die Theke, damit er dem Mann ins Gesicht schauen konnte.

Sie tranken Wein, was Nick hier drin noch nie gesehen hatte, und sie reichten sich abwechselnd ein Glas mit roten Paprika, aßen im Stehen, jede Gabel Nudeln schleifte lange Mozzarellasträhnen hinter sich her.

»Ich hab deinen Vater gekannt. Jimmy. Ich hab Jimmy gemocht.«

Nick entging nicht, wie folgenschwer dieser Augenblick war, daß ein Mann aus dem ganz bestimmten Leben gleich mit ihm über seinen Vater reden würde.

»Mike hat's mir erzählt. Er sagt, Jimmys Sohn kommt hierher. Jimmy Costanza. Ich sag, den Namen hab ich lang nicht mehr gehört. Ich hab Jimmy gemocht, sag ich.«

Und der Mann selbst, folgenschwer, die dicken Hände und dunklen Augenbrauen und das dicke Haar und die etwas platte Nase, wie bei einem Boxer.

»Ich sage. Was hab ich gesagt? Jimmy hatte Talent, der Bursche, er ist Mister Unsichtbar.«

Nick entging nicht, wie gewichtig diese Situation war. Aber er war auch argwöhnisch, er zögerte, er wollte etwas Flapsiges sagen, denn alles, was mit seinem Vater zu tun hatte, machte ihn mißtrauisch.

»Wenn ich Mike richtig verstanden habe, glaubst du, daß dein Vater keine Wahl in der Sache hatte. Wie er ging. Wie er verschwand. Jemand hat ihn in ein Auto gezerrt. Als sein Sohn denkst du, das wäre ihm zugestoßen. Sie haben ihn irgendwohin gebracht. Aber ich muß dir eins sagen.«

Badalato trank einen Schluck Wein aus dem flachen, eckigen Glas.

»Deinem Vater hätte ohne mein Wissen keiner was tun können. Das muß ich dir sagen. Ich hätte davon gewußt. Und selbst wenn ich es nicht vorher gewußt hätte, und so läuft das nicht, aber nehmen wir mal an, dann hätte ich's später erfahren. Ich hätte es gehört. Verstehst du, was ich sagen will? Es ist unmöglich, daß das passiert ist, ohne daß ich früher oder später davon gehört hätte.«

Der warme Geruch des Essens machte Nick hungrig, so daß er sich fragte, wie das Essen von einem Restaurant hierher gebracht werden und immer noch dampfend heiß sein konnte.

»Ich hab deinen Vater gemocht. Ich glaube nicht, daß Jimmy ernsthafte Feinde hatte. Er hatte Schulden, na und? Wenn dir einer Geld schuldet, dann handelst du eine Vereinbarung aus. Es gibt Mittel und Wege, so was zu machen, man wendet einfache Geschäftsmethoden an, so wie Mike sein Geschäft führt, so wie ein Herrenschneider sein Geschäft führt. Du kaufst einen Anzug, du zahlst soundso viel an und dann soundso viel pro Monat ab. Du kaufst dir ein Auto und so weiter.«

Der Mann sah Nick an, während er sprach. Er klang nicht überheblich oder leichtfertig. Er wollte ein aufrichtiges Gespräch, und er wollte ihm etwas klarmachen.

»Jimmys Stellung war nicht danach, daß er jemanden so auf die Füße treten konnte, daß der dann was ganz Außergewöhnliches tat. Bei allem Respekt, Jimmy war ein kleiner Fisch. Er hatte einen sehr kleinen Laden laufen. Hat bei den Kleingeldwettern die Runde gemacht. Meistens ganz kleine Wetten. Das machte er. Die Jungs, die in der Fabrik kehren, so was. Du mußt verstehen. Jimmys Stellung war nicht danach, daß ihn einer von den Großen bedroht hätte.«

Nick betrachtete ihn, wie er sich einen Bissen Essen reinschob. Er konnte nicht anders, er verspürte Dankbarkeit. Der Mann stand da und redete mit ihm. Der Mann nahm sich die Zeit, ihm etwas zu sagen, das die Sache, wie er glaubte, in Nicks Kopf in Ordnung bringen würde.

»Ich bedanke mich«, sagte er.

»Ich hab deinen Vater gemocht. Und ich weiß selber, wie das ist, einen Vater in jungen Jahren zu verlieren. Wegen Krebs war das.«

»Daß Sie sich die Zeit nehmen. Ich bedanke mich.«

»Vergiß es. Mach dein Spiel zu Ende«, sagte der Mann.

Nick hatte immer noch das Billardqueue in der Hand. Er wedelte in Richtung der Lampe über dem Tisch.

»Mike, sag bloß nicht, du berechnest mir die Zeit, die ihr zwei hier beim Essen sitzt.«

Das gefiel den Männern. Er ging an den Tisch zurück und beendete das Spiel mit Stevie und Ray. Sie wollten wissen, was er mit den Typen an der Theke beredet hätte.

Er erwog einen Dummbeutelwitz, sagte dann aber nichts.

Er war dem Mann dankbar für die Zeit, aufrichtig, aber er fand, die Logik des Arguments brauchte er nicht zu übernehmen. Die Logik, beschloß er, beeindruckte ihn nicht.

Sie spielten Karten da unten, Pinokel, und tranken hausgemachten Wein in dem Raum unter dem Schusterladen, wo der schummrige Durchgang zu den Höfen führte.

Bronzini schaute zu, sprang ein, wenn einer ging, war aber sonst nur Kiebitz, mischte sich nicht ein, genoß die Gesellschaft und probierte den Wein, der manchmal gut war, manchmal gegoren und besser für Salatsoßen geeignet.

Er hatte es eilig, ein alter Mann zu werden, sagte Klara zu ihm. Warum sonst bei den Alten der Straße sitzen, von denen einige fast doppelt so alt waren wie er, und ganze Nachmittage mit Diskutieren und ziellosem Gerede verplempern.

Draußen in der tiefen, zähen Schwüle schliefen die Katzen im Schatten, und die Menschen, wenn sie überhaupt nach draußen gingen, hielten sich an den Häusermauern und liefen benommen durch die unerwartete Hitze.

Hier unten in dem Kellerraum war es trocken und still und steinkühl, still bis auf die Stimmen natürlich, und er mochte die Stimmen, laut, rüde, komisch, oft machtvoll starrsinnig, alles Redenschwinger diese Männer, Schauspieler, Deklamierer, Meister der Beleidigung, auf der Suche nach einem Augenblick der Transzendenz.

John der Verwalter ließ einen Ochsenfroschfurz los.

Er erzählte ihnen von dem Müll, den er damals zu bewältigen hatte, als er vorübergehend Hausmeister in Manhattan war, in einem großen Mietshaus, Fahrstühle, Türsteher, chemische Reinigung mit Lieferservice, Taxis links und rechts.

Mannaggia l'America.

Dieses verdammte Land hat Müll, den du essen kannst, Müll, der besser schmeckt als das Essen, das in anderen Ländern auf den Tisch kommt. Die haben Müll hier, mit dem kannst du dein Haus möblieren und deine Kinder ernähren.

Sie spielten und reizten und schnalzten, um zu bestätigen, daß es im Müll alle möglichen Kleider gab, jede Menge und immer noch gut zu tragen.

Albert erzählte ihnen von den alten Mayas. Dieses Volk begrub seine Toten nicht mit schimmerndem Schmuck und anderen wertvollen Dingen. Sie nahmen alte, kaputte Sachen. Sie gaben den Toten gesprungene Vasen bei, zerbrochene Tassen und angelaufene Armbänder. Sie benutzten die Toten als willkommene Möglichkeit der Müllentsorgung.

Diese Geschichte befriedigte die Kartenspieler. Sie war sehr befriedigend. Mangelnder Respekt für die Toten war ein netter, grausamer, befriedigender Scherz, vor allem für Männer eines gewissen Alters. Ein Scherz auf Kosten der Toten war ein sehr schöner Scherz. Ein Scherz mit Mumm.

Albert fühlte sich isoliert hier, aber ohne jedes Risiko, das Klatschen der Karten, das theatralische Reizen der Männer, der Wein, der ihm zu Kopf stieg, und schließlich wußte er, warum diese verlorenen Nachmittage unterm Schusterladen etwas Vertrautes an sich hatten.

Wie die Kindheit, dachte er. Diese Tage im Bett, als er wie eine Insel zwischen Laken und Kissen lag, umgeben von Büchern und von Schachfiguren, köstlich krank manchmal, ein Fieber, das ihn nach innen schickte, Schweißfluten und Träume mit ineinanderlaufenden Farben, einsam, aber nicht unglücklich, das Zimmer eine Welt, der sichere Ort der Phantasie.

Liguori trank keinen Wein mehr, der Drucker, weil er es an der Leber hatte. Er redete von den wandernden Musikanten, die früher immer vorbeikamen, ein Geiger und ein Trompeter, und wie die Leute Münzen in Papier einwickelten und aus dem Fenster warfen.

Quanta sold'?

Wieviel Geld, sagte seine Frau immer, kostet es mich diesmal, wenn ich mir diesen *cafone* mit seiner Fiedel anhöre? Aber sie kamen nicht mehr. Sie hatten es an der Leber oder gemeinsam nur noch einen halben Magen, oder der Verkehrslärm, sagte Albert, machte die Musik sinnlos.

Die Männer sprachen meistens Englisch, fielen aber in den Dialekt, wenn ein Gedanke auf etwas vertrauteres Terrain gelenkt oder geschubst werden sollte. Und seltsam, wie Albert, der gerade mal auf die Vierzig zuging, eine Altmännerhaftigkeit in sich spüren konnte, hier ganz besonders, während die Stimmen ihn in seine frühesten Erinnerungen zurücktrugen, dieselben verschliffenen Worte, die verschluckten Vokale, die Vulgärsprache, so daß Englisch der Klang der Gegenwart war und Italienisch ihn zurückversetzte, schon allein durch die Intonation, eine Sprache, unerschöpflich geprägt durch die Vergangenheit.

Jemand wurde zwangsgeräumt, auf die Straße gesetzt, Stühle, Tische, Bett, gleich um die Ecke – das Bett, sagte John der Verwalter. Rahmen, Federn, Matratze, Kissen, draußen auf dem Bürgersteig.

Porca miseria.

War das erbärmlich, eine totale Demütigung der Seele. Du bist ein Museum der Armut. Die Leute gehen vorbei und glotzen. Das Bett, die Teller und Gläser, der Koffer mit deinen Kleidern, ein Paar alte Schuhe in einer Papiertüte. Stell dir vor. Schuhe. Und die Leute gehen vorbei und glotzen. Der eine sagt dies, der andere sagt das, der eine sitzt auf einem Stuhl, der andere zeigt aus einem Auto. Die sollten sich schämen, so zu glotzen. Die Schuhe eines Mannes auf dem Bürgersteig.

Die Nachbarschaft war immer da, ob einer auszog, ob einer einzog, sie tauchte am Rand auf. *Tizzoon*. Wenn sie dieses Wort bloß nicht gebrauchen würden, wünschte sich Albert. Ein Wort aus dem Dialekt des Südens, eine Entstellung, eine Verschleifung, eine Beleidigung, abgeleitet von *tizzo*, nahm er an, Feuersglut oder schwelende Kohle, und übertragen auf menschliche Dimensionen in *tizzone d'inferno*, Schuft, Schurke. Aber dieses Wort ließ an etwas Höllisches denken, etwas Feindseliges, das es fast unaussprechlicher machte als Nigger. Aber sie sprachen es ganz natürlich aus, diese Männer, Einwanderer oder Söhne von Einwanderern, die Horden, die den friedlichen Schlaf der Gesellschaft stören, die andauernd auftauchen und einziehen. *Tizzoon*. Sie verbargen das Wort. Sie kniffen die Augen zusammen und bewegten kaum die Lippen. Aber sie sprachen es, zischten das Wort halb, in einer Weise, daß Albert wünschte, er hätte es nicht gehört.

Spadafora erzählte ihnen von der Waschmaschine, die automatisch läuft, die Frau drückt eine Kontrolltaste und geht zur Tür raus, und die Maschine wäscht, spült, schleudert, trocknet und schaltet sich ab – alles automatisch.

Sie schüttelten die Köpfe und schnalzten und murmelten beiläufige Flüche, verblüfft über ihr Glück, hier zu sein, erstaunt und verwirrt, sie suchten nach einem Weg, um ihre Skepsis an den Wundern zu trainieren, die sich tagtäglich auftaten.

Der Wein war diesmal nicht besonders genießbar. Er war hausgemacht, vom Schuster selbst, Guido, aber es war sowieso kein Weinwetter, und Albert wollte verantwortungsvoller sein. Er wollte, frei nach Heraklit, eine trockene weise Seele sein, weniger schlampig und unentschieden und eher bereit, in den Kern einer komplizierten Angelegenheit vorzudringen.

Er mußte mal, und der Verwalter sagte, es gäbe im Gerätekeller ein Waschbecken, das könne er benutzen, und erklärte ihm den Weg durch das Labyrinth der Durchgänge.

Er ging an Lagerkellern und leeren Mülltonnen vorbei. Dann kam er nach draußen in einen Hof, sah die Tür, die der Verwalter ihm beschrieben hatte, und betrat das Nebenhaus.

Lange Zeit hatte er glauben wollen, daß sie Ehrgeiz in ihn setzte. Aber jetzt war er sich nicht mehr sicher. Er hatte gedacht, sie wolle, daß er sich um die Leitung der Fachschaft bewarb, um die Stelle des Konrektors, daß er die nötigen Schritte unternahm, das Spiel mitspielte, ein Auto kaufte, ein Haus kaufte. Und er hatte gedacht, sie wäre manchmal so wütend und distanziert, weil er ihre Hoffnungen nicht erfüllte. Aber jetzt war er sich nicht sicher.

Er durchquerte die Kellergänge unter Reihen von Kupferrohren. Er fand den Geräteraum und pinkelte ins Becken. Da hinten lag seine Kindheit, in den Stimmen seiner Mutter und seines Vaters, zurückhaltend, argwöhnisch, manchmal verschreckt, und in den Schnalzlauten, die sie von sich gaben, um Mißtrauen gegenüber der unbekannten Welt ringsum zu äußern.

Er hörte hinter der nächsten Biegung ein Radio spielen und beschloß, dem Geräusch zu folgen, Musik, Süße, Geigen, sein Kopf war klar, seine Blase leer, Albert das Herdentier, neugierig, was für Gesellschaft er hier wohl antreffen würde.

Er bog um die Ecke und blieb neben einem ausrangierten Tisch mit einem fehlenden Bein stehen.

George Manza, George der Kellner, saß auf einem Stuhl in einem armseligen Raum. Es war etwas mit ihm. Weder döste er, noch war er gedankenversunken, aber da war etwas. Er war wach, reagierte aber nicht. Und da war etwas, das Albert vom Sprechen abhielt.

Der Raum war von anonymer Scheußlichkeit. In diesem Raum hätte man vermutlich einige Zeit verbringen können, ohne genau zu registrieren, was alles darin war. Lauter verlorene und gefundene und durcheinandergewürfelte Dinge waren verstreut, anonyme, verblaßte Farben, und Sachen, die hier lagerten, nicht weil sie irgendwann gebraucht wurden, sondern weil sie irgendwo hinmußten.

George saß seitlich da, etwas vorgebeugt, und atmete ein und aus, durch die Nase, langsam, mit langen Pausen, ein kleines Leben in jedem Atemzug.

Die Tür war angelehnt, und Albert beobachtete ihn. Zwischen der Tür und dem Rahmen war nur ein Spalt von etwa acht Zentimetern, acht, zehn Zentimetern, aber das reichte, um zu sehen, was es zu sehen gab. Und er wußte nicht genau, was das war.

Der Mann starrte leblos auf die gegenüberliegende Wand. Er hatte etwas so Erloschenes, daß Albert fand, er hätte kein Recht, ihn anzuschauen. Er hatte George mehrere Monate lang nicht gesehen oder noch länger, und der Mann wirkte verändert, dünner, kleiner, streng, wie er da unter einem Regal hockte, auf dem ein Radio stand, und die Musik paßte gar nicht zu dem Mann, so daß Albert sie am liebsten abgestellt hätte.

Doch er blieb, wo er war, in dem schummrigen Durchgang. Er sah etwas vollkommen Verschlossenes, etwas Ungreifbares hinter dem distanzierten Mann, dem schweigsamen Mann, mit dem so schwer Freundschaft zu schließen war. Er fühlte sich schuldig, als er in den Raum blickte, und von neuem schuldig, als er ging, sich zurückzog, aber er zog sich leise zurück und wandte sich dem Licht einer baumelnden Glühbirne zu.

Er nahm den falschen Durchgang und gelangte zu einer engeren Stelle, die Rohre liefen hier horizontal über die Wände, und allmählich machte sich Kloakengestank bemerkbar. Albert überquerte einen vergitterten Abfluß, wo der Geruch sich verstärkte, trübselige menschliche Abwässer, und er brauchte eine Weile, bis er eine Tür fand, die nach draußen führte.

Mike der Buchmacher machte immer eine schwungvolle Geste mit der Hand, sie war ausladend und römisch, die flache Hand bewegte sich parallel zur Erde, wie um etwas zu begraben oder einen Schlußpunkt unter etwas Bedeutsames zu setzen.

In dieser Nacht liebten sich Albert und Klara im Mondschein, süß und mühelos und scheinbar endlos, eine Liebe, die so aus der Zeit gefallen war, daß er das Gefühl hatte, sie hätten ein Geisterleben gefunden, das sie vor jedem menschlichen Makel bewahren würde, während ein kleiner Ventilator in der Ecke summte und aus einem Radio irgendwo auf einer Feuerleiter eine Arie schwebte.

Er war sich nicht sicher, wer sie war, die da neben ihm im Dunkeln lag, aber das konnten sie gemeinsam überwinden.

8

Oben auf den Dächern, den Teerstränden, rieben sie sich Arme und Beine mit Sonnenöl ein und saßen auf Decken, sie trugen Shorts, die Mädchen, oder Jeans, die bis zum Knie hochgerollt waren, und sie ölten sich das Gesicht ein und saßen da und hörten Kofferradio, bis die Hitze unerträglich wurde, und dann saßen sie noch ein bißchen länger da.

Sie sangen die Hits der Woche mit, die im Radio kamen, die ganze Liste von Platz vierzig aufwärts, und sie brachten die Worte, die Pausen, die Hüpfer und Schlenker, jede Intonation klipp und klar, perfekt, aber natürlich nur bei den Songs, die sie mochten.

Der Teer wurde weich und dünstete aus, und die Hitze knallte auf sie nieder, und die grünen Mücken klebten ihnen am Körper, und ein Stück weiter schickte der Taubenjunge seine Vögel mit einer Bambusstange in die Luft, daß sie Spiralen flogen, und wedelte manchmal mit einem Handtuch und pfiff wie ein Verkehrspolizist, und sein Schwarm vermengte sich auf halber Höhe mit einem Rivalenschwarm von einem anderen Dach, drei Straßen entfernt, ein hundertvögliger Tumult mit verschwommenen Konturen, und junge Vögel flogen mit dem falschen Schwarm weiter und wurden, wie es den Regeln entsprach, gefangen und manchmal getötet, von dem Rivalenzüchter auf dem anderen Dach ins Jenseits befördert, und nach einer Weile mußten die Mädchen gehen, weil die Sonne einfach zu brandheiß glühte, und beim Aufrollen ihrer Decken sangen sie weiter.

Sie nahmen den Bus an den Strand, und die Leute drängelten immer weiter nach, und Nick war im hinteren Teil mit Gloria eingeklemmt statt mit Loretta. Sie standen da, hingen an den Halteschlaufen, und jedesmal, wenn der Bus abbog oder anhielt, gab es ein gewisses Maß an Körperkontakt, was unvermeidlich war, außer daß sie es hätten vermeiden können, und Nick setzte ein Pokerface auf, und Gloria lächelte, und das war eine Fahrt, die so ungefähr ewig dauerte.

Abschnitt 13 war die Flirtecke am Strand, aber sie legten ihre Decken an der ersten verfügbaren Stelle hin, weil sie zusammen hier waren, und am Strand war es genauso voll wie im Bus.

Jungs ritten auf den Schultern anderer Jungs, und die Reiter trugen Handkämpfe im seichten Wasser aus.

Decken mit Radios, Essen, gemieteten Sonnenschirmen, zusammengepferchten Sandkörpern, Kartenspielern, Matrosenhüten, Sonnenöl.

Loretta kam aus dem Wasser, und er warf ihr ein Handtuch zu, das einzige Handtuch, das sie mitgenommen hatten, vier Leute, und er schaute sie an, wie sie in dem weiten Sandland der Decken aufrecht über ihrer Decke stand, der hufeisenförmige Strand lief auf beiden Seiten in einer Felsenmole aus, und er schaute Loretta an, während sie sich das Wasser aus den Haaren schüttelte und sich das Handtuch mit dem Finger in die Ohren bohrte.

Ein Typ machte Handstand, bevor er auf eine Decke kippte, zu der er nicht gehörte, und es gab Blicke und Worte und Leute, die Sand wegfegten.

JuJu stand auf, um sich einzuölen.

»Zeig dich mal«, sagte Gloria.

»Der Gewichtheber«, sagte Loretta.

»Zeig ihnen deine Unterarme, JuJu.«

»Lustig, was man alles an einem Strand machen kann«, sagte Loretta, »wofür sie einen auf der Straße mit Steinen bewerfen würden.«

»Spann die Muskeln für sie an, sie gucken alle«, sagte Gloria.

Ein Eiskremverkäufer bahnte sich einen Weg zwischen den Decken hindurch, ganz in Weiß, sein Gesicht war in der hochstehenden

Sonne rosa geworden, und wenn man ein Eis mit zwei Stielen kaufte, schaffte man es garantiert nicht bis zur zweiten Hälfte, weil sie einem in der Hand wegschmolz.

Nick sprang ins Wasser und tauchte tief und spürte den Aufprall erst beim Auftauchen, mit angespannten Lungen und salzbrennenden Augen, den erfrischenden Wechsel der Welten.

Frauen zogen ihren Kindern die nassen Badeanzüge aus, die Kinder waren in Handtücher gewickelt, und zogen sich dann an, Unterwäsche und alles, immer noch unter den Handtüchern, als wären sie Schlangenmenschen in der Wüste.

Loretta lag bäuchlings schlafend auf der Decke, Sand klebte an ihrem Rücken, und er stützte sich neben ihr auf einen Ellbogen und blies ihr sanft auf die Schulter.

Auf der Rückfahrt hatten sie die hintere Bank im Bus für sich allein, und der Motor war direkt unter ihnen, die Hitze knallte, und sie dösten aneinandergelehnt, mit sonnengespannter Gesichtshaut und leicht brennenden Augen, müde, hungrig, glücklich, und der Bus rülpste unter ihnen Hitze heraus.

Er stand in dem dunklen Flur und betrachtete sie.

»Gloria, du bist so schlimm.«

»Ich bin nicht schlimm. Du bist schlimm.«

»Du bist so schlimm.«

»Wenn ich schlimm bin, was bist du dann?«

»Gloria, komm her, Gloria.«

»Was willst du?«

»Komm mal kurz her.«

»Wofür soll ich herkommen? Herkommen wofür?«

»Du bist eine Fotze, Gloria.«

»Was willst du?«

»Du bist eine Fotze, Gloria.«

»Sag was Nettes, Nicky.«

Sie lächelte, er nicht.

»Du bist so schlimm. Richtig schlimm.«

»Ich bin schlimm? Wer ist hier schlimm?«

Sie rollte unter seinen Händen mit den Hüften und lächelte.

»Du bist eine Fotze, ganz und gar, von oben bis unten. Du bist eine Totalfotze, durch und durch.«

»Versuch doch zur Abwechslung mal, was Nettes zu sagen«, sagte sie ihm.

Nick trug die letzte Kiste Leergut durch die Luke nach oben und schob sie seitlich auf die Ladefläche. Dann setzte er sich zu Muzz, dem Fahrer, in die Führerkabine, dem troff der Schweiß durchs Hemd, so daß die Farben verschwanden und das ganze Hemd grau wurde.

»Ich sag, okay.«

»Fahren wir.«

»Ich sag, okay. Aber es ist albern«, sagte Muzz.

»Fahren wir, fahren wir.«

»Ich bin heut morgen aufgestanden. Ich konnt's nicht fassen. Ich hab mir gesagt.«

»Fahr, fahr schon, ich geh ein.«

»Hast du deine Salztabletten genommen? Nimm deine Salztabletten.«

Als sie vor einer Ampel anhalten mußten, tippte sie von hinten ein Auto an.

Muzz schaute in den Seitenspiegel.

»Du bist mir draufgefahren, du Sack.«

Der Typ in dem Auto sagte was.

»Du bist mir draufgefahren, du Sack.«

Der Typ sagte was.

»Soll'n das?« sagte Muzz.

Der Typ sprach in seine Windschutzscheibe.

»Sag ihm«, sagte Nick. »Wo hast du deinen Führerschein her?«

Muzz steckte den Kopf aus dem Fenster, wandte sich aber nicht zu dem Auto hinter ihnen um.

»Wo hast'n du deinen Führerschein her, um das Stück Scheiße da zu fahren?«

Der Typ sagte was in die Windschutzscheibe.

»Sag ihm, bei Woolworth oder was?« sagte Nick.

Muzz schaute in den Spiegel, sein Gesicht wenige Zentimeter vom Glas entfernt.

»Bei Woolworth, du Sack?«

Die Ampel sprang um, und Hupen ertönten.

»Reg dich auf«, sagte ihm Nick. »Sag ihm, du rammst ihm deinen Kreuzschlüssel in den Arsch.«

Muzz, das Gesicht ein paar Zentimeter vom Spiegel entfernt, artikulierte die Worte langsam in die kleine Fläche. Schweiß rann ihm durch die Furche unten am Rücken, bis in die Hose hinein. Da hinten hupten welche.

Die Schule war inzwischen leer, und die Schwester ging manchmal durch die Korridore, schaute in die Klassenzimmer. Andere waren fort, verbrachten den Sommer im Mutterhaus oder besuchten irgendwo Verwandte oder forschten für ihre Doktorarbeit an einer Uni, wo sie sich die Wege unter den Schattenbäumen mit Atheisten und Salonbolschewisten teilten.

Manchmal fiel es Schwester Edgar schwer zu wissen, wer sie war, mit den stillen Klassenzimmern und den leblosen Korridoren. Es gab ein paar andere Nonnen, die kamen und gingen, und es gab den philippinischen Hausmeister Miguel, der die Korridorböden sogar schrubbte, wenn seit Tagen keiner darübergegangen war, ein Vorgehen, das Edgar natürlich guthieß, denn man kann nichts so peinlich saubermachen, daß es nicht sofort wieder geputzt werden müßte, sobald man fertig ist.

Allein in ihrem Zimmer, trug sie Alltagsklamotten und las »Der Rabe«. Sie las das Gedicht viele Male, lernte die Verse auswendig. Sie wollte es vor ihrer Klasse rezitieren, wenn die Schule wieder anfing. Ihr Namensvetter-Dichter, jawohl, und das dunkle, krächzende Gedicht, bei dem sie sich wieder edgarhaft fühlte, konturiert, gestaltet, stimmgesegnet, in Abwesenheit ihrer Jungen und Mädchen.

Ihre Fanzeitschriften stapelten sich im Schrank. Auf den Kerzenhalter hatte sie ein Bild von Jesus gestellt. Ein kleiner Spiegel hing früher immer über dem Waschbecken, aber sie hatte ihn abgenommen, denn es verwirrte Schwester Edgar, sich selbst ohne Schleier zu sehen. Haare, Hals, Schultern, ganzes Gesicht – diese Dinge hatte sie hinter sich gelassen, um Nonne zu werden. Der Schock des Körpers, enthüllt. Die minimale Grundsubstanz mit gestutztem Haar und knochigen Schultern. Das war ein Anblick, gegen den es sich zu wappnen galt, er war eindringlicher als die leeren Klassenzimmer des Sommers.

Sie lernte die Verse auswendig und arbeitete Rhythmus und Wiederholungen durch. Sie tigerte auf und ab, baute ein System aus Gestik und Stimmlage auf. Die sechste Klasse gehörte ihr, und sie wollte die Kinder ein bißchen erschrecken. Sie war für dieses Jahr ihre Nonne und drillte sie in acht Fächern. Alle zwei Wochen kam ein Zeichenlehrer, auch ein Musiklehrer mit einer Stimmpfeife und einem weibischen Parfüm. Alles andere war Schwester Edgar.

Sie gab ihnen sogar Noten in Gesundheit, die darauf basierten, wie oft sie fehlten oder zu spät kamen, wie oft sie auf die Toilette gehen mußten und wieviel Schmutz und Schmier unter ihren Fingernägeln und in den Rillen ihrer Handflächen saß.

Und sie wollte ihnen Furcht beibringen. Das war insgeheim der Kern ihres Lehrplans, und er würde mit dem Gedicht beginnen, mit einem Omen, Einsamkeit und Tod, und sie würde sie in ihren Schulanfangs-Schuhen zum Zittern bringen.

Sie tigerte auf und ab und ging durch die leeren Korridore und lernte die Verse auswendig. Bald würden sie zurückkommen, mit blau-weißen Uniformen, frischen Heften, gefüllten Füllern, Schultaschen, an weichen Händen baumelnd, und sie würde sie der Größe nach an den Wänden aufstellen, ihnen in alphabetischer Reihenfolge Plätze zuweisen, und sie würde ihre Hände und Fingernägel inspizieren und ihnen mit dem Lineal auf die Handflächen schlagen, wenn es nötig war.

Sie würden wissen, wer sie war, und Edgar auch.

Und sie würde ihnen das Gedicht vortragen, einen Finger nach ihrem Herzen krümmen. Sie würde sich in das Gedicht und den Raben zugleich verwandeln, in den Vogel mit der römischen Nase, der aus dem zeitlosen Himmel schwebte und auf sie herniederstieß.

An diesen Sommerabenden konnten die Frauen in den oberen Stockwerken das Geschirr nicht spülen, weil die Hydranten liefen, und die Kinder tanzten unter dem weit sprühenden Strahl herum, und der Druck reichte nicht mehr aus, um das Wasser durchs Haus nach oben zu befördern.

Alles reckte sich nach Luft und Nacht, Köpfe schauten aus Fenstern, Frauen aßen Pfirsiche in verdunkelten Fenstern, lachten im Dunkeln da oben, Frauen, die auf einen Luftzug warteten, und Männer in Unterhemden unten auf den Eingangstreppen, wo ein Radio lief, ein Baseballspiel aus dem luftigen Cleveland.

Herumrennende, schwitzende Kinder ohne Hemd, ein Junge, dessen Oberkörper aussah wie eine Schachtel voll entblößter Rippen. Andere Kinder, die hinten am *Bungalow Bar*-Wagen Schlange standen, Schokolutscher und Orangenlollis, und da ist der Junge mit Tinte auf der Zunge, es gibt immer einen Jungen mit Tinte auf der Zunge. Waterman, blauschwarz. Was macht der bloß, trinkt er das Zeug?

Frauen auf der Veranda eines Einfamilienhauses, im Dunkeln sitzend und redend.

Ältere Kinder auf Leihfahrrädern, zehn Cents die Stunde, und Mädchen, die bei einigen Jungen mitfahren und seitlich auf der Stange sitzen, und die Jungen fahren in das hervorschießende Wasser hinein und machen alle glücklich, die Rumsitzer auf den Eingangsstufen, die Köpfe in den Fenstern, die kreischenden Mädchen auf den Fahrrädern und die kleineren Kinder, die auseinanderlaufen, um die Fahrräder durchzulassen, alle miteinander glücklich, und schließlich das Kind in der Badehose seines Bruders, das eine Kaffeedose vor die Düse hält, um den Wasserstrahl spritzen zu lassen, zu einem hohen, weiten Geysir.

Später werden die jungen Männer an den Ecken stehen und rauchen, wenn die Laternen ausgehen, und die Nacht durchblödeln, und Leute werden hie und da auf Feuerleitern schlafen, denn draußen regt sich noch ein Lüftchen. *Finalmente*. Ein winzig kleines Lüftchen, das alles ändert.

Nick saß da und las eine Zeitschrift, und das hohle Knallen prallte von der hinteren Wand zurück, über acht Bahnen hinweg.

»Nicky, wie läuft's?«

»Hey Jack. Du bist unter der Haube, hab ich gehört.«

»Bin hingegangen und hab's getan. Nie bereut.«

»Läßt sie dich zum Bowling raus?«

»Nur zum Bowling«, sagte Jack.

Lonzo hockte am Ende der Bowlingbahn, so ziemlich der einzige Schwarze, den man im Umkreis von fünf oder sechs Straßen regelmäßig zu Gesicht bekam. Ein altersloser Mann, schwer zu sagen, ob er fünfundzwanzig oder fünfundvierzig war, und er hatte den Job, die Kegel wieder aufzustellen, praktisch jeden Abend, er war leichtfüßig, feingliedrig und etwas neben der Kappe. Ein bißchen *stunat'*, Lonzo, und die Stammkunden der Bowlingbahn achteten darauf, ihn nicht schlecht zu behandeln, denn er trug viele Tage und Nächte dieselben Kleider und schien keinen festen Schlafplatz zu haben, und manchmal umwehte ihn eine Whiskeyfahne, wenn er leichtfüßig hinter der Theke hervorkam und zu den Bahnen ging.

JuJu kam herein und setzte sich neben Nick.

»Wie läuft's?«

»Bald bist du dran«, sagte Nick. »Ich seh dich schon verheiratet mit drei Kindern. Und dann mit Wampe und Platte.«

»Komm, wir bowlen ein paar Runden.«

»Vergiß es. Nicht mein Sport. Und einmal die Woche wird sie dich zum Bowling rauslassen.«

»Man heiratet und kriegt Kinder. Ist das etwa nicht normal?«

»Bowling ist für mich wie Gewichtheben.«

»Tu mir einen Gefallen.«

»Das will ich gar nicht gut können.«

»Aber tu mir diesen einen kleinen Gefallen.«

»Denn wenn du es gut kannst, muß bei dir was faul sein.«

»Vergiß, daß ich was gesagt habe, ja?«

»Da sterb ich lieber den Tod der tausend Schnitte.«

»Jedesmal, wenn du einen Charlie-Chan-Film siehst. Wobei, fällt mir gerade ein, schuldest du mir nicht fünf Piepen vom letzten Mal, als wir beim Bowling waren?«

»Die lassen wir stehen, die kriegst du nicht«, erklärte ihm Nick.

»Wieso das denn?«

»Weil ich beim Bowling nicht zu gewinnen versuche. Gewinnen

ist unter meiner Würde. Schlag mich beim Billard, dann zahl ich dir die fünf Dollar. Sonst kriegst du *un cazzo*. Für mich ein klarer Fall von Stehenlassen.«

Die Stammgäste zogen sich gegenseitig ständig auf und plänkelten mit den Mädchen, die ab und zu reinschauten, und jeder Fremde wurde prüfend angesehen. Aber sie achteten darauf, mit dem alterslosen Lonzo behutsam umzugehen, auch wenn er langsam war oder ungeschickt beim Aufstellen der Kegel, eine vogelähnliche Gestalt, die da gebückt am Ende der Bahnen umherhuschte, weißäugig im Prasseln der herumfliegenden Kegel.

JuJu fand jemanden zum Bowlen, und nach einer Weile legte Nick die Zeitschrift weg und ging.

»Hey. Mach's gut, okay?«

»Mach's gut, Jack.«

»Mach's gut.«

»Mach's gut«, sagte Nick.

Es war jetzt dunkel und still, und er ging durch die enge Straße zu seinem Haus, aber dann schwenkte er spontan in einen Torweg ein, die Treppen hinunter und auf die Höfe.

Draußen im Durchgang war kein Licht, und er tastete sich an den Mauern entlang bis zu der Tür, die hineinführte. Er roch nasse Steine, wo der Verwalter die Böden abgespritzt hatte. Er ging hinein und am Heizungsraum vorbei, bis zu der Tür am Ende des Durchgangs.

Ihm war immer noch mulmig wegen neulich, der Kellerraum, die Nadel, der Gurt und der Löffel, aber allmählich ging es in die verblaßte Zeit ein, halb verloren im Gewebe von tausend Dingen.

George war tatsächlich da und legte eine Patience.

»Ich dachte mir, daß du vielleicht hier wärst.«

»Kühl hier unten.«

»Das dachte ich mir«, sagte Nick.

George schob die Karten zu einem Stapel zusammen und mischte. Nick setzte sich ihm gegenüber, und George teilte drei pro Mann aus und deckte einen Kreuz-Trumpf auf, und sie fingen an zu spielen.

»Der Ärger mit Karten, wenn du um Geld spielst«, sagte George, »und dich Stunde um Stunde auf die Zahlen und Farben konzentrierst, ein Pokerspiel bis in den frühen Morgen, dann kannst du verdammtnochmal nicht schlafen, wenn du zu Hause bist.«

»Dein Kopf schaltet nicht ab.«

»Du kannst verdammtnochmal so was von nicht einschlafen.«

»Dein Hirn rast.«

»Aber wir spielen ja ein kleines Freundschaftsspiel, *briscola*. Vielleicht kann ich in ein, zwei Stunden schlafen.«

»Hast du normalerweise Probleme mit dem Schlafen?«

»Ich hab Probleme mit dem Schlafen. Ich hab auch Probleme mit dem Wachsein.«

Sie lachten und spielten. Sie spielten eine Stunde lang, redeten über nichts Besonderes, rauchten jeder ein paar Zigaretten und warfen die Kippen in eine alte Bierflasche.

»Dieses Ding wollt ich dir zeigen. Hab's vor ein paar Tagen gefunden«, sagte George. »In einem Auto, das ich am Rennplatz geparkt hab. Ist unter dem Sitz vorgerutscht, als ich scharf in die Kurve ging.«

»Wie du auch immer in die Kurve gehst.«

»Ich paß auf. Hey. Im Vergleich zu den meisten Typen.«

»Du respektierst die Fahrzeuge, die du parkst.«

»Die Besitzer nicht so sehr. Die Autos ganz sicher.«

Sie lachten. George griff hinter sich und holte einen Gegenstand aus dem untersten Regal, weit hinter Farbdosen und zusammengerolltem Linoleum hervor.

Es war eine Schrotflinte, abgesägt, der Lauf ragte keine zehn Zentimeter über den Vorderschaft hinaus, und der Schaft selbst war auf Pistolengröße gekürzt.

»Was? Das hast du gefunden?«

»Ich wollte es nicht im Auto lassen, wo jemand ohne Verantwortungsgefühl.«

»Laß mal sehen«, sagte Nick.

Er griff über den Tisch nach der Waffe. Er hielt sie mit einem Wippen in den Händen, dann stand er auf, um sie natürlicher zu halten.

»Eines weiß ich über Schrotflinten«, sagte George. »Beim Schießen hältst du beide Augen offen.«

»Abgesägt ist illegal, stimmt's?«

»Das ist das andere, was ich weiß. Sobald du das Ding absägst, nennt man es eine kaschierte Waffe.«

»Sieht alt aus, finde ich.«

»Alt, rostig, ausgeleiert«, sagte George. »Schrott im Grunde.«

Er posierte damit, Nick, wie mit einer Piratenpistole oder einem alten Kentucky-Feuersteingewehr, falls das so heißt. Sie lag natürlicher in beiden Händen als in einer, die linke Hand unter dem vorderen Teil, zum Stützen und Zielen.

Er hob sie und zielte. Er sah, wie sich ein interessiertes Lächeln über Georges Gesicht legte. Er richtete die Waffe auf George. Er stand ein paar Meter von George entfernt, und George saß auf dem Stuhl, und er hielt die Waffe auf halber Höhe, knapp über der Hüfte, das heißt, sie war auf Georges Kopf gerichtet.

Ein kleines Leuchten kam in Georges Augen. Selten bei George. Dieses Leuchten in den Augen. Und ein interessierter Ausdruck zog über seinen Mund. Ein oberschlaues, hämisches Grinsen.

»Ist die geladen?«

»Nein«, sagte George.

Sein Lächeln wurde etwas breiter. Sie amüsierten sich. George hatte einen Gesichtsausdruck, der war lebendiger und strahlender, als George jemals ausgesehen hatte. Denn ihn interessierte, was sie da taten.

Nick drückte ab.

In dem ausgedehnten Moment des Abdrückens, in der langen Viertelsekunde, als der Abzug sich bewegte, schwerfällig und holprig, schaute Nick in das Lächeln auf dem Gesicht des anderen Mannes.

Dann ging das Ding los, und der Knall hallte durch den Raum, und noch als der Stuhl und der Körper durch die Luft flogen, prägte sich der Daumenabdruck von Georges Gesicht in sein Hirn ein.

Wie der Mann nein gesagt hatte, als er fragte, ob sie geladen sei.

Er fragte, ob die Flinte geladen sei, und der Mann sagte nein, und das Lächeln hatte natürlich nur mit dem Risiko zu tun, dem Gefühl der Herausforderung bei dem, was sie da taten.

Er spürte, wie er abdrückte, und dann ging die Flinte los, und er blieb zurück und dachte schwach, das war ich nicht.

Aber vorher richtete er die Flinte auf den Kopf des Mannes und fragte, ob sie geladen sei.

Dann spürte er, wie er abdrückte und hörte die Flinte losgehen, und der Mann und der Stuhl flogen in verschiedene Richtungen.

Und wie der Mann nein gesagt hatte, als er fragte, ob sie geladen sei.

Er fragte, ob das Ding geladen sei, und der Mann sagte nein, und jetzt hält er eine Waffe in der Hand, die offenbar gerade abgefeuert worden ist.

Er drückte mit Gewalt ab und schaute in das Lächeln auf dem Gesicht des anderen Mannes.

Aber vorher posierte er mit der Waffe und richtete sie auf den Mann und fragte, ob sie geladen sei.

Dann hallte der Knall durch den Raum, und er stand da und dachte schwach, das war ich nicht.

Aber vorher drückte er mit Gewalt ab und schaute in das Lächeln, und es schien das Gefühl einer Herausforderung darin zu liegen.

Warum sollte der Mann nein sagen, wenn sie geladen war?

Aber vorher, warum sollte er die Flinte auf den Kopf des Mannes richten?

Er richtete die Flinte auf den Kopf des Mannes und fragte, ob sie geladen sei.

Dann spürte er, wie der Abzug sich bewegte, und schaute in das oberschlaue Lächeln.

Er stand über dem hingeklatschten Körper in dem Blutsudel des Raums, nicht daß er den Raum klar vor sich gesehen hätte, und er glaubte, ein saugendes Geräusch zu hören, das aus dem Gesicht des Mannes kam, aus der Nachgeburt eines Gesichts, den Gesichtsresten von dem, was einmal ein Kopf gewesen war.

Aber vorher ging er die Abfolge durch, und sie spulte sich genauso ab.

Als sie ihn nach draußen zum Polizeiwagen brachten, standen Leute auf den Eingangsstufen, einige in Bademänteln, und Köpfe schwebten blaß und stumm in vielen Fenstern, und ein paar junge Männer standen neben dem Wagen, einige, die er gut kannte, andere nur flüchtig, und sie betrachteten ihn aufmerksam und ernst und dachten, hier ereignet sich in gewisser Weise Geschichte, hier in ihren eigenen, fernen und alltäglichen Straßen.

EPILOG

Das Kapital

Kapital verbrennt die Nuancen in einer Kultur. Ausländische Investitionen, globale Märkte, Konzernübernahmen, der Informationsfluß durch transnationale Medien, der dämpfende Einfluß von Geld, das elektronisch, und von Sex, der cyberspacig ist, von unberührtem Geld und computersafem Sex, die Konvergenz der Konsumentenbedürfnisse – nicht daß die Menschen unbedingt dieselben Sachen, sondern daß sie dieselben Auswahlmöglichkeiten haben wollen.

Wir sind in einem Club namens Der Fußballhooligan. Am Nebentisch sitzt ein Mann, und ich warte schon die ganze Zeit, daß er sich in meine Richtung dreht, damit ich die unglaubliche Ähnlichkeit überprüfen kann.

Ich rede mit Brian Glassic, meinem alten Kumpel Brian, und er scheint mir aufmerksam zuzuhören, über die Musik hinweg. Das nennt sich Kultrock hier, laut, jawohl, aber vor allem durchdringend und eintönig, auf einer eisigen Wellenlänge, und Brian sitzt mit gesenktem Kopf da, nickt ab und zu, zustimmend oder müde – schwer zu sagen.

Manche Dinge verblühen und verblassen, Staaten lösen sich auf, Fließbänder werden kürzer und stehen mit denen anderer Länder in Verbindung. Das Verlangen scheint dies zu erfordern, eine Produktionsmethode, die kulturelle und persönliche Bedürfnisse maßgeschneidert beliefert, nicht Kalte-Kriegs-Ideologien von massiver Uniformität. Und das System tut so, als zöge es mit, als würde es geschmeidiger und erfinderischer, weniger abhängig von rigiden Kategorien. Doch obgleich das Verlangen immer spezieller wird, seidig und intim, produziert die Macht der konvergierenden Märkte ein Augenblickskapital, das in Lichtgeschwindigkeit über Horizonte schießt und für eine gewisse flüchtige Austauschbarkeit sorgt, eine Einebnung von Besonderheiten, die alles betrifft, von der Architektur über die Freizeit bis hin zur Art, wie die Menschen essen und schlafen und träumen.

Hier essen die Leute exotisches Fastfood und trinken Fünfsterne-Cognac, und sie drängen sich auf der Tanzfläche und kippen um, jedenfalls einige, und werden halb bewußtlos an den Rand geschleift.

Ich muß den Kopf senken, um mit Brian zu sprechen, der in seinen Drink zu sinken scheint, aber ich widerstehe dem Drang, mit ihm zu nicken. Nun zitiere ich zwar größtenteils Bemerkungen, die ich früher am Tag von Viktor Maltzow zu hören bekommen habe, dem leitenden Angestellten einer Handelsgesellschaft, aber es lohnt sich, sie zu wiederholen, denn Viktor hat über diese Dinge mitten im Getümmel aller Umwälzungen nachgedacht, die eine Gesellschaft nur aushalten kann.

Brian murmelt, daß er diesen Ort beängstigend findet. Ich schaue mir die Jungs auf der Bühne an, fünf oder sechs Dödel mit Krausköpfen und Armyhosen und Kamikazebomben, die sie sich auf die nackte Brust geschnallt haben – wahrscheinlich Studenten, die sich oberflächlich das Äußere des Selbstmordterrors angeeignet haben.

Aber es ist nicht die Musik, sagt er, oder die Band und ihr Drum und Dran. Und ich glaube, ich weiß, was er meint. Es ist ein Gefühl von Verschiebung und Neudefinition. Denn welche Laune des Zufalls bringt einen solchen Club in den zweiundvierzigsten Stock eines neuen Büroturms voller Maklerbüros, Softwarefirmen, Importgesellschaften und ausländischer Banken, wo private Wachdienste, von diversen Firmen angeheuert, um auf den Korridoren zu patrouillieren, sich manchmal gegenseitig beschießen, und wo der Mann am Nebentisch, mit Kahlkopf, Schlitzaugen und einem Kinnbärtchen, der sich endlich zu mir hindreht, ganz offensichtlich ein professionelles Lenin-Double ist.

Wir nehmen den Fahrstuhl nach unten und gehen auf die Straße, tragen unser Gepäck. Wir können kein Taxi finden, aber nach einer Weile kommt ein Krankenwagen vorbei, und der Fahrer steckt den Kopf durchs Fenster.

»Du gehen Airport?« sagt er.

Wir steigen hinten ein, und Brian schläft auf einer zusammenklappbaren Trage ein. Ungefähr zwanzig Minuten später sehe ich durch die Glasscheibe der Hecktüren eine riesige Plakatwand, auf der ein Striptease-Club wirbt.

INTERAKTIVE SONYA
Nackttanz auf der Datenautobahn

Wir erreichen Scheremetjewo, und der Fahrer will natürlich Dollars. Ich wecke Brian, und wir gehen in den Terminal und schaffen es, den Mann von der Handelsgesellschaft zu finden. Er sagt uns, es bestehe kein Grund zur Eile, da wir uns sowieso auf dem falschen Flughafen befänden.

»Wo sollten wir sein, Viktor?«

»Kein Problem. Ich habe arrangiert. Sie waren in Club?«

»Der Club war sehr interessant«, berichte ich ihm. »Lenin war da.«

»Es gibt Marx und Trotzki auch«, sagt er. »Sehr verrücktes Ding.«

Das dachte ich auch, nachdem wir auf dem Militärflugplatz angekommen waren und ein umgebautes Transportflugzeug bestiegen hatten, das über die Startbahn hoppelte und sich schaukelnd in den Dunst erhob. Und nachdem die Maschine ihre Reiseflughöhe erreicht hatte, stand ich auf und suchte einen Fensterschlitz an einem Notausgang hinter dem linken Flügel und preßte das Gesicht ans Glas, um ein Gefühl für die großen Weiten des Ostens zu bekommen, endlose Längengradzonen, die Bögen der Landkartendarstellung jenseits des Urals und quer über das sibirische Tiefland – ein Gefühl vor allem für meine eigene Vorstellung davon, natürlich, und ein kurzer Blick durch die hereinbrechende Dämmerung über der Landmasse, welche auch immer es war, die ich in dem begrenzten Fensterausschnitt sah.

Und das dachte ich, nachdem ich mich wieder hinsetzte.

Ich dachte, die Führer von Nationen haben früher von großen Landimperien geträumt – Expansion, Annexion, Truppenbewegungen, bewaffnete Einheiten, die in staubigen Molochen über die Ebene rattern, der erzwungene Vormarsch von Sprache und Begehrlichkeit, das Ausheben von Massengräbern. Sie wollten ihre Schatten über die Territorien ausdehnen.

Und nun wollen sie –

Ich erkläre meine Gedanken Brian Glassic, der auf der gegenüberliegenden Seite des Flugzeugs sitzt und mich anschaut. Wir sitzen auf parallelen Bänken, wie Fallschirmspringer, die darauf warten, die Absprungzone zu erreichen.

Brian sagt, »Und nun wollen sie Computerchips.«

»Genau. Vielen Dank.«

Und Viktor Maltzow sagt, »Ja, es stimmt, Geographie hat sich bewegt nach innen und kleiner. Aber ich glaube, wir haben immer noch Massengräber.«

Viktor sitzt neben Brian, eine schlanke Figur in einem Ledermantel. Wir müssen uns anschreien, um den Lärm zu übertönen, der durch den ausgeweideten Innenraum des wuchtigen Transportflugzeugs dröhnt und rattert. Er erzählt uns, daß das Flugzeug ursprünglich für gemischte Nutzung gebaut wurde, Fracht und Truppen. Drähte baumeln herab, Armaturen ragen aus dem Schott. Die Maschine ist ein großer Zylinder, nichts als Rippen und Leisten und rappelnde Teile.

»Gehört das Flugzeug der Gesellschaft, Viktor?«

»Ich habe heute morgen gekauft«, sagt er.

»Und Sie wollen damit Material transportieren.«

»Wir reparieren gut.«

Seine Handelsgesellschaft heißt Tschaika, und sie möchten, daß wir uns an einer Geschäftsidee beteiligen. Wir fliegen an einen abgelegenen Ort in Kasachstan, um eine unterirdische Atomexplosion mitzuerleben. Das ist die Ware, mit der Tschaika handelt. Sie verkaufen Atomexplosionen gegen Bargeld. Wir sollen ihnen den gefährlichsten Müll liefern, den wir finden können, und sie werden ihn für uns zerstören. Je nach Grad der Gefährlichkeit werden sie ihren

Kunden – dem Konzern oder der Regierung oder der Stadtverwaltung – zwischen dreihundert und zwölfhundert Dollar pro Kilo berechnen. Tschaika steht in Verbindung mit der Waffenindustrie der GUS, mit Bombenbau-Laboratorien und mit der Transportindustrie. Sie holen Müll aus der ganzen Welt ab, bringen ihn nach Kasachstan, deponieren ihn in der Erde und vergasen ihn. Wir kriegen eine Vermittlungsgebühr.

Das Flugzeug kommt in schweres Wetter.

»In Phoenix ist man etwas beunruhigt«, erkläre ich ihm, »wegen der Höhe Ihres Betriebskapitals. Die Art Sicherheitsausrüstung, die nötig ist, wenn hochempfindliches Material transportiert werden soll, kann zu Ausgaben führen, Viktor, die ziemlich schwindelerregend sind.«

»Ja ja ja ja. Wir haben Knowhow.« Er spuckt das Wort mit einem gewissen defensiven Genuß aus, als würde es all die Unzulänglichkeiten zusammenfassen, die ihn bis jetzt verhöhnt haben. »Und wir haben Berge von Rubeln, die sind auch ziemlich schwindelerregend, wenn ich mal sagen darf. Sie haben nicht Financial Times gelesen? Ich werde schicken.«

Brian liegt auf der Seite, in Mantel und Handschuhen.

»Hab's vergessen«, sagt er. »Wo fliegen wir genau hin?«

Ich rufe quer durch den keuchenden Körper des Flugzeugs. »Zu dem kasachischen Testgelände.«

»Okay, aber wo ist das?«

Ich brülle. »Wo fliegen wir hin, Viktor?«

»Sehr wichtige Ort, der nicht auf Landkarte steht. Bei Semipalatinsk. Weiße Fleck auf Landkarte. Kein Problem. Dort sie holen uns ab.«

»Kein Problem«, rufe ich Brian rüber.

»Vielen Dank euch beiden. Weckt mich, wenn wir landen«, sagt er.

Ich betrachte ihn eingehend. Es ist kalt, und wir sind todmüde, und ich betrachte Brian. Zu wissen, was er getan hat, der kalkulierte Vertrauensbruch – ich will wach bleiben, während er schläft, damit ich ihn beobachten und meine Gefühle scharf feilen und darauf warten kann, daß meine Stunde kommt.

Viktor nimmt eine Flasche Chivas Regal aus seiner Reisetasche. Ich mime höflichen Applaus. Er geht ins Cockpit, um ein paar Gläser zu holen, aber die haben keine oder wollen keine abgeben. Ich wühle meine Tasche durch und finde eine Flasche Mundwasser, schraube den Deckel ab und schüttele das gerillte Plastikteil heraus, während ich durchs Flugzeug wanke. Viktor gießt etwas Scotch in den Deckel, und ich kehre auf meinen Platz zurück.

Wir haben keine Anschnallgurte, und der Flug wird unruhiger. Ich habe die Flasche Mundwasser aufrecht in meine Tasche gekeilt, damit das Zeug nicht ausläuft. Wir sind allein, wir drei, abgesehen von dem, der das Flugzeug fliegt, vielleicht sind es auch mehrere, und ich glaube, wir fühlen uns ein bißchen verloren in dem riesigen Röhrenraum, mehr wie Leute in einem heruntergekommenen Terminal spätnachts, nicht wie glückliche Reisende an Bord ihres Flugzeugs. Ich trinke meinen Chivas aus dem Deckel, horche auf die rappelnde Konstruktion um uns herum, mit ihrer Minimalverstrebung, ein Innenskelettbogen, der jedes Ächzen aus dem Gesangbuch des bemannten Fliegens von sich gibt. Der Scotch schmeckt schwach nach Gurgelpfefferminz.

»Was haben Sie gemacht, bevor Sie zu Tschaika gegangen sind?«

»Ich lehre Geschichte zwanzig Jahre. Dann nicht mehr. Ich suche neues Leben.«

»Es gibt jetzt in vielen amerikanischen Städten Männer wie Sie. Russen, Ukrainer. Wissen Sie, was die tun?«

»Fahren Taxi«, sagt er.

Mir fällt auf, wie seine Augen zucken, um meinen Blick aufzufangen, gerissen, ein kurzer gemeinsamer Augenblick, der ihm erlaubt, mir seinen überlegenen Status zu vermitteln.

Er trinkt aus der Flasche.

Ich sehe das Flugzeug am Himmel wie von einer geschützten Position aus. Es ist eine flüchtige Erscheinung, die durch die Dunkelheit zischt – ich war mir sicher, daß es inzwischen dunkel war. Eine Masse aus dunklem Metall, die durch Regen und Wind rast, wie in einer schnellen Szene aus einem alten Schwarzweißfilm, mit drängender Musik unterlegt.

Viktor fragt mich, ob ich jemals eine Atomexplosion miterlebt habe. Nein. Es ist interessant, sagt er, wie Waffen die Seele ihres

Erbauers widerspiegeln. Die Sowjets wollten eine immer größere Sprengkraft, größere Mengen radioaktiven Materials. Sie mußten sich selbst davon überzeugen, daß sie eine Supermacht waren. Abwurfgewicht. Was ist Abwurfgewicht? Wir wissen es nicht genau, aber wir sind uns einig, daß es nach geballter Masse klingt, nach dem geballten Willen des Kollektivs. Die sowjetischen Langstreckenraketen hatten ein größeres Abwurfgewicht. Sie mußten sich mit Zahlen und Gewicht und Masse von sich selbst überzeugen.

»Und die USA?« sage ich.

Die Augen zuckten in meine Richtung, glücklich wie Partylampions. Die USA, sagt Viktor, haben schließlich die Neutronenbombe entwickelt. Viele summende Neutronen, sehr geringe Explosion. Das perfekte kapitalistische Werkzeug. Killt die Oma, schont das Häuschen.

Ich betrachte den schlafenden Brian.

»Jetzt haben Sie Ihre eigenen kapitalistischen Werkzeuge. Nicht wahr, Viktor?«

»Sie meinen meine Firma?«

»Eine kleine Privatarmee, hört man.«

»Auch Nachrichtendienst. Um zu schützen unsere Besitz.«

»Und die Konkurrenz zu Tode zu erschrecken.«

Er erzählt mir, daß der Name der Firma seine Idee war. Tschaika bedeutet Möwe und bezieht sich poetisch auf die Tatsache, daß sie ihr Hauptgeschäft mit Müll machen. Er mag es, wie Möwen auf Müllberge herabstoßen und hinter Schiffen herfliegen, auf der Lauer, daß am Bug etwas glitzernd über Bord geht. Außerdem ist es ein netterer Name als Ratte oder Schwein.

Ich betrachte Brian. Das ist besser als Schlafen. Ich will nicht schlafen, bevor ich nicht mit dem Betrachten fertig bin. Die Reise mit diesem Mann von Arizona nach Rußland, Seite an Seite durch all die Zeitzonen, wir teilten Zeitschriften und tauschten Essen aus den kleinen, versiegelten Behältnissen, mein Dessert gegen seine Radieschen, weil ich fit bin und er nicht, von Sky Harbor bis Scheremetjewo, all die Stunden und Meere und Regionen von parzelliertem Land, die Häuser und die Leben unter uns – vielleicht war es nur die Sitzanordnung, die mich damit warten ließ, ihn zur Rede zu stellen. Es ist viel zu mühsam, jemanden anzuklagen, der neben einem sitzt. Ich wollte ein ruhiges Auge-in-Auge, irgendwo in einem gemütlichen Zimmer.

Ich sehe uns durch die Dunkelheit zischen.

Ich sage Viktor, daß es eine merkwürdige Verbindung zwischen Waffen und Müll gibt. Ich weiß nicht genau, worin sie besteht. Er lächelt und zieht die Füße unter sich auf die Bank, in einer Art Wasserspeier-Hocke. Er sagt, vielleicht ist das eine der mystische Zwilling des anderen. Dieser Gedanke gefällt ihm. Er sagt, Müll ist der teuflische Zwilling. Denn Müll ist die geheime Geschichte, die Untergeschichte, so wie Archäologen die Geschichte früher Kulturen ausgraben, jede Art von Knochenhaufen und zerbrochenes Werkzeug, buchstäblich unter der Erde hervor.

All diese Jahrzehnte, sagt er, haben wir ständig über Waffen nachgedacht und nie über das finstere Nebenprodukt, das immer weiter anwächst.

»Und in diesem Fall«, sage ich. »In unserem Fall, in unserer Zeit. Was wir ausscheiden, kehrt zurück, um uns zu zerstören.«

Wir graben es nicht aus, sagt er. Wir versuchen es zu begraben. Aber vielleicht reicht das nicht. Deshalb sind wir auf diese Idee gekommen. Den Teufel töten. Und er lächelt wie ein Wasserspeier vom Kirchturm. Die Fusion zweier historischer Ströme, Waffen und Müll. Wir zerstören verseuchten Atommüll durch Atomexplosionen.

Ich durchquere den Rumpf des Flugzeugs, um mir den Deckel wieder auffüllen zu lassen.

»Ist doch offensichtlich«, sagt er.

Ich sehe, daß Brian die Augen offen hat.

Ich kehre auf meinen Platz zurück, halte mit einem ausgestreckten Arm das Gleichgewicht, setze mich vorsichtig hin, warte etwas, dann kippe ich den Scotch in einem Zug und zwinkere ein bißchen.

Ich betrachte Brian.

Ich sage, »Die frühe Bombe, Brian, da mußten sie das spaltbare Material auf eine bestimmte Weise behandeln, wenn ich es richtig verstehe. Sie mußten dieses Teil mit jenem Teil vereinigen. Damit sie die Kettenreaktion auslösen konnten, die für die ganze Operation grundlegend ist. Bei einer Art der Bombe wurde sozusagen ein männliches Element in ein weibliches Element eingeführt. Bolzen in Mutter. Der Zylinder kommt in eine Öffnung der Kugel hinein. Sie schießen ihn einfach rein. Sehr bildlich. Es gibt echt kein Entkommen. Schwänze und Fotzen überall.«

Ich sehe unser Flugzeug durch Wind und Regen rasen.

Denn ich wußte jetzt unzweifelhaft, ich war ganz sicher, daß Brian und Marian, deren Namen sich so hübsch zusammen anhören, ein guter Freund bei mancher Gelegenheit, daß er und meine Frau Partner in einem tiefgehenden Verrat waren. Flugverdreht, wie ich war, konnte ich beinahe die Situation genießen, in der wir uns befanden. Ich war so zeitgezont, so betäubt von Erschöpfung und Erleuchtung, so tief im Gestank der Falschherzigkeit eines Freundes, daß ich anfing, nonstop zu reden, im manischen Rederausch, plapperdiplapper in den Fluglärm hinein, voller Andeutungen – ich machte heimtückische Andeutungen, gerissene Anspielungen. Denn ich wußte jetzt alles, und wir saßen beide hier, und er konnte nirgendwohin, um unserer traulichen kleinen Unterhaltung zu entfliehen.

Am Tor bekamen wir Plaketten, die wir tragen sollten, gazeartige Streifen, welche die in einem bestimmten Zeitraum vom Körper absorbierte Strahlungsmenge messen. Vielleicht läßt das die Landschaft so seltsam wirken. Diese kleinen Meßschildchen verleihen der öden Steppe, die sich bis in den überwältigenden Himmel erstreckt, ein Element der Bedrohung.

Brian sagt, das Tor sieht aus wie die Einfahrt zu einem Nationalpark.

Victor sagt, Wundern Sie sich nicht, eines Tages werden Touristen hierherkommen.

Der Wagen wird von einem Russen gefahren, keinem Kasachen. Er trägt gebügelte Armyhosen und hat außer den zwei Plaketten, die an sein Hemd geklammert sind, noch einen Geigerzähler. Weitab von der Straße sehen wir Männer in weißen Masken und schlabbrigen Stiefeln, die die Erde planieren, und als wir an eine Erhöhung kommen, können wir die große, kraterartige Ebene kürzlicher unterirdischer Tests überschauen, Depressionen von unterschiedlichem

Durchmesser, aber anscheinend alle wohlgeformt – blaßgeränderte Löcher, die sich bilden, wenn der durch die Explosionen bewegte Boden wieder in die ausgehöhlte Erde zurückrutscht.

Der Fahrer sagt uns, daß das Testgelände das Polygon genannt wird. Er erzählt uns noch einiges, das Viktor zum Teil übersetzt, zum Teil auch nicht.

Weiter hinten sehen wir Spuren der alten Tests, überirdisch, und hier gibt es etwas Merkwürdiges, etwas Unbehagliches, das ich zu orten versuche. Wir sehen den verbliebenen Bogen einer Eisenbahnbrücke, ein verformtes Stück verkohltes braunes Metall, das auf Betonpfeilern ruht. Etwas Tiefernstes, eine Stimmung wie von alten, schlechtgewordenen, mittlerweile unwürdigen Geheimnissen. Wir sehen das plattgedrückte graue Fundament eines Testturms, größtenteils vor Jahrzehnten in die Luft geflogen, nur dieser Block aus rissigem Beton ist übrig, erhebt sich gerade mal zwei Meter über die stopplige Oberfläche, wirkt immer noch seltsam verblüfft, und Metallträger ragen hervor. Schuld in jedem fein dosierten Objekt, den verwitterten und dem Wind überlassenen Pfählen und I-Trägern, menschengemachten, menschengestalteten Dingen, alten Systemen, mißlungen.

Wir fahren stumm weiter.

Hügel aus zusammengeschobener Erde um einen Kamerabunker, mit gelber Farbe besprenkelt – gelb für verseucht. Der Ort ist eigenartig, weggefroren, ein Beispiel für unsere Vergeßlichkeit, obwohl wir Einzelheiten merken. In der Ferne erkennen wir Reste von Häusern, Testsiedlungen, die man damals von ihren Grundfesten wegpustete, die Leute immer noch drin, Puppen, und Produkte in den Regalen, die vielleicht vor vierzig Jahren dorthin gestellt wurden – alles amerikanische Marken, sagt der Fahrer.

Und Viktor sagt, Das war eine Frage des Stolzes für den KGB, eine originalgetreue häusliche Umgebung nachzubauen.

Und wie merkwürdig ist es, schon wieder merkwürdig, noch mehr Merkwürdigkeit, eine Art Heimweh zu verspüren nach den Dingen auf den Regalen in den Häusern, die noch stehen, Old-Dutch-Putzmittel und Rinso-White-Spüli, all die halb verlorenen Ikonen des alten Lebens, Ipana und Oxydol und Chase & Sanborn, immer noch intakt hier draußen in diesem Nirgendwo kurz vor der Mongolei, und weiß noch irgendwer, warum wir das alles getan haben?

Ich sage, »Viktor, weiß noch irgendwer, warum wir das alles getan haben?«

»Ja, wegen Wettbewerb. Sie haben gewonnen, wir verloren. Sie müssen mir sagen, wie sich anfühlt. Große Sieger.«

Brian sitzt neben mir und schläft schon wieder.

Wir sehen einen verrosteten Panzer, gelbe Pinselstriche markieren das Geschützrohr. Es gibt Straßen, die abrupt enden, Unkraut, das durch den Asphalt drängt.

Der Wagen erreicht das Testgelände, das Gelände für unseren Test. Ein leicht erhöhtes Stück Land, ohne Gebüsch und fast flachplaniert. Ich wollte nicht als erster aussteigen, und einen Moment lang rührte sich keiner. Bohrtürme in mittlerer Entfernung. Ein Dutzend Wohnwagen stehen aufgereiht auf der Ebene, allesamt voller Geräte, die die Explosion analysieren sollen.

Der Fahrer öffnet seine Tür, und wir alle steigen aus.

Der Wind kommt mit schwerfälligem Brausen heran. Mehrere Techniker und Militärs stehen in der Nähe. Viktor steckt sich eine Zigarette an und geht zu ihnen. Er sieht in seinem langen Ledermantel fehl am Platz aus. Jenseits der Straße erkennen wir Felsen, weißgenarbt von früheren Detonationen. Ich mustere ständig den Fahrer, auf der Suche nach Zeichen und Omen.

Viktor kommt zurück und zeigt auf eine Ecke der gerodeten Fläche, wo sich dicke Kabel aus verschiedenen Maschinen hervorschlängeln, die auf einem blassen Stück Erde aufgestellt sind. Er sagt, das ist Punkt Null. Wir stehen nickend im Wind.

Er sagt, daß in ungefähr einem Kilometer Tiefe in Granit gezündet wird. Reaktorabfall und Kerne von ausgemusterten Sprengköpfen sind um einen Nuklearsprengsatz mit geringem Potential gepackt. Er sagt, das Loch, das von der Oberfläche bis zur Zündungsstelle gebohrt wurde, ist zugestopft und versiegelt worden, damit keine Strahlung austritt.

Der Fahrer steckt einen Finger in den Mund und reibt sich etwas Schmutz vom Ärmel. Ich schaue nach, ob mein Ärmel auch verschmutzt ist. Dann geht der Fahrer zum Auto zurück, und wir alle folgen ihm.

Er bringt uns zu einem Bunkerkomplex in einiger Entfernung. Hier sind ungefähr vier Dutzend Leute versammelt. Generäle mit betreßten Mützen, Uranspekulanten, ein Mann und eine Frau von der Bundesbank. Wir werden reihum vorgestellt. Viele aufgeblasene Bürokraten mit austauschbaren Köpfen. Da sind Industrielle, Bombenbauer, offizielle Beobachter, die den Test überwachen sollen. Und wir alle tragen diese strahlungsmessenden Plaketten. Ich folge Viktor in einen Besprechungsraum, wo Terrinen und Servierplatten mit Bergen von dampfendem Essen auf einem Tisch arrangiert sind. Ich treffe einige leitende Angestellte von Tschaika und hohe Funktionäre aus mehreren GUS-Ministerien. Die Erwartung schlägt greifbar hohe Wellen. Dunkle junge Männer mit runden Kasachenmützen servieren Pfeffer-Wodka in Gläsern, die in Suppentassen mit zerstoßenem Eis stehen. Ich spreche mit einem Polygon-Veteranen, einem Waffenexperten, der Arbeit sucht. Ein Russe erzählt einem zusammengedrängten Haufen stämmiger Männer einen Witz, und ich stehe am Rand, verblüfft, in die dahinfließende Erzählung eingeflochten den Namen Speedy Gonzalez zu hören. Ich schaue mich nach Brian um. Brian soll das mitkriegen. Der Witzeerzähler trägt Uniform, sein Mittelfinger ist gen Himmel gereckt, sein Gesicht läuft rot an, während sich die Geschichte abspult. Er bringt die Pointe sehr gut, spricht die Worte mit erhobenem Finger, und mir fällt der Satz wieder ein, während er ihn auf russisch sagt – auf englisch natürlich, nach so vielen Jahren. Die zusammengedrängten Männer nicken und schaukeln vor und zurück, geben Sprenglaute von sich, aus mondrunden Gesichtern.

Kaviar perlt in geeisten Schalen. Da stehen Geologen neben Spieltheoretikern und Energieexperten und einem Journalisten mit Buchvertrag. Ich sehe Müllhändler und Risikokapitalisten, Piroggen und Lammspieße. Die Waffenhändler, sagt Viktor, wollen die ungenutzten Vorräte von waffenfähigem Plutonium ersteigern, das in den Randbereichen der Industrie in Umlauf ist.

»Und diese Bombenzündung«, sage ich. »Nicht durch internationale Abkommen verboten?«

»Verboten oder nicht verboten. Wir sind Ausnahme. Testgelände ist geschlossen durch Verordnung von hier. Aber wir sind Ausnahme. Muß Probevorführung gemacht werden. Von Plutoniummüll wird Menge immer wahnsinniger. Weltweit wer zählt mit? Vielleicht zwölfhundert metrische Tonnen?«

»Mehr.«

»Mehr. Na gut. Muß weg irgendwie.«

Das Essen macht mich eine Zeitlang glücklich. Ich esse alles, was in Reichweite ist. Fleisch, Fisch, Eier, mein Appetit ist enorm. Der Wodka sieht wunderbar aus, leuchtend, rubinrot, weich, was über seine Würze und Schärfe hinwegtäuscht. Ich fülle mich ab, bis fast nichts mehr reingeht, fühle mich wieder aufgebaut, von Grund auf gesund und zufrieden, proteingestählt, und ich beobachte, wie sich Viktor unter die Atom-Hautevolee mischt. Er wirkt ein wenig verloren unter diesen Zentralrechnern. Er muß sich einer Umgebung anpassen, in die Hehler und Schieber aus der Schattenwelt der Schwarzmarktspekulation gekrochen sind, um eine vollkommen neue Wirtschaft aus Reibach und Korruption aufzubauen. Ich bin nicht sicher, ob er all die Dinge vergessen kann, die er vergessen muß, um hier zu blühen und zu gedeihen.

Ich spreche mit einer Frau, der eine Blätterteigflocke im Mundwinkel klebt. Essen rettet uns vor der Unrettbarkeit der Landschaft, vor den Dosimetern, die wir am Körper tragen. Wir sprechen darüber. Wie nett wäre es, wenn die ungeschriebene Chronik eines beiläufigen Vergnügens die Ausnahme da draußen außer Kraft setzen könnte, die Kräfte, die es schon zur Glückssache werden lassen, einfach nur Luft zu holen.

Ich halte Ausschau nach Brian Glassic. Der Bunkerkomplex umfaßt mehrere Ebenen, und ein großer Teil ist offenkundig für Gäste gesperrt – abgeriegelt und bewacht. Ich schaue in Kartenräume, Schlafsäle, eine medizinische Einrichtung hinein und gehe weiter, über Betonübergänge, muß mich oft bei niedrigen Türstürzen bücken. Ein Wirtschaftsexperte von der UNO sucht eine Toilette. Ich schlängele mich durch eine Luke mit einem Eisengeländer und genagelten Stufen, und da ist er in einem kleinen Raum, schläft schon wieder.

Ein Stuhl, eine Pritsche, ein Waschbecken. Ich habe einen Teller Essen in der Hand. Nicht für ihn – Essen für mich. Ich setze mich, betrachte ihn im Schlaf und verputze mein Essen. Er trägt seinen Lodenmantel, so ein Tiroler Ding mit Kapuze, aus grobem Stoff, mit Holzknebeln als Knöpfen. Wie passend für sein altmodisches, schmales, jungenhaftes Gesicht, das ich wahrscheinlich mit fünf anständigen Schlägen zermalmen könnte. Ich stelle mir das mit einiger Befriedigung vor. Einen ernsthaften Hieb austeilen. Aber so was tun wir ja nicht mehr, oder? Das, das haben wir hinter uns gelassen. Fünf Hiebe in das rosige Gesicht mit dem bleicher werdenden Haar. Aber ich sitze da und betrachte ihn, ja, und ich bin mir nicht sicher, ob ich ihn schlagen will.

Brian hat immer gedacht, ich wäre der Inbegriff der Selbstgenügsamkeit. Vielleicht war ich das. Aber ich habe auch in einem Zustand der stillen Trennung von all den Dingen gelebt, die er das feste Gewebe aus Zuhause und Arbeit und verantwortlicher Wirklichkeit nennen würde. Als ich das mit ihm und Marian herausbekam, spürte ich eine Art stoische Kapitulation. Ihre Namen klangen hübsch zusammen, und sie waren im gleichen Alter, und dadurch war ich von meiner verlogenen Rolle als Ehemann und Vater und leitender Angestellter befreit. Denn selbst der Job ist ein Holzbein. Habe ich mich nur einen winzigen Augenblick lang frei gefühlt, als ich die Geschichte ihrer Affäre hörte, war ich wieder ich selbst? Ich beobachte ihn im Schlaf, denke, wie befriedigend das wäre, zehn ernsthafte Fausthiebe in sein Schuljungengesicht. Aber ebenso befriedigend war der Gedanke, nur einen Augenblick lang, all das aufzugeben, es ihnen alles zu überlassen, die Kinder aus beiden Ehen, die Enkelkinder, sie könnten beide Häuser behalten, alle Autos, meinetwegen beide Frauen, wenn er sie wollte. Nichts von alldem war jemals mein gewesen, höchstens in dem Sinn, daß ich die nötigen Formulare ausgefüllt hatte.

Ich brauche nicht aus dem Stuhl aufzustehen, um gegen die Seite der Pritsche zu treten. Ich strecke nur mein Bein aus und trete zu.

Dann betrachte ich ihn, wie er aufwacht.

»Also. Der schnellste Liebhaber von *Mähicko*.«

»Was soll das?«

»Alter Witz. Kennst du den Witz nicht?«

»Himmel, ich hab geträumt. Wovon hab ich geträumt?«

»Ein Typ macht sich Sorgen um seine Frau, weil ein berüchtigter Liebhaber die Stadt unsicher macht. Was, den Witz kennst du nicht? Den Speedy-Gonzalez-Witz. Ist uralt. Hat Jahrzehnte gebraucht, bis er von drüben nach hier gekommen ist.«

»Von wo nach hier?«

»Leck mich. Von da.«

Ich trat wieder gegen das Bett.

Er sagt, »Was?«

»Wie lang, Brian?«

»Was, wie lang?«

»Du und Marian.«

»Was willst du damit sagen?«

»Was will ich damit sagen?«

Ich trete gegen das Bett. Er setzt sich auf und legt die Hände übers Gesicht und fängt an, kläglich zu lachen.

»Wir haben uns unterhalten, mal mehr, mal weniger. Das ist alles.«

»Widersprich mir nicht.«

»Wir sind, na gut, ab und zu auch vertraulich geworden. Wir waren uns in dieser Weise nahe, aber nicht sehr lange.«

»Und ich rauche eine Zigarre und trinke einen Brandy. Widersprich mir nicht.«

Er schaut mich an. Ich habe keine Zigarre, und ich trinke Wodka.

»Ich meine, jetzt? Ist das jetzt der Zeitpunkt, um dieses Thema zu besprechen? Hier? Können wir nicht irgendeinen passenderen?«

»Sie hat mir alles erzählt.«

Er schaut weg.

»Ich bin bereit, in dieser Sache ganz offen zu sein, aber ich glaube, wir sollten noch mal über den Zeitpunkt nachdenken«, sagt er.

Ich beuge mich vor, den Teller in der linken Hand, und ich haue ihm mit der rechten eine runter. Er kriegt eine Rechte, mit der offenen Hand, schließlich sind wir ja ganz offen in dieser Sache, ich schlage ihm mit der Handwurzel seitlich auf den Kopf – ein symbolischer Schlag, der meine Laune verbessert. Das ist sogar noch besser als Essen. Es ist besser als das Fleisch, der Fisch, die Eier, die

Fischeier und der Wodka. Ein prima Gefühl. Ich glaube, wir fühlen uns beide besser.

Sobald er sich an die Erkenntnis gewöhnt hat, daß er gerade geschlagen worden ist, schaut er mich wieder an. Ich weiß, was er sieht, wenn er mich anschaut. Jemanden, der größer ist als er, bereiter zum Handeln, der zwischen ihm und der Tür sitzt. Das ist die Botschaft, die in der Luft summt. Nicht die Worte, die persönlichen Vorgeschichten, der moralische Vorteil oder Nachteil oder welche Bluff- und Gegenbluffmanöver diesen Augenblick verzieren könnten. Es ist die Kraft des Körpers. Welcher Körper den anderen zermalmt. Nicht daß er sich irgendwelche ernsten Sorgen zu machen brauchte. Aber vielleicht doch.

»Wenn du sagst, sie hat dir alles erzählt.«

»Sie hat mir alles erzählt. Wir haben lange geredet. Unser Gespräch hat einige Tage gedauert, mit Unterbrechungen. Sie hat eine Menge erzählt. Sie hat mir alles erzählt. Dann bin ich in den Firmenwagen gestiegen und zum Flughafen gefahren, und da warst du.«

Er grinst mich an.

»Scheißfrauen. Wer sich auf Frauen verläßt, ist verlassen.«

Ich schlage ihm mit der flachen Hand auf ein Ohr. Sein Kopf zuckt eindrucksvoll zur Seite. Das war kein harter Schlag. Es war ein symbolischer Schlag, und das Zucken mit dem Kopf war übertrieben.

»Paß auf, wie du über sie redest, Brian.«

Er schlägt die Augen nieder, versucht es auf die mitleidheischende Tour. Hier sitzt er, hungrig, durstig, im Jetlag, ungewaschen, und wird gefangenhalten, na ja, beinahe, und in einer Kellerzelle rumgeschubst. Aber ich glaube nicht, daß er sich ernsthaft Sorgen machen muß.

»Hat sie dir von dem Heroin erzählt?«

»Sie hat mir alles erzählt.«

»Nur einmal, ich schwör's. Hat mir einen Heidenschrecken eingejagt.«

Er greift rüber und nimmt sich etwas von meinem Teller zu essen und fängt an zu kauen. Ich betrachte ihn. Er hält den Kopf gesenkt, langt in meinen Teller, ißt und langt rüber, und ich lasse es zu.

»Es tut mir leid, Nick. Bring mich um. Das wäre mir am liebsten. Aber ich muß dir sagen, es hat nicht lange gedauert. Und ich muß dir sagen, daß ich nicht immer – wie sag ich das am besten, wenn ich nicht noch eine geklebt kriegen will?«

»Sie hat's mir erzählt.«

»Ich war nicht immer willig.«

Ich betrachte ihn beim Essen.

»*Ich* habe mich nämlich gesträubt, und *ich* hatte Angst, daß du was merken würdest. Und als du es nicht gemerkt hast, hat sie es dir erzählt.«

Er langt rüber und ißt, mit gesenktem Kopf. Ich lasse ihn zum Waschbecken gehen und sich Wasser ins Gesicht klatschen. Bombe hin oder her, sagt er, das ist ein langweiliger Haufen Leute da draußen. Wir gehen zurück in das Zimmer mit dem Essen. Die Gäste haben sich über verschiedene Bereiche verteilt, trinken Kaffee oder Tee oder Brandy, einige von ihnen, oder halten sich Dessertteller unters Kinn, die Stehenden jedenfalls.

Wir spüren eine Erdbewegung, ein Rumpeln unter unseren Füßen. Ein dumpfer Stahlwollestoß, eine Verschiebung oder Verwerfung, weit entfernt und zugleich hier wahrgenommen, ein hohles Körpergeräusch. Jemand sagt »da« oder »ja«. Dann streben die Leute dem Ausgang zu, einer nach dem anderen, bücken sich unter den niedrigen Türstürzen durch, Raum um Raum, möglichst nicht allzu eifrig, eine Kette raschelnder Seufzer, und wir versammeln uns vor dem Komplex und schauen Richtung Punkt Null, obwohl eigentlich gar nichts zu sehen ist, nur die Weite der kasachischen Ebene.

Wir stehen da und schauen noch ein wenig, einige sagen mit leiser Stimme ein paar Worte, und etwas Erwartungsvolles hängt in der Luft. Keine aufsteigende Wolkenmasse natürlich oder rollende Geräuschwogen. Vielleicht steigt ein wenig Staub von dem Gelände auf, vielleicht ist das auch nur der Nachmittagsdunst, und mehrere Leute zeigen hin und geben kurze Kommentare ab, und innerhalb der Gruppe herrscht eine Flauheit, eine unausgesprochene Bedrücktheit, und nach einer Weile gehen wir wieder hinein.

Wir verbringen die Nacht in der Stadt Semipalatinsk, trinken warmes Bier und essen Pferdefleischpaté, und am Morgen, anstatt sofort nach Moskau zurückzufliegen, beschließt Viktor Maltzow, daß wir etwas sehen sollten.

Er bringt uns an einen Ort, den er das Museum der Mißgeburten nennt. Es gehört zum Medizinischen Institut, und mir fällt auf, wie Brian zusammenzuckt und etwas zurückbleibt, noch bevor wir im eigentlichen Museum sind, einem langen, niedrigen Raum mit Schaukästen voller Föten. Viktor ist ein Mann, der ganz offensichtlich gern das Gewebe einer Erfahrung verdichtet. Die Föten, jedenfalls einige von ihnen, werden in Gurkengläsern der Firma Heinz aufbewahrt. Da ist das zweiköpfige Wesen. Da ist der einzelne Kopf, der doppelt so groß ist wie der Körper. Da ist der normale Kopf, der an der falschen Stelle sitzt, auf der rechten Schulter hockt.

Wir schauen stumm in die Gläser. Wir gehen langsam von einem Schaukasten zum nächsten, weil der Anlaß ein feierliches Tempo zu verlangen scheint, und wir sagen nichts und schauen uns nur die Gläser an, niemals die Wände oder Fenster oder uns gegenseitig. Dann sagt Viktor etwas, aber nicht über die Gläser. Er spricht von den jahrelangen Tests. Wir schauen in die Gläser und hören Viktor zu und treten langsam von einem Schaukasten zum nächsten. Fünfhundert Atomexplosionen auf dem Testgelände, das im Südwesten der Stadt liegt, und selbst als sie aufhörten, in der Atmosphäre zu testen, waren die Minenschächte, die sie für die unterirdischen Detonationen gruben, nicht tief genug, um das Austreten gefährlicher Strahlungsmengen zu verhindern.

Er schaut mich an, als er das sagt.

Dann ist da der Zyklop. Das Auge in der Mitte, die Ohren unter dem Kinn, der Mund fehlt völlig. Brian fehlt auch. Wir finden ihn draußen, er steht beim Taxi und schaut durch die Fabrikabgase auf die niedrigen Berge, die sich durch die Steppe ziehen. Aber wir fahren nicht mit dem Taxi in unser Hotel, um die Koffer abzuholen und uns zum Flughafen zu begeben. Viktor dirigiert den Fahrer zu einer Strahlungsklinik in der Vorstadt, und wir fahren ziemlich übellaunig dorthin, Brian und ich, auch wenn wir uns nicht wehren, allzu gründlich mundtot gemacht durch die Gurkengläser, um uns offen zu beklagen.

Er bringt uns im Grunde in den Bereich der Luftströmung. Nicht daß die Klinik in den Jahren der häufigen Detonationen im Luftströmungsbereich des Testgeländes lag. Die Klinik war damals wahrscheinlich noch gar nicht da. Nein, die Leute waren im Luftströmungsbereich, die Dorfbewohner, die heute Patienten sind, und ihre Kinder und Enkelkinder, und Viktor nimmt uns mit hinein, und diesmal sind wir nicht in einem Museum.

Viktor sagt, er ist viermal hier gewesen. Er sagt das in einem schwer zu entschlüsselnden Ton. Jedesmal, wenn er das Polygon besucht hat, ist er auch hierhergekommen. Da haben wir einen Mann, der versucht, Atomexplosionen zu verkaufen – mit sichereren Methoden, keine Frage –, und er kommt hierher, vielleicht um sich der Herausforderung zu stellen, um sich zu beweisen, daß er nicht blind für die Folgen ist. Die Opfer sind nämlich blind. Der Junge mit der Haut, wo seine Augen sein sollten, Kugeln aus schwammigem Fleisch, merkwürdig an den Hut eines Pilzes erinnernd, der unter jeder Augenbraue sprießt. Die kahlköpfigen Kinder, die in Unterwäsche an einer Wand aufgereiht stehen und darauf warten, untersucht zu werden. Der Mann mit dem Gewächs unter dem Kinn, einem Ding mit Eigenleben, embryonisch und pulsierend. Das Zwergenmädchen in einem T-Shirt, das für ein schwullesbisches Fest in Hamburg, Deutschland, wirbt, der Saum schleift auf dem Boden. Der fröhliche Kretin, der mit verschränkten Armen durch die Flure läuft. Die Frau, deren Gesichtszüge intakt sind, bloß daß sie irgendwie nur ein halbes Gesicht hat, alles in einem emporgeschwungenen Bogen untergebracht, der wie der zunehmende Mond über ihren Schultern schwebt.

Sie trägt dasselbe T-Shirt wie die Zwergin, und Viktor sagt, dies sei das Resultat einer schiefgegangenen schlauen Importidee. Ein hiesiger Geschäftsmann hat zehntausend T-Shirts gekauft, ohne zu wissen, daß sie von einer schwullesbischen Veranstaltung in Europa übriggeblieben waren. Sehr verrücktes Ding, sagt Viktor, diese T-Shirts in ein Land zu bringen, wo der Islam jeden Tag stärker wird.

Aber das gehört zu der Surrealität, nicht wahr, die im zweiundvierzigsten Stock dieses Moskauer Turms begonnen hat.

In der Klinik gibt es Fälle von Mißbildungen, Leukämie, Schilddrüsenkrebs, von Immunsystemen, die nicht funktionieren. Die Ärzte kennen Viktor und lassen uns überall herumschlendern. Er spricht mit Patienten und Pflegepersonal. Er sagt, es gibt unbekannte Krankheiten hier. Und Wörter, die ebenfalls unbekannt sind oder es früher waren. Das Wort Strahlung war viele Jahre lang verboten. Man durfte dieses Wort in keinem Krankenhaus in der Umgebung des Testgeländes aussprechen. Die Ärzte sagten dieses Wort nur zu Hause, zu ihren Frauen oder Männern oder Freunden, und vielleicht nicht einmal dort. Und die Dorfbewohner sagten dieses Wort nicht, weil sie nicht wußten, daß es existierte.

Einige der Zimmer haben Teppiche an den Wänden. Alte Männer tragen Käppchen und sitzen reglos in ärmlichen Fluren.

Wir stehen im Eingang zur Cafeteria und beobachten eine Gruppe junger Leute beim Mittagessen. Ihre Haare, Nägel und Zähne sind ausgefallen, und die jungen Leute sind hier, um erforscht zu werden. Ich schaue mich nach Brian um.

»Krankheit überall. Und ich sage Ihnen etwas«, sagt Viktor. »Sie beschuldigen uns. Sie sagen, das ist Berechnung. Die Kasachen glauben das.«

»Beschuldigen wen?«

»Die Russen. Sie sagen, wir wollten die ganze Bevölkerung umbringen. Rote Armee hat vor Test nicht immer Dörfer evakuiert. Leute sehen Blitz und dann große Wolke, die in Himmel steigt. Sie wissen nicht, was ist das. Rote Armee zündet Wasserstoffbombe, sehr große Strahlungskraft, ja, und sie lassen zurück hundert Leute aus Dorf, um zu sehen die Wirkung auf Menschen.«

»Das glauben Sie?«

»Ich glaube alles.«

»Glauben Sie, es war absichtlich?«

»Glaube alles. Alles ist wahr. Jedesmal bei Test Hunderte Städte und Dörfer waren Strahlung ausgesetzt. Gesundheitsminister sagt, Okay, wir erhöhen Grenzwert. Wenn Grenzwert überschritten, Okay, wir erhöhen wieder.«

Viktor redet vor allem mit sich selbst, nehme ich an. Aber er redet auch mit mir. Diese Gesichter und Körper haben eine ungeheuerliche Macht. Ich spüre, wie etwas aus mir herausgesogen wird. Irgendein altes Widerstreben, eine Fähigkeit zu widerstehen. Ich schaue mich nach Brian um. Aber Brian will nicht irgendwelche zahnlosen Leute beim Mittagessen sehen. Er ist irgendwo draußen.

Wir gehen durch die Flure, Viktor und ich.

Er sagt, »Wenn sie einmal haben Bombe ausgedacht und Gleichungen aufgeschrieben, dann sehen sie, daß es ist möglich, sie zu bauen, sie bauen, sie testen in amerikanische Wüste, sie werfen auf Japaner, aber wenn sie einmal haben ausgedacht, am Anfang, dann wird alles wahr«, sagt er. »Nichts, was man glauben kann, wird nicht wahr.«

Allmählich sehe ich ihn als einen sehr unwahrscheinlichen Mann, schlank und dunkel, das Grau in seinen Haaren überfärbt, offenbar hat er es nötig, halb gangsterhaft auszusehen in diesem langen, flotten Mantel. Auf den ersten Blick ordnet man ihn den heutigen wilden Zeiten der Privatisierung zu, dem Marathon der ausgetanzten Szenarien. Dem Schnell-reich-Szenario. Dem Nur-für-Mitglieder- und Schwache-raus-Szenario. Dem rohen Kapital und seinem Auswurf. Dem Erpressungs- und Mord-Szenario. Aber in Viktors Ansprache zur gegenwärtigen Lage schwingen auch Ironie und Zögern mit. Zu viele Jahre langsam wachsender Skepsis. Er sitzt in der Patsche, glaube ich.

Er sagt, »Interessante Sache. In Ukraine gibt eine Frau, die sagt, sie ist zweite Christus. Eines Tages sie wird von ihren Jüngern gekreuzigt und dann von den Toten auferstehen. Sehr ernsthafte Person. Fünfzehntausend Jünger. Sie können glauben? Gebildete Menschen, sehen ganz normal aus. Ich weiß nicht. Nach Kommunismus so was?«

»Vielleicht nach Tschernobyl.«

»Ich weiß nicht«, sagt er.

Er wußte es nicht, und ich genausowenig. Wir traten hinaus auf einen holprigen Hof, der am hinteren Ende auf die große, weite, bis zu den Bergen baumlose Ebene hinausging. Kinder spielten im Schmutz, sechs Jungen und Mädchen mit fehlendem Arm, in jedem Fall der linke, verknubbelt unter dem Ellbogen. Der augenlose Junge war auch da, saß in der Hocke, den Spielern zugewandt, als beobachtete er sorgfältig ihr Treiben. Kupferhäutig, in Kleidern, die vermutlich made in China waren, in jedem Schuh ein Loch über dem Rahmen, so daß seine großen Zehen herausragten, ein Vierzehnjähriger, laut Viktor, der wie neun oder zehn aussah, aber nicht zurückgeblieben, sein Kopf etwas zu groß, Gesicht und Stirn von Tumoren gezeichnet, und die schwammigen Hüte über den Stellen, wo seine Augen hätten sein sollen.

Die Kinder spielen Folgt-dem-Anführer. Ein Junge fällt um, steht auf. Sie alle fallen um, stehen auf.

Im Nebeneinander hatte das etwas an sich, das den Augenblick vertiefte, Gesichter vor der Landschaft, die immense Offenheit, die Weite des Schaflandes und des geteilten Himmels, der alles außerhalb von uns Liegende enthält, unerträglich. Ich betrachtete den Jungen, wie er zusammengekauert dahockte, er hatte die Arme über den Knien verschränkt. All die verbotenen Wörter, die Geheimnisse in ihren reingewaschenen Tresoren, die halbvergessenen Szenarien – jetzt sind sie allesamt hier draußen, sickern unsichtbar in Land und Luft, in die markgefüllten Rinnen jedes Knochens hinein.

Er hockte unter dem großen, geteilten Himmel, seine Ohren lagen tief am abgeschrägten Kopf. Der Himmel war geteilt, diagonal gespalten, ein stumpfes Blau, ein weiches Schieferblau, wie der Kopf eines Haubenhähers, und ein Gelb, das nicht einmal richtig gelb war, ein immenses, herzzerreißendes Gelb, das gen Osten fegte, ein dunstiger, golddurchwirkter Fleck, und die Kinder mit den Knubbelarmen fielen der Reihe nach um.

Die meisten unserer Sehnsüchte bleiben unerfüllt. Das ist der tiefere, wehmütige Sinn der Welt – ein Verlangen nach etwas, das fest ist, flüchtig oder anderweitig unerreichbar.

Jetzt, während die Jahre vorbeirauschen, fahre ich in Phoenix manchmal hinaus, über die dichtbeschrifteten Zonen des Stadtplans hinaus, durch die nach Indianerstämmen benannten Straßen, an Dachdeckerbedarf und Sandstrahlwerkstatt und Kondomgeschäft vorbei, das jetzt in Eiskremfarben gestrichen ist, und schließlich sehe ich das eindrucksvolle, offene Stahlgerüst der Müllanlage vor mir, ein Stück von der Lower Buckeye Road weg, Stärlinge zischen über die Aufschüttung hinweg, und die Flugzeuge kommen in einer langen Reihe aus den dunstigen Bergen herunter, um sich in Anflugformationen einzufädeln.

Marian und ich sind uns jetzt näher, vertrauter als je zuvor. Die Zacken und Kanten haben sich abgeschliffen. Wir fahren nach Tucson, besuchen unsere Tochter und unsere Enkeltochter. Wir renovieren unser Haus, bauen die ganze Zeit neue Bücherregale, kaufen neue Teppiche, die wir auf die alten drauflegen, und wir spazieren in der Dämmerung am Abwasserkanal entlang und erzählen uns Geschichten aus der Vergangenheit.

Im Bronzeturm stehe ich am Fenster und schaue auf die Hügel und Kämme hinaus, und draußen auf der Straße sind es vierundvierzig Grad, und ich trage immer einen Anzug, selbst wenn ich nur herkomme, um nach der Post zu sehen, und ich lausche dem mikrotonalen Summen der Systeme und verspüre eine stille Macht, denn ich habe es getan und bin heil davongekommen, habe es getan und habe gewonnen, bin schwach hineingegangen und stark herausgekommen, und für den Fahrstuhlfritzen spiele ich wieder den Gangster.

Wir trennen unseren Hausmüll nach Vorschrift. Wir spülen die gebrauchten Dosen und leeren Flaschen aus und legen sie in die entsprechenden Eimer. Wir trennen Blech von Aluminium. Wir benutzen eine Papiertüte für die Papiertüten, falten die kleineren Tüten zusammen und stecken sie in die große Tüte, die wir zu diesem Zweck beiseite gelegt haben. Wir bündeln die Zeitungen, verschnüren sie aber nicht mit Bindfaden.

Die alten Geister wandeln durch die Flure. Daß meine Mutter starb, empfand ich als eine allmähliche und dauerhafte Bereicherung. Ich fühlte, wie ihre Wahrheit mich durchströmte, erfüllte, als wäre sie Wasser, Farbe oder Licht. Ich dachte, jetzt ist sie an die tiefste Stelle vorgedrungen, die ich zu bieten habe, zu der beseelenden Wesenheit, dem Etwas, das, wenn überhaupt, meinen letzten Atemzug überleben wird, und sie macht mich größer, sie erweitert mein Verständnis dessen, was Menschsein bedeutet. Sie ist jetzt ein Teil von mir, total und tröstlich. Und es ist keine traurige Feststellung, daß sie erst sterben mußte, bevor ich sie ganz erkennen konnte. Es ist nur ein Ausdruck der Macht dessen, was danach kommt.

An der Börse von Chicago wird mit Müll gehandelt. In Dallas werden synthetische Exkremente hergestellt. Man kann seine Hoden an eine Firma in Rußland verkaufen, die einem viertausend Dollar dafür gibt, die Dinger chirurgisch entfernt und zerstampft, die vitalen Substanzen extrahiert und das Ergebnis, ein sirupartiges Zeug, als verjüngende Schönheitscreme vermarktet, mit einer wahnwitzigen Profitspanne.

Wir nehmen den Fernseher aus dem kühlen Zimmer im hinteren Teil des Hauses, dem alten Zimmer unserer Tochter Lainie und jetzt dem alten Zimmer meiner Mutter, dem Zimmer mit dem Luftbefeuchter und dem neu beschichteten Spiegel und dem guten, harten, gesunden Bett, und wir bauen Bücherregale ein.

Bei Waste Containment bin ich eine Art emeritierter Manager geworden. Ich gehe ab und zu ins Büro, aber meistens reise ich und halte Vorträge. Ich besuche Kollegen und Forschungseinrichtungen, wo ich als Müllexperte angekündigt werde. Ich spreche zu ihnen über die geräumten Militärstützpunkte, die zu Landaufschüttungen umfunktioniert werden, über das Bunkersystem unter einem Berg in Nevada, das Tausende von Stahlkanistern mit radioaktivem Müll zehntausend Jahre lang aufnehmen wird oder auch nicht. Dann gibt es Mittagessen. Der Müll mag explodieren oder auch nicht, siebzigtausend Tonnen verbrauchter Treibstoff, und ich fliege nach London und Zürich, um an Konferenzen in Regen und Schneematsch teilzunehmen.

Ich ordne die Bücher in den alten Regalen um und finde passende Zusammenstellungen für die neuen Regale, und dann stehe ich da und schaue sie mir an. Oder ich gehe durchs Haus und schaue mir die Dinge an, die wir besitzen, und spüre die seltsame Sterblichkeit, die jedem Gegenstand anhaftet. Je edler und seltener ein Gegenstand ist, desto einsamer fühle ich mich, und ich weiß nicht, worauf ich das zurückführen soll.

Marian ist mit Mitte fünfzig schlank und braungebrannt und nicht mehr so eckig, das ist klar, und etwas gemäßigter in ihrer Einstellung zum Augenblick. Der Augenblick ist plötzlich nicht mehr so wichtig. Wir fahren in die Wüste hinaus, und manchmal erzähle ich ihr Dinge, die sie nicht wußte oder nur intuitiv wußte, so wie man weiß, daß man schläfrig ist oder traurig.

Wenn ich auf einem Dokument auf seinen Namen stoße, muß ich immer innehalten, zögern, sein Name in hüpfenden Buchstaben auf irgendeinem gestempelten Dokument, James Nicholas Costanza, der erhabene Stempel, der ein Papier offiziell macht, das Dokument in der staubigen untersten Schublade, das Gefühl leichter Verwirrung, bis ich begriffen habe, wer er ist.

Ich fahre manchmal da raus und sehe die Stärlinge über die Aufschüttung hinwegzischen, fahre über die Indianerstamm-Straßen, und manchmal nehme ich unsere Enkeltochter mit, wenn sie uns besucht, und wir sehen das ernste, graue Gerüst der Müllanlage und die Flugzeuge in ihren Anflugformationen und die Pracht der Wüstenpflanzen, die über die Pastellwände oberhalb des Parkplatzes quellen.

Ich fliege nach Zürich und Lissabon, um Gedanken auszutauschen und Angebote zu machen, und es ist die Art von verzweifelter Krise, diese Langlebigkeit von Müll, die eigentlich gar nicht wirklich stattzufinden scheint, außer in den Konferenzberichten und in den Zeitungen. Irgendwie läßt sie sich anders nicht greifen, trotz aller bedrohlichen Wucht und Fülle des Materials, trotz der tatsächlichen, pulsierenden Sache.

Jeder ist überall gleichzeitig. Jeff sagt das gerne, unser Sohn, der immer noch zu Hause wohnt und immer noch mit der grinsenden Schüchternheit spricht, die er aus seiner Jugend mitgenommen hat, eine Eigenschaft, die fast jede seiner Äußerungen zu einer schlüpfrigen Anspielung auf irgendein Geheimnis macht, das er hütet.

In Dallas werden synthetische Exkremente hergestellt. Sie haben eine Form simulierter menschlicher Fäkalien perfektioniert, um Windeln und andere Schutzkleidung zu testen. Das Präparat wird als anzurührendes Pulver aus Stärke, Fasern, Harzen, Gelatine und Polyvinylverbindungen verkauft. Man fügt Wasser hinzu, um die gewünschte Konsistenz zu erzielen. Die Farbe ist für gewöhnlich braun.

Nostra aetate, wie die Päpste gern sagen. In unserer Zeit.

Er ging aus dem Haus, um Zigaretten zu holen, und kam nicht zurück. Er rauchte Lucky Strikes. Er rauchte die Marke mit dem Spruch, Mach dir 'ne Lucky an – es ist Anmachzeit. Sei glücklich – nimm Lucky. Das war noch so ein Spruch.

Jeff hat ab und zu einen Job, kellnert irgendwo in einem Bistro und verbringt Unmengen Zeit an seinem Computer. Er besucht eine Website, die sich Wundern widmet. Es gibt viele Berichte, erzählt er uns, von Leuten, die in Uranminen strömen, um geheilt zu werden. Sie kommen aus Europa, Kanada und Australien, auf Krükken und in Rollstühlen, und sie sitzen in Tunneln unterm Weideland in Montana, wo die Radonstrahlung vielhundertmal höher ist als der staatliche Grenzwert. Sie versuchen, von Arthritis, Diabetes, Blindheit und Krebs geheilt zu werden. Es gibt Berichte, verkrüppelte Hunde seien aufgestanden und gegangen. Jeff erzählt uns das und grinst scheu, entweder weil er das lustig findet oder weil er das lustig findet und dran glaubt.

Wir haben Bücherregale in das kühle Zimmer im hinteren Teil des Hauses eingebaut, das alte Zimmer meiner Mutter, und man kennt das ja, wie die Zeit verfliegt, wenn man Bücher aufräumt, einräumt und umräumt, wie die Zeit unberührt vorübergeht, wenn man erfindungsreich nach passenden Zusammenstellungen sucht, und dann steht man in dem Zimmer und schaut.

Ich kann dir sagen, wonach ich mich sehne, nach den Tagen der Unordnung, als es mir scheißegal war, wurscht und vollkommen Banane.

Matt kam zur Beerdigung runter, kam am Vorabend mit zwei seiner Kinder angeflogen und brach dann am Grab zusammen, und sie sahen es und waren erstaunt. Sie waren schockiert, das zu sehen, denn sie betrachteten ihn als Vater, nicht als Sohn, und sie schauten weg und dann verstohlen hin und dann wieder weg, als er an meine Schulter sank und weinte, und sie sahen, wie ich den Arm um ihn legte, und mußten sich erst mal dran gewöhnen, an den Schock, ihn als Bruder und Sohn zu erleben.

Ich reagiere immer noch auf dieses Gefühl, das man in einem Büro bekommt, wenn man einen flotten Anzug trägt und spürt, wie einen die vernetzten Netzwerke umfangen. Es hat alles mit dem einhüllenden Brummen der Computer und Faxe zu tun. Mit den Handys, die auf Schreibtischen in Aufladegeräten stecken, mit den Anrufbeantwortern und der E-mail – ein Gefühl von Ordnung und Kontrolle, verstärkt durch das Büro selbst und den Bronzeturm, der das Büro umschließt, und durch all die Kontaktpunkte, die irgendwo in der Luft schimmern.

Wir nehmen das Wachspapier aus den Cornflakes-Packungen, bevor wir sie zum Abholen rausstellen. Die Straßen sind dunkel und leer. Wir trennen Weißglas von Buntglas, und erstaunlich, wie ruhig es ist, eine Stille, die sich alt und gesetzt anfühlt, mit dem Status eines Wahrzeichens, dem Gartenmüll, die flach gefalteten Papiertüten, die Stunde nach dem Sonnenuntergang, wenn die Welt innehält und man eine Sekunde lang vergißt, wo man ist.

Sie sitzen auf Holzbänken in den Minen und atmen Radon-Luft ein, tauchen die Füße in tödliches Radon-Wasser, und sie beten und psalmodieren und singen erhabene Choräle oder vielleicht ganz gewöhnliche Lieder, nette Mitsinglieder, die Art Lieder, die schon immer gesungen wurden, wenn man was in der Gruppe unternahm.

Wenn wir lange Fahrten machen – wir machen lange Fahrten, an den Altenheimbauten vorbei und auf dem langen, geraden Interstate-Highway, wo Wanderfalken in weiten Abständen auf den Stromleitungen sitzen, und manchmal reibe ich mir Arme und Gesicht mit Sonnenschutz ein, und es riecht nach Strand, da ist ein Hauch Hitze und Strand, ein Schleier aus schmierigem Zeug auf den Haaren meines Unterarms, und wie die Tube ploppt und saugt, wenn sie leer wird –, dann erinnert es mich an etwas von ganz früher.

Kein Mensch redet mehr vom Texas-Highway-Killer. Man kriegt den Namen nie zu hören. Der Name war lange in der Luft, immer kurz davor, ausgesprochen zu werden, wieder in den Sendepool zu kommen und für kurze Erregung auf den schnurgeraden Highways zu sorgen, aber offenbar gab es keine Schüsse mehr, und der Name ist inzwischen verschwunden. Manchmal aber denke ich an ihn und frage mich, ob er immer noch da draußen ist, fährt und sucht, keineswegs fertig mit seiner Sache, nur in Warteposition.

Wenn ich ihr etwas erzähle, hört sie mit einer gespannten, klaren Wachheit zu, so aufmerksam und still, und sie scheint zu wissen, was ich sagen will, bevor ich es sage. Ich erzähle ihr von der Zeit, die ich in der Besserungsanstalt verbracht habe, und warum ich dort hinkam, und auf irgendeiner Ebene scheint sie es schon zu wissen. Sie schaut mich an, als wäre ich siebzehn. Sie sieht mich mit siebzehn. Wir machen lange Spaziergänge am Abwasserkanal entlang. All die Andeutungen und Anspielungen, all die Dinge, die sie zu Beginn unserer gemeinsamen Zeit in mir erspähte – jetzt sind sie gewissermaßen vervollständigt. Wenn nicht für mich, dann für sie. Denn ich weiß doch nicht, was geschehen ist, oder?

Wir bündeln die Zeitungen, verschnüren sie aber nicht mit Bindfaden, was ja immer die große Versuchung ist.

Er gibt siebzehn Zeichen ein und dann *Punkt com miraculum*. Und die Wunder werden aufgerufen. Eines Abends beim Essen erzählt er uns von einem Wunder in der Bronx. Jeff ist scheu, wenn es um die Bronx geht, scheu und schuldbewußt. Er glaubt, sie gehört zum amerikanischen Gulag, ein Ort, seiner eigenen Erfahrung so fern, daß bestimmt keiner, der dort herkommt, mit ihm in einem Zimmer sein will. Aber wir sitzen an einem Tisch und essen miteinander, und er erzählt uns von einem Wunder, das sich vor ein paar Jahren ereignet hat und immer noch umstritten ist, jedenfalls im Net, im Web. Ein junges Mädchen fällt einem schrecklichen Verbrechen zum Opfer. Leiche wird auf leerem Grundstück zwischen Trümmerhaufen gefunden. Identifiziert und begraben. Das Mädchen bekommt ein Gedenkgraffiti auf einer nahegelegenen Häuserwand. Und dann das Wunder der Bilder und das darauf folgende Menschengetümmel und Glauben und Unglauben. Überwiegend Glauben, wie es scheint. Wir fragen nach, aber er geht mit dieser Art Material zögerlich um. Er ist scheu. Er hat das Gefühl, ihm würde es an Glaubwürdigkeit fehlen, um eine Geschichte von solcher Eindringlichkeit erzählen zu dürfen, all das Leid, der Glaube, die Offenheit der Gefühle, die in der Bronx zum Vorschein kommen. Gibt es einen besseren Ort, um Wunder zu erforschen, sage ich ihm.

Draußen auf der Straße sind es dreiundvierzig Grad, vierundvierzig, fünfundvierzig Grad, und ich fahre zum Flughafen und fliege nach Lissabon und Madrid, oder ich stehe im Wohnzimmer und schaue mir die Bücher an.

Jeff ist ein Spanner. Er besucht Websites, gibt sich aber nicht zu erkennen. Er sammelt Wellen und Strahlen. Er fügt Komponenten und Funktionen hinzu und sitzt vor einer sich ausbreitenden Masse kompatibler Hardware. Das wahre Wunder ist das Net, das Web, wo jeder überall gleichzeitig ist, und er ist mitten unter ihnen, ungesehen.

Die Vertraulichkeiten, die wir mittlerweile austauschen, die verspäteten Erzählungen über unser beider Kindheit und andere grimmige Zeiten, und noch etwas, ein fester Griff ganz anderer Art, eine andere Richtung, nicht zurück, sondern vorwärts gewandt – im Griff der Dinge, die uns an eine Sinnhaftigkeit binden. Ich glaube, ich spüre, daß Marian in den Gegenständen an den Wänden und auf den Regalen fehlt. Die Dinge, die wir gesammelt haben und besitzen, haben etwas Düsteres an sich, die Haushaltseffekten, das Wort selber hat schon so etwas, *Effekten*, die lackierte Truhe im Alkoven, die eine Traurigkeit verbreitet – die Wandbehänge und Artefakte und Wertgegenstände –, und ich spüre Einsamkeit und Verlust, größer und seltsamer, wenn das Objekt relativ selten ist, in der Stunde nach Sonnenuntergang inmitten einer Stille, die unnachgiebig erscheint.

Wir gehen am Abwasserkanal spazieren, an weißgekälkten Baumstämmen vorbei – weiß gegen die Sonne.

Die Erde tat sich auf, und er stieg hinein. Ich glaube, so war es nicht nur für uns, sondern auch für Jimmy. Ich glaube, er ging unter. Ich glaube nicht, daß er einen Neuanfang wollte oder ein neues Leben oder auch nur einen Ausweg. Ich glaube, er wollte untergehen. Er lebte von Tag zu Tag, Schritt für Schritt, und fragte sich nicht, was aus uns werden oder wie sie es schaffen würde oder wie groß wir würden oder wie klug. Ich glaube nicht, daß er auch nur eine Minute damit zubrachte, über diese Dinge nachzudenken. Ich glaube, er ging einfach unter. Die Katastrophe, in die er uns stürzte, wird dadurch nicht geringer.

Und so fiel mir der Baseball in die Hand, als ich die Bücher in den Regalen umräumte. Ich schaue ihn an und drücke ihn fest und lege ihn wieder aufs Regal, zwischen ein schräg und ein aufrecht stehendes Buch, ein teures und wunderschönes Objekt, das ich halb versteckt aufbewahre, vielleicht weil ich manchmal vergesse, warum ich es gekauft habe. Manchmal weiß ich genau, warum ich es gekauft habe, und manchmal nicht, ein wunderschönes Objekt, grün verschmiert neben dem Markenzeichen von Spalding und durch fast ein halbes Jahrhundert Erde und Schweiß und chemischer Reaktion braunverfärbt, und ich lege den Ball zurück und vergesse ihn, bis zum nächsten Mal.

Es hieß L.S./M.F.T. – Lucky Strike Means Fine Tobacco. Lucky Strike, und dann in Anführungszeichen – »It's Toasted«.

Die Flugzeuge kommen blinkend südwärts aus den Bergen, funkeln im Dunst, während sie in einem weiten Bogen den Landeanflug beginnen, und ich sehe das offene Stahlgerüst der Müllanlage am Ende der Straße vor mir. Ich parke unter Terrassengärten, aus denen Bougainvilleen über die Pastellwände quellen. Meine Enkeltochter ist bei mir, Sunny, fast schon sechs, und in der großräumigen Recyclinghalle stehen wir auf einer Laufplanke und beobachten den Betrieb. Blech, Papier, Plastik, Styropor. Alles fliegt über die Förderbänder, vierhundert Tonnen pro Tag, Fließbänder voll Müll, sortiert, komprimiert und in Ballen, am Ende in rechteckige Einheiten umgewandelt und wieder zum Produkt geworden, drahtverschnürt und ordentlich gestapelt und bereit zur Vermarktung. Sunny liebt diesen Ort, und die anderen Kinder genauso, die mit ihren Eltern oder Lehrern kommen, sich auf die Laufplanke stellen und die Ausstellung besuchen. Helles Licht fällt durch die Dachluken bis auf den Boden der Halle, legt einen göttlichen Glanz auf die hohen Maschinen. Vielleicht empfinden wir Ehrfurcht vor Müll, vor den erlösenden Eigenschaften der Dinge, die wir gebrauchen und wegwerfen. Man muß sich nur anschauen, wie sie zu uns zurückkehren, erleuchtet von tapferem Altern. Die Fenster geben den Blick auf eine strenge, weite Wüste und einen unermeßlichen Himmel frei. Die Aufschüttung auf der anderen Straßenseite ist jetzt geschlossen, bis zum Äußersten ihrer Aufnahmefähigkeit vollgepackt, aber aus der großen Erdhalde strömt Gas, Methan, wodurch ein Flimmern über Land und Himmel entsteht, das die Aura eines heiligen Werks noch verstärkt. Eine Fabel von irgendeiner Geisterzivilisation scheint in den Luftwirbeln zu schweben, ein Schimmer von Wüstenverfall. Die Kinder lieben die Maschinen, die Ballenpressen und Schnellentlader und Förderbänder, und die Eltern schauen durchs Fenster, durch den Methandunst, und die Flugzeuge kommen aus den Bergen und reihen sich zum Anflug auf, und die Trucks stehen vor der Halle in zwei Schlangen, bringen den unsortierten Matsch herbei, die ausgewürgte Häßlichkeit unseres Lebens, und nehmen die gepreßten und verschnürten Einheiten wieder mit in die Welt, die klumpigen Produktblöcke, unverfälscht, Zeitung für Zeitung, Blech für Blech, und wir alle fühlen uns besser, wenn wir wieder gehen.

Ich trinke alten Grappa und höre Jazz. Ich räume die Bücher in die neuen Regale und stehe im Wohnzimmer und schaue mir die Teppiche und die Wandbehänge an, und ich weiß, die Geister wandeln in den Fluren. Aber nicht in diesen Fluren in diesem Haus. Sie sind alle weit weg, im schlafwagenschummrigen Schein am schmalen Ende der Nacht, und ich stehe hilflos an diesem Wüstenort und schaue mir die Bücher an.

Ich sehne mich nach den Tagen der Unordnung. Ich möchte sie zurückhaben, die Tage, als ich auf der Erde lebte, zuckend bis in den letzten Nerv, stürmisch und wirklich. Ich war dumpfbemuskelt und wütend und wirklich. Danach sehne ich mich, nach dem Bruch des Friedens, den Tagen der Unordnung, als ich durch wirkliche Straßen lief und die Dinge zackbumm anging und allzeit wütend und bereit war, eine Gefahr für andere und ein fernes Rätsel für mich selbst.

http://blk.www/dd.com/miraculum

Sie heißt Esmeralda. Sie lebt wild im inneren Ghetto, einem Streifen der South Bronx namens Die Mauer – ein Mädchen, das leere Grundstücke nach weggeworfenen Kleidern durchwühlt, verdorbenes Obst aus den Müllsäcken hinter den Bodegas pickt, ein Mädchen, das manchmal zu sehen ist, wie es zwischen Bäumen und Unkrautbüschen hindurchläuft, ein Schatten auf den Trümmerwänden abgerissener Bauten, ohne zu stolpern, eine taktvolle Läuferin mit dem lieblichen, leichtfüßigen Schreiten eines Geschöpfes aus den Waldmythen.

Die Nonnen versuchen seit längerem, sie zu finden.

Schwester Grace, die jüngere der beiden, entschlossen, das Mädchen aufzuspüren, einzufangen und zu einer sozialen Einrichtung zu bringen oder zu ihrem Kloster in der mittleren Bronx, an einen sicheren Ort – das Mädchen untersuchen zu lassen, richtig zu ernähren und in der Schule anzumelden.

Und Schwester Edgar, die eine strahlende Anmut in dem Mädchen sieht, eine Gnadenfrist in der endlosen Not hier an der Mauer, sogar eine Quelle persönlicher Hoffnung, einen Ansporn zum alten, robusten Glauben. Der ganze Himmel zittert, wenn eine Seele im Wind schwankt – rette sie aus der Gefahr, führe sie zu Kerzen und Asche und Palmen, zum Glauben an den mystischen Leib.

Die Nonnen bringen Essen zu den Menschen, die an der Mauer und in der näheren Umgebung leben, den asthmatischen Kindern und Sichelzellen-Erwachsenen, den Aids-Fällen und den Kokainbabys, und jeden Tag, zweimal am Tag, drei- oder viermal am Tag fahren sie mit ihrem Kleinbus an der Gedenkmauer entlang. Dies ist die sechs Stockwerke hohe Seitenwand eines besetzten Hauses, auf die Graffitimaler einen Engel sprayen, immer wenn ein Kind des Viertels an Krankheit oder Mißhandlung stirbt.

Grace redet und fährt und schreit aus dem Fenster Hunde an, die auf der Straße ihr Häufchen machen. Sie trägt einen Rock und eine Windjacke, sie hat eine Dose K.-o.-Spray dabei. Die alte, spindelschenklige Edgar sitzt neben ihr und fühlt die Aura der Straßen und versetzt sich zurück in ein anderes Jahrhundert. Sie ist gegürtet und trägt den Schleier und wüßte nicht, wie sie sich sonst kleiden sollte, und wäre gar nicht hier, wenn die Kinder gesund und die Hunde bürgerlich wären.

Gracie sagt, »Manchmal frag ich mich.«

»Was fragst du dich?«

»Ach, egal, Schwester. Vergiß es.«

»Du fragst dich, ob wir einen Unterschied machen. Du kannst nicht begreifen, wie es kommt, daß das letzte Jahrzehnt dieses Jahrhunderts in mancher Hinsicht schlimmer aussieht als das erste. Es sieht aus wie ein anderes Jahrhundert in einem anderen Land.«

»Ich bin ein positiver Mensch«, sagt Gracie.

Edgar hat ein Hochfrequenzlachen, das durch Zeit und Raum trägt, eine Art Gackern, ehrlich gesagt, schrill und glibberig – sie hält es für wahrscheinlich, daß die Hunde es hören können.

»Ich weiß, daß eine mühevolle Prozedur befolgt werden muß«, sagt sie, »wenn man einen positiven Gemütszustand erreichen will. Es ist ein Wunder, daß du noch Kraft übrig hast, um das Auto zu lenken.«

Das kotzt Gracie an, und sie motzt ein bißchen, respektvoll, während der Kleinbus sich dem Rettungshaus von Ismael Muñoz nähert.

Ein stopfvoller Haufen Schrottautos, aufgetürmt, zerbeult und ineinandergekeilt, siebzig oder achtzig Autos, geschändet. Die Nonnen schauen sich instinktiv nach einem Zeichen von Esmeralda um, die wahrscheinlich nachts in einem dieser Autos schläft. Dann parken sie den Kleinbus und betreten das heruntergekommene Mietshaus, klettern drei bröckelnde Treppen hoch bis zu Ismaels Hauptquartier.

Edgar erwartet, daß er fahl und erschöpft aussieht, sichtlich gebrechlich. Sie glaubt, daß er Aids hat. Das spürt sie. Sie spürt unheilschwangere Dinge. Sie bleibt auf Abstand, mustert ihn. Ein leutseliges, menschliches Wrack in Tropenhemd und mit Gammelbart – er ist heute aufgekratzt, denn er hat es geschafft, ein System in dem Gebäude zurechtzubasteln, das genug Strom für einen Fernseher produziert.

»Schaut mal, Schwestern«, sagt er.

Sie sehen einen kleinen Jungen, Juano, der auf einem feststehenden Fahrrad sitzt und wie ein Wilder trampelt. Das Fahrrad ist an einen Generator aus dem Zweiten Weltkrieg angeschlossen, den Ismael billig bei einer Arsenalauflösung gekriegt hat. Der Generator puckert im Keller, Kabel laufen von der Maschine zum Fernseher hinauf, und ein quietschender Treibriemen verbindet den Fernseher mit dem Fahrrad. Wenn der Kleine schnell trampelt, spuckt der Generator einen Schwall Elektrizität Richtung Fernseher aus – ein tapferes, verdelltes Modell, das zwei der anderen Kids in den Müllgruben ausgebuddelt haben, wo es in der geologischen Schicht der Freizeitelektronik lagerte.

Gracie ist begeistert und setzt sich zu der Graffiti-Crew, acht oder neun Kids, die den Börsenkanal sehen.

Ismael sagt, »Was meint ihr? Hab ich das gut gemacht? Das ist nur ein Anfang. Ich hab große Sachen in der Planung.«

Edgar mißbilligt das natürlich. Das ist ihre Mission – zu mißbilligen. Einer der unerbittlichen Gnadenerweise an der Mauer, einem Ort ohne Verbindung mit den üblichen Dienstleistungen, war stets die Tatsache, daß es kein Fernsehen gab. Nun ist es plötzlich da. Man drückt einen Knopf, und all die Dinge, die einem seit Jahrhunderten verborgen waren, fliegen in die abgelegenste Hütte. Eine Epidemie des Sehens. Kein vorstellbarer Rückzugsort bleibt unerfaßt, der Uterus, der Meeresgrund, nicht einmal die verlorenen Hallen des menschlichen Gehirns. Und wenn man sie sehen kann, kann man die Krankheit auch kriegen. In einem flüchtigen Blick liegt ein krankheitserregendes Element.

Ismael sagt, »Ich gehe bald online, Schwestern, echt bald. Werbung für meine Schrottautos. Gleich, äh, global werden. Altmetall für die unterdrückten Länder, die ihr Militär aufbauen wollen.«

Auf der Mattscheibe stottert und hüpft ein Bild. Es ist der scheibenförmige Kopf eines Mannes, eines Typs in weißem Hemd mit blauem Kragen oder blauem Hemd mit weißem Kragen – die Farben springen ziemlich häufig um. Er spricht über die Aktienentwicklung des Tages, während Zahlen und Buchstaben in zwei Streifen unten am Bildrand entlanglaufen, einem blauen und einem weißen Streifen, und die Crew sitzt da und sieht in die Glotze, während der Kleine auf dem Fahrrad zusammengekrümmt trampelt, ein wild rackernder Junge, und die Namen und Preise laufen in zwei verschiedene Richtungen, und die aktiven Emissionen blinken.

Ismael sagt, »Manche Leute haben ihren eigenen Gott, okay. Ich will meinen eigenen Computer. Kein Unterschied, stimmt's?«

Ismael zieht die Nonnen gern auf. Edgar behält ihn im Auge. Sie bewundert die Graffitimauer, die Reihe um Reihe weitergemalten Engel, blau für Jungen, rosa für Mädchen, aber sie mißtraut dem Mann, der das Projekt leitet, und sie versucht die Enttäuschung zu begreifen, die sie empfindet, als sie Ismael in guter Laune und offenkundig guter Gesundheit antrifft.

Wünscht ihm Schwester Edgar, daß er todkrank ist? Findet sie, er müßte dafür bestraft werden, daß er homosexuell ist?

Alle sehen in die Glotze, bis auf sie. Sie sieht Ismael. Keine Blässe, kein Gewichtsverlust, keine Läsionen oder andere sichtbare Symptome. Nur ein vorstehendes Lächeln, das aus seiner Vorgeschichte schlampiger Zahnpflege stammt.

Warum möchte sie ihn gern leiden sehen? Ist er nicht eine der stabilisierenden Kräfte an der Mauer, wie er mit seinem Autoverwertungsgeschäft Geld macht und es mehr oder weniger altruistisch einsetzt, wie er seiner Crew aus Straßenkids etwas beibringt, von denen einige verlassen worden und ein oder zwei schwanger sind, Ausreißer, Ausrangierte – wie er ihnen Verantwortungs- und Selbstwertgefühl gibt? Und hilft er nicht den Nonnen dabei, die Hungernden zu speisen?

Sie mustert ihn, ob er Spuren aufweist, frühe Anzeichen des Verfalls. Dann späht sie verstohlen aus dem Fenster, in der Hoffnung, das immer wieder entwischende Mädchen zu entdecken. Schwester Edgar hat die Kleine ein paarmal von diesem Fenster aus gesehen, fast immer rennend. Rennen ist ihre Beschäftigung. Ihre Schönheit und Sicherheit zugleich, ihre melodiöse Hoffnung, ein besonderes Verdienst, eine Reinigung, der vergängliche Laubfall von etwas Göttlichem, das durch die Welt schwebt.

Zwei der Charismatiker kommen herein, sie wollen fernsehen. Sie kommen aus dem obersten Stock, sie leiten die einzige Kirche an der Mauer, eine Pfingstler-Gemeinde, die danach trachtet, das Geschenk des Heiligen Geistes zu empfangen, Hand auflegen, in Zungen reden, prophezeien – das ganze Schaukelgaukelpaket, vor dem Edgar nur weglaufen und sich verstecken möchte.

Natürlich gucken die sie auch ein bißchen scheel an.

Ismael bestimmt vier aus seiner Crew, die die Nonnen begleiten sollen, um Essen in der Gegend zu verteilen. Aber die Crew sitzt wie angewurzelt da, gerade jetzt. Sie drängen Juano, schneller zu treten, weil man nur dann umschalten kann, und sie wollen lieber einen Zeichentrickfilm oder einen Spielfilm sehen, irgendwas mit laufenden Bildern statt bloß einen Kopf.

Sie sagen, »Los, Mann, mach schneller, ey.«

Der Fahrradjunge krümmt sich und strampelt, und das Bild zittert kurz, springt dann wieder zurück zu dem runden Gesicht des

Ansagers und den durchlaufenden Zeilen mit den Preisen. Ismael steht lachend da. Er liebt die Sprache des Kaufens und Verkaufens und den Anblick dieser Buchstabengruppen, die für riesenhafte Konzerne mit ihren Jets und Limousinen und Tankerflotten stehen. Er zerrt jetzt einzelne Kids von dem kissenlosen Sofa und katapultiert sie auf die Tür zu, während die anderen und die labernden Charismatiker Juano weiter antreiben.

Sie sagen, »Schneller, ey, schneller, sei ein Mann.«

Der Junge strampelt und rackert, hüpft auf dem Sitz, aber die Zahlen ziehen weiter über den Bildschirm. Elektronik leicht anziehend, Transport nachgebend, Industrie mehr oder weniger unverändert.

Drei Wochen später sitzt Edgar in dem Kleinbus und sieht, wie ihre Partnerin aus dem roten Backsteinkloster kommt – rollender Gang, kurze Beine, stämmiger Körper. Gracies Gesicht ist abgewandt, als sie sich um die Vorderseite des Fahrzeugs herumschiebt und die Tür auf der Fahrerseite öffnet.

Sie steigt ein und packt das Steuerrad, starrt geradeaus.

»Ich hab einen Anruf von der Polizeiwache bei der Mauer bekommen.«

Dann greift sie nach der Tür und schließt sie. Sie packt das Steuerrad wieder.

»Jemand hat Esmeralda vergewaltigt und von einem Dach geworfen.«

Sie läßt den Motor an.

»Ich sitze da und denke, Wen schlag ich tot?«

Sie schaut Edgar kurz an, legt dann den Gang ein.

»Denn das ist die einzige Frage, die ich mir stellen kann, ohne in Verzweiflung zu geraten.«

Sie fahren südwärts durch kleine Straßen, die Backsteinhäuser leicht dunstig im Morgenlicht. Hat Edgar gewußt, daß das passieren würde? In letzter Zeit hat sie es in den Knochen gehabt, doch. Sie fühlt Gracies Wut und Schmerz wie einen Wetterumschwung. Vor kurzem war sie auf das Mädchen zugegangen, Gracie, und sie hatte aus einiger Entfernung mit ihm gesprochen, eine Tüte mit Essen und Kleidern in die wilden Kermesbeeren geworfen, wo Esmeralda stand. Sie legen den ganzen Weg schweigend zurück, während die alte Nonne im Geist Fragen und Antworten aus dem Baltimore-Katechismus aufsagt. Die Kraft dieser Übungen, die eine Form des Dauergebets sind, ruht in den Stimmen, die ihre eigene begleiten, Kinderstimmen, die über Jahrzehnte hinweg antworten, silbengenau, eine Panflötenantwort, die klare Musik ihres Lebens. Frage und Antwort. Was für einen tieferen Dialog könnte ein aufrechter Kopf ersinnen? Sie legt ihre Hand auf Gracies Hand am Steuerrad und läßt sie dort liegen, ein digitales Ticken lang auf der Uhr am Armaturenbrett. Wer hat uns erschaffen? Gott hat uns erschaffen. Diese wachäugigen Gesichter voller Glauben. Wer ist Gott? Gott ist das höhere Wesen, das alle Dinge erschaffen hat. Ihre Arme sind müde. Ihre Arme sind schwer und tot, und sie hat sich bis zur Lektion 12 vorgekämpft, als die Sozialbauten am Horizont auftauchen, die oberen Fenster weiß vom Spiel der Sonne in dem breiten, dunklen Gesicht des erschöpften Steins.

Als Gracie schließlich spricht, sagt sie, »Es ist immer noch da.«

»Was ist immer noch da?«

»Das Klopfen im Motor. Hörst du's? Hörst du's?«

»Ich höre gar nichts.«

»Ku-ku. Ku-ku.«

Dann fährt sie den Kleinbus an den Sozialbauten vorbei auf die bemalte Mauer zu.

Als sie ankommen, ist der Engel bereits auf die Wand gesprayt. Eine geflügelte Gestalt in einem rosa Sweatshirt und rosa und grünblauen Hosen und einem Paar Nike Air Jordan in Weiß, mit auffälligem Logo – sie war eine Läuferin, also bekommt sie Läuferschuhe. Und Klein-Juano baumelt immer noch an einem Seil, vom Dach mit der alten, handbetriebenen Winde heruntergelassen, mit der die Crew auch Autos auf ihren offenen Lkw hievt. Ismael und andere beugen sich über das Sims, versuchen, ihm alles korrekt vorzubuchstabieren, während er an die Mauer schaukelt und wieder weg, sich vorbeugt, um die ineinander verschlungenen Lettern hinzusprayen, die die große, vergangene Ära der *wild style*-Graffiti geprägt haben.

Die Nonnen stehen neben dem Kleinbus und schauen dem Jungen zu, als er das letzte der wenigen Wörter beendet, dann sehen sie, wie er in dem schneidenden Wind himmelwärts gerissen wird.

Esmeralda Lopez
12 Jahr
Beschüzt im Himel

Als sie im zweiten Stock ankommen, raucht Ismael eine Zigarre, die Arme vor der Brust verschränkt. Gracie tigert auf und ab. Sie weiß anscheinend nicht, wo sie anfangen soll, wie sie das Unsägliche ansprechen soll, das irgend jemand diesem Kind angetan hat. Diesem Kind, das sie doch retten wollten. Sie tigert auf und ab, sie ballt die Fäuste.

Sie hören das Auspuffstöhnen eines Linienbusses, der einige Straßen weiter vorbeifährt.

»Ismael. Du mußt herausfinden, wer der Kerl ist, der das getan hat.«

»Glaubst du, ich bestimme hier? Bin ich vom LAPD?«

»Du hast Kontakte hier im Viertel wie niemand sonst.«

»Was für ein Viertel? Das Viertel ist da drüben. Hier ist die Mauer. Ich kann grade mal die Kinder dazu kriegen, daß sie ein Wort richtig schreiben, wenn sie es hinsprayen. Zu meiner Zeit haben wir U-Bahnwagen im Dunkeln bemalt, und kein Buchstabe war verschrieben.«

»Richtig schreiben, wen kümmert's?« sagt Gracie.

Edgar hat das früher gekümmert, heute nicht mehr, vielleicht nie wieder. Sie fühlt sich schwach und verloren. Der große Schrecken ist weg, der große Schattenwerfer abgebaut – das in den Himmel geschossene Objekt, benannt nach einer griechischen Göttin auf einem Kelchkrug, 500 v. Chr. Der Schrecken ist heutzutage nur noch lokal. Ein lautes Geräusch auf dem Bürgersteig ganz in der Nähe, das Stottern gelegentlicher Schüsse aus einem vorbeifahrenden Auto, jemand, der dein Kind entführt. Alte Ängste wiederbelebt, die rauben mir mein Kind, die kommen in mein Haus, wenn ich schlafe, und schneiden mir das Herz heraus, weil sie mit Satan in Verbindung stehen.

Sie spricht ein verzweifeltes Gebet.

O Herr, wir flehen zu dir, gieß aus deine Gnade in unser Herz.

Zehn Jahre Ablaß, ein Superknaller, wenn das Gebet im Morgengrauen, am Mittag und am Abend gesprochen wird, oder baldmöglichst danach.

Eines der Mädchen, kurz Willie genannt, strampelt auf dem Fahrrad, und sie ruft ihnen zu, *hey, hier, guckt mal*, und sie versammeln sich vor dem Fernseher und stehen erstaunt da. Der Mord ist in den Nachrichten, ihr Mord, er wird von einem der verdammten Großsender gebracht, CNN – die Tragödie eines obdachlosen Kindes, sein Leben und sein Tod. Die Crew ist verblüfft, daß die Mauer gefilmt worden ist, zweieinhalb Sekunden wird das Haus gezeigt, in dem sie gerade sind, die Fassade mit den gesprayten Engeln, die überwucherten Lots mit ihren Höhlen für Fledermaus und Eulen. Alle glotzen und tuscheln, aufgeladen mit einer Art zweitem Blick, die Dinge, die sie so gut kennen, nun von innen nach außen gekrempelt zu sehen, neu und landesweit. Sie stehen da, anderen Leuten aufs Auge gedrückt. Dann kommt die Moderatorin. Sie schreien Willamette zu, sie soll schneller treten, Mann, denn das Bild wird schwächer, und das elektrischrote Haar der Moderatorin zerläuft in einem leuchtenden Ring um ihren Kopf, was sie nur noch erstaunlicher macht, und mit glockenheller Jungfrauenstimme beschreibt sie ihnen, wie sie leben, diese Frau sieht derart auffällig aus, daß sie sich die Nachrichten aneignet, und Willie trampelt sich die Seele aus dem Leib, und alle feuern sie heftig an.

Schwester Edgar schaut nicht hin. Sie sieht den ganzen restlichen Tag lang gar nichts, auch am nächsten Tag nicht und nicht in den zwei oder drei Wochen danach. Sie sieht das menschliche Herz, bloßgelegt wie ein Schweinemuskel auf dem Metzgerblock. Sonst sieht sie nichts. Ihr ist, als stürzte sie in eine Krise, sie beginnt es für möglich zu halten, daß jegliche Schöpfung nur ein Klecks leerer Materie ist, der blindlings hier einen Smaragdplaneten bildet, dort einen toten Stern, und dazwischen Zufallsmüll. In ihrem Leben fehlt die Klarheit des großen Entwurfs, es fehlen Autorenschaft und moralische Form, und als Gracie und die Crew Essen in den Sozialbauten verteilen, wartet Edgar im Kleinbus, sie ist die Nonne im

Kleinbus, und als Gracie eine Ratte im Rinnstein erschlägt, zuckt Edgar nicht mit der Wimper.

Es ist keine Frage des Unglaubens. Es gibt eine andere Art des Glaubens, eine zweite Macht, unsicher, mißtrauisch, einen Glauben, quellgespeist aus den Dingen, die wir des Nachts fürchten, und ihr ist, als wäre sie gerade dabei zu unterliegen.

Tastendruck 1

Sie schläft auf dem Dach, wenn es nicht zu kalt ist, und dort entdeckt er sie, auf dem Dach eines brettervernagelten, vierstöckigen Hauses mit intakten Feuerleitern. Er schlendert da oben herum, denkt seine Gedanken, ein Mann, der sich unregelmäßig an der Mauer blicken läßt, ein Schleichertyp, mag es nicht, wenn man ihn anschaut, und wenn du nach einem Namen suchst, steht *Suche ...* auf dem Bildschirm. Er trifft auf das schlafende Mädchen, spürt, wie eine vertraute Wut in ihm aufsteigt, und er weiß, er muß etwas tun, sie soll dafür zahlen. So kommt er über sie. Sie versucht zu kämpfen, schreit aber nicht. Er schlägt sie mit den Knöcheln der geballten Faust, Hammerschläge auf den Kopf. Kämpf du nur, Schlampe, kriegst Schläge. Er will sie umdrehen, aufs Gesicht, und ihn ihr reinstecken. Sie kämpft und flüsterschreit mit einer Stimme, die ihn noch wütender macht, nach dem Motto, was glaubt die, wer sie ist, zum Teufel, und auf dem Bildschirm steht *Suche ...* Er wird sie in jedem Fall schlagen, ob sie kämpft oder nicht, und dabei guckt er weg, Schleichtyp. Keinen Blickkontakt, Fotze. Die letzte Frau, die er angeschaut hat, war seine Mutter. Nachdem er es getan hat, reingerammt und leergespritzt, schlägt er sie ein letztes Mal, heftig, Nutte, und zerrt sie an den Rand, schiebt sie drüber und läßt los. Tot, du Schlampe. Dann kehrt er zu seinen Nachtgedanken zurück. Auf dem Bildschirm steht *Suche ...*

Dann fangen die Geschichten an, Straße um Straße verbreiten sich die Gerüchte, durch Kirchen und Minimärkte, vielleicht etwas verzerrt, aber nicht zutiefst entstellt – es bleibt klar, daß die Leute über denselben unheimlichen Vorfall reden. Und einige gehen hin und gaffen und erzählen es weiter, stacheln die Hoffnung an, die wächst, wenn Dinge ihre Grenzen überschreiten.

Sie treffen sich nach der Abenddämmerung an einem windigen Ort zwischen Brückenauffahrten, sieben oder acht Personen, die es von ein oder zwei Leuten erfahren haben, dann sind es dreißig, angezogen von den sieben, dann eine dichte, stumme Menge, die immer größer, aber nicht weniger ehrfürchtig wird, zweihundert Menschen auf einer Verkehrsinsel in der allertiefsten South Bronx eingekeilt, wo die Schnellbahn im Bogen an der Endstation Großmarkt herunterführt und die Eisenbahndepots sich bis zur Meerenge erstrecken, der ganze alte Industriemuskel in seinem trübseligen Elend – die Auffahrtrampen, wo hohes Unkraut sprießt, und die Müllverbrennungsanlage, die giftige Dämpfe aushustet, und die alte Eisenbahnbrücke, die den Harlem River überspannt, einen durchbrochenen Turm an jedem Ende, der womöglich ein wenig im hartnäckigen Wind schwankt.

Sie kommen und parken ihre Autos, wenn sie welche haben, zu sechst oder siebt in einem Auto, parken schief auf einem hohen Bordstein oder in den Seitenstraßen der Fabriken, und sie klemmen sich auf die Betoninsel zwischen der Schnellbahn und dem löchrigen Boulevard, spüren den Wind kalt hereinwehen und starren über den Strom des üblichen Saus-und-Braus-Verkehrs hinweg zu einer Plakatwand, die in der Düsternis schwebt – zu der Werbetafel an einem Gerüst hoch über dem Flußufer, sie soll die Blicke der übersättigten Pendler in den Zügen anlocken, die pausenlos aus den nördlichen Vorstädten ins Dickicht von Geld und Gier Manhattans fahren.

Im Refektorium sitzt Edgar Gracie gegenüber. Sie ißt ihr Essen, ohne es zu schmecken, denn sie hat vor Jahren beschlossen, daß es nicht darum geht, wie es schmeckt. Sondern darum, den Teller leer zu essen.

Gracie sagt, »Nein, bitte, das kannst du nicht.«

»Nur mal sehen.«

»Nein, nein, nein, nein.«

»Ich will es selber sehen.«

»Das ist Sensationsmache. Die übelste Sorte Aberglaube, wie in der Regenbogenpresse. Grauenhaft. Ein völliger, was denn? Ein völliger Verzicht, verstehst du? Sei vernünftig. Verzichte nicht freiwillig auf deine Vernunft.«

»Vielleicht sehen sie aber wirklich das Mädchen.«

»Weißt du, was das ist? Das ist typisch Spätnachrichten. Die lokalen Nachrichten um elf, wo alle grotesken Stories hübsch verteilt werden, damit du auch die ganze halbe Stunde dranbleibst.«

»Ich glaube, ich muß da hin«, sagt Edgar.

»Das ist etwas für die Armen, sollen die sich dem aussetzen, es einschätzen und begreifen, in diesem Zusammenhang müssen wir das Ganze sehen. Die Armen brauchen Visionen, klar?«

»Ich glaube, du sprichst herablassend über die Menschen, die du liebst«, sagt Edgar leise.

»Das ist nicht fair.«

»Du sagst die Armen. Wem sollen Heilige denn sonst erscheinen? Erscheinen Heilige und Engel etwa Bankdirektoren? Iß deine Möhren.«

»Spätnachrichten. Die widerliche Ausbeutung eines grauenhaften Kindermordes.«

»Wer beutet denn aus? Keiner beutet aus«, sagt Edgar. »Die Leute gehen dorthin, um zu weinen, um zu glauben.«

»So werden Nachrichten dermaßen mächtig, daß sie weder Fernsehen noch Zeitungen brauchen. Sie existieren nur noch in der Wahrnehmung der Leute. Sie erfinden sie, das ist stark genug, um als Wirklichkeit zu erscheinen. Das sind Nachrichten ohne Medien.«

Edgar ißt ihr Brot.

»Ich bin älter als der Papst. Ich hätte nie gedacht, daß ich lange genug leben würde, um älter zu werden als ein Papst, und ich glaube, ich muß mir das einfach ansehen.«

»Bilder lügen«, sagt Gracie.

»Ich glaube, ich muß dort sein.«

»Betet keine Bilder an, sondern Heilige.«

»Ich glaube, ich muß hingehen.«

»Das kannst du doch nicht. Das ist verrückt. Geh nicht, Schwester.«

Aber Edgar geht. Sie zieht ihre Latexhandschuhe und ihr Wintercape an und strebt zur Tür, sie hat vor, Bus und U-Bahn zu nehmen, und Gracie kann sie nicht allein gehen lassen. Sie hetzt nach draußen zu dem Kleinbus, trägt noch ihre Zahnspange für die Lücken, sie trägt sie nie in der Öffentlichkeit, und sie fahren hinunter, an der Mauer vorbei und durch dunkle, leere Straßen, und der Kleinbus bleibt mit einem murmelnden Schwächeanfall stehen, und die letzten elf Straßen laufen sie zu Fuß, Gracie bewaffnet mit K.-o.-Spray und Handy.

Ein Mond in Krapporange hängt über der Stadt.

Menschen im blendenden Licht vorbeifahrender Autos, Hunderte auf der Insel zusammengeballt, ihre eigenen Autos schief und schielend geparkt, in gefährlicher Nähe zum rasenden Verkehr. Die Nonnen stürmen über den Boulevard und quetschen sich auf die Insel, und die Leute machen ihnen Platz, zusammengedrängte Menschenmassen tun sich auf, damit sie bequem stehen können.

Sie folgen dem aufgeheizten Starren der Menge. Sie stehen da und schauen. Die Plakatwand ist ungleichmäßig beleuchtet, stellenweise trübe, mehrere Birnen sind durchgebrannt und nicht erneuert worden, aber die Hauptelemente sind deutlich erkennbar, eine breite Kaskade Orangensaft ergießt sich diagonal von oben rechts in eine Karaffe, von einer Hand links unten gehalten – die perfekt geformte Hand einer weißen Frau aus einem Mittelklassevorort. Ferne Weiden und ein verschwommener Seeblick legen den sozialen Rahmen fest. Aber der Saft zieht das Auge an, dick und fruchtfleischig, und seine Rötelglut paßt zu dem Krappmond. Die ersten, einzeln gemalten Tropfen spritzen nebelsprühend auf den Boden der Karaffe, jeder Klacks ist mit der Pedanterie eines puristischen Gemäldes ausgeführt. Welche Verschwendung von Mühe und Technik, an keiner Raffinesse gespart – das Gegenstück, denkt Edgar, zu mittelalterlicher Kirchenbaukunst. Und die kleinen Minute-Maid-Dosen, die am Boden des Plakates aufgereiht stehen, hundert identische Dosen, so vertraut in Design, Farbe und Schrifttype, daß sie Persönlichkeit haben, die niedliche Geselligkeit kleiner orangeschwarzer Männchen.

Edgar weiß nicht, wie lange sie warten sollen oder was genau passieren soll. Transportlaster fahren in der rumpelnden Dämmerung vorbei. Sie läßt die Augen über die Menge wandern. Arbeiter, Ladenbesitzer, vielleicht einige Streuner und Hausbesetzer, aber nicht viele, und dann bemerkt sie eine Gruppe weiter vorn, genau in die Bugform der Insel eingepaßt – das sind die Charismatiker aus dem obersten Stock des Hauses an der Mauer, sie sind überwiegend in wallendes Weiß gekleidet, röhrenförmige Frauen, gertenschlanke Männer mit Dreadlocks. Die Menge ist geduldig, sie selbst ist es nicht, sie merkt, wie verkrampft sie ist vor bösen Ahnungen, wie sie Gracies Haltung zu der ganzen Angelegenheit in sich aufnimmt. Flugzeuge fallen aus dem Dunkel auf den Flughafen zu, quer übers Wasser, zerteilen die Luft mit gedrosseltem Dröhnen. Die Nonnen sehen Ismael, er steht inmitten seiner Crew, dreißig Meter entfernt – Ismael, der in den hin und her schwingenden Lichtstrahlen etwas gespenstisch aussieht –, und Edgar durchbohrt Gracie mit einem wissenden Blick. Sie stehen da und betrachten die Plakatwand. Sie starren dämlich auf den Saft. Nach zwanzig Minuten ein Rascheln, eine Art Wind der Wahrnehmung, und die Leute schauen gen Norden, Kinder zeigen gen Norden, und Edgar bemüht sich mitzukriegen, was sie sehen.

Der Zug.

Sie spürt die Worte, bevor sie ihn überhaupt sieht. Sie spürt die Worte, obgleich keiner sie gesagt hat. So bringt eine Menschenmenge Dinge zu einem gemeinsamen Bewußtsein zusammen. Dann sieht sie ihn, einen gewöhnlichen Pendlerzug, silbern und blau, ohne Graffiti, der auf die Zugbrücke zugleitet. Die Scheinwerfer wischen über die Plakatwand, und sie hört einen Laut aus der Menge, ein Keuchen, das sich in Schluchzen und Stöhnen und dem Aufschrei einer unsagbar schmerzlichen Wonne entlädt. Ein hervorsprudelndes Juchzen, das Aufheulen ungehemmten Glaubens. Denn als die Zuglichter auf den dunkelsten Teil der Plakatwand treffen, erscheint ein Gesicht über dem dunstigen See, und es gehört dem ermordeten Mädchen. Ein Dutzend Frauen greift sich an den Kopf, sie jauchzen und schluchzen, ein Geist, ein Gottesatem weht durch die Menge.

Esmeralda.

Esmeralda.

Schwester Edgar steht unter Schock. Sie hat es gesehen, aber so flüchtig, zu schnell zum Aufnehmen – sie möchte, daß das Mädchen wieder erscheint. Frauen strecken dem Plakat Säuglinge entgegen, dem strömenden Saft, möge er sie in Taufbalsam und Öl baden. Und Gracie redet auf Edgar ein, in das Stimmengewirr und Getöse hinein.

»Hat das ausgesehen wie sie?«

»Ja.«

»Bist du sicher?«

»Ich glaube schon«, sagt Edgar.

»Aber du hast sie nie aus der Nähe gesehen. Ich habe sie aus der Nähe gesehen«, sagt Gracie, »und ich glaube, es war eine Lichttäuschung. Gar kein Mensch. Gar kein Gesicht, nur ein Lichtfleck.«

Wenn Gracie ihre Spange trägt, spricht sie mit einem zischelnden Lispeln.

»Das ist nur das Plakat darunter«, sagt sie. »Ein technischer Fehler, der dazu führt, daß das Bild darunter, das Bild der überklebten Reklame, durch die neue Reklame hindurchscheint.«

Hat sie recht?

»Wenn genug Licht auf die derzeitige Reklame scheint, führt es dazu, daß man das Bild darunter sehen kann«, sagt sie.

Zischellaute sprühen zwischen Gracies Zähnen hervor.

Aber hat sie recht? Haben die Nachrichten ihre Abhängigkeit von den Agenturen, die sie berichten, abgeschüttelt? Erfinden sich die Nachrichten selbst, auf den Augäpfeln laufender, sprechender Menschen?

Edgar mustert die Plakatwand. Und wenn es gar keine überklebte Reklame gibt? Warum sollte unter der Orangensaftreklame eine andere Reklame sein? Bestimmt entfernen die doch ein Plakat, bevor das nächste draufkommt.

Gracie sagt, »Was jetzt?«

Sie stehen da und warten. Diesmal warten sie nur acht oder neun Minuten, bevor der nächste Zug sich nähert. Edgar ist in Bewegung, sie versucht, sich nach vorn zu schlängeln, vorsichtig zu drängeln, und die Leute machen Platz, sie sehen sie – eine Nonne in Schleier und vollem Habit und dunklem Cape, gefolgt von einer linkischen Gefährtin in einem Mantel aus dem Ramsch und einem Kopftuch, und die reckt ein Handy.

Sie sehen sie und umarmen sie, und sie läßt es zu. Ihre Gegenwart ist eine beglaubigende Kraft – eine Gestalt von einer universellen Kirche mit Sakramenten und geheimen Bankkonten und einer traumhaften Kunstsammlung. All das, und sie beschließt, einen Weg der Armut, Keuschheit und Gehorsamkeit zu beschreiten. Sie umarmen sie und lassen sie durch, und sie erreicht die Charismatikergruppe, die Evangeliumsänger schaukeln vor und zurück, als die Scheinwerfer des Zuges ihre Strahlen auf die Plakatwand richten. Sie sieht Esmeraldas Gesicht, das unter dem Regenbogen des üppig fließenden Saftes Gestalt annimmt, über dem kleinen Vorortsee, und man meint zu spüren, daß jemand in dem Bild lebt, ein beseelender Geist – weniger als eine zarte Sekunde Lebenszeit, weniger als eine halbe Sekunde, und die Stelle ist wieder dunkel.

Sie spürt, wie etwas über sie hereinbricht. Ein Angelus der hellsten Freude. Sie umarmt Schwester Grace. Sie reißt sich die Handschuhe herunter und drückt Hände, schüttelt die Hände der vollbusigen Frauen, die ihre Augen gen Himmel rollen. Die Frauen vollführen großes, beidhändiges Schüttelhändedrücken, vorgefertigte Wörter springen ihnen aus den Mündern, Trancegerede – sie singen von Dingen außerhalb der bekannten Delirien. Edgar boxt einem Mann mit den Fäusten auf die Brust. Sie entdeckt Ismael und umarmt ihn. Sie schaut ihm in die Augen und atmet die Luft, die er atmet, und umschlingt ihn mit ihrem gewaschenen Gewand. Alles fühlt sich ganz nah an, bricht über sie herein, Traurigkeit und Verlust und Gloria und das nackte Mitleid einer alten Mutter und eine Macht in einer tiefen Schicht der Klage, die ihr das Gefühl gibt, untrennbar mit den Schüttlern und Trauernden verbunden zu sein, den von Ehrfurcht Ergriffenen, die im flutenden Verkehr stehen – einen Augenblick lang ist sie namenlos, aller Einzelheiten der persönlichen Geschichte enthoben, eine körperlose Tatsache in flüssiger Form, die sich in die Menge ergießt.

Gracie sagt, »Ich weiß nicht.«

»Natürlich weißt du. Du weißt es. Du hast sie gesehen.«

»Ich weiß nicht. Es war ein Schatten.«

»Esmeralda auf dem See.«

»Ich weiß nicht, was ich gesehen habe.«

»Du weißt es. Natürlich weißt du es. Du hast sie gesehen.«

Sie warten auf weitere Züge. Landelichter erscheinen am Himmel, und die Flugzeuge fallen weiter auf die Landebahn zu, quer übers Wasser, alle anderthalb Minuten ein Flug, das zurückrauschende Dröhnen geht ineinander über, so daß alles nahtloser Lärm ist, und die Luft stinkt nach qualmigem Kerosin.

Sie warten auf einen letzten Zug.

Wie gehen Dinge schließlich zu Ende, Dinge wie dies hier – versikkern sie zu einem vergessenen Häuflein müder Gläubiger, die sich im Regen zusammendrängen?

Am nächsten Abend füllen tausend Menschen die Gegend. Sie parken ihre Autos auf dem Boulevard und versuchen, sich auf die Verkehrsinsel vorzudrängeln und zu rempeln, aber die meisten müssen auf der Kriechspur der Schnellstraße stehenbleiben, ungebärdig und gespannt. Eine Frau wird von einem Motorrad erfaßt und zu Boden geschleudert. Ein Junge wird hundert Meter weit, es sind immer hundert Meter, von einem Auto mitgeschleift, das einfach weiterfährt. Fliegende Verkäufer laufen an den Schlangen des stehenden Verkehrs entlang und verkaufen Blumen, Softdrinks und lebende junge Kätzchen. Sie verkaufen eingeschweißte Bilder von Esmeralda auf Gebetskarten. Sie verkaufen Windmühlen, die niemals aufhören, sich zu drehen.

Am Abend danach taucht die Mutter auf, Esmeraldas verlorengegangene Junkiemutter, und sie bricht mit rudernden Armen zusammen, als das Gesicht des Mädchens auf der Werbetafel erscheint. Sie bringen sie in einem Krankenwagen fort, dem eine Reihe von Fernsehteams in Kleinbussen folgt. Zwei Männer kämpfen mit Kreuzschlüsseln gegeneinander und blockieren den Verkehr auf einer Auffahrt. Helikopterkameras halten die Szene fest, und die Polizei zieht orangefarbenes Warnband um die ganze Gegend – genau das Orange des lebendigen Orangensaftes.

Am nächsten Abend ist die Plakatwand leer. Was für ein Loch im Raum. Die Leute kommen und wissen nicht, was sie sagen oder denken sollen, wo sie hinschauen und was sie glauben sollen. Die Plakatwand ist eine weiße Fläche mit zwei einsamen Wörtern, *Freie*

Werbefläche, gefolgt von einer Telefonnummer in geschmackvoller Schrifttype.

Als der erste Zug kommt, in der Dämmerung, zeigen die Lichter nichts.

Und woran erinnerst du dich schließlich, wenn alle nach Hause gegangen sind, die Straßen aller Inbrunst und Hoffnung entleert, vom Flußwind verweht? Ist die Erinnerung dünn und bitter, beschämt sie dich mit ihrer fundamentalen Unwahrheit - alles Nuance und Wunschsilhouette? Oder hält die Kraft der Transzendenz an, der Nachgeschmack eines Ereignisses, das die natürlichen Mächte vergewaltigt, etwas Heiliges, das am heißen Horizont atmet, die Vision, nach der du dich sehnst, weil du ein Zeichen brauchst, das sich deinen Zweifeln entgegenstellt?

Edgar fühlt den Schmerz in ihren Gelenken, der alte Körper hängt tief in seinem Alltagsschmerz, Schmerz an den Gelenkstellen, scharf spürbare Stiche in den Verbindungen zwischen den Knochen.

Aber sie hält das Bild im Geiste fest, das flüchtige Gesicht an der beleuchteten Wand, ihr jungfräulicher Zwilling, der zugleich ihre Tochter ist. Und sie erinnert sich an den Geruch des Flugzeugkerosins. Das ist der Weihrauch ihres Erlebnisses, verbranntes Zedernholz und Harz, ein Medium des Festhaltens, das den Augenblick intakt erhält, all die Augenblicke, die schaukelnde, seelenjubelnde Verzückung und die unausgesprochene Nähe, eine Gemeinschaft des tiefen Glaubens.

Nichts bleibt mehr zu tun als zu sterben, und genau das tut sie. Schwester Alma Edgar, Braut Jesu, geht friedlich im Schlaf dahin, der erste, schwache Schnee eines weiteren trüben Winters fällt weich auf die unbekannten Straßen, Gestöber, Kristalle, geformte Flocken, ein blasser, schräger Schnee, der sich im Fallen auflöst.

Tastendruck 2

In ihrem Schleier und Habit war sie vor allem ein Gesicht oder ein Gesicht und geschrubbte Hände. Hier im Cyberspace hat sie all den dampfgebügelten Stoff abgelegt. Sie ist nicht richtig nackt, aber sie ist offen – jeder Verknüpfung ausgesetzt, die man im weltweiten Web herstellen kann.

Es gibt weder Raum noch Zeit hier draußen oder hier drinnen oder wo immer sie ist. Es gibt nur Verknüpfungen. Alles ist verknüpft. Alles menschliche Wissen gesammelt und verbunden, hyperverbunden, diese Site führt zu jener, dieses Faktum querverweist auf jenes, ein Tastendruck, ein Mausklick, ein Paßwort – Welt ohne Ende, Amen.

Aber sie ist im Cyberspace, nicht im Himmel, und sie spürt den Zugriff der Systeme. Deshalb ist ihr so unbehaglich. Sie spürt eine Präsenz, etwas Angedeutetes, etwas Weites und Helles. Sie spürt die Paranoia im Web, im Net. Zunächst natürlich die ewige Bedrohung durch ein Virus. Schwester Edgar weiß alles über Ansteckung und die erforderlichen Schutzmaßnahmen. Doch dies ist anders – es ist ein Leuchten, eine strahlende, drängende Kraft, die von einer Milliarde ferner Netzknoten auszuströmen scheint.

Als du spontan beschließt, die Homepage der H-Bombe aufzusuchen, begreift sie allmählich. Alles in deinem Computer, Plastik, Silikon und Mylar, jede logische Operation und Verarbeitungsfunktion, der Speicher, die Hardware, die Software, die Einser und Nullen, die Triaden innerhalb der Pixel, die das Bildschirmbild ergeben – das alles kulminiert hier.

Zuerst eine Dämmerung, eine große, glorreiche Morgenröte, die sich auf dem Farbmonitor zusammenballt. Jede thermonukleare Bombe, die je getestet wurde, all die Daten, die von jedem Abschuß gesammelt wurden, Codenamen, Sprengkraft, Testgelände, Eniwetok, Lop Nor, Nowaja Semlja, die Fremdheit und Andersartigkeit entlegener Völker, die durch die Ortsnamen angedeutet werden, Mururoa, Kasachstan, Sibirien, und die Girlanden aus außergewöhnlichen Details, Zündungs- und Trägersysteme, Gleichungen und Graphen und Wirkungsquerschnitte, Detonation auf Detonation mit einem Klick, einem Knopfdruck aufzurufen, Bravo, Romeo, Greenhouse Dog – und Schwester Edgar ist im Grunde genommen da drin.

Sie sieht den Blitz, die Hitzewelle. Sie hört, wie sich das Donnern aufbaut, sich die große Energie sammelt und aus der 16-bit-Klangkarte rollt. Sie steht im Blitz und fühlt die Kraft. Sie sieht, wie sich alles fedrig auffächert. Sie sieht den emporsteigenden Feuerball, die überhitzte Kugel aus verbrennendem Gas, die einen Menschen mit ihrer Schönheit blenden kann, die Farben, tropfendes Christenblut, Sonnengold und Sonnenrot. Sie sieht die Druckwelle und hört die hohen Winde und spürt die Kraft des falschen Glaubens, des Glaubens an die Paranoia, und dann breitet sich die Pilzwolke rings um sie aus, die pulverisierte Masse aus radioaktiven Trümmern, fünfzehn Kilometer hoch, zwanzig Kilometer, dreißig, mit geschwungenem Stiel und rauchendem Platinhut.

Die Edelsteine rollen ihr aus den Augen, und sie sieht Gott.

Nein, halt, Entschuldigung. Sie sieht gerade eine sowjetische Bombe, mit der größten Sprengkraft der Geschichte, gezündet 1961 über dem Arktischen Meer, aufbewahrt in dem Computer, der mitgeholfen hat, sie zu bauen, achtundfünfzig Megatonnen – addierst du die Zahlen, hast du dreizehn.

Ganze Völkerscharen aus potentiellen Skeletten in dem massiven Blitz – *dem bones, dem bones*, singen die schwarzen Waschzuber-Frauen. Und Schwester Edgar fühlt jetzt auch die langen Nebenschatten, die das ehrfurchterregende Hauptereignis wirft. Wie die sich überschneidenden Systeme daran beteiligt sind, uns auseinanderzureißen, uns unbestimmt, leer und fügsam zurücklassen, weich in unserem inneren Diskurs, willig, uns formen und überwältigen zu lassen – leichte Rückzugsmöglichkeiten, halbe Glaubenssätze.

Detonation auf Detonation, Bombe auf Bombe, und das sind Wasserstoffbomben, in denen die Kernschmelze erzwungen wird, denk daran, und noch während sie immer wieder auf dem Bildschirm detonieren, spielt sich eine andere Verschmelzung ab. Kein Körperkontakt, bitte, aber dennoch Paarung. Ein Klick, ein Knopfdruck, und die Schwester gesellt sich zu dem anderen Edgar. Ein Gefährte im Zölibat und mehr oder weniger geistesverwandt, aber biologisch ihr Gegenstück, ihre männliche Hälfte, schon seit so vielen Jahren tot. Hat er darauf gewartet, daß dies geschieht? Der Bulldoggenbulle, J. Edgar Hoover, der verdorbene Heilige des Gesetzes, endlich im Hyperlink mit Schwester Edgar vereint – nunmehr ein einziger, fluktuierender Impuls, ein Stück kodierte Information.

Am Ende ist alles verknüpft.

Schwester und Bruder. Eine Phantasie im Cyberspace und eine Art, die andere Seite zu sehen, und ein Ausgleich der Unterschiede, die weniger mit dem Geschlecht zu tun haben als mit dem Unterschied selbst, jede Behauptung, jeder Konflikt wegprogrammiert.

Ist Cyberspace ein Ding innerhalb der Welt, oder ist es genau umgekehrt? Was enthält was, und woher willst du das genau wissen?

Ein Wort erscheint in der Mondmilch des Datenflusses. Du siehst es auf deinem Monitor, es ersetzt die Turmdetonationen und die überirdischen Explosionen, die Zündung der Bomben mit der hohen Sprengkraft, auf Pontons oder an Ballons, es ersetzt die umfassenden Textdarstellungen, die jede Bombe begleiten. Ein einziges seraphisches Wort. Mit einem Klick kannst du das Wort weiter erforschen, seine Ursprünge, seine Entwicklung, seinen frühesten bekannten Gebrauch, seinen Übergang zwischen den Sprachen, du kannst das Wort in Sanskrit, Griechisch, Latein und Arabisch aufrufen, in tausend Sprachen und Dialekten, lebend oder tot, du kannst literarische Zitate auftreiben und dem Wort durch die Tunnel der Unterwelt seiner Urwurzeln folgen.

Schonen, beruhigen, übereinkommen.

Und du kannst einen Moment lang aus dem Fenster schauen, abgelenkt von den Geräuschen kleiner Kinder, die in einem Nachbargarten ein selbsterfundenes Spiel spielen, eine Art Kickball vielleicht, und sie sprechen wie du, mit amerikanischer Stimme, oder sie machen Huckepackrennen auf dem unkrautübersäten Rasen, und im wesentlichen hörst du deine Stimme unter dem Glimmerglashimmel, und du betrachtest die Dinge im Raum, außerhalb des Bildschirms, unvernetzt, die faserige Maserung des Schreibtischholzes, die im Licht lebendig wird, das volle, gelebte Wesen der Dinge, den Widerstreit der Dinge, die zu sehen und zu essen sind, den Apfelbutzen auf dem Essenstablett, der sich dunkelbraun verfärbt, und, mit einem Zufallsblick, die dichten Erfahrungseinheiten, die Mönchskerze, die sich in der schrägen Oberfläche des Telefons spiegelt, die in römischen Ziffern angezeigten Stunden und den Glanz des Wachses und die Windung des geflochtenen Dochtes und den abgestoßenen Rand der Tasse, in der deine gelben Bleistifte stehen, alle bis zum Wahnsinn angespitzt, und das Verlebte der schlichtesten Oberfläche, die verschmierte Butter, die auf dem zerkrümelten Brötchen schmilzt, und das Gelb des Gelbs der Bleistifte, und du versuchst dir vorzustellen, wie das Wort auf dem Bildschirm zu einem Phänomen in der Welt wird, all seine Bedeutungen annimmt, sein Gefühl von Heiterkeit und Zufriedenheit irgendwie auf die Straße hinausträgt, sein Flüstern der Versöhnung, ein Wort, das sich immer weiter nach draußen ausdehnt, der Ton der Übereinkunft oder des Abkommens, der Ton der Ruhe, das Gefühl von besänftigendem Schweigen, der Ton des Grußes und Lebewohls, ein Wort, das die durchglühte Hitze eines Gegenstandes in der Mittagssonne in sich trägt, die Behauptung einer verbindenden Berührung, aber es ist nur eine Reihe von Schwingungen auf einem eher stumpfen Bildschirm, und es kann nur eins, es kann dich nachdenklich machen – ein Wort, das eine Sehnsucht in der wunden Wucherung der Stadt verbreitet und hinaus über die träumenden Bäche und Obsthaine bis hin zu den einsamen Hügeln.

Frieden.

Don DeLillo
Sieben Sekunden

Roman
Titel der Originalausgabe: *Libra*
Aus dem Amerikanischen von Hans Hermann
Gebunden

In seinem packenden, stilistisch brillanten Roman entwirft Don DeLillo ein Bild von der Schattenseite Amerikas und dem Leben Lee Harvey Oswalds. Fiktion und Wiklichkeit gehen nahtlos ineinander über in der Schilderung der Ereignisse und Machenschaften, die zu Präsident Kennedys Ermordung führen.

»Eine unvergleichliche Reise ins Herz Amerikas.«
Marianne Wiggins, The Observer

Don DeLillo
Bluthunde

Roman
Titel der Originalausgabe: *Running Dog*
Aus dem Amerikanischen von Matthias Müller
Gebunden

»Verschwörung ist für uns Amerikaner neu – neu in dem Sinne, daß wir gerade dabei sind, sie für uns zu entdecken.«
Don DeLillo

»Running Dog«, Don DeLillos frühes Kultbuch – jetzt endlich in deutscher Übersetzung, »schwungvoll, knallhart, lebhaft, wild und überaus originell«
The Philadelphia Inquirer

VERLAG
KIEPENHEUER
& WITSCH

Don DeLillo
Die Namen

Roman
Titel der Originalausgabe: *The Names*
Aus dem Amerikanischen von Matthias Müller

Die Sprache, die Bedeutung der Zeichen, ist das Thema dieses ungewöhnlichen Romans. Don DeLillo erzählt die Geschichte des Amerikaners James Axton, der als Versicherungsagent im Nahen Osten arbeitet. Axton fühlt sich herausgefordert, eine Reihe ritueller Morde aufzuklären, die mit einer geheimnisvollen Gruppe von Menschen, *Die Namen*, in Verbindung gebracht werden. Ein spannungsvoller, brillant geschriebener Roman.

Don DeLillo
Valpariso

Ein Stück in drei Akten
Titel der Originalausgabe: Valparaiso
Aus dem Amerikanischen von Frank Heibert
Gebunden

67 Interviews in viereinhalb Tagen mit tödlichem Ausgang – nur weil Michael Majewski ins falsche Flugzeug gestiegen ist. Durch einen grotesken Irrtum wurde er zum Talkshowstar und Medienereignis. Don DeLillo hat mit seinem Theaterstück »Valparaiso« unseren von den Medien beherrschten Alltag brillant persifliert.

»Odysseus im Talkstudio. Don DeLillo sucht in seinem Theaterstück nach der Seele der Fernsehwelt.«

Der Spiegel